Der **Würger** von der Cater Street

Kapitel 1

Charlotte Ellison stand in der Mitte des Salons; in der Hand hielt sie eine Zeitung. Ihr Vater war sehr nachlässig gewesen, sie auf dem Beistelltisch liegenzulassen. Er mißbilligte es, wenn sie solche Sachen las, und zog es vor, ihr über die Ereignisse von allgemeinem Interesse, die er für junge Damen geeignet hielt, selbst zu berichten. Und das schloß alle Skandale, gleichgültig, ob es sich um private oder politische handelte, ebenso aus wie umstrittene Angelegenheiten und – natürlich – Verbrechen aller Art: also eigentlich alles, was interessant war!

Das hieß, daß Charlotte, seit sie sich die Zeitungen aus dem Anrichteraum nehmen mußte, wo sie der Butler Maddock für die eigene Lektüre deponierte, bevor er sie wegwarf, immer mindestens einen Tag später informiert war als das restliche London.

Nun, jetzt las sie die Zeitung von heute, vom 20. April 1881, und die fesselndste Neuigkeit war die Nachricht, daß Mr. Disraeli am Tag zuvor gestorben war. Ihr erster Gedanke galt Mr. Gladstone. Wie mochte er sich wohl fühlen? Ob er das Gefühl hatte, etwas verloren zu haben? War ein großer Feind ebenso ein Teil des Lebens eines Mannes wie ein guter Freund? Bestimmt. Solche Dinge waren es, die die Welt der Gefühle ausmachten.

Aus der Eingangshalle hörte sie Schritte. Schnell legte sie die Zeitung weg. Sie hatte den Wutanfall ihres Vaters noch nicht vergessen, als er sie vor drei Jahren dabei erwischt hatte, wie sie eine Abendzeitung las. Natürlich, damals hatte es sich um einen Artikel über den Verleumdungsfall zwischen Mr. Whistler und Mr. Ruskin gehandelt – und das war schon ein Unterschied! Aber selbst letztes Jahr, als sie Interesse für die neuesten Nachrichten über den Zulukrieg gezeigt hatte, über den Leute berichteten, die selbst in Afrika gewesen waren, hatte er dies mit demselben Mißfallen beobachtet. Er hatte sich sogar geweigert, ihnen solche Passagen vorzulesen, die er als geeignet ansah. Schließlich war es

5

ihr Schwager Dominic gewesen, der sie mit all dem erfreut hatte, an das er sich noch erinnern konnte – natürlich immer mit mindestens einem Tag Verspätung.

Beim Gedanken an Dominic vergaß sie Mr. Disraeli und diese ganze Sache mit der Zeitung. Seit sich Dominic vor sechs Jahren zum erstenmal vorgestellt hatte – Sarah war erst zwanzig, Charlotte siebzehn und Emily dreizehn Jahre alt gewesen –, war sie von ihm fasziniert. Es war natürlich Sarah, die er besuchte; Charlotte war es nur in Anwesenheit ihrer Mutter gestattet, sich im Salon aufzuhalten, damit die Begegnungen in einem für die Brautwerbung angemessenen Rahmen durchgeführt wurden. Dominic hatte sie kaum beachtet; seine Worte waren höfliche Floskeln gewesen, seine Augen starrten irgendwo über ihre linke Schulter hinweg auf Sarahs blondes Haar, auf ihr zartes Gesicht. Charlotte – mit ihrem dicken, mahagonifarbenen Haar, das sich so schwer bändigen ließ, und ihrem kräftigeren Gesicht – war eine Last, die es mit Anstand zu ertragen galt.

Ein Jahr später hatten sie – natürlich – geheiratet, und Dominic hatte etwas von der geheimnisvollen Aura eingebüßt. Er gehörte nicht mehr zu der magischen Welt einer fremden Romanze. Aber selbst nachdem sie sich nun fünf Jahre kannten und in demselben großen, wohlgeordneten Haus lebten, hatte er für sie nichts von seinem anfänglichen Charme und seiner ursprünglichen Faszination verloren.

Es waren seine Schritte in der Eingangshalle – sie spürte es einfach. Es war ein Teil ihres Lebens, zu horchen, ob er kam, ihn als erste in einer Menschenmenge zu sehen, zu wissen, wo er sich gerade im Raum befand, sich an all das zu erinnern, was er sagte – sogar die unwichtigen Dinge.

Sie hatte sich damit abgefunden. Dominic war immer unerreichbar gewesen. Es war nicht so, als ob er sie je besonders beachtet oder auch nur die Möglichkeit dazu gehabt hätte. Das hatte sie auch nicht erwartet. Eines Tages würde sie vielleicht jemanden treffen, den sie mögen und respektieren konnte, jemanden, der passend war, und Mutter würde mit ihm sprechen, sich vergewissern, daß er sozial und persönlich annehmbar war, und natürlich würde Papa die anderen Arrangements treffen, wie auch immer die aussahen – so wie er es bei Dominic und Sarah getan hatte und wie er es ohne Zweifel auch bei Emily und irgendeinem Mann zur rechten Zeit tun würde. Aber das war etwas, worüber sie nicht nachdenken wollte, auch wenn sie diese Vorstellung nicht mehr losließ.

Die Gegenwart war Dominic, dieses Haus, ihre Eltern, Emily, Sarah und Großmama, die Gegenwart war Tante Susannah, die in zwei Stunden zum Tee kommen würde, und die Tatsache, daß sich die Schritte in der Halle wieder entfernt hatten, was ihr die Möglichkeit gab, erneut einen kurzen Blick in die Zeitung zu werfen.

Kurze Zeit später trat ihre Mutter so leise ein, daß Charlotte sie nicht hörte.

»Charlotte!«

Es war zu spät, um noch zu verbergen, was sie tat. Sie senkte die Zeitung und schaute ihrer Mutter in die braunen Augen.

»Ja, Mama.« Es war ein Eingeständnis.

»Du weißt, was dein Vater davon hält, wenn du in solche Sachen schaust.« Sie blickte auf die gefaltete Zeitung in Charlottes Hand. »Ich weiß auch gar nicht, was dich daran so interessiert. Es steht nur sehr wenig darin, was erfreulich ist, und dein Vater wird uns diese Dinge schon vorlesen. Aber wenn du sie dir schon unbedingt selbst durchlesen mußt, mache es bitte unauffällig – in Maddocks Anrichteraum, oder laß es dir von Dominic erzählen.«

Charlotte spürte, wie ihr die Röte ins Gesicht stieg. Sie schaute weg. Sie hatte keine Ahnung davon gehabt, daß ihre Mutter über Maddocks Anrichteraum Bescheid wußte, geschweige denn von Dominic! Hatte Dominic sie verraten? Warum konnte sie dieser Gedanke so verletzen – wie ein Verrat? Das war lächerlich. Sie konnte keine Geheimnisse mit Dominic haben. Was hatte sie sich bloß dabei gedacht?

»Ja, natürlich, Mama. Entschuldige.« Sie ließ die Zeitung hinter sich auf den Tisch fallen. »Ich pass' schon auf, daß Papa mich nicht erwischt.«

»Wenn du unbedingt lesen willst, warum liest du keine Bücher? Da drüben im Bücherschrank steht etwas von Mr. Dickens, und ich bin sicher, daß du noch nicht Mr. Disraelis *Coningsby* kennst.«

Es ist schon merkwürdig, daß die Leute immer dann behaupten, sie seien sich einer Sache sicher, gerade wenn sie es nicht sind.

»Mr. Disraeli ist gestern gestorben«, erwiderte Charlotte. »Ich hätte im Moment keinen Spaß daran, nicht jetzt.«

»Mr. Disraeli? Wirklich? Das tut mir leid. Ich habe Mr. Glad-stone nie besonders gemocht, aber laß das deinen Vater nicht wissen. Er erinnert mich immer an unseren Pastor.«

Charlotte mußte ein Kichern unterdrücken.

»Magst du den Pastor etwa nicht, Mama?«

Ihre Mutter fing sich sofort wieder.

»Aber natürlich mag ich ihn. Und jetzt geh bitte, und mach dich für den Tee zurecht. Oder hast du etwa vergessen, daß Tante Susannah heute nachmittag zu Besuch kommt?«

»Aber doch frühestens in anderthalb Stunden!« protestierte Charlotte.

»Dann stick eben etwas, oder mal doch ein bißchen an dem Bild weiter, an dem du gestern gearbeitet hast.«

»Es klappte nicht so toll . . .«

»Ausdruck, Charlotte. ›Es ging mir nicht so gut von der Hand.‹ Das tut mir leid. Vielleicht solltest du dann lieber erst die Schals zu Ende stricken. Dann kannst du sie morgen der Frau Pastor bringen. Ich habe versprochen, daß wir sie morgen abliefern würden.«

»Glaubst du wirklich, daß sie die Not der Armen lindern?« Sie meinte diese Frage durchaus ernst.

»Was weiß ich?« Angesichts dieses neuen Aspekts, über den sie sich nun offensichtlich zum erstenmal Gedanken machte, ent-spannte sich das Gesicht von Charlottes Mutter ein wenig. »Wahrscheinlich habe ich noch nie wirklich arme Leute gekannt. Aber der Pastor hat uns versichert, daß Schals helfen, und wir sollten doch annehmen, daß er es wissen müßte.«

»Auch wenn wir ihn nicht besonders mögen.«

»Charlotte, jetzt werde bitte nicht ausfallend.« Aber ihre Stimme klang nicht streng. Eher unabsichtlich hatte sie etwas Wahres gesagt, und sie war nicht verstimmt, daß man sie dabei erwischt hatte. Vielleicht ärgerte sie sich über sich selbst – sicher-lich aber nicht über Charlotte.

Gehorsam verließ Charlotte den Raum, um hinaufzugehen. Sie konnte ebensogut die Schals zu Ende stricken. Irgendwann mußte das ohnehin erledigt werden.

Dora, das Küchenmädchen, servierte den Tee im Salon. Der Nachmittagstee war eine unerhört abwechslungsreiche Sache. Er fand immer pünktlich um vier Uhr statt, und wenn sie zu Hause waren, trank man ihn grundsätzlich in dem Raum mit dem blaßgrünen Mobiliar und den großen Fenstern, die auf den Rasen hinausgingen und die jetzt geschlossen waren, obwohl die helle Frühlingssonne auf das Gras und die letzten Narzissen strahlte. Es war ein kleiner Garten, nur wenige Meter Rasen, ein Blumenbeet und eine einsame zarte Birke, die an der Mauer lehnte. Über die alte Backsteinmauer rankten die Rosen, die Charlotte am meisten liebte. Den ganzen Sommer vom Juni bis zum November breiteten sie ihre Pracht aus, alte Rosenstöcke, die in wilder Üppigkeit wucherten, sich verzweigten und einen Teppich von Blütenblättern ausstreuten.

Das Aufregende waren die Leute, mit denen man Tee trank. Entweder sie selbst besuchten jemanden, um in irgendeinem Salon – auf ungewohnten Stühlen hockend – reservierte Gespräche zu führen, oder einer von ihnen empfing Gäste hier im Haus. So hatte Sarah junge, verheiratete Freunde, die Charlotte unsäglich langweilten. Emilys Freunde waren auch nicht viel besser – immer nur Klatsch über Liebesaffären, Mode, wer gerade wem den Hof machte oder demnächst machen würde. Die meisten von Mamas Freunden waren steif und ein wenig zu sehr von ihrer eigenen Rechtschaffenheit überzeugt. Immerhin waren wenigstens zwei darunter, die mit Vorliebe in Erinnerungen schwelgten. Charlotte liebte es, ihnen zuzuhören, den Erinnerungen an ehemalige Verehrer, die schon vor langer Zeit ihr Leben im Krimkrieg, vor Sewastopol, bei Balaclawa, beim Todesritt der Light Brigade, verloren hatten, und den Erinnerungen an die wenigen, die zurückgekehrt waren. Und man erzählte Geschichten über Florence Nightingale; über sie sprach man mit einer Mischung aus Bewunderung und Mißfallen: »So unweiblich, doch man muß ihren Mut bewundern, meine Liebe. Sie ist gewiß keine Dame, aber eine Engländerin, auf die man recht stolz sein darf!«

Noch interessanter waren Großmamas Freunde. Nicht, daß Charlotte sie sonderlich mochte, zumindest nicht viele von ihnen; es handelte sich um bemerkenswert unangenehme alte Damen. Aber Mrs. Selby war über achtzig und konnte sich noch an die Nachrichten über Trafalgar und den Tod Lord Nelsons erinnern, an die schwarzen Bänder in den Straßen, die weinenden Menschen, die schwarz umrandeten Zeitungen – jedenfalls behauptete sie, sich daran erinnern zu können. Ihre Lieblingsthemen waren Waterloo, Wellington, die Skandale der Kaiserin Josephine, die

Rückkehr Napoleons von Elba und die Hundert Tage. Das meiste davon hatte sie wohl selbst in Salons aufgeschnappt, die ähnlich diesem hier waren, vielleicht ein wenig schmuckloser, spärlicher möbliert, heller und klassizistisch; und dennoch waren die Geschichten für Charlotte faszinierend – eine Wirklichkeit, die greifbarer war als ihre eigene.

Jetzt aber schrieb man das Jahr 1881; Welten trennten sie von alldem. Mr. Disraeli war gestorben; es gab Gaslaternen in den Straßen und Frauen, die an der Londoner Universität einen Abschluß machen durften! Die Königin war Kaiserin von Indien, und das Empire erstreckte sich bis in die letzten Winkel der Erde. Wolfe und die Höhen von Abraham, Clive und Hastings in Indien, Livingstone in Afrika und der Zulukrieg – all das war Geschichte. Der Prinzgemahl war schon vor zwanzig Jahren an Typhus gestorben; Gilbert und Sullivan schrieben Opern wie *H. M. S. Pinafore*. Was Kaiser Napoleon wohl dazu gesagt hätte?

Heute war Mrs. Winchester da, um Mama zu besuchen – was schrecklich langweilig war –, und Tante Susannah war gekommen, um sie alle zu sehen – und das war wunderbar. Sie war Papas jüngere Schwester; tatsächlich war sie erst sechsunddreißig, neunzehn Jahre jünger als ihr Bruder und nur zehn Jahre älter als Sarah – für Charlotte war sie eher wie eine Cousine. Seit drei Monaten hatten sie sich nicht mehr gesehen – und das waren drei Monate zu lang. Sie hatte einen Besuch in Yorkshire gemacht.

»Du mußt mir unbedingt alles darüber erzählen, meine Liebe.« Mrs. Winchester beugte sich leicht nach vorne; ihr Gesicht glühte vor Neugier. »Wer sind eigentlich diese Willises? Du hast mir bestimmt schon von ihnen erzählt« – eine subtile Andeutung, daß ihr jeder alles erzählte! –, »aber ich muß leider allmählich feststellen, daß mein Gedächtnis längst nicht mehr so gut ist, wie ich es mir wünschte.« Mit hochgezogenen Augenbrauen hielt sie erwartungsvoll inne. Susannah war ein Thema, das sie stets interessierte: alles, was sie tat, und vor allem jeder kleine Hinweis auf eine Romanze oder – besser noch – auf einen Skandal. Hierfür verfügte Susannah über alle notwendigen Voraussetzungen. Mit einundzwanzig Jahren hatte man sie mit einem Gentleman aus guter Familie verheiratet, und als dieser ein Jahr später, 1866, bei den Hyde-Park-Unruhen getötet wurde, hatte er sie aufs beste versorgt – sie besaß einen gutgeführten Haushalt; zudem war sie noch sehr jung und außergewöhnlich attraktiv. Sie hatte nie wieder geheiratet, obwohl man ihr zweifellos zahlreiche Anträge gemacht hatte. Die Meinungen hierüber schwankten zwischen der Ansicht, daß sie immer noch um ihren Mann trauerte und – wie die Königin – niemals über den Schmerz hinwegkommen würde, und der entgegengesetzten Ansicht, daß sie so unter der Ehe gelitten hätte, daß sie keinen Gedanken an ein zweites derartiges Unternehmen verschwenden würde.

Charlotte glaubte, daß die Wahrheit irgendwo in der Mitte lag, daß sie, nachdem sie den Erwartungen der Familie im besonderen und der Gesellschaft im allgemeinen durch ihre Heirat einmal entsprochen hatte, jetzt kein Verlangen verspürte, sich noch einmal zu binden, es sei denn aus echter Zuneigung – ein Fall, der bisher offensichtlich noch nicht eingetreten war.

»Mrs. Willis ist eine Cousine mütterlicherseits«, antwortete Susannah mit einem leichten Lächeln.

»Ach ja, natürlich.« Mrs. Winchester lehnte sich zurück. »Und was macht Mr. Willis, wenn ich fragen darf? Das interessiert mich doch nun sehr.«

»Er ist Geistlicher in einem kleinen Dorf«, antwortete Susannah gehorsam, wobei sie jedoch Charlotte heimlich einen amüsierten Blick zuwarf.

»Oh!« Mrs. Winchester konnte nur mit Mühe eine gewisse Enttäuschung verbergen. »Wie schön. Ich nehme an, du warst in der Gemeinde eine wertvolle Hilfe? Sicherlich würde es unseren eigenen lieben Pastor ermutigen, wenn er von diesen Aktivitäten erführe. Und erst die arme Mrs. Abernathy. Gewiß wäre es für sie sehr tröstlich, etwas über das Leben auf dem Land und die armen Leute zu hören.«

Charlotte fragte sich, wie eine Schilderung des Landlebens oder Erzählungen über die Armen irgend jemanden trösten sollten – geschweige denn Mrs. Abernathy.

»Oh, ja. Das ist eine ausgezeichnete Idee«, pflichtete ihre Mutter bei.

»Du könntest ihr etwas Eingemachtes mitbringen«, fügte Großmutter hinzu und nickte dabei mit dem Kopf. »Es ist immer schön, Eingemachtes zu bekommen. Es zeigt, daß die Leute an einen denken. Die Menschen sind einfach nicht mehr so aufmerksam wie in meiner Jugend. Schuld sind daran natürlich diese ganzen Gewalttätigkeiten, all diese Verbrechen. So etwas muß die Menschen einfach verändern. Und dann diese Schamlosigkeit:

Frauen, die sich wie Männer benehmen und alle möglichen Dinge verlangen, die nicht gut für sie sind. Es wird nicht mehr lange dauern, und die Hennen auf den Bauernhöfen fangen an zu krähen.«

»Die arme Mrs. Abernathy«, stimmte Mrs. Winchester zu und nickte mit dem Kopf.

»Ist Mrs. Abernathy krank gewesen?« erkundigte sich Susannah.

»Natürlich!« antwortete Großmutter scharf. »Was hast du denn gedacht, Kind? Genau, was ich Charlotte immer sage.« Sie warf Charlotte einen durchdringenden Blick zu. »Du und Charlotte seid doch beide gleich!« Das war eine Anklage, die Susannah treffen sollte. »Ich habe Caroline stets Vorwürfe wegen Charlotte gemacht.« Sie wies den unausgesprochenen Einwurf ihrer Schwiegertochter mit einer Bewegung ihrer dicken, kleinen Hand zurück. »Aber ich kann sie wohl kaum für dich verantwortlich machen. Du bist in der falschen Zeit aufgewachsen. Dein Vater ist nie streng genug mit dir gewesen, aber wenigstens liest du nicht diese entsetzlichen Zeitungen, die es in diesem Haus gibt. Ich habe dich zu spät bekommen. Da kommt nichts Gutes bei heraus.«

»Ich glaube, Charlotte liest gar nicht so viel Zeitung, wie du befürchtest, Mama«, verteidigte Susannah sie.

»Wie oft muß man denn deiner Meinung nach etwas lesen, ehe man Schaden nimmt?« fragte Großmutter.

»Es gibt sehr unterschiedliche Zeitungen, Mama.«

»Und woher weißt du das?« Großmutter war wendig wie ein Terrier.

Susannah bewahrte ihre Haltung; lediglich ein Hauch von Röte überzog ihr Gesicht. »Sie drucken Nachrichten, Mama, und die Nachrichten müssen sich jeden Tag unterscheiden.«

»Unsinn! Sie drucken Verbrechen und Skandale. Die Sünde hat sich nicht verändert, seit unser Herrgott sie in den Garten Eden ließ.«

Damit schien das Gespräch beendet zu sein. Für einige Minuten herrschte Schweigen.

»Nun erzähl doch schon, Tante Susannah«, sagte Sarah schließlich, »ist die Landschaft in Yorkshire sehr reizvoll? Ich bin noch nie dort gewesen. Vielleicht würden die Willises Dominic und mir erlauben . . .« Taktvoll führte sie den Vorschlag nicht weiter aus.

Susannah lächelte. »Sie würden sich sicherlich sehr freuen. Aber ich kann mir kaum vorstellen, daß Dominic Gefallen an einem solch ländlichen Leben finden könnte. Er macht auf mich eher den Eindruck eines Mannes mit – nun ja – kultivierteren Neigungen, als arme Leute zu besuchen und auf Teegesellschaften zu gehen.«

»Das hört sich ja schrecklich öde an«, entfuhr es Charlotte.

Von allen Seiten erntete sie überraschte und mißbilligende Blicke.

»Zweifelsohne genau das, was die arme Mrs. Abernathy braucht«, sagte Mrs. Winchester mit einem weisen Kopfnicken. »Gott erbarme sich der armen Frau.«

»In Yorkshire kann es im April noch ungewöhnlich kalt sein«, entgegnete Susannah ruhig, wobei sie einen nach dem anderen anblickte. »Wenn Mrs. Abernathy krank gewesen ist, meint ihr dann nicht auch, daß Juni oder Juli die günstigere Zeit wäre?«

»Die Kälte hat damit überhaupt nichts zu tun!« fuhr Großmutter sie an. »Kräftigend. Sehr gesund.«

»Aber nicht, wenn man gerade krank war...«

»Soll das heißen, daß du mir widersprichst?«

»Ich möchte lediglich darauf hinweisen, Mama, daß Yorkshire zu Frühlingsanfang nicht der geeignete Ort für jemanden ist, dessen Gesundheitszustand noch geschwächt ist. Statt neue Kräfte zu sammeln, könnte sie sich leicht eine Lungenentzündung holen!«

»Wenigstens wird es sie auf andere Gedanken bringen«, stellte Großmutter mit Bestimmtheit fest.

»Die arme, gute Seele«, fügte Mrs. Winchester hinzu. »Eine Reise – selbst nach Yorkshire – würde sicherlich eine Besserung herbeiführen. Sie würde ihren Gemütszustand ändern.«

»Woran fehlt es ihr denn hier?« fragte Susannah, wobei sie zuerst Mrs. Winchester und dann Charlotte ansah. »Für mich war das hier immer ein ungewöhnlich angenehmer Ort. Wir haben alle Vorteile einer Stadt – ohne die Enge der dichter bevölkerten Gegenden beziehungsweise die Kosten der vornehmsten Wohngegenden in Kauf nehmen zu müssen. Unsere Straßen sind ebenso sauber wie dort, und man kann nahezu alles, was interessant oder unterhaltsam ist, bequem erreichen – ganz zu schweigen von unseren Freunden.«

Mrs. Winchester fuhr herum.

»Natürlich, du bist ja auch fortgewesen!« sagte sie vorwurfs-voll.

»Aber doch nur für zwei Monate! Soviel wird sich in dieser Zeit ja wohl nicht verändert haben, oder?« Die Frage klang ironisch, sogar ein bißchen sarkastisch.

»Wie lange wird es dauern?« Mrs. Winchester erschauderte theatralisch und schloß die Augen. »Ach, die arme Mrs. Aber-nathy. Wie kann sie den Gedanken daran nur ertragen? Kein Wunder, daß die arme Seele Angst hat, schlafen zu gehen.«

Jetzt verstand Susannah überhaupt nichts mehr. Hilfesuchend blickte sie zu Charlotte.

Charlotte entschloß sich, ihr alles zu erzählen – und die Folgen auf sich zu nehmen.

»Erinnerst du dich an Mrs. Abernathys Tochter Chloe?« Sie wartete die Antwort nicht ab. »Sie wurde vor ungefähr sechs Wochen ermordet, erdrosselt; die Kleider waren ihr vom Leibe gerissen worden, und die Brust war verletzt.«

»Charlotte!« Caroline warf ihrer Tochter einen ungehaltenen Blick zu. »Wir wollen nicht darüber sprechen!«

»In gewisser Weise haben wir den ganzen Nachmittag darüber gesprochen«, protestierte Charlotte. Aus dem Augenwinkel her-aus konnte sie sehen, daß Emily ein Kichern unterdrückte. »Auch wenn wir nur Andeutungen gemacht haben.«

»Das ist auch besser so.«

Wieder erschauderte Mrs. Winchester.

»Ich wage nicht, daran zu denken; allein der Gedanke daran macht mich ganz krank. Man hat sie auf der Straße gefunden, auf dem Bürgersteig zusammengesunken wie ein Bündel Wäsche. Ihr Gesicht war schrecklich entstellt, blau wie – wie – ach, ich weiß nicht wie! Und ihre Augen waren aufgerissen, und ihre Zunge hing heraus. Hatte schon stundenlang im Regen gelegen, als man sie fand – vielleicht schon die ganze Nacht.«

»Machen Sie sich nicht selbst verrückt!« sagte Großmutter knapp, wobei sie in Mrs. Winchesters erregtes Gesicht schaute.

Sofort erinnerte sich Mrs. Winchester wieder daran, daß sie ja eigentlich bekümmert war.

»Oh, wie schrecklich!« jammerte sie und verzog das Gesicht. »Bitte, meine liebe Mrs. Ellison, wir wollen nicht weiter darüber sprechen. Die ganze Sache ist so entsetzlich. Arme Mrs. Aberna-thy. Ich weiß nicht, wie sie das ertragen kann!«

»Was bleibt ihr anderes übrig, als es zu ertragen?« fragte Charlotte ruhig. »Es ist nun mal passiert, und jetzt kann niemand mehr etwas daran ändern.«

»Ich nehme an, das konnte man von Anfang an nicht.« Susannah starrte in ihre Teetasse. »Ein Verrückter, ein Räuber – niemand hätte das voraussehen können.« Sie runzelte die Stirn und blickte auf. »Sie war doch sicherlich nicht allein auf der Straße – nach Einbruch der Dunkelheit?«

»Meine liebe Susannah«, protestierte Caroline, »im tiefen Winter wird es bereits um vier Uhr dunkel – besonders an regnerischen Tagen. Wie soll man es bewerkstelligen, immer schon um vier Uhr zu Hause zu sein? Das hieße ja, daß man nicht einmal mehr Nachbarn zum Tee besuchen könnte!«

»Sie kam vom Tee?«

»Sie war ausgegangen, um dem Pastor ein paar alte Kleidungsstücke zu bringen – für die Armen.« Caroline sah plötzlich wirklich traurig aus. »Das arme Kind; sie war kaum achtzehn Jahre alt.«

Ohne Vorwarnung war das Gespräch ernst geworden, es ging nicht länger bloß um einen Skandal, über den es sich leichtfertig plaudern ließ; es handelte sich nicht mehr um einen bloßen Nervenkitzel, sondern den wirklichen Tod einer Frau, die wie sie gewesen war: Schritte hinter ihr, ein plötzlicher furchtbarer Schmerz an der Kehle, entsetzliche Angst, das Ringen nach Atem, berstende Lungen – Dunkelheit.

Keiner sagte etwas.

Es war Dora, die eintrat und die Stille beendete.

Charlotte fühlte sich immer noch niedergeschlagen, als ihr Vater kurz nach sechs nach Hause kam. Der Himmel hatte sich verfinstert, und die ersten schweren Regentropfen prasselten auf den Weg, als die Kutsche vorfuhr. Edward Ellison arbeitete für eine Handelsbank in der Stadt, was ihm ein überaus zufriedenstellendes Einkommen sicherte und eine gesellschaftliche Position verschaffte, die man mindestens der gehobenen Mittelklasse zuordnen konnte. Charlotte war so erzogen worden, daß sie diese sogar eher noch höher bewertete.

Edward kam herein und klopfte sich den Regen vom Mantel, bis nach wenigen Sekunden Maddock erschien, um ihm diesen abzunehmen und den Zylinder auf seinen Platz zu legen.

»Guten Abend, Charlotte«, begrüßte er sie liebevoll.

»Guten Abend, Papa.«

»Ich hoffe, du hattest einen schönen Tag?« erkundigte er sich und rieb sich dabei die Hände. »Betrüblicherweise scheint das Wetter genau der Jahreszeit zu entsprechen. Sieht mir ganz nach einem Sturm aus. Die Luft ist so drückend.«

»Mrs. Winchester war zum Tee da«, beantwortete sie indirekt die Frage nach dem Nachmittag. Er wußte, daß sie Mrs. Winchester nicht ausstehen konnte.

»Oh Gott!« Er lächelte schwach. Es herrschte jetzt eine Art stillschweigendes Einverständnis zwischen den beiden – auch wenn es diese Momente nicht so oft gab, wie sie es sich gewünscht hätte. »Ich dachte, Susannah wollte kommen?«

»Oh, sie ist auch gekommen, aber Mrs. Winchester hat die ganze Zeit damit vergeudet, sie über die Willises auszufragen und über Chloe Abernathy zu reden.«

Edwards Gesicht verfinsterte sich. Charlotte merkte zu spät, daß sie durch diese Unbedachtheit ihre Mutter verraten hatte. Papa erwartete von ihr, daß sie solche Gespräche in ihrem Salon zu unterbinden wußte. Es mußte ihn beträchtlich verstimmen, daß sie es in diesem Fall nicht getan hatte. In diesem Augenblick kam Sarah aus dem Wohnzimmer in die Halle; das Licht hinter ihr ließ ihr blondes Haar wie einen Heiligenschein wirken. Sie war eine schöne Frau und kam mehr auf die Großmutter als auf Caroline – mit der gleichen Porzellanhaut, dem schön geschwungenen Mund, dem gleichen zarten Kinn.

»Hallo, Sarah, mein Liebes.« Edward gab ihr einen liebevollen Klaps auf die Schulter. »Du wartest auf Dominic?«

»Ich dachte, er sei es«, antwortete Sarah, wobei ein Hauch von Enttäuschung in ihrer Stimme mitschwang. »Ich hoffe, er kommt noch vor dem Gewitter zurück. Ich glaube, vor ein paar Minuten Donner gehört zu haben.«

Sie trat einen Schritt zurück, und Edward ging ins Wohnzimmer; er steuerte sofort den Kamin an und blieb – den Rücken zum Feuer gewandt – dort stehen, wodurch sich die anderen kaum noch an der Glut erwärmen konnten. Emily saß am Klavier und blätterte träge in den Notenblättern. Er betrachtete seine Töchter mit Wohlgefallen.

Erneut donnerte es leise, und die Haustür fiel geräuschvoll ins Schloß. Automatisch drehten sich alle zur Wohnzimmertür um.

Von draußen waren Geräusche zu vernehmen, die Stimme Maddocks, und dann kam Dominic herein.

Charlotte spürte, wie sich ihre Kehle zuschnürte. Also ehrlich – das sollte sie inzwischen doch nun wirklich hinter sich haben! Einfach lächerlich! Dominic war schlank und kräftig; er lächelte, und seine dunklen Augen blickten – so, wie es Anstand und Erziehung in dem patriarchalisch geführten Haus verlangten – zuerst Edward und dann Sarah an.

»Ich hoffe, du hattest einen angenehmen Tag«, sagte Edward, der immer noch vor dem Kamin stand. »Nur gut, daß du es noch vor dem Sturm nach Hause geschafft hast. Ich glaube, daß er innerhalb der nächsten Viertelstunde ganz schön heftig wird. Hab' immer Angst, die Pferde könnten scheuen und einen Unfall verursachen. Weißt du, Becket hat auf die Weise sein Bein verloren!«

Die Unterhaltung plätscherte über Charlottes Kopf hinweg; es war eins der typischen betulichen Familiengespräche, mehr oder weniger belanglos – eins der täglichen Rituale, das dem Leben einen geordneten Rahmen gab. Würde sich nie etwas ändern? Endlose Tage, die man mit Handarbeit, Malen, uninteressanten Tätigkeiten im Haus, Gelegenheitsarbeiten und Nachmittagstees verbrachte, die tägliche Rückkehr von Papa, von Dominic... Was machten andere Leute? Sie heirateten, erzogen Kinder, führten den Haushalt. Die Armen arbeiteten natürlich, die bessere Gesellschaft ging auf Parties, machte Ausritte oder Kutschenfahrten – und hatte wahrscheinlich die entsprechenden Familien.

Sie hatte niemals jemanden kennengelernt, den sie sich als ihren Lebensinhalt hätte vorstellen können, niemanden – mit Ausnahme von Dominic. Vielleicht sollte sie es Emily gleichtun und vermehrt Freundschaften mit Leuten wie Lucy Sandelson oder den Hayward-Schwestern pflegen. Die schienen stets gerade am Anfang oder am Ende einer Romanze zu stehen. Nur wirkten sie alle so unglaublich dumm! Armer Papa. Es war schon hart für ihn: drei Töchter und keinen Sohn.

»... nicht wahr, Charlotte, das könntest du doch?«

Mit hochgezogenen Augenbrauen schaute Dominic sie an; sein feingeschnittenes Gesicht wirkte amüsiert.

»Träumt mit offenen Augen«, kommentierte Edward.

Dominic lächelte süffisant.

»Du könntest Mrs. Winchester in ihrer Spezialdisziplin doch das Wasser reichen, nicht wahr, Charlotte?« wiederholte er.

Charlotte hatte keine Ahnung, wovon er überhaupt redete.

»Genauso neugierig wie sie zu sein«, erklärte Dominic geduldig. »All ihre Fragen mit Gegenfragen zu beantworten. Es muß doch einfach etwas geben, über das sie nicht gerne spricht!«

Charlotte war ehrlich – so wie sie es ihm gegenüber immer war. Vielleicht war das ja auch der Grund, warum er Sarah liebte.

»Du kennst Mrs. Winchester nicht«, sagte sie geradeheraus. »Wenn sie über ein Thema nicht reden möchte, ignoriert sie dich ganz einfach. Sie sieht überhaupt keine Veranlassung, warum sich ihre Antwort auf deine Frage beziehen sollte. Sie sagt einfach das, woran sie gerade denkt.«

»Und das war heute die arme Susannah?«

»Nein, es war die a r m e Mrs. Abernathy. Susannah war nur der Anlaß, der sie dazu brachte, sich darüber auszulassen, wie gut es doch für die a r m e Mrs. Abernathy wäre, wenn sie nach Yorkshire ginge.«

»Im April?« fragte Dominic ungläubig. »Die Unglückliche würde erfrieren und vor Langeweile umkommen.«

Edwards Gesicht verdunkelte sich. Unglücklicherweise kam Caroline in diesem Moment herein.

»Caroline«, sagte er steif, »ich höre gerade von Charlotte, daß ihr euch heute nachmittag über Chloe Abernathy unterhalten habt. Ich dachte, ich hätte mich deutlich genug ausgedrückt; aber sollte dies nicht der Fall sein, so werde ich es jetzt tun. Ich dulde es nicht, daß der Tod jenes unglücklichen Mädchens in diesem Hause zum Gegenstand von Geschwätz und Spekulationen gemacht wird. Wenn du Mrs. Abernathy in ihrer Trauer irgendwie beistehen kannst, dann bitte ich dich: Tu es! Ansonsten ist das Thema abgeschlossen. Ich vertraue darauf, daß es ab jetzt bei diesem Punkt keine Mißverständnisse mehr bezüglich meiner Wünsche geben wird.«

»Nein, Edward, natürlich nicht. Es tut mir leid, daß es mir nicht gelingt, Mrs. Winchester zu bremsen. Sie scheint...« Sie brach ab, wohlwissend, daß es zwecklos war. Edward hatte seine Meinung zum Ausdruck gebracht und war nun bereits mit anderen Gedanken beschäftigt.

Maddock kam herein, um ihnen mitzuteilen, daß das Abendessen serviert sei.

Am nächsten Tag hatte sich der Sturm gelegt, und die Straße lag sauber da im weißen Aprillicht; der Himmel war gleißend blau, der Garten taubedeckt, und die Grashalme glänzten. Charlotte und Emily verbrachten den Vormittag mit den üblichen Pflichten im Haushalt, während Sarah zur Schneiderin gegangen war. Caroline hatte sich mit Mrs. Dunphy, der Köchin, zu einem vertraulichen Gespräch über Küchenabrechnungen zurückgezogen.

Am Nachmittag ging Charlotte allein zur Frau des Pastors, um die Schals abzuliefern. Es war eine Pflicht, die sie schnell hinter sich bringen wollte, besonders an einem Tag, an dem der Pastor höchstwahrscheinlich zu Hause sein würde – ein Mann, in dessen Gegenwart sie sich stets unwohl fühlte. Nun, es ließ sich diesmal nicht vermeiden. Sie war an der Reihe, und weder Sarah noch Emily hatten auch nur den geringsten Eindruck erweckt, als wollten sie sie von der Bürde befreien.

Kurz vor halb drei kam sie am Pfarrhaus an. Nach dem Sturm war es nun mild, und sie hatte einen schönen, fast drei Kilometer langen Spaziergang gemacht. Sie war Bewegung gewohnt, und die dicken Schals waren nicht so schwer.

Das Hausmädchen öffnete ihr fast sofort die Tür. Sie war eine ernste hagere Frau von undefinierbarem Alter, deren Namen Charlotte niemals behalten konnte.

»Vielen Dank«, sagte sie höflich, während sie eintrat. »Ich nehme an, Mrs. Prebble erwartet mich.«

»Ja, Ma'am. Wenn Sie mir bitte folgen würden.«

Die Frau des Pfarrers saß in dem kleineren Gesellschaftszimmer; der Pfarrer selbst stand mit dem Rücken zum rauchenden Feuer. Charlotte verlor ihren ganzen Mut, als sie ihn sah.

»Ich wünsche einen guten Tag, Miss Ellison«, sagte er mit einer leichten Verbeugung, indem er eigentlich mehr den Rücken krümmte. »Es freut mich zu sehen, wie Sie Ihre Zeit mit kleinen Diensten an anderen ausfüllen.«

»Oh, das ist nicht der Rede wert, Herr Pfarrer.« Instinktiv hatte sie das Bedürfnis, die Bedeutung ihrer Hilfe herunterzuspielen. »Es sind nur ein paar Schals, die meine Mutter und meine Schwestern gemacht haben. Ich hoffe, sie werden...« Sie verstummte, als sie merkte, daß sie nichts von alldem wirklich meinte, was sie sagte, sondern irgend etwas von sich gab, um die Stille auszufüllen.

Mrs. Prebble streckte die Hand nach der Tasche aus und nahm sie an sich. Sie war eine stattliche Frau von kräftiger Statur, einem üppigen Busen und schönen starken Händen.

»Im nächsten Winter wird es bestimmt so manchen geben, der zutiefst dankbar dafür sein wird. Ich stelle immer wieder fest, daß, wenn man kalte Hände hat, der ganze Körper durchgefroren ist. Sie nicht auch?«

»Ja, ja. Ich denke schon.«

Der Pfarrer starrte sie an, und sie blickte schnell weg, um seinem kalten Blick zu entgehen.

»Im Moment scheinen Sie etwas durchgefroren zu sein, Miss Ellison«, sagte er sehr bestimmt. »Mrs. Prebble würde sich sicherlich freuen, Ihnen eine Tasse heißen Tee anbieten zu dürfen.« Es war eine Feststellung. Sie konnte nicht ablehnen, ohne unhöflich zu erscheinen.

»Vielen Dank«, sagte sie nicht sehr enthusiastisch.

Martha Prebble läutete das Glöckchen auf dem Kaminsims und bat das Hausmädchen, als es nach einem kurzen Augenblick kam, um Tee.

»Und wie geht es Ihrer Mutter, Miss Ellison?« erkundigte sich der Pfarrer. Er stand immer noch mit dem Rücken zum Feuer, wobei er die gesamte Wärme von ihnen fernhielt. »Sie ist so eine tüchtige Frau.«

»Oh, danke, Herr Pfarrer«, antwortete Charlotte. »Ich werde ihr ausrichten, daß Sie sich nach ihr erkundigt haben.«

Martha blickte von ihrer Handarbeit auf.

»Wie ich höre, ist Ihre Tante Susannah aus Yorkshire zurückgekehrt? Ich hoffe, die Luftveränderung hat ihr gutgetan.«

Mrs. Winchester hatte also keine Zeit verloren!

»Ich denke schon. Aber eigentlich war sie gar nicht krank.«

»Wie schwer muß es manchmal für sie sein«, meinte Martha nachdenklich. »So ganz allein.«

»Ich glaube kaum, daß es Tante Susannah etwas ausmacht.« Charlotte redete, ohne zu überlegen. »Ich glaube, es ist ihr lieber so.«

Der Pastor runzelte die Stirn. Der Tee wurde hereingebracht. Offenbar war schon alles vorbereitet gewesen, und man hatte nur ein Zeichen abgewartet.

»Es ist nicht gut für eine Frau, allein zu sein«, sagte der Pastor grimmig. Er hatte ein großes eckiges Gesicht mit einem energischen dünnen Mund und einer ausgeprägten Nase. Als junger Mann mußte er recht gut ausgesehen haben. Charlotte war beschämt darüber, wie tief ihre Abneigung gegen ihn war. So sollte man nicht über einen Mann der Kirche denken. »Es macht sie für Gefahren aller Art anfällig«, fuhr er fort.

»Susannah kann nichts passieren«, erwiderte Charlotte standhaft. »Sie verfügt über ein ausreichendes Vermögen, und sie geht – außer am Tage – sicherlich nicht alleine aus. Und nachts ist das Haus natürlich gut gesichert. Soweit ich weiß, ist ihr Diener sehr erfahren – sogar im Umgang mit Feuerwaffen.«

»Ich hatte nicht an Gewalttaten gedacht, Miss Ellison, sondern an die Versuchung. Eine alleinstehende Frau ist anfällig für die Versuchungen des Fleisches, für Leichtfertigkeiten und Vergnügungen, die schon allein durch die ihr eigene Oberflächlichkeit dazu führen, die Natur zu verderben. Eine tugendhafte Frau geht ihren häuslichen Pflichten nach. Denken Sie an Ihre Bibel, Miss Ellison. Ich empfehle Ihnen, das Buch der Sprüche zu lesen.«

»Susannah führt ein sehr ehrenhaftes Haus.« Charlotte hatte das Gefühl, ihre Tante verteidigen zu müssen. »Und sie verbringt ihre Zeit nicht mit – mit leichtfertigen Vergnügungen.«

»Sie sind wirklich eine äußerst streitlustige junge Frau.« Der Pfarrer lächelte sie steif an. »Das schickt sich nicht. Sie müssen lernen, sich zu beherrschen.«

»Sie möchte doch nur loyal gegenüber ihrer Cousine sein, mein Lieber«, beeilte sich Martha zu sagen, als sie sah, daß Charlottes Gesicht sich vor Ärger plötzlich verfärbte.

»Loyalität, Martha, ist keine Tugend, wenn sie fälschlicherweise preist, was sündig und gefährlich ist. Du brauchst dir nur Chloe Abernathy anzusehen, das unglückliche Kind. Und Susannah ist ihre Tante, nicht ihre Cousine.«

Charlotte spürte immer noch die Hitze in ihrem Gesicht.

»Was hat Chloe Abernathy mit Susannah zu tun?« hakte sie nach.

»Schlechte Gesellschaft, Miss Ellison, schlechte Gesellschaft. Wir sind alle schwach. Und Frauen, vor allem junge Frauen, lassen sich in schlechter Gesellschaft leicht dazu verleiten, anfällig für Laster zu werden oder sogar unter den Einfluß schlechter Männer zu geraten, um dann ihr Leben elendig und verlassen auf der Straße zu beenden.«

»Chloe gehörte nicht zu dieser Art von Frauen!«

»Sie sind weichherzig, Miss Ellison. Und so sollte eine Frau auch sein. Sie sollten nichts von solchen Dingen wissen, und es ist Ihrer Mutter hoch anzurechnen, daß Sie sie nicht bemerken. Aber große Übel beginnen im kleinen. Und darum benötigen selbst die unschuldigsten Frauen den Schutz von Männern, die die Keime der Sünde früh genug erkennen, um Vorsorge gegen sie treffen zu können. Und schlechte Gesellschaft ist der Keim der Sünde, Kind, daran besteht kein Zweifel. Die arme Chloe war in der Zeit vor ihrem Tode sehr von der Gesellschaft der Madison-Töchter angetan. Vielleicht haben Sie ihre Leichtfertigkeit nicht richtig eingeschätzt: die frivole Bemalung ihrer Gesichter, das Tragen von Kleidern, die darauf abzielten, die Aufmerksamkeit von Männern auf sich zu ziehen – und wie diese Madison-Töchter sich ohne Anstandsdamen amüsierten! Doch ich bin sicher, daß Ihr Vater klüger war und Ihnen den Umgang mit solchen Leuten nicht gestattete. Sie haben es vielleicht seiner Klugheit zu verdanken, daß Sie jetzt nicht ermordet auf der Straße liegen.«

»Ich weiß wohl, daß sie ziemlich viel kicherten«, sagte Charlotte langsam. Sie versuchte sich die Madison-Töchter ins Gedächtnis zurückzurufen, um in ihnen irgendwelche keimenden Sünden zu entdecken, von denen der Pfarrer gesprochen hatte. Aber sie erinnerte sich lediglich an eine Menge romantischen Unsinn und kaum an etwas Unrechtes. Hohl gewiß, aber nicht schlecht, nicht einmal im Keim. »Aber ich kann mich bei ihnen an nichts Boshaftes erinnern.«

»Nicht boshaft.« Der Pfarrer lächelte schwach und herablassend. »Die Sünde ist nicht Bosheit, mein liebes Kind. Die Sünde ist der Anfang auf dem Wege zur Verdammnis, zum fleischlichen Verlangen, zur Unzucht und zur Anbetung des goldenen Kalbs!« Er erhob seine Stimme, und Charlotte wußte instinktiv, daß es sich um den Beginn einer Predigt handelte. Verzweifelt klammerte sie sich an einen rettenden Strohhalm.

»Mrs. Prebble«, scheinheilig beugte sie sich vor, »sagen Sie mir doch bitte, was wir sonst noch für Sie tun können. Was dürfen wir als nächstes machen, um etwas zur Unterstützung der Armen beizutragen? Ich bin sicher, daß sowohl meine Mutter als auch meine Schwestern äußerst dankbar wären, es zu wissen!«

Mrs. Prebble erschrak ein wenig angesichts der Vehemenz in Charlottes Stimme, doch schien sie mehr als glücklich zu sein, das Thema Sünde beenden zu können.

»Oh, ich bin sicher, Decken aller Art und vor allem Kleidung für Kinder würden helfen. Wissen Sie, die Armen scheinen immer so viele Kinder bekommen zu müssen. Sie scheinen mehr als diejenigen unter uns zu haben, die in angenehmeren Verhältnissen leben.«

»Natürlich!« Der Pfarrer ließ sich nicht übergehen. Sein massiger Kopf ruhte wie ein Monument auf den breiten Schultern. »Weil sie ihren Trieben nachgeben und mehr Kinder zur Welt bringen, als sie ernähren können. Und genau das ist der Grund, warum sie arm sind und warum uns übrigen die Verpflichtung obliegt, sich um ihre Bedürfnisse zu kümmern. Ich glaube, es bewirkt bei ihnen, geduldig in der Not zu bleiben, und bei uns christliche Nächstenliebe und Tugend.«

Charlotte wußte nicht, was sie darauf sagen sollte. Sie trank den letzten Schluck ihres Tees und stand auf.

»Vielen Dank für den Tee. Ich habe mich jetzt aufgewärmt und erholt. Ich muß nach Hause zurückkehren, bevor der Abend zu kühl wird. Ich werde meiner Mutter berichten, daß Sie mit den Schals zufrieden waren, und ich bin sicher, sie wird höchst erfreut sein, daß wir noch mehr tun können. Kinderkleidung – ich werde gleich morgen damit beginnen. Ich denke, wir werden unsere Sache gut machen.«

Martha Prebble begleitete sie zur Haustür. In der Diele legte sie ihr die Hand auf den Arm.

»Meine liebe Charlotte, lassen Sie sich nicht durch den Pastor aus der Ruhe bringen. Er sorgt sich so sehr um unser Wohlergehen und meint es nicht so hart, wie es klingt. Ich bin sicher, es bekümmert ihn wie jeden von uns, daß – daß es zu den Tragödien kommen mußte.«

»Natürlich. Ich verstehe.« Charlotte befreite sich. Gar nichts verstand sie. Vom Pastor hatte sie keine gute Meinung, aber Martha tat ihr leid. Es war für sie unvorstellbar, mit einem solchen Mann zusammenzuleben. Obwohl er sich vielleicht gar nicht so sehr von vielen anderen Männern unterschied! Sie neigten alle dazu, ganz schön streng mit Mädchen wie den Madison-Töchtern ins Gericht zu gehen. In Wirklichkeit aber waren diese nur einfach langweilig – nicht sündig, sondern nur unglaublich dumm.

Martha lächelte. »Sie sind sehr verständnisvoll, meine Liebe, das wußte ich.«

Sie blieb auf der Schwelle stehen und sah Charlotte nach, wie sie den Pfad hinunterging.

Es war zwei Tage später, als sie alle im Salon saßen und damit beschäftigt waren, die Kinderkleider zu nähen, um die Martha gebeten hatte, als Edward wie üblich nach Hause kam.

Sie hörten, wie die Haustür ins Schloß fiel. Ein Stimmengemurmel war zu vernehmen, als ihm Maddock Rock und Hut abnahm. Kurze Zeit später war es jedoch nicht Edwards, sondern Maddocks Gesicht, das in der Tür erschien.

»Madame.« Er sah Caroline an und wurde rot.

»Ja, Maddock?« Caroline war überrascht; sie hatte noch nicht gemerkt, daß etwas nicht stimmte. »Um was geht es? War das nicht eben Mr. Ellison?«

»Ja, Madame. Wären Sie so freundlich, in die Halle zu kommen?«

Charlotte, Emily und Sarah starrten ihn an. Caroline stand auf.

»Selbstverständlich.«

Sobald sie den Raum verlassen hatte, sahen sich die Zurückgebliebenen an.

»Was ist passiert?« fragte Emily sofort. Ihre Stimme klang erregt. »Meint ihr, Papa hat Besuch mitgebracht? Wer kann das wohl sein? Ob er wohlhabend ist – vielleicht ein Geschäftsmann?«

»Warum führt er ihn dann nicht herein?« fragte Charlotte.

Sarah runzelte die Stirn und blickte verzweifelt an die Decke.

»Also wirklich, Charlotte! Er würde natürlich erst einmal Mama zu Rate ziehen und ihn ihr vorstellen. Vielleicht schickt es sich nicht, daß wir ihn kennenlernen. Womöglich ist er nur jemand, der in Schwierigkeiten ist, jemand, der Hilfe braucht.«

»Wie langweilig«, seufzte Emily. »Du meinst, ein Bettler..., jemand in beschränkten Verhältnissen?«

»Ich weiß es nicht. Mag sein, daß Papa Maddock beauftragt, sich um ihn zu kümmern – aber natürlich würde er Mama darüber informieren.«

Emily stand auf und ging zur Tür.

»Emily! Du wirst doch wohl nicht lauschen wollen?«

Emily legte einen Finger auf die Lippen und lächelte.

»Interessiert es dich nicht?« fragte sie.

Charlotte sprang schnell auf, lief zu Emily hinüber und beugte sich über sie.

»Und ob es mich interessiert!« stimmte sie zu. »Mach die Tür auf – nur einen Spaltbreit.«

Emily hatte das bereits getan. Sie kauerten sich beide vor der Tür nieder, und im nächsten Moment spürte Charlotte Sarahs Körper direkt hinter sich; der Taft ihres Nachmittagskleides raschelte ein bißchen.

»Edward, du mußt die Zeitungen vernichten«, hörten sie Caroline sagen. »Sag einfach, du hättest sie irgendwo liegenlassen.«

»Wir wissen doch gar nicht, ob sie in den Zeitungen darüber berichten.«

»Natürlich werden sie das tun!« Caroline war außer sich, aufgebracht. Ihre Stimme zitterte. »Und du weißt, daß ...«

Charlotte atmete scharf ein; ihre Mutter war im Begriff, sie zu verraten.

»... daß sie irgendwo liegenbleiben könnten, wo eins der Mädchen sie sehen könnte«, fuhr Caroline fort. »Und ich möchte auch nicht, daß die Dienstmädchen es lesen. Die arme Mrs. Dunphy benutzt die Zeitungen manchmal, um Küchenabfälle einzuwickeln. Oder Lily könnte sie zum Putzen benutzen. Die armen Dinger würde es vor Angst um den Verstand bringen.«

»Ja«, stimmte Edward zu. »Ja, meine Liebe, du hast natürlich recht. Ich werde sie lesen und vernichten, bevor ich nach Hause komme. Es wäre klug, wenn wir vermeiden könnten, daß Mama etwas davon erfährt. Es würde ihr ganz bestimmt Kummer bereiten.«

Caroline nickte, ohne sonderlich überzeugt zu wirken. Charlotte lächelte, während sie ihr Gesicht hinter Emilys seidenem Rücken verbarg. Sie selbst war der Ansicht, daß Großmutter härter im Nehmen war als ein türkischer Soldat auf der Krim, von der sie ständig sprach. Allem Anschein nach dachte Caroline genauso. Aber was war denn nur geschehen? Sie konnte ihre Neugier kaum beherrschen.

»Wurde das arme Mädchen ...«, Caroline schluckte so laut, daß sie es noch hinter der Tür hören konnten, »erdrosselt, wie Chloe Abernathy?«

»Wohl kaum wie Chloe Abernathy«, berichtigte sie Edward, doch auch seine Stimme klang stockend, so, als ob ihn die Geschehnisse gerade eingeholt hätten. »Chloe war ein ... ein ehrenhaftes Mädchen. Dieses Hausmädchen von den Hiltons war – nun, man sollte nicht schlecht über Tote reden, besonders, wenn sie auf eine so schreckliche Weise gestorben sind –, aber es war ein Mädchen von zweifelhaftem Ruf. Ich möchte behaupten, daß dies die Ursache für seinen schrecklichen Tod war.«

»Hast du nicht gesagt, man habe es auf der Straße gefunden?«

»Ja, in der Cater Street, keine achthundert Meter vom Pfarrhaus entfernt.«

»Aber wohnen die Hiltons denn nicht in der Russmore Street? Die zweigt aber doch am entgegengesetzten Ende von der Cater Street ab. Ich nehme an, das Mädchen ist ausgegangen, um sich mit jemandem zu treffen, und ... dann passierte es.«

»Ruhig, meine Liebe. Es ist einfach entsetzlich und widerlich. Wir wollen nicht weiter darüber sprechen. Wir sollten jetzt besser in den Salon gehen. Sonst fangen sie noch an, sich zu fragen, was uns aufgehalten hat. Ich kann nur hoffen, daß es sich nicht in der ganzen Nachbarschaft herumspricht. Dominic wird ja wohl vernünftig genug sein, nicht darüber zu reden, zumindest nicht über die ... die grauenvollen Einzelheiten!«

»Nun, du hast es ja auch nur zufällig erfahren, weil du gerade in dem Moment, als die Polizei eintraf, in der Cater Street warst. Anderenfalls hättest du in der Dunkelheit sicherlich nichts davon mitbekommen.«

»Ich werde ihm ausdrücklich sagen, er solle verschwiegen sein. Schließlich wollen wir nicht, daß sich die Mädchen – oder die Dienstmädchen – aufregen. Ich sollte aber dennoch besser mit Maddock reden und sicherstellen, daß weder Dora noch Lily alleine aus dem Haus gehen, bis man diesen elenden Menschen gefaßt hat.« Schritte erklangen; Edward kam zur Tür.

Charlotte spürte Emilys Ellenbogen warnend in ihren Rippen. Sie fielen übereinander auf den Boden und flüchteten schnell auf ihre jeweiligen Plätze. Als die Tür aufging, saßen sie wenig grazil und mit zerknitterten Kleidern auf ihren Stühlen.

Edwards Gesicht war blaß, aber er hatte sich vollkommen unter Kontrolle.

»Guten Abend, meine Lieben. Ich hoffe, ihr hattet einen angenehmen Tag.«

»Ja, danke, Papa«, sagte Charlotte – noch ganz außer Atem. »Recht angenehm. Danke.«

Aber ihre Gedanken waren draußen auf der dunklen Straße: das unvorstellbare Grauen, das von einem dunklen Schatten ausging, ein plötzlicher Schmerz, Würgen – Tod.

Kapitel 2

Emily war aufgeregt. Dies war ein Tag, so wie sie ihn liebte, mehr sogar noch als den Tag danach. Heute war der Tag der Träumereien, der Vorbereitungen, der letzten Nadelstiche, der Tag, an dem man die Unterwäsche in allen Einzelheiten ausbreitete, die Haare wusch und bürstete, die Lockenbrennschere zur Hand nahm und dann – in der allerletzten Minute – das gekonnte, äußerst dezente Gesichtsmake-up auflegte.

Heute abend gingen sie auf einen offiziellen Ball im Hause eines gewissen Colonel Decker und seiner Frau und, was den besonderen Reiz ausmachte, seines Sohns und seiner Tochter. Emily hatte sie erst zweimal gesehen, doch Lucy Sandelson hatte ihr köstliche Geschichten über sie erzählt, ihren auffallenden Lebensstil, ihre Eleganz, das Flair, mit dem sie die neueste Mode trugen und – was noch faszinierender war – die Vielzahl ihrer Bekanntschaften mit Reichen und Adligen, mit denen sie auf vertrautem Fuß standen. Wahrhaftig, dieser Tag erweckte Hoffnungen auf endlose Türen, die ihr – mit einem bißchen Glück und etwas Geschick – Welten eröffnen konnten, von denen sie bisher nur geträumt hatte.

Sarah würde Blau tragen. Ein sanftes Babyblau, das ihr ausgezeichnet stand. Es schmeichelte ihrer Haut, indem es ihre Zartheit unterstrich – und es traf den Farbton ihrer Augen. Es war eine Farbe, die auch sehr gut zu Emilys dunklerem Teint paßte, zu ihren Wangen, den dunkleren Augen und dem bräunlichen Haar mit seinem haselnußbraunen und goldenen Schimmer. Dennoch würde es keinem von ihnen schmeicheln, wenn sie das gleiche Kleid trügen; vielmehr würden sie lächerlich aussehen – und Sarah durfte selbstverständlich als erste wählen.

Charlotte hatte sich für ein kräftiges Weinrosa entschieden, eine Farbe, die auch Emily gut gestanden hätte. Aber, wenn sie ehrlich war, stand sie Charlotte mit ihrem rötlichen Haar und dem

Honigton ihrer Haut sogar noch besser. Man konnte ihre Augenfarbe nicht als blau bezeichnen – sie waren bei jedem Licht grau.

Folglich blieb für Emily nur noch die Wahl zwischen Gelb und Grün. Gelb ließ sie immer etwas blaß aussehen. Auch bei Sarah sah es scheußlich aus; nur Charlotte stand die Farbe gut. Also hatte sich Emily – etwas mißmutig – für Grün entschieden: ein zartes Grün, heller noch als das Grün von Äpfeln. Jetzt, als sie das Kleid an sich hochhielt, mußte sie zugeben, daß der Zufall ihr hold gewesen war. Es stand ihr wirklich ganz ausgezeichnet. Sie sah zart und frisch wie der Frühling aus, wie eine Blume in der freien Natur, ganz natürlich und nicht herausgeputzt. Ja, sollte es ihr in diesem Kleid nicht gelingen, die Bewunderung – und damit natürlich auch die Aufmerksamkeit – einer der Freunde der Familie Decker auf sich zu ziehen, dann verdiente sie auch keinen Erfolg. Sarah war keine Konkurrenz, da sie verheiratet war; die Madison-Schwestern hatten einen unvorteilhaft dunklen Teint, und – wenn man ehrlich war – waren viel runder um die Taille, als es wünschenswert war – alle beide! Vielleicht aßen sie zuviel?

Lucy war zwar recht hübsch, aber so unbeholfen! Und Charlotte, das wußte sie, würde keine Rivalin sein, denn sie zerstörte die optische Wirkung, die sie vielleicht erzielte, sobald sie den Mund aufmachte! Warum mußte Charlotte auch immer das sagen, was sie dachte, statt das zu sagen – und sie war ja wohl intelligent genug, es zu wissen –, was die Leute hören wollten?

Dieses Grün war wirklich wunderbar. Sie mußte sich unbedingt ein neues Kleid in diesem Ton für tagsüber zulegen. Wo blieb Lily? Sie sollte doch mit der Brennschere für die Locken kommen!

Sie ging zur Tür.

»Lily?«

»Komme schon, Miss Emily. Einen Moment; ich komme sofort!«

»Was machst du denn?«

»Nur die allerletzten Handgriffe an Miss Charlottes Kleid, Miss Emily.«

»Die Schere wird noch kalt!« Nein wirklich, wie dumm Lily manchmal war! Dachte das Mädchen denn niemals nach?

»Sie ist noch zu heiß, Miss Emily. Ich komme sofort!«

Diesmal hielt sie ihr Versprechen, und eine halbe Stunde später war Emily rundherum zufriedengestellt. Langsam drehte sie sich vor dem Spiegel. Ihr Spiegelbild war überwältigend; sie wußte nichts, was sie noch hätte ändern oder hinzufügen können. Besser konnte sie einfach nicht aussehen: jung und doch schon ein wenig Frau von Welt, ätherisch, ohne unerreichbar zu sein.

Caroline kam hinter ihr ins Zimmer.

»Du hast schon viel zu lange vor dem Spiegel gestanden, Emily. Inzwischen mußt du doch jede Falte deines Kleides auswendig kennen.« Ihr Spiegelbild lächelte, als sie Emilys Blick erwiderte. »Eitelkeit ist nicht gerade eine besonders anziehende Eigenschaft bei Frauen, mein Liebes. So schön du auch sein magst – und du bist recht hübsch, wenn auch nicht gerade schön –, es wäre besser, du würdest zumindest so tun, als ob es dir gleichgültig wäre.«

Emily mußte ein Lachen unterdrücken. Sie war viel zu aufgeregt, um beleidigt zu sein.

»Ich möchte nicht, daß es irgend jemandem außer mir gleichgültig ist. Bist du fertig, Mama?«

»Meinst du, daß ich noch etwas vergessen habe?« Caroline verzog leicht den Mund.

Emily drehte sich schnell um, wobei sie ihr Kleid hochwirbeln ließ. Sie betrachtete ihre Mutter mit spöttischer Nachdenklichkeit. An jeder anderen hätte das braungoldene Kleid bieder gewirkt, aber durch den Kontrast zu Carolines wunderschöner Haut und dem mahagonifarbenen Haar sah es tatsächlich sehr reizvoll aus. Emily war viel zu ehrlich, um etwas anderes zu tun, als ihre Anerkennung auszusprechen.

»Vielen Dank«, sagte Caroline etwas kühl. »Bist du soweit, damit wir hinuntergehen können? Alle anderen sind schon ausgehbereit.«

Emily schritt vorsichtig die Treppe herunter, wobei sie ihr Kleid hochhielt. Sie war die erste, die in der Kutsche saß. Die ganze Fahrt über blieb sie still, während ihre Gedanken immer schneller durcheinanderwirbelten: Träume von gutaussehenden Männern mit Gesichtern, die noch verschwommen waren, die sich alle nach ihr umsahen, während sie tanzte, Musik in ihren Ohren, in ihrem Körper und in ihren Füßen, die kaum den Boden berührten. Ein Traumbild verschmolz mit dem nächsten. Sie malte sich den nächsten Tag aus: Bewunderer, die ihre Aufwartung machten, Briefe – und schließlich der Konkurrenzkampf um ihre Aufmerksamkeit. Wie schade, daß es keine Duelle mehr gab. Selbstverständlich würde alles ganz korrekt zugehen. Vielleicht würde einer von ihnen einen Adelstitel tragen. Würde sie ihn heiraten? Eine ›Lady-von-und-zu‹ werden? Zuerst würde er lange und leidenschaftlich um sie werben – seine Familie hätte natürlich bereits eine andere für ihn auserwählt. Eine Dame von seinem Stand, eine wohlhabende! Aber er wäre bereit, alles aufs Spiel zu setzen! Es war ein wunderbarer Traum. Er war so wunderbar, daß ihre Ankunft schon fast einer Ernüchterung gleichkam. Doch sie kannte sehr wohl den Unterschied zwischen Traum und Realität.

Sie hatten genau den richtigen Zeitpunkt gewählt – vermutlich das Werk von Mama. Der Ball war bereits in vollem Gange; schon als sie die Stufen zu den großen Eingangstüren emporstiegen, hörten sie die Musik. Emily holte Atem und schluckte schwer vor Aufregung. Mehr als fünfzig Menschen bewegten sich sanft wie Blumen in einer Brise, Farben, die ineinander übergingen und aufeinander zutrieben, dazwischengestreut die dunklen, steiferen Silhouetten der Männer. Die Musik war wie Sommer, wie Wein und Lachen.

Sie wurden angekündigt. Mama und Papa schritten langsam die Stufen hinunter, dann folgten Dominic und Sarah und schließlich Charlotte. Emily zögerte, solange sie es sich traute. Blickten all diese Gesichter auf sie? Ach, hoffentlich war es so! Behutsam hob sie ihr Kleid um wenige Zentimeter und begann die Treppe herabzusteigen. Es war ein Augenblick, den man einfach auskosten mußte, so wie die herrliche erste Erdbeere im Jahr, die einem – süß und sauer zugleich – den Mund zusammenzieht.

Sie wurden offiziell vorgestellt, doch das meiste ging einfach an ihr vorbei. Lediglich den Sohn des Hauses nahm sie bewußt wahr. Er war eine bittere Enttäuschung. Die Wirklichkeit zerstörte die letzten Bilder des Traums. Er hatte ein rotes Gesicht, eine kurze Nase und war für einen so jungen Mann eindeutig viel zu korpulent.

Emily machte einen Knicks, wie es ihr der Anstand befahl, und als er sie um die Ehre eines Tanzes bat, nahm sie die Aufforderung an. Es blieb ihr keine andere Wahl, wollte sie nicht als unhöflich erscheinen... Also ließ sie sich der Etikette entsprechend zur Tanzfläche geleiten. Er war ein schlechter Tänzer.

Anschließend wurde Emily zwischen eine Gruppe anderer junger Frauen plaziert, von denen sie die meisten – zumindest vom Sehen her – kannte. Die Unterhaltung plätscherte dahin und war äußerst nichtssagend, da jede von ihnen in Gedanken bei den Männern war, die sich auf der entgegengesetzten Seite versammelt hatten oder gerade mit einer anderen tanzten. Die wenigen Bemerkungen, die gemacht wurden, fanden keine Beachtung – weder bei denen, die sie gemacht hatten, noch bei denen, an die sie gerichtet waren.

Emily sah, daß Dominic und Sarah zusammenstanden, während Mama mit Colonel Decker tanzte. Charlotte unterhielt sich mit einem jungen Mann mit vornehmem Gesicht und gelangweilter Miene – wobei sie sichtbar bemüht war, interessiert zu wirken.

Erst eine halbe Stunde und mehrere Tänze später kehrte der junge Decker zurück – zu Emilys großer Bestürzung, bis sie sah, daß er den wohl bestaussehenden Mann mitbrachte, der ihr seit langem begegnet war. Er war nicht überdurchschnittlich groß, aber er hatte prachtvolle braune Locken, einen vollendeten Teint, regelmäßige Gesichtszüge, ausdrucksvolle Augen, und vor allem besaß er ein äußerst selbstsicheres Auftreten, welches für sich genommen schon faszinierend war.

»Miss Emily Ellison«, der junge Decker verbeugte sich ganz leicht, »darf ich Ihnen Lord George Ashworth vorstellen.«

Emily streckte die Hand aus und machte einen Knicks – wobei sie die Augen senkte, um die Röte der Aufregung zu verbergen, die sie in ihren Wangen aufsteigen fühlte. Jetzt galt es sich so zu benehmen, als ob sie jeden Tag einen Lord traf und es sie keine Spur interessierte. Er sprach sie an; sie hörte kaum, was er sagte, aber sie antwortete reizend.

Die Unterhaltung war sehr förmlich und ein bißchen gespreizt, aber das spielte kaum eine Rolle. Decker war ein Dummkopf – sie benötigte nur die Hälfte ihrer Aufmerksamkeit, um sich mit ihm zu unterhalten. Bei Ashworth war das etwas vollkommen anderes. Sie fühlte, wie er sie anschaute – es war gefährlich und aufregend zugleich. Er war ein Mann, der kühn nach dem greifen würde, was er haben wollte. Er mochte gewandt vorgehen, aber es gäbe kein Drumherum, keine zaghafte Schüchternheit. Es verursachte ihr eine wohlige Gänsehaut zu wissen, daß sie in diesem Augenblick das Objekt seines Interesses war.

Innerhalb der nächsten Stunde tanzte sie zweimal mit ihm. Er war nicht indiskret, Zweimal war genug; ein weiterer Tanz hätte Aufmerksamkeit erregt – vielleicht die von Papa, und das hätte alles verdorben.

Sie sah, wie Papa auf der anderen Seite des Raumes mit Sarah tanzte und wie Mama versuchte, der unverhohlenen Bewunderung Colonel Deckers zu entgehen, ohne ihn dabei zu beleidigen oder es so weit kommen zu lassen, daß die Situation den Neid anderer erregte. Normalerweise hätte Emily sie beobachtet, um selbst etwas dazuzulernen. Jetzt aber war sie mit ihrer eigenen Situation beschäftigt, was ihre volle Konzentration beanspruchte.

Sie unterhielt sich gerade im Stehen mit einer der Madison-Töchter, doch war sie sich der Blicke Lord Ashworths bewußt, die er ihr von der gegenüberliegenden Seite des Raumes zuwarf. Sie mußte ihren Körper aufrechthalten, ein gekrümmter Rücken wirkte äußerst unvorteilhaft, erzeugte eine häßliche Büste und rückte das Kinn in ein schlechtes Licht. Sie mußte lächeln – ohne geistlos zu erscheinen –, und sie mußte die Hände anmutig bewegen. Sie würde niemals vergessen, wie sehr häßliche Hände die Wirkung einer ansonsten anmutigen Frau beeinträchtigen konnten, seitdem sie beobachtet hatte, wie dies die zweite Madison-Tochter auf verheerende Weise demonstriert und damit einen vielversprechenden Bewunderer vertrieben hatte. Das Spiel der Hände war eine Fertigkeit, die Sarah niemals völlig beherrscht hatte, ganz im Gegensatz zu Charlotte – was ungewöhnlich genug war. Charlotte war zwar ungeschickt mit ihrer Zunge, aber sie hatte wirklich wundervolle Hände. Sie tanzte gerade mit Dominic – mit erhobenem Haupt und leuchtenden Augen. Manchmal bezweifelte Emily, daß Charlotte noch bei vollem Verstand war. Schließlich hatte sie von Dominic nichts zu erwarten. Er hatte keine Freunde von Bedeutung und mit Sicherheit keine Beziehungen. Natürlich, er selbst war recht gut situiert, aber davon hatte Charlotte schließlich nichts. Nur ein Narr wandert auf einer Straße, die nirgendwo hinführt. Nun, manche Leute ließen sich einfach nichts sagen!

Bis Mitternacht tanzte Emily noch zweimal mit George Ashworth, doch fiel kein Wort über ein zweites Treffen oder darüber, daß er demnächst bei ihr vorsprechen würde. Schon fürchtete sie, nicht so erfolgreich gewesen zu sein, wie sie zuerst angenommen hatte. Papa würde bald beschließen, daß es Zeit sei, nach Hause zu fahren. Sie mußte innerhalb der nächsten Minuten etwas unternehmen, oder sie hätte womöglich ihre Chance vertan – und das wäre entsetzlich. So rasch durfte sie den ersten Lord, mit dem sie derart vertraulich gesprochen hatte, nicht verlieren – den wohl bestaussehenden Mann und, was ihr noch mehr gefiel, einen Mann von Geist und Kühnheit.

Sie entschuldigte sich bei Lucy Sandelson unter dem Vorwand, daß ihr ein wenig heiß sei, und ging in Richtung Wintergarten. Zweifelsohne würde es dort viel zu kalt sein – aber was war schon eine kleine Unannehmlichkeit, wenn man eine solche Chance geboten bekam?

Sie hatte fünf Minuten gewartet, die ihr wie fünfzig vorkamen, als sie endlich Schritte hörte. Sie drehte sich nicht um, sondern tat so, als sei sie in die Betrachtung einer Azalee vertieft.

»Ich fürchtete schon, es könnte Ihnen zu kalt werden, und Sie würden in den Ballsaal zurückkehren, noch ehe ich die Gelegenheit hätte, mich freizumachen.«

Sie fühlte das Blut durch ihren Körper pulsieren. Es war Ashworth.

»Ach wirklich?« sagte sie so ruhig, wie sie konnte. »Ich hatte keine Ahnung, daß Sie mich dabei beobachtet haben, als ich hinausgegangen bin. Ich wollte nicht, daß es jemandem auffällt.« Was für eine Lüge! Hätte sie nicht geglaubt, daß er es bemerkt hatte, wäre sie zurückgekehrt, um noch einmal hinauszugehen. »Ich fand, daß die Hitze allmählich ein bißchen drückend wurde. Diese vielen Menschen.«

»Mögen Sie nicht unter Menschen sein? Ich bin zutiefst enttäuscht.« So klang es auch. »Ich hatte gehofft, Sie – und vielleicht Fräulein Decker – einladen zu können, mich und ein oder zwei Freunde in einer Woche zum Pferderennen zu begleiten. Es wird eine große Veranstaltung sein, und die gesamte feine Gesellschaft Londons wird dasein. Sie wären die Sensation der Saison gewesen – ganz besonders, wenn Sie den gleichen bezaubernden Farbton getragen hätten, den Sie jetzt tragen. Es erinnert mich an Frühling und Jugend zugleich.«

Vor lauter Aufregung brachte sie kein Wort heraus. Zum Pferderennen! Mit Lord Ashworth! Die ganze Londoner Haute-volee. Traumbilder flimmerten in einer solchen Fülle an ihren Augen vorbei, daß sie kaum eins vom anderen unterscheiden konnte. Vielleicht würde sogar der Prinz von Wales kommen; er liebte Pferderennen. Und wer weiß, wer sonst noch alles da wäre! Sie würde sich ein zweites grünes Kleid kaufen, ein Kleid für das Pferderennen, so schön, daß sich jeder auf der Rennbahn nach ihr umdrehen würde!

»Sie sind so still, Miss Ellison«, hörte sie ihn hinter sich sagen. »Ich wäre schrecklich enttäuscht, wenn Sie nicht mitkämen. Schließlich sind Sie das bezauberndste Geschöpf hier. Und ich verspreche Ihnen, daß die Menschenmenge beim Pferderennen bei weitem nicht so beängstigend sein wird wie hier im Ballsaal. Es wird alles unter freiem Himmel stattfinden, und wenn wir Glück haben, wird auch noch die Sonne scheinen. Bitte, sagen Sie, daß Sie kommen werden!«

»Vielen Dank, Lord Ashworth.« Sie mußte ihre Stimme ruhighalten, so, als ob sie regelmäßig von Adligen zum Pferderennen eingeladen würde und es kein Anlaß wäre, in Verzückung zu geraten. »Es wird mir ein Vergnügen sein zu kommen. Ich habe nicht den geringsten Zweifel, daß es ein entzückendes Ereignis wird. Und Miss Decker ist sicherlich eine überaus angenehme Begleiterin. Ich habe Sie so verstanden, daß sie zugesagt hat?«

»Aber selbstverständlich. Sonst hätte ich kaum die Vermessenheit besessen, an Sie heranzutreten.« Was natürlich eine Lüge war, aber das mußte sie ja nicht unbedingt erfahren.

Als Papa erschien, um ihr mitzuteilen, daß es Zeit für die Heimfahrt sei, folgte sie ihm gehorsam – und lächelnd. Sie schwebte auf einer Wolke vor Glück.

Der Tag, an dem das Pferderennen stattfand, war schön; es war einer jener kühlen, strahlend-sonnigen Tage im Spätfrühjahr, an denen selbst die Luft zu glitzern scheint. Emily hatte Papa dazu überreden können, ihr noch ein weiteres Kleid zu kaufen – genau in dem Grün, das sie sich gewünscht hatte. Sie hatte das schlagkräftige Argument angebracht, daß sie – falls sie wirklich erfolgreich wäre – vielleicht einen zukünftigen Ehemann anlocken könnte. Eine Vorstellung, die ihre Wirkung auf Papa nicht verfehlen konnte. Drei Töchter stellten die Verbindungen und das Vermögen eines jeden Mannes auf eine harte Probe, wollte er sie zufriedenstellend verheiratet sehen. Für Sarah hatte man eine wenn auch nicht gerade glänzende, so doch zumindest annehmbare Partie gefunden. Dominic verfügte über ausreichende Mittel und war sicherlich mehr als nur gutaussehend. Er war ungewöhnlich attraktiv und schien ein umgängliches Wesen und gute Manieren zu haben.

Bei Charlotte sah die Sache natürlich völlig anders aus. Emily sah keine Möglichkeit, Charlotte auch nur annähernd so leicht unterzubringen. Sie war ihrem Wesen nach viel zu widerspenstig – kein Mann mochte eine rechthaberische Frau. Und außerdem war sie viel zu unrealistisch, was ihre eigenen Vorstellungen anbelangte. Sie sehnte sich nach den unangenehmsten und – auf lange Sicht – unergiebigsten Eigenschaften bei einem Mann. Emily hatte versucht, mit Charlotte über ihre Wünsche zu sprechen, ihr klarzumachen, daß finanzielle Mittel und gesellschaftlicher Rang, gepaart mit einem annehmbaren Äußeren und einem Auftreten, das von guten Manieren zeugte, das Höchste war, was man, wenn man vernünftig war, erwarten konnte. Ja, daß es sogar wesentlich mehr war, als die meisten Mädchen jemals erreichen würden. Aber Charlotte wollte sich einfach nicht überzeugen lassen oder auch nur bestätigen, daß sie Emily zumindest verstanden hätte.

Doch all das spielte heute keine Rolle. Emily war mit Lord Ashworth, Miss Decker sowie irgendeinem jungen Mann, von dem sie kaum Notiz nahm, beim Pferderennen. Er war nicht annähernd so vielversprechend wie Lord Ashworth und brauchte daher im Moment auch nicht berücksichtigt zu werden.

Das erste Rennen war fast vorüber, und George hatte recht nett dabei gewonnen. Er behauptete, den Besitzer des Tieres zu kennen, was die ganze Angelegenheit noch aufregender machte. Emily stolzierte über den dichten Rasen, den Sonnenschirm in der Hand; sie schwelgte in einem Gefühl der höchsten Überlegenheit. Sie ging am Arm eines Angehörigen der Aristokratie – und dazu noch eines ungewöhnlich gutaussehenden. Sie sah elegant und liebreizend zugleich aus – und sie wußte es. Und sie besaß Insider-Informationen über den Gewinner des vorangegangenen Rennens. Was konnte man mehr verlangen? Sie gehörte zur Spitze der Gesellschaft.

Das zweite Rennen war von untergeordneter Bedeutung, doch das dritte war das große Ereignis der Veranstaltung. Die Zuschauer begannen vor Aufregung zu summen wie ein aufgeschreckter Bienenschwarm. Die Menschenmenge geriet in heftige Bewegung, als sich die Wetter mit den Ellbögen den Weg zu den Buchmachern bahnten. Dabei riefen sie Quoten, womit sie versuchten, immer höhere Wetten zu provozieren. Männer in eleganter und liederlicher Kleidung lachten laut, während Hände voller Geld den Besitzer wechselten.

Einmal, während Ashworth gerade über Pferdefesseln, gute Anlagen, das Können der Jockeys und über andere Dinge, von denen sie nichts verstand, sprach, beobachtete sie einen Vorfall, den sie nur starr vor Staunen verfolgen konnte. Ein korpulenter Herr mit einem leicht geröteten Gesicht kicherte vor Freude über sein Glück vor sich hin, wobei er einen Geldschein in der Hand umklammerte. Er machte ein, zwei Schritte nach vorne auf einen bläßlichen Mann in dunkler Kleidung zu, der so tieftraurig wie ein Leichenbestatter dreinblickte.

»Verloren, alter Junge?« fragte der beleibte Mann aufmunternd. »Mach dir nichts draus. Diesmal wirste mehr Glück haben. Kannst ja nicht alle verlieren. Mach weiter, sag ich dir.« Er brach in ein schallendes Gelächter aus.

Der hagere Mann sah ihn mit höflicher Bestürzung an.

»Ich bitte sehr um Entschuldigung, Sir, aber meinen Sie mich?« Seine Stimme klang sehr sanft. Hätte Emily etwas weiter entfernt gestanden, hätte sie ihn nicht verstehen können.

»Siehst aus, als ob dich das Unglück heimgesucht hätte«, fuhr der dicke Mann warmherzig fort. »Kann den Besten von uns passieren. Versuch's weiter, sag ich.«

»Wirklich, Sir, ich versichere Ihnen, daß mir kein Unglück widerfahren ist.«

»Aha«, grinste der dicke Mann und zwinkerte mit den Augen. »Willst es wohl nicht zugeben, häh?«

»Ich versichere Ihnen, Sir –«

Der dicke Mann lachte und schlug dem anderen auf die Schulter. In diesem Augenblick geriet ein Fremder ins Stolpern, taumelte seitwärts und stieß mit dem untersetzten Mann zusammen. Dieser wiederum fiel nun seinerseits nach vorne – fast direkt in die Arme des bläßlichen Mannes in der Trauerkleidung. Der Mann streckte beide Arme aus, um das plötzliche Gewicht abzufangen oder um es abzuwehren. Man entschuldigte sich überreichlich nach allen Seiten und bemühte sich, die Kleidung wieder in Ordnung zu bringen. Der ungeschickte Fremde murmelte etwas, erblickte dann anscheinend einen Bekannten in der Ferne und entfernte sich, während er immer noch vor sich hinredete. Eine schicke junge Frau tauchte neben dem dunklen Mann auf und bat ihn inständig, sofort mit ihr zu kommen, um sich von irgendeinem Glück, das ihr widerfahren sei, zu überzeugen. Währenddessen standen zwei andere Burschen, die gerade eine erhitzte Diskussion über die Vorzüge und Nachteile eines bestimmten Pferdes führten, fast direkt neben ihnen.

Der dicke Mann strich über die Kleidung, wobei er tief einatmete. Dann hielt seine Hand in Höhe der Tasche verkrampft inne, fuhr in seine Westentasche und kam leer wieder heraus.

»Meine Uhr!« schrie er entsetzt. »Mein Geld! Meine Siegel! Ich hatte drei goldene Siegel an meiner Uhrkette! Man hat mich bestohlen!«

Emily drehte sich um und zog Ashworth heftig am Ärmel.

»George!« drängte sie. »George, gerade habe ich gesehen, wie ein Mann bestohlen wurde! Man hat ihm seine Uhr und seine Siegel gestohlen.«

Ashworth wandte sich mit einem schwachen, nachsichtigen Lächeln auf den Lippen um.

»Meine liebe Emily. So etwas passiert beim Pferderennen ständig.«

»Aber ich habe es genau gesehen! Sie haben es äußerst raffiniert angestellt. Ein Mann stieß ihn von hinten an, so daß er durch den Stoß fast auf einen anderen geschleudert wurde. Der ließ blitzschnell seine Hände über ihn gleiten und muß ihm wie ein Zauberkünstler sein Eigentum entwendet haben! Wollen Sie nicht irgend etwas unternehmen?«

»Was schlagen Sie vor?« Er hob die Augenbrauen. »Der Mann, der es gestohlen hat, wird inzwischen in aller Unschuld mit etwas ganz anderem beschäftigt sein, und die Wertgegenstände selbst werden längst an jemand anderen weitergegeben worden sein, den weder Sie noch das Opfer jemals gesehen haben.«

»Aber es ist erst gerade eben passiert!« protestierte sie.

»Und wo ist der Dieb?«

Sie blickte suchend um sich. Aber sie konnte niemanden erkennen, außer dem Opfer und den beiden Streithähnen. Hilflos wandte sie sich wieder George zu.

»Ich kann ihn nicht sehen.«

Er lächelte.

»Natürlich nicht. Und selbst wenn Sie versuchen sollten, ihn zu verfolgen, so gäbe es Leute, die speziell dafür abkommandiert worden sind, Ihnen den Weg zu versperren. Das ist ihre Arbeitsweise. Es ist geradezu eine Kunst. In der Tat eine fast so große Kunst wie die, ihnen aus dem Wege zu gehen. Denken Sie nicht weiter darüber nach. Es gibt wirklich nichts, was Sie tun könnten. Tragen Sie einfach kein Geld in der Rocktasche herum. Sie verstehen sich auch ausgezeichnet darauf, Frauen zu bestehlen.«

Sie starrte ihn an.

»Nun«, sagte er bestimmt. »Hätten Sie nicht Lust, eine kleine Wette auf Charles' Pferd abzuschließen? Ich kann Ihnen zumindest einen Platzsieg versprechen.«

Sie nahm den Vorschlag an. Um Geld zu wetten, war aufregend, ein Teil des Nervenkitzels, und da es sich nicht um ihr eigenes Geld handelte, konnte sie nichts verlieren, ja, vielleicht sogar etwas gewinnen. Doch viel wichtiger als jeder kleine finanzielle Gewinn war die Gewißheit, daß sie jetzt tatsächlich zu dieser neuen, glanzvollen Welt gehörte, von der sie seit ihrer Jugend geträumt hatte. Mit modischem Schick gekleidete Damen lachten und ließen ihre Röcke wehen, während sie am Arm eleganter Herren herumstolzierten – Herren mit Geld und Titeln, die ihr Geld auf Pferde setzten, auf eine Spielkarte oder einen Würfelwurf, Herren, die das Leben beim Schopfe packten und an einem einzigen Tag ein Vermögen gewannen oder verloren. Sie lauschte ihren Gesprächen, welche Phantasiebilder in ihr heraufbeschworen, etwas verschwommen natürlich, denn sie war noch nie in einer Spielhölle oder auf einem Hunde- oder Hahnenkampfplatz gewesen. Niemals hatte sie einen Spielclub für vornehme Herren gesehen oder war jemandem begegnet, der mehr als nur ein bißchen beschwipst war. Aber diese Welt war mit Gefahr verbunden, und Gefahr, das Risiko, gehörte unabdingbar zum Erfolg. Emily war jung, sah gut aus und hatte eine recht schnelle Auffassungsgabe. Vor allem aber glaubte sie, Stil zu besitzen, jene undefinierbare Qualität, durch die sich die Gewinner von den Verlierern abhoben. Wenn sie jemals etwas Dauerhaftes gewinnen wollte, dann mußte sie jetzt ihre Chance nutzen.

Sie war so erfolgreich, wie sie es nur hatte hoffen können. Zehn Tage später war sie – wiederum gemeinsam mit Miss Decker – zu einer Tennisparty eingeladen, bei der sie sich außerordentlich amüsierte. Tennis spielte sie natürlich nicht; es handelte sich für sie um einen rein gesellschaftlichen Anlaß, bei dem sie eine ganze Menge erreichte, unter anderem erhielt sie eine Einladung zu einem Ausritt im Park, der schon in ein paar Tagen stattfinden sollte. Natürlich würde sie sich beides – Pferd und Reitkostüm – ausleihen müssen, aber das war kein Problem. Ashworth würde das Pferd besorgen, und sie konnte sich Tante Susannahs Kostüm ausborgen. Sie hatten ungefähr die gleiche Kleidergröße, und den

Umstand, daß Susannah ungefähr fünf Zentimeter größer war, konnte man ausgleichen, indem sie den Rock über der Taille etwas raffte. Es würde außer ihr niemandem auffallen.

Der Tag – es war der erste Juni – war kühl und frisch mit einem strahlenden Himmel und den vom Regen gesäuberten Straßen. Emily traf sich mit Miss Decker – die ihr zunehmend unsympathisch wurde, auch wenn sie dies hervorragend kaschierte –, Lord Ashworth und einem gewissen Mr. Lambling, einem Freund von Ashworth, der besonderen Gefallen an Miss Decker gefunden hatte. Der Himmel mochte wissen, warum!

Gemeinsam ritten sie unter den Bäumen auf dem festen Kiesweg von Rotten Row. Emily saß etwas unsicher auf dem Damensattel. Sie war den Umgang mit Pferden nicht gewöhnt, aber fest entschlossen, die Balance zu halten und eine gewisse Überlegenheit zu zeigen, als sie ihr Pferd vorsichtig durch eine Gruppe von ernst dreinblickenden Kindern auf stämmigen Ponys hindurchlenkte. Sie sah gut aus, und das konnte sie auch dem anerkennenden Gemurmel einer Gesellschaft von Herren entnehmen, die acht, neun Meter entfernt waren. Das Kostüm war ihr gut einen Zentimeter zu eng, was aber ihrer Figur durchaus schmeichelte. Ihre hohe Reitkappe, die einem Herrenzylinder sehr ähnlich war, saß verwegen seitlich auf ihren glänzenden Haaren. Die dunkle Farbe des Huts bildete einen vollkommenen Kontrast zu ihrer hellen Haut und den weißen Seidenrüschen an ihrer Bluse.

Die anderen holten sie ein, und man ritt mehr oder weniger Seite an Seite. Man unterhielt sich nicht die ganze Zeit, bis sie der wohl elegantesten Frau begegneten, die Emily jemals gesehen hatte. Ihr silberfarbenes Haar war unglaublich hell, und sie hatte ein volles, hübsches Gesicht. Ihr waldgrünes Reitkostüm mit einem samtbesetzten Kragen war von höchst exquisitem Schnitt. Ihr Pferd war ein Tier mit unverkennbarem Feuer. Emily war hingerissen vor Bewunderung. Wie gerne würde sie eines Tages auch die Ladies' Mile mit einer solche Selbstsicherheit entlangreiten – mit einer Überlegenheit, die so groß war, daß sie sie völlig beiläufig zur Schau stellen konnte.

Die Frau lächelte strahlend, als sie auf gleicher Höhe waren, und rückte ihren Hut mit einem Finger um eine Winzigkeit zurecht, wodurch sie ihn in eine noch aufsehenerregendere Stellung brachte. Sie blickte Ashworth an.

»Guten Morgen, mein lieber Lord«, sagte sie leicht spöttisch.

Für einen langen, frostigen Augenblick sah Ashworth durch sie hindurch, um sich dann mit einer leichten Drehung im Sattel Emily zuzuwenden.

»Sie erzählten mir doch gerade von dem Besuch Ihrer Tante in Yorkshire, Miss Ellison. Ihren Worten nach zu urteilen, muß es sich um eine äußerst reizvolle Landschaft handeln. Fahren Sie selbst häufiger dorthin?«

Sein Benehmen war von bestürzender Unhöflichkeit. Es war mindestens eine Viertelstunde her, daß Emily Yorkshire erwähnt hatte, und es war ganz offensichtlich, daß die Frau ihn kannte. Vor Erstaunen brachte Emily kein Wort heraus.

»... wenn es mich auch überrascht, daß sie den Frühlingsanfang als eine angenehme Jahreszeit erachtete, um so weit nach Norden zu reisen«, fuhr er fort, den Rücken nach wie vor der Reitbahn zugewandt.

Emily starrte ihn an. Das Gesicht der Frau verzog sich – mit einem Anflug bitterer Belustigung – zu einer leichten Grimasse. Dann gab sie ihrem Pferd einen Klaps mit der Reitpeitsche und ritt davon.

»Sie hat mit Ihnen gesprochen!« sagte Emily keck.

»Meine liebe Emily«, Ashworths Mund zog sich leicht nach unten. »Ein Gentleman antwortet nicht jeder Hure, die ihn belästigt«, sagte er in einem leicht herablassenden Ton. »Vor allem nicht an einem so öffentlichen Ort wie diesem hier. Und ganz bestimmt nicht, wenn er sich gerade in Begleitung von Damen befindet.«

»Hure?« stammelte Emily. »Aber sie war... sie war gekleidet ... ich meine...«

»So wie bei fast allen Dingen im Leben, so gibt es auch bei den Huren die unterschiedlichsten Kategorien! Je teurer sie sind, je erlesener ihr Kundenkreis ist, desto weniger sehen sie danach aus. Das ist alles. Sie müssen lernen, etwas weniger naiv zu sein!«

Obwohl ihr der Gedanke durch den Kopf schoß, unterließ sie es, ihn zu fragen, woher er denn den Beruf der Frau kannte. Offensichtlich existierte eine ganze Welt, über die sie noch so manches würde lernen müssen, wenn sie sich ihren Weg durch diese erfolgreich bahnen und den angestrebten Preis erlangen wollte.

»Vielleicht wären Sie so gut, mich zu unterweisen?« fragte sie mit einem Lächeln, von dem sie hoffte, daß es mehr verhüllte, als es preisgab. Sollte er doch das herauslesen, was er sich wünschte. »Es ist ein Gebiet, auf dem ich völlig unerfahren bin.«

Er warf ihr für einen Moment einen strengen Blick zu, um dann offen zu lächeln. Er hatte ungewöhnlich gute Zähne. Emily faßte in eben diesem Moment den Entschluß, die größten Anstrengungen darauf zu verwenden, eines Tages Lady Ashworth zu werden – ohne Rücksicht auf gewisse Hindernisse. Diese würden schon bewältigt werden müssen, doch sie hatte nicht den geringsten Zweifel, daß sie dem gewachsen sein würde.

»Ich bin mir nicht sicher, Emily, ob Sie wirklich ganz so naiv sind, wie Sie scheinen.« Er sah sie immer noch an.

Sie tat völlig unschuldig und blickte ihm mit einem bezaubernden Lächeln in die Augen. Sie überlegte, ob sie ihn nicht ermuntern sollte, sie besser kennenzulernen, verwarf den Gedanken dann aber wieder. Es wäre zu voreilig, und sie war sich sowieso ziemlich sicher, daß er das ohnehin beabsichtigte.

Es war in der zweiten Juniwoche, als George Ashworth dem Hause Ellison tatsächlich einen Besuch abstattete. Selbstverständlich war alles mit äußerster Sorgfalt geplant gewesen. Selbst Caroline bemühte sich erfolglos, ein gewisses kribbelndes Gefühl der Erregung zu verbergen.

Um Viertel vor vier saßen sie alle im Salon. Die Sonne schien auf den Fußboden, und draußen blühten die ersten Rosen. Lord Ashworth und Mr. und Miss Decker wurden jeden Moment erwartet. Sarah saß ziemlich steif auf dem Klavierhocker und spielte irgend etwas Unbestimmbares. Emily konnte selbst gut genug Klavier spielen, um zu wissen, daß sie schlecht spielte. Innerlich jubelte Emily vor Vorfreude. Caroline saß auf dem besten Lehnstuhl – so, als ob sie sich schon darauf vorbereitete, den Tee auszuschenken, der noch gar nicht serviert war. Nur Charlotte wirkte völlig teilnahmslos. Aber sie hatte ja auch noch nie die Vernunft besessen zu wissen, was richtig war.

Emily selbst war äußerst gelassen. Alles, was sie tun konnte, hatte sie bereits vorbereitet; jetzt kam es nur noch darauf an, jedes Wort, jeden flüchtigen Blick in der jeweiligen Situation so geschickt wie möglich einzusetzen.

Sie kamen pünktlich auf die Minute an und wurden in den Salon geführt. Das große Ritual der Vorstellungen begann. Man nahm Platz und machte, wie üblich, höfliche Konversation. Der einzige, der vollkommen gelassen aussah, war Ashworth.

Kichernd und mit hochrotem Kopf brachte Dora ihnen den Tee, Mrs. Dunphys erlesenste Schnittchen, kleine Schmetterlingstörtchen und andere Delikatessen, die sich jeder Kategorisierung entzogen. Alles wurde mit einer noch größeren Feierlichkeit serviert, als es sonst der Fall war.

»Emily hat uns von dem Pferderennen berichtet«, sagte Caroline im Konversationston, während sie Ashworth die Schnittchen anbot. »Es muß ja faszinierend sein. Ich selbst habe erst zwei solcher Veranstaltungen besucht, und das ist auch schon einige Zeit her, und es war in Yorkshire. Die Londoner Pferderennen sind natürlich die elegantesten, wie ich gehört habe. Ach bitte, erzählen Sie uns doch mehr darüber. Gehen Sie oft dorthin?«

Emily hoffte, er würde taktvoll sein, weil sie ihrer Mutter nur sehr wenig von dem Rennen erzählt hatte und selbst dieses wenige von ihr zweifellos beschönigt worden war. Sie hatte besonders viel von der Mode gesprochen und es vermieden, die obskuren Männer zu erwähnen, die Renntips verkauften, oder jene, die mehr Erfrischungen zu sich genommen hatten, als sie vertragen konnten, oder die Frauen, die – wie sie jetzt erkannte – im Grunde der gleichen Beschäftigung nachgingen wie die Dame mit dem eleganten Reitkostüm im Rotten Row. Gott im Himmel gebe George die Vernunft, seine Schilderungen ebenso sorgfältig auszuwählen.

George lächelte.

»Leider gibt es gar nicht so sehr viele Rennveranstaltungen, als daß es möglich wäre, mehr als zwei- oder dreimal im Monat dorthin zu gehen, Mrs. Ellison. Und nicht alle von ihnen lohnen einen Besuch – bieten das, was mir zusagt, oder sind für Damen geeignet.«

»Werden denn nicht alle Veranstaltungen von Damen besucht?« fragte Sarah neugierig. »Wollen Sie damit sagen, daß manche ausschließlich für Männer sind?«

»Keineswegs, Mrs. Corde. Ich habe den Ausdruck ›Damen‹ benutzt, um sie von den anderen weiblichen Personen zu unterscheiden, die diese Rennen sehr wohl besuchen und dafür ihre eigenen Gründe haben.«

Sarah öffnete den Mund – man sah ihrem Gesicht das Interesse an; dann besann sie sich auf die schicklichen Umgangsformen und schloß ihn wieder. Emily und Charlotte warfen sich einen amüsierten Blick zu. Sie alle wußten, welchen Wert Sarah auf gesellschaftlich korrektes Verhalten legte. Charlotte sprach an ihrer Stelle.

»Sie meinen Frauen, denen es an Tugend mangelt?« fragte sie freimütig. »Ich glaube, man nennt es die Halbwelt.«

George lächelte breiter.

»So nennt man es tatsächlich – unter anderem«, bestätigte er. »Da gibt es einmal die Besucher des Rennens und dann jene, die den Besuchern folgen, und jene, die den Verfolgern folgen: Pferdehändler, Spieler und – es tut mir leid, das sagen zu müssen – leider auch Diebe.«

Caroline runzelte mißbilligend die Stirn.

»Ach du liebe Güte. Das klingt gar nicht so erfreulich, wie ich es mir vorgestellt hatte.«

»Pferderennen sind ebenso unterschiedlich wie Menschen, Mrs. Ellison«, sagte George lässig, während er nach einem weiteren Schnittchen griff. »Ich war gerade dabei zu erklären, weshalb ich bestimmte dieser Veranstaltungen nicht besuche.«

Caroline beruhigte sich wieder.

»Natürlich. Ich war um Emily besorgt; unnötigerweise, wie es scheint. Ich hoffe, Sie verstehen . . . ?«

»Es spräche auch kaum für Sie, wenn Sie es nicht wären. Aber ich versichere Ihnen, es würde mir nicht im Traum einfallen, Emily irgendwohin mitzunehmen, wo ich nicht glücklich wäre, meine eigene Schwester zu sehen.«

»Ich wußte gar nicht, daß Sie eine Schwester haben!« Carolines Interesse war plötzlich wieder geweckt, genauso wie das – dem Ausdruck ihrer Gesichter nach zu urteilen – der Deckers.

»Lady Carson«, sagte George lässig.

»Es wäre entzückend, sie kennenzulernen; Sie müssen sie unbedingt zu einem Besuch bei uns mitbringen«, sagte Mr. Decker rasch.

»Es tut mir leid, aber sie lebt in Cumberland.« George ließ das Thema Schwester mit der gleichen Lässigkeit wieder fallen. »Sie kommt nur sehr selten nach London.«

»Carson?« Decker ließ nicht locker. »Ich glaube nicht, daß ich ihn kenne.«

»Kennen Sie Cumberland, Mr. Decker?« fragte Emily. Sie mochte Decker nicht, und seine Neugier ärgerte sie.

Decker wirkte ein wenig verblüfft.

»Nein, Miss Ellison. Ist es – reizvoll?«

Emily zog die Augenbrauen hoch und wandte sich George zu.

»Sehr schön, wenn auch etwas ländlich«, sagte er, »man vermißt dort einen großen Teil der Annehmlichkeiten einer zivilisierten Lebensweise.«

»Keine Gaslampen?« fragte Charlotte. »Aber sie haben doch bestimmt heißes Wasser und Heizungsmöglichkeiten?«

»Gewiß, Miss Ellison. Ich dachte eher an Clubs für Gentlemen, importierte Weine, Schneider, die gut genug sind, um dort Kunde zu sein, Theater, die mehr anzubieten haben als ewig nur Bauernlustspiele – kurz, ich meine: Gesellschaft.«

»Es muß ja höchst betrüblich für Ihre Schwester sein«, sagte Miss Decker trocken. »Ich würde mich hüten, einen Mann zu heiraten, der das Pech hat oder die abartige Veranlagung besitzt, in Cumberland zu leben.«

»Und wenn ein solcher Gentleman Sie darum bitten sollte, werden Sie also ablehnen müssen«, sagte Charlotte bissig. Emily mußte ein Lächeln unterdrücken. Charlotte mochte Miss Decker genauso wenig wie sie selbst. Aber, gebe es der Himmel, daß sie nicht ausfallend wurde! »Hoffen wir, daß man Ihnen einen Antrag macht, der Ihnen mehr zusagt«, schloß Charlotte.

Miss Decker lief vor Ärger rot an.

»Daran habe ich keinen Zweifel, Miss Ellison«, sagte sie.

George lehnte sich nach vorne. Sein hübsches Gesicht verdunkelte sich, die Lippen waren zusammengepreßt.

»Ich bezweifle, daß Sie je ein günstigeres Angebot als das eines Lord Carson bekommen werden, Miss Decker. Jedenfalls nicht für die Ehe!«

Für einen Moment herrschte gespanntes Schweigen. Es war einfach unverzeihlich, daß er eine Dame in dieser Art in Verlegenheit gebracht hatte, wie sehr sie ihn auch provoziert haben mochte. Caroline wußte nicht, was sie sagen sollte.

Emily mußte nun etwas unternehmen.

»Es ist auch gut so, daß wir nicht alle den gleichen Geschmack haben«, sagte sie schnell. »Aber ich wage zu behaupten, daß es sich auf Lord Carsons Landgütern gut leben läßt. Es ist etwas ganz anderes, ob man an einem Ort wohnt oder ob man ihn nur besucht. Man findet immer reichlich Beschäftigung, wenn man zu Hause ist. Allein die Verpflichtungen . . .«

»Ihr Einfühlungsvermögen ist bewundernswert«, stimmte George zu. »Lord Carsons Besitzungen sind äußerst weitläufig.

Er züchtet Vollblutpferde und hält eine erstklassige Rinderherde; und natürlich verfügt er über beträchtliche Jagdgebiete und Fischgründe. Irgendwelche Mühlen gibt es dort auch.«

Er hielt plötzlich inne, als ihm klar wurde, daß er in einer Weise über Besitz und Geld redete, die geradezu geschmacklos war.

»Eugenie hat mehr als genug zu tun, vor allem mit den drei Kindern.«

»Dann muß sie in der Tat sehr beschäftigt sein«, sagte Caroline unverbindlich.

In diesem Stil ging der Nachmittag weiter. Das Gespräch geriet wieder in die rechten Bahnen. Emily gab ihr Bestes, um dafür zu sorgen, und Sarah war regelrecht davon beseelt, ihre allerbesten Manieren vorführen zu können – die auch wirklich vortrefflich waren.

Später befanden sich Emily und Charlotte allein im Salon. Charlotte öffnete die Türen, um die Spätnachmittagssonne hereinzulassen.

»Du warst nicht gerade eine besonders große Hilfe«, sagte Emily etwas gereizt. »Du mußt doch wohl gemerkt haben, was für eine Art von Kreatur diese Miss Decker ist!«

»Ich habe auch gemerkt, was für eine Art von Kreatur er ist«, gab Charlotte zurück, während sie die Rosen anstarrte.

»Mr. Decker?« fragte Emily überrascht. »Er ist ein Nichts.«

»Nicht Decker. Dein Lord Ashworth. Die gelbe Rose da wird morgen verwelkt sein.«

»Was um alles in der Welt tut das zur Sache, Charlotte? Ich habe die Absicht, mir von George Ashworth einen Antrag machen zu lassen. Also beherrsche gefälligst deine Zunge, solange er bei uns zu Besuch ist!«

»Du hast was?« Charlotte drehte sich verblüfft um.

»Ja, du hast durchaus richtig verstanden! Ich beabsichtige, ihn zu heiraten. Also, tu gefälligst wenigstens so, als ob du Manieren hättest – wenigstens für die nächste Zeit.«

»Emily, du kennst ihn kaum!«

»Ich werde ihn kennen, wenn es soweit ist.«

»Du kannst ihn unmöglich heiraten! Du redest Unsinn!«

»Ich weiß sehr wohl, was ich sage. Du magst dich vielleicht damit zufriedengeben, dein Leben mit Träumen zu verbringen, ich tue das nicht. Ich gebe mich nicht der Illusion hin, daß George vollkommen wäre –«

»Vollkommen!« sagte Charlotte ungläubig. »Er ist entsetzlich! Er ist oberflächlich, ein Spieler und wahrscheinlich noch dazu ein Wüstling! Er – er gehört nicht zu unserer Welt, Emily. Selbst wenn er dich heiraten sollte, würde er dich unglücklich machen.«

»Du bist eine Träumerin, Charlotte. Es gibt keinen Mann, der einen früher oder später nicht unglücklich machen würde. Ich denke, George wird mehr als die meisten Männer zu bieten haben, um mich dafür zu entschädigen. Und ich werde ihn heiraten. Du wirst mich nicht davon abhalten können.« Sie meinte es ernst. Jetzt, als sie da im Schein der goldenen Abendsonne im Salon stand, Charlottes Gesicht betrachtete und das Licht auf ihr schweres Haar fiel, wurde ihr klar, wie ernst es ihr wirklich war. Was zu Beginn des Nachmittages nur eine Idee gewesen war, war jetzt zu einer geradezu unumstößlichen Absicht geworden.

Kapitel 3

Es war Ende Juli. Caroline war gerade dabei, die Blumen im Salon zu ordnen, während sie darüber nachdachte, daß sie statt dessen eigentlich die Haushaltsabrechnungen machen sollte, als Dora ohne anzuklopfen eintrat.

Caroline blieb – eine weiße Margerite in der Hand haltend – stehen. Nein wirklich, dieses außergewöhnliche Benehmen konnte sie nicht dulden. Sie drehte sich um, um etwas zu sagen. Dann sah sie Doras Gesicht.

»Dora? Was hast du denn?« Sie ließ die Margerite fallen.

»Oh, Ma'am!« Dora gab einen langgezogenen Jammerlaut von sich. »Oh, Ma'am!«

»Nimm dich zusammen, Dora. Und jetzt erzähl mir, was passiert ist. Ist es wieder dieser Metzgerjunge? Ich habe dir doch gesagt, du sollst ihn Maddock melden, wenn er weiter so unverschämt ist. Dann wird er sich die vorlauten Bemerkungen schon sehr rasch abgewöhnen, die junge Männer schon mal machen. Sonst verliert er seine Stellung. Maddock wird ihm das schon beibringen. Jetzt hör auf zu schniefen, und mach dich wieder an die Arbeit. Und Dora, betritt den Salon nicht noch einmal, ohne anzuklopfen. Du solltest es eigentlich besser wissen.« Sie nahm die Margerite von der Anrichte und betrachtete erneut die Vase. Auf der linken Seite war eindeutig zu viel Blau.

»Oh nein, Ma'am.« Dora stand immer noch da. »Es hat nichts mit dem Jungen zu tun. Mit dem bin ich schon fertig geworden – hab' damit gedroht, den Hund auf ihn zu hetzen, ja wirklich, hinter dem ganzen Fleisch her, verstehen Sie!«

»Wir haben keinen Hund, Dora!«

»Ich weiß das, Ma'am, aber er nicht.«

»Du solltest keine Lügen erzählen, Dora.« Aber es lag keine Kritik in ihrer Stimme. Sie betrachtete es eher als eine notwendige Rüge. Ihre Worte waren Gewohnheit, waren das, was sie ihrer Meinung nach sagen sollte, und das, was Edward sicherlich von ihr erwartete. »Also, was ist es dann, Dora?«

Als sie daran dachte, verzog Dora wieder ihr Gesicht und fing an zu heulen.

»Oh, Ma'am! Der Mörder ist wieder am Werk. Wir werden noch alle erwürgt, wenn wir einen Fuß auf die Straße setzen!«

Carolines spontane Reaktion war, Dora zu widersprechen, um sie von einem hysterischen Anfall abzuhalten.

»Unsinn! Es kann dir überhaupt nichts passieren, solange du dich nicht allein nach Einbruch der Dunkelheit herumtreibst – was ein anständiges Mädchen ohnehin nicht tut! Es gibt nichts, wovor du Angst haben müßtest.«

»Aber Ma'am, er hat es schon wieder versucht!« jammerte Dora. »Er hat Mrs. Watermans Daisy angegriffen! Mitten am hellichten Tag, ja wirklich!«

Caroline spürte, wie es ihr eiskalt über den Rücken lief.

»Was redest du da, Dora? Du wiederholst doch nicht nur dummes Geschwätz? Wer hat dir das erzählt – einer der Laufburschen?«

»Nein, Ma'am. Mrs. Watermans Jenks hat es Maddock erzählt.«

»Wirklich? Vielleicht solltest du lieber Maddock zu mir schicken.«

»Jetzt, Ma'am?« Dora stand da wie gelähmt.

»Ja, Dora, jetzt sofort.«

Dora stürzte hinaus, und Caroline versuchte, ihre Fassung zurückzugewinnen, um die restlichen Blumen zu ordnen. Das Ergebnis war jedoch wenig zufriedenstellend. Maddock klopfte an die Tür.

»Ja, Maddock«, sagte sie kühl. »Maddock, Dora hat mir gerade erzählt, daß sie zugegen war, als Sie sich – war es nicht mit Jenks? – über zwei Mädchen, die kürzlich ermordet wurden, unterhielten – und über den erneuten Überfall.«

Maddock stand steif da, während sich ein Ausdruck der Überraschung in seinem üblichen Pokergesicht zeigte.

»Nein, Ma'am! Mr. Jenks kam vorbei, um eine Flasche Portwein von Mr. Waterman für Mr. Ellison zu bringen. Während er in meinem Anrichtezimmer war, sagte er mir, ich sollte unsere Mädchen nicht aus dem Hause lassen, selbst am Tage nicht, und sie nicht allein auf Botengänge schicken, weil ihre Daisy – oder wie auch immer sie heißt – vor ein paar Tagen auf der Straße überfallen worden sei. Allem Anschein nach handelt es sich um ein kräftiges Mädchen und nicht gerade eins von der ängstlichen Sorte. Sie hatte ein Einmachglas mit irgendwelchen Früchten in der Hand und schlug ihm damit auf den Kopf. Sie selbst wurde nicht verletzt und schien ganz gefaßt zu sein – bis sie nach Hause kam. Dann wurde ihr natürlich bewußt, was ihr alles hätte passieren können, und sie brach in Tränen aus.«

»Ich verstehe.« Sie war jetzt froh, ihn nicht zu offensichtlich kritisiert zu haben, was ihr nun Spielraum für den Rückzug ließ. »Und wo war Dora?«

»Ich kann nur vermuten, Ma'am, daß sie draußen im Gang vor dem Anrichtezimmer war.«

»Vielen Dank, Maddock«, sagte sie nachdenklich. »Vielleicht sollten Sie die Mädchen – so, wie es Jenks vorgeschlagen hat – lieber tatsächlich nicht allein auf Besorgungen schicken, zumindest nicht in der nächsten Zeit. Ich wünschte, Sie hätten mir davon früher berichtet.«

»Ich habe es dem Herrn erzählt. Er sagte, ich solle Sie nicht damit beunruhigen.«

»So.« Durch ihren Kopf wirbelten die möglichen Gründe, warum Edward so etwas getan haben sollte. Und was wäre gewesen, wenn sie – oder eines der Mädchen – nun allein ausgegangen wäre? Glaubte er, nur Dienstmädchen würden angegriffen? Was war mit Chloe Abernathy?

»Vielen Dank, Maddock. Sie sollten jetzt lieber versuchen, Dora etwas zu beruhigen. Und wenn Sie schon mal dabei sind, geben Sie ihr zu verstehen, daß sie aufhören soll, an Türen zu lauschen!«

»Ja, Ma'am, natürlich.« Er drehte sich auf dem Absatz um und ging hinaus, wobei er die Tür leise hinter sich schloß.

Sie hatte sich vorgenommen, heute nachmittag Martha Prebble zu besuchen. Ohne eigentlich genau zu wissen warum, tat ihr die Frau immer irgendwie leid – obwohl sie sie nicht sonderlich mochte. Vielleicht lag es daran, daß sie den Pastor nicht leiden konnte, was natürlich völlig unsinnig war! Er war zweifelsohne ein sehr tüchtiger Mann und paßte zu Martha wahrscheinlich genausogut, wie die meisten Männer zu ihren Frauen passen. Man konnte von einem Pastor wohl kaum erwarten, ein Romantiker zu sein: wenn er ehrlich, besonnen und höflich war und von der Gemeinde respektiert wurde, dann war das schon allerhand. Mehr zu verlangen, wäre unvernünftig, und Martha war eine überaus vernünftige Frau; selbst wenn sie es als junges Mädchen nicht gewesen sein sollte, so war sie es inzwischen ganz sicher geworden.

Das lenkte ihre Gedanken auf Emily. Es war ja sehr schön für sie, wenn sie gelegentlich gesellschaftliche Einladungen von Lord Ashworth annahm. Aber ein, zwei Dinge, die Emily in letzter Zeit gesagt hatte, deuteten darauf hin, daß sich ihre Tochter mit dem Gedanken trug, eine dauerhafte Verbindung einzugehen. Zu ihrem eigenen Wohle mußte Emily von solchen romantischen Torheiten abgebracht werden. Anderenfalls würde sie später ernsthaften Schaden nehmen, und dies nicht nur durch ihre enttäuschten Wunschvorstellungen in bezug auf Ashworth, sondern auch durch Nachteile für alle Zukunftspläne. Die Leute mußten ja das Schlimmste von ihr denken. Andere junge Männer, die weniger aristokratisch, aber – realistisch gesehen – für Emily erreichbarer waren, könnten sehr schnell von ihren Absichten Abstand nehmen – oder aber ihre Mütter würden sie davon abbringen, was wohl noch wahrscheinlicher war.

In Anbetracht der Warnung Maddocks würde es wohl besser sein, selbst die kurze Strecke bis zum Pfarrhaus nicht allein zu gehen. Sie würde Emily mitnehmen, was ihnen die Gelegenheit für ein vertrauliches Gespräch böte. Es war ein wunderbarer Nachmittag für einen Spaziergang. Es war jedenfalls viel besser, als Charlotte mitzunehmen – was sie auch in Betracht gezogen hatte. Charlotte mochte den Pfarrer nicht, und sie schien nicht fähig – oder willens –, das zu verbergen. Das war ihre zweite große Sorge: Wie konnte man Charlotte in der Kunst der Verstellung, der Fähigkeit, ihre Gefühle zu verbergen, unterweisen? Von allem anderen einmal ganz abgesehen waren ihre Gefühle viel leidenschaftlicher, als es sich für eine Dame geziemte. Sie liebte Charlotte von ganzem Herzen; sie war unter ihren Töchtern die warmherzigste und mitfühlendste, und sie besaß den ausgeprägtesten Sinn für Humor – aber ihre Direktheit war einfach unmöglich. Es gab Zeiten, da Caroline an ihr verzweifelte! Wenn sie doch nur etwas Fingerspitzengefühl entwickeln könnte, bevor sie sich durch irgendeinen völlig unverzeihlichen Fauxpas gesellschaftlich unmöglich machte. Wenn sie doch bloß nachdenken würde, bevor sie den Mund aufmachte! Welcher Mann würde sie schon nehmen – so wie sie sich verhielt? Manchmal war sie direkt eine gesellschaftliche Belastung!

Verzweifelt begutachtete sie die Vase und kam zu der Einsicht, daß in ihrer derzeitigen Verfassung jede weitere Bemühung das Arrangement nur noch schlechter machen würde. Es wäre besser, Emily zu suchen und ihr Bescheid zu geben, daß sie zum Pfarrhaus gehen würden. Wenigstens Charlotte würde darüber erfreut sein!

Der Spaziergang zur Cater Street war ein Vergnügen, wenn die Sonne schien, ein leichter Wind ging und die Blätter rauschten. Kurz nach drei machten sie sich auf den Weg – Emily war zwar nicht begeistert, aber wohlerzogen genug, um mitzugehen.

Caroline hielt es für angebrachter, das Thema eher beiläufig anzusprechen.

»Maddock erzählte mir, daß ein weiteres Mädchen auf der Straße angegriffen worden sei«, begann sie in einem unverbindlichen Tonfall. Es war besser, auch das hinter sich zu bringen.

»Oh!« Emily schien interessiert, aber nicht so erschrocken zu sein, wie es Caroline erwartet hätte. »Sie wurde doch hoffentlich nicht ernstlich verletzt?«

»Offenbar nicht. Aber das dürfte wohl eher Glück als fehlende Absicht auf seiten des Angreifers gewesen sein«, erwiderte Caroline scharf. Sie mußte Emily genug einschüchtern, um sicherzustellen, daß diese jedem Risiko aus dem Weg gehen würde. Wie schnell konnte man sich unbedacht in Gefahr begeben, und wie schwerwiegend konnten die Folgen sein.

»Wer war es? Jemand, den wir kennen?«

»Eins von Mrs. Watermans Dienstmädchen. Aber darauf kommt es wohl kaum an! Du darfst nicht mehr allein ausgehen, keine von euch darf das, bis dieser Wahnsinnige von der Polizei verhaftet worden ist.«

»Aber das kann ja ewig dauern!« protestierte Emily. »Ich hatte für Freitagnachmittag einen Besuch bei Miss Decker geplant.«

»Aber du kannst Miss Decker doch nicht ausstehen!«

»Ob ich nun Miss Decker mag oder nicht, hat damit überhaupt nichts zu tun, Mama. Sie kennt Leute, die ich zu kennen wünsche, oder die ich zumindest kennenlernen möchte.«

»Dann wirst du eben Charlotte oder Sarah mitnehmen müssen. Du wirst mir nicht allein ausgehen, Emily.«

Emilys Gesicht verhärtete sich.

»Sarah wird nicht mitkommen; sie wird mit Dominic zu Madame Tussaud gehen. Sie hat einen ganzen Monat dafür gebraucht, um ihn zu überreden.«

»Dann nimm Charlotte mit.«

»Mama!« sagte Emily mit vernichtender Empörung. »Du weißt genausogut wie ich, daß Charlotte alles verderben würde. Selbst wenn sie den Mund halten sollte, würde man es ihrem Gesicht ansehen.«

»Ich nehme an, sie macht sich auch nicht gerade viel aus Miss Decker?« sagte Caroline ein wenig trocken.

»Charlotte hat überhaupt keinen Sinn für das, was zweckmäßig ist.«

Das war das perfekte Stichwort; Caroline nahm es sofort auf.

»Ich habe den Eindruck, daß es dir an diesem Sinn ebenso mangelt, mein Liebling. Deinem Interesse an Lord Ashworth dürfte kaum ein dauerhafter Erfolg beschieden sein. Und für eine vorübergehende Schwärmerei siehst du ihn viel zu häufig. Du wirst – eine wohl kaum erwünschte – Aufmerksamkeit auf dich ziehen, und du wirst feststellen, daß man sich deiner erinnern wird als Ashworths...« Sie zögerte, um die passenden Worte zu finden.

»Ich beabsichtige, Ashworths Frau zu werden«, sagte Emily mit einer Zuversicht, die Caroline verblüffte. »Und das erscheint mir außerordentlich zweckmäßig zu sein.«

»Mach dich nicht lächerlich!« sagte Caroline scharf. »Ashworth wird kein Mädchen heiraten, das weder eine einflußreiche Familie noch Geld vorzuweisen hat. Selbst wenn er gewillt wäre, würden es seine Eltern mit Sicherheit nicht erlauben.«

Emily blickte starr geradeaus, während sie auf der Straße weiterspazierte.

»Sein Vater ist tot, und seiner Mutter ist er völlig gleichgestellt. Es hat keinen Sinn zu versuchen, es mir auszureden. Ich bin fest entschlossen.«

»Und du besitzt die Dreistigkeit zu sagen, Charlotte sei unrealistisch«, sagte Caroline bestürzt, als sie in die Cater Street einbogen. »Behalte deine Ansichten wenigstens für dich, und äußere dem Pastor gegenüber nichts – Kompromittierendes.«

»Es würde mir nicht im Traum einfallen, überhaupt irgend etwas gegenüber dem Pastor zu äußern«, erwiderte Emily spitz. »Er versteht solche Dinge nicht.«

»Ich bin sicher, daß er sie versteht, aber als ein Mann der Kirche würde es ihn nicht interessieren. Vor Gott sind alle Menschen gleich.«

Emily warf ihr einen Blick zu, der zeigte, daß sie von Carolines Abneigung gegen den Pfarrer wußte. Plötzlich kam sich Caroline wie eine ertappte Heuchlerin vor. Es war ein unangenehmes Gefühl, vor allem, da es vom eigenen Kind vermittelt wurde.

»Nun, wenn du die Absicht hast, eine Lady zu werden, dann wirst du lernen müssen, dich manierlich zu benehmen – auch gegenüber denen, die du nicht leiden kannst«, sagte Caroline spitz, wobei ihr bewußt war, daß diese Ermahnung für sie selbst möglicherweise genauso im rechten Augenblick kam wie für Emily.

»Wie Miss Decker zum Beispiel.« Emily sah sie mit dem Anflug eines Lächelns von der Seite an.

Caroline wußte nicht, was sie darauf antworten sollte. Glücklicherweise waren sie inzwischen vor der Tür der Prebbles angelangt.

Zehn Minuten später befanden sie sich im hinteren Salon. Martha Prebble hatte Tee bestellt. Sie saß ihnen gegenüber auf dem überpolsterten Sofa. Es war kaum zu glauben: Sarah – in ein Gespräch vertieft – war auch da. Sie schien nicht im geringsten überrascht zu sein, sie zu sehen. Martha entschuldigte die Abwesenheit des Pfarrers in einem Ton, der in Caroline das Gefühl aufkommen ließ, daß sie darüber irgendwie genauso erleichtert war wie sie und Emily.

»Es ist so gütig von Ihnen zu helfen, Mrs. Ellison«, sagte Martha, wobei sie sich ein wenig nach vorne lehnte. »Manchmal frage ich mich, wie diese Gemeinde bloß überleben sollte, wenn es Sie und Ihre liebenswürdigen Töchter nicht gäbe! Letzte Woche noch war Sarah hier«, sie lächelte Sarah von der Seite an, »um uns bei unserer Wohltätigkeitsarbeit für Waisenkinder zu helfen. So ein reizendes Mädchen.«

Caroline lächelte. Sarah hatte ihnen niemals Sorgen bereitet, außer für kurze Zeit vielleicht, als sie beide – sie und Edward – sich fragten, ob Dominic eine kluge Wahl gewesen sei. Aber es hatte sich als eine vortreffliche Entscheidung erwiesen, und alle waren zufrieden – vielleicht mit Ausnahme von Charlotte. Ein oder zweimal hatte sie schon gedacht... Martha Prebble hatte wieder zu sprechen begonnen.

».. . natürlich müssen wir diesen unglückseligen Frauen helfen. Gleichgültig, was der Pfarrer sagt. . . ich habe das Gefühl, daß einige von ihnen Opfer der Umstände sind.«

»Die ärmeren Schichten haben nicht – so wie wir – die Vorteile einer angemessenen Erziehung«, sagte Sarah und nickte zustimmend.

Manchmal redete Sarah wirklich ganz schön schwülstig. Genau wie Edward. Caroline hatte den Anfang des Gesprächs nicht mitbekommen, aber sie konnte sich denken, worum es ging. Sie planten einen Abendvortrag mit anschließendem Tee, Erfrischungen und einem Spendenteller zur Unterstützung lediger Mütter. Es war eine Sache, in die Caroline in einem Augenblick geistiger Umnachtung mit hineingezogen worden war.

Martha Prebbles Gesicht sah man einen Moment lang die Irritation an, so, als ob sie etwas ganz anderes gemeint hätte. Dann hatte sie sich wieder unter Kontrolle.

»Gewiß. Aber der Pfarrer sagt, daß es unsere Pflicht sei, solchen Menschen zu helfen – welchen Standes sie auch seien und wie auch immer sie zu . . . Fall gekommen sein mögen.«

»Selbstverständlich.«

Caroline war hocherfreut, als das Mädchen mit dem Tee hereinkam. »Vielleicht sollten wir jetzt besser das Programm besprechen. Wer, sagten Sie doch gleich, wird zu uns sprechen? Ich fürchte, wenn Sie es bereits erwähnt haben sollten, muß ich es vergessen haben.«

»Der Pfarrer«, antwortete Martha, wobei man diesmal ihrem Gesicht nicht ansehen konnte, was sie dachte. »Schließlich ist er der Experte, wenn es darum geht, über die Sünde und Reue, die Schwächen des Fleisches und den Lohn der Sünde zu sprechen.«

Caroline zuckte bei dem Gedanken zusammen, und im geheimen dankte sie der Vorsehung, daß sie Emily und nicht Charlotte mitgebracht hatte. Weiß der Himmel, was Charlotte dazu gesagt hätte!

»Dafür ist er sicherlich überaus geeignet«, sagte sie automatisch. Der Gedanke ging ihr durch den Kopf, daß eine solche Rede vollkommen zwecklos war, außer für diejenigen, die sich besser fühlten, wenn sie darüber redeten. Arme Martha. Es mußte zuweilen sehr anstrengend sein, inmitten einer solchen Redlichkeit zu leben. Sie blickte zu Sarah hinüber. Ob es ihr wohl jemals in den Sinn gekommen war, sich über so etwas Gedanken zu machen? Sie sah so freundlich aus, so zufrieden, zustimmen zu können. Was ging nur hinter ihrer hübschen Stirn vor? Sie wandte sich wieder Martha zu, die Sarah anstarrte. War da so etwas wie Kummer in ihrem Gesicht, das Verlangen nach einer Tochter, die sie nie gehabt hatte?

»Oh, ich bin ja so völlig Ihrer Meinung, Mrs. Prebble«, sagte Sarah eifrig. »Und ich bin sicher, die ganze Gemeinde wartet nur darauf, daß Sie etwas tun. Ich verspreche Ihnen, daß wir alle Ihnen zur Seite stehen werden.«

»Meine Liebe, du magst es für deine eigene Person versprechen können«, fügte Caroline hastig hinzu, »aber du kannst es nicht für andere tun. Ich werde sicherlich da sein, aber wir können nicht für Emily oder Charlotte sprechen. Ich bin mir nicht sicher, aber ich glaube, daß Charlotte schon eine Verabredung hat.« Und falls dem nicht so war, würde Caroline schon eine für sie arrangieren. Der Abend würde schon schlimm genug werden – auch ohne die Katastrophe, die Charlotte mit ein paar unüberlegten Bemerkungen verursachen könnte.

Alle wandten sich Emily zu, die große unschuldige Augen machte.

»Wann, sagten Sie doch gleich, soll das Ereignis stattfinden, Mrs. Prebble?«

»Nächste Woche am Freitagabend im Gemeindesaal.«

Emily machte ein langes Gesicht.

»Oh, wie überaus bedauerlich. Ich habe einer Freundin versprochen, ihr einen Gefallen zu tun und mit ihr eine ältere Verwandte zu besuchen. Sie werden natürlich verstehen, daß sie die Reise nicht allein machen würde. Und Besuche bedeuten älteren Menschen ja so viel, vor allem, wenn sie sich nicht der besten Gesundheit erfreuen.«

Emily, du Lügnerin, dachte Caroline, besorgt, daß dieser Gedanke ihrem Gesicht anzumerken war. Aber sie mußte zugeben: Wenn es auch eine Lüge war – Emily machte es ungewöhnlich gut!

Und so ging der Besuch weiter: höfliche, größtenteils bedeutungslose Gespräche, vorzüglicher Tee, heiß und aromatisch, ziemlich klebrige Törtchen und die allgemeine Hoffnung, daß der Pfarrer nicht zurückkehren möge.

Sie gingen alle zusammen nach Hause. Sarah und Emily unterhielten sich, wobei Sarah die Gesprächigere war, während Emily etwas gereizt wirkte. Caroline folgte ein, zwei Schritte hinter ihnen; in Gedanken war sie immer noch bei Martha Prebble. Welche Art Frau mußte sie sein, um ein Leben an der Seite des Pfarrers zu führen? Oder ob er als junger Mann ganz anders gewesen war? Weiß der Himmel, Edward war zuweilen schon furchtbar schwülstig – vielleicht waren das ja alle Männer –, aber der Pastor übertraf alles. Caroline hatte schon oft das Verlangen verspürt, über Edward zu lachen, ja selbst über Dominic, und nur die fehlende Courage hatte sie davon abgehalten. Ob auch Martha dieses Verlangen verspürte? Ihr Gesicht schien allerdings nicht gerade zum Lachen geschaffen zu sein. Ja, je mehr sie darüber nachdachte, desto mehr kam es ihr so vor, als sei es ein Gesicht des Leidens: Grobschlächtig, Züge, in denen sich tiefe Empfindungen widerspiegelten – in ihrem Antlitz lag kein innerer Frieden.

Einen Monat später war die ganze Veranstaltung nur noch eine peinliche Erinnerung. Charlotte war hocherfreut gewesen, daß man ihr die Teilnahme untersagt hatte; so eifrig, wie es eine kluge Diplomatie gestattete, hatte sie zugegeben, daß sie – natürlich ohne Absicht – sehr leicht etwas sagen könnte, was zu einer Verstimmung führen könnte.

Für einen Augustabend war es heute stürmisch und kalt. Mama, Sarah und Emily waren zu einer weiteren Veranstaltung im Gemeindesaal gegangen, und da Martha Prebble sich eine Sommergrippe geholt hatte, war es besonders notwendig, daß die Veranstaltung von Leuten wie Mama getragen wurde, Leuten, die die Fähigkeit besaßen, zu organisieren und darauf zu achten, daß diejenigen, die für die Verköstigung verantwortlich waren, alles bis ins Detail beachteten, daß der Zeitplan eingehalten und anschließend alles wieder ordentlich aufgeräumt wurde. Charlotte war froh, daß sie wieder zu Hause bleiben konnte – diesmal mit ziemlich echten Kopfschmerzen.

Sie vermutete, daß vielleicht das schlechte, stürmische Wetter die Ursache hierfür war und öffnete die Türen zum Garten, um frische Luft hereinzulassen. Der Erfolg war erstaunlich, und um neun Uhr fühlte sie sich schon viel besser.

Um zehn Uhr schloß sie die Türen wieder, da es dunkel geworden war. Als sie so dasaß und die Dunkelheit in den Raum drang, fühlte sie sich ein wenig schutzlos, denn ihr kam der

Gedanke, daß zwischen dem Garten und der Straße nichts außer der Mauer mit den Rosenstöcken war. Sie hatte ein Buch gelesen, mit dem ihr Vater sicherlich nicht einverstanden gewesen wäre – aber die Gelegenheit war ausgezeichnet gewesen, da auch er und Dominic ausgegangen waren.

Es war halb elf – draußen war es schon recht dunkel –, als Mrs. Dunphy an die Salontür klopfte.

Charlotte schaute auf.

»Ja?«

Mrs. Dunphy kam herein, die Haare ein wenig zerzaust, die Schürze zerknüllt zwischen den Fingern.

Charlotte starrte sie überrascht an.

»Was ist denn, Mrs. Dunphy?«

»Vielleicht sollte ich Sie damit nicht belästigen, Miss Charlotte, aber ich weiß nicht so recht, was ich tun soll!«

»Worum geht's denn? Kann es nicht bis morgen warten?«

»Oh nein, Miss Charlotte. Es ist wegen Lily.« Mrs. Dunphy sah elend aus. »Sie ist mal wieder mit diesem Jack Brody ausgegangen – und sie ist immer noch nicht zurück. Es ist schon halb elf durch, Miss Charlotte, und sie muß um sechs aufstehen.«

»Nun machen Sie sich da mal keine Sorgen«, sagte Charlotte etwas spitz. Sie haßte es zu versuchen, Streitereien unter dem Dienstpersonal zu schlichten. »Wenn sie sich morgen schrecklich fühlt, wird es für sie vielleicht eine Lehre sein, in Zukunft nicht so spät nach Hause zu kommen.«

Mrs. Dunphy stockte vor Erregung der Atem.

»Sie verstehen nicht, Miss Charlotte! Es ist halb elf, und sie ist noch nicht zurückgekommen! Ich habe diesen Jack Brody noch nie gemocht. Mr. Maddock hat schon oft gesagt, daß er nichts wert ist und daß Lily ihm den Laufpaß geben soll.«

Charlotte war es nicht entgangen, daß Maddock ein Auge auf Lily geworfen hatte, was es natürlich verständlich machte, warum er Jack Brody ablehnte – oder jeden anderen, mit dem sie ausging.

»Ich würde Maddocks Meinung nicht besonders ernst nehmen, Mrs. Dunphy. Der Junge wird wahrscheinlich völlig harmlos sein.«

»Miss Charlotte, es geht auf elf Uhr zu, und draußen ist es dunkel, und Lily ist irgendwo da draußen mit einem Mann, der nichts taugt! Mr. Maddock ist rausgegangen, um sie zu suchen. Er ist auch jetzt wieder da draußen, aber ich finde, Sie sollten etwas unternehmen.«

Charlotte erkannte erst jetzt, wovor Mrs. Dunphy eigentlich solche Angst hatte.

»Ach, seien Sie nicht albern, Mrs. Dunphy!« stieß sie hervor, jedoch nicht, weil es albern war, sondern weil sie es auch mit der Angst zu tun bekam. »Sie wird jeden Moment zurück sein. Schicken Sie sie dann zu mir. Ich werde ihr schon klarmachen, daß wir sie – sollte so etwas noch einmal vorkommen – entlassen werden. Oder besser noch: Richten Sie es Maddock aus, wenn er zurückkommt, und dann gehen Sie zu Bett. Maddock wird aufbleiben.«

»Ja, Miss Charlotte. Glauben – glauben Sie, es wird ihr nichts passieren?«

»Nein, wenn sie sich so etwas nicht noch einmal leistet. Und jetzt gehen Sie in die Küche zurück, und machen Sie sich keine Sorgen.«

»Natürlich, vielen Dank, Miss.« Mrs. Dunphy ging hinaus, wobei sie die Schürze immer noch in einer Hand zusammenknüllte.

Es war eine halbe Stunde später, nach elf, als Maddock hereinkam.

Charlotte legte ihr Buch weg. Sie war gerade im Begriff, zu Bett zu gehen. Es war unsinnig zu warten, bis die anderen heimkamen – obwohl sie länger ausblieben, als sie es erwartet hatte. Veranstaltungen im Gemeindesaal endeten normalerweise spätestens um zehn Uhr. Nun, vielleicht gab es noch eine Menge aufzuräumen, und dann würden sie natürlich noch eine Kutsche finden müssen. Papa war in seinem Club, und sie hatte vergessen, wohin Dominic gehen wollte.

»Was gibt es, Maddock?«

»Es ist elf Uhr durch, Miss Charlotte, und Lily ist immer noch nicht zu Hause. Ihre Erlaubnis vorausgesetzt, meine ich, daß wir uns mit der Polizei in Verbindung setzen sollten.«

»Die Polizei! Wozu das? Wir können nicht die Polizei kommen lassen, nur weil unser Dienstmädchen mit einem uns nicht genehmen Mann ausgegangen ist! Wir werden uns zum Gespött der Nachbarschaft machen. Das würde uns Papa niemals verzeihen. Selbst wenn sie . . .«, sie suchte nach Worten, ». . . so ausschweifend sein sollte, die ganze Nacht wegzubleiben.«

Maddocks Gesicht wurde starr.

»Keins unserer Mädchen ist unmoralisch, Miss Charlotte. Da stimmt was nicht.«

»Na schön, wenn nicht direkt unmoralisch, dann eben etwas töricht, unbesonnen.« Charlotte bekam es jetzt langsam selbst mit der Angst zu tun. Sie wünschte, Papa wäre hier – oder Dominic. Sie wüßten, was zu tun wäre. Befand sich Lily wirklich in Gefahr? Sollte sie die Polizei rufen? Allein der Gedanke daran, mit der Polizei zu sprechen, war beängstigend, erniedrigend. Ehrbare Leute hatten es nicht nötig, die Polizei zu holen; und wenn sie es tat: Würde Papa nicht wütend werden? Die möglichen Konsequenzen jagten ihr durch den Kopf – das Gerede von Schande, Papas Gesicht rot vor Wut, Lily, die irgendwo tot auf der Straße lag.

»Also gut, vielleicht sollten Sie sie besser holen«, sagte sie völlig ruhig.

»Ja, Ma'am. Ich werde selbst gehen und die Tür hinter mir abschließen. Und seien Sie unbesorgt, Miss Charlotte. Sie sind hier vollkommen sicher mit Mrs. Dunphy und Dora. Nur lassen Sie niemanden herein.«

»Ja, Maddock. Ich danke Ihnen.«

Sie setzte sich, um zu warten. Das Zimmer schien plötzlich unangenehm kühl, und sie schmiegte sich tiefer in die Kissen auf dem Sofa. Hatte sie das Richtige getan? War es nicht etwas hysterisch von ihr gewesen, Maddock loszuschicken, um die Polizei zu holen, nur weil Lily nicht den Anstand besaß, den sie eigentlich besitzen sollte? Papa würde wütend sein; man würde darüber tratschen; Mama würde es entsetzlich peinlich sein. Es warf ein schlechtes Licht auf die Moral des ganzen Haushaltes.

Sie stand auf, um Maddock zurückzurufen; dann sah sie ein, daß es zu spät war. Sie hatte sich gerade fröstelnd auf das Sofa gesetzt, als die Haustür geöffnet und wieder geschlossen wurde. Sie erstarrte.

Dann hörte man deutlich Sarahs Stimme. »Ich bin in meinem ganzen Leben noch nie so müde gewesen. Macht das Mrs. Prebble normalerweise alles alleine?«

»Nein, natürlich nicht«, sagte Caroline erschöpft. »Es liegt einfach daran, daß sich Mrs. Prebble wegen ihrer Krankheit nicht mit den Leuten in Verbindung gesetzt hat, die normalerweise helfen.«

Die Tür zum Salon öffnete sich.

»Ja, warum um Himmels willen, Charlotte, sitzt du da fast im Dunkeln – und noch dazu zusammengekauert wie ein Kind? Bist du krank?« Caroline eilte auf sie zu.

Charlotte war so froh, sie zu sehen, daß sie die Tränen in den Augen spürte. Es war lächerlich; sie schluckte schwer.

»Mama, Lily ist nicht zurückgekommen. Maddock ist gegangen, um es der Polizei zu melden!«

Caroline starrte sie an.

»Der Polizei!« sagte Emily ungläubig. Dann wurde aus Ungläubigkeit Wut. »Was um alles in der Welt hast du dir dabei gedacht, Charlotte? Du mußt verrückt sein!«

Sarah trat von hinten an sie heran.

»Was werden die Nachbarn bloß sagen? Wir können nicht die Polizei ins Haus holen, nur weil ein Dienstmädchen mit irgend jemandem durchgebrannt ist!« Sie blickte um sich, als ob sie erwartete, daß er aus dem Nichts auftauche. »Wo ist Dominic?«

»Er ist natürlich noch weg!« fuhr Charlotte sie an. »Denkst du, wenn er hier wäre, wäre er zu Bett gegangen?«

»Du hättest Charlotte niemals allein lassen dürfen«, sagte Emily; vor Zorn klang ihre Stimme scharf.

»Nun, möglicherweise wußte Mama nicht, daß sich Lily gerade die heutige Nacht dafür aussuchen würde, um verlorenzugehen!« Charlotte merkte, wie sich ihre Stimme überschlug. Im Geiste sah sie Lily auf der Straße liegen. »Sie könnte tot oder sonstwas sein, und alles, was dir einfällt, ist, dumme Bemerkungen zu machen!«

Bevor irgend jemand irgend etwas hinzufügen konnte, wurde die Haustür erneut auf- und wieder zugemacht, und Edward kam durch die geöffnete Tür des Salons herein.

»Was ist los?« fragte er sofort. »Caroline?«

»Charlotte hat nach der Polizei geschickt, weil Lily weggelaufen ist«, sagte Sarah wütend. »Ich nehme an, wir werden morgen in aller Munde sein!«

Edward blieb entsetzt stehen und starrte Charlotte an.

»Charlotte?« fragte er fordernd.

»Ja, Papa.« Sie wagte nicht, ihn anzublicken.

»Was um alles in der Welt ist in dich gefahren, so etwas Törichtes zu tun, Kind?«

»Sie hatte Angst, daß etwas . . .«, begann Caroline.

»Schweig, Caroline«, sagte er scharf. »Charlotte? Ich warte!«

Charlotte fühlte, wie ihre Tränen vor Empörung verschwanden. Sie sah ihn an, genauso wütend, wie er es war.

»Wenn die ganze Straße über uns tratscht«, sie betonte jedes Wort, »wäre es mir lieber, sie tun es, weil wir uns unnötigerweise Sorgen gemacht haben, als deswegen, weil wir uns nicht genügend darum gekümmert haben festzustellen, ob sie wohlauf ist, während sie irgendwo verletzt auf der Straße lag!«

»Charlotte, geh auf dein Zimmer!«

Wortlos und mit erhobenem Kopf ging sie hinaus und die Treppe hoch. Ihr Schlafzimmer war kalt und dunkel, aber sie dachte an die kälteren und dunkleren Straßen draußen.

Am Morgen wachte sie müde und mit einem schweren Kopf auf. Sie erinnerte sich an die vergangene Nacht. Papa war höchstwahrscheinlich immer noch wütend, und die arme Lily würde es am schlimmsten zu spüren bekommen – womöglich würde sie sogar entlassen. Auch Maddock würde wahrscheinlich sein Fett abbekommen. Sie mußte daran denken, die Sache für ihn nicht dadurch noch schlimmer zu machen, daß sie Papa wissen ließ, daß er es war, der vorgeschlagen hatte, die Polizei zu benachrichtigen.

Sollte Lily entlassen werden, würde es – bis Ersatz gefunden war – den ganzen Haushalt durcheinanderbringen. Mrs. Dunphy würde völlig überlastet sein. Dora müßte sich dumm und dusselig laufen. Und Mama würde ein weiteres Mal feststellen, wie schwer es war, ein anständiges Mädchen zu finden, ganz zu schweigen davon, es einzuarbeiten.

Es war noch früh am Morgen, aber es hatte keinen Zweck, im Bett liegenzubleiben; es war auf jeden Fall besser, es schnell hinter sich zu bringen, als hier mit bangendem Herzen zu liegen und das Ganze immer größere Dimensionen annehmen zu lassen.

Sie hatte sich bis in die Halle im Erdgeschoß vorgewagt, als sie Dora sah.

»Oh, Miss Charlotte!«

»Was ist los, Dora? Sie sehen ja schrecklich aus. Sind Sie krank?«

»Nein, eigentlich nicht. Aber ist es nicht schrecklich, Miss?«

Charlotte stockte das Herz. Papa konnte Lily doch nicht mitten in der Nacht auf die Straße gesetzt haben?

»Was gibt es, Dora? Ich bin zu Bett gegangen, bevor Lily nach Hause kam.«

»Oh, Miss Charlotte.« Dora schluckte; ihre Augen waren weit aufgerissen. »Sie ist überhaupt nicht nach Hause gekommen. Sie muß irgendwo ermordet auf der Straße liegen – und wir waren alle in unseren Betten, so, als wäre es uns egal!«

»Es muß ihr überhaupt nichts dergleichen passiert sein!« stieß Charlotte hervor, wobei sie versuchte, sich das auch selbst einzureden. »Wahrscheinlich liegt sie auch im Bett – in irgendeinem armseligen Zimmer, zusammen mit Jack Soundso.«

»Oh nein, Miss, es ist gemein von Ihnen, so etwas zu sagen –« Sie wurde dunkelrot. »Entschuldigen Sie, Miss Charlotte, aber das hätten Sie nicht sagen dürfen. Lily war ein gutes Mädchen. Das hätte sie niemals getan, und schon gar nicht, ohne einem etwas zu sagen!«

Charlotte wechselte das Thema.

»Wissen Sie, ob die Polizei gekommen ist? Ich meine – Maddock wollte sie doch holen.«

»Ja, Miss, ein Polizist ist gekommen, aber er schien der Ansicht zu sein, daß Lily nicht besser war, als Sie es jetzt vermuten, und daß sie einfach weggelaufen ist. Aber genau deshalb denke ich mir, daß die Polizei auch nicht besser ist, als allgemein behauptet wird. Bei dem Abschaum, mit dem sie zu tun hat, möchte ich mal sagen. Das ist doch einleuchtend, oder?«

»Das weiß ich nicht, Dora. Ich habe niemals mit der Polizei zu tun gehabt.«

Das Frühstück war eine steife und ziemlich verbissene Angelegenheit. Sogar Dominic sah ungewöhnlich mürrisch aus. Er und Papa brachen auf, um ihren täglichen Geschäften nachzugehen; Emily und Mama gingen für eine Anprobe zur Schneiderin. Sarah befand sich in ihrem Zimmer und schrieb Briefe. Es war schon komisch, was für eine enorme Korrespondenz sie hatte. Charlotte fand im Monat niemals mehr als ein oder zwei Leute, denen sie schreiben konnte.

Es war halb zwölf, und Charlotte malte gerade mit erstaunlichem Erfolg – gemessen an der düsteren Stimmung, in der sie sich befand –, als Maddock anklopfte und die Tür öffnete.

»Was gibt es, Maddock?« fragte Charlotte, ohne von ihrer Palette aufzusehen. Sie war gerade dabei, ein gedämpftes Sepiabraun für die Blätter im Hintergrund zu mischen und hatte sich vorgenommen, den Ton exakt zu treffen. Es machte ihr Spaß zu malen, und an diesem Morgen wirkte es besonders beruhigend.

»Eine Person, Miss Charlotte, die Mrs. Ellison sprechen wollte, aber weil sie nicht da ist, bestand sie darauf, mit jemand anderem zu sprechen.«

Sie wandte sich von ihrem Sepia ab.

»Was soll das heißen, ›eine Person‹, Maddock? Was für eine Person?«

»Eine Person von der Polizei, Miss Charlotte.«

Ein Schrecken durchfuhr Charlotte. War es am Ende also doch wahr? Oder waren sie gekommen, um sich darüber zu beschweren, daß man sie wegen einer privaten Angelegenheit bemüht hatte?

»Dann führen Sie ihn wohl besser herein.«

»Wünschen Sie, daß ich bleibe, Miss, für den Fall, daß er lästig werden sollte? Bei Leuten von der Polizei weiß man das nie so genau. Schließlich sind sie eher den Umgang mit ganz anderen Gesellschaftsschichten gewohnt.«

Charlotte hätte sehr gern seine moralische Unterstützung in Anspruch genommen.

»Nein danke, Maddock. Aber bleiben Sie bitte in der Halle, damit ich Sie rufen kann.«

»Ja, Miss.«

Einen Moment später öffnete sich die Tür erneut.

»Inspector Pitt, Ma'am.«

Der Mann, der eintrat, war hochgewachsen; er wirkte massig – so unordentlich, wie er mit seinen widerspenstigen Haaren und seinem leger sitzenden Jackett aussah. Seine Gesichtszüge waren klar – leicht semitisch, obgleich seine Augen hell und sein Haar nicht dunkler als braun waren. Er machte einen intelligenten Eindruck. Als er sprach, klang seine Stimme ungewöhnlich angenehm, was gar nicht so recht zu seinem etwas schlampigen Äußeren passen wollte. Er musterte Charlotte gründlich von oben bis unten, was sie bereits irritierte.

»Ich bedaure, es Ihnen jetzt, wo Sie allein sind, mitteilen zu müssen, Miss Ellison, aber wir können es uns nicht leisten, Zeit zu verlieren. Möchten Sie sich vielleicht setzen?«

Instinktiv lehnte sie ab.

»Nein, danke«, sagte sie förmlich. »Worum handelt es sich denn?«

»Es tut mir leid, ich habe schlechte Nachrichten. Wir haben Ihr Dienstmädchen gefunden – Lily Mitchell.«

Charlotte versuchte möglichst ruhig und aufrecht stehenzubleiben – obwohl ihre Knie weich waren. Sie spürte, wie ihr das Blut aus dem Gesicht wich.

»Wo?« Ihre Stimme war mehr ein Piepsen. Dieser scheußliche Mensch starrte sie an. Obwohl sie Leute nicht auf den ersten Eindruck hin ablehnte – nein, das stimmte nicht so ganz –, aber dieser Mann provozierte geradezu Ablehnung. »Nun?« sagte sie, wobei sie ihre Stimme möglichst ruhig klingen ließ.

»In der Cater Street. Vielleicht sollten Sie sich doch lieber setzen?«

»Mir geht es gut. Vielen Dank.« Sie versuchte, ihn mit einem frostigen Blick einzuschüchtern, doch er schien ihn überhaupt nicht zu beachten. Ziemlich resolut nahm er ihren Arm und führte sie nach hinten zu einem der Lehnsessel.

»Wünschen Sie, daß ich eines Ihrer Dienstmädchen hole?« bot er ihr an.

Charlotte wurde wütend. Sie war nicht so schwach, daß sie sich nicht angemessen benehmen konnte, selbst angesichts der schockierenden Nachrichten.

»Was, bitte, beabsichtigen Sie zu tun, was nicht warten könnte?« sagte sie mit großer Beherrschung.

Bedächtig ging er im Raum umher. Also wirklich, der Mann hatte überhaupt kein Benehmen. Nun, was konnte man von der Polizei auch schon erwarten? Wahrscheinlich konnte er nicht einmal etwas dafür.

»Ihr Diener berichtete letzte Nacht, daß sie mit einem Mann namens Jack Brody ausgegangen sei – irgend so ein Angestellter. Um wieviel Uhr hatten Sie ihr befohlen, nach Hause zu kommen?«

»Halb elf, glaube ich. Ich bin mir nicht sicher. Nein, kann auch zehn Uhr gewesen sein. Maddock könnte es Ihnen genauer sagen.«

»Wenn Sie gestatten, werde ich ihn fragen.« Das klang eher nach einer Feststellung als nach einer Bitte. »Wie lange war sie bei Ihnen angestellt?«

Es hörte sich alles so endgültig an, so, als wäre es alles schon längst Vergangenheit.

»Etwa vier Jahre. Sie war erst neunzehn.« Sie merkte, wie ihre Stimme plötzlich leiser wurde, und sie mußte an Emily denken: Emily als Säugling, Emily, wie sie laufen lernt. Es war lächerlich.

Schließlich hatte Emily nichts mit Lily gemeinsam, außer, daß sie beide neunzehn waren.

Der scheußliche Polizist starrte sie an.

»Sie müssen sie recht gut gekannt haben.«

»Ich denke schon.« Erst jetzt wurde ihr bewußt, wie wenig sie tatsächlich über sie gewußt hatte. Lily – das war ein Gesicht gewesen, das zum Haus gehörte, etwas, an das sie gewöhnt war. Sie wußte nichts von dem, was hinter dem Gesicht vorgegangen war: Wofür hatte sie sich interessiert? Wovor hatte sie sich gefürchtet?

»Ist sie jemals zuvor nicht nach Hause gekommen?«

»Wie bitte?« Sie hatte ihn für einen Augenblick ganz vergessen. Er wiederholte seine Frage.

»Nein. Niemals, Mr. –?« Seinen Namen hatte sie auch vergessen.

»Pitt. Inspector Pitt«, ergänzte er für sie.

»Inspector Pitt, wurde sie ... wurde sie erwürgt – so wie die anderen?«

»Erdrosselt, Miss Ellison, mit einem starken Draht. Ja, genau wie die anderen.«

· »Und ... und wurde sie auch ... verstümmelt?«

»Ich bedaure, ja.«

»Oh.« Sie spürte, wie die Schwäche sie überwältigte, das Entsetzen – und das Mitleid.

Er beobachtete sie. Offenbar schien er nur ihr Schweigen zu registrieren.

»Wenn Sie gestatten, werde ich jetzt mit den anderen Bediensteten sprechen. Die kannten sie vermutlich besser als Sie.« Es war ein Unterton in seiner Stimme, der andeutete, daß das Mädchen ihr wohl gleichgültig gewesen sei. Das machte sie wütend – und schuldbewußt.

»Wir schnüffeln nicht im Privatleben unseres Personals herum, Mr. Pitt! Aber für den Fall, daß Sie glauben, wir wären nicht beunruhigt gewesen – ich war es, die Maddock letzte Nacht zur Polizei geschickt hat.« Sofort, als sie das gesagt hatte, wurde sie rot vor Ärger. Warum um alles in der Welt versuchte sie sich vor diesem Mann zu rechtfertigen? »Unglücklicherweise waren Sie nicht in der Lage, sie zu finden!« fügte sie spitz hinzu.

Er nahm die Zurechtweisung schweigend entgegen, und einen Moment später war er verschwunden.

Charlotte stand da und starrte auf die Staffelei. Das Bild, das ihr eine Viertelstunde zuvor noch zart und bedeutungsvoll erschienen war, war jetzt nur noch eine Anhäufung von graubraunen Klecksen auf Papier. Ihr Kopf war voll von verschwommenen Bildern: dunkle Straßen, Schritte, Ringen nach Atem, Angst vor allem und dann der furchtbare direkte Angriff.

Sie starrte immer noch auf die Staffelei, als ihre Mutter hereinkam. Aus dem Flur erklang Emilys Stimme.

»Ich bin sicher, es wird vollkommen abscheulich aussehen, wenn sie es so weit wie jetzt läßt. Richtig fett werde ich aussehen! Es ist so unmodern.«

Caroline war stehengeblieben und starrte Charlotte an.

»Charlotte, mein Liebes, was hast du?«

Charlotte merkte, wie ihr die Tränen kamen. Fast besinnungslos vor Erleichterung fiel sie ihrer Mutter in die Arme und hielt sie so fest, daß sie sie fast zerdrückte.

»Lily. Mama, man hat sie erdrosselt ... wie die anderen. Sie haben sie in der Cater Street gefunden. So ein schrecklicher Polizist ist jetzt da, jetzt im Moment! Er redet mit Maddock und den Bediensteten.«

Caroline strich ihr beruhigend übers Haar.

»Oh, mein Gott«, sagte sie leise. »Das habe ich befürchtet. Ich habe mir niemals wirklich vorstellen können, daß Lily weggelaufen ist. Wahrscheinlich wollte ich es einfach nur glauben, weil es soviel wünschenswerter war, als ... Dein Vater wird furchtbar erbost darüber sein, daß wir die Polizei im Haus haben. Weiß Sarah Bescheid?«

»Nein. Sie ist oben.«

Caroline schob sie sanft von sich.

»Wir sollten uns jetzt lieber sammeln und darauf vorbereiten, einer Menge unerfreulicher Dinge ins Auge zu sehen. Ich werde Lilys Eltern schreiben müssen. Es ist das mindeste, daß sie es von einem Mitglied der Familie erfahren, von jemandem, der Lily kannte. Und schließlich waren wir für sie verantwortlich. Geh jetzt hinauf, und wasch dir das Gesicht. Und dann solltest du besser mit Sarah über die Sache sprechen. Wo, hast du gesagt, steckt dieser Polizist?«

Inspector Pitt kam am Abend noch einmal ins Haus, als Edward und Dominic zurück waren. Er bestand darauf, erneut mit allen zu sprechen. Sein Auftreten war unnachgiebig.

»Ich habe noch nie einen solchen Unsinn gehört!« sagte Edward gerade empört, als Maddock eintrat, um ihn anzukündigen. »Es ist nicht zu fassen, wie unverschämt dieser Kerl ist. Ich werde mal mit seinem Vorgesetzten sprechen müssen. Ich lasse es nicht zu, daß Frauen in diese schmutzige Affäre hineingezogen werden. Ich werde allein mit ihm sprechen. Caroline, Mädchen, bitte zieht euch zurück, bis ich Maddock nach euch schicke.«

Sie standen alle gehorsam auf, doch noch ehe sie die Tür erreichten, öffnete sich diese, und die unordentliche Gestalt Mr. Pitts kam hereingeschritten.

»Guten Abend, Ma'am.« Er verneigte sich vor Caroline. »Abend«, sagte er an alle anderen gerichtet, wobei sein Blick einen kleinen Moment länger auf Charlotte verweilte – sehr zu ihrem Verdruß. Sarah drehte sich mit einem Blick voll Abscheu nach ihr um, so, als ob sie irgendwie dafür verantwortlich wäre, daß diese Kreatur den Salon betreten hatte.

»Die Damen sind gerade im Begriff zu gehen«, sagte Edward förmlich. »Wenn Sie vielleicht die Liebenswürdigkeit besäßen, zur Seite zu treten und sie vorbeizulassen.«

»Wie bedauerlich«, lächelte Pitt entgegenkommend. »Ich habe gehofft, sie in Ihrer Anwesenheit sprechen zu können – als moralische Unterstützung sozusagen. Aber wenn Sie es vorziehen, daß ich allein mit ihnen spreche, dann werde ich selbstverständlich . . .«

»Ich ziehe es vor, daß Sie überhaupt nicht mit ihnen sprechen! Sie können nichts, aber auch gar nichts über diese Angelegenheit wissen, und ich lasse es nicht zu, daß man ihnen Kummer bereitet.«

»Nun, wir werden selbstverständlich sehr dankbar alles zur Kenntnis nehmen, was Sie wissen, Sir –«

»Ich weiß auch nichts. Ich interessiere mich nicht für die romantischen Affären von Dienstmädchen!« stieß Edward hervor. »Aber ich kann Ihnen alles erzählen, was die Familie über Lily weiß. Ich kann Ihnen etwas über ihren Werdegang als Dienstmädchen und ihre Referenzen erzählen, wo ihre Familie lebt und so weiter. Ich nehme an, Sie werden das wissen wollen?«

»Ja, auch wenn ich vermute, daß es nicht im mindesten relevant ist. Dennoch wird es für mich erforderlich sein, mit Ihrer Frau und Ihren Töchtern zu sprechen. Frauen – wissen Sie – beobachten sehr genau, und Frauen beobachten andere Frauen. Es würde

Sie überraschen, wie viele Dinge Ihren – oder meinen – Augen entgehen können – nicht aber ihren.«

»Für meine Frau und meine Töchter gibt es Interessanteres als die Romanzen von Lily Mitchell.« Edwards Gesicht lief noch dunkler an; er preßte seine Hände fest zusammen.

Sarah rückte etwas näher an ihn heran.

»Wirklich, Mr. ...« Sie überging seinen Namen. »Ich versichere Ihnen, ich weiß überhaupt nichts. Sie wären besser beraten, Mrs. Dunphy oder Dora zu befragen. Wenn sich Lily irgend jemandem anvertraut hat, dann einem von ihnen. Finden Sie dieses elende Subjekt, mit dem sie ausgegangen ist.«

»Oh, Mrs. Corde, das haben wir bereits. Er sagt, er habe Lily um zehn Minuten vor zehn am Ende der Straße in Sichtweite des Hauses verlassen. Er selbst mußte um zehn zurück in seiner Unterkunft sein; sonst hätte man ihn ausgesperrt.«

»Dafür haben Sie nur sein Wort.« Dominic griff zum erstenmal in das Gespräch ein. Er hatte sich in einem der Sessel zurückgelehnt. Sein Gesicht war zwar leicht gerötet, doch sah er von allen am gefaßtesten aus. Charlottes Herz pochte, als sie sich zu ihm umwandte. Er sah so ruhig aus; Papa wirkte neben ihm regelrecht lächerlich.

»Er war um zehn in seinem Wohnheim«, erwiderte Pitt, während er mit leicht gerunzelter Stirn auf Dominic herabsah.

»Nun, er hätte sie vor zehn Uhr töten können, oder nicht?« Dominic beharrte auf seiner Idee.

»Natürlich. Aber warum sollte er?«

»Ich weiß nicht«, Dominic schlug die Beine übereinander. »Es ist Ihre Aufgabe, das herauszufinden. Warum sollte überhaupt jemand ...?«

»So ist es.« Sarah rückte näher an Dominic heran. Demonstrativ ergriff sie Partei für seine Theorie. »Dort sollten Sie die Fragen stellen – nicht hier.«

»Wenigstens war er so diskret, nicht bei Tageslicht zu kommen«, flüsterte Emily Charlotte zu. »Die arme Sarah – sie sitzt auf heißen Kohlen.«

»Sei nicht gehässig«, flüsterte Charlotte zurück – obwohl sie ihr im stillen zustimmte –, und sie wußte, daß sich Emily dessen bewußt war.

»Sie glauben, daß er es war, nicht wahr, Mrs. Corde?« Pitt hob die Augenbrauen.

»Natürlich. Wer sollte es sonst gewesen sein?«

»Ja, in der Tat: Wer?«

»Ich denke, das ist doch wohl offensichtlich.« Edward hatte die Sprache wiedergefunden. »Es hat irgendeine Auseinandersetzung über ihre Beziehung zwischen den beiden gegeben, woraufhin er die Nerven verlor und sie erwürgte. Selbstverständlich werden wir alle notwendigen Vorkehrungen für das Begräbnis in die Wege leiten. Aber ich glaube nicht, daß es notwendig sein wird, daß Sie uns noch einmal belästigen. Maddock kann Ihnen alle weiteren nützlichen Informationen geben, die Sie benötigen.«

»Nicht erwürgt, Sir – erdrosselt.« Pitt hielt seine Hände hoch und zog einen unsichtbaren Draht straff. »Mit einem Draht, den er ganz zufällig mit sich herumtrug – zweifellos, um auf alle Eventualitäten vorbereitet zu sein.«

Edwards Gesicht wurde bleich.

»Ich werde mich wegen Ihrer Unverschämtheit mit Ihrem Vorgesetzten in Verbindung setzen!«

Charlotte verspürte ein idiotisches Verlangen zu kichern. Zweifellos wurde sie langsam hysterisch.

»Hat er auch Chloe Abernathy umgebracht?« erkundigte sich Pitt, »und ebenso das Hilton-Mädchen? Oder haben wir zwei Würger frei in der Cater Street herumlaufen?«

Sie starrten ihn schweigend an. Er war eine groteske Figur in ihrem friedlichen Salon – die groteske, häßliche und beängstigende Andeutungen machte.

Charlotte spürte, wie sich Emilys Hand in ihre schob, und sie war froh, sich an ihr festhalten zu können.

Niemand gab Pitt eine Antwort.

Kapitel 4

Der folgende Tag war einer der schlimmsten, an den sich Charlotte erinnern konnte, solange sie lebte. Sie alle fühlten sich elend, auch wenn es sich bei jedem unterschiedlich äußerte. Papa war reizbarer als sonst und überaus autoritär. Mama kümmerte sich unermüdlich um praktische Kleinigkeiten, so, als ob sich Ereignisse ändern ließen, wenn man die Küche in Ordnung brachte oder die Hausarbeit verrichtete. Sarah wiederholte immer wieder die Kommentare aus ihrem Bekanntenkreis, bis Charlotte schließlich die Nerven verlor und sie auf ziemlich unmißverständliche Weise aufforderte, ruhig zu sein. Dominic war ruhig, so ruhig, als hätte er ein Schweigegelübde abgelegt. Emily schien noch am wenigsten berührt; sie war mit ihren Gedanken offenbar bei anderen Dingen. Das einzig Gute war, daß Großmama immer noch zu Besuch bei Susannah weilte und noch nicht die Möglichkeit hatte, Kommentare abzugeben.

Da es ein Samstag war, mußte niemand zur Arbeit, und keiner verspürte große Lust, das Haus zu einem anderen Zweck zu verlassen.

Der Pfarrer sandte durch einen Boten einen kurzen Brief, um sein Beileid auszudrücken.

»Sehr aufmerksam von ihm«, sagte Sarah, während sie einen kurzen Blick darauf warf, nachdem ihr Vater ihn gelesen hatte.

»Das ist ja wohl auch das Mindeste, was er tun konnte«, sagte Charlotte gereizt. Schon allein der Gedanke an den Pastor reichte, um sie in Rage zu bringen.

»Du erwartest doch nicht, daß er wegen eines Dienstmädchens persönlich vorbeikommt.« Sarah war nun auch verärgert. »Außerdem gibt es wirklich nichts, was er tun kann.«

Charlotte suchte nach einem Argument gegen diese Behauptung, fand aber keins. Sie bemerkte, daß Dominics dunkle Augen sie belustigt betrachteten, und das Blut schoß ihr ins Gesicht.

Wenn sie doch bloß was dagegen machen könnte! Sie kam sich so lächerlich vor.

In diesem Moment betrat Caroline das Zimmer. Ihr Gesicht war gerötet, und ihr Haar sah etwas zerzaust aus. Sie mußte gelaufen sein. Edward schaute auf.

»Was um Himmels willen hast du gemacht, meine Liebe? Du siehst aus, als – da ist etwas an deiner Nase.«

Mechanisch wischte sie sich über die Nase, die dadurch noch schlimmer aussah als zuvor.

Charlotte nahm ein Taschentuch und wischte es weg. Es war Mehl.

»Hast du etwa gekocht?« fragte Edward ärgerlich und überrascht. »Was ist denn mit Mrs. Dunphy los?«

»Sie hat Kopfschmerzen. Ich fürchte, all das hat sie doch sehr getroffen. Weißt du, sie mochte Lily sehr. Außerdem koche ich recht gern. Ich bin hergekommen, weil mir eingefallen war, daß ich Mrs. Harding ein Rezept für eine Gemüsesuppe versprochen hatte. Ich dachte, jemand von euch würde das heute nachmittag statt meiner hinbringen.«

Charlotte mochte Mrs. Harding. Sie war eine scharfzüngige alte Dame mit einem sehr guten Gedächtnis und unerschöpflichen Erinnerungen an alle möglichen Menschen, die sie aus ihrer bewegten Jugend kannte – aus der Zeit, bevor sie sich über ihren Stand vermählte und es zu Wohlstand und Ansehen brachte. Charlotte hatte so ihre Zweifel an der Wahrheit der meisten Geschichten, aber sie waren höchst unterhaltsam.

»Ich würde gerne hingehen, Mama«, bot sie schnell an.

»Du mußt aber Sarah oder Emily mitnehmen.« Caroline schaute beide an.

»Ich bin beschäftigt«, sagte Emily. »Da eines der Mädchen fehlt, muß ich nähen. Außerdem muß noch das Leinenzeug gestopft werden.«

»Und wenn Mrs. Dunphy krank ist«, fügte Sarah hinzu, »sollte ich vielleicht zu Hause bleiben und sehen, ob ich irgend etwas für sie tun kann. Vielleicht kann ich mich etwas mit ihr unterhalten und sie ablenken.«

Charlotte warf ihr einen vernichtenden Blick zu. Sie wußte nur zu gut, daß ihre Gründe nichts mit Mrs. Dunphy zu tun hatten. Für Sarah war Mrs. Harding nichts anderes als eine üble, alte Klatschtante, und sie wollte gesellschaftlich nichts mit ihr zu tun haben. Soweit es die Klatscherei anbetraf, lag sie schon ganz richtig, aber wären Mrs. Hardings Geschichten etwas neuer gewesen, hätten sie in ihr sicherlich ein empfänglicheres Publikum gefunden.

»Charlotte braucht keine Begleitung«, sagte Edward scharf. »Schließlich ist es weniger als drei Kilometer entfernt. Geh direkt dorthin, Charlotte, und komm so zeitig, wie es möglich ist, zurück. Ich bezweifle, daß du etwas erklären mußt. Die Neuigkeiten sind ohnehin schon in der ganzen Nachbarschaft bekannt. Und tratsche nicht. Die alte Mrs. Harding ist hartnäckig und aufdringlich. Gib ihr das Rezept, wünsch ihr einen schönen Tag, und komm zurück nach Hause.«

»Ich möchte nicht, daß die Mädchen allein auf der Straße herumlaufen«, sagte Caroline bestimmt. »Entweder begleitet sie jemand, oder Mrs. Harding muß eben warten. Die Straßen sind zu gefährlich.«

»Unsinn, Caroline! Was soll ihr schon passieren!« Edward richtete sich ein wenig auf. »Es ist hellichter Tag.«

»Es war auch hellichter Tag, als das Dienstmädchen von Mrs. Waterman überfallen wurde!« erwiderte Caroline. »Ich wundere mich übrigens, daß du uns nicht davon erzählt hast, damit wir und die Bediensteten gewarnt sind.«

»Meine liebe Caroline, wo bleibt dein Sinn für Verhältnismäßigkeit? Dieser Verrückte, wer auch immer es sein mag, überfällt Dienstmädchen, Mädchen mit zweifelhaftem Ruf. Niemand käme auf die Idee, Charlotte für so ein Geschöpf zu halten.«

»Und was ist mit Chloe Abernathy? Sie war kein Dienstmädchen.«

»Ja, darüber war ich selbst erstaunt. Ich hatte immer geglaubt, sie sei recht anständig – wenn auch etwas leichtsinnig. Das zeigt mal wieder, wie man sich täuschen kann.«

»Weil sie ermordet wurde?« fragte Caroline verblüfft.

»Genau deshalb.«

»Das ist eine absolut widersinnige Schlußfolgerung«, dachte Charlotte. Fast hätte sie sich so weit vergessen, daß sie diesen Gedanken laut geäußert hätte. »Du sagst, daß sie umgebracht wurde, weil sie unanständig war, und daß sie unanständig war, weil sie umgebracht wurde«, sagte sie laut.

»Ich sage, sie wurde umgebracht, weil sie sich in schlechter Gesellschaft befand.« Edward schaute sie mißbilligend an. »Und die Tatsache, daß sie umgebracht wurde, beweist es. Hast du Angst, allein hinauszugehen?« Dieses Mal lag Anteilnahme in seiner Stimme, und er klang nicht unfreundlich.

»Ja«, sagte sie. »Ich würde lieber nicht allein hinausgehen.« Dominic streckte sich und stand schnell auf.

»Wenn du willst, begleite ich dich. Ich bezweifle, daß ich hier beim Leinen, bei Mrs. Dunphy oder etwa in der Küche von großem Nutzen sein könnte.«

Der Ausflug mit Dominic war trotz der brennenden Augustsonne und der flimmernden Hitze auf dem Bürgersteig wunderbar. Mrs. Harding war erfreut, sie zu sehen, obwohl ihr sonst üblicher endloser Redeschwall auf einmal wie abgeschnitten schien. Vielleicht lag es an der überaus männlichen Ausstrahlung von Dominic. Sie bot ihnen Erfrischungen an, und sie nahmen gerne eine Limonade an, bevor sie sich wieder verabschiedeten. Sie verstand ihre Eile, bedauerte jedoch den frühen Aufbruch – das behauptete sie jedenfalls. Aber Charlotte hatte das unbestimmte Gefühl, daß Dominics Anwesenheit Mrs. Harding verunsicherte, obwohl sie ihn offensichtlich anziehend fand. Aber welche Frau würde das auch nicht tun!

Auf dem Heimweg schien Dominic über ihre Zurückhaltung etwas verstimmt zu sein. Er sagte, er habe gehört, Mrs. Harding sei das größte Klatschmaul in der Gegend, und er sei von ihr nun doch sehr enttäuscht worden. Charlotte versuchte zu erklären, was ihrer Meinung nach der Grund war, und unterhielt ihn dann zu seinem größten Vergnügen mit den besten Geschichten, an die sie sich erinnern konnte. Er lachte unbekümmert und vergnügt, und Charlotte war so selig und von einem melancholischen Glücksgefühl erfüllt wie nie zuvor.

Als sie zu Hause ankamen, tobte Sarah vor Wut; Papa war blaß, Emily still und Mama in der Küche.

Die Glückseligkeit verschwand, als ob sich eine Tür hinter ihr geschlossen hätte, obwohl Dominic immer noch lächelte, so, als hätte er diese Veränderung gar nicht gespürt.

»Was ist denn mit euch los?« fragte er, während er die Terrassentür öffnete. »Ihr braucht frische Luft. Heute ist ein wunderschöner Tag.« Dann drehte er sich um, und sein Gesicht verfinsterte sich. »Denkt ihr an Lily? Ich bin sicher, sie würde es nicht wollen, daß wir für den Rest des Sommers traurig sind.«

»Ein Tag ist wohl kaum der Rest des Sommers, Dominic«, erwiderte Sarah scharf. »Aber es hat nichts mit Lily zu tun, zumindest nicht so, wie du es meinst. Diese entsetzliche Polizei war wieder hier.«

Charlotte verspürte nur Wut, bis sie das Gesicht ihres Vaters sah. Er schien weniger zornig als vielmehr aufrichtig bekümmert.

»Warum, Papa? Haben wir ihnen denn nicht alles gesagt, was wir wissen?«

Er runzelte die Stirn, während er sich von ihr abwandte.

»Es scheint so, als gäben sie sich nicht damit zufrieden, daß es dieser Kerl war, mit dem sie ausgegangen ist, oder, wenn nicht er es war, irgendein Verrückter.«

»Tja, die glauben doch nicht etwa, daß wir etwas damit zu tun haben?« fragte Dominic ungläubig.

»Ich weiß nicht, was in ihren Köpfen vorgeht«, antwortete Edward scharf. »Ich persönlich glaube, daß sie es als Vorwand benutzen, herumzuschnüffeln und ihre Neugier zu befriedigen.«

»Was haben sie denn gefragt?« Charlotte schaute von einem zum anderen. »Wenn sie unverschämt werden, brauchen wir ihnen doch sicherlich nicht zu antworten, oder? Weise ihnen doch einfach die Tür.«

»Du hast gut reden!« brauste Sarah auf. »Du warst ja nicht da.«

»Du hättest auch weg sein können, wenn du mit mir gekommen wärst.« Charlotte sagte das recht sanft. Sie hatte es genossen, daß Dominic an Sarahs Stelle mitgegangen war, verspürte aber jetzt einen leichten Unmut über den verdorbenen Nachmittag.

»Keine Sorge, dir ist nichts entgangen.« Sarah warf ihren Kopf zurück. »Sie werden wiederkommen, um mit dir zu reden.«

»Ich weiß nichts!«

»Und mit Dominic.«

Charlotte wandte sich zu Edward um. »Papa, was kann ich ihnen sagen? Ich habe Lily an dem Tag noch nicht einmal gesehen.« Sie verspürte ein plötzliches Gefühl der Scham. »Und ich habe sie eigentlich nie wirklich gut gekannt.«

»Ich weiß nicht, was sie wollen.« Erneut schien Edward eher beunruhigt als verärgert zu sein. »Sie haben alle möglichen merkwürdigen Fragen über mich und Maddock gestellt, und sie waren sehr erpicht darauf, mit Dominic zu sprechen.«

Dominic runzelte die Stirn, und ein Schatten der Beunruhigung huschte über sein Gesicht.

»Was ist mit den anderen Opfern – außer Lily?«

»Sei nicht albern«, sagte Sarah scharf. »Sie können wohl kaum ernsthaft in Erwägung ziehen, du hättest etwas damit zu tun, außer daß du vielleicht irgend etwas bemerkt haben könntest – etwa eine auffällige Person, die sich in den Straßen herumgetrieben hat. Immerhin gehst du jeden Tag die Cater Street entlang.«

Charlotte kam ein neuer, schockierender Gedanke. Könnte die Polizei möglicherweise so idiotisch und blind sein zu glauben, einer von ihnen...? Dominic und Papa waren oft draußen, kamen an der Cater Street vorbei...

Sarah sah ihrem Gesicht an, was in ihr vorging.

»Das ist doch völliger Wahnsinn; über diesen Irrtum werde ich sie schon bald aufklären«, sagte sie außer sich. »Ich kenne Dominic viel zu gut. Er gehört nicht zu dieser Sorte von Männern. Er schaut sich noch nicht einmal nach einem Dienstmädchen um, geschweige denn, daß er sich ihnen nähern würde. Er ist nicht so eine Kreatur mit unkontrollierbaren Leidenschaften. Er ist ein zivilisierter Mann. So etwas würde ihm nie in den Sinn kommen.«

Charlotte drehte sich zu Dominic um und sah für einen Moment den Ausdruck von Schmerz, von tiefer Enttäuschung auf seinem Gesicht, so, als habe er flüchtig etwas von unschätzbarem Wert erblickt und dann sofort wieder aus den Augen verloren. Zu diesem Zeitpunkt wußte sie nicht, welches flüchtige Traumbild von Sinnlichkeit oder Gefahr er genau in diesem Moment vor sich gesehen hatte, bevor es vor seinen Augen zerflossen war.

Es war mehr als eine Stunde später, als Pitt zurückkam und einen Mann mitbrachte, den Charlotte noch nie zuvor gesehen hatte und der kurz als Sergeant Flack vorgestellt wurde. Er war ein schmächtiger Mann, nicht einmal durchschnittlich groß, der neben Pitt noch kleiner wirkte. Er blieb absolut still, aber seine Augen wanderten mit großem Interesse durch das ganze Zimmer.

»Guten Tag, Mr. Pitt«, sagte Charlotte gelassen. Sie war entschlossen, sich von ihm nicht aus der Fassung bringen zu lassen und ihn so schnell wie möglich wieder zu verabschieden. »Es tut mir leid, daß Sie sich die Mühe gemacht haben, noch einmal herzukommen, weil ich mir ziemlich sicher bin, daß ich Ihnen nichts Neues sagen kann. Natürlich werde ich Ihnen jede Frage, die Sie zu stellen wünschen, beantworten.« Vielleicht war das etwas voreilig. Sie mußte verhindern, daß er aufdringlich wurde.

»Sie werden erstaunt sein, was manchmal alles nützlich sein kann«, antwortete Pitt. Er wandte sich an seinen Sergeant und zeigte ihm kurz, wo es in die Küche ging, damit Flack Maddock, Mrs. Dunphy und Dora befragen konnte.

Pitt drehte sich zu Charlotte um. Dabei schien er sich wie zu Hause zu fühlen, was an sich schon irritierend war. Er hätte wenigstens ein bißchen – ein bißchen beeindruckt sein sollen. Schließlich war er nur ein Polizist und hielt sich in einem Haus von Personen auf, die einer weitaus höheren Gesellschaftsschicht als er angehörten.

»Was möchten Sie wissen?« fragte sie kühl.

Er lächelte charmant.

»Den Namen und Aufenthaltsort des Verrückten, der in dieser Gegend junge Frauen stranguliert«, erwiderte er. »Natürlich vorausgesetzt, daß es sich dabei um ein und dieselbe Person handelt und nicht um ein Verbrechen, das imitiert wurde.«

Sie sah ihn erstaunt an, als ihre Augen sich trafen.

»Was meinen Sie damit?«

»Daß Leute manchmal von einem Verbrechen erfahren – besonders wenn es sich um ein derart grauenhaftes handelt –, das sie auf die Idee bringt, ihre Probleme auf die gleiche Art und Weise zu lösen. Sie wollen jemanden loswerden, der ihnen im Weg ist, von dessen Tod sie profitieren können, finanziell oder sonstwie, und«, er schnippte mit den Fingern, »dann gibt es einen zweiten oder dritten Mord und so weiter. Der zweite Mörder hofft dann, daß man dem ersten die Schuld gibt.«

»Sie reden so sachlich davon, als sei das eine alltägliche Tatsache«, sagte sie unangenehm berührt.

»Es ist eine Tatsache, Miss Ellison. Ob es die Wahrheit ist oder nicht, muß ich herausfinden – aber nicht, bevor ich einige naheliegendere Möglichkeiten untersucht habe.«

»Welche Möglichkeiten meinen Sie?« fragte sie und hätte ihre Frage am liebsten sofort zurückgenommen. Sie hatte nicht die Absicht, ihn noch zu ermutigen. Und – offen gestanden – sie hatte auch etwas Angst vor der Antwort.

»Drei junge Frauen sind in den letzten drei Monaten in dieser Gegend stranguliert worden. Der erste Gedanke, den man hat, ist, daß ein Verrückter frei herumläuft.«

»Ich denke mir, das ist die Lösung«, sagte sie ziemlich erleichtert. »Warum sollte man andere Antworten in Erwägung ziehen?

76

Warum stellen Sie Ihre Nachforschungen nicht dort an, wo man solche Leute findet? Ich meine solche Leute, die wahrscheinlich –«, sie suchte nach den richtigen Worten, »eben kriminelle Schichten!«

»Die Unterwelt?« Er lächelte ein wenig spöttisch. Seine Stimme klang verbittert, belustigt und ein wenig herablassend. »Wie stellen Sie sich die Unterwelt denn vor, Miss Ellison? Als etwas, was man findet, wenn man einen Kanaldeckel öffnet?«

»Nein, natürlich nicht!« fuhr sie ihn an. »Natürlich kenne ich mich mit solchen Dingen nicht aus. Das hat ja wohl auch kaum etwas mit meinen Gesellschaftskreisen zu tun! Aber ich weiß genau, daß kriminelle Gesellschaftsschichten existieren, deren Lebensweise sich ganz und gar...«, sie musterte ihn mit einem vernichtenden Blick von oben bis unten, »zumindest von meiner unterscheidet.«

»Oh, ganz und gar unterscheidet, Miss Ellison«, pflichtete er ihr bei und lächelte immer noch, aber seine Augen blickten hart. »Obwohl es nicht deutlich war, ob Sie sich auf moralische Wertvorstellungen oder den gesellschaftlichen Status bezogen haben. Aber vielleicht ist das ja auch unerheblich – denn diese Bereiche sind nicht so weit voneinander entfernt, wie es scheinen mag. Es ist sogar so, daß ich zu der Auffassung gekommen bin, daß diese Begriffe normalerweise symbiotisch sind.«

»Symbiotisch?« fragte sie ungläubig.

Er hatte sie mißverstanden, indem er annahm, sie hätte die Bedeutung des Wortes nicht verstanden.

»Eins ist vom anderen abhängig, Miss Ellison. Ein Verhältnis der Koexistenz, des Sich-gegenseitigen-Nährens, eine Interdependenz.«

»Ich weiß, was das Wort bedeutet«, sagte sie wütend. »Ich wundere mich nur darüber, daß Sie dieses Wort in diesem Zusammenhang benutzen. Armut muß nicht unbedingt zu Verbrechen führen. Es gibt viele arme Leute, die so ehrlich sind wie ich.«

Bei diesen Worten mußte er grinsen.

»Sie finden das amüsant, Mr. Pitt?« fragte sie eisig. »Ich vergaß, daß Sie mich nicht gut genug kennen, um mich als Maßstab zu nehmen. Aber Sie wissen zumindest, daß ich keine jungen Frauen auf der Straße erwürge!«

Er schaute sie an: ihre Taille, ihre schlanken Hände und Handgelenke.

»Nein«, pflichtete er ihr bei, »ich bezweifle, daß Sie die Kraft dazu hätten.«

»Ihr Sinn für Humor ist impertinent, Mr. Pitt.« Sie versuchte, verachtungsvoll auf ihn niederzuschauen, aber da er mehr als ein Meter achtzig groß war und sie fast einen Kopf kleiner, hatte sie keinen Erfolg. »Und absolut nicht unterhaltsam«, schloß sie.

»Es liegt nicht in meiner Absicht, unterhaltsam zu sein oder amüsant. Ich meine es so, wie ich es gesagt habe.« Er war jetzt wieder ernst. »Und ich bezweifle, daß Sie jemals in Ihrem Leben wirkliche Armut kennengelernt haben.«

»Das habe ich!«

»Tatsächlich?« Seine Ungläubigkeit war offensichtlich. »Haben Sie Kinder gesehen, die im Alter von sechs oder sieben Jahren auf sich allein gestellt sind und betteln und stehlen müssen, um zu überleben, Kinder, die in der Gosse oder in Torwegen schlafen, die bei Regen naß bis auf die Haut sind und die nichts besitzen als die Lumpen, die sie tragen? Was, glauben Sie, passiert mit ihnen? Was meinen Sie, wie lange es dauert, bis ein unterernährtes sechsjähriges Kind – allein in den Straßen – verhungert oder erfriert? Wenn es nichts anderes gelernt hat, als zu überleben, und weder lesen noch schreiben kann; wenn es von einem zum anderen weitergereicht wurde und niemand es haben wollte. Was, glauben Sie, passiert mit so einem Kind? Entweder stirbt es – und glauben Sie mir, ich habe schon viele kleine Körper in den Hinterhöfen liegen sehen, verhungert oder erfroren –, oder es hat Glück, und ein Kindermann oder Schornsteinfeger nimmt es auf.«

Mitleid verdrängte ihre Wut, ohne daß sie es wollte.

»Ein Kindermann?«

»Ein Kindermann ist ein Mann, der solche Kinder aufliest«, fuhr er fort, »und sie zunächst aufnimmt, ihnen etwas zu essen und ein Dach über dem Kopf gibt, eben eine Art von Sicherheit, einen Platz, wo sie hingehören. Dann allmählich nutzt er ihre Dankbarkeit aus und lehrt sie zu stehlen – zuletzt werden sie geschickte Diebe. Zu Beginn gehen sie mit den älteren Jungen los, beobachten sie bei der Arbeit – eben etwas Einfaches für den Anfang. Als sie noch beliebter waren, stahl man gewöhnlich Seidentaschentücher. Später absolvieren sie dann die höhere Schule des Diebstahls; die ganz Cleveren unter ihnen arbeiten sich sogar zum Tascheninneren vor, zu Uhrenketten oder Siegeln.

Ein erstklassiger Kindermann erteilt regelrecht Unterricht. Er hängt alte Mäntel nebeneinander auf ein Seil, das quer durch den Raum gespannt ist. Aus jeder Manteltasche winkt ein Seidentaschentuch, und die Jungen müssen alle Taschentücher nacheinander herausnehmen, um ihre Geschicklichkeit zu trainieren. Oder er benutzt eine Schneiderpuppe, die über und über mit Glöckchen benäht ist, welche bei der leisesten Berührung klingeln. Manchmal stellt er sich sogar selbst mit dem Rücken zu ihnen auf. Die Kinder, die die Aufgabe schaffen, werden gut belohnt, die anderen bestraft. Ein mutiges oder ein hungriges Kind mit flinken Fingern kann sich und seinem Herrn einen angenehmen Lebensunterhalt sichern – solange, bis es zu groß wird oder seine Fingerfertigkeit verliert.«

Sie war entsetzt über das Leid eines solchen Kindes, aber auch zornig darüber, daß er sie auf solche Dinge aufmerksam gemacht hatte.

»Was passiert dann? Verhungert es?« fragte sie. Eigentlich wollte sie es gar nicht wissen, und doch konnte sie es nicht ertragen, es nicht zu erfahren.

»Wahrscheinlich wird es zum Straßenräuber avancieren, oder wenn es raffiniert ist, schließt es sich einer Bande von Taschendieben an – der ›schicken Bande‹.«

»Wem?«

»Der ›schicken Bande‹, das sind die vornehmsten aus dem Taschendiebgewerbe. Sie sind gut gekleidet, wohnen normalerweise in einer etwas besseren Gegend und haben eine Geliebte, die sie sich anschaffen, wenn sie dreizehn, vierzehn Jahre alt sind. Es handelt sich dabei meistens um ein älteres Mädchen. Seltsamerweise sind sie sehr treu und betrachten ihr Verhältnis als eine Art Ehe. Sie arbeiten in Dreier- oder Sechserbanden, wobei jeder seine Aufgabe bei der Vorbereitung und Ausführung eines Raubs hat. Häufig werden Frauen überfallen.«

»Woher wissen Sie das alles? Und wenn Sie es wissen, warum sperren Sie sie nicht ein, um das zu verhindern?«

Er schnaubte leicht.

»Wir sperren sie ein. Fast jeder von ihnen sitzt einmal im Gefängnis.«

Sie schauderte.

»Was für ein furchtbares Leben. Da ist es doch sicherlich noch besser, ein Schornsteinfeger zu sein. Hatten Sie nicht etwas über

Schornsteinfeger erzählt? Das wäre doch wenigstens eine ehrliche Arbeit.«

»Meine liebe Miss Ellison, es bedürfte sicherlich einer klügeren und weitaus erfahreneren Frau, als Sie es sind, um einen ehrlichen Schornsteinfeger zu finden. Waren Sie jemals in einem Kamin?«

Geringschätzig hob sie ihre Augenbrauen; sie tat das so kühl, wie sie konnte.

»Sie haben merkwürdige Vorstellungen von den Aufgaben einer Dame, Mr. Pitt. Aber wenn Sie unbedingt eine Antwort wollen, bitte. Nein, ich bin noch nie in einem Kamin hinaufgekrochen.«

»Nein.« Ihr Tonfall schien ihn nicht im geringsten zu verunsichern. Er betrachtete sie von oben bis unten, und sie merkte, daß sie unter seinen Blicken errötete. »Sie würden da auch nicht hineinpassen«, sagte er offen. »Sie sind viel zu groß und viel zu kräftig.«

Wütend errötete sie.

»Oh, Sie haben eine hervorragende Taille, aber...«, seine Augen wanderten zu ihren Schultern, zu ihrer Brust und dann weiter hinunter, »der Rest von Ihnen würde sicherlich in dem senkrechten Schacht oder der Krümmung steckenbleiben, und Sie bekämen Ruß in Nase, Mund, Augen und Lunge...«

»Das hört sich ja schrecklich an, aber nicht kriminell – einmal abgesehen davon, daß der Schornsteinfeger jemand anderen seine Arbeit machen läßt. Aber wie Sie ja selbst erklärt haben, könnte er sie ja wohl auch kaum selbst machen.«

»Miss Ellison, kein professioneller Einbrecher dringt in ein Haus ein, ohne sich vorher Informationen über die Räumlichkeiten und die Orte, an denen Wertgegenstände aufbewahrt werden, zu verschaffen. Können Sie sich dafür eine bessere Methode vorstellen, als durch das Kaminsystem in ein Haus zu gelangen?«

»Sie glauben – aber das ist ja schrecklich!«

»Natürlich ist es schrecklich, Miss Ellison. Es ist alles schrecklich«, sagte er wütend, »Armut, Verbrechen, Einsamkeit, Schmutz, chronische Krankheiten, Trunksucht, Prostitution, Bettelei! Sie stehlen, fälschen Geld und Dokumente, leben von Betrug und Prostitution. Nur vor Mord schrecken sie zurück, es sei denn, es bleibt ihnen nichts anderes übrig. Und sie verlassen normalerweise ihre eigene Welt nur, wenn es zu ihrem Vorteil ist.

Aber es bringt keine Vorteile, drei hilflose, junge Mädchen in der Cater Street zu erwürgen und sie dann noch nicht einmal zu berauben.«

Sie konnte ihren Blick nicht von ihm abwenden. Sie war wie gefesselt, fasziniert und entsetzt zugleich. Sie verspürte eine starke Abneigung gegen ihn, und was er sagte, jagte ihr Angst ein.

»Was meinen Sie damit? Was wollen Sie damit andeuten? Sie sind schließlich tot.«

»Oh ja, mausetot. Ich will damit sagen, daß der Würger aus der kriminellen Schicht – so, wie er Ihnen vorschwebt – nur tötet, wenn es zu seinem Vorteil ist. Er würde nicht aus Spaß seinen Hals riskieren. Er tötet nur, um nicht eingesperrt zu werden, und das auch nur dann, wenn es wirklich nötig ist. Wenn irgend möglich, macht er sein Opfer bewegungsunfähig oder betäubt es. Aber erst einmal sucht er sich diese Person sehr genau aus. Dabei sind für ihn nur solche interessant, die Geld haben.«

»Aber warum dann –?« Eine fremde Welt tat sich vor ihr auf, widerwärtig und chaotisch, drang ein in die heile Welt ihrer Vorstellungen, die sie für sicher und unumstößlich gehalten hatte.

Er lächelte ein wenig und schaute sie an, so als gäbe es zwischen ihnen ein Einvernehmen.

»Wenn ich das wüßte, könnte ich vielleicht sagen, wer es ist. Aber der Grund ist nicht offensichtlich – es handelt sich nicht um ein einfaches Motiv wie Diebstahl oder Rachsucht. Die Morde haben mit etwas Unheimlicherem als solchen Motiven zu tun, mit etwas, was irgendwo tief in der Seele verborgen ist.«

Sie hatte Angst und empfand eine tiefe Abneigung gegen ihn, gegen seine Aufdringlichkeit und die Art, wie er in ihre Gefühlswelt eindrang und sie mit Dingen konfrontierte, die sie nicht wissen wollte.

»Ich glaube, Sie gehen jetzt besser, Mr. Pitt. Es gibt nichts, was ich Ihnen noch sagen könnte. Ich glaube, Sie möchten noch mit Mr. Corde reden, obwohl ich sicher bin, daß auch er Ihnen nicht weiterhelfen kann. Vielleicht wäre es besser, wenn Sie die Morde an den anderen Mädchen untersuchen.« Sie holte tief Luft und versuchte, ihre Fassung wiederzugewinnen.

»Ich werde alles in Erwägung ziehen, Miss Ellison. Aber ich würde Mr. Corde tatsächlich gerne sprechen. Vielleicht sind Sie so nett und bitten Mr. Maddock, ihn herzuschicken?«

Der Abend verlief alles andere als erfreulich. Dominic wollte niemandem erzählen, was Pitt ihn gefragt hatte, obwohl ihn Edward, soweit es ihm sein Taktgefühl erlaubte, dazu drängte. Dominic sagte fast gar nichts, was an sich beunruhigend war, da es nicht seiner Art entsprach. Charlotte hatte Angst davor, auch nur daran zu denken, was der Grund sein mochte. Sie konnte die Möglichkeit nicht aus ihren Überlegungen verbannen, daß Pitt etwas entdeckt hatte, was Dominic in Verlegenheit brachte, etwas, dessen man sich schämen mußte. Natürlich konnte es nichts mit dem Tod von Lily oder dem der anderen zu tun haben; aber jeder wußte, daß Männer – auch die besten – gelegentlich Dinge tun, die besser nicht bekannt werden. Es lag halt in der Natur der Männer, und man rechnete damit, nahm es aber wegen des eigenen Seelenfriedens einfach nicht zur Kenntnis.

Entschlossen sprach sie über andere Dinge und war sich bewußt, daß es teilweise Unsinn war, was sie sagte; aber Unsinn war immer noch besser, als lange Gesprächspausen entstehen zu lassen, in denen man wieder in Gedanken versank.

Obwohl sie müde war, schlief sie schlecht und wachte erst spät wieder auf. Sie mußte sich beeilen, um rechtzeitig zur Kirche zu kommen. Sie war niemals besonders gern zur Kirche gegangen: die Steifheit, die Atmosphäre strenggläubiger Förmlichkeit, die höflichen Begrüßungen, die eher ein Ritual waren als freundschaftlich gemeint, die Art des Gottesdienstes, die immer die gleiche war, seit sie die Worte sprach und die Antworten sang wie ein Papagei. Sie konnte dem ganzen Gottesdienst automatisch beiwohnen, vorausgesetzt, sie hielt nicht inne, um darüber nachzudenken, wo sie war. Immer wenn sie innehielt, mußte sie auf den Text schauen, um wieder den gewohnten Rhythmus zu finden. Und natürlich würde der Pfarrer eine Predigt halten. Normalerweise handelte sie von der Sünde und der Notwendigkeit der Reue. Die Frau, die Ehebruch begeht, war seine Lieblingsgeschichte, wobei er sie stets anders deutete als Charlotte. Und warum war es immer die Frau? Warum wurden die Männer niemals beim Ehebruch erwischt? In allen Geschichten, die sie je gehört hatte, waren es immer Frauen, die Ehebruch begangen hatten, und immer die Männer, die sie ertappten und ihr Verhalten verurteilten. Was war denn mit den Männern, mit denen sie entdeckt wurden? Warum warfen die Frauen keine Steine nach ihnen? Vor längerer Zeit hatte sie einmal Papa darauf angesprochen, und er hatte zu ihrer Überraschung lediglich gesagt, sie solle sich nicht lächerlich machen.

Der Pfarrer hielt auch heute seine übliche Predigt, tatsächlich war sie sogar noch etwas schlimmer als sonst. Er predigte über die Worte: »Gesegnet seien die Reinen im Herzen«, aber seine Botschaft lautete eigentlich: »Gesegnet seien die, die ein wohlgefälliges Leben führen.« Er fing an, in aller Ausführlichkeit verwerfliche Taten zu beschreiben. Und je mehr er über Huren und Prostituierte erzählte, desto mehr sah sie die Armen vor sich, die dieser scheußliche Pitt beschrieben hatte; Kinder, die man in einem Alter verhungern ließ, als sie und ihre Schwester gerade anfingen, lesen und schreiben zu lernen und von der Lehrerin Miss Sims im Schulzimmer unterrichtet wurden. Sie dachte an junge Frauen, die mit ihren Babys allein zurückgelassen wurden. Welche andere Möglichkeit blieb ihnen, um zu überleben?

Sie fluchte selten, aber an diesem Morgen hätte sie Mr. Pitt dafür zur Hölle schicken können, daß er ihr solche Dinge erzählt hatte. Sie saß auf der harten Bank und starrte den Pfarrer an. Sie fühlte sich noch schlechter wegen der Dinge, die er sagte. Sie hatte ihn niemals leiden können, und am Ende dieses Vormittags haßte sie ihn mit einer Vehemenz, die sie erschreckte und ängstigte. Sie war überzeugt davon, daß es sehr unchristlich und unweiblich war, jemanden so zu hassen, und doch haßte sie mit einer Intensität und Überzeugung, die sich nicht leugnen ließ.

Sie hob ihren Blick zum Orgelchor und sah Martha Prebbles blasses Gesicht, während sie das Abschlußlied spielte. Sie sah ebenfalls gelangweilt und unglücklich aus.

Ein Sonntagmittag war immer eine triste Angelegenheit, und der Nachmittag mußte – natürlich – einem Feiertag entsprechend verbracht werden. Morgen würde Großmama von Susannah zurückkehren, und auch das war nicht gerade eine Sache, auf die man sich riesig freuen konnte.

Es schien eigentlich unmöglich zu sein – aber der Montag wurde noch schlimmer. Großmutter kam um zehn Uhr an und murmelte düstere Prophezeiungen über den Niedergang der Nachbarschaft, der ehrbaren Klassen und der ganzen Welt. Mit der Moral gehe es absolut bergab, und sie alle seien dem Untergang geweiht.

Als man gerade ihre Sachen ausgeladen hatte und sie oben in ihrem Wohnzimmer saß, tauchte Inspector Pitt zusammen mit dem stillen Sergeant Flack auf. Sarah war nicht da – wegen irgendeiner Angelegenheit, die mit wohltätigen Zwecken zu tun hatte. Emily war beim Schneider, um wieder einmal für eine Verabredung mit George Ashworth ausgestattet zu werden. Sie sollte wirklich vernünftiger sein und allmählich einsehen, daß er ein Spieler, ein Schürzenjäger oder etwas noch Schlimmeres war und daß bei der ganzen Sache nichts weiter herauskommen würde als der Ruin ihres guten Rufes. Mama war die ganze Zeit oben und versuchte, Großmutter so weit zu beschwichtigen, daß sie nicht allen das Leben zur Hölle machte.

Es gab niemanden, den sie in diesem Moment weniger gern gesehen hätte als Inspector Pitt.

Er kam in das Frühstückszimmer – wobei er die ganze Tür ausfüllte – mit wie immer leger sitzender Jacke und unordentlichem Haar. Sie ärgerte sich gewaltig über die Leutseligkeit, mit der er ihr gegenüber auftrat.

»Was wollen Sie, Mr. Pitt?«

Er hielt sich nicht damit auf, sie zu korrigieren und ihr zu sagen, daß es eigentlich I n s p e c t o r Pitt heiße. Auch das ärgerte sie wieder, denn es war ihre Absicht gewesen, ihm ihre Geringschätzung zu zeigen.

»Guten Morgen, Miss Ellison. Was für ein herrlicher Sommertag! Ist Ihr Vater zu Hause?«

»Natürlich nicht! Es ist Montagmorgen. Er ist – wie die meisten achtbaren Leute – in der Stadt. Nur weil wir nicht zur Arbeiterklasse gehören, heißt das noch lange nicht, daß wir nichts tun.«

Er grinste breit, wobei er seine kräftigen Zähne zeigte.

»So sehr mich Ihre reizende Gesellschaft auch entzückt, Miss Ellison, auch ich bin dienstlich hier. Wenn also Ihr Vater nicht da ist, werde ich mit Ihnen sprechen müssen.«

»Wenn es unbedingt sein muß.«

»Ich untersuche einen Mordfall nicht zum Vergnügen.« Sein Lächeln verschwand, wenn er auch seine gute Laune behielt. Es lag eine Spur Trauer, ja sogar Zorn in seiner Stimme. »Es macht wohl kaum jemandem Vergnügen, aber es muß schließlich getan werden.«

»Das wenige, was ich weiß, habe ich Ihnen bereits gesagt«, sagte sie verärgert. »Und mehr als einmal. Wenn Sie den Fall nicht lösen können, dann sollten Sie es vielleicht besser aufgeben und ihn an jemanden übergeben, der dazu in der Lage ist.«

Er ignorierte ihre Grobheit.

»War Lily Mitchell ein hübsches Mädchen?«

»Haben Sie sie denn nicht gesehen?« fragte sie überrascht. Wie konnte man denn auf etwas so Elementares verzichten!

Er lächelte traurig – so, als ob sie ihm leid täte und er viel Geduld mit ihr brauchte.

»Doch, Miss Ellison. Ich habe sie gesehen, aber da sah sie nicht hübsch aus. Ihr Gesicht war blau angeschwollen, ihre Gesichtszüge entstellt, ihre Zunge –«

»Hören Sie auf! Hören Sie auf!« Charlotte hörte, wie sie ihn anschrie.

»Wenn Sie dann so freundlich wären, von Ihrem hohen Roß herunterzusteigen«, sagte er ruhig, »und mir dabei helfen würden, denjenigen zu finden, der ihr das angetan hat, bevor er sich ein neues Opfer sucht!«

Charlotte war wütend, gekränkt, beschämt.

»Ja, natürlich«, sagte sie schnell, während sie den Kopf abwandte, damit er ihr Gesicht nicht sehen konnte, und – was ihr noch wichtiger war – damit sie ihn nicht ansehen mußte. »Ja, Lily war recht hübsch. Sie hatte eine sehr schöne Haut.« Sie schauderte und verspürte eine leichte Übelkeit, als sie versuchte, sich diese angeschwollene und vom gewaltsamen Tod gezeichnete Haut vorzustellen. Sie verscheuchte das Bild aus ihren Gedanken. »Sie hatte keine Pickel und sah niemals blaß aus. Und sie hatte eine sehr sanfte Stimme. Ich glaube, sie kam irgendwo vom Lande.«

»Derbyshire.«

»Oh.«

»Kam sie gut mit den anderen Dienstmädchen aus?«

»Ja, ich glaube schon. Wir haben nie von irgendwelchen Schwierigkeiten gehört.«

»Und mit Maddock?«

Sie drehte sich um, um ihn anzusehen. Ihre Gedanken überstürzten sich; es gelang ihr nicht, sie zu verbergen.

»Sie meinen . . .?«

»Genau. Hat Maddock ihr den Hof gemacht, hatte er eine Vorliebe für sie?«

Niemals zuvor hatte sie die Möglichkeit in Betracht gezogen, daß Maddock solche Gefühle haben könnte. Ein Herrschaftsanspruch über seine Dienstmädchen vielleicht, aber Verlangen,

Eifersucht? Maddock war für sie immer nur ein Butler gewesen, in förmlicher Kleidung, höflich, verantwortlich für das Haus. Aber er war auch ein Mann, und jetzt, wo sie darüber nachdachte, wurde ihr erst bewußt, daß er wahrscheinlich nicht älter als fünfunddreißig war, nicht viel älter als Dominic. Was für ein alberner Gedanke! Im gleichen Atemzug an Maddock und an Dominic zu denken!

Pitt wartete und beobachtete dabei ihr Gesicht.

»Wie ich sehe, ist dieser Gedanke neu für Sie, aber er ist nicht unwahrscheinlich, wenn Sie es sich genauer überlegen.«

Es hatte keinen Sinn, ihn anzulügen.

»Nein. Mir fällt ein, daß irgend jemand etwas dazu gesagt hat. Mrs. Dunphy – in der Nacht, als Lily ... verschwand. Sie sagte, Maddock hätte Lily gern, daß er auf jeden Fall auf Brody nicht gut zu sprechen sei, weil er mit Lily ausgehe, unabhängig davon, was Brody wirklich für ein Mensch sei. Aber das bedeutete sicherlich nichts anderes, als daß er fürchtete, ein tüchtiges Mädchen zu verlieren. Wissen Sie, es dauert sehr lange, ein neues Mädchen anzulernen.« Sie wollte Maddock nicht in Schwierigkeiten bringen. Sie konnte sich eigentlich auch nicht wirklich vorstellen, daß er Lily nach draußen gefolgt war und ihr d a s angetan hatte. Oder doch?

»Aber Maddock verließ an diesem Abend das Haus; er ging hinaus auf die Straße?« fuhr Pitt fort.

»Ja, selbstverständlich! Das wußten Sie doch bereits. Er ging, um sie zu suchen, weil sie sich verspätet hatte. Jeder gute Butler würde das tun!«

»Wie spät war es?«

»Ich weiß es nicht genau: Warum fragen Sie ihn nicht selbst?« Ihr war im gleichen Moment bewußt, wie dumm diese Frage war. Hätte sich Maddock irgend etwas zuschulden kommen lassen – was natürlich nicht der Fall war, aber wenn dem so wäre –, dann würde er Pitt wohl kaum die Wahrheit sagen. »Entschuldigen Sie.« Warum entschuldigte sie sich eigentlich bei diesem Polizisten? »Fragen Sie Mrs. Dunphy«, fuhr sie steif fort. »Ich glaube, es war so kurz nach zehn, aber ich war natürlich nicht in der Küche; deshalb weiß ich es selbst nicht genau.«

»Ich habe Mrs. Dunphy bereits gefragt«, erwiderte er, »aber ich lasse mir Sachverhalte gern von möglichst vielen Quellen bestätigen. Und ihr Gedächtnis ist, wie sie selbst zugibt, nicht besonders zuverlässig. Die ganze Angelegenheit hat sie sehr mitgenommen.«

»Meinen Sie etwa, mich nicht? Nur weil ich nicht ständig in Tränen ausbreche?« Die Andeutung, daß sie Lilys Schicksal nicht berühre, tat ihr weh, weil es ihr in der Tat nicht so nahe gegangen war, wie es hätte sein sollen.

»Ich erwarte kaum, daß ein Dienstmädchen von Ihnen genauso gemocht wird wie vielleicht von der Köchin«, sagte Pitt, wobei sein Mund leicht zuckte, so als ob er innerlich lächeln müßte. »Und ich könnte mir vorstellen, daß Sie Ihrem Naturell nach eher dazu neigen, einen Wutanfall zu bekommen als in Tränen auszubrechen.«

»Sie halten mich also für launisch?« fragte sie und wünschte sofort, sie hätte es nicht getan. Es hörte sich so an, als ob es ihr etwas ausmachte, was er von ihr dachte – was selbstverständlich absurd war.

»Ich glaube, Sie sind temperamentvoll und geben sich keine allzu große Mühe, Ihre Gefühle zu verbergen.« Pitt lächelte. »Eine Qualität, die durchaus nicht ohne einen gewissen Reiz ist und die man bei Frauen, vor allem bei vornehmen Damen, nur selten findet.«

Sie merkte, wie sie knallrot wurde.

»Sie sind unverschämt!« stieß sie hervor.

Sein Lächeln wurde noch breiter; er sah sie geradeheraus an.

»Wenn Sie nicht wissen wollen, was ich von Ihnen denke, warum haben Sie mich dann gefragt?«

Sie wußte nicht, was sie darauf antworten sollte. Statt dessen versuchte sie – so gut es ging –, so würdevoll wie möglich zu erscheinen und sah ihm direkt ins Gesicht.

»Ich glaube, es ist durchaus möglich, daß Maddock Lily mochte. Aber Sie können wohl kaum annehmen, daß er dem Dienstmädchen der Hiltons die gleiche Beachtung schenkte – ganz zu schweigen von Chloe Abernathy. Folglich ist die Annahme, daß er sie alle getötet haben könnte, eine äußerst falsche Schlußfolgerung, wenn Sie davon ausgehen, daß Liebe sein Motiv war. Wenn Sie davon jedoch nicht ausgehen, haben Sie überhaupt kein Motiv. Ich denke, Sie sollten vielleicht besser noch mal von vorn anfangen und von einer erfolgversprechenderen Theorie ausgehen.« Sie hatte die Absicht, ihn damit zu verabschieden.

Pitt rührte sich nicht.

»Sie waren zu dem fraglichen Zeitpunkt allein im Haus?« fragte er.

»Abgesehen von Mrs. Dunphy und Dora natürlich. Warum?«

»Ihre Mutter und Ihre Schwestern befanden sich auf irgendeiner kirchlichen Veranstaltung. Wo waren Ihr Vater und Mr. Corde?«

»Fragen Sie sie selbst.«

»Sie wissen es nicht?«

»Nein, ich weiß es nicht.«

»Aber ihr Heimweg führte sie in die Nähe der Cater Street, wenn sie nicht sogar dort entlanggegangen sind?«

»Wenn sie irgend etwas gesehen hätten, hätten sie es Ihnen doch sicherlich erzählt.«

»Schon möglich.«

»Natürlich hätten sie das. Warum auch nicht?« Ein schrecklicher Gedanke traf sie wie ein Schlag. »Sie können . . . Sie können doch wohl nicht annehmen, daß einer von ihnen –«

»Ich halte alles für wahrscheinlich, Miss Ellison, und glaube nichts, ehe es nicht bewiesen ist. Aber ich gebe zu, es gibt keinen Grund zu der Annahme . . .«, er ließ die Worte sekundenlang im Raum stehen, »aber irgend jemand hat es getan. Ich würde mich gern noch einmal mit Maddock unterhalten – ungestört.«

An diesem Abend waren alle zu Hause – sogar Emily. Die Fenstertüren zum Rasen hin waren geöffnet, und die letzten Sonnenstrahlen fielen in den Garten, doch trotz der sanften Abendluft, die erfüllt war mit den Düften des Tages, schien eine tiefe Niedergeschlagenheit auf ihm zu lasten.

Es war Sarah, die schließlich aussprach, was sie alle dachten oder was ihren Überlegungen zumindest sehr nahe kam.

»Also, ich mache mir da keine Sorgen.« Sie hob ein wenig ihr Kinn. »Inspector Pitt scheint mir ein vernünftiger Mann zu sein. Er wird rasch herausfinden, daß Maddock genauso unschuldig ist wie der Rest von uns. Ich wage zu behaupten, daß er schon morgen zu dieser Entscheidung kommen wird.«

Charlotte sprach – wie gewöhnlich – aus, was sie fühlte, ohne vorher nachgedacht zu haben.

»Ich vertraue seinem Verstand nicht im geringsten. Er ist nicht wie wir.«

»Wir alle wissen, daß er einer anderen Klasse angehört«, sagte Sarah schnell. »Aber er kennt sich mit Verbrechern aus. Er muß einfach den Unterschied zwischen einem absolut achtbaren Diener wie Maddock und der Sorte von Rohlingen, die in der Gegend herrumlaufen und Mädchen erwürgen, kennen.«

»Erdrosseln«, berichtigte sie Charlotte. »Und es besteht ein ganz erheblicher Unterschied zwischen Rohlingen – um deine Worte zu gebrauchen –, die Leute überfallen und ausrauben, und der Sorte von Personen, die Frauen erdrosseln – vor allem Dienstmädchen, die nichts haben, was sich zu stehlen lohnt.«

Dominic lächelte breit.

»Und woher willst du das wissen, Charlotte? Bist du etwa eine Expertin für Verbrechen aus Leidenschaft geworden?«

»Sie hat keine Ahnung!« sagte Edward sehr scharf. »Sie ist nur wie üblich widerspenstig.«

»Oh, das würde ich so nicht sagen.« Dominic lächelte noch immer. »Charlotte ist nicht widerspenstig; sie ist einfach aufrichtig. Und sie hat in den letzten Tagen ziemlich viel Zeit mit diesem Polizeimenschen zusammmen verbracht. Vielleicht hat sie dabei ja etwas gelernt?«

»Von so einer Person könnte sie wohl kaum irgend etwas lernen, was zu wissen sich lohnt oder sich für eine Dame schickt«, sagte Edward mit einem finsteren Blick. Er wandte sich ihr zu. »Charlotte, ist das wahr? Hast du diese Person des öfteren gesehen?«

Charlotte spürte, wie sie vor Wut und Verwirrung rot wurde.

»Nur, wenn er uns in dienstlichen Angelegenheiten aufgesucht hat, Papa. Unglücklicherweise ist er zweimal gekommen, als außer mir niemand zu Hause war.«

»Und was hast du ihm erzählt?«

»Ich habe natürlich seine Fragen beantwortet. Wir würden ja wohl kaum private Gespräche führen.«

»Werd nicht unverschämt! Ich meinte: Was hat er dich gefragt?«

»Nicht besonders viel.« Jetzt, als sie darüber nachdachte, fiel ihr auf, daß ihre Gespräche keine unmittelbare Bedeutung für seine Ermittlungen gehabt hatten. »Er hat mir nur ein paar Fragen über Lily und über Maddock gestellt.«

»Er ist ein absolut fürchterlicher Mensch.« Sarah schauderte. »Es ist wirklich entsetzlich, daß wir ihn im Haus haben müssen.

Und ich meine, wir sollten sehr vorsichtig damit sein, Charlotte mit ihm reden zu lassen. Bei ihr weiß man schließlich nie, was ihr alles so herrausrutscht.«

»Schlägst du vor, daß wir ihm seine Fragen auf der Straße beantworten sollen?« Charlotte verlor völlig ihre Beherrschung. »Und wenn ihr mich nicht mit ihm sprechen laßt, wird er argwöhnen, ich wüßte etwas Schändliches, von dem ihr Angst habt, daß es mir rausrutschen könnte.«

»Charlotte.« Carolines Stimme klang recht sanft, doch es lag ein bestimmter Unterton in ihr, der den gewünschten Effekt erzielte.

»Ich finde gar nicht, daß er so fürchterlich ist«, sagte Dominic beiläufig. »Ja, eigentlich finde ich ihn sogar recht sympathisch.«

»Du tust was?« fragte Sarah ungläubig.

»Ich finde ihn recht sympathisch«, wiederholte Dominic. »Er hat einen trockenen Humor, was in seinem Job schwer genug sein muß. Nun, vielleicht ist es ja auch die einzige Möglichkeit, seinen gesunden Menschenverstand zu behalten.«

»Du hast einen sonderbaren Geschmack, was Freunde anbetrifft«, sagte Emily bissig. »Ich wäre dir zu Dank verpflichtet, wenn du ihn nicht als Gast einlüdest.«

»Das schiene zur Zeit auch überflüssig zu sein«, sagte Dominic liebenswürdig. »Charlotte scheint ihre Sache sehr gut zu machen. Ich bezweifle, daß ihm noch die Zeit übrigbleibt.«

Charlotte war schon im Begriff, etwas zu erwidern, als sie merkte, daß er sie nur aufziehen wollte. Sie war so verwirrt, daß sie rot wurde. Ihr Herz schlug derart heftig, daß sie fürchtete, jemand anderes könnte es bemerken.

»Dominic, das ist nicht die passende Zeit für solche Bemerkungen«, stellte Caroline mit Nachdruck fest. »Diese Person scheint es tatsächlich für möglich zu halten, daß Maddock in die Sache verwickelt sein könnte.«

»Mehr als nur verwickelt.« Edward war jetzt völlig ernst. »Ich habe den Eindruck, er glaubt tatsächlich, daß er Lily getötet haben könnte.«

»Aber das ist doch lächerlich.« Sarah war auch jetzt nur leicht beunruhigt. Was sie bewegte, war das Gefühl, mit einer gesellschaftlich lästigen Sache konfrontiert zu sein, einem Stigma, das man mit Vorsicht behandeln mußte, um es wegreden zu können. »So etwas hätte er nie tun können.«

Emily dachte angestrengt nach, wobei sie die Stirn runzelte.

Edward faltete die Hände und starrte sie an. »Und warum nicht?«

Sarah sah erschrocken auf – keiner der anderen sagte etwas.

»Wie dem auch sei«, fuhr Edward fort, »es läßt sich nicht leugnen: Jemand hat es getan. Auch will es den Anschein haben, daß es durchaus jemand sein könnte, der hier in der Nähe wohnt, was den Typ Verbrecher ausschließt, der für gewöhnlich Leute auf der Straße angreift – also Räuber und so weiter. Und kein professioneller Räuber greift ein Dienstmädchen an, das nachts auf der Straße ist – wie Lily zum Beispiel. Sie konnte nichts bei sich haben, was sich zu stehlen gelohnt hätte, das arme Kind. Vielleicht hat sich Maddock ja auch unsterblich in sie verliebt, und als sie ihn wegen dieses jungen Brody abwies, hat er den Kopf verloren. Wir müssen in Betracht ziehen, daß das immerhin die Wahrheit sein könnte, wie unangenehm sie auch sein mag.«

»Papa, wie kannst du nur?« rief Sarah aus. »Maddock ist unser Butler! Schon seit Jahren! Wir kennen ihn doch!«

»Er ist aber auch ein Mensch, meine Liebe«, sagte Edward geduldig, »und menschlichen Leidenschaften und Schwächen unterworfen. Wir müssen der Wahrheit ins Auge blicken. Sie zu leugnen, wird sie nicht ändern und kann niemandem helfen, nicht einmal Maddock. Und wir müssen an die Sicherheit der anderen denken, besonders an die von Dora und Mrs. Dunphy.«

Sarah sah entgeistert aus.

»Aber du glaubst doch nicht etwa –«

»Ich weiß es nicht, meine Liebe. Es ist Sache der Polizei, das zu entscheiden, nicht unsere.«

»Ich finde, wir sollten keine voreiligen Schlüsse ziehen.« Caroline fühlte sich offensichtlich unwohl. »Doch wir müssen auch darauf vorbereitet sein, der Wahrheit ins Auge zu blicken, wenn es denn unvermeidbar werden sollte.«

Charlotte konnte nicht länger ruhig bleiben.

»Wir wissen doch gar nicht, ob es die Wahrheit ist! Sie wurde erdrosselt, nicht erwürgt: mit einem Draht ermordet. Mal angenommen, Maddock hat plötzlich die Nerven verloren: Warum hatte er einen Draht dabei? Er läuft doch nicht mit einem Draht herum, mit dem man Leute erdrosseln kann.«

»Meine Liebe, es wäre immerhin durchaus möglich, daß er die Nerven verlor, bevor er das Haus verließ«, sagte Edward ruhig.

Er sah die anderen an. »Es hilft uns nicht, die Augen davor zu verschließen.«

»Verschließen? Vor was?« wollte Charlotte wissen. »Daß Maddock Lily getötet haben könnte? Natürlich hätte er das! Er war genau zur fraglichen Zeit draußen auf der Straße. Genau wie du, Papa. Und Dominic. Vermutlich gab es noch hundert andere Männer, die es auch waren, und dreiviertel von ihnen werden wir niemals kennen. Jeder einzelne von ihnen könnte sie ermordet haben.«

»Rede keinen Unsinn, Charlotte«, sagte Edward scharf. »Ich habe keinen Zweifel daran, daß die anderen Haushalte genaue Rechenschaft darüber ablegen können, wo sich ihr männliches Dienstpersonal zur fraglichen Zeit aufgehalten hat. Und es gibt ohnehin keinen Grund anzunehmen, daß unsere arme Lily mit irgendeinem von ihnen Kontakt hatte!«

»Kannte Maddock etwa das Dienstmädchen der Hiltons?« hakte Charlotte nach.

Caroline zuckte zusammen.

»Charlotte, dein Benehmen wird langsam penetrant.« Edwards Gesicht wirkte streng; offensichtlich wünschte er keine weiteren Diskussionen über das Thema. »Wir können ja verstehen, daß dir ein Täter lieber wäre, den wir nicht kennen, ein Herumtreiber aus irgendeinem Armenviertel. Doch wie du selbst festgestellt hast, ist Raub als Motiv nicht haltbar. Und jetzt sollten wir die Angelegenheit als abgeschlossen betrachten.«

»Du kannst doch nicht einfach behaupten, Maddock habe Lily getötet, und es damit gut sein lassen!« Sie wußte, daß sie Gefahr lief, ihn jetzt ernsthaft böse zu machen, aber sie war innerlich so entrüstet, daß sie einfach nicht schweigen konnte.

Edward öffnete den Mund, doch bevor er die passenden Worte fand, mischte sich Emily ein.

»Weißt du, Papa, Charlotte hat nicht ganz unrecht. Maddock könnte Lily ermordet haben, obgleich das ziemlich sinnlos erscheint, wenn er sie mochte. Die Tat würde sich ja gegen ihn selbst richten! Aber warum um alles in der Welt sollte er das Hilton-Mädchen oder Chloe Abernathy erdrosseln? Und sie wurden zuerst ermordet – noch vor Lily. Das ergibt doch keinen Sinn.«

Charlotte empfand in diesem Augenblick ein warmes Gefühl für Emily. Sie hoffte, daß Emily es merkte.

»Mord an sich kann man kaum verstehen, Emily.« Edwards Gesichtsfarbe wurde dunkel vor Wut. Er hatte sich allmählich daran gewöhnt, daß sich Charlotte ihm widersetzte, aber daß jetzt auch noch Emily damit begann, konnte er nicht hinnehmen. »Es ist ein bestialisches Verbrechen, ein Verbrechen, begangen aus animalischer Triebhaftigkeit und Wahnsinn.«

»Willst du damit sagen, daß er verrückt ist?« Sie sah ihren Vater an. »Daß Maddock bestialisch ist oder triebhaft oder vollkommen verrückt?«

»Nein, natürlich nicht!« fuhr er sie an. »Ich bin, was kriminellen Wahnsinn angeht, kein Experte, und du bist es genauso wenig! Aber ich gehe davon aus, daß Inspector Pitt einer ist; es ist schließlich sein Beruf, und er hält Maddock für schuldig. Und jetzt werdet ihr das Thema nicht weiter erörtern. Ist das klar?«

Charlotte sah ihn an. Sein Blick war hart, aber konnte sie da nicht auch einen Ausdruck von Furcht erkennen?

»Ja, Papa«, sagte sie gehorsam. Sie war es gewohnt zu gehorchen. Sie kannte es nicht anders. Aber ihr Verstand, in dem die Gedanken nur so durcheinanderwirbelten, rebellierte, beschäftigte sich mit neuen Befürchtungen, die allmählich Form annahmen – von etwas ganz Entsetzlichem.

Kapitel 5

Der schreckliche Polizist kam am nächsten Tag wieder. Er befragte zunächst Maddock, dann Caroline und bat schließlich, Charlotte noch einmal sprechen zu dürfen.

»Wozu?« Charlotte war müde, und an diesem Morgen fühlte sie sich niedergeschlagen, so daß sie an nichts anderes als an die Präsenz des Todes denken konnte. Der erste betäubende Schock hatte nachgelassen. Als sie eingeschlafen war, hatte sie an Lilys Tod gedacht, und als sie erwachte, war das Gefühl, daß eine Tragödie ihren Lauf nahm, immer noch vorhanden.

»Ich weiß nicht, Liebes«, antwortete Caroline, während sie noch immer in der Tür stand, die sie für ihre Tochter aufhielt.

»Aber er hat nach dir gefragt. Also nehme ich an, er geht davon aus, daß du ihm irgendwie weiterhelfen kannst.«

Charlotte stand auf und ging langsam hinaus. Caroline berührte sanft ihren Arm.

»Bitte paß auf, bevor du etwas sagst, meine Liebe. Wir haben bereits eine große Tragödie erlebt; laß dich durch deinen Kummer oder deine Sorge um Maddock nicht dazu hinreißen, etwas zu sagen, was du später vielleicht bereuen würdest, weil es Folgen heraufbeschwört, die du nicht vorhergesehen hast. Vergiß nicht, daß er Polizist ist. Er wird sich an alles erinnern, was du sagst, und versuchen, sich seinen Reim drauf zu machen.«

»Charlotte hat in ihrem ganzen Leben noch nicht nachgedacht, bevor sie etwas gesagt hat«, sagte Sarah gereizt. »Sie wird die Nerven verlieren, und ich kann es ihr nicht einmal verübeln. Er ist eine äußerst widerwärtige Person. Aber das mindeste, was man tun kann, ist, sich wie eine Dame zu benehmen und so wenig wie möglich zu sagen.«

Emily saß am Klavier.

»Ich glaube, er hat eine Schwäche für Charlotte«, sagte sie, während sie den höchsten Ton leicht mit dem Finger anschlug.

»Emily, es ist nicht die Zeit für leichtfertige Reden!« sagte Caroline scharf.

»Kannst du nicht mal an etwas anderes denken als an Romanzen?« Sarah blickte sie wütend an.

Emily verzog ihren Mund leicht zu einem Lächeln.

»Meinst du, Polizisten sind romantisch, Sarah? Also ich meine, Inspector Pitt ist äußerst ... einfach. Aber er muß natürlich gewöhnlich sein – sonst wäre er schließlich kein Polizist. Er hat jedoch eine unglaublich schöne Stimme: Irgendwie hüllt sie einen ein wie warmer Sirup. Und er versteht es, sich gepflegt und grammatikalisch korrekt auszudrücken. Ich kann mir vorstellen, er versucht, an sich zu arbeiten.«

»Emily, Lily ist tot!« Caroline biß die Zähne zusammen.

»Das weiß ich, Mama. Aber er muß an solche Sachen gewöhnt sein; also wird es ihn nicht davon abhalten, Charlotte zu verehren.« Sie wandte sich ihrer Schwester zu und betrachtete sie abschätzend. »Charlotte sieht sehr gut aus. Ich möchte mal annehmen, daß ihn ihre spitze Zunge nicht weiter stört. Wahrscheinlich ist er Taktlosigkeit gewöhnt.«

Charlotte spürte, wie ihr Gesicht heiß wurde. Die Vorstellung, daß Inspector Pitt derartige Gedanken über sie auch nur in Erwägung zog, war unerträglich.

»Halt deinen Mund, Emily!« fauchte sie ihre Schwester an. »Inspector Pitts Chancen, meine Aufmerksamkeit zu erringen, sind nicht größer als ... als deine Chancen, George Ashworth zu heiraten. Was nur gut ist, denn Ashworth ist ein Spieler und ein Flegel!« Sie drängte sich an Caroline vorbei in den Flur.

Pitt wartete im kleineren hinteren Salon.

»Guten Morgen, Miss Ellison.« Sein breites Lächeln wäre in jedem anderen Gesicht charmant gewesen.

»Guten Morgen, Mr. Pitt«, sagte sie kühl. »Ich weiß wirklich nicht, weshalb Sie noch einmal nach mir geschickt haben, aber da Sie es nun mal getan haben: Was wollen Sie?«

Sie starrte ihn an, um ihn in Verlegenheit zu bringen – doch statt dessen glaubte sie für einen entsetzlichen Augenblick, in seinen Augen jene Bewunderung zu erkennen, von der Emily gesprochen hatte – es war unerträglich.

»Stehen Sie da nicht herum, und starren Sie mich nicht wie ein Dummkopf an!« fuhr sie ihn an. »Was wollen Sie?«

Sein Lächeln verschwand.

»Sie scheinen sehr erregt zu sein, Miss Ellison. Ist noch etwas geschehen, was Ihnen Sorgen bereitet? Ein Vorfall, ein Verdacht, etwas, das Ihnen wieder eingefallen ist?« Seine hellen, intelligenten Augen ruhten abwartend auf ihrem Gesicht.

»Sie scheinen unseren Butler zu verdächtigen«, erwiderte sie eisig. »Was mir selbstverständlich Sorgen bereitet. Sowohl weil Sie jemanden aus meinem Hause beschuldigen und ihn zweifelsohne verhaften und ins Gefängnis werfen werden, als auch deshalb, weil ich mir vollkommen sicher bin, daß er unschuldig ist. Wer auch immer es getan hat, treibt sich also noch immer draußen auf den Straßen herum. Ich denke mir doch, daß eine solche Situation ausreichen müßte, um jedem, der auch nur eine Spur Empfindsamkeit besitzt, Sorgen zu bereiten.«

»Sie ziehen mit einer überaus bemerkenswerten geistigen Akrobatik voreilige Schlüsse, Miss Ellison.« Er lächelte. »Zunächst einmal: Wir verhaften ständig Leute, aber wir führen sie dem Gericht vor, wir werfen sie nicht ins Gefängnis. Sie mögen vielleicht das sichere Gefühl haben, daß er unschuldig ist, und ich neige dazu, Ihnen zuzustimmen, doch weder Sie noch ich haben das Recht, irgend jemanden aus unseren Überlegungen auszuschließen, bevor seine Verwicklung in den Fall nicht bewiesen oder widerlegt worden ist. Und – um zum Ende zu kommen – Sie täuschen sich, wenn Sie vermuten, daß ich nur, weil ich immer noch Maddock verdächtige, aufgehört hätte, auch woanders meine Nachforschungen anzustellen.«

»Ich bin nicht an einem Vortrag über polizeiliche Vorgehensweisen interessiert, Mr. Pitt.« Sie verstand, worauf er hinauswollte, wußte sogar, daß er recht hatte, doch das änderte nichts an ihrer Stimmung.

»Ich dachte, ich könnte Sie damit vielleicht beruhigen.«

»Also, was wollen Sie, Mr. Pitt?«

»In der Nacht, als Lily getötet wurde: Wann haben Sie Maddock zum letztenmal gesehen, bevor er losging, um sie zu suchen?«

»Ich habe keine Ahnung.«

»Was haben Sie an diesem Abend gemacht?«

»Gelesen. Aber ich wüßte nicht, was das mit der Sache zu tun haben könnte.«

»Ach?« Er hob interessiert die Augenbrauen und lächelte. »Was haben Sie gelesen?«

Sie konnte spüren, wie sie vor Ärger errötete. Ihr Vater hätte ihre Lektüre mißbilligt. Schließlich handelte es sich doch um etwas, über das Bescheid wissen zu wollen sich für eine Dame nicht schickte.

»Das geht Sie nichts an, Mr. Pitt.«

Ihre Antwort schien ihn zu amüsieren. Es kam ihr plötzlich in den Sinn, daß er jetzt vielleicht dachte, es handele sich um einen Liebesroman oder um alte Liebesbriefe.

»Ich habe ein Buch über den Krimkrieg gelesen«, sagte sie ärgerlich.

Er machte vor Erstaunen große Augen.

»Ein ungewöhnliches Interesse für eine Dame.«

»Schon möglich. Aber was hat das mit Lily zu tun? Ich habe mir sagen lassen, Sie seien ihretwegen hier.«

»Ich nehme an, Sie haben die Gelegenheit genutzt, weil Ihr Vater Ihr Interesse für so blutige und unweibliche Themen nicht billigt?«

»Auch das geht Sie nichts an.«

»Sie haben also allein gelesen; haben Sie nicht nach Maddock geklingelt oder nach Dora, damit sie Ihnen irgendeine Erfrischung holen oder das Gas verstellen oder die Türen verschließen?«

»Ich hatte kein Verlangen nach einer Erfrischung, und ich bin durchaus in der Lage, selbst das Gas auf- oder abzudrehen oder die Türen abzuschließen.«

»Dann haben Sie Maddock also nicht gesehen?«

Endlich merkte sie, worauf er hinauswollte. Sie ärgerte sich über sich selbst, daß sie es nicht vorher erkannt hatte.

»Nein.«

»Also – nach allem, was Sie wissen – hätte er zu jedem beliebigen Zeitpunkt während des Abends das Haus verlassen können?«

»Mrs. Dunphy hat gesagt, daß er mit ihr gesprochen habe. Er ist erst hinausgegangen, als Lily über die Zeit ausblieb und ... und er sich allmählich Sorgen machte.«

»Das sagt er. Aber Mrs. Dunphy war allein in der Küche. Er hätte also auch durchaus schon früher das Haus verlassen können.«

»Nein, das hätte er nicht. Wenn ich nach irgend etwas verlangt hätte, hätte ich seine Abwesenheit bemerken müssen.«

»Aber Sie waren dabei, ein Buch zu lesen, dessen Lektüre Ihr Vater nicht billigte.« Er sah sie scharf an. Sein Blick war offen, so, als ob es keine Schranken zwischen ihnen gäbe.

»Das wußte er nicht!« Doch im selben Moment, als sie das sagte, kam ihr der abscheuliche Gedanke, daß Maddock es wahrscheinlich gewußt hatte. Sie hatte das Buch aus dem Arbeitszimmer ihres Vaters genommen. Maddock kannte die Bücher gut genug, um herauszufinden, welches fehlte – und er kannte Charlotte. Sie wandte sich Pitt zu, um ihm ins Gesicht zu sehen.

Er lächelte nur. »Wie auch immer«, fuhr er fort, womit er die Sache mit dem Buch mit einer lässigen Handbewegung abtat. Wirklich, er war eine äußerst ungepflegte Erscheinung, so ganz anders als Dominic. Er sah aus wie ein Stelzvogel, der mit den Flügeln schlägt. »Ich kann mir keinen Grund vorstellen, warum er irgendwelchen Groll gegen Miss Abernathy hegen sollte.« Er hob die Stimme: »Waren Sie mit Miss Abernathy befreundet?«

»Nicht besonders.«

»Nein«, sagte er nachdenklich. »Nach dem, was ich so von ihr gehört habe, hätten Sie sie sich wohl kaum als Umgang gewählt. Ein etwas flatterhaftes Mädchen, machte sich viel aus Spaß und ziemlich frivolen Beschäftigungen, das arme Kind.«

Charlotte sah ihn an. Er wirkte sehr ernst. War er denn durch seinen Beruf noch nicht so an den Tod gewöhnt, daß dieser ihn nicht mehr berührte?

»Sie war kein unmoralisches Mädchen«, sagte sie ruhig, »nur sehr jung und noch ein wenig töricht.«

»So ist es.« Sein Gesichtsausdruck wurde ernst. »Und es ist höchst unwahrscheinlich, daß sie ein Verhältnis mit dem Butler von irgend jemandem gehabt hat. Ich kann mir vorstellen, daß sie den Blick auf etwas sehr viel Höheres gerichtet hatte. Sie hätte wohl kaum weiter den gesellschaftlichen Umgang pflegen können, den sie suchte, wenn sie sich in irgendeiner Weise mit einem Bediensteten eingelassen hätte, auch wenn es sich um einen Butler gehandelt hätte!«

»Werden Sie jetzt sarkastisch, Mr. Pitt?«

»Ich meine das ganz wörtlich, Miss Ellison. Wissen Sie, ich halte mich nicht immer an gesellschaftliche Regeln, aber ich bin mir durchaus darüber im klaren, wie sie aussehen!«

»Das überrascht mich!« sagte sie mit schneidender Stimme.

»Haben Sie etwas gegen Sarkasmus, Miss Ellison?«

Sie spürte, wie ihr das Blut ins Gesicht schoß; der Hieb hatte gesessen.

»Ich finde Ihr Benehmen beleidigend, Mr. Pitt. Wenn Sie irgendwelche Fragen im Zusammenhang mit Ihren Ermittlungen an mich haben, dann stellen Sie sie bitte. Sollte dies nicht der Fall sein, erlauben Sie mir, Maddock zu rufen, damit er Ihnen den Weg nach draußen zeigt.«

Zu ihrer Überraschung wurde er nun ebenfalls rot und blickte sie ausnahmsweise nicht an.

»Ich bitte um Entschuldigung, Miss Ellison. Nichts lag mir ferner, als Sie zu beleidigen.«

Sie war verwirrt. Er sah unglücklich aus, so, als ob sie ihn tatsächlich verletzt hätte. Sie war im Unrecht gewesen, und sie wußte es. Ihre Grobheit war unverzeihlich, und er hatte sich so weit gehen lassen, es ihr mit gleicher Münze heimzuzahlen. Sie hatte ihren gesellschaftlichen Vorteil ausgenutzt, um den letzten Schuß abzufeuern. Es war nichts, auf das sie stolz sein konnte; ja, es war vielmehr ein Mißbrauch ihrer privilegierten Stellung. Die Situation mußte richtiggestellt werden.

Auch sie schaute ihn jetzt nicht an.

»Es tut mir leid, Mr. Pitt. Es war unüberlegt. Sie haben mich nicht beleidigt, sondern ich bin durch ... durch die Umstände doch etwas mehr durcheinander, als es sein sollte. Bitte verzeihen Sie meine Unhöflichkeit.«

Er sprach ruhig. Emily hatte recht; er hatte eine wundervolle Stimme. »Dafür bewundere ich Sie, Miss Ellison.«

Erneut fühlte sie sich äußerst unbehaglich; sie war sich wohl bewußt, daß er sie anstarrte.

»Und machen Sie sich keine Sorgen wegen Maddock. Ich habe keine Anhaltspunkte, auf die hin ich ihn verhaften müßte. Und, um ganz offen zu sein, ich halte es für unwahrscheinlich, daß er irgend etwas mit der Sache zu tun hatte.«

Hastig schaute sie nach oben, um seinen Blick zu finden, ihn zu erforschen und zu sehen, ob er das auch wirklich ehrlich meinte.

»Ich wünschte nur, ich hätte irgendeine Idee, wer es war«, fuhr er ernst fort. »Diese Sorte Mensch hört nicht bei zwei oder drei Morden auf. Bitte seien Sie äußerst vorsichtig! Gehen Sie nicht allein aus, nicht einmal für ein paar Schritte.«

Sie spürte, wie sie eine Welle von Entsetzen und Verlegenheit zugleich durchfuhr: Entsetzen bei dem Gedanken an irgendeinen namenlosen Verrückten, der durch die Straßen schlich, direkt vor den verdunkelten Fenstern, und Verlegenheit über die Tiefe des Gefühls in Pitts Augen. Es war doch einfach undenkbar, daß er wirklich ... Nein, natürlich nicht! Das war nur Emilys dummes Geschwätz. Er war ein Polizist! Etwas ganz Gewöhnliches. Wahrscheinlich hatte er irgendwo eine Frau und Kinder. Was für ein stattlicher Mann er doch war, nicht dick, sondern groß. Sie wünschte, er würde sie nicht so ansehen, so, als ob er ihre Gedanken lesen könnte.

»Nein«, sagte sie und schluckte schnell. »Ich versichere Ihnen, daß ich nicht die Absicht habe, ohne Begleitung auszugehen. Keine von uns wird das tun. Nun, wenn es nichts mehr gibt, womit ich Ihnen weiterhelfen könnte, müssen Sie mit Ihren Ermittlungen fortfahren – woanders. Guten Tag, Mr. Pitt.«

Er hielt ihr die Tür auf.

»Guten Tag, Miss Ellison.«

Es war spät am Nachmittag. Sie war allein im Garten und gerade damit beschäftigt, die verwelkten Rosenblüten abzupflücken, als Dominic über den Rasen auf sie zukam.

»Nein, wie ordentlich.« Er betrachtete die Rosensträucher, die sie bearbeitet hatte. »Komisch, ich hätte nie von dir gedacht, daß du so ... auf Ordnung hältst. Das paßt eher zu Sarah, hinter der Natur herzuräumen. Ich hätte von dir eigentlich erwartet, daß du sie dranlassen würdest.«

Sie sah ihn nicht an. Sie wollte sich die irritierenden Gefühlsregungen ersparen, die ein Blickwechsel in ihr ausgelöst hätte. Wie immer sagte sie, was sie dachte.

»Ich mache das hier nicht, um Ordnung zu schaffen. Wenn man die verwelkten Blüten entfernt, hat das den Effekt, daß die Pflanze nicht weiter ihre Lebenskraft in sie hineinsteckt, den Samen und so weiter. Es trägt dazu bei, sie erneut zum Blühen zu bringen.«

»Wie praktisch. Hört sich ganz wie Emily an.« Er pflückte ein paar Blüten ab und warf sie in ihren Korb. »Was wollte Pitt? Ich hätte eigentlich gedacht, daß er uns alles erdenklich Mögliche schon gefragt hat.«

»Ich bin mir da nicht ganz sicher. Er war ziemlich unverschämt.« Sofort wünschte sie, daß sie das lieber nicht gesagt hätte. Vielleicht war er es ja wirklich gewesen, aber auch sie hatte sich grob verhalten, und das war für sie selbst viel unverzeihlicher. »Es mag vielleicht seine Methode sein, Leute zu ... zu überraschen, damit sie aufrichtig sind.«

»In deinem Fall wohl eher zwecklos, würde ich mal meinen?« Er grinste.

Ihr Herz schlug höher. Alle Gewohnheit und Vertrautheit verschwanden, und es war noch einmal so, als wäre sie ihm gerade zum erstenmal begegnet – sie war verzaubert. Er verkörperte alles: Humor, Männlichkeit und Romantik. Warum, ach warum hatte sie nicht Sarah sein können?

Sie senkte den Blick auf die Rosen, für den Fall, daß er ihre Gedanken in ihren Augen lesen könnte. Sie war sich bewußt, daß ihre Gefühle in ihnen geschrieben stehen mußten. Ausnahmsweise wußte sie nicht, was sie sagen sollte.

»Ging es ihm wieder um Maddock?« fragte er.

»Ja.«

Er knipste eine weitere Blüte ab und warf sie in den Korb.

»Glaubt er etwa wirklich, daß Lily den armen Teufel derart um den Verstand gebracht hat, daß er, als sie Brody statt seiner auserwählte, ihr gefolgt ist und sie auf der Straße ermordet hat?«

»Nein, natürlich nicht! So dumm würde er nicht sein«, sagte sie schnell.

»Wäre das denn so dumm, Charlotte? Leidenschaft kann sehr stark sein. Wenn sie ihn nun ausgelacht hat, sich über ihn lustig gemacht hat ...«

»Maddock! Dominic?« Sie sah ihn an, ohne einen klaren Gedanken zu fassen. »Du glaubst doch nicht wirklich, daß er das getan hat, oder?«

Seine dunklen Augen blickten verwirrt.

»Es fällt mir schwer, so etwas zu glauben; aber dann fällt es mir auch wieder schwer zu glauben, daß überhaupt irgend jemand eine Frau so mit einem Draht erwürgen könnte. Aber jemand hat es getan. Wir kennen nur eine Seite von Maddock. Wir sehen ihn nur immer förmlich und korrekt: ›Jawohl, Sir‹, ›Nein, Ma'am‹. Wir denken niemals daran, was er hinter dieser Maske fühlt oder denkt.«

»Du glaubst es also!« sagte sie anklagend.

»Ich weiß es nicht. Aber wir müssen es in Betracht ziehen.«

»Das müssen wir nicht! Pitt muß es vielleicht, aber wir wissen es besser.«

»Nein, Charlotte. Wir wissen überhaupt nichts. Und Pitt muß etwas von seinem Geschäft verstehen, sonst wäre er nicht Inspector.«

»Er ist schließlich nicht unfehlbar. Und er hat sowieso gesagt, daß er nicht glaube, daß Maddock in die Sache verwickelt sei; er müsse lediglich alle Möglichkeiten in Erwägung ziehen.«

»Hat er das gesagt?«

»Ja.«

»Wenn er also nicht glaubt, daß es Maddock war, warum kommt er dann dauernd hierher?«

»Ich nehme an, weil Lily hier gearbeitet hat.«

»Und was ist mit den anderen – Chloe und dem Hilton-Mädchen?«

»Nun, ich nehme an, er geht auch dorthin. Ich habe ihn nicht gefragt.«

Er starrte finster auf das Gras.

Sie sehnte sich danach, irgend etwas Kluges zu sagen, etwas, das ihm in Erinnerung bleiben würde, aber ihr fiel nichts ein, so durcheinander war sie.

Er entfernte die letzte Rose und hob den Korb auf.

»Nun, ich nehme an, er wird entweder jemanden verhaften oder das Ganze als ein ungelöstes Verbrechen zu den Akten legen«, sagte er trocken. »Nicht gerade ein tröstender Gedanke. Ich glaube, alles andere wäre mir lieber als das.« Er ging zurück ins Haus.

Sie folgte ihm langsam. Papa, Sarah und Emily waren im Salon, und als sie hinter Dominic eintrat, kam auch Mama gerade durch die andere Tür herein. Ihr Blick fiel auf den Korb mit Rosenblüten.

»Ach ja, schön. Danke, Dominic.« Sie nahm ihm den Korb ab, den er ihr reichte.

Edward sah von der Zeitung auf, die er gerade las.

»Was hat dich dieser Polizist heute morgen gefragt, Charlotte?«

»Sehr wenig«, gab sie zur Antwort. Tatsächlich konnte sie sich nur noch deutlich daran erinnern, wie grob sie gewesen war, und an ihre Erleichterung darüber, daß er Maddock nicht ernsthaft verdächtigte.

»Du warst lange genug mit ihm zusammen«, bemerkte Emily. »Wenn er dir keine Fragen gestellt hat, was um alles in der Welt habt ihr dann eigentlich gemacht?«

»Emily, rede keinen Unsinn!« sagte Edward kurz angebunden.
»Deine Kommentare sind geschmacklos. Charlotte, bitte ant-
worte etwas ausführlicher. Wir machen uns Sorgen.«

»Wirklich, Papa, es schien, als ob er nur noch einmal dieselben
Punkte durchging. Über Maddock, um welche Zeit er das Haus
verließ, was Mrs. Dunphy gesagt hat. Doch er hat zugegeben, daß
er selbst nicht daran glaube, daß Maddock schuldig sei, daß er
eben nur jeder Möglichkeit nachgehen müsse.«

»Oh.«

Sie hatte Erleichterung erwartet, sogar Freude; das Schweigen,
das ihr entgegenschlug, war ihr unverständlich.

»Papa?«

»Ja, mein Liebes?«

»Bist du denn nicht erleichtert? Die Polizei verdächtigt Maddock nicht. Soviel hat Inspector Pitt gesagt.«

»Wen verdächtigen sie dann?« fragte Sarah. »Oder hat er dir
das nicht erzählt?«

»Natürlich hat er das nicht!« sagte Edward mißbilligend. »Es
überrascht mich schon, daß er ihr überhaupt soviel erzählt hat.
Bist du auch sicher, daß du ihn richtig verstanden hast? War da
nicht vielleicht dein Wunsch Vater des Gedankens?«

Es war fast so, als ob sie ihr nicht glauben wollten.

»Nein, ich habe es nicht mißverstanden. Er hat sich vollkommen eindeutig ausgedrückt.«

»Was genau hat er gesagt?« fragte Caroline ruhig.

»Ich kann mich nicht erinnern, aber ich habe ihn sicherlich
nicht mißverstanden, da bin ich mir vollkommen sicher.«

»Nun, das ist beruhigend«, sagte Sarah, wobei sie ihr Nähzeug
sinken ließ. Sie nähte wunderschön. Solange Charlotte sich erinnern konnte, hatte sie ihre Schwester deswegen beneidet. »Vielleicht wird die Polizei jetzt nicht wiederkommen.«

Emily lächelte. »Und ob sie das wird.«

»Wozu – wenn sie Maddock nicht verdächtigen?«

»Um Charlotte zu sehen, natürlich. Inspector Pitt ist ein großer
Verehrer von ihr.«

Edward holte tief Luft.

»Emily, das ist nicht die passende Gelegenheit, um frivole
Reden zu führen. Und die wenig realistischen Phantasien des
einen oder anderen Polizisten interessieren uns nicht. Zweifellos
bewundern viele Männer aus einfachen Verhältnissen höherge-

stellte Frauen, aber sie besitzen genug gesunden Menschenverstand, um das nicht zu zeigen.«

»Aber die Polizei hat keinen Grund wiederzukommen, keinen wirklichen Grund«, sagte Sarah mit Nachdruck.

»Sie hat den besten Grund von allen.« Emily ließ sich nicht so leicht unterkriegen. »Verbrechen kommen und gehen, aber die Liebe währt ewig.«

»Hin und wieder«, sagte Dominic trocken.

»Nun, es handelt sich doch offensichtlich um jemanden aus der Unterwelt«, sagte Sarah. »Ich verstehe nicht, warum sie überhaupt erwogen haben, daß es anders sein könnte. Das erscheint mir doch recht wenig sachkundig.«

»Nein«, sagte Charlotte schnell, »das stimmt nicht!«

Edward wandte sich ihr überrascht zu.

»Was stimmt nicht?«

»Es ist niemand aus der Unterwelt. Die morden ausschließlich, wenn ihnen keine andere Wahl bleibt – um zu entkommen oder etwas in dieser Art, oder aus Rache. Leute, die sie nicht kennen, überfallen sie nur, um sie zu berauben. Und Lily ist nicht beraubt worden.«

»Woher weißt du das alles?«

Charlotte war sich bewußt, daß jetzt alle Blicke auf sie gerichtet waren.

»Inspector Pitt hat es mir erzählt. Und es klingt logisch.«

»Ich weiß nicht, wie man von Verbrechern erwarten kann, daß sie logisch handeln.« Sarah wurde ungeduldig. »Es wird irgendein Wahnsinniger sein, jemand, der vollkommen verdorben ist und nicht weiß, was er eigentlich tut.« Sie schauderte.

»Der arme Teufel.« In Dominics Stimme lag Mitgefühl. Charlotte war überrascht. Warum sollte er solches Mitleid mit einer Kreatur haben, die drei entsetzliche Morde begangen hatte?

»Spare dir dein Mitgefühl für Lily und Chloe und das Hilton-Mädchen«, sagte Edward ein wenig verärgert.

Dominic sah sich um.

»Wieso? Die drei sind tot. Aber dieser arme Teufel lebt noch, zumindest nehme ich das an.«

»Hör auf damit!« sagte Edward scharf. »Du wirst den Mädchen noch Angst einjagen.«

Dominic sah mit festem Blick einen nach dem anderen an. »Es tut mir leid. Obwohl ich glaube, daß euch ein wenig Angst in dieser Zeit vielleicht sogar das Leben retten könnte.« Er wandte sich Charlotte zu. »Pitt glaubt also nicht, daß es sich um irgendeinen Verrückten aus der Unterwelt handelt. Was glaubt er?«

Es war nur eine einzige Schlußfolgerung möglich. Sie akzeptierte sie so gefaßt, wie sie konnte – aber ihre Stimme bebte.

»Er muß der Meinung sein, daß es jemand ist, der hier wohnt, irgendwo in der Nähe der Cater Street.«

»Unsinn!« Edward richtete sich mit einem Ruck auf. »Ich habe zeit meines Lebens hier gewohnt. Ich kenne so ziemlich jeden im Umkreis von ... von Kilometern. In dieser Gegend gibt es keinen ... Wahnsinnigen, der ein solches Monster ist. Du lieber Himmel, wenn es ihn gäbe, glaubt Pitt dann nicht, daß wir es wissen müßten? Eine solche Kreatur könnte wohl kaum unbemerkt bleiben! Er könnte sich nicht so benehmen wie wir anderen.«

War das wirklich nicht möglich? Charlotte schaute ihn prüfend an, dann warf sie einen verstohlenen Blick auf Dominic. Wieviel von einem Menschen konnte man von seinem Gesicht ablesen? Ahnte vielleicht sogar einer von ihnen etwas von dem stürmischen Gefühl in ihrem Inneren? Lieber Gott, bitte nicht! Wenn solcher Wahnsinn, ein solcher Haß wie der, von dem diese Kreatur gepeinigt wurde, äußerlich sichtbar wäre, warum war dieser Mann dann nicht längst bekannt? Mit irgend jemandem mußte er doch zusammensein – Familie, Frau, Freunde? Was würden sie wohl denken, wenn sie es wüßten? Konnte man so etwas über jemanden wissen – und schweigen? Oder würde man es nicht wahrhaben wollen, die Augen vor den Tatsachen verschließen, die Dinge so auslegen, daß sie eine andere Bedeutung erhielten?

Was täte sie, wenn sie jemanden lieben würde? Wenn es Dominic wäre, würde sie ihn dann nicht auch vor allem schützen und – wenn nötig – dafür sterben?

Was für ein ungeheuerlicher Gedanke! Als ob jemand, der auch nur entfernt wie Dominic war, in solche Gewalttaten verwickelt sein könnte, beherrscht von diesem fürchterlichen Zwang, der ihn dazu brachte, andere in Angst und Schrecken zu versetzen, zu zerstören, sich in den Schatten der Häuserwände herumzudrücken – getrieben von dem Wunsch, Furcht zu verbreiten.

Welcher Mann konnte das wollen? Sie konnte sich ihn nur als einen schwarzen Schatten vor Nebelschleiern vorstellen. Hatte Lily sein Gesicht gesehen? Hatte es überhaupt eine von den dreien gesehen? Und wenn sie es selbst sehen sollte, würde es ein

Gesicht sein, das sie kannte – ein neuer Alptraum oder ein vertrauter?

Um Charlotte herum unterhielt man sich. Sie bemerkte es erst jetzt. Warum hatten sie bloß so schnell akzeptiert, daß es Maddock sein könnte? Fast kam es ihr so vor, als ob sie dankbar für eine Lösung wären, so, als ob jede Lösung besser wäre als keine.

Nein, eine solche Haltung war entsetzlich. Doch obgleich sie anderer Meinung war, konnte sie die anderen verstehen. Es gab keine vagen Verdächtigungen mehr. Jedes Wissen, jede Tatsache, der man ins Auge sehen mußte, war besser als die Unsicherheit, das Bewußtsein, daß der Täter sich noch immer da draußen auf den gasbeleuchteten Straßen herumtrieb. Was auch immer das Bekannte sein mochte, es war besser als das Unbekannte, besser, als die Polizei hier im Haus zu haben, die Fragen stellte und Verdächtigungen äußerte. Sie konnte es verstehen, doch sie schämte sich zugleich für ihre Familie und für sich selbst, weil sie nichts sagte und die Dinge nicht klarstellte. In gewisser Hinsicht ließ sie es zu, erlaubte sie ihnen allen, sich etwas vorzumachen.

Um sie herum unterhielten sich alle, aber sie brachte es nicht über das Herz, sich am Gespräch zu beteiligen.

Emily beschäftigten solche Gedanken nicht. Am Tag darauf hatte sich die ganze unerfreuliche Angelegenheit für sie bereits auf ein rein praktisches Problem reduziert. Natürlich tat Lily ihr leid, aber der Armen war jetzt nicht mehr zu helfen, und Trauer würde ihr auch nichts nützen. Emily hatte nie verstanden, warum Leute trauerten. Und das Eigenartigste daran war, daß es gerade die allerfrommsten waren, die sich der Trauer hingaben; ausgerechnet diejenigen, die sich doch eigentlich hätten freuen müssen! Schließlich predigten sie laut genug über Himmel und Hölle. Zu trauern war ganz sicher den Toten gegenüber die schlimmste Beleidigung. Schließlich ging man dann von der Annahme aus, daß die Person auf der Waage des Jüngsten Gerichts als zu leicht befunden würde.

Lily war zwar recht gewöhnlich gewesen, doch sie hatte nichts getan, was eine Verdammung rechtfertigen könnte. Also durfte man annehmen, daß sie jetzt in einer besseren Welt war. Welche Sünden sie auch immer begangen haben mochte – und es konnte sich nur um kleine Verfehlungen handeln –, sie hatte sie mit dem Leben bezahlt und war damit sicherlich reingewaschen.

Man sollte die ganze Angelegenheit jetzt besser vergessen, einmal abgesehen von der recht schmutzigen Aufgabe herauszufinden, wer sie ermordet hatte. Und das war Aufgabe der Polizei. Alles, was sie und ihre Familie tun konnten, war, gut aufzupassen, damit sie nicht dem Wahnsinnigen mit seinem Würgedraht über den Weg liefen.

Die wirklich bedeutenden praktischen Probleme waren erfreulich; so galt es zum Beispiel herauszufinden, was die einzelnen Gäste voraussichtlich auf der Party tragen würden, die von einem gewissen Major Winter und seiner Frau gegeben wurde und zu der sie George Ashworth begleiten würde. Es wäre eine herbe Schlappe, wenn sie feststellen müßte, daß noch jemand das gleiche oder doch zumindest ein ähnliches Kleid wie sie tragen würde. Schließlich war es ihr Ziel, in der Mode selbst Maßstäbe zu setzen, und nicht, ihnen zu folgen. Doch bis dahin mußte sie sich erst einmal ein ganz genaues Urteil bilden, um nicht lediglich exzentrisch zu wirken. Sie würde die Madison-Töchter und Miss Decker zu Rate ziehen müssen – natürlich so, daß diese es nicht merkten.

Die Polizei ließ sich mehrere Tage nicht blicken. Anscheinend führte sie ihre Ermittlungen andernorts durch. Sie untersuchte vielleicht noch einmal die früheren Morde und sprach mit den Abernathys und den Hiltons. Über die ganze Affäre wurde nicht mehr offen gesprochen, obwohl sich fast alle Familienmitglieder dabei ertappten, daß sie Kleinigkeiten sagten, unbedacht Gedanken äußerten. Es waren vorwiegend erleichterte Bemerkungen, daß die Polizei endlich aus dem Hause sei und mit ihrer unangenehmen Anwesenheit – nebst dem damit verbundenen Klatsch und Skandal – jemand anderen heimsuche. Das andere Gefühl, das zwischen den Worten mitschwang, war die anhaltende Angst vor dem, was wohl als nächstes geschehen würde. Wo könnte diese Bestie jetzt wohl sein? Wenn es wirklich so war, daß der Mörder aus der unmittelbaren Umgebung stammte – war es der Diener eines Nachbarn oder ein kleiner Händler?

Emily verschaffte sich alle nötigen Informationen und besorgte sich ein herrliches Kleid in einem ganz zarten Lila und mit feinem Silberbesatz. Ihr Gesundheitszustand war ausgezeichnet, ihre Haut war rein – viel besser als die der älteren Miss Madison –, und ihre Augen glänzten. Sie hatte einen wunderschönen – nicht zu rosigen – Teint, und ihr Haar sah genauso aus, wie sie wollte.

Ashworth holte sie in seiner Kutsche ab, und selbstverständlich vergaß er nicht, der Familie seine Aufwartung zu machen, bevor sie aufbrachen. Mama war sehr höflich. Während Papa sie hierbei sogar noch übertraf, war Charlotte so wenig entgegenkommend wie gewöhnlich.

»Ich glaube, Ihre Schwester Charlotte hat nicht besonders viel für mich übrig«, bemerkte Ashworth, sobald sie allein waren. »Wirklich schade. Sie ist ein hübsches Geschöpf.«

Emily wußte, daß sie von Charlotte nichts zu befürchten hatte, aber es wäre vielleicht klüger, wenn sie selbst für Ashworth nicht zu einfach erreichbar wäre. Es war mehr als wahrscheinlich, daß es ihm eher um die Jagd als um die Beute ging.

»Das ist sie wirklich«, stimmte sie zu. »Und Sie sind nicht der einzige, der das bemerkt hat.«

»Das hätte ich auch kaum angenommen.« Er sah sie lächelnd an. »Oder spielen Sie auf etwas Konkretes an? Wenn Sie einen netten kleinen Tratsch auf Lager haben, müssen Sie ihn mir unbedingt erzählen.«

»Es ist nur ... unser Polizeiinspector scheint zu Charlottes großer Verärgerung sehr von ihr angetan zu sein!«

Er lachte unbekümmert. »Und wie ich Sie so kenne, haben Sie bestimmt Ihren Kommentar dazu abgegeben. Die arme Charlotte, wie ärgerlich aber auch, ausgerechnet von einem Polizisten verehrt zu werden!«

Ihre Ankunft entsprach voll und ganz Emilys Erwartungen und Plänen. Auch danach liefen die Dinge – zumindest für die ersten beiden Stunden – ausgezeichnet. Später allerdings mußte sie feststellen, daß Ashworth seine Aufmerksamkeit nicht nur seinen trinkenden und spielenden Kumpanen widmete, sondern daß er sich auch besonders um eine gewisse Hetty Gosfield bemühte, ein auffälliges Mädchen mit einem etwas aufdringlichen Charme, aber einflußreichem Elternhaus und – was noch schlimmer war – mit Geld. Sie hatte schon immer gewußt, daß Ashworth ein Bewunderer schöner Frauen war und erwartete nicht, daß er ihr seine ungeteilte Aufmerksamkeit – oder auch nur den größten Teil davon – schenken würde. Zumindest würde ihr das nicht ohne beachtliche Anstrengung gelingen. Aber diese Gosfield wurde langsam zu einer Gefahr.

Emily beobachtete, wie Ashworth am anderen Ende des Raums Hetty Gosfield anlächelte und Hetty glücklich zurücklachte. Auch eine Viertelstunde später war die Situation praktisch unverändert.

Emily holte tief Luft und dachte angestrengt nach. Vor allem durfte sie jetzt keine Szene machen. Ashworth verabscheute es, wenn Leute – ausgenommen er selbst – gewöhnlich wurden. Sogar wenn er ein solches Verhalten amüsant fand, verachtete er es. Sie würde sehr viel geschickter vorgehen müssen; es galt, diese Gosfield in ein schlechtes Licht zu rücken.

Sie brauchte eine ganze Weile, um sich ihre nächsten Schritte zu überlegen, weil sie gleichzeitig einer Unterhaltung mit Mr. Decker folgen – ohne dabei zu offensichtlich Unsinn zu reden –, ruhig Blut bewahren und einen zufriedenstellenden Schlachtplan entwickeln mußte.

Als sie schließlich in das Gefecht zog, tat sie es mit Entschlossenheit. Einen von Ashworths jungen Freunden kannte sie einigermaßen gut. Es war der ehrenwerte William Foxworthy, ein hohlköpfiger Bursche mit mehr Geld als gutem Geschmack und einem Drang zur Selbstdarstellung. Es fiel ihr nicht schwer, seine Aufmerksamkeit auf sich zu lenken. Er saß an einem der Tische und spielte Karten. Er sah, daß sie ihn beobachtete. Sie wartete, bis er gewonnen hatte.

»Oh, ganz ausgezeichnet, Mr. Foxworthy!« lobte sie ihn. »Welche Geschicklichkeit Sie besitzen. In der Tat, ich habe niemals jemanden gesehen, der raffinierter spielt – mit Ausnahme von Lord Ashworth natürlich.«

Er blickte abrupt auf.

»Ashworth? Sie glauben also, er wäre raffinierter als ich?«

Sie lächelte süßlich.

»Nur beim Kartenspiel. Ich bezweifle nicht, daß Sie ihn in vielen anderen Dingen übertreffen.«

»Ich weiß nicht, wie es bei anderen Dingen aussieht, Miss Ellison, aber ich versichere Ihnen, daß ich ihm beim Kartenspiel überlegen bin.«

Sie warf ihm einen sanften Blick zu, nachsichtig und gänzlich ungläubig.

»Ich werd's Ihnen beweisen!« Mit dem Kartenspiel in der Hand stand er auf.

»Oh, ich bitte Sie, machen Sie sich keine Umstände«, sagte sie schnell. Es lief alles wie am Schnürchen, genauso, wie sie es geplant hatte. »Ich bin sicher, daß Sie äußerst talentiert sind.«

»Nicht talentiert, Miss Ellison.« Er war jetzt sehr förmlich; sein Stolz war tief verletzt worden. »Das würde lediglich Mittelmäßigkeit bedeuten. Ich bin besser als Ashworth, und ich werde es Ihnen beweisen.«

»Nein, bitte, es lag nicht in meiner Absicht, Ihr Spiel zu stören«, protestierte Emily, wobei sie in ihre Stimme weiterhin einen Unterton des Zweifels legte.

»Sie bezweifeln meine Worte?«

»Wenn ich ehrlich sein soll –«

»Dann lassen Sie mir keine andere Wahl, als Ashworth zu schlagen, um Sie zu zwingen, mir zu glauben!« Er schritt quer durch den Raum auf Ashworth zu, der immer noch seine ungeteilte Aufmerksamkeit Hetty Gosfield schenkte.

»George!« sagte er laut.

»Oh, ich bitte Sie!« rief Emily kläglich, doch sie folgte ihm nur ein paar Schritte. Man durfte nicht sehen, daß sie das Ganze angestiftet hatte, sonst wäre alles umsonst gewesen.

Es lief prächtig. Foxworthy störte das traute Beisammensein, indem er verlangte, seine Überlegenheit unter Beweis stellen zu können. Ashworth konnte dieser Herausforderung nicht widerstehen. Hetty Gosfield wollte ihn zunächst davon abbringen, doch als Ashworth begann, sich über sie zu ärgern, weil sie ihm auf die Nerven ging und die Aufmerksamkeit in unliebsamer Weise auf sich zog, schmollte sie und zog mit jemand anderem ab.

Nachdem alles vorüber war, war Emily endlich wieder mit Ashworth allein.

»Hab' ihn geschlagen«, sagte er mit Genugtuung.

»Natürlich.« Emily lächelte. Er hatte anscheinend keine Ahnung, daß das Ganze mit Geschicklichkeit beim Kartenspiel gar nichts zu tun gehabt hatte. »Das hatte ich auch nicht anders erwartet.«

»Ich kann vulgäres Benehmen nicht ausstehen«, fuhr er gekränkt fort. »Es ist geschmacklos, wenn sich eine Frau derart lächerlich macht.«

Wieder stimmte Emily ihm zu, obwohl sie im stillen dachte, daß es bei einer Frau auch nicht schlimmer war als bei einem Mann; doch die Gesellschaft sah es nun einmal anders, und sie kannte die Regeln gut genug, um sich an sie zu halten, und viel zu gut, als daß sie sich einbildete, man könne sie brechen und trotzdem gewinnen.

Erst später, als sie zu Hause im Bett lag und die Muster anstarrte, die vom Schein der Gaslampen draußen an die Decke geworfen wurden, ließ sie den Abend noch einmal Revue passieren. Es stand für sie außer Frage, daß sie nach wie vor die Absicht hatte, George Ashworth zu heiraten, aber es galt nun, seine Fehler gründlich abzuwägen. Sie mußte zu einer Entscheidung darüber gelangen, welche von ihnen auf dezente Weise geändert werden könnten und mit welchen sie zu leben lernen – und sich selbst ändern – müßte. Es war vielleicht zuviel verlangt, von einem Mann von Stand und mit Vermögen Treue zu erwarten, aber sie würde auf jeden Fall verlangen, daß er bei seinen amourösen Abenteuern Diskretion wahrte. Sobald die Zeit reif war, mußte sie das unmißverständlich klarstellen.

Auch mochte er um sein eigenes Geld spielen, so viel er wollte, nur dürfte er niemals das verpfänden, was sie mit gutem Gewissen als seine Versorgung für sie betrachten dürfte – also ihr Haus, die Löhne für die Bediensteten, eine Kutsche mit guten Pferden und eine ausreichend große Summe für ihre Kleidung, die es ihr gestattete, so aufzutreten, wie es sich für eine Dame ziemte.

Über diese praktischen Fragen schlief sie ein.

Am folgenden Donnerstag begleitete sie Sarah, um den Pfarrer und Mrs. Prebble zum Tee zu besuchen und den bevorstehenden Kirchenbasar zu besprechen.

»Aber was machen wir bei schlechtem Wetter?« fragte Sarah, während sie von einem zum anderen blickte.

»Wir müssen auf Gott vertrauen«, erwiderte der Pfarrer. »Und der September ist in der Regel der angenehmste Monat im Jahr. Selbst wenn es regnen sollte, ist kaum damit zu rechnen, daß es kalt sein wird, und ich bezweifle nicht, daß dies unsere treuen Pfarrkinder bereitwillig erdulden werden.«

Emily bezweifelte das entschieden, und sie war froh, daß Charlotte nicht da war, um ihren Kommentar abzugeben.

»Wäre es nicht möglich, für irgendeine Art Schutzdach zu sorgen, für den Fall, daß wir Pech haben?« fragte sie. »Wir können wohl kaum darauf bauen, daß der Herr uns anderen gegenüber bevorzugt.«

»Uns anderen gegenüber bevorzugt, Miss Ellison?« Der Pfarrer hob die Augenbrauen. »Ich fürchte, ich habe nicht ganz verstanden, was Sie meinen.«

»Nun, vielleicht benötigen andere Kinder Gottes ja Regen«, erklärte sie. »Bauern zum Beispiel.«

Der Pfarrer blickte sie kühl an. »Es geht uns um die Sache des Herrn, Miss Ellison.«

Was konnte sie darauf schon antworten, ohne unhöflich zu sein!

»Es ließe sich vielleicht ohne große Probleme einrichten, ein paar Zelte auszuleihen«, sagte Martha nachdenklich. »Ich glaube, in der St.-Peter-Kirche haben sie welche. Sicherlich werden sie sie uns gerne zur Verfügung stellen.«

»Es wird eine Art gesellschaftliches Ereignis sein«, stellte Sarah fest. »Die Leute werden ihre beste Kleidung tragen.«

»Es handelt sich um einen Kirchenbasar, Mrs. Corde, der den Zweck verfolgt, Geld für wohltätige Zwecke zu sammeln, und bei dem es nicht darum geht, daß sich Frauen vergnügen«, entgegnete der Pfarrer frostig. Seine Mißbilligung war unüberhörbar.

Sarah errötete vor Verlegenheit, und Emily übernahm ihre Verteidigung auf eine Art, die Charlotte alle Ehre gemacht hätte.

»Wenn man auf einer Veranstaltung erscheint, wo es um die Sache des Herrn geht, wird man doch gewiß seine allerbesten Kleider tragen wollen, Herr Pfarrer«, sagte sie einschmeichelnd. »Schließlich kann man dennoch schicklich angezogen sein. In der Kirche sind wir das ja auch, und da würden Sie von uns wohl kaum erwarten, daß wir in Lumpen erscheinen.«

Ein seltsamer Ausdruck huschte über Marthas Gesicht, wie Triumph und Angst zugleich – und ein Anflug von Belustigung, der, noch ehe man ihn erkennen konnte, schon wieder verschwunden war.

»Fürwahr, Miss Ellison«, sagte der Pfarrer fromm. »Wollen wir hoffen, daß alle anderen das gleiche Pflichtbewußtsein und das gleiche Feingefühl wie Sie besitzen. Wir müssen mit gutem Beispiel vorangehen.«

»Wir sollten auch zusehen, daß die Leute sich gut unterhalten«, schlug Martha vor. »Schließlich werden sie sich schwerlich von ihrem Geld trennen, wenn sie sich unwohl fühlen.«

Emily warf dem Pfarrer einen flüchtigen Blick zu.

»Wir sind keine Stätte billiger öffentlicher Unterhaltung«, sagte er eisig.

Emily konnte sich auch nichts vorstellen, was weniger geeignet war, die Öffentlichkeit zu unterhalten, als das eisige Gesicht des

Pfarrers. »Wir können doch sicherlich fröhlich sein«, sagte sie bedächtig, »ohne auch nur entfernt zu einer Stätte billiger Unterhaltung zu werden?« Und als ob Charlotte aus ihr spräche, fuhr sie fort: »Tatsächlich wird schon allein das Wissen, daß wir dem Herrn dienen, eine Quelle der Freude für uns sein.«

Falls es dem Pfarrer überhaupt in den Sinn kam, daß sie es sarkastisch meinte, konnte man es seinem Gesicht zumindest nicht anmerken. Doch sie bemerkte, daß Martha ihre Augen auf sie gerichtet hatte, und fragte sich, ob diese nicht vielleicht gerne dasselbe gesagt hätte?

»Ich fürchte, Sie verstehen nichts vom Gang der Welt«, sagte der Pfarrer und blickte hochmütig auf sie herab. »Was für eine Frau allerdings auch nicht schicklich wäre. Nun, wie dem auch sei, ich muß darauf aufmerksam machen, daß die Menschen nicht so viel Freude am Dienst für den Herrn haben, wie es sein sollte. Sonst wäre die Welt ein weit besserer Ort und nicht das Tal der Sünde und Schwäche, das sie ist. Ach, selbst wenn der Geist willig ist, wie schwach ist doch das Fleisch!«

Auch darauf wußte niemand etwas zu sagen. Emily richtete ihre Aufmerksamkeit auf die praktischen Einzelheiten; zumindest auf diese Dinge verstand sie sich ganz ausgezeichnet, obwohl sie sie nicht im geringsten interessierten. Aber es war nur recht und billig, nicht alles Sarah zu überlassen.

Auf dem Nachhauseweg schwiegen sie beide für eine ganze Weile, bis sie keinen halben Kilometer mehr von zu Hause entfernt waren. Sarah zog ihre Stola ein wenig enger um sich.

»Es ist doch viel kühler, als ich dachte«, sagte sie mit einem leichten Frösteln. »Es sah so aus, als ob es warm wäre.«

»Du bist erschöpft«, Emily suchte die naheliegende Erklärung. »Du hast die ganze Zeit sehr schwer für diese . . . Sache gearbeitet.« Sie hielt es für angebrachter, das Adjektiv auszulassen, das ihr schon auf der Zunge lag.

»Ich kann nicht alles der armen Mrs. Prebble überlassen. Du kannst dir gar nicht vorstellen, wie schwer diese Frau arbeitet.« Sarah beschleunigte ihre Schritte.

Sie hatte vollkommen recht. Emily hatte so gut wie keine Vorstellung davon, was Martha Prebble mit ihrer Zeit überhaupt anstellte. Es hatte sie auch nie interessiert, sich darüber Gedanken zu machen.

»Ach ja? Was tut sie denn?«

»Sie sammelt Geld für die Kirche, besucht die Kranken und Armen, und sie leitet das Waisenhaus. Was meinst du wohl, wer letzten Monat den Ausflug für die Kinder organisiert hat? Wer – glaubst du – hat die alte Mrs. Janner aufgebahrt? Sie hatte doch keine Familie und war so arm wie eine Kirchenmaus.«

Emily war überrascht. »Das hat alles Martha Prebble getan?«

»Ja. Ab und zu helfen ihr auch andere, aber nur, wenn sie Lust dazu haben, wenn es ihnen gerade paßt, oder sie tun's, um dafür von anderen gelobt zu werden.«

»Das habe ich nicht gewußt.«

Sarah zog ihre Stola noch enger um sich.

»Ich glaube, daß das auch der Grund ist, warum Mama ihre manchmal etwas sonderbare Art in Kauf nimmt... und den Pfarrer. Ich muß selbst zugeben, daß sie zuweilen etwas anstrengend sind; aber man darf nicht vergessen, welche Arbeit sie leisten.«

Emily starrte vor sich hin. Wenn man es so sah, mußte sie die beiden wirklich bewundern – trotz ihrer tiefen Abneigung gegen den Pfarrer und – wegen ihrer Verbindung zu ihm – gegen Martha. Die menschliche Seele war doch unerforschlich.

Auch Caroline dachte an den Pfarrer und Martha Prebble – allerdings weniger liebenswürdig. Sie wußte schon so lange von Marthas Arbeit, insbesondere von der mit den Waisenkindern, daß ihr Erstaunen inzwischen nachgelassen hatte. Auch konnte sie ein wenig die Einsamkeit einer Frau nachempfinden, die keine Kinder hatte und die durch Familie und Umstände dazu gezwungen wurde, sich für jene abzumühen, die nicht ihre eigenen waren. Es mußte oft eine undankbare Aufgabe sein.

Doch schon eine kurze Weile in ihrer Gesellschaft – vor allem in der des Pastors – reichte für lange Zeit.

»Eine äußerst ehrenwerte Frau«, stellte Großmama fest. »Ein hervorragendes Vorbild für die ganze Gemeinde. Nur schade, daß es so wenige gibt, die ihrem Beispiel folgen. Sarah muß dir Freude machen. Sie gerät sehr gut.«

Caroline fand, daß es sich so anhörte, als spräche sie über einen Kuchen oder einen Pudding, aber sie wußte, daß Großmama es nicht schätzte, wenn man sich auf ihre Kosten lustig machte.

»Ja«, gab ihr Caroline recht, wobei sie auf ihr Nähzeug blickte. Es schien weit mehr Wäsche zu geben, die geflickt werden mußte, als sie in Erinnerung gehabt hatte. Aber es war auch schon lange her, daß ihnen ein Dienstmädchen gefehlt hatte, ja, das mußte zuletzt noch vor Sarahs Hochzeit der Fall gewesen sein.

»Nur schade, daß du bei Charlotte nichts ausrichten kannst«, fuhr Großmama fort. »Ich weiß wirklich nicht, wie du dieses Mädchen jemals unter die Haube bringen willst. Sie erweckt nicht einmal den Eindruck, als ob sie sich wenigstens bemühen würde.«

Caroline fädelte einen neuen Faden in ihre Nadel ein. Sie wußte, warum sich Charlotte nicht bemühte, aber das ging Großmama nun überhaupt nichts an.

»Sie unterscheidet sich sicherlich von Emily, was ihre Neigungen angeht«, sagte sie ausweichend. »Und in ihrer Vorgehensweise. Aber ich sehe auch keinen Grund, warum sie beide gleich sein sollten.«

»Du solltest mit ihr reden«, sagte Großmama mit Nachdruck. »Weise sie auf die praktische Notwendigkeit hin. Was soll aus ihr werden, wenn niemand sie heiratet? Hast du dir schon einmal darüber Gedanken gemacht?«

»Ja, Großmama, aber ihr Angst zu machen würde auch nichts nützen, und selbst wenn sie nicht heiraten sollte, wird sie es überleben. Es ist immer noch besser, wenn sie ledig bleibt, als daß sie jemanden heiratet, der einen schlechten Ruf hat oder ein ausschweifendes Leben führt oder der nicht in der Lage wäre, sie zufriedenstellend zu versorgen.«

»Meine liebe Caroline«, sagte Großmama verärgert, »es ist deine Pflicht als Mutter, dafür zu sorgen, daß so etwas nicht passiert! Und es ist ebenso deine Pflicht, diesen Haushalt geordnet zu führen. Wann wirst du endlich ein neues Dienstmädchen einstellen?«

»Ich habe bereits Erkundigungen eingezogen, und Mrs. Dunphy hat sich auch schon zwei Mädchen angesehen, aber sie waren nicht geeignet.«

»Was sprach denn gegen sie?«

»Die eine war noch zu jung – keinerlei Erfahrung; die andere hatte einen Ruf, der doch einiges zu wünschen übrigließ.«

»Wenn du dir auch Lily etwas genauer angeschaut hättest, dann wäre sie jetzt vielleicht nicht tot! In einem gutgeführten Haushalt passiert so etwas nicht.«

»Es ist nicht im Haus passiert!« Sie hatte Caroline jetzt ernstlich böse gemacht. »Es ist in der Cater Street passiert. Und es ist wirklich unverantwortlich von dir anzudeuten – und sei es auch nur indirekt –, daß Lily es sich irgendwie selbst zuzuschreiben hätte oder daß sie unmoralisch gewesen wäre. Und ich werde es nicht zulassen, daß man so in meinem Hause redet.«

»Also – das ist doch!« Großmama stand auf; ihr Gesicht war rot angelaufen, und sie hielt ihre Hände fest zusammengepreßt. »Kein Wunder, daß Charlotte nie gelernt hat, was Höflichkeit bedeutet, daß Emily diesem Taugenichts hinterherläuft, nur weil er einen Adelstitel hat. Sie wird sich nur lächerlich machen, und du wirst schuld daran sein. Ich habe es Edward damals schon gesagt, daß es ein Fehler sei, dich zu heiraten, aber er war natürlich in dich verliebt und hat nicht auf mich gehört. Jetzt werden Charlotte und Emily dafür bezahlen müssen. Und erzähl mir nachher bloß nicht, ich hätte dich nicht gewarnt!«

»Ich würde nicht im Traum daran denken, Großmama. Möchtest du oben essen, oder wirst du dich bis zum Abendessen wieder so weit erholt haben, daß du herunterkommen kannst?«

»Ich bin nicht krank, Caroline. Ich bin, wenn auch nicht überrascht, so doch sehr enttäuscht.«

»Man kann sich von einer Enttäuschung genauso erholen wie von einer Krankheit«, sagte Caroline trocken.

»Du bist unverschämt, Caroline, und undamenhaft. Kein Wunder, daß Charlotte so aufsässig ist. Wenn du meine Tochter gewesen wärst, hätte ich schon dafür gesorgt, daß eine Dame aus dir geworden wäre.« Und ohne Caroline eine Chance zu geben, darauf etwas zu erwidern, ging sie hinaus und ließ die Tür geräuschvoll hinter sich ins Schloß fallen.

Caroline seufzte. Es gab schon so genug zu tun, genug Schwierigkeiten, auch ohne daß sich Großmama wie eine Primadonna aufführte. Trotzdem sollte sie sich eigentlich inzwischen daran gewöhnt haben – aber über die Kritik an Charlotte mußte man sich einfach ärgern. Die Verleumdung Lilys schmerzte sie dagegen auf eine andere Weise. Was mußte das nur für ein Mensch sein, der ein harmloses, mitteloses Mädchen wie Lily Mitchell getötet hatte? Es konnte sich doch nur um einen Wahnsinnigen handeln. Aber war es ein Wahnsinniger, der sich aus der Verbrecherwelt hierhin verirrt hatte, oder ein Wahnsinniger, der wie irgendeiner von ihnen aussah – außer in der Nacht, wenn er eine junge Frau allein auf der Straße sah? Oder war es gar möglich, daß es jemand war, den sie selbst schon einmal gesehen hatte?

Ihre Gedanken wurden durch Edwards Eintreten unterbrochen.

»Guten Abend, meine Liebe.« Er gab ihr einen Kuß auf die Wange. »Hast du einen schönen Tag gehabt?« Sein Blick fiel auf die Wäsche, und er runzelte die Stirn. »Immer noch keinen Ersatz für Lily gefunden? Ich dachte, du wolltest dir heute ein oder zwei Mädchen ansehen?«

»Das hab' ich auch getan; es war nichts Geeignetes dabei.«

»Wo sind unsere Mädchen? Und Mama?« Er setzte sich und streckte sich behaglich aus.

»Möchtest du eine Erfrischung vor dem Abendessen?«

»Nein danke. Ich war noch kurz im Club.«

»Ich habe auch schon gedacht, daß du eigentlich ein wenig spät kommst«, sagte sie mit einem flüchtigen Blick auf die Wanduhr.

»Wo sind sie?« wiederholte er seine Frage.

»Sarah und Dominic sind bei den Lessings zum Dinner –«

»Bei wem?«

»Bei den Lessings, dem Küster und seiner Familie.«

»Ah. Und die anderen?«

»Emily ist mal wieder mit George Ashworth unterwegs. Ich wünschte, du würdest einmal mit ihr reden, Edward. Sie scheint mir überhaupt nicht zuzuhören.«

»Ich fürchte, meine Liebe, sie wird wohl aus Schaden klug werden müssen. Ich bezweifle, daß sie auf irgend jemanden hören wird. Ich könnte es ihr natürlich verbieten, doch sie würden sich ganz bestimmt bei gesellschaftlichen Anlässen sehen, und das würde der ganzen Sache auch noch einen romantischen Hauch verleihen, was in ihren Augen ein zusätzlicher Reiz wäre. Es würde letztlich seinen Zweck verfehlen.«

Sie lächelte. Sie hatte ihm solch ein Einfühlungsvermögen gar nicht zugetraut. Sie hatte den Vorschlag nur gemacht, um sich selbst abzusichern.

»Du hast vollkommen recht«, stimmte sie zu. »Wahrscheinlich wird es sich zu gegebener Zeit ja von selbst erledigen.«

»Und Charlotte und Mama?«

»Charlotte ist mit dem jungen Uttley zum Dinner, und Großmama ist oben. Sie ist wohl ziemlich ungehalten meinetwegen, weil ich es nicht zuließ, daß sie behauptete, Lily sei unmoralisch gewesen.«

Er seufzte.

»Nein, so etwas dürfen wir nicht sagen, wenn ich auch befürchte, daß es durchaus wahr sein könnte.«

»Warum? Weil man sie umgebracht hat? Wenn du das glaubst, was ist dann aber mit Chloe Abernathy?«

»Meine Liebe, es gibt so manche Dinge zwischen Himmel und Erde, von denen du nichts weißt, und das ist auch besser so. Aber es ist mehr als wahrscheinlich, daß auch Chloe es sich selbst zuzuschreiben hat. Bedauerlicherweise«, sagte er zögernd, »gehen selbst Mädchen aus gutem Hause Verhältnisse, Verbindungen ein –« Er beendete den Satz nicht. »Wer weiß – vielleicht kommt es dann zu – Eifersucht, Rache. Nun, über solche Dinge spricht man besser nicht.«

Damit mußte sich Caroline zufriedengeben – obwohl sie es einerseits nicht wirklich glauben mochte, andererseits sich diese Gedanken aber auch nicht einfach aus dem Kopf schlagen konnte.

Kapitel 6

Es war eine Woche später, als es Caroline endlich gelang, ein neues Mädchen zu engagieren, um Lilys Platz einzunehmen. Das war nicht einfach gewesen, denn obwohl es zahlreiche Mädchen gab, die eine gute Anstellung suchten, waren viele von ihnen nicht angelernt oder hatten einen Leumund und Zeugnisse, die durchaus nicht zufriedenstellend waren. Und da Lilys Tod und die Umstände ihres Todes bekanntgeworden waren, war es für ein achtbares Mädchen nicht die angenehmste Aussicht, sich um diese Stelle zu bewerben.

Wie dem auch sei: Millie Simpkins schien die beste Bewerberin zu sein, die sie wahrscheinlich bekommen konnten, und ohne jemanden, der die Position ausfüllte, begann die Situation höchst unangenehm zu werden. Als nächstes würde Mrs. Dunphy feststellen, daß sie den Aufgaben nicht gewachsen sei und die mangelnde Unterstützung als Entschuldigung benutzen, um am Ende zu kündigen. Millie war ein recht angenehmes sechzehnjähriges Mädchen. Sie schien eine fügsame und willige Art zu haben, war sauber und recht adrett. Zwar brachte sie keine sonderlichen Erfahrungen mit – es war erst ihre zweite Anstellung –, aber das konnte durchaus von Vorteil sein. Wenn sie nur wenige eingefahrene Arbeitsgewohnheiten hatte, so würde man ihr etwas beibringen können, so daß sie sich gut in die Gegebenheiten des Haushalts einfügen würde. Und, was vielleicht das Allerwichtigste war: Mrs. Dunphy fand sofort Gefallen an ihr.

Es war Mittwochmorgen, als Millie an die Tür des hinteren Wohnzimmers klopfte.

»Herein!« antwortete Caroline.

Millie kam mit einem Jackett über dem Arm herein und machte einen drolligen kleinen Knicks.

»Ja, Millie, worum geht's?« Caroline lächelte sie an. Das arme Kind war nervös.

»Ach bitte, Ma'am, dieses Jackett ist – ziemlich beschädigt, Ma'am. Ich weiß nicht so recht, wie ich es ausbessern soll.«

Caroline nahm es ihr ab und hielt es hoch. Es handelte sich um eins von Edwards Jacketts – ein elegantes Jackett mit Samtkragen für offizielle Anlässe. Es dauerte ein, zwei Augenblicke, ehe sie den Riß fand. Er befand sich am Ärmel, unten an der Innenseite. Wie um Himmels willen konnte man sich nur an solch einer Stelle den Ärmel aufreißen? Sie untersuchte die Stelle mit den Fingern, wobei sie den Riß auseinanderzog. Es sah fast so aus, als ob der Ärmel von einem scharfen Haken aufgeschlitzt worden wäre. Seine Länge maß etwa fünf Zentimeter.

»Das überrascht mich nicht«, sagte Caroline beipflichtend. »Mach dir deswegen keine Sorgen, Millie. Ich werde sehen, was ich damit machen kann. Aber wir werden es wohl zu einem Schneider schicken müssen, um ein neues Stück einsetzen zu lassen.«

»Ja, Ma'am.« Millies Erleichterung war beinahe peinlich.

Caroline lächelte sie an. »Es war ganz richtig von dir, es mir zu bringen. Jetzt solltest du aber besser zurückgehen und mit der einfachen Wäsche vorankommen. Ich glaube, darunter befindet sich auch ein zerrissener Unterrock von Miss Emily.«

»Ja, Ma'am.« Sie machte einen zweiten linkischen kleinen Knicks. »Vielen Dank, Ma'am.«

Nachdem sie gegangen war, betrachtete Caroline das Jackett erneut. Sie konnte sich nicht daran erinnern, daß Edward es in letzter Zeit getragen hatte. Ja, es mußte Wochen her sein. Wo konnte ihm das passiert sein? Selbstverständlich würde er das Jackett nicht mit einem solchen Riß getragen haben. Aber warum hatte er sie beizeiten nicht gebeten, es in Ordnung zu bringen? Er konnte den Riß unmöglich übersehen haben. Es handelte sich um das Jackett, das er regelmäßig in seinem Club trug. Tatsächlich hatte er es noch an dem Abend getragen – als Lily ermordet wurde. Sie konnte sich recht gut daran erinnern, wie er hereingekommen war und wie wütend er auf Charlotte gewesen war, weil sie nach der Polizei geschickt hatte. Sie konnte es genau vor sich sehen: Das Gaslicht an der Wand, das leise zischte und einen gelblichen Schein auf den weinroten Samt warf. Sie hatten alle zuviel Angst gehabt und waren zu aufgebracht gewesen, als daß sie sich Gedanken über die Kleidung hätten machen können. Vielleicht war das auch der Grund, warum er es vergessen hatte?

Sie brauchte fast den gesamten Nachmittag, um den Riß auszubessern. Um ihn unsichtbar zu stopfen, mußte sie Fäden aus den Säumen ziehen. Und trotzdem war sie mit dem Resultat nicht völlig zufrieden. Edward kam ziemlich fruh nach Hause, und sie sprach ihn in einem fast entschuldigenden Ton direkt darauf an.

»Ich fürchte, man kann ihn immer noch sehen.« Sie hielt das Jackett hoch. »Aber nur, wenn man den Riß gegen das Licht betrachtet, was man natürlich nicht tun wird, da er sich auf der Innenseite des Ärmels befindet. Wie in Gottes Namen hast du das geschafft?«

Er runzelte die Stirn, wobei er sie nicht ansah. »Ich weiß es nicht mehr genau. Es muß vor Ewigkeiten passiert sein.«

»Warum hast du es seinerzeit nicht erwähnt? Ich hätte es damals genauso leicht wie jetzt ausbessern können. Es wäre sogar noch einfacher gewesen: Lily hätte es getan. Sie war äußerst geschickt in diesen Dingen.«

»Nun, es ist wahrscheinlich nach Lilys Tod passiert, und ich dachte mir wohl, du hättest auch so schon genug zu tun – wo doch ein Dienstmädchen fehlte. Außerdem besitze ich viele andere Jacketts.«

»Ich habe dich seit der Nacht, als Lily ermordet wurde, nicht mehr darin gesehen.« Sie wußte nicht, warum sie das sagte.

»Na schön, vielleicht war es das letztemal, daß ich es getragen habe. Das ist meiner Meinung nach ja wohl auch eine ausreichende Erklärung dafür, warum ich es nicht erwähnt habe. Es war wohl kaum von Bedeutung – verglichen mit Lily und der Polizei im Haus.«

»Ja, natürlich.« Sie legte das Jackett über dem Arm zusammen, in der Absicht, Millie aufzutragen, es nach oben zu bringen. »Wie ist das passiert?«

»Was?«

»Der Riß!«

»Ich kann mich wirklich nicht mehr daran erinnern, meine Liebe. Was spielt das überhaupt für eine Rolle?«

»Ich dachte, du wärst den ganzen Abend über im Club gewesen und deswegen so spät zurückgekommen?«

»Das war ich auch!« Seine Stimme wurde etwas barscher. »Es tut mir leid, wenn das neue Mädchen nicht in der Lage ist, diese unangenehmen Arbeiten zu übernehmen. Aber, meine liebe Caroline, es besteht nun wirklich kein Grund, ein solches Aufheben darum zu machen. Ich habe nicht die Absicht, den ganzen Abend darüber zu diskutieren.«

Sie legte das Jackett über den Arm und öffnete die Tür.

»Nein, natürlich nicht. Ich habe mich nur gefragt, wie das passieren konnte. Es ist ein so großer Riß.« Sie ging in die Halle hinaus, um Millie zu rufen. Millie würde gut daran tun, es zu bügeln, um es zu glätten.

Es war Dominic, der ihren Seelenfrieden unabsichtlich erschütterte und sie in eine solche Unruhe versetzte, daß sie nicht mehr wußte, was sie denken sollte. Es war ein paar Tage nach dem Gespräch mit Edward, als Dominic zu ihr kam und ihr eine Weste zeigte. Seinen Zeigefinger hatte er durch ein Loch in der Tasche gebohrt.

»Wie hast du denn das angestellt?« Sie nahm ihm die Weste ab und untersuchte sie.

»Hab' meine Hand zu tief reingeschoben.« Er lächelte. »Reine Dummheit. Kannst du es ausbessern? Ich habe gesehen, was für ein erstaunliches Werk du an Schwiegervaters Jackett vollbracht hast.«

Sie freute sich, daß er das sagte, denn sie selbst war immer noch nicht vollkommen mit ihrem Werk zufrieden.

»Vielen Dank. Ja, ich glaube schon. Ich werd' es heute abend versuchen.«

»Wenn du es bei Papas Jackett geschafft hast, schaffst du es hier bestimmt.«

Als er sich umwandte, kam ihr ein Gedanke.

»Wann hast du es gesehen?«

»Was?« Er blickte sich zu ihr um.

»Wann hast du das Loch in Edwards Jackett gesehen?«

Er runzelte leicht die Stirn.

»In der Nacht, als Lily ermordet wurde.«

»Gut beobachtet von dir. Ich hätte nicht gedacht, daß es dir bei all der Aufregung aufgefallen ist. Oder hast du es im Club gesehen? Dort ist es ihm nämlich passiert.«

Er schüttelte leicht den Kopf.

»Ich glaube, das mußt du mißverstanden haben. Ich war im Club, aber Papa ging schon sehr früh. Und zu diesem Zeitpunkt war sein Jackett bestimmt noch nicht zerrissen. Ich kann mich genau daran erinnern: Belton, der Diener, gab ihm seinen Hut und seinen Stock. Er hätte es bemerkt, er hätte es gar nicht übersehen können.«

»Du mußt den Abend verwechselt haben!«

»Nein, ich erinnere mich genau, denn ich hatte mit Reggie Hafft zu Abend gegessen. Er hat mich in der Cater Street abgesetzt, und ich bin den letzten Kilometer zu Fuß gegangen. Ich sah Papa vom entgegengesetzten Ende der Cater Street kommen, und ich rief ihm etwas zu, doch er hörte mich nicht. Er kam unmittelbar vor mir nach Hause.«

»Oh.« Das war wirklich eine dumme Bemerkung, aber sie war zu verdutzt, um klar denken zu können. Edward hatte sie angelogen – und das bei einer völlig belanglosen Sache. Aber es handelte sich um die Nacht, in der Lily ermordet worden war. Warum hatte er das getan? Warum hatte er ihr nicht die Wahrheit gesagt? War es etwas, wofür er sich schämte, oder etwas, wovor er Angst hatte?

Was in Drei-Teufels-Namen hatte sie bloß für Gedanken? Das war einfach lächerlich! Wahrscheinlich war er bei einem Freund zu Besuch gewesen und hatte es vergessen. Das war alles. Es würde sich alles ganz einfach aufklären lassen, und dann würde sie sich für die Gedanken schämen, die ihr jetzt durch den Kopf gingen.

Die erste Gelegenheit, mit ihm allein zu sprechen, ergab sich erst, als sie zu Bett gingen. Caroline saß auf dem Sessel vor dem Spiegel. Sie ließ ihr Haar herunter und bürstete es aus. Edward kam aus dem Ankleidezimmer herein.

»Wen hast du in der Nacht, als Lily getötet wurde, besucht?« fragte sie nebenbei und bemühte sich, so zu klingen, als ob es keine Rolle spielen würde.

Sie sah sein Gesicht im Spiegel. Er hatte seine Stirn in Falten gelegt.

»Wen habe ich was?«

Sie wiederholte die Frage. Ihr Herz pochte bis zum Halse, und sie wich seinem Blick aus.

»Niemanden.« Seine Antwort klang ein wenig scharf. »Ich habe dir bereits gesagt, Caroline, daß ich im Club war! Vom Club bin ich direkt nach Hause gekommen. Ich verstehe gar nicht, warum du immer wieder auf dieses Thema zu sprechen kommst. Glaubst du etwa, ich habe in der Cater Street meinem Hausmädchen aufgelauert?« Er war jetzt richtig wütend.

»Nein, natürlich nicht«, entgegnete sie ruhig. »Sei nicht töricht.«

Sein Gesicht bekam diesen stahlharten Ausdruck, den sie nur zu gut kannte. Mit dem Wort töricht hatte sie ihn zutiefst beleidigt. Oder hatte er es nur vorgezogen, den Empörten zu spielen, um nicht die Wahrheit sagen oder sich eine weitere Lüge ausdenken zu müssen?

Sie mußte überreizt sein; ihre Gedanken gingen mit ihr durch – wurden lächerlich! Sie sollte besser versuchen, sich die Sache aus dem Kopf zu schlagen und zu Bett zu gehen. Edwards eisiges Schweigen dauerte an. Einen Moment lang dachte sie daran, sich zu entschuldigen. Doch etwas in ihrem Inneren sagte ihr, daß sie wieder daran denken, der Sache wieder nachgehen würde. Jede Entschuldigung würde zu einer Lüge werden.

Beide gingen wortlos zu Bett. Er lag vollkommen reglos da; sein Atem ging gleichmäßig. Sie hatte keine Ahnung, ob er schlief, zu schlafen versuchte oder ob er nur so tat, um weitere Unannehmlichkeiten zu vermeiden.

Wie konnten ihr überhaupt solche Gedanken kommen? Sie kannte Edward. Sie wußte – aus welchem Grund er auch immer gelogen haben mochte –, daß es nichts mit dem zu tun haben konnte, was in der Cater Street geschehen war. Sie wußte es! Und doch mußte er etwas getan haben, von dem sie nichts wissen sollte. Aber was? Sicher war es nichts Gutes, sonst hätte er ihr die Wahrheit gesagt, und wenn schon nicht den Grund, dann doch zumindest, mit wem er zusammen gewesen war. Wo konnte Edward gewesen sein, daß er vom entgegengesetzten Ende der Cater Street zurückgekommen war? Wo konnte er gewesen sein, daß er es nötig hatte zu lügen? Warum hegte sie überhaupt solche Gedanken?

Sie versuchte, an seinen gewohnten Tagesablauf zu denken, an die Dinge, die er täglich machte; wen kannte er, wo ging er sonst noch hin? Je mehr sie darüber nachdachte, desto deutlicher erkannte sie, wie wenig sie eigentlich wußte. Zu Hause kannte sie ihn so gut, daß sie oft schon im voraus wußte, was er sagen, wie er ein Ereignis aufnehmen, wer ihm sympathisch oder unsympathisch sein würde. Aber sobald er sich in die Stadt begab, betrat er einen anderen Bereich seines Lebens, von dem sie in Wirklichkeit nichts wußte, außer den Dingen, die er ihr erzählte.

Sie schlief tiefunglücklich ein.

Der nächste Tag war entsetzlich. Caroline erwachte mit starken Kopfschmerzen, und sie fühlte sich so angsterfüllt und deprimiert, daß sie nur redete, wenn es unbedingt notwendig war. Sie war damit beschäftigt, vor dem Wäscheschrank Millies Arbeit zu überprüfen, als Dora kam, um ihr mitzuteilen, daß Inspector Pitt von der Polizei wieder da sei, und sich zu erkundigen, ob sie ihn sprechen wolle.

Caroline starrte auf den Stapel Kissenbezüge vor sich; ihr Herz pochte, und ihr Mund war trocken. War Pitt im Club gewesen und hatte herausgefunden, daß Edward nicht die Wahrheit sagte? Natürlich war es ausgeschlossen, daß Edward Lily – aus welchem Grund auch immer – getötet hatte. Aber irgend etwas mußte er verheimlichen. Sie würde versuchen müssen, ihn zu decken. Wenn sie doch nur die Wahrheit wüßte!

»Ma'am?« Dora wartete immer noch.

»Oh ja, Dora. Sag ihm, ich werde in fünf Minuten da sein. Bring ihn in den Salon.«

»Ja, Ma'am.«

Als sie die Tür öffnete, stand Pitt vor dem Fenster und starrte hinaus. Er fuhr herum und blickte sie an.

»Guten Morgen, Mrs. Ellison. Es tut mir leid, Sie schon wieder behelligen zu müssen, aber ich bin leider gezwungen, jede Einzelheit zu untersuchen.«

»Sie scheinen uns recht ausgiebig zu untersuchen, Mr. Pitt. Darf ich Ihrer Bemerkung entnehmen, daß Sie bei allen anderen genauso sorgfältige Ermittlungen anstellen?«

»Gewiß, Ma'am.«

Was für ein sonderbar aussehender Mann er war, so unelegant. Seine Gegenwart beherrschte den Raum. Oder empfand sie das nur so, weil sie Angst vor ihm hatte?

»Und was wünschen Sie diesmal, Mr. Pitt?« Es war besser, die Sache schnell hinter sich zu bringen.

»An dem Abend, als Lily Mitchell ermordet wurde, kam Ihr Gatte ungewöhnlich spät nach Hause.« Es war eher eine Feststellung als eine Frage, so, als ob er etwas nur noch mal bestätigte, was er bereits wußte.

»Ja.« Ob ihre Stimme so angespannt klang, wie sie sich fühlte?

»Wo war er an dem Abend?«

Was sollte sie sagen? Sollte sie wiederholen, was Edward ihr erzählt hatte? Oder die Wahrheit, die Dominic später herausgerutscht war? Jetzt, als sie über dieses Problem nachdachte, wurde ihr klar, daß sie die Wahrheit von Dominics Version nicht einmal auch nur in Frage gestellt hatte! Wenn sie dem Inspector erzählte, Edward sei den ganzen Abend über im Club gewesen, würde sie damit zugleich sagen, daß ihr Mann sie belogen hatte. Es würde es zudem sehr viel schwieriger für ihn machen, sich aus der Lüge herauszureden. Aber wenn sie behauptete, daß er woanders gewesen sei, dann würde sie ihn zwingen, etwas zu erklären, was er nicht erklären wollte oder konnte.

Pitt starrte sie mit diesen hellen, intelligenten Augen an. Sie fühlte sich durchschaut, so wie ein Kind, das man in der Speisekammer ertappt hatte.

»Ich glaube, er hat gesagt, er sei im Club gewesen«, sagte sie langsam, wobei sie jedes Wort sorgsam wählte, »ob er dann anschließend mit Freunden noch etwas essen war, daran kann ich mich allerdings nicht mehr erinnern.«

»Hat er es Ihnen nicht erzählt?« Seine Nachfrage war höflich.

War das so außergewöhnlich? Oder konnte man ihrem Gesicht die sorgfältig überlegte Lüge ansehen?

»In Anbetracht der Dinge, die uns erwarteten, als wir nach Hause kamen – Charlotte hatte nach der Polizei geschickt, wir waren verzweifelt, befürchteten das Schlimmste –, habe ich nie wieder daran gedacht. Es schien mir das Allerunwichtigste zu sein.«

»Natürlich. Wie dem auch sei, wenn Sie es nicht wissen, kann ich die Möglichkeit nicht ausschließen, daß Mr. Ellison in der fraglichen Zeit irgendwo in der Nähe des Tatorts vorbeigekommen sein könnte.« Er lächelte, wobei er seine Zähne zeigte; seine Augen strahlten. »Und er könnte vielleicht etwas gesehen haben, was uns weiterhilft.«

Sie schluckte mühsam.

»Ja, gewiß. Ich weiß es leider nicht.«

»Natürlich nicht, Mrs. Ellison. Mir ist ja bereits bekannt, daß Sie die Cater Street in Begleitung Ihrer Töchter in einem Wagen entlanggefahren sind, und ich habe schon mit Ihnen allen gesprochen.«

»Aber mit meinem Mann haben Sie doch auch schon gesprochen. Was bleibt da noch zu sagen?« Konnte sie eine Befragung verhindern, ihn davon überzeugen, daß es überhaupt unnötig war, mit Edward zu sprechen? Es gab nichts mehr, was er ihn

126

noch fragen konnte – es sei denn, er vermutete etwas oder wußte bereits irgendwie, daß Edward gelogen hatte. »Sie werden doch sicherlich nicht daran zweifeln, Mr. Pitt, daß mein Mann, hätte er auch nur irgend etwas gesehen, es Ihnen erzählt hatte?«

»Wenn er wüßte, daß es von Bedeutung ist. Aber vielleicht hat er etwas Ungewöhnliches beobachtet, eine winzige Einzelheit, die seinem Gedächtnis entfallen ist. Und die Zeit ist wichtig, wissen Sie, die genaue Zeit, auf die Minute: Damit kann das Alibi von jemandem stehen – oder fallen.«

»Das Alibi?«

»Ein Nachweis darüber, wo sich eine Person zum Zeitpunkt eines Verbrechens aufgehalten hat, der eine Tatbeteiligung des oder der Betreffenden unmöglich macht.«

»Ich weiß, was das Wort bedeutet, Mr. Pitt. Mir war nur nicht bewußt, daß Sie nur Personen aus Ihren Ermittlungen ausschließen, die aufgrund des Beweises der Unmöglich...« Verwirrt und aus Angst vor ihren eigenen Schlußfolgerungen brach sie den Satz ab.

»Nun, wenn wir mehrere Verdächtige haben, Mrs. Ellison, hilft es uns, deren Zahl zu verringern und das Unmögliche auszuschließen.«

Nichts in der Welt wünschte sie sich mehr, als daß er gehen würde. Schließlich war er nur ein Polizist, was fast das gleiche war wie ein kleiner Händler; es war dumm, sich von ihm so in die Enge treiben zu lassen. Emily hatte ganz recht; er hatte wirklich eine schöne Stimme: volltönend und weich. Auch seine Ausdrucksweise war tadellos.

»Allerdings«, sagte sie unbeholfen. »Aber mein Mann ist heute morgen leider nicht zu Hause, und ich kann Ihnen nicht weiterhelfen.«

Er lächelte höflich.

»Ich werde heute abend wiederkommen, falls Sie Mr. Ellison zurückerwarten?«

»Ja. Er wird zum Abendessen erwartet.«

Er machte eine leichte Verbeugung und ging zur Tür.

Als Edward um Viertel nach sechs nach Hause kam, berichtete sie ihm von Pitts Besuch und daß er wiederkommen würde.

Er blieb bewegungslos stehen und starrte sie an.

»Er kommt heute abend zurück?«

»Ja.«

»Du hättest ihm nicht sagen sollen, daß ich heute abend hier bin, Caroline.« Sein Gesicht war starr. »Ich muß noch einmal fort –«

»Heute morgen sagtest du –« Sie sprach nicht weiter. Die Angst schnitt ihr plötzlich die Stimme ab. Er ging Pitt aus dem Wege, weil er Angst davor hatte, ihn anzulügen!

»Wie du siehst, habe ich im Laufe des Tages Termine vereinbart«, fuhr er sie an. »Das Ganze ist sowieso völlig überflüssig. Ich weiß absolut nichts, was ich ihm nicht schon gesagt hätte. Das kannst du ihm ausrichten, oder überlaß es Maddock.«

»Meinst du –«, sagte sie zögernd.

»Mein Gott, Caroline, er ist ein Polizist und nicht jemand, der wie ein Gast behandelt werden muß. Laß Maddock ihm ausrichten, daß ich bereits Verabredungen getroffen hatte und daß ich nichts weiß, was seine Nachforschungen weiterbringen könnte. Wenn er bisher noch nichts herausgefunden hat – nach all den Erkundigungen, die er eingezogen, und der Zeit, die er dafür gebraucht hat –, dann handelt es sich entweder um ein unauflösbares Rätsel, oder der Mann ist einfach unfähig.«

Doch Pitt kehrte bereits am nächsten Abend zurück und wurde in den Salon geführt, wo Caroline und Edward mit Charlotte und Großmama beisammensaßen. Alle anderen waren ausgegangen, um ein Konzert zu besuchen. Maddock öffnete die Tür, um ihn anzukündigen, und noch ehe irgend jemand etwas erwidern konnte, schlüpfte Pitt an ihm vorbei ins Zimmer.

»Im Hause eines Gentleman, Mr. Pitt«, sagte Edward scharf, »ist es üblich zu warten, bis man hereingebeten wird, bevor man eintritt.«

Caroline spürte, wie sie wegen seiner Unhöflichkeit errötete und wie sie angesichts seiner Angst fröstelte. Er mußte Angst haben, wenn er seine gewöhnlich guten Manieren so vergaß. Gewöhnlich? Kannte sie ihn wirklich so gut, wie sie dachte? Warum – in Gottes Namen – war er in der Cater Street gewesen?

Pitt schien nicht im geringsten verlegen. Er trat nun endgültig ein, und Maddock zog sich zurück.

»Verzeihung. Ein Mordfall führt mich nicht oft in die Häuser von Gentlemen. Doch selbst diese wenigen sind kaum geneigt, mit mir zu sprechen. Diese Abneigung muß ich mit den besten mir zur Verfügung stehenden Mitteln überwinden. Sicherlich sind Sie ebenso erpicht darauf wie ich, daß dieser Kerl identifiziert und festgenommen wird.«

»Selbstverständlich.« Edward blickte ihn kalt an. »Trotzdem habe ich Ihnen bereits alles gesagt, was ich weiß – mehr als einmal. Ich habe dem nichts hinzuzufügen. Ich wüßte nicht, was es Ihnen nutzen würde, wenn ich alles nochmal wiederholte.«

»Sie wären überrascht. Details fügen sich zusammen, man erinnert sich an Kleinigkeiten.«

»Ich erinnere mich an gar nichts.«

»Wo waren Sie an jenem Abend, Mr. Ellison?«

Edward betrachtete ihn mißbilligend. »Das habe ich Ihnen bereits gesagt. Ich war in meinem Club – meilenweit entfernt von der Cater Street.«

»Den ganzen Abend über, Mr. Ellison?«

Caroline schaute Edward an. Sein Gesicht war bleich. Sie konnte fast sehen, wie er innerlich mit sich rang. Konnte er mit der Lüge durchkommen? Lieber Gott, was verheimlichte er? Sie sah zu Pitt hinüber. Die gescheiten Augen beobachteten nicht Edward, sondern sie. Sie bekam plötzlich Angst, er könnte ihr die Besorgnis ansehen, er könnte in ihrem Gesicht erkennen, daß sie von der Lüge wußte. Sie wandte die Augen ab – sah irgendwo anders hin – und stellte fest, daß Charlotte sie ebenfalls beobachtete. Der Raum erstickte sie, der Schrecken lähmte fast ihren Atem.

»Den ganzen Abend, Mr. Ellison?« wiederholte Pitt ruhig.

»Äh . . . nein.« Edwards Stimme klang gepreßt und unnatürlich krächzend.

»Wohin sind Sie also gegangen?« Pitt war überaus höflich. Falls er überhaupt überrascht war, so ließ er es sich nicht anmerken.

Hatte er es bereits gewußt? Carolines Herz zog sich zusammen. Wußte er etwa auch, wo Edward gewesen war?

»Ich habe einen Freund besucht«, antwortete Edward und schaute Pitt an.

»Natürlich.« Pitt lächelte. »Welchen Freund, Mr. Ellison?«

Edward zögerte.

Großmama richtete sich ein wenig auf.

»Junger Mann!« sagte sie scharf. »Vergessen Sie nicht Ihren Stand sowohl in diesem Hause als auch in der Gesellschaft im allgemeinen. Mr. Ellison hat Ihnen gesagt, daß er einen Freund besucht habe. Das muß für Ihre Zwecke genügen. Wir wissen es zu würdigen, daß Sie eine Aufgabe – und noch dazu eine mühsame Aufgabe – zu erfüllen haben, die für die Gerechtigkeit und öffentliche Sicherheit notwendig ist. Und natürlich werden wir Ihnen dabei helfen, so gut wir können. Doch erdreisten Sie sich nicht – weil wir unseren guten Willen zeigen –, die Grenzen Ihrer Kompetenz zu überschreiten.«

Pitt hob die Augenbrauen – eher belustigt als verärgert.

»Ma'am, unglücklicherweise respektiert das Verbrechen weder Personen noch soziale Unterschiede. Dieser Mann muß gefunden werden, oder eine Ihrer Enkeltöchter wird vielleicht die nächste sein.«

»Unsinn!« sagte Großmama wütend. »Meine Enkeltöchter sind Frauen von hoher sittlicher Rechtschaffenheit, die ein schickliches Leben führen. Ich halte Ihnen zugute, daß Sie den Umgang mit solchen Frauen wohl nicht gewohnt sind, weshalb ich auch Ihre Beleidigung damit entschuldigen werde, daß sie eher aus Unwissenheit denn aus bösem Willen geschah.«

Pitt atmete tief ein und aus.

»Ma'am, wir haben keinen Grund anzunehmen, daß dieser Mann ausschließlich unmoralische Frauen haßt oder daß er auch nur eine Vorliebe für sie hätte. Miss Abernathy war ein wenig leichtlebig, aber nichts weiter. Lily Mitchell hatte einen makellosen Ruf, und wir haben nichts, was ihn in Frage stellen würde. Selbst ihr Umgang mit Brody scheint vollkommen korrekt gewesen zu sein.«

Großmama sah ihn an, wobei ihre Nasenflügel leicht bebten.

»Was für ein Dienstmädchen oder einen Polizisten korrekt ist, mag sehr wohl unter der Würde einer Dame sein«, sagte sie verächtlich.

Pitt machte eine leichte Verbeugung.

»Ich erlaube mir zu widersprechen, Ma'am. Meiner Meinung nach ist Sittlichkeit Sittlichkeit. Die sozialen Verhältnisse mögen vielleicht den Grad der Schuld ändern, nicht aber die Tatsache, daß eine Handlung unrecht ist.«

Großmama holte schon Luft, um seine Tollkühnheit zu verurteilen, überdachte dann jedoch seine Argumentation und atmete wortlos wieder aus. Caroline sah zuerst Edward an, der immer noch schwieg, und dann Charlotte. Ihre Tochter beobachtete Pitt überrascht und mit einem gewissen Ausdruck des Respekts.

Pitt blickte wieder zu Edward.

»Mr. Ellison, den Namen und die Adresse Ihres Freundes, wenn Sie so freundlich wären? Ich versichere Ihnen, es ist notwendig. Und bitte auch den möglichst genauen Zeitpunkt, zu dem Sie sein Haus verlassen haben!«

Erneut herrschte für einen Moment Stille. Caroline kam es wie eine Ewigkeit vor, wie das Warten, während man einen Brief aufreißt, von dem man weiß, daß er eine Katastrophenmeldung enthalten wird.

»Ich weiß leider nicht, wie spät es war, als ich ging«, antwortete Edward. »Zu dem Zeitpunkt hatte ich natürlich keine Ahnung, daß es auch nur im geringsten von Bedeutung sein würde.«

»Möglicherweise wird sich Ihr Freund erinnern.« Pitt wirkte gelassen.

»Nein«, erwiderte Edward schnell. »Mein Freund – ist krank. Das war auch der Anlaß meines Besuches. Äh – er war schon halb eingeschlummert, als ich ihn verließ – und darum bin ich dann ja auch gegangen. Leider kann Ihnen keiner von uns beiden mit einer präzisen Uhrzeit dienen. Tut mir leid.«

»Aber Sie kamen doch vom entgegengesetzten Ende der Cater Street nach Hause?« Pitt ließ sich nicht so leicht entmutigen.

»Das sagte ich bereits.« Auch Edward gewann seine Fassung langsam zurück.

»Haben Sie überhaupt irgend jemanden gesehen?«

»Nicht, daß ich mich entsinnen könnte. Allerdings war es meine Absicht, nach Hause zu kommen, und nicht, die Straße zu observieren.«

»Natürlich. Aber Sie hätten doch bestimmt einen davonlaufenden Mann oder einen Kampf zwischen zwei Personen bemerkt? Oder einen Hilferuf oder einen Schrei?«

»Natürlich hätte ich das. Wenn dort überhaupt irgend etwas gewesen sein sollte, so muß es sich um etwas relativ Unverdächtiges gehandelt haben; ein später Passant – so wie ich – oder etwas in der Art. Ehrlich gesagt, ich kann mich an überhaupt niemanden erinnern.«

»Und die Adresse?«

»Wie bitte?«

»Die Adresse, von der Sie kamen?«

»Ich wüßte nicht, wozu das wichtig sein sollte. Mein Freund ist krank und nervlich angegriffen. Es wäre mir lieber, Sie würden seine Familie nicht behelligen. Es würde sie erheblich beunruhigen und die Krankheit nur noch verschlimmern.«

»Ich verstehe.« Pitt blieb bewegungslos stehen. »Dennoch würde ich sie gerne erfahren. Man würde sich ja vielleicht doch an die Uhrzeit erinnern.«

»Was könnten Sie damit schon anfangen?«

»Man könnte zumindest einen Zeitraum bestimmen, in dem das Verbrechen nicht geschehen ist. Indem man alles Unmögliche ausschließt, kann man die Tatzeit recht gut eingrenzen.«

Ohne nachzudenken, schaltete sich Caroline ein.

»Das läßt sich sehr leicht rekonstruieren.« Sie wollte, daß sich Pitt auf sie konzentrierte. »Er kam ein paar Minuten nach uns hier an – keine fünf Minuten später. Wenn Sie jetzt also einfach von hier aus zur Cater Street gehen, werden Sie die Zeit ganz genau wissen.« Sie wartete mit pochendem Herzen darauf, ob er ihren Vorschlag akzeptieren würde.

Pitt lächelte leicht.

»Allerdings. Vielen Dank.« Er warf einen flüchtigen Blick auf Charlotte; dann ließ er mit einer Geste der Resignation den Kopf sinken. »Ich wünsche Ihnen noch einen guten Tag.« Er öffnete sich selbst die Tür und ging hinaus. Sie hörten Maddock in der Halle und kurz darauf, wie die Haustür geschlossen wurde.

»Also wirklich!« Großmama atmete aus. »Was für ein ungehobelter junger Mann.«

»Beharrlich, aber nicht ungehobelt«, sagte Caroline gedankenlos. »Wenn er sich mit vagen Auskünften zufriedengeben würde, würde er seine Fälle niemals lösen.«

»Ich habe dich noch nie für kompetent erachtet, um zu beurteilen, was ungehobelt ist, Caroline«, sagte Großmama mit zunehmendem Zorn. »Aber ich bin entsetzt darüber, daß du auch nur die Möglichkeit in Betracht ziehen kannst, Edward könnte irgend etwas über das Verbrechen wissen. Du scheinst ja an seiner Aussage zu zweifeln!«

»Natürlich zweifele ich nicht daran!« log Caroline, wobei sie einen knallroten Kopf bekam. »Ich habe das nicht auf mich, sondern auf die Polizei bezogen. Du kannst nicht erwarten, daß Mr. Pitt denselben Standpunkt vertritt wie ich.«

»Das erwarte ich auch nicht. Aber ebensowenig habe ich – bis zu diesem Augenblick – erwartet, daß du denselben Standpunkt wie Mr. Pitt vertrittst!«

»Das hat sie doch gar nicht getan, Großmama«, unterbrach sie Charlotte. »Sie wollte nur darauf hinweisen, daß –«

»Schweig, Charlotte«, sagte Edward gereizt. »Ich verbitte mir jede weitere Diskussion über das Thema. Es ist schmutzig und hat über die Hilfe hinaus, die wir bereits gewährt haben, nichts mit unserem Leben zu tun. Wenn du dich nicht beherrschen kannst, Charlotte, dann ziehe dich auf dein Zimmer zurück.«

Charlotte sagte nichts mehr. Großmama fing wieder damit an, den allgemeinen Verfall der Sitten und das Anwachsen von Unmoral und Verbrechen zu beklagen.

Caroline saß da, starrte eine ziemlich scheußliche Fotografie von ihrer Hochzeit an und fragte sich mit wachsender Angst, warum Edward Pitt nicht sagen wollte, wo er gewesen war.

An diesem Tag wurde nicht weiter über die Angelegenheit gesprochen. Doch am nächsten Morgen – Caroline saß gerade an ihrem Tisch im hinteren Wohnzimmer und war damit beschäftigt, Haushaltsrechnungen durchzusehen – kam Großmama herein.

»Caroline, ich muß dich fragen, was du damit sagen wolltest. Obwohl ich fürchte, es zu wissen. Ich glaube, ich habe das Recht dazu.«

Caroline verteidigte sich sofort mit einer Lüge.

»Ich weiß leider nicht, wovon du redest, Großmama.« Sie selbst hatte kaum noch an etwas anderes denken können, aber jetzt tat sie so, als wäre sie in Gedanken ganz mit der Rechnung des Fischhändlers vor sich beschäftigt.

»Dann bist du sogar noch gefühlloser, als ich annahm. Ich rede von diesem Polizisten und seinem außergewöhnlichen Benehmen gestern abend. Zu meiner Zeit wußten Polizisten noch, wo sie hingehörten.«

»Ein Polizist gehört dahin, wo das Verbrechen ist«, sagte Caroline müde. Sie wußte, daß sie die Konfrontation nicht würde vermeiden können. Aber instinktiv zögerte sie sie hinaus, so wie man vor jedem Schmerz zurückschreckt.

»In diesem Haus gibt es kein Verbrechen, Caroline – außer dem Verrat, den du an dem guten Ruf deines Mannes begangen hast.«

»Wie kannst du nur so etwas Boshaftes und vollkommen Unsinniges sagen!« Caroline fuhr von ihrem Tisch herum – den Stift hatte sie immer noch in der Hand, hielt ihn jetzt aber wie ein

Messer. »Und du würdest es nicht wagen, das zu behaupten, wenn wir nicht allein wären und wenn du nicht glauben würdest, daß ich keinen Streit mit dir will. Tja, diesmal hast du dich in mir geirrt! Ich werde es ganz sicher nicht hinnehmen, daß du noch einmal so etwas Boshaftes sagst. Hast du mich verstanden?«

»Es ist dein schlechtes Gewissen, das dich so wütend macht«, sagte Großmama mit hämischer Freude. »Und ich scheue mich bestimmt nicht, es zu wiederholen, und das werde ich auch: in Edwards Gegenwart. Dann werden wir ja sehen, wer sich hier streitet und wer nicht.«

»Das hättest du wohl gerne, was!« Caroline neigte sich vor. »Es würde dir sicherlich gefallen, Edward aufzuregen und Unruhe in seinem Haus zu stiften! Nun – diesmal werde ich mich nicht von dir erpressen lassen. Erzähl Edward von mir aus doch, was du willst. Aber ich möchte feststellen, daß nicht du es warst, die ihn verteidigt hat, als er der Polizei nicht sagen wollte, wo er gewesen war! Alles, was du getan hast, war, Pitt durch deine unerträgliche Unverschämtheit zum Gegner zu machen. Was hast du dir davon versprochen? Ihn einzuschüchtern? Dann mußt du in einer Traumwelt leben! Es hat ihn nur noch mißtrauischer gemacht.«

»Mißtrauisch? Weswegen denn?« Großmama stand immer noch aufrecht, und ihr Körper schaukelte vor Wut auf und ab. »Was glaubst du denn, was Edward getan hat, Caroline? Denkst du etwa, er ist seinem Dienstmädchen nachgegangen und hat es erwürgt? Ist es das, was du denkst? Weiß Edward eigentlich, daß du das von ihm denkst?«

»Nicht, wenn du es ihm nicht erzählt hast! Was mich nicht überraschen würde. Es würde mit Sicherheit die Art von Unglück heraufbeschwören, die du liebst! Reicht dir Lilys Tod noch nicht?«

»Reicht nicht! Mir? Und was bitte, meinst du, sollte mir der Tod von irgendeinem erbärmlichen Hausmädchen nutzen? Ich habe die Unmoral schon immer gehaßt; jedoch steht es mir nicht zu, den Stab Gottes über sie zu brechen.«

»Du alte Heuchlerin!« Caroline explodierte fast. »Es gibt auf der Welt nichts Unmoralischeres, als sich am Leid und am Unglück anderer zu weiden!«

»Du hast dein Unglück selbst über dich gebracht, Caroline. Ich für mein Teil kann dir da nicht helfen, ob ich es nun wollte oder nicht.« Erhobenen Hauptes rauschte Großmama aus dem Zimmer, noch ehe Caroline etwas erwidern konnte; außerdem fiel ihr darauf ohnehin nichts ein.

Sie saß am Tisch und starrte mit Tränen in den Augen auf die Rechnung des Fischhändlers. Sie haßte Auseinandersetzungen, doch diese hier hatte seit Jahren in der Luft gelegen. Es war nur ein Ausbruch von Haßgefühlen gewesen, die in ihnen beiden gebrodelt hatten, Haßgefühle, die – wären Lilys Tod und die damit verbundene Aufregung nicht gewesen – vielleicht nie ausgesprochen worden wären. Nun aber waren Dinge gesagt worden, die beide niemals mehr vergessen würden und die bestimmt nicht mehr verziehen werden konnten. Jedenfalls nicht von Großmama, selbst wenn sich Caroline dazu entschließen könnte.

Das Schlimmste an der Sache war, daß Großmama sicherlich das ganze Haus mit hineinziehen würde; sie würde sie alle zwingen, Stellung zu beziehen. Es würde bedeutungsvolle Blicke geben, Schweigen und versteckte Andeutungen, bis die Neugier irgend jemanden dazu treiben würde zu fragen, was denn überhaupt los sei. Edward würde die ganze Sache zuwider sein. Er liebte sie beide und wünschte sich vor allen Dingen, daß in seinem Hause Frieden herrschte. Wie die meisten Männer verabscheute er Familienkräche. Er würde, koste es, was es wolle, den Frieden bewahren wollen und so lange wie möglich den Ahnungslosen spielen. Wahrscheinlich würde Dominic – unabsichtlich – zum Katalysator werden. Er kannte Großmama noch nicht lange genug, um zwischen den Zeilen lesen zu können – und die Anspielungen zu ignorieren. Es würde furchtbar werden! Und das Schlimmste daran war, daß Großmama auch noch recht hatte. Ja, sie vermutete – krank vor Angst –, daß Edward etwas Unehrenhaftes getan hatte. Ihr Hals schmerzte – so strengte sie sich an, das Weinen zu unterdrücken, und wenn sie nach unten sähe, würde sie die Tränen nicht mehr zurückhalten können.

»Mama?«

Es war Charlotte. Sie hatte sie nicht einmal hereinkommen hören.

Sie schniefte: »Ja, was ist? Ich bin mit den Abrechnungen beschäftigt.«

Charlotte schlang den Arm um sie und gab ihr einen Kuß.

»Ich weiß. Ich hab' dich gehört.«

Das tat gut; es war eine unglaubliche Erleichterung für sie, nachdem sie sich so allein gelassen gefühlt hatte. Es fiel ihr schwerer denn je, sich zu beherrschen, doch jetzt kam ihr die jahrelange Übung zugute.

»Oh, das tut mir leid. Ich habe gar nicht gemerkt, daß wir so laut geworden sind.«

Charlotte rückte ihr eine Haarnadel zurecht und trat dann taktvoll ein paar Schritte zur Seite, damit sie sich erst einmal beruhigen konnte. Seltsam, welches Feingefühl Charlotte manchmal besaß, während sie bei anderen Gelegenheiten eine so unverblümte Offenheit an den Tag legte.

Charlotte starrte aus dem Fenster.

»Mach dir keine Sorgen wegen Großmama. Wenn sie Papa irgend etwas erzählt, wird er ihr böse sein, und sie wird am Ende den kürzeren ziehen.«

Caroline war viel zu überrascht, als daß sie es hätte verbergen können. Sie drehte sich im Stuhl um und starrte auf Charlottes Rücken.

»Wie kommst du denn auf die Idee?«

Charlotte schaute immer noch aus dem Fenster.

»Weil Papa irgendwo gewesen ist, worüber er nicht reden möchte. Wir müssen dieser Tatsache ins Auge sehen. Deswegen wird er auch auf jeden böse sein, der noch mal auf die Sache zu sprechen kommt.«

»Was um alles in der Welt willst du damit sagen?« Caroline konnte das Beben ihrer eigenen Stimme hören. »Was redest du da, Charlotte? Du wirst doch wohl deinen Vater nicht verdächtigen, ein... ein...«

»Ich weiß es nicht. Vielleicht hat er um Geld gespielt, oder er war betrunken, oder er war mit Leuten zusammen, mit denen wir ihn nicht gerne zusammen sähen. Aber er will nicht, daß Mr. Pitt oder wir etwas davon erfahren. Es hat keinen Sinn, sich gegenseitig etwas vorzumachen. Wir können uns nicht selbst etwas vormachen. Aber mach dir keine Sorgen, Mama: Er hat sicherlich nichts mit Lilys Tod zu tun gehabt – wenn es das ist, wovor du Angst hast.«

»Charlotte...« Sie wußte nicht, was sie sagen sollte. Wie konnte ihre Tochter nur so ruhig dastehen und dabei so etwas sagen?

»Ich könnte mir denken, daß es nicht sehr klug war«, fuhr Charlotte fort – und diesmal hörte Caroline das Stocken ihrer Stimme und wußte, daß ihre Tochter nur mit größter Anstrengung ihre Selbstbeherrschung aufrecht erhielt –, »denn ich glaube, Mr. Pitt wird es sowieso herausfinden.«

»Meinst du?«

»Ja, und was die Sache noch schlimmer macht, ist, daß die Wahrheit nicht aus freien Stücken enthüllt wird.«

»Wenn wir ihn also überzeugen könnten...« Aber sie wußte, daß ihr dazu der Mut fehlte. Edward würde zornig reagieren, würde sich zurückziehen, kalt, bitter, so wie sie es erst wenige Male durchgemacht hatte. Damals zum Beispiel, als sie sich mit ihm wegen Gerald Hapwith gestritten hatte. Das war Jahre her und kam ihr heute so töricht vor. Doch der Schmerz der Entfremdung war ihr noch allzugut in Erinnerung.

Und mehr noch als das fürchtete sie sich davor zu erfahren, was es war, was er verbergen wollte. Vielleicht würde es Pitt ja auch gar nicht herausfinden?

Doch Pitt war erfolgreich. Er suchte sie nach zwei Tagen erneut auf. Er kam abends und – vielleicht um sicherzugehen, daß er Edward auch anträfe – völlig überraschend, ohne sie am Morgen aufgesucht zu haben, um sie vorzuwarnen. Sie waren alle zu Hause.

»Sie kommen nicht sehr gelegen, Mr. Pitt«, sagte Edward kühl. »Um was handelt es sich diesmal?«

»Unsere Nachforschungen haben ergeben, daß Sie auf Ihrem Heimweg von etwa fünf Minuten vor bis wenige Minuten nach elf die Cater Street entlanggegangen sein müssen.«

»Sie hätten sich nicht hierher zu bemühen brauchen, um mir das zu sagen«, sagte Edward scharf. »Da ich gegen Viertel nach zu Hause ankam, dürfte das wohl auf der Hand liegen.«

Nichts schien Pitt aus der Ruhe bringen zu können.

»Für Sie, Sir, weil Sie wissen, was Sie gemacht haben. Für uns, die wir nur Ihre Aussage haben, ist es befriedigend, dafür Beweise zu bekommen. Müßte man einen Mörder lediglich befragen, um ihn zu fassen, wäre unsere Arbeit wohl kaum so mühsam.«

Edwards Gesicht erstarrte.

»Was wollen Sie damit andeuten, Mr. Pitt?«

»Daß wir festgestellt haben, daß Sie Mrs. Attwood um Viertel vor elf verlassen haben. Man braucht etwa eine halbe Stunde – wenn man normal schnell geht –, um hier zu Ihrem Haus zu gelangen. Das heißt, Sie hätten die Cater Street zwischen fünf vor und etwa fünf nach passiert.«

Edward war kreidebleich.

»Sie hatten kein Recht...!«

»Es wäre sehr viel einfacher gewesen und hätte uns viel Zeit erspart, Sir, wenn Sie uns Mrs. Attwoods Adresse früher gegeben hätten. Und jetzt würden Sie vielleicht so freundlich sein und mir sagen, wo Sie sich in der Nacht aufgehalten haben, als Chloe Abernathy ihrem Mörder begegnete?«

»Wenn Sie wissen, wo ich in der Nacht war, als Lily getötet wurde, dann wissen Sie, daß ich mit der Sache nichts zu tun haben kann«, preßte Edward zwischen den Zähnen hervor. Zum erstenmal sah er wirklich verängstigt aus. »Was sollte ich Ihnen Ihrer Meinung nach über Chloe Abernathy erzählen können?«

»Es reicht mir schon, wenn Sie sagen, wo Sie waren.« Pitt lächelte breit. »Und, wenn möglich, mit wem Sie zusammen waren!«

»Ich war mit Alan Cuthbertson zusammen. Wir hatten eine geschäftliche Besprechung bei ihm.«

Pitts Lächeln wurde eher noch breiter.

»Gut, das entspricht auch seiner Aussage. Aber da er recht gut mit Miss Abernathy bekannt war, war es erforderlich zu überprüfen, ob er sich auch genau an die Wahrheit gehalten hat. Vielen Dank, Mr. Ellison. Sie haben Mr. Cuthbertson und der Polizei einen großen Dienst erwiesen. Ich bin Ihnen zu Dank verpflichtet. Ma'am.« Er neigte den Kopf zu einer leichten Verbeugung. »Gute Nacht.«

»Wer ist Mrs. Attwood, Papa«, fragte Sarah sofort. »Ich kann mich nicht daran erinnern, daß du sie schon einmal erwähnt hast.«

»Wahrscheinlich habe ich das auch nicht«, sagte Edward, ohne sie anzusehen. »Sie ist eine ziemlich langweilige Frau, die Verwandte eines Mannes, der mir einmal einen Gefallen getan hat und der inzwischen verstorben ist. Sie wurde krank, und hin und wieder unterstütze ich sie ein wenig bei kleinen, praktischen Dingen. Sie ist zwar nicht bettlägerig, aber kurz davor. Sie verläßt kaum noch das Haus. Ihr könnt sie selbst besuchen, wenn ihr wollt, aber ich warne euch: Sie ist äußerst ermüdend und geistig etwas abwesend. Gelegentlich bringt sie Erinnerungen und Phantasien durcheinander, obgleich es dann auch wieder Phasen gibt, in denen sie recht gut bei Verstand ist. Zweifellos kommt es daher, daß sie sehr viel Zeit allein verbringt und daß sie Liebesromane der billigsten Sorte liest.«

Die Erleichterung war ungeheuer, doch später in dieser Nacht wachte Caroline auf und begann nachzudenken. Zuerst einmal beunruhigte sie die Tatsache, daß sich Edward so sehr bemüht hatte, seinen Besuch bei Mrs. Attwood zu verheimlichen. Hatte er das wirklich nur getan, um eine kranke Frau zu schützen? Oder weil sie vielleicht ein wenig gewöhnlich war, zu wenig damenhaft, jemand, mit dem er nicht in Verbindung gebracht werden wollte?

Dann wurde ihr bewußt, was sie wirklich beunruhigte, ein Gedanke, den sie nicht verdrängen konnte. Sie hatte sich innerlich die Frage gestellt, ob er etwas mit Lilys Tod zu tun habe – und einen Moment lang wirklich befürchtet, das sei der Fall. Er lag jetzt neben ihr und schlief. Über dreißig Jahre schon war sie mit ihm verheiratet. Wie hatte ihr der Gedanke auch nur durch den Kopf geistern können, daß er ein Mädchen auf der Straße ermordet hätte? Was war sie nur für eine Frau, daß sie so etwas in Erwägung gezogen haben konnte – und wenn auch nur für eine Sekunde? Sie hatte immer geglaubt, daß sie ihn lieben würde – nicht leidenschaftlich, das natürlich nicht, aber immerhin doch ausreichend. Sie wußte, was er dachte, was er fühlte – das hatte sie zumindest bis zu dieser Woche geglaubt. Nun erkannte sie, daß es Dinge um ihn herum gab, von denen sie überhaupt keine Ahnung hatte.

Sie hatte über dreißig Jahre mit ihm zusammengelebt, im selben Haus, im selben Bett, sie hatte ihm drei Kinder geboren, vier, wenn man den Sohn mitzählte, der nach wenigen Tagen gestorben war. Und dennoch hatte sie es tatsächlich in Erwägung gezogen, daß er Lily erdrosselt haben könnte.

Was war ihre Beziehung zu ihm noch wert? Was würde Edward denken oder empfinden, wenn er wüßte, welche Gedanken ihr durch den Kopf gegangen waren? Sie war verwirrt, beschämt und voller Angst.

Kapitel 7

Eine Woche später, es war ein heißer und ruhiger Tag Anfang September, kam Millie zu Charlotte in den Garten. Ihr Gesicht war ein wenig gerötet, und sie schien aufgeregt zu sein. In der Hand hielt sie ein Stück Papier.

Charlotte legte die Hacke nieder, mit der sie gerade die Erde zwischen den Blumen auflockerte. Es war eher ein Zeitvertreib als eine Arbeit, ein Vorwand, um draußen zu sein, statt sich um das Eingemachte zu kümmern, das sie jetzt eigentlich vorbereiten sollte, damit Sarah es in Gläser abfüllen konnte. Doch Sarah war mit Dominic zu irgendeiner gesellschaftlichen Veranstaltung ausgegangen, während Emily mit einer ganzen Gruppe von Leuten – einschließlich George Ashworth – auf einer Tennisparty war und Mama Susannah besuchte.

»Was ist los, Millie?«

»Bitte, Miss Charlotte, ich habe den Brief hier heute morgen gefunden. Ich hab' mir den ganzen Tag den Kopf darüber zerbrochen, was ich machen soll.« Sie hielt ihr das Blatt Papier hin.

Charlotte nahm es und las:

Libe Lily
Das is um dich zu sagen das ich dir nich nochma warn. Endweder du tust was ich dich gesagt hab oder es wird dich schlecht ergehn.

Der Zettel war nicht unterschrieben.

»Wo hast du das her?« fragte Charlotte.

»Ich hab' es in einer der Schubladen in meinem Zimmer gefunden, Miss. Eine, die Lily früher benutzt hat.«

»Ich verstehe.«

»Hab' ich richtig gehandelt, Miss?«

»Ja, Millie, das hast du. Ganz bestimmt. Es wäre ein großer Fehler gewesen, ihn mir nicht zu bringen. Es . . . es könnte wichtig sein.«

»Glauben Sie, der Mörder hat ihr den geschrieben, Miss?«

»Ich weiß es nicht, Millie, wahrscheinlich nicht. Aber wir sollten ihn dennoch der Polizei zukommen lassen.«

»Ja, Ma'am. Aber Mr. Maddock ist heute nachmittag mit dem Auspacken der Weinkisten beschäftigt, und der Herr hat gesagt, daß es sofort gemacht werden muß.«

»Das ist schon in Ordnung, Millie. Ich werde ihn selbst hinbringen.«

»Aber, Miss Charlotte, Sie werden doch wohl nicht allein ausgehen, nicht wahr?«

Charlotte blickte sie einen Moment lang an. »Nein, Millie, du wirst mich begleiten müssen.«

»Ich, Miss Charlotte?« Sie erstarrte und riß die Augen weit auf.

»Ja, du, Millie. Und jetzt geh, und zieh dir deinen Mantel über. Sag Mrs. Dunphy, daß du mich bei einer dringenden Besorgung begleiten mußt. Nun mach schon.«

Eine Dreiviertelstunde später befand sich Millie im äußeren Warteraum der Polizeiwache. Charlotte wurde in Mr. Pitts kleines Zimmer geführt, um dort seine Rückkehr abzuwarten. Es war ein düsterer, zweckmäßig eingerichteter und etwas staubiger Raum. Die Einrichtung bestand aus drei Stühlen, einer davon war ein Drehstuhl, einem Tisch mit verschlossenen Schubladen und einem mit einer Rollade verschlossenen Schreibtisch. Der braune Linoleumfußboden war da, wo die Leute von der Tür zum Schreibtisch und wieder zurückgelaufen waren, abgenutzt.

Sie wartete erst zehn Minuten, als sich die Tür öffnete und ein kleiner, übertrieben elegant gekleideter Mann mit einer spitzen Nase hereinkam. Sein Gesicht verzog sich vor Überraschung.

»'allo, Miss! Sind Sie sicher, daß Sie hier richtig sind?«

»Das nehme ich doch an. Ich warte auf Mr. Pitt.«

Er musterte sie gründlich von oben bis unten. »Sie sehen nich' wie 'n Spitzel aus.«

»Wie bitte?«

»Sie sehen gar nich' wie 'n Spitzel aus.« Er trat ein und schloß die Tür hinter sich. »Ein Informant, ein Spion für die Bullen.«

»Für wen?« Sie legte die Stirn in Falten, während sie sich bemühte, ihn zu verstehen.

»Die Polizei! Sagten Sie nich', daß Sie zu Mr. Pitt wollten?«

»Ja.«

Er grinste, wobei er sein lückenhaftes Gebiß zeigte.

»Sie sind 'ne Freundin von ihm?«

»Ich bin in einer geschäftlichen Angelegenheit gekommen, die Sie – verzeihen Sie meine Offenheit – nichts angeht.« Sie hatte nicht die Absicht, unhöflich zu sein. Er war ein überaus harmloser, kleiner Mann und allem Anschein nach freundlich.

»Etwas Geschäftliches? Sie sehen nich' so aus, als ob Sie Geschäfte mit den Bullen machen würden.« Er setzte sich auf den Stuhl ihr gegenüber, wobei er sie immer noch mit liebenswürdiger Neugier anblickte.

»Gehören Sie hierhin?« fragte sie skeptisch.

»Aber ja«, grinste er. »Ich hab' auch was Geschäftliches zu erledigen.«

»Tatsächlich?«

»Etwas Wichtiges«, nickte er mit strahlenden Augen. »Tu' 'ne Menge für Mr. Pitt, ja ehrlich. Weiß gar nich', was er ohne mich anfangen sollte.«

»Ich wage zu behaupten, er würde irgendwie überleben«, sagte Charlotte mit einem Lächeln.

Er nahm es nicht übel.

»Tja, Miss, das kommt, weil Sie eben – mit Verlaub – keine Ahnung davon haben.«

»Wovon?«

»Vom Geschäft, Miss; wie man so was macht. Ich wette, Sie wissen nich' mal, wie man 'nen Bruch macht oder wie man die Sore sauberkriegt und sie nachher verhökert.«

Charlotte war verwirrt, aber gleichwohl interessiert.

»Nein«, gestand sie. »Ich weiß noch nicht einmal, wovon Sie überhaupt reden.«

»Tja«, er machte es sich bequem. »Aber wissen Sie, ich weiß das alles. Is' mir mit in die Wiege gelegt worden. Bin in den Elendsvierteln geboren. Bin dort aufgewachsen. Mutter starb, als ich etwa drei war, sagen die Leute. Und ich war sehr klein. Zum Glück . . .«

»Zum Glück? Sie meinen, jemand hatte Mitleid mit Ihnen?«

Er warf ihr einen gutmütig-geringschätzigen Blick zu. »Ich mein', sie ham meine Möglichkeiten erkannt – daß ich, wenn ich klein bliebe, von Nutzen sein könnt'.«

Erinnerungen an Dinge, die Pitt ihr über kleine Jungen oben in den Schornsteinen erzählt hatte, kehrten zurück, und sie erschauderte.

»Hatten Sie keine Familie? Was war mit Ihrem Vater oder Ihren Großeltern?«

»Mein Vater wurde zweiundvierzig aufgeknüpft, in dem Jahr, als ich geboren wurd', und mein Großvater nahm den Dampfer, wie man so sagt. Meine Ma' hatte 'nen Bruder, der 'n Drahtzieher war, aber er wollt' nichts mit Kindern zu schaffen ham, ne, bestimmt nich'. Jedenfalls nich' mit 'nem Balg, der zu jung war, um irgendwie von Nutzen zu sein. Nebenbei gesagt, Drahtzieher is' nich' ein Handwerk, wofür man Kinder braucht.«

»Was heißt ›aufgeknüpft‹?« fragte sie.

Er strich sich mit einer Hand einmal um den Hals und hielt sie dann hinter sich hoch, um ein Seil anzudeuten.

Sie errötete vor Verlegenheit.

»Oh, es tut mir leid . . . ich . . .«

»Macht nix«, meinte er wegwerfend. »Hätt' mir eh nichts geholfen.«

»Und Ihr Großvater fuhr zur See? Ist er nicht zurückgekehrt?«

»Gott segne Sie, Miss. Sie sind wirklich von 'nem andern Stern, was? Is' nich' zur See gefahren, sondern nach Australien geschickt worden.«

»Oh.« Sie wußte nicht, was sie sonst hätte sagen können. »Und Ihr Onkel?«

»Drahtziehen is', den Damen was aus der Tasche stehlen, Miss. Issen delikates Handwerk. Man braucht keine Kinder wie bei manch anderen Jobs. Keine Verwendung für mich, verstehen Sie? Also gaben sie mich zu einem Kindermann, der mir 'n bißchen beibrachte, lange Finger zu machen – für Sie is' das, seidene Taschentücher aus Taschen stehlen, Miss –, um meine Brötchen zu verdienen, sozusagen. Als ich dann älter wurd', aber nich' viel größer, verkaufte er mich an 'nen erstklassigen Einbrecher. Durch jedes Gitter bin ich gekommen. Hab' mich vorsichtig durchgewunden wie 'ne Schlange. War 'ne ganze Stange von Häusern von feinen Pinkeln, wo ich rein und raus bin und die Türen für sie aufgemacht hab'.«

»Was ist das Haus von einem ›feinen Pinkel‹?« Ihr Vater würde bestimmt wütend sein, wenn er von dieser außergewöhnlichen Unterhaltung wüßte; aber es war eine Welt, die für sie viel zu entsetzlich war, als daß sie sich von ihr hätte abwenden können. Sie war davon so fasziniert wie ein Kind von einer Schorfstelle, an der es immer wieder kratzen muß.

»Ein protziges Haus, so wie das, in dem Sie vielleicht wohnen.«
Er schien deshalb keine Ressentiments ihr gegenüber zu haben,
sondern sie eher noch interessanter zu finden.

»Ich glaube nicht, daß bei uns besonders viel zu holen ist«,
sagte sie ehrlich. »Wie ging's mit Ihnen dann weiter?«

»Nun, es kam natürlich die Zeit, wo ich zu groß wurde. Aber
vorher hamse ihn geschnappt, und ich hab' ihn nie wieder gesehen. Doch er hat mir 'ne Menge beigebracht, zum Beispiel, wie
man mit all seinen Werkzeugen umgeht und wie man Sternglasen
macht.«

»Sternblasen?« fragte sie ungläubig.

Er brach in ein lautes, trockenes Gelächter aus.

»Gott segne Sie. Sie sind vielleicht 'ne ulkige Nummer. Stern-
g l a s e n . Passen Sie mal auf.« Er erhob sich von seinem Platz und
ging zum Fenster. »Nehmen wir mal an, Sie wollten durch diese
Scheibe. Also, Sie lehnen sich dagegen«, er demonstrierte es,
»setzen das Messer hier neben der Kante an und drücken feste,
aber vorsichtig, bis das Glas 'nen Sprung bekommt. Vorsicht,
nich' so doll, daß es rausfällt. Dann tun Sie ein Papierpflaster
drauf, so daß alles zusammenklebt, und ruckzuck können Sie das
Glas herausnehmen, ohne großen Krach dabei zu machen. Sie
packen mit der Hand rein und machen den Riegel auf.« Er sah
sich sichtlich triumphierend nach ihr um.

»Verstehe. Sind Sie niemals erwischt worden?«

»Und ob! Aber das gehört dazu, so ab und an.«

»Haben Sie niemals erwogen, – einen – normalen Beruf zu
ergreifen?« Sie vermied es, einen e h r l i c h e n Beruf zu sagen.
Aus irgendeinem ihr selbst nicht ersichtlichen Grund wollte sie
ihn nicht verletzen.

»Ich hatt' ein eingespieltes Team, oder nicht? Hatt' meine
Werkzeuge, 'ne gute Krähe, den besten Kanarienvogel in London
und 'nen guten Hehler, hauste in 'nem Prachtbau – hübsch und
bequem für uns – und hatte 'n paar Handkarren mit Krimskram
zum Straßenhandel, wenn das andere nicht so lief. Was wollte ich
mehr? Wozu sollte ich mir den Rücken in irgend so 'ner Fabrik
oder so 'nem Plackereiladen für ein paar Kröten am Tag kaputt-
schinden?«

»Wozu die Vögel?«

»Vögel?« Er legte die Stirn in Falten. »Welche Vögel?«

»Die Krähe und der Kanarienvogel?«

144

Er gluckste vor Vergnügen.

»Oh, macht mir richtig Spaß, mit Ihnen zu quatschen, Miss. Sie sind köstlich, wirklich. Ne Krähe ist entweder 'n Quacksalber, 'n Doktor, oder – wie in diesem Fall – 'n Typ, der rumsteht und einen warnt, wenn jemand vorbeikommt, der gefährlich werden kann, wie 'n Kerl, der in alles seine Nase reinstecken muß oder 'n Bulle – oder was auch immer. Und 'n Kanarienvogel ist der, der einem die Werkzeuge bringt. Wer etwas auf sich hält, bringt seine Werkzeuge nicht selbst mit. Du gehst hin, guckst dir alles genau an, und dann, wenn die Luft rein ist, kommt dein Kanarienvogel und bringt sie dir. Gewöhnlich is' es 'ne Frau. Läuft besser so. Und Bessy war schön wie 'n Sommertag, oh ja, das war sie.«

»Was ist mit ihr geschehen?«

»Gestorben ist sie. An Cholera, sechzig, im Jahr vor dem Amerikanischen Bürgerkrieg. Arme Bessie.«

»Wie alt war sie?«

»Achtzehn, so wie ich.«

Jünger als Emily, jünger als Lily Mitchell. Sie hatte in den Elendsvierteln gelebt, hatte die Einbrecherwerkzeuge herumgetragen und war mit achtzehn an einer Krankheit gestorben, ein Dasein, das Charlottes wohlgeordnetes Leben mit seinen kleinen Problemen lächerlich erscheinen ließ. Die einzigen großen Ereignisse in ihrem ganzen Leben waren ihre Liebe zu Dominic und Lilys Tod. Der Rest war ein Leben ohne Sorgen. Haben wir auch sämtliche Wäschestücke ausgebessert? Sollen wir Pfirsiche oder lieber Aprikosen einmachen? Ist die Rechnung des Fischhändlers nicht zu hoch? Was soll ich am Freitag auf der Party anziehen? Muß ich wirklich höflich zum Pfarrer sein? Und das, während es in derselben Zeit Menschen wie diesen komischen kleinen Mann hier gab, die kämpfen mußten, nur um etwas zu essen zu haben. Und einige von ihnen verloren diesen Kampf: die Kleinsten und Schwächsten, diejenigen, die am schnellsten Angst bekamen.

»Das tut mir leid«, war alles, was sie sagen konnte.

Er sah sie prüfend an. »Sie sind schon 'n komisches Geschöpf«, sagte er schließlich.

Ehe sie darauf reagieren konnte, wurde die Tür aufgerissen, und Pitt kam herein. Bei ihrem Anblick verzog sich sein Gesicht vor Überraschung. Allem Anschein nach hatte man draußen versäumt, ihn vorzuwarnen.

»Miss Ellison! Was machen Sie denn hier?«

»Sie wartet auf Sie.« Der kleine Mann sprang aufgeregt auf die Beine. »Die ganze letzte halbe Stunde hat sie hier gesessen.« Er zog eine äußerst elegante Golduhr aus der Jackentasche.

Pitt schaute sie sich genauer an. »Woher hast du die, Willie?«

»Was für eine schlechte Phantasie Sie haben, Mr. Pitt.«

»Außerdem habe ich einen schlechten Charakter. Also: Woher hast du sie, Willie?«

»Ich hab' sie gekauft, Mr. Pitt!« Er war empört, aber nicht wütend. Er klang lediglich wie die beleidigte Unschuld.

»Von wem? Von einem deiner Handkarren?«

»Mr. Pitt! Das hier ist echtes Gold. Das ist Qualität.«

»Also Pfandhaus?«

»Das ist aber nich' gerade freundlich, Mr. Pitt. Ich hab' sie auf anständige Weise erstanden.«

Pitt warf ihm einen skeptischen Blick zu, ging dann aber nicht weiter auf die Sache ein.

»Na schön, Willie. Geh raus, und überzeuge den Sergeant davon, während ich mich mit Miss Ellison unterhalte.«

Willie lüftete seinen Hut und verbeugte sich umständlich.

»Raus, Willie!«

»Jawohl, Sir, Mr. Pitt. Guten Tag, Ma'am.«

Pitt schloß hinter ihm die Tür und wies Charlotte einen Stuhl zu. Jetzt, wo sie allein waren, wirkte er nicht mehr so selbstsicher. Er schien sich der schäbigen Umgebung bewußt zu sein. Charlotte verspürte plötzlich den Wunsch, ihm die Situation zu erleichtern. Deshalb zog sie sofort den Brief heraus.

»Millie, unser neues Dienstmädchen, hat mir das hier vor etwa einer Stunde gegeben. Sie hat es heute morgen in ihrem Zimmer gefunden. Ich sollte vielleicht dazu sagen, daß es früher Lilys Zimmer war.«

Er nahm den Brief, faltete ihn auseinander, las ihn durch und hielt ihn dann gegen das Licht.

»Er sieht nicht alt aus, und es ist kaum die Art von Brief, die man gerne aufhebt. Ich denke, wir können davon ausgehen, daß sie ihn erst kurz vor ihrem Tod erhielt.«

»Es ist eine Drohung?« Sie rückte etwas näher, um sich den Brief selbst noch einmal anzusehen.

»Es dürfte schwerfallen, etwas anderes in ihm zu sehen. Obwohl es sich natürlich nicht unbedingt um eine Morddrohung handeln muß.«

Charlotte stellte sich eine Welt voller Angst vor. Die arme Lily! Wer hatte sie bedroht, und warum hatte sie nicht das Gefühl gehabt, sich an irgendeinen von ihnen um Hilfe wenden zu können? Was für ein einsamer Kampf war in ihrem Hause ausgefochten worden, den niemand hinter der ordentlichen schwarzweißen Kleidung des Hausmädchens vermutet hatte?

»Was, meinen Sie, hat man von ihr gewollt?« fragte sie. »Wer kann diesen Brief nur geschrieben haben? Glauben Sie, daß Sie diejenigen finden können – und bestrafen?«

»Sie müssen Lily nicht ermordet haben!«

»Darauf kommt es nicht an! Sie haben ihr Angst eingejagt! Sie haben versucht, sie zu etwas zu zwingen, was sie offensichtlich nicht tun wollte! Ist das etwa kein Verbrechen?«

Er betrachtete sie überrascht, während er ihre Wut spürte, ihre Empörung und ihr Mitleid – und vielleicht auch ein Gefühl der Schuld, weil das alles in ihrem Haus geschehen war, ohne daß sie es bemerkt hatte.

»Ja, es wäre ein Verbrechen – wenn wir es beweisen könnten. Aber wir wissen weder, wer es geschrieben hat, noch, wozu er sie zwingen wollte. Und das arme kleine Geschöpf ist nicht mehr in der Lage, Anzeige zu erstatten.«

»Dann werden Sie es eben herausfinden!« verlangte sie.

Er streckte seine Hand aus, so, als ob er sie berühren wollte, besann sich dann und zog sie wieder zurück.

»Nun, ich werd's versuchen. Aber ich bezweifle, daß die Person, die das hier geschrieben hat, sie auch getötet hat. Sie wurde auf exakt dieselbe Weise erdrosselt wie Chloe Abernathy und das Hilton-Mädchen: von hinten mit einem Draht. Ein Einbrecher könnte vielleicht die zwei Dienstmädchen bedroht haben, aber er hätte das niemals bei einem Mädchen wie Chloe versucht.« Seine Augen weiteten sich, als ihm ein neuer Gedanke kam. »Es sei denn, daß er sie irrtümlich für Lily gehalten hat. Sie hatten die gleiche Größe und Haarfarbe. Ich könnte mir denken, im Dunkeln...«

»Wozu sollte er sie bedrohen? Ich meine, die zwei Dienstmädchen?«

»Wozu? Nun, Einbrecher benutzen häufig Dienstmädchen, die sie ins Haus lassen und ihnen sagen, wo sich die ganzen Wertsachen befinden. Wer weiß, falls sie sich geweigert hat...« Er seufzte. »Aber das scheint mir doch eine recht außergewöhnliche

Art zu sein, einen Einbruch auszuführen, und zudem in hohem Maße überflüssig. Ein Einbrecher könnte genug Hausangestellte finden, die willig sind – oder einfach nur geschwätzig. Er müßte nicht auf solche Methoden zurückgreifen.«

»Warum hat sie sich uns nicht anvertraut?«

»Wahrscheinlich, weil es überhaupt kein Einbrecher war. Es hat sich wohl eher um irgendwelche Verwicklungen in einer Liebesaffäre gehandelt«, erwiderte er, »irgendeine Sache, bei der sie es vorzog, Sie nicht in Kenntnis zu setzen, etwas, wovon sie annahm, daß Sie es nicht gutheißen würden. Ich vermute, wir werden es niemals erfahren.«

»Aber Sie werden es versuchen?«

»Ja, wir werden es versuchen. Und es war ganz richtig von Ihnen, uns dies hier zu bringen. Vielen Dank.«

Sie merkte, wie sie unter seinem Blick verlegen wurde, und die Schäbigkeit des Zimmers wurde ihr erneut bewußt. Was hatte ihn wohl dazu gebracht, Polizist zu werden? Sie erkannte, wie wenig sie über ihn wußte. Und schon – ganz typisch für sie – sprach sie ihre Gedanken aus.

»Sind Sie immer Polizist gewesen, Mr. Pitt?«

Er war überrascht, doch in seinen Augen zeigte sich ein Anflug von Belustigung, über den sie sich zu jedem anderen Zeitpunkt wohl geärgert hätte.

»Ja, seit meinem siebzehnten Lebensjahr.«

»Warum? Warum wollten Sie Polizist werden? Sie müssen doch so viele Dinge sehen, die . . .« Sie fand nicht die passenden Worte für all den Schmutz und das Elend, an das sie denken mußte.

»Ich bin auf dem Lande aufgewachsen. Meine Eltern waren Bedienstete: meine Mutter Köchin und mein Vater Wildhüter.« Er lächelte ein wenig gezwungen – er war sich des Standesunterschieds zwischen ihnen bewußt. »Sie waren bei einem Gentleman mit beträchtlichem Vermögen in Stellung. Er hatte selbst Kinder; ein Sohn war ungefähr in meinem Alter. Ich durfte mit im Schulzimmer sitzen. Wir spielten auch zusammen. Ich wußte einiges mehr über das Leben auf dem Land als er. Ich hatte Freunde unter den Wilddieben und Zigeunern. Ganz schön aufregend für einen kleinen Jungen aus dem Herrenhaus, der zu viele Schwestern hatte und zuviel Zeit mit Unterrichtsstunden verbrachte. Damals wurden Fasane vom Anwesen gestohlen und verkauft. Man gab meinem Vater die Schuld. Man brachte ihn vor

ein Schwurgericht, und er wurde schuldig gesprochen. Er wurde
für zehn Jahre nach Australien deportiert. Ich für mein Teil war
überzeugt davon, daß er es nicht getan hatte – nun, das ist wohl
natürlich, nehme ich an. Ich verbrachte eine lange Zeit auf der
Suche nach Beweisen für seine Unschuld. Es ist mir nie gelungen,
aber damit fing alles an.«

Sie stellte sich das Kind vor, verzweifelt, verwirrt und wegen
der Ungerechtigkeit außer sich. Sie spürte eine Woge des Mitgefühls für ihn, die sie erschreckte. Schnell stand sie auf. Sie mußte
schlucken.

»Ich verstehe. Und dann kamen Sie nach London. Wirklich
interessant. Vielen Dank, daß Sie es mir erzählt haben. Ich muß
jetzt zurück nach Hause, sonst macht man sich um mich noch
Sorgen.«

»Sie hätten nicht allein kommen dürfen.« Er runzelte die Stirn.
»Ich werde dafür sorgen, daß Sie ein Sergeant nach Hause
begleitet.«

»Das ist nicht nötig. Ich dachte, Sie wollten vielleicht mit Millie
sprechen und habe sie deshalb gleich mitgebracht.«

»Nein, ich sehe keinen Grund, warum ich jetzt mit ihr sprechen
sollte. Aber ich bin froh, daß Sie so weise waren, sich von ihr
begleiten zu lassen.« Er lächelte, wobei er kaum merklich den
Kopf senkte. »Und ich muß mich dafür entschuldigen, daß ich an
Ihrer Klugheit gezweifelt habe.«

»Noch einen guten Tag, Mr. Pitt.« Sie ging durch die Tür
hinaus.

»Auf Wiedersehen, Miss Ellison.«

Sie wußte, daß er in der Tür stand und sie beobachtete. Diese
Vorstellung machte sie – was natürlich idiotisch war – befangen.
Es hätte nicht viel gefehlt, und sie wäre beim Hinausgehen über
eine Stufe gestolpert. Sie mußte nach Millies Arm greifen, um das
Gleichgewicht wiederzuerlangen. Warum um alles in der Welt
verursachte ein ganz gewöhnlicher Polizist in ihr denn nur so ein –
so ein bemerkenswertes Gefühl?

Drei Tage später war Charlotte bei den Abernathys zu Besuch.
Sie war allein dort, weil Sarah und Mama knapp hundert Meter
entfernt um die Ecke beim Pfarrer waren.

»Ach, nehmen Sie doch noch etwas Tee, Miss Ellison. Es ist so
reizend von Ihnen, uns zu besuchen.«

»Vielen Dank.« Charlotte schob ihre Tasse ein wenig in Mrs. Abernathys Richtung. »Es ist mir eine Freude festzustellen, daß Sie wieder viel besser aussehen.«

Mrs. Abernathy lächelte höflich. »Es hilft einem, wenn man wieder junge Leute im Haus hat. Nach Chloes Tod ist so lange Zeit niemand mehr zu Besuch gekommen. Zumindest kam es mir so vor. Ich denke, man kann es ihnen nicht verübeln. Niemand – und am wenigsten junge Leute – möchte gerne ein Trauerhaus besuchen. Es erinnert einen zu sehr an den Tod, wo man doch an das Leben denken möchte.«

Charlotte wollte sie trösten. Sie sollte nicht das Gefühl haben, Chloes Freunde wären gefühllos und würden mehr an ihr eigenes Vergnügen als an Mrs. Abernathys Leid denken.

Sie neigte sich ein wenig nach vorne. »Vielleicht wollten sie Sie nur nicht belästigen. Wenn jemand einen so harten Schlag erlitten hat, weiß man nie so recht, was man sagen soll. Nichts kann den Schmerz lindern, und man hat Angst, ungeschickt zu sein und alles nur noch schlimmer zu machen, indem man etwas Dummes sagt.«

»Sie sind sehr wohlerzogen, meine liebe Charlotte. Ich wünschte, die arme Chloe hätte sich mehr Freunde wie Sie ausgesucht, statt diese Verrückte, mit denen sie sich abgab. Es fing alles mit diesem elenden George Ashworth an –«

»Was?« Charlotte war so perplex, daß sie alle Höflichkeit vergaß.

Mrs. Abernathy sah sie ein wenig überrascht an.

»Ich wünschte, Chloe wäre nicht ganz so eng mit George Ashworth befreundet gewesen. Ich weiß, daß er ein Gentleman ist, doch manchmal hat die Oberschicht merkwürdige Vorlieben und Gewohnheiten, die wir nicht gutheißen können.«

»Ich wußte gar nicht, daß Chloe Lord Ashworth kannte.« Charlotte war auf einmal beunruhigt. Emilys kleines, entschlossenes Gesicht kam ihr wieder in den Sinn. »Kannte sie ihn gut?«

»Jedenfalls um einiges besser, als es ihrem Vater und mir lieb gewesen war. Aber er war charmant und trug einen Titel. Junge Mädchen lassen sich ja nichts sagen.« Sie blinzelte einige Male.

Charlotte hätte gerne das Thema gewechselt – sie wußte, daß ein Gespräch nur Schmerzen verursachen konnte, wo die Wunde ohnehin schon so tief war. Aber um Emilys willen mußte sie es wissen.

150

»Glauben Sie, daß er Chloe schlecht behandelt hat, daß er ihr gegenüber nicht aufrichtig war, daß er mit ihren Gefühlen gespielt hat?«

»Mr. Abernathy ist sehr böse auf mich, weil ich das sage.« Ihr Gesicht zuckte. »Aber ich glaube, Chloe wäre heute noch am Leben, wenn sie diesen Mann nicht gekannt hätte...« Charlotte hatte das Gefühl, als beträte sie einen dunklen Korridor und als würden dessen Schatten sie umschließen.

»Warum sagen Sie das, Mrs. Abernathy?«

Mrs. Abernathy lehnte sich nach vorne und umklammerte Charlottes Arm.

»Oh, bitte erzählen Sie niemandem davon, Charlotte! Mr. Abernathy sagt, ich würde noch furchtbare Schwierigkeiten bekommen, wenn ich zuviel sage!«

Charlotte legte ihre andere Hand auf die Mrs. Abernathys und drückte sie ganz fest. »Aber natürlich nicht. Aber mich würde wirklich interessieren, warum Sie glauben, daß George Ashworth einen so schlechten Einfluß ausübt. Ich habe ihn kennengelernt, und obwohl ich mir persönlich nicht viel aus ihm mache, hätte ich ihn nicht so negativ beurteilt, wie Sie es offenbar tun.«

»Er schmeichelte Chloe, indem er sie alle möglichen Dinge glauben ließ, die nicht Wirklichkeit werden konnten, die nicht mit ihrer gesellschaftlichen Stellung zu vereinbaren waren. Er nahm sie mit zu Orten, wo Frauen von äußerst fragwürdiger Moral verkehrten.«

»Woher wissen Sie das? Von Chloe?«

»Sie hat uns nur ein wenig erzählt. Aber ich habe es von anderen gehört, die sie dort gesehen haben. Ein Gentleman, ein Freund von Mr. Abernathy, hat ihm erzählt, daß er Chloe an einem Ort gesehen habe, an dem er eine Tochter aus einer achtbaren Familie nicht erwartet hätte.«

»Und dieser Freund: Ist er glaubwürdig? Oder neigt er vielleicht dazu, Dinge falsch zu deuten – oder zu übertreiben? Hat er vielleicht nicht nur einen Grund, Chloe zu grollen, nicht nur den Wunsch, ihren Ruf zu schädigen?«

»Oh, nichts von alledem. Er ist ein äußerst rechtschaffener Mann. Ach, du meine Güte!«

»Verzeihen Sie bitte, aber was hatte er dann an einem solchen Ort, wie Sie ihn beschrieben haben, zu suchen?«

Einen Augenblick lang sah Mrs. Abernathy verwirrt aus.

»Meine liebe Charlotte, bei Männern ist das etwas ganz anderes! Es ist vollkommen – annehmbar für einen Mann, Orte aufzusuchen, wo eine ehrbare Frau niemals hingehen würde. Wir müssen diese Dinge akzeptieren.«

Charlotte war absolut nicht bereit, irgend etwas in dieser Richtung zu akzeptieren, aber sie hielt es nicht für angebracht, jetzt darüber zu diskutieren.

»Ich verstehe. Und Sie haben das Gefühl, Lord Ashworth könnte Chloe in schlechte Gesellschaft gebracht und sie sogar zu Dingen verleitet haben, die sich für sie – oder jedes andere anständige Mädchen – nicht schicken?«

»Genau das. Chloe gehörte nicht wirklich zu seiner Welt. Und ich glaube, sie starb, weil er versuchte, sie zu einem Teil davon zu machen.«

»Damit ich Sie nicht falsch verstehe, Mrs. Abernathy. Wollen Sie damit sagen, Sie glauben, daß entweder Lord Ashworth oder jemand aus seinem Bekanntenkreis Chloe getötet hat?«

»Ja, Charlotte, das glaube ich. Aber Sie haben mir versprochen, nicht zu verraten, daß ich so was gesagt habe! Nichts kann Chloe zurückbringen, und wir können uns an solchen Leuten nicht rächen.«

»Man kann sie aber daran hindern, so etwas noch einmal zu tun!« sagte Charlotte zornig. »Ja, man hat die Pflicht dazu!«

»Oh, aber Charlotte, bitte, ich weiß überhaupt nichts Genaues. Es ist nur so ein dummes Gefühl. Vielleicht stimmt es ja auch überhaupt nicht, und ich würde ein großes Unrecht begehen!« Sie war beunruhigt aufgestanden; ihre Hände zitterten. »Sie haben mir Ihr Versprechen gegeben!«

»Mrs. Abernathy, meine eigene Schwester Emily hat zur Zeit Umgang mit Lord Ashworth. Wenn das, was Sie mir erzählt haben, wahr ist: Wie könnte ich mich da nicht für Ihre Gefühle interessieren – ob sie nun zutreffend sind oder nicht? Ich verspreche Ihnen, ich werde nichts sagen, es sei denn, ich habe das Gefühl, daß sich Emily in Gefahr befindet. Dann aber kann ich nicht schweigen.«

»Ach, meine Liebe.« Mrs. Abernathy setzte sich abrupt wieder hin. »Ach, meine liebe Charlotte! Was können wir bloß tun?«

»Ich weiß es nicht«, sagte Charlotte offen. »Haben Sie mir auch alles erzählt, was Sie wissen? Alles, was Sie sicher wissen oder was Sie aus guten Gründen vermuten?«

»Ich weiß, daß er zuviel trinkt, aber schließlich ist das bei vornehmen Herren häufiger der Fall. Ich weiß, daß er spielt, aber ich nehme an, er kann es sich leisten. Ich weiß, daß die arme Chloe in ihn verliebt war, daß sie hingerissen von ihm war und daß er für sie alle romantischen Träume verkörperte. Ich weiß, daß er sie in seine Welt mitnahm, wo man nach ganz anderen Normen lebt, als wir es tun – und wo man sich mit allen möglichen gräßlichen Dingen amüsiert. Und ich glaube, wäre sie unter ihresgleichen geblieben, zusammen mit Herren, die eher über ein bescheidenes Vermögen verfügen und die aus achtbaren Familien stammen, dann wäre sie jetzt nicht tot.« Die Tränen liefen ihr über das Gesicht, als sie zu reden aufhörte. »Verzeihen Sie mir.« Sie griff nach ihrem Taschentuch und fing still an zu weinen.

Charlotte legte den Arm um sie und drückte sie fest an sich. Sie hatte schreckliches Mitleid mit ihr, weil es nichts gab, was sie für sie tun konnte. Sie fühlte sich schuldig, weil sie alles wieder aufgewühlt und sie dazu gebracht hatte, darüber zu reden. Charlotte hielt sie im Arm und wiegte sie leicht hin und her, so, als ob Mrs. Abernathy ein Kind wäre und nicht eine Frau, die so alt war wie ihre Mutter.

Auf dem Heimweg fiel ihr nichts ein, worüber sie mit Mutter oder Sarah hätte reden können, aber die beiden waren zu sehr mit ihren eigenen Angelegenheiten beschäftigt, um es zu bemerken. Während des ganzen Abends saß sie fast schweigend da, antwortete nur, wenn es nötig war, und dann auch eher zusammenhanglos. Dominic machte ein, zwei Bemerkungen über ihre Geistesabwesenheit, aber nicht einmal in seiner Nähe konnte sie ihre Sorgen vergessen.

Wenn Mrs. Abernathy recht hatte, dann war George Ashworth nicht bloß lasterhaft, sondern regelrecht gefährlich – und: Er war vielleicht sogar in einen Mord verwickelt. Es schien etwas zu abwegig, davon auszugehen, daß mehr als ein Mörder auf der Cater Street sein Unwesen trieb; folgerichtig müßte er auch Lily und das Hilton-Mädchen getötet haben, wenn er denn wirklich in die Sache verwickelt sein sollte. Vielleicht hatten den Ärmsten einige seiner Freunde im Zustand der volltrunkenen Unzurechnungsfähigkeit aufgelauert... Der Gedanke war entsetzlich.

Aber am meisten Sorgen machte sie sich um Emily. Könnte Emily nicht irgendwie, ohne es zu wollen, seine Schuld entdekken? Und wenn das geschähe und sie ihr Wissen in seiner Gegenwart preisgäbe: Würde man sie dann nicht vielleicht auch tot auf der Straße finden?

Aber Charlotte hatte keine Beweise. Vielleicht war alles nur ein Hirngespinst von Mrs. Abernathy, existierte nur in ihrer vom Kummer verwirrten Phantasie – auf der verzweifelten Suche nach jemandem, dem man die Schuld geben konnte, wobei jede Antwort – und sei sie noch so unwahrscheinlich – besser war, als nichts zu wissen. Wenn Charlotte Emily von ihrem Verdacht erzählen würde, ohne einen Beweis zu besitzen, würde diese ihr sicherlich kein Wort glauben und ganz schön in Wut geraten. Vielleicht würde sie es aus Trotz sogar Lord Ashworth erzählen, nur, um ihm zu beweisen, wie sehr sie ihm vertraute – und damit ihren eigenen Tod provozieren.

Was sollte sie nur tun? Sie betrachtete die Gesichter um sich herum, als sie nach dem Abendessen alle im Salon saßen. Wen könnte sie um Rat fragen? Papa sah mit grimmigem Gesicht in die Zeitung. Sehr wahrscheinlich las er gerade etwas über die Börse. Er wäre momentan über eine Störung sicherlich verärgert. Zudem hatte es den Anschein gehabt, daß er mit Ashworth einverstanden war.

Mama stickte. Sie sah blaß aus. Großmama hatte es ihr noch nicht verziehen, daß sie sich Sorgen über Papa und seinen Besuch bei Mrs. – wie auch immer sie hieß – gemacht hatte. Tagelang hatte Großmama kleine, spitze Bemerkungen fallenlassen. Es hätte keinen Sinn gehabt, sie darauf anzusprechen; entweder würde sie es jedem sofort erzählen oder sie alle mit versteckten Andeutungen solange verrückt machen, bis es schließlich jemandem gelänge, ihr das Geheimnis zu entlocken.

Emily spielte Klavier. Neben ihr spielten Sarah und Dominic Binokel. Ob sie Sarah fragen konnte? Etwas in ihrem Inneren sehnte sich danach, Dominic auf die Sache anzusprechen, ihn um Rat zu bitten, um etwas zu haben, was sie mit ihm teilen konnte. Zugleich spürte sie jedoch einen wachsenden Widerwillen, ihn zu fragen, weil sie befürchtete, daß Dominic nicht die Klugheit besaß, die notwendig war, um ihr helfen zu können, daß er ihr eine nichtssagende Antwort geben, sich nicht festlegen würde.

In Sarah setzte sie auch kein großes Vertrauen, aber es gab ja niemanden sonst. Charlotte fand eine Gelegenheit, sie vor dem Zubettgehen im Flur anzusprechen.

»Sarah?«

Sarah blieb überrascht stehen. »Ich dachte, du wärst schon zu Bett gegangen.«

»Ich möchte mit dir reden.«

»Kann es nicht bis morgen warten?«

»Nein. Bitte komm in mein Schlafzimmer.«

Nachdem die Tür geschlossen worden war, lehnte sich Charlotte dagegen, während sich Sarah auf das Bett setzte.

»Ich habe heute Mrs. Abernathy besucht.«

»Ich weiß.«

»Wußtest du eigentlich, daß George Ashworth ein enger Bekannter von Chloe war – kurz bevor sie ermordet wurde?«

Sarah runzelte die Stirn.

»Nein, das wußte ich nicht. Ich bin sicher, Emily weiß auch nichts davon.«

»Das denke ich mir auch. Und Mrs. Abernathy glaubt, daß er Chloe an Orte mitgenommen habe, die für eine anständige Frau äußerst ungeeignet seien, und daß er es womöglich war, durch den sie ihren späteren Mörder – wer auch immer es gewesen sein mag – kennengelernt hat. Oder daß doch der Umgang mit Ashworth zumindest zum Teil ein Grund dafür war ...«

»Bist du dir eigentlich im klaren darüber, was du da sagst, Charlotte? Ich weiß, daß du nichts für Lord Ashworth übrig hast. Läßt du deinen Vorurteilen vielleicht nicht einen etwas allzu freien Lauf?«

»Das glaube ich kaum. Was soll ich Emily bloß sagen?«

»Gar nichts. Sie würde dir sowieso nicht glauben.«

»Aber ich muß sie doch warnen!«

»Wovor? Alles, was du ihr sagen kannst, ist, daß Ashworth Chloe den Hof machte, bevor er sie traf. Das würde niemandem helfen. Und warum sollte er auch nicht? Chloe war sehr hübsch, das arme kleine Ding. Ich zweifle nicht daran, daß er schon einer ganzen Reihe von Mädchen den Hof gemacht hat und daß er das noch bei vielen weiteren tun wird.«

»Aber was ist mit Emily?« wollte Charlotte wissen. »Was ist, wenn er nun wirklich etwas mit Chloes Tod zu tun hat? Emily könnte dahinterkommen. Sie könnte sogar die nächste sein ...«

»Werd' nicht hysterisch, Charlotte!« sagte Sarah scharf. »Mrs. Abernathy ist sehr altmodisch und keine Dame von Welt. Ich wage zu behaupten, daß wir das, was sie wahrscheinlich für überaus gewagt und unmoralisch hält, lediglich als gute Stimmung bezeichnen würden. Ich habe selbst gehört, wie sie ihr Mißfallen über den Walzer zum Ausdruck brachte! Wie kann man nur so spießig sein? Selbst die Königin tanzt Walzer oder hat ihn zumindest getanzt, bevor sie zu alt dafür wurde.«

»Mrs. Abernathy hat von Mord gesprochen, nicht vom Walzertanzen.«

»Für uns sind das zwei ganz verschiedene Dinge, aber für sie nicht. Ihrer Meinung nach ist es wahrscheinlich sehr gut möglich, daß eine Person, die zu dem einen fähig ist, das andere durchaus schon ins Auge gefaßt haben kann.«

»Ich wußte ja gar nicht, daß du einen solchen Sinn für Humor besitzt«, sagte Charlotte bitter. »Aber dies ist wahrlich nicht der Augenblick, ihn zu zeigen. Was soll ich Emily sagen? Ich kann doch nicht einfach nichts tun.«

»Wenigstens hast du es deinem entsetzlichen Polizisten noch nicht erzählt!«

»Natürlich nicht! Aber diese Bemerkung hilft uns kaum weiter!«

»Entschuldige. Vielleicht sollten wir Emily lieber herholen und ihr sagen – ich weiß eigentlich gar nicht genau, was. Nun gut: Die Wahrheit!« Während sie sprach, erhob sie sich und kam zur Tür.

Charlotte stimmte ihr zu. Das war sicherlich die beste Lösung, und sie war Sarah für ihre Unterstützung dankbar. Gemeinsam machten sie sich auf den Weg.

Wenige Augenblicke später waren sie wieder in Charlottes Schlafzimmer – hinter geschlossener Tür.

»Und?« fragte Emily.

»Charlotte hat heute etwas gehört, was du unserer Meinung nach wissen solltest«, erklärte Sarah. »In deinem eigenen Interesse.«

»Wenn Leute das sagen, bedeutet es immer etwas Unangenehmes.« Emily schaute Charlotte an. »Na schön, um was geht's?«

Charlotte atmete tief ein. Sie wußte, daß Emily gleich wütend werden würde.

»George Ashworth war mit Chloe, bevor sie ermordet wurde, sehr gut bekannt. Er hat sie zu allen möglichen Orten mitgenommen.«

Emily zog ihre Augenbrauen hoch. »Hast du etwa gedacht, das hätte ich nicht gewußt?«

Charlotte war überrascht. »Ja, das habe ich. Aber vielleicht weißt du nicht, um welche Art von Orten es sich handelt. Allem Anschein nach waren es Plätze, wo anständige Frauen nicht hingehen.«

»Du meinst Freudenhäuser?«

»Emily, bitte!« sagte Sarah scharf. »Ich kann verstehen, daß du wütend bist, aber du brauchst deshalb nicht gleich ordinär zu werden.«

»Nein, ich rede nicht von – Freudenhäusern!« Auch Charlottes Stimme klang scharf. »Zumindest nicht, daß ich wüßte. Aber das hier ist keine Sache, die man auf die leichte Schulter nehmen kann. Denk daran, daß Chloe tot ist, und erinnere dich daran, wie sie starb. Mrs. Abernathy glaubt nun, daß es ihr Umgang mit George Ashworth war, der zu ihrem Tode geführt hat.«

Emilys Gesicht war weiß. »Es ist mir nicht entgangen, daß du George nicht leiden kannst, ja, daß du sogar neidisch bist, aber das ist gehässig und weit unter deiner Würde! Der Himmel weiß, wie nahe mir Chloes Tod geht, aber George hatte nichts damit zu tun!«

»Woher weißt du das?«

»Weil es nur deine prüde Gehässigkeit ist, die dich auf die Idee bringt, daß dem so gewesen sein könnte! Ich kenne George – du nicht. Warum um alles in der Welt sollte er so etwas tun?«

»Ich weiß es nicht! Aber ich habe es dir nicht aus Gehässigkeit gesagt, und es ist gemein von dir, so etwas zu sagen! Ich habe es dir erzählt, weil ich es nicht ertragen könnte, wenn dir das gleiche zustoßen sollte, wenn du durch George Ashworth jemandem begegnen solltest, der . . .«

Emily seufzte ungeduldig. »Falls Chloe schlechten Umgang gehabt haben sollte, dann nur, weil sie nicht intelligent genug war, es zu bemerken. Ich hoffe, du ordnest mich nicht derselben Kategorie zu?«

»Das weiß ich wirklich nicht, Emily«, sagte Charlotte ehrlich. »Manchmal bin ich mir da nicht so sicher.«

Emily ging wieder in die Defensive. »Also – was hast du vor? Es Papa sagen?«

»Was sollte das nützen? Er könnte dir verbieten, George Ashworth zu treffen, aber du würdest trotzdem weiterhin tun und lassen, was du willst – nur heimlich, was sogar noch schlimmer wäre. Aber sei bitte . . . sei bitte vorsichtig!«

Emilys Gesicht wurde weicher. »Natürlich werde ich vorsichtig sein. Ich nehme an, du meinst es ja nur gut. Aber manchmal kannst du wirklich so ... bombastisch und so entsetzlich verklemmt sein, daß ich an dir verzweifeln könnte! Nun gut, ich bin viel zu müde, um hier noch länger rumzustehen. Gute Nacht!«

Charlotte blickte Sarah an, nachdem Emily gegangen war.

»Mehr kannst du nicht tun«, sagte Sarah ruhig, »und, ehrlich gesagt, glaube ich auch nicht, daß Ashworth irgend etwas mit der Sache zu tun hat. Es ist wohl nur Mrs. Abernathys Phantasie, die mit ihr durchgegangen ist. Mach dir deswegen keine Sorgen. Gute Nacht.«

»Gute Nacht, Sarah. Und vielen Dank.«

Kapitel 8

Am zweiten Oktober, der Herbstregen kühlte die Straßen, klopfte Maddock nach dem Abendessen an die Tür des Salons und trat sofort ein. Er hatte Regenspritzer an der Hose, und sein Gesicht war grau.

Edward blickte auf. Er öffnete den Mund, um eine Erklärung für sein ungebührliches Benehmen zu verlangen – dann sah er ihn. Er stand abrupt auf.

»Maddock! Was ist los, Mann? Sind Sie krank?«

Maddocks Haltung straffte sich; dennoch schien er etwas unsicher auf den Füßen zu sein. »Nein, Sir. Wenn es vielleicht möglich wäre, draußen mit Ihnen zu sprechen, Sir?«

»Worum geht es denn, Maddock?« Edward war jetzt offensichtlich selbst beunruhigt. Es war still im Raum.

Charlotte starrte sie an, während sie innerlich zu frösteln begann.

»Wenn ich Sie vielleicht unter vier Augen sprechen könnte, Sir?« bat Maddock noch einmal.

»Edward«, Caroline sprach sehr ruhig, »wenn etwas passiert ist, dann müssen wir es erfahren. Es wäre besser, Maddock teilt es uns allen mit, statt uns im ungewissen zu lassen.«

Maddock blickte fragend auf Edward.

»Also gut!« Edward nickte. »Worum handelt es sich?«

»Es hat einen weiteren Mord gegeben, Sir, in einer Seitengasse von der Cater Street.«

»Oh, mein Gott!« Edward wurde kalkweiß und setzte sich schwerfällig auf den Stuhl hinter sich. Sarah stöhnte leise.

»Um wen handelt es sich?« fragte Caroline so leise, daß man sie kaum verstehen konnte.

»Verity Lessing, Ma'am, die Tochter des Küsters«, antwortete ihr Maddock. »Ein Schutzmann ist eben gerade vom Revier gekommen, um es uns mitzuteilen. Er hat uns eindringlich ermahnt, im Haus zu bleiben und die Dienstmädchen nicht auf die Straße zu lassen, nicht einmal vor die Tür.«

»Nein, natürlich nicht.« Edward wirkte benommen. Sein Blick irrte ziellos durch den Raum. »Hat man sie auf dieselbe . . .?«

»Ja, Sir, mit einem Würgedraht – so wie die anderen.«

»Oh, mein Gott.«

»Vielleicht sollte ich jetzt besser gehen und nochmals die Türen überprüfen, Sir? Und die Fensterläden verriegeln. Es würde die Frauen beruhigen.«

»Ja«, stimmte Edward abwesend zu. »Ja bitte, tun Sie das.«

»Maddock?« rief Caroline, als dieser sich gerade umdrehte, um hinauszugehen.

»Ja, Ma'am?«

»Bitte bringen Sie uns doch vorher noch eine Flasche Brandy und ein paar Gläser. Ich glaube, eine kleine . . . Stärkung könnten wir gebrauchen.«

»Ja, Ma'am, gewiß.«

Kurz nachdem er den Brandy hereingebracht hatte und wieder hinausgegangen war, erklang von draußen neues Stimmengewirr. Dominic kam herein und schüttelte sich den Regen vom Jackett.

»Hätte einen Mantel mitnehmen sollen«, sagte er, wobei er seine nassen Hände betrachtete. »Hab' den Wetterwechsel nicht erwartet.« Sein Blick wanderte von ihren Gesichtern zum Brandy und zu ihnen zurück. »Was ist los? Ihr seht ja schrecklich aus. Da fällt mir ein: Die Straße war voller Leute. Mama?« Er runzelte die Stirn, während er sie unverwandt anschaute. »Großmutter ist doch wohl nicht krank?«

»Nein«, antwortete Edward für Caroline. »Es hat einen weiteren Mord gegeben. Du solltest dich besser setzen und auch einen Brandy nehmen.«

Dominic starrte ihn an, während sein Gesicht bleich wurde. »Oh, mein Gott!« Er holte tief Luft und atmete geräuschvoll wieder aus. »Wer?«

»Verity Lessing.«

Dominic setzte sich. »Die Küsterstochter?«

»Ja.« Edward goß ihm ein Glas Brandy ein und reichte es ihm.

»Was ist passiert?« fragte Dominic verwirrt. »War es wieder in der Cater Street?«

»In einer Seitengasse, gleich um die Ecke«, erwiderte Edward. »Ich fürchte, wir müssen der Tatsache ins Auge sehen, daß es

160

sich, wer auch immer dieser Wahnsinnige sein mag, um jemanden handelt, der hier in der Nähe der Cater Street wohnt. Oder er muß geschäftlich hier zu tun haben, muß irgendeinen Grund haben, regelmäßig hierherzukommen.«

Niemand sagte etwas darauf. Charlotte beobachtete sein Gesicht. Das einzige, was sie empfinden konnte, war die überwältigende Erleichterung darüber, daß er den ganzen Abend zu Hause gewesen war und es diesmal, wenn Pitt kam – denn daß er kommen würde, daran zweifelte sie nicht –, keine Fragen an Papa geben würde.

»Leider«, fuhr Edward fort, »können wir nicht länger so tun, als ob uns unglücklicherweise irgendeine Kreatur aus den kriminellen Armenvierteln heimsuchen würde.«

»Papa?« sagte Emily mit bebender Stimme. »Du glaubst doch nicht etwa, es könnte tatsächlich jemand sein, den wir kennen?«

»Natürlich nicht!« sagte Sarah scharf. »Es muß ein vollkommen Geistesgestörter sein!«

»Das muß aber nicht heißen, daß es nicht doch jemand ist, den wir kennen.« Charlotte brachte mühsam die Gedanken zum Ausdruck, die mehr und mehr in ihrem Kopf Gestalt angenommen hatten. »Irgend jemand muß ihn doch schließlich kennen!«

»Ich verstehe nicht, was du damit sagen willst!« Sarah schaute sie böse an. »Ich kenne jedenfalls keine Geistesgestörten!«

»Und woher willst du das wissen?«

»Natürlich weiß ich das!«

Dominic wandte sich Charlotte zu. »Was willst du damit eigentlich sagen? Daß wir es nicht merken würden, wenn jemand wahnsinnig ist?«

»Nun, wüßtest du es?« Charlotte erwiderte seinen Blick. »Wenn es ihm so leicht anzusehen wäre, hätten dann nicht diejenigen, die ihn kennen, längst etwas gesagt oder unternommen? Irgend jemand muß ihn doch kennen – Händler, Hausangestellte, Nachbarn –, selbst wenn er keine Familie haben sollte!«

»Oh, aber das ist ja entsetzlich.« Emily starrte sie an. »Stell dir mal vor, Hausangestellter oder Nachbar von Leuten zu sein, von denen man weiß, daß sie ... wahnsinnig sind, daß sie Frauen umbringen.«

»Aber das versuche ich ja gerade zu erklären!« Charlotte blickte eindringlich einen nach dem anderen an. »Ich glaube nicht, daß Ihr es wissen würdet, sonst hätte man ihn schon längst gefaßt. Die Polizei hat mit allen möglichen Leuten gesprochen. Wenn jemand Bescheid wüßte, wäre der Fall längst gelöst.«

»Also, ich wüßte so einige Leute, die nicht das sind, was sie nach außen hin zu sein scheinen.« Großmama meldete sich das erste Mal zu Wort. »Ich habe ja schon immer gesagt, daß man nie wissen kann, welche Verruchtheit hinter dem glatten Gesicht, das Leute zur Schau stellen, steckt. Manche, die wie Heilige erscheinen, sind unter der Oberfläche Teufel.«

»Und manche, die wie Teufel erscheinen, bleiben auch Teufel, ganz egal, wie weit man unter die Oberfläche schaut«, bemerkte Charlotte unbedacht.

»Willst du damit irgend etwas Bestimmtes andeuten?« fragte Großmutter beißend. »Es wird Zeit, junge Frau, daß du lernst, deine Zunge zu beherrschen! In meiner Jugend wußte ein Mädchen in deinem Alter, wie es sich zu benehmen hat!«

»Zu deiner Zeit gab es in dem Viertel, in dem du wohntest, auch keine vier Morde.« Caroline nahm Charlotte in Schutz. »Zumindest erzählst du uns das ständig.«

»Vielleicht ist das der Grund«, gab Großmutter zurück.

»Ein Grund wofür?« fragte Sarah. »Wir alle wissen, wie wenig Charlotte ihre Zunge zügeln kann, aber willst du damit etwa andeuten, daß sie deshalb für die Ermordung Verity Lessings in dieser Nebenstraße von der Cater Street heute abend verantwortlich sei?«

»Du bist impertinent, Sarah!« sagte Großmutter scharf. »Das paßt so gar nicht zu dir.«

»Ich glaube, jetzt bist du aber ungerecht, Großmama.« Dominic lächelte sie an. Gewöhnlich gelang es ihm, sie mit seinem Charme zu umgarnen – das wußte er auch und machte Gebrauch davon. »Wir alle sind ziemlich schockiert – sowohl wegen des Verlustes eines Menschen, den wir kannten, als auch aufgrund der Vorstellung, daß es sich bei dem Mörder eventuell um eine Person handelt, die wir kennen oder zumindest schon mal gesehen haben.«

»So ist es, Mama.« Edward erhob sich. »Du solltest vielleicht zu Bett gehen. Caroline wird sich darum kümmern, daß man dir vor dem Einschlafen noch etwas zu trinken bringt.«

Großmama starrte ihn kriegerisch an.

»Ich habe nicht die Absicht, zu Bett zu gehen. Ich lasse mich nicht abschieben!«

»Ich glaube, es ist besser...« sagte Edward mit Nachdruck.

Großmama rührte sich nicht, doch sie hatte schon verstanden, und ein paar Minuten später gestattete sie ihm, ihr aufzuhelfen und ging – merklich unwillig – zu Bett.

»Gott sei Dank«, sagte Caroline müde. »Das ging wirklich zu weit.«

»Trotzdem«, Dominic runzelte die Stirn, »können wir die Tatsache nicht leugnen, daß es – wie Charlotte sagte – praktisch jeder sein könnte. Sogar jemand, mit dem wir uns unterhalten, jemand, in dessen Gegenwart wir uns immer wohlgefühlt haben...«

»Hör auf, Dominic!« Sarah richtete sich auf. »Du bringst uns noch soweit, unsere Nachbarn zu verdächtigen, ja, sogar unsere Freunde. Wir werden nicht mehr in der Lage sein, mit irgend jemandem eine normale Unterhaltung zu führen, ohne uns innerlich zu fragen, ob vielleicht er derjenige ist, der...«

»Vielleicht wäre das gar nicht mal so schlecht«, sagte Emily nachdenklich, »bis man ihn gefaßt hat!«

»Emily! Wie kannst du nur so etwas sagen, auch wenn es nur im Scherz ist! Das hier ist nun wahrlich nicht der passende Augenblick, um irgendwelche Scherze zu machen.«

»Emily meinte das durchaus ernst«, ergriff Dominic Partei für sie. »Wie immer denkt sie äußerst pragmatisch. Und in gewisser Weise hat sie recht. Vielleicht könnte Verity Lessing jetzt noch leben, wenn sie mißtrauischer gewesen wäre.«

Charlotte kam ein neuer Gedanke. »Meinst du, Dominic? Meinst du, daß das auch der Grund ist, warum niemand Schreie gehört hat...? Weil der Täter, wer auch immer es gewesen sein mag, den Opfern so gut bekannt war, daß sie keine Angst hatten, bis es zu spät war?«

Dominic erblaßte. Offensichtlich hatte er daran noch gar nicht gedacht: Sein Verstand war seinen Worten gefolgt, statt sie zu leiten. Und auch jetzt noch hatte er Mühe, sich die Konsequenzen von Charlottes Theorie vorzustellen.

Charlotte war überrascht. Sie hatte geglaubt, er hätte die Schlußfolgerung vor ihr gezogen. »Das wäre eine Erklärung«, sagte sie niedergeschlagen.

»Eine andere Erklärung wäre, daß sie von hinten überrascht worden sind«, gab Sarah zu bedenken.

»Ich glaube, diese Unterhaltung bringt uns nicht weiter«, unterbrach sie Edward. »Wir können uns nicht dadurch schützen, daß wir uns Spekulationen über unsere Bekannten hingeben. Letztlich tun wir ihnen vielleicht ein schweres Unrecht damit. Und das Ergebnis wird sein, daß wir uns schließlich gegenseitig nur noch mehr Angst machen, als es schon jetzt unvermeidlich ist.«

»Das ist leicht gesagt.« Caroline blickte auf ihr Brandyglas. »Aber es ist leichter gesagt als getan. Ich glaube, von nun an werde ich mich dabei ertappen, daß ich die Leute mit anderen Augen sehe. Ich werde mich fragen, wieviel ich wirklich von ihnen weiß und ob sie eventuell dasselbe über mich – oder aber über meine Familie – denken.«

Sarah starrte sie mit hochgezogenen Augenbrauen an. »Du meinst, sie könnten Papa verdächtigen?«

»Warum nicht? Oder Dominic? Schließlich kennen sie die beiden nicht so gut wie wir.«

Charlotte erinnerte sich daran, wie ihr selbst für eine schwarze, beschämende Stunde Verdächtigungen durch den Kopf gegeistert waren – ihr und Mama –, daß Papa in die Sache verwickelt sein könnte. Sie schaute ihre Mutter nicht an. Wenn diese es vergessen konnte – um so besser.

»Wovor ich Angst habe«, sagte sie ehrlich, »ist, daß ich eines Tages jemanden treffen könnte, der mir mein Mißtrauen anmerkt. Das könnte schließlich bei jedem passieren – nur daß es dieses Mal gerechtfertigt wäre. Und wenn er dann meinen Argwohn bemerkt, würde ich in den Augen des Betreffenden lesen können, daß er berechtigt war. Dann würden wir uns gegenseitig ansehen, und er wüßte, daß ich Bescheid weiß, und er müßte mich töten, schnell, bevor ich reden oder es herausschreien könnte –«

»Charlotte!« Edward stand auf und schlug mit der Faust so fest auf den Beistelltisch, daß dieser umfiel. »Hör auf! Du versetzt alle anderen durch dein närrisches Gerede völlig unnötig in Angst und Schrecken. Keiner von euch wird mit diesem – oder irgendeinem anderen – Mann allein sein.«

»Aber wir wissen doch gar nicht, wer es ist.« Charlotte ließ sich nicht unterkriegen. »Es könnte sich um jemanden handeln, den wir für unseren Freund gehalten haben, für so ungefährlich wie einen von uns! Es könnte der Pfarrer sein oder der Metzgerjunge oder Mr. Abernathy...«

»Mach dich nicht lächerlich! Es wird jemand sein, den wir allenfalls ganz oberflächlich kennen – wenn überhaupt. Wir mögen keine überragenden Menschenkenner sein, aber soviel Menschenkenntnis besitzen wir allemal, daß uns ein solch schwerwiegender Irrtum nicht unterlaufen könnte.«

»Wirklich nicht?« Charlotte sah auf eine freie Stelle an der Wand. »Ich habe mich oft gefragt, wieviel sich von einer Person nach außen offenbart, wieviel wir überhaupt wirklich über jemanden wissen. Selbst wir in der Familie wissen nicht sehr viel voneinander – ganz zu schweigen von denen, die lediglich zu unserem Bekanntenkreis gehören.«

Dominic starrte sie immer noch an – Überraschung lag in seinem Gesicht. »Ich habe mir immer eingebildet, daß wir einander sehr gut kennen würden.«

»Hast du das?« Sie blickte ihn wieder an; ihr Blick traf seine dunklen, klaren Augen, doch dieses Mal wollte sie nur wissen, was er meinte, ohne daß sie Herzklopfen bekam. »Und tust du das immer noch?«

»Vielleicht nicht.« Er wandte seinen Blick ab und ging zu der Karaffe mit Brandy, um sich noch ein Glas einzuschenken. »Sonst noch jemand, der ein Glas möchte?«

Edward erhob sich. »Ich denke, es ist besser, wenn wir heute alle früh zu Bett gehen; nach dem Schlaf haben wir uns vielleicht wieder etwas gesammelt und können die Probleme etwas – praktischer angehen. Ich werde mir die Sache noch mal durch den Kopf gehen und euch im Laufe des Morgens wissen lassen, was ich für uns als das beste zu tun erachte, bis man die Bestie gefangen hat.«

Am folgenden Tag galt es die üblichen unerquicklichen Pflichten zu verrichten. Ein Schutzmann suchte sie am frühen Morgen auf, um sie offiziell über den Mord in Kenntnis zu setzen und um sie zu fragen, ob sie irgendwelche Informationen besäßen. Charlotte fragte sich, ob Pitt sie wieder aufsuchen würde, und als er nicht kam, verspürte sie ein merkwürdiges Gefühl von Erleichterung und Enttäuschung.

Das Mittagessen war eine mehr oder weniger stille Angelegenheit mit kaltem Fleisch und Gemüse. Am Nachmittag gingen alle vier aus, um den Lessings zu kondolieren und ihnen jede nur mögliche Hilfe anzubieten – obgleich es natürlich nichts gab, was ihnen über diesen Schicksalsschlag hätte hinweghelfen oder den Schmerz auch nur hätte lindern können. Dennoch war es ein Besuch, der abgestattet werden mußte, ein Gebot der Höflichkeit; würde man es nicht respektieren, wären die Lessings gekränkt.

Sie trugen alle gedeckte Farben. Mama war sogar in Schwarz gekleidet. Vor ihrem Aufbruch betrachtete sich Charlotte mit Widerwillen im Spiegel. Sie trug ein dunkelgrünes Kleid mit schwarzer Borte und einen schwarzen Hut. Es stand ihr nicht besonders gut – vor allem nicht in der Herbstsonne.

Da es nur ein kurzer Weg war, gingen sie zu Fuß. Sämtliche Jalousien am Haus der Lessings waren heruntergelassen. Vor dem Gebäude stand ein Polizist. Er wirkte zuverlässig und niedergeschlagen. Charlotte kam der Gedanke, daß er vielleicht an den Tod, sogar an die Gewalt gewöhnt war, nicht aber an die Verzweiflung derer, die den Toten geliebt hatten. Es war schrecklich, das Leid miterleben zu müssen, ohne helfen zu können. Sie fragte sich, ob Pitt dieses Gefühl der Hilflosigkeit wohl auch empfand oder ob er zu sehr damit beschäftigt war, die Einzelheiten des Falls zu einem Ganzen zusammenzusetzen: Alibis, Liebe, Haß, Motive. Ihr wurde plötzlich bewußt, wie ungern sie diese Aufgabe übernehmen würde, welche Angst sie vor der Verantwortung hätte. Die gesamte Nachbarschaft vertraute darauf, daß er sie von ihrer Angst befreien würde, daß er diese Kreatur fände und bewiese, daß es nicht jemand ist, den man liebte, wobei jeder von ihnen jemanden besonders mochte oder heimlich verdächtigte und, ohne es auszusprechen, Angst hatte, daß bestimmte Dinge ans Tageslicht kamen. Erwarteten sie Wunder von ihm? Er konnte die Wahrheit nicht ändern. Vielleicht konnte er sie nicht einmal herausfinden!

Das Dienstmädchen kam ihnen an der Haustür entgegen, nervös und mit geröteten Augen. Mrs. Lessing befand sich im vorderen Salon, den man aus Respekt vor der Toten abgedunkelt hatte. Die Gaslichter an der Wand zischten. Mrs. Lessing trug Schwarz, ihr Gesicht war kreidebleich, und ihr Haar wirkte ein wenig ungeordnet, so, als ob sie es letzte Nacht nicht gelöst, sondern es heute morgen lediglich zurückgekämmt und ein paar Haarnadeln umgesteckt hätte.

Caroline ging sofort zu ihr hin, umarmte sie und küßte sie auf die Wange. Verity war das einzige Kind gewesen.

»Meine Liebe, es tut mir so leid«, sagte sie sanft. »Können wir irgend etwas für Sie tun? Möchten Sie, daß einer von uns für eine Weile hier bei Ihnen bleibt, um Ihnen zur Hand zu gehen?«

166

Mrs. Lessing versuchte etwas zu sagen, ihre Augen weiteten sich, und in ihnen lag ein Ausdruck von Überraschung und Hoffnung. Dann brach sie in Tränen aus und verbarg ihr Gesicht an Carolines Schulter.

Caroline schlang ihre Arme noch fester um sie und drückte sie an sich; dabei strich sie ihr übers Haar und ordnete sanft die Strähnen, die sich gelöst hatten – als ob das irgendeine Rolle spielen würde.

Charlotte spürte, wie eine Woge des Mitleids in ihr aufstieg. Sie erinnerte sich an das letzte Mal, als sie Verity gesehen hatte. Sie war barsch zu ihr gewesen und hatte vorgehabt, sich dafür zu entschuldigen. Dazu war es nun zu spät.

»Ich würde gerne hier bleiben, Mrs. Lessing«, sagte sie entschlossen. »Ich habe Verity sehr gemocht. Bitte, lassen Sie mich Ihnen helfen. Es wird viel zu tun geben. Sie sollten nicht alles allein machen. Ich weiß, daß Mr. Lessing noch – Verpflichtungen – hat, die er nicht vernachlässigen kann.«

Es dauerte einige Minuten, ehe Mrs. Lessing ihre Selbstbeherrschung zurückgewann. Sie wandte Charlotte den Kopf zu. Nach wie vor kämpfte sie mit den Tränen, doch sie schämte sich ihrer Trauer nicht.

»Danke, Charlotte. Bitte . . . bitte tun Sie das!«

Es gab wenig, was die anderen noch sagen konnten. Charlotte blieb zurück, denn sie wollte Mrs. Lessing nur ungern allein lassen, und es wurde vereinbart, daß Maddock ihr innerhalb der nächsten ein, zwei Stunden einen Koffer mit Kleidungsstücken und Toilettenartikeln vorbeibringen würde.

Der Tag war sehr anstrengend. Als Küster hatte Mr. Lessing Pflichten, die es erforderlich machten, daß er den größten Teil des Tages außer Haus war. So blieb Charlotte bei Mrs. Lessing, um mit ihr gemeinsam die Besucher zu empfangen, die vorbeikamen, um zu kondolieren. Viel gab es nicht zu sagen; immer wieder waren es dieselben Worte der Erschütterung und des Mitgefühls, immer wieder bekundete man, wie sehr man Verity gemocht hatte, immer wieder äußerte man Angst darüber, was für furchtbare Dinge wohl als nächstes geschehen würden.

Natürlich suchte sie auch der Pfarrer auf. Charlotte hatte das befürchtet, obgleich sie wußte, daß es unvermeidbar war. Anscheinend war er am Abend zuvor schon einmal dagewesen, als sich die Neuigkeit gerade verbreitet hatte. Dennoch kam er am späten Nachmittag in Begleitung von Martha erneut vorbei. Das Mädchen ließ sie herein, und Charlotte empfing sie im Salon. Mrs. Lessing hatte endlich zugestimmt, sich auf ihrem Bett etwas auszuruhen und war eingeschlummert.

»Ach, Miss Ellison.« Der Pfarrer sah sie einigermaßen überrascht an. »Machen Sie auch gerade der armen Mrs. Lessing Ihre Aufwartung? Wie aufmerksam von Ihnen. Nun, Sie können jetzt ruhig gehen, wir werden sie in dieser schrecklichen Stunde führen und trösten. Der Herr hat es gegeben, und der Herr hat es genommen.«

»Nein, ich bin nicht da, um Mrs. Lessing meine Aufwartung zu machen«, entgegnete Charlotte ein wenig spitz. »Ich bleibe hier, um ihr zu helfen, so gut ich kann. Es gibt eine ganze Menge zu tun . . .«

»Ich bin sicher, daß wir das erledigen können.« Der Pfarrer war – wohl wegen ihres Tons – sichtlich verärgert. »Ich bin sicherlich etwas erfahrener, wenn es darum geht, eine Beerdigung vorzubereiten, als Sie es in Ihrem zarten Alter sind. Es ist meine Berufung, den Leidenden Trost zu spenden und mit den Trauernden zu trauern.«

»Ich bezweifle, daß Sie die Zeit haben, den Haushalt zu führen, Herr Pastor«, Charlotte blieb standhaft, »wie Sie selbst sagten, werden Sie ja mit den Begräbnisvorbereitungen beschäftigt sein. Und da es Ihre Berufung ist, den Leidenden beizustehen, werden auch andere Ihre Zeit beanspruchen. Und ich darf wohl sagen, die arme Mrs. Abernathy hat nach wie vor Beistand nötig.«

Aus dem Augenwinkel sah sie, wie Marthas weißes Gesicht noch bleicher wurde, bis ihre Augen schließlich wie Vertiefungen in ihrem Schädel wirkten und das helle Haar ihrer Augenbrauen im Kontrast dazu regelrecht dunkel erschien. Die arme Frau sah so aus, als würde sie jeden Moment ohnmächtig – trotz ihrer breiten Schultern und des kräftigen Körpers. »Bitte setzen Sie sich doch«, Charlotte schob einen Stuhl in ihre Richtung, »Sie müssen furchtbar erschöpft sein. Sind Sie die ganze Nacht aufgeblieben?«

Martha nickte und sank auf den Stuhl.

»Das ist sehr gütig von Ihnen«, sagte sie mit einem leichten Zittern in ihrer Stimme. »Es gibt so viele praktische Kleinigkeiten, um die man sich zu kümmern hat, das Kochen, Briefe, die geschrieben werden müssen, Trauerkleidung, die zurechtgelegt werden muß, und nebenbei sollen noch der Haushalt organisiert und den Dienstmädchen Anweisungen gegeben werden. Schläft Mrs. Lessing?«

»Ja, und ich möchte sie nur äußerst ungern wecken, wenn es sich nicht um etwas wirklich Dringendes handelt«, sagte Charlotte bestimmt, und obwohl sie immer noch Martha ansah, waren ihre Worte eigentlich für den Pfarrer bestimmt.

Der Pastor brummte: »Ich hatte gehofft, ich könnte der armen Frau vielleicht seelischen Beistand leisten, aber wenn sie schläft, wie Sie sagen, werde ich wohl ein andermal hereinschauen müssen.«

»Genau«, stimmte Charlotte zu. Sie hatte eigentlich keine Lust, ihnen eine Erfrischung anzubieten, aber Marthas übernächtigtes Gesicht weckte ihr Mitgefühl. »Darf ich Ihnen eine Tasse Tee anbieten? Es würde keinerlei Umstände machen.«

Martha öffnete den Mund, so, als wolle sie annehmen, dann huschte ein Ausdruck von Zweifel, gemischt mit Angst, über ihr Gesicht. Sie zögerte erneut, stand dann auf und lehnte entschieden ab.

Nachdem sie gegangen waren, begab sich Charlotte in die Küche, um sich zu vergewissern, daß für das Abendessen eine leichte Mahlzeit vorbereitet wurde und daß die Verpflegung für den nächsten Tag gesichert war. Während sie sich um diese Aufgaben kümmerte, kam das Stubenmädchen, um ihr mitzuteilen, daß die Polizei eingetroffen sei. Sie hatte den Besuch erwartet, hatte von Anfang an daran denken müssen, und dennoch war sie jetzt überrascht.

Natürlich war es Pitt. Sie fühlte sich eigenartig verlegen, weil er sie hier antraf und wußte, daß sie da war, um zu helfen.

»Guten Abend, Miss Ellison«, sagte er, wobei er seine Überraschung lediglich an einer hochgezogenen Augenbraue erkennen ließ. »Ist Mrs. Lessing in der Verfassung, um mit mir zu sprechen? Ich bin darüber unterrichtet, daß Mr. Lessing noch in der Kirche ist.«

»Ich nehme an, sie wird wohl mit Ihnen sprechen müssen«, sagte Charlotte ruhig. Ihr Ton war sanft; sie wollte nicht unhöflich klingen. »Vielleicht wäre es besser, es so schnell wie möglich hinter sich zu bringen. Es hat keinen Zweck, es aufzuschieben. Wenn Sie bitte warten möchten, werde ich sie wecken gehen. Bitte entschuldigen Sie, wenn es ein Weilchen dauern sollte.«

»Selbstverständlich.« Er zögerte. »Charlotte?«

Sie drehte sich um.

Er hatte die Stirn in Falten gelegt. »Wenn sie sich nicht wohl fühlt oder erschöpft ist, gibt es keine Frage, die nicht bis morgen warten könnte. Es ist nur – ich bezweifle, daß es dann leichter sein wird. Vielleicht könnte sie sogar besser schlafen, wenn sie es hinter sich hat.«

Sie mußte lächeln. »Das könnte gut möglich sein. Dürfte ich bleiben, falls sie es wünscht?«

»Es wäre mir sogar lieber, wenn Sie es täten.«

Sie brauchte einige Minuten, um Mrs. Lessing aufzuwecken und ihr zu versichern, daß ihr Äußeres zufriedenstellend sei und sie sich vor solch einem unbedeutenden Wesen wie einem Polizisten nicht blamieren könnte. Außerdem sei er sehr höflich, so daß sie nichts zu befürchten habe, weil sie sich ja nichts hatte zuschulden kommen lassen, und dann würde sie auch besser schlafen, weil sie eine schwere Aufgabe erledigt hätte. Sie brachte es nicht übers Herz, ihr zu sagen, daß es sehr wahrscheinlich nur der erste von vielen Besuchen war. Für heute hatte sie genug Kummer und Angst gehabt.

Pitt war sehr behutsam mit ihr, doch einige Fragen waren unumgänglich: Wer waren Veritys Freunde? Wen hatte sie erst in letzter Zeit kennengelernt? Wer waren ihre Verehrer? Hatte sie irgendwelche Befürchtungen geäußert? Wie gut hatte sie Chloe Abernathy gekannt? Hatte sie die Hiltons oder Ellisons besucht, so daß sie vielleicht irgendwie das Dienstpersonal kannte oder umgekehrt? Verband die Mädchen irgend etwas Gemeinsames?

Mrs. Lessing wußte nichts, was ihm hätte weiterhelfen können. Sie antwortete mit den unzusammenhängenden, sinnlosen Worten eines Menschen, der immer noch unter Schock steht. Es war, als ob sie den Zweck seiner Fragen gar nicht verstand.

Schließlich gab er es auf und erhob sich, um sich zu verabschieden. Er beobachtete Mrs. Lessing, wie sie langsam in den Korridor ging, und schloß die Tür hinter ihr.

»Werden Sie hierbleiben, Charlotte?«

Es kam ihr in diesem Augenblick nicht einmal in den Sinn, sich über die Frechheit, sie beim Vornamen zu nennen, aufzuregen.

»Ja. Es gibt sehr viel zu tun, und Mr. Lessing muß nach wie vor seinen Verpflichtungen nachgehen. Er ist nicht gerade praktisch veranlagt, nicht gewohnt, einen geordneten Haushalt zu führen.«

»Vielleicht wäre es gar nicht so schlecht, sie gewisse Dinge selbst machen zu lassen. Arbeit kann zwar nicht heilen, aber sie kann lindern. Nichtstun gibt einem Zeit zum Nachdenken.«

»Ja, das . . . das werde ich. Ich werde Arbeiten im Haushalt für sie finden, die keine Konzentration erfordern. Aber die Planung werde ich selbst übernehmen, die Begräbnisvorbereitungen, die Benachrichtigung der Leute und so weiter.«

Er lächelte. »Ich erlebe in meinem Beruf eine Menge Tragödien und eine Menge häßliche Dinge; aber ich erlebe auch eine Menge Güte. Guten Abend.« An der Tür wandte er sich noch einmal um. »Ach, denken Sie daran, gehen Sie unter keinen Umständen allein aus dem Haus. Selbst wenn Sie einen Doktor benötigen sollten, schicken Sie jemand anderen, schicken Sie Mr. Lessing, oder bitten Sie die Nachbarn um Hilfe. Sie werden es sicherlich verstehen.«

»Mr. Pitt!«

»Ja?«

»Sind Sie schon weitergekommen? Ich meine, welche Sorte von Mensch es getan hat, aus welcher . . . welcher Gesellschaftsschicht er stammt?« Sie dachte an George und Emily.

»Wissen Sie etwas, was Sie mir noch nicht erzählt haben?« Er schaute sie wieder mit dieser Art von Blick an, der in ihr Inneres zu dringen schien, so, als ob er sie genau kennen würde, als sei er ihr gleichgestellt und kein Polizist.

»Nein! Natürlich nicht! Wenn ich irgend etwas wüßte, würde ich es Ihnen sagen!«

»Würden Sie das?« Seine Stimme klang freundlich, aber etwas ungläubig. »Auch wenn es nicht mehr als ein Verdacht wäre? Hätten Sie dann keine Angst, jemandem Unrecht zu tun, vielleicht jemandem, den Sie lieben?«

Es lag ihr auf der Zunge, ihm mit deutlichen Worten zu verstehen zu geben, daß sie niemanden liebte, der auch nur im entferntesten mit solchen Verbrechen zu tun haben könnte. Doch irgend etwas an ihm – seine Klugheit oder seine Ehrlichkeit – zwang sie, aufrichtig zu sein.

»Ja, natürlich hätte ich Angst, jemandem Unrecht zu tun, wenn es sich bloß um einen Verdacht handeln würde. Aber ich nehme an, daß Sie keine voreiligen Schlüsse ziehen, nur weil Ihnen jemand etwas erzählt hat?« Es war eine Frage, mit der sie sich selbst beruhigen wollte.

»Nein, sonst würden wir für jedes Verbrechen zehn Verbrecher schnappen.« Er lächelte erneut. »Was ist es denn, von dem Sie nicht möchten, daß ich ihm nachgehe?«

»Sie ziehen voreilige Schlüsse!« fuhr sie ihn an. »Ich habe nicht gesagt, daß ich etwas weiß!«

»Sie haben es nicht direkt gesagt, aber Ihr Versuch auszuweichen läßt es mich vermuten.«

Sie wandte sich von ihm ab und faßte den Entschluß, nicht darüber zu sprechen. »Sie irren sich. Ich wünschte, ich wüßte etwas, was Ihnen wirklich weiterhelfen könnte, aber ich weiß nichts. Es tut mir leid, falls irgend etwas, was ich gesagt habe, einen falschen Eindruck erweckt haben sollte.«

»Charlotte!«

»Sie werden mir langsam etwas allzu vertraulich, Inspector Pitt«, sagte sie ruhig.

Er trat von hinten an sie heran. Sie spürte, daß er jetzt ganz dicht bei ihr stand. Emilys Worte über seine Bewunderung für sie schossen ihr durch den Kopf, und sie fühlte, wie ihre Haut vor Verlegenheit und der plötzlichen entsetzlichen Erkenntnis glühte, daß sie recht hatte. Sie stand da wie angewurzelt.

»Charlotte«, sagte er sanft, »dieser Mann hat bereits vier Frauen getötet. Es gibt keinen Grund anzunehmen, daß er aufhören wird. Höchstwahrscheinlich kann er selbst nichts daran ändern. Es ist besser, wenn eine unschuldige Person für eine Weile zu Unrecht verdächtigt werden sollte – sie wäre nur eine von vielen –, als daß noch eine Frau sterben muß. Wie alt war Lily? Neunzehn? Verity Lessing war erst zwanzig. Chloe Abernathy war kaum älter. Und das Hilton-Mädchen? Ich weiß nicht einmal mehr seinen Namen! Wenn Sie immer noch bezweifeln, wie abscheulich das alles ist, gehen Sie hinauf, und schauen Sie sich Mrs. Lessing noch einmal an –«

»Ich weiß!« sagte Charlotte wütend. »Sie brauchen mich nicht daran zu erinnern! Ich bin schließlich seit gestern abend hier!«

»Dann erzählen Sie mir, was auch immer es sein mag, woran Sie gedacht oder was Sie gesehen oder gehört haben! Wenn es nicht stimmt, werde ich das schon herausfinden; niemand wird zu Unrecht verfolgt werden. Eines Tages schnappen wir uns ihn, je früher, desto besser – bevor er erneut zuschlägt.«

Ohne zu überlegen, drehte sie sich um und schaute ihn fest an: »Glauben Sie, er wird es erneut tun?«

»Glauben Sie das nicht?«

Sie schloß die Augen, um ihn nicht anblicken zu müssen. »Was ist hier nur geschehen? Das war hier immer ein ruhiger Ort, ein Ort, wo man zufrieden leben konnte. Hier hat es nichts Schlimmeres gegeben als ein paar zerbrochene Romanzen und ein bißchen Klatsch. Und jetzt sind plötzlich Menschen tot; wir beobachten uns gegenseitig, und es gibt kein Vertrauen mehr! Und mir geht es genauso! Ich sehe Männer an, denen ich jahrelang vertraut habe, und frage mich, ob sie es nicht sein könnten, mache mir Gedanken über sie, die mich vor Scham erröten lassen. Und ich kann ihren Gesichtern ansehen, daß sie wissen, daß ich mißtrauisch bin! Und das ist fast das Schlimmste daran! Sie wissen, daß ich zweifle, daß ich mir nicht sicher bin. Wie müssen sie sich wohl fühlen? Was muß es für ein Gefühl sein, seine Frau oder seine Tochter anzusehen und auf ihren Gesichtern zu lesen, daß sie trotz aller Versicherungen nicht vollkommen davon überzeugt sind, daß man unschuldig ist, daß sie sogar mit dem Gedanken gespielt haben, daß man der Gesuchte ist? Kann man nach diesen Augenblicken jemals wieder das gleiche empfinden? Kann die Liebe das überleben? Heißt Liebe denn nicht auch, jemandem zu glauben, zu vertrauen? Und den anderen so gut zu kennen, daß einem ein solcher Gedanke gar nicht erst kommen kann?«

Sie hielt die Augen geschlossen. »Mir wird mehr und mehr klar, daß ich selbst Menschen, die ich zu lieben glaubte, kaum kenne. Und dasselbe beobachte ich bei den anderen. All die Leute, die in dieses Haus gekommen sind. Ich höre ihnen zu, weil ich es tun muß. Und sie fangen an nachzudenken, versuchen, dort einen Schuldigen zu finden, wo es am wenigsten stören würde. Man beginnt zu reden und zu verdächtigen, kleine, geflüsterte Anspielungen machen die Runde. Es sind nicht nur die Toten, die leiden werden, und auch nicht nur jene, die sie liebten.«

»Dann helfen Sie mir, Charlotte. Was ist es, was Sie wissen oder was Sie zu wissen glauben?«

»George Ashworth. Lord George Ashworth; er kannte Chloe Abernathy recht gut, unmittelbar bevor sie starb. Er nahm sie zu einigen – einigen sehr unpassenden Orten mit – wenigstens hat das Mrs. Abernathy gesagt. Und gleichgültig, was Papa sagt: Chloe war nicht unmoralisch, nein, das war sie nicht, sie war nur einfach dumm!«

»Ich weiß.«

Sie öffnete die Augen. »Emily befindet sich häufig in Ashworths Begleitung. Bitte vergewissern Sie sich, daß er kein ...,
daß er nicht ...«

Pitt verzog leicht das Gesicht. Er wirkte etwas verbittert. »Ich
werde Lord George Ashworths Aktivitäten in der letzten Zeit
diskret untersuchen, das verspreche ich Ihnen. Er ist für uns kein
Unbekannter, zumindest was seinen Ruf angeht.«

»Sie meinen –«

»Ich meine, er ist ein Gentleman, dessen Geschmack ein wenig – rauh – ist und der es sich aufgrund seines Geldbeutels und
seiner adligen Herkunft erlauben kann, Dinge zu tun, für die man
andere bestrafen würde. Ich nehme an, es hätte wohl keinen
Zweck, mit Emily zu sprechen?«

»Überhaupt keinen. Ich habe es versucht, und wenn ich mehr
erreicht hätte, würde ich Sie nicht damit belästigen.«

Er lächelte. »Natürlich. Seien Sie unbesorgt.« Er streckte die
Hand aus, als wolle er ihren Arm berühren, zog sie dann aber
befangen zurück. »Ich werde Lord Ashworth observieren lassen,
ganz diskret. Ich werde alles tun, was in meiner Macht steht, um
sicherzustellen, daß Emily nichts passiert, wenn ich sie auch
möglicherweise nicht vor einem großen Schrecken bewahren
kann.«

»Das wird ihr schon nicht schaden«, sagte Charlotte kurz und
bündig. Sie war nun doch sehr erleichtert. »Ich danke Ihnen,
Inspector. Ich ... ich danke Ihnen für ... für Ihre Hilfe.«

Er errötete leicht und wandte sich um, um zu gehen. »Werden
Sie bis nach der Beerdigung bei Mrs. Lessing bleiben?«

»Ja. Warum?«

»Nur so. Gute Nacht ... Miss Ellison. Und vielen Dank für
Ihre Unterstützung.«

»Gute Nacht, Inspector Pitt.«

Es war über eine Woche später – das Begräbnis war vorbei –, als
Charlotte von den Lessings nach Hause zurückkehrte. Nicht nur
Pitt, sondern auch Papa hatte ihr verboten, den Weg allein zu
gehen. Sie war mehr als erfreut, daß es Dominic war, der in der
Droschke kam, um sie abzuholen.

Selbst die Erinnerung an das Begräbnis, die Endgültigkeit des
Todes, das ergreifende Bild der Menschen in Trauerkleidung und

Mrs. Lessings Leid konnten ihr nicht die Freude nehmen, Dominic zu sehen, allein mit ihm zu sein. Als ihre Augen sich trafen, war es so, als ob er sie berühren würde. Sein Lächeln erwärmte sie, ließ die innere Kälte, die Angst und Hilflosigkeit schmelzen. Sie saß neben ihm in der Droschke, und für einen Augenblick war alles andere vergessen, existierte für sie keine Vergangenheit und keine Zukunft. Sie plauderten über Banalitäten, aber das war ihr gleich. Mit ihm zusammen zu sein, zu wissen, daß er seine ganze Aufmerksamkeit ihr zuwandte – das allein zählte.

Der Kutscher lud ihren Koffer ab, und Maddock trug ihn ins Haus. Sie folgte ihm an Dominics Arm. Es war ein wunderbares Gefühl.

Doch es währte nur solange, bis sie den Salon betrat. Sarah blickte von ihrem Sofa auf, wo sie stickte. Ihr Gesicht verfinsterte sich, sobald sie sie sah.

»Du betrittst hier keinen Ballsaal, Charlotte«, sagte sie scharf. »Und – es sei denn, du Ärmste fühlst dich so schwach – du brauchst auch niemanden, an den du dich derart klammern müßtest!«

Emily saß am Klavier und schaute verlegen auf ihre Hände, während sie errötete.

Charlotte erstarrte; trotz der Wärme und Nähe Dominics war ihr Arm plötzlich wie abgestorben.

Vielleicht ging sie ja wirklich zu dicht neben Dominic, und sie konnte nicht einmal leugnen, daß sie es absichtlich getan hatte. Jetzt fühlte sie sich befangen und schuldbewußt. Sie versuchte, ihren Arm freizumachen, doch Dominic hielt ihn immer noch umklammert, und sein Griff wurde sogar noch fester.

»Sarah?« sagte er mit einem mißbilligenden Blick. »Charlotte ist soeben von einem Wohltätigkeitsbesuch zurückgekehrt. Wäre es dir etwa lieber gewesen, wenn ich es zugelassen hätte, daß sie allein hereinkommt?«

»Selbstverständlich ist es mir lieber, daß du sie willkommen heißt«, Sarah war verärgert, und ihre Stimme klang schroff und streng, »aber daß heißt nicht, daß ihr euch beim Eintreten derart aneinanderklammern müßt!«

Charlotte machte sich bedächtig frei; ihr Gesicht glühte.

»Es tut mir leid, wenn ich dich verletzt habe, Sarah, aber bevor du den Mund aufgemacht hast, war ich lediglich aufgeregt, wieder zu Hause zu sein.«

»Und jetzt, nachdem ich den Mund aufgemacht habe: Was ist jetzt?« fragte Sarah beharrlich.

»Nun, du hast mir sicherlich einen Großteil meiner Freude darüber, wieder zu Hause zu sein, verdorben.« Jetzt wurde auch Charlotte langsam wütend. Es war einfach ungerecht. Sicherlich hatte sie sich unklug verhalten, aber das rechtfertigte noch lange nicht eine derartige Kritik, und schon gar nicht vor aller Augen.

»Du bist nur bei einem Nachbarn gewesen«, stieß Sarah hervor, »und nicht in Australien!«

»Sie ist bei Mrs. Lessing gewesen, um ihr über diese schweren Stunden hinwegzuhelfen, was eine außergewöhnlich gute Tat war.« Auch Dominic wurde langsam ungehalten. »Das ist unter den gegebenen Umständen sicherlich alles andere als einfach und angenehm gewesen.«

Sarah blickte ihn mit funkelnden Augen an.

»Ich weiß sehr gut, wo sie gewesen ist. Tu bei der Sache bloß nicht so scheinheilig. Es war sicherlich ein Akt der Nächstenliebe, aber nun auch wieder nicht so heilig, wie du es hinstellst.«

Charlotte verstand die Welt nicht mehr. Sie schaute Sarah an; es lag fast etwas wie Haß im Gesicht ihrer Schwester. Angeekelt und verunsichert wandte sie sich ab. Emily wich ihrem Blick aus. Sie drehte sich wieder Dominic zu.

»So ist's richtig!« Sarah stand auf. »Schau nur Dominic an! Das ist genau das, was ich von dir erwartet hätte. Bloß hätte ich nicht gedacht, daß du so dreist bist, es vor meinen Augen zu tun!«

Charlotte konnte fühlen, wie ihr das Blut in die Wangen stieg. Sie liebte Dominic, hatte ihn immer geliebt – aber es waren ihre Gedanken, die sie erröten ließen, nicht ihre Taten. Soweit es ihr Tun betraf, war die Anschuldigung ungerecht.

Sie holte tief Luft und atmete langsam wieder aus.

»Sarah, ich weiß nicht, worauf du hinauswillst, aber falls du dabei an irgend etwas Ungebührliches denkst oder an etwas, was dir gegenüber irgendwie unredlich oder ungerecht wäre, dann irrst du dich – und deine Anschuldigung gereicht dir nicht zur Ehre. Es ist einfach nicht wahr, und ich glaube, du kennst mich gut genug, um das gewußt zu haben, bevor du das gesagt hast.«

»Ich habe geglaubt, ich würde dich kennen! Wie blind ich gewesen bin, habe ich erst entdeckt, als du bei Mrs. Lessing warst, um ihr zu helfen. Du bist die perfekte Heuchlerin, Charlotte. Und ich habe dir noch nicht einmal mißtraut.«

»Und damit hattest du vollkommen recht«, Charlotte hörte ihre eigene Stimme wie aus weiter Ferne. »Es gab keinen Anlaß zum Mißtrauen. Du bist nämlich jetzt im Unrecht – und nicht vorher.«

Sie spürte, wie Dominic wieder ihren Arm nahm; sie versuchte, sich loszumachen, doch Dominic hielt sie fest.

»Sarah«, sagte er ruhig, »ich weiß nicht, was du dir da einbildest, und ich möchte es auch gar nicht wissen. Aber du schuldest Charlotte eine Entschuldigung für alles, was immer du auch denken magst, und dafür, daß du es ausgesprochen hast.«

Sarah blickte ihm offen in die Augen, und ihr Mund verzog sich voll Abscheu. »Lüg mich nicht an, Dominic. Ich vermute es nicht nur, ich weiß es.«

Vor Überraschung machte er ein völlig verblüfftes Gesicht. »Du weißt was? Es gibt überhaupt nichts zu wissen!«

»Ich weiß Bescheid, Dominic. Emily hat es mir erzählt.«

Es war das erste Mal, daß Charlotte Dominic wirklich wütend erlebte. Emily sah plötzlich erschrocken aus, so erschrocken, daß sie es nicht wagte, sich zu rühren.

»Emily?«

»Es hat keinen Sinn, sich an Emily zu wenden oder zu versuchen, sie einzuschüchtern.« Sarah machte einen Schritt nach vorn.

»Emily einschüchtern?« Dominic hob sarkastisch die Augenbrauen. »Emily hat sich in ihrem ganzen Leben noch von niemandem einschüchtern lassen. Das wäre ein Ding der Unmöglichkeit.«

»Versuch nicht, dich lustig zu machen!« fuhr Sarah ihn an.

Charlotte ignorierte die beiden. Sie starrte unverwandt Emily an.

Emily hob leicht das Kinn. »Du hast Inspector Pitt von George und Chloe Abernathy erzählt«, sagte sie mit einem leichten Beben in der Stimme.

»Weil ich Angst um dich hatte!« verteidigte sich Charlotte – jetzt allerdings ein wenig schuldbewußt. Sie wußte, daß Emily es als einen Verrat ansehen würde, und so wenig das auch ihre Absicht gewesen war – die Schuld blieb bestehen.

»Angst wovor? Daß ich George vielleicht heiraten könnte und dich dann hier allein zurücklasse, die einzige von uns, die nicht verheiratet ist?« Sie schloß die Augen; ihr Gesicht war bleich. »Es tut mir leid. Es war furchtbar gemein von mir, so etwas zu sagen.«

»Ich hab' mir gedacht, daß er es vielleicht war, der Chloe getötet hat, und wenn du es eines Tages erraten würdest, müßte er dich auch umbringen«, sagte Charlotte unverblümt. Sie hätte alles in der Welt darum gegeben, wenn nur Dominic nicht dagewesen wäre und das hier nicht hätte hören können.

»Du irrst dich«, sagte Emily ruhig, wobei sie die Augen nach wie vor geschlossen hielt. »George hat Fehler, Fehler, mit denen du dich wahrscheinlich nicht abfinden würdest, aber er wäre doch nicht zu so etwas fähig! Glaubst du, ich könnte mir vorstellen, jemanden zu heiraten, der zu solchen Morden fähig ist?«

»Nein. Ich glaube, du würdest dahinterkommen, und dann würde er dich auch töten.«

»Verabscheust du ihn so sehr?«

»Er ist mir vollkommen gleichgültig!« Charlotte war so wütend, daß sie fast schrie. »Ich habe mir deinetwegen Gedanken gemacht!«

Emily sagte nichts.

Dominic war immer noch verärgert. »Und so hast du irgend etwas Gemeines über Charlotte erfunden und es Sarah erzählt, um dich zu rächen?« fragte er vorwurfsvoll.

Emilys Gesicht straffte sich. Sie sah sehr jung aus – und sehr beschämt. »Ich hätte es nicht erzählen sollen«, gab sie zu und sah Dominic an.

»Dann entschuldige dich, und nimm es zurück«, verlangte Dominic.

Emilys Gesicht wurde hart. »Ich hätte es nicht erzählen sollen, aber deshalb ist es immer noch wahr. Charlotte ist in Dominic verliebt. Und das ist sie schon, seit er das erste Mal hier war. Und Dominic fühlt sich dadurch geschmeichelt. Er genießt es. Ich weiß nicht, wie sehr?« Sie sagte das letzte in einem Ton, der einen peinlichen und zweideutigen Beigeschmack hatte.

»Emily!« Charlotte flehte sie regelrecht an.

Emily wandte sich ihr zu. »Kannst du etwa zurücknehmen, was du Inspector Pitt gesagt hast? Kannst du es ihn vergessen machen? Warum erwartest du dann von mir, daß ich es zurücknehme? Du wirst eben damit leben müssen – genauso wie ich.« Sie drängte sich an ihnen vorbei und ging auf den Flur hinaus.

Charlotte sah Sarah an.

»Wenn du darauf wartest, daß ich mich entschuldige, dann wirst du vergeblich warten«, sagte Sarah steif. »Vielleicht würdest du jetzt so gütig sein, hinaufzugehen und deine Sachen auszupakken. Ich würde es nämlich vorziehen, mit meinem Ehemann allein zu sprechen. Es dürfte dich wohl nicht überraschen, daß ich ein paar Fragen an ihn habe!«

Charlotte zögerte, aber es gab nichts weiter zu sagen, nichts, was die Sache nicht nur noch schlimmer gemacht hätte. Sie machte sich von Dominic los und wandte sich zum Gehen. Vielleicht würde es morgen Entschuldigungen geben, vielleicht aber auch nicht. Aber was auch immer gesagt werden sollte, nichts würde die Erinnerung an den heutigen Tag löschen können; man würde nie wieder dasselbe füreinander empfinden können wie früher. Es stimmte, was sie Pitt gesagt hatte. Die Geschichte schlug Wellen wie auf einem Teich, und vielleicht würde die Wasseroberfläche sich ja niemals mehr beruhigen.

Kapitel 9

Am nächsten Tag war Dominic wie üblich in die Stadt gefahren und war jetzt – kaum nach Hause zurückgekehrt – im Begriff auszugehen, um bei einem pensionierten Brigadegeneral und dessen Gattin zu Abend zu essen. Es war eine Sache, auf die sich Sarah schon seit langem gefreut hatte, doch als er nach Hause kam, fand er sie in einer Stimmung vor, die nichts von der Erregung und Vorfreude widerspiegelte, die er erwartet hatte. Seine Frau wirkte unnahbar; sie schien nicht nur in Gedanken versunken, sondern seine Gegenwart schien ihr regelrecht unangenehm zu sein. Er versuchte es mit den üblichen Taktiken. Er machte Komplimente über ihr Kleid; er erzählte ihr alles, was er über die Frau des Brigadegenerals und ihre gesellschaftlichen Verbindungen wußte; er versicherte ihr, daß sie diesem Ereignis mehr als gewachsen sein würde; er küßte sie und brachte dabei weder ihre Frisur noch ihr Kleid in Unordnung. Nichts von alledem zeigte auch nur den geringsten Erfolg; sie entzog sich seiner Umarmung und wich seinem Blick aus.

Es ergab sich keine Gelegenheit, um sie zu fragen, über was sie sich denn eigentlich ärgerte. Ein- oder zweimal im Verlaufe des Abends versuchte er, mit ihr unter vier Augen zu reden, aber jedesmal wurden sie entweder gestört, oder sie wechselte das Thema und verwickelte eine andere Person ins Gespräch.

Auf der Rückfahrt in der Kutsche waren sie zum erstenmal allein.

»Sarah?«

»Ja?« Sie blickte stur in die andere Richtung.

»Was hast du, Sarah? Du hast dich den ganzen Abend wie ... wie eine Fremde benommen. Nein, das stimmt nicht, eine Fremde hätte sich sicherlich manierlicher verhalten.«

»Das tut mir aber leid, daß du meine Manieren unzulänglich findest.«

»Hör auf, Theater zu spielen, Sarah. Wenn irgendwas nicht in Ordnung ist, dann sag es mir.«

»Etwas nicht in Ordnung?« Sie wandte ihm ihr Gesicht zu, und ihre Augen funkelten im Lichtschein der Gaslampen auf der Straße. »Ja, das kann man wohl sagen, und falls du noch nicht bemerkt haben solltest, daß d a s nicht in Ordnung ist, dann hast du eine Vorstellung von Moral, die ich nur verachten kann. Ich habe dir wirklich nichts zu sagen.«

»Moral – in welcher Beziehung? Ach, du meine Güte! Du machst doch wohl nicht immer noch Theater, nur weil ich gestern Charlottes Arm genommen habe, als sie nach Hause kam? Das ist doch lächerlich, und das weißt du auch. Du suchst nur nach einem Vorwand für einen Streit. Sei wenigstens ehrlich.«

»Suchen! Da brauche ich ja wohl nicht lange zu suchen, oder? Du bist damit beschäftigt, meiner Schwester den Hof zu machen, mit ihr Händchen zu halten, du flüsterst ihr ins Ohr und weiß der Himmel was sonst noch! Und da meinst du, ich müsse noch einen Grund zum Streiten suchen?«

Er streckte seinen Arm nach ihr aus, aber sie wies seine Berührung kühl zurück.

»Sarah! Sei nicht albern! Charlotte interessiert mich überhaupt nicht, mal abgesehen davon, daß sie deine Schwester ist. Ich mag sie, weiter nichts. Mein Gott, ich kannte Charlotte schon, bevor ich dich geheiratet habe. Wenn ich sie gewollt hätte, hätte ich um ihre Hand angehalten!«

»Das ist sechs Jahre her! Menschen verändern sich«, schluchzte sie – und war dann offensichtlich auf sich selbst böse, weil sie ein solches Verhalten gewöhnlich fand.

Es tat ihm leid. Er wollte sie nicht verletzen, aber das Ganze war einfach lächerlich. Er konnte es nun einmal nicht ändern, daß er nach dem verdorbenen Abend gereizt war – und nun auch noch diese alberne Auseinandersetzung, wo sie doch beide müde waren!

»Sarah, das ist doch Unsinn. Ich habe mich nicht geändert, und ich glaube, du auch nicht. Und soweit ich es beurteilen kann, ist auch Charlotte die alte geblieben. Aber sie hat ohnehin mit dieser Sache nichts zu tun. Dir ist doch wohl klar, daß Emily, was auch immer sie gesagt haben mag, das nur getan hat, weil sie George Ashworth liebt und Charlotte dem Polizisten – wie war doch gleich sein Name? – erzählt hat, daß Ashworth Chloe viel besser kannte, als er zugegeben hat. Du solltest eigentlich genügend Klugheit besitzen, um das zu erkennen, und es als das abzutun, was es ist – nämlich als Unsinn!«

»Warum wirst du dann so laut, wenn du unschuldig bist?« entgegnete sie ruhig.

»Weil es so verdammt albern ist!« Er war jetzt wirklich wütend.

»Ich finde heraus, daß du in meine Schwester verliebt bist und sie in dich, und dann bin ich albern, weil ich mich deswegen aufrege!«

»Bitte, Sarah, hör um Himmels willen auf«, sagte er schwach.

»Nichts von alledem ist wahr, und das weißt du. Charlotte hat mich außer als Schwägerin niemals auch nur im geringsten interessiert; sie ist intelligent, hat Witz und ihren eigenen Kopf – keine besonders weiblichen Eigenschaften, worauf du schließlich als erste hingewiesen hast –«

»Inspector Pitt scheint es jedenfalls nicht zu stören!« sagte sie vorwurfsvoll. »Er ist in sie verliebt; das sieht doch jeder!«

»Du meine Güte, Sarah! Was habe ich schon mit irgendeinem jämmerlichen Polizisten gemeinsam! Und ich nehme doch wohl an, daß Charlotte die ganze Sache schrecklich peinlich ist, wenn es denn wirklich wahr sein sollte. Er gehört ... zur Arbeiterklasse! Er ist nicht mehr als ein Handwerker! Und warum sollte er Charlotte schließlich auch nicht verehren, solange er nicht vergißt, wo er hingehört? Sie ist eine sehr hübsche Frau –«

»Findest du?« Wieder lag in ihrer Stimme ein anklagender Unterton und beinahe so etwas wie Triumph.

Wütend erhob er seine Stimme: »Ja, das finde ich!« Sie benahm sich jetzt wirklich äußerst dumm und ermüdend. Er war erschöpft und nicht in der Stimmung für ihre Launen; den ganzen Abend hatte er die Geduld bewahrt, aber jetzt näherte sie sich rapide ihrem Ende. »Hör jetzt bitte auf damit. Ich habe nichts, aber auch gar nichts getan, wofür ich mich zu entschuldigen hätte oder was deine Kritik verdiente.«

Sie sagte darauf nichts, aber als sie zu Hause ankamen, ging sie sofort nach oben. Als ihr Dominic – nachdem er noch mit Edward im Arbeitszimmer gesprochen hatte – nach oben folgte, lag sie bereits im Bett und hatte ihm den Rücken zugewandt. Für einen Moment überlegte er, ob er sich ihr nochmals nähern sollte, aber er verspürte kein Gefühl der Zärtlichkeit, kein Verlangen. Und offen gestanden war er auch viel zu müde, um sich anzustrengen oder ein Gefühl zu heucheln. Er zog sich aus und schlief ein, ohne noch etwas zu sagen.

Als er am nächsten Tag aufwachte, hatte er die ganze dumme Angelegenheit schon vergessen, aber er wurde schnell wieder daran erinnert. Als er abends nach Hause zurückkam, hatte die Sache sich nicht zum Guten gewendet. Auch zwischen Emily und Charlotte herrschte eine gewisse Kälte, die außer ihm jedoch niemand zu bemerken schien. Die Unterhaltung war ungewöhnlich unterkühlt. Caroline sprach über alltägliche Vorkommnisse in der Nachbarschaft, die Edward kaum mehr als zur Kenntnis nahm. Nur Großmama war redselig; sie erging sich in Spekulationen darüber, welche Geheimnisse der Klatsch in der Nachbarschaft den einzelnen Familien und natürlich besonders den Männern, die in der Nähe der Cater Street wohnten, wohl unterstellte. Schließlich befahl ihr Edward ziemlich gereizt, den Mund zu halten.

Der nächste Tag war auch nicht besser, und am darauffolgenden Abend beschloß Dominic, zum Dinner in seinem Club zu bleiben. Sarah würde sich früher oder später schon wieder beruhigen, aber im Augenblick ging sie ihm sehr auf die Nerven. Er hatte keine Ahnung, warum sie sich so benahm; er hatte niemals etwas anderes als ein freundschaftliches Interesse für Charlotte gehabt. Das mußte Sarah doch wissen. Frauen taten oft sonderbare und unerklärliche Dinge; es war gewöhnlich eine verdeckte Strategie, um sich Beachtung zu verschaffen. Nach ein paar Schmeicheleien waren sie wieder die alten. Was auch immer Sarah diesmal erreichen wollte, sie trieb es doch etwas zu sehr auf die Spitze. Er war es leid, und langsam wurde er wirklich ärgerlich.

Auch die folgenden beiden Tage nahm er das Dinner in seinem Club zu sich. Es war am dritten Abend, als er mit vier anderen Männern ins Gespräch kam, die im Umkreis von zwei oder drei Kilometern von der Cater Street wohnten. Zunächst hatte er ihr Gespräch einfach nur mitangehört, doch sein Interesse wurde geweckt, als sie die Morde zu erörtern begannen.

»... überall diese elende Polizei, und dabei scheinen sie nicht einen verdammten Schritt voranzukommen!« beklagte sich einer.

»Die armen Teufel tappen genauso im dunkeln wie wir«, wandte ein anderer ein.

»Mehr noch! Gehören ja nicht einmal zu unserer Welt, gehören einer ganz anderen Gesellschaftsklasse an. Verstehen uns genauso wenig wie wir sie.«

»Gott im Himmel! Wollen Sie damit etwa andeuten, daß dieser Wahnsinnige ein Gentleman ist?« Belustigung, Ungläubigkeit und ein Anflug von Zorn lagen in der Stimme des Sprechers.

»Warum nicht?«

»Gott im Himmel!« Er war fassungslos.

»Nun, das müssen wir doch zugeben: Wenn es ein Fremder wäre, wäre er inzwischen doch längst aufgefallen.« Der Mann lehnte sich nach vorn. »Bei allem, was uns heilig ist, Mann, glauben Sie, daß – so wie wir uns zur Zeit alle fühlen – irgendein Fremder unbemerkt bleiben könnte? Jeder sieht sich selbst über die Schulter; die Frauen wagen sich nicht einmal allein ins Nachbarhaus; die Männer liegen alle auf der Lauer und warten. Die Lieferjungen stehen praktisch ständig an der Kontrolluhr, damit ihre Zeit registriert wird, wo sie wann gewesen sind. Selbst Droschkenkutscher kommen nicht mehr gerne in die Cater Street. In der letzten Woche sind zwei von ihnen nur deshalb von Polizisten angehalten worden, weil man sie in der Gegend nicht kannte.«

»Also«, der Mann ihm gegenüber legte die Stirn in Falten, »jetzt geht mir erst auf, worüber dieser alte Dummkopf Blenkinsop neulich geredet hat! Ich habe damals gedacht, er würde nur zusammenhangloses Zeug reden, aber jetzt wird mir klar, daß er mir auf Umwegen sagen wollte, daß er mich verdächtigt!«

»Genau! Das ist ja das Allerscheußlichste daran: Leute gucken dich schief an, ohne offen etwas zu sagen, aber du weißt verflucht gut, was in ihren Köpfen vorgeht. Selbst Botenjungen fangen an, sich Dinge herauszunehmen –«

»Das geht nicht allein Ihnen so, alter Bursche! Hab' meiner Frau die Kutsche dagelassen und bin bis spät ausgewesen. Mußte mir eine Kutsche nach Hause nehmen. Fragt mich der verfluchte Droschkenkutscher, wohin ich wolle. Ich sag's ihm, und da besitzt der Kerl doch die Unverschämtheit, die Fahrt einfach abzulehnen. ›Fahre nicht zur Cater Street‹, sagt er. Unglaublich!«

Aus den Augenwinkeln erblickte einer von ihnen Dominic.

»Hallo, Corde! Sie können sich schon denken, wovon wir reden. Furchtbare Sache, nicht wahr? Die ganze Gegend steht kopf. Ist natürlich geisteskrank, diese Kreatur.«

»Leider ist das nicht offensichtlich«, erwiderte Dominic, während er auf dem angebotenen Stuhl Platz nahm.

»Nicht offensichtlich? Was meinen Sie damit? Ich denke mir doch, daß es kaum offensichtlicher sein könnte, als wenn jemand auf den Straßen herumläuft und hilflose Frauen erdrosselt!«

»Was ich meine, ist, daß es ihm normalerweise nicht anzusehen ist«, erklärte Dominic. »Seinem Gesicht, seinem Verhalten oder so. Die meiste Zeit muß er genau wie jeder andere aussehen.« Charlottes Worte fielen ihm wieder ein. »So wenig, wie wir wissen, könnte er jetzt hier sein; es könnte jeder beliebige dieser äußerst angesehenen Herren sein.«

»Ich mag Ihren Sinn für Humor nicht, Corde. Völlig fehl am Platze. Geschmacklos, wenn ich so sagen darf.«

»Über einen Mord Scherze zu machen, ist grundsätzlich geschmacklos. Aber das sollte kein Scherz sein, ich habe es vollkommen ernst gemeint. Selbst wenn Sie nicht an die Fähigkeiten der Polizei glauben, so wie die Gemüter zur Zeit erhitzt sind: Wenn man dem Mann ansehen könnte, was er ist, hätte ihn dann nicht einer von uns schon längst entdeckt?«

Sein Gegenüber starrte ihn an; sein Gesicht wurde erst hochrot und dann bleich.

»Verflixt! Entsetzlicher Gedanke. Nicht gerade angenehm, wenn die Nachbarn denken –«

»Ist es Ihnen noch bei niemandem in den Sinn gekommen?«

»Ich gebe zu, ich habe mal mit dem Gedanken gespielt. Gatling benahm sich ein wenig sonderbar. Hab' ihn neulich dabei ertappt, wie er etwas zu eifrig um meine Frau besorgt war. Hatte seine Hände, wo sie nichts zu suchen hatten, als er ihr mit dem Schal behilflich war. Hab' dann irgend etwas zu ihm gesagt. Hab' aber nie daran gedacht . . . vielleicht war er ja deshalb so beleidigt. Dachte wohl, ich meinte . . . nun ja, ist jetzt vorbei.«

»Trotzdem verflucht unangenehm! Hab' das Gefühl, als ob mir niemand mehr sagt, was er denkt. Vermute Bedeutungen hinter Bedeutungen, wenn Sie verstehen, was ich meine?«

»Was ich nicht ausstehen kann, ist, daß einen sogar die Dienstmädchen ansehen, als ob man . . .«

Und so ging es weiter. Dominic hörte immer wieder dieselben Sätze, man war verlegen, wütend, verwirrt und, was schlimmer war, war sich bewußt, daß es irgendwo ganz in der Nähe jemanden, den sie kannten, wieder treffen würde.

Er wollte es vergessen, wollte für ein paar Stunden wieder so leben, wie er es vor dem ersten Mord getan hatte.

Dominic war hocherfreut, als er eine Woche später George Ashworth begegnete. Er war tadellos gekleidet und hatte sich offenbar auf das Nachtleben vorbereitet.

»Ah, Corde!« Ashworth gab ihm einen freundschaftlichen Klaps auf den Rücken. »Kommen Sie mit? Wir machen uns einen vergnüglichen Abend. Solange Sie Emily nichts davon erzählen!« Er lächelte, denn es sollte ein Scherz sein. Es war natürlich undenkbar, daß Dominic irgend etwas sagen würde. Solche Dinge erwähnte man Frauen gegenüber nicht, keiner Frau, außer Bordellmüttern.

Dominic entschloß sich sofort. »Genau das, was ich brauche. Natürlich komme ich mit. Wohin gehen wir?«

Ashworth grinste. »Bessie Mullane zum Abschluß. Vorher vielleicht ein oder zwei andere Lokale. Haben Sie schon gegessen?«

»Nein.«

»Hervorragend. Ich kenne ein Lokal, das Ihnen bestimmt gefallen wird: ziemlich klein, aber das beste Essen und äußerst unterhaltsame Gesellschaft.«

Und so war es dann auch. Es war sicherlich ein wenig anrüchig, aber Dominic hatte niemals ein so üppiges und köstlich zubereitetes Mahl gegessen und so reichlich Wein genossen. Allmählich vergaß er die Cater Street und alle, die dort lebten – oder dort starben. Angesichts der guten Stimmung und der fröhlichen Gesellschaft verdrängte er selbst Sarahs augenblickliches törichtes Verhalten aus seinem Gedächtnis.

Bessie Mullane erwies sich als ein angenehmes und äußerst behagliches Bordell, wo man sie überschwenglich begrüßte. Offensichtlich war Ashworth hier bekannt und beliebt. Sie waren noch nicht länger als eine halbe Stunde da, als sich ein junger Stutzer zu ihnen gesellte. Er war extravagant gekleidet und leicht angetrunken, ohne deshalb unangenehm zu sein.

»George!« sagte er mit offensichtlicher Freude. »Hab' Sie seit Wochen nicht gesehen!« Er ließ sich in den Sessel neben Ashworth gleiten. »Guten Abend, Sir«, begrüßte er Dominic mit einem Kopfnicken. »Hören Sie mal, haben Sie vielleicht Jervis gesehen? Dachte mir, ich könnte ihn vielleicht ein bißchen aufmuntern, aber ich kann ihn nirgendwo finden!«

»Was hat er denn?« erkundigte sich Ashworth gut gelaunt. »Übrigens«, er deutete auf Dominic, »Dominic Corde, Charles Danley.«

Danley nickte.

»Der dumme Esel hat beim Kartenspiel verloren ... ziemlich viel verloren.«

»Man sollte eben nicht um mehr spielen, als man sich leisten kann«, sagte Ashworth ohne jedes Mitgefühl, »und man sollte nur auf seinem Niveau spielen.«

»Dachte wohl, das täte er.« Danley zog empört die Mundwinkel hoch. »Der andere Kerl hat falschgespielt. Hätte ich ihm vorher sagen können.«

»Ich dachte, Jervis wäre ganz gut gepolstert?« Ashworth sah fragend aus. »Wird sich schon wieder erholen. Muß seine Vergnügungen eben für eine Weile einschränken.«

»Darum geht es gar nicht! Er war so dämlich, den Bastard des Falschspiels zu bezichtigen.«

Ashworth grinste. »Und dann? Hat er ihn zu einem Duell herausgefordert? Ich hätte eigentlich angenommen, daß er so etwas nach diesem Skandal mit Churchill und dem Prinzen von Wales vor fünf Jahren aus dem Wege gehen würde!«

»Nein, das hat er natürlich nicht getan! Offensichtlich hat der andere nicht besonders geschickt gemogelt, so daß Jervis es mühelos aufdecken konnte – und er war auch idiotisch genug, es zu tun!«

»Wieso idiotisch?« Dominic unterbrach ihn voller Neugier.

»Ich würde doch sagen, daß ein Mann, der so unfein ist, falsch zu spielen, und das auch noch schlecht macht, verdient hat, was auch immer mit ihm passiert.«

»Natürlich! Nur war er ein äußerst streitbarer Bursche, und einer mit beträchtlichem Einfluß dazu. Er ist natürlich ruiniert! Schlecht falschzuspielen ist die größte aller Sünden. Läßt darauf schließen, daß man nicht einmal soviel Respekt vor seinen Gegenspielern hat, daß man es geschickt anstellt. Aber er wird verdammt gründlich dafür sorgen, daß er den armen Jervis mit hereinreißt.«

Ashworth runzelte die Stirn. »Wie denn? Jervis hat doch nicht falschgespielt, oder? Und selbst wenn, man hat ihn nicht erwischt, und das ist ja wohl die Hauptsache. Schließlich mogelt jeder. Die Anschuldigung wird als bloße üble Nachrede abgetan werden!«

»Hat nichts mit Falschspiel zu tun. Der Mann ist mit Jervis'
Kusine verheiratet, die er sehr gern hat – Jervis, meine ich.«

»Und?«

»Sieht so aus, daß sie einen Liebhaber hat, was gar nichts
Ungewöhnliches ist und an sich auch keine Rolle spielt. Hat ihm
fünf Kinder geschenkt, und er langweilt sich mit ihr und sie sich
mit ihm. Kann man ja verstehen. Alles völlig in Ordnung, solange
es diskret geschieht. Scheint, daß sie es nicht war. Wochenende
auf dem Lande, hatte ihre Tür nicht abgeschlossen. Jemand kam
rein, weil er das Zimmer mit dem einer anderen Dame verwechselt hatte, und fand sie dort mit irgend so einem Kerl. Das
Ergebnis des Ganzen war, daß ihr dieser lumpige Betrüger mit
der Scheidung drohte.«

Ashworth schloß die Augen.

»Oh, mein Gott. Sie wäre ruiniert!«

»Natürlich. Hat den armen Jervis unendlich aufgeregt. Hat sie
sehr gern, mal ganz abgesehen vom Ruf der Familie und alldem.
Macht es ihm verdammt schwer in der Gesellschaft, mit 'ner
geschiedenen Kusine . . .«

»Und dieser Schwindler kommt ungestraft davon?«

»Genau! Und kann sich eine verdammt vergnügliche Zeit
machen; wenn es ihm paßt, heiratet er halt wieder. Und sie, das
arme Geschöpf . . . eine Ausgestoßene. Lehrt einen, seine Türen
abzuschließen.«

»Er hat sie gar nicht selbst erwischt?«

»Gott bewahre, nein. Er war mit Dolly Lawton-Smith im Bett
und hatte die Welt um sich vergessen. Aber das ist unwichtig. Bei
einem Mann ist das natürlich was anderes.«

»Und was ist mit Dolly? Würde auch nicht gut für sie sein.«

»Aber ihr auch nicht schaden. Jeder weiß über den anderen
Bescheid; nur das, was man sieht, zählt und die Geschmacklosigkeit, sich erwischen zu lassen. Statt so etwas wie ein ganzer Kerl
zu sein, macht man sich lächerlich. Eine Scheidung bedeutet für
einen Mann nicht allzuviel, doch für eine Frau ist sie der Ruin. Es
ist schließlich eine Sache, selbst ein wenig Spaß zu haben, aber
man steht wie ein vollkommener Idiot da, wenn die Leute sehen,
daß deine Frau jemand anderen bevorzugt.«

»Und Dollys Ehemann?«

»Oh, ich glaube, sie haben ein recht gütliches Arrangement
getroffen. Er wird sich bestimmt nicht von ihr scheiden lassen,

wenn Sie das meinen. Warum sollte er? Ihn hat ja niemand beim Falschspielen erwischt!«

»Der arme alte Jervis«, seufzte Ashworth. »Das Leben ist aber auch gefährlich.«

»Apropos Gefahr, wie steht's eigentlich um diese gräßliche Geschichte in der Cater Street? Vier Morde! Der Mann muß verrückt sein. Bin verdammt froh, daß ich da nicht wohne.« Er runzelte plötzlich die Stirn. »Du gehst doch ziemlich oft dorthin, nicht wahr? Dieses hübsche kleine Ding, mit dem ich dich im Acton sah: Hast du nicht gesagt, daß sie dort wohnt? Gefiel mir. Frau mit Geist. Kein blaues Blut, aber verflucht hübsch.«

Dominic öffnete den Mund, um etwas zu sagen, beschloß dann aber, lieber zuzuhören. Er mochte Emily, aber außerdem gab es auch so etwas wie Loyalität.

»Blaues Blut wirkt zuweilen ein bißchen ermüdend«, sagte Ashworth langsam – ohne von Dominic Notiz zu nehmen. »Alle viel zu streng erzogen, immer auf der Suche nach der geeigneten Partie. Ich sollte Geld heiraten, nehme ich an, oder zumindest jemanden, der eine gewisse Aussicht darauf hat, aber so viele reiche, junge Frauen sind so entsetzlich langweilig.«

Dominic erinnerte sich an Emilys kleines, entschlossenes Gesicht. Was immer sie war – und manchmal konnte sie einen schon ganz schön aufregen –, sie war niemals langweilig. Auf ihre Art war sie genauso eigensinnig wie Charlotte, wenn auch sehr viel diplomatischer.

»Also um Himmels willen, George«, Danley lehnte sich zurück und gab einer der Frauen ein Zeichen, indem er sein leeres Glas hochhielt. »Heirate auf jeden Fall eine Frau mit blauem Blut und Geld, und behalte die andere als Geliebte! Ich hätte gedacht, das liegt doch wohl auf der Hand.«

Ashworth warf einen flüchtigen Seitenblick auf Dominic und grinste. »Eigentlich verdammt guter Vorschlag, Charlie, aber nicht in Gegenwart ihres Schwagers!«

»Was?« Danleys Kinnlade klappte herunter, und dann schoß ihm die Röte ins Gesicht.

»Dein Sinn für Humor liegt mir nicht.« Er zog eines der Mädchen, die gerade an ihnen vorbeigingen, auf sein Knie, ohne ihr Gekicher zu beachten. »Unhöflich so was.«

Dominic blickte ihn an. »Miss Ellison ist meine Schwägerin«, sagte er mit sichtlichem Vergnügen. »Und ich kann mir überhaupt

nicht vorstellen, daß sie sich entschließen könnte, Geliebte von
irgend jemandem zu werden, nicht einmal, wenn er so bemerkenswert ist wie George. Wie auch immer, Sie können es ja auf
jeden Fall versuchen!«

Ashworth grinste breit. Er war ein ungewöhnlich gut aussehender Mann. »Der Spaß liegt in der Jagd. Für freizügigere Vergnügungen kann man schließlich hierhin kommen. Emily hat etwas
sehr viel . . . Interessanteres zu bieten. Fordert den Verstand, die
Geschicklichkeit heraus, verstehen Sie?«

Sarah war immer zu Hause, wenn Dominic von seinen nächtli-
chen Unternehmungen zurückkehrte. Sie war nicht mehr so kühl
und sprach auch nicht noch einmal über irgendeine unziemliche
Zuneigung zwischen Charlotte und ihm, doch er konnte aus ihrer
Art und einer gewissen Zurückhaltung entnehmen, daß sie die
Angelegenheit nicht vergessen hatte. Es gab nichts, was er hätte
tun können; allerdings zog er auch gar nicht ernsthaft in Erwägung, irgend etwas zu unternehmen. Aber trotzdem war es unangenehm. Es raubte ihm ein Gefühl der Wärme, des Glücks, das er
bisher immer für selbstverständlich gehalten hatte.

Die Polizei verhörte nach wie vor Leute. Die Angst war immer
noch da, wenn sich die erste Aufregung inzwischen auch gelegt
hatte. Verity Lessing war beerdigt worden, und die Trauergäste
nahmen ihr alltägliches Leben wieder auf. Vermutlich schwelten
nach wie vor unter der ruhigen Oberfläche Verdächtigungen,
aber die Hysterie hielt sich einigermaßen in Grenzen.

Es war Oktober, und es wurde merklich kühler, als Dominic
eines Nachmittags Inspector Pitt ganz zufällig in einem Kaffeehaus begegnete. Dominic war allein. Pitt blieb an seinem Tisch
stehen. Er war wirklich ein Kerl ohne jeden Schick. Niemand
könnte ihn irrtümlicherweise für einen Herrn der Gesellschaft
halten. Es gab bei seiner Kleidung keine Zugeständnisse an die
Mode, sondern allenfalls eine flüchtige Anpassung an die Konventionen.

»Guten Tag, Mr. Corde«, begrüßte ihn Pitt gut gelaunt. »Allein
hier?«

»Guten Tag, Mr. Pitt. Ja, mein Begleiter hat sich bereits
verabschiedet.«

»Darf ich mich dann vielleicht zu Ihnen gesellen?« Er legte
seine Hand auf die Lehne des Stuhls gegenüber.

Dominic war sprachlos. Er war es nicht gewöhnt, privat mit Polizisten zu verkehren, und schon gar nicht in der Öffentlichkeit. Dieser Mensch schien sich seiner Stellung überhaupt nicht bewußt zu sein.

»Wenn Sie wünschen«, antwortete er widerstrebend.

Pitt grinste breit, zog den Stuhl heran und machte es sich bequem.

»Vielen Dank. Ist der Kaffee frisch?«

»Ja. Bitte bedienen Sie sich. Wollten Sie mich wegen etwas ... Bestimmtem sprechen?« Der Mann drängte sich ihm doch bestimmt nicht auf, nur um ihm Gesellschaft zu leisten? So wenig Fingerspitzengefühl konnte er ja wohl nicht haben.

»Vielen Dank.« Pitt goß sich aus der Kanne ein und trank mit leicht gewölbten Nasenflügeln. »Wie geht es Ihnen und Ihrer Familie?«

Vermutlich meinte er Charlotte. Emily hatte wahrscheinlich etwas übertrieben, aber es bestand kein Zweifel, daß Pitt Charlotte verehrte.

»Ganz gut, glaube ich. Danke. Natürlich haben uns die tragischen Ereignisse in der Cater Street nicht unberührt gelassen. Ich nehme an, Sie sind der Lösung noch nicht nähergekommen?«

Pitt verzog das Gesicht. Er verfügte über eine bemerkenswert bewegliche, ausdrucksvolle Mimik. »Nur insofern, als wir weitere Möglichkeiten eliminiert haben. Ich denke, das ist auch schon eine Art Fortschritt!«

»Kein besonderer.« Dominic war nicht in der Stimmung, mit seiner Meinung hinterm Berg zu halten. »Haben Sie aufgegeben? Mir ist aufgefallen, daß Sie uns schon seit geraumer Zeit nicht mehr belästigen.«

»Mir ist nichts eingefallen, was ich Sie fragen könnte«, antwortete Pitt ungerührt.

»Ich hatte gar nicht bemerkt, daß das für Sie in der Vergangenheit ein Hindernis war.« Zum Teufel mit dem Mann. Wenn er das Verbrechen nicht aufklären konnte, dann sollte er bei seinen Vorgesetzten gefälligst Unterstützung anfordern.

»Warum übergeben Sie den Fall nicht an einen höhergestellten Polizisten oder holen sich Hilfe?«

Pitt blickte ihn an, mit Augen, aus denen eine solche Intelligenz sprach, daß Dominic ein wenig verlegen, ein wenig befangen wurde.

»Das habe ich, Mr. Corde. Ich versichere Ihnen, ganz Scotland Yard beschäftigt sich mit der Sache. Aber es gibt auch noch andere Verbrechen, wissen Sie? Raubüberfälle, Fälschungen, Unterschlagungen, Korruption, Einbrüche und sogar andere Morde.«

Dominic verspürte einen Stich. Konnte es etwa sein, daß ihn dieser Mann von oben herab behandelte?

»Selbstverständlich! Ich hatte auch nicht angenommen, daß unser Fall das einzige Verbrechen in London wäre. Aber Sie betrachten unseres doch sicherlich als das schwerwiegendste?«

Pitts Lächeln verschwand. »Selbstverständlich. Massenmord ist das schrecklichste aller Verbrechen – um so mehr, als es sich höchstwahrscheinlich wiederholen wird. Was, schlagen Sie vor, sollen wir tun?«

Die Frage war von einer solchen Dreistigkeit, daß Dominic verblüfft war.

»Woher um alles in der Welt soll ich das wissen? Ich bin schließlich kein Polizist! Aber ich hätte gedacht, wenn mehr von Ihnen an dem Fall arbeiten, Leute mit mehr Erfahrung vielleicht –«

»Um was zu tun?« Pitt hob die Augenbrauen. »Noch mehr Fragen stellen? Wir haben eine Unzahl von belanglosen Absonderlichkeiten aufgedeckt, unsittliche Handlungen, kleine Schwindeleien und Mißhandlungen, aber keinen Hinweis auf Mord – zumindest keinen, der als solcher zu erkennen wäre.« Sein Gesicht verdüsterte sich. »Wir haben es mit einem Geisteskranken zu tun, Mr. Corde. Es hat keinen Sinn, nach Gründen oder Verhaltensmustern zu suchen, die Sie oder ich erkennen würden.«

Dominic starrte ihn erschrocken an. Dieser elende Mensch sprach über etwas Schreckliches, etwas Teuflisches und Unbegreifliches, und es machte ihm Angst.

»Nach was für einem Mann suchen wir denn eigentlich?« fuhr Pitt fort. »Wählt er seine einzelnen Opfer nach irgendeinem bestimmten Kriterium aus? Oder handelt es sich um eine willkürliche Wahl? Sind sie einfach nur zufällig im passenden Moment an einem geeigneten Ort? Weiß er überhaupt, wer sie sind? Was haben sie miteinander gemein? Sie sind alle jung, alle recht hübsch, aber, soweit wir wissen, ist das auch schon alles. Zwei waren Dienstmädchen und zwei die Töchter aus angesehenen

192

Familien. Das Hilton-Mädchen führte einen etwas freizügigen Lebenswandel, aber Lily Mitchell war äußerst sittsam. Chloe Abernathy war ein bißchen naiv, aber auch nicht mehr. Verity Lessing verkehrte in der gehobenen Gesellschaft. Und nun erzählen Sie mir mal, was die Opfer miteinander gemeinsam hatten, außer daß sie jung waren und daß sie in oder nicht weit von der Cater Street wohnten!«

»Es muß ein Verrückter sein!« sagte Dominic – überflüssigerweise.

Pitt verzog den Mund zu einem bitteren Lächeln. »So weit sind wir auch schon.«

»Raubüberfall?« schlug Dominic vor und wußte im selben Moment, wie dumm es war.

Pitt hob die Augenbrauen. »An einem Dienstmädchen, das an seinem freien Abend unterwegs ist?«

»Wurden sie –?« Dominic wollte das Wort nicht aussprechen.

Pitt kannte solche Skrupel nicht. »Vergewaltigt? Nein. Verity Lessings Kleid war aufgerissen, und ihre Brust wies ziemlich tiefe Kratzwunden auf; das war alles.«

»Warum?« schrie Dominic, ohne auf die Köpfe zu achten, die sich von den anderen Tischen nach ihnen umdrehten. »Er muß rasend sein! Ein – ein –« Er suchte vergeblich nach einem passenden Wort. Seine Wut brach in sich zusammen. »Es ergibt keinen Sinn!« sagte er hilflos.

»Nein«, stimmte Pitt zu. »Und während wir versuchen, es zu verstehen, versuchen, eine Struktur in die Fakten zu bringen, müssen wir uns auch um andere Verbrechen kümmern.«

»Ja, natürlich.« Dominic starrte in seine leere Kaffeetasse. »Können Sie das nicht Ihrem Sergeanten oder so überlassen? Die ganze Straße ist in heller Aufregung, jeder hat vor jedem Angst.« Er dachte an Sarah. »Es beeinflußt selbst die Art und Weise, wie wir übereinander denken.«

»Da bin ich mir sicher«, bestätigte Pitt. »Nichts legt die Seele eines Menschen so bloß wie Angst. Wir sehen Dinge in uns und in anderen, von denen wir lieber nichts gewußt hätten. Aber mein Sergeant liegt im Krankenhaus.«

»Ist er erkrankt?« Dominic war nicht wirklich interessiert, aber er wußte sonst nichts zu sagen.

»Nein, er ist verletzt worden. Wir gingen in ein Elendsviertel, als wir hinter einem Falschmünzer her waren.«

»Und er hat Sie angegriffen?«

»Nein«, sagte Pitt trocken. »Diebe und Falschmünzer laufen viel eher weg, als daß sie kämpfen. Sie sind noch nie in diesen riesigen Mietskasernen gewesen, wo diese Leute leben und arbeiten, sonst hätten Sie diese Frage nicht gestellt. Die Gebäude stehen so dicht zusammen, daß sie praktisch ineinander übergehen, und jede Häuserseite hat ein Dutzend Ein- und Ausgänge. Normalerweise postieren sie dort eine Art von Wachmann – ein Kind oder eine alte Frau, einen Bettler, irgend jemanden. Und sie bereiten Fallen vor. Wir sind die Falltüren gewohnt, die sich unter einem öffnen und einen in eine Art von Verlies fallen lassen, ein Loch, vielleicht vier bis sechs Meter tief, möglicherweise reicht es sogar bis in die Kloaken hinunter. Aber das hier war etwas anderes. Dieser Bursche lief nach oben auf das Dach zu, und wir verfolgten ihn die Treppe hoch. Zwei andere Schurken griffen mich an, und ich war damit beschäftigt, sie abzuwehren. Der arme Flack stürzte die Treppe hinauf, und der Falschmünzer verschwand vor ihm oberhalb der Treppe, wobei er eine Falltür hinter sich zuwarf. Das Ding war mit großen Eisenspitzen versehen. Eine bohrte sich durch Flacks Schulter, eine andere verfehlte sein Gesicht nur um wenige Zentimeter.«

»Oh Gott!« Dominic war entsetzt. Er mußte an Bilder von dunklen und schmutzigen Höhlen denken, von Gängen, die nach Müll stanken und in denen es von Ratten wimmelte; bei dem Gedanken daran, sie zu betreten, drehte sich ihm der Magen um. Er stellte sich vor, wie die Falltür vor ihm zuknallte, wie die Eisenspitzen sich ins Fleisch bohrten – den Schmerz und das Blut. Für einen Moment glaubte er, ihm würde übel.

Pitt starrte ihn an. »Er verliert wahrscheinlich den Arm, aber er wird – vorausgesetzt der Arm wird nicht brandig – überleben.« Er sah über die Kaffeetasse hinweg. »Wie Sie sehen, gibt es noch andere Verbrechen, Mr. Corde.«

»Haben Sie ihn erwischt?« Dominic merkte, daß er krächzte. »Man sollte ihn aufhängen!«

»Ja, wir haben ihn einen Tag später gefangen. Und er wird für fünfundzwanzig oder dreißig Jahre deportiert werden. Nach dem, was ich gehört habe, wird das wahrscheinlich genauso schlimm wie der Tod sein. Vielleicht kann er ja für irgend jemanden in Australien von Nutzen sein.«

»Trotzdem sage ich immer noch, er sollte gehängt werden!«

»Es ist leicht zu richten, Mr. Corde, wenn man einen Gentleman zum Vater hatte und jeden Tag Kleider am Leibe und Essen auf seinem Teller. Williams Vater war Resurrektionist, ein Anhänger der Auferstehungsgemeinde.«

»Ein Kirchenmann!« Dominic war schockiert.

Pitt lächelte sardonisch. »Nein, Mr. Corde, ein Mann, der seinen Lebensunterhalt damit verdiente, Leichen zu stehlen, um sie an Medizinschulen zu verkaufen, bevor das Gesetz in den dreißiger Jahren geändert wurde –«

»Grundgütiger Gott!«

»Oh, es gab eine Menge unerwünschter Leichen in der Gegend um die Siedlungen, den Elendsvierteln von damals. Natürlich war es ein Verbrechen, und es erforderte eine ganze Menge Geschick und starke Nerven, um sie von da, wo sie gestohlen wurden, dorthin zu schmuggeln, wo sie übergeben wurden und wo man dann das Geld erhielt. Manchmal waren sie sogar angekleidet und wurden aufrecht hingesetzt, damit sie wie lebendige Passagiere aussahen –«

»Hören Sie auf!« Dominic stand auf. »Ich akzeptiere ja Ihren Standpunkt, daß es der elende Mensch vielleicht nicht besser weiß, aber ich möchte nichts davon hören. Weder entschuldigt ihn das, noch hilft es Ihrem Sergeanten. Soll der Mann doch sein Geld fälschen. Was machen ein paar Guineas mehr oder weniger in einer Stadt wie London schon aus? Aber finden Sie unseren Würger!«

Pitt war sitzengeblieben. »Ein paar Guineas mehr oder weniger bedeuten Ihnen nichts, Mr. Corde, aber für eine Frau mit einem Kind kann es vielleicht den Unterschied zwischen Essen und Verhungern ausmachen. Und falls Sie mir sagen können, was ich sonst noch tun kann, um Ihren Würger zu fangen, werde ich Ihre Anregungen nur allzu gerne aufgreifen.«

Als Dominic das Kaffeehaus verließ, fühlte er sich scheußlich; er war verwirrt und zutiefst verärgert. Pitt hatte kein Recht, so mit ihm zu reden. Es gab nichts, aber auch gar nichts, was er daran ändern könnte; und es war unfair, ihn zu zwingen zuzuhören.

Auch als er zu Hause ankam, fühlte er sich noch nicht besser. In der Halle begegnete ihm Sarah. Er küßte sie und schloß sie in die Arme, doch sie schmiegte sich nicht an ihn, was ihn so ärgerte, daß er sie abrupt losließ.

»Sarah, ich habe allmählich genug von deinem kindischen Verhalten. Du benimmst dich töricht, und es wird Zeit, daß du damit aufhörst!«

»Weißt du eigentlich, wie viele Nächte du im letzten Monat weggewesen bist?« entgegnete sie.

»Nein, weiß ich nicht. Weißt du's?«

»Ja, es waren genau dreizehn Nächte in den letzten drei Wochen.«

»So wenig. Wenn du dich endlich deiner Stellung angemessen und wie eine erwachsene Frau benehmen würdest, statt wie ein ungezogenes Kind, würde ich dich auch mitnehmen.«

»Ich glaube kaum, daß ich mir etwas aus den Lokalitäten machen würde, in denen du verkehrt hast.«

Er holte Luft, um zu versprechen, daß er dort nicht mehr hingehen würde, doch dann wurde er wieder wütend, und er überlegte es sich anders. Es hatte keinen Sinn, sie mit Worten überzeugen zu wollen; es waren die Gefühle, auf die es ankam, und solange sie so fühlte, hatte es keinen Zweck. Er wandte sich ab und ging in den Salon. Sarah begab sich zurück in die Küche.

Charlotte war im Salon. Sie stand am geöffneten Fenster und malte.

»Das hier ist ein Salon und kein Atelier, Charlotte«, sagte er schlechtgelaunt.

Sie sah erstaunt und ein wenig verletzt aus.

»Entschuldige. Alle anderen sind entweder ausgegangen oder mit irgend etwas beschäftigt. Und ich habe dich nicht so früh zurückerwartet. Sonst hätte ich die Sachen weggeräumt.« Sie machte jedoch keine Anstalten, ihren Malkasten zu schließen.

»Ich habe deinen verdammten Polizisten getroffen.«

»Mr. Pitt?«

»Hast du noch einen anderen?«

»Ich habe überhaupt keinen.«

»Tu doch nicht so, Charlotte.« Verärgert setzte er sich. »Du weißt doch ganz genau, daß er dich verehrt, ja, daß er sich sogar in dich verliebt hat. Wenn du es selbst noch nicht bemerkt haben solltest, hat es dir Emily bestimmt erzählt!«

Charlotte wurde vor Verlegenheit rot.

»Emily hat das nur gesagt, um mich zu ärgern. Und gerade du solltest eigentlich wissen, daß Emily manchmal Dinge sagt, nur um Unruhe zu stiften!«

Er wandte sich um. Er war unfair gewesen und hatte seinen Ärger über Pitt und Sarah an Charlotte ausgelassen.

»Es tut mir leid«, sagte er und meinte es ehrlich. »Ja, Emily hat eine sehr leichtfertige Zunge, obwohl ich glaube, daß sie in bezug auf Pitt recht haben könnte. Warum sollte er dich schließlich auch nicht anbeten? Du bist eine ausgesprochen gutaussehende Frau, und du besitzt die Einstellung, die er wahrscheinlich mag.«

Er war überrascht, als er sah, daß Charlotte nun sogar noch mehr errötete. Er hatte es gesagt, um sie zu beruhigen, und nicht, um sie noch mehr in Verlegenheit zu bringen. Sie war der aufrichtigste Mensch, dem er jemals begegnet war, und doch seltsamerweise auch der, den er am wenigsten durchschauen konnte. Selbstverständlich sehnte man sich nicht gerade nach Aufmerksamkeiten von jemandem wie Pitt, aber es sollte nicht mehr als ein Ärgernis sein, das man schnell wieder vergessen konnte.

»Wo hast du ihn getroffen?« fragte sie, während sie immer noch geistesabwesend an ihrer Farbpalette herumspielte.

»In einem Kaffeehaus. Wußte gar nicht, daß Polizisten an solchen Orten verkehren. Er besaß doch tatsächlich die Dreistigkeit, einfach aufzutauchen und sich an meinen Tisch zu setzen!« Als er sich wieder daran erinnerte, wurde er erneut zornig.

»Was wollte er denn?« Sie sah beunruhigt aus.

Er versuchte, sich zu erinnern, aber es fiel ihm nicht mehr ein. Pitt hatte eigentlich nichts gefragt, was mit der Sache zu tun hatte.

»Ich weiß nicht; vielleicht wollte er sich einfach nur unterhalten. Warum?«

Sie zuckte leicht mit den Achseln.

»Er ließ sich über Falschmünzer und Resurrektionisten aus.«

Sie sah sich um. »Resurrektionisten? Was sind das – religiöse Scharlatane?«

»Nein, Männer, die Leichen stehlen, um sie an Medizinstudenten zu verkaufen.«

»Oh, wie erschütternd.«

»Erschütternd? Es ist abscheulich!«

»Und es ist erschütternd, daß Leute so weit erniedrigt werden.«

»Bist du sicher, daß sie sich nicht selbst erniedrigt haben?«

»Wenn sie es getan haben, dann ist es um so schlimmer.«

Was für eine ungewöhnliche Frau sie doch war. Sarah hätte es nie so gesehen. Charlotte strahlte eine Unschuld, eine Sanftmütigkeit aus, die völlig fehl am Platze war, und doch fühlte er sich gerade deshalb von ihr so angezogen. Seltsam, er hatte immer gedacht, daß Sarah die Sanftmütige sei und Charlotte diejenige, die einen Hang zur ... zur Widerspenstigkeit in sich hatte – etwas Unweibliches. Er betrachtete sie, wie sie mit dem Pinsel in der Hand dastand. Sie war nicht so hübsch wie Sarah, und es fehlten ihr auch die kleinen Accessoires – die feine Spitze, die kleinen Ohrringe, die neckischen Löckchen im Nacken – und doch war sie auf eine gewisse Art schöner. Und in dreißig Jahren, wenn Sarah mollig geworden, die Linie ihres Kinns verschwunden und ihr Haar grau geworden sein würde, würden Charlottes Gesichtszüge immer noch schön sein.

»Er trägt eine furchtbare Verantwortung«, sagte sie langsam. »Wir alle erwarten, daß er die Morde für uns aufklären kann, so daß wir so leben können wie früher.«

Und sie würde weiterhin all das sagen, was ihr gerade in den Kopf kam, dachte er ironisch. Sie würde niemals die kleinen Täuschungsmanöver erlernen, die Frauen geheimnisvoll machen – und mit deren Hilfe sie überleben.

Aber Charlotte würde nicht irgendeiner eingebildeten Kränkung wegen schmollen; sie würde einen heftigen Krach vom Zaune brechen. Auf lange Sicht wäre das vielleicht besser; damit könnte man leichter fertig werden.

»Er braucht wenigstens nicht hier zu leben; ihn verdächtigt niemand«, sagte er, auf ihre Bemerkung zurückkommend.

»Das nicht, aber wir alle werden ihm die Schuld geben, wenn er den Mann nicht findet.«

Daran hatte er noch gar nicht gedacht. Jetzt, da sie ihn darauf aufmerksam gemacht hatte, empfand er eine Woge der Sympathie für Pitt. Er wünschte, er wäre im Kaffeehaus nicht so herablassend gewesen.

Charlotte starrte ihr Gemälde auf der Staffelei an. »Ich frage mich, ob er weiß, wer er ist, oder ob er Angst hat wie wir!«

»Natürlich nicht! Wenn er es wüßte, hätte er ihn schon längst verhaftet!«

»Ich meine nicht Pitt! Ich meine den Mann, wer auch immer er ist. Erinnert er sich, weiß er es überhaupt? Oder ist er genauso entsetzt und verwirrt wie der Rest von uns?«

»Oh Gott! Was für ein gräßlicher Gedanke! Wie um alles in der Welt bist du denn darauf gekommen?«

»Ich weiß nicht. Aber es wäre doch denkbar, oder nicht?«

»Das möchte ich doch nicht annehmen, ja, es wäre mir sehr viel lieber, so etwas gar nicht in Erwägung zu ziehen. Wenn das wahr wäre, könnte es ... könnte es praktisch jeder sein!«

Sie sah ihn ernst an; ihr Blick war starr und düster. »Es könnte auch so praktisch jeder sein.«

»Charlotte, hör auf. Laß uns bloß beten, daß Pitt ihn findet. Denk darüber nicht mehr nach. Es gibt nichts, was wir tun können, außer eben niemals allein aus dem Haus zu gehen, unter gar keinen Umständen.« Er schauderte. »Geh nur hinaus, wenn es unbedingt sein muß, und nimm dann Maddock oder deinen Vater mit; oder ich werde dich begleiten.«

Sie lächelte – ein seltsames, kleines gezwungenes Lächeln – und wandte sich wieder ihrer Malerei zu. »Danke, Dominic.«

Er betrachtete sie. Seltsam, er hatte sie immer für offen, für durchschaubar gehalten; jetzt kam sie ihm rätselhaft vor, ja geheimnisvoller als Sarah.

Ob man jemals lernen würde, Frauen zu verstehen?

Ein paar Tage später hatte Dominic noch mehr Veranlassung, über die weibliche Seele nachzugrübeln. Nach dem Abendessen saßen sie alle im Salon; selbst Emily war zu Hause. Großmama häkelte und blinzelte ab und zu ein bißchen, wenn sie einen flüchtigen Blick auf ihre Handarbeit warf; die meiste Zeit arbeitete sie, ohne hinzusehen, so geübt waren ihre Finger.

»Ich habe heute nachmittag den Pfarrer besucht«, sagte Großmama ein wenig spitz. In ihrer Stimme lag eine Spur Kritik. »Sarah hat mich begleitet.«

»Ach ja?« Caroline sah auf. »Waren sie wohlauf?«

»Nicht besonders. Dem Pastor geht es ganz gut, glaube ich, aber ich fand, daß Martha sehr mitgenommen aussah. Eine Frau sollte sich niemals derartig gehen lassen. Sie fängt langsam an, wie ein Aschenbrödel auszusehen.«

»Sie arbeitet ja auch äußerst hart«, nahm Sarah sie in Schutz.

»Das hat damit gar nichts zu tun, meine Liebe«, sagte Großmama mißbilligend. »Wie schwer man auch arbeitet, man sollte immer auf sein Äußeres Wert legen. Das macht viel aus.«

Emily sah auf. »Ich bezweifle, daß es für den Pfarrer von Bedeutung ist. Es würde mich überraschen, wenn er so etwas jemals bemerken sollte.«

»Darum geht es nicht.« Großmama ließ sich nicht beirren. »Das ist man sich als Frau selbst schuldig. Es ist ihre Pflicht.«

»Ich bin sicher, daß dem Pfarrer alles gefallen würde, was irgendwie mit Pflicht zu tun hat«, bemerkte Charlotte. »Besonders, wenn es sich um etwas Unangenehmes handelt.«

»Charlotte, wir alle wissen, daß du dir nichts aus dem Pfarrer machst; das hast du bereits überreichlich deutlich gemacht.« In Großmamas Blick lag ein wenig Verachtung. »Wie dem auch sei, solche Kommentare sind vollkommen unnütz und gereichen dir nicht zur Ehre. Der Pfarrer ist ein sehr ehrenwerter Mann und, wie es einem Mann der Kirche ansteht, mißbilligt er Leichtfertigkeit und Farbe im Gesicht und alles, was zur Prostitution ermuntert.«

»Nicht einmal in meinen wildesten Phantasien könnte ich mir vorstellen, daß Martha Prebble zur Prostitution ermuntert«, sagte Charlotte mutig. »Außer durch ihr abschreckendes Beispiel.«

Caroline ließ den Kopfkissenbezug aus Leinen sinken. »Charlotte! Was um alles in der Welt meinst du?«

»Daß der Anblick von Marthas Gesicht und die Vorstellung, mit jemandem leben zu müssen, der so kritiksüchtig und selbstgerecht ist wie der Pfarrer, einen auf die Idee bringen könnte, daß die Prostitution vielleicht eine leichter zu ertragende Alternative wäre«, sagte Charlotte mit verheerender Offenheit.

»Ich kann nur annehmen«, sagte Großmama eisig, »daß du glaubst, das wäre irgendwie komisch. Wenn ich daran denke, was für Manieren heutzutage im Kommen sind, könnte ich manchmal verzweifeln. Was als Witz gilt, ist nichts weiter als einfach vulgär!«

»Ich finde, du bist etwas zu hart, Charlotte.« Carolines Ton war milder. »Ich gebe ja zu, der Pfarrer ist etwas schwierig und nicht gerade ein sehr liebenswerter Mann, aber er tut sehr viel Gutes. Und die arme Martha arbeitet nahezu unermüdlich.«

»Ich glaube, es ist dir gar nicht klar, was sie eigentlich alles tut«, fügte Sarah hinzu. »Und wie sehr sie doch unter all diesen Morden gelitten hat. Weißt du, sie hatte Chloe und Verity sehr gern!«

Charlotte sah überrascht aus. »Nein, das wußte ich tatsächlich nicht. Ich wußte das mit Verity, aber ich höre jetzt zum erstenmal, daß sie Chloe kannte. Ich hätte eigentlich nicht gedacht, daß sie viele gemeinsame Interessen hatten.«

»Ich glaube, sie versuchte, Chloe zu helfen, den . . . den Boden nicht unter den Füßen zu verlieren. Weißt du, sie war ein wenig einfältig, aber doch recht nett.«

Als er ihr so zuhörte, tat Chloe Dominic plötzlich furchtbar leid. Er hatte sich nicht das geringste aus ihr gemacht, solange sie lebte; er hatte sie sogar ermüdend gefunden. Jetzt empfand er etwas, was so stark wie Liebe war – und viel mehr schmerzte.

Unwillkürlich sah er Charlotte an. Sie kämpfte vergeblich mit den Tränen, und schon lief ihr die erste über die Wange. Caroline arbeitete weiter an ihrem Leinen; Emily tat gar nichts, und Großmama starrte Charlotte angewidert an.

Woran dachten sie wohl gerade?

Großmama gab sicherlich ihnen allen die Schuld an dem Verfall der Sitten. Caroline konzentrierte sich auf ihr Nähzeug. Auch Emily würde wohl an irgend etwas Praktisches denken. Sarah hatte Chloe verteidigt, und Charlotte weinte um sie.

Wie gut kannte er auch nur eine von ihnen?

Dominic ging auch weiterhin in seinen Club und in andere Lokale, um zu Abend zu essen und sich in jeder Beziehung gut zu amüsieren. Bei verschiedenen Gelegenheiten traf er George Ashworth und fand, daß er ein umgänglicher und liebenswürdiger Begleiter war.

Er war fest davon überzeugt gewesen, daß Sarah die alberne Sache mit Emily und deren Beschuldigungen gegen Charlotte und ihn vergessen würde, aber allem Anschein nach hatte sie das nicht getan. Sie sagte zwar nichts weiter, doch die Entfremdung blieb. Eher vergrößerte sich die Distanz zwischen ihnen sogar noch.

Es war ein eisiger Novemberabend; Nebel wirbelte durch die Straßen und hüllte die Gaslampen mit seinen Schleiern ein. Es war feucht und bitterkalt. Dominic war froh, als seine Droschke von der Cater Street in seine eigene Straße einbog und wenige Augenblicke später anhielt, um ihn abzusetzen. Er bezahlte und hörte, wie sich das Geklapper der Pferdehufe auf den Steinen entfernte und innerhalb von kurzer Zeit vom Nebel, der jedes Geräusch schluckte, gedämpft wurde. Der Kutscher hatte ihn auf der kleinen Lichtinsel einer Gaslaterne abgesetzt; um ihn herum war undurchdringliche Finsternis. Die nächste Laterne schien sehr weit entfernt zu sein. Es war ein reizender Abend gewesen, anregend, was den Wein als auch die Gesellschaft anging. Doch als er jetzt so allein im Nebel stand, konnte er an nichts anderes denken als an die Frauen, die allein auf der Straße waren – Schritte hinter ihnen – vielleicht sogar ein Gesicht oder eine Stimme, die sie kannten. Dann würden sie einen schneidenden Schmerz an der Kehle spüren – Dunkelheit – zerberstende Lungen – Tod. Der leblose Körper würde dann von irgendeinem Passanten am Morgen auf den Steinen gefunden und von der Polizei peinlich genau untersucht werden.

Er zitterte, als er die Kälte bis in seine Knochen spürte, und er fröstelte bei dem Gedanken an die Morde. Er eilte die Stufen hinauf und klopfte kräftig an die Tür. Es kam ihm wie eine Ewigkeit vor, bis Maddock endlich öffnete und er an ihm vorbei in die Wärme und das Licht schlüpfen konnte. Als die Tür hinter ihm geschlossen worden war und die Straße mit dem Nebel und der Dunkelheit und Gott weiß was für gräßlichen Kreaturen aussperrte, war er regelrecht erleichtert.

»Miss Sarah hat sich bereits zurückgezogen, Sir«, sagte Maddock hinter ihm. »Aber es ist noch nicht lange her. Mr. Ellison befindet sich in seinem Arbeitszimmer; er liest und raucht. Aber der Salon ist leer. Wünschen Sie, daß ich Ihnen etwas bringe? Lieber ein warmes Getränk, Sir, oder einen Brandy?«

»Gar nichts, Maddock. Danke. Ich glaube, ich gehe auch zu Bett. Es ist höllisch kalt draußen, und der Nebel ist ganz schön dicht.«

»Äußerst unangenehm, Sir. Möchten Sie vielleicht, daß ich Ihnen ein heißes Bad einlasse?«

»Nein, das ist nicht nötig. Vielen Dank. Ich werde direkt zu Bett gehen. Gute Nacht.«

»Gute Nacht, Sir.«

Oben war alles ruhig; nur eine kleine Nachtlampe brannte im Flur. Er ging in sein Ankleidezimmer und zog sich aus. Zehn Minuten später machte er die Tür zum Schlafzimmer auf. Das Licht brannte, und Sarah saß aufrecht im Bett.

»Es gibt keinen Grund herumzuschleichen«, sagte sie kalt.

»Ich dachte, du würdest vielleicht schon schlafen.«

»Du meinst, du hofftest, daß ich schon schlafen würde!«

Er verstand nicht, worauf sie hinauswollte. »Warum sollte es mir was ausmachen, ob du nun schläfst oder nicht? Ich wollte dich lediglich nicht wecken.«

»Wo bist du gewesen?«

»In meinem Club.« Das entsprach nicht ganz der Wahrheit, kam ihr aber doch sehr nahe. Es war keine Lüge von Bedeutung.

Sie hob spöttisch die Augenbrauen. »Den ganzen Abend?«

Sie hatte ihn niemals zuvor ausgefragt. Er war zu überrascht, um ärgerlich zu werden. »Nein: Ich bin dann noch in ein paar andere Clubs gegangen. Warum?«

»Allein?«

»Nun, ich war bestimmt nicht mit Charlotte da, falls du das meinst«, stieß er hervor.

»Ich kann mir nicht vorstellen, daß sich Charlotte in dieser Art von Etablissement sehen lassen würde, nicht einmal, um mit dir zusammen zu sein.« Sie starrte ihn eisig an.

»Was um alles in der Welt ist denn in dich gefahren?« Er wurde immer verwirrter. »Ich war mit George Ashworth aus. Ich habe gedacht, du schätzt ihn!«

Sie wich seinem Blick aus. »Ich habe heute Mrs. Lessing besucht.«

»Ach.« Er setzte sich auf den Frisierhocker. Es interessierte ihn nicht im geringsten, wen sie besucht hatte, aber sie wollte offensichtlich auf irgend etwas hinaus.

»Ich habe bis heute nicht gewußt, wie gut du Verity gekannt hast«, fuhr sie fort. »Ich wußte, daß du mit Chloe gut bekannt warst, aber das mit Verity war eine Überraschung für mich.«

»Was spielt das für eine Rolle? Ich habe mich lediglich ein paar Mal mit ihr unterhalten. Ich glaube, sie mochte mich. Aber das arme Kind ist tot. Um Himmels willen, Sarah, du kannst doch nicht auf ein totes Mädchen eifersüchtig sein. Vergiß nicht, wo sie jetzt ist!«

»Ich hatte nicht vergessen, wo sie ist, Dominic, genausowenig, wie ich das bei Chloe vergessen habe.«

»Und bei Lily und Bessie. Oder bist du etwa auch auf Dienstmädchen eifersüchtig?« Langsam wurde er wirklich wütend. Für ihn war Charlotte immer so etwas wie eine Schwester gewesen, und es war schlimm genug, daß ihn Sarah beschuldigt hatte, sich mit ihr eingelassen zu haben – aber das war einfach albern.

Sarah richtete sich kerzengerade im Bett auf.

»Wer ist Bessie? Das Hilton-Mädchen? Ich kannte nicht mal ihren Namen. Woher kennst du ihn eigentlich?«

»Weiß ich nicht. Was zum Teufel spielt das für eine Rolle? Sie ist tot!«

»Das weiß ich, Dominic. Sie sind alle tot.«

Er sah sie an. Sie starrte ihn mit großen Augen an, so, als ob er ein Fremder wäre und sie ihn zum erstenmal sehen würde – so, als ob er aus dem Nebel gekommen wäre . . . mit einer Drahtschlinge in der Hand.

Wie konnte er nur so etwas Entsetzliches denken? Weil es in ihrem Gesicht stand. Sie hatte Angst vor ihm. Sie saß auf dem Bett, zusammengekauert und mit hochgezogenen Schultern. Er konnte sehen, wie angespannt ihr Nacken, wie verkrampft die Muskeln an ihrem Hals waren.

»Sarah!«

Ihr Gesicht war eisig, starr, und sie schien unfähig zu sprechen.

»Sarah! Um Gottes willen!« Er ging zu ihr hin, setzte sich auf das Bett und beugte sich vor, um ihr seine Hände auf die nackten Arme zu legen. Ihr Fleisch fühlte sich unter seinen Fingern hart an. »Du glaubst doch nicht etwa – Sarah! Du kennst mich! Du glaubst doch nicht etwa, ich hätte . . .« Seine Stimme verlor sich, bis sie ganz erstarb. Sarah zeigte keine Reaktion.

Er ließ sie los. Plötzlich wollte er sie nicht mehr berühren. Er fühlte nichts, so, als ob er eine Verletzung erlitten hätte und die schreckliche Wunde nun sehen könnte. Aber der Schock betäubte sie. Der Schmerz würde später kommen . . . morgen vielleicht.

Er stand auf.

»Ich werde im Ankleidezimmer schlafen. Gute Nacht, Sarah. Schließ die Tür ab, wenn du dich dann sicherer fühlst.«

Er hörte sie seinen Namen sagen, leise, heiser, doch er schloß die Tür hinter sich, ohne sich umzudrehen. Er wollte allein sein, um nachzudenken und um zu schlafen.

Kapitel 10

Charlotte wußte natürlich nichts von Dominics Gefühlen und von dem, was sich zwischen ihm und Sarah abgespielt hatte, nachdem er vom Club zurückgekehrt war. Doch am nächsten Tag konnte es ihr nicht verborgen bleiben, daß zwischen den beiden eine starke Spannung herrschte, die intensiver war als irgend etwas, was man mit Sarahs anhaltendem Argwohn Dominic und ihr gegenüber hätte erklären können.

Sie wurde jedoch gewaltsam auf andere Gedanken gebracht, als sie sich am Nachmittag allein im Haus befand und damit beschäftigt war, einen Hefter mit Kochrezepten für Mrs. Lessing ins reine zu schreiben. Sie hatte sich gerade dem Fenster zugewandt und betrachtete die Wolken, die sich am Himmel zusammenballten – alle anderen waren ausgegangen, um Besuche zu machen, und Charlotte dachte gerade daran, daß sie naß werden würden –, als jemand schüchtern, aber nachdrücklich an die Tür klopfte.

»Herein«, sagte sie geistesabwesend. Für den Tee war es zu früh. Es mußte irgendein Problem bei der Zubereitung des Abendessens geben.

Es war Millie, das neue Hausmädchen, und sie sah verängstigt aus. Charlottes erster Gedanke war, daß sie das Haus verlassen hatte, um irgendwelche Besorgungen zu erledigen; vielleicht war sie ja bis vor die Tür gekommen und dort entweder selbst belästigt worden, oder sie hatte irgend etwas oder irgend jemanden gesehen, der sie an den Würger erinnerte.

»Komm rein, Millie«, sagte Charlotte noch einmal. »Du solltest dich lieber setzen. Du siehst ja furchtbar aus. Was ist denn los?«

»Ach, Miss Charlotte.« Das arme Kind zitterte, als ob es Fieber hätte. »Ich bin ja so froh, daß Sie es sind!«

»Setz dich, Millie, und erzähl mir, was passiert ist«, befahl Charlotte.

Millie stand da wie gelähmt und rang unwillkürlich die Hände. Plötzlich schien sie die Sprache verloren zu haben und sah so aus, als ob sie jeden Augenblick davonlaufen würde.

»Um Gottes willen«, seufzte Charlotte, nahm Millie an den Schultern und nötigte sie auf einen Stuhl. »Also, was ist passiert? Warst du draußen, um Besorgungen zu machen? Oder auf dem Weg zum Vorplatz?«

»Oh nein, Miss Charlotte!« Sie sah völlig überrascht aus.

»Also gut, was hast du dann? Wo bist du gewesen?«

»Oben in meinem Zimmer, Miss. Oh, Mrs. Dunphy sagte, ich dürfe gehen!«

Charlotte trat zurück; auch sie war jetzt verwirrt. Sie war sicher gewesen, daß Millies blasses Aussehen irgend etwas mit dem Würger zu tun hatte. Jetzt schien es so, als ob dem nicht so wäre.

»Also, was hast du, Millie? Fühlst du dich nicht wohl?«

»Nein, Miss.« Millie starrte auf ihre Hände, die sie immer noch in ihrem Schoß rang. Charlotte folgte ihrem Blick und erkannte erst jetzt, daß sie etwas festhielt.

»Was hast du da, Millie?«

»Oh«, Millies Augen füllten sich mit Tränen. »Ich hätte sie ja nicht hergebracht, Miss, aber ich hatte Angst um meinen guten Ruf!« Sie schniefte heftig. »Ich bin ja so froh, daß Sie es sind, Miss.« Sie begann zu weinen – leise und verzweifelt.

Charlotte war bestürzt, und das nicht nur, weil Millie ihr leid tat; sie hatte jetzt selbst ein wenig Angst bekommen.

»Was ist das, Millie?« Sie streckte die Hand aus. »Gib es mir.«

Langsam öffneten sich Millies kleine Finger, und eine zerknitterte Krawatte kam zum Vorschein. Charlotte konnte überhaupt nichts damit anfangen. Es war ihr ein Rätsel, weshalb Millie sie ihr gebracht hatte. Warum sollte diese Krawatte bei irgend jemandem irgendwelche Gefühle hervorrufen, geschweige denn das lähmende Entsetzen, das Millie so offenkundig ergriffen hatte?

Charlotte nahm sie und hielt sie hoch, während Millie sie mit riesengroßen Augen anstarrte.

»Es ist eine Krawatte«, sagte Charlotte überflüssigerweise. »Was ist damit?« Dann kam ihr eine andere Idee. »Millie, du hast doch nicht etwa angenommen, jemand sei mit einer Krawatte erdrosselt worden, oder?« Die Erleichterung, die sie verspürte, war so überwältigend, daß ihr fast die Knie weich wurden. Am liebsten hätte sie gelacht. »Es war keine Krawatte, Millie! Es war ein Würgedraht. Doch nicht so etwas! Bring sie weg, Maddock soll sich darum kümmern. Sie ist schmutzig!«

»Ja, Miss Charlotte.« Doch Millie rührte sich nicht. Bleich vor Angst stand sie bewegungslos da.

»Na los, Millie!«

»Sie gehört Mr. Dominic, Miss Charlotte. Ich weiß es, weil ich doch immer die Wäsche einsammle. Die vom Herrn sind aus einem anderen Stoff. Deshalb kann man sie immer gut auseinanderhalten. Wenn ich die Wäsche abhole, muß ich nur kurz gucken, und ich weiß, wem die Krawatte gehört.«

Charlotte spürte, wie die entsetzliche Angst wiederkam, obwohl sie vollkommen unbegründet war. Was sollte es schon für eine Rolle spielen, daß Dominic eine Krawatte verloren hatte?

»Nun, dann ist es eben eine von Mr. Dominic«, sagte sie und schluckte kurz. »Sie ist schmutzig. Leg sie zurück zur Wäsche.«

Millie erhob sich ganz langsam, ergriff mühsam die Krawatte und zerknüllte sie in den Händen.

»Ich habe nichts damit zu tun, Miss Charlotte, das schwöre ich. So wahr Gott mein Zeuge ist, Miss, ich schwöre es!« Sie zitterte vor Angst und dem leidenschaftlichen Bedürfnis, Charlotte davon zu überzeugen, daß sie die Wahrheit sagte.

Charlotte konnte nicht länger ausweichen. Sie hatte ein äußerst ungutes Gefühl im Magen. Es gab jetzt nur eine Frage, die wirklich von Bedeutung war, und sie stellte sie.

»Wo hast du sie gefunden, Millie?«

»In meinem Schlafzimmer, Miss.« Vor Scham errötete sie. »Sie lag unter meinem Bett. Als ich die Matratze umdrehte, fiel sie vom Bettgestell auf den Boden, Miss. Deswegen ist sie auch so zerknittert und staubig. Sie war schon da, bevor ich kam, Miss, das schwöre ich!«

Charlotte hatte das Gefühl, als ob ihre Welt in Scherben fallen würde. Eine innere Stimme sagte ihr, daß sie so etwas eigentlich hätte erwarten müssen. Fieberhaft versuchte sie, einen klaren Gedanken zu fassen, um ihre Haltung wiederzugewinnen. Der Raum war jahrelang Lilys Zimmer gewesen. Sarah hatte niemals dort geschlafen; es hatte niemals einen legitimen Grund für Dominic gegeben, das Zimmer zu betreten. Konnte Lily aus irgendeinem Grund Wäsche mitgenommen haben? Konnte sie die Krawatte mitgenommen haben, um sie auszubessern? Diese Möglichkeit war leicht auszuschließen. Es war kein Riß zu sehen. Ob Millie womöglich log? Ein kurzer Blick auf ihr Gesicht reichte aus, um auch diese Idee schnell wieder fallenzulassen.

»Es tut mir leid, Miss«, flüsterte Millie verzweifelt. »Habe ich etwas Falsches getan?«

Charlotte streckte ihre Hand aus und legte sie auf den verkrampften Arm des Mädchens.

»Nein, Millie, du hast das Richtige getan, und du brauchst wirklich keine Angst zu haben. Aber damit es nicht zu Mißverständnissen kommt: Sprich nicht mehr darüber, es sei denn...« Sie zog es vor, den Satz nicht zu beenden.

»Es sei denn, was, Miss?« Millie schaute sie mit einem dankbaren Blick an. »Was soll ich sagen, wenn ich gefragt werde, Miss Charlotte?«

»Ich wüßte keinen Grund, weshalb man dich fragen sollte, aber wenn, dann sage die Wahrheit, Millie; ganz genau das, was du weißt, und sonst nichts. Äußere keinerlei Vermutungen, verstehst du?«

»Ja, Miss Charlotte. Und – danke, Miss.«

»Ist schon gut, Millie. Und du solltest das Ding hier besser waschen und zur restlichen Wäsche legen. Bitte mach es selbst. Laß Miss Sarah nichts davon wissen.«

Millies Gesicht wurde noch bleicher.

»Miss Charlotte, glauben Sie –«

»Ich glaube überhaupt nichts, Millie. Und ich wünsche auch nicht, daß Miss Sarah irgend etwas glaubt. Jetzt geh, und tu, was ich dir gesagt habe.«

»Ja, Miss.« Millie machte einen kleinen Knicks und stolperte beim Herausgehen fast über ihre eigenen Füße.

Sobald sie gegangen war, sank Charlotte kraftlos auf den Sessel hinter sich; ihre Beine zitterten, und ihre Finger kribbelten.

Dominic und Lily! Dominic in Lilys Bett! Dominic, der seine Krawatte ablegte, sein Hemd und vielleicht mehr, um sich dann in einer solchen Eile wieder anzuziehen, daß er seine Krawatte vergaß. Sie fühlte sich krank. Lily ... die kleine Lily Mitchell.

Sie hatte Dominic von ganzem Herzen geliebt, ohne zu erwarten, daß er ihre Gefühle erwiderte, und er war zu Lily, zum Hausmädchen gegangen. Ob mit Dominic irgend etwas nicht stimmte, ob mit allen Männern etwas nicht in Ordnung war? Oder war sie es? War es ihre offene Art zu sprechen? War sie unweiblich? So mancher Mann hatte sie gemocht, aber nur dieser jämmerliche Pitt hatte sie jemals verehrt, war in sie verliebt gewesen, weil sie eine Frau war.

Es war albern. Selbstmitleid half niemandem. Sie mußte an etwas anderes denken. Lily war tot. Hatte auch sie Dominic geliebt, oder war es nur ... nein, daran wollte sie nicht denken! Dominic war gutaussehend, charmant – ihr Herz schlug heftig. Warum sollte ihn nicht jede Frau verehren? Verity hatte es getan, und sie hatte diese Bewunderung auch in Chloes Augen erkennen können. Und beide waren sie tot!

Sie erstarrte. Das konnte einfach nicht sein! Dominic hatte Papa in der Nacht, als Lily getötet wurde, in der Carter Street gesehen. Das bedeutete, daß er selbst dort gewesen sein mußte. Daran hatten sie nicht mehr gedacht. Sie hatten sich nur über Papa Gedanken gemacht. Es war ihr niemals in den Sinn gekommen, daß Dominic ...?

Was sagte sie da? Sie liebte Dominic; sie hatte ihn immer geliebt. Seitdem sie eine Frau war. Wie konnte sie an so etwas auch nur denken?

Was war das dann schon für eine Liebe, die sie für ihn empfand, was war sie schon wert, wenn sie ihn so wenig kannte, daß sie im Innern ihres Herzens nicht einmal wußte, ob er zu so etwas fähig war? Konnte sie wirklich jemanden lieben, den sie so wenig kannte? Vor diesem Nachmittag hätte sie sich nicht im Traum vorstellen können, daß er mit Lily geschlafen hatte! Und jetzt hatte sie es innerhalb von nicht einmal einer Stunde akzeptiert. War ihre Liebe kaum mehr als bloße Faszination gewesen, Liebe, um überhaupt jemanden zu lieben, Liebe wegen etwas, von dem sie sich eingebildet hatte, daß er es verkörpere; hatte sie gar nur sein Gesicht geliebt, sein Lächeln, seine Augen, seine Frisur? Wußte – und liebte – sie überhaupt irgend etwas von dem, was in diesem Mann vorging? Was fühlte oder dachte er, was nichts mit ihr, nicht einmal mit Sarah zu tun hatte? War es möglich, daß er Lily geliebt hatte ... oder Verity – oder hatte er sie gehaßt?

Je länger sie darüber nachdachte, desto verwirrter wurde sie, desto mehr zweifelte sie an sich selbst und an der Liebe, die sie all die Jahre hindurch so leidenschaftlich zu fühlen geglaubt hatte.

Sie saß noch da und hatte das Zimmer, das Haus und die Zeit völlig vergessen, als es an der Tür klopfte. Es war Dora, die eintrat, um ihr mitzuteilen, daß Mrs. Prebble zu Besuch gekommen sei, und um zu fragen, ob sie den Tee servieren solle, da es auf vier Uhr zugehe.

Unter größter Anstrengung sammelte sich Charlotte wieder. Sie verspürte nicht das geringste Verlangen, irgend jemanden zu sehen – und am allerwenigsten Martha Prebble.

»Ja, Dora, natürlich«, sagte sie mechanisch. »Und führe Mrs. Prebble herein.«

Martha Prebble sah weniger erschöpft aus als beim letztenmal, als sie sie gesehen hatte. Etwas von ihrem Lebensgeist schien in sie zurückgekehrt zu sein, und ihr Gesicht drückte eine gewisse Entschlossenheit aus.

Mit leicht gerunzelter Stirn und mit ausgestreckten Händen kam Martha auf sie zu.

»Meine liebe Charlotte, Sie sehen sehr blaß aus. Ihnen fehlt doch nichts, meine Liebe?«

»Oh nein, danke für die Nachfrage, Mrs. Prebble.« Dann überlegte sie, daß es wohl besser wäre, irgendeine Erklärung für den Fall zu geben, daß sie tatsächlich so aussah, wie sie sich fühlte. »Ein bißchen müde vielleicht, ich habe die letzte Nacht nicht besonders gut geschlafen. Nichts von Bedeutung. Bitte, nehmen Sie Platz!« Sie wies auf den gepolsterten Stuhl, von dem sie wußte, daß er bequem war.

Martha setzte sich. »Sie müssen auf sich achtgeben. Sie waren eine solche Hilfe für die arme Mrs. Lessing. Sie dürfen sich jetzt nicht übernehmen.«

Charlotte zwang sich zu einem Lächeln. »Sie sind doch wohl die letzte Person, die einen solchen Rat geben kann. Sie scheinen überall zu sein, um jedem zu helfen.« Ein Gedanke kam ihr in den Sinn. »Und jetzt sind Sie allein hier. Sind Sie allein durch die Straßen gegangen? Das sollten Sie wirklich nicht tun! Ich werde veranlassen, daß Sie Maddock auf dem Rückweg begleitet. Wenn Sie gehen, wird es dunkel sein. Das könnte sehr gefährlich werden!«

»Das ist äußerst liebenswürdig von Ihnen, aber ich fürchte, ich kann mich nicht daran gewöhnen, überall, wo ich hingehe, einen Begleitschutz dabei zu haben.«

»Dann müssen Sie zu Hause bleiben, wenigstens . . . wenigstens so lange, bis – «

Martha beugte sich vor; ein schwaches Lächeln lag auf ihrem kräftigen Gesicht. »So lange bis was, meine Liebe? Bis die Polizei diesen Mann gefaßt hat? Und wie lange, glauben Sie, wird das dauern? Ich kann doch meine Arbeit in der Gemeinde nicht einfach unterbrechen. Es gibt so viele, die mich brauchen. Wissen Sie, wir werden nicht alle gleichermaßen vom Schicksal begünstigt. Es gibt auch jene, die allein sind, alt, womöglich krank. Frauen, deren Männer tot sind oder die sie verlassen haben, Frauen, die ihre Kinder ohne jede Hilfe großziehen müssen. Die Wohlhabenden in unserer Pfarrgemeinde wollen nichts darüber hören, aber es gibt sie.«

»Hier in der Gegend?« Charlotte war erstaunt. Sie hatte gedacht, daß die Leute in der Umgebung der Cater Street doch alle zumindest zufriedenstellend situiert wären, daß sie über das Lebensnotwendige verfügten, ja, sogar über einen gewissen Komfort. Sie hatte niemals irgendwelche armen Leute gesehen, zumindest keine, die hier lebten.

»Oh ja, sehr achtbare Leute.« Martha blickte zum Fenster hinaus. »Die Armut ist nicht offensichtlich; die Kleidung ist wieder und wieder geflickt. Vielleicht besitzen sie nur ein einziges Paar Schuhe, vielleicht gibt es nur eine Mahlzeit am Tag. Der äußere Schein und die Selbstachtung sind alles.«

»Nein, wie furchtbar.« Charlotte meinte es nicht so floskelhaft, wie es sich anhörte. Es war furchtbar. Es schmerzte. Es war nicht wie die quälende Armut, von der Pitt erzählt hatte, durch die Menschen Hunger litten, doch es war trotzdem schmerzlich, ein dauernder, aufreibender Schmerz. Sie hatte niemals in ihrem Leben Hunger gehabt oder sich auch nur fragen müssen, ob man sich eine Sache würde leisten können. Gewiß, sie hatte Kleider bewundert, von denen sie wußte, daß sie sie nicht erstehen konnte, aber sie besaß mehr, als sie wirklich zum Leben brauchte.

»Das tut mir leid. Kann ich irgendwie helfen?«

Martha lächelte, während sie ihre Hand ausstreckte, um Charlottes Knie zu berühren.

»Sie sind ein sehr nettes Mädchen, Charlotte. Sie kommen auf Ihre Mutter. Ich bin sicher, daß es Dinge gibt, die Sie tun können, und Dinge, die Sie bereits getan haben. Es ist wirklich ein Trauerspiel, daß sich nicht alle jungen Frauen so wie Sie verhalten.«

Sie wurde von Dora unterbrochen, die den Tee hereinbrachte. Nachdem sie wieder gegangen war und Charlotte Martha eine Tasse eingeschüttet und gereicht hatte, fuhr diese fort.

»So viele sind gedankenlos und streben nur nach dem eigenen Vergnügen.«

Widerstrebend mußte Charlotte an Emily denken. So sehr sie sie auch liebte, sie konnte sich nicht daran erinnern, daß Emily jemals irgendwelche anderen Zwecke verfolgt hätte als ihre eigenen.

»Ja, leider«, bestätigte sie. »Vielleicht ist es ja nur ein Mangel an Einsicht?«

»Unwissenheit mag bis zu einem gewissen Grad eine Entschuldigung sein, aber sie entschuldigt nicht alles. Oft genug sehen wir nicht hin, denn wenn wir hinsehen würden, müßten wir uns verpflichtet fühlen, etwas zu tun.«

Die Wahrheit ihrer Worte ließ sich nicht leugnen, und sie riefen ein Gefühl der Schuld in Charlotte hervor. Ohne es zu wollen, mußte sie an Pitt denken. Er hatte sie gezwungen, Dinge wahrzunehmen, die sie lieber nicht gewußt hätte, Dinge, die sie verwirrten, ihre innere Ruhe, das Gefühl der Zufriedenheit zerstörten. Und er war ihr deswegen zutiefst unsympathisch gewesen.

»Ich habe versucht, Verity dazu zu bringen, es wie Sie zu sehen«, sagte Martha und richtete dabei ihren Blick auf Charlottes Gesicht. »Sie besaß so viele gute Eigenschaften, die arme Verity.«

»Wie ich gehört habe, kannten Sie Chloe auch recht gut.« Schon in der gleichen Sekunde, in der Charlotte das gesagt hatte, bereute sie es auch schon. Es war eine grausame Erinnerung, die den Schmerz erneut wachrief. Sie sah, wie sich Marthas Gesicht straffte und sich die Muskeln um den Mund verkrampften.

»Die arme Chloe«, sagte sie in einem Ton, den Charlotte nicht deuten konnte. »So leichtfertig, so oberflächlich. Lachte, wenn sie es nicht sollte. Strebte in die vornehme Gesellschaft. Ich fürchte, daß sie manchmal sündige Gedanken hatte. Gedanken, die . . .« Sie holte Luft. »Aber wir wollen nicht schlecht über Tote reden. Sie hat für ihre Sünden bezahlt, und alles, was verkommen und verderblich an ihr war, ist vergangen.«

Charlotte starrte sie an. Das kräftige und ehrliche Gesicht sah verwirrt und niedergeschlagen aus.

»Reden wir doch von etwas anderem«, sagte Charlotte mit Bestimmtheit. »Ich habe gerade einige Kochrezepte ins reine geschrieben. Ich bin sicher, daß Sie zumindest eins davon interessieren wird, denn ich weiß noch, wie Sarah sagte, Sie hätten sich

nach einem Rezept für Kalbfleischfricandeau mit Spinat erkundigt. Wie ich gehört habe, hat Mrs. Hilton eine ausgezeichnete
Köchin. Jedenfalls hat das Mrs. Dunphy zu Mama gesagt.«

»Ja, in der Tat. Und so willig«, bestätigte Martha. »Sie macht
so viel für Kirchenfeste und so weiter. Hat übrigens ein ausgezeichnetes Händchen für Pasteten. Wissen Sie, längst nicht jede
Köchin kann eine gute Blätterteigpastete zubereiten. Kneten zu
fest mit den Fingern herum. Locker und schnell muß man dabei
sein. Und sie besitzt auch ein großes Geschick bei Konfitüren und
kandierten Früchten. Sie schickte immer ihr Mädchen zu uns
mit . . .« Sie hielt inne. Ihr Gesicht war bleich, und sie sah wieder
betrübt aus. Charlotte streckte instinktiv ihre Hand aus.

»Ich weiß. Wir wollen nicht daran denken. Wir können es jetzt
auch nicht mehr ändern. Ich werde Ihnen das Rezept für das
Kalbsfricandeau heraussuchen.« Sie zog ihre Hand schnell weg
und stand auf. Martha folgte ihrem Beispiel, und Charlotte ging
um die andere Seite des Tisches herum. Sie wollte die unangenehme Unterredung beenden, in der sie sich ausgesprochen ungeschickt angestellt hatte. Martha tat ihr in ihrer Trauer um die
Mädchen und auch wegen ihres Lebens an der Seite des Pfarrers
entsetzlich leid – ein Schicksal, das ihr im Moment genauso
schlimm vorkam wie die Geschichten, die Pitt erzählt hatte.

»Hier.« Sie hielt ihr einen Zettel hin. »Ich habe das Fricandeau
bereits ins reine geschrieben. Es macht mir keine Mühe, es noch
einmal zu schreiben. Bitte: Und ich bestehe darauf, daß Maddock
Sie nach Hause begleitet.«

»Das ist nicht nötig.« Martha nahm das Rezept, ohne einen
Blick darauf zu werfen. »Ganz bestimmt nicht!«

»Ich werde es auf keinen Fall zulassen, daß Sie unser Haus
allein verlassen«, sagte Charlotte bestimmt. Sie griff nach der
Klingelkordel. »Ich würde krank vor Sorgen!«

Und so blieb Martha keine andere Wahl, als das Angebot
anzunehmen, und zehn Minuten später brach sie mit Maddock
auf, der pflichtbewußt hinter ihr hertrottete.

Charlotte war es nicht vergönnt, einen friedlichen Abend zu
verbringen, um ihre verwirrten Gefühle zu ordnen. Emily kehrte
mit der sensationellen Neuigkeit von einem Besuch zurück, daß
sie Lord Ashworth zum Abendessen eingeladen habe und ihn
kurz nach sieben erwarte.

Emilys Nachricht versetzte augenblicklich den gesamten Haushalt in Panik. Nur Großmama schien sie ungetrübte Freude zu bereiten. Sie war entzückt, als sie die Hektik sah, und hielt einen nicht endenwollenden Vortrag über die ordnungsgemäße Art, einen Haushalt so zu organisieren, daß selbst ein unerwarteter Besuch Seiner Majestät persönlich mit Würde und zumindest mit einem angemessenen Mahl arrangiert werden könnte. Emily war viel zu aufgeregt, Caroline viel zu besorgt und Charlotte viel zu sehr mit ihren eigenen Problemen beschäftigt, um ihr etwas darauf zu erwidern. Schließlich war es Sarah, die ihr in einem scharfen Ton befahl, den Mund zu halten und auf diese Weise einen furchtbaren Wutausbruch Großmamas auslöste, der so heftig war, daß sie nach oben gehen und sich hinlegen mußte.

»Gut gemacht«, sagte Charlotte lakonisch, und zum erstenmal seit Wochen schenkte Sarah ihr ein echtes Lächeln.

Gute fünf Minuten, bevor George Ashworth eintraf, war alles in bester Ordnung – zumindestens oberflächlich betrachtet. Gemeinsam saßen sie im Salon. Emily war in Rosarot gekleidet, was ausgezeichnet zu ihr paßte, obwohl die Verschwendung für ein weiteres neues Kleid Papa überhaupt nicht gepaßt hatte. Sarah trug Grün, was ihr ebenfalls sehr gut stand, und Charlotte ein mattes Schieferblau, eine Farbe, die ihr nie gefallen hatte, bis sie einmal zufällig ihr Spiegelbild in einer Fensterscheibe gesehen hatte und feststellen konnte, wie es ihren Augen und dem warmen Ton ihrer Haut und ihres Haares schmeichelte.

Sie errötete verlegen, als er sich über ihre Hand beugte und seine Augen anerkennend auf ihr verweilten. Sie mochte ihn nicht und hatte das Gefühl, daß er mit Emily nur spielte. Sie antwortete förmlich und mit gerade so viel Herzlichkeit, wie es die Höflichkeit erforderte.

Im Verlauf des Abends fühlte sie sich dann jedoch genötigt, ihre Meinung bis zu einem gewissen Grade zu revidieren. Er benahm sich tadellos, ja, hätte nicht die Gefahr bestanden, daß er Emily sowohl in ihrer gesellschaftlichen Stellung als auch als Mensch verletzen könnte, so hätte sie ihn aufrichtig mögen können. Er hatte Witz und besaß eine gewisse unverblümte Offenheit, wobei er es sich in seiner gesellschaftlichen Position natürlich auch erlauben konnte, das zu sagen, was er wollte, ohne Konsequenzen befürchten zu müssen. Sogar Großmama fühlte sich von seiner Anwesenheit geschmeichelt, was allerdings auch nicht schwer war, da sie gutaussehende Männer liebte – und Titel liebte sie noch mehr.

Charlotte blickte zu Emily hinüber und sah, wie ein leichtes Lächeln auf ihrem Gesicht spielte. Allem Anschein nach wußte sie sehr genau, was er machte, und es gefiel ihr. Und wieder stieg die Wut in Charlotte auf. Verflucht sei der Mann dafür, daß er Emily verletzte. Im Vergleich zu ihm war sie ein Kind, was den Lauf der Welt anging!

Als Charlotte das nächste Mal mit ihm sprach, lag eine merkliche Kälte in ihrer Stimme. Sie sah, wie Dominic sie vor Verblüffung anstarrte, doch sie war zu wütend, um sich darum zu kümmern. Und dann plötzlich wurde sie wieder ganz unsicher, was sie von Dominic halten sollte. Sie hatte ihn so sehr geliebt, und alles, was sie jetzt noch fühlen konnte, war das herzzerreißende Bedürfnis, ihn zu beschützen. Beschützen vor . . . wovor? Vor Pitt, der Polizei – oder vor sich selbst?

Der Abend schien kein Ende zu nehmen. Und doch war es erst elf, als sich George Ashworth verabschiedete. Charlotte entschuldigte sich und flüchtete dankbar ins Bett. Sie hatte erwartet, daß sie die ganze Nacht vor Gedanken fiebernd wachliegen würde, aber sie merkte kaum noch, daß sie sich hinlegte, als sie auch schon der Schlaf der Erschöpfung übermannte.

Am nächsten Tag erwartete sie etwas unendlich viel Schlimmeres. Es war nicht später als zehn Uhr morgens, als Maddock erschien, um ihr mitzuteilen, daß Inspector Pitt in der Halle sei und sie zu sprechen wünsche.

»Mich?« Sie versuchte, einem Zusammentreffen mit Pitt aus dem Wege zu gehen und hoffte, daß er mit jemand anderem sprechen würde, daß er vielleicht sogar gekommen war, um Papa an diesem Abend aufzusuchen, und jetzt nur hier war, um sicherzustellen, daß Papa dann auch zu Hause sein würde.

»Ja, Ma'am«, sagte Maddock mit fester Stimme. »Er hat ausdrücklich nach Ihnen verlangt.«

»Maddock, bitte vergewissern Sie sich, ob es wirklich nicht der Herr ist, den er heute abend aufsuchen möchte?«

»Ja, Ma'am.« Maddock wandte sich zum Gehen, und als er an der Tür war, war es Pitt selbst, der sie öffnete und hereinkam.

»Inspector Pitt!« sagte Charlotte scharf. Sie beabsichtigte, ihn so in Verlegenheit zu bringen, daß er sich zurückzog. Er war der letzte Mensch auf der Welt, den sie sehen wollte. Die Erinnerung an Dominics Krawatte beherrschte so sehr ihre Gedanken, daß sie das Gefühl hatte, als ob Pitt nur mit Millie zu sprechen oder in die Küche oder Waschküche zu gehen brauchte, um auf die Krawatte zu stoßen und alles zu erraten. Und noch mehr fürchtete sie sich vor dem, was sie eventuell selbst verraten könnte. Die völlige Konzentration darauf, die Angelegenheit bloß nicht zu erwähnen, und die Angst davor bestimmten ihr ganzes Denken.

»Guten Morgen, Miss Ellison.« Er wartete, bis Maddock im Flur verschwunden war, und schloß hinter ihm die Tür. »Charlotte, ich bin gekommen, um Ihnen über George Ashworth zu berichten.«

Die Erleichterung, die sie fühlte, war überwältigend. Es hatte also gar nichts mit Dominic zu tun.

»Sie erinnern sich doch?« fragte er erstaunt. Was für ein außergewöhnliches Gesicht er doch hatte; es spiegelte so offen seine Gefühle wider, verstärkte sie beinahe noch.

Sie war verwirrt.

»Nein. Was ist mit ihm? Haben Sie es herausgefunden?« Bei dem Gedanken an Emily bekam sie wieder Angst. War es gar Ashworth, der...? Wenigstens würde das bedeuten, daß er Emily nicht mehr kränken, sie nicht mehr verletzen konnte, indem er sie einer anderen wegen verließ. Bei dieser Vorstellung verspürte sie jedoch auch ein tiefes Bedauern, was lächerlich war. Es war nur ein sehr kleiner Teil von ihr, der ihn gern mochte.

Pitt beobachtete sie. »Sie mögen ihn«, stellte er mit einem Lächeln fest. Seine Augen blickten sanft.

»Ich kann ihn ganz und gar nicht leiden«, sagte sie mit beachtlicher Schärfe.

»Warum? Weil Sie Angst um Emily haben? Angst, daß er sie töten könnte, oder Angst, daß sie ihm schließlich langweilig werden und er sich eine andere suchen könnte – vielleicht eine mit Geld oder Titel?«

Sie verübelte ihm seine Scharfsichtigkeit, seine Art, sich einzumischen. Emilys Verletztheit und Kummer gingen ihn überhaupt nichts an.

»Die Angst, er könnte sie töten, natürlich! Was, bitte, wollten Sie mir berichten, Mr. Pitt?«

Er ignorierte ihren kurzangebundenen Ton und lächelte sie weiter an. »Daß er das Hilton-Mädchen wahrscheinlich nicht einmal gekannt hat und daß er Lily Mitchell mit Sicherheit nicht getötet hat. Wir haben einen vollständigen Bericht über alles, was er an jenem Tag und in jener Nacht unternommen hat.«

Sie war erfreut, sehr erfreut, was keinen Sinn ergab. Es bedeutete, daß Ashworth frei bleiben würde und Emily verletzen konnte, und es lag ihr sehr viel daran, daß das nicht geschah.

»Damit hätten Sie also noch eine Person ausgeschlossen«, sagte sie und suchte nach Worten, nach irgend etwas, was sie ihm sagen konnte, um die Stille zu überbrücken und um seinen Augen auszuweichen, die sie lächelnd beobachteten und jeden Ausdruck und jeden Gedanken in ihrem Gesicht registrierten.

»Ja«, bestätigte er. »Nicht gerade eine sehr befriedigende Ermittlungsmethode.«

»Ist das alles, was Sie tun können?« fragte sie.

Er lächelte ein wenig gezwungen, in seiner Miene lag Selbstkritik. »Nicht ganz. Ich versuche, mir in meiner Phantasie ein Bild von dem Typ Mann zu machen, den wir suchen, der dazu getrieben wird, etwas Derartiges zu tun.«

Unwillkürlich sprach sie denselben Gedanken aus, der Dominic so entsetzt hatte. »Glauben Sie, daß es sich vielleicht um einen Mann handelt ... der ... selbst gar nicht weiß, was er getan hat, nicht weiß, warum er es getan hat, sich anschließend nicht einmal daran erinnert? Dann wüßte er genausowenig und hätte genausoviel Angst wie wir alle!«

»Ja«, sagte er knapp.

Das war nicht gerade beruhigend. Sie wünschte, er hätte nein gesagt. Es rückte diese Person – den Würger – in ihre Nähe; es beseitigte die Distanz zwischen ihnen. Es könnte jeder von ihnen sein. Gott allein konnte wissen, was er wohl empfinden würde, wenn er es selbst entdecken würde.

»Es tut mir leid, Charlotte«, sagte er ruhig. »Auch mir macht es Angst. Er muß gefunden werden, aber ich bin nicht gerade glücklich darüber, ihn suchen zu müssen.«

Sie wußte nichts darauf zu sagen. In ihren Gedanken sah sie nur Dominics schwarze Krawatte, breit genug, um die ganze Welt damit zu erdrosseln. Sie wünschte sich, Pitt möge gehen, bevor sie diesen übermächtigen Gedanken unfreiwillig aussprach.

»Ich habe Ihren Schwager vor kurzem gesehen«, fuhr er fort.

Sie fühlte, wie ihr Körper sich straffte. Glücklicherweise hatte sie ihm den Rücken zugekehrt, so daß er nicht sehen konnte, wie ihr die Angst die Kehle zuschnürte. Sie versuchte zu sprechen, beiläufig zu klingen, aber sie schaffte es nicht. War er etwa gekommen, weil er es wußte oder schon erraten hatte...?

»In einem Kaffeehaus«, fuhr er fort.

»Wirklich?« Es gelang ihr schließlich doch zu sprechen.

Er antwortete nicht. Sie wußte, daß er sie beobachtete. Sie konnte die Stille nicht ertragen. »Ich kann mir nicht vorstellen, daß Sie viel mit ihm zu besprechen hatten.«

»Es ging um den Würger – natürlich. Darüber hinaus haben wir kaum über etwas anderes gesprochen, außer über einige andere Verbrechen. Er schien zu glauben, daß Ihre Morde die wichtigsten seien.«

»Sind sie das etwa nicht?« Sie wandte sich ihm zu, um an seinem Gesicht abzulesen, was er meinte.

»Ja, natürlich, aber es gibt noch viele andere Verbrechen. Mein Sergeant hat vorige Woche einen Arm verloren.«

»Einen Arm verloren!« Sie war entsetzt. »Wie? Was ist passiert?« Sie erinnerte sich noch genau an den kleinen Mann. Wie konnte er nur einen solch furchtbaren Unfall gehabt haben?

»Wundbrand«, sagte er nur, aber sie sah die Wut in seinen Augen. Einen Augenblick lang vergaß sie Dominic völlig. »Sein Arm wurde von einer Eisenspitze durchbohrt«, fuhr er fort, »als wir in die Elendsviertel gingen, um einen Fälscher festzunehmen.« Er erzählte ihr, was passiert war.

»Das ist ja furchtbar«, sagte sie entsetzt. »Passiert so etwas... vielen von Ihnen?«

Sie sah einen Hoffnungsschimmer in seinen Augen und dann die Selbstironie, mit der er wohl seine eigenen Gefühle verspotten wollte. Emily hatte zumindest teilweise recht. Es war ihm nicht gleichgültig, was sie von ihm dachte.

»Nein, das passiert nicht vielen«, antwortete er. »Im Polizeidienst begegnet man ebensooft tragischen, mitleiderregenden und sogar komischen Dingen wie der Gewalt. Die meisten Verbrecher würden es vorziehen, ihre Strafe zu verbüßen und dafür am Leben zu bleiben. Die Strafen für Gewaltverbrechen sind zu grausam, um sie auf die leichte Schulter zu nehmen. Auf Mord steht der Galgen.«

»Komisch?« fragte sie ungläubig.

Er saß auf der Lehne eines Sessels. »Ja, glauben Sie etwa, die Menschen in den Elendsvierteln blieben ohne ihren Sinn für

Humor am Leben? Ohne ihr sarkastisches Gespür für das Lächerliche, ohne Galgenhumor würden sie dort umkommen. Sie könnten die Hehler, die Prostituierten, die Händler mit ihren Handkarren nie verstehen. Aber wenn Sie es könnten, dann würden auch Sie sie manchmal komisch finden. Sie sind grausam, sie gewähren kein Pardon, aber sie erwarten ihn auch nicht. Sie sind erfinderisch, gierig, aber oft auch komisch. So ist die Welt, in der sie leben. Schwache und Verräter kommen in ihr um.«

»Und die Kranken, die Verwaisten, die Alten?« fragte sie. »Wie können Sie die mit Humor betrachten?«

»Die sterben, genauso, wie das sogar in Ihren Kreisen vorkommt«, antwortete er. »Ihr Tod ist bloß anders, das ist alles. Aber was widerfährt einer geschiedenen Frau in Ihrer Welt oder einer Frau, die ein uneheliches Kind hat, oder einer Frau, deren Mann stirbt oder deren Mann die Rechnungen nicht mehr bezahlen kann? Er wird höflich in den Ruin getrieben – und oft genug in den Selbstmord. Soweit es Sie angeht, ist er schon von dem Tag an ruiniert, an dem er oder sie in Ungnade gefallen ist. Man übersieht sie auf der Straße. Man besucht sie nicht mehr am Nachmittag. Es gibt für sie keine Möglichkeit mehr zu arbeiten, ihre Töchter zu verheiraten, und es gibt keinen Kredit bei den Kaufleuten. Es ist eine andere Art von Tod, aber meistens können wir das Ende absehen, und es kommt auf dasselbe heraus.«

Darauf gab es keine Antwort. Sie hätte ihn gerne gehaßt, alles bestritten oder gerechtfertigt, aber in ihrem Herzen wußte sie, daß er die Wahrheit sagte. Sie erinnerte sich vage an Leute, deren Namen nicht mehr erwähnt werden durften, Leute, die man plötzlich nicht mehr sah.

Er streckte seine Hand aus und berührte sanft ihren Arm. Sie konnte seine Wärme spüren.

»Es tut mir leid, Charlotte. Ich hatte kein Recht, das so zu sagen, als ob es Ihre Schuld wäre, als ob Sie willentlich oder bewußt daran beteiligt wären.«

»Das ändert aber nichts, oder?« sagte sie traurig.

»Nein.«

»Erzählen Sie mir ein paar von den komischen Geschichten. Ich glaube, das brauche ich jetzt.«

Er lehnte sich zurück und zog dabei seine Hand weg. Sie spürte den Luftzug. Sie hatte erwartet, seine Berührung als anmaßend zu empfinden, und war überrascht, daß sie es nicht tat. Er lächelte ein wenig gezwungen. »Sie haben Willie auf der Polizeiwache kennengelernt?«

Auch sie mußte lächeln. Sie erinnerte sich an sein schmales Gesicht, die freundliche Mischung aus Interesse und Verachtung für ihre Unwissenheit.

»Ja; ja, ich kann mir lebhaft vorstellen, daß er ein paar lustige Geschichten kennt.«

»Hunderte, und einige davon sind sogar wahr. Ich kann mich an eine erinnern, die er mir über eine Hehlerfamilie erzählt hat und über eine lange und abenteuerliche Rache an einem Blüten-willi.«

»Einem was?«

»Einem, der gefälschtes Geld unter die Leute bringt. Und über Belle – fast hätte ich gesagt, Sie würden Belle mögen, aber sie ist eine Prostituierte . . .«

»Nun, vielleicht würde ich sie trotzdem mögen«, antwortete Charlotte und fragte sich dann, ob sie sich nicht etwas übereilt festgelegt hatte. »Vielleicht . . .«

Amüsiert entspannten sich seine Gesichtszüge. »Belle kam aus Bournemouth. Ihre Eltern waren ehrbare Leute, aber sehr arm. Sie arbeiteten in einem Haus der mittleren Gesellschaftsschicht. Soweit ich weiß, wurde Belle vom Sohn des Hauses eher mit Gewalt als mit Charme verführt. Die Folge war, daß sie hinausge-worfen wurde. Von da an war sie gebrandmarkt. Es kam natürlich niemand auf die Idee, daß er sie nun heiraten müßte. Sie ging nach London und stellte fest, daß sie schwanger war. Zunächst arbeitete sie als Näherin und nähte Hemden – mit abgesteppten Kragen und Manschetten, sechs Knopflöchern und vier Längs-nähten auf der Frontpartie. Das Ganze für zweieinhalb Pence pro Stück. Nähen Sie, Charlotte? Wissen Sie, wie lange man für ein Hemd braucht? Führen Sie ein Haushaltsbuch? Wissen Sie, was man für zweieinhalb Pence kaufen kann?

Sie versuchte, Arbeit in einem Armenhaus zu bekommen, wurde aber abgewiesen, weil sie keine behördliche Genehmigung hatte. Und dann bekam sie einen unsittlichen Antrag. Der Mann war nicht alt genug, um genügend Geld für eine glückliche Ehe zu haben, aber er war mit einem überreichen Triebleben gesegnet. Das Verhältnis brachte ihr genug ein, um ihr Kind zu ernähren und ihm eine Decke zum Schlafen kaufen zu können.

Ihr eröffnete sich eine ganz neue Welt. Jede Woche schrieb sie ihren Eltern; das tut sie heute noch und schickt ihnen Geld. Sie glauben, daß sie es mit der Schneiderei verdient. Und was für einen Sinn hätte es, sie herausfinden zu lassen, daß alles ganz anders ist? Sie wissen schließlich nicht, was Schneiderinnen in London verdienen.

Sie fand einen Zimmerwirt, der sie schützte, aber dann begann er, immer mehr von ihrem Geld zu nehmen. Zu dieser Zeit hatte sie schon Freunde – auch richtige, nicht nur Kunden. Sie ist ein hübsches Mädchen, klug, aber nicht hinterhältig, und ich habe selten gesehen, daß sie über etwas nicht lachen konnte.«

»Was hat sie dann getan?« wollte Charlotte wissen.

»Sie hatte einen ständigen Liebhaber, der schreiben konnte, einen, der Briefe, Dokumente, falsche Aussagen und so weiter fälschte. Der hatte einen Onkel, der Kinder auf Diebstahl abrichtete. Er trommelte all seine kleinen Schützlinge zusammen, um den Zimmerwirt jedesmal, wenn er zur Tür hinausging, zu belästigen. Seine Uhr wurde gestohlen, seine Siegel, sein Geld. Aber noch schlimmer war, daß sie ihn verspotteten, ihm Zettel ansteckten und ihn zur Witzfigur machten.«

»Wenn er bestohlen wurde, warum hat er dann nicht die Polizei gerufen?« mußte sie fragen. »Besonders, wenn er doch gesehen hat, wer es war und daß man nicht damit aufhörte?«

»Oh, das hat er getan! So haben wir davon erfahren.«

»Und haben Sie sie eingesperrt?« Sie war entsetzt und wütend.

Er lächelte sie an und schaute ihr direkt in die Augen.

»Unglücklicherweise hatte ich an diesem Tag ein steifes Bein, und ich konnte nicht schnell genug rennen, um einen von ihnen zu schnappen. Sergeant Flack bekam etwas ins Auge und mußte stehenbleiben, um es zu entfernen. Als er wieder etwas sehen konnte, waren sie alle weg.«

Sie spürte eine Welle der Erleichterung. »Und Belle?«

»Sie mußte eine angemessene Miete bezahlen und behielt den Rest ihres Einkommens.«

»Und hat sie weiter als . . . als Prostituierte gearbeitet?«

»Was sonst? Hätte sie wieder Hemden für zweieinhalb Pence nähen sollen?«

»Nein, natürlich nicht. Ich gebe zu, das war eine dumme Frage. Jetzt sehe ich erst, wieviel Glück ich gehabt habe, daß ich als das geboren wurde, was ich bin. Ich habe immer gedacht, daß das

Sprichwort falsch ist, wonach die Sünden der Väter auf die Kinder und bis in die dritte und vierte Generation weitervererbt werden. Aber das ist es nicht, oder? Es ist einfach eine Spielregel des Lebens: Wir ernten, was die Eltern gesät haben.«

Sie blickte auf und bemerkte, daß Pitt sie ansah. Die Wärme in seinem Blick brachte sie in Verlegenheit, und sie wandte sich ab.

»Und der Würger? Glauben Sie, daß er ... daß er einfach nicht anders kann?«

»Ich halte es für möglich, daß er selbst nicht einmal von seinen Verbrechen weiß. Und deshalb wissen die, die ihm am nächsten stehen, es vielleicht auch nicht«, antwortete er.

Mit Schrecken fiel ihr die schwarze Krawatte wieder ein. Für einen Augenblick hatte sie alles vergessen, hatte vergessen, daß Pitt eine Bedrohung sein konnte und hatte ihn nur als – nein, es war lächerlich, ihn so zu sehen! Sie erhob sich ein wenig schwerfällig. »Ich danke Ihnen, daß Sie gekommen sind und mir von Lord Ashworth erzählt haben. Es war außerordentlich aufmerksam von Ihnen, und es hat mich beruhigt. Zumindest haben Sie mir meine schlimmsten Befürchtungen genommen.«

Er akzeptierte die Verabschiedung und stand ebenfalls auf, aber in seinem Gesicht lag Enttäuschung. Das tat ihr leid; er hatte das nicht verdient. Aber sie hatte zuviel Angst davor, ihn noch länger bleiben zu lassen. Er konnte sie durchschauen und ihre Gedanken lesen. Sein spontanes Mitgefühl und seine Intelligenz würden sie dazu bringen, sich selbst und Dominic zu verraten.

Verdammt noch mal: Er sah sie immer noch an!

Oh Gott! Hatte sie ihn etwa so abrupt verabschiedet, daß er ihre Angst bemerkt hatte? Hatte sie ihn zu schnell hinauskomplimentiert, als die Rede auf den Würger kam, der sich möglicherweise seiner eigenen Handlungen nicht bewußt war, so daß Pitt nun vermutete, sie wisse etwas? Sie mußte diesen Eindruck korrigieren.

»Es tut mir leid, Mr. Pitt. Ich wollte nicht unhöflich erscheinen. Ich habe Ihnen noch nicht einmal eine Erfrischung angeboten.« Sie zwang sich, ihm in die Augen zu schauen. Dabei lächelte sie steif. Sie mußte fürchterlich aussehen. »Darf ich Ihnen etwas kommen lassen?«

»Nein, danke«, sagte er und ging zur Tür. Er drehte sich um und runzelte ein wenig die Stirn. »Charlotte, wovor haben Sie Angst?«

Sie atmete tief ein, und ihr Hals war wie zugeschnürt. Es verging ein Augenblick, bevor sie einen Ton herausbringen konnte.

»Wovor? Vor dem Würger natürlich. Hat nicht jeder vor ihm Angst?«

»Ja«, sagte er ruhig. »Möglicherweise auch der Würger selbst.«

Das Zimmer schien sich um sie zu drehen. So mußte man sich bei einem Erdbeben fühlen. Es war lächerlich. Sie durfte nicht ohnmächtig werden! Dominic mochte schwach sein, seinen Neigungen nachgeben, aber man mußte schließlich auch akzeptieren, daß alle Gentlemen so waren. Aber Dominic konnte unmöglich etwas mit Mord zu tun haben, mit Drähten, die auf der Straße um weiße Kehlen zugezogen wurden! Sie mußte von Sinnen gewesen sein, ihm in einem Moment der Schwäche so etwas unterstellt zu haben, außer sich, als ihr solch ein Gedanke in den Sinn gekommen war.

»Ja«, pflichtete Charlotte bei, »das könnte ich mir vorstellen. Aber trotzdem müssen Sie ihn im Interesse aller fangen.« Sie hob ihre Stimme absichtlich an, so daß sie zustimmend klang, so, als ob das alles nur am Rande mit ihr zu tun hätte und es eher um ein allgemeines Interesse und nicht um ein persönliches ginge.

Seine Mundwinkel verzogen sich ein wenig. Er deutete eine Verbeugung an, wandte sich um und verließ das Zimmer. Sie hörte, wie Maddock ihm die Eingangstür öffnete und hinter ihm schloß.

Ihre Knie gaben nach, und sie brach mit tränenüberströmtem Gesicht auf dem Sofa zusammen.

Als Dominic am Abend heimkehrte, konnte sie ihm nicht in die Augen sehen. Sarah nahm das Essen ebenfalls schweigend ein. Emily war mit George Ashworth und einer Gruppe von Freunden ausgegangen. Großmama erging sich in einem Vortrag über den Niedergang gesellschaftlicher Umgangsformen. Edward und Caroline hielten eine notdürftige Unterhaltung aufrecht, der niemand zuhörte.

Später sagte Sarah ein wenig steif, sie habe Kopfschmerzen, und zog sich ins Bett zurück. Mama begleitete Großmama hinauf in ihr Wohnzimmer, um ihr etwa eine Stunde lang vorzulesen, und Papa ging in das Arbeitszimmer, um zu rauchen und einige Briefe zu schreiben.

Dominic und Charlotte blieben allein im Wohnzimmer zurück. Es war eine Situation, vor der sich Charlotte gefürchtet hatte, aber jetzt fühlte sie schon fast so etwas wie eine Erleichterung. Vielleicht war alles in Wirklichkeit doch nicht so schlimm, wie sie befürchtete.

Nachdem die anderen gegangen waren, wartete sie noch ein paar Minuten; dann blickte sie auf, weil sie fürchtete, daß auch er das Zimmer verlassen würde, wenn sie nicht bald etwas sagte.

»Dominic?«

Er drehte sich zu ihr um.

Sie war mit ihm allein; seine ganze Aufmerksamkeit galt ihr. Seine dunklen Augen ruhten nur auf ihr, wobei er ein wenig beunruhigt schien. Das hätte ihr Herz erfreuen müssen. Aber sie konnte nur an Lily Mitchell denken und an Sarah, die oben in ihrem Bett lag und wegen einer Nichtigkeit unglücklich war. Dabei gab es viel mehr, von dem Sarah noch nicht einmal die leiseste Ahnung hatte – oder wußte sie...? Und Pitt. In ihren Gedanken sah sie Pitts Gesicht, seine hellen, forschenden Augen, die sie so anzogen. Sie mußte sich zusammenreißen – der Gedanke war einfach lächerlich.

»Ja?« erwiderte Dominic.

Taktgefühl war nie ihre Stärke gewesen, und sie hatte noch nie die Fähigkeit besessen, Probleme diplomatisch zu lösen. Mama würde es so viel besser machen können.

»Mochtest du Lily?« fragte sie.

Sein Gesicht zuckte vor Überraschung. »Das Dienstmädchen Lily, Lily Mitchell?«

»Ja.«

»Ob ich sie mochte?« wiederholte er ungläubig.

»Ja, hast du sie gemocht? Bitte gib mir eine ehrliche Antwort. Es ist wichtig.« Es war in der Tat wichtig, obwohl sie sich nicht sicher war, welche Antwort sie hören wollte. Schon allein die Vorstellung, daß er sie gemocht haben könnte, tat sehr weh, und dennoch war die Vorstellung, er könnte sie ausgenutzt haben, ohne sie zu mögen, noch viel schlimmer – schäbiger, schmutziger, von viel weiter reichender Bedeutung.

Eine leichte Röte schoß in sein Gesicht.

»Ja, ich habe sie ganz gern gemocht. Sie war ein lustiges kleines Ding. Erzählte viel über die Gegend, in der sie aufgewachsen ist. Warum? Willst du wegen ihr irgend etwas unternehmen? Sie war eine Waise, weißt du. Unehelich, soviel ich weiß. Sie hatte keine Familie.«

»Nein, ich hatte nicht daran gedacht, etwas zu unternehmen«, antwortete sie recht scharf. Sie hatte nicht gewußt, daß Lily eine Waise war. Jahrelang hatte sie mit ihr im selben Haus gewohnt und so wenig Interesse für Lily gezeigt, als ob es sie gar nicht gäbe. War Dominic wirklich schlimmer als sie selbst? »Ich wollte es wegen dir wissen.«

»Wegen mir?«

Irrte sie sich, oder vertiefte sich die Farbe in seinem Gesicht?

»Ja.« Es hatte keinen Sinn zu lügen oder zu versuchen auszuweichen. Er starrte sie an. Warum – um alles in der Welt – hätte sie ihn gerade jetzt so furchtbar gern berührt? Um sich zu vergewissern, daß er immer noch derselbe war, der Dominic, den sie geliebt hatte, seit sie eine Frau war? Oder fühlte sie so etwas wie Mitleid?

»Ich verstehe dich nicht«, sagte er langsam.

Sie sah mit einer Offenheit in seine Augen, die sie noch vor einem Monat nicht für möglich gehalten hätte. Zum erstenmal sah sie ohne flatterndes Herz oder rasenden Puls tief in ihn hinein. Sie sah den Menschen an und vergaß den Mann, seine Schönheit, seine Ausstrahlung.

»Doch, du verstehst ganz gut. Millie hat mir die Krawatte gebracht, die sie unter dem Bett gefunden hat, als sie die Matratze umdrehte. Es war deine.«

Er machte noch nicht einmal den Versuch zu lügen und war offensichtlich peinlich berührt, aber er blickte nicht weg.

»Ja, ich mochte sie. Sie war sehr ... unkompliziert. Sarah ist manchmal schrecklich prüde.«

»Du auch«, sagte sie brutal und war über sich selbst überrascht. Ein neuer wütender Gedanke kam ihr, und sobald er ihr durch den Kopf ging, sprach sie ihn auch schon aus. »Wie würdest du dich fühlen, wenn Sarah mit Maddock schlafen würde?«

Er starrte sie fassungslos an. »Sei nicht albern!«

»Was ist daran albern?« fragte sie kühl. »Du warst mit dem Dienstmädchen im Bett, nicht wahr? Lily war noch nicht einmal ein Butler, sondern nur ein Dienstmädchen!«

»Sarah würde nicht im Traum an so etwas denken; sie ist schließlich keine Schlampe. Es ist unerhört und niederträchtig, so etwas auch nur im Spaß zu sagen.«

»Ich bin ganz und gar nicht zu Späßen aufgelegt! Mit welchem Recht bist du über etwas wütend, was ich nur beschreibe, und du gibst es ohne die geringste Scham zu? Du schämst dich wohl gar nicht!«

Wieder wurde er rot, und zum erstenmal wandte er sich von ihr ab.

»Ich bin nicht sehr stolz darauf.«

»Wegen Sarah oder weil Lily tot ist?« Wieso sah sie ihn nun plötzlich so realistisch? So unbarmherzig wie die Morgensonne auf der Haut, die alle Unreinheiten sichtbar macht.

»Das verstehst du nicht«, sagte er verzweifelt. »Wenn du verheiratet bist, wirst du es verstehen.«

»Was verstehen?«

»Daß...« Er stand auf. »Daß Männer ... Männer manchmal zu...« Er brach den Satz ab, unfähig, ihn diplomatisch zu beenden.

Sie beendete ihn an seiner Stelle.

»Daß ihr einen Kodex für euch habt und einen anderen für uns«, sagte sie spitz. Ihr Hals schmerzte, so, als ob sie weinen müßte. »Von uns verlangt ihr absolute Treue, aber ihr glaubt das Recht zu haben, zu lieben, wann und wo ihr wollt.«

»Es ist nicht Liebe!« explodierte er. »Um Gottes willen, Charlotte...«

»Was dann? Ist es ein Bedürfnis? Habt ihr einen Freibrief?«

»Das verstehst du nicht!«

»Dann erklär es mir!«

»Sei nicht naiv. Du bist kein Mann. Wenn du verheiratet wärst, dann würdest du vielleicht verstehen, daß Männer anders sind. Du kannst nicht die Gefühle einer Frau, die Verhaltensregeln einer Frau bei einem Mann anwenden.«

»Ich kann die Regeln der Treue und der Ehre bei jedermann anwenden!«

Jetzt war er wütend. »Das hat gar nichts mit Treue oder Ehre zu tun! Ich liebe Sarah. Zumindest, Gott steh mir bei, ich tat es, bis sie...«, sein Gesicht war plötzlich bleich, »bis sie anfing zu denken, ich könnte der Würger sein.« Er starrte sie an, und sie konnte die Hilflosigkeit und den Schmerz in seinen Augen sehen.

Sie stand ebenfalls auf, und ohne nachzudenken, streckte sie ihre Hand aus, um ihn zu berühren, seine Hand festzuhalten, und er erwiderte die Geste.

»Charlotte, das tut sie! Sie hat es ganz klar gesagt!«

»Sie glaubt, was Emily gesagt hat«, erwiderte sie ruhig, »und vielleicht wußte sie auch von Lily.«

»Aber um Gottes willen: Das ist doch etwas ganz anderes, als vier hilflose Mädchen zu ermorden und ihre Leichen auf der Straße liegen zu lassen.«

»Wenn sie von Lily weiß und mich verdächtigt, dann hast du ihr wehgetan. Vielleicht wollte sie sich nur revanchieren?«

»Aber das ist grotesk! Sie kann nicht so verletzt sein, daß . . .« Er starrte sie an.

Voller Ernst erwiderte sie seinen Blick. »Ich wäre es. Wenn ich mir vorstelle, ich hätte dir all meine Liebe, mein Herz und meinen Körper geschenkt, wäre dir treu gewesen und hätte an niemand anders gedacht und müßte dann erfahren, daß du mit meinem Dienstmädchen geschlafen hast und meiner Schwester den Hof machst – ich wäre wohl verletzter, als ich es mir jetzt überhaupt vorstellen kann. Ich würde wahrscheinlich versuchen, dir so weh zu tun wie nur irgend möglich. Wenn du mich so dreist betrügen konntest, erschiene mir wohl selbst ein Mord als gar nicht mehr so viel schlimmer.«

»Charlotte!« Seine Stimme überschlug sich und wurde schrill. »Charlotte, wie kannst du nur so etwas über mich denken? Oh, Gott im Himmel! Ich meine, ich habe nicht . . . ich habe nie jemandem etwas getan!« Er griff wieder nach ihrer Hand und hielt sie so fest, daß ihre Finger schmerzten.

Sie zog sie nicht weg.

»Außer Sarah – und vielleicht Lily? Hat sie dich auch geliebt, oder dürfen Dienstmädchen Gelüste haben, so wie Männer?«

»Charlotte, um Gottes willen, sei nicht sarkastisch! Hilf mir!«

»Ich wüßte nicht, wie!« Für einen Augenblick drückte sie fest seine Hand. »Ich habe keinen Einfluß auf Sarahs Gefühle; ich kann nichts von dem, was sie gesagt hat, zurücknehmen oder dich vergessen lassen, was sie gesagt hat.«

Lange Zeit stand er regungslos da. Er sah in ihre Augen und in ihr Gesicht.

»Nein«, sagte er schließlich und schloß seine Augen. »Und, lieber Gott«, sagte er sanft, »du kannst noch nicht einmal mich selbst wirklich davon überzeugen, daß ich es nicht getan habe. Dein verdammter Polizist hat gesagt, daß dieser Mann vielleicht selbst gar nicht weiß, was er tut. Das bedeutet, daß auch ich es sein könnte. Ich könnte dies alles tun, ohne es zu wissen. Ich habe deinen Vater auf der Straße gesehen; bis jetzt ist noch niemand darauf gekommen, daß das bedeutet, daß also auch ich da war. Und ich kannte alle vier Mädchen, und jedesmal, wenn eins getötet wurde, war ich ausgegangen.«

Ihr fiel nur eine Sache ein, die ihn trösten könnte, und die trotzdem der Wahrheit entsprach. »Würde Pitt wirklich glauben, daß du es getan hast, dann wäre er zurückgekommen, um dich zu verhören. Er würde dich nicht verschonen, nur weil du ein Gentleman bist.«

»Glaubst du, daß er wirklich einen Verdacht hat?« fragte er eifrig. Man sah es ihm überdeutlich an, wie sehr er ihr glauben wollte – und wie schwer es ihm fiel.

»Ich weiß, daß du ihn nicht magst, aber glaubst du, du könntest ihm lange etwas vormachen?«

Er verzog den Mund. »Ich glaube nicht, daß ich wirklich etwas gegen ihn habe. Ich glaube, ich habe Angst vor ihm.«

»Weil du glaubst, daß er klug ist?«

»Ja.« Er seufzte. »Danke, Charlotte. Ja, ich nehme an, Pitt hat sich jeden von uns genau angesehen. Wenn es einer von uns wäre, dann würde er ihn jetzt wohl schon einkreisen. Und das tut er deiner Meinung nach nicht, oder?« Die quälende Angst war wieder da.

Diesmal log sie, so als ob sie ein Kind beschützen müßte.

»Nein.«

Er atmete wieder aus und setzte sich. »Wie kann Sarah nur glauben, ich hätte es getan? Sicher würde jeder, der mich nur ein wenig kennt... Du sagst, sie liebt mich; wie kann sie jemanden lieben und so etwas von mir denken?«

»Weil es nicht dasselbe ist, jemanden zu lieben und jemanden zu kennen«, hörte sie sich hart und deutlich selbst sagen. Ob diese Worte für ihn wohl dieselbe Bedeutung hatten wie für sie?

»Sie liebt mich nicht wirklich«, sagte er langsam, »sonst hätte sie so etwas nie gedacht.«

»Du hast es selbst in Erwägung gezogen!«

»Das ist etwas ganz anderes. Ich kenne mich. Aber ich habe nie schlecht von ihr gedacht, in keiner Beziehung.«

»Dann kennst du sie nicht besser, als sie dich kennt.« Charlotte meinte, was sie sagte, obwohl sie die Bedeutung ihrer Gedanken erst erkannte, als sie sie aussprach.

»Was meinst du damit?«

»Wir alle haben Fehler – auch Sarah. Wenn du von ihr erwartest, daß sie vollkommen ist, dann tust du ihr ein Unrecht an, das genauso groß ist wie das Unrecht, das sie dir antut.«

»Ich verstehe dich nicht, Charlotte.« Er verzog das Gesicht. »Manchmal glaube ich, du weißt überhaupt nicht, was du sagst.«

»Nein«, stimmte sie zu. Es tat ihr weh, erkennen zu müssen, daß er sie wirklich nicht verstand. »Nein, ich habe mir schon gedacht, daß du mich nicht verstehen würdest.« Aus einem tiefen Gefühl heraus faßte sie einen schnellen Entschluß. »Ich werde nach oben gehen und nachsehen, wie es Sarah geht.«

»Sarah?« Er war überrascht.

Sie ging zur Tür und wandte sich um.

»Ja.«

Er sah sie an und runzelte die Augenbrauen. Alles tat ihr weh – die ganze Kehle hinunter bis zum Magen. Sie wollte ihre Arme um ihn legen, um ihm seine Angst zu nehmen, von der sie nur zu gut wußte, aber ihre Liebe zu ihm hatte sich geändert. Sie war nicht mehr geheimnisvoll, romantisch, und sie brachte ihr Blut nicht mehr in Wallung. Sie fühlte sich reifer als er – und stärker.

»Charlotte . . .«

Sie wußte, was er sagen wollte. Er wollte sagen »Hilf mir« und wußte nicht, wie.

Sie lächelte. »Ich werde ihr nichts sagen. Und jeder hier in der Cater Street, der nur ein wenig nachgedacht hat, hat bestimmt die gleiche Angst wie du.«

Er atmete aus und versuchte zu lächeln. »Danke, Charlotte. Gute Nacht.«

»Gute Nacht.«

Als sie oben in Sarahs Zimmer kam, saß diese im Bett und starrte an die Wand. Vor ihr lag ein aufgeschlagenes Buch mit dem Umschlag nach oben.

»Wie geht es dir?« fragte Charlotte.

»Was willst du?« Sarah blickte sie kühl an.

»Kann ich dir irgend etwas holen? Ein heißes Getränk?«

»Nein, danke. Was ist los? Will Dominic nicht mit dir reden?« In Sarahs Stimme lag eine bittere Schärfe, und Charlotte glaubte, daß sie den Tränen nahe war.

Sie setzte sich auf die Bettkante. »Doch, er hat sich eine ganze Weile mit mir unterhalten.«

»Oh.« Sarah heuchelte Desinteresse. »Worüber denn?«

»Über den Würger.«

»Wie scheußlich. Du wirst noch davon träumen.«

Charlotte streckte ihre Hand aus und nahm Sarahs. »Sarah, du solltest ihn nicht glauben lassen, daß du ihn verdächtigst . . .«

»Hat er sich bei dir beschwert und sich an deiner Schulter ausgeweint?«

»Man kann dir so leicht ansehen, was du denkst! Sarah!« Als Sarah sich von ihr freimachen wollte, hielt Charlotte sie noch fester. »Selbst wenn du es denkst, kannst du dann nicht so gütig oder so vernünftig sein, es ihn nicht spüren zu lassen? Selbst wenn er schuldig wäre, hätten wir – wenn es nicht mehr bestritten werden kann – immer noch genug Zeit, darüber nachzudenken. Wenn er aber unschuldig ist und du ihn zu Unrecht verdächtigst, dann wirst du einen Graben zwischen euch aufreißen, den du später kaum mehr überbrücken kannst.«

Tränen standen in Sarahs Augen. »Ich verdächtige ihn nicht«, sagte sie und mußte schlucken. »Jedenfalls nicht wirklich. Die Möglichkeit ist mir nur einmal kurz durch den Kopf gegangen. Ist das denn so schwer zu verstehen? Ich konnte einfach nicht anders. Er war in letzter Zeit so oft lange aus. Er beachtet mich kaum noch. Ist er in dich verliebt, Charlotte? Sag es mir ehrlich. Ich muß es jetzt wissen.«

»Nein.« Charlotte lächelte und schüttelte den Kopf. »Ich war in ihn verliebt; das wollte Emily sagen. Aber er hat mich nicht einmal wahrgenommen.«

Tränen strömten über Sarahs Gesicht. »Oh, Charlotte, es tut mir so leid. Das wußte ich nicht!«

»Ich wollte auch nicht, daß du es erfährst.« Charlotte zwang sich zu lächeln. Sie war sich plötzlich über ihre eigenen Gefühle ganz klar. Sarah tat ihr furchtbar leid, weil sie Dominic verletzt und sich dabei selbst einen nicht wiedergutzumachenden Schaden zugefügt hatte. Selbst jetzt noch verstand Sarah nicht, was sie angerichtet hatte. Sarah starrte sie an, und durch ihre Tränen hindurch konnte man ihr Mitgefühl erkennen.

»Oh, es ist schon in Ordnung«, sagte Charlotte leicht. »Ich bin nicht mehr in ihn verliebt. Ich mag ihn sehr gern, aber ich bin nicht mehr verliebt.«

Sarah lächelte und zog die Nase hoch. »Ist es dieser unmögliche Polizist?«

Charlotte war schockiert. »Um Himmels willen, nein!«

Sarahs Lächeln vertiefte sich.

Charlotte beugte sich ein wenig nach vorne. Mehr als alles andere auf der Welt wollte sie Sarah helfen und beschützen, wollte dazu beitragen, daß alles wieder so wurde, wie es einmal gewesen war.

»Sarah, sag Dominic, daß du ihn nicht wirklich verdächtigst, daß es nur ein flüchtiger Gedanke war, wie schrecklich es wäre . . . Wenn es sein muß, dann lüge. Aber laß ihn nicht weiter glauben, daß –«

»Er wird nicht zu mir kommen.«

»Dann geh zu ihm.«

»Nein«, sagte Sarah und schüttelte den Kopf.

»Sarah!«

»Ich kann nicht.«

Es gab nichts, was Charlotte noch hätte sagen können. Schweigend strich sie Sarah übers Haar, schob ihr eine Strähne aus den Augen, stand dann auf und ging langsam weg. Sie war zu müde, zu aufgewühlt von den Erschütterungen in ihrem Leben, um heute abend noch irgend etwas zu empfinden. Morgen würden die Angst und das Mitleid zurückkommen.

Kapitel 11

Sarah dachte über die Dinge nach, die Charlotte gesagt hatte, aber sie konnte sich nicht überwinden, zu Dominic zu gehen. Er war in der letzten Zeit so kühl gewesen, so unnahbar, daß sie sich vor einer weiteren Zurückweisung fürchtete. Und wenn er wirklich verletzt wäre: Er könnte doch so leicht zu ihr kommen.

Oder war da mehr als Schmerz? Könnte es sein, daß er sich auf eine ganz andere Art schuldig fühlte? Sie erinnerte sich an einen flüchtigen selbstzufriedenen Ausdruck auf Lilys Gesicht und ein Lachen. Damals hatte sie sich geweigert, es zur Kenntnis zu nehmen, obwohl sie sehr wohl wußte, daß Frauen vor manchen Dingen die Augen verschließen. Sie hatte gedacht, die Affäre sei vorbei, und um ihren Seelenfrieden zu behalten, hatte sie sich bemüht zu vergessen. Nun kam ihr alles erneut zu Bewußtsein, so widerwärtig und peinlich, wie es gewesen war. War es Lilys Tod, der sie daran erinnert hatte? Aber wenn er fragen würde, nur ein einziges Mal, dann würde sie ihm erklären – so, daß er ihr einfach glauben mußte –, daß sie ihn nicht wirklich eines Mordes für fähig gehalten hatte. Sie war nur ganz kurz von einer absurden Furcht ergriffen worden, die der Verstand als unsinnig erkannte, als sie sich ihre Angst bewußt gemacht hatte.

Aber er kam nicht, und sie sprach nicht mit ihm darüber.

Was sich verändert hatte, war die Einstellung Sarahs Charlotte gegenüber. Ihr Geständnis erklärte so vieles. Jetzt verstand sie, warum Charlotte so wenig Interesse an den vielen annehmbaren jungen Männern gezeigt hatte, die ihr durch Mamas diplomatisches Geschick vorgestellt worden waren. Jetzt, wo sie es wußte, erinnerte sie sich an seltsame kleine Vorfälle, Worte, Blicke, Launen und unerklärliche Tränen. Damals konnte sie nicht verstehen, warum Charlotte ihr aus dem Wege ging, es sei denn, weil sie Dominic geheiratet hatte. Wie hatte sie so blind sein können? Sie hatte ihr eigenes Glück als eine Selbstverständlichkeit hingenommen und dabei nie an Charlotte gedacht. Emily hatte die Situation erkannt und das Geheimnis in einem Augenblick des Zorns preisgegeben. Das war eigentlich unverzeihlich.

Wenigstens dieses Kapitel war nun abgeschlossen. Charlotte war nicht mehr verliebt. War es etwa möglich, daß sie sich zu dem schrecklichen Polizisten hingezogen fühlte? Sicherlich nicht! Aber wenn überhaupt jemand zu solch einem gesellschaftlichen Wahnsinn fähig wäre, dann Charlotte!

Nun, sollte das tatsächlich passieren, so konnte sie sich darüber immer noch Gedanken machen. Papa würde es zweifellos früh genug regeln, obwohl er sich anscheinend um Emily und diesen Dandy Ashworth kaum zu kümmern schien. Sie würde ihn daran erinnern müssen, oder Emily könnte nicht nur verletzt, sondern auch gesellschaftlich ruiniert werden. Im Augenblick war Sarah versucht zu denken, daß dies Emily wegen ihres Verrats an Charlotte recht geschähe, aber vielleicht würde sie das Schicksal ohnehin hart genug bestrafen, ohne daß auch noch jemand aus ihrer Familie etwas dazu beitrug.

Zwei Tage später, als sie Martha Prebble in einer Gemeindeangelegenheit besuchte, kam das Gespräch auf Mrs. Attwood, die behinderte Frau, die Papa in der Nacht, in der Lily getötet wurde, besucht hatte.

»Die arme Seele«, sagte Martha mit einem leichten Seufzen. »Sie ist wirklich eine Prüfung Gottes!«

Sarah erinnerte sich an das, was Papa gemeint hatte. »Man sagt, daß sie vieles leicht übertreibt und daß ihre Erinnerung oft durch ihre Einbildung getrübt wird. Neigt sie vielleicht ein wenig zum Wunschdenken?«

Martha zog ihre Augenbrauen hoch. »Nicht, daß ich wüßte. Als ich sie sah, redete sie in einem fort und immer von den guten alten Zeiten, obwohl ich zugeben muß, daß ich nicht gut genug hingehört habe, um zu entscheiden, ob sie nun die Wahrheit oder Unsinn geredet hat. Ich glaube, die Arme ist einfach nur einsam.«

»Besucht sie denn niemand?« fragte Sarah. Ganz plötzlich empfand sie Mitleid, doch gleichzeitig widerstrebte es ihr, sie selbst aufzusuchen.

»Kaum jemand, fürchte ich. Wie ich bereits sagte, geht sie einem doch ein wenig auf die Nerven.«

»Ist sie nicht behindert und an ihr Heim gebunden?« Sarah fühlte sich verpflichtet, dem nachzugehen. Sie würde sich schuldig

fühlen, falls die Frau in Not wäre und sie sie nicht beachtet hätte –
vor allen Dingen dann, wenn ihr Ehemann ihrem Vater in der
Vergangenheit eine Gefälligkeit erwiesen haben sollte.

»Oh nein«, sagte Martha mit Nachdruck. »Sie leidet lediglich
an den üblichen kleinen Altersbeschwerden.«

»Sie ist nicht bettlägerig?« Sarah verzog ihr Gesicht. Könnte sie
Papa falsch verstanden haben? Sie versuchte, sich genau an das zu
erinnern, was er gesagt hatte, aber es gelang ihr nicht.

»Oh nein, keineswegs. Aber ich bin sicher, sie würde sich sehr
freuen, wenn Sie sie besuchen würden, um sich ein wenig mit ihr
zu unterhalten.«

»Ist sie in Not, ich meine finanziell?« Sarah hätte es eher
vorgezogen, materielle Hilfe zu leisten, als ihre Zeit zu opfern.

»Meine liebe Sarah, wie großzügig Sie sind. Es ist typisch für
Sie, daß Sie helfen wollen, daß Sie nicht an sich selbst, sondern
nur an die Bedürfnisse anderer denken. Aber ich versichere
Ihnen, sie ist nicht arm – außer im Geiste. Sie braucht Freunde«,
sagte sie zögernd, und ihre Hände umklammerten Sarahs Schultern, »und ein wenig Wärme.« Ihre Stimme klang plötzlich heiser,
so, als ob sie von starken Gefühlen überwältigt wurde. Sarah war
einen Augenblick lang verlegen und erinnerte sich dann an die
eisige Selbstgerechtigkeit des Pfarrers. Sie versuchte, sich in
Marthas Situation hineinzuversetzen. Es war merkwürdig, aber
Dominics kühles Benehmen in der letzten Zeit half ihr dabei. Sie
beantwortete Marthas Griff, indem sie ihre Arme ausstreckte und
sie ihrerseits berührte.

»Sicher«, sagte sie leise. »Die brauchen wir alle. Ich werde sie
heute nachmittag besuchen. Ich werde ihr diesmal nichts mitbringen, sondern sie einfach nur besuchen, solange ich noch die
Kutsche zur Verfügung habe. Aber ich werde sie nochmal besuchen, vielleicht mit Charlotte oder Mama, und ihr dann eine
kleine Aufmerksamkeit mitbringen.«

Martha starrte sie mit reglosen Augen an.

»Halten Sie das nicht für richtig?« fragte Sarah und schaute in
ihr bleiches Gesicht. »Glauben Sie, ich sollte nicht gehen, bevor
ich vorgestellt worden bin?«

Marthas Augen wurden lebhafter. »Aber sicher«, sagte sie und
atmete tief ein. »Sie sollten sie besuchen, ja, heute noch.«

»Mrs. Prebble, fühlen Sie sich wohl?« Sarah war jetzt doch
etwas besorgt; sie sah überanstrengt aus – so, als hätte sie sich ein

wenig verausgabt. Hatte Sarah etwas gesagt, was sie beunruhigte, oder war es die plötzliche Erinnerung an ihr eigenes Leben ohne Wärme und Zuneigung?

Sarah legte ihre Hände über die von Martha und drückte sie. Dann, als sie fühlte, wie sich die Muskeln der älteren Frau anspannten, beugte sie sich nach vorne, küßte sie sanft auf die Wange und ging zur Tür.

»Ich werde ihr sagen, daß Sie sich nett nach ihr erkundigt haben. Ich bin sicher, sie wird sich darüber freuen. Sie tun so viel für so viele Leute; es gibt wohl kein Haus in der Gemeinde, in dem nicht mit Wärme über Sie gesprochen wird.« Und bevor Martha darauf etwas entgegnen konnte, entschuldigte sie sich und verließ das Haus.

Sarah wußte nicht genau, was sie erwartet hatte, aber die Frau, die ihr schließlich die Tür öffnete, war für sie eine solche Überraschung, daß sie wie angewurzelt dastand und sie anstarrte.

»Ja bitte?« Die Frau zog ihre Augenbrauen hoch und schaute sie forschend an.

Sarah schluckte und versuchte sich zu sammeln.

»Mein Name ist Sarah Corde. Ich hatte noch nicht das Vergnügen, Sie kennenzulernen, aber Mrs. Prebble sprach so nett von Ihnen, daß ich mich entschloß, Ihre Bekanntschaft zu machen, falls ich Ihnen nicht ungelegen komme.«

Das Gesicht der Frau hellte sich sofort auf. Sie war eine hübsche Erscheinung, und vor fünfundzwanzig Jahren war sie vielleicht eine Schönheit gewesen. An ihrer Figur und der eleganten Art, wie sie ihre Haare trug, die zwar grau, aber nicht dünner geworden waren, konnte man immer noch Spuren einstiger Schönheit erkennen. Nichts an ihr wirkte auch nur annähernd mitleiderregend, und falls sie einsam war, konnte man es zumindest nicht sehen.

»Bitte kommen Sie doch herein«, forderte sie Sarah auf und trat einen Schritt zurück, so daß Sarah der Einladung folgen konnte.

Das Wohnzimmer war klein und ungewöhnlich schlicht eingerichtet, aber Sarah hatte den Eindruck, daß dies eher eine Sache des Geschmacks als der Armut war. Sie fand die Wirkung überraschend angenehm. Es wirkte dezenter als die oft überladenen Zimmer, an die sie gewöhnt war, mit Dutzenden von Fotografien

und Bildern, ausgestopften Vögeln, getrockneten Blumengebin-
den, Stickereien, Verzierungen und Möbeln in allen möglichen
Größen. Das Zimmer hier schien viel heller, viel weniger bedrük-
kend.

»Danke schön.« Sie setzte sich auf den angebotenen Stuhl.
Sarah war überglücklich, daß sie nichts zu essen als Geschenk
mitgebracht hatte; es wäre hier überflüssig gewesen, hätte vielleicht sogar verletzend gewirkt.

»Wie freundlich von Mrs. Prebble, so gut von mir zu sprechen«,
sagte die Frau. »Ich fürchte, ich kenne sie nicht so gut, wie ich
sollte. Ich finde Gemeindearbeit...« Sie hielt inne. Offensichtlich dachte sie daran, daß Sarah dort wahrscheinlich aktiv wäre,
und unterdrückte das, was sie hatte sagen wollen.

Sarah mußte lächeln. »Langweilig?« ergänzte sie an ihrer
Stelle.

Das Gesicht der Frau entspannte sich. »Vielen Dank für Ihre
Offenheit. Ja, ich fürchte, Sie haben recht. Sie leistet eine Menge
guter Arbeit, aber sie muß ein Engel sein, um all diese endlosen,
nichtssagenden Unterhaltungen und den Tratsch ertragen zu können. Und, meine Liebe, es ist noch nicht einmal interessanter
Tratsch!«

»Kann Klatsch überhaupt interessant sein, außer für die, die
ihn verbreiten?«

»Aber sicher! Mancher Tratsch hat sehr viel Esprit, und selbstverständlich steckt hinter so manchem ein echter Skandal. Früher
wenigstens. Ich habe schon seit Jahren von keinem guten Skandal
mehr gehört. Andererseits besucht mich heutzutage auch kaum
noch jemand. Ich bin ehrbar geworden. Was für eine schreckliche
Grabsteininschrift!«

Sarahs Neugier wuchs. Wer genau war diese Frau? Bis jetzt
schien sie überhaupt nicht die bemitleidenswerte, wirr redende
Person zu sein, die Papa beschrieben hatte. Im Gegenteil: Sie war
unterhaltsam und sehr selbstbeherrscht.

»Ist Grabinschrift nicht ein wenig voreilig?« fragte Sarah mit
einem Lächeln. »Noch leben Sie schließlich.«

»Ich könnte genausogut tot sein, so, wie ich hier in einem
Zimmer in der Cater Street sitze und zusehe, wie draußen das
Leben weitergeht. Und ich habe niemanden, der mir zuhört,
selbst wenn ich geistreiche Bemerkungen machen könnte. Es ist
schrecklich, meine Liebe, Esprit zu haben, aber niemanden, mit

236

dem man ihn austauschen könnte. Darf ich Ihnen eine Erfrischung anbieten, Tee vielleicht? Wie Sie wohl bemerkt haben, habe ich kein Dienstmädchen, aber wenn Sie mich entschuldigen, kann ich ihn schnell selbst kochen.«

»Oh nein, bitte nicht.« Sarah streckte eine Hand aus, als ob sie sie zurückhalten wollte. »Ich habe eben noch mit Mrs. Prebble Tee getrunken.« Das war zwar eine Lüge, aber sie wollte ihr keine Umstände bereiten. »Es sei denn, Sie möchten selbst welchen. Wenn das so ist, lassen Sie mich ihn machen und ihn Ihnen bringen?«

»Um Gottes willen, mein Kind, Sie sind ja richtig begierig auf gute Taten! Nun gut, es wäre sehr angenehm, auch einmal bedient zu werden. Sie finden alles in der Küche. Sollte etwas nicht griffbereit sein, bitte fragen Sie mich.«

Fünfzehn Minuten später kam Sarah mit einem großen Tablett und Teegeschirr für zwei Personen zurück. Sie goß selbst ein, und sie führten ihre Unterhaltung fort.

»Wie lange wohnen Sie schon in der Cater Street?« fragte sie.

Die Frau lächelte. »Seitdem mein Mann starb und der gute Edward dieses Haus für mich ausgesucht hat«, antwortete sie.

»Edward? Ist das Ihr Sohn?«

Die anmutigen Augenbrauen der Frau hoben sich vor amüsierter Überraschung. »Um Himmels willen, nein! Er war mein Geliebter. Aber das ist schon lange her, über fünfundzwanzig Jahre. Ich war damals vierzig, und er war in den Dreißigern.«

»Sie haben ihn nicht geheiratet?«

Sie lachte laut auf. »Selbstverständlich habe ich ihn nicht geheiratet. Er war schon verheiratet, mit einer sehr schönen Frau, wie ich gehört habe, und er hatte eine Tochter. Stimmt was nicht, meine Liebe? Sie sehen blaß aus. Haben Sie sich verschluckt?«

Sarah war wie vor den Kopf geschlagen. Ein unaussprechlicher Gedanke kam ihr in den Sinn. Sie starrte in das Gesicht der Frau und versuchte, sie sich vorzustellen, wie sie vor fünfundzwanzig Jahren ausgesehen haben mochte. War dies der wirkliche Grund, weshalb Papa hier gewesen war? War dies der Grund, warum er zunächst gelogen hatte, als er sagte, er sei den ganzen Abend über im Club gewesen, bis Dominic ihn verraten hatte? Hatte er sich deshalb geweigert, Pitt den Namen der Frau oder ihre Adresse zu geben? Je mehr sie versuchte, dieser Schlußfolgerung auszuweichen, desto mehr drängte sie sich ihr auf. Sie hörte, wie die eigene

Stimme, so, als wäre sie selbständig, fragte: »Ich nehme an, es war eine Art Abschiedsgeschenk, um sicherzustellen, daß Sie versorgt waren?«

»Wie romantisch«, lächelte die Frau. »Ein großartiger Abschied – mit versteckten Tränen und Andenken, die für immer in Seidenpapier eingewickelt mit einem Bändchen drumherum aufbewahrt werden sollen? Er ist weder tot, meine Liebe, noch ist er ausgewandert. Es geht ihm vielmehr sehr gut, und wir sind einigermaßen gute Freunde geblieben, so weit Diskretion und Lebensumstände dies zulassen. Es ist nicht halb so romantisch, wie Sie es sich vorstellen, sondern einfach nur eine Affäre, die sich zu einer Freundschaft entwickelte, um dann zu kaum mehr als einer Bekanntschaft mit angenehmen Erinnerungen zu werden.«

»Dann wohnt er hier in der Nähe?« Sarah fühlte den unwiderstehlichen Zwang fortzufahren, selbst jetzt noch in der Hoffnung, daß irgend etwas ihre Befürchtungen widerlegen könnte. Jede neue Aussage bot die Chance, auf einen Umstand zu stoßen, der auf Papa nicht zutraf.

Die Frau lächelte, und ihre Augen leuchteten humorvoll.

»Natürlich«, bejahte sie, »und deshalb wäre es vielleicht indiskret von mir, Ihnen noch mehr über ihn zu erzählen. Er könnte schließlich jemand sein, den Sie kennen!«

»Ja, das könnte sein«, antwortete Sarah mechanisch. Ihre Unterhaltung wurde nun förmlich, aber die Gedanken wirbelten in ihrem Kopf durcheinander, und sie versuchte, die bruchstückhaften Vermutungen über Papa und Dominic zu einem Gesamtbild zusammenzusetzen. Wußte Mama davon? Hatte sie es schon immer gewußt und war bereit gewesen, beide Augen davor zu verschließen? Hatte sie nichts dagegen gehabt? Oder war dies eins der Dinge, die sie von ihrer Erziehung her schon fast erwartete, sozusagen als einen Teil der männlichen Natur akzeptieren mußte? Aber Männer waren im allgemeinen doch ganz anders als der eigene Papa . . . oder Ehemann! Sarah konnte und wollte es nicht akzeptieren. Sie hatte niemals an einen anderen Mann als Dominic gedacht, und ihre Vorstellungen von Liebe ließen es auch gar nicht zu. Liebe schloß Treue ein. Man gab Versprechen, und man hielt sie. Gelegentlich konnte man eigennützig, unvernünftig oder schlecht gelaunt sein; man konnte nachlässig oder extravagant sein. Aber man log und betrog nicht.

Sie blieb noch eine Zeitlang sitzen und unterhielt sich mit der Frau, ohne dabei eigentlich zu wissen, was sie sagte – höflichen Unsinn, leere Phrasen, die jeder benutzte und denen keiner zuhörte. Nach einer Weile brach sie auf und bestieg die Kutsche, um nach Hause zu fahren.

Caroline saß allein im Schlafzimmer. Sarah hatte gerade das Zimmer verlassen und die Tür hinter sich geschlossen.

Sie fühlte sich benommen, ihr Geist war wie gelähmt, ihre Gedanken kreisten wieder und wieder um das, was sie gerade gehört hatte, so, als ob diese Wiederholung es erleichtern würde, es zu ertragen. Edward hatte eine Affäre mit einer anderen Frau gehabt. Fünfundzwanzig Jahre lang hatte er diese Beziehung verheimlicht, und sogar heute noch besuchte er sie. Aus Liebe? In Erinnerung an eine vergangene Romanze? Oder trieb ihn eine Art Schuld, die man nicht abschütteln konnte? Vielleicht sogar aus Mitleid?

Arme Sarah.

Sarah war zu ihr gekommen, um ihren Beistand zu suchen, um sich zu versichern, daß sie nicht allein dastünde, und war nicht getröstet worden, denn Caroline konnte ihr nicht helfen. Sarah war verwirrt gewesen, selbst zu schockiert, um zu wissen, was sie tat, und um sich darüber im klaren zu sein, daß Caroline nichts von der Affäre gewußt hatte. Sarah hatte den Frieden von dreißig Jahren in dreißig Minuten zerstört.

Caroline starrte sich im Spiegel an. Es hatte nichts mit dem Altern zu tun. Die andere Frau war älter! Was hatte Edward an ihr gefunden, was ihr fehlte? Schönheit, Wärme, Geist, Vollendung? Oder war es nur Liebe, Liebe, die keinen bestimmten Grund hatte? Warum hatte er seine Geliebte verlassen? Um einen Skandal zu vermeiden? Wegen der Kinder? Oder war es vielleicht so etwas Materielles wie Geld? Sie würde es niemals erfahren, weil sie niemals wissen würde, ob das, was er sagte, auch der Wahrheit entsprach.

Und damit erhob sich die nächste Frage. Sollte sie ihm sagen, daß sie davon wußte? Es würde jetzt nicht mehr viel nützen; andererseits: Würde sie es verbergen können? Sie würde unmöglich jemals wieder dasselbe für ihn empfinden können. Mit den Jahren war ein tiefes Gefühl der Vertrautheit gekommen, eine gewisse Neigung, bestimmte Dinge nicht zur Kenntnis zu nehmen, die Angewohnheit, kleine Vergehen und Schwächen zu übersehen; aber es gab immer das Vertrauen, das Wissen, daß etwas wirklich Schlimmes bei ihnen nicht geschehen würde.

Ihre Gedanken gingen immer wieder zu der Frau zurück. Was für eine Frau war sie? Hatte sie Edward geliebt, etwas sehr Wichtiges für ihn aufgegeben; oder war es nur eine Affäre, eine Frage von Gewinn und Verlust, lockten das gesellschaftliche Ansehen, das Geld oder die Sicherheit, das Vergnügen? Was war es, was sie ihm gab, das Caroline ihm nicht geben konnte?

Sie versuchte, sich an ihre Gefühle für ihn während der ersten Jahre zu erinnern. Sarah mußte ein kleines Kind gewesen sein, Charlotte gerade erst geboren, an Emily dachte noch niemand. War es das? War sie zu sehr mit den Kindern beschäftigt gewesen? Hatte sie ihn vernachlässigt? Sicherlich nicht. Sie glaubte sich an viele gemeinsame Stunden erinnern zu können, an lange Abende zu Hause, an Einladungen zum Abendessen, Parties, sogar an Konzerte. Oder war das erst später gewesen? In der Erinnerung war es ihr nicht mehr möglich zu sagen, wann genau welche Dinge geschehen waren.

Hatte er die andere Frau geliebt, oder war sie ein Zeitvertreib, etwas, um ein Bedürfnis, eine Lust zu befriedigen? War die ganze Vergangenheit eine einzige Lüge?

Die Vorstellung, daß er Mrs. Attwood geliebt hatte, war abstoßend, etwas, was tief verletzte und Gefühle der vergangenen Jahre veränderte, den Frieden zerstörte, alles zerstörte, was mit Zärtlichkeit oder Vertrauen zu tun hatte. Selbst wenn es nur Lust gewesen wäre – würde dies etwas ändern?

Sie erschauderte. Plötzlich fühlte sie sich schmutzig, so, als ob etwas von ihr Besitz ergriffen und sie befleckt hätte, das sie nicht abwaschen konnte. Die Erinnerung an seine Berührung, an ihre Vertrautheit wurde unerträglich, etwas, das sie vergessen wollte, weil sie es nun nicht mehr ungeschehen machen konnte.

Sie stand auf, brachte gedankenverloren ihr Haar in Ordnung und strich ihr Kleid glatt. Sie mußte hinuntergehen und ihrer Familie ein Gesicht zeigen, das wenigstens einen Teil des Unglücks und der Verwirrung in ihrem Innern verbarg.

Großmama wußte, daß mit Sarah und Caroline etwas nicht stimmte. Sie nahm zunächst an, daß sie sich über etwas gestritten hätten, und natürlich wollte sie wissen, worum es ging. Am nächsten Morgen saß Sarah im hinteren Teil des Wohnzimmers. Großmama kam herein und gab vor, sie wolle sich nach den Vorbereitungen für den Fünfuhrtee und den zu erwartenden Gästen erkundigen; in Wirklichkeit ging es ihr natürlich darum, die Einzelheiten des Streits in Erfahrung zu bringen.

»Guten Morgen, meine liebe Sarah«, sagte sie wohlüberlegt.

»Guten Morgen, Großmama«, erwiderte Sarah, ohne von dem Brief aufzuschauen, den sie gerade schrieb.

»Du siehst ein wenig blaß aus. Konntest du nicht schlafen?« fuhr Großmama fort und setzte sich auf das Sofa.

»Doch, danke für die Nachfrage.«

»Bist du sicher? Du siehst mir ein wenig angegriffen aus.«

»Mir geht es ausgezeichnet, danke. Mach dir um mich keine Sorgen.«

Großmama nahm dieses Stichwort sofort auf.

»Aber ich mache mir Sorgen, mein Liebes; ich muß mich einfach um dich sorgen, wenn ich dich und deine Mutter müde und bedrückt sehe. Wenn ihr euch gestritten habt, kann ich euch vielleicht helfen, den Streit zu begraben.«

Wenn Sarah Charlotte gewesen wäre, so hätte sie wahrscheinlich patzig erwidert, daß Großmama den Streit wohl eher anheizen als ihn begraben würde, aber da sie nun einmal Sarah war, blieb sie zunächst nach außen hin höflich.

»Es gibt keinen Streit, Großmama; wir verstehen uns sehr gut.« Sie lächelte bitter. »Wir teilen sogar dasselbe Schicksal.«

»Schicksal? Was für ein Schicksal? Ich wußte gar nicht, daß etwas passiert ist.«

»Kannst du auch nicht. Es ist vor fünfundzwanzig Jahren passiert.«

»Was um alles in der Welt meinst du damit?« wollte Großmama wissen. »Was ist vor fünfundzwanzig Jahren passiert?«

Sarah versuchte einen Rückzug. »Nichts, was mit dir zu tun hat. Es ist jetzt ohnehin alles vorbei.«

»Wenn es dich und deine Mutter immer noch bedrückt, dann ist es alles andere als vorbei!« entgegnete Großmama scharf. »Was ist passiert, Sarah?«

»Männer«, erwiderte Sarah. »Das Leben. Vielleicht ist es sogar dir einmal passiert.« Sie setzte ein verunglücktes kleines Lächeln auf. »Es würde mich jedenfalls nicht wundern. Nein, es würde mich nicht im geringsten wundern!«

»Wovon redest du? Was ist mit Männern?«

»Sie sind oberflächlich, untreu und heuchlerisch!« sagte Sarah außer sich. »Sie predigen das eine und tun das andere. Sie haben gewisse Regeln für uns und leben selbst nach ganz anderen.«

»Sicher, das trifft für einige Männer zu. Und das ist nie anders gewesen. Es gibt auch ehrliche und aufrechte Männer. Dein Vater ist einer von ihnen. Es tut mir leid, wenn dein Mann nicht dazugehört.«

»Papa!« fauchte Sarah. »Du alte Närrin! Er ist der schlimmste von allen. Dominic hat vielleicht schon einmal irgendwohin geschielt, wo er nicht hingucken sollte, aber er hat sich niemals eine Geliebte genommen und sie fünfundzwanzig Jahre lang ausgehalten!«

Diese Worte berührten Großmama nicht. Sie waren eine groteske Lüge. Sarah mußte den Verstand verloren haben, für kurze Zeit aus der Bahn geworfen worden sein durch den Schock, als sie entdeckte, daß Dominic sich danebenbenommen hatte. Natürlich, wenn man einen so gut aussehenden Mann wie ihn heiratete, mußte es zu einer Katastrophe führen. Das hatte sie von Anfang an gewußt. Sie hatte dies auch Caroline gesagt. Aber Caroline ließ sich ja nichts sagen.

»Unfug!« sagte sie verärgert. »Es ist kindisch, so etwas zu sagen, einfach lächerlich. Ich werde es noch einmal mit der offensichtlichen Verwirrung entschuldigen, die dich wohl ergriffen hat, als du Dinge über deinen Mann erfuhrst, die ich dir von Anfang an hätte sagen können. Deiner Mutter jedenfalls habe ich davon erzählt. Aber wenn du noch einmal eine solch unerhörte Verleumdung über deinen Vater außerhalb dieses Zimmers oder in Gegenwart von anderen verbreitest, werde ich . . .« Sie zögerte und war sich nicht sicher, was abschreckend genug sein könnte, um Sarah einzuschüchtern.

»Was wirst du?« sagte Sarah scharf. »Beweisen, daß es nicht wahr ist? Das kannst du nicht! Wenn du einmal einen Nachmittag opferst, werde ich dich mit ihr bekanntmachen. Sie ist alt, älter als Papa, aber immer noch sehr hübsch. Sie muß einmal eine ziemliche Schönheit gewesen sein.«

»Sarah! Ich befehle dir, dich sofort zusammenzureißen. Wenn du das nicht kannst, dann geh nach oben, und leg dich hin, bis du dich wieder unter Kontrolle hast. Nimm etwas Riechsalz, und wasch dein Gesicht mit kaltem Wasser.«

»Mit kaltem Wasser! Papa hält sich eine Geliebte, und du schlägst vor, ich soll das kurieren, indem ich mein Gesicht mit kaltem Wasser wasche!« Sarahs Stimme hob sich mit beißendem Spott. »Hast du Mama auch Riechsalz angeboten? Und hast du es auch genommen? Hielt sich Großpapa auch irgendwo eine Geliebte?«

Alte, unerfreuliche Erinnerungen kamen wieder hoch.

»Sarah, du wirst hysterisch!« fuhr Großmama sie an. »Verlasse das Zimmer. Du benimmst dich wie ein Dienstbote. Reiß dich zusammen, und denk an dein gutes Benehmen. Du solltest dich besser hinlegen, bis du wieder bei Verstand bist.« Als Sarah sich nicht bewegte, wurde sie wütender. »Sofort!« schrie sie. »Ich werde deiner Mutter sagen, daß du dich nicht wohl fühlst. Ich wünsche nicht, daß du dich hier zum Narren machst, und ich bin sicher, das ist auch nicht in deinem Interesse. Was ist, wenn einer der Dienstboten hereinkommt? Möchtest du, daß sich die Dienstboten über dich den Mund zerreißen – und mit ihnen zweifellos die Dienstboten der ganzen Straße?«

Mit einem Blick tiefster Feindseligkeit verließ Sarah das Zimmer.

Großmama ließ sich auf das Sofa fallen. Was für ein schrecklicher Morgen! Was war nur in Sarah gefahren, daß sie so eine schockierende Anschuldigung machte? Sie mußte völlig die Kontrolle über sich verloren haben.

Edward hatte zweifellos mal über die Stränge geschlagen, aber er hatte nichts verbrochen, das es rechtfertigen konnte, ihn der Unehrenhaftigkeit zu beschuldigen! Von einem Mann zu verlangen, sich über dreißig Ehejahre hinweg tadellos zu benehmen, war einfach zuviel; jede Frau wußte das. Man akzeptierte so etwas, trug es mit Fassung und – vor allem – mit Würde.

Aber eine Geliebte zu unterhalten, einen Hausstand für sie einzurichten und sie auszuhalten, war etwas völlig anderes. Das war nicht zu entschuldigen. Wie konnte Sarah es wagen, so etwas zu sagen! Was auch immer sie über Dominic erfahren haben mochte, den Namen ihres Vaters so in Verruf zu bringen, war unentschuldbar. Es mußte einfach jeder Grundlage entbehren.

Oder?

Großmama dachte gerade darüber nach, wie unmöglich es sei, daß Edward sich derart verhalten könnte, als Charlotte hereinkam. Auch sie sah verbittert und äußerst angespannt aus. Wie dem auch sei, sie war ein eigenartiges Mädchen, völlig weltfremd und sehr sprunghaft. Es könnte sein, daß auch sie von Dominic enttäuscht war. Völlig unsinnig, ihre Vernarrtheit in Dominic! Sie sollte inzwischen wirklich zu erwachsen für solch kindische Romanzen sein.

»Was fehlt dir, Charlotte?« fragte sie. »Du hast doch hoffentlich nicht auf Sarahs dummes Geschwätz gehört?«

Charlotte fuhr herum. Großmama setzte erneut an. »Sie ist natürlich etwas verärgert, erkennen zu müssen, daß Dominic unzulänglich ist, aber sie wird darüber hinwegkommen, wenn du ihr hilfst, anstatt dich wie eine Gestalt aus einem tragischen Gedicht aufzuführen. Reiß dich zusammen, Mädchen, und hör auf, so eigensüchtig zu sein.«

»Und Mama?« sagte Charlotte bitter. »Wird sie sich zusammenreißen und auch darüber hinwegkommen?«

»Es gibt nichts, worüber sie hinwegkommen müßte!« fuhr Großmama sie an. »Es überrascht mich, daß du so albern und naiv bist, Sarah zu glauben. Siehst du denn nicht, wie aufgebracht sie ist?«

»Sicherlich ist sie aufgebracht! Und ich bin es auch. Wenn dich das nicht aufregt, dann kann ich nur annehmen, daß deine Moralvorstellungen anders sind als meine!«

Das war nun wirklich zuviel! Großmama fühlte Empörung in sich aufsteigen, bis sie kaum noch atmen konnte. Charlottes Unverschämtheit überschritt jegliche Grenzen, die sie noch tolerieren konnte.

»Meine Moralvorstellungen sind mit Sicherheit anders als deine!« sagte sie beißend. »Ich habe mich nicht in den Ehemann meiner Schwester verliebt!«

»Ich bin völlig sicher, daß du dich niemals verliebt hast«, sagte Charlotte eisig.

»Ich habe niemals die Kontrolle über mich verloren«, sagte Großmama hinterhältig, »wenn es das ist, was du unter ›sich verlieben‹ verstehst. Ich halte einen gefühlsmäßigen Exzeß nicht für eine Entschuldigung für unmoralisches Verhalten. Wärest du anständig erzogen worden, würdest du das auch nicht tun.«

Das war es, worauf Charlotte gewartet hatte. Ihr Gesicht leuchtete mit grimmigem Triumph auf. »Du bist dir selbst in die Falle gegangen, Großmama. Wenn die Erziehung an allem schuld ist, was ist denn dann mit Papa passiert? Wie kommt es, daß du ihm nicht erklärt hast, daß man seine eigene Frau und Kinder nicht betrügt, indem man sich fünfundzwanzig Jahre eine Geliebte hält?«

Großmama spürte, wie ihr das Blut ins Gesicht schoß. Ihr war schwindelig vor Wut, Furcht – und weil ihr Korsett äußerst stramm saß.

»Wie kannst du es wagen, solche bösartigen und unverantwortlichen Lügen zu wiederholen! Geh auf dein Zimmer! Wenn es für deinen Vater nicht sowohl peinlich als auch verletzend wäre, würde ich verlangen, daß du dich bei ihm entschuldigst.«

»Ich bin sicher, es wäre peinlich – und zwar für euch beide«, sagte Charlotte mit einem zynischen Lächeln. »Du würdest ihm im Gesicht ansehen, daß er schuldig ist, und dann wärst du gezwungen, deine Worte zurückzunehmen und einen großen Teil deiner Vorstellungen zu revidieren.«

»Unsinn!« sagte Großmama eisig. Sie würde es nicht zulassen, daß Edward von diesem unverschämten Kind kritisiert wurde. Wie konnte Sarah es wagen, eine solche Verleumdung zu verbreiten? Es war unverzeihlich. »Ich nehme an, daß dein Vater sich gewissen Versuchungen hingegeben hat – Gentlemen tun dies bisweilen –, aber niemals etwas Unredlichem, Ehrlosem, wie du es behauptest. Von Betrug zu sprechen ist lächerlich.«

Charlottes Mund verzog sich vor Verachtung. »Ich verehrte Dominic, und obwohl ich niemals etwas getan habe, ja noch nicht einmal darüber sprach, bin ich unmoralisch: Doch Papa hat seit fünfundzwanzig Jahren eine Geliebte, kauft ihr ein Haus und hält sie aus, und er benimmt sich nur so, wie es Gentlemen tun; das ist also nichts Ehrenrühriges! Du Heuchlerin! Ich weiß, daß es für Männer einen Maßstab und für Frauen einen anderen gibt, aber nicht einmal du kannst es so großzügig auslegen! Warum sollte es eine unverzeihliche Sünde für eine Frau sein, ihren Mann zu betrügen, aber nur ein Kavaliersdelikt, nichts, worüber man die Nase rümpfen müßte, wenn ein Mann seine Frau betrügt? Sünde ist und bleibt Sünde, gleichgültig, wer sie begeht; nur einigen soll Vergebung gewährt werden, weil sie es entweder nicht besser wissen oder willensschwächer sind! Ist das die Entschuldigung für den Mann: seine größere Willensschwäche? Sie sagen doch immer, daß wir die Schwächeren seien, oder ist das nur physisch zu verstehen? Wird von uns wirklich erwartet, daß wir moralisch stärker sind?«

»Red keinen Unsinn, Charlotte!« Aber die Schärfe war aus ihrer Stimme gewichen. Sie erinnerte sich an Carolines Gesicht beim Frühstück. Wenn sie sich nicht sehr täuschte, waren dort Spuren von Tränen gewesen, die sorgfältig überpudert worden waren, aber Großmamas Augen waren immer noch gut genug, um das zu durchschauen.

Caroline glaubte es also auch!

War es denn wirklich möglich? Hatte Edward in all diesen Jahren eine andere Frau ausgehalten? Und was für eine Art Frau war sie?

Sie schaute in Charlottes entschlossenes, verletztes Gesicht.

Charlotte sah, wie sie schwankte, sah den Zweifel. Verachtung flackerte in ihren Augen.

Großmama fühlte, wie sich eine eisige Desillusionierung in ihr ausbreitete und die finstere Einsicht zurückblieb, daß an der Geschichte wenigstens etwas Wahres sein mußte. Sie hatte Edward immer geliebt; er hatte das Bild seines Vaters und auch die Erinnerungen an ihre eigene Jugend und die schönen Dinge während dieser Zeit lebendig erhalten. Sie hatte in Edward all das gesehen, was gut und bewundernswert an einem Mann war: die besten Eigenschaften seines Vaters ohne dessen negative Seiten.

Nun fühlte sie sich gezwungen, der Tatsache ins Auge zu sehen, daß sie ihn so sah, weil sie es aus einer gewissen Distanz tat. Hätte sie näher hingeschaut, so, wie es Caroline mußte, hätte sie die Fehler gesehen. Dann wäre es nicht solch ein Schlag gewesen. Es waren nicht nur die Vorstellungen, die sie von ihm hatte, sondern auch diejenigen von sich selbst, die Schaden nahmen. Alte Wertvorstellungen wurden umgestoßen, und es gab nichts, was sie ersetzen konnte. Sie fühlte sich alt und unendlich einsam. Die Welt, der sie angehörte, existierte nicht mehr, und das, was von ihr in Edward übriggeblieben war, hatte sie betrogen.

Sie haßte Charlotte dafür, daß sie ihr die Wahrheit vor Augen geführt hatte. »Du bist nicht stark, Charlotte«, antwortete sie beißend auf ihre Frage. »Du bist hart. Aus diesem Grund nahm Dominic auch Sarah und nicht dich!« Sie suchte nach etwas, was ihre Enkeltochter noch mehr verletzen konnte. »Kein Mann wird dich jemals lieben. Du bist völlig unweiblich. Selbst dieser jämmerliche Polizist bewundert dich nur, weil er ungebildet ist und nicht weiß, was eine Lady ist. Er denkt, daß er durch dich aufsteigen könnte. Und, selbst wenn du ihn akzeptieren würdest –

gut möglich, daß es das einzige Angebot sein wird, das du bekommst –, so würdest du ihn doch nicht auf deine soziale Stellung heben. Er wurde niedrig geboren, und er wird niedrig bleiben. Du würdest auf seine Stufe absinken, und dies ist vielleicht auch genau der Ort, wo du hingehörst.«

Charlottes Gesicht war weiß. »Du bist eine gemeine alte Frau«, sagte sie ruhig. »Es würde mich gar nicht wundern, wenn Großpapa auch eine Geliebte gehabt hätte, um von dir wegzukommen. Vielleicht war die andere ja sanft. Vielleicht hat Papa es ja so gelernt. Es wäre eine kleine Entschuldigung für sein Verhalten. Das ist etwas, was ich von dem – wie hast du gesagt? – ungebildeten Polizisten gelernt habe: Wie sehr unsere Eltern uns zu dem machen, was wir sind, und wie sehr sie nicht nur unsere Erziehung beeinflussen, unsere Vermögensverhältnisse und die gesellschaftliche Stellung, die wir einnehmen, sondern auch unsere Wertvorstellungen. Wenn ich dich anschaue, dann wird mir klar, daß Papa vielleicht gar nicht so sehr zu verurteilen ist, wie ich dachte.«

Und damit drehte sie sich um, ging zur Tür hinaus und ließ die alte Frau zurück, die nach Luft rang; Großmamas Hals war wie zugeschnürt, und ihre Korsettstangen bohrten sich in sie wie Messer. Sie rief um Hilfe und hoffte instinktiv, Mitleid zu erregen, aber Charlotte hatte die Tür schon hinter sich geschlossen.

Das Mittagessen war unerträglich. Es wurde in fast völliger Stille eingenommen, und anschließend fand jeder irgendeinen Vorwand, um sich so schnell wie möglich zu entfernen. Emily sagte, sie würde zum Schneider gehen, und fragte, ob Mama sie begleiten könnte, damit sie nicht allein auf der Straße sei. Großmama warf einen scharfen Blick auf Charlotte und erklärte, daß sie sich nach oben zurückziehen würde, da sie sich äußerst unwohl fühle. Sarah äußerte den Wunsch, die mitfühlende und tugendhafte Martha Prebble zu besuchen. Im Haus des Pfarrers mochte es ein wenig selbstgerecht zugehen, aber die Abwesenheit von lüsternen Gedanken und Fleischeslust zog sie immer mehr an.

»Sarah, du solltest nicht allein gehen«, sagte Charlotte schnell. »Möchtest du, daß ich dich begleite?« Dies war das letzte, was sie wollte, aber in jüngster Zeit fühlte sie sich mit Sarah zum erstenmal, nachdem Dominic in das Haus gekommen war – und sie nur wie ein Kind behandelt worden war –, stärker verbunden. Sie litt mit Sarah unter dem Verlust, ihrer Enttäuschung und ihrem

Schock. Auch sie fühlte ihn, weil auch sie Dominic geliebt hatte. Aber sie war auf andere Weise betroffen, und sie war über sich selbst erstaunt, daß es ihr so leichtfiel, sich davon zu erholen. Sie fürchtete, daß ihre Liebe wesentlich oberflächlicher gewesen war, als sie es geglaubt hatte, eine Liebe, die nicht darauf gegründet hatte, daß sie ihn kannte, sondern auf einer Laune. Bei Sarah war das anders: Sie hatte die Vertrautheit, das Gefühl der Gemeinsamkeit verloren, Realitäten, nicht Träume, waren zerstört worden.

Sarah schaute sie an. »Nein, danke«, sagte sie und lächelte, so gut sie konnte. »Ich weiß, daß du den Pfarrer nicht magst, und es ist gut möglich, daß er zu Hause ist. Und wenn das nicht der Fall sein sollte, dann würde ich doch lieber allein mit Martha sprechen.«

»Wenn du möchtest, dann bringe ich dich nur bis zur Tür«, drängte Charlotte.

»Sei nicht albern! Dann müßtest du doch allein nach Hause gehen. Mir wird schon nichts passieren. Ich könnte mir vorstellen, daß der Verrückte schon verschwunden ist. Es ist schon lange nichts mehr passiert. Wir haben uns wahrscheinlich geirrt. Er kam bestimmt aus den Slums und ist dorthin zurückgegangen.«

»Inspector Pitt war da anderer Meinung.« Charlotte erhob sich halb von ihrem Stuhl.

»Bist du etwa von ihm so angetan, wie er es von dir ist?« Emily zog ihre Augenbrauen hoch. »Weißt du, er ist nicht unfehlbar!«

»Ich werde auf kürzestem Wege zum Pfarrer gehen und dann mehrere Häuser in Gemeindeangelegenheiten aufsuchen«, sagte Sarah entschieden. »Und ich könnte mir vorstellen, daß Martha mich sogar begleiten wird. Es wird mir bestimmt nichts passieren! Kein Grund zur Sorge! Ich sehe euch dann heute abend. Auf Wiedersehen.«

Die anderen gingen ebenfalls, und Charlotte blieb zurück, ohne etwas Besonderes vorzuhaben. Sie suchte schnell nach irgendeiner Beschäftigung, um nicht an Papa oder Dominic denken zu müssen, an den Schmerz, den die Enttäuschung verursacht hatte, an die Torheit, Träume um Menschen herum aufzubauen – und an die entsetzliche Angst vor dem Mörder, die ihre Gedanken beherrschte. Denn trotz allem, was Sarah und Emily gesagt hatten, glaubte sie nicht einen Augenblick daran, daß er in irgendeinen Slum – von dem die anderen meinten, daß er von dort gekommen sei – zurückgekehrt wäre. Er kam aus der Umgebung, aus der Cater Street oder der unmittelbaren Nachbarschaft. Tief in ihrem Herzen wußte sie das.

Es war zwanzig vor drei. Sie war gerade dabei, mehrere Briefe an entfernte Verwandte zu schreiben, denen sie seit geraumer Zeit eine Antwort schuldig war – was sie als eine lästige Pflicht empfand –, als Maddock hereinkam, um ihr mitzuteilen, daß Inspector Pitt an der Tür sei und sie zu sehen wünsche.

Sie empfand eine recht unangemessene Freude, fast schon ein Gefühl der Erleichterung, etwa so, als ob er ihr Gefühl der Enttäuschung lindern könne; und dennoch fürchtete sie sich gleichzeitig vor ihm. Jeder im Haus wußte von Papas Fehlverhalten, obgleich niemand mit mehr als jeweils einer anderen Person darüber redete. Es wurde immer nur vertraulich darüber gesprochen, und dennoch schien es, als ob das Haus selbst davon wüßte und als ob Pitt es nur betreten müßte, um es zu erfahren. Und wenn Papa zu einem derartigen Betrug fähig war, zu einer Täuschung über fünfundzwanzig Jahre hinweg, was hatte er dann wohl noch alles vor ihnen verbergen können? Dieses andere Leben, von dem sie nichts wußten, konnte alles mögliche einschließen. Vielleicht wußte er selbst gar nicht, was alles? Das war der schreckliche Gedanke, der ihr seit Stunden durch den Kopf ging. Nun war es heraus. War es möglich, daß ein Mann sich so benahm? Könnte er noch andere Geliebte gehabt haben? Hatte er vielleicht den ermordeten Mädchen Avancen gemacht? Und sie dann ermordet, um nicht bloßgestellt zu werden? Sicherlich nicht! Papa? Was um Himmels willen malte sie sich da bloß aus? Sie kannte Papa ihr ganzes Leben lang. Er hatte sie auf seinen Knien gehalten und mit ihr gespielt, als sie ein Kind war. Sie erinnerte sich an Geburtstage, Weihnachten, an Spielzeug, das er ihr geschenkt hatte.

Aber die ganze Zeit über hatte er ein Verhältnis mit dieser anderen Frau gehabt, die nur ein paar Kilometer entfernt wohnte! Und die arme Mama hatte niemals etwas davon erfahren!

»Miss Charlotte?« Maddock brachte sie wieder in die Gegenwart zurück.

»Oh ja, Maddock, ich glaube, Sie bitten ihn besser herein.«

»Wünschen Sie eine Erfrischung, Miss?«

Die Vorstellung, einem Polizisten Tee oder Wein zu servieren, war aberwitzig! Was war nur in Maddock gefahren?

»Natürlich nicht«, sagte sie ein wenig schroff. »Ich nehme nicht an, daß er länger als eine halbe Stunde bleiben wird.«

»Ja, Ma'am.« Maddock zog sich zurück, und einen Augenblick später kam Pitt herein. Er wirkte so unordentlich wie immer und zeigte sein übliches breites Lächeln.

»Guten Tag, Charlotte«, sagte er fröhlich.

Sie sah ihn indigniert an, um anzudeuten, daß sie dieses Maß an Vertrautheit ablehne, aber es schien bei ihm überhaupt nicht zu fruchten.

»Guten Tag, Mr. Pitt. Können wir Ihnen bei Ihren Nachforschungen noch irgendwie weiterhelfen? Sind Sie dem Erfolg etwas nähergekommen?«

»Oh ja, wir haben schon viel mehr Verdächtige ausschließen können.« Er lächelte immer noch. Ging denn gar nichts durch sein dickes Fell?

»Ich freue mich, das zu hören. Sagen Sie, haben Sie eine lange Liste von Verdächtigen?«

Er zog seine Augenbrauen hoch. »Etwas hat Sie beunruhigt.« Es war eine Feststellung, in der eine Frage mitschwang.

»Einige Dinge haben mich beunruhigt, aber davon sind Sie in keiner Weise betroffen«, antwortete sie kühl. »Sie haben mit dem Mörder nichts zu tun.«

»Es geht mich sehr wohl etwas an, wenn Sie etwas beunruhigt.«

Sie drehte sich um und bemerkte, wie er sie mit einem Ausdruck in den Augen anschaute, der zweifellos freundlich war, und da war noch etwas, was mehr war als Freundlichkeit. Niemals zuvor hatte sie solch einen Blick im Gesicht eines Mannes gesehen, und es verwirrte sie sehr. Sie fühlte das Blut in ihr Gesicht schießen – und eine völlig ungewohnte Wärme in ihr. Verwirrt blickte sie schnell weg.

»Das ist nett von Ihnen«, sagte sie unbeholfen, »aber es sind Familienangelegenheiten, und die werden sich zweifellos im Laufe der Zeit von selbst erledigen.«

»Machen Sie sich immer noch Gedanken über Emily und George Ashworth?«

Diese Sache hatte sie völlig vergessen, aber es schien eine günstige Gelegenheit zu sein, der Wahrheit auszuweichen, und er selbst hatte sie ihr eröffnet.

»Ja«, log sie. »Ich befürchte, daß er sie verletzen wird. Sie entspricht nicht seiner gesellschaftlichen Stellung, und sie wird ihn bald langweilen; dann wird sie feststellen, daß ihr Ruf ruiniert ist und daß ihr nichts außer tief verletzten Gefühlen bleibt.«

»Sie glauben, daß er nicht in Erwägung ziehen wird, sie zu heiraten, weil seine gesellschaftliche Stellung höher als die ihre ist?« fragte er.

Es schien eine dumme Frage zu sein. Sie ärgerte sich ein wenig über ihn, weil er sie gestellt hatte.

»Natürlich tut er das nicht!« sagte sie spitz. »Männer in seiner Position heiraten entweder aus familiären Gründen oder wegen des Geldes. Emily kann nichts von beidem bieten.«

»Unterstützen Sie diese Haltung?«

Sie fuhr herum. »Natürlich nicht! Sie ist unwürdig und zu verachten! Aber es ist nun einmal so.« Dann sah sie das Lächeln auf seinem Gesicht; und sie sah noch etwas anderes. Könnte es womöglich Hoffnung sein? Sie fühlte, wie ihr Gesicht brannte. Das war ja lächerlich! Sie holte tief Luft und versuchte, sich zu beherrschen.

Er starrte sie immer noch an, aber nun lag Selbstironie auf seinem Gesicht. Ganz sanft half er ihr aus ihrer Verlegenheit.

»Ich glaube, Sie machen sich zu viele Gedanken um Emily«, meinte er. »Sie ist viel vernünftiger, als Sie annehmen. Ashworth denkt vielleicht, daß er den Ton angibt, aber ich glaube, daß es Emily sein wird, die entscheidet, ob er sie heiratet oder nicht. Eine Frau wie Emily könnte für einen Mann in seiner Lage von Vorteil sein. Zunächst einmal ist sie viel vernünftiger als er und klug genug, das so zu verbergen, daß er es vielleicht vermutet, aber niemals ganz sicher sein wird, so daß er sich ihr nie in irgendeiner Weise unterlegen fühlen könnte. Sie wird genau die Richtige sein, und sie wird ihn davon überzeugen, daß dies seine eigene Einsicht gewesen ist.«

»Sie stellen sie als sehr – berechnend – dar.«

»Das ist sie auch.« Er lächelte. »Sie ist so ganz anders als Sie. Wo Sie vorwärts stürmen, da weicht Emily aus, um von hinten anzugreifen.«

»Und Sie stellen mich als dumm hin!«

Sein Lächeln vertiefte sich. »Ganz und gar nicht. Sie könnten Ashworth nicht für sich einnehmen, aber andererseits sind Sie auch vernünftig genug, ihn nicht zu wollen!«

Unwillkürlich entspannte sie sich. »Das tue ich allerdings nicht. Warum sind Sie gekommen, Mr. Pitt? Bestimmt nicht, um wieder über Ashworth und Emily zu sprechen. Sind Sie der Identität des Mörders wirklich noch nicht nähergekommen?«

»Ich bin nicht sicher«, sagte er aufrichtig. »Ein- oder zweimal dachte ich zwar, wir hätten ihn bereits, aber dann stellte sich heraus, daß wir uns geirrt hatten. Wenn wir nur wüßten, warum! Wenn wir nur wüßten, warum er es getan hat, warum ausgerechnet diese Mädchen? Warum nicht irgendwelche anderen? War es reiner Zufall?«

»Aber . . .«, sie stockte, »wenn es nichts weiter als Zufall wäre, wie wollen Sie ihn dann jemals finden? Er könnte irgend jemand sein!«

»Ich weiß.« Er schürte keine falschen Hoffnungen, gab keinen Trost, und das rechnete und lastete sie ihm zugleich an. Sie wollte beruhigt werden, und trotzdem wollte sie auch Aufrichtigkeit. Offensichtlich konnte sie nicht beides haben.

»Gibt es da keine Verbindung, keine Person, die alle kannten, die vielleicht . . .?«

»Wir suchen immer noch. Deshalb bin ich heute gekommen. Ich würde gerne Dora sprechen, wenn ich darf, und auch Mrs. Dunphy. Ich habe gehört, daß Dora mit dem Dienstmädchen der Hiltons befreundet war, und zwar enger, als sie es uns gegenüber zugegeben hat. Vielleicht hat sie es aus Furcht bestritten. Viele halten Informationen zurück, weil sie glauben, daß Mord skandalös ist und sie in einen Skandal hineingezogen werden könnten, nur weil sie darüber etwas wissen. Sie denken, sie wären schuldig schon allein dadurch, daß sie damit irgendwie in Verbindung gebracht werden.« Seine Mundwinkel senkten sich.

»Und Mrs. Dunphy? Sie hat vielleicht etwas verschwiegen; sie haßt Skandale.«

»Da bin ich mir ganz sicher. Alle guten Dienstboten tun das, mehr sogar noch als ihre Herrschaft, wenn dies überhaupt möglich ist. Aber eigentlich möchte ich nur ihren Beistand. Vielleicht kann ihre Gegenwart verhindern, daß Dora wieder Ausflüchte macht. Dora mag mich anlügen, aber wenn sie so wie die meisten anderen Dienstmädchen ist, wird sie es nicht wagen, die Köchin anzulügen.«

Charlotte lächelte. Das war absolut richtig.

Dann kam ihr ein anderer Gedanke. War das alles, was er fragen wollte? Und selbst wenn es so war, würden Dora oder Mrs. Dunphy – ohne es zu wollen – die Tragödie preisgeben, die zur

Zeit das Haus belastete? Anzunehmen, daß die Dienstboten nichts von den privaten Auseinandersetzungen und Tränen in den Räumen der Herrschaft wußten, war ein frommer Selbstbetrug zur Aufrechterhaltung der eigenen Würde. Sie hatten Augen und Ohren, und sie waren neugierig. Irgend jemand hatte es sicher zufällig gehört. Bestimmt wurde diskret, vielleicht sogar mitfühlend geklatscht, aber geklatscht wurde auf jeden Fall. Natürlich wurde nichts außerhalb des Hauses erzählt. Treue und der Stolz auf das Haus waren unerschütterlich, aber die Dienstboten selbst würden sicherlich von der Sache wissen.

»Möchten Sie, daß ich sie hier hereinrufe?« fragte sie, wobei sie sich dachte, daß sie die Situation besser kontrollieren konnte, wenn sie anwesend wäre, um ›Versprecher‹ zu verhindern. »Mich wird sie auch nicht anlügen.«

Pitt sah sie an, seine Augen verengten sich etwas.

»Bitte bemühen Sie sich nicht. Außerdem glaube ich, daß sie in Ihrer Gegenwart eher zurückhaltend sein könnte. Ich will sie auch nicht in Mrs. Dunphys Gegenwart verhören; ich möchte mich zuerst mit Mrs. Dunphy unterhalten, um Dora zum Sprechen zu bringen. Sollte sie etwas getan haben, das Sie nicht billigen könnten, dann wird sie es nicht in Ihrer Gegenwart sagen, aber es könnte sein, daß sie es mir erzählt, wenn wir allein sind.«

Sie wollte widersprechen, suchte irgendeinen Grund für die Notwendigkeit ihrer Anwesenheit, aber sie fand nichts, was überzeugend klang. Trotzdem mußte sie verhindern, daß er etwas von Papa und der Frau erfuhr. Sie glaubte, daß er es ebenso wie sie als einen Betrug ansehen würde, eine moralische Verfehlung, die man vor sich selbst zu entschuldigen versuchen, aber nie vergessen konnte. Der Respekt war verloren; man konnte ihrem Vater nicht mehr vertrauen. Unsinn. Pitt war ein Mann, und ohne Zweifel würde er wie andere Männer finden, daß diese Dinge ganz selbstverständlich und akzeptabel seien – natürlich nur, solange Frauen nicht das gleiche taten. Vielleicht machte sie sich ja auch unnötige Sorgen. Mord war eine ganz andere Sache als Ehebruch, für Männer jedenfalls.

»Wie geht es Ihrem Sergeanten?« fragte sie. Sie versuchte, ihn so lange aufzuhalten, bis ihr etwas einfiel, womit sie verhindern könnte, daß er allein mit Dora spräche.

»Auf dem Weg der Besserung, danke.« Wenn er überrascht war, so zeigte er es nicht.

»Brauchen Sie jetzt einen anderen Sergeanten?« fuhr sie fort.

»Ja.« Er lächelte. »Sie würden ihn mögen; er ist ein recht unterhaltsamer Bursche. Ein wenig wie Willie.«

»Oh?« Das Interesse, das sie zeigte, war echt – und gewährte ihr einige Minuten Aufschub. »Mir scheint Willie ein recht unsicherer Kandidat für einen Posten bei der Polizei zu sein.«

»Oh, es war auch ein Risiko, Dickon einzustellen; er mußte früh eine Arbeit finden, und natürlich fand er dann schneller eine wenig ehrbare Beschäftigung. Er erwarb sich ausgezeichnete Kenntnisse über die Unterwelt, und dann, nachdem es ihm beinahe einmal an den Kragen gegangen wäre, sah er ein, daß es sicherer sein könnte, sein Fachwissen auf der Seite des Gesetzes anzuwenden als auf der Gegenseite.« Er grinste breit. »Wissen Sie, er verliebte sich ernsthaft in ein Mädchen, das gesellschaftlich über ihm stand. Er versprach ihr, ein ehrenwerter Mann zu werden, wenn sie ihn heiraten würde. Bis jetzt hat er sich daran gehalten.«

»Warum mußte er so jung anfangen zu arbeiten?« wollte sie wissen – auch um ihn gleichzeitig von der Küche fernzuhalten. Sie erinnerte sich gut an Willies verhärmtes Gesicht, und in ihrer Phantasie malte sie sich Dickon mit denselben Gesichtszügen aus.

»Sein Vater starb bei einer Hinrichtung, siebenundvierzig oder achtundvierzig, und seine Mutter blieb mit fünf Kindern zurück, von denen er das jüngste war; die anderen vier waren Mädchen.«

»Oh nein! Wie hat sie das nur geschafft? Wie unverantwortlich von ihm, ein Verbrechen zu begehen, das ihn an den Galgen brachte!« Charlotte konnte nur an die arme Frau mit den fünf hungrigen Kindern denken.

»Er wurde nicht gehängt«, verbesserte sie Pitt. »Er wurde bei einer Hinrichtung getötet. Damals gab es öffentliche Hinrichtungen, und sie wurden als ein sehr unterhaltsames Ereignis betrachtet.«

Sie glaubte ihm nicht. »Eine Hinrichtung? Machen Sie keine Witze! Welcher Mensch sieht sich schon gerne irgendeinen armen Teufel an, der zum Galgen geführt und aufgehängt wird?« Sie schluckte schwer und rümpfte vor Abscheu die Nase.

»Da gibt es viele«, antwortete er ernst. »Das war früher ein ziemliches Spektakel; Hunderte von Schaulustigen fanden sich ein, und andere kamen, um sie zu bestehlen, zu spielen oder um Teegebäck, Strandschnecken und im Winter heiße Maronen zu verkaufen. Und es gab natürlich diese merkwürdigen Hunde-kämpfe, um sie anzuheizen.

Die Armen drängten sich auf dem Platz, während die ›Crème de la crème‹, die Gentlemen, in den anliegenden Häusern Zimmer mit Blick auf den Schauplatz hinaus anmieteten.«

»Das ist widerlich!« empörte sie sich. »Das ist ekelerregend!«

»Man vermietete sie für viel Geld«, fuhr er fort, ohne auf ihre Empörung einzugehen. »Unglücklicherweise sprang die Aufregung über die eigentliche Hinrichtung oft auf die Masse über, und es kam zu Schlägereien. Dickons Vater ist in einer dieser Schlägereien erschlagen worden.«

Er lächelte frostig über ihr Entsetzen. »Heute gibt es keine öffentlichen Hinrichtungen mehr. Lassen Sie mich jetzt mit Dora sprechen. Ich weiß nicht, ob ich herausbekommen werde, wovor Sie sich so fürchten, aber ich muß es versuchen.«

Wieder schluckte sie schwer.

»Ich weiß nicht, was Sie meinen! Fragen Sie Dora, was immer Sie wollen. Es gibt nichts, wovor ich mich fürchte, außer vor dem Mörder selbst, und vor dem haben wir alle Angst.«

»Aber Sie befürchten, daß es jemand ist, den Sie kennen, nicht wahr, Charlotte?«

»Aber ist es nicht so? Ist es nicht jemand, den wir alle kennen?« fragte sie. Es hatte keinen Zweck, weiter zu lügen. »Wenigstens fürchte ich nicht, daß ich es bin, irgendeine schwarze, schreckliche Seite von mir, von der ich nichts weiß. Aber jeder Mann, der auch nur die geringste Phantasie besitzt, muß wenigstens einmal in den dunklen Stunden der Nacht genau das gefürchtet haben.«

»Und Sie haben anstelle dieser Männer daran gedacht«, fügte er sanft hinzu. »Ihr Vater, Dominic, George Ashworth, Maddock, wahrscheinlich der Pfarrer und auch der Küster. Für wen fürchten Sie jetzt, Charlotte?«

Sie öffnete ihren Mund, um es abzustreiten, und erkannte dann, daß es sinnlos war. Statt dessen weigerte sie sich einfach, es zu bestätigen.

Pitt berührte leicht ihre Hand; dann verließ er den Raum und ging durch die Halle in die Küche, um Dora zu suchen.

Kapitel 12

Charlotte wandte sich wieder ihren Briefen zu, da Pitt Dora nicht in ihrer Gegenwart vernehmen wollte. Sie wußte nicht, ob er beabsichtigte, noch einmal mit ihr zu sprechen, bevor er ging, oder ob er ihr sagen würde, was Dora ihm erzählt hatte, falls es von Bedeutung gewesen sein sollte. In der ersten Viertelstunde konnte sie nur daran denken, worüber man in der Küche wohl spräche – ob Pitt nach etwas anderem als nach dem Dienstmädchen der Hiltons fragen würde oder ob er durch Zufall von Papa und der Frau in der Cater Street erführe.

Als sie sich schließlich aufraffte zu schreiben, wurden es zusammengestoppelte Briefe, die, wie sie fürchtete, voll von Wiederholungen und Nichtigkeiten waren. Trotzdem war das immer noch besser, als in Gedanken in der Küche zu sein.

Gegen vier Uhr wurde es draußen dunkel. Nebel stieg vom Fluß auf und hing schon wie ein Schleier um die Gaslampen auf der Straße.

Mama und Emily kehrten ein paar Minuten später vom Schneider zurück, durchgefroren und unzufrieden mit dem Kleid. Sie verlangten sofort nach Tee und erkundigten sich, ob Sarah schon zu Hause sei.

»Nein«, antwortete Charlotte und verzog das Gesicht. »Inspector Pitt ist hier gewesen. Ich weiß nicht, ob er schon gegangen ist.«

Mama blickte verärgert auf.

»Warum war er hier?« fragte sie mit scharfer Stimme. Hegte sie dieselbe Befürchtung wie Charlotte – daß er irgendwie von Papa und der Frau erfahren könnte? Charlotte wollte nicht danach fragen, vielleicht hatte ihre Mutter ja auch noch gar nicht darüber nachgedacht?

»Irgend etwas wegen Dora, wegen ihrer Bekanntschaft mit dem Dienstmädchen der Hiltons, und weil sie darüber nichts gesagt hatte«, antwortete sie.

»Warum sollte Dora lügen?« fragte Emily, wobei sie ihre Tasse ohne zu trinken absetzte, weil der Tee noch zu heiß war. »Was könnte schon Schlimmes dahinterstecken, selbst wenn sie gelogen haben sollte?«

»Sie hat es aus Angst getan, nehme ich an«, antwortete Charlotte. »Vor dem Skandal und so. Wollte wohl mit der Polizei nichts zu tun haben. Viel einfacher, es abzustreiten.«

»Vielleicht kannte sie sie ja auch gar nicht, und Pitt irrt sich?« warf Emily ein. »Es hat sowieso nichts zu bedeuten. Es ist schon ziemlich dunkel draußen. Sarah kann doch unmöglich immer noch mit Martha Prebble für die Gemeinde unterwegs sein!«

Caroline stand auf und ging zum Fenster. Draußen war nichts als trüber Nebel und Dunkelheit.

»Wenn sie es doch ist, dann werde ich mal ein ernstes Wort mit ihr reden, wenn sie wiederkommt. Es ist nicht nötig, so spät noch unterwegs zu sein, und dann noch an solch einem scheußlichen Abend, es sei denn, jemand ist krank geworden. Wir werden Maddock losschicken müssen, um sie zurückzuholen. Man kann es nicht zulassen, daß sie allein bei diesem Wetter unterwegs ist.«

»Ich nehme an, daß der Pfarrer sie begleiten wird«, meinte Emily ruhig. »Charlotte mag ihn nicht, und ich mag ihn genauso wenig«, sagte sie und warf einen Seitenblick auf ihre Schwester, »aber er besitzt immer noch genug Manieren und Erziehung, um Sarah nach Anbruch der Dunkelheit nicht allein nach Hause gehen zu lassen.«

»Nein, natürlich nicht.« Caroline kam vom Fenster zurück, setzte sich und war bemüht, ihre Selbstbeherrschung zu bewahren. »Ich stelle mich wohl nur ein wenig an. Ach, ich weiß auch nicht, warum ich Angst habe. Wir wissen, wo sie ist, und sie leistet zweifellos hervorragende Arbeit. Unglücklicherweise nehmen weder Tod noch Geburt Rücksicht auf angenehmes Wetter oder zivile Tageszeiten; und eine Krankheit tut das schon gar nicht. Ich habe gehört, die alte Mrs. Petheridge ist sehr krank. Vielleicht ist Sarah bei ihr?«

»Ja, das könnte sein«, stimmte Charlotte schnell zu. Sie versuchte ein anderes Gesprächsthema zu finden, das reizvoll genug war, um sie alle zu interessieren. »Glaubt ihr, daß Sir Nigel Miss Decker heiraten wird? Sie hat sich ja nun wirklich alle erdenkliche Mühe gegeben.«

»Vermutlich«, sagte Emily trocken. »Er ist äußerst einfältig.«

Es gelang ihnen, das Gespräch – unterbrochen durch kleine Arbeiten – eine weitere Stunde in Gang zu halten, bis Edward kurz nach fünf zurückkam.

»Wo ist Sarah?« fragte er sofort.

»Beim Pfarrer und Mrs. Prebble«, antwortete Caroline und warf unwillkürlich einen Blick auf das Fenster.

»Zu dieser Tageszeit?« Edward hob seine Augenbrauen. »Handelt es sich um einen Notfall? Sie werden wohl kaum nach Anbruch der Dunkelheit normale Gemeindearbeiten erledigen. Wißt ihr überhaupt, was draußen für ein Wetter ist?«

»Natürlich wissen wir das«, sagte Caroline scharf. »Ich bin selbst draußen gewesen, und ich habe auch Augen, um es von hier aus zu sehen.«

»Natürlich, meine Liebe, tut mir leid«, sagte Edward sanft. »Das war eine dumme Frage. Ich mache mir ein wenig Sorgen um Sarah. Sie verbringt viel zu viel Zeit mit dieser Arbeit. Ich bin ja auch für Wohltätigkeit, aber im Augenblick verlangt sie ihr zuviel ab. Sie wird sich noch verausgaben, und an einem Abend wie diesem könnte sie sich leicht erkälten.«

Er hatte den Mörder nicht erwähnt, sondern nur über die Gefahr einer Erkältung wegen des Nebels gesprochen, und Charlotte empfand ein plötzliches Gefühl der Wärme für ihn, weil er es nicht getan hatte. Vielleicht war die Affäre mit der Frau nur ein Fehltritt, dessen Folgen er bereute. Sie stand auf und küßte ihn schnell auf die Wange; er war zu überrascht, um reagieren zu können. Sie drehte sich an der Tür um, und ihre Blicke trafen sich. Könnte es sogar so etwas wie Dankbarkeit sein, was sie da sah? Sie würde jetzt in die Küche gehen, um festzustellen, was Dora Pitt erzählt hatte.

»Ich sehe nach, wie es mit dem Essen steht«, verkündete sie. »Ich glaube nicht, daß Dora verstört ist, aber ich möchte doch sichergehen.«

»Warum sollte Dora verstört sein?« hörte sie Edward fragen, als sie die Tür schloß.

Es schien, als hätte die Befragung Doras wenig mehr ergeben als Einzelheiten über deren Freundschaft mit dem Dienstmädchen der Hiltons, und sie kehrte völlig zufriedengestellt ins Wohnzimmer zurück. Es war zwanzig vor sechs, als die Flurtüre sich öffnete und Pitt mit aschgrauem Gesicht auf der Schwelle stand. Maddock war nirgends zu sehen.

Edward wandte sich um, und dann, als er sah, um wen es sich handelte, erhob er sich halb. Er wollte gerade eine Erklärung für Pitts unangekündigtes Erscheinen verlangen, als er sich das Gesicht des Mannes genauer ansah. Es spiegelte stets seine Gefühle wider, und jetzt zeigte es einen solchen Ausdruck von Schock und Entsetzen, wie sie es bei ihm noch nie gesehen hatten. Sein Blick wanderte kurz zu Charlotte und dann zurück zu Edward.

»Um Gottes willen, was ist los, Mann?« Edward stand auf. »Sind Sie krank?« Er mußte es sein, so schrecklich, wie er aussah.

Pitt schleppte sich vorwärts und schien nicht in der Lage zu sein, sie zu finden.

Charlotte fühlte eine eisige Kälte in sich. »Sarah«, sagte sie ruhig. »Es ist Sarah, nicht wahr?«

Pitt nickte. Er schloß seine Augen. »Es tut mir leid.«

Edward schien nicht zu verstehen. »Was ist mit Sarah? Was ist los mit ihr? Hatte sie einen Unfall?« Er schwankte ein wenig.

Charlotte stand auf und ging zu ihm. Sie hakte sich bei ihm ein und klammerte sich an ihn. Dann wandte sie sich Pitt zu, ihr Herz schlug ihr bis zum Halse, und sie hielt ihre Finger so verkrampft, daß ein kribbelndes Gefühl den Arm heraufstieg. Schon bevor sie fragte, kannte sie die Antwort.

»Der Würger?« fragte sie. Sie wollte nicht wissen, ob auch Sarah verstümmelt worden war. Der Gedanke daran war unerträglich.

»Ja.« Kummer und das Gefühl, mit Schuld zu sein, verzerrten sein Gesicht.

»Das kann nicht sein!« sagte Edward und schüttelte leicht den Kopf – verständnislos, unfähig, es zu glauben. »Warum Sarah? Warum sollte ihr irgend jemand ein Leid zufügen wollen?« Seine Stimme schwankte, und er kämpfte, um fortfahren zu können. »Sie war so…« Er verstummte, und Tränen liefen über sein Gesicht.

Hinter ihnen setzte sich Emily neben Caroline, legte ihre Arme um sie, hielt sie fest und verbarg ihr Gesicht. Caroline weinte hemmungslos und herzzerreißend; der Schmerz schüttelte sie.

»Ich weiß es nicht«, antwortete Pitt. »Gott, ich weiß es nicht.«

»Gibt es irgend etwas, was erledigt werden müßte?« fragte Charlotte heiser. Das Kribbeln hatte ihre Ellenbogen erreicht, und Pitts Gesicht schien zu verschwimmen.

»Nein«, sagte er und schüttelte den Kopf.

»Wo ist Maddock?«

»Ich fürchte ... es ging ihm nicht gut. Es hat ihn sehr hart getroffen. Ich habe ihn losgeschickt, Brandy und Riechsalz zu holen, falls...«. Seine Stimme verlor sich. Er wußte nicht, was er sonst noch sagen sollte.

Charlotte klammerte sich noch fester an ihren Vater. »Papa, du solltest dich hinsetzen. Wir können jetzt nichts tun. Es wird einiges zu erledigen geben, morgen, aber für heute abend ist alles getan.«

Edward ging gehorsam auf seinen Sessel zu; seine Beine schienen unter ihm wegzuknicken.

Maddock kam einen Augenblick später mit einem Tablett, einer Karaffe mit Brandy und Gläsern herein. Er sah zu Boden und sagte kein Wort. Emily und Caroline nahmen ihn überhaupt nicht wahr, und umständlich stellte er das Riechsalz auf den Tisch. Er war schon wieder auf dem Wege nach draußen, als Charlotte ihn ansprach.

»Maddock, bitte bestellen Sie das Abendessen ab, und seien Sie so freundlich, Mrs. Dunphy zu bitten, ein paar kalte Speisen für etwa acht Uhr vorzubereiten.«

Er sah sie ungläubig an, und sie wußte, daß er sie für unbeschreiblich kalt hielt, so als ob sie das Ganze überhaupt nichts anginge. Sie konnte ihm nicht erklären, daß es ihr unendlich viel ausmachte, so viel, daß sie es nicht ertragen konnte, daran zu denken. Etwas Praktisches zu tun, sich um den Schmerz der anderen zu kümmern – das war leichter zu ertragen, als an ihren eigenen Schmerz zu denken.

Sie wandte sich von Maddock ab und blickte Pitt an. Und wieder sah sie diesen Ausdruck der Zärtlichkeit auf seinem Gesicht, der sie vorher so verlegen gemacht hatte, aber diesmal empfand sie seine Wärme wie eine schützende Hülle. Sie wußte, daß er verstand, was sie machte, und warum sie es machte. Schnell blickte sie weg, die Tränen schnürten ihr die Kehle zu. Sein Mitgefühl war viel schwerer mit Fassung zu ertragen, als wenn er ihr Verhalten mißverstanden hätte: Hier gab es nichts, wogegen man ankämpfen konnte.

»Danke, Inspector Pitt.« Sie versuchte, das Zittern ihrer Stimme, das ihre Worte undeutlich werden ließ, unter Kontrolle zu bekommen. »Vielleicht könnten Sie Ihre Fragen morgen stellen? Heute abend können wir Ihnen nur wenig mitteilen, außer daß Sarah das Haus am frühen Nachmittag verlassen hat, um Mrs. Prebble zu besuchen und, wie wir vermuten, danach einige Hausbesuche in der Gemeinde zu machen. Wenn Sie Mrs. Prebble fragen, wird sie Ihnen sicherlich sagen können ... zu welcher Zeit ...« Sie war nicht in der Verfassung, ihren Satz zu beenden. Man sprach plötzlich nicht mehr über irgendwelche Tatsachen ... sondern über Sarah. Sie hatte ihre Schwester deutlich vor Augen und verscheuchte das Bild. Sie wünschte, daß er ginge, bevor sie ihre Selbstbeherrschung verlor. »Morgen werden wir besser auf alle Fragen antworten können.«

»Sicher«, stimmte er schnell zu. »Im Augenblick ist es sowieso sinnvoller, wenn ich mit dem Pfarrer und Mrs. Prebble spreche.« Er wandte sich wieder Edward zu, offenbar unfähig, Caroline anzusehen. »Es ... es tut mir leid«, stammelte er.

Edward zeigte sich jetzt der Lage gewachsen. »Natürlich«, sagte er. »Ich bin sicher, Sie haben alles Menschenmögliche getan. Angesichts des Wahnsinns sind normale Menschen hilflos. Ich danke Ihnen dafür, daß Sie persönlich vorbeigekommen sind, um es uns mitzuteilen. Gute Nacht, Inspector.«

Nachdem Pitt gegangen war, gab es nichts, was man hätte sagen können. Es gab keine Fragen, außer der einen, die nicht beantwortet werden konnte: Warum Sarah?

Es verstrich eine lange Zeit, bevor jemand fähig war, sich zu bewegen; es war Edward, der in die Küche ging, um die Dienstboten offiziell vom Tode Sarahs zu unterrichten. Emily brachte Caroline nach oben. Das Abendessen bestand aus einer kalten Platte, die im Wohnzimmer serviert wurde. Mit Ausnahme von Caroline zwangen sich alle, etwas zu essen. Um neun Uhr schickte Edward Charlotte und Emily nach oben ins Bett. Er selbst wartete allein auf Dominic, um ihm von der Tragödie zu berichten, ganz gleich, zu welcher Zeit er heimkehren mochte.

Charlotte kam der Aufforderung nur zu gerne nach. Je später es wurde, desto mehr verlor sie ihre Selbstbeherrschung. Sie war plötzlich sehr müde, und die Anstrengung, ihre Tränen zurückzuhalten, wurde zuviel für sie.

Sie zog sich in ihrem Zimmer aus, hängte ihre Kleider auf, wusch ihr Gesicht erst mit heißem, dann mit kaltem Wasser, löste ihr Haar und bürstete es; anschließend ging sie zu Bett, und dann endlich weinte sie aus vollem Herzen, bis die Kraft sie verließ.

Der folgende Morgen war bedrückend und kalt. Charlotte erwachte, und ein paar Minuten lang war alles wie sonst, aber dann kam die Erinnerung wieder. Sarah war tot. Sie mußte es mehrere Male aussprechen. Es war ein wenig wie am Morgen nach Sarahs Hochzeit; auch damals hatte eine lange Beziehung ihr Ende gefunden. Sarah war nicht mehr ihre Schwester, sondern Dominics Frau. Sie erinnerte sich an die Jahre ihrer Kindheit. Es war Sarah gewesen, die ihr beigebracht hatte, ihre Schuhe selbst zuzuknöpfen, es war Sarah gewesen, mit der sie mit Puppen gespielt hatte, es waren Sarahs Kleider gewesen, in die sie hinein-gewachsen war. Es war Sarah gewesen, die ihr das Lesen beige-bracht hatte, es war Sarah gewesen, der sie von ihrer ersten Jugendliebe erzählt und der sie ihren ersten Liebeskummer anvertraut hatte. Etwas war aus ihrem Leben verschwunden, als Sarah heiratete und sie nicht mehr ganz allein ihr gehörte. Aber das war ganz natürlich, wenn man erwachsen wurde; sie hatte immer gewußt, daß es einmal so kommen würde. Dies hier war etwas anderes. Dies war nicht natürlich. Es war schrecklich. Und diesmal gab es keinen Neid, nur das Gefühl des erdrückenden, unerträglichen Verlustes.

Hatte Sarah es bewußt erlebt, hatte sie das Gesicht ihres Mörders gesehen? Hatte sie die erstickende, herzzerreißende Angst gespürt? Bitte, lieber Gott, laß es schnell gegangen sein!

Es hatte keinen Sinn, hier zu liegen und nachzudenken. Es war besser, aufzustehen und sich mit etwas zu beschäftigen. Für Mama war es viel schlimmer. Die Erkenntnis, ein Kind verloren zu haben, einen Menschen, dem man mit seinem eigenen Körper das Leben geschenkt hatte, mußte schrecklich sein.

Unten waren auch schon alle auf und angezogen.

Das Frühstück wurde fast schweigend eingenommen. Dominic war bleich, und er schaute niemanden an. Charlotte beobachtete ihn eine Weile lang. Dann, aus Angst, daß er es bemerken könnte, senkte sie den Blick auf ihren Toast. Die mechanische Beschäftigung mit dem Essen wirkte übertrieben, eine Beschäfti-gung, die von anderen Gedanken ablenkte.

Wo war Dominic gestern abend gewesen? Wäre es fair, sich zu überlegen, ob Sarah wohl zu Hause geblieben wäre, wenn auch er daheim gewesen wäre oder wenn sie ihn erwartet hätte? Oder hatte der Würger sie als Opfer ausgesucht, um sie, wenn nicht gestern, dann an einem anderen Tag zu ermorden?

War er irgendein Verrückter aus den nebligen Slums, der von Schmutz und Armut zum Wahnsinn getrieben worden war, so daß er nur noch daran denken konnte zu töten? Oder kam er aus der Cater Street, jemand, der sie alle kannte, der sie beobachtete und auf seine Gelegenheit wartete, jemand, der ihnen folgte, vielleicht sogar mit ihnen plauderte, mit ihnen spazierenging, und dann plötzlich den Draht hervorholte, und...

Sie durfte nicht an Sarah denken. Jetzt war es vorbei; was auch an Schmerz, Entsetzen oder Wissen dagewesen sein mochte, es war nun vorbei.

Hatte sie ihn gekannt?

Was mochte in ihm heute morgen wohl vorgehen? Saß er irgendwo beim Frühstück? Hatte er Hunger? Saß er allein in irgendeinem schmutzigen Zimmer und aß Brot, oder saß er an einem polierten Eßzimmertisch inmitten seiner Familie und aß Eier, Nierchen und Toast? Unterhielt er sich vielleicht mit anderen, gar mit Kindern? Worüber würde er sprechen? Hatte seine Familie überhaupt die leiseste Ahnung, was er war und wo er gewesen war? Hatten sie Angst, so wie sie Angst gehabt hatte? Hatten auch sie die verschiedenen Stadien der Verdächtigungen durchlebt, die erste Ahnung, die Selbstverachtung und das Schuldgefühl, so etwas überhaupt gedacht zu haben? Hatten sie schließlich kleinere Vorfälle analysiert, an die sie sich erinnerten, und versucht, sie mit dem Vorgefallenen in Einklang zu bringen, um schließlich festzustellen, daß das Phantom der Angst eine bestimmte Gestalt annahm?

Und was dachte er selbst? Oder wußte er es gar nicht? Saß er irgendwo und grübelte genauso, wie sie es tat, dachte er vielleicht dasselbe, sah er die anderen an, seinen Vater, seinen Bruder, und fürchtete er um sie?

Sie sah wieder zu Dominic hinüber. Wo war er letzte Nacht gewesen? Wußte er es – genau? Pitt würde ihn danach fragen.

Das Frühstück wurde abgeräumt, und jeder suchte nach einer Beschäftigung, bis die Polizei kommen würde, um die obligatorischen Fragen zu stellen.

Glücklicherweise mußten sie nicht lange warten. Pitt und sein neuer Sergeant kamen vor neun. Pitt sah müde aus, so, als ob er gestern lange aufgeblieben wäre, und er sah außergewöhnlich ordentlich aus. Seltsamerweise ließ ihn das gehemmt erscheinen, als ob er auf eine schwere Stunde vorbereitet wäre.

»Guten Morgen«, sagte er förmlich. »Es tut mir leid, aber was jetzt kommt, muß sein.«

Jeder von ihnen stimmte dem zu. Man konnte es so leichter hinter sich bringen. Alle setzten sich und warteten darauf, daß Pitt begann. Nur Dominic blieb stehen.

Er kam sofort zur Sache. »Sie sind gestern abend ausgegangen, Mr. Corde?«

»Ja.« Man sah, wie Dominic litt. Charlotte beobachtete ihn und fühlte, daß er sich ebenfalls fragte, ob Sarah wohl auch dann ausgegangen wäre, wenn er daheim geblieben wäre.

»Wohin?«

»Wie bitte?« Dominic schien verwirrt.

»Wo waren Sie?« wiederholte Pitt.

»In meinem Club.«

»Schon wieder? Hat Sie irgend jemand gesehen?«

Das Blut wich aus Dominics Gesicht, als er erkannte, was Pitt in Erwägung zog. Obwohl es Sarah war, die tot war, wurde er als Verdächtiger nicht ausgeschlossen.

»Ja . . . ja«, stotterte er. »Einige Leute. Ich kann mich nicht an all ihre Namen erinnern. B . . . brauchen Sie sie?«

»Es wäre besser, wenn ich sie hätte, Mr. Corde, bevor Sie sie vergessen oder die anderen Sie.«

Dominic öffnete seinen Mund, wohl um zu protestieren, gab es dann aber auf. Er spulte ein halbes Dutzend Namen ab. »Ich . . . ich glaube, das sind sie. Ich glaube, sie waren gestern abend alle da. Verstehen Sie, ich bin nicht den ganzen Abend über mit jedem einzelnen von ihnen zusammen gewesen.«

»Wir werden zweifellos alles rekonstruieren können. Warum waren Sie gestern abend im Club, Mr. Corde? Gab es einen besonderen Anlaß?«

Dominic sah erst überrascht und dann verwirrt aus, als er verstand, was Pitt meinte. Warum war er nicht zu Hause gewesen?

»Ähm . . . nein, keinen besonderen.«

Pitt verfolgte diesen Punkt nicht weiter. Statt dessen wandte er sich Caroline zu, entschloß sich dann anders und sprach Charlotte an.

»Brach Mrs. Corde am frühen Nachmittag auf, um die Frau des Pfarrers zu besuchen?«

»Ja, kurz nach dem Mittagessen.«

»Allein?«

»Ja.« Charlotte senkte ihren Blick. Mit Schmerz – und nun auch mit Schuldgefühlen – erinnerte sie sich der Szene, die erst so kurz zurücklag. Es war unmöglich zu begreifen, wie schnell sich ein ganzes Leben verändern konnte.

»Warum?«

Sie schaute ihn wieder an. »Ich bot ihr an, sie zu begleiten, aber sie wollte allein gehen. Sie wollte mit Martha Prebble unter vier Augen sprechen und anschließend vielleicht noch ein paar Hausbesuche in der Gemeinde machen.« Es fiel ihr schwer zu sprechen; ihr Hals war wie zugeschnürt, und sie konnte nicht weiterreden.

»Sie arbeitete oft für die Gemeinde«, sagte Emily leise.

»Für die Gemeinde? Sie meinen, sie besucht die Armen, die Kranken?« Unwillkürlich benutzte er das Präsens.

»Ja.«

»Wissen Sie, wen sie gestern besuchen wollte?«

»Nein. Was hat Martha gesagt? Mrs. Prebble.«

»Daß Sarah ihr gegenüber mehrere Leute erwähnt hat, aber daß sie das Pfarrhaus erst sehr spät verließ und daß sie nicht genau gesagt hat, wen sie nun besuchen wollte – beziehungsweise in welcher Reihenfolge. Mrs. Prebble selbst ging es nicht gut, und sie behauptete, sie hätte ihr davon abgeraten, allein zu gehen, aber Sarah hätte nicht auf sie hören wollen. Es gab einige Kranke...« Er ließ den Satz unvollendet.

»Glauben Sie...«, begann sie, »es war nur ein Zufall?«

»Ich weiß es nicht. Vielleicht. Möglicherweise wartete er auf jemanden, auf irgend jemanden...«

»Wie in Gottes Namen wollen Sie ihn dann jemals finden?« rief Edward aus. »Sie können doch unmöglich in jeder Straße Polizisten aufstellen, bis er wieder zuschlägt. Er wird einfach warten, bis Sie wieder fort sind... Er könnte an Ihnen vorbeigehen, Sie ansprechen, Sie grüßen, und Sie können ihn noch nicht einmal vom – vom Pfarrer oder von einem Ihrer Leute unterscheiden!«

Niemand antwortete ihm.

»Sie sagten, sie hätte in der letzten Zeit oft für die Gemeinde gearbeitet?« fuhr Pitt fort. »Tat sie das zu bestimmten Zeiten und immer bei denselben Leuten?«

Dominic starrte ihn an. »Sie glauben, er wollte... Sarah? Ich meine Sarah und niemand anderen?«

»Ich weiß es nicht, Mr. Corde. Kennen Sie jemanden, der sie genug geliebt oder gehaßt haben könnte, um so etwas zu tun?«

»Geliebt!« sagte Dominic ungläubig. »Mein Gott! Meinen Sie etwa mich?«

Zum erstenmal hatte es jemand laut ausgesprochen. Charlotte schaute in ihre Gesichter und versuchte, in ihnen zu lesen, wer von ihnen schon vorher an diese Möglichkeit gedacht hatte. Es schien, als ob dieser Gedanke nur Papa noch nicht gekommen war. Sie sah Pitt wieder an und wartete.

»Ich weiß nicht, wen genau ich meine, Mr. Corde, sonst wäre die Suche vorbei.«

»Aber ich könnte es sein!« Dominics Stimme wurde hysterisch. »Obwohl es diesmal Sarah war, glauben Sie immer noch, daß ich es gewesen sein könnte!«

»Halten Sie das für ausgeschlossen?«

Dominic schaute ihn einige Augenblicke lang wortlos an. »Ich hätte Sarah nichts antun können, es sei denn, ich wäre absolut wahnsinnig und in der Lage, mich in einen völlig anderen Menschen zu verwandeln, von dem ich selbst nichts weiß. Ich weiß selbst nicht genau, wie sehr ich sie geliebt habe, wie sehr ich überhaupt jemanden liebe, aber ich liebte sie zu sehr, als daß ich ihr absichtlich ein Leid hätte antun können. Unabsichtlich... ich weiß... und durch Engstirnigkeit von uns beiden... aber doch nicht... nicht so etwas.«

Charlotte konnte ihre Tränen nicht zurückhalten. Wenn Sarah davon doch bloß überzeugt gewesen wäre. Warum nur ist man seinen Mitmenschen gegenüber nicht offen, solange noch Zeit ist? Statt dessen rückt man völlig nebensächliche Dinge in den Vordergrund. Sie durfte jetzt nicht die anderen durch ihr Weinen aus der Fassung bringen. Sie stand auf.

»Entschuldigt mich«, sagte sie schnell und ging langsam hinaus; wäre sie gerannt, so hätte das verraten, in welcher Verfassung sie sich befand.

Es war nicht Dominic, um den Emily sich Sorgen machte, sondern ihr Vater. Sie hatte nie die Möglichkeit erwogen, daß der Charakter ihres Schwagers dunkle Seiten haben könnte. Er war nicht mehr als das, was man sah: gutaussehend, gutmütig, wenn auch ein wenig verwöhnt, geistreich – wenn er wollte –, und sehr oft liebenswürdig – aber auch ohne besonders viel Phantasie. Es war komisch, daß Charlotte sich in ihn verliebt hatte. Er war absolut der Falsche für sie und hätte sie schrecklich unglücklich gemacht. Er hätte nie die Tiefe ihrer Gefühle erwidern können, und sie hätte ihr Leben damit verbracht, nach etwas zu suchen, was es nicht gab.

Aber Papa war ganz anders. Anscheinend hatte er Neigungen, die keiner von ihnen vorher erkannt hatte. Und er war entweder nicht gewillt oder nicht in der Lage gewesen, der Versuchung zu widerstehen.

War die Frau in der Cater Street die einzige? Heute sei sie eine alte Frau, hatte Sarah gesagt. Als Papa sich von ihr getrennt hatte, wer hatte ihre Stelle eingenommen? Das war eine Frage, von der Sarah glaubte, daß die anderen sie sich noch nicht gestellt hatten.

Aber Emily kam nachmittags beim Nähen auf dieselbe Idee, und sie fragte sich, ob auch Pitt darauf kommen würde, wenn er die Sache mit Mrs. Attwood herausfand, was zweifellos geschehen würde, sei es durch den Tratsch in der Nachbarschaft über Sarahs Besuch, durch einen Versprecher eines der Dienstboten oder vielleicht sogar durch Charlotte selbst. Sie war so leicht zu durchschauen wie Wasser! Oder war er vielleicht sogar schon bei ihr gewesen und hatte mit der Frau selbst gesprochen? Er mochte nicht elegant sein und aus einfachen Verhältnissen stammen, aber er war bestimmt nicht dumm!

Wie dem auch sei, dachte Emily, sie sollte sich lieber langsam daran gewöhnen, gut von ihm zu denken, denn er würde bestimmt den Mut aufbringen, Charlotte einen Antrag zu machen, und es war denkbar, daß sie ihn annehmen würde, wenn sie genug Courage und Verstand besaß. Papa würde sich winden, und Großmama würde einen Anfall bekommen, aber das würde nichts ändern.

Es sei denn – natürlich –, Papa hätte etwas viel Schlimmeres getan, als eine oder auch eine Reihe von Geliebten auszuhalten. In diesem Fall wären sie alle ruiniert, und man bräuchte sich keine Gedanken mehr über die Heirat mit irgend jemandem zu machen. Aber so etwas hätte er doch nie getan! Sie konnte es nicht wirklich glauben, aber sie würde auch nicht den Verdacht aus ihren Gedanken verscheuchen können, solange sie nichts dagegen unternahm. Sie wußte, daß er allein in der Bibliothek war. Heute oder morgen würde sicher pflichtbewußt der scheußliche Pfarrer vorbeikommen, jetzt, wo die Polizei, zumindest für den Augenblick, fort war. Es war besser, das Gespräch hinter sich zu bringen.

Edward blickte überrascht auf, als sie in die Bibliothek kam. »Emily? Suchst du etwas zu lesen?«

»Nein.« Sie setzte sich in den großen Ledersessel ihm gegenüber.

»Was dann? Fällt es dir schwer, allein zu sein? Ich muß gestehen, ich freue mich auch über deine Gesellschaft.«

Sie lächelte ein wenig. Es würde schwieriger werden, als sie gedacht hatte.

»Papa?«

»Ja, mein Liebes?« Wie müde er aussah. Sie hatte vergessen, wie alt er war.

»Papa, die Frau in der Cater Street – wie lange ist es her, seit sie deine Geliebte war?« Es war besser, offen und direkt zu fragen. Den meisten anderen Leuten gegenüber hätte sie unaufrichtig sein können, aber es war ihr nie gelungen, ihn zu täuschen.

»Wie sehr du manchmal Charlotte ähnelst.« Er lächelte traurig, und sie wußte instinktiv, daß er weder an sie noch an Charlotte, sondern an Sarah dachte.

»Wie lange?« wiederholte sie. Es mußte jetzt durchgestanden werden; es ein anderes Mal zu versuchen, würde nur noch schmerzlicher sein.

Er sah sie an. Versuchte er festzustellen, wieviel sie wußte? Ob er auch jetzt noch lügen, ausweichen konnte?

»Wir wissen von ihr«, sagte sie mit grausamer Offenheit. »Sarah hat sie aufgesucht – es war einer ihrer Wohltätigkeitsbesuche. Sie entdeckte die Wahrheit. Bitte, Papa, mach es nicht noch schlimmer!« Ihre Stimme schwankte. Sie haßte, was sie tat, aber die Ungewißheit war noch unerträglicher. Diese Spannung war wie ein Krebsgeschwür, viel schlimmer als der Schmerz, den die Gewißheit verursachen konnte. Sie durfte nicht zulassen, daß er jetzt log und sich selbst erniedrigte.

Er sah sie immer noch an. Sie wollte ihre Augen schließen, die Frage zurücknehmen, aber sie wußte, es war zu spät.

Er gab nach. »Vor langer Zeit«, er seufzte, »es war eine sehr kurze Affäre, jedenfalls dieser Abschnitt unserer Beziehung. Etwa ein oder zwei Jahre nach deiner Geburt war alles vorbei, aber ich mochte sie immer noch gern. Deine Mutter war oft beschäftigt... mit dir. Du kanntest sie damals nicht, aber sie war Sarah nicht unähnlich; ein wenig stur und rechthaberisch.« Plötzlich füllten sich seine Augen mit Tränen, und Emily blickte weg, um ihm die Peinlichkeit zu ersparen. Sie stand auf und ging zum Fenster, um ihm Zeit zu geben, sich wieder zu fangen.

»Gab es nach ihr noch jemanden?« fragte sie. Es war besser, alles auf einmal hinter sich zu bringen.

»Nein.« Es klang überrascht. »Natürlich nicht! Warum fragst du, Emily?«

Sie mußte rasch eine Ausrede finden, so daß er nie erfahren würde, wessen sie ihn verdächtigt hatte. Jetzt – das war das Verrückte – wollte sie ihn schonen. Sie hatte gedacht, sie würde ihm niemals verzeihen können, was er Mama angetan hatte, aber statt dessen wollte sie ihn nun beschützen, so als ob er derjenige wäre, den man verletzt hatte. Sie verstand sich selbst nicht mehr – das war eine neue Erfahrung für sie, aber keine ausschließlich unangenehme.

»Wegen Mama, natürlich«, antwortete sie. »Über einen Fehler kann man hinwegsehen, besonders wenn er vor langer Zeit geschah. Man kann jedoch keinen Fehler vergessen, der wieder und wieder begangen wurde.«

»Glaubst du, daß deine Mutter genauso darüber denken wird?« Seine Stimme klang so rührend hoffnungsvoll, daß sie ein wenig verlegen wurde.

»Ich würde sie fragen«, sagte sie schnell. »Ich glaube, sie hat sich oben etwas hingelegt. Du weißt, sie trauert sehr um Sarah.«

Er stand auf. »Ja, ich weiß. Ich glaube, ich selbst habe auch nicht gewußt, was sie mir wirklich bedeutet hat.« Er legte seinen Arm um sie und küßte sie sanft auf die Augenbrauen. Sie merkte, wie sie sich plötzlich an ihn preßte und um Sarah, um sich selbst, um jeden weinte, weil es einfach alles zu viel für sie war.

Am späten Nachmittag kam George Ashworth, um sein Beileid auszusprechen. Natürlich wollte er der ganzen Familie kondolieren, und deshalb wurde er in aller Form von Edward im Wohnzimmer empfangen. Es war angebracht, den Fünfuhrtee anzubieten, und es war ebenso angebracht, ihn dankend abzulehnen. Anschließend bat Ashworth darum, Emily sprechen zu dürfen.

Sie empfing ihn in der Bibliothek, einem Ort, an dem sie wahrscheinlich nicht Gefahr liefen, gestört zu werden.

Er schloß die Tür hinter sich. »Emily, es tut mir so leid. Ich hätte vielleicht nicht so bald kommen sollen, aber ich konnte es nicht ertragen, daß Sie vielleicht denken könnten, es ließe mich unberührt oder ich würde nicht Ihren Schmerz teilen. Ich nehme an, es ist müßig, Sie zu fragen, ob ich etwas für Sie tun kann?«

Emily war bewegt und überrascht, daß ihn tiefere Gefühle bewegten als solche, die nur von guten Manieren zeugten. Sie hatte schon seit einiger Zeit gewünscht, ja sogar geplant, ihn zu heiraten, ja sie mochte ihn wirklich gern, aber ein solches Feingefühl hatte sie bei ihm nicht erwartet. Sie freute sich darüber, und merkwürdigerweise verlor sie ein bißchen von der selbstbeherrschten, kontrollierten Haltung, die sie sich in jüngster Zeit hatte aneignen können.

»Ich danke Ihnen«, sagte sie vorsichtig. »Das ist nett gemeint, aber es gibt eigentlich nichts, was man tun könnte. Wir müssen es ertragen, bis wir das Gefühl haben, daß es an der Zeit ist, unser Leben wieder von neuem zu beginnen.«

»Ich nehme an, man weiß immer noch nicht, wer es getan hat.«

»Ich glaube nicht. Ich fange an zu bezweifeln, ob man es jemals herausfinden wird. Kürzlich hörte ich, wie so ein törichter Diener meinte, es sei gar kein menschliches Wesen, sondern eine übernatürliche Kreatur, ein Vampir oder irgendein Dämon.« Sie brachte ein ersticktes Geräusch hervor, das eigentlich ein zorniges Lachen hatte werden sollen.

»Ist Ihnen der Gedanke nie gekommen?« fragte er ungeschickt.

»Natürlich nicht!« antwortete sie verachtungsvoll. »Es ist jemand aus der Cater Street oder der Umgebung, jemand, den ein schrecklicher Wahnsinn zum Morden treibt. Ich weiß nicht, ob er die Leute aus einem bestimmten Grund umbringt oder nur, weil sie zufällig in der Nähe sind, wenn der Wahnsinn von ihm Besitz ergreift. Aber er ist ein Mensch, da bin ich ganz sicher.«

»Warum sind Sie so sicher, Emily?« Er setzte sich auf die Lehne von einem der Sessel.

Sie sah ihn neugierig an. Dies war der Mann, den sie heiraten, mit dem sie den Rest ihres Lebens verbringen wollte, der sie versorgen sollte. Er sah außergewöhnlich gut aus, und, was noch wichtiger war, er gefiel ihr – und heute mochte sie ihn wegen seiner unerwarteten Sorge um sie besonders.

»Weil ich nicht an Monster glaube«, sagte sie offen. »An Verbrecher, sicherlich, und an Wahnsinn, aber nicht an Monster.

Ich könnte mir vorstellen, er möchte, daß wir glauben, er sei ein Monster, weil wir dann aufhören könnten, in unseren Reihen nach ihm zu suchen. Vielleicht würden wir dann die Suche ja auch ganz aufgeben.«

»Was für ein realistisches Geschöpf Sie sind, Emily«, sagte er und lächelte. »Tun Sie nie etwas Unvernünftiges?«

»Nicht oft«, sagte sie offen und lächelte dann auch. »Wäre Ihnen das lieber?«

»Um Himmels willen, nein! Sie sind die ideale Kombination. Sie sehen weiblich und zart aus, Sie wissen, wann es besser ist zu sprechen und wann zu schweigen, und trotzdem handeln Sie mit Klugheit und Weitsicht wie ein intelligenter Mann.«

»Ich danke Ihnen«, sagte sie hocherfreut.

»Und deswegen«, er schaute auf den Boden hinab und dann wieder zu ihr auf, »sollte ich Sie heiraten, wenn ich nur einen Funken Verstand hätte.«

Sie holte tief Luft, hielt den Atem eine Weile an und atmete dann aus.

»Und haben Sie ihn?« sagte sie sehr vorsichtig.

Sein Lächeln vertiefte sich. »Im allgemeinen nicht. Aber ich glaube, diesmal handelt es sich um eine Ausnahme.«

»Machen Sie mir einen Heiratsantrag, George?« Sie wandte sich um und schaute ihn an.

»Merken Sie das denn nicht?«

»Ich möchte da ganz sicher sein. Es wäre außerordentlich dumm, in einer solchen Angelegenheit einen Fehler zu begehen.«

»Ja, ich mache Ihnen einen.« Der Ausdruck seiner Augen machte eine Frage daraus. Er sah verwundbar aus, so, als ob ihre Antwort ihm viel bedeuten würde.

Sie entdeckte, daß sie ihn noch mehr mochte, als sie vorher gedacht hatte.

»Ich fühle mich geehrt«, sagte sie aufrichtig. »Und ich nehme ihn an! Sie sollten in ein paar Wochen mit Papa sprechen, wenn es angebrachter ist.«

»Das werde ich.« Er stand auf. »Und ich werde sicherstellen, daß er mein Angebot annehmen kann. Jetzt sollte ich besser gehen, bevor ich die Regeln des Anstands verletze. Auf Wiedersehen, Emily, meine Liebe.«

Kapitel 13

An jenem Abend beschloß Edward, daß er von Caroline nicht länger verlangen konnte, Großmama zu besänftigen oder ihre Kritik und schlechte Laune zu ertragen. Er schickte Maddock mit der Nachricht zu Susannah, daß Großmama sobald wie möglich, mit allen notwendigen Kleidungsstücken und Toilettenartikeln versehen, zu ihr geschickt würde und daß sie wünschten, daß sie nicht zurückkehre, ehe sie sich vom tragischen Verlust erholt hätten. Es würde kein Vergnügen für Susannah sein, aber das war nun einmal eine der Lasten des Familienlebens, und sie würde das beste daraus machen müssen.

Großmama beklagte sich voll bitterem Selbstmitleid und mit mindestens einem Schwindelanfall, um den sich jedoch niemand im geringsten kümmerte. Emily war ganz in Gedanken. Edward und Caroline schienen zu guter Letzt zu einem Einverständnis gekommen zu sein, was das Thema Mrs. Attwood anbelangte. Am Abend vorher hatten sie sich lange unterhalten, und Caroline hatte viele Dinge erfahren, nicht nur über Edward, sondern auch über die Einsamkeit und über das Gefühl, sich aus einem engen, vertrauten Kreis ausgeschlossen zu finden, und nicht zuletzt über sich selbst. Sie hatten nun einen neuen Zugang zueinander gefunden, und sie schienen einander viel zu sagen zu haben.

Dominic verzichtete ausnahmsweise auf seine sonst übliche Diplomatie, und Charlotte achtete sogar noch weniger als sonst darauf, ihre Worte genau abzuwägen. Wie vereinbart halfen Caroline und Emily Großmama am nächsten Morgen beim Packen und begleiteten sie um zehn Uhr in ihrer Kutsche zu Susannah.

Charlotte war somit allein, als der Pfarrer und Martha Prebble sie aufsuchten, um der Etikette entsprechend ihr Mitleid und ihr großes Entsetzen über den Verlust von Sarah zu bekunden. Dora führte sie herein.

»Meine liebe Miss Ellison«, begann der Pastor feierlich, »ich finde kaum Worte, um Ihnen unsere Trauer auszudrücken.«

Charlotte konnte nicht umhin zu hoffen, daß er sie auch weiterhin nicht finden würde, aber dies blieb ein frommer Wunsch.

»Das teuflisch Böse wandelt unter uns«, fuhr er fort und nahm ihre Hand, »das eine Frau wie Ihre Schwester in der Blüte ihres Lebens erschlug und ihren Mann und ihre Familie beraubte. Ich versichere Ihnen, ich spreche im Namen aller aufrechten Männer und Frauen der Gemeinde, wenn ich Ihnen unser tiefstes Mitgefühl für Sie und Ihre arme Mutter ausdrücke.«

»Vielen Dank«, sagte Charlotte und zog ihre Hand zurück. »Ich nehme Ihr Beileid dankbar an, und ich werde meine Eltern, meine Schwester und natürlich meinen Schwager von Ihrer Güte in Kenntnis setzen.«

»Es ist unsere Pflicht«, antwortete der Pfarrer und merkte offensichtlich nicht, daß seine Antwort den Besuch in Charlottes Augen jeglicher Bedeutung beraubte.

»Gibt es irgend etwas, das wir tun könnten?« bot Martha an.

Charlotte wandte sich ihr erleichtert zu, aber die Erleichterung währte nur einen Augenblick. Marthas Gesicht war verhärmter, als sie es je zuvor gesehen hatte. Ihre Augen lagen in dunklen Höhlen, und ihr Haar hing in verknoteten Strähnen über ihren Ohren.

»Ihre Anteilnahme ist uns die größte Hilfe«, sagte Charlotte sanft, von tiefem Mitleid für die Frau bewegt. Mit einem Mann wie dem Pfarrer zu leben, der vor Pflichtgefühl fast erstickte, mußte die Kräfte einer warmherzigen und fürsorglichen Frau übersteigen.

»Wann wäre es recht, daß ich mit Ihrem Vater die – ähem – Formalitäten besprechen könnte?« fuhr der Pfarrer fort, ohne Martha anzusehen. »Wissen Sie, diese Dinge müssen erledigt werden. Alles muß seinen geordneten Gang gehen. Wir kehren zu dem Staub zurück, aus dem wir kamen, und unsere Seelen treten vor Gottes Richterstuhl.«

Was sollte sie darauf schon sagen! Also kam Charlotte auf die erste Frage zurück.

»Ich weiß es nicht, aber ich halte es für angebracht, daß Sie, zumindest zunächst einmal, mit meinem Schwager sprechen.« Sie war froh, weil sie eine Anstandsregel gefunden hatte, die er verletzt hatte und bei der sie ihn korrigieren konnte. »Sollte er sich dazu nicht in der Lage fühlen, wird sich Papa sicherlich der Sache annehmen.«

Der Pfarrer hatte Mühe, seine Verärgerung zu verbergen. Er lächelte und zeigte dabei seine Zähne, aber seine Wangen erröteten leicht, und seine Augen waren hart.

»Natürlich«, stimmte er zu. »Ich hatte gedacht, daß vielleicht ... ein älterer Herr ... die Trauer ...«

»Schon möglich«, sagte Charlotte, war jedoch nicht geneigt, ihm auch nur einen kleinen Sieg zuzugestehen. Auch sie lächelte – genauso kalt wie er. »Aber es wäre einfach unfreundlich, ihn nicht zu konsultieren; eine unnötige Unhöflichkeit, wie mir scheint.«

Die Muskeln im Gesicht des Pastors verhärteten sich.

»Hat die Polizei inzwischen irgendeinen Fortschritt bei der Suche nach dem Täter dieser grauenvollen Verbrechen gemacht? Ich habe gehört, daß Sie einem der Polizisten ... nun, sagen wir, etwas näherstehen.« Er hatte den letzten Satz in dem gleichen Tonfall ausgesprochen, den er benutzen würde, wenn er von einem Rattenfänger spräche oder von denjenigen, die die Küchenabfälle beseitigen. Seine Augen flackerten vor Genugtuung.

»Ich weiß nicht, wem Sie zugehört haben, Herr Pfarrer, um auf so eine Idee zu kommen.« Charlotte sah ihm offen ins Gesicht. »Haben die Dienstmädchen getratscht?«

Zornesröte stieg in sein Gesicht.

»Ich höre nicht auf Dienstmädchen, Miss Ellison! Und ich nehme es Ihnen übel, daß Sie so etwas in Erwägung ziehen! Ich bin nicht irgendein tratschendes Weib!«

»Ich wollte Sie nicht beleidigen, Herr Pfarrer«, log Charlotte, ohne die geringsten Gewissensbisse zu haben. »Da ich selbst eine Frau bin, hätte ich diese Formulierung nicht gewählt, um Kritik zu äußern.«

»Natürlich nicht«, sagte er schroff. »Gott erschuf die Frau, wie er auch den Mann erschuf ... als schwächeres Wesen natürlich, aber immerhin ist auch sie eine Schöpfung des Allmächtigen.«

»Ich war immer der Meinung, alles sei eine Schöpfung Gottes«, sagte Charlotte und ließ ihn abermals in das eigene Messer laufen. »Andererseits ist es in der Tat beruhigend, daran erinnert zu werden, daß auch wir Geschöpfe Gottes sind. Nun, um Ihre Frage zu beantworten: Mir ist nicht bekannt, ob die Polizei im Laufe ihrer Ermittlungen zu weiteren Erkenntnissen gelangt ist, aber es obliegt ihr natürlich auch nicht, mich zu informieren, wenn dies der Fall wäre.«

»Wie ich sehe, hat diese Angelegenheit Sie doch sehr mitgenommen.« Der Tonfall des Pfarrers wurde nun belehrend. »Das ist völlig normal. Für jemanden aus Ihrer behüteten Umgebung und in Ihrem zarten Alter ist die Belastung einfach zu groß. Sie müssen sich auf die Kirche stützen und auf den Allmächtigen vertrauen, um diese Prüfung durchzustehen. Lesen Sie jeden Tag in der Bibel! Sie werden darin großen Trost finden. Beachten Sie strengstens ihre Gebote, und sie wird Ihre Seele erfreuen, auch wenn Sie in diesem Tal der Tränen harte Schicksalsschläge treffen.«

»Vielen Dank«, sagte Charlotte trocken. Bis jetzt hatte ihr die Bibel Freude bereitet, aber seine Worte waren nun wirklich dazu angetan, sie ihr zu verderben. »Ich werde Ihren Rat weitergeben. Ich bin sicher, daß er uns allen helfen wird.«

»Und fürchten Sie niemals, daß die Bösen ihrer Strafe entgehen. Auch wenn sie nicht die Gerechtigkeit dieser Welt trifft, so wird Gottes Rache sie doch in der Ewigkeit einholen, und sie werden im Höllenfeuer zugrunde gehen. Der Tod ist der Sünde Sold. Die Fleischeslust vernichtet die Seelen der Verdammten im ewigen Feuer, und keiner wird ihm entkommen. Nein, auch nicht der geringste Gedanke an fleischliche Vergnügungen wird dem großen Gericht verborgen bleiben!«

Charlotte zitterte. Sie empfand die Vorstellung als entsetzlich, in einer solchen Philosophie Trost zu finden. Auch sie hatte Gedanken, deren sie sich schämte, Begierden und Träume, von denen sie hoffte, daß sie nie bekannt würden, und so, wie sie Vergebung dafür benötigte, so wollte sie auch anderen vergeben.

»Aber doch wohl die Gedanken, die unterdrückt und nicht in die Tat umgesetzt werden«, erwiderte sie zögernd.

Martha blickte plötzlich auf. Ihr Gesicht war weiß, die Muskeln um ihren Kiefer verkrampft. Ihre Stimme war rauh, als sie sprach, und klang so, als ob sie ihr nicht richtig gehorchen wollte.

»Sünde ist und bleibt Sünde, meine Liebe. Der Gedanke ist Vater des Wunsches und der Wunsch Vater der Tat. Deshalb ist der Gedanke schon böse, und er muß wie ein giftiges Unkraut, das wachsen wird, ausgerissen und ausgemerzt werden, damit er die Saat der Worte des Herrn nicht in dir erstickt. Wenn dich dein linkes Auge zum Bösen verführt, dann reiß es aus! Denn es ist besser, eins deiner Glieder geht verloren, als daß dein ganzer Körper befallen wird und umkommt.«

»Ich ... so habe ich das noch nie gesehen«, stammelte Charlotte. Sie war bestürzt über Marthas Eifer, über die Leidenschaft, die sie hinter diesen Worten spürte. Sie spürte fast körperlich die Seelenqual, die das Zimmer erfüllte, ein Gefühl, das über ihre bisherigen Erfahrungen weit hinausging. Es machte ihr Angst, weil sie nicht wußte, wie sie Martha trösten könnte.

»Das müssen Sie aber«, sagte Martha eindringlich. »So und nicht anders ist es. Die Sünde liegt stetig auf der Lauer, tief in unserem Herzen und unseren Gedanken, und der Teufel versucht, seinen Anspruch auf uns geltend zu machen. Er benutzt die Schwächen des Fleisches, um uns zu regieren. Er ist verschlagener als wir, und er schläft nie. Denken Sie daran, Charlotte! Seien Sie immer auf der Hut! Werden Sie nicht müde, um die rettende Gnade des Erlösers zu beten, damit er Ihnen die wahre Fratze des Leibhaftigen zeigt, so daß Sie ihn erkennen und aus Ihrer Brust reißen, seinen Einfluß zerstören und rein bleiben können.« Plötzlich hielt sie inne und starrte auf ihre Hände, die auf ihrem Schoß lagen. »Ich bin damit gesegnet, einen Mann Gottes in meinem Hause zu haben, der mich führt. Gott ist sehr gut zu mir; er hat mich vor all meinen Schwächen bewahrt und mir den Weg gezeigt. Ich bin nicht sicher, ob ich mich eines solchen Segens auch würdig erweise.«

»Na, na, meine Liebe«, sagte der Pfarrer und legte seine Hand auf ihre Schulter. »Ich bin sicher, daß wir alle am Ende die Gnade erfahren werden, die wir verdient haben. Du brauchst dich nicht selbst anzuklagen. Gott erschuf die Frau als Hilfe für Seine Diener, und du bist deiner Berufung hervorragend gerecht geworden. Du wirst nie müde, für die Armen und Gestrauchelten zu arbeiten. Ich bin sicher, das wird im Himmel nicht übersehen werden.«

»Auch auf Erden wird das nicht übersehen«, fügte Charlotte schnell hinzu. »Sarah ist nie müde geworden zu preisen, was für wundervolle Arbeit Sie leisten.« Bei der Erwähnung von Sarahs Namen verlor sie so die Fassung, daß sie peinlicherweise den Tränen wieder nahe war. Wichtiger als alles andere war es jedoch für sie, nicht vor den Augen des Pfarrers zu weinen.

»Sarah.« Ein unbeschreiblicher Blick trat in Marthas Gesicht. Sie schien einen inneren Kampf auszufechten und hatte, was Charlotte mit größtem Mitleid beobachtete, offensichtlich eine Weile Mühe, nicht die Kontrolle über sich zu verlieren.

»Ich bin sicher, sie ruht jetzt in Frieden«, sagte Charlotte und legte ihre Hand auf die Marthas. Sie vergaß ihren eigenen Schmerz und versuchte, den der anderen Frau zu lindern. »Wenn all das wahr ist, was man uns über den Himmel erzählt hat, dann sollten wir nicht um sie trauern, sondern nur um uns selbst, weil wir sie vermissen.«

»Der Himmel?« wiederholte Martha. »Möge Gott ihr gnädig sein und alle ihre Sünden vergeben und sich nur ihrer Tugenden erinnern; und möge er sie reinwaschen mit dem Blute Christi.«

»Amen«, sagte der Pastor inbrünstig. »Nun, meine liebe Miss Ellison, müssen wir Sie Ihrer inneren Einkehr überlassen, und dazu brauchen Sie Ruhe. Bitte teilen Sie Ihrem Schwager mit, daß ich ihm zur Verfügung stehe, wann immer es ihm recht ist. Komm, Martha, meine Liebe, wir haben noch andere Pflichten zu erfüllen. Auf Wiedersehen, Miss Ellison.«

»Auf Wiedersehen, Herr Pfarrer.« Charlotte reichte Martha die Hand. »Auf Wiedersehen, Mrs. Prebble. Ich bin sicher, Mama wird von Ihrem Mitgefühl tief bewegt sein.«

Der Pfarrer und Mrs. Prebble gingen, und Charlotte ließ sich auf den viel zu hart gepolsterten Sessel im Wohnzimmer fallen. Ihr war plötzlich kalt, und sie fühlte sich furchtbar unglücklich.

Als Mama und Emily zum Mittagessen wiederkamen, berichtete Charlotte natürlich vom Besuch des Pastors. Sie gaben keinen Kommentar ab, sondern nahmen ihn lediglich mit der gebotenen Höflichkeit zur Kenntnis.

Mama zog sich auf ihr Zimmer zurück, um am Nachmittag die notwendigen Briefe an Familienangehörige, Paten, Vettern und Kusinen zu schreiben und sie über Sarahs Tod zu informieren. Emily machte sich in der Küche nützlich. Charlotte beschäftigte sich mit Flickarbeiten. Eigentlich war das Millies Aufgabe, aber Charlotte brauchte etwas, was sie vom Nichtstun abhielt; Millie mußte eben eine andere Aufgabe finden; vielleicht konnte sie ja die Wäsche noch einmal bügeln.

Es war fast drei, als Pitt sie erneut aufsuchte. Zum erstenmal gestand sie sich offen ein, daß sie sich freute, ihn zu sehen.

»Charlotte«, sagte er und nahm sie sanft bei der Hand. Seine Berührung tat gut, und sie wollte die Hand nicht wegziehen; im Gegenteil, sie sehnte sich nach mehr.

»Guten Tag, Herr Inspector«, sagte sie förmlich. Sie mußte ihre Fassung bewahren. »Was können wir diesmal für Sie tun? Sind Ihnen noch ein paar Fragen eingefallen?«

»Nein«, er lächelte reumütig. »Es ist mir nichts mehr eingefallen. Ich bin nur gekommen, um Sie zu sehen. Ich hoffe, ich brauche dafür keine Ausrede.«

Sie war verlegen und nicht in der Lage, darauf etwas zu antworten. Es war lächerlich. Kein Mann außer Dominic hatte sie je so in Verlegenheit gebracht, und bei Dominic war es lediglich eine Verwirrung der Gefühle gewesen, ohne daß sie sich dabei Gedanken über die Folgen gemacht hätte. Diesmal aber wünschte sie sich zutiefst und mit zitterndem Herzen, daß diese Sache ein bestimmtes Ende nehmen würde.

Sie zog ihre Hand zurück. »Ich würde trotzdem gerne wissen, ob Sie weitere ... Informationen haben. Einige Vermutungen, vielleicht?«

»Einige«, sagte er und blickte auf den Sessel, womit er indirekt fragte, ob er sich setzen dürfte. Als sie nickte, nahm er entspannt Platz, wobei er nicht aufhörte, sie anzusehen. »Aber bis jetzt ist es nur eine ganz vage Vermutung. Ich bin mir noch nicht im klaren, und vielleicht steckt auch gar nichts dahinter.«

Sie wollte ihm von ihrer Besorgnis um Martha Prebble erzählen, von der Seelenqual, die das Zimmer erfüllt hatte, von ihrer eigenen Hilflosigkeit angesichts eines Phänomens, das sie gespürt, aber nicht verstanden hatte.

»Charlotte? Was bedrückt Sie? Ist etwas passiert, seit ich zum letztenmal hier war?«

Sie drehte sich um und sah ihn an. Zum erstenmal wußte sie nicht, wie sie ihre Gedanken in Worte fassen sollte, eine Schwäche, die sie noch nie an sich festgestellt hatte. Es war schwierig, das Gefühl der Beklemmung zu beschreiben, das während und nach dem Besuch der Prebbles auf ihr gelastet hatte, ohne dabei albern oder überspannt zu erscheinen. Und dennoch wollte sie ihm davon berichten; es würde sie sehr erleichtern, wenn er sie verstünde. Vielleicht könnte er sogar ihre Sorgen zerstreuen und sie davon überzeugen, daß alles nur Einbildung war.

Er wartete und schien zu wissen, daß sie nach Worten suchte.

»Der Pfarrer und Mrs. Prebble waren heute morgen hier«, begann sie.

»Das ist nicht ungewöhnlich«, meinte er. »Es gehört schließlich zu seinen Aufgaben.« Er setzte sich bequemer hin. »Ich weiß, Sie mögen ihn nicht. Ich gebe zu, daß ich selbst die größten Schwierigkeiten habe, höflich zu ihm zu sein.« Er lächelte trocken. »Ich könnte mir vorstellen, daß es Ihnen noch schwerer fällt.«

Sie schaute ihn an und wußte einen Augenblick lang nicht, ob er sich über sie lustig machte. Er tat es, aber neben der Verschmitztheit lag auch Zärtlichkeit in seinem Blick. Die Wärme und das Behagen, die sie dabei empfand, verscheuchten für einen Moment alle Gedanken an Martha Prebble.

»Warum hat Sie das beunruhigt?« sagte er und brachte sie zurück in die Gegenwart.

Sie wandte sich ab, so daß sein Blick sie nicht verwirren konnte. »Martha gegenüber hatte ich immer gemischte Gefühle.« Sie war nun ernsthaft darum bemüht, ihm zu schildern, welche Gedanken ihr durch den Kopf gingen und Form annehmen wollten. »Ihr Gerede über die Sünde ist so deprimierend. Sie redet wie der Pfarrer, der Böses auch dort sieht, wo ich meine, daß es sich nur um ein bißchen Leichtsinn handelt, der mit der Zeit und mit zunehmendem Verantwortungsgefühl ohnehin verschwindet. Leute wie der Pfarrer scheinen immer darauf aus zu sein, einem den Spaß zu verderben, so, als ob die Freude allein schon gegen Gott gerichtet wäre. Ich sehe ein, daß manche Vergnügungen dies tatsächlich sind oder daß sie einen von den Dingen, die man tun sollte, abhalten, aber . . .«

»Vielleicht hält er das für seine Pflicht?« meinte Pitt. »Es ist viel leichter, diese Haltung zu vertreten, als über Nächstenliebe zu predigen, und bestimmt einfacher, als sie zu praktizieren.«

»Das nehme ich auch an. Und wenn ich mit jemandem wie ihm lange Zeit leben würde, dann würde ich mit der Zeit genauso denken wie Martha Prebble. Vielleicht war ihr Vater auch Pastor. An diese Möglichkeit habe ich vorher noch nie gedacht.«

»Und was denken Sie noch?« fragte er. »Sie sagten, Sie hätten gemischte Gefühle.«

»Oh, Mitgefühl natürlich. Und ich glaube, auch ein wenig Bewunderung. Wissen Sie, sie bemüht sich wirklich, den Maßstäben, die dieser furchtbare Mann lehrt, gerecht zu werden. Mehr noch, sie macht ständig Hausbesuche und sorgt für die Armen und Einsamen. Ich frage mich manchmal, wieviel sie von dem, was sie über Sünde sagt, selbst glaubt. Vielleicht sagt sie es ja auch nur aus Gewohnheit oder weil sie glaubt, es sagen zu müssen, nur weil sie weiß, daß er es tun würde.«

»Ich könnte mir vorstellen, sie weiß es selbst nicht. Aber das ist noch nicht alles, Charlotte. Warum sind Sie gerade heute so beunruhigt über die Prebbles? Die sind doch schon immer so gewesen; Sie konnten nichts anderes erwarten.«

Was war das für ein Unbehagen, das sie gefühlt hatte? Sie wollte es ihm erzählen, sie verspürte sogar das regelrechte Verlangen, es zu tun. »Sie sprach davon, daß Bestrafung nötig sei, ja, sogar von Dingen wie ›wenn dich dein Auge verführt, dann reiß es aus‹, und vom Abschneiden von Händen und solchen Dingen. Es schien so . . . so extrem, so als ob sie davor Angst hätte – ich meine, so als ob sie wirklich außer sich vor Furcht wäre. Sie sprach vom Reinwaschen durch das Blut Christi und dergleichen.« Sie sah ihn an. »Und sie sprach über Sarah, als ob etwas Schlechtes in ihr gewesen sei. Ich meine damit nicht die allgemeinen Unzulänglichkeiten, die wir alle haben, sondern so, als ob sie etwas Bestimmtes wüßte. Ich nehme an, das war es, was mich beunruhigt hat – sie sprach, als ob sie etwas wüßte, wovon ich keine Ahnung habe.«

Er runzelte die Stirn. »Charlotte«, begann er langsam, »bitte seien Sie mir nicht böse, aber glauben Sie, Sarah hat ihr etwas anvertraut, was sie Ihnen nicht erzählt hat? Wäre das möglich?«

Charlotte schrak vor diesem Gedanken zurück, erinnerte sich jedoch daran, daß Sarah Martha allein besuchen wollte; sie hatte Martha vertraut. Manchmal war es einfacher, mit jemandem außerhalb der Familie zu sprechen.

»Vielleicht«, gab sie zögernd zu. »Aber ich glaube es nicht. Ich weiß nicht, was Sarah getan haben könnte, aber es könnte . . .«

Er stand auf und trat näher an sie heran. Sie konnte seine Gegenwart fühlen, so, als ob sie eine Quelle der Wärme wäre. Sie verspürte nicht den Wunsch auszuweichen. Im Gegenteil, sie wünschte sich, es wäre nicht schamlos, nicht ungehörig, ihn zu berühren.

»Es könnte etwas ganz Belangloses sein«, sagte er sanft. »Etwas von geringer Bedeutung, das aber in Martha Prebbles Augen und in denen des Pfarrers eine Sünde war, die vergeben werden mußte. Verwechseln Sie um Himmels willen nicht den

Pfarrer mit dem lieben Gott! Ich bin sicher, Gott ist alles andere als selbstgerecht.«

Ohne es zu wollen, mußte sie lächeln. »Seien Sie nicht albern. Gott ist die Liebe. Ich bin sicher, der Pfarrer hat in seinem ganzen Leben nie jemanden geliebt«, sie kam zu einer düsteren Einsicht, »einschließlich Martha.« Sie holte tief Atem. »Kein Wunder, daß die arme Martha trotz all ihrer guten Taten und obwohl sie die Sünde bekämpft, verzweifelt ist. Sie wird nicht geliebt, und sie liebt nicht.«

Ganz leicht berührte er ihren Arm. »Und Sie, Charlotte? Lieben Sie immer noch Dominic?«

Sie errötete und schämte sich, daß es so offensichtlich gewesen war.

»Wie kommen Sie darauf, . . . daß ich . . .?«

»Natürlich wußte ich es.« In seiner Stimme lag Trauer, die Erinnerung an einen Schmerz. »Ich liebe Sie. Wie könnte es mir da verborgen bleiben, daß Sie einen anderen liebten?«

»Oh!«

»Sie haben mir nicht geantwortet. Lieben Sie ihn immer noch?«

»Wissen Sie denn nicht, daß ich es nicht mehr tue? Oder spielt es für Sie jetzt keine Rolle mehr?« Sie war fast sicher, wie die Antwort lauten würde, und dennoch wollte sie sie hören.

Er faßte sie fest am Arm und drehte sie zu sich herum, so daß sie ihm gegenüber stand.

»Es spielt eine Rolle für mich. Ich möchte nicht die zweite Wahl sein.« Er hob fragend seine Stimme.

Ganz langsam blickte sie zu ihm auf. Zunächst war sie angesichts der Stärke des Gefühls, das sich in seinem Gesicht widerspiegelte, aber auch angesichts der Tiefe und Süße ihres eigenen Gefühls ein wenig ängstlich und verlegen. Dann aber verbarg sie ihre Gefühle nicht länger und war ganz offen.

»Sie sind nicht die zweite Wahl«, sagte sie entschlossen. Sie hob ihre Hand und berührte scheu seine Wange. »Dominic war nur ein Traum. Jetzt bin ich wach, und Sie sind die erste Wahl.«

Er nahm ihre Hand und hielt sie an sein Gesicht und an seine Lippen.

»Und haben Sie den Mut, einen einfachen Polizisten zu heiraten, Charlotte?«

»Zweifeln Sie an meinem Mut, Mr. Pitt? An meiner Willenskraft können Sie jedenfalls nicht zweifeln.«

Er fing langsam an zu lächeln, sein Lächeln vertiefte sich, bis es schließlich zu einem Lachen wurde.

»Dann werde ich mich zum Kampf mit Ihrem Vater rüsten.« Sein Gesicht wurde wieder ernst. »Aber ich werde warten, bis diese Angelegenheit geregelt und eine angemessene Zeit vergangen ist.«

»Können Sie sie regeln?« fragte sie zweifelnd.

»Ich glaube schon. Ich habe das Gefühl, wir stehen kurz vor der Lösung, unmittelbar davor. Ich bin da auf etwas völlig Unglaubliches gestoßen, auf etwas, an das wir bis jetzt nicht einmal im Traum gedacht haben. Ich kann es noch nicht ganz fassen, aber es ist da. Ich habe gefühlt, wie seine Finsternis und Qual mich berührten.«

Sie erschauderte. »Seien Sie vorsichtig. Noch hat er keinen Mann getötet, aber wenn sein eigenes Leben in Gefahr ist . . .«

»Das werde ich. Ich muß jetzt gehen. Es gibt da noch ein paar Fragen, Dinge, die vielleicht dazu beitragen, die Angelegenheit durchschaubarer zu machen, die dem Schatten ein Gesicht geben. Die Lösung ist so nahe, noch ein kleiner Schritt . . .«

Sie wandte sich langsam ab. Der Schatten des Würgers war von ihr gewichen, und sie war erfüllt von einem strahlenden, jubilierenden Glück. Sie brachte ihn selbst zur Tür.

Am folgenden Tag wurden die Vorbereitungen für Sarahs Beerdigung getroffen, und alle waren sehr beschäftigt, als Millie mit einem Brief hereinkam, in dem ihnen mitgeteilt wurde, daß Martha Prebble krank geworden sei und im Bett bleiben müsse.

»Oh je, das ist nun wirklich zuviel!« sagte Caroline verzweifelt. »Sie wollte sich um all die Kleinigkeiten kümmern, vor allem in der Kirche. Und ich weiß noch nicht einmal, was sie bis jetzt schon erledigt hat!« Sie ließ sich auf den harten Holzstuhl hinter sich fallen. »Ich glaube, ich werde für Martha eine Liste mit ein paar Fragen schreiben und einen Dienstboten zu ihr schicken. Das erscheint zwar herzlos, wenn die Ärmste krank ist, aber was soll ich sonst machen? Und außerdem regnet es!«

»Wir können doch keinen Dienstboten schicken, Mama«, sagte Charlotte müde. »Das mindeste, was wir tun sollten, ist, selbst hinzugehen. Sie besucht alle Kranken in der Gemeinde, bringt ihnen Sachen und bleibt sogar die Nacht über bei ihnen, wenn sie allein sind. Es wäre gerade jetzt, wo sie krank ist, unverzeihlich, einen Dienstboten mit einem Zettel hinzuschicken, um herauszufinden, wie weit sie mit ihren Vorbereitungen gekommen ist, die sie schließlich für uns übernommen hat. Einer von uns muß hingehen und ihr etwas mitbringen.«

»Sie wird auch so schon genug Sachen bekommen haben«, wandte Emily ein. »Wir sind sicherlich nicht die einzigen, die davon wissen. Es hat sich bestimmt schon in der ganzen Gemeinde herumgesprochen. Du weißt, was es hier für Tratschtanten gibt!«

»So wie du denken sie möglicherweise alle, daß nämlich jemand anders sie schon besuchen wird«, argumentierte Charlotte. »Und darum geht es außerdem auch gar nicht.«

»Worum geht es dann?«

»Es geht darum, daß wir ihr etwas mitbringen sollten, um ihr zu zeigen, daß wir um sie besorgt sind, auch wenn sich in ihrem Hause die Geschenke stapeln.«

Emily zog die Augenbrauen hoch. »Ich wußte gar nicht, daß sie dir etwas bedeutet. Ich dachte immer, Martha wäre dir gleichgültig und den Pfarrer könntest du nicht ausstehen.«

»Das ist richtig. Und gerade deshalb sollte man etwas vorbeibringen! Sie kann schließlich nichts dafür, daß sie so wenig liebenswürdig ist. Ich bin sicher, du wärst genauso geworden, wenn du dein Leben lang mit dem Pfarrer verheiratet wärst!«

»Ich wäre noch viel schlimmer geworden«, sagte Emily spitz. »Wahrscheinlich wäre ich schon längst wahnsinnig. Ich finde, er ist ein entsetzlicher Mann!«

»Emily, bitte!« Caroline war den Tränen nahe. »Ich kann euch nicht beide entbehren. Emily, siehst du bitte nach, ob wir auch alle benachrichtigt haben, die wir benachrichtigen müssen. Überprüfe meine Liste noch einmal, und streiche diejenigen an, die mit Sicherheit kommen werden. Und dann besprich mit Mrs. Dunphy die Vorbereitungen für das Essen. Charlotte, meinetwegen geh in die Küche, und treibe etwas auf, was du Martha mitbringen kannst, wenn du so darauf bestehst. Und versuche um Himmels willen so taktvoll wie möglich herauszufinden, wie weit sie mit den Vorbereitungen für die Kirche gediehen ist. Und du solltest auf jeden Fall versuchen, in Erfahrung zu bringen, was sie eigentlich hat – wenn es der Takt erlaubt. Vielleicht ist es ja auch besser, nicht zu fragen. Ich muß mich danach erkundigen, sonst meint man noch, ich sei gefühllos.«

»Ja, Mama. Was soll ich ihr nun mitnehmen?«

»Da wir nicht wissen, was sie eigentlich hat, ist das schwierig zu entscheiden! Sieh mal nach, ob Mrs. Dunphy noch etwas Eierpudding hat. Sie macht ihn sehr gut, und ich weiß, daß Marthas Köchin nicht sehr geschickt ist.«

Mrs. Dunphy hatte keinen Eierpudding mehr, und der Nachmittag war schon fast vorbei, ehe sie ihn zubereitet hatte. Sie schickte Charlotte eine Nachricht nach oben, um ihr mitzuteilen, daß er fertig sei.

Charlotte zog Umhang und Hut an und ging in die Küche, um ihn abzuholen.

»Bitte schön, Miss Charlotte.« Mrs. Dunphy gab ihr einen vollgepackten Korb, der mit einem Küchentuch abgedeckt war.

»Der Eierpudding ist in dem Glas dort, und ich habe ein kleines Glas mit Eingemachtem und eine Bouillon dazugelegt. Die Ärmste! Ich hoffe, sie fühlt sich bald besser. Ich nehme an, diese ganze Tragödie war einfach zuviel für sie. Sie kannte jedes dieser armen Mädchen. Und sie tut so viel für die Armen und andere. Niemals ruht sie sich aus. Es ist wirklich an der Zeit, daß sich ihr jemand einmal erkenntlich zeigt!«

»Ja, Mrs. Dunphy, vielen Dank«, sagte Charlotte und nahm den Korb. »Ich bin sicher, sie wird sich sehr freuen.«

»Überbringen Sie ihr bitte meine besten Wünsche, Miss Charlotte!«

»Natürlich.« Sie wandte sich um und wollte gerade gehen, als sie ein eisiger Schrecken durchfuhr. Auf dem Beistelltisch sah sie einen langen, dünnen Draht mit einem Handgriff. Sie erschauderte, so, als ob jemand das Ding in der Hand hielt, als ob es erst kürzlich um die Kehle eines Menschen festgezogen worden sei.

»Mrs. Dunphy«, stammelte sie. »W...was, um Himmels willen...«

Mrs. Dunphy folgte ihren Augen. »Oh, Miss Charlotte«, sagte sie lachend. »Nicht doch, das ist ein einfacher Käseschneider. Jessas! Wenn Sie ein wenig mehr Interesse am Kochen gezeigt hätten, dann wüßten Sie das. Was dachten Sie denn... oh, bei allen Heiligen! Dachten Sie etwa, das wäre ein Würgedraht? Oh je!« Sie ließ sich auf einen Stuhl plumpsen. »Oh je! Den gibt es fast in jeder Küche. Er schneidet den Käse gut und sauber, besser als ein Messer; ein Messer bleibt kleben. Miss Charlotte, gehen Sie etwa allein aus? In ein oder zwei Stunden wird es dunkel sein, und ich würde mich nicht wundern, wenn der Regen aufhört und Nebel aufzieht.«

»Ich muß gehen, Mrs. Dunphy. Mrs. Prebble ist krank, und abgesehen davon müssen wir wissen, wie es um die Vorbereitungen für Miss Sarahs Beerdigung steht.«

Mrs. Dunphys Gesicht verzog sich, und Charlotte befürchtete, daß sie im nächsten Augenblick anfangen würde zu weinen. Sie streichelte ihren Arm und eilte davon.

Draußen war es kalt und feucht. Sie ging so schnell wie möglich, wobei sie sich fest in ihren Umhang hüllte, so daß er bis zum Hals hinauf geschlossen blieb. Als sie in die Cater Street einbog, hörte es gerade auf zu regnen; der Himmel war trocken, aber bedeckt, als sie bei den Prebbles ankam.

Das Dienstmädchen ließ sie hinein, und sie wurde direkt in Marthas Schlafzimmer geführt. Es war sehr dunkel, vollgestellt mit Möbeln und überraschend unbehaglich eingerichtet. Es war so ganz anders als ihr eigenes Zimmer mit Bildern, Nippes und Bilderbüchern – den Überbleibseln ihrer Kindheit.

Martha saß auf Kissen gestützt im Bett und las in einer Abhandlung über die Predigten von John Knox. Ihr Gesicht war verhärmt, und sie sah aus, als sei sie gerade aus einem Alptraum erwacht, dessen Figuren sie immer noch verfolgten. Als sie Charlotte erkannte, lächelte sie, aber es fiel ihr schwer.

Charlotte setzte sich auf das Bett und stellte den Korb zwischen sie.

»Es tut mir leid zu hören, daß Sie krank sind«, sagte sie aufrichtig. »Ich habe Ihnen etwas mitgebracht. Ich hoffe, Sie freuen sich darüber.« Sie nahm das Tuch vom Korb, um ihr zu zeigen, was darin war. »Mama und Emily lassen Sie grüßen, und Mrs. Dunphy – wissen Sie, unsere Köchin – auch. Sie sprach davon, wieviel Sie für die ganze Gemeinde tun.«

»Das war sehr freundlich von ihr.« Martha versuchte zu lächeln. »Bitte danken Sie ihr von mir und natürlich auch Ihrer Mutter und Emily.«

»Kann ich irgend etwas für Sie tun?« bot Charlotte an. »Brauchen Sie irgend etwas? Soll ich Ihnen einige Briefe schreiben, oder kann ich Ihnen mit kleinen Besorgungen helfen?«

»Mir fällt im Augenblick nichts ein.«

»Ist der Arzt schon dagewesen? Ich finde, Sie sehen außerordentlich blaß aus.«

»Nein. Ich glaube, ich brauche ihn nicht zu bemühen.«

»Das sollten Sie aber. Ich glaube, er würde es nicht als Mühe betrachten, sondern eher als seine Pflicht und Berufung.«

»Ich verspreche Ihnen, ich werde nach ihm schicken, wenn es mir nicht bald besser geht.«

Charlotte setzte den Korb auf den Boden.

»Ich erwähne es nicht gerne, jetzt, wo Sie krank sind und Sie schon so viel für uns getan haben, aber Mama würde gerne wissen, welche Vorbereitungen noch für Sarahs Beerdigung getroffen werden müssen, soweit sie die Kirche betreffen.«

Ein unbeschreiblicher Blick huschte über Marthas Gesicht, und wieder hatte Charlotte das unangenehme Gefühl, sie hätte einen schmerzenden Nerv getroffen.

»Sie brauchen sich keine Sorgen zu machen. Bitte sagen Sie Ihrer Mutter, daß alles erledigt ist. Glücklicherweise bin ich erst krank geworden, nachdem ich schon alles arrangiert hatte.«

»Sind Sie sicher? Es scheint doch zu viel für Sie gewesen zu sein. Ich hoffe, daß Sie nicht wegen der Arbeit, die Sie uns abgenommen haben, krank geworden sind.«

»Das glaube ich nicht. Das war doch das mindeste, was ich tun konnte. Es gehört sich nun einmal...«, ihre Stimme klang angestrengt, und sie befeuchtete sich ihre Lippen, »...für die Toten alles zu tun, was wir noch tun können. Sie sind nicht mehr von dieser Welt. Sie legen das fleischliche Verhängnis ab, und ein gerechtes Urteil wird über sie gefällt. Sie werden mit dem Blut Christi reingewaschen, die Auserwählten werden auf ewig zu Füßen Gottes sitzen. Die Sünde wird für immer besiegt sein.«

Charlotte war verlegen. Sie wußte nicht, was sie sagen sollte, aber es schien, als redete Martha sowieso mehr mit sich selbst als mit ihr.

»Es ist unsere Pflicht, die wertlose Hülle, die zurückbleibt, zu beseitigen«, fuhr Martha fort, und ihre leeren Augen starrten über Charlottes Schulter hinweg auf einen Punkt an der Wand. »Alles, was ansteckt und verwest, muß fortgeräumt, in der Erde begraben werden, und Worte der Reinigung müssen darüber gesprochen werden. Das ist unsere Pflicht, unsere Pflicht gegenüber den Toten und den Lebenden.«

»Ja, natürlich.« Charlotte stand auf. »Sie sollten sich jetzt vielleicht lieber ein wenig ausruhen. Es scheint mir, daß Sie Fieber haben.« Sie lehnte sich nach vorne und legte ihre Hand auf

Marthas Stirn. Sie war heiß und feucht. Sanft schob sie eine Haarsträhne zurück. »Sie haben ein wenig Temperatur. Darf ich Ihnen etwas zu trinken holen? Etwas Bouillon vielleicht? Oder hätten Sie lieber Wasser?«

»Nein, nein danke«, rief Martha aus. Sie warf sich von einer Seite auf die andere. Charlotte sah sich das Bett an; es war unordentlich und konnte nicht bequem sein. Die Kissen waren nicht aufgeschüttelt worden und in der Mitte fast flachgelegen.

»Bitte lassen Sie mich Ihr Bett neu machen«, bot sie an. »So kann man sich kaum darin ausruhen.« Ohne ein Antwort abzuwarten und weil sie unbedingt etwas Gutes tun wollte, um sich dann verabschieden und gehen zu können, beugte sie sich wieder nach vorne und begann das Bett um Martha herum zu richten. Sie half ihr ein wenig hoch, um das Laken unter ihr strammziehen und das Kissen ausschütteln zu können, schlang dann ihre Arme um sie und legte sie wieder vorsichtig auf den Rücken. Dann ging sie schnell um das Bett herum, zog dabei die Decken glatt und schlug sie ein.

»Ich hoffe, so ist es besser«, sagte sie und blickte prüfend auf das Bett. Martha sah jetzt etwas erhitzt aus. Auf ihren Wangen hatte sie zwei rote Flecken, und ihre Augen glänzten fiebrig. Charlotte machte sich Sorgen um sie.

»Sie sehen nicht gut aus«, sagte sie und verzog unbewußt das Gesicht. Wieder legte sie ihre Hand auf Marthas Stirn und beugte sich vor. »Haben Sie ein wenig Eau de Cologne?« fragte sie und sah sich danach suchend um, während sie sprach. Es stand auf einem kleinen Tisch beim Fenster. Sie ging durch das Zimmer, um es zu holen, und brachte es zurück, wobei sie in der anderen Hand ein Taschentuch hielt. »Hier, und jetzt lassen Sie mich ein wenig Ihr Haar kämmen, und danach können Sie vielleicht etwas schlafen. Wenn ich mich unwohl fühle, dann stelle ich immer fest, daß Schlaf die beste Medizin ist.«

Martha sagte nichts, und Charlotte vermied es, ihr in die Augen zu sehen, weil ihr kein Gesprächsthema einfiel.

Fünfzehn Minuten später stand Charlotte wieder auf der Straße. Als sie Martha verlassen hatte, hatte diese mit fiebrigen Augen, Flecken und Schweißperlen im Gesicht auf Kissen gestützt im Bett gesessen. Wenn es ihr morgen nicht besser ging, dann konnte man nur hoffen, daß der Pfarrer am frühen Morgen als erstes nach dem Arzt schicken würde.

Draußen war es kälter geworden, und der Nebel hatte sich schon bedrohlich verdichtet. Das nasse Pflaster dämpfte ihre Schritte, und die Gaslaternen sahen verschwommen aus wie viele kleine gelbe Monde. Sie fröstelte und zog ihren Umhang enger um sich.

Es war eine scheußliche Nacht. Die Cater Street schien kilometerlang zu sein. Es war besser, an etwas Schönes zu denken, um die Entfernung kürzer und den Abend wärmer erscheinen zu lassen. Als ihr der gestrige Tag – und Pitt – wieder einfielen, lächelte sie. Papa würde von der Aussicht, daß sie gesellschaftlich unter ihrem Niveau heiratete, mit Sicherheit nicht erfreut sein. Aber auf der anderen Seite sollte er schon etwas erleichtert sein, daß ihr überhaupt jemand einen Antrag gemacht hatte! Besonders dann, wenn sie wirklich so wenig begehrenswert war, wie Großmama glaubte. Wie auch immer: Sie würde Mr. Pitt heiraten, gleichgültig, was Papa dazu sagen würde; noch nie in ihrem Leben war sie sich einer Sache so sicher gewesen. Schon der bloße Gedanke an ihn erfüllte sie mit einer Wärme, die ausreichte, den Nebel und die Kälte dieses Novemberabends zu vertreiben.

Waren das Schritte hinter ihr?

Unsinn! Und wenn es nun doch welche waren? Es war noch recht früh. Natürlich mußten noch andere Leute auf der Straße sein; sie war sicherlich nicht als einzige unterwegs.

Trotzdem ging sie schneller. Es war töricht und völlig absurd, sich einzubilden, die Schritte hätten irgend etwas mit ihr zu tun. Sie waren noch immer ein wenig von ihr entfernt, und es hörte sich eher nach einer anderen Frau an als nach einem Mann.

Sie ging noch ein wenig schneller.

Und wenn es ein Mann war? Sie kannte fast jeden Mann, der hier in der Gegend wohnte; es konnte also nur ein Freund oder ein Bekannter sein. Vielleicht würde er sie sogar bis nach Hause begleiten.

Der Nebel war nun schon sehr dick – so wie Kränze und Girlanden. Wie konnte sie jetzt nur an Kränze denken? Aber natürlich, Sarah würde ja in ein paar Tagen beerdigt werden. Arme Sarah!

Oh mein Gott! War Sarah etwa auch diese Straße hinuntergeeilt, so wie sie, von Schritten im Nebel verfolgt, als plötzlich –?

Sie ermahnte sich selbst, nicht hysterisch zu werden. Es hatte keinen Zweck, darüber nachzudenken! Würde sie sich nicht zum

Narren machen, wenn sie jetzt rennen würde? Aber was machte es schon aus, ein Narr zu sein?

Sie ging noch schneller. Die Schritte waren jetzt sehr nah. Sie hatte immer noch den Korb in der Hand. War etwas darin, was sie als Waffe benutzen konnte? Glas oder etwas Schweres? Nein. Hatte nicht irgend jemand ein schweres Einmachglas benutzt, um sich zu wehren? Ihre Hände waren leer.

Wenigstens würde sie ihn zu Gesicht bekommen – wenn er es überhaupt war! Sie würde sein Gesicht sehen, und sie würde schreien, schreien, so laut sie konnte. Sie würde seinen Namen so laut schreien, daß jedes Haus in der Cater Street ihn hören würde.

Haus! Aber sicher, sie würde zum nächstgelegenen Haus gehen, gerade noch diese Gartenmauer entlang, und an die Tür hämmern, bis jemand sie hereinließe. Was machte es schon aus, wenn sie dachten, sie sei ein hysterisches Weib! Irgend jemand würde sie nach Hause bringen. Jeder würde sagen, sie sei kindisch, aber was machte das schon?

Die Schritte waren direkt hinter ihr. Sie wollte sich nicht überrumpeln lassen. Sie wirbelte herum, um ihm ins Auge zu sehen.

Da stand er ihr gegenüber, genauso groß wie sie, nicht größer, aber breiter, viel breiter. Die Gaslaterne erhellte sein Gesicht, als er sich bewegte.

Kein Grund, hysterisch zu werden! Es war Martha, nur Martha Prebble.

»Martha«, sagte sie unendlich erleichtert. »Warum um Himmels willen sind Sie nicht im Bett geblieben? Sie sind krank! Brauchen Sie Hilfe? Kommen Sie, lassen Sie mich –«

Aber Marthas Gesicht war zu einer unkenntlichen Fratze verzerrt, ihre Augen glühten, und ihre Lippen entblößten ihre Zähne. Sie hob ihre kräftigen Arme, und das Licht der Gaslaterne fiel auf den dünnen Silberdraht eines Käseschneiders, den sie in ihren Händen hielt.

Charlotte war wie gelähmt!

»Du Dreckstück!« stieß Martha durch die zusammengebissenen Zähne hervor. Speichel lag auf ihren Lippen, und sie zitterte. »Du Kreatur des Teufels! Du hast mich mit deinen weißen Armen und mit deinem Fleisch in Versuchung geführt, aber du wirst nicht gewinnen! Der Herr sagte, es wäre besser, du wärst nicht geboren worden, als dieses, eins meiner Kinder zu versuchen, zu zerstören und es zur Sünde zu verführen. Man sollte dir einen Mühlstein um den Hals legen und dich ins Meer werfen! Ich werde dich vernichten, so oft du auch wiederkommst, mit deinen schmeichelnden Worten und deiner sündigen Berührung. Ich werde nicht fallen! Ich weiß, wie dein Körper brennt, ich kenne deine geheimen Gelüste, aber ich werde euch alle zerstören, bis ihr mich in Frieden laßt. Der Satan wird niemals siegen!«

Charlotte verstand nur Bruchstücke – wirre Sätze von Liebe und Einsamkeit, von ungestillten Wünschen, die lange Jahre unterdrückt worden waren, bis sich alles in einer Gewalt entlud, die sich nicht mehr unterdrücken ließ.

»Oh nein! Martha!« Ihre Angst schlug in Mitleid um. »Oh, Martha, du verstehst mich falsch, du armes Geschöpf!«

Aber Martha hatte den Draht, der straff zwischen ihren Händen gespannt war, hochgehoben und näherte sich ihr bis auf weniger als einen Meter.

Der Bann war gebrochen.

Charlotte schrie so laut, wie ihre Lungen es zuließen. Immer wieder schrie sie Marthas Namen. Sie schlug mit dem Korb nach ihr, nach ihrem Gesicht, und hoffte, ihr damit Angst zu machen, ihr eine Zeitlang die Sicht zu nehmen, ja sogar, sie niederzuschlagen.

Es kam ihr wie eine Ewigkeit vor, und Marthas Hände lagen schon auf ihren Armen und umschlossen sie wie Stahl, als Pitts hünenhafte Gestalt aus dem Nebel auftauchte. Sekunden später folgten ihm zwei Polizisten. Sie ergriffen Martha und rissen sie weg, wobei sie Marthas Arme auf den Rücken drehten.

Charlotte brach an der Mauer zusammen; ihre Knie schienen nicht die Kraft zu haben, sie zu halten, und das Blut in ihren Händen prickelte.

Pitt beugte sich über sie und nahm ihr Gesicht ganz zärtlich in seine Hände. »Du schrecklicher Dummkopf!« stieß er hervor. »Was in Gottes Namen hast du dir dabei gedacht, sie allein zu besuchen? Ist dir eigentlich klar, daß du, wenn ich dich heute nicht noch einmal hätte besuchen wollen und man mir nicht gesagt hätte, von wo du kommen würdest, dann hier auf diesen Steinen liegen würdest, tot wie Sarah und all die anderen?«

Sie nickte und schluckte, und dann liefen ihr Tränen über das Gesicht.

»Ja.«

»Du, du ...« Er fand kein Wort, das seinen Zorn hätte ausdrücken können.

Bevor er länger danach suchen konnte, kamen weitere Schritte auf sie zu, und einen Augenblick später trat die massige Gestalt des Pfarrers aus dem Nebel hervor.

»Was geht hier vor?« wollte er wissen. »Was ist passiert? Wer ist verletzt?«

Pitt wandte sich ihm mit unverhohlener Abneigung zu. »Niemand ist verletzt, Mr. Prebble – jedenfalls nicht so, wie Sie es meinen. Ich glaube, hier ist jemand sein ganzes Leben lang verletzt worden.«

»Ich weiß nicht, was Sie meinen. Nun reden Sie schon! Martha! Was um Himmels willen machen diese Polizisten mit Martha? Sie sollte zu Hause im Bett sein. Sie ist krank. Ich habe sie vermißt, und deshalb bin ich nach draußen gegangen. Sie können sie jetzt loslassen. Ich werde sie nach Hause bringen.«

»Nein, Mr. Prebble, das werden Sie nicht. Ich fürchte, Mrs. Prebble steht unter Arrest und wird bei uns bleiben.«

»Unter Arrest!« Das Gesicht des Pfarrers zuckte. »Sind Sie verrückt? Martha kann nichts Falsches getan haben. Sie ist eine gute Frau. Wenn sie leichtsinnig ...« Seine Stimme wurde schärfer vor Ärger, so, als wäre man ihm zu nahe getreten. »Es geht ihr nicht gut –«

Pitt unterbrach ihn. »Nein, Mr. Prebble, es geht ihr in der Tat nicht gut. Sie ist so krank, daß sie fünf Frauen ermordet und entstellt hat.«

Der Pfarrer starrte ihn an, und in seinem Gesicht arbeitete es, während er zwischen Unglauben und Wut schwankte. Er drehte sich zu Martha um, die, in sich zusammengesackt, mit wilden Augen und Speichel auf Lippen und Kinn, von einem Polizisten hochgehalten wurde. Er wandte sich schnell wieder Pitt zu.

»Besessen!« sagte er wütend. »Sünde!« Seine Stimme wurde laut. »Oh Schwachheit, dein Name ist Weib!«

Pitts Gesicht war vor Empörung erstarrt. »Schwachheit?« fragte er. »Weil sie Anteil nimmt, und Sie nicht? Weil sie zur Liebe fähig ist und Sie es nicht sind? Weil sie Schwächen, Hoffnungen und Mitgefühl besitzt, von denen Sie nichts wissen? Hören Sie auf, Mr. Prebble, und beten Sie, wenn Sie überhaupt wissen, wie man das macht!«

Nebel umhüllte den Pfarrer, als er sich entfernte.

»Sie tat mir leid«, sagte Charlotte sanft. Sie zog die Nase hoch. »Und sie tut mir immer noch leid. Ich wußte noch nicht einmal, daß Frauen solche Gefühle hegen können – anderen Frauen gegenüber. Bitte sei mir nicht mehr böse!«

»Oh, Charlotte, ich . . .« Er gab es auf. »Steh auf. Du erkältest dich auf den Steinen. Sie sind naß.« Er half ihr auf die Beine, schaute in ihr tränenüberströmtes Gesicht, schloß sie dann so fest er konnte in seine Arme; er strich ihr nicht das Haar aus den Augen oder hob den Korb auf, er hielt sie einfach nur fest.

»Ich weiß, daß sie dir leid tut«, flüsterte er. »Lieber Gott, mir doch auch.«

Nachwort

G aslight era« – das »Zeitalter der Gaslaternen« – ist im
englischsprachigen Bereich geradezu zur Gattungsbezeich-
nung für die Detektiv- und Kriminalromane geworden, die in der
zweiten Hälfte des 19. Jahrhunderts spielen. Die Herrschaft der
Gaslaternen, die zum erstenmal das Dunkel der Großstadt mehr
als nur symbolisch erhellten, fällt zusammen mit der Viktorianischen Ära, und Königin Victoria war es, die höchstpersönlich
anläßlich der grausigen Morde von »Jack the Ripper« zu einer
besseren Beleuchtung auch der Seitenstraßen riet. Mit dem Ende
dieser Ära, dem Beginn des neuen Jahrhunderts, trat die hellere
elektrische Beleuchtung ihren Siegeszug im Haus wie in der
Öffentlichkeit an, und es war nur die durch die Erfindung des
Glühstrumpfs verbesserte und ungleich hellere neue Generation
von Gaslaternen, die der elektrischen Konkurrenz bis in unsere
Tage standhielt.

»Opas Gaslaterne« ist mehr als eine technische Errungenschaft
– schon von den Zeitgenossen wurde sie als Sinnbild des Helldun-
kels, des malerischen »clair-obscur« empfunden. Während seit
Menschengedenken die Nacht des Menschen Feind war, in der
die wilden Tiere, die Geister und Dämonen losgelassen waren, ja
Satan selbst allnächtlich sein Reich der Finsternis errichtete,
sobald die Welt ins undurchdringliche Dunkel der Urnacht
zurückfiel, griffen staatlicher Absolutismus und philosophisch-
technische Aufklärung ein, um auch diesen Raum dem Menschen
und der Öffentlichkeit nach und nach zu erobern: Zwischen den
Häusern wurden Laternen mit Talglichtern aufgezogen, wer nach
Einbruch der Dämmerung noch unterwegs war, hatte eine
Laterne mit sich zu führen, Nachtwächter schritten mit Leuchten
durch die Stadt. Die Gaslaterne brachte dann im größeren Stil
Licht ins Dunkel – mit der schon die Zeitgenossen faszinierenden
Doppelwirkung, daß sie die Finsternis einerseits erhellte, sie
andererseits aber aufgrund ihrer technischen Unzulänglichkeit

auch erst so recht sichtbar machte. Der berühmt-berüchtigte Londoner Nebel, der in keinem Schauerroman von Paul Févals »Mystères de Londres« (1844) bis zu Edgar Wallace' Londoner Kriminalromanen aus den 20er Jahren fehlt, bekommt erst im siegreichen Kampf mit der Gaslaterne seine unverwechselbaren amorphen Konturen.

Die Faszination dieses Hell-Dunkel-Gegensatzes erstreckt sich aber auch metaphorisch auf eine Gesellschaft, in der die einen »im Dunkel« »und die andern [...] im Licht [sind]. Doch man siehet die im Lichte, die im Dunkel sieht man nicht«, wie es in Brechts »Dreigroschenoper« heißt. Von John Gays »Beggar's Opera« (1728) über William Hogarths Kupferstiche bis zu Bert Brecht sind Künstler vom Nebeneinander von Glanz und Elend, von den Tag- und den Nachtseiten ein und derselben Stadt fasziniert und gleichzeitig bestrebt, gerade in das Dunkel Licht zu bringen. Eugène Sue hatte 1842/43 seine »Mystères de Paris« mit der schockierenden Feststellung eröffnet, im Herzen der französischen Hauptstadt, des Vororts der Zivilisation, »mitten unter uns« lebten genauso wilde und mörderische Barbaren, wie sie die nordamerikanischen Wälder und Prärien bei James F. Cooper bevölkern, mit eigenen Sitten, eigener Sprache und eigenen Namen. Sein Rivale Féval hatte diesen so sensationell erfolgreichen Ansatz sogleich auf London übertragen, dessen Elendsquartiere durch Charles Dickens' Welterfolg »Oliver Twist« (1837/38) berühmt und berüchtigt waren. Und während Kaiser Napoleon III. und sein Präfekt Georges Eugène Haussmann Paris sanierten und modernisierten, behielten die Londoner »Slums« als Wort und Sache ihren traurigen Weltruf und ihre eigenartige Faszination. Vom Wort »slum« wurde fast gleichzeitig mit seiner Entstehung ein Verb abgeleitet – »to slum«: Elendsquartiere aus Neugierde besuchen, und, in seiner schlimmeren Bedeutung, sich in Elendsquartieren und deren Kneipen und Spelunken amüsieren.

Diese Gaslicht-Ära Londons mit seinem Hell-Dunkel-Kontrast von Westend und Eastend, von City und Docks, von Reich und Arm hat die in London geborene Engländerin Anne Perry zum historischen und lokalen Schauplatz ihrer 1979 begonnenen Serie viktorianischer Detektivromane gemacht: das London Sherlock Holmes'. Doch im Unterschied zu Sir Arthur Conan Doyle und seinen Geschichten um den Superdetektiv und seinen bewundernden Adlatus Watson verbindet Anne Perry die Elemente des Verbrechens und seiner Aufklärung mit denen des traditionellen viktorianischen Gesellschaftsromans. Indem die Autorin bewußt die Perspektiven von »damals« wählt und die Handlung strikt aus der Sicht ihrer Personen von 1881 erzählt, entsteht vor den Augen des Lesers die fremde Welt einer untergegangenen Klassengesellschaft mit kompliziertester Schichtung. Die Familie Ellison mit den drei Töchtern Sarah, Charlotte und Emily ist wohlhabend und gehört zur oberen Mittelschicht, aber nicht zur »leisured class«, die sich über ihr Privileg des Müßiggangs, Einkommen zu haben, ohne arbeiten zu müssen, definiert: Vater und Schwager Dominic, der mit Ehefrau Sarah noch im schwiegerelterlichen Hause lebt, gehen einer geregelten Tätigkeit in der City nach, und auf das offensichtlich sehr hohe Einkommen des Vaters ist die Familie auch angewiesen. Die Abgrenzung gegenüber den unteren Klassen scheint bei weitem rigider zu sein als gegenüber den oberen Schichten: Dienerschaft, Handwerker, Lieferanten wirken in den Augen der Ellisons wie Menschen von einem andern Stern, die man nicht kennt oder nicht zur Kenntnis nimmt, und »Arme« sind Wesen, die irgendwo – in London? – zu existieren scheinen und die offensichtlich die von den Ellison-Damen in ihren Mußestunden gestrickten Schals in größeren Mengen benötigen. Mit den oberen Schichten dagegen verkehrt man gesellschaftlich, und wenn ein Mädchen es geschickt anstellt, kann es sogar in den Adel einheiraten . . .

Diese Klassengesellschaft kennt aber noch eine weitere Differenzierung, die sich mit der anderen kurios überlagert: die in Männer und Frauen. Da wir die Welt des Romans überwiegend aus der Sicht der Damen Ellison kennenlernen, erfahren wir nie genau, welcher Tätigkeit die Herren eigentlich nachgehen – offensichtlich gehört das zu dem riesigen Bereich dessen, was sich für eine Dame nicht zu wissen ziemt. So viele Dinge in der Welt gehören dazu, daß Zeitungslektüre generell als unschicklich gilt: Der Herr des Hauses liest die ihm passend erscheinenden Artikel vor und bestimmt im übrigen auch, über welche Themen in seiner Gegenwart und sogar in seiner Abwesenheit gesprochen werden darf. Kinder, Küche, allerdings im weiten Sinne der Organisation und Rechnungsführung eines großen Hauses verstanden, Kirche – das ist wortwörtlich die Welt der verheirateten Frau; Küche, Kirche und Kleider die der unverheirateten. Kleider spielen eine wichtige Rolle, weil sie neben dem Talent zur Konversation das Mittel sind, um das einzige Lebensziel zu erreichen, das sich einem jungen Mädchen bietet: von einem passenden Mann geheiratet zu werden. Das Mädchen, das sitzen bleibt, wird sich lebenslang auf die Küche – der Geschwister – und die Kirche beschränken müssen.

Dieses behütete, tagaus, tagein, jahrein, jahraus nach strengsten, unverbrüchlichen Regeln ablaufende Leben der Ellisons und ihrer Freunde und Nachbarn wird plötzlich von einer Mordserie gestört, begangen in nächster Nachbarschaft von einem geheimnisvollen Verbrecher, der »der Würger von der Cater Street« (»the Cater Street Hangman«) genannt wird. Anfangs versucht man noch so zu tun, als könne man die Verbrechen distanziert betrachten: Man gibt den Opfern die Schuld; es waren schließlich Dienstboten, die es getroffen hat, und es wird wohl gute Gründe geben, warum das Mädchen aus guter Familie ermordet wurde. Der Hausherr verhängt kurzerhand eine Nachrichtensperre, aber der immer wieder – und zum Schluß sogar zweimal im Haushalt der Ellisons – zuschlagende Würger ist nicht länger totzuschweigen, wie man es bei andern unerfreulichen Vorkommnissen in den eigenen Kreisen, Bankrotten, Skandalen, Scheidungen, stets so erfolgreich praktiziert hat. Die feindliche Außenwelt dringt plötzlich ins Haus der Ellisons ein – und das im wahrsten Sinne des Wortes. Ein Polizeiinspector, also ein Polizist und damit doch eher ein Domestike, steht plötzlich im Salon, läßt sich nicht abweisen, kommt immer wieder, schlimmer noch, er macht etwas, was Mr. Ellison noch nie erlebt hat: Er bestimmt den Gang der Unterhaltung, schreibt die Themen vor und besteht darauf, daß auch unangenehme Fragen beantwortet werden.

Vor allem die mittlere Schwester Charlotte ist mehr und mehr von ihm fasziniert. Er sieht zwar nicht so aus wie ein Gentleman, aber – und das ist in England, wie wir spätestens seit George Bernard Shaws Stück »Pygmalion« und seiner Popularisierung zu »My Fair Lady« wissen, viel wichtiger – er spricht wie einer, dank des frühen Privatunterrichts an der Seite eines Adelssprosses. Wenn in Charlotte und in ihrer scharfsichtigen und scharfzüngigen Umgebung auch schnell der Verdacht aufkeimt, die Besuche Inspector Pitts bei ihr dienten nicht nur den Recherchen nach dem »Würger«, so beginnt sie die Unterhaltungen mit dem ebenso klugen wie sensiblen Mann doch bald zu genießen. Charlotte, durch deren Augen wir die Welt des Romans überwiegend sehen, fällt so die Rolle der Ich-Erzählerinnen bei Mary Roberts Rinehart zu (»Die Wendeltreppe«, »DuMont's Kriminal-Bibliothek« Band 1004; »Der große Fehler«, »DuMont's Kriminal-Bibliothek« Band 1011; »Das Album«, »DuMont's Kriminal-Bibliothek« Band 1020); sie ist Vermittlerin zwischen der Welt, in der die Verbrechen geschehen, und der von außen hinzutreten-den Polizei. Diese Erzähltechnik läßt bei Mary Roberts Rinehart wie in Anne Perrys erstem Pitt-Roman die polizeilichen Ermitt-lungen wenig stringent und ineffizient wirken, ein Eindruck, der sich bei den späteren Romanen um – soviel darf hier verraten werden – Inspector Thomas Pitt und Charlotte Pitt ändern wird.

In den Gesprächen Charlottes mit dem Inspector wird der vornehmen Gesellschaft die Mordserie auf eine unangenehme Weise »nahegebracht«, indem ihr die bequeme Ausflucht genom-men wird, irgendein Mitglied der fernen unbekannten kriminellen Unterwelt begehe die grausigen Taten: Ausführlich informiert Pitt sie – ganz im Sinne Eugène Sues – über die Kriminellen Londons, ihre eigene Sprache und ihre eigenen Gesetze, nach denen man Verbrechen aus bestimmten Gründen, und zwar fast ausschließlich aus materiellen Gründen, begeht. Keins der Opfer des Cater-Street-Würgers ist jedoch beraubt worden oder hätte einen Raubmord gelohnt.

Indem Charlotte dieses Wissen an ihre Umgebung weitergibt, verbreitet sich in den feinen Kreisen mehr und mehr die Einsicht, daß es nicht nur zwischen Westend und Eastend, Unter- und Oberschicht eine Grenze zwischen Hell und Dunkel gibt, sondern daß diese Grenze auch mitten durch die eigene Gesellschaft, ja durch jeden von ihnen verläuft: Jeder einzelne hat seine Tag- und seine Nachtseite – ein Thema, das in der Zeit, in der unser Roman spielt, seine eindringlichste und augenfälligste Gestaltung in Robert Louis Stevensons Erzählung »The Strange Case of Dr. Jekyll and Mr. Hyde« (1886) fand. Keiner ist sicher, ob nicht das Nachtgesicht des Nachbarn, Freundes, Ehemanns oder Vaters den »Würger von der Cater Street« zeigt, ja ob sich nicht die eigenen Züge in Momenten geistiger Abwesenheit unbemerkt und unerinnert wieder und wieder zu denen des »Würgers« verzerren. Daß zumindest jeder der Männer ein Doppelleben führt, kommt zum Erschrecken der Frauen bei der Suche nach dem Würger schnell ans Licht. Zu den Dingen, die man als Dame zu akzeptieren, aber nicht zu reflektieren oder gar zu diskutieren hat, gehört die dunkle »Triebseite« der Männer – daß Frauen sie nicht haben, ist nach der Palmströmschen Logik, daß »nicht sein kann, was nicht sein darf«, eine selbstverständliche Konvention der Zeit. Daß aber der eigene Vater und der geliebte Schwager auch diese dunkle Seite besitzen, zu der Bordellbesuche, Nächte im Zimmer des Dienstmädchens, ja ein veritables Doppelleben über mehr als zwei Jahrzehnte hinweg gehören, ist schmerzlich und schockierend.

Die heile Welt, in der der »Würger« so unvermittelt eingebrochen ist, zerfällt vor unseren Augen, und auch nachdem der Mörder gefaßt ist, bleiben Brüche bestehen; das Licht der polizeilichen Ermittlung ist ins eigene Dunkel gefallen und hat es allen bewußt gemacht. Für Charlotte Ellison aber, die eigentliche Heldin des Romans, bedeutet diese Wahrheit ein Stück Freiheit; sie gibt ihr den Mut zu einem Ausbruch aus den Konventionen in ein stärker selbstbestimmtes Leben, als sie es sonst gelebt hätte. Auf diesem Weg dürfen wir sie in den folgenden Bänden von Anne Perrys »Inspector Thomas Pitt and Charlotte Pitt Mysteries« begleiten.

Volker Neuhaus

Callander Square

Kapitel 1

Die Herbstluft war lau und ein wenig neblig. In der späten Nachmittagssonne leuchteten die gefallenen Blätter auf dem Rasen des Callander Squares wie gelbe Flecken auf. Zwei Männer mit Spaten standen in dem kleinen Garten in der Mitte des Platzes und schauten in eine flache Mulde. Der größere bückte sich und tastete mit den Händen die nasse Erde ab. Behutsam hob er das, wonach er gesucht hatte, hoch. Es war ein kleiner, blutiger Knochen.

Der andere atmete heftig aus.

»Was glaubs' du, was das is'? Für 'nen Vogel isses zu groß!«

»Irgend'n Schoßtierchen«, antwortete der erste. »Jemand hat 'nen Hund oder so was vergraben.«

Der kleinere Mann schüttelte den Kopf. »So was sollten die nich' tun.« Verächtlich schaute er zu den bleichen, georgianischen Fassaden, die sich in würdevoller Eleganz hinter spitzen Birkenblättern und Linden aufrichteten. »Für so was ham die doch andere Plätze. Die sollten 'n bißchen mehr Ehrfurcht ham.«

»Muß 'n kleiner Hund gewesen sein«, sagte der Größere und drehte den Knochen in seiner Hand. »Vielleicht auch 'ne Katze.«

»'ne Katze? Blödsinn! Vornehme Herren wie die ham keine Katzen, und die Damen gehen nich' hin und buddeln Gärten um. Die erkennen nich' mal 'nen Spaten, wenn sie drüber fallen!«

»Dann eben 'n Bediensteter. Wahrscheinlich irgend'ne Köchin!«

»Trotzdem sollten die so was nich' tun.« Um seiner Meinung besonderen Nachdruck zu verleihen, schüttelte er den Kopf. »Ich mag Tiere, ehrlich! Ein Tier, das im Haus gelebt hat, sollt' auch 'n anständiges Begräbnis bekommen. Nich' da, wo andere später hingehen und es – ohne was zu ahnen – wieder ausbuddeln.«

»Die ham wahrscheinlich gar nich' damit gerechnet, daß wir hier graben. Wir ham hier schon seit Jahren nix Neues gepflanzt.

Hätt' ich heut auch nich' getan, wenn die uns nich' den Strauch gegeben hätten!«

»Is' vielleicht besser, wir pflanzen den woanders, vielleicht 'n bißchen weiter links. Lassen wir dem kleinen Ding seine Ruhe. Is' nich' richtig, Tote zu stören, selbst wenn's nur 'n Tier is'. Irgend jemand hat bestimmt daran gehangen, weil es ihm die Mäuse aus der Küche gejagt hat.«

»Du kannst den Stamm doch nich' weiter links pflanzen, du Pfeife! Damit bringst du die Forsythien um!«

»Paß bloß auf, was du sagst! Dann tu ich ihn eben weiter nach rechts.«

»Geht nich'. Der Rhododendron wird groß wie 'n Haus. Wir müssen schon hier pflanzen.«

»Dann tu die Katze eben unter den Rhododendron. Buddel sie vorsichtig aus, und ich beerdige sie dann.«

»In Ordnung.« Er setzte den Spaten dort an, wo er glaubte, den Körper unversehrt bergen zu können, und stemmte sich gegen den Stiel. Der Lehm und die verfaulten Blätter waren weich, die Erde gab willig nach und fiel zur Seite. Die beiden Männer erstarrten.

»Allmächtiger!« Der Spaten fiel ihm fast aus den Händen. »Oh mein Gott, steh uns bei!«

»Was . . . was is' das?«

»Das is' keine Katze. Ich . . . ich glaub', das issen Baby.«

»Jesses Maria! Was machen wir jetzt?«

»Besser, wir holen die Polizei.«

»Ja.«

Vorsichtig, so, als ob es jetzt noch eine Rolle spielen würde, ließ er den Spaten sinken.

»Gehst du?« Der andere starrte ihn an.

»Nein. Nein, ich bleib' hier. Geh du, und hol 'nen Polizisten. Und beeil dich. Is' bald dunkel.«

»Ja, ja.« Blitzschnell verschwand er, erleichtert, etwas tun zu können, das ihn von dem Loch in der Erde und dem blutigen kleinen Ding auf dem Spaten wegbrachte.

Der Polizist war jung und neu in seinem Bezirk. Die großen, eleganten Squares mit den schönen Kutschen, den Bediensteten in Livree und Armeen von Dienern schüchterten ihn ein. Es verschlug ihm die Sprache, wenn er mit den gebieterischen Butlern, den reizbaren Köchinnen und hübschen Dienstmädchen sprechen sollte. Er gehörte eben eher zur gesellschaftlichen Klasse der Laufburschen, Küchenhilfen und Aushilfsmädchen.

Als er das Loch im Boden mit dem Fund der Gärtner sah, wußte er, daß ihn diese Entdeckung völlig überforderte. Bleich vor Schrecken, aber auch erleichtert im Bewußtsein, die Verantwortung weitergeben zu können, wies er sie an, zu bleiben, wo sie waren und nichts anzurühren. So schnell seine Füße ihn trugen, lief er dann zur Polizeiwache, um die Sache dem Inspector zu übergeben.

In seiner Aufregung platzte er ohne anzuklopfen in das Büro.

»Mr. Pitt, Sir, Mr. Pitt! Es ist etwas Fürchterliches geschehen, Sir, eine schreckliche Sache!«

Pitt stand am Fenster; er war ein großer, kräftiger Mann mit einer langen, gebogenen Nase und einem humorvollen Zug um den Mund. Das Gesicht spiegelte Intelligenz und Geist, die Kleidung war einfach und von bemerkenswerter Lässigkeit. Sichtbar überrascht vom überstürzten Eintritt des Polizisten hob er die Augenbrauen, und als er sprach, war seine Stimme unerwartet angenehm.

»Was für eine schreckliche Sache, McBeath?«

Der Polizist schnappte nach Luft; er war so außer Atem, daß er keinen zusammenhängenden Satz herausbringen konnte.

»Eine Leiche... Sir. Auf dem Callander Square. Grauenvoll, Sir... wirklich. Sie haben sie gerade gefunden... die Gärtner... haben sie ausgegraben. Mitten auf dem Platz. Wollten einen Baum pflanzen – oder so was.«

Pitt verzog überrascht sein Gesicht.

»Callander Square? Sind Sie sicher? Sie haben sich da auch nicht wieder im Ort geirrt?«

»Ja, Sir, ähh... nein, Sir. Genau mitten auf dem Platz. Callander Square, Sir, ich bin völlig sicher. Kommen Sie besser mit, und schauen Sie sich die Sache selber an.«

»Vergraben?« Pitt runzelte die Stirn. »Was für eine Leiche?«

»Ein Baby, Sir.« McBeath schloß seine Augen und sah plötzlich aus, als sei ihm ziemlich schlecht. »Ein sehr kleines Baby, Sir, ein Neugeborenes, glaube ich. Erinnert mich an meine kleine Schwester, als sie geboren wurde.«

Pitt atmete langsam aus; es war eine Art gequältes Seufzen.

»Sergeant Batey!« rief er.

Die Tür öffnete sich, und ein Mann in Uniform schaute herein.
»Ja, Sir?«

»Holen Sie einen Krankenwagen und Doktor Stillwell, und kommen Sie dann zum Callander Square.«

»Ist jemand überfallen worden, Sir?« Sein Gesicht hellte sich auf. »Oder ausgeraubt?«

»Nein. Wahrscheinlich nur ein häusliches Drama.«

»Ein häusliches Drama?« McBeaths Stimme überschlug sich vor Empörung. »Es handelt sich um Mord!«

Batey starrte ihn an.

»Wahrscheinlich nicht«, entgegnete Pitt ruhig. »Wahrscheinlich handelt es sich um ein armes Dienstmädchen, das verführt wurde, mit niemandem darüber sprach, das Kind allein zur Welt brachte, welches dann starb. Sie vergrub es, erzählte niemandem davon und behielt ihren Kummer für sich. Hatte wohl Angst, auf die Straße geworfen zu werden und keine neue Anstellung zu finden. Weiß der Himmel, wie oft so was passiert.«

McBeath sah blaß und bedrückt aus.

»Glauben Sie, Sir?«

»Ich weiß nicht«, antwortete Pitt ihm und ging zur Tür. »Aber es wäre nicht das erste und nicht das letzte Mal. Am besten, wir gehen und schauen uns die Sache an.«

Pitt nutzte die letzte halbe Stunde des Tageslichts, um einen Blick auf die kleine Leiche zu werfen und die lose Erde auf weitere Spuren hin zu untersuchen, als er den zweiten, mißgebildeten, leblosen kleinen Körper fand. Er schickte den Krankenwagen mit dem Arzt und den beiden Leichen fort; den zitternden, bleichen McBeath entließ er nach Hause. Danach postierte er Batey mit seinen Männern als Wachen in den Gärten. Mehr konnte er in dieser Nacht nicht tun. Jetzt hieß es erst einmal, auf wichtige Informationen des Arztes über das Alter der Babys und über den möglichst genauen Zeitpunkt ihres Todes zu warten. Zudem wäre es interessant zu erfahren, welche Krankheit bei dem tiefer unten vergrabenen Baby zu dem mißgebildeten Schädel geführt hatte. Es war wohl zu optimistisch zu hoffen, er könne ihm die genaue Todesursache nennen.

Als er nach Hause kam, war es bereits dunkel, und der feine, feuchte Nebel klebte an seinen Kleidern. Die gelben Gaslaternen begrüßten ihn und versprachen nicht nur seinem Körper Wärme, sondern auch seinem Gemüt und seinen aufgewühlten Empfindungen Trost.

Pitt betrat seine Wohnung mit einem Gefühl des Wohlbehagens, das auch nach zwei Ehejahren nicht nachgelassen hatte. Im Frühling des Jahres 1881 hatte er den schrecklichen Fall des ›Würgers von der Cater Street‹ bearbeiten müssen, einer Mordserie, bei der junge Frauen erwürgt wurden, deren Leichen dann mit aufgedunsenen Gesichtern in den dunklen Straßen lagen. Unter diesen traurigen Umständen hatte er Charlotte Ellison kennengelernt. Zu jener Zeit hatte sie ihn natürlich mit der erhabenen Kühle behandelt, die jede Frau aus besserem Hause einem Polizisten gegenüber zeigt, der auf einer tieferen Stufe der sozialen Leiter steht als ein einigermaßen guter Butler. Aber Charlotte war ein Mädchen von beinahe erschreckender Aufrichtigkeit – und das nicht nur gegenüber anderen Menschen, was häufig genug gesellschaftliche Skandale verursachte, sondern auch gegenüber sich selbst. Sie bekannte ihre Liebe zu ihm und hatte den Mut, ihn entgegen allen gesellschaftlichen Konventionen zu heiraten.

Sie waren arm, sogar sehr arm, wenn man es mit dem beträchtlichen Komfort ihres Elternhauses verglich, aber mit der ihr eigenen Offenheit und Zielstrebigkeit hatte sie sich von den meisten der kleinen Statussymbole gelöst, die ihre ehemaligen Freundinnen vermißt hätten. Bisweilen, wenn er sich deswegen bittere Selbstvorwürfe machte, lachte sie nur und scherzte, daß für sie die Erlösung von diesen Ansprüchen ein Vergnügen sei – vielleicht sagte sie dann sogar die halbe Wahrheit.

Sie kam aus dem kleinen Vorzimmer mit seinen wenigen, gutgepflegten Möbeln und Herbstblumen in einer Glasvase. Sie trug ein weinrotes Kleid, das sie mit in die Ehe gebracht hatte und das nun etwas aus der Mode gekommen war. Ihr Gesicht strahlte Zufriedenheit aus, und das Lampenlicht betonte das warme Braun ihrer Haare.

Er fühlte eine Woge der Freude, fast der Aufregung, als er sie sah. Schnell nahm er sie in die Arme, um sie zu berühren, sie zu küssen.

Nach einem kurzen Augenblick schob sie ihn von sich und schaute ihn an.

»Was hast du?« fragte sie mit einem Anflug von Sorge in ihrer Stimme.

Während der kurzen, herzlichen Begrüßung hatte er den Callander Square vergessen. Nun kam die Erinnerung zurück. Er wollte ihr nichts von dem Fall erzählen. Sicher – nach Cater Street konnte es kaum noch etwas Schreckliches geben, mit dem sie nicht fertig würde, aber es gab keinen Grund, sie mit diesem entsetzlichen Ereignis zu belasten. Sie empfand schnell Mitleid. Die kleinen Körper – ob es sich nun um ein Verbrechen oder eine Tragödie handelte – würden bei ihrer Vorstellungskraft dazu führen, daß sie sich in all den Schmerz, die Einsamkeit, in die Angst, die entsetzlichen Gedanken der Mutter hineinversenken würde.

»Was hast du?« wiederholte sie.

Er legte seinen Arm um sie und führte sie zurück in das Gesellschaftszimmer, wobei in einem solch kleinen Haus die Bezeichnung ›Gute Stube‹ vielleicht zutreffender wäre.

»Eine Sache am Callander Square. Es wird sich wahrscheinlich als kleiner Fall herausstellen, aber die Ermittlungen werden schwierig sein. Was gibt es zum Abendessen? Ich hatte heute Außendienst und bin hungrig.«

Sie drang nicht weiter in ihn. Er verbrachte einen geruhsamen, gemütlichen Abend am Kamin, wobei er lange Zeit ihr Gesicht betrachtete, während sie sich konzentriert über ihre Flickarbeiten beugte, ein Wäschestück, das schon recht abgenutzt war. In den nächsten Jahren würde vieles zu flicken und manches Loch zu stopfen sein; bei vielen Mahlzeiten würde das Fleisch fehlen, und wenn Kinder kämen, würden sie abgelegte Kleider tragen müssen, aber all das schien sie nicht zu stören. Er merkte, wie er lächelte.

Am nächsten Morgen hatte der Alltag ihn wieder. Er verließ früh das Haus. Der Oktobernebel hing immer noch schwer in der Luft und umhüllte die feuchten Blätter. Es war windstill. Er suchte zunächst die Polizeiwache auf, um herauszufinden, ob Dr. Stillwell ihm etwas mitzuteilen hatte.

Stillwells mürrisches Gesicht war noch länger als sonst. Unwirsch starrte er Pitt an. Dabei umgab ihn ein Fluidum des Todes, das an die menschliche Vergänglichkeit erinnerte.

Pitt fühlte, wie das warme Gefühl der Geborgenheit, mit dem er aufgewacht war, verflog.

»Nun?« fragte er grimmig.

»Soweit ich es bis jetzt einschätzen kann, war das erste ein gesundes Baby«, antwortete Stillwell ruhig. »Es kann noch nicht so lange her sein. Nach meiner Einschätzung ist es etwa sechs Monate tot, das arme kleine Ding. Ich kann Ihnen allerdings nicht sagen, ob es sich um eine Totgeburt handelte oder ob es ein bis zwei Tage später gestorben ist. Es hatte nichts im Magen.« Er seufzte. »Ich kann Ihnen noch nicht einmal sagen, ob es auf natürliche Weise starb oder getötet wurde. Es zu erdrosseln wäre einfach gewesen und hätte keine Spuren hinterlassen. Es war übrigens ein Mädchen.«

Pitt atmete tief ein.

»Was ist mit dem anderen Baby, das darunter lag?«

»Soweit ich es bis jetzt beurteilen kann, ist es schon viel länger tot. Ungefähr zwei Jahre, aber das ist eine recht grobe Schätzung. Auch hier kann ich Ihnen nicht sagen, ob es tot geboren wurde oder ob es erst nach einigen Tagen starb. Aber eins steht außer Zweifel: Es war mißgebildet . . .«

»Das habe ich gesehen. Was war die Ursache?«

»Weiß ich nicht. Eine angeborene Anomalie; sicherlich keine Verletzung, die es sich während der Geburt zugezogen hat.«

»Könnte es etwas mit der Krankheitsgeschichte der Eltern zu tun haben?«

»Nicht unbedingt. Wir kennen die Ursache solcher Krankheiten nicht. Jedermann kann solche Kinder bekommen – das kommt sogar in den besten Familien vor. Nur gelingt es denen häufiger, es zu verheimlichen.«

Pitt dachte kurz nach. Könnte das der Grund sein – die gesellschaftliche Schande?

»Wie sieht es mit dem oberen Baby aus?« Er sah Stillwell an. »Hatte es auch Deformationen, war irgend etwas mit dem Gehirn nicht in Ordnung?«

Stillwell schüttelte den Kopf.

»Nicht, daß ich wüßte. Allerdings hätte man in dem Alter noch nicht feststellen können, ob es sich später geistig abnorm entwickeln würde. Es war höchstens ein paar Tage alt, es könnte sich sogar um eine Totgeburt handeln.« Er legte die Stirn in Falten. »Aber das glaube ich nicht. Ich konnte keine organischen Schäden feststellen, die zum Tode geführt hätten. Herz, Lunge und andere Organe schienen völlig normal entwickelt. Andererseits war es natürlich schon stark verwest. Ich weiß es wirklich nicht, Pitt. Sie müssen schon Ihre eigenen Nachforschungen anstellen und zusehen, was Sie herausfinden können.«

»Danke.« Weiter gab es nichts zu sagen. Pitt rief Batey zu sich, und sie gingen schweigend hinaus in den nebligen Morgen. Mächtige Bäume standen auf beiden Seiten der Straße; es roch nach verfaulten Blättern und feuchten Steinen.

Der Callander Square lag verlassen vor ihnen; die Schaulustigen, die sonst durch solch einen grausigen Fund angelockt wurden, schreckten davor zurück, die eleganten Bürgersteige zu betreten.

In den vornehmen Häusern war es still. Die einzigen Lebenszeichen waren das Scharren eines Besens auf einer Treppe und der dumpfe Klang von den schweren Stiefeln eines Dieners. Für Laufburschen war es noch zu früh; die Köchinnen und Zimmermädchen hatten den Spätaufstehern wahrscheinlich gerade erst das Frühstück serviert.

Pitt ging die Treppe des nächstgelegenen Hauses hoch. Er klopfte diskret an die Tür und trat dann einen Schritt zurück.

Einige Minuten später wurde sie von einem kräftigen, dunkelhaarigen, gutaussehenden Bediensteten geöffnet. Mit halbgeschlossenen Augenlidern schaute er Pitt herablassend an. Jahrelange Berufserfahrung hatte ihn gelehrt, wie man einen Fremden einzuschätzen hat, noch bevor dieser den Mund öffnete. Er wußte sofort, daß Pitt auf einer etwas höheren Stufe stand als ein Händler, aber doch kein Mann aus gutem Hause und auf keinen Fall ein vornehmer Herr war.

»Sie wünschen, Sir?« fragte er mit leicht erhobener Stimme.

»Inspector Pitt, Polizei.« Pitt schaute ihm selbstbewußt in die Augen. »Ich hätte gern die Dame des Hauses gesprochen.«

Das Gesicht des Dieners zeigte keine Regung.

»Ich wüßte nicht, daß bei uns eingebrochen worden wäre. Vielleicht haben Sie sich in der Adresse geirrt. Dies ist das Anwesen von General Balantyne und Lady Augusta Balantyne.«

»Tatsächlich? Das war mir nicht bekannt. Aber es ist eher die Lage des Hauses, die für meine Untersuchungen von Bedeutung ist. Darf ich eintreten?«

Der Bedienstete zögerte. Pitt wich nicht von der Stelle.

»Ich werde mich erkundigen, ob Lady Augusta Sie zu sehen wünscht«, lenkte er schließlich widerwillig ein. »Sie kommen besser herein. Sie können in der Empfangshalle warten. Ich werde nachfragen, ob die gnädige Frau ihr Frühstück bereits beendet hat.«

Es verstrich eine ärgerlich lange halbe Stunde, bevor die Tür zur Halle geöffnet wurde und Lady Balantyne eintrat. Sie war eine schöne, zerbrechlich wirkende Frau. Ihre Kleidung war geschmackvoll und teuer. Neugierig schaute sie Pitt an.

»Max sagte mir, daß Sie mich zu sprechen wünschen, Mr....?«

»Pitt. Ja, gnädige Frau, wenn Sie so freundlich wären.«

»Worum handelt es sich?«

Pitt sah sie an. Sie war eine Frau, bei der man nicht lange herumreden mußte. Er kam sofort zur Sache.

»Gestern abend wurden zwei Leichen in der Gartenanlage mitten auf dem Square ausgegraben.«

Ungläubig zog Lady Augusta ihre Augenbrauen in die Höhe.

»Auf dem Callander Square? Sie scherzen! Was für Leichen, Mr....?«

»Pitt«, wiederholte er. »Babys, gnädige Frau. Die sterblichen Überreste von zwei in dem Garten vergrabenen Neugeborenen wurden gefunden. Eine Leiche lag dort seit etwa sechs Monaten, die andere seit fast zwei Jahren.«

»Mein Gott!« Sie war sichtlich betroffen. »Wie furchtbar! Ich nehme an, eines der Dienstmädchen... Ich bin mir ziemlich sicher, daß es sich dabei um keines aus meinem Haus handeln kann, aber ich werde selbstverständlich Nachforschungen anstellen, wenn Sie es wünschen.«

»Das würde ich doch lieber selbst tun, gnädige Frau – mit Ihrer Erlaubnis.« Er versuchte, sehr bestimmt zu wirken – so, als ob er sich ihrer Zustimmung lediglich vergewissern wollte, und nicht, als ob er ihre Erlaubnis erbitten würde. »Natürlich werde ich allen Häusern auf dem Square einen Besuch abstatten.«

»Selbstverständlich! Mein Angebot war lediglich als Gefälligkeit gedacht. Sollten Sie etwas herausfinden, was mein Haus anbelangt, werden Sie mich davon in Kenntnis setzen.« Auch dies war keine Bitte, sondern eine Feststellung. Die Autorität, die sie ausstrahlte, lag ihr im Blut, und sie hatte es nicht nötig, sie noch zusätzlich zu betonen.

Er lächelte zustimmend, sagte jedoch nichts. Sie klingelte, und der Butler erschien.

»Hackett, Mr. Pitt ist von der Polizei. Es sind zwei tote Babys im Garten gefunden worden. Er wird das Personal aller Häuser verhören. Sie werden ihn in einen ruhigen Raum führen, in dem er mit jedem der Bediensteten sprechen kann, mit dem er zu sprechen wünscht. Sorgen Sie dafür, daß sich alle zur Verfügung halten.«

»Sehr wohl, gnädige Frau.« Hackett gehorchte, wobei er Pitt jedoch unwillig anschaute.

»Ich danke Ihnen, Lady Augusta.« Pitt verbeugte sich kurz und folgte dem Butler in ein kleines Hinterzimmer, von dem er annahm, daß es sich um den Aufenthaltsraum der Haushälterin handelte. Er ließ sich eine vollständige Liste des weiblichen Personals mit den wichtigsten Informationen über jede einzelne der Frauen geben. In den verschiedenen Gesprächen konnte er sich lediglich einen ersten Eindruck verschaffen. Jede von ihnen war schockiert, betroffen, zeigte Mitleid – und leugnete, irgend etwas zu wissen. Genau das hatte er erwartet.

Er ging in die Empfangshalle und suchte den Butler oder einen anderen Bediensteten, um mitzuteilen, daß er für dieses Mal fertig sei, als er eine junge Frau aus einer der Türen kommen sah. Sie konnte unmöglich zum Hauspersonal gehören. Es war weniger ihr Seidenkleid oder ihr gut geschnittenes und zurechtgemachtes Haar, das ihre Position verriet, als vielmehr die Art, wie sie sich bewegte, die Andeutung eines Lächelns auf ihren üppigen Lippen, die Sicherheit und die unterdrückte Aufregung in ihren dunklen Augen.

»Mein Gott!« sagte sie mit gespielter Überraschung. »Wer sind Sie denn?« Amüsiert musterte sie ihn mit einem spöttischen Blick von oben bis unten. »Zu dieser Tageszeit können Sie ja wohl kaum eines unserer Mädchen besuchen. Wollen Sie zu Vater? Sind Sie ein alter Offiziersbursche oder so was?«

Nur Charlotte hatte es jemals geschafft, Pitt aus der Fassung zu bringen, und das auch nur, weil er sie liebte. Er schaute das Mädchen ruhig an.

»Nein, ich bin von der Polizei. Ich habe einige Ihrer Bediensteten vernommen.«

»Von der Polizei!« Verzückt hob sich ihre Stimme. »Wie herrlich schockierend! In welcher Angelegenheit denn?«

»Auskünfte.« Er lächelte verhalten. »Das ist immer der Grund, warum Polizisten überhaupt mit Leuten sprechen.«

»Ich hege den Verdacht, Sie machen sich über mich lustig.« Ihre Augen funkelten. »Mr. . . . ?«

»Inspector Pitt.«

»Inspector Pitt«, wiederholte sie. »Ich bin Christina Balantyne; aber ich nehme an, daß Sie das wußten. Worüber stellen Sie denn Fragen? Ist ein Verbrechen geschehen?«

Die Tür des Frühstückszimmers öffnete sich, und es blieb Pitt erspart, eine Antwort zu finden, die sowohl höflich als auch ausweichend war. Ein Mann trat ein, von dem der Inspector wußte, daß es sich nur um General Balantyne handeln konnte. Er war fast so groß wie Pitt, jedoch hagerer, und er hielt sich sehr aufrecht. Sein gutgeschnittenes Gesicht war schmal und erinnerte an einen Adler, ein auffälliger Kopf mit seinem stark ausgeprägten Unterkiefer, der zu arrogant wirkte, um schön genannt zu werden.

»Christina!« sagte er scharf.

Sie drehte sich um. »Ja, Papa?«

»Es kann kaum von Interesse für dich sein, was die Polizei mit den Bediensteten zu tun hat. Mußt du nicht einen Brief schreiben – oder nähen?« Es war keine Frage, sondern eine Verabschiedung, die sie mit steifer Haltung und mit zusammengepreßten Lippen entgegennahm.

Pitt verbarg sein Lächeln und deutete eine Verbeugung an.

»Ich danke Ihnen, Sir«, sagte er zum General, nachdem sie gegangen war. »Ich wußte nicht, wie ich ihr antworten konnte, ohne sie durch die unangenehmen Ereignisse zu beunruhigen.« Diese Feststellung entsprach zwar nicht ganz der Wahrheit, erschien im Moment jedoch passend.

Der General räusperte sich. »Sind Sie fertig?«

»Ja, Sir. Ich suchte gerade den Butler, um ihm das mitzuteilen.«

»Irgend etwas entdeckt?« Der General musterte ihn mit wachen, intelligenten Augen.

»Bis jetzt noch nicht, aber ich habe auch gerade erst angefangen. Wer ist Ihr Nachbar?« Er zeigte zur Südseite des Squares.

»Direkt neben uns wohnt Reggie Southeron«, antwortete der General. »Dann der junge Bolsover am Ende auf dieser Seite, Garson Campbell auf der anderen Seite; Laetitia Doran gegenüber von Southeron, uns gegenüber, ganz auf der anderen Seite, wohnt im Augenblick niemand. Schon seit mehreren Jahren nicht. Weiter unten Sir Robert Carlton und ein älterer Bursche namens Housman, komischer Kauz, absoluter Einsiedler. Duldet keine Frauen im Haus, haßt sie, hat nur männliche Bedienstete.«

»Danke, Sir, Sie haben mir sehr geholfen. Ich werde es zunächst mal bei Mr. Southeron versuchen.«

Balantyne atmete tief ein und hörbar wieder aus. Pitt wartete, aber der General fügte nichts mehr hinzu.

Im Haus der Southerons war mehr Leben – er hörte das helle Lachen von Kindern, schon bevor er nach der Türglocke gegriffen hatte. Die Türe wurde von einem der hübschesten Dienstmädchen geöffnet, das er jemals gesehen hatte.

»Ja bitte, Sir?« sagte sie formvollendet.

»Guten Morgen. Ich bin Inspector Pitt von der Polizei; könnte ich vielleicht Mr. oder Mrs. Southeron sprechen?«

Sie trat einen Schritt zurück. »Treten Sie doch bitte ein, Sir, ich werde nachfragen, ob sie Sie empfangen werden.«

Er folgte ihr in die Empfangshalle, die schön eingerichtet war und weniger spartanisch als die der Balantynes. Die Wandbehänge waren gemustert, die Stühle waren üppig gepolstert, und auf einem kleinen Beistelltisch saß lässig eine Puppe. Er betrachtete den geraden Rücken des Dienstmädchens und den reizvollen, leichten Schwung ihres Rockes bei jedem Schritt. Er mußte lächeln; doch dann hoffte er mit einem plötzlich aufkommenden Gefühl des Mitleids, daß nicht sie es war, daß nicht sie verführt wurde und der Leidenschaft erlegen war, deren Folgen dort draußen unter den Bäumen begraben worden waren.

Sie führte ihn in ein Vorzimmer und ließ ihn allein. Er hörte Schritte auf der Treppe – ein Aushilfsmädchen oder ein Kind des Hauses? Es gab wahrscheinlich kaum einen Altersunterschied; einige Mädchen fingen an zu arbeiten, wenn sie kaum älter als elf oder zwölf Jahre waren.

Die Tür wurde aufgestoßen, und ein schmales, kleines Gesicht mit blauen Augen schaute herein. Ihre ganze Erscheinung wies sie sofort als eine Tochter des Hauses aus. Ihre Ringellocken waren zusammengebunden, und ihre Haut war makellos sauber.

»Guten Morgen«, sagte Pitt feierlich.

»Guten Morgen«, antwortete sie und öffnete die Tür etwas weiter. Ihre Augen waren immer noch auf sein Gesicht gerichtet.

»Sie haben ein sehr elegantes Haus«, sagte er höflich zu ihr, so, als ob sie eine Erwachsene wäre und das Haus ihr gehöre. »Sind Sie die Dame des Hauses?«

Sie kicherte, dann, als sie sich ihrer gesellschaftlichen Stellung bewußt wurde, wurde ihr Gesicht wieder ernst.

»Nein, ich bin Chastity Southeron. Ich wohne hier seit dem Tode meiner Eltern. Papa war Onkel Reggies Bruder. Wer sind Sie?«

»Mein Name ist Thomas Pitt. Ich bin Inspector bei der Polizei.« Sie atmete mit einem langen Seufzer aus.

»Hat jemand etwas gestohlen?«

»Nicht, daß ich wüßte. Haben Sie etwas verloren?«

»Nein. Aber Sie können mich befragen«, sagte sie und betrat das Zimmer. »Vielleicht kann ich Ihnen etwas erzählen.« Es war ein Angebot.

Er lächelte. »Ich bin sicher, Sie können mir eine Menge interessanter Dinge erzählen, aber bis jetzt weiß ich noch nicht, was ich Sie fragen könnte.«

»Oh.« Sie machte Anstalten, sich hinzusetzen, aber die Tür wurde abermals geöffnet, und Reginald Southeron trat ein. Der kräftige Mann mit dem vollen Gesicht machte einen umgänglichen Eindruck.

»Chastity?« sagte er mit gutmütiger Verärgerung. »Jemima sucht dich sicher schon. Du solltest beim Unterricht sein. Geh sofort nach oben.«

»Jemima ist meine Gouvernante«, erläuterte Chastity Pitt. »Ich muß zum Unterricht. Kommen Sie wieder?«

»Chastity!« wiederholte Southeron.

Sie knickste flüchtig vor Pitt und floh dann mit wehendem Rock nach oben.

Southerons Haltung wurde ein wenig formeller, aber er wirkte immer noch gutgelaunt.

»Mary Ann sagt, Sie seien von der Polizei.« Er klang ein wenig ungläubig. »Ist das wahr?«

»Ja, Sir.« Wieder hatte es keinen Zweck, um die Sache herumzureden, und Pitt begründete seinen Besuch so kurz wie möglich.

»Oh je!« sagte Reggie Southeron und setzte sich schnell hin. Die Farbe wich aus seinem sonst so fröhlichen Gesicht. »Was, was für eine . . .« Er hielt inne und begann von neuem. »Was für eine schreckliche Geschichte«, sagte er etwas gefaßter. »Wie erschütternd! Ich versichere Ihnen, ich weiß nichts, was Ihnen weiterhelfen könnte.«

»Natürlich nicht«, pflichtete Pitt ihm konziliant bei. Er schaute auf den breiten Mund des Mannes, seine sinnlichen Gesichtszüge und die weichen, gut manikürten Hände. Er wußte zweifellos nichts von den Leichen auf dem Square, aber wenn er nichts von ihrer Empfängnis wußte, dann war dies wahrscheinlich eher Glück als Verdienst. »Aber ich hätte gerne Ihre Erlaubnis, Ihre Bediensteten befragen zu dürfen«, bat er.

»Meine Bediensteten?« Southerons Unsicherheit kehrte zurück.

»Dienstbotengetratsche ist von unschätzbarem Wert«, sagte Pitt leichthin. »Selbst diejenigen, die persönlich überhaupt nicht betroffen sind, wissen vielleicht etwas – ein Wort hier oder da.«

»Natürlich, ja, ja, das denke ich auch. Nun, wenn es denn sein muß. Aber ich wäre Ihnen sehr verbunden, wenn Sie sie nicht mehr beunruhigen als unbedingt nötig; furchtbar schwierig, heutzutage gutes Personal zu bekommen. Ich bin sicher, Sie werden dafür Verständnis... nein... natürlich nicht – das verstehen Sie nicht.« Er merkte gar nicht, wie arrogant er sich benahm. »Nun gut, ich nehme an, es läßt sich nicht vermeiden. Ich werde dafür sorgen, daß mein Butler sich darum kümmert.« Er stand rasch auf und verließ wortlos das Zimmer.

Pitt sprach mit jedem der Bediensteten einzeln, benachrichtigte anschließend den Butler und brach dann auf. Er hatte damit den größten Teil des Morgens verbracht, und nun war es schon Zeit für das Mittagessen. Am Nachmittag kehrte er wieder zum Square zurück. Es war zwei Uhr, als er an die dritte Tür klopfte, welche, wie ihm General Balantyne gesagt hatte, zu Dr. und Mrs. Frederick Bolsovers Anwesen führte. Während des Mittagessens hatte er erneut mit Stillwell gesprochen und ihn gefragt, ob er Bolsover beruflich kenne.

»Der ist eine Nummer größer als ich.« Stillwell hatte das Gesicht verzogen. »Verdient wahrscheinlich mehr im Monat als ich in einem Jahr. Muß er einfach, wenn er am Callander Square wohnt. Ein Modearzt, der eine Menge hypochondrischer Damen tröstet, die nichts Besseres zu tun haben, als auf ihre Gesundheit zu achten. Angenehme Beschäftigung, wenn man die Geduld und die entsprechenden Umgangsformen hat, und Bolsover hat, wie ich gehört habe, beides. Gute Familie, gute Startposition und die richtigen Verbindungen.«

»Guter Arzt?« hatte Pitt gefragt.

»Keine Ahnung.« Stillwell hatte die Augenbrauen hochgezogen. »Spielt das eine Rolle?«

»Nicht im geringsten, denke ich.«

Die Tür der Bolsovers wurde von einem recht überraschten Dienstmädchen geöffnet. Es war klein und keck, aber auf seine Art fast so attraktiv wie das letzte Dienstmädchen. Natürlich wurden Dienstmädchen nach ihrem Aussehen ausgesucht. Dieses hier sah Pitt recht bestürzt an. Er gehörte nicht zu den Personen, die durch die vordere Eingangstür hereingebeten wurden, und dies war auch nicht die richtige Zeit für Besucher; er kam mindestens ein bis anderthalb Stunden zu früh, und außerdem waren es gewöhnlich Damen, die diesem nachmittäglichen gesellschaftlichen Ritual nachgingen.

»Ja bitte, Sir?« sagte sie nach einer Weile.

»Guten Tag. Könnte ich bitte Mrs. Bolsover sprechen, wenn sie zu Hause ist? Mein Name ist Pitt; ich komme von der Polizei.«

»Von der Polizei!«

»Darf ich?« Er machte Anstalten einzutreten, und sie wich nervös zurück.

»Mrs. Bolsover erwartet Besuch«, sagte das Mädchen schnell. »Ich glaube nicht –«

»Es ist wichtig.« Pitt ließ nicht mehr locker. »Melden Sie mich bitte an.«

Das Mädchen zögerte; er wußte, daß man es zur Verantwortung ziehen würde, wenn er immer noch da wäre, und ihre Herrin in Verlegenheit brächte, wenn der Damenbesuch käme. Ehrenwerte Leute hatten schließlich nie die Polizei im Haus – und schon gar nicht an der Vordertür.

»Je eher Sie mich anmelden, desto schneller werde ich diese Angelegenheit beendet haben«, sagte Pitt in überredendem Ton.

Das leuchtete ihr ein, und sie eilte fort, um seiner Bitte zu entsprechen – wenn auch nur, um ihn von der Türschwelle wegzubekommen.

Sophie Bolsover war eine hübsche Frau, nicht unähnlich ihrem Dienstmädchen, wenn dieses ein wenig Diät gehalten hätte, in Seide gekleidet und sein Haar gelockt und gelegt gewesen wäre.

»Guten Tag«, sagte sie rasch. »Polly sagt, Sie seien von der Polizei.«

»Ja, gnädige Frau.« Aus Rücksicht auf die drohenden gesellschaftlichen Unannehmlichkeiten erläuterte er den Grund seines Besuches so kurz wie möglich. Dann bat er sie um ihre Erlaubnis, mit ihren Bediensteten sprechen zu dürfen, so, wie er es in den anderen Häusern getan hatte. Sie wurde ihm hastig gewährt, und er wurde fast mit Gewalt in das Wohnzimmer der Haushälterin geschoben, um dort seine Nachforschungen möglichst diskret und unbemerkt anzustellen. Er begann mit dem Dienstmädchen Polly, damit sie ihren Pflichten am Nachmittag nachkommen konnte, sobald die ersten Besucher eintrafen.

Er fand nichts Neues heraus, sondern lernte nur Namen und Gesichter kennen; er würde sie alle im Gedächtnis behalten, würde abwägen und Unmögliches ausschließen. Vielleicht würde die bloße Anspannung, die Anwesenheit der Polizei im Haus, irgend jemanden aus Angst zu Unvorsichtigkeiten, zu Fehlern verleiten. Anderenfalls würde man vielleicht niemals herausfinden, welche dunkle Affäre oder persönliche Tragödie um Liebe und Betrug zum Tod der beiden Babys geführt hatte.

Wie General Balantyne schon gesagt hatte, waren die Campbells und die Dorans im Augenblick nicht zu Hause. Er ging an dem leeren Haus vorbei und vergewisserte sich, daß der zurückgezogen lebende Housman wirklich nur männliche Bedienstete beschäftigte. Es war schon vier Uhr durch, als er an die letzte Tür klopfte – an die von Sir Robert und Lady Carlton.

Sie wurde von einem überraschten Dienstmädchen geöffnet.

»Ja bitte, Sir?«

»Inspector Pitt, Polizei.«

Er wußte, daß er ungelegen kam, weil es die unpassendste Zeit für sein Kommen war. Zu dieser Tageszeit wurden die strengen Regeln der sozialen Hierarchie, die komplizierten Implikationen der gesellschaftlichen Rangordnung bis ins Detail beachtet: ob man nun einen Besuch machte oder nur seine Visitenkarte hinterließ, ob Besuche zur Kenntnis genommen und erwidert wurden, wer mit wem sprach und welchen Umgang man miteinander pflegte. Zu dieser Zeit die Polizei im Haus zu haben, war unverzeihlich. Er bemühte sich, seine Anwesenheit so wenig kompromittierend wie möglich zu halten. Überrascht konnten sie eigentlich nicht sein. Das Dienstbotengetratsche hatte sie bestimmt schon seit langem erreicht und sie über seine Absichten unterrichtet. Sie wußten mit Sicherheit darüber Bescheid, bei wem er gewesen war und was er wissen wollte. Wahrscheinlich war sogar schon eine detaillierte Beschreibung seiner Person und eine präzise Bewertung seiner sozialen Stellung im Umlauf.

Das Stubenmädchen holte tief Luft.

»Sie kommen besser herein«, sagte es und trat zurück. Es betrachtete ihn mit Furcht und Mißbilligung, so, als ob er Verbrechen wie eine Krankheit mit in das Haus bringen könnte. »Kommen Sie mit nach hinten, wir werden schon einen Platz für Sie finden. Die Dame des Hauses kann Sie natürlich nicht empfangen. Sie hat Besuch. Lady Townshend«, fügte es stolz hinzu. Pitt war sich der Wichtigkeit von Lady Townshend nicht bewußt, aber er bemühte sich, angemessen beeindruckt zu erscheinen. Das Dienstmädchen sah seinen Gesichtsausdruck und war besänftigt. »Ich werde Mr. Johnson holen«, sagte es. »Er ist der Butler.«

»Danke schön.« Pitt nahm dort Platz, wo es hindeutete, und es eilte hinaus.

Zu Hause hatte Charlotte Pitt sich um die Ordnung in ihrem Heim gekümmert, wofür sie nicht mehr als eine Stunde brauchte. Dann hatte sie sofort ihr einziges Hausmädchen losgeschickt, um eine Tageszeitung zu kaufen. Vielleicht fand sie ja so heraus, was Pitt ihr nicht erzählen wollte. Vor ihrer Heirat hatte ihr Vater ihr verboten, solche Dinge zu lesen. Wie die meisten Männer von Stand meinte er, Zeitungen seien vulgär und für Frauen völlig ungeeignet. Schließlich berichteten sie fast nur über Verbrechen, Skandale und über politische Angelegenheiten, die der Erbauung von Damen völlig unzuträglich waren und außerdem gänzlich über ihr Fassungsvermögen gingen. Charlotte hatte ihr Interesse befriedigen müssen, indem sie den Butler bestach oder der stillschweigenden Duldung ihres Schwagers Dominic Cord vertraute. Heutzutage lächelte sie bei dem Gedanken, wie sie Dominic geliebt hatte, als Sarah noch lebte. Das Lächeln verschwand. Sarahs Tod schmerzte sie noch immer, und aus ihrer Leidenschaft für Dominic war schon lange Freundschaft geworden. Als sie entdeckte, daß sie sich in diesen unbeholfenen und impertinenten Polizisten verliebt hatte, der ihr eine Welt, die sie niemals vorher gekannt hatte, so beunruhigend nahegebracht hatte, war sie erschreckt, ja entsetzt gewesen. Es war eine Welt gemeiner Verbrechen und verzweifelter, zermürbender Armut. Ihre eigene dumpfe Bequemlichkeit hatte begonnen, sie anzuwidern, ihre Einstellungen hatten sich verändert.

Ihre Eltern waren natürlich schockiert gewesen, als sie ihnen mitteilte, daß sie einen Polizisten heiraten wollte, aber sie hatten es mit soviel Würde wie möglich akzeptiert. Wegen ihrer unverzeihlichen Direktheit war sie schließlich so etwas wie ein Restposten mit leichten Fehlern auf dem Heiratsmarkt. Hübsch genug war sie schon – Pitt jedenfalls fand sie wunderschön –, aber sie hatte nicht genügend Geld, um ihre Widerspenstigkeit und undisziplinierte Zunge auszugleichen, und dies waren für jeden Gentleman ihres Standes verheerende Nachteile. Ihre Großmutter hatte schon alle Hoffnung aufgegeben und war voller Verzweiflung davon überzeugt, daß die arme Charlotte wohl eine alte Jungfer werden würde. Und zum Ausgleich hatte Emily schließlich einen Lord geheiratet! Außerdem waren die Ellisons – gesellschaftlich gebrandmarkt, weil in ihrem Haus ein Mord passiert war – nicht länger eine Familie, mit der man gerne eine Verbindung einging!

Pitt war Charlotte gegenüber wesentlich unnachgiebiger, als sie erwartet hatte; er war vielmehr schon fast so unerträglich bestimmend wie alle anderen Männer, die sie kannte, und dies, obwohl er bis über beide Ohren in sie verliebt war. Anfangs war sie verwirrt gewesen und hatte sich sogar etwas gegen ihn aufgelehnt, aber im Grunde genommen war sie doch ganz froh darüber, daß er so war. Sie hatte kaum gewagt, es sich selbst einzugestehen, aber sie hatte schon ein wenig Angst davor gehabt, er würde sie wegen seiner Ergebenheit ihr gegenüber und ihres früheren Standesunterschiedes auf seiner Nase herumtanzen lassen, seinen Willen dem ihrigen unterordnen. Insgeheim war sie höchst erfreut gewesen, als sie entdeckte, daß er nichts dergleichen zu tun gedachte. Während ihres ersten Streites hatte sie selbstverständlich geweint und ihm ihr Temperament und das Maß ihrer Gekränktheit eindrucksvoll vor Augen geführt. Trotzdem war sie an jenem Tag überglücklich eingeschlafen. Er war zwar zu ihr gekommen und hatte sie sanft in seine Arme genommen, hatte ihr jedoch unmißverständlich ein für allemal untersagt, ihren eigenen Kopf durchzusetzen.

Aber er hatte ihr nie untersagt, die Zeitung zu lesen, und sobald das Mädchen mit der Tagesausgabe wiederkam, blätterte sie sie durch. Ihre Finger flogen förmlich über das Papier, um einen Hinweis auf ein Verbrechen am Callander Square zu finden. Beim ersten Mal fand sie nichts und mußte sorgfältiger suchen, bevor sie einen kleinen Abschnitt fand, noch nicht einmal fünf Zentimeter lang, der lediglich darüber informierte, daß die Leichen von zwei Babys in den Gärten gefunden worden seien und daß man dahinter das tragische Schicksal eines Dienstmädchens vermutete.

Sie wußte sofort, warum Pitt es ihr verheimlicht hatte. Seit kurzem erwartete sie ihr erstes Kind. Der Gedanke an ein Dienstmädchen, das allein war, das um seinen Lebensunterhalt fürchtete und von einem Liebhaber verlassen worden war – diese Geschichte war einfach gräßlich. Beim Gedanken daran fröstelte sie. Doch als sie die Zeitung weglegte, hatte sie sich bereits dazu entschlossen, die Geschichte nicht zu verdrängen. Sie könnte dem Mädchen vielleicht helfen, wenn es hinausgeworfen würde. Es war immerhin möglich. Sie selbst war dazu natürlich nicht in der Lage; sie hatte keine Anstellung zu vergeben. Aber Emily! Emily war reich – und Charlotte hatte guten Grund zur Annahme, daß sie sich auch ein wenig langweilte. Auch ihre Hochzeit lag nun schon zwei Jahre zurück, und sie hatte bereits alle Freunde von George Ashworth, die von Bedeutung waren, kennengelernt und war schon auf allen gesellschaftlichen Bühnen elegant gekleidet gesehen worden. Vielleicht würde sie dies aufmuntern. Charlotte faßte einen raschen Entschluß. Sie würde Emily heute nachmittag besuchen – und zwar so früh, daß sie nicht mit gesellschaftlich höherstehenden Besuchern zusammentreffen würde und bevor Emily selber ausgegangen sein könnte.

Pünktlich um zwei stand sie an der Eingangstür von Emilys Londoner Haus am Tavistock Square.

Das Dienstmädchen kannte sie und ließ sie eintreten, ohne nach dem Grund des Besuches zu fragen. Sie wurde in das Empfangszimmer geführt, wo der Kamin bereits brannte, und kurze Zeit später trat Emily ein. Sie war bereits für die Besuche am Nachmittag gekleidet; in dem hellen, apfelgrünen Kleid aus Seide mit den dunkelbraunen Samtbändern sah sie hinreißend aus. Es mußte mehr gekostet haben, als Charlotte in einem halben Jahr für Kleider ausgeben konnte. Ihr Gesicht strahlte vor Freude. Sie küßte ihre Schwester zurückhaltend, aber mit aufrichtiger Zuneigung.

»Mein Gott, Charlotte, wenn du jetzt anfängst, mich häufiger zu besuchen, dann muß ich dir wohl beibringen, ab welcher Uhrzeit man das macht! Es ist ein Unding, vor drei zu kommen – allerfrühestens. Damen von Rang kommen natürlich später.«

»Ich bin nicht zu Besuch hier«, sagte Charlotte schnell. »Daran würde ich nicht im Traum denken. Ich bin gekommen, um dich um Hilfe zu bitten, wenn es dir möglich ist; und die Sache wird dich sicherlich interessieren.«

Emily zog ihre honigfarbenen Augenbrauen hoch, aber ihre Augen leuchteten auf.

»Welche Sache? Keine Gemeindearbeit, bitte!«

Charlotte kannte ihre Schwester zu gut, um in einer solchen Angelegenheit gekommen zu sein.

»Natürlich nicht«, sagte sie scharf. »Es handelt sich um ein Verbrechen –«

»Charlotte!«

»Ich will nicht, daß du eins begehst, du dumme Gans; du sollst helfen, wenn es aufgeklärt ist.«

Obgleich Emily ja nun eine Dame von Welt war, konnte sie ihre Aufregung nicht verbergen.

»Könnten wir es nicht aufklären? Könnten wir nicht dabei helfen? Wenn wir...«

»Es ist nicht gerade ein schönes Verbrechen, Emily, kein Diebstahl oder so etwas«, sagte Charlotte hastig.

»Na, was ist es dann?« Emily schien nicht aus der Fassung gebracht worden zu sein. Charlotte hatte nicht daran gedacht, wie unerschütterlich sie war, wie leicht sie sich den unangenehmen Dingen des Lebens anpassen konnte. So hatte sie seit dem Tag, an dem sie sich dazu entschloß, Lord Ashworth zu heiraten, ganz offen akzeptiert, daß er Fehler hatte und daß sie wohl nie mehr als ein paar davon würde ausmerzen können. Aber sie hatte nun einmal einen Entschluß gefaßt und fand sich mit dem Handel so ab, wie er war. Sie hatte sich niemals beklagt. Charlotte wußte allerdings auch nicht, ob sie einen Grund dazu hatte.

»Meine Güte, Charlotte«, bedrängte sie Emily. »Ist es denn so schrecklich, daß du es nicht aussprechen kannst? Ich habe bis jetzt gar nicht gewußt, daß du um Worte verlegen sein kannst.«

»Nein. Nein, es ist bloß sehr traurig. Die Leichen von zwei Babys wurden im Garten mitten auf dem Callander Square ausgegraben.«

Zu ihrer Überraschung war Emily erschüttert.

»Babys?«

»Ja.«

»Aber wer könnte denn ein Baby töten? Das ist doch Wahnsinn.«

»Ein unverheiratetes Dienstmädchen natürlich.«

Emily legte ihre Stirn in Falten.

»Und du möchtest herausfinden, wer es war? Warum?«

»Ich will nicht herausfinden, wer es war«, sagte Charlotte ungeduldig. »Aber falls sie tot geboren wurden, was durchaus möglich
zu sein scheint, könntest du doch vielleicht eine neue Anstellung
für es finden, falls es entlassen werden sollte ...«

Emily starrte sie an, und die Gedanken, die sie bewegten,
konnten deutlich in ihrem Gesicht abgelesen werden.

Charlotte wartete.

»Ich kenne jemanden, der am Callander Square wohnt«, sagte
sie schließlich. »Das heißt, George kennt jemanden – Brandy Balantyne. Sein Vater ist General oder so etwas. Ich bin sicher, sie
wohnen am Callander Square. Er hat eine Schwester, Christina.
Ich werde dafür sorgen, daß George uns einander vorstellt; mit
ein wenig Glück läßt sich das arrangieren. Ich werde sie dann
besuchen«, sagte sie, und ihre Stimme wurde vor Aufregung höher. Ihre Wangen hatten sich leicht gerötet, und sie strahlte eine
gewisse Entschlossenheit aus. »Wir werden die ganze Wahrheit
herausfinden. Ich kann Dinge herausbekommen, von denen die
Polizei nie etwas erfahren wird, weil ich Umgang mit den richtigen Leuten haben. Mit mir werden sie reden. Und du kannst mit
den Bediensteten sprechen ... oh, mit den höheren natürlich –
der Köchin, der Gouvernante und so weiter. Du wirst ihnen
selbstverständlich nicht verraten, daß dein Mann bei der Polizei
ist. Wir fangen sofort an. Sobald George nach Hause kommt,
rede ich mit ihm, und er wird es arrangieren!«

»Emily!«

»Was ist? Ich dachte, du wolltest meine Hilfe. Wir können unmöglich wissen, was am besten zu tun ist, wenn wir nicht die
ganze Wahrheit kennen. Es ist immer am besten, man kennt die
ganze Wahrheit und entscheidet dann, ob man sie verurteilt oder
verheimlicht – oder ob man sie sogar einfach vergißt. Wenn wir
aber nicht von Anfang an die volle Wahrheit kennen, dann können wir höchst unglückliche Fehler begehen.«

Charlotte schaute in Emilys lebhafte Augen, und ihr gesunder
Menschenverstand befahl ihr, sofort abzulehnen.

»Wir müssen sehr diskret sein.« Der gesunde Menschenverstand erlitt eine schnelle Niederlage.

»Selbstverständlich!« sagte Emily vernichtend. »Meine liebe
Charlotte, ich hätte unmöglich zwei Jahre lang in der Gesellschaft
überlebt, wenn ich nicht gelernt hätte, alles Mögliche zu sagen,
bloß nicht das, was ich wirklich denke. Ich bin die Diskretion in

Person. Laß uns sofort anfangen. Geh nach Hause, und versuch, möglichst viel herauszubekommen. Ich bilde mir nicht ein, daß du diskret sein kannst, das konntest du noch nie. Aber verrate wenigstens nichts von unseren Plänen. Mr. Pitt hätte vielleicht etwas dagegen.«

Das war eine grenzenlose Untertreibung. Dennoch stand Charlotte mit ein wenig Furcht und dem festen Vorsatz auf, sich nach den Anweisungen ihrer Schwester zu richten; Emilys Aufregung hatte sie ein bißchen angesteckt.

Kapitel 2

Am nächsten Tag ging Pitt wieder zum Callander Square. Er hoffte, die Bediensteten in den letzten beiden Häusern befragen zu können, aber sie kamen erst am frühen Nachmittag von ihrem langen Wochenende auf dem Lande zurück. Deshalb war es bereits fast drei Uhr, als er vom Butler der Campbells in das Hinterzimmer geführt wurde und dort die übrigen Bediensteten einzeln vernehmen konnte. Sie waren auf seine Fragen natürlich schon vorbereitet. Die Neuigkeit mußte schon an der Haustür in Gestalt der Küchenhilfe, des Aushilfsmädchens oder des Stiefeljungen – die vor Begierde, die Ereignisse und ihre eigene phantasievollen Interpretationen zu berichten, schier platzten – regelrecht auf sie gewartet haben.

Pitt erfuhr nichts Neues und wollte schon gehen, als er die Dame des Hauses traf. Der ehrenwerte Garson Campbell war der jüngere Sohn einer wohlhabenden, gutsituierten Familie, und er hatte einen entsprechenden Lebensstil beibehalten. Mariah Campbell war eine gutaussehende Frau Ende Dreißig, mit einem breiten, fröhlichen Gesicht und schönen braunen Augen. Sie war damit beschäftigt gewesen, die Koffer auszupacken und dafür zu sorgen, daß ihre Familie ihr gewohntes Leben zu Hause wieder aufnahm, die, wie sie hastig hinzufügte, aus dem Sohn, Albert, und den zwei Töchtern, Victoria und Mary, bestand. Sie war zutiefst erschüttert, als sie den Grund seiner Fragen hörte. Der Tratsch hatte sie anscheinend noch nicht erreicht, und sie bat ihn, so diskret zu sein, daß die Kinder nichts erführen.

»Ich versichere Ihnen, Ma'am, ich denke nicht im Traum daran, vor einem Kind über solch ein Thema zu sprechen«, sagte er aufrichtig, obwohl er es unterließ, ihr mitzuteilen, daß er nicht abgeneigt war, einem Kind zuzuhören, sollte es ihm gegenüber diese Angelegenheit erwähnen. Er hatte die Erfahrung gemacht, daß Kinder wesentlich weniger über den Tod bestürzt waren als

Erwachsene. Und es kam nun wirklich äußerst selten vor, daß ein Kind nicht bohrende Fragen stellte und nicht auch die letzte Kleinigkeit, die man erfahren konnte, aus den Dienstboten herausbekam oder sogar etwas dazuerfand und noch ausschmückte.

»Vielen Dank«, sagte sie höflich. »Man kann Kindern – schaden . . .« – sie schaute aus dem Fenster – »und sie verängstigen. Es gibt so viel Häßliches. Das Geringste, was wir tun können, ist, sie solange davor zu bewahren, wie wir dazu in der Lage sind.«

Pitt war völlig anderer Meinung. Je länger man sich vor der Wahrheit versteckte, so glaubte er, desto weniger konnte man mit ihr fertigwerden, wenn sie schließlich wie ein aufgestauter Fluß alle Barrieren durchbrach und ein vorsichtig aufgebautes Weltbild mit sich riß. Er öffnete den Mund, um ihr zu erwidern, daß ein wenig Wahrheit zur rechten Zeit etwas unempfindlicher für Schmerzen machte und eine gewisse Seelenstärke mit sich brachte, aber dann erinnerte er sich seiner gesellschaftlichen Stellung. Polizisten erteilten Damen, die am Callander Square wohnten, keine Ratschläge über die Erziehung von Kindern. Polizisten philosophierten, um es auf den Punkt zu bringen, überhaupt nicht.

»Ich fürchte, Ma'am, sie werden es wohl von den Bediensteten erfahren«, sagte er sanft.

Sie sah ihn mit gerunzelter Stirn an.

»Ich werde den Bediensteten entsprechende Anweisungen geben«, antwortete sie. »Jeder Bedienstete, der über so etwas spricht, wird seine beziehungsweise ihre Stellung verlieren.«

Pitt malte sich in Gedanken das ahnungslose Dienstmädchen aus, das in einem unvorsichtigen, geschwätzigen Augenblick der kindlichen Hartnäckigkeit oder sogar einer harmlosen Erpressung nachgab und so mit einem Schlag Heim und Arbeit verlor. In seiner Kindheit war es wohl kaum vor den unangenehmen Realitäten des Lebens bewahrt worden.

»Natürlich«, pflichtete ihr Pitt traurig bei. »Aber es gibt noch andere Bedienstete im Square, Ma'am – und andere Kinder.«

Er hatte mit ihrer Empörung gerechnet, aber sie sah plötzlich nur müde aus.

»Natürlich, Mr. – Pitt, sagten Sie? Und die Kinder werden sich gegenseitig wohl diese grausigen Geschichten erzählen. Wie dem auch sei, ich bin sicher, Sie werden niemanden unnötig ängstigen. Haben Sie selber Kinder?«

»Noch nicht, Ma'am. Meine Frau erwartet unser erstes.« Er sagte dies mit einem lächerlichen stolzen Gefühl und hoffte auf ihren Glückwunsch.

»Ich hoffe, daß mit ihr alles gut geht.« Ihr Gesicht blieb unbewegt. »Kann ich Ihnen sonst noch irgendwelche Auskünfte geben?«

Pitt war verwirrt und enttäuscht. »Nein, danke. Ich muß sicher noch einmal wiederkommen; wir werden wahrscheinlich sehr lange an der Aufklärung des Falles arbeiten, wenn wir ihn überhaupt aufklären können. Aber für heute war das alles.«

»Guten Tag, Mr. Pitt. Jenkins wird Sie zur Tür bringen.«

»Guten Tag, Ma'am.« Er verbeugte sich leicht, ging zum wartenden Butler an der Eingangstür und trat durch die Vordertür des Hauses hinaus auf den mit Laub bedeckten Square.

Das Haus der Dorans unterschied sich völlig von den anderen am Square. Es war unglaublich vollgestopft mit Photographien, Stickereien und Blumen, die getrocknet, in Glas eingegossen oder gepreßt waren oder die in Töpfen wuchsen; es fanden sich sogar frisch geschnittene und zusammengestellte Buketts in bemalten Vasen. Darüber hinaus gab es wenigstens drei Vögel in Käfigen, die mit Fransen und Glocken behangen waren.

Die Tür wurde von einem Stubenmädchen mittleren Alters geöffnet. Sie war eine Ausnahme von der Regel: Bei aller Phantasie konnte sie nicht wegen ihres Aussehens eingestellt worden sein – einmal abgesehen von den makellosen Zähnen, die sie zeigte, wenn sie den Mund öffnete, und ihrer Stimme, die so voll und sanft wie Sahne aus Devon war.

»Wir erwarten Sie bereits«, sagte sie ruhig. Ihre Vokale waren leicht südwestlich eingefärbt. »Miss Laetitia und Miss Georgiana trinken gerade Tee. Sie wünschen zweifellos zuerst mit ihnen zu sprechen.« Sie schien darauf keine Antwort zu erwarten, sondern drehte sich um und überließ es ihm, die Tür zu schließen und ihr in die inneren Gemächer zu folgen.

Laetitia und Georgiana saßen tatsächlich beim Tee. Georgiana lag zerbrechlich auf einer Chaiselongue. Sie war so knochig wie ein ausgehungertes Kaninchen und in zarte Rosa- und Grautöne gekleidet. Der Tee stand neben ihrem Ellenbogen auf einem dreifüßigen Beistelltisch, dessen Platte die Form eines Tortenbodens hatte. Sie schaute Pitt an, und es lag kein Mißfallen in ihrem Blick.

»Sie sind also der Polizist? Was sind Sie nur für eine merkwürdig aussehende Gestalt? Um eines möchte ich Sie bitten: Seien Sie nicht grob zu mir. Ich bin außergewöhnlich zart. Ich leide.«

»Tut mir leid, das zu hören.« Pitt hatte Mühe, sein Gesicht unter Kontrolle zu halten. »Ich hoffe, ich muß Sie nicht allzu sehr beunruhigen.«

»Sie haben mich bereits in Unruhe versetzt, aber ich werde es mit Haltung tragen, um der Notwendigkeit zu genügen. Ich bin Georgiana Duff. Dies«, sie zeigte auf eine etwas jüngere, besser gepolsterte Version ihrer Gestalt auf dem anderen Stuhl, »ist meine Schwester, Laetitia Doran. Sie ist diejenige, die das Pech hat oder so unklug ist, ein Haus an solch einem furchtbaren Ort zu besitzen. Sie sollten sich mit Ihren Fragen also besser an sie wenden.«

Pitt wandte sich Laetitia zu.

»Mrs. Doran, ich bitte nochmals um Entschuldigung, aber angesichts des tragischen Fundes im Garten bin ich sicher, Sie verstehen, daß wir die Bediensteten aller Häuser, die am Square liegen, befragen müssen – vor allem die jüngeren, weiblichen.«

Laetitia blinzelte.

»Selbstverständlich«, sagte Georgiana scharf. »Sind Sie nur gekommen, um mir das mitzuteilen?«

»Um Sie um Ihre Einwilligung zu bitten, mit Ihren Bediensteten sprechen zu dürfen«, antwortete Pitt.

Georgiana fauchte: »Sie werden es so oder so tun!«

»Ich würde es lieber mit Ihrer Einwilligung tun, Ma'am.«

»Nennen Sie mich nicht andauernd Ma'am. Ich mag das nicht. Und stehen Sie da nicht herum; wenn Sie sich so über mich beugen, machen Sie mich noch ganz schwindelig. Setzen Sie sich hin, oder ich falle in Ohnmacht!«

Pitt setzte sich mit einem gequälten Lächeln.

»Vielen Dank. Habe ich Ihre Zustimmung, mit den Bediensteten zu sprechen?« Er schaute Laetitia an.

»Ja; ja, ich denke schon«, sagte sie mit deutlichem Unbehagen. »Bitte versuchen Sie, sie nicht unnötig zu beunruhigen. Es ist heutzutage so schwer, Personal zufriedenstellend zu ersetzen. Und die arme Georgiana bedarf guter Pflege.«

Insgeheim dachte Pitt, daß ›die arme Georgiana‹ schon selbst dafür sorgen würde – auch wenn die Sintflut oder die Hölle über sie hereinbrechen würden –, daß sie gut gepflegt würde.

»Selbstverständlich.« Er stand wieder auf und ging zur Tür, bevor Georgiana durch seine Anwesenheit Schaden nehmen konnte.

»Haben Sie im letzten halben Jahr irgendwelche Bediensteten entlassen, junge Frauen, die das Haus verlassen haben?«

»Keine«, sagte Laetitia schnell. »Bei uns hat sich seit Jahren nichts geändert! Seit vielen Jahren!«

»Haben Sie Kinder, Ma'am? Töchter, die geheiratet und eine Kammerzofe mitgenommen haben?«

»Absolut keine!«

»Danke schön. Ich werde Sie nicht mehr stören müssen.« Er ging hinaus und schloß leise die Türe.

Er blieb zwei Stunden im Haus der Dorans, kam jedoch auch dort zu keinen neuen Erkenntnissen.

Charlotte hatte völlig recht, Emily fühlte immer stärker, daß dem hochherrschaftlichen Leben etwas fehlte, das gewisse Etwas, an dem sie immer mehr Geschmack fand. Es stand außer Zweifel: Sie genoß ihr Leben, es war für sie die ideale Form des Daseins. Als sie und Charlotte noch mit Mama und Papa in der Cater Street wohnten – und als die arme Sarah noch lebte –, hatte Emily genau gewußt, was sie wollte. Schon kurz nachdem sie die Bekanntschaft von Lord George Ashworth gemacht hatte, hatte sie beschlossen, ihn zu heiraten; und wie sich später gezeigt hatte, war diese Heirat ein äußerst glücklicher Griff gewesen. Selbstverständlich hatte George seine Fehler, aber welcher Mann hatte die nicht? Seine größte Tugend war, daß er sie wirklich schätzte. Außerdem behandelte er sie stets großzügig und zuvorkommend; und er war zweifellos gut anzusehen und – wenn er wollte – auch geistreich. Natürlich sähe sie es lieber, wenn er etwas weniger spielen würde, er verschwendete dabei doch schockierend viel Geld. Aber wenn er flirtete, so tat er dies äußerst diskret, und er ging sehr selten aus, ohne Emily zu fragen, ob sie nicht mitgehen wolle; außerdem spottete er nicht über die Dinge, mit denen sie sich beschäftigte, oder über ihre Damenkränzchen – und dies war ein wichtiger Punkt, der für ihn sprach. Emily kannte viele Ehefrauen, die fortwährend zu Hause gelassen wurden, während ihre Gatten Orte aufsuchten, die völlig unakzeptabel für eine Frau waren, die auch nur einen Funken Anstand besaß, und diese Männer kritisierten dann auch noch die Verschwendungssucht ihrer Frauen und die Gesellschaften, die sie am Nachmittag gaben.

Und dennoch ließ es sich nicht leugnen, daß ihr etwas fehlte, irgendwie hatte sie kein Ziel mehr. Seit sie Lady Ashworth war, hatte sie recht mühelos den gesellschaftlichen Aufstieg geschafft, der ihr vorschwebte, für den Augenblick jedenfalls. Charlottes abscheuliches Geheimnis wäre da vielleicht genau die richtige Ablenkung, die sie brauchte, und es hatte darüber hinaus noch den Vorteil, daß man jemandem wirklich helfen konnte, vorausgesetzt, das arme Mädchen würde jemals gefunden!

Außerdem hing sie an ihrer Schwester. Sicherlich, gesellschaftlich gesehen war Charlotte unmöglich! Es hätte überhaupt gar keinen Zweck, sie zu den Nachmittags- und Abendgesellschaften oder zu den Bällen einzuladen, auf die sie selbst ging, und dennoch dachte sie des öfteren bei übertrieben prunkvollen Feierlichkeiten, die sie besuchte, darüber nach, was Charlotte wohl dazu gesagt hätte, wenn sie dabeigewesen wäre. Diese Affäre am Callander Square wäre für sie auch eine günstige Gelegenheit, einmal gemeinsam etwas zu unternehmen, und das allein war schon eine schöne Sache.

Als George nach Hause kam – früh genug, um sich für das Abendessen umzuziehen –, vergaß sie ihre ganze Würde und hastete hinter ihm die Treppe hinauf. Überrascht drehte er sich oben um. »Was ist denn los?«

»Ich möchte Christina Balantyne kennenlernen«, sagte sie ohne Umschweife.

»Heute abend noch?« Er sah sie ungläubig an, wobei auf seinem gutgeschnittenen Mund ein Lächeln lag. »Ich versichere dir, sie ist alles andere als unterhaltsam!«

»Ich möchte nicht unterhalten werden. Ich möchte eine Einladung bekommen oder zumindest einfach einen Besuch abstatten können, ohne daß es allzu offensichtlich ist, daß ich ihre Bekanntschaft machen möchte.«

»Ja, aber warum denn?« Er hob die Augenbrauen über seinen dunklen Augen. »Ist es Augusta, die du kennenlernen möchtest? Ganz große Dame, Augusta. Ihr Vater war ein Herzog, und sie hat ihr ganzes Leben danach gelebt – was meiner Meinung nach keiner besonderen Mühe bedarf.«

Das war zwar nicht der Grund, aber diese Erklärung ließ sich hervorragend übernehmen.

»Ja, ich würde sie gerne kennenlernen. Bitte, George!« Sie strahlte ihn an.

»Du wirst enttäuscht sein. Du wirst sie nicht mögen«, sagte er und schaute mit einem leichten Stirnrunzeln zu ihr hinab.

»Es ist mir egal, ob ich sie mag oder nicht, ich möchte sie einfach nur kurz besuchen können!«

»Warum?«

»George, ich horche dich nicht wegen deiner Freunde im White's oder Boodle's – oder wo auch immer – aus; gönn mir bitte mein Vergnügen, gleichgültig, wen ich besuchen möchte.« Sie lächelte ihn an mit einer Mischung aus Charme, denn sie mochte ihn wirklich, und Ehrlichkeit. Daß sie sich nicht uneingeschränkt die Wahrheit sagten, war lediglich eine Sache der Umgangsformen, man log sich nicht wirklich an.

Er streichelte ihre Wange und küßte sie.

»Brandy Balantyne zu besuchen, sollte kein Problem sein, und er ist ein liebenswerter Bursche, ja, eigentlich ist er mit Abstand der Brauchbarste in seiner Familie. Aber ich muß dich warnen: Von den anderen wirst du enttäuscht sein!«

»Das kann schon sein.« Emily lächelte sanft – sie war völlig zufriedengestellt. »Aber ich möchte das selbst herausfinden.«

Drei Tage dauerte es, bevor Emilys Pläne Früchte trugen. Sie kleidete sich sorgfältig und zog ein Kleid mit hellen Brauntönen und goldenem Besatz an. Gegen die Kälte nahm sie noch einen Muff aus Fell und machte sich dann auf den Weg zu Christina Balantyne. Ihre Kleidung schien ihr genau die richtige Kombination aus Würde und Selbstsicherheit auszustrahlen, verbunden mit der Art Freundlichkeit, die eine Dame von Rang demjenigen entgegenbringen kann, der fast – wenn auch nicht ganz – dieselbe gesellschaftliche Stellung innehat. Sie hatte auch die Mühe auf sich genommen, sich zu vergewissern, daß Christina an diesem Nachmittag zu Hause war; dies hatte einiger vorsichtiger Nachforschungen durch ihre Kammerzofe bedurft, die zufällig die flüchtige Bekanntschaft der Kammerzofe einer gewissen Susanna Barclay gemacht hatte, die wiederum selbst ab und zu am Callander Square Besuche abstattete. Emily und Mr. Pitt hatten tatsächlich mehr gemeinsam, als es sich Pitt jemals hätte vorstellen können.

Standesgemäß bat Emily den Kutscher zu warten und erschien um Viertel vor vier an der Türe zum Haus der Balantynes. Diese wurde vom Dienstmädchen geöffnet, wie es am Nachmittag üblich war. Emily lächelte charmant, nahm ihre Karte aus einem Elfenbeinkästchen und überreichte sie. Auf ihre kleinen Hände, die jetzt in eleganten Handschuhen steckten, war sie sehr stolz.

Das Stubenmädchen nahm sie entgegen, las sie unauffällig und erwiderte das Lächeln.

»Wenn die gnädige Frau so nett sein möchte einzutreten, Lady Augusta und Miss Christina erwarten Sie im Empfangsraum.« Es war eine ungewöhnlich zuvorkommende Begrüßung, und sie konnte nur darauf zurückgeführt werden, daß Emily eine Vicomtesse, und dies ihr erster Besuch war. Ihr persönliches Erscheinen war – anders, als wenn sie nur ihre Karte hinterlassen hätte – so etwas wie eine Auszeichnung, und ein gutes Dienstmädchen war in den Feinheiten des sozialen Umgangs ebenso bewandert wie seine Herrin.

Sie klopfte nicht an die Tür, dies wäre als gewöhnlich angesehen worden, sondern drückte sie auf und kündete Emily an.

»Lady Ashworth.«

Emily platzte fast vor Neugier, aber die Würde, mit der sie dies zu verbergen wußte, war großartig. Sie schwebte, ohne dabei nach links oder rechts zu sehen, in den Raum und streckte ihre Hand aus. Es entstand eine leichte Unruhe unter den etwa sechs anwesenden Damen, eine natürliche Neugier, die den guten Sitten entsprechend schnell wieder unterdrückt wurde. Es war nicht üblich, ein so überaus gewöhnliches Gefühl zu zeigen.

Lady Augusta blieb sitzen.

»Wie reizend«, sagte sie, wobei sie ihre Stimme etwas anhob. »Oh, bitte setzen Sie sich doch, Lady Ashworth. Es ist so gütig von Ihnen, uns zu besuchen.«

Emily setzte sich und ordnete die Falten ihres Rockes fast beiläufig und doch genau so, daß er am besten zur Geltung kam.

»Ich bin sicher, wir haben viele gemeinsame Freunde«, sagte Emily unverbindlich. »Es kann nur ein Zufall sein, daß wir uns bisher noch nicht getroffen haben.«

»Bestimmt.« Augusta blieb ebenfalls unverbindlich. »Ich denke, daß Sie mit meiner Tochter Christina bekannt sind.« Das war eine Feststellung. Emily schaute hinüber auf Christinas hübsches Gesicht mit dem weichen kleinen Kinn und den vollen Lippen. Es war ein ungewöhnliches Gesicht, ein Gesicht, das nicht nur schön war, sondern auch Interesse weckte. Es strahlte etwas Besonderes aus, etwas sehr Provokantes. Männer würden es zweifellos attraktiv finden. Es zeugte von eigenem Verlangen, wirkte aber auch hingebungsvoll. Männer waren ja so dumm, was Frauen anbelangte. Emily konnte mit einem Blick auf die kecke Nase und den Schwung der Lippen die Härte in Christinas Gesicht erkennen. Christina war jemand, der nimmt, nicht jemand, der gibt, urteilte Emily. Sie beschloß, dieses Urteil in Erinnerung zu behalten und wandte sich dann der Dame zu, die ihr Augusta offenbar als nächste vorstellen wollte.

»Lady Carlton«, sagte Augusta gerade. »Sir Robert gehört der Regierung an, wissen Sie, dem Außenministerium.«

Emily lächelte zu ihr herüber. Diese Dame unterschied sich mit ihrem breiten Mund völlig von Christina; sie war weniger hübsch und strahlte mehr Wärme aus. Aber jetzt waren ihre Hände im Schoß verschränkt, und um ihre Augen und ihren Mund zeichneten sich ganz feine Fältchen ab. Sie war älter als Christina, vielleicht sogar schon Mitte Dreißig. Hinter ihrer Freundlichkeit war eine Spur Nervosität, eine gewisse Spannung zu spüren. Sie und Emily nickten sich zu und wechselten einen höflichen Blick. Andere Damen wurden vorgestellt, und die Konversation begann; zunächst sprach man über das Wetter, das für den späten Oktober außergewöhnlich milde war, dann über die Mode, und endlich begab man sich in den wirklich interessanten Bereich des Tratsches. Um vier Uhr wurde der Tee serviert, das Dienstmädchen brachte ihn, und Lady Augusta schenkte ihn ein.

Emily versuchte, mit Christina und Euphemia Carlton ins Gespräch zu kommen. Ohne Schwierigkeiten kam man auf das Thema der Leichen im Square zu sprechen.

»Einfach schockierend«, sagte Euphemia und schauderte. »Die armen, kleinen Seelen.« Ein Schatten zog über ihr Gesicht.

»Ich nehme an, sie haben gar nicht mitbekommen, was mit ihnen geschah«, antwortete Christina realistisch. »Soweit ich weiß, waren es Neugeborene. Sie sind vielleicht sogar schon tot zur Welt gekommen.«

»Sie hatten immerhin Seelen«, erwiderte Euphemia und starrte in die Ferne.

Emily fühlte ein kurzes Gefühl der Erregung und ein sonderbares Unbehagen in sich aufsteigen. Konnte dies schon die Lösung sein, so schnell – und so einfach? Lag da ein Ausdruck der Schuld auf Euphemia Carltons Gesicht? Sie mußte mehr über sie herausfinden. Warum sollte sie so etwas Schreckliches getan haben?

Wieso sollten verheiratete, wohlhabende und anständige Frauen überhaupt so etwas tun?

Sobald wie möglich mußte sie von Charlotte mehr über die Babys erfahren.

Waren sie schwarz gewesen, oder war sonst etwas an ihrem Äußeren so auffallend, daß man sofort auf eine untreue Ehefrau geschlossen hätte?

»Ich nehme an, Sie wissen nichts von unserer kleinen Schreckensgeschichte?« wandte sich Christina an sie.

»Wie bitte?« Emily wandte sich ihr mit einem unschuldigen Gesicht zu.

»Unsere Schreckensgeschichte«, wiederholte Christina. »Die Leichen, die am Square begraben lagen.«

»Nur die wenigen Bruchstücke, die Sie erwähnt haben«, log Emily ohne die geringsten Skrupel. »Ach bitte, wenn es Sie nicht zu sehr belastet, wäre ich Ihnen für ein paar Informationen sehr dankbar.« Natürlich glaubte sie nicht, daß Christina irgend etwas wußte, was Charlotte ihr noch nicht mitgeteilt hatte; sie wußte eher weniger. Aber sie wollte Euphemias Reaktion auf die Schilderung sehen – und natürlich auch die Christinas, wenn die von irgendeiner Bedeutung war.

»Da gibt es wenig zu erzählen«, sprudelte es aus Christina heraus. »Die Gärtner waren dabei, einen Baum oder irgend etwas anderes zu pflanzen, als sie diese Babyleichen entdeckten. Sie haben natürlich sofort die Polizei benachrichtigt –«

»Woher wissen Sie das?« fragte Emily.

»Aber meine Liebe, von den Bediensteten natürlich! Von wem sonst erfährt man das, was so vor sich geht und interessant ist? Und dann kam ein äußerst seltsamer Polizist vorbei. Also wirklich, solch eine Kreatur haben Sie noch nie gesehen, nur Arme und Beine und Haare! Ich wette, der ist noch nie mit einem Friseur in Berührung gekommen, geschweige denn mit einem Kamm oder einer Schere. Vielleicht hat die Arbeiterklasse ja auch keine Friseure. Und er war ein regelrechter Hüne!«

Emily mußte innerlich über diese Beschreibung Pitts lachen, so völlig falsch war sie nicht. Sie hätte ihn danach erkannt.

»Sie können sich gar nicht vorstellen«, fuhr Christina fort, »wie überrascht ich war, als er seinen Mund aufmachte und sehr gebildet mit mir sprach. Wenn ich ihn nicht gesehen hätte, dann hätte ich ihn wohl für einen Gentleman gehalten.«

»Er hat Sie doch wohl nicht verhört?« fragte Emily und sah angemessen schockiert aus; sie mußte irgendeine Gefühlsregung zeigen, die so stark war, daß sie ihre Belustigung überspielte.

»Selbstverständlich nicht! Ich habe ihn nur rein zufällig in der Empfangshalle getroffen. Er hat schon alle Bediensteten verhört – am ganzen Square. Ich nehme an, es ist irgend so ein unglückliches Mädchen, das sich nicht unter Kontrolle hat.« Für einen kurzen Augenblick senkte sie den Blick, so als ob sie an etwas Unangenehmes gedacht hätte. Dann hob sie den Kopf, und der Glanz kehrte in ihre Augen zurück. »Es ist schon recht aufregend, Detektive im Haus zu haben. Mutter denkt natürlich, das Ganze ist zu makaber und wird dem Ruf unserer Nachbarschaft schaden. Aber ich glaube schon, daß man Verständnis haben wird. Schließlich hat jeder Angestellte, und diese Probleme gibt es halt schon mal. Unseres ist lediglich ein wenig schauriger, das ist alles!«

Euphemia war blaß, und man konnte deutlich sehen, daß sie das Thema nicht weiter erörtern wollte. Emily kam ihr zu Hilfe.

»Ich bin sicher, man wird Verständnis haben«, pflichtete sie bei. »Lady Carlton, Lady Augusta sagte, daß Ihr Mann bei der Regierung sei. Ich denke, Sie müssen höchste Sorgfalt bei der Wahl Ihrer Bediensteten walten lassen; für Sie kommen ja wohl nur die absolut diskreten in Frage.«

Euphemia lächelte. »Sir Robert bringt nur sehr selten Arbeit mit nach Hause, die vertraulich ist; aber es ist selbstverständlich wichtig, daß das Personal diskret ist, was Gespräche während des Essens und so weiter anbelangt.«

»Wie aufregend!« Emily heuchelte mädchenhaftes Entzücken und blieb bei diesem Thema, bis sie ihren Tee ausgetrunken hatte und es für sie an der Zeit war, sich zu verabschieden. Sie würde weitere Besuche machen müssen, ansonsten würde sie als zu aufdringlich erscheinen. Eine gut erzogene Dame der Gesellschaft beschränkte sich niemals auf einen Besuch. Sie würde zumindest noch einen Besuch machen und in zwei weiteren Häusern ihre Karte abgeben. Sie verabschiedete sich, und ihre Gedanken suchten fieberhaft nach einem sicheren Weg, möglichst noch in dieser Woche wieder zum Callander Square zurückzukommen.

»Es war wirklich reizend. George hat immer so nett von Ihnen gesprochen, und es war wirklich ein Vergnügen, Ihre Bekanntschaft gemacht zu haben«, sagte sie zu Lady Augusta, um sie daran zu erinnern, daß George ein Freund von Brandy Balantyne war und daß sie in denselben gesellschaftlichen Kreisen verkehrten.

»Zu gütig von Ihnen«, antwortete Lady Augusta gedankenverloren. »Nächsten Freitag geben wir am Nachmittag eine kleine Gesellschaft. Wenn Sie nicht schon eine Einladung haben, hätten Sie nicht vielleicht Lust, vorbeizuschauen?«

»Wie nett von Ihnen«, sagte Emily mit derselben Nonchalance. »Ich glaube, ich werde kommen.«

Höchst zufrieden schwebte sie hinaus.

Am nächsten Nachmittag zog sie sich ein einfaches grünes Kleid an, nahm lediglich einen Bediensteten ohne Livree mit und ging direkt zu Charlotte. Dies war viel einfacher, als darauf zu warten, daß Charlotte zu ihr käme; zum einen stand Charlotte keine Kutsche zur Verfügung, und sie hatte nicht die Mittel, sich eine Droschke zu nehmen, und zum anderen war sie einfach viel zu neugierig, um länger warten zu können.

Sie fiel förmlich über Charlotte her, die gerade damit beschäftigt war, Bettwäsche auszubessern.

»Was um alles in der Welt machst du denn da?« wollte sie wissen. »Leg das weg, und hör mir zu!«

Charlotte behielt die Bettwäsche in der Hand.

»Ich dachte immer, Damen kämen nie vor drei zu Besuch? Es ist gerade Viertel nach zwei«, sagte sie mit einem Lächeln.

Emily schnappte sich die Bettwäsche und warf sie auf das Sofa.

»Ich habe furchtbar aufregende Neuigkeiten!« drängte sie. »Ich war bei den Balantynes und habe Christina und Lady Augusta kennengelernt; und was noch viel interessanter ist: Ich lernte eine Lady Euphemia Carlton kennen, die durch das Gespräch über die Babys auf dem Square ganz merkwürdig aus der Fassung geriet. Ich glaube wirklich, daß sie etwas über die Sache weiß. Sie leidet unter einer schweren Last, darauf könnte ich wetten! Charlotte, glaubst du, ich habe den Fall bereits gelöst?«

Charlotte schaute sie ernst an.

»Ist Lady Carlton nicht verheiratet?«

»Selbstverständlich ist sie verheiratet!« sagte Emily ungeduldig. »Aber vielleicht hat sie eine Affäre. Vielleicht hätten die Kinder, die Babys, das Ganze verraten! Gab es etwas Ungewöhnliches an ihrem Äußeren, wie zum Beispiel dunkle Haut oder rotes Haar – oder so etwas?« Emily holte Luft und fuhr fort, bevor Charlotte

Zeit hatte, über die Frage und die Antwort nachzudenken. »Ihr Mann ist bei der Regierung. Vielleicht kommt der Liebhaber aus dem Ausland, aus Griechenland oder Indien oder von sonstwo. Vielleicht sind da ja auch noch Staatsgeheimnisse mit im Spiel. Charlotte, was meinst du? Sie ist sehr hübsch, mußt du wissen; nicht schön, aber sie strahlt Wärme aus. Sie sieht durchaus danach aus, als könnte sie sich verlieben und recht unverantwortlich handeln.«

Charlotte erwiderte ihren Blick, und man sah ihr am Gesicht an, daß sie angestrengt nachdachte.

»Ich kann ja mal nachfragen, aber ich glaube nicht, daß Thomas mir sagen wird...«

»Oh, sei nicht so unentschlossen!« sagte Emily ärgerlich. »Nun sag mir bloß nicht, daß du ihn nicht überreden kannst! Der Mann ist doch verrückt nach dir. Denk dir irgend etwas aus! Ich muß es einfach wissen, denn aus welchem anderen Grunde sollte sie es tun? Eine Frau tötet nicht ihre eigenen Kinder, und sie begräbt schon gar nicht Totgeburten, ohne daß sie einen absolut zwingenden Grund dafür hat.«

»Natürlich nicht«, mußte Charlotte ihr beipflichten. »Aber Thomas wird mir kaum glauben, daß ich lediglich aus reiner Neugier frage. Er ist nicht so liebenswürdig wie George, weißt du, und schon gar nicht so arglos«, fügte sie hinzu.

Emily hatte George Ashworth niemals für arglos gehalten; aber als sie darüber nachdachte, wurde ihr klar, was Charlotte meinte: nur, daß es sich dabei vielleicht weniger um Arglosigkeit handelte, sondern eher darum, daß er nicht so sehr daran interessiert war, was Emily machte. Er glaubte zu wissen, was Emily in jedweder Situation täte und setzte vollstes Vertrauen in ihren gesunden Menschenverstand. Pitt wiederum war viel zu umsichtig, um sich auf so etwas Unberechenbares wie Charlottes gesunden Menschenverstand zu verlassen.

»Wie dem auch sei, du wirst es wenigstens versuchen«, sagte sie unbeirrt.

Charlotte lächelte und behielt ihre Gedanken für sich.

»Aber sicher. Ich habe schon immer Interesse für seine Arbeit gezeigt. Ich werde mich bemühen, ihm zu helfen.« Ihr Lächeln vertiefte sich. »Mit dem Gespür einer Frau, welches er bei seinen Polizisten natürlich nicht findet.«

Emily seufzte erleichtert, was Charlotte zum Lachen brachte.

Als Emily am Freitagnachmittag am Callander Square eintraf, hatte sie von Charlotte bereits die recht enttäuschende Neuigkeit erhalten, daß an dem Aussehen des zweiten Babys nichts Außergewöhnliches war. Das erste jedoch, welches tiefer vergraben worden war, hatte einen deformierten Kopf. Ihr Herz hatte begonnen, schneller zu schlagen, als Charlotte sie darüber aufklärte, daß man unmöglich erkennen konnte, ob die beiden bei ihrer Geburt tatsächlich eine ungewöhnliche Haut- oder Haarfarbe hatten, da die armen Körper schon seit einiger Zeit in der Erde gelegen hatten. Emily hatte den Faktor Verwesung nicht mit in Betracht gezogen, und der Gedanke daran setzte ihr unerwarteterweise sehr zu. Natürlich blieb Fleisch nicht so, wie es war. Nach dem, was Pitt ihr erklärt habe – erläuterte Charlotte –, sei es lediglich der tonhaltigen Erde zu verdanken, daß die Körper überhaupt so lange erhalten blieben – eine äußerst unangenehme Vorstellung.

Sie hatte diesen Gedanken verdrängt, als sie vor der Tür der Balantynes stand. Sie wurde sofort eingelassen und von der Eingangshalle zum großen Empfangsraum geführt, in dem sich bereits eine kleine Gesellschaft, die sowohl aus Männern als auch aus Frauen bestand, versammelt hatte. In der Mitte stand ein großer, glänzender Flügel, dessen Beine dezent verdeckt worden waren. Mit einem Blick sah Emily Christina, Euphemia Carlton, Lady Augusta und einige andere, die auch zu ihrem eigenen Bekanntenkreis gehörten. Sie bemerkte auch Brandy Balantyne, hoch gewachsen, schlank, dunkelhaarig wie seine Mutter und seine Schwester, jedoch mit einem offeneren und ehrlicheren Gesicht. Als Emily eintrat, wandte er sich ihr zu und lächelte.

»Lady Ashworth, wie reizend.« Er ging auf sie zu, um sie zu begrüßen und sie hineinzugeleiten. »Sie kennen bereits Alan Ross? Nein. Pech für Alan.«

»Mr. Ross«, begrüßte sie ihn mit Anmut. Er verbeugte sich ein wenig formell. Er war Mitte dreißig, schlank und hatte ein markantes, gut geschnittenes Gesicht von ungewöhnlicher Ausdruckskraft.

»Lady Ashworth, ich fühle mich geehrt«, sagte er, ohne ihr dann weitere Komplimente zu machen, worüber sie recht erfreut war. Schmeicheleien konnten sehr langweilig sein. Schließlich setzten sie die meisten Männer lediglich wie eine Floskel ein, genauso automatisch wie sie ›Guten Morgen‹ oder ›Auf Wiedersehen‹ sagten.

Sie begannen, über einige belanglose Themen zu sprechen, denen keiner von ihnen mehr als eine höfliche Beachtung schenkte. Emilys Augen suchten Euphemia Carlton. Zu ihrer Verblüffung mußte sie feststellen, daß die Frau heute ungewöhnlich gut aussah, es wäre wohl kaum eine Übertreibung gewesen zu sagen, daß sie regelrecht strahlte. Waren die Anspannung und das Schuldbewußtsein, die Emily zuvor zu sehen geglaubt hatte, etwa nicht mehr als eine Unpäßlichkeit gewesen? Emily verwarf diesen Gedanken. Es war noch zu früh, um etwas mit Sicherheit zu sagen.

Sie nahm eine kleine Erfrischung von einem Dienstmädchen, das eine sorgfältig gestärkte Schürze trug. An der gegenüberliegenden Tür stand ein Bediensteter – ein gut aussehender Mann mit schweren Augenlidern, sehr sinnlich in seiner Art. Emily hatte die gleichen Gesichtszüge bei den Dandys und Verschwendern gesehen, die Georges Club verließen, als große Gewinner oder große Verlierer. Dieser Mann wäre einer von ihnen gewesen, hätte er bei seiner Geburt mehr Glück gehabt. Nun stand er an die Wand eines Hauses gelehnt, das einem General gehörte, war in Livree gekleidet und bediente die Damen und die wenigen Herren, die an diesem Nachmittag nichts Besseres zu tun hatten. Sie sah, wie Christina Balantyne an ihm vorbeiging, lachte und ihm als menschlichem Wesen so wenig Beachtung schenkte, als ob er ein Teil des Mobiliars wäre, etwa ein geschnitzter Blumenständer.

Das Unterhaltungsprogramm begann zunächst mit einem Walzer von Chopin, der eher präzise als lyrisch gespielt wurde; danach sang ein recht unsicherer Alt drei Balladen. Emily zwang sich zu einem hingerissenen Gesichtsausdruck und ließ ihre Gedanken schweifen.

Sie war Sophie Bolsover nicht vorgestellt worden, aber sie hatte ihren Namen während der Unterhaltung einer benachbarten Gruppe gehört und wußte, daß sie auch am Callander Square wohnte. Emily drehte ihren Kopf seitwärts, um sie anzuschauen, teils aus Interesse, teils aber auch, weil es leichter war, das Gesicht unter Kontrolle zu halten, wenn man dem Alt nicht in die ernsten Augen blickte. Sophie Bolsover war ein Typ, den sie in den letzten Jahren recht gut kennengelernt hatte; noch ziemlich jung, von Natur aus hübsch genug, um ihre guten Eigenschaften zu betonen und die schlechteren zu verbergen. Sie stammte aus einer guten Familie mit genügend Geld, um eine zufriedenstellende Heirat zu garantieren. Sie hatte niemals fürchten müssen, eine abhängige alte Jungfer zu werden, niemals hatte sie sich wegen zahlreicher Schwestern in einem von Frauen heimgesuchten Haus den Weg nach vorn freikämpfen müssen. All dies entnahm Emily der ruhigen, leicht blasierten Selbstsicherheit, die in ihrem Gesicht lag.

Sobald der Liedvortrag beendet und angemessen beklatscht worden war, machte sich Emily daran, ihre Bekanntschaft zu machen. Emily war bezaubernd, geschickt und recht skrupellos bei der Ausübung solcher gesellschaftlichen Künste. Fünf Minuten später unterhielt sie sich mit Sophie über Mode und gemeinsame Bekannte und spekulierte darüber, wer wohl wen heiraten würde. Emily lenkte die Überlegungen auf diejenigen, die am Square wohnten, indem sie mit einem Kompliment über Christina begann.

»Sie ist sehr schön«, pflichtete ihr Sophie mit einem Lächeln bei.

Emily hätte bei der Wahl der Worte Schwierigkeiten gehabt; Christina war elegant, reizvoll, für Männer jedenfalls, aber nicht schön.

»Da haben Sie recht«, sagte sie vertraulich. »Sie wird sicherlich einmal aus zahlreichen Angeboten wählen können.«

»Vor einiger Zeit dachte ich, daß sie vielleicht Mr. Ross heiraten würde«, sagte Sophie und deutete mit ihrem Kopf ganz leicht auf Alan Ross, der in ein Gespräch mit Euphemia Carlton vertieft war.

»Aber er ist natürlich nie über die arme Helena hinweggekommen«, fuhr Sophie fort.

Emily spitzte die Ohren.

»Helena?« fragte sie mit meisterlich gespielter Gleichgültigkeit. »Ist ihr etwas Tragisches zugestoßen?«

»Man spricht nie über sie«, sagte Sophie etwas ausweichend.

Emilys Interesse wurde nur noch größer.

»Meine Liebe, wie faszinierend! Wer spricht nie über sie?«

»Nun, Laetitia Doran natürlich.« Sophies Augen wurden groß. »Helena war Laetitias einziges Kind. Georgiana wohnte damals natürlich noch nicht bei ihr.«

»Sie kam – später?« schlußfolgerte Emily.

»Ja, um ihr Trost zu spenden.«

»Weswegen?«

»Weswegen? Nun, als Helena fortlief. Durchbrannte – wie man so schön sagt. Wie kann man nur so etwas Unverantwortliches und Dummes tun? Und seiner Mutter soviel Schande bereiten.«

»Mit wem ist sie durchgebrannt? Warum hat sie ihn nicht geheiratet? Mein Gott, war er ein Diener oder so etwas?«

»Wer weiß? Niemand hat ihn jemals gesehen!«

»Was? Das kann doch nicht Ihr Ernst sein?« Emily wollte es nicht glauben. »War er so schrecklich, daß sie es nicht wagte – oh, mein Gott! Er war doch nicht etwa schon verheiratet, oder?«

Sophie erblaßte. »Du liebe Zeit, das will ich doch wohl nicht hoffen. Das wäre ja schrecklich! Nein, das glaube ich nicht. Sie müssen wissen, Helena war sehr schön. Sie konnte unter – ach, ich weiß nicht, wie vielen Männern wählen. Es hat den armen Mr. Ross doch schon sehr mitgenommen, als sie fortging.«

»Hatte er davon gewußt?«

»Sicher. Sie hinterließ einen Brief, in dem sie schrieb, daß sie weggelaufen sei. Und natürlich wußten diejenigen von uns, die auch nur ein bißchen Verstand hatten, ganz genau, daß sie einen Verehrer hatte. Frauen kennen sich in solchen Dingen aus. Ich erinnere mich, daß ich das Ganze damals für recht romantisch gehalten habe. Ich hätte nicht im Traum gedacht, daß es so schrecklich enden würde.«

»Ich finde das gar nicht so schrecklich«, antwortete Emily und verzog ein wenig ihr Gesicht, »wenn sie weglief und ihn dann irgendwo geheiratet hat. Vielleicht war er jemand, der ihrer Mutter nicht genehm war, aber der sie liebte. Ich gebe zu, das ist eigentlich nebensächlich – vor allem, wenn er kein Geld hatte –, aber letztendlich ist es doch nicht so schrecklich. Romanzen sind ein wenig unpraktisch, wenn es dann in den Alltag geht, also darum, die Köchin und den Schneider und so weiter zu bezahlen. Aber wenn man umsichtig ist, läßt es sich ertragen. Eine meiner Schwestern heiratete weit unter ihrem Stand und scheint dabei sehr glücklich zu sein. Sie ist aber auch ein ungewöhnlicher Mensch, daß muß ich schon zugeben.«

»Ist sie wirklich glücklich?« Sophie zog ihre Augenbrauen interessiert und überrascht in die Höhe.

»Oh ja«, versicherte ihr Emily. »Aber für Sie und mich wäre es wohl unerträglich. Helena ist vielleicht wie sie, aber fürchtete die Einwände ihrer Mutter und wählte deshalb einfach den leichtesten Weg.«

Sophies Gesicht erhellte sich.

»Was für ein herrlicher Gedanke! Vielleicht ist sie in Italien und mit einem Fischer, einem Gondoliere oder so etwas verheiratet.«

»Gibt es viele Gondoliere, die am Callander Square verkehren?« fragte Emily höflich.

Sophie unterdrückte ein lautes Kichern und schaute dann um sich, verärgert über ihren gesellschaftlichen Fauxpas – über das spontane Gelächter, nicht über die idiotische Frage.

»Wie herzerfrischend Sie doch sind, Lady Ashworth«, sagte Sophie durch ihre Finger hindurch, die auf ihrem Mund lagen. »Ich bin sicher, ich habe noch nie jemanden kennengelernt, der so geistreich ist wie Sie.«

Emily spürte, daß ihr eine vernichtende Antwort auf den Lippen lag, aber dann lächelte sie nur.

»Der arme Mr. Ross«, sagte sie unverbindlich. »Er muß ihr sehr ergeben gewesen sein. Liegt die Sache schon länger zurück?«

»Oh, es muß schon über ein Jahr her sein, fast schon zwei Jahre.«

Emilys Euphorie kühlte ab. Helena Doran hatte eine hervorragende Verdächtige abgegeben.

Mit Sophies Antwort schied sie jedoch aus. Instinktiv schaute sie sich im Zimmer wieder nach Euphemia um. Ein Mann stand bei ihr, den Emily nie zuvor gesehen hatte, ein außergewöhnlich vornehmer Mann, vielleicht fünfundfünfzig oder sechzig Jahre alt.

»Wer ist der ausgesprochen elegante Gentleman dort bei Lady Carlton?« fragte sie.

Sophies Augen folgten den ihrigen.

»Oh, das ist Sir Robert! Wußten Sie das nicht?«

»Nein«, sagte Emily und schüttelte leicht ihren Kopf. Er mußte wenigstens zwanzig Jahre älter sein als seine Frau – ein höchst interessanter Aspekt. »Ich glaube, ich hätte vor so einem bedeutenden Ehemann schon ein wenig Ehrfurcht«, sagte sie vorsichtig. »Er sieht so – wichtig aus. Er ist bei der Regierung, nicht war?«

»Ja, das stimmt. Wissen Sie, ich glaube, es ginge mir so wie Ihnen. Wie gut Sie beobachten können. Sie haben exakt in Worte gefaßt, was ich fühlte, ohne es genau zu wissen.«

Emily war auf einer heißen Spur.

»Ich halte ihn nicht gerade für äußerst unterhaltsam«, fuhr sie fort.

»Das ist er in der Tat nicht.« Sophie betrachtete sie von oben bis unten und rückte ein wenig näher. Emily wußte, daß nun etwas Vertrauliches kommen würde, und ihr Blutdruck stieg vor Erregung. Sie lächelte ermutigend.

»Sie fühlt sich sehr«, Sophie zögerte, »zu – Brandy Balantyne hingezogen. Brandy ist sehr charmant. Ich möchte wetten: Hinge ich nicht so an Freddy, wäre ich wohl selbst fürchterlich in ihn verliebt!«

Emily holte tief Luft, und das Herz schlug ihr bis zum Halse.

»Sie meinen also«, fragte sie nachdenklich, »sie hat ein Verhältnis mit Brandy?«

Sophie legte einen Finger auf ihre Lippen, aber ihre Augen funkelten. »Und sie ist guter Hoffnung!« fügte sie hinzu. »Etwa im dritten Monat!«

Kapitel 3

Es dauerte drei Tage, bis Emily Charlotte besuchen konnte, um ihr über die Gesellschaft am Freitagnachmittag zu berichten und ihr die erstaunlichen Neuigkeiten mitzuteilen. Das Wochenende kam nicht in Frage. Und das nicht nur, weil George für sie einige Verabredungen getroffen hatte – ein Besuch der Pferderennen am Samstag mit einem anschließenden Abendessen mit Freunden und eine Hochzeit in den besten Kreisen am späten Sonntagnachmittag mit der unausweichlichen Feier danach–, sondern natürlich auch, weil Pitt zu Hause war. Da er den Rang eines Inspectors erlangt hatte, mußte er zu dieser Zeit nicht arbeiten, es sei denn, er war gerade mit einem äußerst wichtigen Fall beschäftigt. Der Tod zweier Babys, vermutlich unehelich und von irgendwelchen Dienstmädchen, fiel nicht in diese Kategorie.

Emily schämte sich in keiner Weise für das, was sie tat, aber sie zog es vor, daß Pitt nichts davon erfuhr – für den Augenblick jedenfalls.

Am Montagmorgen jedoch konnte sie nicht länger warten und tat, was sie noch nie zuvor getan hatte:

Um zehn Uhr ließ sie ihre Kutsche vorfahren und sich direkt zu Charlotte bringen.

Charlotte, die ein einfaches Kleid und eine Schürze trug, öffnete selbst die Tür. Sie war überrascht und amüsiert zugleich.

»Emily! Was in Gottes Namen machst du denn hier?« Es erübrigte sich, sie zu fragen, ob sie wegen irgendeines Unglücks gekommen war, denn Emilys Gesicht glühte vor Aufregung. Charlotte konnte sich nicht erinnern, jemals einen so tief befriedigten Ausdruck auf ihrem Gesicht bemerkt zu haben, seit Emily verkündet hatte, daß sie George Ashworth heiraten würde – natürlich ohne daß dieser zu der Zeit schon etwas von seinem Glück geahnt hätte.

»Ich habe erschütternde Neuigkeiten!« sagte Emily und schob Charlotte fast zur Seite, um eintreten zu können. »Du wirst es kaum glauben, wenn ich es dir erzähle.«

Charlotte ahnte sofort, welcher Art ihre Neuigkeiten sein würden.

»Nachforschungen liegen dir doch mehr, als ich dachte«, sagte sie scheinbar ernst. »Vielleicht hättest du Thomas heiraten sollen, und nicht ich!«

Emily starrte sie zunächst mit einem vernichtenden Blick und dann voller Entsetzen an. Es dauerte einige Zeit, bevor sie erkannte, daß Charlotte sie auf den Arm nahm.

»Also Charlotte ... du ...« Ihr fiel kein Wort ein, das einerseits ihre Gefühle ausdrückte und andererseits von der Lady, für die sie sich hielt, ausgesprochen werden konnte.

Charlotte lachte. »Komm herein, und erzähl mir, was du herausgefunden hast, bevor du platzt!«

Emily hatte vorgehabt, ihre Erkenntnisse einzeln, eine nach der anderen, vorzutragen, um die Geschichte so spannend wie möglich zu machen, aber sie hielt es selbst nicht aus.

»Euphemia Carlton hat ein Verhältnis!« sagte sie stolz. Sie machte eine Pause und wartete auf Charlottes Verblüffung.

Charlottes Reaktion entsprach ihren Erwartungen; sie starrte Emily an und ließ den Staubwedel fallen.

»Da hast du's!« Emily strahlte vor Genugtuung. »Pitt hat das nicht herausgefunden, oder? Sie hat ein Verhältnis mit Brandy Balantyne, und das ist noch nicht alles!« Sie hielt inne, um ihre Worte wirken zu lassen.

Charlotte setzte sich.

»Nun?« wollte sie wissen.

Emily setzte sich zu ihr.

»Sie ist guter Hoffnung! Im dritten Monat!«

Charlotte war in der Tat beeindruckt, und sie war sich ganz sicher, daß Pitt von all dem tatsächlich nichts wußte – ob es nun wirklich wichtig war oder nicht.

»Woher weißt du das?« fragte sie. Es schien mehr als seltsam, eine solche Information bereits nach so kurzer Bekanntschaft erhalten zu haben.

»Sophie Bolsover hat es mir erzählt. Sie ist ein dummes, harmloses Wesen und scheint nicht die geringste Ahnung zu haben, was das bedeutet.«

»Oder sie weiß, daß es nichts bedeutet.« Charlotte wollte Emilys Begeisterung nicht wie eine Seifenblase zerplatzen lassen, aber die Wahrheit sprudelte immer aus ihr heraus, sobald sie ihr in den Sinn kam, und bis jetzt hatte sie noch nicht viel Geschicklichkeit darin entwickelt, sich zu beherrschen. Außerdem war es in diesem Fall besser, Emilys Vermutungen zu überprüfen, ehe sie zu sehr ausuferten.

»Aber wie hat sie das nur herausbekommen?« wollte Emily wissen. »Wenn Euphemia ein Verhältnis mit Brandy Balantyne hat, dann ist das Kind von ihm! Und dann gibt es da noch eine Sache, von der ich dir noch nicht erzählt habe – ich habe Sir Robert Carlton gesehen. Er ist schon recht alt. Sehr bedeutend und vornehm, aber er sieht furchtbar grimmig aus. Und sein Haar ist blond, und seine Augen sind sehr hell. Brandy ist sehr dunkel. Sein Haar ist schwarz, und seine Augen sind braun, also dunkel.«

Charlotte blieb unbeeindruckt.

»Euphemia ist blond!« Emily explodierte fast vor Erregung. »Ihr Haar ist sehr hübsch: rotblond! Wenn das Kind schwarze Haare hat, wird es einen fürchterlichen Skandal geben! Kein Wunder, daß sie Angst hat.« Sie zwinkerte. »Gott sei Dank ist George dunkel, und ich bin blond. Egal, wie mein Kind aussieht, es wird keine gehässigen Bemerkungen geben«, sagte sie eher beiläufig. Es war nur ein flüchtiger Gedanke gewesen. Emily war ein äußerst praktisch denkender Mensch.

Charlotte verstand es dann auch, wie es gemeint war.

»Das ist wirklich sehr wichtig«, sagte sie ernst. »Das mit Euphemia und Brandy Balantyne meine ich.«

Emily strahlte vor Genugtuung. Sie war pragmatischer und selbstsicherer als Charlotte, und dennoch hatte Charlotte etwas – vielleicht war es diese innere Sicherheit, mit der sie von ihren Ansichten überzeugt war –, das ihre Zustimmung für Emily als besonders wertvoll erscheinen ließ.

»Wirst du Mr. Pitt davon erzählen?« fragte sie.

»Das muß ich wohl! Spricht etwas dagegen?«

»Nein, natürlich nicht. Warum sollte ich es dir sonst auch erzählen? Meine Liebe, du weißt doch schließlich ganz genau, daß ich dir kein Geheimnis anvertrauen würde!«

Charlotte war verletzt, und das sah man ihr deutlich an.

»Nicht, daß du es preisgeben würdest«, sagte Emily schnell. »Aber du könntest niemals lügen, jedenfalls nicht überzeugend.

Man würde dir anmerken, daß dir nicht wohl in deiner Haut ist und daß du etwas weißt. Als letzte Rettung bliebe dir dann nur noch, gar nichts mehr zu sagen. Die ganze Situation würde dann unerträglich und bekäme einen Stellenwert, der am Ende größer wäre als das Geheimnis selbst.«

Charlotte starrte sie an.

»Ich kann hervorragend lügen«, fügte Emily hinzu. »Ich glaube, das macht einen guten Detektiv aus, besonders wenn man nicht bei der Polizei ist und deshalb geradeheraus fragen kann, was man will. Sobald ich etwas Neues herausbekomme, werde ich dir davon berichten.«

Charlotte dachte einen Augenblick lang nach und sagte dann bedächtig: »Vielleicht solltest du besser versuchen herauszufinden, wie lange dieses Verhältnis schon besteht. Aber Emily – sei bitte vorsichtig! Laß dich von deinen Erfolgen nicht mitreißen. Wenn man herausfindet, was du tust, kannst du dich sehr unbeliebt machen.« Sie holte tief Luft. »Mehr als unbeliebt. Wie du schon sagtest, würde es einen fürchterlichen Skandal geben. Sir Robert ist bei der Regierung. Wenn also Euphemia – gehen wir mal vom günstigsten Fall aus – bereit gewesen ist, ihre eigenen toten Kinder ohne christliche Segnungen zu beerdigen oder – im schlimmsten Fall – sie sogar selbst umzubringen, um ihren Ruf zu schützen, dann wird sie es nicht ohne weiteres zulassen, daß du sie jetzt bloßstellst!«

Emily war bis jetzt noch gar nicht der Gedanke gekommen, daß sie selbst in Gefahr war. Es war ihr noch nicht einmal bewußt geworden, daß die Angelegenheit für sie irgendwelche Folgen haben könnte. Plötzlich fröstelte sie. Die Geschichte war auf einmal Realität geworden.

Charlotte sah, wie sie blaß wurde und ihre Hände sich unwillkürlich verkrampften. Sie lächelte und legte ihre Hand auf die von Emily.

»Sei einfach vorsichtig«, mahnte sie. »Nachforschungen zu betreiben, ist nicht nur einfach ein Spiel, weißt du. Menschen sind aus Fleisch und Blut, und Liebe und Haß sind gefährlich.«

Als Pitt am Abend nach Hause kam, empfing Charlotte ihn schon fast an der Tür. Den ganzen Tag waren ihr Emilys Neuigkeiten durch den Kopf gegangen, und als sie Pitts Schritte auf dem Trottoir gehört hatte, hatte sie das Gefühl gehabt, jetzt aber alles sofort erzählen zu müssen. Sie faßte ihn bei den Rockaufschlägen und gab ihm einen flüchtigen Kuß.

»Emily ist heute morgen vorbeigekommen!« platzte sie heraus, als sie ihn wieder freigab. »Sie hat etwas Ungeheuerliches herausgefunden. Komm herein, und laß es mich dir erzählen.« Es war fast ein Befehl; sie befreite sich aus seiner Umarmung, stürmte ins Wohnzimmer, stellte sich in die Mitte des Raumes, um seine Reaktionen auf die Breitseite, die sie abzufeuern plante, beobachten zu können. Als er eintrat, hatte er sein ungewöhnliches Gesicht erwartungsvoll ein wenig in Falten gelegt.

»Emily hat herausgefunden, daß Euphemia Carlton mit dem jungen Brandon Balantyne ein Verhältnis hat!« sagte sie dramatisch. »Und daß sie ein Kind erwartet!«

Wenn sie vorgehabt hatte, ihn zu schockieren, dann konnte sie nun höchst zufrieden sein. Er wurde blaß, während er die Neuigkeit verdaute; dann erschien ein Ausdruck von Skepsis auf seinem Gesicht.

»Bist du sicher, daß sie nicht...«, er zog die Augenbrauen in die Höhe, »...daß sie sich nicht nur ein wenig am Tratsch beteiligt, einen Skandal inszeniert?«

»Natürlich beteiligt sie sich am Tratsch!« antwortete Charlotte. »Wie kommt man sonst an Informationen? Es ist deine Aufgabe herauszufinden, ob es wahr ist. Deshalb ist sie zu mir gekommen, damit ich es dir erzählen kann. Das kann doch nicht so schwierig sein –« Sie hielt inne, weil er sie auslachte. »Was findest du daran so lustig?« wollte sie wissen.

»Dich, meine Liebe. Wie ist Emily nur an diese unschätzbare – Tratschgeschichte – gekommen?« Er ging zum Kamin und setzte sich.

Sie folgte ihm und kniete sich vor ihm auf den Boden, so daß er ihr einfach zuhören mußte.

»Durch Sophie Bolsover, die sich der Bedeutung ihrer Worte wohl gar nicht bewußt war. Und das ist noch nicht alles. Anscheinend ist Sir Robert viel älter als Euphemia. Er wirkt sehr distinguiert und macht nicht den Eindruck, als sei er sehr umgänglich. Und er hat blondes Haar.«

»Blondes Haar?« wiederholte Pitt und schaute sie an; aber er blickte jetzt interessierter. Ihr Herz klopfte vor Aufregung. Sie wußte, daß sie sein Interesse geweckt hatte.

»Ja!«

»Ich nehme an, Brandon Balantyne ist dunkelhaarig?«

»In der Tat. Verstehst du nun, was ich meine?«

»Ja, natürlich. Euphemia hat wunderschönes rotblondes Haar und einen sehr hellen Teint. Das kannst du nicht wissen, aber Emily hat es dir sicherlich erzählt.«

Sie lächelte höchst zufrieden.

Er streichelte sanft über ihre Wange und schob eine lose Haarsträhne zurück, aber sein Gesicht war dabei ungewöhnlich ernst.

»Charlotte, du mußt Emily ermahnen, vorsichtig zu sein. Leute der Gesellschaft achten sehr auf ihren Ruf; er bedeutet ihnen mehr, als wir je verstehen werden. Sie könnten es sehr übelnehmen, wenn Emily sich einmischt...«

»Ich weiß«, versicherte sie ihm hastig. »Das habe ich ihr auch gesagt. Aber sie wird versuchen herauszufinden, wie lange das Verhältnis nun schon andauert. Ob es schon bestand, als die Babys starben.«

»Nein, überlaß das mir. Besuch sie morgen! Warne sie noch einmal!« Seine Hand glitt nach unten und umfaßte ihre Schulter, als sie sich vor Besorgnis plötzlich ganz verspannte. »Sie werden sie wahrscheinlich nur für eine neugierige Frau halten«, fuhr er fort, »die nichts zu tun hat, außer zu tratschen. Aber wenn – Robert Carlton ist ein mächtiger Mann...«

»Sir Robert?« Sie war überrascht, und für einen kurzen Augenblick verstand sie nicht, was er meinte.

»Natürlich Robert, meine Liebe. Wenn ihm dreimal Hörner aufgesetzt worden sind, dann wird er nicht wollen, daß die ganze Welt davon erfährt! Im Mittelpunkt eines Skandals zu stehen, ist eine Sache, ausgelacht zu werden, ist eine ganz andere. Emily könnte dir das bestätigen!«

»Daran habe ich noch gar nicht gedacht.« Sie hatte plötzlich ein ungutes Gefühl. Sie sah förmlich, wie Emilys neugewonnener Ruhm mit einem Schlag vernichtet wurde. Wie idiotisch war es nur gewesen, Detektiv zu spielen. »Ich werde sie morgen früh besuchen. Wenn sie nicht auf mich hört, werde ich mit George sprechen. Er wird sie schon dazu bringen.«

Er warf ihr ein Lächeln zu, das sie nicht zu deuten vermochte.

»Aber die Information ist doch wichtig?« fragte sie, um ihren Triumph nochmal auszukosten.

»Äußerst wichtig!« Seine Anerkennung war aufrichtig. »Es ist sogar möglich, daß sie zur Aufklärung führt. Das Problem ist jetzt nur: Wie finde ich heraus, wie lange das Verhältnis schon besteht und ob sie noch andere Kinder zur Welt gebracht hat?« Angesichts dieser Fragen verfinsterte sich sein Gesicht, und es wurde noch grimmiger, als ihm keine Lösung einfiel.

»Das ist leicht«, sagte Charlotte und stand auf, weil ihr die Füße einschliefen. »Sprich einfach mit der Kammerzofe.«

»Kammerzofen sind äußerst loyal«, antwortete er. »Außerdem sind sie darauf angewiesen, ihre Stellung zu behalten! Sie wird mir wohl kaum sagen, daß ihre Herrin ein Verhältnis hat und daß sie zwei Babys zur Welt gebracht hat, die seitdem verschwunden sind!«

Sie wandte sich dem Tisch zu und massierte ihren eingeschlafenen Fuß.

»Natürlich nicht!« stimmte sie verachtungsvoll zu. »Natürlich wird sie es dir nicht direkt sagen! Finde heraus, welche Kleidergröße sie trägt, ob sie in der letzten Zeit die Größe gewechselt hat und ob sie das vor zwei Jahren und vor sechs Monaten schon einmal getan hat. Finde heraus, ob die Säume an ihren Korsetts herausgelassen worden sind. Wenn ich sie mir ansehen könnte, könnte ich es dir sofort sagen!«

Pitt lächelte breit.

»Ist das nicht die übliche Detektivarbeit?« fragte sie eifrig. »Und finde heraus, ob sie aufs Land gefahren ist.« Sie verzog ihr Gesicht. »Obwohl das unwahrscheinlich ist, da die Leichen am Callander Square vergraben wurden.« Ihr Gesicht hellte sich wieder auf. »Finde heraus, ob sie in letzter Zeit krank war, sich unwohl oder schwach gefühlt hat. Und dann, ob sie einen guten oder schlechten Appetit hat. Wenn sie sehr viel gegessen und zugenommen hat, dann hast du die Antwort! Vor allem dann, wenn sie Vorlieben für einige Gerichte entwickelt hat, die sie normalerweise nicht mag. Sieh dir die Kleider selbst an, und frage nicht die Kammerzofe nach ihrem Appetit und den Ohnmachtsanfällen, sonst weiß sie ganz genau, an was du denkst. Frag das Küchenmädchen nach dem Essen und ein Dienstmädchen oder irgend jemand anderen nach ihrer Gesundheit.«

Er lächelte immer noch.

Sie sah ihn an und fing an, unsicher zu werden. Als sie die Ratschläge gegeben hatte, war sie der Überzeugung gewesen, sie seien hervorragend.

»Geht man etwa nicht so vor?« Sie zwinkerte ihm zu.

»Äußerst professionell«, pflichtete er bei. »Manchmal frage ich mich, wie wir bei der Polizei überhaupt Fälle ohne Frauen lösen konnten.«

»Ich glaube, du machst dich über mich lustig!«

»Das kann schon sein! Aber ich glaube trotzdem, daß deine Ratschläge ausgezeichnet sind, und ich werde sie befolgen.«

»Oh, das ist gut.« Sie entspannte sich und schenkte ihm ein strahlendes Lächeln. »Es würde mich freuen, wenn ich dir geholfen habe.«

Er brach in spontanes Gelächter aus.

Am folgenden Morgen tat Charlotte, worum er sie gebeten hatte, und besuchte Emily. Sie warnte ihre Schwester sehr eindringlich vor der Rache, die sie auf sich und sogar auf George ziehen könnte, wenn sie den Klatsch über Euphemia Carlton – wenn auch unabsichtlich – neu beleben würde.

Emily hörte ihr ruhig und folgsam zu. Dann schwor sie gehorsam, die Angelegenheit auf sich beruhen zu lassen und nur noch ihren normalen gesellschaftlichen Verpflichtungen nachzugehen. Charlotte bedankte sich bei ihr und verließ sie mit dem unbestimmten Gefühl, irgendwie gescheitert zu sein. Es war alles viel zu leicht gewesen. Sie hatte keine Furcht in Emilys Augen gesehen, durch die sich solch eine rasche Kapitulation erklären ließe, aber schließlich konnte sie ihr das gleiche Versprechen ja wohl kaum mehr als einmal abnehmen. Sie ging nach Hause und unterzog das Wohnzimmer einem wütenden Frühjahrsputz, obwohl es die erste Woche im November war und es zu regnen anfing.

Pitt suchte erneut den Callander Square auf, klopfte um Viertel nach zehn an die Tür der Carltons und bat darum, noch einmal mit den Bediensteten sprechen zu dürfen. Er wurde in das Wohnzimmer der Haushälterin geführt, und man schickte nach dem Dienstmädchen.

»Kommen Sie herein.« Pitt setzte sich in einen der großen Sessel, um das Mädchen nicht durch seine Größe einzuschüchtern. »Nehmen Sie Platz. Ich hoffe, daß diese Angelegenheit Sie nicht zu sehr mitgenommen hat.«

Sie sah ihn ein wenig furchtsam an.

»Nein, danke, Sir.« Dann besann sie sich eines Besseren. »Nun, ich meine, ja. Es ist fürchterlich, nicht wahr? Ich kann mir überhaupt nicht vorstellen, wer es sein könnte.«

»Und Ihre Herrin? Ich kann mir vorstellen, daß es sie wohl auch sehr mitgenommen hat.«

»Nein, eigentlich nicht. Sie hat nicht mehr Mitleid gezeigt, als man erwarten kann«, antwortete sie. »Es geht ihr ausgezeichnet. Ich habe sie noch nie so heiter gesehen.«

»Hat es ihr nicht den Appetit verdorben? Das kommt bei einigen Leuten schon mal vor, nicht wahr; bei Damen mit einem zarten Gemüt.«

»Lady Carlton hat kein zartes Gemüt, Sir. Sie is' stark wie 'n Pferd, wenn Sie mal den Ausdruck verzeihen wollen. Ohnmachten und Riechsalz is' bei ihr nich'... zumindest...«

Er hob seine Augenbrauen und zeigte interessiertes Wohlwollen.

»Nun, sie hat sich ein paarmal etwas komisch benommen, aber ich nehme an, das is' wegen ihres Zustandes, wenn Sie wissen, was ich meine. O Jesses!« Sie legte einen Finger auf die Lippen und starrte ihn mit kugelrunden Augen an. »Das haben Sie nun von mir herausbekommen.«

»Aber nein«, sagte er sanft. »Außerdem beschäftigt mich die Vergangenheit und nicht die Zukunft.« Er verbarg seine Verärgerung. Jetzt war es nicht mehr möglich, noch weitere Informationen von dem Mädchen zu bekommen, ohne daß es sofort wußte, was er wollte. Es war besser, sofort mit den anderen zu sprechen, bevor es Alarm schlug – und sei es auch nur unbeabsichtigt.

Er ging hinauf, um die Kammerzofe zu sprechen, und ließ sich davon auch nicht durch die Einwände der aufgeregten Haushälterin abbringen. Er wollte die Kleider selbst sehen, obwohl ihm bis jetzt für sein Anliegen noch keine Ausrede eingefallen war.

Er traf die Kammerzofe beim Ausbürsten eines Reitkostüms an. Sie säuberte den Rock mit einem Schwamm von Spritzern herbstlichen Schlammes. Erschreckt ließ sie das Kleidungsstück fallen, als sie ihn sah.

»Lassen Sie sich nicht stören, Ma'am«, sagte er, ging auf sie zu und hob den Rock auf. Er befühlte ihn anerkennend, ohne ihn ihr jedoch sofort zurückzugeben. »Ein hervorragender Stoff.« Er drehte ihn um, so daß er die Taille in den Händen hielt. »Und auch gut geschneidert.« Er tastete rasch die Säume ab. Nichts. Er warf einen Blick auf die Stelle des Rockbundes, die Charlotte ihm genannt hatte. Er fand sofort, wonach er gesucht hatte, eine Verlängerung des Bundes, ein Stück, das eingefügt worden war. So, als ob er nichts bemerkt hätte, gab er der Zofe den Rock zurück und lächelte sie an.

»Ich sehe gerne eine gutgekleidete Dame. Bereitet allen Vergnügen.«

»Oh, das ist noch aus dem letzten Jahr«, sagte sie rasch. »Genaugenommen schon recht alt. Lady Euphemia hat viel bessere als dieses hier!«

»Tatsächlich? Ich würde gerne einmal etwas sehen, das noch besser ist als dieses hier.« Er gab seiner Stimme einen Hauch höflicher Ungläubigkeit. »Dies ist ein sehr edles Tuch.«

Sie ging zu einem riesigen Kleiderschrank und öffnete ihn schwungvoll. Ein Lichtstrahl fiel auf die Purpur-, Fuchsien- und leuchtenden Grüntöne der Seide.

»Wunderschön«, sagte er aufrichtig. Er ging hinüber, berührte den weichen, glänzenden Stoff mit seinen Fingern und vergaß dabei für einen Augenblick vollkommen seine eigentliche Absicht. Da hing ein ockerfarbenes Gewand, fast korngelb, wenn das Licht darauf fiel, und feurig rostbraun im Schatten. Es mußte Euphemia Carlton hervorragend stehen, aber er stellte sich Charlotte darin vor. Er fühlte einen stechenden Schmerz, weil er ihr solche Dinge nicht kaufen konnte. Er vergaß die Zofe und den Callander Square, und Gedanken wirbelten ihm durch den Kopf auf der Suche nach einer Idee, nach einer anderen Beschäftigung, die es ihm erlauben würde, ebenfalls genug Geld für solche Dinge zu verdienen.

»Sind das nicht hübsche Sachen?« Auch in der Stimme der Frau lag so etwas wie Wehmut. Er wurde wieder zurück in die Realität gerissen. Er schaute auf ihre ärmliche Gestalt in dem schwarzen Kleid mit der weißen Schürze.

»Ja«, stimmte er zu, »ja, sehr hübsch.« Rasch suchte er nach den Taillenbändern, den Stellen, wo sie ausgelassen werden konnten. »Ich nehme an, sie brauchen sehr viel Pflege.« Er hatte noch nichts gefunden. »Sie müssen mit der Nadel sehr geschickt sein.«

Sie lächelte erfreut.

»Das wissen nicht viele Männer zu würdigen. Ja, es is' schon 'ne Menge Arbeit. Aber sie sieht hinreißend aus, wenn ich sie hier rauslass', wenn ich mal so sagen darf. Ich hab' sie immer nur wie aus'm Ei gepellt rausgelassen.«

Pitt nutzte die Chance und betrachtete die exakten Stiche genauer. Die Taille war mit Sicherheit einige Zentimeter – wenn nicht sogar noch mehr – ausgelassen worden.

»Sie sind eine richtige Künstlerin«, sagte er und meinte es wenigstens zum Teil ehrlich. Wie empfindet eine Frau wohl, wenn sie ihre ganze Arbeit und Liebe dafür aufbringt, eine andere Frau schön zu machen? Und danach sitzt sie zu Hause und schaut zu, wie die andere auf Parties und Bälle geht, um die ganze Nacht zu tanzen und bewundert zu werden, während sie selbst zu Hause bleibt und darauf wartet, die Kleider zurückzubekommen, um sie zu bügeln und für den nächsten Anlaß wieder herzurichten?

»Sie haben allen Grund, stolz zu sein«, sagte er. Er ließ die Seide fallen und schloß die Schranktüren.

Sie errötete vor Freude.

»Sehr freundlich von Ihnen«, stotterte sie.

Er mußte sie etwas fragen; sonst würde sie später nachdenken und mißtrauisch werden. Er suchte nach einer plausiblen Frage.

»Hat Ihre Herrin jemals irgendeines ihrer alten Kleider an bewährte Dienstmädchen oder ähnliche Personen gegeben?« Er kannte die Antwort: Keine Herrin duldete es, eine Bedienstete zu sehen, die den Schnitt oder die Qualität eines ihrer eigenen Kleidungsstücke trug, ganz gleich, wie alt das Mädchen war oder wie sehr sie es verdient hätte.

»Oh nein, Sir! Lady Euphemia schickt sie alle aufs Land. An irgendeine Kusine, die nich' weiß, was modern is' und was nich', und die dann noch dankbar is'.«

»Ah ja, danke schön.« Er lächelte sie beruhigend an und machte sich auf den Weg in die Küche.

Weder das Gespräch mit der Köchin noch mit dem Küchenmädchen war sehr aufschlußreich gewesen, aber es schien ganz so, als ob Euphemia sich des öfteren zu Riesenportionen hatte hinreißen lassen, deshalb zugenommen hatte, um dann wieder Diät zu halten. Sie schrieben dies einem gesunden Appetit zu, besonders einer Vorliebe für Süßigkeiten, dessen Folgen dann aus Gründen der Eitelkeit und weil man sich dem Diktat der Mode unterwarf, bekämpft wurden. Es gab nichts, was ihre Aussage bestätigen oder widerlegen konnte. Er dankte ihnen und verließ das Haus. Am Nachmittag ließ er genügend Zeit verstreichen, bis er Sir Robert Carlton und Lady Euphemia in der Hoffnung aufsuchen konnte, sie zu Hause anzutreffen.

Er kam kurz nach sechs Uhr zurück. Er wußte, daß er ungelegen kam, aber es gab ohnehin keine passende Zeit für die Art Fragen, auf die er eine Antwort suchte.

Der Diener empfing ihn kühl und führte ihn in die Bibliothek. Es verstrichen einige Minuten, bevor sich die Tür öffnete, Sir Robert Carlton eintrat und die Tür sanft hinter sich schloß. Er war ein wenig größer als der Durchschnitt, schlank, und er hielt sich sehr aufrecht. Sein Gesicht war – wie Charlotte gesagt hatte – außerordentlich vornehm, aber die Güte seines Gesichtsausdrucks verhinderte, daß es arrogant wirkte.

»Wie ich höre, möchten Sie mich sprechen?« sagte er ruhig. Seine Stimme war klar, präzise und zeigte einen Anflug von Überraschung.

»Ja, Sir«, antwortete Pitt. »Wenn es Ihnen recht ist. Ich muß mich bei Ihnen entschuldigen, zu dieser Zeit zu erscheinen, aber ich wollte sicher sein, Sie anzutreffen.« Carlton wartete höflich, und Pitt fuhr fort. »Ich fürchte, ich habe Grund zur Annahme, daß die Mutter der Babys, die man am Square gefunden hat, ein Mitglied Ihres Haushaltes ist...« Er machte eine Pause in der Erwartung, daß sein Gegenüber wütend reagierte, daß er alles bestritt. Statt dessen sah er nur, wie sich die Haut über Carltons hohen Wangenknochen spannte, ganz so, als ob er einen schmerzlichen Schlag erwartete. Pitt schoß die Frage durch den Kopf, ob er es entweder bereits wußte oder ob er seine Frau verdächtigte. War es möglich, daß er es sogar schon für sich persönlich akzeptiert hatte, da er seine private Schlacht schon lange geschlagen hatte?

»Das tut mir leid«, sagte Carlton leise. »Die arme Frau.«

Pitt starrte ihn an.

Carlton wandte sich Pitt zu. Anteilnahme und Mitleid lagen in seinen Augen. Obwohl Carlton das Geschehene nicht wirklich verstehen konnte, versuchte er offenbar, sich die Qualen der Frau vorzustellen, und fühlte mit ihr. Pitt spürte, wie eine Woge der Wut auf Euphemia und den jungen Brandon Balantyne, den er bis jetzt noch nicht kennengelernt hatte, in ihm aufstieg. Carlton begann wieder zu sprechen. »Haben Sie eine Ahnung, wer es ist, Mr. Pitt? Oder was mit ihr geschehen wird?«

»Das kommt ganz auf die Umstände an, Sir Robert. Wenn die Kinder tot geboren wurden, kommt es vielleicht gar nicht erst zu einer gerichtlichen Untersuchung. Aber sie wird ihren Ruf verlieren, und, wenn sie nicht sehr viel Glück hat, auch ihre Anstellung, und sie wird keine Referenzen haben, um eine neue Anstellung zu bekommen.«

»Und wenn sie nicht tot geboren wurden?«

»Dann wird Anklage wegen Mordes erhoben.«

»Ich verstehe. Ich nehme an, das wird sich nicht vermeiden lassen. Und die arme Frau wird gehenkt werden.«

Pitt erkannte zu spät, daß es ein Fehler war, sich festzulegen. Er hätte die Frage offen lassen sollen. Vielleicht hatte er durch diese kleine Unbedachtheit Carltons Hilfe verspielt.

»Das ist nur eine Möglichkeit«, sagte er und versuchte, seine Worte abzuschwächen. »Vielleicht gibt es natürlich irgendwelche mildernde Umstände...« Er selber konnte sich viele vorstellen, jedoch keine, die von einem Hohen Gericht akzeptiert würden.

»Sie sagten, es handele sich um jemanden aus dem Haus?« fuhr Carlton fort, so, als ob Pitt nichts gesagt hätte. »Ich nehme an, Sie wissen noch nicht, um wen es sich handelt?«

»Nein, Sir. Ich dachte, daß Lady Carlton mir vielleicht helfen könnte, da sie die Bediensteten besser kennt.«

»Soll das heißen, daß es nötig ist, sie da mit hineinzuziehen?«

»Ich fürchte, ja.«

»Nun gut«, sagte Carlton, griff nach der Kordel zum Läuten und zog daran. Als der Diener eintrat, wies er ihn an, Euphemia hereinzubitten. Sie warteten schweigend, bis sie kam, die Tür hinter sich schloß und sich ihnen zuwandte. Ihr Gesicht wirkte – selbst als sie Pitt sah – sanft und völlig offen. Wenn sie irgendeine Schuld traf, dann war sie entweder eines von jenen seltenen Geschöpfen, für die nur die eigenen Interessen zählen, oder sie war eine ausgezeichnete Schauspielerin.

»Meine Liebe, Inspector Pitt glaubt, daß die Mutter der armen Kinder jemand aus unserem Haus sein könnte«, sagte Carlton freundlich. »Ich fürchte, es ist erforderlich, daß du versuchst, ihm zu helfen.«

Ihr Gesicht wurde ein wenig blaß. »Oh je, das tut mir schrecklich leid. Es spielt natürlich keine Rolle, aber ich denke nur äußerst ungern daran, daß es jemand sein könnte, den ich kenne. Sind Sie sicher, Inspector?« Sie wandte sich ihm zu und blickte ihn an. Sie war eine ausgesprochen attraktive Frau, und sie strahlte eine Wärme aus, die noch anziehender war als Schönheit.

»Nein, Ma'am, aber ich habe Anhaltspunkte, die dafür sprechen.«

»Und die wären?« fragte sie.

Pitt holte tief Luft und kam zur Sache.

»Es sieht ganz so aus, als ob jemand aus diesem Haus ein Verhältnis, eine Liebesbeziehung, hat.« Er beobachtete ihr Gesicht. Einen Augenblick lang blieb sie völlig ruhig und wirkte lediglich interessiert. Dann verkrampften sich ihre Hände, die auf der pflaumenfarbenen Seide ihres Kleides lagen, ein wenig. Eine leichte Röte stieg ihr ins Gesicht. Pitt schaute zu Carlton hinüber, aber der erschien teilnahmslos, ja völlig unberührt.

»Wirklich?« sagte sie nach kurzem Zögern.

Er fuhr fort. »Es besteht dringender Grund zu der Annahme, daß sie als Folge dieser Beziehung schwanger ist.«

Die Farbe in ihrem Gesicht vertiefte sich intensiv. Sie wandte sich ab, so daß ein Schatten auf sie fiel.

»Ich verstehe.«

Carlton schien immer noch zu denken, aus ihr spräche lediglich die Besorgnis einer Hausherrin um ihre Dienstmädchen.

»Vielleicht stellst du einige Nachforschungen an, meine Liebe. Ist es das, was Sie wollen, Inspector?«

»Wenn Lady Carlton das Gefühl hat, daß sie etwas entdecken könnte.« Pitt sah sie an und wählte seine Worte sehr sorgfältig, damit sie ihn trotz seiner scheinbaren Beiläufigkeit genau verstehen konnte.

Euphemia hielt ihr Gesicht vom Licht fern.

»Was wollen Sie wissen, Mr. Pitt?«

»Wie lange – das Verhältnis – schon besteht«, sagte er leise.

Sie holte tief Luft.

»Es könnte sein, daß es sich nicht«, sie bemühte sich erfolglos um die richtige Wortwahl, »um eine nähere Beziehung oder die . . . die Art von Gefühlen handelt, die Sie vermuten.«

»Die Gefühle gehen uns nichts an, meine Liebe«, sagte Carlton leise. »Und über die Nähe der Beziehung kann wohl kaum ein Zweifel bestehen, da man zwei tote Kinder auf dem Square gefunden hat.«

Sie wirbelte herum und starrte die beiden Männer mit weit aufgerissenen Augen und entsetztem Gesicht an.

»Du kannst doch nicht annehmen . . . ich meine . . . du kannst nicht einfach behaupten, daß, nur weil jemand eine . . . Beziehung hat, daß er deshalb auch verantwortlich ist für . . . die Leichen! Es gibt vielleicht einige Leute hier am Square, die ein Verhältnis haben oder mehrere haben . . . einige –«

»Es liegt ein himmelweiter Unterschied zwischen einem harmlosen Flirt und einem Verhältnis, aus dem zwei Kinder hervorgehen, Euphemia.« Carlton verlor immer noch nicht seine Höflichkeit und Besonnenheit, die fast an Gleichgültigkeit grenzten. »Wir reden hier nicht bloß von einer unschuldigen Schwärmerei.«

»Natürlich nicht«, sagte sie scharf. Und dann, als sein edles Gesicht vor Überraschung ein wenig weicher wurde, nahm sie sich mühsam wieder zusammen.

Pitt, der neben ihr stand, sah, wie ihre Halsmuskeln sich verkrampften, wie sich der Stoff ihres Kleides anspannte, als sie die Luft anhielt. Er fragte sich, ob sich Carlton ihres inneren Aufruhrs wirklich so wenig bewußt war, wie es schien. Sie schienen wenig zueinander zu passen, nicht nur, was das Alter anbelangte. War sie eine von den jungen Frauen, die von ihren ehrgeizigen oder verarmten Eltern in eine vorteilhafte Ehe gedrängt wurden – vorteilhaft für sie? Er fragte sich plötzlich, was Charlotte wohl davon gehalten hätte, was sie an Euphemias Stelle getan hätte. Er beschloß, den jungen Brandon Balantyne sobald wie möglich aufzusuchen.

»Ich werde sehen, was ich herausfinden kann, Mr. Pitt«, sagte Euphemia und schaute ihn mit ihren goldbraunen Augen direkt an. »Aber wenn irgend jemand in meinem Haus ein solches Verhältnis hat, dann weiß ich nichts davon.«

»Ich danke Ihnen, Ma'am«, sagte er sanft. Er wußte, daß sie zu sagen versuchte, daß sie ihn verstanden hatte, und daß sie abstritt, daß ihr eigenes Verhältnis so lange dauerte, wie er es unterstellt hatte, aber er konnte es sich nicht leisten, ihr ohne Überprüfung zu glauben. Er verabschiedete sich und verließ sie mit demselben traurigen Gefühl, das er schon unzählige Male vorher gehabt hatte, wenn er einen ersten flüchtigen Einblick in die wahren Ausmaße einer Tragödie gewonnen hatte, die sich dann zu einem Verbrechen entwickelt hatte.

Emily hatte nicht im geringsten die Absicht, Charlottes Anordnungen zu folgen, außer daß sie ein wenig vorsichtiger vorgehen würde als bisher. Sie würde in Zukunft niemanden mehr direkt befragen, obwohl das bei Sophie Bolsover auch eigentlich gar nicht nötig gewesen war. Statt dessen würde sie nun gezielt Freundschaften kultivieren; und mit diesem Ziel vor Augen fuhr sie wieder zum Callander Square, diesmal in der Absicht, Christina zu besuchen. Sie hatte eine Auskunft über eine Schneiderin erhalten, von der sie wußte, daß sie für Christina von Interesse war. Für ihren Besuch wählte sie den Vormittag, um die gesellschaftlichen Rituale am Nachmittag nicht zu stören.

Die Tür wurde vom Diener Max geöffnet.

»Guten Morgen, Lady Ashworth«, sagte er ein klein wenig verwundert. Seine dunklen Augen wanderten bewundernd an ihrer Kleidung entlang, um dann wieder in ihr Gesicht zu blicken. Sie starrte kühl zurück.

»Guten Morgen. Ist Miss Balantyne zu Hause?«

»Ja, Mylady. Wenn Sie bitte eintreten wollen; ich werde Sie anmelden.« Er trat einen Schritt zurück, wobei er die Tür weiter öffnete. Sie folgte ihm durch die Halle in ein Nebenzimmer, in dem bereits ein Feuer brannte.

»Kann ich Ihnen etwas anbieten, Ma'am?« fragte er.

»Nein, danke«, antwortete sie, wobei sie es bewußt vermied, ihn anzublicken.

Er lächelte leicht, neigte seinen Kopf und ließ sie allein.

Sie hatte etwa zehn Minuten gewartet und begann gerade, etwas ungeduldig zu werden, als Christina endlich eintrat. Emily wandte sich um, um sie zu begrüßen, und war überrascht, daß Christina recht leger, fast schon nachlässig zurechtgemacht war. Ihr Haar war alles andere als gut frisiert, dunkle Strähnen hingen ungeordnet auf ihren Nacken herunter, und sie sah unvorteilhaft blaß aus.

»Meine Liebe, treffe ich Sie in einem unpassenden Moment an?« Es hätte nicht viel gefehlt, und Emily hätte sie gefragt, ob sie sich unwohl fühle, aber dann fiel ihr gerade noch ein, daß es nicht sehr charmant war, anzudeuten, daß jemand krank aussehe. Außerdem wollte sie Christinas Freundschaft, die sich als wertvoll herausstellen konnte, noch nicht so schnell verspielen.

»Ich muß sagen«, Christina legte ihre Hand auf die Lehne des Sessels und hielt sie umklammert, »daß ich mich heute morgen nicht in bester gesundheitlicher Verfassung befinde. Sehr ungewöhnlich für mich.«

»Bitte setzen Sie sich.« Emily ging auf sie zu und nahm ihre Hand. »Ich hoffe aufrichtig, daß es sich nur um ein vorübergehendes Unwohlsein handelt – vielleicht eine leichte Erkältung? Schließlich kann ein Wetterumschwung solche Dinge so schnell hervorrufen.« Noch während sie das sagte, zweifelte sie an ihren eigenen Worten. Christina war ein ausgesprochen gesundes Mädchen und zeigte keinerlei Symptome einer Erkältung; sie hatte keine rauhe Stimme, keine laufende Nase und kein Fieber.

Christina glitt in einen Sessel. Sie sah ungewöhnlich blaß aus, und winzig kleine Schweißperlen bedeckten ihre Haut.

»Wie wäre es mit ein wenig Kräutertee?« schlug Emily vor. »Ich werde den Diener rufen.«

Christina protestierte und schüttelte ihren Kopf, aber es war zu spät, Emily hatte die Glocke bereits geläutet. Sie blieb bei der Glockenkordel stehen, und als Max erschien, sprach sie über Christinas Kopf hinweg mit ihm.

»Miss Balantyne fühlt sich ein wenig unwohl. Würden Sie die Köchin bitten, ihr einen Kräutertee aufzubrühen und ihn heraufzuschicken?«

Der Mann warf Christina unter seinen schweren Lidern einen Blick zu, was Emily nicht verborgen blieb. Er sah schnell weg und zog sich zurück, um der Anweisung Folge zu leisten.

»Es tut mir leid, Sie so anzutreffen«, sagte Emily mit der gelungensten Mischung aus Heiterkeit und Mitgefühl, zu der sie fähig war. »Ich bin auch eigentlich nur gekommen, um Ihnen den Namen der Schneiderin mitzuteilen, nach der Sie sich erkundigt hatten. Ich habe sie dazu überreden können, uns beide vorzumerken, obwohl sie äußerst gefragt ist. Sie ist so geschickt beim Zuschneiden, daß sie selbst aus dem häßlichsten Geschöpf noch eine Grazie zu machen vermag.« Sie lächelte Christina an, deren Gesicht äußerst blaß war. »Und sie ist äußerst genau bei der Verarbeitung – keine Fäden oder halbangenähten Knöpfe. Sie ist so geschickt bei den Entwürfen, daß sie ein paar Zentimeter zusätzlich kaschieren kann, so daß selbst die eigene Mutter nicht merken würde, daß man zugenommen hat.«

Christinas Gesicht überzog plötzlich eine tiefe Röte.

»Was um Himmels willen wollen Sie da andeuten? Ich nehme nicht zu.« Sie kreuzte ihre Hände über ihrem Bauch.

Emilys Gedanken wirbelten durcheinander.

»Da haben Sie Glück«, sagte sie leichthin. »Ich fürchte, ich nehme im Winter immer zu.« Das war eine glatte Lüge. »Wenn es etwas gibt, worauf ich mich verlassen kann, dann ist es leider das«, fuhr sie fort. »Das muß an den heißen Puddings und all diesen Dingen liegen. Und ich habe eine fürchterliche Schwäche für Schokoladensauce.«

»Wenn Sie mich bitte entschuldigen wollen.« Christina stand auf und hielt immer noch die Hände vor ihrem Bauch. »Ich glaube, ich ziehe mich besser nach oben zurück. Das Erwähnen von Essen hat mich ganz krank gemacht. Ich wäre Ihnen dankbar, wenn Sie Max gegenüber nichts sagen würden. Wenn Sie möchten, trinken Sie den Kräutertee selbst.«

»Oh, meine Liebe!« Emily hielt sie fest. »Das tut mir furchtbar leid. Bitte, lassen Sie mich Ihnen helfen, Sie befinden sich in einem Zustand, in dem Sie nicht allein sein sollten. Ich werde Ihnen zumindest bis in Ihre Gemächer helfen, und Ihr Mädchen kann dann für Sie sorgen. Soll ich nach dem Arzt schicken lassen?«

»Nein!« Christina war wütend, und ihre Augen funkelten. »Es geht mir ausgezeichnet. Es ist nichts von Bedeutung. Vielleicht habe ich etwas gegessen, das mir nicht bekommen ist. Ich bitte Sie, erwähnen Sie die Sache niemandem gegenüber. Ich würde es als wahres Zeichen der Freundschaft werten, wenn Sie die ganze Angelegenheit absolut vertraulich behandeln würden.« Sie streckte ihre kleine, kalte Hand aus und hielt Emily fest.

»Selbstverständlich«, beruhigte Emily sie. »Ich werde es nicht erwähnen. Man möchte natürlich nicht, daß das eigene Unwohlsein überall zum Gesprächsthema wird. Es handelt sich um eine ausgesprochen persönliche Angelegenheit.«

»Vielen Dank.«

»Nun müssen Sie nach oben gehen.« Emily führte sie durch die Halle und die breite Treppe hinauf, bis sie im oberen Stock auf die Kammerzofe trafen, die sich Christinas annahm.

Emily war wieder hinuntergegangen und war bereits in der Halle, als sie von einem großen, breitschultrigen Mann, der an ihr vorbeirauschte, fast umgerannt wurde.

»Perkins!« schrie er wütend. »Perkins, verdammt noch mal!«

Emily blieb stocksteif stehen.

Er drehte sich um und sah sie an. Er öffnete seinen Mund, so als ob er wieder schreien wollte, und erkannte dann, daß sie nicht der Übeltäter Perkins war. Er hatte ein auffallendes, kantiges Gesicht, das sich jetzt leicht verfärbte, da er sich so schlecht benommen hatte. Er reckte seinen Kopf noch höher.

»Guten Morgen, Ma'am. Kann ich Ihnen irgendwie helfen? Wen suchen Sie?«

»General Balantyne?« fragte sie, bemerkenswert gefaßt.

»Zu Ihren Diensten«, sagte er steif, während er seine Wut nur mit Mühe verbarg.

Emily lächelte ihn betörend an.

»Emily Ashworth«, sagte sie und streckte ihre Hand aus. »Ich bin gekommen, um Miss Balantyne zu besuchen, aber sie ist heute morgen etwas indisponiert. Deshalb bin ich gerade im Begriff zu gehen. Ist Ihnen ein Butler verloren gegangen? Ich glaube, ich habe ihn in diese Richtung gehen sehen.« Sie deutete unbestimmt hinter sich. Das war frei erfunden, aber sie wollte hilfsbereit erscheinen, und ihn – wenn möglich – in eine kleine Unterhaltung verwickeln.

»Nein. Hausmädchen. Die verdammte Frau bringt immer meine Papiere durcheinander. Ich bin nicht einmal sicher, ob ihr Name wirklich Perkins ist, aber Augusta nennt alle Hausmädchen Perkins, egal, wie sie heißen.«

»Papiere?« Emily kam ein großartiger Gedanke. »Sind Sie dabei, etwas zu schreiben?«

»Eine Familienchronik, Madam. Die Balantynes haben in all den großen Schlachten der Nation in den vergangenen zweihundert Jahren gekämpft.«

Emily atmete aus und versuchte mit ihrem ganzen beachtenswerten schauspielerischen Talent interessiert zu erscheinen. Eigentlich fand sie die Kriegskunst todlangweilig, aber sie mußte jetzt eine intelligente Bemerkung machen.

»Oh, das ist außerordentlich wichtig«, antwortete sie. »Die Geschichte unserer großen Soldaten ist die Geschichte unserer Rasse.« Sie war stolz, daß ihr eine so ausgezeichnete Bemerkung eingefallen war.

Er sah sie mit zusammengekniffenen Augen an.

»Sie sind die erste Frau, die ich bis jetzt getroffen habe, die das so sieht.«

»Das habe ich von meiner Schwester«, sagte sie schnell. »Meine Schwester hat sich immer für solche Dinge interessiert. Sie hat mir die große Bedeutung bewußt gemacht, die diese Dinge haben. Man ist sich gar nicht klar darüber – aber ich halte Sie von Ihrer Arbeit ab. Wenn ich Ihnen schon nicht helfen kann, dann sollte ich Sie wenigstens nicht aufhalten. Sie sollten jemanden haben, der Ihnen behilflich ist, der Ihre Papiere in Ordnung hält, jemanden, der von diesen Dingen genug versteht, um staubzuwischen und Ihr Büro in Ordnung zu halten, jemanden, der vielleicht Notizen aufschreiben kann, nicht wahr? Oder haben Sie vielleicht jemanden?«

»Wenn ich jemanden hätte, Madam, dann würde ich nicht nach einem Hausmädchen suchen, um festzustellen, was sie damit gemacht hat!«

»Glauben Sie, eine solche Person könnte Ihnen nützlich sein?« Sie bemühte sich, so gut sie konnte, völlig beiläufig zu erscheinen.

»Eine Frau zu finden, die so etwas wie Verständnis für Militärgeschichte hat, wäre nicht nur ein Glücksgriff, Madam, sondern auch noch äußerst unwahrscheinlich.«

»Meine Schwester ist in solchen Dingen sehr bewandert, Sir«, versicherte sie ihm, »und sie hat sich, wie ich schon sagte, schon immer für das Militärwesen interessiert. Mein Vater hat das natürlich nicht gutgeheißen, und deshalb konnte sie ihren Neigungen niemals wirklich nachgehen. Ich bin jedoch fest davon überzeugt, daß er nichts dagegen hätte, wenn sie ein wenig Zeit damit verbringen würde, jemandem wie Ihnen zu assistieren.« Natürlich dachte Emily nicht im Traum daran, ihm zu erzählen, daß Charlotte mit einem Polizisten verheiratet war.

Er starrte sie an. Eine weniger selbstbewußte Frau als Emily wäre wahrscheinlich vor ihm im Boden versunken.

»Nun, gut. Also, wenn sie die Zustimmung ihres Vaters bekäme, dann glaube ich schon, daß sie mir nützlich sein könnte. Sprechen Sie doch bitte einmal mit ihm, und fragen Sie sie, ob sie Interesse hat. Sollte dem so sein, dann wäre es nett, wenn sie mich besuchen würde. Wir werden dann schon einen Modus finden, der uns beide zufriedenstellt. Ich bin Ihnen sehr verbunden . . . Miss . . .« Er hatte ihren Namen vergessen.

»Ashworth«, Emily lächelte wieder. »Lady Ashworth.«

»Lady Ashworth«, sagte er und verbeugte sich leicht. »Ich wünsche Ihnen noch einen guten Tag, Madam.«

Emily deutete einen Knicks an und eilte begeistert hinaus.

Sie stieg direkt in die Kutsche und befahl dem Fahrer, sie auf schnellstem Wege zu Charlottes Haus zu bringen. Es spielte überhaupt keine Rolle, wie früh am Morgen es war; sie mußte ihre Pläne einfach jemandem mitteilen und Charlotte genaue Anweisungen für ihre zukünftige Rolle darin geben.

Sie hatte Charlottes Warnung und ihr eigenes Versprechen völlig vergessen.

»Ich war heute morgen am Callander Square!« überfiel sie Charlotte regelrecht, als diese die Tür öffnete. Sie stürzte an ihr vorbei ins Wohnzimmer, drehte sich um und schaute ihrer Schwester ins Gesicht. »Ich hab' die unglaublichsten Dinge herausbekommen! Zunächst einmal: Christina Balantyne ist indisponiert, Übelkeit – und das am Morgen! Und dann hat sie mir noch fast den Kopf abgerissen, als ich andeutete, daß sie zugenommen hätte. Sie hat mich dringend darum gebeten, niemandem etwas davon zu erzählen! Regelrecht angefleht hat sie mich! Was hältst du davon, Charlotte? Ob es nun stimmt oder nicht, was immer dahinterstecken mag, ich weiß ganz genau, wovor sie sich fürchtet! Es gibt da nur eine Möglichkeit... Und sie hat mir untersagt, einen Arzt zu rufen.«

Charlotte war blaß. Sie stand mit weit aufgerissenen Augen im Türrahmen.

»Emily, du hast es mir versprochen!«

Emily hatte keine Ahnung, was sie überhaupt meinte.

»Du hast es mir versprochen!« sagte Charlotte wütend. »Was meinst du wohl, was die Balantynes unternehmen werden, wenn sie erfahren, daß du davon weißt? Nach dem, was du mir über Lady Augusta erzählt hast, wird sie wohl kaum einfach nur dasitzen und dabei zuschauen, wie du Christina ruinierst! Bist du denn von allen guten Geistern verlassen? Ich werde mit George reden. Vielleicht bringt er es ja fertig, dich davon abzuhalten, dich so idiotisch zu benehmen!«

Emily winkte geringschätzig ab.

»Du meine Güte, Charlotte, glaubst du etwa im Ernst, ich wüßte nicht, wie man sich in meinen Kreisen zu verhalten hat? Ich bin schon viel höher aufgestiegen, als du es jemals wirst. In erster Linie natürlich nur, weil du dir so gar keine Mühe gibst. Aber glaubst du, nur weil du deine Meinung niemals für dich behalten kannst, daß ich das nicht könnte, wenn ich will? Ich kann so lügen, daß Mr. Pitt nichts davon merkt – und Augusta Balantyne schon gar nicht. Ich habe nicht die Absicht, mich oder George zu ruinieren.

So, und nun laß dir bitte noch mal durch den Kopf gehen, was ich dir über Christina erzählt habe! Ich habe keine Ahnung, wer der Mann sein könnte, aber als ich da war, bot sich mir eine günstige Gelegenheit, und ich hatte eine hervorragende Idee. Natürlich habe ich sie sofort beim Schopf ergriffen. General Balantyne schreibt an der Militärgeschichte seiner Familie, auf die er unglaublich stolz zu sein scheint. Er braucht dabei ein wenig Hilfe, jemanden, der Notizen macht und so weiter.« Sie hielt einen Augenblick inne, um Luft zu holen, wobei ihre Augen auf Charlotte gerichtet blieben. Zum ersten Mal kam es ihr in den Sinn, daß Charlotte ablehnen könnte.

»Nun?« sagte Charlotte und verzog ein wenig ihr Gesicht. »Ich wüßte nicht, was die militärischen Memoiren von General Balantyne mit Christinas Nöten zu tun hätten.«

»Ja aber, das ist es doch gerade!« Aus Verzweiflung über Charlottes Schwerfälligkeit schlug Emily ihre Hände über dem Rock zusammen. »Ich habe vorgeschlagen, daß du zu ihm gehst und ihm bei seinen Aufzeichnungen hilfst! Du bist dafür genau die Richtige. Du magst ja sogar auch noch alles, was irgendwie mit Militär zu tun hat, du weißt, wer mit wem in welcher Schlacht gekämpft hat, während die meisten von uns sich noch nicht einmal mehr daran erinnern, warum gekämpft wurde – einmal ganz abgesehen davon, daß es ihnen auch völlig gleichgültig ist. Du mußt zu ihm gehen und...«

Charlotte konnte es einfach nicht glauben.

»Emily, du mußt den Verstand verloren haben! Ich kann doch nicht einfach hingehen und... und für General Balantyne arbeiten! Das wäre unpassend!« Aber während sie sprach, wurde ihre Stimme ruhiger, und sie klang nicht mehr so entrüstet. Emily wußte, daß Charlotte diese Idee trotz ihrer empörten Worte ganz und gar nicht verworfen hatte. Im Gegenteil: Noch während sie sich ausmalte, wie lächerlich der Plan war, erwog sie eigentlich schon, ihn zu akzeptieren. »Thomas würde das niemals zulassen«, sagte Charlotte vorsichtig.

»Wieso nicht?«

»Es wäre... nicht passend.«

»Wieso? Du mußt es dir ja nicht bezahlen lassen, wenn es unter seiner Würde ist, daß du Geld verdienst. Er braucht doch nur zu erfahren, daß du einem Freund hilfst und dabei noch etwas tust, wofür du dich interessierst. Und wer weiß, was du da alles herausbekommst! Du wirst im Haus sein, Tag für Tag!«

Charlotte öffnete den Mund, um erneut zu protestieren, aber ihre Augen schauten an Emily vorbei in die Tiefen ihrer Phantasie. Sie leuchteten hell, und Emily wußte, daß sie gewonnen hatte, aber es fehlte an der Zeit, diesen Sieg auszukosten.

»Ich werde dich morgen früh um halb zehn abholen. Trag dein bestes dunkles Kleid, das weinrote, es ist noch recht neu, und die Farbe steht dir...«

»Ich gehe nicht zu ihm, um ihn auf mich aufmerksam zu machen, Emily!« Charlotte machte einen letzten, schon recht halbherzigen Versuch zu protestieren.

»Nun stell dich nicht so an, Charlotte. Wenn einer Frau irgend etwas gelingt, dann ja wohl nur dadurch, daß sie die Aufmerksamkeit eines Mannes auf sich gezogen hat. Wie dem auch sei: Schaden kann es ja wohl auf keinen Fall, gleichgültig, was du vorhast!«

»Emily, dir ist aber auch jedes Mittel recht, wenn du etwas erreichen willst!«

»Dir doch auch, du hast bloß Angst davor, es dir selbst einzugestehen.« Sie stand auf. »Ich muß jetzt gehen. Auf mich warten noch andere Verpflichtungen. Bitte sei morgen um halb zehn fertig. Und erzähl Pitt doch, was du willst.« Sie zwinkerte ihr zu. »Ach übrigens: Ich habe General Balantyne natürlich nicht gesagt, daß du mit einem Polizisten verheiratet bist, und schon gar nicht, daß es sich dabei um den Inspector handelt, der die Untersuchungen im Fall Callander Square leitet. Ich habe ihm gesagt, du seist meine Schwester, und deshalb bist du für ihn wohl besser wieder Miss Ellison.«

Sie schwebte hinaus, bevor Charlotte noch irgendeinen Protest vorbringen konnte. Charlotte jedoch war schon viel zu sehr mit Emilys Plan beschäftigt, um noch nach Einwänden zu suchen. Sie war bereits dabei, angestrengt nach der einleuchtendsten Erklärung zu suchen, die sie Pitt geben konnte; außerdem: Wie konnte sie General Balantyne wohl am besten von ihrer Eignung überzeugen?

Am nächsten Morgen, während sich Charlotte noch kritisch im Spiegel betrachtete, ihr Kleid zum zehnten Mal zurechtrückte und sich nochmals vergewisserte, daß ihr Haar ordentlich, vor allem aber auch vorteilhaft lag, starrte Augusta Balantyne ihren Gatten über den Tisch an.

»Versteh' ich dich da richtig, Brandon, daß du eine junge Frau von unbestimmter gesellschaftlicher Herkunft angestellt hast, deren finanzielle Mittel eingeschränkt sind, damit sie hier in unser Haus kommt, um dir bei der Familiengeschichte zu helfen, mit der du gerade . . .«, ihre Stimme wurde frostig, »beschäftigt bist?«

»Nein, du verstehst mich nicht richtig, Augusta«, antwortete er über seine Tasse hinweg. »Lady Ashworth, die ja wohl eine Freundin von dir ist, hat mir ihre Schwester als eine intelligente und wohlerzogene Frau empfohlen, die sich bereit erklärt hat, meine Aufzeichnungen zu ordnen und nach meinem Diktat einige Notizen zu machen. Niemand verlangt von dir, daß du sie zu deinen Gesellschaften einlädst, obwohl mir unklar ist, was dich daran stören könnte. Sie kann unmöglich langweiliger oder dümmer sein als manche der Frauen, die du hier empfängst.«

»Manchmal glaube ich, Brandon, du sagst solche Dinge nur, um mich zu provozieren. Man kann sich seinen gesellschaftlichen Umgang nicht nach dem Aussehen und – unglücklicherweise – auch nicht nach der Intelligenz auswählen.«

»Ich glaube, diese Kriterien wären mindestens genauso zufriedenstellend wie die Herkunft oder aber die finanzielle Situation einer Person«, hielt er ihr entgegen.

»Sei nicht naiv«, sagte sie schroff. »Du weißt ganz genau, was in der Gesellschaft zählt und was nicht. Ich hoffe, du beabsichtigst nicht etwa, diese junge Frau im Speisezimmer essen zu lassen!«

Überrascht hob er die Augenbrauen.

»Ich hatte überhaupt nicht vor, sie hier essen zu lassen. Aber wo du gerade davon sprichst: Die Köchin sollte vielleicht etwas für sie vorbereiten, und sie kann dann in der Bibliothek essen, so wie es die Gouvernante immer tat.«

»Die Gouvernante aß im Unterrichtszimmer.«

»Das macht doch nun wirklich keinen Unterschied.« Er erhob sich. »Max soll sie in die Bibliothek führen, wenn sie kommt. Weißt du, der Mann gefällt mir überhaupt nicht! Ein wenig Militärdienst täte ihm gut.«

»Er ist ein ausgezeichneter Diener, und ein ›wenig Militärdienst‹ würde ihn ruinieren. Bitte misch dich nicht in die Führung der Dienstboten ein! Dafür beschäftigen wir schließlich unseren Butler; im übrigen verstehst du davon auch gar nichts!«

Er warf ihr einen bösen Blick zu, verließ das Zimmer und schlug laut die Tür hinter sich zu.

Augusta sorgte dafür, daß sie um zehn Uhr selbst in der Eingangshalle war, als Charlotte pünktlich eintraf. Sie beobachtete,

wie Max die Tür öffnete, und sah sich Charlotte, die hereinge-
führt wurde, interessiert an. Seltsamerweise fühlte sie sich zwar
überlegen, mußte der Erscheinung der jungen Frau aber widerwillig Anerkennung zollen. Sie hatte ein schäbiges Kleid und ein
verkniffenes, unterwürfiges Gesicht erwartet. Statt dessen sah sie
wallende, weinrote Röcke, die ein wenig aus der Mode geraten
waren, ihr aber immer noch schmeichelten, und ein Gesicht, das
alles andere als unterwürfig war. Vielmehr war es eines der offen-
sten und selbstsichersten Gesichter, die sie jemals gesehen hatte;
um den Mund herum lag jedoch eine überraschende Sanftheit,
und eine weiche Linie verlief von den Wangen zum Hals. Dies
war sicherlich keine Frau, die sie in ihrem Haus wünschte, keine
Frau, die sie mögen oder verstehen könnte, keine Frau, die sich
leicht den Regeln der Gesellschaft unterwarf, nach denen Augusta ihr ganzes Leben ausgerichtet, nach denen sie all die vielen
komplizierten Schlachten geschlagen und gewonnen hatte.

Sie schwebte ihr so kühl wie möglich entgegen.

»Guten Morgen, Miss... hm...?« begrüßte sie sie und hob
fragend ihre Augenbrauen.

Charlotte sah ihr direkt in die Augen.

»Miss Ellison, Lady Augusta«, log sie ohne die geringsten Gewissensbisse.

»Ja, natürlich.« Ihre Ablehnung verstärkte sich noch, und sie
lächelte kaum. »Ich nehme an, mein Mann erwartet Sie bereits.«
Sie schaute kurz auf Max, der gehorsam zur Bibliothekstür ging
und sie öffnete. »Ich habe gehört, daß Sie ihm ein paar Schreibarbeiten abnehmen wollen.« Es war wohl das beste, ihr ihre Stellung im Haus sofort klarzumachen.

»Miss Ellison.« Die Augen von Max folgten Charlotte unter
den schweren Lidern und konnten sich offenbar von ihren Schultern und ihrer Taille nicht lösen.

Die Tür schloß sich hinter ihr, und Charlotte wartete darauf,
daß der General zu ihr aufschaute. Sie hatte aufgehört, innerlich
zu zittern. Lady Augustas Überheblichkeit hatte ihre Furcht in
Zorn verwandelt.

General Balantyne saß hinter einem riesigen Tisch. Sie sah den
eindrucksvollen Kopf und das feingeschnittene Gesicht. Ihr Interesse war sofort geweckt. In Gedanken sah sie hinter ihm die lange
Reihe der historischen Schlachten: die Krim, Waterloo, Coruña,
Plassey, Malplaquet...

Er blickte auf. Die unverbindliche Höflichkeit verschwand aus seinem Gesicht, und er starrte sie an. Sie starrte zurück.

»Guten Tag, Miss...«

»Guten Tag, General Balantyne. Meine Schwester, Lady Ashworth, meinte, ich könnte Ihnen vielleicht behilflich sein. Ich hoffe, daß dies der Fall ist.«

»Ja.« Er stand auf, blinzelte, und während er sie immer noch anstarrte, verzog er leicht sein Gesicht. »Sie sagte, daß Sie ein gewisses Interesse für das Militärwesen hätten. Ich ordne ein wenig die Geschichte meiner Familie, die sich in jeder großen Schlacht seit der Zeit des Herzogs von Marlborough verdient gemacht hat.«

Charlotte fragte sich, wie sie darauf antworten sollte.

»Sie müssen darauf sehr stolz sein«, sagte sie aufrichtig. »Es ist wichtig, daß Sie es genau niederschreiben, damit die Welt davon erfährt, besonders die Nachwelt, wenn die Männer, die sich an die großen Schlachten erinnern können, gestorben sind.«

Er sagte nichts, aber seine Schultern strafften sich, als er über ihre Worte nachdachte, und um seine Mundwinkel spielte ein leichtes Lächeln.

Im übrigen Teil des Hauses wurde den üblichen Morgenbeschäftigungen nachgegangen: Die Hausgehilfinnen, Dienstmädchen und Kammerzofen waren alle überaus beschäftigt. Augusta führte die Aufsicht, weil sie Gäste von hohem gesellschaftlichen Rang zum Abendessen erwartete, außerdem hatte sie darüber hinaus auch nichts anderes zu tun. Es war halb elf, und sie konnte das Aushilfsmädchen nicht finden. Das verflixte Mädchen hatte eine sichtbare Staubspur auf den Bilderrahmen im Treppenhaus gelassen – Augustas Finger waren davon grau–, und das Kind war nirgends zu sehen. Augusta kannte das Lieblingsversteck der faulen Dienstboten schon lange – es befand sich zwischen der Vorratskammer und dem Anrichteraum–, und sie begab sich nun mit wilder Entschlossenheit dorthin. Wenn sich das Mädchen bei den Dienern und Stiefeljungen herumtrieb, würde sie ihr eine Standpauke halten, die sie nicht so schnell vergessen würde.

An der Tür zur Vorratskammer blieb sie stehen, weil sie merkte, daß sich jemand in dem kleinen Zimmer befand. Sie hörte Geflüster, aber sie konnte die Worte nicht verstehen, ja nicht einmal, ob es sich um eine männliche oder weibliche Stimme handelte. Und dann hörte sie das Rascheln von – das war doch wohl nicht Seide – bei einem Dienstmädchen?

Sie drückte die Tür lautlos auf und sah, wie schwarzgekleidete Arme eine Taftkorsage umschlungen hielten, und über der zarten Schulter erblickte sie die lüsternen Augen und das sinnliche Gesicht von Max, dessen Lippen sich auf den weißen Nacken preßten. Sie kannte den Nacken, kannte die eleganten schwarzen Locken. Es war Christina.

Gott im Himmel, hoffentlich hatte sie keiner der beiden bemerkt! In diesem Augenblick konnte sie niemandem ins Gesicht sehen. Ihr Herz schlug schmerzvoll. Sie wich von der Tür zurück. Ihre Tochter – kichernd in den Armen eines Dienstboten! Entsetzen lähmte ihren sonst so scharfen Verstand. Schreckliche Minuten verstrichen, bevor sie sich wieder soweit in der Gewalt hatte, darüber nachdenken zu können, wie sie auf diese Ungeheuerlichkeit reagieren, wie sie sie ungeschehen machen, aus der Welt schaffen konnte. Es bedeutete viel Arbeit und Geschicklichkeit, aber es mußte getan werden! Christina wäre sonst ruiniert. Welcher vernünftige Mann von Stand würde sie noch heiraten, wenn das herauskäme?

Kapitel 4

Reggie Southeron saß in der Bibliothek seines Hauses und starrte hinaus auf die blattlosen Bäume auf dem Callander Square. Die grauen Novemberwolken huschten über sie hinweg, und die ersten schweren Regengüsse klatschten gegen die Fensterscheiben. Ein großes Glas mit Brandy stand auf dem kleinen Tisch neben ihm, und die Karaffe schimmerte verheißungsvoll im Schein des Kamins. Unter anderen Umständen wäre er völlig zufrieden gewesen, aber die schreckliche Angelegenheit in den Gärten versetzte ihn in permanente Unruhe. Natürlich hatte er nicht die geringste Ahnung, wer der Schuldige sein könnte – es gab Dutzende, die dafür in Frage kamen! Das Leben einer Bediensteten bot ja sonst kaum Zerstreuung, und jedermann wußte, daß die meisten der Mädchen, vor allem diejenigen, die vom Lande kamen, um eine bessere Anstellung zu finden, einem kleinen Vergnügen nicht abgeneigt waren. Dies wußte zumindest jeder, der ein Haus von einem gewissen Rang führte. Es war jedoch möglich, daß zum Beispiel jemand von der Polizei, der ja schließlich auch nichts Besseres als ein Händler oder Bediensteter war, die Sache ganz anders sah. Einige Polizisten, beispielsweise jene, die auf dem Lande arbeiteten, verstanden sich darauf, diskret zu sein; bei denen in London jedoch verhielt es sich ganz anders. Die waren den Umgang mit ganz gewöhnlichen Kriminellen gewöhnt und hatten alle ohne Ausnahme nicht die geringste Ahnung von gesellschaftlicher Stellung oder Rang.

Und genau dies beunruhigte Reggie. Wie die meisten Männer – davon war er überzeugt – gönnte auch er sich gelegentlich ein kleines Vergnügen mit einem hübschen Dienstmädchen. Schließlich: Welcher gesunde Mann, der morgens in seinem Bett von einem jungen, gut gebauten Weibsbild mit tadelloser Haut geweckt wird, das sich über ihn beugt, würde nicht in Versuchung geführt? Und wenn sie willig war – und das waren sie ausnahmslos –, warum sollte man da widerstehen? Seine Frau, Adelina, war ganz in Ordnung und hatte ihm drei Kinder geboren, von denen der Junge unglücklicherweise gestorben war. Sie hatte jedoch keinen Spaß dabei empfunden; tapfer ließ sie seine Annäherungen über sich ergehen und tat das, von dem man sie gelehrt hatte, daß es ihre Pflicht sei. Dienstmädchen genossen es, lachten und gingen auf eine Art mit, wie es für eine Dame einfach undenkbar war.

Man heiratete selbstverständlich kein Dienstmädchen. Jeder wußte von solchen Affären, aber man verhielt sich diskret. Man wollte nicht zum Mittelpunkt des Tratsches werden, und man wollte seine Frau nicht kompromittieren. Was man vermutete und was man wußte, waren zwei völlig verschiedene Dinge.

Aber er hatte inzwischen erkannt, daß die Polizei vielleicht kein Verständnis dafür haben würde, wie solche Angelegenheiten zur Zufriedenheit aller Beteiligten geregelt wurden. Reggies Lage würde äußerst unangenehm, wenn dieser merkwürdige Pitt herausbekäme, daß er zur Zeit Gefallen an dem Dienstmädchen Mary Ann gefunden hatte. Er könnte dies eventuell völlig falsch verstehen. Das Mädchen war außergewöhnlich hübsch; sie war so ziemlich die Attraktivste, an die sich Reggie erinnern konnte – und sie war bereits seit drei Jahren am Callander Square angestellt.

Großer Gott! Es war doch wohl nicht möglich, daß sie etwa...? Trotz des Kamins brach Reggie der kalte Schweiß aus. Er nahm einen hastigen Schluck Brandy und goß das Glas noch einmal voll. Um Himmels willen, beruhige dich, alter Junge! Denk an die schlanke Taille, an den knackigen Hintern. In diesem Haus war sie nicht schwanger gewesen! Er hätte es einfach bemerken müssen. Sie war ein recht üppiges Mädchen. Würde sich ihre Figur bei einer Schwangerschaft sehr verändern? Er war, wie er zugeben mußte, sehr sprunghaft in seinen Gunstbezeugungen. Bisweilen war er wochenlang weggewesen – aber das war einfach lächerlich! Irgend jemand hätte etwas merken müssen. Er machte sich unnötig Sorgen.

Man mußte einfach nur verhindern, daß die Polizei zu irgendwelchen dummen oder völlig abwegigen Schlußfolgerungen kam. Wie intelligent war dieser Bursche, dieser Pitt? War er ein Mann von Welt? Einige Leute der Arbeiterklasse konnten furchtbar engstirnig sein: unangenehm vulgär, wenn sie sprachen und aßen

370

– von ihrer Kleidung ganz zu schweigen–, aber ausgesprochen prüde, wenn es um die persönlichen Freiheiten ging. Es konnte ungemein anstrengend sein, wenn man sich mit ihnen herumschlagen mußte. Schade, daß kein Gentleman diesen Fall untersuchte, der dafür Verständnis gehabt, ja, bei dem es noch nicht einmal einer Erklärung bedurft hätte.

Es war wohl besser, die ganzen Unannehmlichkeiten zu umgehen, indem man mit denjenigen am Square redete, die eventuell betroffen waren, und sich mit ihnen irgendwie verständigte. Gemeinsam wären sie vielleicht in der Lage, diskret zu verhindern, daß dieser Bursche von der Polizei irgendwelchen Schaden anrichtete.

Er hatte gerade diesen Entschluß gefaßt und fühlte sich schon wesentlich besser, als jemand zu seiner Überraschung an die Tür klopfte. Dienstboten klopften für gewöhnlich nicht. Wenn sie etwas zu erledigen hatten, traten sie einfach ein.

»Herein«, rief er und drehte sich zur Tür um.

Die Tür öffnete sich, und Jemima, die Gouvernante, erschien.

Reggie richtete sich mit einem Lächeln auf. Hübsches Mädchen, diese Jemima, nur ein bißchen mager. Er bevorzugte eher einen volleren Busen und kräftigere Schultern; aber sie hatte unbestritten Charme, und in der Art, wie sie ihren Kopf hielt, lag eine gewisse Anmut. Beachtenswert war auch ihr zarter Wuchs. Es hatte bisweilen nicht viel gefehlt, und er hätte seinen Arm um sie gelegt und so auf die einladende Weiblichkeit ihres schlanken Rückens reagiert; aber sie war immer ausgewichen, oder es war irgend jemand dazwischengekommen.

Jetzt stand sie vor ihm und sah ihn ruhig an.

»Ja, Jemima?« fragte er heiter.

»Mrs. Southeron sagte, ich solle mit Ihnen wegen Miss Faiths Musikunterricht sprechen, Sir. Miss Faith möchte gerne Violine statt Klavier lernen–«

»Nun, dann lassen Sie sie doch. Sie spielen doch Violine, oder?« Warum zum Teufel belästigte Adelina ihn mit solch nebensächlichen Angelegenheiten?

»Ja, Mr. Southeron. Aber da Miss Chastity schon Violine spielt, hätten wir dann zwei Violinen und ein Cello. Es gibt sehr wenige Stücke für solch ein Trio.«

»Oh, ich verstehe. Nun, vielleicht würde Chastity gerne Klavier spielen lernen?«

»Nein, das würde sie nicht«, sagte Jemima und lächelte. Sie hatte ein warmes Lächeln, bei dem ihre Augen strahlten. Wäre sie ein bißchen kräftiger gewesen, wäre aus ihr ein gutes Dienstmädchen geworden.

»Schicken Sie sie zu mir, ich werde sie umstimmen«, sagte Reggie, lehnte sich weiter in seinen Sessel zurück und streckte seine Beine zum Kamin aus.

»Ja, Sir.« Jemima wandte sich um und ging zur Tür. Sie hatte einen hübschen Gang – mit geradem Rücken und erhobenem Kopf. Sie war eins von diesen Mädchen vom Lande mit wiegendem Gang. Sie erinnerte ihn an einen klaren Himmel und an saubere, windige Küsten, Dinge, an die er gerne im Winter in seinem Sessel dachte oder die er gerne auf einem guten Gemälde sah. Sie war schon ein angenehmes Wesen, diese Jemima.

Es verstrichen fast fünf Minuten, bevor Chastity eintrat.

»Komm herein.« Reggie lächelte und richtete sich ein wenig auf.

Sie gehorchte mit ernstem Gesicht. Ihr Haar war zurückgekämmt und ließ ihre Augen ungewöhnlich groß erscheinen.

»Setz dich doch«, bot Reggie ihr an und zeigte auf den Sessel, der vor ihm stand.

Anstatt sich auf den Rand des Sessels zu setzen, wie es andere Kinder taten, kuschelte sie sich wie eine Katze ganz weit zurück in die Lehne und zog die Füße an. Trotzdem gelang es ihr, immer noch adrett auszusehen. Sie wartete darauf, daß er etwas sagte.

»Würdest du nicht gerne Klavierspielen lernen, Chastity?« fragte er sie.

»Nein, danke, Onkel Reggie.«

»Klavierspielen ist eine äußerst nützliche Kunst. Du kannst gleichzeitig singen. Aber du kannst nicht singen, während du Violine spielst«, erläuterte er ihr.

Sie hob ihr Kinn ein wenig und schaute ihn fest an.

»Ich kann sowieso nicht singen«, sagte sie mit entwaffnender Offenheit. »Gleichgültig, was ich auch immer spielen würde.« Sie zögerte und schaute ihn nachdenklich an. »Faith kann das. Sie singt sehr gut.«

Dieser Antwort hatte er nichts entgegenzusetzen, und er konnte ihren hellen, offenen Augen deutlich ansehen, daß sie es wußte.

»Warum spielt Faith denn nicht Cello?« nutzte sie ihren Vorteil. »Dann könnte Patience Klavier spielen lernen. Und sie kann auch singen.«

Er sah sie mißtrauisch an.

»Und wenn ich dir sage, du sollst Klavier spielen lernen?«

»Ich würde es nicht gut spielen«, sagte sie entschieden. »Und dann hätten wir auch kein Trio, und das wäre doch ein Jammer.«

Er kniff die Augen zusammen und goß sich noch einen Brandy ein; dabei bewunderte er dessen tiefe Farbe, die wie ein Rauchtopas im Licht des Kamins funkelte.

»Das wäre wirklich schade«, sagte Chastity und schaute ihn immer noch aufmerksam an. »Weil Tante Adelina möchte, daß wir manchmal auf ihren Nachmittagsempfängen für ihre Gäste spielen.«

Er gab auf. Er wollte es gerade anders versuchen, nämlich mit Bestechung, als der Diener die Tür öffnete und Inspector Pitt ankündigte. Reggie fluchte leise vor sich hin. Er hatte sich noch gar nicht mit seinen Verteidigungsmaßnahmen beschäftigt. Chastity kuschelte sich noch weiter in ihren Sessel hinein. Er sah sie an.

»Du kannst jetzt gehen, Chastity, wir werden ein anderes Mal darüber reden.«

»Aber das ist doch der Polizist mit den unordentlichen Haaren, Onkel Reggie, und ich mag ihn.«

»Was?« sagte er verblüfft.

»Ich mag ihn. Kann ich nicht bleiben und mit ihm reden? Vielleicht könnte ich ihm sogar etwas Interessantes erzählen?«

»Nein, das könntest du nicht. Es gibt aber auch nichts, was du weißt, was ihm irgendwie nützen könnte. Nun geh jetzt nach oben, und trink deinen Tee. Es ist bestimmt schon an der Zeit. Es wird schon dunkel.«

Sie kletterte widerwillig aus ihrem Sessel und ging so langsam wie möglich zur Tür, wo Pitt bereits stand und diese für sie offen hielt. Sie blieb stehen und reckte ihren Hals, um zu ihm aufzuschauen.

»Guten Tag, Miss Southeron«, sagte er feierlich.

Sie deutete einen kleinen Knicks an, und um ihre Mundwinkel spielte ein leises, vorsichtiges Lächeln. »Guten Tag, Sir.«

Es sah ganz so aus, als ob sie keine Absicht hätte, zu gehen, und Reggie wies sie scharf zurecht. In ihrer Würde verletzt schwebte sie hinaus. Dies war schon eine beachtenswerte Leistung, denn sie trug einen kurzen Rock und eine Schürze. Pitt schloß die Tür.

»Ich muß mich entschuldigen«, sagte Reggie leutselig. »Dieses Kind ist schon eine Zumutung.« Er betrachtete Pitts Gesicht und seine altmodische, ziemlich unordentliche Kleidung. Er faßte den schnellen Entschluß, sich ganz offen zu geben und zu versuchen, diesen Mann zu seinem Verbündeten zu machen oder wenigstens zu seinem Vertrauten. »Kinder verstehen so schnell etwas falsch«, fuhr er lächelnd fort. »Ja, wie so viele Erwachsene eigentlich auch. Wie dem auch sei, Sie als erfahrener Mann haben ja wohl schon eine Menge erlebt und können sicherlich die Wahrheit vom Irrtum unterscheiden. Ein Glas Brandy?« Eine Schande, den besten Brandy an einen Polizisten zu verschwenden, der höchstwahrscheinlich nicht einmal den Unterschied zu dem Zeug, das in Kneipen verkauft wurde, kannte. Auf lange Sicht jedoch könnte es sich als eine sinnvolle Investition erweisen.

Pitt zögerte kurz, entschied sich dann jedoch schnell anzunehmen.

»Nehmen Sie Platz«, forderte Reggie ihn mit einer weitausholenden Geste auf. »Scheußliche Geschichte. Beneide Sie nicht. Muß verdammt schwer sein, die Wahrheit aus all den Lügengeschichten herauszufiltern.«

Pitt begann zu lächeln und nahm den Brandy entgegen.

»Es ist typisch für Dienstmädchen, daß sie Märchen erfinden«, fuhr Reggie fort. »Ist ja auch ganz natürlich. Die lesen zu viele Groschenromane und haben zuviel Phantasie. Sind sich niemals darüber im klaren, welchen Schaden sie damit anrichten können.«

Pitt hob fragend seine Augenbrauen und nippte an seinem Brandy.

Reggie entschloß sich, ganz deutlich zu werden und seinen Vorteil zu nutzen, solange Pitt sich in so konzilianter Stimmung befand. Es war wohl besser, ihn direkt auf den Tratsch vorzubereiten, den er von den Dienstboten, die er zweifellos aufsuchen würde, eventuell zu hören bekam.

»Es ist ja auch ganz einfach zu verstehen.« Er versuchte, heiter zu wirken, ohne allzu herablassend zu erscheinen. »Ich nehme an, die armen Geschöpfe erleben auch nicht allzuviel Aufregendes. Ein intelligenter Mann würde sich zu Tode langweilen. Da schmückt man die Wahrheit halt schon mal ein wenig aus, nicht wahr?«

»Und das kann manchmal Schaden anrichten«, pflichtete Pitt ihm bei, und seine hellen Augen erwiderten Reggies Lächeln.

Netter Bursche, dachte Reggie, es würde wohl nicht so schwer sein, ihn dazu zu bewegen, unangenehme Geschichten – sollten sie ihm zu Ohren kommen – nicht überzubewerten. »Genau«, stimmte er zu. »Ich sehe, wir verstehen uns. Ich nehme an, Sie haben so etwas schon einmal erlebt. Passieren solche Dinge öfter?«

Pitt nippte nochmals an seinem Brandy.

»Nicht so etwas wie in diesem Fall. Nicht an einem Square von diesem... Ruf.«

»Nein... nein, das kann ich mir allerdings auch nicht vorstellen. Na, Gott sei Dank nicht, nicht wahr? Ich nehme aber doch wohl an, daß Sie schon vor diesem Fall hier Dienstmädchen kennengelernt haben, die sich in Schwierigkeiten gebracht hatten, ähm, oder nicht?« sagte er und lachte.

Pitt schaute ihn an, ohne eine Miene zu verziehen. Für einen Mann mit einem so auffallend ausdrucksstarken Gesicht war seine Mimik in diesem Augenblick erstaunlich ausdruckslos. »Alle möglichen Leute mit Problemen«, stimmte er zu.

»Ach, Sie wissen schon, welche Art Ärger ich meine.« Reggie fragte sich einen Moment lang, ob der Mann einfältig sei. Es war wohl besser, sich etwas präziser auszudrücken. »Die Babys müssen von irgendeinem Dienstmädchen sein, das schwanger wurde, und der Bursche wollte es dann nicht heiraten; oder vielleicht hat es noch nicht einmal gewußt, wer er war, hm?«

Pitts Augen wurden ein wenig größer.

»Gibt es in Ihrem Haus Mädchen mit solch einem Charakter, Sir?«

»Großer Gott, nein!« Reggies Körper versteifte sich vor Entrüstung, und dann wurde ihm mit einem jähen Gefühl des Ärgers klar, daß er gerade seinen eigenen Plan zerstört hatte. »Ich meine, nicht, daß ich wüßte. Aber schließlich reicht schon ein einziger kleiner Fehltritt! Vielleicht ein Mädchen mit romantischen Vorstellungen, das vorhat, seine Lebensumstände zu verbessern, oder – ach, was weiß ich?«

Er brach den Satz ab, weil er nicht so recht wußte, was er noch vorbringen konnte.

»Glauben Sie, solch ein Mädchen könnte . . .« Pitt suchte nach den passenden Worten, »seine Träume in Worte kleiden und dadurch unabsichtlich Unannehmlichkeiten verursachen?«

»Genau!« Reggie stürzte sich förmlich auf Pitts Worte. Endlich schien der Bursche doch verstanden zu haben, was er meinte. »Genau! Sie sagen es. Könnte ganz schön unangenehm sein?«

»Ja, sehr unangenehm«, stimmte Pitt zu. »Läßt sich auch schwer widerlegen.« Er lächelte harmlos, und trotzdem fühlte Reggie sich gar nicht wohl in seiner Haut. Es war schrecklich, wie recht Pitt hatte.

»Es muß Gesetze geben gegen solche . . . solche unverantwortlichen Handlungen!« rief er wütend. »Ein anständiger Mensch muß sich doch dagegen schützen können!«

»Oh, die gibt es auch« bestätigte ihm Pitt sanft. »Verleumdungsklagen und so. Solche Leute werden immer vor Gericht gestellt.«

»Gericht! Machen Sie sich doch nicht lächerlich, Mann! Ich hab' noch nie davon gehört, daß ein Mann sein Dienstmädchen vor Gericht gezerrt hat, weil sie behauptet hat, er hätte mit ihr geschlafen! Er würde sich zum Gespött der Gesellschaft machen!«

»Wahrscheinlich, weil es in vielen Fällen die Wahrheit wäre«, sagte Pitt und schaute auf den bronzefarbenen Brandy in seinem Glas, »und niemand würde glauben, daß gerade man selbst zu den Unschuldslämmern gehört; im übrigen glaube ich auch nicht, daß das die Leute interessieren würde.«

Reggie fühlte, wie ihm der Schweiß ausbrach und er zu frösteln begann.

»Es muß doch ein Gesetz geben, einen Weg, irgend etwas, um so etwas zu verhindern! Das ist ja ungeheuerlich! Man kann doch nicht einfach so einen Mann ruinieren!« Er schnippte wütend mit den Fingern, doch sein Fleisch war zu weich, als daß ein Geräusch zustandekam. »Verdammt noch mal!« fluchte er erbittert.

»Sie haben recht.« Pitt trank den Rest seines Brandys aus und stellte sein Glas ab. »Man muß wirklich vorsichtig sein, wenn es um den Ruf eines Mitmenschen geht. Man richtet sonst vielleicht unabsehbaren Schaden an, und auch wenn man eventuell Schadenersatz leisten muß, kann man das Unrecht doch nie wieder gutmachen.«

Reggie hatte sich wieder unter Kontrolle, zumindest schien es so.

»Ich jedenfalls werde jeden Bediensteten, der tratscht oder böswillig Gerüchte in die Welt setzt, ohne Begründung und ohne Ansehen der Person entlassen«, sagte er fest entschlossen.

»Ohne Ansehen der Person«, wiederholte Pitt, und ein Ausdruck von Bitterkeit lag auf seinem Gesicht, von dem Reggie nicht wußte, wie er ihn deuten sollte. Merkwürdiger Bursche. Ein bißchen sprunghaft.

»Worauf Sie sich verlassen können«, bekräftigte Reggie. »Männer oder Frauen, die sich so verhalten, sind eine Bedrohung, und man kann sie nicht einstellen. Nun, das wissen Sie ja wohl selbst. Sie hatten doch bestimmt schon einmal mit übler Nachrede zu tun, oder? Schließlich handelt es sich dabei um ein Verbrechen, und Sie verdienen Ihren Lebensunterhalt doch mit Verbrechen, oder?«

Pitt antwortete nicht. Statt dessen bat er um die Erlaubnis, erneut mit den Bediensteten sprechen zu dürfen, und als sie ihm gewährt wurde, verabschiedete er sich. Erst am Abend, lange nachdem Pitt gegangen war, begann Reggie darüber nachzudenken, was wohl der eigentliche Grund gewesen sein könnte, warum Pitt ihn aufgesucht hatte. Der dumme Kerl hatte vielleicht einfach nur den Brandy und den Kamin gesehen und wollte mal ein paar Minuten ausspannen. Es war aber auch immer dasselbe mit den Leuten aus der Arbeiterklasse: Kaum gab man ihnen einmal die Gelegenheit zu faulenzen, schon griffen sie mit beiden Händen zu. Andererseits konnte er sie aber auch irgendwie verstehen. Ihr Leben war wirklich recht trostlos. Er hätte sich genauso verhalten.

Nach dem Abendessen begann ihn der Gedanke an Pitts Besuch noch mehr zu beunruhigen. Weswegen war der verdammte Kerl bloß gekommen? War es möglich, daß bereits irgendein Tratsch bis zu ihm vorgedrungen war? Er mußte etwas unternehmen, bevor es zu spät war. Solch eine Beschuldigung bei den falschen Leuten konnte ihn lächerlich, konnte ihn zu einer Witzfigur machen. Jedermann akzeptierte es, daß man mit seinem Dienstmädchen ein paar schöne Stunden verbrachte, wahrscheinlich tat halb London das; wurde es aber zum Stadtgespräch, dann war das etwas völlig anderes. Diskretion und guter Geschmack waren die Eckpfeiler im Verhalten eines Gentleman. Es gab da so gewisse Aktivitäten, von denen jedermann wußte, aber über die niemand sprach. Seinen Neigungen bei den Bediensteten nachzugehen, war eine von ihnen. Das war völlig normal und lag in der Natur des Mannes. Wenn man es also tat, dann wurde dies nicht kommentiert; wenn es jedoch aus irgendwelchen Quellen und nicht durch die eigenen Andeutungen bekannt wurde, dann wurden Zoten über den Betreffenden gerissen, und man verachtete den Mann. Ja, schlimmer noch, man unterstellte ihm Geschmacklosigkeit.

So etwas mußte im Keim erstickt werden. Dafür, daß es schon Ende November war, war es ein schöner Abend. Er entschloß sich, um die Ecke des Squares zu gehen und Freddie Bolsover zu besuchen. Netter Bursche, dieser Freddie, vernünftiger Mann. Na ja, Ärzte waren wohl alle so, wußten Bescheid über das, was im Mann so vorging, man brauchte da erst gar nicht drumherum zu reden, oder?

Als er eintraf, saß Freddie in seinem Empfangszimmer und lauschte Sophies Klavierspiel.

Er stand schnell auf und lächelte, als Reggie hereinkam. Er war ein großer, schlanker, junger Mann mit einem heiteren Gesicht, dessen angenehme Züge auf gute Abstammung schließen ließen. Er paßte gut zu Sophie.

»Hallo Reggie, nett, dich zu sehen. Alles in Ordnung, hoffe ich. Du siehst jedenfalls gut aus.«

»Oh, ja, danke«, sagte Reggie und ergriff kurz Freddies Hand, um sie schnell wieder loszulassen. »Abend, Sophie, meine Liebe.« Er küßte sie auf den Unterarm und drückte ihn ein wenig. Nettes Ding auf ihre Art, hübsches Haar, schöner als das von Adelina, obwohl ihr Körper um die Schultern herum etwas knochig war und sie nach Reggies Geschmack nicht genug Busen hatte. »Wie geht's dir?« setzte er hinzu.

»Oh, sehr gut«, antwortete Sophie, und Freddie nickte zustimmend.

»Ich habe da ein kleines Problem, alter Junge.« Reggie blickte kurz auf Sophie, um anzudeuten, daß es sich um eine Männerangelegenheit handelte und sie höflich aufgefordert werden sollte, sich zurückzuziehen.

Freddie tat ihm den Gefallen, und Sophie verließ unter irgendeinem Vorwand das Zimmer.

Freddie setzte sich wieder und streckte seine Beine in Richtung Kamin. Der Raum war wunderschön. Wie Reggie zufällig von Adelina erfahren hatte, waren die Möbel und Vorhänge neu und entsprachen der letzten Mode. Auch der Portwein, den Freddie ihm anbot, war recht gut und verdammt alt.

»Nun?« wollte Freddie wissen.

Reggie legte seine Stirn in Falten. Er versuchte seine Gedanken zu ordnen, um sich nicht zu sehr zu offenbaren. Freddie war ein anständiger Kerl, aber es bestand keine Veranlassung, ihm zu viel zu erzählen.

»Ist der Bursche von der Polizei noch mal bei dir gewesen?« fragte er und blickte auf.

Überrascht hob Freddie seine hellen Augenbrauen.

»Kann ich wirklich nicht sagen. Ich nehme an, er will alle Dienstboten und so befragen. Habe ihn selbst nicht gesehen, aber ich wüßte auch nicht, was ich ihm sagen könnte. Ich kümmere mich nicht um die Romanzen, die sich in den Zimmern der Dienstboten abspielen!« sagte er lächelnd.

»Natürlich nicht«, stimmte Reggie zu. »Macht ja niemand. Aber hast du schon einmal über den Schaden nachgedacht, den die mit ein bißchen böswilligem Tratsch an der falschen Stelle so anrichten können? Ich hab' mit dem Kerl von der Polizei gesprochen. Recht umgänglich, aber natürlich kein Gentleman. Lebt wohl so nach den Vorstellungen der Arbeiterklasse. Hat bestimmt keine Bediensteten in seinem Haus, außer einer Frau fürs Gröbere...« Er hielt inne und war sich nicht sicher, ob Freddie ihm folgen konnte.

»Schaden?« Freddie sah verwirrt aus. »Du meinst, wenn sie diesem Burschen irgend etwas Verrücktes erzählen, Lügen und so weiter?«

»Zum Beispiel«, stimmte Reggie zu, »oder – ach komm, Freddie! Die meisten von uns haben doch schon mal in einen Po gekniffen und ein hübsches Mädchen geküßt, so aus Spaß, nicht wahr?«

Freddies Gesicht zeigte, daß er plötzlich verstand, worauf Reggie hinauswollte. »Ja, natürlich. Machst du dir etwa Gedanken wegen Dolly? So hieß sie doch, oder?«

Reggie fühlte sich äußerst unwohl in seiner Haut. Er hatte gehofft, Freddie hätte die Sache vielleicht vergessen. Dolly war tot, und die ganze Geschichte gehörte der Vergangenheit an. Es war natürlich sehr traurig gewesen. Das arme Mädchen hätte nie zu einem Engelmacher gehen dürfen. Er hätte sich schon um sie gekümmert, irgendeinen Ort auf dem Lande für sie gefunden, wo sie niemand kannte – weit weg vom Callander Square natürlich. Es gab für sie keinen Grund, in Panik zu geraten. Ihm konnte man da wohl kaum einen Vorwurf machen! Und dennoch wäre es ihm ganz recht gewesen, Freddie hätte die Sache vergessen. Er hatte damals Freddie ins Haus rufen müssen. Das Mädchen war in seinem Haus gestorben, und man hatte keine Zeit gehabt, einen anderen Arzt zu rufen; Freddie war der Arzt gewesen, der am schnellsten verfügbar war. Bevor sie starb, war Freddie eine Zeitlang mit ihr allein gewesen. Er hatte keine Ahnung, was sie damals wohl ausgeplaudert haben mochte. Du lieber Himmel, hoffentlich hat er nichts davon geglaubt!

»Ja«, sagte er und sammelte seine Gedanken wieder. Freddie wartete immer noch auf seine Antwort. »Richtig, Dolly. Aber das kann mit unserem Fall nichts zu tun haben. Das liegt schon viele Jahre zurück. Armes Mädchen. Vier Jahre ist sie jetzt schon tot. Aber du kennst doch Bedienstete – die neigen zu den unmöglichsten romantischen Phantasien. Wenn dieser Bursche sie vernimmt, könnte irgend so ein dummes Mädchen indiskret werden, könnte behaupten, ich hätte ein Auge auf sie geworfen. Die Polizei könnte sich wer weiß was dabei denken, obwohl gar nichts dran ist.«

»Schon möglich«, stimmte Freddie zu. »Du kannst nicht erwarten, daß Burschen wie der so etwas verstehen.«

»Wäre für uns alle nicht gut«, fuhr Reggie fort. »Skandale und so. Könnte dem Ruf des Squares schaden, und wir hätten alle darunter zu leiden. Irgendwas bleibt immer . . . Wie hartnäckige Flecken, stimmt's?«

»Ganz genau.« Freddies Gesicht verdüsterte sich, als er sich vergegenwärtigte, was Reggie meinte und welche Folgen dies für sie alle hätte. »So ist es.«

Reggie fragte sich, ob Freddie wohl auch an den Schaden für seine eigene glänzende Karriere gedacht hatte, die so sehr von dem Ruf, ein aufrechter Mann zu sein, und von der Diskretion abhängig war. Ob es wohl nötig war, das noch einmal deutlich zu sagen? Vorsichtig begann er, diesen Aspekt zu vertiefen.

»Das Problem ist: Jeder, der bei der Sache eine Rolle spielt, kennt jeden. Die verdammten Frauen, die verbringen doch den ganzen Nachmittag mit ihrem Tratsch . . .«

»Ja.« Freddies freundliches Gesicht verzog sich. »Ja. Es ist am besten, von vornherein zu verhindern, daß es passiert. Ein wenig

Vorsorge erspart uns eine Menge Gerede, und all das Getratsche liefe ins Leere. Vielleicht wäre es eine gute Idee, den Butler vorzubereiten und dafür zu sorgen, daß er in Zukunft dabei ist, wenn dieser Pitt eins der Mädchen ausfragt.«

Reggies Erleichterung war groß.

»Was für eine verdammt gute Idee, Freddie, alter Freund. Das ist die Lösung. Ich werde mit Dobson sprechen und dafür sorgen, daß keine der Frauen...«, ein leichtes Lächeln huschte ihm über das Gesicht, »belästigt wird, nicht wahr? Danke, Freddie, du bist ein anständiger Kerl.«

»Gern geschehen.« Freddie lächelte vom Sessel zu ihm auf. »Möchtest du noch etwas Portwein?«

Reggie ließ sich behaglich nieder und füllte sein Glas.

Am folgenden Abend dachte Reggie, daß es vielleicht eine gute Idee sei, seine Position durch ein Gespräch mit Garson Campbell weiter zu festigen. Schließlich war Campbell ein Mann von Welt, ein Geschäftsmann, der wußte, wie man die Dinge anging. Es war eine bitterkalte Nacht mit heftigen Graupelschauern. Etliche Male sah er aus dem Fenster in die aufgewühlte Dunkelheit, auf die nassen, abgefallenen Blätter und das Pflaster, das im Gaslicht glänzte, um dann wieder zum Kamin zu blicken. Morgen – so dachte er – war es sicherlich immer noch früh genug für einen Besuch. Dann fiel ihm jedoch ein, daß der verdammte Polizist morgen vielleicht wieder auf den Fluren im Dienstbotentrakt herumschleichen würde, und nur der Himmel wußte, was alles ausgeplaudert würde. Dann war es zu spät, um etwas zu unternehmen.

Mit einem letzten, zögernden Blick auf seinen bequemen Sessel genehmigte er sich noch einen großen Schluck Brandy, nahm vom Diener seinen Mantel entgegen und machte sich auf den Weg. Es waren zwar nur weniger als zweihundert Meter, aber als er endlich die schützende Eingangstür der Campbells erreicht hatte, zitterte er schon, vielleicht mehr, weil er erwartet hatte, daß es draußen kühl sein würde, als deswegen, weil es tatsächlich so kalt war.

Der Diener der Campbells öffnete die Tür, und Reggie trat rasch ein. Er befreite sich so schnell von seinem Mantel, daß der Mann ihn kaum annehmen konnte.

»Ist Mr. Campbell zu Hause?« fragte Reggie.

»Ich werde mich erkundigen, Sir«, sagte der Diener ausweichend. Natürlich wußte der Mann, ob Campbell zu Hause war oder nicht: Ihm ging es eher darum, herauszufinden, ob Campbell Reggie zu sehen wünschte. Er wurde in einen Vorraum geführt, der noch durch die Glut eines sterbenden Kaminfeuers erwärmt wurde. Reggie stellte sich mit dem Rücken zum Kamin und wärmte seine Beine, bis der Diener zurückkam und ihm mitteilte, daß Campbell ihn empfangen würde.

Er wurde im großen Empfangszimmer erwartet. Campbell stand vor einem Feuer, das fast in den Kamin hinauf loderte; er war ein Mann mit einem breiten, kräftigen Brustkorb und einer ziemlich langen Nase. Er sah nicht schlecht aus, aber ausgesprochen gutaussehend war er gerade auch nicht. Seine Anziehungskraft lag eher in der Würde seiner Haltung, in seinen ausgewählten Umgangsformen und seiner Persönlichkeit.

»Abend, Reggie«, sagte er freundlich. »Es muß sich schon um etwas Wichtiges handeln, wenn du dich von deinem Kamin an solch einem Abend wegbegibst. Was gibt es? Hast du keinen Portwein mehr?«

»Einen Butler, der mir das antut, würde ich hinauswerfen«, antwortete Reggie und ging hinüber zu ihm an den Kamin. »Scheußliche Nacht. Ich hasse den Winter in London, sieht man mal davon ab, daß es auf dem Land noch schlimmer ist. Zivilisierte Leute sollten nach Frankreich oder sonstwohin fahren. Aber die Franzosen sind ein Haufen Barbaren, oder? Wissen nicht, wie sie sich zu benehmen haben. In Paris ist das Wetter so schlecht wie hier, und im Süden ist nichts los!«

»Hast du schon mal an Winterschlaf gedacht?« Campbell hob spöttisch seine Augenbrauen.

Reggie kam der leise Verdacht, daß Campbell sich über ihn lustig machte, aber er war ihm nicht böse. Campbell hatte die Angewohnheit, die meisten Dinge zu ironisieren. Das gehörte nun einmal zu seiner Art. Wer wußte schon, warum? Menschen legten sich aus den verschiedensten Gründen ihre Schrullen zu, und Reggie war nicht so schnell zu beleidigen.

»Schon oft«, antwortete er mit einem Lächeln. »Leider scheinen manche Dinge immer wieder untersucht und überprüft werden zu müssen, weißt du. Wie diese verdammte Geschichte mit den Leichen am Square – eine ekelhafte Angelegenheit.«

»Allerdings«, stimmte Campbell zu. »Aber eigentlich ist das nicht unser Problem. Wir können ohnehin nichts tun, außer bei den Dienstboten in Zukunft etwas vorsichtiger zu sein. Ich meine, man sollte dem Mädchen irgendwie helfen, wenn sich herausstellt, daß es eine Totgeburt war, ihr einen Platz auf dem Land suchen, wo niemand etwas von der Sache weiß. Ist es das, was du willst? Ich hab' 'ne Menge Verwandter, die man fragen könnte.«

»Nicht ganz.« Reggie rückte näher ans Feuer. Warum um Himmels willen konnte ihm der gräßliche Kerl nicht einen Drink anbieten? Er sah in Campbells ironisches Gesicht und merkte, daß dessen blaue Augen auf ihn gerichtet waren. Der verdammte Kerl wußte, daß er einen Drink wollte, und bot ihm absichtlich keinen an. Eine gehässige Form von Humor hatte er, der ehrenwerte Garson Campbell!

»Also?« Campbell wartete auf eine Erklärung.

»Ich bin ein bißchen nervös wegen der Polizei.« Reggie wich Campbells forschendem Blick aus und tat so, als konzentriere er sich auf etwas, so, als ob er etwas wisse, wovon Campbell keine Ahnung habe. »Weißt du, schnüffeln im Dienstbotentrakt herum. Weiß nicht so genau, wie verantwortungsbewußt so ein Polizist ist. Gewöhnlicher Typ, Arbeiterklasse natürlich. Könnte eine Menge dummen Tratsch in Umlauf bringen, ohne sich darüber im klaren zu sein, welchen Schaden er damit anrichten könnte. Freddie ist derselben Meinung.«

Campbell drehte seinen Kopf, um ihn intensiver mustern zu können.

»Freddie?«

»Habe ihn gestern getroffen«, sagte Reggie beiläufig. »Er wies darauf hin, wie ärgerlich es sein könnte – und zwar für uns alle –, wenn der Square einen schlechten Ruf wegen loser Sitten, unmoralischer Diener, wegen allgemein zweifelhaften Stils bekäme. Das wäre gar nicht gut, weißt du. Möchte nicht, daß auf meine Kosten getratscht wird, selbst, wenn es sich dabei nur um wilde Vermutungen handelt.«

Campbell verzog seinen Mund.

»Verstehe, was du meinst«, sagte er mit leicht belegter Stimme. »Könnte unangenehm werden. Selbst, wenn die Leute es nicht glauben, werden sie es weitererzählen. Wir werden in den Clubs geschnitten werden – ausgelacht.« Sein Gesicht verdüsterte sich vor Wut. »Eine verdammt ärgerliche Geschichte! Irgendein idiotisches Mädchen, das...« Seine Wut verflog so plötzlich, wie sie gekommen war. »So ist nun mal der Lauf der Dinge. Armes kleines Flittchen. Aber trotzdem, weshalb bist du nun eigentlich zu mir gekommen – außer um in Selbstmitleid zu schwelgen?« Reggie holte tief Atem.

»Selbstmitleid hat wenig Sinn–«

»Überhaupt keinen«, stimmte Campbell zu.

»Es ist besser, den Anfängen zu wehren, bevor es zu spät ist.« In Campbells Gesicht zeigte sich zum ersten Mal Interesse.

»Und was schlägst du vor, Reggie?«

»Ein diskretes Gespräch mit dem Butler oder der Haushälterin, damit sie mit den anderen Dienstboten sprechen und dafür sorgen, daß immer einer von ihnen bei den Verhören dieses Typen von der Polizei dabei ist. Sollen aufpassen, daß niemand etwas... Dummes... sagt. Liegt doch nahe, oder? Man kann es nicht zulassen, daß eine junge Bedienstete eingeschüchtert wird. Wir müssen sie davor bewahren, nicht wahr?«

Campbell lächelte amüsiert.

»Nun, Reggie, ich hätte nie gedacht, daß du zu solcher Subtilität fähig bist – und einen so gesunden Menschenverstand besitzt!«

»Dann wirst du es tun?«

»Du armer Irrer, die Angehörigen meines Haushalts sind sich bereits darüber im klaren, daß dummes Gerede sie ihre Stellung kosten würde. Aber ich gebe zu, es wäre eine zusätzliche Vorsichtsmaßnahme sicherzustellen, daß immer der Butler oder die Haushälterin dabei ist, wenn dieser – wie heißt er doch gleich – Pitt – noch einmal zurückkommt. Ich persönlich glaube, daß die Polizei den Fall zu den Akten legt, wenn sie nach außen hin gezeigt hat, daß sie angemessen bemüht war, ihn aufzuklären. Wen kümmert es schließlich schon, ob irgendein Dienstmädchen zwei Totgeburten hatte? Es lohnt sich wohl kaum, dafür in einer Gegend wie dieser hier einen Skandal heraufzubeschwören. Er wird schon wissen, daß er nichts Wichtiges herausfinden kann und daß er eine Menge Leute gegen sich hätte, die ihm sein Leben verdammt schwer machen könnten, wenn er es bei ihnen darauf anlegt. Reg dich nicht auf, Reggie. Sie werden in der Gegend herumlaufen, um ihren guten Willen zu zeigen, und dann werden sie den Fall ruhig einschlafen lassen. Möchtest du ein Glas Portwein?«

Reggie nahm sich einen Augenblick Zeit, um sich von der Erleichterung, die dieser Gedanke bewirkte, durchfluten zu lassen. Dann wurde ihm klar, daß Campbell ihm nun endlich den Portwein angeboten hatte.

»Ja«, akzeptierte er huldvoll. »Vielen Dank, sehr höflich von dir.«

»Aber das ist doch selbstverständlich.« Campbell lächelte in sich hinein und ging zum Beistelltisch, um die Karaffe zu holen.

Augusta war aufgefallen, daß sich Christina unpäßlich gefühlt hatte, und zunächst hatte sie sich nichts weiter dabei gedacht. Christina hatte ihr leid getan – schließlich konnte es leicht vorkommen, daß man etwas aß oder trank, was einem nicht bekam.

Nachdem sie entsetzlicherweise Christina in den Armen dieses entsetzlichen Dieners Max ertappt hatte, sah sie den Vorfall in einem ganz anderen Licht. Als Christina sich eine Woche später erneut unpäßlich fühlte und sie von der Kammerzofe hörte, daß Christina am Morgen im Bett bleiben würde, war Augusta mehr als beunruhigt.

Sie wollte jedoch nicht, daß General Balantyne etwas davon erfuhr – er würde ohnehin keine Hilfe sein, wenn sich ihre schlimmsten Befürchtungen tatsächlich bewahrheiteten. Und sollte das nicht der Fall sein, war es unsinnig, ihn zu beunruhigen. Sie saßen gerade am Frühstückstisch, als sie diese Nachricht erhielt, und nach einem kurzen Augenblick, in dem sie stumm war vor Entsetzen, dankte sie der Frau höflich und forderte sie auf, zu Christina zurückzukehren und sich um sie zu kümmern. Dann bat sie den General, ihr die Orangenmarmelade zu reichen, um ihren Toast damit bestreichen zu können.

»Tut mir leid«, sagte der General ruhig und reichte den Marmeladentopf hinüber. »Das arme Mädchen. Hoffe, es ist nichts Ernstes. Möchtest du nach dem Arzt rufen lassen? Du kannst ruhig Freddie herüberrufen, wenn sie kein Aufsehen wünscht.«

»Bei einer Magenverstimmung kann er auch nicht helfen«, antwortete sie sanft. Guter Himmel, das letzte, was sie jetzt wollte, war ein Arzt im Haus! »So charmant er auch sein mag, das Wetter kann er nicht ändern! Es gab eine ganze Reihe von Infektionen im Herbst. Ich werde die Köchin bitten, ihr einen Kräutertee zu machen. Das wird ihr genauso helfen. In ein oder zwei Tagen ist sie bestimmt wieder in Ordnung.«

Er sah sie ein wenig überrascht an, aber um nicht zu streiten, fuhr er fort, seine Nierchen, den Speck, die Eier und den Toast zu essen.

Um nicht übermäßig eilig zu erscheinen und um der Angelegenheit nicht mehr Bedeutung beizumessen, als ihr eigentlich zukam, entschuldigte sie sich erst, als sie das Frühstück beendet hatte, und ging hinauf. Wenn es keinen Grund zur Beunruhigung gab, war das um so besser, aber wenn ihre schlimmsten Befürchtungen sich bewahrheiten sollten – und sie erinnerte sich mit einem kalten Schauer an die Vertrautheit der Berührung in der Vorratskammer, an die Selbstverständlichkeit, mit der die Hände die seidene Korsage unter den Brüsten gestreichelt hatten –, dann mußte sie jetzt erst einmal darüber nachdenken, was zu tun war. Wenn es überhaupt irgendeine Hoffnung gab, die Situation zu retten, dann kam es auf schnelles Handeln an. Jeder weitere Tag würde es nur noch schwieriger machen.

Und wenn sie keinen Erfolg hatte – eine schwächere Frau wäre allein bei dem Gedanken zurückgeschreckt, aber sogar ihre Feinde, und Augusta hatte einige, würden nie abstreiten, daß sie Mut besaß –, dann würde es für Christina keine Zukunft geben, sondern nur unendliches Leid. Ein uneheliches Kind zu haben, war in der Gesellschaft, in der Christina sich bewegte, in der sie aufgewachsen war, in der alle ihre Freunde lebten, eine Sünde, die niemals wirklich vergeben wurde; und nur diese Gesellschaft ermöglichte ihr ein Leben, für das sie geeignet war. Vielleicht war es möglich, mit Sorgfalt – und wenn man das Geld an den richtigen Stellen verteilte – irgendeine Geschichte zu erfinden, sie für die erforderliche Zeit aus London fortzubringen, das Kind auf einem Landsitz großziehen und es von einer guten Dienstbotin adoptieren zu lassen. Dies würde viel Geschick erfordern, aber es war nicht unmöglich. Andere hatten das sicherlich auch schon geschafft! Christina war nicht die erste, die sich in solch einer Lage befand. Wenn das nur alles wäre!

Aber da gab es noch Max: einen ehrgeizigen, gewissenlosen Mann. Natürlich war ihr von dem Tag an, als sie ihn einstellte, klar gewesen, daß es ihm vor allem darum ging, vorwärts zu kommen. Und sie hatte gedacht, daß gerade aus diesem Grund ein ausgezeichneter Diener aus ihm würde. Ehrgeizige Männer waren gute Angestellte; und das hatte er in bezug auf seine Arbeit bewiesen. Er war immer makellos gekleidet, immer pünktlich, immer mehr als höflich; sie hatte sogar schon viele Komplimente im Hinblick auf seine Qualitäten erhalten. Aber sie machte sich jetzt Vorwürfe, daß sie nicht erkannt hatte, daß ihm bei seinem Ehrgeiz alle Mittel recht waren, die sich ihm boten, um weiterzukommen, sogar das, sich mit der Tochter des Arbeitgebers ins Bett zu legen. Sie gab sich auch nicht nur für einen Augenblick der Illusion hin, daß es sich um Zuneigung handelte – auf keiner der beiden Seiten. Aber sie hätte ihre Tochter besser kennen müssen, sie hätte ihre Schwächen sehen und sie davor schützen müssen. Wozu waren Mütter sonst da?

Max hatte sich eine Waffe geschmiedet. Wenn er sie benutzen und den Tratsch verbreiten sollte – ganz vorsichtig, wie schleichendes Gift –, dann war Christina ruiniert. Kein Mann ihrer eigenen Gesellschaftsschicht würde sie mehr heiraten, gleichgültig, wie ihre Mitgift aussah. Es gab immer ein Überangebot junger Frauen auf dem Heiratsmarkt, und Christina hatte keine besonderen Vorzüge – zumindest keine, die den Ruf einer Hure aufwiegen würden. Temperamentvoll zu sein, war eine Sache, eine Hure zu sein und das Kind eines Dieners zur Welt zu bringen, war eine ganz andere.

Die einzige Welt, die sie kannte und in der sie bestehen konnte, würde ihr für immer so verschlossen bleiben wie die Bank von England.

Max mußte zum Schweigen gebracht werden, und zwar nicht durch irgendeine Art von Bestechung. Wenn man ihm einmal nachgab, war man ihm für den Rest seines Lebens ausgeliefert. Es mußte eine Gegendrohung vom gleichen Kaliber sein – nicht nur um Christinas willen, sondern wegen der ganzen Familie, wegen des Generals, wegen des jungen Brandy und wegen Augusta selbst. Wenn Brandy sich verlieben, ja, wenn er gar Zuneigung zu einem Mädchen mit guten Verbindungen fassen sollte, welche Eltern würden ihrer Tochter erlauben, in eine Familie einzuheiraten, die solche Mädchen wie Christina hervorbrachte?

Sie stand auf dem Treppenabsatz und hatte ihre Hand bereits gehoben, um Christinas Tür zu öffnen, als ihr der schlimmste Gedanke überhaupt kam. Sie wurde fast ohnmächtig vor Schrecken. Max war seit sechs Jahren in ihren Diensten. Sie war ganz sicher, daß sie etwas davon erfahren hätte, wenn so eine schreckliche Sache schon vorher passiert wäre – aber was war, wenn sie es nicht gemerkt hatte? Und würde die Polizei das glauben? Konnte die Polizei sich das überhaupt leisten? Wenn sie sich nicht sehr täuschte, dann war dieser junge Mann namens Pitt ungewöhnlich intelligent. Er würde der Sache nachgehen, Christina verhören, vielleicht sogar aufdecken, daß es Max war, und aus all dem die schäbige Wahrheit folgern. Was würde er dann über die Leichen am Square denken – und was glaubte sie selbst?

Sie klopfte an die Tür, und bevor Christina antworten konnte, drückte sie die Tür auf.

Christina lag auf dem Bett; sie sah blaß und krank aus. Ihre Gesichtszüge wirkten ungewöhnlich hart, ihr dunkles Haar lag offen auf dem Kissen.

Augusta spürte einen Augenblick lang Mitleid mit ihr. Doch dieses Gefühl ging vorbei, und sie zwang sich, sich darauf zu konzentrieren, den noch sehr viel stärkeren Schmerz, der Christina bedrohte, zu verhindern. »Krank?« fragte sie knapp.

Christina nickte.

Augusta trat ein und schloß die Tür. Es hatte keinen Zweck, lange nach Worten zu suchen. Sie setzte sich auf die Bettkante und sah ihre Tochter an.

»Ist es eine Krankheit, die du dir von Max geholt hast?« sagte sie und sah Christina in die Augen.

Christina versuchte ihrem Blick auszuweichen, doch es gelang ihr nicht. Sie war es gewöhnt, ihren Willen durchzusetzen, jeden mit ihrem Charme einzuwickeln oder gar zu beherrschen, doch bei ihrer Mutter war ihr das schon seit ihrer Kindheit nie gelungen.

»Was – was meinst du, Mama?« fragte sie hölzern.

»Es hat keinen Sinn, Ausflüchte zu machen, Christina. Wenn du schwanger bist, gibt es eine Menge Dinge, die wir tun müssen. Ich möchte dich nicht unnötig erschrecken, aber ich glaube, du hast den Ernst der Lage, in der wir uns befinden, wenn es denn wirklich wahr sein sollte, noch nicht erkannt.«

Christina öffnete ihren Mund – und schloß ihn wieder.

Augusta wartete.

»Ich weiß es nicht«, sagte Christina sehr leise. Ein leichtes Zittern lag in ihrer Stimme; sie mußte sich sehr zusammennehmen, und nur ihr Stolz und die Gewißheit, daß ihre Mutter nicht geweint hätte, verhinderten, daß sie in Tränen ausbrach.

Augusta stellte die Frage, vor der sie sich selbst fürchtete, aber sie war jetzt fest entschlossen. Sie mußte es einfach wissen.

»Ist dies das erste Mal?«

Christina starrte sie mit großen Augen an, in denen der Ausdruck empörter Ungläubigkeit lag, der sich in Schrecken verwandelte, als ihr klar wurde, was Augusta meinte, woran sie dachte.

Ihr Gesicht war weiß wie das Bettlaken.

»Oh, Mutter! Du kannst doch nicht glauben, daß ich... oh nein!«

»Gut. Ich habe es auch nicht geglaubt. Aber es kommt nicht darauf an, was ich glaube, sondern was die Polizei glaubt, was sie in Erwägung zieht, was sie für möglich hält –«

»Mutter!«

»Ich werde mich darum kümmern. Du wirst Max nicht mehr treffen. Du wirst im Bett bleiben, bis ich sicher sein kann, daß er schweigen wird. Du hast eine Erkältung. Ist das klar?«

»Ja, Mama.« Sie war zu schockiert und zu erschreckt, um zu widersprechen. »Glaubst du... die Polizei... ich meine –?«

»Ich habe die Absicht, alles so einzurichten, daß sie nichts erfährt, so daß sie weder in der einen oder der anderen Richtung Vermutungen anstellen kann. Und du wirst aus diesem Grund genau das tun, was ich dir sage.«

Christina nickte schweigend, und Augusta sah in ihr blasses Gesicht und erinnerte sich daran, wie sie sich selbst während der ersten paar Wochen gefühlt hatte, als sie schwanger war – mit Christina. Das schien eine Ewigkeit her zu sein. Brandy war noch ein kleiner Junge gewesen und hatte Kinderröckchen getragen. Sein Vater war jünger gewesen – sein Gesicht weniger schmal, sein Körper zwar ein paar Pfund leichter, aber genauso aufrecht, die Schultern genauso breit und steif wie heute. Wie konnte ein Mann sich nur so wenig verändern? Seine Stimme, seine Manieren, seine Gedanken schienen immer noch dieselben zu sein.

»Das wird vorübergehen«, sagte sie sanft. »Es wird nur ein paar Wochen dauern, dann wirst du dich besser fühlen. Ich werde die Köchin bitten, dir eine Bouillon zu machen.«

»Ich danke dir, Mama«, flüsterte Christina und schloß ihre Augen.

Augusta zerbrach sich den Kopf über die Sache mit Max. Mit allem Einfallsreichtum, der ihr zur Verfügung stand, suchte sie nach einem Weg, den Diener zum Schweigen zu zwingen, ohne ihm gleichzeitig eine Waffe in die Hand zu geben, die er in der Zukunft benutzen konnte. Aber am folgenden Morgen hatte sie nicht viel mehr erreicht, als die Möglichkeiten auszuschließen, die sich nicht durchführen ließen, und es blieben ihr nicht mehr viele Alternativen. Sie war schlechter Laune, als Pitt um Viertel nach zehn eintraf und sie ihn empfangen mußte.

Zunächst, als sie feststellen mußte, daß es Max war, der ihn hereinführte, hatte sie einen Augenblick lang Panik erfaßt. Dann machte sie sich bewußt, daß seine hochgesteckten Ziele Max verbieten würden, sein wertvolles Wissen an Pitt weiterzugeben, von dem er dafür nichts zu erwarten hatte. Vielmehr würde er sein Wissen zuerst Augusta anbieten, die ihn in vielfältiger Weise bezahlen konnte: mit Geld, durch Beförderungen bis hin zu weiß der Himmel was für wahnwitzigen Dingen.

Sie traf Pitt im Empfangszimmer. Er wärmte seine Hände am Kamin. Es war wieder ein bitterkalter Tag, und ein scharfer Ostwind peitschte den Schneeregen von der Nordsee herüber. Sie konnte keinem lebenden Wesen verübeln, sich irgendwo zu wärmen. Trotzdem verabscheute sie den Anblick des Polizisten vor ihrem Kamin. Er rührte sich nicht, weil er ihr Eintreten nicht bemerkt hatte.

»Guten Morgen, Mr. Pitt«, sagte sie kühl. »Worum handelt es sich diesmal?«

Er fuhr zusammen und brauchte einen Augenblick, um sich zu sammeln, bevor er sich ihr zuwandte.

»Guten Morgen, Madam. Ich fürchte, wir haben die Wahrheit über die Leichen am Square immer noch nicht entdeckt –«

»Glauben Sie ernsthaft, Mr. Pitt, daß Sie das jemals werden?« Sie hob ungläubig ihre Augenbrauen.

»Vielleicht nicht, Madam; aber ich werde mich noch sehr viel mehr anstrengen, bevor ich aufgebe.«

»Nun, mir scheint das eher eine Vernichtung von öffentlichen Geldern zu sein.«

»Hier ist vielleicht menschliches Leben vernichtet worden – und das ist ungleich mehr wert.«

»Die Ressourcen für diesen Bereich scheinen jedenfalls ungleich ergiebiger zu sein«, sagte sie trocken. »Nun ja, ich nehme an, Sie müssen Ihre Pflicht so tun, wie Sie es für richtig halten. Wie kann ich Ihnen Ihrer Meinung nach helfen?«

»Erlauben Sie mir, noch einmal mit Ihrem Personal zu sprechen, Madam – und vielleicht auch mit Miss Christina Balantyne. Vielleicht ist ihr irgend etwas am Verhalten einer Person aufgefallen, irgend etwas, das Sie, weil Sie so beschäftigt sind, nicht bemerkt haben.«

Augusta fühlte, wie sich ihr Magen zusammenzog. War es denkbar, daß er bereits etwas gehört hatte? Könnte Max so – nein, sicher nicht! Max war vor allem ehrgeizig: Er wollte seinen Vorteil nutzen, ihn nicht verspielen!

»Sie dürfen natürlich mit den Dienstboten sprechen, allerdings muß ich darauf bestehen, daß Sie sie nicht unnötig beunruhigen, und ich werde Ihnen zu diesem Zweck eine verantwortungsbewußte Person zur Seite stellen; aber ich bedaure, meine Tochter fühlt sich nicht wohl und ist an ihr Bett gefesselt. Natürlich kann sie niemanden empfangen.«

»Oh.« Sein ausdrucksvolles Gesicht zeigte Mitleid. Sie war sich nicht sicher, ob er es nur vortäuschte oder nicht. »Ich hoffe, daß es nur ein vorübergehendes Unwohlsein ist.«

»Ja, das ist es wohl«, antwortete sie. »Es ist zweifellos die Jahreszeit. Sie hat ihre Auswirkungen. Nun, welche der Dienstboten möchten Sie sprechen? Die weiblichen, nehme ich an?«

»Wenn Sie so freundlich wären.«

Sie langte zur Glocke.

»Ich werde den Butler bitten, Ihnen zu assistieren.«

»Ich würde lieber alleine mit ihnen sprechen. Seine Anwesenheit könnte sie hemmen, ihnen das Gefühl geben, nicht frei –«

»Zweifellos. Aber um sie zu schützen, wird der Butler bei Ihnen bleiben. Ich werde es nicht zulassen, daß junge Mädchen, für die ich die Verantwortung trage, eingeschüchtert werden – und sei es noch so unbeabsichtigt – und Dinge sagen, die sie vielleicht hinterher bereuen. Vielleicht wissen Sie nicht, wie jung und wie unwissend einige von ihnen sind; sie sind sehr leicht zu beeinflussen und zu führen.«

»Lady Augusta –«

»Dies sind die Umstände, unter denen Sie mit den Dienstboten sprechen dürfen, Mr. Pitt. Zumutbare Bedingungen, wie ich finde.«

Es gab kein weiteres Argument, das er ins Feld führen konnte, ohne ihr einen Hinweis darauf zu geben, daß er von einer gewissen Schuld etwas erfahren hatte, und sie wußte genau, das er das in diesem Moment nicht tun konnte.

»Madam.« Mit einem leichten Lächeln erkannte er ihre bessere Taktik an und fügte sich. Wäre er ein Gentleman gewesen, hätte sie ihn vielleicht sogar – wenigstens einen Augenblick lang – gemocht.

Dieses Gefühl entwickelte sie Charlotte Ellison gegenüber keinesfalls, die kurz vor Mittag eintraf, um dem General bei seinen Papieren zu helfen. Miss Ellison war eine junge Dame, mit der sie nicht warm werden konnte – sie strahlte eine Leidenschaftlichkeit aus, die sie unberechenbar machte – und das war gefährlich. Man konnte sich nicht darauf einstellen, weil Gefühle sich nicht an die gesellschaftlichen Regeln hielten. Und trotzdem erschien sie eigentlich harmlos. Sie kam und ging schweigend, und sie war sicherlich höflich und allem Anschein nach auch wohlerzogen. Aber warum sollte ein junges Mädchen den Wunsch haben, einem General mittleren Alters dabei zu helfen, Papiere, die mit Schlachten und Regimentern zu tun hatten, zu sortieren, statt sich einen Ehemann zu suchen? Dies war eine Frage, die sie mit Sicherheit verfolgt hätte, wenn sie zur Zeit nicht mit wichtigeren Dingen beschäftigt gewesen wäre.

So wie die Lage nun einmal war, mußte sie sich damit begnügen, Brandon beim Mittagessen zu fragen, was für eine Art Mädchen sie sei und ob sie ihn als Sekretärin zufriedenstellte.

»Ja«, antwortete er ein wenig überrascht, »dafür, daß sie eine Frau ist, scheint sie über eine ungewöhnliche Intelligenz zu verfügen.«

»Du meinst, für eine Frau verfügt sie über ein ungewöhnliches Interesse an den Dingen, die dich interessieren«, antwortete Augusta mit einiger Schärfe.

»Habe ich das nicht mehr oder weniger gesagt?«

»Nein, das hast du nicht. Die meisten Frauen verfügen über eine ausgeprägte Intelligenz, wenn es darauf ankommt, die Dinge des Alltags zu handhaben, aber sie verspüren nicht den Wunsch, sich mit der Analyse von Schlachten von fremden Menschen in fremden Ländern und zu vergangenen Zeiten zu beschäftigen. Ich betrachte ein solches Interesse als ziemlich exzentrisch und höchst unnatürlich für eine junge Frau aus anständigem Elternhaus.«

»Unsinn«, sagte er scharf. »Jeder mit ein bißchen Verstand sollte die große Geschichte unserer Nation zu schätzen wissen. Wir sind die stärkste Militärnation auf der Welt; wir haben unsere Zivilisation in jedes Land und Klima gebracht, das Gott erschuf. Wir haben ein Weltreich aufgebaut und einen Frieden geschaffen, der den Neid der ganzen Welt hervorruft und der ein Segen für die ganze Welt ist. Jede Frau britischen Blutes sollte darauf stolz sein.«

»Man sollte stolz darauf sein, natürlich«, stimmte sie gereizt zu und griff nach der Sardellenpastete, »aber sich nicht mit den Einzelheiten beschäftigen!«

Er nahm schweigend die letzte Scheibe Brot. Es erschien ihm überflüssig, seiner Frau zu antworten.

Nach dieser Unterhaltung widmete Augusta ihre Gedanken nun intensiv der Frage, wie Max gezwungen werden konnte zu schweigen, und endlich fand sie eine befriedigende Antwort. Es war in der ruhigen Stunde kurz vor dem Abendessen, als sie sich entschloß, ihre Idee in die Praxis umzusetzen. Sie ging in das kleine Empfangszimmer, wo sie ungestört sein würde, und schickte nach Max.

Als er eintrat, empfand sie eine so überwältigende Abneigung gegen ihn, daß es ihr fast den Atem verschlug. Er schien völlig unbeteiligt, so, als ob er erwarte, irgendeine kleine häusliche Angelegenheit mit ihr zu besprechen. Ihr war nie zuvor aufgefallen, wie unverschämt, wie verschlagen sein Blick war. Sie durfte jetzt auf keinen Fall die Kontrolle über sich verlieren.

»Guten Abend, Max«, sagte sie kühl.

»Guten Abend, Mylady.«

»Ich möchte direkt zur Sache kommen. Ich habe nach Ihnen geschickt, um mit Ihnen eine Angelegenheit zu besprechen, bei der ich vorhabe, diese, wenn nicht zu unserem gemeinsamen Vorteil, dann doch wenigstens nicht zu unser beider Nachteil zu behandeln. Ob das möglich ist, hängt von Ihnen ab.«

»Ja, Mylady?« sagte er mit ausdruckslosem Gesicht.

»Sie waren dumm genug, eine Liaison mit meiner Tochter einzugehen. Sie werden sofort aufhören, ihr Aufmerksamkeiten jedweder Art zu widmen. Sie werden mein Haus verlassen und eine Beschäftigung in Schottland annehmen, die ich für Sie arrangieren und für die ich Sie mit Empfehlungen ausstatten werde –«

»Ich verspüre nicht den Wunsch, in Schottland zu arbeiten, Mylady.« Er stand direkt vor ihr, und seine Augen leuchteten leicht amüsiert.

»Wahrscheinlich verspüren Sie den nicht, aber das ist für mich nicht von Belang. Ich habe Verwandte in Stirlingshire, die mir helfen werden, für Sie eine Anstellung zu besorgen. Die Alternative heißt Gefängnis, und ich glaube, dort ist es noch kälter und ungemütlicher als in Schottland!«

»Gefängnis, Mylady?« Überrascht hob er seine Augenbrauen. »Mit einer Dame von Stand zu schlafen, besonders dann, wenn die Dame mehr als willig ist – wenn ich das hinzufügen darf –, ist vielleicht taktlos, für einige vielleicht gar ein gesellschaftliches Sakrileg, aber es ist kein Verbrechen. Und selbst wenn es eins wäre, dann bezweifle ich, daß Sie mich deswegen der Polizei übergeben würden!« Ein deutlich spöttischer Zug lag um seinen Mund.

»Nein, natürlich nicht. Aber seinem Arbeitgeber das Silber zu stehlen, das ist ein Verbrechen.« Sie begegnete seinen Augen unnachgiebig.

Der Ausdruck auf seinem Gesicht gefror für einen Augenblick, dann sah man seinen Augen an, daß ihm die Bedeutung ihrer Worte dämmerte.

»Ich habe kein Silber gestohlen, Mylady.«

»Nein. Aber wenn Silber fehlt, und man würde es bei Ihren Sachen finden, dann wäre es äußerst schwer, zu beweisen, daß Sie es nicht gestohlen haben.«

»Das ist Erpressung.«

»Wie scharfsinnig von Ihnen, das zu bemerken. Ich wußte doch, daß Sie mich schnell verstehen würden.«

»Wenn ich wegen einer solchen Sache angeklagt würde, dann würde ich natürlich – zu meiner eigenen Verteidigung – den Grund Ihrer Anschuldigung preisgeben.« Er beobachtete sie genau und wartete auf das geringste Anzeichen von Schwäche.

Sie blieb ganz ruhig.

»Möglicherweise«, sagte sie kühl. »Aber das wäre dumm, weil Sie dann auch noch wegen übler Nachrede angeklagt würden. Und wem, meinen Sie, würde man glauben – Lady Augusta Balantyne, die sich mit einem unehrlichen Diener herumärgern muß, der zu hoch hinaus will, oder dem Diener, der sich rächen will, weil man ihn bloßgestellt hat? Kommen Sie, Max, Sie mögen alles andere sein, nur nicht dumm.«

Er starrte sie an, und sein sinnliches Gesicht begann, haßerfüllt auszusehen.

Sie blickte nicht zu Boden, sondern blickte mit der gleichen, unerschütterlichen Festigkeit zurück.

Kapitel 5

General Balantyne war mit dem Fortschritt, den seine Memoiren machten, sehr zufrieden. Die Militärgeschichte seiner Familie war wirklich beachtenswert, und je mehr er seine Papiere ordnete, desto herausragender erschien sie ihm. Dieses Erbe an Disziplin und Opferbereitschaft hätte jedermann stolz gemacht! Aber was noch viel wichtiger war: In der Beschäftigung damit lag für ihn eine größere Bedeutung, und er fand in ihr mehr Befriedigung als in den unbedeutenden Haushaltsangelegenheiten und den höflichen Oberflächlichkeiten, die sein tägliches Leben am Callander Square bestimmten. Der frühe Winterregen überschwemmte das graue Kopfsteinpflaster vor dem Haus, aber in seinen Gedanken spürte er den Regen bei Quatre-Bras und Waterloo vor fast siebzig Jahren, dort, wo sein Großvater einen Arm und ein Bein verloren hatte, als er sich hinter dem Herzog von Wellington durch den Schlamm der belgischen Felder schleppte; er sah die purpurnen und die blauen Uniformen, den Angriff der schottischen Regimenter, das Ende eines Reiches und den Beginn eines neuen Zeitalters.

Die Hitze des Feuers unter dem Kaminrost versengte seine Beine, und er erinnerte sich an die glühende Sonne Indiens; er dachte an Tippoo Sultan und das Schwarze Loch von Kalkutta, wo sein Urgroßvater umgekommen war. Er kannte diese Hitze aus eigener Erfahrung. Die Speerwunde an seinem Oberschenkel, die er sich vor knapp drei Jahren in den Zulukriegen zugezogen hatte, war immer noch nicht ganz verheilt, und wenn es kalt war, schmerzte sie auch heute noch und erinnerte ihn daran. Vielleicht war das seine letzte Schlacht gewesen, so wie der Alptraum der Krim seine erste gewesen war. In den hintersten Winkeln seiner Erinnerung erschrak er immer noch bei den Gedanken an die schreckliche Kälte und das Gemetzel bei Sebastopol, an die Toten, die überall herumlagen, die Leichen, hinweggerafft von der

Cholera, zerfetzt von Schüssen oder in grotesken Haltungen erfroren, einige von ihnen wie Kinder zusammengekauert. Und die Pferde! Nur der Himmel wußte, wie viele Pferde verendet waren, die armen Viecher! Es war verrückt, daß die Pferde ihn so stark beschäftigten.

Bei Balaclava war er achtzehn gewesen. Er war dort mit einer Meldung seines Vorgesetzten für Lord Cardigan gerade rechtzeitig eingetroffen, um den unbeschreiblichen Angriff mitzuerleben. Er erinnerte sich an den Wind in seinem Gesicht, den Geruch von Blut, Schießpulver und an die aufgewühlte Erde, als sechshundertdreiundsiebzig Männer und Pferde den verschanzten Kanonen der russischen Stellung entgegengaloppierten. Er war mit seinem Pferd neben die schroffen, alten Männer geritten, die verwirrt und wütend auf das Spektakel blickten, während unter ihnen im Tal zweihundertfünfzig Männer und sechshundert Pferde ihren Befehlen gemäß abgeschlachtet wurden. Sein Vater hatte bei den Elften Husaren gedient und gehörte zu denjenigen, die nicht zurückgetaumelt kamen.

Sein Onkel war bei den dreiundneunzigsten Highlanders gewesen und hatte die »dünne rote Linie« gehalten – fünfhundertdreißig Männer zwischen dreißigtausend Russen und Balaclava. Wie so viele von ihnen war er dort gestorben, wo er stand. Er, Brandon, war es gewesen, der in der bitteren Kälte eines Schützengrabens gesessen hatte, um seiner Mutter zu schreiben und ihr mitzuteilen, daß ihr Mann und ihr Bruder tot waren. Er konnte sich noch genau an die Qual erinnern, als er nach den passenden Worten gesucht hatte. Danach hatte er bei Inkerman gekämpft und war beim Fall von Sebastopol dabeigewesen. Damals schien es so, als ob die ganze Flut Asiens über sie hereingebrochen wäre und die Hälfte der Welt mit sich gerissen hätte.

Diejenigen, die zu dieser Zeit noch nicht geboren waren, würden ganz sicher in ihren Herzen die Kanonen dieser Schlachten hören und den Stolz und den Schmerz fühlen, das Schlachtgetümmel nachempfinden – die Geschichte an sich spüren. Durfte er – der dies alles selbst miterlebt hatte – es sich dann überhaupt erlauben, nichts von dem bitteren Geschmack im Mund, dem Pulsieren des Blutes und den Tränen danach weiterzugeben?

Die junge Frau, Miss Ellison, schien recht kompetent und nett zu sein. Obwohl ›nett‹ nicht das richtige Wort war. Sie war zu entschieden in ihren Verhaltensweisen und Meinungen, um seinen Vorstellungen völlig zu entsprechen. Aber sie war intelligent, das stand außer Frage. Sie ersparte es ihm, alles mehr als einmal erklären zu müssen. Ja, manchmal stellte er sogar fest, daß sie einen Sachverhalt bereits erfaßt hatte, bevor er die erste Einweisung beendet hatte – und das fand er dann schon ein wenig unpassend. Er war sich jedoch sicher, daß sie es nie böse meinte, und gewiß war sie frei von Allüren. Es hatte in der Tat den Anschein, als wäre sie ganz glücklich darüber, daß sie mit den Dienstboten essen durfte, so daß die Köchin sich deshalb nicht die Mühe machen mußte, ihr ein separates Tablett zu richten. Mehr als einmal hatte sie ihm doch tatsächlich Vorschläge gemacht, wie er vorgehen könnte, was er nur mit einiger Überwindung hatte akzeptieren können. Aber er hatte einfach zugeben müssen, daß ihre Ideen gut waren, daß er in der Tat selbst nicht wußte, wie man es hätte besser machen können. Während er nun in der Bibliothek saß, dachte er darüber nach, was er als Nächstes schreiben sollte und was Miss Ellison wohl darüber denken würde.

Er ärgerte sich über die Störung, als Max in der Tür stand, um ihm mitzuteilen, daß Mr. Southeron im Empfangszimmer wartete und ihn zu sehen wünschte, und um zu fragen, ob er zu Hause sei.

Er zögerte. Das letzte, was er sich wünschte, war, ausgerechnet jetzt von Reggie Southeron belästigt zu werden, aber Reggie war nun einmal sein Nachbar, und deswegen mußte er ertragen werden. Ihn nicht zu empfangen, würde eine Reihe endloser Reaktionen provozieren und alle möglichen Unannehmlichkeiten mit sich bringen.

Max wartete schweigend. Seine makellose Figur und sein ruhiges Lächeln ärgerten den General genauso wie seine Frage. Er wünschte, Augusta würde ihn loswerden und jemand anderen einstellen.

»Ja, natürlich«, sagte er schroff. »Und Sie bringen wohl besser etwas zu trinken – den Madeira, aber nicht den besten.«

»Nein, Sir.« Max zog sich zurück, und einen Augenblick später trat Reggie ein – groß, umgänglich, die Kleidung schon lässig zerknittert, obwohl er sie kaum mehr als ein paar Stunden angehabt haben konnte.

»Morgen, Brandon«, sagte Reggie fröhlich. Seine Augen wanderten durch den Raum, bemerkten das Feuer, die bequemen, tiefen Ledersessel und suchten dann die Karaffe mit den Gläsern.

»Guten Morgen, Reggie«, antwortete Balantyne. »Was führt dich denn an einem Samstagmorgen hierher?«

»Habe eigentlich schon eine Weile vorgehabt, dich zu besuchen.«

Reggie setzte sich in den Sessel, der dem Kamin am nächsten stand. »Ergab sich bis jetzt noch keine passende Gelegenheit; war immer etwas anderes, kennst du ja. Das Haus ist in letzter Zeit wie ein Bienenkorb.«

Bis jetzt hatte Balantyne ihm nur oberflächlich zugehört, aber nun spürte er trotz Reggies sorglosem Auftreten zum ersten Mal eine Spur von Anspannung in dessen Stimme. Er hatte für seinen Besuch einen besonderen Grund, etwas, das ihn beunruhigte und über das er mit jemandem sprechen mußte. Max würde jeden Augenblick mit dem Madeira zurückkommen, und es hatte keinen Sinn, irgendein ernstes Thema anzusprechen, bevor er wieder gegangen war.

»Ich nehme an, du hast viel zu tun gehabt?« sagte er im Plauderton.

»Ich eigentlich nicht«, antwortete Reggie. »Eher diese verfluchten Polizisten, die sich im ganzen Haus herumtreiben. Dieser Pitt, oder wie er heißt, schnüffelt im Dienstbotentrakt herum und versetzt alles in helle Aufregung. Verdammt, wie ich Aufruhr im Haus hasse! Die Dienstboten sind alle nervös. Herr im Himmel, Mann, du weißt doch, wie schwierig es ist, anständige Dienstboten zu finden und sie so auszubilden, wie du sie haben willst, damit sie deinen Geschmack kennen und wissen, wie sie ihm gerecht werden. Dauert lange genug. Und dann muß so eine verdammt blöde Geschichte wie die hier passieren, und bevor du dich umgesehen hast, geht es drunter und drüber. Ist schwierig genug, einen guten Dienstboten zu halten. Denken nur daran, sich zu verbessern. Träumen davon, für einen Herzog oder einen Grafen oder so jemanden zu arbeiten. Wollen gern mal ins Ausland. Meinen, sie würden schlecht behandelt, wenn sie die Saison nicht in London, den Sommer nicht auf dem Land und die schlimmste Winterzeit nicht im Süden von Frankreich verbringen dürfen! Diese erbärmlichen Kreaturen nehmen an den merkwürdigsten Dingen Anstoß, und bevor du es merkst, sind sie weg! Passiert laufend, weiß der Teufel, warum. Keine Loyalität mehr! Man muß kein

Hellseher sein, um zu wissen, daß sie alle abhauen werden, wenn dieser verdammte Pitt weiter Fragen über ihr Privatleben und ihre Moral stellt, sich in alles einmischt und Vermutungen anstellt.« Er verstummte vor Verzweiflung, als er sich den trostlosen Winter ausmalte, in dem er neue und unzureichende Dienstboten ausbilden müßte, und bei dem Gedanken an die kalten Zimmer, die verbrannten Mahlzeiten und die ungebügelte Kleidung.

Balantyne hielt diese Möglichkeit nicht für sehr wahrscheinlich, obwohl ihm sein körperliches Wohlbefinden zugegebenermaßen nicht besonders wichtig war. Sein Seelenfrieden lag ihm jedoch durchaus am Herzen; nur an den häuslichen Unfrieden in einer solchen Krisensituation zu denken war schon grauenvoll. Er mochte Reggie nicht sehr – sie waren so verschieden, wie Männer nur sein konnten –, aber er tat ihm wegen seiner Ängste, die offensichtlich waren, leid, so unbegründet sie auch sein mochten.

»Ich würde mir darüber keine Gedanken machen«, sagte er gelassen. Max kam mit der Karaffe und den Gläsern herein, setzte sie ab, verließ den Raum wieder und schloß leise die Tür. Reggie bediente sich, ohne dazu aufgefordert worden zu sein.

»Würdest du das wirklich nicht?« fragte Reggie mit einer Mischung aus Furcht und gekränkten Gefühlen.

»Wahrscheinlich nicht.« Balantyne lehnte den angebotenen Madeira ab. Er mochte das Zeug nicht, und außerdem war es noch zu früh am Tag. »Kein gutes Dienstmädchen kündigt, weil ihm ein paar Fragen gestellt werden, es sei denn, es hat schon eine andere Stelle in Aussicht. Außerdem ist er recht höflich, dieser Pitt. Niemand aus meinem Haushalt hat sich beschwert.«

»Um Himmels willen, Junge! Würdest du das denn erfahren?« Reggie verlor nun doch die Fassung. »Augusta führt dein Haus wie ein Regiment. Tüchtigste Person, die mir je begegnet ist. Selbst wenn die gesamte Dienerschaft revoltieren würde, würde sie dir nichts davon erzählen! Sie würde die Sache regeln, und du würdest deine Mahlzeiten trotz allem rechtzeitig bekommen.«

Balantyne war die Vorstellung, daß er ein nutzloses Anhängsel seines eigenen Haushalts sein sollte, nicht sehr angenehm, aber er hielt sich vor Augen, daß der Mann Angst hatte, obwohl er keine Ahnung hatte, wovor. Deswegen übte er Nachsicht mit ihm.

»Es ist nicht sehr wahrscheinlich, daß irgend jemand zum gegenwärtigen Zeitpunkt kündigt«, sagte er ruhig. »Die Polizei könnte das für ein Schuldgeständnis halten, und das würde für den Betreffenden alles nur schwieriger machen, als wenn er bleibt und sich weiterhin ganz normal verhält.«

Seltsamerweise beruhigte dies Reggie trotz der offensichtlichen Logik keineswegs. Verstört saß er tief in seinen Sessel versunken und sah gedankenverloren in sein Glas.

»Trotzdem 'ne dumme Geschichte«, sagte er düster. »Vermute nicht für eine Sekunde, daß sie jemals herausfinden, wer es war. Zeitverschwendung. Alles, was sie erfahren werden, sind Vermutungen und Geschwätz.« Er blickte auf. »Könnte sehr unangenehm für uns sein, weißt du, Brandon. Nicht gut, wenn die Polizei bei uns im Haus rumlungert. Die Leute werden glauben, daß da etwas nicht stimmen kann.«

Balantyne verstand, was er meinte, aber sie konnten nichts daran ändern. Außerdem übertrieb Reggie seiner Ansicht nach.

»Ich wette, Carlton würde mir zustimmen«, sagte Reggie schnell, wobei sich seine Stimme hob. »Über jeden Zweifel erhaben, weißt du, ›Cäsars Frau‹ und so weiter. Außenstehende sind manchmal komisch. Wir müssen unseren guten Ruf wahren.«

Was er sagte, stimmte wahrscheinlich. Balantyne verzog sein Gesicht und schaute Reggie nachdenklich an. Der hatte sich noch ein Glas eingeschenkt, und wenn Balantyne sich nicht irrte, war das heute nicht erst sein zweites oder drittes. Wovor hatte er eigentlich wirklich Angst?

»Was meint er denn dazu?« beharrte Reggie.

»Hab' noch nicht mit ihm gesprochen«, antwortete Balantyne aufrichtig.

»Wär' vielleicht ganz gut, wenn du das tätest.« Reggies Versuch, krampfhaft zu lächeln, war nicht sehr erfolgreich. »Würde es ja selbst tun, aber ich kenne ihn nicht so gut wie du. Einflußreicher Mann. Er kann die Polizei vielleicht zur Vernunft bringen. Die kriegen doch nie heraus, wer die Frau war, besteht nicht die geringste Chance. Wahrscheinlich irgendein Dienstmädchen, das schon längst weggezogen ist. Würde wahrscheinlich nicht bleiben wollen, oder?«

»Daran hat die Polizei bestimmt auch schon gedacht«, antwortete Balantyne. »In den letzten Jahren haben wir keine Dienstboten entlassen oder weiterempfohlen – und du?« Plötzlich fiel es ihm wie Schuppen von den Augen. Jetzt war ihm alles klar. »Wie lang ist das jetzt eigentlich her, daß Dolly starb?« fragte er unverblümt.

Das Blut wich aus Reggies Gesicht, und er wurde so blaß, daß Balantyne glaubte, er würde ohnmächtig. Auf seiner grauen Haut bildeten sich Schweißperlen.

»War es dein Kind, das ihr das Leben gekostet hat, Reggie?« fragte Balantyne.

Reggie öffnete den Mund wie ein Fisch und schloß ihn wieder, ohne etwas zu sagen. Ihm fiel keine Lüge ein, die ihm irgendwie hätte weiterhelfen können.

»Ich dachte, das wäre nun schon über zwei Jahre her«, fuhr Balantyne fort.

»Richtig!« Endlich fand Reggie seine Sprache wieder, aber seine Lippen blieben verkniffen – »Richtig! Vier Jahre. Kann mit dieser Geschichte einfach nichts zu tun haben! Aber du weißt, wie die Leute sind und wie schnell sie einen abstempeln. Sie werden glauben, daß . . .« Er scheiterte mit der Lüge und nahm sich noch ein Glas Madeira.

Es war überflüssig, ihn nach der Gegenwart zu fragen; die Wahrheit war allzu offensichtlich, der Grund, warum er die Polizei vom Square fernhalten wollte, fern von den redseligen Dienstboten. Armer Teufel!

»Ich vermute, sie werden bald von sich aus aufgeben«, sagte Balantyne mitleidig, obwohl er dieses Gefühl verabscheute. »Trotzdem werde ich feststellen, wie Carlton darüber denkt, sobald ich Gelegenheit dazu habe. Glaube nicht, daß dieser Pitt mehr Zeit auf dem Holzweg verbringen möchte als unbedingt nötig. Schadet seiner Karriere.«

»Nein.« Reggie war sichtlich erleichtert. »Ich glaube nicht, daß wir ihm das besonders deutlich machen müssen.« Er sprach jetzt ein wenig undeutlich. »Aber rede trotzdem mit Carlton. Er kennt Leute; ein paar Worte an der richtigen Adresse könnten den Fall etwas früher beenden. Erspart uns 'ne Menge dummes Geschwätz – und Steuergelder. Das Ganze ist doch nur Zeitverschwendung.« Er stand ein wenig schwankend auf. »Danke, alter Freund. Ich wußte, daß du Verständnis für mich haben würdest.«

Christina erschien auch nicht zum Mittagessen, und Brandy verbrachte die Woche mit Freunden auf dem Land. Er saß allein mit Augusta am Tisch.

»Geht es Christina noch nicht besser?« fragte er ein wenig besorgt. »Warum ist noch kein Arzt dagewesen? Sorge dafür, daß Freddie mal nach ihr sieht, falls Meredith nicht kommen kann.«

»Nicht nötig«, antwortete Augusta und langte nach dem kalten Lachs. »Es ist nur eine Erkältung. Die Köchin hat ihr ein Tablett gerichtet. Nimm etwas Lachs. Brandy hat ihn letztes Wochenende in Cumberland gefangen. Sehr gut, nicht wahr?«

Er nahm sich etwas und probierte ihn.

»Ausgezeichnet. Bist du sicher, daß es nichts Schlimmeres ist? Sie liegt nun schon ziemlich lange im Bett.«

»Ganz sicher. Ein wenig Bettruhe kann ihr nicht schaden. Sie hat es in letzter Zeit etwas übertrieben. Zu viele Parties. Wo wir gerade dabei sind: Denkst du daran, daß wir heute abend mit den Campbells essen?«

Er hatte nicht daran gedacht. Nun, es hätte schlimmer kommen können. Garson Campbell war ein interessanter Bursche, trockener Humor, wenn auch ein wenig zynisch, und Mariah war eine überdurchschnittlich vernünftige Frau. Er hatte nie gehört, daß sie sich am Tratsch oder an den endlosen Flirts beteiligt hätte, mit denen so viele Frauen ihre Gefühle zu beschäftigen schienen.

»War das Reggie Southeron, der heute morgen hier war?« fragte Augusta.

»Ja.«

»Was wollte er – an einem Samstagmorgen?«

»Eigentlich nichts. Er ist ein wenig besorgt wegen der Polizei, die die Dienstboten mit einer Menge Fragen und Unterstellungen durcheinanderbringt.«

»Weil sie die Dienstboten durcheinanderbringt?« fragte sie ungläubig.

Er sah sie über den Lachs hinweg an.

»Ja. Wieso nicht?«

»Mach dich nicht lächerlich, Brandon. Reggie hat nie einen Pfifferling um Dienstboten gegeben, weder um seine eigenen noch um die von anderen Leuten. Was solltest du denn seiner Meinung nach in der Angelegenheit unternehmen?«

Er mußte unwillkürlich lächeln.

»Wie kommst du darauf, daß er mich dazu bewegen wollte, in dieser Angelegenheit etwas zu unternehmen?«

»Er ist jedenfalls nicht hergekommen, um deinen Madeira zu trinken. Du bietest ihm immer den schlechtesten an, und das weiß er ganz genau. Also, was wollte er?«

»Er hat vorgeschlagen, daß ich mit Robert Carlton sprechen sollte, um dafür zu sorgen, daß die Polizei die Untersuchung in

402

dem Fall einstellt. Sie wird die Wahrheit wahrscheinlich sowieso nie herausbekommen. Alles, was sie erreichen wird, ist, ihre Zeit zu verschwenden und eine Menge Tratsch in Umlauf zu bringen. Damit könnte er recht haben.«

»Damit hat er recht«, pflichtete sie schroff bei. »Aber ich bezweifle, daß das der Grund ist, weshalb er beunruhigt ist. Und es würde mich wirklich wundern, wenn dieser merkwürdige junge Mann – ich glaube, Pitt ist sein Name – den Fall abschließt, bevor er ihn noch intensiver untersucht hat als bisher. Aber du kannst es ja mal versuchen, wenn du willst. Laß nicht zu, daß Reggie sich zum Narren macht. Es wird uns alle in den Schmutz ziehen, ganz abgesehen von der Schande, die über Adelina, das arme Geschöpf, kommen wird.«

»Wieso sollte Reggie sich zum Narren machen?« Brandon hatte nicht vor, ihr etwas von Dolly zu erzählen. Das war keine Angelegenheit, über die eine anständige Frau Bescheid wissen sollte.

Augusta seufzte.

»Manchmal, Brandon, frage ich mich, ob du dich so dumm stellst, nur um mich zu ärgern. Reggie will die Polizei davon abhalten, seine Dienstboten allzu genau zu befragen. Das weißt du genausogut wie ich.«

»Ich weiß gar nicht, wovon du überhaupt redest.« Er hatte nicht die Absicht, ihr etwas erklären zu müssen, was sie sowohl schockieren als auch beunruhigen würde. Sie würde die Geschichte geschmacklos finden – und das war sie ja wahrscheinlich auch –, aber es handelte sich um eine nicht ungewöhnliche menschliche Schwäche. Frauen waren geneigt, solche Dinge anders einzuschätzen als Männer; ihnen fehlte das Verständnis, das Männer empfinden würden, da diese Schwäche gegen das weibliche Geschlecht gerichtet war.

Augusta schnaubte und schob ihren leeren Teller beiseite. Der Pudding wurde gebracht und serviert. Als sie wieder allein waren, sah sie Brandon kühl an.

»Dann ist es vielleicht doch besser, daß ich es dir sage, bevor du, ohne es zu wissen, etwas Dummes sagst und uns alle in Verlegenheit bringst. Reggie schläft mit all seinen Dienstmädchen, und deshalb befürchtet er zweifellos, daß die Polizei das herausfindet und sich ganz und gar nicht diskret verhält. Vielleicht denkt sie sogar, daß er auch die Kirschen in Nachbars Garten gepflückt hat.«

Er war sprachlos. Sie sprach über die Sache, als ob es sich um das Wetter handeln würde!

»Woher – zum Teufel – weißt du das?« fragte er heiser.

»Mein lieber Brandon, alle wissen es. Man spricht natürlich nicht darüber, aber man weiß es.«

»Adelina?«

»Natürlich weiß sie es. Glaubst du, sie ist dumm?«

»Ja . . . und . . . stört sie das denn nicht?«

»Keine Ahnung. Man fragt nicht danach, und sie redet natürlich nicht darüber.«

Er war verblüfft und wußte nicht, was er sagen sollte, um seiner Verwirrung Ausdruck zu verleihen. Er hatte schon immer gewußt, daß die Gedanken und Gefühle der Frauen in Bahnen verliefen, die Männer nicht nachvollziehen konnten, aber noch nie zuvor war es ihm in dieser brutalen Deutlichkeit bewußt gemacht worden.

Augusta sah ihn immer noch an.

»Ich wünschte, es gäbe einen Weg, die Sache vor diesem Polizisten zu verbergen – um Adelinas willen –«, fuhr sie fort, »aber mir ist bisher noch nichts eingefallen. Deshalb ist es vielleicht wirklich eine gute Idee, daß du Robert Carlton ansprichst, um herauszufinden, ob er die Untersuchung beenden kann. Im Augenblick hat sie jedenfalls kaum einen Sinn, selbst wenn der unwahrscheinliche Fall eintreten sollte und sie herausfinden, welches arme Mädchen schuldig ist.«

»Da wäre noch eine Kleinigkeit: die Gerechtigkeit«, sagte er gekränkt, da seine Gefühle abermals verletzt worden waren. Wie um alles in der Welt konnte sie nur so etwas sagen, so, als ob die Sache völlig nebensächlich sei, als ob es sich nicht um menschliche Babys handeln würde, die jetzt tot, vielleicht sogar ermordet worden waren?

»Also wirklich, Brandon, du treibst mich manchmal zur Verzweiflung«, sagte sie und reichte ihm die Karamelsauce. »Du bist der unpraktischste Mann, den ich jemals kennengelernt habe. Warum sind Soldaten solche Träumer? Man sollte doch annehmen, daß sie – wo sie Armeen führen, für die sie verantwortlich sind – wenn schon nichts anderes, dann doch wenigstens praktisch denken, nicht wahr?« seufzte sie. »Aber andererseits ist der Krieg ja auch die idiotischste Beschäftigung, die es gibt, und deswegen sollte man das vielleicht von Soldaten wirklich nicht erwarten.«

Er starrte sie an, als ob sie ein völlig fremdes Wesen sei, als ob sie sich vor seinen Augen von etwas Bekanntem in etwas Unbekanntes verwandelt hätte.

»Niemand erwartet von dir, daß du etwas von der Kriegskunst verstehst« – damit war dieses Thema beendet – »aber selbst wenn das Wort ›Gerechtigkeit‹ für dich zu abstrakt ist: Fühlst du als eine Frau, die selbst Kinder geboren hat, denn kein Mitleid?«

Sie legte Löffel und Gabel beiseite und beugte sich ein wenig vor.

»Die Kinder sind tot, und ob sie nun tot geboren wurden oder erst anschließend starben, wir können ihnen jetzt nicht mehr helfen. Die Mutter ist wahrscheinlich durch eine Hölle gegangen, die du dir wohl ebensowenig vorstellen kannst wie ich. Gleichgültig, was für eine Frau sie war, sie wird in diesem Leben mit viel Leid dafür bezahlen, und im nächsten Leben wird sie Gott dafür Rechenschaft ablegen müssen. Reicht dir das immer noch nicht? Ihr Beispiel wird ohnehin nicht verhindern, daß so etwas wieder passiert, soviel ist sicher, jedenfalls so lange nicht, wie es noch Männer und Frauen auf dieser Welt gibt.

Ja, du hast recht: Deine Vorstellung von Gerechtigkeit ist zu abstrakt für mich. Es ist ein Wort, das für dich wohltönend und angenehm klingt, aber du hast keine Ahnung, was es im täglichen Leben bedeutet; du bist mit deinen Idealen zufrieden, und andere sollen danach leben.

Es wäre besser, diese Geschichte zu begraben. Zu schade, daß diese Männer jemals einen Baum pflanzen wollten. Wenn du Robert Carlton überzeugen kannst, ein wenig Einfluß auszuüben, um die Polizei zu bewegen, die Sache ruhen zu lassen, dann wird das die beste Tat sein, die du seit langer Zeit vollbracht hast.

Und solltest du jetzt vorhaben, deinen Pudding zu essen, dann tust du das besser, bevor er kalt wird. Sonst bekommst du eine Magenverstimmung. Ich gehe nach oben, um nachzusehen, wie es Christina geht.« Sie stand auf und verließ das Zimmer, während er sprachlos hinter ihr herstarrte.

Am Nachmittag arbeitete Balantyne weiter an seinen Militärpapieren, denn da wußte er wenigstens, was ihn erwartete. Vielleicht würde Augusta ihm beizeiten ja ihr Verhalten erklären. Wenn nicht, dann würde er die Angelegenheit vergessen, und sie hätte keine Bedeutung mehr für ihn.

Es war am frühen Abend – draußen war es schon dunkel, und es wurde sehr kalt – als Max Robert Carlton ankündigte. Balantyne hatte Carlton immer gemocht. Er war ein Mann, dessen ruhige Selbstsicherheit und Würde er schätzte, ein Engländer par excellence, der der Armee in alle Ecken des Reiches gefolgt war, um zu regieren und dort die Zivilisation zu vermitteln, wo sie bis dahin unbekannt gewesen war. Beide fühlten sie sich den gleichen Idealen verpflichtet, und es verband sie ein instinktives Verständnis, ein ererbter Sinn für Pflicht und Gerechtigkeit.

An diesem Abend freute er sich besonders, Carlton zu sehen, weil er der Aufzeichnungen wegen ihrer Menge überdrüssig wurde. Ohne die Assistenz von Miss Ellison war alles schwieriger, und wenn er ehrlich war, machte ihm die Arbeit ohne sie auch weniger Spaß als gewöhnlich. Mit einem Lächeln stand er auf und reichte seinem Besuch die Hand.

»Abend, Robert. Komm herein, und wärm dich auf. Ist der beste Kamin im ganzen Haus. Möchtest du vielleicht einen Sherry oder einen Whisky? Es ist wohl schon an der Zeit.« Er schaute auf die Messinguhr auf dem Kaminsims. Wie er die aus Bronze im Empfangszimmer mit den dicken Cherubinen haßte – und sie ging auch noch nicht einmal richtig!

»Nein danke, noch nicht.«

Balantyne schaute ihn überrascht an und sah ihm dabei zum ersten Mal direkt ins Gesicht. Graue Schatten lagen unter Carltons Augen, und sein Blick war leer und stumpf. Augusta hätte einfühlsamer reagiert, aber Fingerspitzengefühl fehlte Balantyne völlig. »Um Himmels willen, Junge, nimm einen, du siehst aus, als ob du ihn gebrauchen könntest! Was ist denn los?«

Carlton stand am Kamin und wußte nicht, wie er beginnen sollte. Balantyne sah, daß er ihn in Verlegenheit gebracht hatte, weil er seinen Kummer bemerkt hatte, den er jetzt nicht in Worten auszudrücken vermochte. Sein Mangel an Feingefühl brachte ihn nun selbst in Verlegenheit. Warum war er bloß nicht in der Lage, gefühlvoller, instinktiver zu reagieren? Er wußte, wie er sich in einer Krisensituation verhalten mußte, aber oft wußte er nicht, was er sagen sollte.

Die Stille im Raum wurde langsam wirklich unangenehm.

Es war Carlton, der sie unterbrach.

»Tut mir leid. Ja, ich hätte gerne einen Whisky. Bin heute abend ein wenig besorgt –« Er hielt inne, sah Balantyne aber immer noch nicht an, sondern starrte auf den Kamin. »Halte ich dich davon ab, dich zum Essen umzuziehen?«

»Nein, nein. Ich habe noch reichlich Zeit. Wir besuchen die Campbells.«

»Ach ja, natürlich. Wir doch auch. Hab' ich ganz vergessen.«

Balantyne goß zwei Gläser Whisky aus der Karaffe ein, die auf dem Beistelltisch stand, und reichte ihm eins. Es war klar, daß Carlton über etwas reden wollte, was auch immer das war. War er denn nicht deshalb gekommen?

»Stimmt irgend etwas nicht?« fragte er.

»Dieser Bursche von der Polizei, dieser Pitt, war wieder da.«

Balantyne öffnete den Mund, um sich danach zu erkundigen, ob die Dienstboten beunruhigt seien, vergegenwärtigte sich dann jedoch, daß eine Störung des Haushaltes wohl schwerlich der Grund für eine solch starke Beunruhigung sein konnte, wie er sie zu erkennen glaubte. Er schwieg und wartete darauf, daß Carlton endlich aussprach, was ihn offenbar so sehr bedrückte.

Es dauerte einige Minuten, bevor er die Katze aus dem Sack ließ, und dieses Schweigen erforderte viel Geduld.

»Ich glaube, sie verdächtigen Euphemia«, sagte Carlton schließlich.

Balantyne war sprachlos. Er war zu keiner zusammenhängenden Antwort fähig. Wie konnten sie nur Euphemia Carlton verdächtigen? Es war absurd. Er mußte das mißverstanden haben; je mehr er darüber nachdachte, um so mehr glaubte er, daß es sich wahrscheinlich um irgendeinen Fehltritt Reggies handeln mußte und daß Reggie das wußte und deshalb solche Angst hatte.

Er erinnerte sich plötzlich daran, daß Reggie ihn gebeten hatte, Carlton dazu zu bewegen, die Untersuchungen einstellen zu lassen! Es war einfach absurd!

»Das können sie nicht!« sagte er matt. »Das macht überhaupt keinen Sinn. Pitt ist ein einfacher Mensch, aber kein Idiot. Sie hätten ihn nicht zum Inspector gemacht, wenn er unbegründete Anklagen erheben würde. Du mußt irgend etwas mißverstanden haben. Und davon einmal ganz abgesehen, hätte Euphemia doch gar keinen Grund, so etwas zu tun!«

Carlton blickte immer noch ins Feuer und sah ihn nicht an.

»Doch, sie hat einen Grund. Sie hat einen Liebhaber.«

Für viele Männer hätte dies wenig bedeutet – so lange es nicht öffentlich bekannt wurde –, aber für Carlton war es ein Sakrileg gegen sein Heim, gegen seine innersten Überzeugungen. Balantyne konnte das sehr gut verstehen, obwohl er selbst nicht nachvollziehen konnte, warum Carlton sich so in seinem Stolz verletzt fühlte, so seine persönliche Integrität beschmutzt sah. Wenn Augusta ihn betrogen hätte, wäre er vor allem überrascht – und ja, auch wütend –, aber nicht verletzt gewesen, außer nach außen hin.

»Das tut mir leid«, sagte er einfach.

»Ich danke dir.« Carlton nahm seine Worte mit der gleichen Höflichkeit auf, wie er ein Kompliment oder ein Glas Wein entgegengenommen hätte, aber Balantyne konnte den Schmerz in seinem blassen Gesicht sehen. »Weißt du«, fuhr Carlton fort, »sie glauben, daß sie die Kinder hat verschwinden lassen, weil die ... ihre Situation deutlich gemacht hätten.«

»Ja, natürlich. Aber du hättest doch sicher was gemerkt? Ich meine, eine Frau ... die Frau, mit der du lebst – deine Frau! Wenn sie schwanger gewesen wäre –?«

»Ich verlange nicht ... nicht viel von Euphemia«, sagte Carlton. Man merkte, daß ihm das Thema peinlich war, er stand verkrampft da und hielt sein Gesicht abgewandt. »Ich bin erheblich älter als sie. Ich möchte nicht ... mag es nicht ...« Er fand keine Worte, um den Satz zu beenden, aber was er eigentlich sagen wollte, war offensichtlich.

Balantyne war nie besonders feinfühlig gewesen – schon gar nicht Augusta gegenüber –, aber plötzlich fühlte er sich wie ein Bauer. Er schämte sich für sein Verhalten, und Carlton tat ihm unbeschreiblich leid. Wie konnte Euphemia nur so etwas tun, bei einem so gefühlvollen Mann, der sie innig liebte? Aber weder seine Wut noch sein Abscheu würden Carltons Schmerz lindern können.

»Das tut mir leid«, sagte er nochmal. »Weißt du, wer es ist?«

»Nein, die Untersuchung verläuft noch sehr ... diskret. Die Polizei sagt nur das Allernötigste.«

»Weißt du, ob sie ... ihn gern hat?«

»Nein, das weiß ich nicht.«

»Du hast sie nicht gefragt?«

Carlton drehte sich um, und einen Augenblick lang sah er überrascht aus.

»Natürlich nicht. Ich könnte nicht ... mit ihr darüber sprechen. Es wäre –« Hilflos streckte er seine Hände aus.

»Natürlich nicht.« Balantyne hatte keine Ahnung, warum er zustimmte. Er stimmte aus Carltons Sicht zu, nicht aus seiner eigenen. Er selbst hätte ein furchtbares Donnerwetter veranstaltet – aber ihm war klar geworden, daß dieser ruhige Mann, von dem er gedacht hatte, daß er so viel mit ihm gemeinsam hätte, völlig anders war als er. »Es tut mir furchtbar leid, Robert. Ich wünschte, ich wüßte, was ich sagen kann.«

Zum ersten Mal lächelte Carlton leicht.

»Ich danke dir, Brandon. Es gibt wirklich nichts zu sagen. Ich weiß nicht, warum ich dich überhaupt damit belästigt habe; ich wollte wohl einfach mit jemandem darüber sprechen.«

»Ja.« Wieder befand sich Balantyne in einer Situation, in der er nicht wußte, wie er reagieren sollte.

»Ja, ja, natürlich. Ich... äh...«

Carlton trank den Whisky aus und stellte das Glas ab.

»Mache mich besser auf den Heimweg. Muß schon fast Zeit fürs Abendessen sein. Muß mich noch umziehen. Bestell Augusta schöne Grüße. Guten Abend und vielen Dank.«

»Guten Abend...« Er atmete langsam wieder aus – es gab nichts zu sagen.

Mehrere Male dachte er daran, Augusta von der Sache zu erzählen, aber irgendwie konnte er sich dann doch nicht dazu entschließen, es zu tun. Es schien ihm eine sehr persönliche Angelegenheit zu sein, eine Angelegenheit unter Männern. Wenn eine andere Frau davon gewußt hätte, hätte das die Kränkung nur noch vergrößert.

Auch als Miss Ellison am Montagmorgen eintraf, um mit den Aufzeichnungen weiterzumachen, hatte er die Sache noch nicht vergessen. Er war hoch erfreut, sie zu sehen – vielleicht, weil sie nicht zur Familie gehörte und nichts vom Callander Square oder seinen Problemen wußte. Darüber hinaus war sie immer gut gelaunt, ohne im geringsten kokett zu sein. Seitdem er älter geworden war, gingen ihm kokette Frauen zunehmend auf die Nerven. »Guten Morgen, Miss Ellison«, lächelte er gedankenverloren. Sie war ein angenehmes Wesen, nach herkömmlichen Maßstäben zwar nicht schön, und dennoch verliehen ihr die Fülle ihres mahagonifarbenen Haars, ihre reine Haut und ihre intelligenten Augen eine beachtliche Ausstrahlung. Außerdem redete sie dafür, daß sie eine Frau war, bemerkenswert wenig Unsinn. Es war schon eigenartig: Wahrscheinlich war sie nicht mehr als vier oder fünf Jahre älter als Christina, die selten über etwas anderes als Tratsch und Mode sprach oder darüber, wer vielleicht wen heiratete.

Er schreckte aus seinen Gedanken auf, als er bemerkte, daß sie darauf wartete, von ihm Anweisungen zu bekommen, was sie tun sollte.

»Ich habe hier eine Kiste mit Briefen«, sagte er und kramte sie hervor, »von meinem Großvater. Würden Sie sie bitte danach sortieren, ob sie sich mit militärischen Dingen beschäftigen oder mit rein privaten?«

»Natürlich.« Sie nahm die Kiste. »Hätten Sie sie vielleicht gerne nach Themen geordnet?«

»Nach Themen geordnet?« Er war mit seinen Gedanken immer noch woanders.

»Ja. Die vom Krieg auf der Iberischen Halbinsel, die, die vor Quatre-Bras und nach Waterloo geschrieben wurden – und die aus dem Lazarett und die während der Hundert Tage. Meinen Sie nicht, daß diese Briefe auch interessant sein könnten?«

»Ja. Ja, bitte, das wäre hervorragend.« Er beobachtete, wie sie die Briefe herausnahm, sich am anderen Ende des Zimmers am Kamin niederließ und ihren Kopf über das alte Papier und die verblichene, jugendliche Handschrift beugte. Für einen Augenblick dachte er, daß so seine Großmutter gesessen und diese Briefe gelesen haben mußte – damals, als England mit dem Kaiser im Krieg lag –, eine junge Frau mit kleinen Kindern. Wie mochte sie wohl ausgesehen haben? Ob sie die gleichen lang geschwungenen Wangen gehabt hatte, den gleichen schlanken, so femininen Hals und den gleichen weichen Haarflaum auf ihrem Nacken?

Unsinn – er mußte sich jetzt zusammennehmen. Die Vorstellung war einfach lächerlich: Sie war bloß eine junge Frau, die Interesse an alten Briefen hatte und über den Sachverstand verfügte, sie zu sortieren.

Charlotte selbst war sich der Anwesenheit des Generals gar nicht mehr bewußt. Sie vergaß ihn, sobald sie den ersten Satz in der geschwungenen, verblichenen Handschrift las. Ihre Vorstellungskraft trug sie in Länder, die sie niemals gesehen hatte, und sie versuchte, die Gefühle nachzuempfinden, die der junge Soldat beschrieb: seine Angst vor den gewaltsam angeworbenen Männern bei den Mannschaftsdienstgraden, von der er wußte, daß er sie verbergen mußte, seine Freundschaft zum Stabsarzt und seine

410

Ehrfurcht, als er Wellington persönlich traf. In den Briefen lag Humor und manchmal auch unbewußtes Pathos, aber sie fühlte auch eine Menge Dinge, die er nicht schilderte, wie die Kälte und den Hunger, schmerzende Beine, Verwundungen und Furcht, lange monotone Ruhepausen und dann plötzlich das Kampfgetümmel.

Wie im Traum ging sie zum Mittagessen, und der Nachmittag verging wie im Fluge. Es war schon dunkel, als sie nach Hause kam, und kaum mehr als eine halbe Stunde später erschien Emily an der Tür. Die Pferde ihrer Kutsche stampften draußen im Frost, und ihr Atem vermengte sich mit dem frühen Nebel.

»Nun?« fragte sie, sobald sie durch die Tür kam.

Charlotte war mit ihren Gedanken immer noch in Spanien und auf der Iberischen Halbinsel im Kampf gegen Frankreich. Sie starrte Emily ausdruckslos an.

Emily schloß die Tür hinter sich und holte tief Atem.

»Was hast du bei den Balantynes herausgefunden?« fragte sie geduldig. »Du bist doch dagewesen, oder?«

»Oh ja, natürlich«, sagte Charlotte. Mit einem Anflug von Schuldgefühlen wurde ihr bewußt, daß sie während der sechs Tage, die sie nun schon am Callander Square war, nichts geleistet hatte, um Emilys Vertrauen in sie zu rechtfertigen. »Oft«, fügte sie hinzu. »Ich fange gerade an, einige der Dienstboten näher kennenzulernen.«

»Kümmere dich nicht um die Dienstboten!« sagte Emily schnell. »Was ist mit Christina? Ist sie schwanger? Und gleichgültig, ob sie es nun ist oder nicht, warum glaubt sie, daß sie schwanger sei? Wer ist der Vater? Und warum heiratet sie ihn nicht, sondern bringt sich in diese lächerliche Situation? Ist er vielleicht schon verheiratet – oder mit einer anderen verlobt?« Ihre Augen weiteten sich. »Oh, natürlich: Er paßt nicht zur Familie! Es ist wahre Liebe!« Ihr Gesicht wurde wieder ernst. »Nein, das kann nicht sein. Nicht Christina.« Sie seufzte. »Oh, Charlotte! Hast du denn überhaupt nichts herausgefunden?« Ihr Gesicht zeigte eine solche Enttäuschung, daß sie Charlotte aufrichtig leid tat und ein noch stärkeres Gefühl des Bedauerns darüber in ihr aufstieg, daß sie sie enttäuscht hatte.

»Morgen werde ich es wirklich versuchen. Aber seitdem ich im Haus bin, hat Christina das Bett nicht verlassen. Sie sagen, sie sei erkältet, aber man hat nicht nach dem Arzt geschickt.«

»Wer sind ›sie‹?« fragte Emily, deren Interesse erneut geweckt war.

»Die Dienstboten natürlich. Du liebe Güte, Lady Augusta redet nicht mit mir – es sei denn, die Höflichkeit verlangt es –, und der General spricht von nichts anderem als seinen Papieren. Aber weißt du, die Dienstboten sind sehr neugierig. Sie würden niemals etwas sagen, von dem sie zugeben müßten, daß es Tratsch ist, aber wenn man es irgendwie als etwas anderes tarnen kann, dann erzählen sie dir alles, was sie wissen, und das meiste von dem, was sie bloß vermuten.«

»Nun?« sagte Emily eifrig. »Was vermuten sie denn? Um Himmels willen, sag es mir, bevor ich platze!«

»Sie vermuten, daß die Polizei die Wahrheit niemals herausfinden wird und daß sie sich auch nicht wirkliche Mühe geben wird, weil zweifellos – wer auch immer der Schuldige sein mag – ein Gentleman in die Sache verwickelt ist. Und deswegen hat die Polizei sowieso keine Chance, den Fall abzuschließen! Ich würde gern glauben, daß das Unsinn ist, aber ich fürchte, sie sprechen aus bitterer Erfahrung.«

»Welcher Gentleman?« Emily verlor nun fast die Kontrolle über sich, und ihre Erregung war so groß, daß sie die Frage zwischen ihren zusammengepreßten Zähnen fast hervorzischte.

»Zu dieser Frage gibt es genauso viele Vermutungen, wie es Dienstboten gibt, die sie anstellen können«, antwortete Charlotte aufrichtig. »Es hat wirklich äußerst erregte Debatten gegeben. Eins der Hausmädchen ist ganz sicher, daß es nicht der junge Brandon Balantyne sein könne, weil er ihr niemals Avancen gemacht habe, und das, so hat mir die Köchin erzählt, obwohl ihm dazu wahrlich die Gelegenheit geboten worden war! Ein anderes Hausmädchen ist absolut sicher, daß er es sein müsse – und zwar aus genau dem gleichen Grund! Auch ihr habe er keine Avancen gemacht, und deshalb müsse er ein fürchterliches Geheimnis haben...«

»Natürlich! Euphemia Carlton!« Aber Emilys Antwort klang keineswegs zufrieden. »Irgendwie weigere ich mich zu glauben, daß sie es ist. Vielleicht, weil sie mir gefallen hat. Ich fürchte, ich bin als Detektivin ungeeignet. Außerdem wird es bald unmöglich sein, einen weiteren Besuch zu machen, ohne als zu aufdringlich zu erscheinen.« Sie seufzte noch einmal. »Aber Charlotte, du mußt dir wirklich mehr Mühe geben! Du strengst dich nicht genug an! Wie kannst du einen Krieg, der 1814 beendet wurde, interessanter finden als einen Mord, der in unserer Zeit begangen wurde?«

»1815«, korrigierte Charlotte sie unwillkürlich, »und wir wissen nicht, ob es sich um Mord handelt.«

»Ach, nun sei nicht so kleinlich! Das sind doch wirklich nur Nebensächlichkeiten! Es ist auf jeden Fall ein fürchterlicher Skandal! Und das kann man von deinen entsetzlichen Kriegen nun wirklich nicht behaupten! Reiß dich bitte zusammen, und beschäftige dich mit den wichtigen Dingen!«

»Das werde ich, ich verspreche es dir. Ich werde mein Bestes geben, um Christina selbst zu sprechen, um, wenn es möglich ist, wenigstens andeutungsweise herauszufinden, warum sie ihren Liebhaber nicht heiratet, und – wenn ich kann – zu erfahren, um wen es sich handelt.«

»Ich danke dir«, sagte Emily in ungeduldig-großmütigem Ton, wie jemand, der sich entschlossen hat, einen Affront zu übersehen. »Du hast vielleicht sogar die Gelegenheit, mit anderen Bediensteten am Square zu sprechen. Diese Gelegenheit wirst du natürlich wahrnehmen, wenn sie sich dir bietet!«

Es lag Charlotte auf der Zunge, ihrer Schwester zu untersagen, in diesem Ton mit ihr zu reden. Dann dachte sie jedoch daran, wie hingebungsvoll Emily sich mit dem Fall beschäftigte und wie langweilig und oberflächlich der Bekanntenkreis ihrer Schwester möglicherweise war. Deshalb versicherte sie lediglich, ihr Bestes zu tun und keine Gelegenheit ungenutzt zu lassen.

Als Pitt kurze Zeit später eintraf, verließ Emily gerade erwartungsvoll lächelnd die Wohnung.

»Sie sieht aus wie eine Katze, die den Kanarienvogel aus seinem Käfig herausgelockt hat«, stellte Pitt fest, als die Tür ins Schloß gefallen war.

»Es geht ihr sehr gut«, sagte Charlotte unverbindlich.

»Zweifellos«, pflichtete er bei. »Eine Katze, die sich ausgezeichneter Gesundheit erfreut. Wer soll denn diesmal der unglückliche Kanarienvogel sein?«

»Das ist unfair.« Sie wollte ihm nur äußerst ungern über die Sache erzählen, weil er bislang nur wußte, daß sie General Balantyne bei einigen Arbeiten über ein Thema half, für das sie sich seit langem interessierte, obwohl ihr Vater es nie zugelassen hatte, daß sie sich damit beschäftigte. Er hatte keine Ahnung, daß sie sich mit dem Fall am Callander Square befaßte oder das zumindest vorhatte.

Noch weniger ahnte er, daß Emily ihr Versprechen gebrochen hatte, den Fall auf sich beruhen zu lassen. »Sie hat nur ein bißchen geklatscht und Vermutungen angestellt.« Damit wollte sie das Thema beenden. Das sollte ihm eigentlich genügen, ohne daß er ihr etwas glauben mußte, was nicht der Wahrheit entsprach.

»Über wen?« fragte er.

»Bitte?«

»Nun komm schon, Charlotte!« Er legte seine Hand auf ihre Schulter und drehte ihr Gesicht ihm zu. Seine Ausstrahlung und Stärke ließen sie immer noch erschauern. Charlotte hob ihren Blick, um ihn anzusehen – sie liebte ihn und wollte, daß er es wußte. Außerdem – aber das war wirklich nur ein untergeordneter Aspekt – konnte sie ihn vielleicht so von seiner Frage ablenken.

Einen Augenblick später – es können auch zwei gewesen sein – ließ er sie los.

»Charlotte, was macht Emily am Callander Square?« wiederholte er seine Frage. »Und was noch wichtiger ist: Was machst du dort noch, außer für General Balantyne die Unterlagen zu ordnen?«

Sie überlegte sich, ob sie lügen sollte – aber das war, wie Emily gesagt hatte, nicht ihre Stärke. Sie entschied sich für einen strategischen Rückzug.

»Emily ist in der letzten Zeit nicht am Callander Square gewesen. Zu oft zu Besuch zu kommen, würde auffallen und unserem Plan schaden. Sie fragte mich, ob ich irgend etwas über Christina Balantyne herausgefunden hätte. Das habe ich natürlich nicht. Sie liegt mit einer Erkältung im Bett, und ich habe sie noch nicht einmal gesehen. Emily hat mich dazu überredet, wenigstens zu versuchen herauszufinden, wer ihr Liebhaber ist und warum sie ihn – statt sich ins Bett zu legen – nicht heiratet.«

»Charlotte?« Er runzelte die Stirn, und in seinen Augen lag eine Mischung aus Belustigung und Argwohn.

Sie fühlte sich völlig unschuldig.

»Ja?«

»Was veranlaßt dich denn zu glauben, daß Christina einen Liebhaber hat?«

414

»Oh!« Sie merkte, daß sie sich verraten hatte. Pitt wartete, und sie konnte seiner Frage nicht mehr ausweichen, ohne zu lügen, und dazu war sie nicht fähig. »Emily hat das herausgefunden«, gab sie zu. »Und sie hat mir davon erzählt; Christina fürchtet, sie könnte schwanger sein. Daraus folgt natürlich, daß sie einen Liebhaber hat.«

Er starrte sie an, und sie hatte nicht die mindeste Ahnung, welche Gedanken ihm durch den Kopf gingen. Seine Augen weiteten sich, und er zog die Augenbrauen nach oben. Er hatte die klarsten, durchdringendsten Augen, die sie jemals gesehen hatte; sie hatte das Gefühl, daß seine Gedanken die ihren erreichten. Doch dann änderte sich seine Stimmung wieder.

»Wie unternehmungslustig von Emily!« Es schwang ein Hauch von Bewunderung, aber auch – wie sie meinte – von Belustigung in seiner Stimme mit. »Das erklärt, warum Lady Augusta mich nicht zu ihr ließ«, fuhr er fort. »Das ist eine höchst interessante Frage: Warum nicht einfach – wenn auch etwas übereilt – heiraten?« Dann verschwand das berufsmäßige Interesse aus seinem Gesicht. »Charlotte, du mußt General Balantyne sagen, daß du ihm nicht mehr assistieren kannst.«

Sie war entsetzt.

»Oh, nein. Das kann ich unmöglich tun! Ich habe noch nicht einmal die Hälfte –«

»Charlotte. Wenn sie etwas zu verbergen haben –«

»Es besteht keinerlei Gefahr!« sagte sie schnell. »Ich habe keine Fragen gestellt! Ich habe lediglich den Dienstboten während der Mahlzeiten zugehört. Ich bin nicht wie Emily, ich werde sehr diskret sein –«

Er mußte laut lachen.

»Meine Liebe, du bist ganz und gar nicht wie Emily. Im Vergleich zu dir ist sie die Diskretion in Person. Du wirst eine Entschuldigung finden, sag einfach, daß dir nicht wohl ist, oder daß deine Mutter –«

»Nein! Was können sie schon mit mir machen? Ich habe keine gesellschaftliche Stellung zu verlieren – in ihren Augen existiere ich nicht einmal als gesellschaftliches Individuum! Sie werden keinen Verdacht schöpfen! Ich werde mich darauf beschränken zuzuhören, das verspreche ich dir.« Ein weiterer Gedanke durchzuckte sie, und sie spielte ihren Trumpf aus. »Wenn ich sie jetzt verlasse, dann werden sie sich vielleicht fragen, warum. Vielleicht werden sie sich sogar die Mühe machen, herauszufinden, wer ich eigentlich bin!« Sie war klug genug, ihn nicht daran zu erinnern, wie gefährlich das für seine eigene Karriere sein könnte; das wäre der schlechteste Weg, ihn abzuschrecken. »Das Beste«, fuhr sie fort, »ist, weiterzumachen wie bisher. Dann werden sie auf keine dummen Gedanken kommen.« Sie lächelte gewinnend, überzeugt von ihren eigenen Ausführungen.

Er zögerte – eine Entscheidung zu treffen, war nicht einfach.

»Wirst du mir versprechen, daß du keine Fragen stellen wirst?« sagte er schließlich.

Sie fragte sich, ob sie dieses Versprechen würde halten können. Dann gab sie sich einen Ruck.

»Ja. Ich werde nur zuhören. Ich gebe dir mein Wort darauf.« Sie stellte sich auf die Zehenspitzen und küßte ihn, während er sie weiterhin forschend musterte, um sich zu vergewissern, daß sie es mit ihrem Versprechen auch wirklich ernst meinte.

Es fiel Charlotte immer schwerer, ihr Versprechen zu halten, weil der nächste Tag unzählige Möglichkeiten bot, diskret Fragen zu stellen, ohne den Anschein zu erwecken, daß dies aus mehr als normaler Anteilnahme heraus geschah. Außerdem mußte sie natürlich auch das Versprechen halten, das sie Emily gegeben hatte. Die Möglichkeit, das letztere einzuhalten, ergab sich zur Mittagszeit, als die Kammerzofe vor Arbeit nicht mehr ein noch aus wußte und Charlotte ihr anbot, Christinas Tablett hinaufzubringen, um der armen Frau wenigstens eine kleine Last abzunehmen.

»Oh, das ist wirklich nicht nötig, Miss«, sagte das Mädchen, aber ihr Gesicht leuchtete hoffnungsvoll.

»Unsinn!« Charlotte rauschte herein und schnappte ihr das Tablett unter der Nase weg. »Es macht mir wirklich keine Mühe, und mein Essen ist ohnehin noch zu heiß, um es sofort zu essen.«

»Oh, vielen Dank, Miss. Aber lassen Sie sich bloß nicht von Lady Augusta erwischen.«

»Keine Sorge«, sagte der Stiefeljunge fröhlich. »Die sitzt selber beim Essen. Steht nich' eher auf, bis der General den Pudding warm gegessen hat. Kriegt 'ne fürchterliche Magenverstimmung, wenn er 'n kalt ißt, und dann is' er unausstehlich!«

Charlotte dankte ihm und eilte hinauf, bevor ihr noch irgend etwas in die Quere kommen konnte, und mußte auf dem Treppenabsatz ein Dienstmädchen fragen, wo Christinas Schlafzimmer sei.

Sie klopfte an Christinas Tür, und einen Augenblick später war sie im Zimmer. Es glich dem Raum, den sie in der Cater Street bewohnt hatte – er war vielleicht ein wenig größer und mit teureren Möbeln eingerichtet. Für einen Augenblick erinnerte sie sich wieder an ihre Mädchenzeit; es waren schöne Erinnerungen, aber sie war zufrieden, daß es nur Erinnerungen waren. Heute hatte sie ein Glück gefunden, daß völlig anders war, als sie es sich damals erträumt hatte. Es war intensiver und von einer Tragweite, die sie sich damals nicht hatte vorstellen können. Sie blickte Christina an, die im Bett saß. Ihr dunkles Haar wallte um ihre Schultern, und auf ihrem hübschen, kleinen Gesicht lag ein Ausdruck von Überraschung. Von welcher Art Glück träumte sie wohl? Und mit wem? Die Träume eines Mädchens konnten so unschuldig sein – und so ahnungslos.

»Wer sind Sie denn?« sagte Christina ein wenig gereizt.

»Charlotte Ellison.« Erst im letzten Moment erinnerte sie sich an das ›Ellison‹. »Ich helfe General Balantyne bei einigen Schreibarbeiten, und weil Ihre Kammerzofe gerade versuchte, drei Aufgaben gleichzeitig zu bewältigen, bringe ich Ihnen Ihr Mittagessen. Ich hoffe, daß Sie sich besser fühlen.« Während sie dies sagte, schaute sie Christina an und versuchte, ihren vorsichtig abschätzenden Blick als Ausdruck purer Höflichkeit zu tarnen. Dem äußeren Eindruck nach wirkte Christina völlig gesund. Auf jeden Fall hatte sie eine gesunde Gesichtsfarbe, ihre Augen waren klar, und weder die Wangen noch die Nase waren geschwollen, wie dies bei einer Erkältung normalerweise der Fall ist.

»Ja, danke«, antwortete Christina kühl und erinnerte sich dann jedoch an die Lage, in der sie sich befand. »Ich fühle mich heute besser, aber leider kommt und geht es.«

»Das tut mir leid«, sagte Charlotte und setzte das Tablett vorsichtig ab. »Ich glaube, es liegt am Wetter.«

»Das glaube ich auch. Es war nett von Ihnen, das Tablett hochzubringen. Ich brauche nichts mehr, danke, Sie können gehen.«

Charlotte spürte, wie sich ihre Gesichtsmuskeln spannten; herumkommandiert zu werden hatte sie seit jeher mehr in Rage gebracht als alles andere. Nur mit größter Mühe gelang es ihr, sich zu beherrschen.

»Vielen Dank«, sagte sie steif. »Ich hoffe, daß Sie bald wieder gesund sind. Es ist schrecklich, im Bett bleiben zu müssen; man verpaßt so viel. Es ist schon betrüblich, wie schnell man in der

Gesellschaft den Anschluß verliert!« Zufrieden mit ihrer letzten, vernichtenden Bemerkung segelte sie hinaus und schloß energisch die Tür.

Unten beruhigte sie sich wieder und dachte daran, daß Emily freundlich geblieben wäre, ein bißchen geschauspielert, sich beherrscht und eine Freundin behalten hätte. Statt dessen hatte sich Charlotte nun sicher jemanden zum Feind gemacht. Aber andererseits war sie sich absolut sicher, daß sie Christina niemals würde leiden können, und somit hatte sie lediglich mit einem Schlag erreicht, was sonst früher oder später ohnehin unausweichlich eingetreten wäre.

Am späten Nachmittag war alles ganz anders. Weil das Stubenmädchen sich ein wenig unwohl fühlte, wurde sie darum gebeten, den Southerons nebenan eine Nachricht zu überbringen. Sie kam der Bitte freudig nach; dies war eine weitere äußerst günstige Gelegenheit. In der Küche der Southerons lernte sie Jemima Waggoner, die Gouvernante, kennen. Sie war ihr auf Anhieb sympathisch, da sie spürte, daß Jemima so aufrichtig und offen war wie sie selbst, und vielleicht vertrat auch sie Ansichten, die auszudrücken ihr der Anstand und ihre abhängige Stellung verboten. Das jedenfalls glaubte Charlotte in den großen grauen Augen und dem Mund, der einen Sinn für Humor verriet, erkennen zu können.

»Möchten Sie etwas Tee, Miss Ellison?« bot Jemima an. »Es ist fast an der Zeit, und wir bereiten unseren gerade vor. Sie wären herzlich eingeladen.«

»Vielen Dank, Tee wäre jetzt in der Tat gut«, nahm Charlotte sofort an. Der General würde eben warten müssen. Zweifellos würde auch er erst eine Teepause einlegen. Wenn er ihr nach ihrer Rückkehr noch einmal Tee anbot, würde sie ihn annehmen müssen, auch wenn sie dann fast überlaufen würde. Aber das war unwahrscheinlich, denn an solche Dinge dachte er selten; er war jemand, der sich immer auf eine einzige Sache konzentrierte, und im Moment war er zu sehr mit dem Pulverdampf der Schlachten beschäftigt, um an eine Tasse Tee denken zu können.

Wenig später fand sie sich mit Jemima allein in deren Zimmer wieder, nippte ihren Tee und aß belegte Brote.

»Stimmt es, daß Sie General Balantyne bei seiner Kriegsgeschichte helfen?« fragte Jemima. »Ich bin nie sicher, ob der Tratsch, den man so hört, stimmt oder nicht.«

»Niemand kann da sicher sein«, pflichtete ihr Charlotte schnell bei. »Es sei denn, man hat den Tratsch selbst in Umlauf gebracht, und selbst dann erkennt man ihn nach einer Woche nicht wieder! Aber in diesem Fall stimmt es!«

»Macht es Ihnen Spaß?« Jemima fragte, als ob sie eine bejahende Antwort erwartete.

»Oh, ja, das macht es. Es ist äußerst interessant, besonders die alten Briefe. Die Briefe der Soldaten sind so unterschiedlich, man kann sich das kaum vorstellen! Aber die Briefe von den Ehefrauen und Freundinnen – wie wenig wir uns doch verändert haben. Es sind immer noch dieselben Anliegen, Liebesgeschichten, Krankheiten, Kinder, kleine Skandale!« Sie übertrieb ein wenig, aber sie wollte über den Callander Square reden, und sie fühlte, daß Jemima nicht jemand war, der schnell tratschte.

»Ich nehme an, die Skandale bleiben dieselben«, sagte Jemima nachdenklich und schaute auf den Tee, der sich in ihrer Tasse langsam drehte, nachdem sie ihn umgerührt hatte. »Es handelt sich immer um Vermutungen über irgendwelche Torheiten oder Vergehen von anderen.«

Charlotte öffnete den Mund, um das Thema zu vertiefen, um etwas über den Callander Square zu sagen, und stellte dann fest, daß sie das eigentlich gar nicht wollte. Jemima hatte ihr aus der Seele gesprochen; es ging wirklich immer nur um die Sünden und Mißgeschicke anderer, die ausgeschmückt und genüßlich kommentiert wurden.

Das sagte sie dann auch. Sie sah in den Augen der jungen Frau eine Zuneigung aufblitzen und fühlte sich ihr sofort verbunden. Sie merkte, wie sie zurücklächelte.

»Wie viele Kinder unterrichten Sie?« fragte sie statt dessen.

»Meistens nur die drei Mädchen hier, aber dreimal in der Woche kommen Victoria und Mary Campbell zu uns herüber. Kennen Sie die Campbells? Sie wohnen drüben am anderen Ende des Squares.« Sie verzog das Gesicht ein wenig zu einer sarkastischen Grimasse. »Ich mag Mr. Campbell nicht besonders. Er ist manchmal sehr geistreich, aber unterschwellig scheint mir da immer eine Art Hoffnungslosigkeit zu sein, so, als ob er immer nur vorgibt, heiter zu sein, und genau weiß, daß alles letztendlich sinnlos ist. Ich finde das deprimierend und ein wenig beängstigend.« Sie schaute Charlotte an, um herauszufinden, ob sie wußte, was sie meinte.

»Zynismus erschreckt mich auch«, pflichtete Charlotte bei. »Man kann gegen so viele Dinge ankämpfen, aber man kann Leute nicht zur Hoffnung überreden. Wie steht es mit Mrs. Campbell, ist sie auch so?«

»Oh, nein, sie ist ganz anders: ruhig und zuverlässig. Sie ist in der Tat die beste Mutter, für die ich jemals gearbeitet habe. Sie verwöhnt ihre Kinder nicht, ist ihnen gegenüber aber auch nicht gleichgültig oder übertrieben streng. Ich glaube, sie ist eine sehr starke Frau.« In den folgenden Minuten sprachen sie über andere Leute am Square und ein wenig über die Balantynes und Charlottes Arbeit. Charlotte fand heraus, daß Jemima den jungen Brandon Balantyne bei zwei oder drei Gelegenheiten getroffen hatte, und aus der leichten Röte auf ihrem Gesicht schloß sie, daß sie ihn anziehend fand, obwohl sie dies natürlich nicht sagen würde. Es stand einer Gouvernante nicht zu, eine Meinung über die Söhne von Generälen und die Enkel von Herzögen zu haben.

Sie hatten ihren Tee gerade ausgetrunken, als die Tür aufgestoßen wurde und das mit Sicherheit hübscheste Dienstmädchen eintrat, das Charlotte jemals gesehen hatte. Ihr Gesicht glühte vor Zorn, und ihre Kleidung war in Unordnung.

»Eines Tages verpaß' ich ihm eine ordentliche Ohrfeige, so wahr ich hier stehe!« sagte sie wütend. »Ich werde mich vergessen, das schwör' ich!« Dann erkannte sie, daß Charlotte nicht zum Haushalt gehörte. »Oh, es tut mir leid, Miss. Ich habe Sie nicht gesehen. Entschuldigen Sie bitte!«

»Das ist schon in Ordnung«, sagte Charlotte unbekümmert. Sie vergaß das Versprechen, das sie Pitt gegeben hatte. »Hat sich jemand Freiheiten herausgenommen?«

»Freiheiten herausgenommen? Das will ich wohl meinen!«

»Mary Ann«, beendete Jemima die ein wenig peinliche Situation. »Dies ist Miss Ellison, die General Balantyne von nebenan bei seinen Aufzeichnungen zur Hand geht.«

Mary Ann neigte höflich den Kopf; als Angestellte hatte Charlotte keinen Anspruch auf einen Knicks. »Ich nehme an, Sie haben schon Tee getrunken«, sagte sie mit einem Blick auf die Teekanne. »Ich glaube, in der Küche ist noch welcher.« Sie ging wieder hinaus, wobei sie hinten an ihrem Rock zupfte, da er immer noch nicht zu ihrer Zufriedenheit saß.

»Vielleicht wäre es eine gute Idee, wenn sie ihn wirklich einmal tüchtig ohrfeigt«, sagte Charlotte, als die Tür wieder geschlossen

war. »Man kann die eigene Position nicht deutlich genug machen.«

»Ihn ohrfeigen?« Jemima lachte und zog ihre Mundwinkel ein
wenig nach unten. »Mr. Southeron ist sehr gutmütig, aber er
würde es sicher nicht komisch finden, wenn ein Dienstmädchen
ihn ohrfeigt.«

»Mr. Southeron!« Charlotte versuchte, ihre Überraschung und
ihren Triumph zu verbergen. Nun hatte sie wirklich sensationelle
Neuigkeiten für Emily, und sie hatte keine Frage gestellt – oder
zumindest nur eine, und die auch nur versehentlich.

Sie konnte sehen, daß Jemima bedauerte, so offen gesprochen
zu haben.

»Ich hätte das nicht sagen dürfen.« Sie war ein wenig verlegen.
»Ich vermute das nur von dem, was ich so gehört habe. Ich sollte
mich zu keinen Rückschlüssen verleiten lassen. Vielleicht übertreibt Mary Ann ja nur!«

»Sie ist auf jeden Fall über irgend etwas wütend«, sagte Charlotte vorsichtig. »Aber vielleicht sollten wir nicht weiter darüber
spekulieren, was es sein könnte. Ich gehe davon aus, daß Sie niemals . . .?« Sie vollendete den Satz nicht.

Zu ihrer Überraschung unterdrückte Jemima ein Lachen.

»Nun, ein oder zwei Mal habe ich geglaubt, daß er kurz davor
war, aber ich bin ihm aus dem Weg gegangen. Er sah schon ein
wenig verärgert aus. Aber wenn man nur einmal eine Vertraulich-
keit zuläßt, dann kann man nicht mehr zurück, dann hat man
seine Verteidigungsstellung sozusagen aufgegeben.« Sie hob
leicht ihre Augenbrauen, um Charlotte zu fragen, ob sie verstanden hatte, was sie meinte.

»Oh, ja«, stimmte Charlotte zu. Obwohl sie über Jemimas Situation nur Vermutungen anstellen konnte, fühlte sie eine tiefe
Zuneigung zu dieser jungen Frau, die im Haus anderer Leute arbeiten und wohnen mußte und es nicht wagen konnte, sie zu ver-
ärgern.

Sie blieb noch eine Weile, um sich dann zu verabschieden und
zu General Balantyne zurückzukehren, der zu ihrer Überraschung in der Bibliothek rastlos auf und ab ging und auf sie wartete. Zuerst dachte sie, er wolle sie wegen ihrer Abwesenheit aus-
schimpfen, aber seine schlechte Laune wich schnell, und nach
einer kurzen mißbilligenden Äußerung schien er sich damit zufrieden zu geben, die Arbeit wieder aufnehmen zu können.

Pitt kam an diesem Abend erst spät nach Hause, so daß Charlotte ihm nicht mitteilen konnte, was sie herausgefunden hatte, und am nächsten Morgen verließ er schon früh das Haus. Für ihre Aufgaben gerüstet, traf sie am Callander Square ein. Wieder ergab sich eine Gelegenheit für einen Botengang zu einem anderen Haus am Callander Square, und sie nahm sie gern wahr.

So stand sie also um Viertel vor zwei im mit Möbeln überfüllten Wohnzimmer der Dorans mit einem Strauß getrockneter Winterblumen in der Hand vor Miss Georgiana.

Georgiana trug ein rauchgraues Chiffonkleid mit künstlichen Blumen. Sie lag auf der Chaiselongue und hatte einen Arm auf die Lehne gestützt. Sie war so dürr und blaß, daß, wären da nicht ihre leuchtenden Augen gewesen, Charlotte an eine kunstvoll hergerichtete Leiche gedacht hätte, die in ihrem Totenhemd mit Blumen aufgebahrt worden war – eine Lady of Shallot zwanzig Jahre nach ihrem Tod! Der Gedanke brachte sie fast zum Kichern, und nur mit größter Mühe konnte sie ihre Haltung bewahren. Sie spürte, wie das Lachen in ihr aufstieg; ihr Sinn für das Lächerliche hatte ihr schon oft einen Streich gespielt!

Georgiana musterte sie gründlich.

»Wer, sagten Sie, sind Sie?«

»Charlotte Ellison, Mrs. Duff. Lady Augusta bat mich, Ihnen diese Blumen zu bringen. Ich glaube, man sagt, sie seien für das Haus wegen ihres zarten Duftes besonders gut geeignet.« Sie drückte sie in die klauenähnliche, kleine Hand, die vor Schmuck glitzerte.

»Unsinn!« Georgiana hielt sie an ihre Nase. »Sie riechen wie Staub. Trotzdem war es nett von Augusta, sie zu schicken; sie glaubt zweifellos, daß sie Laetitia gefallen werden, und damit mag sie recht haben.«

Charlotte mußte einfach auf die Rosen aus Samt und Plüsch schauen, die die Couch, die Kissen und Georgiana selbst schmückten.

Georgiana fixierte sie mit Augen, die so scharf wie Diamanten waren.

»Sie ist so ganz anders als ich«, sagte sie schlicht. »Ich liebe die Schönheit. Ich bin sehr sensibel. Ich leide, müssen Sie wissen, und es hilft, wenn man Blumen hat.«

»Ich bin sicher, daß das stimmt.« Charlotte fiel keine vernünftige Antwort auf eine solche Bemerkung ein. Sie stand etwas unbeholfen in der Mitte des Zimmers und wußte nicht, ob sie bleiben oder sich zurückziehen sollte.

Georgiana sah sie eingehend an. »Sie sehen nicht wie ein Dienstmädchen aus. Was, sagten Sie, tun Sie?«

»Ich helfe General Balantyne bei seinen Kriegsmemoiren.«

»Scheußlich. Was interessiert eine junge Frau wie Sie denn an Kriegsmemoiren? Geld, nehme ich an!«

»Ich finde sie sehr interessant.« Charlotte hielt es nicht für nötig, auszuweichen oder ihre Gefühle zu verbergen. »Ich glaube, es ist für uns alle gut, die Geschichte unseres Landes und die Größe der Opfer, die gebracht wurden, zu kennen.«

Georgianas Augen verengten sich.

»Was sind Sie nur für ein seltsames Geschöpf? Bitte gehen Sie weg, oder setzen Sie sich. Sie sind groß, und zu Ihnen aufzuschauen, tut mir im Nacken weh. Ich bin sehr zart.«

Charlotte war versucht zu bleiben, aber sie wußte, daß der General auf sie wartete, und sie war sich ihrer Pflicht ihm gegenüber bewußt – es war sowohl eine Sache des eigenen Ehrgefühls als auch die Furcht, ihre Stellung und die Möglichkeiten, die diese bot, vielleicht zu verlieren, wenn sie seine Geduld zu sehr strapazierte.

»Vielen Dank, Mrs. Duff«, sagte sie höflich, »aber ich muß zurückkehren. Es war äußerst interessant, Sie kennenzulernen.«

»Kommen Sie wieder. Sie sind sehr unterhaltsam.« Georgiana lehnte sich zurück, um sie besser sehen zu können. »Ich weiß nicht, was aus der Welt noch werden soll. Danken Sie Augusta. Sagen Sie ihr nicht, daß ich die Blumen nicht mag oder daß sie nach einem unbewohnten Haus riechen.«

»Natürlich nicht«, sagte Charlotte und verließ Mrs. Duff, die auch noch auf die Tür starrte, als sie schon gegangen war.

In der Bibliothek wartete Balantyne auf sie.

»Hat Georgiana Sie mit ihrem Geplauder aufgehalten?« fragte er und schaute sie mit einem Lächeln an, dem ersten, an das sie sich erinnern konnte. »Armes altes Geschöpf. Es ist bestimmt nicht einfach, dort mit Laetitia zu wohnen. Manchmal glaube ich, Helenas Verschwinden hat ihren Geist ein wenig verwirrt.«

»Helena?« Charlotte konnte den Namen nicht einordnen, obwohl sie glaubte, daß Emily ihn erwähnt hatte.

»Laetitias Tochter«, erklärte ihr Balantyne. »Das dumme Ding ist vor zwei Jahren mit jemandem durchgebrannt. Man hat nie herausgefunden, mit wem. Die arme Laetitia wurde dadurch völlig aus der Fassung gebracht. Hat seitdem Helenas Namen nie wieder erwähnt, tut so, als hätte sie keine Kinder. Der Mann ist seit Jahren tot, und sie hatte sonst niemanden; deshalb ist Georgiana gekommen, um bei ihr zu wohnen.«

»Wie traurig.« Charlotte stellte sich die schreckliche Situation vor, und in ihren Gedanken versuchte sie, sich Helenas Einsamkeit vorzustellen, ihre Liebe – oder Versuchung – und all die Trauer seit ihrer Flucht. Sie fragte sich, ob die Ehe glücklich war. »Hat sie denn seit damals ihrer Mutter niemals geschrieben?«

»Soviel ich weiß, nicht. Natürlich hat auch Laetitia Ross sehr gemocht, was alles nur noch schlimmer machte.«

»Wer ist Ross?«

»Alan Ross. Er war in Helena verliebt. Wir alle glaubten, daß es nur eine Frage der Zeit sei, bis sie heiraten. Beweist, welchen Unsinn wir reden!« Er setzte sich wieder hinter den Schreibtisch und warf ihr einen Blick zu, der sie leicht irritierte. »Er ist nie darüber hinweggekommen«, fügte er hinzu.

Sie wollte etwas dazu sagen, doch alles, war ihr einfiel, klang unerträglich abgedroschen.

»Wir wissen so selten über die Gefühle anderer Bescheid«, erwiderte sie und widmete sich wieder den Unterlagen. »Hier sind die Tagebücher Ihres Onkels. Wünschen Sie, daß ich die Seiten numeriere, die sich speziell mit Militärangelegenheiten beschäftigen?«

»Was?«

Sie wiederholte ihre Frage und hielt die Bücher hoch, damit er sie sehen konnte.

»Oh ja, ja bitte. Sie helfen mir wirklich sehr . . .«, er zögerte, »Miss Ellison.«

Sie lächelte schnell und schaute weg.

»Das freut mich. Ich darf Ihnen versichern, daß ich die Aufgabe sehr interessant finde.« Und ohne sich weiter aufzuhalten, öffnete sie das Buch in ihrer Hand und beugte ihren Kopf, um zu lesen. Sobald es fünf Uhr war, schloß sie es, wünschte ihm einen guten Abend und ließ sich von Max eine Droschke rufen. Sie gab dem Kutscher Emilys Adresse und fuhr rasselnd in die Dunkelheit; sie brannte darauf, ihr die Neuigkeit mitteilen zu können.

Kapitel 6

Weihnachten stand bereits vor der Tür. Es waren nur noch zwei Wochen bis zum Fest, und Augusta beschloß, daß es an der Zeit war, die Angelegenheit zwischen Christina und Max zu klären. Sie konnte von dem Kind nicht erwarten, daß es die Ferientage im Bett verbrachte; aber bevor ihre Tochter wieder aufstand, mußte Max aus dem Haus sein. Sie hatte sich mit ihren Verwandten in Stirlingshire in Verbindung gesetzt und eine Stellung für ihn arrangiert. So, wie die Dinge standen, blieb ihm nichts anderes übrig, als das Unausweichliche zu akzeptieren und seinen Abschied mit Würde zu tragen. Augusta hatte über einen möglichen Nachfolger bereits äußerst vorsichtige Erkundigungen eingezogen. Es würde schwierig sein, einen Mann zu finden, der genauso fähig – oder so gutaussehend – war wie er und der darüber hinaus zu Percy, dem anderen Diener, passen würde. Diener wurden immer zu zweit eingestellt, aber das war im Moment von nebensächlicher Bedeutung.

Um ihn über die unmittelbar bevorstehende Abreise zu informieren, ließ sie nach Max schicken und ihm ausrichten, daß er im Empfangszimmer auf sie warten solle. Dem General hatte sie über ihre Pläne noch nichts erzählt, aber dazu wäre noch Zeit genug, wenn alles vorbei war; und da er sie schon seit Monaten bedrängt hatte, Max loszuwerden, würde er zweifellos höchst zufrieden sein.

Max kam herein und schloß leise die Tür hinter sich.

»Ja, Mylady?«

»Guten Morgen, Max.«

»Guten Morgen, Mylady.«

»Ich habe meine Vorbereitungen für Ihre neue Stellung in Stirlingshire abgeschlossen. Sie werden zu Lord und Lady Forteslain gehen. Sie ist meine Kusine, und Sie werden die Anstellung angemessen finden, obwohl sie Ihre Fähigkeiten wahrscheinlich nicht so fördern wird wie eine Stellung in London. Wie dem auch sei, Sie werden das Beste aus dieser unglücklichen Situation machen müssen.«

»Ich habe lange über die Angelegenheit nachgedacht, Mylady.« Ein kleines, selbstgefälliges Lächeln spielte um seinen Mund. Augusta fragte sich, wie Christina ihn jemals hatte attraktiv finden können, wie sie den Wunsch verspürt haben konnte, von ihm geküßt und berührt zu werden. Der Gedanke war ekelerregend.

»Wirklich?« sagte sie kalt.

»Ja, Mylady. Ich glaube nicht, daß mir Stirlingshire zusagen wird – oder irgendein anderer Teil Schottlands.«

Sie hob leicht ihre Augenbrauen.

»Das ist bedauerlich, aber Ihre Vorlieben und Abneigungen interessieren mich nicht. Sie werden lernen müssen, das Beste daraus zu machen.«

»Das glaube ich nicht, Mylady. Ich ziehe es vor, in London zu bleiben. Um es auf den Punkt zu bringen: Der Callander Square gefällt mir recht gut.«

»Das glaube ich Ihnen gern, aber es ist nicht möglich, daß Sie bleiben. Ich dachte, ich hätte Ihnen das bereits klargemacht.«

»Sie haben Ihre Position klargemacht, Madam. Aber wie ich bereits sagte, habe ich lange über die Angelegenheit nachgedacht, und mir ist eine Alternative eingefallen, die ich in jedem Fall vorziehe.«

»Ich werde sie nicht akzeptieren können!« Sie versuchte, ihn mit ihren Blicken zu verunsichern, aber seine Impertinenz war durch nichts zu erschüttern.

»Ich bedauere, so unhöflich sein zu müssen, Mylady, aber das interessiert mich wiederum nicht. Wie Sie bei unserer letzten Unterredung so deutlich klarmachten, gibt es Dinge, die man einfach akzeptieren muß, ob man nun will oder nicht.«

»Es gibt nichts, das ich bezüglich Ihrer Person akzeptieren müßte, Max. Ich habe Ihnen gesagt, was ich tun werde, wenn Sie nicht nach Schottland gehen. Also bewahren Sie Haltung, und tun Sie es. Damit ist die Angelegenheit erledigt.«

»Wenn Sie mich wegen Diebstahls anzeigen, Mylady, werden Sie es bereuen«, sagte er, und sein Blick wich ihrem nicht aus.

Sie erstarrte; sie spürte, wie sich die Haut über ihren Wangenknochen spannte.

»Wollen Sie mir drohen, Max?«

»Wenn Sie es so auffassen wollen, ja, Mylady, ich drohe Ihnen.«

»Das ist eine leere Drohung. Sie können nichts tun. Man wird mir glauben und nicht Ihnen.«

Er stand ihr unerschrocken gegenüber.

»Das kommt darauf an, was Ihnen wichtig ist, Lady Augusta. Natürlich, falls ich sagen würde, ich hätte mit Ihrer Tochter geschlafen, dann wird das Gericht zweifellos Ihnen und nicht mir glauben, wenn Sie schwören, daß ich dies nur aus Rache behaupte. Es wäre eine Lüge«, sagte er und lächelte leicht. Sein grobes Gesicht zeigte einen verschlagenen, überheblichen Ausdruck. »Aber ich mache mir keine Illusionen darüber, daß Sie darauf trotzdem einen Eid schwören würden.«

Sie errötete und spürte die Hitze in ihrem Gesicht. Seine scharfzüngige Verachtung traf sie, weil sie nicht besser war als er und weil sie ihn in eine Position gebracht hatte, die es ihm erlaubte, es ihr zu demonstrieren.

»Aber«, fuhr er fort, »ich würde nicht behaupten, daß ich es war, der mit ihr geschlafen hat. Ich habe einen Freund, der kein Diener ist – ich fürchte, er ist eine Art Lebemann, ein Spieler, der schon bessere Zeiten erlebt hat. Aber er sieht gut aus, wenn auch auf eine recht vulgäre Weise, und es mangelt ihm nicht an Damenbekanntschaften. Die meisten von ihnen sind natürlich Huren, aber sie finden ihn attraktiv. Bedauerlicherweise«, sein Lächeln erfror, »hat er eine Krankheit.« Seine Augenbrauen hoben sich, so, als wollte er Augusta fragen, ob sie auch wirklich verstand, was er meinte.

»Ich würde sagen«, fuhr Max fort, »daß er es gewesen sei, der Miss Christina verführt hat – oder, um präziser zu sein: Er würde es sagen. Es gäbe keine Verbindung zu meinem angeblichen Verbrechen, und es würde Ihnen außerordentlich schwerfallen, eine solche zu beweisen. Und ich glaube, es wäre der Mühe auch nicht wert. Der Schaden wäre dann schon angerichtet. Die Geschichte würde in Männerclubs und dergleichen verbreitet werden; ganz diskret natürlich, nicht in der Öffentlichkeit, so, daß Sie es nicht leugnen könnten. Und wenn Sie mich wegen Diebstahls anzeigen, dann schwöre ich Ihnen, daß das passieren wird.«

Sie hatte Angst, wirkliche Angst. Dieser Mann strahlte Kraft aus und war sich seines Sieges bewußt.

Sie suchte verzweifelt nach Worten, und sie wollte vor allem keine Schwäche zeigen.

»Und warum sollte irgend jemand glauben, daß dieser scheußliche Freund von Ihnen Christina jemals gesehen hat?« fragte sie langsam. »Oder daß sie überhaupt mit ihm sprechen, geschweige denn sich von ihm berühren lassen würde?«

»Weil er dieses Haus hier genau beschreiben kann, ihr Schlafzimmer, ja sogar die Verzierungen an ihrem Bett –«

»Die Sie kennen«, sagte sie schnell. »Er könnte das ja auch ganz einfach von irgendeinem Hausmädchen erfahren haben. Das will nichts bedeuten«, sagte sie und fühlte, wie sie neue Hoffnung schöpfte.

Seine feuchten Augen musterten sie langsam von oben bis unten. »Sie hat ein Muttermal unter ihrer linken Brust«, sagte er mit Bestimmtheit, »und eine Narbe auf ihrem Po – soweit ich mich erinnere, auf der linken Seite. Sie werden sagen, daß ich das auch weiß, aber ich bezweifle, ob das Hausmädchen es weiß. Haben Sie mich verstanden, Mylady?«

Sie konnte sich nicht daran erinnern, daß sie sich jemals so hatte beherrschen müssen, um ihn nicht anzubrüllen, um ihrem Temperament, ihrer Wut und ihrer Frustration nicht freien Lauf zu lassen und zu schreien: »Gehen Sie, gehen Sie mir aus den Augen!« Sie holte tief Atem und besann sich darauf, daß sie ihr Leben lang Disziplin hatte üben müssen.

»Ja, ich habe Sie verstanden«, sagte sie ruhig mit fast unbewegter Stimme. »Sie können jetzt gehen!«

Er zog sich zurück, doch an der Tür hielt er noch einmal inne.

»Sie werden Ihren Verwandten in Stirlingshire mitteilen, daß ich nicht kommen werde, Mylady?«

»Das werde ich. Gehen Sie jetzt.«

Er verbeugte sich leicht und lächelte immer noch.

»Ich danke Ihnen, Mylady.«

Sobald die Tür geschlossen war, ließ sie sich gehen. Fast fünf Minuten lang saß sie da und ließ ihren Gefühlen, ihrer Abscheu und ihrer Wut, freien Lauf. Von einem Diener besiegt zu werden, einem Diener mit der Moral aus der Gosse! Niemals würde sie seinen klebrigen, intimen Blick, mit dem er sie gemustert hatte, vergessen. Sich vorzustellen, daß Christina freiwillig mit dieser . . . Kreatur . . . geschlafen hatte! Daß sie jetzt vielleicht sogar sein Kind erwartete! Der Gedanke war einfach unerträglich. Sie mußte sich zusammenreißen. Etwas mußte geschehen. Sie war jetzt nicht in der Verfassung, darüber nachzudenken, wie man Max loswerden konnte, aber sie mußte wenigstens sicherstellen, daß er Christina nie wieder berühren würde. Von dieser Stunde an mußte Christinas Verhalten tadellos sein. Max würde seinen Trumpf nicht ausspielen, es sei denn, er wäre dazu gezwungen und hätte nichts mehr zu verlieren; er hatte nur diese eine Chance. Wenn er sie ruinierte, würde er sich damit selbst ruinieren, und deshalb würde er Christina nicht mehr belästigen, wenn sie ihm von nun an mit völligem Desinteresse begegnete. Und dafür würde Augusta schon sorgen!

Sie erhob sich und gewann ihre Fassung zurück. Christina durfte jetzt nicht länger im Bett bleiben. Sie hatte sich wieder völlig erholt. Sie konnte also aufstehen und ihren normalen Tagesablauf wieder aufnehmen, ja, das sollte sie sogar tun, bevor zu viele Spekulationen in Umlauf kamen, warum sie sich wohl von Gesellschaften fernhielt. Sollte die Katastrophe eintreten und sich herausstellen, daß sie schwanger war, würde Augusta dafür sorgen müssen, daß sie sobald wie möglich verheiratet wurde. Dann konnte man nur noch hoffen, daß die Geburt als Frühgeburt akzeptiert würde. Glücklicherweise war Christina genauso dunkelhaarig wie Max. Wenn also das Kind ebenfalls dunkelhaarig wurde, würde dieser Umstand kein Gerede provozieren. Es war wahrscheinlich sowieso besser, Christina bei der ersten sich bietenden Gelegenheit zu verheiraten. Ganz offensichtlich hatte sie eine Schwäche, die der Abhilfe bedurfte, und es gab dafür nur eine befriedigende Lösung. Während sie durch die Halle schritt und die Treppe hinaufging, dachte sie über verschiedene Möglichkeiten nach. Es mußte jemand sein, der dazu bewegt werden konnte, innerhalb kürzester Zeit zu heiraten, ohne daß dies allzu große Verwunderung hervorrufen würde. Aus diesem Grunde mußte es jemand sein, den sie schon kannte, damit man annehmen konnte, daß eine Zeit der Werbung bereits stattgefunden hatte. Man konnte sich nur sehr schwer vorstellen, daß jemand, der über einen derart überwältigenden Charme verfügte, daß man ihm eine wilde Romanze glauben würde, eine andere Frau heiraten würde als diejenige, die er sich selbst erwählt hatte; und darauf zu warten, daß solch ein Mann in den nächsten Wochen Christina über den Weg laufen und sich in sie verlieben würde, hieße, zuviel vom Schicksal zu erhoffen.

In Gedanken zählte sie die jungen Männer auf, die von ihrer Position ihrer Meinung nach in Frage kamen, und ihr fielen nur bedauerlich wenige ein. Zudem schuldeten die meisten von ihnen den Balantynes nichts, noch erhofften sie sich etwas von ihnen, das es wert war, deswegen zu heiraten und auf den romantischen Teil zu verzichten. Die meisten Männer heirateten, weil sie von ihren Frauen oder von ihren Schwiegermüttern ausgesucht worden waren, sie zogen es jedoch vor, zu glauben, daß sie die Wahl getroffen hätten. Im vorliegenden Fall war solch ein Kabinettstückchen an Selbstbetrug wohl recht schwierig. Zum Glück hatte Christina eine recht gewinnende Art, sie war hübsch, geistreich, hatte einen hervorragenden Geschmack, was Mode anbelangte, und sie hatte Sinn für Humor und für Spaß, was auf die meisten Männer besonders anziehend wirkte.

Als sie an Christinas Schlafzimmertür angekommen war, hatte sie ihre Auswahl auf drei Männer reduziert, von denen Alan Ross der beste zu sein schien. Natürlich wußte jeder, daß er sich von seiner Vernarrtheit in Helena Doran niemals völlig erholt hatte, aber das bedeutete auch, daß er keine Liaison mit einer anderen Frau unterhielt und deswegen dem Arrangement vielleicht zustimmen würde. Wenn man ihn bedrängte, konnte er recht widerspenstig sein – er war ein sehr willensstarker Mann –, aber wenn man ihm mit Charme begegnete, wenn Christina sich Mühe gab, ihm zu gefallen, ihn zu erfreuen, ihn zu umwerben, dann würde er sich vielleicht, wenn auch der General noch ein wenig Druck ausübte, zugänglich zeigen. Ein Versuch konnte nicht schaden. Es gab zwar noch andere, die mit einer Beförderung beim Militär gekauft werden konnten – auch dies ließe sich natürlich arrangieren –, aber die waren viel weniger in der Lage, Christina glücklich zu machen.

Sie klopfte an die Tür und trat sofort ein. Sie war überrascht, als sie sah, daß Christina aufgestanden war und sich anzog. Sie öffnete den Mund, um ihrer Verärgerung darüber Ausdruck zu verleihen, daß sie ihre Anweisungen nicht befolgt hatte, schloß ihn aber wieder, als sie sich vergegenwärtigte, daß sie damit ihre eigenen Pläne durchkreuzt hätte.

»Ich freue mich, daß es dir wieder besser geht«, sagte sie daher.

Christina fuhr herum; ihrem Gesicht sah man die Überraschung an. Mit ihren vollen, dunklen Haaren, ihrer weißen Haut, den schrägen, großen blauen Augen, der kecken Nase und dem runden Kinn war sie wirklich ein hübsches Geschöpf. Und wenn sie wollte, waren ihre Umgangsformen bezaubernd. Ja, ihr Unterfangen schien nicht aussichtslos zu sein.

»Mama!«

»Wie ich sehe, hast du dich dazu entschlossen, aufzustehen. Das freut mich, und ich glaube, daß es auch an der Zeit ist.«

Christinas Verblüffung über diese Reaktion war für einen kurzen Augenblick auf ihrem Gesicht abzulesen, bevor sie sie verbergen konnte.

»Ja. Diese Miss – wie sie auch immer heißen mag–, die, die Papa eingestellt hat, hat mir klargemacht, wieviel ich versäume. Und die Leute werden anfangen zu reden, wenn ich nicht bald wieder erscheine. Es wäre schlecht, ihnen einen Anlaß dazu zu liefern, bevor es sich nicht mehr vermeiden läßt. Und es ist ja immerhin möglich, daß ich nicht schwanger bin. Ich fühle mich zur Zeit ausgezeichnet. Schon seit Tagen fühle ich mich nicht im geringsten krank oder schwach.« In ihrer Stimme lag etwas Herausforderndes.

»Es gibt auch keinen Grund, warum du das solltest«, stimmte Augusta zu. »Schwanger zu sein, ist etwas völlig Normales und keine Krankheit. Schon seit Eva sind Frauen immer wieder schwanger gewesen.«

»Vielleicht bin ich gar nicht schwanger«, sagte Christina mit fester Stimme.

»Das ist möglich, und genausogut ist es möglich, daß du es doch bist. Es ist noch zu früh, um es genau zu wissen.«

»Wenn ich schwanger bin«, sagte Christina mit Entschiedenheit und hob ihren Kopf ein wenig, »dann werde ich zu Freddie Bolsover gehen.«

»Das wirst du nicht. Dr. Meredith wird sich sehr gut um dich kümmern, wenn es an der Zeit ist.«

»Ich werde das Kind von Max nicht zur Welt bringen, Mama. Ich habe lange darüber nachgedacht, als ich hier im Bett lag. Ich werde zu Freddie gehen, ich habe gehört, daß er so etwas arrangieren kann...«

Zum ersten Mal seit der Zeit, als sie selbst eine junge Frau war, war Augusta aufrichtig schockiert – über solche Worte aus dem Munde ihrer Tochter und darüber, daß Freddie Bolsover entweder selbst Abtreibungen vornahm oder zumindest wußte, wer es tat.

»Du wirst nichts dergleichen tun«, sagte sie fast sanft. »Das ist eine Sünde, die ich dir nicht verzeihen werde. An so etwas darfst du nicht einmal mehr denken. Ich kann mir auch etwas Schöneres vorstellen, als daß irgendeins meiner Enkelkinder vom selben Blut ist wie dieser unmögliche Diener; aber du hast dir die Suppe eingebrockt, und wir werden sie alle auslöffeln müssen –«

»Mama, ich werde nicht . . . ich glaube, du verstehst mich nicht! Ich liebe Max nicht, ich habe ihn nie geliebt.«

»Das konnte ich mir auch gar nicht vorstellen«, sagte Augusta kühl. »Und ich bin ganz sicher, daß auch er dich nicht geliebt hat. Aber darauf kommt es gar nicht an. Du wirst an deinem ungeborenen Kind keinen Mord begehen, sollte es denn wirklich existieren. Du wirst jemanden heiraten, der sich angemessen um dich kümmern und deinem Kind einen Namen geben wird.«

»Das werde ich nicht!« Christinas Gesicht glühte. »Wenn du glaubst, ich würde irgendeinen angesehenen Schwächling bitten, mich zu heiraten, nur, damit mein Kind einen Vater hat, dann irrst du dich gewaltig, Mama. Das wäre unerträglich! Mein ganzes Leben lang müßte ich dafür büßen! Er würde mich eine . . . eine Hure nennen, und er würde das Kind wohl kaum lieben und ihm ein Zuhause geben, das irgend . . . irgendeinen Wert –«

»Nimm dich zusammen, Christina! Ich werde es nicht zulassen, daß du so etwas tust. Du wirst einen Mann heiraten, der deinem Stand angemessen ist, und er wird von deinem Zustand keine Ahnung haben. Du wirst sagen, daß das Kind, sollte es überhaupt eins geben, eine Frühgeburt ist. Du wirst unter gar keinen Umständen zu Freddie Bolsover oder irgendeinem anderen gehen.«

Verachtungsvoll und ungläubig verzog Christina ihr Gesicht.

»Und an wen denkst du da, Mama? Warum sollte mich jemand so schnell heiraten? Und was ist, wenn er nicht an Frühgeburten glaubt?«

»Es gibt da einige mögliche Kandidaten. Alan Ross scheint der Geeignetste zu sein. Und du wirst ihn sofort nach Weihnachten heiraten.«

»Aber er liebt mich doch nicht!«

»Dann wirst du ihn eben dazu bringen. Den Charme dafür besitzt du jedenfalls, wenn du nur willst. Tu dir selber einen Gefallen, mein Schatz, und ring dich dazu durch, Alan zu betören.«

»Und wenn ich nicht schwanger bin?« Christina hob herausfordernd ihr Kinn.

»Wenn du feststellst, daß du nicht schwanger bist, dann wird es ein wenig zu spät sein. Wie auch immer – ich glaube, daß es für dich sowieso besser ist, verheiratet zu sein.« Sie holte tief Luft und sprach die folgenden Worte sehr betont: »Christina, du bist dir über deine Lage vielleicht nicht ganz im klaren. Wenn du ein Kind zur Welt bringst, ohne einen Vater dafür präsentieren zu können, wirst du schnell merken, daß es für dich keinen Platz mehr in der Gesellschaft gibt. Und bilde dir bloß nicht ein, daß du damit fertig werden wirst. Das haben schon andere versucht, von höherer Geburt und mit einem größeren Vermögen, als du es hast, und sie sind alle gescheitert. Kein Mann deines Standes wird dich heiraten. Du wirst zum Gespött der Leute, keine anständige Frau wird mehr mit dir sprechen. All die Orte, zu denen du jetzt gehst, werden dir in der Zukunft verschlossen sein. Ich sage dir das nicht gern, aber du mußt einfach einsehen, daß es die Wahrheit ist.«

Christina starrte sie an.

»Und deshalb, mein Schatz«, fuhr Augusta fort, »wirst du deinen beachtlichen Charme bei Alan Ross anwenden, so daß er sich glücklich schätzen wird, dich zu heiraten, und du wirst so tun, als ob du in ihn verliebt bist. Er ist ein guter Mann, und er wird dich zuvorkommend behandeln, wenn du ihn nur läßt.«

»Und wenn er mich nicht heiraten will?« Zum ersten Mal lag eine Spur von Panik in Christinas Stimme, und obwohl Augusta für einen Augenblick Mitleid mit ihr hatte, konnte sie in dieser Situation nicht nachgeben.

»Ich glaube schon, daß er es will; und wenn nicht, dann werde ich jemand anderen finden. Es gibt da noch ein paar andere Möglichkeiten. Du hast einen einflußreichen Vater.«

»Ich könnte es nicht ertragen, wenn er etwas davon wüßte! Ja, nicht einmal, wenn er etwas ahnen würde!«

»Dein Vater?« Augusta war erstaunt.

»Alan Ross! Oder . . . wer auch immer . . .«

»Natürlich nicht«, sagte Augusta scharf. »Ich beabsichtige nicht, ihn etwas wissen zu lassen. Nun nimm dich zusammen, und mach dich so schön, wie du kannst. Wir werden ein paar Parties geben, und du wirst zweifellos zu anderen eingeladen werden. Je schneller wir das Ganze hinter uns gebracht haben, desto besser. Zum Glück kennst du Alan schon lange Zeit, also wird es auch kein Gerede geben, wenn du einen Hochzeitstermin ankündigst.«

»Und wie willst du Alan davon überzeugen, daß es so eilt?«

»Darüber mach dir keine Gedanken. Ich werde schon einen Weg finden. Selbstverständlich wirst du Max ab sofort völlig ignorieren und ihm nur soviel Beachtung schenken, wie es bei einem Diener üblich ist. Sollte er mehr von dir wollen, dann wirst du um Hilfe rufen und sagen, er hätte dich belästigt. Wir werden ihn dann entlassen.«

»Mir wäre es ganz recht, wenn du ihn auch so entlassen würdest. Allein der Gedanke an ihn macht mich schon ganz krank.«

»Das will ich dir gern glauben. Ich verstehe sowieso nicht, wie du dich jemals mit ihm hast einlassen können. Aber leider ist es nicht so leicht, wenn man seine Fehler wieder gutmachen will. Max hat dafür gesorgt, daß ich ihn nicht entlassen kann, und ich habe noch nicht darüber nachgedacht, wie ich dieses Problem löse; aber das werde ich nachholen. Denke jetzt lieber an deine Zukunft, und laß all deinen Charme spielen. Du hast es bis jetzt immer noch fertiggebracht, Männer zu verzaubern. Nur übertreibe es nicht; wie die meisten Männer möchte auch Alan sicherlich glauben, er hätte die Wahl selbst getroffen und um dich geworben. Du mußt ihn in diesem Glauben lassen. Und trag so oft wie möglich Rosa. Es steht dir sehr gut, und Männer mögen Rosa.«

»Ja, Mama.«

»Gut. Jetzt faß dich erst einmal, und dann werden wir sehen, wie wir unser Ziel erreichen.«

»Ja, Mama.«

Am nächsten Morgen frühstückte Augusta sehr spät, was für sie äußerst ungewöhnlich war. Sie hatte schlecht geschlafen. Die ganze Angelegenheit mit Max hatte sie mehr mitgenommen, als sie gedacht hätte. Vielleicht war ihre Selbstbeherrschung doch nicht so perfekt, wie sie immer geglaubt hatte. Um halb zehn, als Brandy zurückkam, um noch eine Tasse Tee zu trinken, saß sie immer noch am Frühstückstisch. Er setzte sich ihr gegenüber und schaute sie fragend an.

»Du siehst heute morgen ein wenig mitgenommen aus, Mutter. Du siehst genauso aus, wie ich mich nach einem Abend im Club fühle.«

»Werde nicht impertinent«, sagte sie, jedoch ohne jede Schärfe in ihrer Stimme. Sie hing sehr an ihrem Sohn, ja, um ehrlich zu sein: Sie hatte ihn von allen in der Familie am liebsten. Er war von einer Fröhlichkeit, die angenehmer war als die von Christina, und warmherziger als die seines Vaters. Darüber hinaus gehörte er zu den wenigen Leuten, die sie zum Lachen bringen konnten, auch wenn sie es nicht wollte.

Nachdenklich blickte er sie an.

»Ich hoffe, du hast dich nicht bei Christina angesteckt.«

»Das ist kaum möglich«, antwortete sie mit einem Schaudern.

»Ich nehme nicht an, daß du dich einen Tag ins Bett legen willst.« Er nahm sich noch ein Stück Toast und begann, sein zweites Frühstück einzunehmen. »Das hieße ja, eine Schwäche zuzugeben. Aber es wäre vielleicht ein Zeichen für Einsicht. Denk mal darüber nach, Mutter.« Er lächelte. »Wenn du möchtest, werde ich beschwören, daß du zum Pferderennen oder einkaufen gegangen bist!«

»Wohin sollte ich denn um alles in der Welt zu dieser Jahreszeit zum Pferderennen gehen?«

»In Ordnung, dann sage ich eben, du bist zum Hahnenkampf gegangen!« sagte er mit einem Grinsen.

»Man würde es wohl eher glauben, wenn du einen Zettel hinterläßt, auf dem steht, daß wir beide dorthin gegangen sind«, sagte sie. Sie sah ihm in die Augen und mußte unwillkürlich lächeln.

Er schüttelte sich.

»Unfug. Ich kann blutige Sportarten einfach nicht ertragen.«

»Und glaubst du, ich kann das?«

»Bestimmt. Du hättest Napoleon in Angst und Schrecken versetzt, wenn er dich bei einer Gesellschaft kennengelernt hätte.«

Sie rümpfte die Nase. »Hast du dir etwa den letzten Tee genommen?«

»Würde ich nie wagen. Wirklich, Mutter, du siehst ein wenig mitgenommen aus. Nimm dir einen Tag frei. Es ist ein schöner Tag, ein wenig kalt, aber recht trocken. Ich werde mit dir ausfahren. Wir holen uns die besten Pferde aus dem Stall!«

Sie war in Versuchung geführt. Es gab nichts, was sie lieber tun würde, als mit Brandy auszufahren – weg vom Callander Square. Sie dachte über den Vorschlag nach und fand Gefallen an ihm.

»Nun komm schon«, bedrängte er sie. »Frische Luft, schnelle Pferde, das Knirschen der Räder auf einer neuen Straße. Die letzten Buchenblätter hängen noch ganz rot an den Ästen.«

Sie betrachtete sein weiches Gesicht mit dem dunklen Teint und sah das Kind in ihm, so wie sie vor zwanzig Jahren den Mann in ihm gesehen hatte. Bevor sie einwilligen konnte, öffnete sich die Tür, und Max kam herein.

»Inspector Pitt von der Polizei ist wieder da, Mylady. Wollen Sie ihn empfangen?«

Die frische Luft, die fliegenden Hufe und das Lachen verflogen.

»Ich nehme an, ich habe keine andere Wahl.« Sie schob ihren Stuhl zurück und stand auf. »Wenn ich ihn jetzt nicht empfange, dann wird er später wiederkommen. Führen Sie ihn ins Empfangszimmer, Max. Ich komme in ein paar Minuten.«

Brandy aß unbekümmert weiter.

»Geht es immer noch um die armen Babys? Ich weiß gar nicht, warum sie an dem Fall immer noch arbeiten. Sie werden niemals herausfinden, wer die Mutter der armen kleinen Teufel ist. Ich vermute, daß sie es wenigstens versuchen müssen, aber es muß eine verfluchte Aufgabe sein. Möchtest du, daß ich mit ihm spreche? Wahrscheinlich will er nur um die Erlaubnis bitten, die Dienstboten wieder befragen zu dürfen.«

»Nein, danke, aber ich weiß dein Angebot zu schätzen, mein Lieber. Ich würde furchtbar gerne mit dir ausfahren, aber ich kann leider nicht.«

»Warum nicht? Er wird wohl kaum dein Silber stehlen!«

»Ich kann ihn nicht allein lassen«, antwortete sie mechanisch. Sie hatte nicht die Absicht, ihm alles zu erzählen.

»Wie gut kennst du Alan Ross, Brandy?«

»Was?« Überrascht ließ er die Hand mit dem Toast sinken.

»Wie gut kennst du Alan Ross? Die Frage ist doch wohl einfach genug.«

»Er ist ein netter Kerl. Ich kenne ihn recht gut, denke ich. Er hat sich ziemlich abgekapselt, nachdem Helena durchgebrannt ist; aber er fängt an, darüber hinwegzukommen. Warum fragst du?«

»Ich möchte, daß er Christina heiratet.«

Er hörte auf, so zu tun, als würde er essen, und legte den Toast auf den Teller.

»Dein Vater weiß noch nichts davon«, fuhr sie fort. »Aber ich habe gute Gründe. Wenn du etwas tun könntest, um dieses Ziel zu erreichen, wäre ich dir sehr dankbar. Ich denke, ich kümmere mich jetzt besser wieder um den Polizisten«, sagte sie und verließ das Zimmer. Er starrte hinter ihr her.

Pitt erwartete sie am Kamin, in dem die ersten Flammen auf dem noch kalten Rost züngelten. Sie schloß die Tür hinter sich und blieb mit dem Rücken davor stehen. Er schaute auf und lächelte. Brachte denn nichts diesen schrecklichen Mann aus der Fassung? Vielleicht wußte er einfach nicht, was sich gehörte, und demzufolge auch nicht, was sich nicht gehörte? Er war riesig, unordentlich, hatte zu viele Kleider am Leib und begrüßte sie mit einer Leichtigkeit, die sie noch nicht einmal von ihren Freunden erwartet hätte.

»Guten Morgen, Lady Augusta«, sagte er heiter. »Ich wäre Ihnen sehr dankbar, wenn ich Ihnen ein paar Fragen stellen dürfte.«

»Mir?« Sie hatte vorgehabt, ganz von oben herab mit ihm zu sprechen, aber dazu war sie nun zu überrascht. »Ich weiß nichts über diese Angelegenheit, das versichere ich Ihnen!«

Er entfernte sich vom Kamin, um ihr Platz zu machen, und paradoxerweise verärgerte sie seine Höflichkeit. Es wäre ihr vielleicht lieber gewesen, wenn sie etwas an ihm auszusetzen gehabt hätte.

»Ich bin sicher, daß es Ihnen nicht bewußt ist, etwas zu wissen«, antwortete er, »sonst hätten Sie es mir erzählt. Aber es mag Dinge geben, die Ihnen aufgefallen sind, ohne daß Sie sich über ihre Wichtigkeit im klaren sind.«

»Das bezweifle ich, aber wenn es unbedingt nötig ist –«

»Danke sehr. Es hat sich herausgestellt, daß es sehr schwierig ist, die Frau zu finden –«

»Das wundert mich nicht!«

»Nein, mich auch nicht.« In sein ausdrucksstarkes Gesicht trat ein Ausdruck von Resignation. »Wir haben vielleicht mehr Erfolg, wenn wir die Sache von der anderen Seite her angehen – und den Mann suchen.«

Blitzartig wurde ihr klar, daß dies vielleicht eine Gelegenheit wäre, Max loszuwerden ...

Augusta schaute auf und merkte, daß seine klaren, grauen Augen auf ihrem Gesicht ruhten. Sie fühlte sich verunsichert. Eines wußte sie mit Sicherheit: Dieser Mann war intelligent. Es war ein unangenehmes – und recht neues – Gefühl für sie. Sie konnte ihn nicht so lenken, wie sie wollte.

»Ist Ihnen irgend etwas eingefallen?« Auf seinen Lippen lag ein leichtes Lächeln.

»Nein«, antwortete sie schnell. Dann beschloß sie, es etwas abzumildern, falls ihr zu Max später noch etwas einfallen sollte. »Ich glaube nicht.«

»Aber Sie sind eine kluge Frau –«

Einen Augenblick lang fürchtete sie, er wollte ihr schmeicheln.

»– und Sie haben eine junge und attraktive Tochter.« Auf seinem Gesicht war nicht die Absicht zu erkennen, daß er vorhatte, sie zu täuschen, was schon recht ungewöhnlich war. Das gesellschaftliche Leben basierte auf Täuschungsmanövern, die man sich gegenseitig zugestand. »Sie haben sich doch sicherlich eine Meinung über die Gewohnheiten und die Neigungen der Männer in Ihrem Gesellschaftskreis gebildet«, fuhr er fort. »Über diejenigen, die für Ihre Tochter geeignet wären, und über diejenigen, die es nicht wären; ganz abgesehen von denen, deren Moral für Sie unannehmbar ist.«

Dies war eine Feststellung, der sie unmöglich widersprechen konnte. Worauf er hinauswollte, lag auf der Hand.

»Natürlich«, stimmte sie zu. »Aber ich hätte meine Bedenken, der Polizei solch persönliche Abneigungen oder Vorurteile, wie ich sie selbst hegen mag, als Verdachtsmomente zu präsentieren. Sie sind vielleicht unbegründet, und ich könnte dadurch, ohne es zu wollen, eine Ungerechtigkeit begehen.« Sie hob in Erwartung einer Antwort leicht fragend ihre Augenbrauen und gab ihm so den schwarzen Peter wieder zurück.

Das Lächeln auf seinen Lippen wurde breiter. Sie wünschte, er würde sie nicht so direkt ansehen. Wenn Christina sich in diesen Mann verliebt hätte, hätte sie es viel eher verstehen können. Und es war durchaus möglich, daß sie seinetwegen das Haus verlassen hätte. Sie riß sich zusammen. Der Gedanke war lächerlich – und degoutant.

»Ich werde berücksichtigen, daß es sich nur um eine persönliche Meinung handelt, Mylady«, sagte er sanft, »um einen guten Rat, wo ich anfangen könnte. Sie müssen doch zugeben, daß ich bis jetzt außerordentlich diskret vorgegangen bin.«

»Ich glaube nicht, daß Sie irgend etwas wissen, was es Ihnen ermöglichen würde, indiskret zu sein«, sagte sie ruhig und ziemlich frostig.

Sein Lächeln vertiefte sich.

»Was meinen Standpunkt bestätigt.«

»Im Gegenteil«, sagte sie scharf, »es widerlegt ihn.«

Geschickt gab er nach, was sie nur noch mehr verärgerte.

»Ich glaube, Sie haben recht. Trotzdem, je eher ich meine Untersuchung abschließen kann, desto schneller kann der Fall entweder gelöst oder als unlösbar zu den Akten gelegt werden.«

»Da bin ich völlig Ihrer Meinung, Mr. Pitt. Was möchten Sie also von mir wissen?«

Bevor er antworten konnte, öffnete sich die Tür und Brandy trat ein. Pitt war ihm bis jetzt noch nie begegnet, und sie konnte seinem Gesicht das plötzliche Interesse ansehen.

»Mein Sohn, Brandon Balantyne«, sagte sie kurz.

Nach seinem Gesichtsausdruck zu urteilen, schien Brandy genauso neugierig zu sein.

»Aber Sie werden doch wohl nicht Mutter verdächtigen!« sagte er flapsig. »Oder möchten Sie von ihr wissen, was so getratscht wird?«

»Halten Sie das für eine gute Idee?«

»Oh, für eine hervorragende. Sie tut so, als stünde sie darüber, aber eigentlich weiß sie alles.«

»Brandon, das ist jetzt nicht der passende Augenblick für dumme Scherze«, sagte sie schroff. »Zwei Kinder sind tot, und irgend jemand ist dafür verantwortlich.«

Sofort wurde er ernst. Er sah Pitt entschuldigend an.

»Tratsch ist äußerst hilfreich.« Pitt versuchte die Situation zu retten und sagte mit einer abschließenden Handbewegung: »Sie würden sich wundern, wie oft die Aufklärung eines Verbrechens von einer Kleinigkeit abhängt, die der Nachbarschaft von Anfang an bekannt war. Nur hat niemand daran gedacht, sie uns gegenüber zu erwähnen, weil man glaubte, daß es sowieso alle wüßten und daß folglich auch wir es wissen müßten.«

Brandy entspannte sich. Er sagte etwas Bestätigendes, und bevor Pitt die Unterhaltung wieder auf seine noch unbeantworteten Fragen lenken konnte, betrat Christina das Zimmer.

Augusta war verärgert; sie wußte, daß ihre Tochter nur aus Neugier gekommen war und aus Angst, etwas zu verpassen. Im Bett hatte sie die Sorge beschlichen, daß das ganze gesellschaftliche Leben an ihr vorbeiging. Sie war jetzt tadellos gekleidet, ihre Augen leuchteten, und sie hatte sogar etwas Rouge aufgelegt, als ob sie einen Verehrer erwarten würde! Und sie lächelte Pitt an –

so, wie sie es immer tat, wenn sie etwas erreichen wollte! Hatte das Mädchen denn überhaupt keinen Verstand?

»Guten Morgen, Inspector – Pitt?« Sie zögerte und tat so, als ob sie seinen Namen nicht genau wüßte. Dann ging sie auf ihn zu, als ob sie ihm die Hand reichen wollte, erinnerte sich dann daran, daß er Polizist war, also auf der gleichen gesellschaftlichen Stufe wie ein Händler oder ein Handwerker stand, und ließ sie wieder fallen. Es war kleinlich von ihr, ein wenig arrogant, und ohne ihr Lächeln wäre es einfach nur ungezogen gewesen.

»Guten Morgen, Miss Balantyne.« Pitt deutete eine Verbeugung an. »Ich freue mich, daß es Ihnen offensichtlich wieder sehr viel besser geht.«

»Vielen Dank.«

»Vielleicht können Sie mir helfen. Zu Ihrem Bekanntenkreis müssen Männer gehören, deren Ruf nicht ganz einwandfrei ist. Ich nehme an, Sie wissen sehr gut, wem Sie trauen können und wem nicht. Junge Frauen unterhalten sich über solche Dinge, um sich gegenseitig zu schützen.« Ohne Vorwarnung wandte er sich Brandy zu. »Und Sie, Mr. Balantyne: Hat irgendeiner Ihrer Freunde ein Verhältnis mit einem Mädchen, das man nicht heiraten kann?«

»Großer Gott, Dutzende, glaube ich.« Brandy war so überrascht, daß er vollkommen aufrichtig war. »Aber normalerweise ist man doch so vernünftig, das nicht gerade vor der eigenen Haustür zu tun!«

Pitt mußte lächeln.

»Sicher«, stimmte er zu. »Und wie ist das bei Ihren Dienstboten? Dieser Diener von Ihnen scheint ein lebensfroher Bursche zu sein.« Er wandte sich langsam um, bis seine Augen auf Christina gerichtet waren.

Augusta spürte, wie das Blut aus ihrem Gesicht wich, während Christinas Gesicht dunkelrot wurde. Der Schlag war aus dem Nichts gekommen und hatte sie völlig unvorbereitet getroffen. Augusta öffnete ihren Mund, um einzugreifen, bemerkte dann jedoch den raschen, erwartungsvollen Blick, den Pitt ihr zuwarf, und biß sich auf die Lippen. Würde sie jetzt sprechen, würde ihre Stimme ihre Betroffenheit verraten. Und gerade jetzt mußte sie unbedingt gleichgültig wirken.

»Er ist nur ein Diener«, sagte Christina kühl, aber ihre Stimme bebte leicht, so, als ob ihr etwas im Hals steckengeblieben wäre.

»Um sein Privatleben habe icn mich niemals gekümmert. Das verstehen Sie vielleicht ʳicht, weil Sie keine Diener bei sich wohnen haben, aber Leut unseres Standes unterhalten sich nicht mit Dienstboten. Sie sind hier, um zu arbeiten, um das Haus zu versorgen; das ist alles, was man mit ihnen bespricht – und das meistens auch nur über den Butler. Dafür sind Butler schließlich da. Sie sollten besser mit den Dienstboten selbst sprechen. Diese Art Mädchen passen wohl besser zu ihm, meinen Sie nicht auch?«

»Oh, zweifellos.« Pitt schien von ihrer Arroganz unberührt. Sein Gesicht blieb völlig unbewegt, seine Stimme freundlich. »Aber sie sind vielleicht nicht sein Geschmack.«

»Ich habe keine Ahnung, was sein Geschmack ist!« herrschte Christina ihn an. »Das ist nun wirklich nichts, was mich interessiert!«

Pitt räusperte sich und schien ihren Einwand zu überdenken. Er sah sie unverwandt an, und sie wich seinem Blick aus.

»Wie lange arbeitet er schon am Callander Square?«

»Seit ungefähr sechs Jahren.« Brandy gab die Antwort, sein Gesicht war völlig unschuldig. Augusta überlegte, ob sie ihn nicht unter irgendeinem Vorwand hinausschicken sollte, um ihn loszuwerden, aber als sie Pitts intelligentes, wachsames Gesicht sah, wußte sie, daß dies eine Fehlentscheidung wäre, weil damit ein Verdacht bestätigt würde, den er vielleicht schon hegte.

»Ist er ein guter Diener?« fragte Pitt.

»Ein ausgezeichneter«, antwortete Brandy. »Ich mag den Burschen nicht, aber ich habe auch nichts an ihm auszusetzen. Glauben Sie mir, wenn ich etwas auszusetzen hätte, dann hätte ich ihn schon hinausgeworfen.«

»Könnten Sie ihn nicht einfach so hinauswerfen?« Pitt gab sich völlig ahnungslos.

»Wahrscheinlich schon.« Brandy verhielt sich immer noch unbekümmert. »Habe eigentlich nie genug darüber nachgedacht. Und alle anderen scheinen mit ihm zufrieden zu sein.«

»Kommen keine Beschwerden vom weiblichen Personal?«

»Nein, keine.«

»Sind die Hausmädchen willig? Oder sucht er anderswo nach Zerstreuung?«

»Mr. Pitt!« Augusta griff endlich ein. »Ich erlaube keine Liebschaften in meinem Haus, ob die Mädchen nun willig sind oder nicht! Welche Gelüste meine Diener auch haben mögen – ich darf Ihnen versichern, sie gehen ihnen anderswo nach!«

Aber Pitt beobachtete Christina. Gütiger Himmel! Er konnte doch wohl nichts wissen. Das war einfach unmöglich – oder?

»Wenn Sie glauben, Max könnte etwas damit zu tun haben, Inspector«, sagte sie und zwang sich, möglichst beherrscht zu wirken und Christina nicht anzusehen, »dann schlage ich vor, daß Sie die Frau in einem anderen Haus suchen. Würden Sie also bitte Ihre Vernehmungen in den anderen Anwesen am Square fortführen?«

»Es ist viel einfacher, Max zu fragen«, schlug Brandy vor. »Das arme Mädchen wird wohl kaum irgend etwas zugeben, jetzt jedenfalls nicht. Üben Sie ein wenig Druck auf Max aus, quetschen Sie ihn aus. Finden Sie heraus, wer seine Freundinnen sind.«

Augusta schnappte nach Luft, aber es war Christina, die die Kontrolle über sich verlor.

»Nein«, stöhnte sie. »Das wäre dumm.« Ihre Zunge stolperte über die Wörter. »Und unfair! Sie haben keinen Grund zu glauben, daß es irgend etwas mit Max zu tun haben könnte. Ich werde nicht zulassen, daß Sie unsere Dienstboten in Aufregung versetzen. Mutter, bitte!«

»Ihre Verdächtigungen scheinen keinerlei Grundlage zu haben.« Augusta wählte ihre Worte sehr sorgfältig. »Haben Sie irgendeinen Anlaß für Ihren Verdacht, Inspector? Sollten Sie ihn nicht haben, dann muß ich Ihnen die Erlaubnis, mein Personal zu beunruhigen, verweigern. Kommen Sie mit Beweisen wieder, und ich werde Ihnen jede Hilfe zuteil werden lassen.«

Christina holte tief Luft und atmete langsam wieder aus.

Die Tür öffnete sich, und der General trat ein. Überrascht hielt er inne.

»Guten Morgen, Sir«, sagte Pitt höflich.

»Was machen Sie denn schon wieder hier?« fragte Balantyne. »Etwas herausgefunden?«

»Er fahndet nach dem Mann«, antwortete ihm Brandy. »Glaubt, es könnte Max sein. Will mit ihm sprechen.«

»Gute Idee«, sagte Balantyne mit Bestimmtheit. »Die Geschichte muß aus der Welt geschafft werden – so oder so.« Er beugte sich nach vorne, und bevor Augusta ihn zurückhalten konnte, zog er an der Klingel. Einen Augenblick später betrat Max das Zimmer. Er mußte in der Vorhalle gestanden haben.

Pitt sah ihm in die Augen, begutachtete das dunkle, sinnliche Gesicht, die tadellose Kleidung.

»Ja, Sir?« fragte Max.

»Irgendwelche Romanzen, irgendwelche Frauen?« Balantyne sprach im Kommandoton und mit dem Feingefühl eines schweren Kavallerieangriffs. Augusta stöhnte.

Im Gesicht von Max sah man kaum eine Regung.

»Wie bitte, Sir?«

»Habe ich mich nicht klar ausgedrückt, Mann? Haben Sie irgendwelche Liebschaften? Haben Sie irgendwelche Damenbekanntschaften, nennen Sie es, wie Sie wollen?«

»Ich habe nicht die Absicht zu heiraten, Sir.«

»Das habe ich Sie nicht gefragt, verdammt! Halten Sie mich nicht zum Narren!«

»Meine letzte Liebesbeziehung ist gerade beendet worden, fürchte ich.« Max lächelte unter den schweren Lidern, wobei er Christina fast unmerklich ansah.

»Wer war sie?«

»Mit dem größten Respekt, Sir, das geht die Polizei nun wirklich nichts an. Sie ist eine respektable Frau aus sehr gutem Hause.« In seiner Stimme schwang unterdrückte Schadenfreude mit.

Augusta konnte nur dastehen und das Unglück seinen Lauf nehmen lassen. Vielleicht würde Max ja auch seine eigenen Interessen schützen – und somit auch Christinas. Es war ihre einzige Hoffnung.

Pitt wartete nur und sah zu, wie sich das Geschehen vor seinen Augen entwickelte.

»Aus gutem Hause?« fragte der General ungläubig.

»Ja, Sir.«

»Wer?«

»Ich ziehe es vor, sie zu schützen, Sir. Es gibt keinen Grund, ihren Namen vor der Polizei auszusprechen. Lady Augusta kennt ihn. Wenn Sie sich also an Sie wenden möchten . . .« Er beendete den Satz nicht.

Christinas Gesicht war kalkweiß, das Rouge auf ihren Wangen wirkte wie die Schminke eines Clowns.

»Ist das alles, Sir?« fragte Max.

Balantyne starrte Augusta an.

Augusta gewann ihre Selbstbeherrschung zurück.

»Ja danke, Max. Wenn wir noch etwas brauchen, werden wir Sie noch einmal rufen.«

»Danke, Mylady.« Er deutete eine kleine – eine sehr kleine – Verbeugung an, verließ das Zimmer und schloß leise hinter sich die Tür.

»Nun?« fragte Balantyne.

»Er hat völlig recht«, antwortete sie schnell. »Das kann die Polizei unmöglich interessieren.«

Pitt sprach sehr höflich und sanft. »Warum haben Sie mir das nicht von Anfang an gesagt, Mylady?«

Sie spürte, wie ihr ein kalter Schauer über den Rücken lief.

»Wie bitte?« Sie mußte Zeit gewinnen, ein paar Sekunden, um nach einer Antwort zu suchen.

»Warum haben Sie mir das nicht erzählt, als das Thema zum ersten Male angesprochen wurde, Lady Augusta?«

»Ich – ich muß es wohl vergessen haben. Es ist wirklich nicht wichtig.«

»Wer ist diese Frau . . . aus gutem Hause, Lady Augusta?«

»Ich fühle mich nicht imstande, ihren Namen zu verraten, und ich möchte es auch nicht.«

»Nun komm schon, Augusta«, sagte Balantyne verärgert. »Wenn sie nicht in den Fall verwickelt ist, dann wird Pitt ihr auch nichts tun. Sie werden diskret sein, nicht wahr? Und im übrigen ist die Vorstellung von dem, was für Max ein ›gutes Haus‹ ist, und dem, was wir darunter verstehen, völlig unterschiedlich.«

»Ich möchte es lieber nicht sagen.« Sie konnte nicht lügen und irgendeine völlig unschuldige Frau beschuldigen – das war unmoralisch, auch wenn es vielleicht funktioniert hätte.

Pitt wandte sich um und sah Christina an, die wie angewurzelt dastand.

»Miss Balantyne?« sagte er langsam. »Vielleicht möchten Sie es mir sagen?«

Sie war sprachlos.

»Christina?« Zum ersten Mal lag Zweifel in der Stimme des Generals.

»Lassen Sie nur«, sagte Pitt ruhig. »Ich werde meinen Untersuchungen eine Zeitlang anderenorts nachgehen und vielleicht später wieder herkommen.«

»Ja, tun Sie das«, stimmte Augusta zu. Sie merkte, wie die Anspannung aus ihrer Stimme wich, und so sehr sie sich auch bemühte, so konnte sie ihre Erleichterung doch nicht verbergen. Sie verstand, was er meinte – er wußte von Christina und Max, und er würde nach anderen Wegen suchen, um herauszufinden, ob sie es war, die die Kinder geboren hatte. Aber Augusta war sicher, daß dies nicht der Fall war. Sie hätte davon gewußt; Christina hätte weder die Nerven noch die Geschicklichkeit besessen, es vor ihr zu verbergen. Und nun, da sie Zeit gehabt hatte, darüber nachzudenken, wußte sie, daß sie auch nicht die Gelegenheit dazu gehabt hätte. Sie war nicht lange genug fort gewesen, um eine solche Angelegenheit verbergen zu können.

Sie sah Pitt vertrauensvoll an.

»Das wäre das Beste, was Sie jetzt tun können.«

Pitt blickte sie an. Seine neugierigen, durchdringenden Augen gaben zu erkennen, daß er alles wußte. Sie verstanden sich. Sie bluffte nicht; sie gab die Wahrheit zu, und er nahm es zur Kenntnis.

»Ein ausgezeichneter Rat«, sagte er und verbeugte sich leicht. »Auf Wiedersehen, Lady Augusta, Miss Balantyne, General, Mr. Balantyne.«

Als er gegangen war, wandte sich Balantyne Augusta zu, und in seinem Gesicht zuckte es.

»Was hat das Ganze zu bedeuten, Augusta? Worauf spielt der Mann an?«

»Ich habe keine Ahnung«, log sie.

»Mach dich nicht lächerlich! Du und er, ihr habt euch ganz genau verstanden. Das konnte ja selbst ich sehen. Was geht hier vor? Was hat das mit Max zu tun? Ich will das jetzt wissen!«

Sie dachte einen Augenblick nach. Sie hatte seine Beharrlichkeit vergessen, wenn er sich einmal für etwas interessierte. Sie dachte daran, wie sehr sie ihn vor zwanzig Jahren geliebt hatte.

Er war so männlich gewesen, offen, stark – und ein wenig geheimnisvoll, weil alles neu für sie war. Mit den Jahren war die Vertrautheit gekommen, das Wissen, daß seine Kraft nicht immer vorhanden war, daß die ihre größer war, beständiger, und daß sie mit jedem Problem wuchs, Tag für Tag; eine Kraft, die Kriege überstand, nicht nur Schlachten.

»Christina, du kannst jetzt gehen«, sagte sie ruhig. »Mach dir keine Gedanken über Mr. Pitt, jedenfalls nicht im Augenblick.

Beschäftige dich mit deinem Problem, und bereite dich auf die Gäste vor, die heute abend zum Essen kommen. Brandy, du solltest jetzt auch gehen.«

»Ich möchte aber bleiben, Mutter.«

»Mag sein, aber du wirst trotzdem gehen.«

»Mutter –«

»Brandon«, sagte Balantyne scharf.

Christina und Brandy verließen wortlos das Zimmer.

»Nun?« fragte Balantyne.

Augusta sah ihn ungläubig an. Er wußte immer noch nicht, worum es ging.

»Das fragliche Mädchen ist Christina«, sagte sie nur. »Sie hatte ein Verhältnis mit Max. Ich dachte, das wäre auch dir schon aufgefallen. Mr. Pitt hat es jedenfalls bemerkt.«

Er starrte sie an.

»Du mußt dich irren!«

»Sei nicht albern! Glaubst du, ich würde mich in solch einem Fall irren?« Nun verlor sie doch noch ihre Beherrschung. Sie mußte jetzt entweder schreien oder weinen. »Nun schau nicht so beunruhigt drein. Ich kümmere mich schon darum.« Es bestand immer noch kein Anlaß, ihm etwas von der möglichen Schwangerschaft zu erzählen. »Ich werde dafür sorgen, daß sie sobald wie möglich heiratet; am liebsten wäre mir Alan Ross.«

»Will er sie denn heiraten?«

»Noch nicht, aber wir werden schon dafür sorgen, daß er es will. Es liegt an uns.«

»An uns?«

»Natürlich, ›an uns‹. Ganz allein wird das Mädchen es nicht schaffen. Ich werde dir rechtzeitig sagen, wann es an der Zeit ist, daß du mit ihm redest. Zu Weihnachten vielleicht.«

»Ist das nicht ein wenig überstürzt?« Er sah sie aus zusammengekniffenen Augen an.

»Ja. Aber es mag ratsam sein.«

Sein Gesicht wurde noch ernster.

»Ich verstehe. Und darf ich fragen, warum Max immer noch im Haus ist? Sie hat doch wohl nicht vor, ihn zu heiraten?«

»Natürlich nicht! Sie hat kein Interesse an ihm, außer an ... an – wie dem auch sei, es ist vorbei. Ich werde ihn loswerden, sobald ich weiß, wie ich das am besten bewerkstelligen kann. Im Augenblick ist es erst einmal am wichtigsten, daß er weiterhin schweigt.

Und das können wir am besten erreichen, indem wir ihn weiter hier ertragen, wenigstens im Augenblick.«

»Du meinst, bis Christina verheiratet ist?«

»Mehr oder weniger.«

»Augusta?«

Zum ersten Mal sah sie ihn an.

»Nein«, sagte sie nur und beantwortete damit die Frage, die ihm durch den Kopf ging. »Ich habe mit Max sicherlich einen großen Fehler begangen. Und ich habe unsere Tochter falsch eingeschätzt, ich habe sie nicht so gut gekannt, wie ich sie hätte kennen müssen – aber sie hatte nichts mit den Kindern im Garten zu tun. Das hätte ich wissen müssen.« Seltsamerweise fühlte sie sich beschämt, als sich ihre Blicke trafen. Es wäre ihre Aufgabe gewesen, ihre Tochter gut genug zu kennen und dafür zu sorgen, daß so etwas nicht geschehen konnte.

Balantyne sagte nichts.

»Es tut mir leid.« Sie fühlte sich gezwungen, sich zu entschuldigen.

Er legte seine Hand auf ihren Arm und streichelte ihn, nahm sie dann jedoch rasch weg, so als ob er nicht genau wußte, warum er das getan hatte.

»Und was ist mit der Polizei?« fragte er.

»Ich glaube, Pitt und ich, wir verstehen einander«, antwortete sie. »Er ist ein sehr kluger Mann. Er weiß, daß ich weiß, daß es nicht Christina war. Das wird ihm reichen, zumindest für die nächste Zeit. Obwohl er durchaus der Meinung sein mag, daß Max vielleicht andere . . .« Sie schüttelte sich. »Wie dem auch sei: Mr. Pitt ist erst einmal nicht unser Problem. Wir müssen über Christina und Alan Ross nachdenken.«

»Ich verstehe nicht, wie du so . . . so . . .« Er schaute sie verständnislos an, und in seinem Blick lag fast so etwas wie Ekel.

Zu ihrer Überraschung war sie verletzt.

»Was soll ich denn deiner Meinung nach tun?« fragte sie frostig. »Weinen? Oder in Ohnmacht fallen? Was würde das nützen? Es gilt jetzt, das Problem zu lösen. Wenn sie erst einmal verheiratet ist, haben wir immer noch genug Zeit, uns über unsere Gefühle Gedanken zu machen.«

»Und wenn Ross sie nicht heiraten will?«

»Dann müssen wir ein wenig nachhelfen. Oder wir müssen jemand anderen finden. Du kannst schon einmal anfangen, darüber nachzudenken, wer sonst noch in Frage kommt, nur für den Fall, daß . . .«

»Hast du denn überhaupt keine Gefühle? Deine Tochter hat mit einem Diener geschlafen, in unserem eigenen Haus –«

»Was spielt es für eine Rolle, wo es passiert ist? Natürlich habe ich Gefühle – aber ich werde mich nicht von ihnen unterkriegen lassen und tatenlos dabei zusehen, wie aus einem Fehler eine Katastrophe wird! Und jetzt gehst du besser zu deinen Unterlagen zurück. Diese verwünschte Miss – wie auch immer sie heißt – wird bald eintreffen. Wenn du dich nützlich machen willst, dann denke mal darüber nach, wer noch für Christina geeignet wäre, wenn es mit Ross nicht klappt. Ich werde für Christina eine Liste mit gesellschaftlichen Terminen zusammenstellen.« Bevor er etwas erwidern konnte, verließ sie das Zimmer. Es gab noch viel zu tun.

Nach ihrem Eintreffen war Charlotte direkt in die Bibliothek geführt worden und hatte sich sofort den Briefen zugewandt, die sie am Vortag aussortiert hatte. Es war ihr nicht aufgefallen, daß eine halbe Stunde vergangen war, bevor der General eintraf.

»Guten Morgen, Miss Ellison.«

»Guten Morgen, General Balantyne.« Sie blickte auf, als sie ihn begrüßte – das war ein Gebot der Höflichkeit –, und bemerkte, daß er ungewöhnlich steif wirkte, so, als ob er sich einer neuen, unangenehmen Situation bewußt geworden wäre. Sie suchte nach einem Grund für sein Verhalten, konnte jedoch keinen finden.

»Bitte entschuldigen Sie, daß ich Sie habe warten lassen«, sagte er hastig. »Ich hoffe, Sie waren nicht . . . besorgt?«

Sie lächelte in der Hoffnung, ihn zu beruhigen. »Ganz und gar nicht, danke sehr. Ich habe angenommen, daß Sie von einem Besucher aufgehalten wurden, und habe mit den Briefen weitergemacht.«

»Polizei«, sagte er und setzte sich.

Sie fühle sich wie eine Heuchlerin, da sie wußte, daß es Pitt gewesen sein mußte, und weil Balantyne keine Ahnung davon hatte, daß sie seine Frau war. Sie war hier, um genau die Dinge zu beobachten, die man der Polizei nicht freiwillig sagen würde, und in diesem Augenblick haßte sie ihre Rolle. Sie mochte Balantyne, und es lag ihr viel daran, seine Wertschätzung zu erhalten.

»Sie müssen den Fall wohl weiter verfolgen«, sagte sie sanft. »Er kann nicht einfach ad acta gelegt werden.«

»Wäre besser, man könnte es«, sagte er, wobei er vor sich auf den Boden starrte. »Bringt allen nichts als viel Kummer. Aber Sie haben natürlich recht, die Wahrheit muß herausgefunden werden – ohne Rücksicht auf die Konsequenzen. Das Dumme ist nur: Man entdeckt noch so viel anderes. Wie dem auch sei«, er reckte seine Schultern, »wir müssen arbeiten. Ich wäre Ihnen dankbar, wenn Sie diese Unterlagen, so gut Sie können, chronologisch ordnen. Ich fürchte, sie sind nicht alle datiert. Vielleicht sind Ihre Geschichtskenntnisse...?« Er vollendete den Satz nicht, weil er sich nicht geringschätzig über ihr Wissen äußern wollte.

»Oh, für diesen Fall gibt es ein ausgezeichnetes Buch über Marlboroughs Feldzüge«, antwortete sie. »Ich hatte Sie vor zwei Tagen gebeten, es mir ausleihen zu dürfen, und Sie hatten eingewilligt.«

»Oh!« Er sah überrascht aus. Charlotte wurde klar, daß ihn irgend etwas sehr viel mehr aus der Fassung gebracht haben mußte, als sie zuerst angenommen hatte. »Oh!« antwortete er unbeholfen. »Ich vergaß. Natürlich, dann werden Sie wissen...«

Sie lächelte ihn an.

»Wenn Sie sich noch um andere Dinge kümmern müssen, dann komme ich hiermit schon allein zurecht«, bot sie ihm an. »Sie brauchen mich nicht zu beaufsichtigen, wenn es Ihnen ungelegen kommt.«

»Das ist sehr nett von Ihnen, aber ich habe sonst nichts, was ich... im Augenblick jedenfalls nicht. Ich danke Ihnen«, sagte er und wandte sich mit leicht gerötetem Gesicht wieder seinen Unterlagen zu.

Er sprach sie noch ein- oder zweimal an, aber seine Bemerkungen waren nicht wichtig, und sie antwortete nicht darauf, da sie wußte, daß er mit seinen Gedanken ganz woanders war. Ob er gerade etwas über Christina erfahren hatte? Daß sie fürchtete, schwanger zu sein? Oder gar etwas noch Ernsteres, noch Schlimmeres? Ihr Mitgefühl machte es ihr unmöglich, auch nur den Versuch zu unternehmen, es herauszufinden. Sie hätte gern etwas gesagt oder getan, um ihn zu trösten, sie spürte sogar das starke Verlangen, ihn zu berühren, seinem Körper die Verspanntheit zu nehmen, ihn zu zwingen, sich zu entspannen. Wenn er seinen Gefühlen einige Augenblicke lang nachgeben würde, würde er sich hinterher stärker fühlen. Aber das war natürlich völlig undenkbar. Sie konnte ihm den Trost nicht geben, den ein Mensch seinem Mitgeschöpf spenden kann, sondern sie würde damit nur eine peinliche, mißverständliche Situation heraufbeschwören, ja sogar Ängste hervorrufen. Starre, unverrückbare Verhaltensregeln machten es ihr unmöglich, sich ihm zu nähern. Sie tat also so, als hätte sie nichts Ungewöhnliches bemerkt. Sie konnte ihm zumindest seine Privatsphäre lassen. Dies war zwar nur die zweitbeste Lösung, aber sie war einfühlsamer als alle anderen, und zweifellos diejenige, von der er glaubte, daß sie die richtige sei.

Es war kurz vor Mittag, als Max eintrat, um mitzuteilen, daß Garson Campbell im Empfangszimmer sei und General Balantyne zu sprechen wünsche, und um zu fragen, ob er ihn hineinführen dürfe.

»Was?«

Max wiederholte sein Begehren.

Als Charlotte ihn ansah, fand sie, daß er einer der widerlichsten Männer war, die sie jemals gesehen hatte. Da war ein Zug um seinen Mund, eine Nässe, die sie abstoßend fand, so, als ob er sich ständig über die Lippen leckte, obwohl sie das niemals bei ihm gesehen hatte.

»Oh ja«, erteilte Balantyne seine Einwilligung. »Schicken Sie ihn herein. Ich werde nicht zu ihm ins Empfangszimmer gehen, sonst denkt er noch, ich hätte nichts Besseres zu tun.«

Garson Campbell trat einen Augenblick später ein. Es war das erste Mal, daß Charlotte ihn sah; mit dem Kopf über das Buch über Marlborough gebeugt, blieb sie in ihrer Ecke sitzen und verhielt sich – in der Hoffnung, daß man sie nicht bemerken würde – ganz ruhig. Vorsichtig warf sie einen Blick über den Buchrand, um die beiden zu beobachten.

Campbell hatte ein kluges Gesicht, eine lange Nase, einen energischen, humorvollen Mund und lebhafte Augen. Er stampfte – vielleicht wegen der Kälte – leicht mit den Füßen auf.

»Morgen, Balantyne.« Er schien Charlotte nicht bemerkt zu haben, und sie verharrte regungslos in der Hoffnung, daß der General sie auch vergessen hatte.

»Morgen, Campbell.«

»Immer noch dabei, vergangene Siege zum Leben zu erwecken? Nun, ich nehme an, sie sind immer noch besser als die heutige Apathie; jedenfalls, so lange man die Siege nicht als Ersatz für das wirkliche Leben ansieht.«

»Wir können schlecht aus der Geschichte lernen, wenn wir uns nicht mit ihr beschäftigen«, antwortete Balantyne ein wenig abwehrend.

Campbell setzte sich. »Mein lieber Balantyne, an dem Tag, an dem die Menschheit aus der Geschichte lernt, werde ich die Wiederkunft des Herrn erwarten. Sei's drum, es ist eine harmlose Übung, und ich könnte mir vorstellen, daß es eine interessante Lektüre ist. Viel ungefährlicher als Politik. Ich wünschte, ein paar von deinen Kollegen vom Militär würden sich mit ähnlich harmlosen Dingen beschäftigen. Wie kommen Männer nur darauf, daß sie, nur weil sie sich einen Posten in der Armee gekauft und das Glück hatten, nicht getötet zu werden, sich nun auch einen Sitz in Westminster kaufen können und die unendlich subtileren Gefechte in der Politik überleben?«

»Das weiß ich auch nicht«, sagte Balantyne schroff. »Ich bin sicher nicht derjenige, dem du solch eine Frage stellen solltest.«

»Um Himmels willen, es war nur so ein Gedanke. Ich erwarte nicht, daß du eine Antwort darauf hast! Ich erwarte von niemandem Antworten. Im besten Fall hoffe ich, daß es hier und dort jemanden gibt, der zumindest die Frage zur Kenntnis nimmt! Hast du die verdammte Polizei wieder im Haus gehabt?«

Balantynes Körper versteifte sich.

»Ja, warum?«

»Es ist jetzt wirklich an der Zeit, daß sie aufgibt. Die ganze Angelegenheit ist sowieso nur noch eine Pflichtübung, um vor der Öffentlichkeit das Gesicht zu wahren. Und das sollte inzwischen erreicht worden sein. Man wird nicht herausfinden, wer es war, und wenn die Polizei auch nur einen Funken Verstand hat, dann kann sie auch eigentlich selbst nie daran geglaubt haben.«

»Sie muß es zumindest versuchen. Es handelt sich um ein Kapitalverbrechen.«

»Irgendein verdammtes Mädchen hatte eine Totgeburt oder hat das Kind sofort nach der Geburt getötet. Großer Gott, Balantyne, überall sterben Leute. Weißt du eigentlich, wie viele Kinder der Armen jedes Jahr in London sterben? Diese Babys haben wahrscheinlich ohnehin nichts gefühlt. Was für ein Leben hätten sie wohl gehabt? Rede doch nicht solch einen sentimentalen Unsinn! Wie, um alles in der Welt, hast du dich eigentlich auf dem Schlachtfeld aufgeführt? Hattest du etwa Angst, Befehl zum Angriff zu geben, weil sich jemand verletzen könnte?«

»Du kannst ja wohl kaum den Kampf im Krieg, in dem es darum geht, deine Ideale oder dein Land zu verteidigen, mit dem Mord an Babys vergleichen!« Balantyne war kurz davor, seine Nerven zu verlieren. Charlotte sah, wie das Licht sich auf der straffen Haut seiner Wangenknochen spiegelte. Sein Gesicht war strenger als das von Campbell, schmaler, schärfer geschnitten, aber sein Mund wirkte sanfter und verriet Verletzlichkeit. Sie hätte Campbell gern selbst gegenübergestanden, um seinem klugen Zynismus mit ihrer eigenen Überzeugung zu begegnen. Sie hatte keine Angst vor ihm, weil sie in ihrem Herzen wußte, daß es ein fataler, ja tödlicher Fehler war, ohne Optimismus zu leben, ohne diese nicht rational zu begründende Hoffnung, die eher der Seele als dem Verstand innewohnt.

Campbell seufzte geduldig. »Es kann nicht ungeschehen gemacht werden, Balantyne. Um Himmels willen, laß uns retten, was noch zu retten ist. Ich habe bereits hier und da ein paar Worte fallen lassen, damit sich die Polizei zurückzieht, sagt, sie hätte sich bemüht – und aufgibt. Du hast Freunde, und auch Carlton hat Freunde. Sieh zu, was du tun kannst. Carlton wird das mit Sicherheit tun. Der arme Teufel hat bereits einen Korb voller Schlangen in seinem eigenen Haus entdeckt. Obwohl, wenn er darüber überrascht sein sollte, wäre er der einzige. Eine vollblütige junge Frau wie Euphemia heiratet einen alten Gockel wie ihn – weiß gar nicht, was er sonst erwartet hatte. Trotzdem schade, daß es bekanntgeworden ist. Wäre nicht nötig gewesen, wenn die Polizei sich um ihren eigenen verdammten Kram gekümmert hätte.«

Balantynes Gesicht war weiß geworden. »So was muß nicht an die Öffentlichkeit kommen, es sei denn, du posaunst es heraus. Und ich denke, du als Gentleman wirst das nicht tun!« Er richtete sich in seinem Stuhl auf, so, als ob er ihn physisch bedrohen wollte.

Campbell wirkte eher amüsiert als eingeschüchtert.

»Natürlich nicht. Wir haben alle unsere Leichen im Keller. Ich habe nie einen Mann kennengelernt, der sich nicht für etwas hätte schämen müssen und bei dem es nicht verflucht viele Dinge gegeben hätte, die er geheimhalten wollte. Nun setz dich schon, Balantyne. Du siehst lächerlich aus. Dachte nur, ich erwähne es mal.« Zum ersten Mal schaute er auf Charlotte, die, obwohl sie sofort ihren Blick senkte, noch die Belustigung und das Wohlgefallen in seinen Augen registrierte. Was glaubte er wohl, warum sie hier war? Sie spürte, wie das Blut ihr ins Gesicht stieg, als ihr das Offensichtliche bewußt wurde. Sie hoffte, daß der General zu geradlinig und im Augenblick zu sehr mit sich selbst beschäftigt war, um auf denselben Gedanken zu kommen.

Wie auch immer – als Campbell gegangen war, wandte sich Balantyne ihr mit gerötetem Gesicht zu.

»Charlotte, ich ... ich muß mich für Campbell entschuldigen. Ich kann nur vermuten, daß er Ihre Anwesenheit zunächst nicht bemerkt hat. Ich ... ich versichere Ihnen –«

Angesichts seiner Verlegenheit vergaß sie ihre eigene.

»Natürlich«, lächelte sie. »Um die Wahrheit zu sagen, ich habe dem, was er sagte, gar nicht richtig zugehört und wußte, daß es nur ein paar unschöne Bemerkungen waren. Ich bitte Sie, denken Sie nicht mehr daran.«

Einen Augenblick lang schaute er sie nachdenklich an, dann entspannte sich seine Haltung, und sie spürte seine Dankbarkeit.

»Vielen Dank, hm, danke schön.«

Es dauerte eine weitere Woche, bevor Augusta endlich eine befriedigende Lösung für das Problem gefunden hatte, wie man Max loswerden konnte. Sie hatte Hilfe benötigt und eine überzeugende Erklärung erfinden müssen, bevor sie an ihre entfernten Verwandten herantreten und ihnen vorschlagen konnte, sich gegenseitig einen Gefallen zu tun. Jetzt war alles arrangiert, und sie brauchte nur noch Max davon in Kenntnis zu setzen.

Es war die Woche vor Weihnachten. Sie fühlte sich viel besser als an jenem schrecklichen Morgen, an dem Pitt gekommen war. Christina hatte sich hervorragend benommen, und Alan Ross schien sich in sein Schicksal fast ergeben zu haben. Erst an diesem Nachmittag hatte sie noch gesehen, wie er mit Christina in seiner Kutsche ausgefahren war. Sie hatte sich selbst auf der Straße befunden, als sie losfuhren. Brandy hatte auf dem Gehweg gestanden und mit der hübschen kleinen Gouvernante der Southerons gesprochen. Attraktives Geschöpf, ein wenig dünn, aber mit einer ganz eigenen Anmut und einem äußerst charmanten Lächeln – genau die richtige Person, um sich um Kinder zu kümmern.

Sie war allein im Haus. Brandy war ebenso wie der General in seinen Club gefahren, und die junge Ellison war frühzeitig nach Hause gegangen. Sie klingelte nach Max.

Es dauerte ein paar Minuten, bis er kam.

»Ja, Mylady?« Er trat so blasiert wie immer auf.

»Ich habe dafür gesorgt, daß Sie einen anderen Posten übernehmen, Max –«

»Mylady?« Er sah sie starr an.

»In London«, fuhr sie fort, »bei Lord Veitch. Ich habe Ihnen ausgezeichnete Referenzen gegeben. Sie werden sein persönlicher Diener sein, wenn er ins Ausland reist, und das tut er häufig. Während der Saison ist er in London, im Sommer fährt er aufs Land – und natürlich auch für die Jagden. Er reist sehr oft nach Paris und Wien. Sie werden ihn begleiten, und Ihr Gehalt wird höher sein als bei uns. Eine Verbesserung, meinen Sie nicht?«

»In der Tat, Mylady.« Er verbeugte sich mit einem schwachen Lächeln. »Ich bin Ihnen sehr dankbar. Wann verlasse ich Sie?«

»Sofort. Morgen früh. Lord Veitch fährt Weihnachten aufs Land und Neujahr nach Paris.«

»Vielen Dank, Mylady.« Er verbeugte sich erneut, wobei er immer noch lächelte, und zog sich dann zurück.

Sie erzählte Balantyne noch am selben Abend davon, während sie an ihrem Frisiertisch saß und ihr Haar offen auf ihren Schultern lag; ihr Mädchen hatte es gebürstet und war dann weggeschickt worden.

Balantyne, der einen Morgenmantel trug, starrte sie an.

»Du hast den Kerl einfach gehen lassen und ihm dann auch noch eine bessere Anstellung besorgt? Und was ist mit Bertie Veitch? Womit hat er das verdient?«

»Er schuldet mir einen Gefallen«, antwortete sie.

»Augusta!«

»Ich habe ihn gewarnt«, sagte sie ungeduldig, »und ich werde für die Differenz zu seinem jetzigen Gehalt aufkommen.«

»Für wie lange? Und ich lehne es ab, daß dieses ... Schwein ... für seine Unverfrorenheit auch noch belohnt –«

»Er wird das nicht lange genießen können, Brandon. Bertie wird ihn ins Ausland mitnehmen, erst nach Paris und dann nach Wien. In Wien wird er irgendeinen Vorwand finden und ihn wegen Unehrlichkeit entlassen. Ich könnte mir denken, daß Max die Gefängnisse in Wien nicht gefallen werden.«

Er starrte sie an, sein Gesicht war weiß geworden.

»Wie konntest du nur, Augusta? Das ist unredlich!«

»Das ist genau das, was er verdient hat«, sagte sie und spürte Frösteln in sich aufsteigen, als sie in seine Augen blickte. Sie wandte die Augen ab. »Was hätte ich deiner Meinung nach denn tun sollen? Zulassen, daß er hier bleibt und uns erpreßt? In einem Haus mit Christina und Alan Ross?«

»Natürlich nicht! Aber nicht das!«

»Was dann? Ist dir etwas eingefallen?«

Er stand schweigend da, groß, aufrecht, mit unbeweglichem Körper, und starrte sie wortlos an.

Sie erhob sich und ging hinüber zu ihrem Bett. Das Haar fiel ihr über die Schultern, und sie fühlte sich furchtbar verwundbar – wie eine junge Braut in einem Zimmer mit einem Fremden.

Kapitel 7

Weihnachten verging mit dem ganzen traditionellen Drum und Dran: Dekorationen, Tanzveranstaltungen, üppigem Essen und schwerem Wein, Flirts, Geschenken, Glocken und Lieder, und ab und zu sogar Gebeten.

Charlotte ging in jener Woche nicht zum Callander Square, sondern widmete sich ihrem Heim. Im Jahr zuvor war sie noch zu jung verheiratet gewesen, um die wohltuende, angenehme Behaglichkeit zu empfinden, die eine tiefe Vertrautheit mit sich bringt; das Gefühl der Zusammengehörigkeit, ohne die Sorge oder die Notwendigkeit, gefallen zu müssen. In diesem Jahr schmückte sie das Wohnzimmer mit Laternen und bunten Ketten, kaufte einen kleinen Baum und dekorierte ihn, machte Toffee und Gebäck sowie Marzipan und Pfefferminzplätzchen für die Weihnachtssänger und packte die kleinen Geschenke für ihre Familie ein.

Am zweiten Januar drängte sich der Fall am Callander Square wieder in ihr Leben, und als sich Pitt am Morgen auf den Weg zur Polizeiwache machte, beendete sie den von wenig Enthusiasmus begleiteten Versuch, ihre Hausarbeit zu erledigen, und ging zurück zum Anwesen der Balantynes, um ihre Aufmerksamkeit wieder der Aufgabe zu widmen, mehr über den Rest der Anwohner am Square zu erfahren. Dabei galt ihr besonderes Interesse zunächst einmal den Southerons. Wenn es wirklich stimmte, daß Reggie Southeron jedes seiner Dienstmädchen belästigte, dann war es vielleicht möglich, daß nicht alle von ihnen so unwillig waren, wie es Mary Ann von sich selbst behauptete. Ja, es war schließlich nicht einmal sicher, ob Mary Ann nicht etwa nur zum Schein empört gewesen war, ein Protest der Form halber, um nicht ihre Würde zu verlieren. Es wäre wohl eine gute Idee, erst einmal herauszufinden, wie lange Mary Ann nun schon am Callander Square war und was man so über ihre Vorgängerin sagte.

So nahm Charlotte eine Einladung Jemima Waggoners zum Essen am nächsten Tag an, die ihr darüber hinaus aus ganz persönlichen Gründen sympathisch war. Sie entschuldigte sich also gegen Mittag beim General in der Bibliothek und eilte durch den Regen zum Torweg des Hauses der Southerons. Das Küchenmädchen ließ sie kichernd herein und begleitete sie die Treppe hinauf zum Unterrichtsraum, wo Jemima heute ihre Mahlzeit allein einnehmen würde, da Faith, Patience und Chastity sich bei den Campbells zum Essen aufhielten, um den Geburtstag von Victoria Campbell zu feiern.

Jemima sprang sofort auf, und auf ihrem Gesicht zeigte sich ein warmes Lächeln.

»Oh, Charlotte, kommen Sie doch bitte herein! Ich freue mich sehr, daß Sie meine Einladung annehmen konnten. General Balantyne hatte nichts dagegen?«

»Nein, ganz und gar nicht, solange ich um zwei Uhr wieder zurück bin. Er wird ja schließlich auch selbst noch zu Mittag essen müssen, und, um die Wahrheit zu sagen, wir haben nun schon bald alle Unterlagen durchgesehen, und ich glaube, er weiß selbst nicht so genau, was wir als Nächstes machen sollen.«

»Er ist ein Mensch, der einem schon Angst einjagen kann, nicht wahr?« Es war eher eine Feststellung als eine Frage. Noch während sie sprach, deckte Jemima einen kleinen Tisch mit einem Tischtuch und Besteck. Gerade als sie damit fertig war, brachte eines der Dienstmädchen das Tablett herein, welches die Köchin für sie vorbereitet hatte. Die Speisen waren für ein Mittagessen überraschend aufwendig. Als Charlotte sie sah, kam ihr der Gedanke, daß sie wohl ein Spiegelbild von Reggie Southerons Liebe für gutes Essen und andere Annehmlichkeiten waren.

Charlotte lobte das Menü, woraufhin sich ein Gespräch über das Essen und den Haushalt der Southerons allgemein entwickelte. Als der zweite Gang beendet war und der Pudding gereicht wurde, brachte Jemima das Gespräch wieder auf den General.

»Handelt es sich um vertrauliche Unterlagen?« fragte sie.

»Oh, ich glaube nicht«, antwortete Charlotte. »Ganz im Gegenteil. Ich kann mir vorstellen, je mehr Leute sie kennen und sich für sie interessieren, desto mehr würde er sich darüber freuen. Er ist sehr stolz auf seine Familie, müssen Sie wissen. Und ich muß ganz ehrlich sagen, daß ich es auch wäre, wenn meine Familie derart große Männer hervorgebracht hätte. Seit der Zeit des Duke of Marlborough hat an fast jeder großen Schlacht ein Balantyne teilgenommen.«

Jemima lächelte, und ihre sanften Augen blickten in die Ferne.

»Ein großartiges Erbe. Ein Mann, der in solch eine Familie geboren wurde, muß es wohl recht schwer haben; er muß so vielen Ansprüchen genügen. Ich frage mich, ob der junge Mr. Balantyne auch in solchen Schlachten kämpfen wird und ob aus ihm auch ein General werden wird?«

»Nun, heutzutage werden kaum noch Kriege geführt«, antwortete Charlotte, aber ihre Gedanken kreisten nicht um militärische Verwicklungen, sondern um solche des Herzens. Der Ausdruck in Jemimas Gesicht beunruhigte sie. Er war so ganz anders als der ihre, der ein unpersönliches Interesse widerspiegelte, die Faszination von der Kraft, dem Mut und dem Leid all der Menschen, die während der Kriege gelebt hatten und gestorben waren. Charlotte fürchtete, daß sich Jemima mehr für Brandy Balantyne interessierte, für sein Lächeln, seinen schlanken Rücken und seine dunklen Haare.

Jemima hatte noch nicht die richtigen Worte für eine Antwort gefunden und schien irgendwie verwirrt.

»Das hoffe ich auch«, sagte sie und schaute dabei auf den Löffel in ihrer Hand. »Es ist einfach schrecklich, wenn man an die jungen Männer denkt, die in ferne Länder ziehen, um in Schlachten zu kämpfen, die so wenig mit uns zu tun haben, und dann werden sie verstümmelt, oder sie sterben sogar.«

»Ich frage mich, ob sie wirklich so wenig mit uns zu tun haben«, sagte Charlotte nachdenklich. »Wir können hier doch nur so leben, ich meine, mit dem Reichtum und in Sicherheit, mit dem Seehandel überall auf der Erde, mit den Märkten für unsere Waren und den exotischen Dingen, die es hier bei uns zu kaufen gibt, weil wir ein Empire haben, das sich bis fast in den letzten Winkel der Erde erstreckt. Und viele sehen es als unsere Pflicht an«, fuhr sie fort und schaute Jemima jetzt ins Gesicht, »die Zivilisation weiterzugeben, das Christentum und ein gutes Staatswesen an all die Rassen, die nichts von solchen Dingen wissen.«

»Das glaube ich auch«, stimmte Jemima zögernd zu. »Aber es scheint ein fürchterlich hoher Preis zu sein, den man dafür bezahlen muß. So viele kommen nicht mehr zurück. Denken Sie doch nur an all die Ehefrauen und Familien.«

»Es gibt kaum etwas, das man bekommen kann, ohne einen hohen Preis dafür bezahlen zu müssen«, sagte Charlotte und dachte an die wenigen wirklich wertvollen Dinge, die sie kannte – an Mitleid, Dankbarkeit, Verständnis. »Leider neigen wir dazu, die Dinge, für die wir nicht auf irgendeine Art und Weise bezahlen müssen, nicht in ihrem wahren Wert zu schätzen.«

Jemima verzog das Gesicht.

»Glauben Sie nicht auch, daß wir manchmal eine Sache nur deswegen schätzen, weil wir dafür bezahlen mußten?« fragte sie. »Und vielleicht zu viel bezahlen mußten? Und wir uns deshalb daran klammern und immer weiter bezahlen?«

Charlotte dachte eine Weile über ihre Worte nach. Sie hatte sich einer Sache verbunden, sich ihr verpflichtet gefühlt, und das nur, weil sie ihr schon so viel geopfert hatte. Es war durchaus möglich, daß auch ihre längst vergangene Liebe zu Dominic von einem ähnlichen Gefühl geprägt gewesen war, daß sie ihn geliebt hatte, weil es ihr zur Gewohnheit geworden war. Aber dachte Jemima an den Preis, den man für Besitz oder für den Krieg bezahlen mußte – oder hatte sie Angst, daß Brandy Balantyne irgendwo kämpfen und getötet werden könnte? Sie erinnerte sich an andere kleine Bemerkungen in Gesprächen, die sie geführt hatten, an häufige, zarte Anspielungen auf die Balantynes.

»Ja«, pflichtete sie bei und wandte sich wieder der Gegenwart zu. »Oh, ja. Männer neigen in Kriegen und in der Politik dazu, das zu tun – und Frauen vielleicht in ihren Ehen.«

Jemima entspannte sich und stieß einen kleinen bedauernden Seufzer aus.

»Nun, womit sollen sich Frauen denn auch sonst beschäftigen? Man kann eine Ehe nicht einfach aufgeben, so unerfüllt sie auch sein mag; man kann nichts anderes tun, als an ihr zu arbeiten. Es ist unmöglich, einfach fortzugehen. Selbst wenn man vorher Geld besaß – es wird Eigentum des Ehemannes, wenn man heiratet. Wenn man ihn verläßt, geht man völlig mittellos. Und keiner in der Gesellschaft wird einem helfen, weil eine Scheidung nicht akzeptiert wird. Meine ältere Schwester – nun, das ist ein unerfreuliches Thema, und ich bin sicher, Sie möchten nichts davon hören. Erzählen Sie mehr über Ihre Arbeit. Sie sagten, General Balantyne war beim Angriff der Light Brigade selbst dabei! Ich bete dafür, daß es nie wieder zu einer solch schrecklichen unnützen Verschwendung von Menschenleben kommt. Wie können die

Frauen so viele Todesopfer jemals vergeben, die Verluste, die alle so unnötig waren, ein wenig gesunder Menschenverstand hätte vielleicht –«

»Gesunder Menschenverstand ist außerordentlich selten«, unterbrach sie Charlotte. »Ich habe oft erst im Nachhinein Dinge eingesehen, bei denen ich es niemandem vorher erlaubt hätte, mich eines Besseren zu belehren.« Sie fragte sich, ob sie etwas über Brandy Balantyne sagen sollte. Natürlich war es seine Beziehung zu Euphemia Carlton, die sie beschäftigte. Wenn er tatsächlich ihr Geliebter war, dann mußte er ein Mann völlig ohne Prinzipien sein, und er konnte Jemima nichts als Kummer bereiten. Man mußte nur selbst einmal unglücklich verliebt gewesen sein, im stillen gelitten und dieses unerfüllte Gefühl ertragen haben, dann konnte man diese Empfindung bei anderen deutlich erkennen. Sie fühlte, wie sehr Jemima litt.

Nein, es war besser, nichts zu sagen. Sie wäre vor Scham im Boden versunken, wenn jemand anders erfahren hätte, wie sie selbst sich in der Vergangenheit gefühlt hatte. Natürlich, jetzt liebte sie Pitt, und es machte ihr nichts mehr aus. Aber für Jemima war es Gegenwart, und sie hatte keinen Pitt.

Also sprach sie von anderen Dingen, davon, wie man Kindern Geschichte vermittelte, und sie hörte Anekdoten aus dem Klassenzimmer, von denen einige sie zum Lachen brachten. Danach verabschiedete sie sich und kehrte in die Bibliothek zurück, entschlossen, die Angelegenheit irgendwie selbst zu regeln.

Den ganzen Abend grübelte sie darüber nach, bis Pitt sie schließlich fragte, was sie denn so beschäftige. Natürlich konnte sie ihm nicht die Wahrheit sagen, weil sie das Gefühl hatte, daß es sich um eine höchst vertrauliche Angelegenheit unter Frauen handele, die er nicht verstehen würde. Also antwortete sie ihm ausweichend, daß es sich um eine Freundin handele, deren Romanze sie beschäftige. Er schien damit zufrieden zu sein und bedrängte sie nicht weiter. Es entsprach ja auch wirklich fast der Wahrheit.

Einen großen Teil der Nacht lag sie wach und kämpfte mit ihrem Gewissen, ob sie sich in die Angelegenheit einmischen oder es, aus Angst, Peinlichkeiten heraufzubeschwören, besser lassen sollte. Als sie morgens endlich aufstand, war sie immer noch unsicher, ob es wirklich richtig war, aber sie hatte sich entschlossen, Brandy Balantyne in einer Art und Weise anzusprechen, die

Pitt verärgert hätte, wenn er davon gewußt hätte, und über die ihre Eltern schockiert gewesen wären. Nur Emily hätte sie bestärkt, aber selbst sie hätte es vielleicht als gesellschaftlich unklug angesehen.

Die Gelegenheit ergab sich am Nachmittag. Draußen war es bitterkalt und naß, und so ging Brandy bei seiner Rückkehr zum Kamin in der Bibliothek, um sich dort aufzuwärmen, da er wußte, daß es der beste im ganzen Haus war. Der General war außer Haus, um eine Besorgung zu machen.

Brandy kam fröhlich herein, rieb sich die Hände und fröstelte. Er war wirklich ein sehr charmanter Mann; sie hätte es vorgezogen, ihn zu mögen. Sie mußte sich zwingen, nicht zu vergessen, daß er gleichgültig gegenüber den Gefühlen anderer war, daß es ihm nichts ausmachte, andere zu verletzen, sonst hätte sie sich trotz allem für ihn erwärmen können.

»Hallo, immer noch bei der Arbeit?« Er lächelte, ohne im geringsten herablassend zu wirken. »Nun mal ehrlich: Mögen Sie diesen Kram wirklich?«

»Ja, die Arbeit ist äußerst interessant.« Einen Augenblick lang hätte sie sich fast verleiten lassen, ihm voller Enthusiasmus die Eindrücke zu schildern, die sie durch die Briefe über die Menschen, ihre Zärtlichkeit, ihre Verletzlichkeit, ihre plötzlichen, entsetzlichen Ängste und ihre Trauer gewonnen hatte. Doch dann erinnerte sie sich wieder daran, daß sie sich vorgenommen hatte, mit ihm über Jemima zu sprechen.

»Mr. Balantyne«, sagte sie mit fester Stimme.

Er sah ein wenig überrascht aus.

»Ja?«

Sie erhob sich.

»Ich muß mit Ihnen über eine private Angelegenheit sprechen. Hätten Sie etwas dagegen, wenn ich die Tür schließe?«

»Mit mir?« Er wurde nicht so verlegen, wie sie es vorher befürchtet hatte, so daß nicht die Gefahr bestand, daß er sich weigern würde, ihr zuzuhören.

Sie gab der Tür einen Stoß und hörte sie zuschlagen. Dann wandte sie sich um und sah ihm ins Gesicht. Sie mußte sich beeilen, denn der General konnte jeden Augenblick zurückkommen. Sie mußte jetzt aufs Ganze gehen!

»Ich habe Miss Waggoner sehr schätzen gelernt«, begann sie und versuchte, ihre Nervosität zu verbergen, als sie merkte, daß ihre Stimme spröde klang. »Und wegen meiner Freundschaft zu ihr möchte ich nicht zusehen, wie sie verletzt wird—«

»Natürlich nicht«, stimmte er zu. »Wie kommen Sie darauf, daß sie Gefahr läuft, verletzt zu werden! Sie macht auf mich immer den Eindruck, als ob es ihr ungewöhnlich gut ginge.«

»Immer?« sagte Charlotte schnell.

»Nun, jedenfalls dann, wenn ich sie sehe.« Er legte die Stirn in Falten. »Was befürchten Sie, Miss Ellison?«

Es hatte keinen Sinn, Ausflüchte zu machen, was ohnehin nicht ihre Stärke war. Charlotte wünschte sich, Emily wäre hier, um es geschickter, diplomatischer auszudrücken. Sie holte tief Luft.

»Es handelt sich um Sie, Mr. Balantyne.«

Er machte ein erstauntes Gesicht. Man hätte fast glauben können, daß er absolut nicht wußte, wovon sie sprach.

»Um mich?« fragte er ungläubig.

Sie atmete langsam ein und aus, um sich wieder zu sammeln.

»Ich weiß von Ihrer Beziehung zu Lady Carlton, und wenn ich es irgendwie verhindern kann, dann werde ich es nicht zulassen, daß Sie dasselbe Miss Waggoner antun. Und behaupten Sie nun nicht, Sie würden Bediensteten nicht nachstellen! Ein Mann, der mit der Frau seines Nachbarn ein Verhältnis hat, wird wohl kaum Skrupel bei einer Gouvernante haben.« Sie wagte es nicht, ihn anzusehen, und fühlte sich merkwürdig leer, nachdem sie alles ausgesprochen hatte, was sie in ihrem Inneren bewegte.

»Um Himmels willen... nein... ich meine, bitte...« Es lag eine solche Dringlichkeit in seiner Stimme, daß sie einfach den Blick heben und ihm in die Augen schauen mußte. Seine Betroffenheit schien echt zu sein. »Sehen Sie«, er hob hilflos seine Hände und ließ sie dann wieder fallen, da er keine Worte der Erklärung fand, »das verstehen Sie nicht!«

Sie mußte sich zwingen, kühl zu bleiben; sie wünschte sich so sehr, ihren Gefühlen nachzugeben und ihn zu mögen.

»Was gibt es da noch zu verstehen, außer daß Sie sie attraktiv fanden und ihre Situation ausgenutzt haben?« fragte sie kühl.

»Doch, es gibt da einiges, was man verstehen muß!«

»Das geht mich zwar nichts an, aber ich kann es nicht verstehen, wenn ich nichts darüber weiß.«

»Und wenn Sie es nicht wissen, nehme ich an, dann werden Sie wohl das Schlimmste glauben und es unter die Leute bringen.« Seine Stimme und sein Gesicht wurden immer hoffnungsloser.

»Ich werde es natürlich nicht unter die Leute bringen«, sagte sie verärgert. Das war eine schreckliche Unterstellung. »Aber ich möchte sicherstellen, daß Sie Jemima nicht weh tun.«

»Warum sollte ich? Warum Jemima?« fragte er.

»Seien Sie nicht so naiv! Weil sie sich zu Ihnen hingezogen fühlt, und weil sie nicht weiß, daß Sie . . .« Ihr fiel kein Wort ein, das sie hätte aussprechen können.

»Nun gut!« Er wandte sich ab. »Obwohl ich bezweifle, daß Sie mir glauben werden.«

Sie wartete und betrachtete, wie sich sein dunkles Haar vor dem hellen Fenster abhob.

»Robert Carlton ist ein netter alter Knabe, aber ziemlich weit vom Weltlichen . . . losgelöst –«

»Das ist keine Entschuldigung –«

»Unterbrechen Sie mich nicht«, sagte er scharf. »Wichtiger als alles andere ist für Euphemia ihr Wunsch nach einem Kind. Sie ist sechsunddreißig, sie hat nicht ewig Zeit. Und wenn Robert sie weiterhin mit übertriebener Höflichkeit und überzogen rücksichtsvoll behandelt, sei es nun, weil er sich seiner Gefühle schämt oder weil er fälschlicherweise glaubt, daß es genau das ist, was sie sich wünscht, dann wird sie niemals eines haben. Sie befürchtet, daß er sich nicht für die körperliche Liebe interessiert und daß er sie abstoßend fände, wenn er wüßte, daß sie daran Interesse hat. Deshalb wagt sie nicht, es ihm zu sagen.

Wir sind immer Freunde gewesen. Ich mag sie; sie ist eine großzügige Frau mit Verstand und Güte. Ich habe bemerkt, daß sie irgend etwas mehr und mehr beunruhigte. Schließlich hat sie es mir anvertraut. Wir haben ein Zweckbündnis geschlossen, nur so lange, bis sie ein Kind empfängt. Sie können das nun glauben oder nicht, das liegt ganz bei Ihnen. Aber es ist die Wahrheit. Und was auch immer Sie von mir denken – um Euphemias willen oder um Robert Carltons willen –, erzählen Sie niemandem davon.« Zum ersten Mal wandte er sich um und sah sie an, sein Gesicht war vollkommen ernst. »Bitte . . .«

Es war lächerlich, und doch glaubte sie ihm. Ohne seine Worte zu hinterfragen, akzeptierte sie seine Erklärung.

»Ich glaube Ihnen. Aber . . . aber sprechen und handeln Sie nicht unbedacht Miss Waggoner gegenüber! Es kann sehr schmerzhaft sein, sich zu verlieben, wenn man weiß, daß diese Liebe nicht erwidert werden kann.«

Er musterte sie, und in seinen haselnußbraunen Augen bemerkte sie ein plötzliches Mitgefühl.

»Oh, nicht jetzt«, sagte sie schnell. »Aber es ist mir früher einmal passiert. Er war der Mann meiner Schwester. Ich bin darüber hinweggekommen, ich sehe ihn jetzt mit anderen Augen. Aber damals hat es weh getan.«

Er entspannte sich.

»Bitte sprechen Sie nicht über Euphemia«, bat er Charlotte abermals.

Sie dachte an Pitt, an die Babys im Garten.

»Ich verspreche, daß ich nichts erzählen werde, außer zu ihren Gunsten«, sagte sie feierlich.

Er war nicht zufrieden, denn er spürte, daß sie ihm auswich.

»Was meinen Sie damit?«

Jetzt mußte sie ihm einfach die Wahrheit sagen.

»Ich habe an die Polizei gedacht. Sie weiß, daß Euphemia schwanger und daß das Kind von Ihnen ist. Verstehen Sie – man wird sie vielleicht wegen der Kinder im Garten verdächtigen.«

Sein Gesicht wurde bleich vor Entsetzen. Es war unmöglich, sich vorzustellen, daß er so etwas schon vorher jemals in Betracht gezogen hatte.

»Der Polizei die Wahrheit zu sagen«, sagte Charlotte sanft, »könnte für Euphemia sehr vorteilhaft sein, meinen Sie nicht auch?«

»Sie würde es nicht glauben.« Es lag ein harter Zug um seinen Mund; offensichtlich war er immer noch schockiert.

»Vielleicht doch.«

»Wie . . . woher weiß sie nur . . . von dem Kind . . . von mir, von der ganzen Sache?«

»Wissen Sie, die Polizei ist recht intelligent, und sie mußte einfach solche Möglichkeiten in Betracht ziehen.«

»Damit haben Sie wohl recht. Meine Mutter hat mir erzählt, daß sie diesen Burschen Pitt für sehr intelligent hält, und sie irrt sich für gewöhnlich nicht. Und es gibt nicht viele, von denen sie das behauptet.«

Charlotte hatte nicht die Absicht, ihm mitzuteilen, in welchem Verhältnis sie zu Pitt stand, und sie fragte sich, ob er wohl merkte, wie stolz sie in diesem Moment war.

»Das ist alles, worüber ich mit Ihnen sprechen wollte«, sagte sie vorsichtig. »Ich glaube, es wäre jetzt ratsam, dieses Gespräch zu beenden, bevor der General zurückkommt – meinen Sie nicht auch?«

»Oh – ja, ja, das ist richtig. Sie werden doch nicht –?«

»Nein, das werde ich selbstverständlich nicht tun! Es ging mir einzig und allein um Jemima.«

Er lächelte leicht.

»Wissen Sie, ich mag Jemima. In gewisser Weise ähnelt sie Ihnen. Und in anderer Weise sind Sie ein wenig wie meine Mutter.«

Charlotte schauderte bei diesem Gedanken, obwohl er es zweifellos als Kompliment gemeint hatte.

Sein Lächeln wurde zu einem Grinsen.

»Nun seien Sie bitte nicht so schockiert. Mutter hat mehr Courage als alle anderen Leute, die ich kenne; sie könnte jedem dieser alten Generäle in Vaters Club zeigen, was 'ne Harke ist! Und sie war auch einmal eine wirkliche Schönheit. Das einzig Dumme war nur, daß sie niemals flirten konnte. Sie wußte einfach nicht, wie man das macht; sie verstand sich nicht auf die Kunst der Täuschung.«

Charlotte wurde rot. Sie hatte sich recht energisch eingemischt, und sie war sicherlich nicht sehr diplomatisch vorgegangen. Vielleicht teilte sie wirklich mehr Eigenschaften mit Lady Augusta, als sie sich selbst eingestehen wollte.

Sie schaute zu Brandy auf und wollte etwas zu ihrer Entschuldigung vorbringen, um nicht zu hart zu wirken, als der General eintrat. Seinem Gesicht konnte man ansehen, wie überrascht er war, Brandy hier zu sehen.

»Bester Kamin im Haus«, sagte Brandy schnell. »Hast du jedenfalls immer gesagt.«

»Deswegen brauchst du noch lange nicht den ganzen Nachmittag davorzustehen und Miss Ellison von ihrer Arbeit abzuhalten.«

»Schade. Könnte mir an einem solch scheußlichen Nachmittag im Winter nichts Angenehmeres vorstellen. Hast du die Gullys gesehen? Läuft einfach über, das Wasser.«

»Dann geh, und zieh dir andere Stiefel an. Ich muß mit meiner Arbeit weiterkommen. Sei so gut, und such dir irgend etwas, mit dem du dich beschäftigen kannst.«

»Meine Memoiren kann ich jedenfalls noch nicht schreiben, es gibt noch nichts, an das ich mich erinnern könnte.«

Balantyne schaute ihn ein wenig argwöhnisch an, so, als ob er glauben würde, er sei ein wenig auf den Arm genommen worden, aber Brandy machte ein völlig unschuldiges Gesicht. Dann ging er zur Tür.

»Auf Wiedersehen, Miss Ellison, und vielen Dank, daß Sie mir erlaubt haben, an Ihrem Kamin zu stehen«, sagte er und verließ das Zimmer.

»Hat er Sie etwa belästigt?« fragte Balantyne ein wenig scharf.

»Ganz und gar nicht«, antwortete Charlotte. »Er war nicht lange hier. Ich glaube, ich bin mit den Marlborough-Briefen fertig. Wenn Sie sie sich einmal anschauen möchten?«

Emily war seit ihrem letzten Besuch bei Charlotte ein paar Mal am Callander Square gewesen, und es war ihr gelungen, ein recht freundschaftliches Verhältnis zu Christina aufzubauen. Deswegen war sie auch nicht überrascht, als Christina ihr am Ende der ersten Januarwoche anvertraute, sie würde Alan Ross in Kürze heiraten. Das Vertrauen selbst verwunderte Emily nicht; sie hatte sich während ihrer gesamten Bekanntschaft eifrig darum bemüht. Aber unter anderen Umständen hätte sie die Wahl des Bräutigams doch sehr in Erstaunen versetzt. Alan Ross und Christina Balantyne schienen in ihren Augen ein ungleiches Paar zu sein. Sie kannte Ross als ernsten, eher verschlossenen Mann, möglicherweise sogar als einen Mann mit tiefen Gefühlen. Christina war dagegen ausgelassen und – wenn sie wollte – geistreich, aber sie war vor allem sehr oberflächlich. Doch Ross kam aus guter Familie, hatte entsprechende Mittel zur Verfügung, und, was noch wichtiger war, er war offensichtlich willens, sich binnen kurzer Zeit zu verheiraten.

»Wir werden Ende des Monats getraut«, sagte Christina und wandte sich Emily zu, während sie im Ankleidezimmer vor dem Kamin saßen.

»Meine Glückwünsche«, antwortete Emily. In Gedanken erwog sie die Möglichkeit, daß Christina inzwischen vielleicht wußte, ob sie schwanger war oder nicht. Sie bemühte sich darum, nicht nach unten auf die verräterische Taille zu blicken; sie hatte ihr Kleid schon vorher bewundert, um sich selbst so die Gelegenheit zu verschaffen, genauer hinsehen zu dürfen. Es gab nicht die geringsten Anzeichen für eine Schwangerschaft. Aber es war auch noch früh. Charlotte war zum Beispiel schon im fünften Monat und sah immer noch ziemlich normal aus. Natürlich mußte man berücksichtigen, daß sie größer als Christina war.

»Vielen Dank«, erwiderte Christina ohne großen Enthusiasmus. »Es würde mich freuen, wenn Sie dabei wären, falls es Ihnen möglich ist.«

»Natürlich. Es wird sicherlich bezaubernd. Welche Kirche haben Sie gewählt?«

»St. Clement. Es ist bereits alles arrangiert.«

»Ich hoffe, Sie haben eine gute Schneiderin. Es ist so nervenaufreibend, im letzten Augenblick im Stich gelassen zu werden. Ich kann Ihnen einige Adressen empfehlen, wenn Sie nicht bereits jemanden an der Hand haben.«

»Oh, das habe ich, vielen Dank. Miss Harrison ist äußerst zuverlässig.«

»Das freut mich.« Emily spürte eine gewisse Zurückhaltung, als ob es da etwas gäbe, was Christina gerne jemandem anvertrauen wollte, wozu sie sich doch nicht entschließen konnte. »Sie werden eine wunderschöne Braut sein«, fuhr Emily fort. »Mr. Ross ist ein Glückspilz.«

»Das hoffe ich.«

Emily tat so, als ob sie leicht erstaunt sei.

»Haben Sie da Zweifel? Ich glaube, Sie werden ihm eine ausgezeichnete Frau werden, wenn Sie es nur wollen.«

Christinas kleines Gesicht bekam einen harten Ausdruck.

»Ich bin nicht sicher, daß ich es will. Ich bin nicht sicher, ob ich meine Freiheit aufgeben möchte.«

»Du liebe Güte, Mädchen, es besteht keine Veranlassung, Ihre Freiheit aufzugeben oder irgend etwas anderes – einmal abgesehen von dem Geld, natürlich –, aber selbst das läßt sich arrangieren, wenn man die richtigen Vorkehrungen trifft.«

Christina blickte auf und starrte sie an.

»Was meinen Sie damit? Ich heirate einen Mann, den ich nicht liebe. Welch größeres Opfer der Freiheit kann es denn sonst noch geben?«

Es war an der Zeit, ihr ein wenig gesunden Menschenverstand beizubringen.

»Meine Liebe, sehr wenige Frauen heiraten Männer, in die sie verliebt sind«, sagte Emily mit Bestimmtheit. »Und selbst diejenigen, die es tun, finden oft heraus, daß es ein Fehler war. Der Mann, in den man sich verliebt, ist meistens unterhaltsam, geistreich und gutaussehend; aber genauso häufig besitzt er nicht die Mittel, um eine Frau zu ernähren, ist höchst unzuverlässig, und –

467

was wahrscheinlich ist – seine Liebe für einen wird erlöschen, um sich für eine andere wieder zu entflammen. Zum Heiraten braucht man einen Mann mit einem guten Charakter, einem gesunden Menschenverstand im Geschäftsleben beziehungsweise einem sehr hohen privaten Einkommen; er muß einigermaßen besonnen sein, sollte nicht exzessiv spielen, gute Manieren und ein annehmbares Aussehen haben.«

»Das hört sich schrecklich langweilig an«, sagte Christina säuerlich. »Ich kann mich nicht daran erinnern, daß George Ashworth so war!«

»Möglicherweise nicht, aber ich habe dann auch mehr daran gearbeitet, als Sie es könnten. Ich besaß nicht Ihre Vorzüge, also mußte ich mir meine eigenen schaffen. Aber Mr. Ross scheint wohlerzogen und höflich zu sein; er hat die Mittel – wie ich hörte –, und er ist sehr gutaussehend. Mehr können Sie wirklich nicht erwarten.«

»Mag sein, aber es ist nicht alles, was ich will!«

»Nun, vorausgesetzt, daß Sie sich diskret verhalten, können Sie sich später ja immer noch verlieben. Aber in der Zwischenzeit wären Sie gut beraten, das Beste aus der Situation zu machen. Sie sind wohl kaum eine Frau, die glücklich werden könnte, wenn sie mit igendeinem mittellosen Romantiker durchbrennen würde. Je eher Sie das akzeptieren, desto eher können Sie beginnen, an dem zu arbeiten, was Sie haben. Und täuschen Sie sich nicht, meine Liebe, Sie werden daran arbeiten müssen.«

»Daran arbeiten? Ich verstehe nicht, was Sie damit meinen. Ich habe die Arbeit bereits getan; wir werden noch vor Ablauf dieses Monats getraut. Er könnte mich doch jetzt nicht mehr sitzenlassen. Das würde ihn in der Gesellschaft unmöglich machen.«

Emily seufzte. Sie hatte es nicht für möglich gehalten, daß irgendein Mädchen so unwissend aufwachsen konnte. Was hatte Lady Augusta sich dabei gedacht? Nun, vielleicht besaßen die Balantynes ja auch genug Geld und gesellschaftlichen Einfluß und Christina ein genügend gutes Aussehen, so daß sie es als überflüssig erachtet hatten? Auf der anderen Seite war es aber auch möglich, daß Lady Augusta ihr all diese Ratschläge gegeben hatte und Christina einfach zu arrogant war, ihr zu glauben.

»Christina«, sagte sie langsam, »wenn Sie glücklich werden wollen, dann müssen Sie erkennen, daß alles davon abhängt, daß Ihr Ehemann glücklich ist und Ihnen deshalb gestattet, Ihr Leben so zu führen, wie es Ihnen am meisten behagt. Sie müssen ihm beibringen, das zu wollen, was Sie wollen, und – wenn möglich – sogar, daß er denkt, er selbst sei auf die Idee gekommen. Wenn er glaubt, daß es sein Vorschlag war, wird er Ihnen nichts verwehren, auch dann nicht, wenn er seine Meinung ändern sollte. Sie müssen lernen, ihm immer höflich zu begegnen – jedenfalls fast immer –, nie mit ihm zu streiten und ihm in der Öffentlichkeit immer zu gehorchen. Und sollte sich das im Privatbereich auch einmal als unumgänglich erweisen, dann tun Sie es entweder mit einem Lächeln oder mit Tränen. Vergeuden Sie nicht Ihre Zeit mit dem Versuch, mit Männern vernünftig über eine Sache zu reden. Männer erwarten das nicht, und es verunsichert sie. Achten Sie immer auf Ihr Aussehen, seien Sie nicht über Ihre finanziellen Möglichkeiten hinaus extravagant, und sorgen Sie dafür, daß die Dienstboten in Ihrem Haus alles in Ordnung halten. Lassen Sie nie zu, daß es im Haus zu Unruhe kommt, Männer mögen es nicht, wenn die Ordnung der Dinge durcheinandergebracht wird – vor allem nicht durch Streitigkeiten im Haushalt.

Wenn Sie einen Bewunderer haben, seien Sie um Himmels willen diskret, gleich, welchen Preis Sie auch dafür bezahlen müssen, seien Sie immer diskret. Keine Affäre ist es wert, eine Ehe dafür zu opfern. Und um ehrlich zu sein, meine Liebe, ich kann mir auch nicht vorstellen, daß Sie jemanden genug lieben könnten, um Ihren Kopf zu verlieren; Ihr Herz vielleicht, ein wenig, und vielleicht werden Sie auch Ihren körperlichen Begierden nachgeben, wenn Sie sie nicht beherrschen können – obwohl es besser wäre, wenn Sie es könnten –, aber vergessen Sie nie, was ein Skandal für eine Frau bedeutet. Ihr Ehemann wird alle möglichen Dinge tolerieren, wenn Sie ihn gut behandeln, aber keinen Skandal.«

Sie sah in Christinas hübsches, jetzt aber eher schmollendes Gesicht.

»Und noch eine letzte Sache«, schloß sie ihre Ausführungen, »wenn er ungebührliches Interesse für eine andere Frau entwickeln sollte, dann tun Sie so, als hätten Sie es nicht bemerkt. Was auch immer Sie tun, machen Sie nie eine Szene. Männer hassen Szenen. Eifersucht ist die unschicklichste aller Verhaltensweisen. Verlieren Sie nie Ihre Beherrschung, und achten Sie darauf, wie oft Sie weinen. Tränen können äußerst langweilig werden, und dann, wenn Sie sie wirklich brauchen, wirken sie nicht mehr.

Ich bin überrascht, daß Ihre Mutter Ihnen nicht dieselben Ratschläge gegeben hat.«

Christina starrte sie an. »Das hat sie, das hat sie seit Jahren. Ich höre nie zu. Mütter geben einem ständig gute Ratschläge.«

Emily wartete und sah sie mit einem durch nichts zu erschütternden Blick an. Christina mußte die Wirklichkeit akzeptieren.

Christina senkte schließlich ihren Blick.

»Ich glaube nicht, daß ich wirklich heiraten möchte«, sagte sie ruhig. »Es hört sich nach einer Menge harter Arbeit an.«

»Haben Sie denn eine andere Wahl?« Emily war brutal.

Christinas Augen verengten sich, und sie sah plötzlich angespannt aus. »Was meinen Sie damit?« fragte sie scharf.

Emily tat unschuldig.

»Daß Sie sich entscheiden müssen«, antwortete sie freundlich. »Und was immer Sie tun, Sie müssen es gut tun. Niemand von uns kann es sich leisten, sich anders zu verhalten. In dieser Gesellschaft weiß jeder vom anderen, was er tut; man spricht darüber, und nichts wird jemals ganz vergessen. Was immer Sie auch tun, Sie werden Ihr ganzes Leben lang mit dieser Entscheidung leben müssen, also denken Sie nach, bevor Sie handeln. Das ist alles, was ich meine.«

Christina holte tief Luft und atmete langsam wieder aus.

»Was für ein widerlich praktisches Geschöpf Sie sind! Ich glaube nicht, daß Sie auch nur ein bißchen romantisch sind.«

»Vielleicht nicht«, stimmte Emily zu. »Aber verwechseln Sie Romantik nicht mit Liebe. Ich weiß, wie man liebt.« Sie stand auf. »Ich fürchte, Romantik bedeutet für Sie hauptsächlich genießen, und Genuß ist etwas Selbstsüchtiges, wofür man bezahlen muß.«

»Ich beabsichtige nicht, dafür zu bezahlen, wenn ich es nicht muß. Aber ich werde nicht vergessen, was Sie gesagt haben, gleichgültig, ob ich Ihre Ratschläge nun beherzige oder nicht. Sie dürfen auch immer noch an der Trauung teilnehmen, wenn Sie es möchten.«

»Vielen Dank«, sagte Emily trocken. »Es wird mir ein Vergnügen sein.«

Emily kam zu dem Schluß, daß Christina in bezug auf die Leichen am Square von keinerlei Interesse mehr sei; sie besaß nicht den Mut und die Entschlossenheit, so etwas zu tun. Lady Augusta hätte diese Eigenschaften ganz sicher gehabt, aber – wenn Emily sie nicht völlig falsch einschätzte – sie besaß auch genug Verstand, so etwas niemals zuzulassen.

Aus diesem Grunde war es an der Zeit, ihre Aufmerksamkeit den anderen Häusern zuzuwenden. Charlotte hatte ihr erzählt, daß Euphemia Carlton sehr wahrscheinlich als Verdächtige ausschied, obwohl sie nicht sagen wollte, warum, aber offenbar hatte sie auch Pitt überzeugen können. Und obwohl dieser eine merkwürdige Erscheinung war, hatte Emily großen Respekt vor ihm; das bezog sich natürlich nur auf seine Funktion als Polizist, denn gesellschaftlich war er unmöglich. Aber wenn er von Euphemias Unschuld überzeugt war, dann war sie es auch.

Also mußte sie sich weiter in den anderen Haushalten umsehen, sobald sich die Gelegenheit ergab. Nach dem, was Charlotte gehört hatte, schien Reggie Southeron der vielversprechendste Kandidat zu sein, aber es konnte genauso ergiebig sein, sich mit Sophie Bolsover zu beschäftigen und ein wenig mehr über Helena Doran zu erfahren. Sie war etwa zur Todeszeit des ersten Kindes, also vor etwas mehr als zwei Jahren, fortgegangen. Es war immerhin möglich, daß da eine Verbindung bestand, oder? Warum hatte sie nie geschrieben? Wer war der Liebhaber, den niemand auch nur gesehen hatte? Hatte er vielleicht auch andere Frauen geliebt – und hatte das Folgen gehabt? Könnte das erste Baby nicht doch länger als sechs Monate im Boden gelegen haben? Lange genug, um auf die Welt gekommen zu sein, bevor Helena und ihr unbekannter Liebhaber verschwunden waren? Konnte das sogar der Grund dafür sein, warum das Kind ermordet worden war – das Vermächtnis einer Liebesbeziehung, die in Einsamkeit und Haß geendet hatte? Auf jeden Fall war es ein Geheimnis, das zu lösen sich sehr wohl lohnte!

Mit diesen Gedanken beschäftigt, plante sie, Charlotte in zwei Tagen zu besuchen, weil sie sich am nächsten Morgen um ihren Haushalt kümmern mußte. Es handelte sich um eine kleine Dienstbotengeschichte, und nachmittags erwartete sie Besucher. In ihrer Position gab es gewisse gesellschaftliche Verpflichtungen, denen sie nachkommen mußte.

Am übernächsten Morgen hatte sie schließlich Gelegenheit, den Dingen nachzugehen, die sie wirklich interessierten.

»Wen, um Himmels willen, besuchst du denn zu dieser Tageszeit?« erkundigte sich George, der immer noch bei einem späten

Frühstück saß und die Gesellschaftsseiten der Tageszeitung durchblätterte. Er sah in seinem seidenen Morgenrock sehr elegant aus. Sie mußte wieder daran denken, wieviel Glück sie gehabt hatte, daß sie einen Mann hatte heiraten können, der ihr all die gesellschaftlichen und finanziellen Vorteile bot, die sie sich nur wünschen konnte, und den sie aufrichtig lieben konnte. Natürlich hatte er viele Eigenschaften, an denen sie, wenn diese faszinierende Sache am Callander Square vorbei war, hoffte, noch arbeiten zu können. Aber, auf der anderen Seite, wenn es nichts mehr gäbe, an dem man noch arbeiten müßte, dann würde eine Ehe schnell unerträglich – auf jeden Fall für eine Frau.

»Charlotte«, antwortete sie. »Es spielt keine Rolle, zu welcher Zeit ich sie besuche.«

»Du scheinst Charlotte in letzter Zeit außergewöhnlich liebgewonnen zu haben«, sagte er mit einem leichten Stirnrunzeln. »Was führst du im Schilde, Emily?«

»Was ich im Schilde führe?« Ihre Augen wurden groß und unschuldig.

»Ja, was führst du im Schilde, meine Liebe? Du bist viel zu zufrieden mit dir selbst, um nicht irgend etwas auszuhecken. Ich möchte wissen, was es ist.«

Sie hatte diese Situation schon vorausgesehen und ihre Antwort vorbereitet.

»Ich stelle Charlotte einigen meiner Bekannten vor, die zu einem Kreis der Gesellschaft zählen, in dem sie sich wohlfühlen könnte«, sagte sie leichthin. Das stimmte sogar, wenn auch nicht aus den Gründen, auf die sie anspielte. Charlotte war nicht wirklich am Callander Square interessiert, sondern sie war nur wegen ihrer Detektivarbeit dort. Und Emily hatte, wenn sie ehrlich war, dort auch keine anderen Interessen.

George blinzelte sie um die Zeitung herum an.

»Du überraschst mich. Ich hätte nicht gedacht, daß Charlotte auch nur einen Pfifferling dafür geben würde, ein Teil der Gesellschaft zu sein. Ich rate dir, dränge sie nicht zu etwas, was sie nicht möchte, nur weil es dir gerade Spaß macht; ich bezweifle ohnehin, daß dir das gelingen würde. Wie ich Charlotte in Erinnerung habe, ist es sehr unwahrscheinlich, daß sie etwas tut, wenn sie es nicht selbst will.« Er legte die Zeitung beiseite. »Aber für den Fall, daß sie wirklich den Wunsch hat, sich die Gesellschaft anzusehen, warum bittest du sie nicht zu uns? Wir werden eine

Party geben und sie vorstellen, wie es sich gehört. Sie ist ein recht apartes Wesen, vielleicht nicht im herkömmlichen Sinne, aber sehr apart.«

»Sei nicht albern«, sagte Emily schnell. »Es hat nichts mit ihrem Aussehen zu tun, es ist ihre Zunge. Man kann Charlotte nirgendwohin mitnehmen, sie sagt immer, was ihr gerade in den Sinn kommt. Frag sie nach ihrer Meinung zu irgend etwas, und anstatt nachzudenken, welche Antwort angebracht wäre, wird sie dir sagen, was sie wirklich denkt. Sie würde es nicht absichtlich tun, aber innerhalb eines Monats hätte sie sich ruiniert – von uns ganz zu schweigen. Und außerdem ist Pitt kein Gentleman. Dafür ist er zunächst einmal viel zu intelligent.«

»Es gibt keinen Grund, warum ein Gentleman nicht intelligent sein sollte, Emily«, sagte er leicht gereizt.

»Oh, natürlich nicht, mein Lieber«, antwortete sie mit einem Lächeln. »Aber er sollte genug guten Geschmack besitzen, es nicht zu zeigen. Du weißt doch, wie das ist. Verstand zu zeigen verursacht bei anderen ein Gefühl der Unbehaglichkeit, und es bedeutet, daß man sich bemüht. Man sollte niemals den Eindruck erwecken, daß man sich bemüht. Das ist wie mit dem Enthusiasmus; ist dir aufgefallen, daß sich Frauen in der Öffentlichkeit nie enthusiastisch zeigen? Es läßt einen so naiv aussehen. Nun, ich glaube, daß es in der Öffentlichkeit ohnehin nichts gibt, wofür man sich begeistern könnte. Wirst du zum Abendessen zu Hause sein?«

»Wir haben eine Einladung zum Essen bei Hetty Appleby«, sagte er und warf ihr einen strengen Blick zu. »Ich vermute, das hattest du vergessen, oder?«

»Völlig«, gab sie zu. »Ich muß jetzt gehen, ich habe Charlotte eine Menge zu erzählen.«

»Du könntest sie auf jeden Fall zum Abendessen zu uns einladen«, rief er hinter ihr her. »Ich mag Charlotte recht gern. Sie mag für Gesellschaften nicht geeignet sein, aber ich glaube, für mich reicht sie allemal!«

Emily traf Charlotte zu dieser Tageszeit natürlich zu Hause an, und ihre Schwester war froh, daß sie nun eine Entschuldigung hatte, ihre Hausarbeit zu beenden, obwohl sich ihr Haus – und sie wäre bestimmt die letzte, die das abstreiten würde –, seit sie General Balantyne assistierte, in einem recht vernachlässigten Zustand befand.

»Wir können Christina ausschließen«, sagte Emily sofort, trat ein und zog ihre Handschuhe aus.

»Ich habe sie mir genau angesehen, und ich glaube nicht, daß sie den Mut hätte.«

Charlotte bemühte sich ohne Erfolg, ein Lächeln zu unterdrükken.

»Da bin ich wirklich froh.«

»Warum? Du willst mir doch wohl nicht erzählen, daß du sie magst.«

»Oh nein, das nicht! Aber ich mag den General; und ich glaube, ich mag Brandy auch.«

»So?« Emily war überrascht. »Warum magst du Brandy? Ich habe dir doch von Euphemia Carlton erzählt!«

»Ich weiß, daß du das getan hast. Wo möchtest du jetzt weitersuchen? Ich würde Reggie Southeron empfehlen. Er ist jedenfalls zu seinen Hausmädchen ganz besonders aufmerksam, und ich kann mir nicht vorstellen, daß das eine neue Angewohnheit von ihm ist.«

»Ganz bestimmt nicht. Aber wir sollten uns genauso mit dem Geheimnis von Helena Doran beschäftigen.«

»Warum, um alles in der Welt? Sie ist schon seit zwei Jahren weg.«

»Das weiß ich«, sagte Emily ungeduldig. »Aber wie ist das mit ihrem Liebhaber? Wer war er? War sie die einzige? Warum hat er ihr nicht öffentlich den Hof gemacht, wenn er ein Mann von Ehre war? Warum weiß niemand, wer er war?«

Charlotte verstand sofort, was sie meinte.

»Du meinst, er hat auch anderen Frauen den Hof gemacht, und die Babys könnten von ihnen stammen? Thomas hat gesagt, die Todeszeiten seien nur sehr grobe Schätzungen.« Sie rümpfte ihre kleine Nase ein wenig. »Es kommt auf die Art des Bodens an, die Feuchtigkeit und so weiter. Es scheint furchtbar, von Menschen auf diese Art zu denken, aber wir müssen ja alle irgendwann beerdigt werden. Wir sind nur Staub, wenn unsere Seele gegangen ist. Es ist töricht, wie sehr wir unsere Körper lieben. Ich kann Jemima ein wenig darüber befragen.«

Emily kannte ihre Schwester gut genug, um mühelos zu verstehen, daß sich dieser letzte Satz wieder auf das Verschwinden von Helena Doran bezog.

»Wie ist sie, diese Jemima?« erkundigte sie sich.

»Sehr zuverlässig.« Charlotte bezog sich auf Jemimas Eigenschaft als Zeugin; zu Recht vermutete sie, daß Emily nicht an Qualitäten wie Wärme und Humor interessiert war.

»Sie käme wohl nicht in Frage, nehme ich an«, fragte Emily.

»Nein«, sagte Charlotte bestimmt. »Zumindest würde ich ›nein‹ sagen, wenn man nach dem Charakter urteilen kann.«

Emily dachte einen Augenblick darüber nach.

»Kann man nicht«, beschloß sie. »Nun, wir werden uns ohnehin zuerst auf Helena konzentrieren. Es gibt da ein Geheimnis, das steht außer Frage. Horch du Jemima aus, und sei um Himmels willen ein wenig diskreter, als du es sonst bist. Ich werde noch einmal mit Sophie Bolsover sprechen. Sie ist immer sehr geneigt, ein wenig zu tratschen. Ich muß mir überlegen, welche Neuigkeit ich ihr dafür erzählen könnte.«

Sie blieb noch eine Weile, um sich weiter zu unterhalten und den Besuch bei ihrer Schwester ganz unbeschwert zu genießen. Dann ging Emily nach Hause und bereitete sich darauf vor, ihre neue Offensive zu starten. Zuerst würde sie Sophie besuchen, und das zu einem Zeitpunkt, an dem sie wahrscheinlich allein anzutreffen war; als nächstes würde sie die Bekanntschaft der letzten Frau am Square suchen, deren Haus sie für eine mögliche Herberge von Geheimnissen hielt, Mariah Campbell.

Sie war enttäuscht, Sophie nicht zu Hause anzutreffen, und etwas pikiert hinterließ sie ihre Karte und überlegte sich, welche einleuchtende Entschuldigung sie Mariah Campbell dafür geben konnte, daß sie ungebeten zu jemandem zu Besuch kam, den sie kaum kannte. Eine Nachricht konnte man ohne weiteres bei den Dienstboten hinterlassen. Deshalb mußte sie sich nach irgend etwas erkundigen. Aber nach was?

Sie stand schon vor der Tür. Es würde ausgesprochen merkwürdig aussehen, in der stehenden Kutsche zu bleiben, deswegen mußte sie aussteigen und sich auf ihren Verstand verlassen. Sie mußte sich etwas einfallen lassen, wenn Mariah Campbell zu Hause und in der Lage war, sie zu empfangen.

Sie erkundigte sich bei dem Hausmädchen und wurde höflich empfangen. Ja, Mrs. Campbell war zu Hause, und ja, Mrs. Campbell würde sich freuen, sie zu empfangen. Sie wurde in das kleine Wohnzimmer geführt, wo Mariah mit ihren Töchtern saß. Anscheinend hatten sie den Unterricht nach dem Weihnachtsfest noch nicht wieder aufgenommen. Sie standen beide auf und machten einen Knicks, als Emily angekündigt wurde, und zogen sich dann gehorsam zurück.

Mariah Campbell war eine gutaussehende Frau, nicht schön, aber von einer Art, die vielleicht länger währte als normale Schönheit. Sie war vorteilhaft gekleidet, jedoch ohne Zugeständnis an die Überspanntheiten der Mode.

»Wie freundlich von Ihnen, mich zu besuchen«, sagte sie und erhob sich ebenfalls, um Emily zu begrüßen, weil diese eine Dame von Stand war und sie selbst nicht. Sie heuchelte keine falsche Begeisterung; sie waren einander fremd und wußten es beide.

»Ich hoffe, ich darf Ihnen eine Erfrischung anbieten, Tee vielleicht?«

»Ich wäre entzückt«, nahm Emily die Einladung an. Natürlich durfte sie auf keinen Fall den wahren Grund ihres Besuchs nennen – Neugier–, sondern sie mußte schnellstens einen anderen finden. »Ich habe von Lady Anstruther gehört« – sie hoffte inständig, daß es eine solche Person nicht gab – »daß Sie in Schottland waren und bei den Taits gewohnt haben.« Auch das war eine Erfindung. »Mein Mann ist fest entschlossen, daß wir auch dorthin fahren sollten – wissen Sie, wir sind eingeladen worden. Ich habe nun gehört, daß das Haus ganz unmöglich sei! Kalt wie ein Grab und mit Dienstboten, die man nie finden kann, wenn man sie braucht, und die dann noch nicht einmal unsere Sprache sprechen. Ich hatte gehofft, Sie könnten mir sagen, ob das wirklich wahr ist. Die liebe Marjorie neigt ein wenig zur Übertreibung, um eine Geschichte ein wenig farbiger, um sie lebendiger zu machen!«

Mariah sah völlig verwirrt aus, was ganz natürlich war. Sie wußte noch weniger, wovon Emily überhaupt sprach, als Emily selbst.

»Ich fürchte, ich habe keine Ahnung«, gab sie zu. »Lady Anstruther – sagten Sie? – muß mich mit jemand anderem verwechselt haben. Campbell ist ein schottischer Name, das stimmt, aber er kommt ziemlich häufig vor. Und ich bin selbst nie in Schottland gewesen. Es tut mir sehr leid, ich kann Ihnen da nicht weiterhelfen.«

»Oh, das macht nichts.« Emily hob ihre Hand, um das Thema zu beenden, bevor sie sich zu sehr darauf einließ und sich vielleicht selbst widersprach, weil sie vergessen hatte, was sie eingangs gesagt hatte. »Ich glaube, ich kann George ohnehin davon überzeugen, überhaupt nicht zu fahren. Er ist sowieso kein passionierter Jäger.« Sie hatte keine Ahnung, ob im Augenblick überhaupt Jagdsaison war; aber mit ein wenig Glück würde Mariah es auch nicht wissen.

»Und natürlich«, folgte Emily einer plötzlichen Eingebung, »muß ich ja zur Hochzeit hier sein!«

Mariah blinzelte.

»Hochzeit?«

»Christina Balantyne und Mr. Ross!« Emily fuhr mit Begeisterung fort. »Ich bin ja so froh, daß der arme Mr. Ross Helena Dorans plötzliche Abreise völlig überwunden hat. Es muß für den Ärmsten ein großer Schock gewesen sein.«

»Ich glaube, es war für alle ein Schock«, antwortete Mariah. »Zumindest eine Überraschung. Ich wußte von der Sache überhaupt nichts.«

»Wußten Sie nicht einmal, daß sie noch einen anderen Verehrer hatte?« Emily hob ihre Augenbrauen ob des Geheimnisses.

»Um die Wahrheit zu sagen, ich bin so sehr mit meiner Familie beschäftigt, daß meine Bekanntschaft mit Miss Doran nur sehr flüchtig war. Ja, ich habe auch nur wenig Umgang mit den meisten anderen Familien am Square, außer vielleicht mit Adelina Southeron natürlich, wegen ihrer Kinder.«

Damit schien das Thema abgeschlossen zu sein; aber Emily war noch nicht bereit aufzugeben.

»Ich bin sicher, wenn Christina sich wirklich darum bemüht, wird sie ihn sehr zufriedenstellen.«

»Zufriedenstellen?« Mariahs Stimme war anzumerken, daß sie wußte, was Emily meinte, doch schwang angesichts einer so lauwarmen Empfindung auch ein mitleidiger Unterton mit.

Emily meinte es genauso, wie sie es gesagt hatte.

»Ja, davon bin ich überzeugt. Ich glaube, daß das alles ist, was ein Mensch einem anderen zu geben vermag. Ich glaube, Glück ist etwas, das man sich selbst erarbeiten muß, meinen Sie nicht?«

Mariah sah sie vorsichtig an, aber bevor ihr eine passende Antwort einfiel, öffnete sich die Tür, und Garson Campbell trat ein. Emily hatte ihn erst einmal gesehen und mochte ihn nicht besonders. Offenbar erinnerte er sich an sie.

»Guten Tag, Lady Ashworth«, sagte er. Mit Mariah sprach er nicht.

»Guten Tag, Mr. Campbell.« Emily hoffte inbrünstig, daß Mariah die Geschichte, die sie erfunden hatte, um ihren Besuch zu erklären, nicht wiederholen würde. »Ich hoffe, es geht Ihnen gut.«

»Gut genug«, antwortete er. »Wie freundlich von Ihnen, uns zu besuchen.«

»Wir wollten gerade den Tee einnehmen«, sagte Mariah ruhig. »Möchtest du dich zu uns gesellen?«

»Ich glaube nicht.« Er zog die Mundwinkel leicht nach unten. »Ich bezweifle, daß ich zu eurem Tratsch etwas beisteuern könnte. Ich ziehe die politischeren Themen vor.«

»So?« fragte Emily spontan, bevor ihr klar wurde, daß es nicht in ihrem Interesse liegen konnte, ihn gegen sich aufzubringen.

»Wie bitte?«

»Sie geben den politischeren Themen den Vorzug vor was, Mr. Campbell?«

»Jetzt verstehe ich, was Sie meinen, Lady Ashworth. Ich habe keine Ahnung, worüber Sie sich unterhalten haben. Meine Vermutungen basieren auf Erfahrungen der Vergangenheit. Bis jetzt habe ich noch keine anständige Frau getroffen, die auch nur die Spur von politischem Verstand besessen hätte; nur die Huren scheinen diese Art Scharfsinn zu besitzen.«

»Tatsächlich?« Emily hob ihre Augenbrauen so hoch sie konnte und verlieh ihrer Stimme einen Hauch von Süffisanz. »Ich habe mich nie mit einer Hure über Politik unterhalten. Aber Mr. Balfour ist mir dennoch flüchtig bekannt.«

»Ich muß mich entschuldigen, Lady Ashworth«, sagte er mit einem trockenen Lächeln. »Waren Sie gerade dabei, über Politik zu sprechen, als ich eintrat?«

»Ganz und gar nicht. Wir sprachen über Mr. Ross und darüber, wer wohl Helena Dorans geheimnisvoller Bewunderer gewesen sein könnte.« Sie beobachtete sein Gesicht. Männer vertrauten sich manchmal gegenseitig etwas an. Es war durchaus denkbar, daß er etwas wußte. Seine Haut verfärbte sich und spannte sich einen Augenblick lang an seinen Schläfen. Sie spürte das erregende Gefühl des Sieges. Er wußte etwas!

»Es ist sehr freundlich von Ihnen, mir Tee anzubieten«, sie stand auf, »aber ich fürchte, ich habe Sie mit meinem Besuch regelrecht überfallen, und es täte mir furchtbar leid, wenn ich Ihnen Mühe bereitet hätte. Es war mir ein großes Vergnügen, unsere

Bekanntschaft vertieft zu haben, Mrs. Campbell. Ich hoffe, wir werden uns bald wieder treffen.« Sie wollte nun möglichst schnell aus diesem Zimmer heraus, weg von Garson Campbell, bevor er ihre wahre Absicht erkannte. Er war ein Mann, mit dem sie nur ungern intellektuell die Klinge gekreuzt hätte.

Mariah schien nicht überrascht zu sein.

»Ich freue mich darauf«, sagte sie und griff gleichzeitig nach der Glocke. »Es war uns eine Ehre, Sie empfangen zu dürfen. Es tut mir leid, daß ich Ihnen in bezug auf Schottland keinen Rat geben konnte.«

»Oh, ich bitte Sie, seien Sie unbesorgt.« Emily war schon auf dem Weg zur Tür, wo sie das Hausmädchen in der Halle hören konnte. »Ich bezweifele, daß wir überhaupt fahren werden, besonders wenn dieses schreckliche Wetter andauert.«

»Es wird andauern, Lady Ashworth«, sagte Campbell, der in der Mitte des Zimmers stand. »So ist es immer, von Januar bis März, jedes Jahr. Ich kann mich nicht erinnern, daß es einmal anders war. Und den einzigen Unterschied, den Sie in Schottland feststellen werden, ist, daß es dort noch schlimmer sein wird.«

»Nun, unter diesen Umständen werde ich bestimmt nicht fahren«, sagte Emily und stieß beim Zurückgehen fast mit dem Mädchen zusammen. »Vielen Dank für Ihren Rat.« Er lächelte ein wenig verächtlich über ihre Ungeschicklichkeit, und sie flüchtete auf die Straße. Sie stieg erleichtert in ihre Kutsche, obwohl es darin kalt war und es da eine Feder geben mußte, die nicht in Ordnung war – so fühlte es sich wenigstens an. Zumindest wurde ihr so die Notwendigkeit erspart, sich aus einer zunehmend unmöglichen Unterhaltung herauswinden zu müssen. Was für ein unangenehmer Mann! Wenn es etwas Bedrückenderes gab als dumme Menschen, dann waren es jene, die meinten, alles zu wissen – und alles ablehnen zu müssen.

Als sie das nächste Mal Sophie Bolsover besuchte, fand sie dort Euphemia und Adelina Southeron vor und konnte das Gespräch weder auf Helena Doran lenken noch hoffen, wertvolle Antworten zu erhalten. Es vergingen mehrere langweilige Tage, die sie voller Ungeduld verbrachte, bevor sie es angebracht fand, Sophie noch einmal zu besuchen.

Diesmal hatte sie Glück, obwohl Glück dabei nur zum Teil eine Rolle spielte. Sie hatte vorher einige kleinere Erkundigungen eingezogen und zu ihrer Zufriedenheit herausgefunden, daß Sophie allein sein würde.

»Oh, Sophie, was für eine Freude, Sie allein anzutreffen!« Sie rauschte sofort ins Empfangszimmer und kam ohne Umschweife zur Sache. »Es gibt so schönen Tratsch, den ich Ihnen unbedingt erzählen muß. Ich wäre furchtbar enttäuscht gewesen, wenn ich gezwungen gewesen wäre, nur über Belanglosigkeiten zu sprechen.«

Sophie blühte augenblicklich auf. Nichts bereitete ihr mehr Freude als Tratsch – es sei denn Tratsch, den Damen von Adel erzählten.

»Kommen Sie herein«, drängte sie. »Machen Sie es sich bequem, Emily, meine Liebe, und erzählen Sie. Geht es um Lady Tidmarsh? Ich platze fast vor Neugier zu erfahren, ob sie wirklich bei dieser schrecklichen Familie Jones gewesen ist! Ich kann es vor Spannung kaum noch aushalten!«

Das war genau die Frage, von der Emily gehofft hatte, daß sie sie stellen würde, weil sie große Mühen auf sich genommen hatte, um die Antwort zu erfahren.

»Natürlich!« sagte sie triumphierend. »Aber Sie müssen schwören, es nicht weiterzuerzählen!« Das gab der Sache die unwiderstehliche Würze. Sophie zerfloß förmlich, ihre Augen glänzten vor Aufregung; sie zog Emily regelrecht auf das Sofa vor dem Kamin und rollte sich wie eine kleine Katze zusammen.

»Erzählen Sie es mir!« flehte sie. »Erzählen Sie mir alles!«

Emily tat ihr den Gefallen und schmückte die Geschichte hier und da mit eigenen Details aus, die der Wahrheit durchaus entsprechen konnten und der Geschichte nur ein wenig Farbe verliehen. Als sie fertig war, war Sophie hingerissen. Emily hatte sie mit Geschichten versorgt, über die sie nun Andeutungen machen und die sie denjenigen weitererzählen konnte, auf die sie Eindruck machen wollte, jedem einzelnen, und die ihr ebenfalls schwören mußten, die Geschichte für sich zu behalten; und natürlich konnte sie sich weigern, sie denjenigen zu erzählen, die sie ärgern wollte. Sie konnte dunkle Andeutungen machen, wie faszinierend und vertraulich die Informationen waren, die sie natürlich leider nicht weitererzählen konnte. Und es wäre nur allzu menschlich, wenn man annahm, daß sie sogar noch mehr wußte, worüber sie allerdings äußerstes Schweigen bewahren mußte. Sie war außer sich vor Entzücken.

Dies war der ideale Zeitpunkt, um nach Helena Doran zu fragen. Sophie würde ihr alles, was sie wußte – oder auch nur vermutete – erzählen. Emily machte keinen Hehl aus ihrem Interesse.

»Oh«, atmete Sophie glücklich aus, »natürlich.« Dann runzelte sie die Stirn. »Aber das liegt jetzt schon recht lange zurück! Sind Sie sicher, daß es Sie interessiert?«

»Oh, ja«, versicherte ihr Emily. »Ich finde es faszinierend. Wer könnte er gewesen sein?«

Sophie verzog ihr Gesicht und dachte nach.

»Helena war sehr hübsch, wissen Sie, fast eine richtige Schönheit, möchte man sagen, mit wundervollen Haaren von der Farbe der Wintersonne, wie der arme Mr. Ross immer zu sagen pflegte. Er war ganz schrecklich durcheinander.

Ich hoffe, er wird mit Christina glücklich werden. Sie ist völlig anders, so anders, wie man nur sein kann; dem Aussehen nach, natürlich, aber auch in ihrem Charakter.«

»Wie war Helena denn?« fragte Emily unschuldig.

»Oh«, Sophie überlegte. »Ruhig, nicht sehr modisch; das brauchte sie auch nicht zu sein, sie war schön genug, um sich schlichte Kleidung leisten zu können. Sie hatte es auch nicht nötig, geistreich zu sein. Sie spielte sehr gut Klavier, und sie hat auch gesungen. Manchmal wünschte ich mir, ich könnte singen. Können Sie es?«

»Nicht sehr gut. War sie verschlossen?«

»Ziemlich, ja; wenn ich genau darüber nachdenke, dann hatte sie nicht viele enge Freunde. Sie mochte Euphemia Carlton, das weiß ich.«

»Welche Art Männer bewunderte sie?«

Sophie verzog ihr Gesicht vor Anstrengung, sich zu erinnern.

»Energische Männer, die nicht nur materiell gut gestellt waren, sondern Männer, die etwas erreicht hatten, die etabliert waren. Ältere Männer eigentlich. Vielleicht, weil sie fast ohne Vater aufgewachsen ist, das arme Kind. Sie bewunderte General Balantyne, kann ich mich erinnern. So ein gutaussehender Mann, finden Sie nicht auch? Diese Autorität, die ihn umgibt, und diese Würde. Wenn ich nicht Freddie lieben würde, dann könnte ich mich selbst für ihn erwärmen!«

»War das der Grund, warum sie Mr. Ross nicht geheiratet hat; weil er ihr noch nicht genug bieten konnte, weil er zu jung war?« fragte Emily.

»Wissen Sie, daran habe ich noch gar nicht gedacht, aber das könnte durchaus der Grund gewesen sein. Sie bewunderte Selbstvertrauen an einem Mann. Obwohl sie den armen Reggie Southeron überhaupt nicht leiden konnte. Aber er ist ja auch so verantwortungslos! Er hat nicht das... was die Römer ›gravitas‹ nannten, sagt Freddie. So ausgesprochen maskulin, ›gravitas‹, finden Sie nicht auch? Wirklich sehr aufregend!«

»Also wäre sie wohl kaum mit einem mittellosen Romantiker durchgebrannt, oder? Oder mit jemandem, der von seiner gesellschaftlichen Stellung her nicht zu ihr gepaßt hätte?« fragte Emily. Wirklich, das Geheimnis wurde immer komplizierter, faszinierender und mysteriöser.

Sophies Augen weiteten sich vor Überraschung.

»Nein! Nein, das würde sie nicht, wenn ich es mir genau überlege. Oh, meine Liebe, glauben Sie etwa, daß er schon mit einer anderen verheiratet war und daß die beiden einfach durchgebrannt sind? Oh, wie schrecklich!«

»Was glauben Sie, wo haben sie sich wohl kennengelernt?« Emily ließ nicht locker. »Wenn sie sich auf Parties oder so kennengelernt hätten, dann wüßten die Leute doch, wer er war – und keiner weiß es!«

»Oh, es muß an einem geheimen Ort gewesen sein«, stimmte Sophie zu. »Selbst Laetitia weiß nicht, wer er war. Zumindest sagt sie, daß sie es nicht weiß, und warum sollte sie lügen? Es sei denn, derjenige war einfach unmöglich! Aber ich kann mir nicht vorstellen, daß Helena sich in jemanden verliebt hätte, der abstoßend war. Dazu war sie viel zu stolz und hatte einen zu guten Geschmack.«

»Sie hatte Geschmack?«

»Oh ja! Nein, sie müssen sich ganz bestimmt an einem geheimen Ort kennengelernt haben.«

»Nun, es muß in der Nähe gewesen sein, oder nicht?« Emily dachte laut.

»Sonst hätte sie eine Kutsche nehmen müssen, und dann hätte zumindest der Kutscher es gewußt. Und man sollte Kutschern nie vertrauen, es sei denn, man bezahlt sie selbst; und auch dann werden sie vielleicht von jemand anderem noch besser bezahlt. Nein, es ist ein guter Rat, Dienstboten – und das gilt besonders für männliche – nie zu trauen; sie neigen dazu, sich mit anderen Männern zu verbünden.«

»Wo sonst?« fragte Sophie. »Oh! Natürlich! Ich weiß es. Zumindest weiß ich, was ich täte!«

»Was? Wie bitte?« Emily hatte völlig ihre gewohnte selbstbeherrschte Haltung verloren.

»Ja, das leere Haus, natürlich! Das Haus auf der gegenüberliegenden Seite des Squares steht seit Jahren leer! Es gehört einer alten Dame, die es weder verkaufen noch darin wohnen will. Ich glaube, sie bevorzugt Frankreich – oder etwas anderes ebenso Merkwürdiges. Es ist inzwischen schrecklich vernachlässigt, aber es war einmal sehr schön, und auf der Rückseite gibt es ein Sommerhaus. So ein richtig romantisches Fleckchen für ein Treffen! Das muß es sein! Meinen Sie nicht auch, daß es sehr klug von mir war, daran zu denken?«

Emily dachte insgeheim, daß es ziemlich dumm von ihr war, nicht sofort daran gedacht zu haben, aber es wäre natürlich unfreundlich und unhöflich gewesen, das zu sagen.

»Oh, in der Tat!« stimmte sie begeistert zu. »Und ich bin ohne jeden Zweifel sicher, daß Sie recht haben. Und eines Tages, so wage ich zu behaupten, werden wir herausfinden, wer der Geheimnisvolle war.«

»Vielleicht... wenn wir hingehen und nachsehen?« schlug Sophie vor. »Vielleicht finden wir irgendeine Kleinigkeit, die sie zurückgelassen haben! Was meinen Sie?«

Emily hatte sich schon in dem Augenblick, in dem das Haus erwähnt wurde, vorgenommen, genau das zu tun. Sie wollte Sophie nicht mitnehmen, aber es schien nun mal nicht anders zu gehen.

»Was für eine ausgezeichnete Idee«, stimmte sie zu. »Bei der ersten sich bietenden Gelegenheit, sobald wir besseres Wetter haben. Man wird uns für sehr absonderlich halten, und es wird unerwünschtes Aufsehen erregen, wenn wir bei diesem Regen gehen. Morgen, wenn es trocken ist, werde ich Sie abholen, und dann werden wir zusammen hingehen.« Sie warf Sophie einen warnenden Blick zu, um ihr klarzumachen, daß sie ihr, falls Sophie vor ihr dorthin schleichen würde, keinen Tratsch mehr anvertrauen würde. Sie erkannte an Sophies Gesichtsausdruck, daß diese genau verstand, worum es ging.

Emily stand auf.

»Meine Liebe, dies war der aufregendste Besuch, den ich seit Monaten gemacht habe. Ich freue mich auf unsere nächste Begegnung.« Sie bewegte sich zur Tür, und Sophie begleitete sie, wobei sie vergaß, nach dem Hausmädchen zu klingeln, weil sie schon an morgen dachte.

An der Tür wandte Emily sich um.

»Oh, es wird Ihnen doch nichts ausmachen, wenn ich meine Schwester Charlotte mitbringe, oder? Sie ist ein sehr intelligentes Geschöpf und könnte uns vielleicht behilflich sein.«

Sophies Gesicht erstarrte für einen Augenblick, und dann, als Emily die mögliche Hilfe erwähnte, strahlte es wieder.

»Nein, natürlich nicht«, versicherte sie. »Wenn sie Ihre Schwester ist, wird sie zweifellos äußerst charmant sein.«

Emily hätte das bestritten; Charlotte war nur charmant, wenn sie es auch wollte, und sie hatte ihre Zweifel, ob Sophie Charlotte so faszinieren würde, aber das war jetzt wohl kaum von Bedeutung. Sie lächelte Sophie entwaffnend an, verabschiedete sich, und ihr Herz schlug triumphierend.

Ihre Gebete wurden erhört, denn der nächste Tag war kalt und trocken.

Wie vereinbart holte Emily ihre Schwester zu Hause ab, noch bevor Charlotte ihr Mittagessen beendet hatte, und in großer Eile machten sie sich auf den Weg zum Callander Square, während sie Charlotte ihre Mission und die Notwendigkeit für diese Hast erklärte. Sie traute Sophie zu, daß sie schon allein hinübergeschlichen war, um das, was es dort auch immer zu entdecken geben mochte, zu finden, bevor Emily und Charlotte eintrafen. Am Morgen war sie jedoch sicherlich nicht hingegangen, weil es immer noch ziemlich naß und eisig war, aber an diesem Nachmittag könnte sie durchaus auf die Idee gekommen sein, ohne Emily hinüberzugehen und sich darauf zu verlassen, nicht dabei erwischt zu werden.

Sie erreichten den Callander Square, verließen die Kutsche und baten den Kutscher und den Diener zu warten. Sie ließen sich bei Sophie anmelden, die bereits in Straßenschuhen auf sie wartete, während ihr Diener ihren Umhang schon in der Hand hielt. Innerhalb von fünf Minuten waren sie am Gartentor des unbewohnten Hauses. Die drei mußten mit ihrem ganzen Gewicht gemeinsam dagegen drücken, um es aufzustoßen, so lange war es bereits verschlossen gewesen.

An der Schwelle zögerten sie.

Der Garten innen war regungslos und kalt, die Bäume vom Frost überzogen, die Steinpfade mit Moos überwachsen und rutschig. Welke Blätter lagen auf dem Gras und verrotteten auf den Blumenbeeten. Wenn es hier irgend etwas Lebendiges gab, dann schlief es bis zum Frühjahr.

»So sollte ein Garten nicht aussehen«, sagte Charlotte ruhig. »Irgend jemand muß ihn einmal sorgfältig angelegt haben, und die Menschen sind hier herumspaziert und haben sich miteinander unterhalten.«

»Helena Doran und irgend jemand anders«, sagte Emily ohne Umschweife. »Laßt uns eintreten.« Mit geräuschlosen Schritten auf den nassen Blättern gingen sie zögernd hinein, und Charlotte zog die Tür hinter ihnen zu, um ihre Anwesenheit zu verbergen. Aus Angst, auf den schmierigen Steinen auszurutschen, folgten sie dem Pfad äußerst vorsichtig. Er führte um das Haus und verschwand auf der Rückseite dann im hohen Gras. Der Rasen war matschig und ebenfalls mit Laub bedeckt. Auf halbem Wege lag ein riedgedecktes Sommerhaus aus Holz, dessen Dach eingestürzt war. Offenbar hatte eine Unmenge von Vögeln daran gepickt und über die Jahre hinweg das Ried gestohlen.

»Da«, sagte Emily triumphierend. »Das ist genau der Platz, wo sich Liebende treffen würden.« Sie eilte über das matschige Gras, wobei sich ihre Röcke in den Zweigen und Blättern verfingen. Charlotte lief ihr nach, und nur Sophie war vorsichtiger und trat von Stein zu Stein auf den Resten des Pfades.

Charlotte und Emily bogen um die Ecke des Sommerhauses und warfen einen Blick hinein. Es war sehr heruntergekommen, Ried hing von der Decke herunter, mehrere Stühle waren morsch und in sich zusammengebrochen.

»Oh je«, sagte Emily enttäuscht. »Ich frage mich, ob das alles in nur zwei Jahren geschehen konnte.«

»Das würde keine Rolle spielen«, sagte Charlotte hinter ihr. »Vergiß nicht, daß es Januar ist. Im Sommer würde es ganz anders aussehen. Die Bäume würden Blätter tragen, vielleicht gäbe es Blumen und Vögel. Es wäre eher wie ein verborgener Garten. Es würde ihnen nichts ausmachen, wenn er ein wenig vernachlässigt wäre.«

»Ein wenig!«

»Laß uns auf unsere Suche konzentrieren.« Charlotte blickte sich um. »Siehst du irgend etwas, was dich vermuten läßt, daß es vielleicht benutzt worden ist? Vielleicht hat sie ein Taschentuch oder irgend etwas anderes verloren, oder vielleicht hat sie sich ja ein Stück aus ihrem Kleid gerissen. Scharfe Gegenstände gibt es hier ja genug.«

Sie begannen beide, sich umzuschauen, und Sophie schloß sich ihnen an. Nach einigen Minuten hatten sie sich vergewissert, daß es nichts zu entdecken gab, und Charlotte und Emily verließen das Sommerhaus durch die andere Tür, die zum hinteren Teil des Gartens führte. Sophie blieb zurück, weil sie meinte, selbst noch nicht gründlich genug gesucht zu haben.

Hinter den Sträuchern blieb Charlotte plötzlich wie angewurzelt stehen, so daß Emily gegen sie stieß.

»Was hast du?« fragte sie wütend, dann starrte sie über Charlottes Schulter und spürte, wie alle Wärme aus ihrem Körper wich.

Sie standen an der Seite eines kleinen Rasenstücks unter einem großen Baum. Von einem der Äste hing eine Gartenschaukel herunter, und darauf saß – die Knochen der Finger immer noch um die Seile gewunden – das von Kleiderfetzen umgebene Skelett dessen, was einmal eine Frau gewesen war. Die Reste ihres Kleides hingen vom Sitz der Schaukel hinunter, grau gebleicht vom Regen und von der Sonne. Fliegen und kleine Tiere hatten ihr Fleisch weggefressen, und jetzt war nichts mehr übrig außer ein wenig trockener Haut, dem blaßblonden Haar und den Fingernägeln an ihren Händen. Es war grotesk, aber die Walfischknochen ihres Korsetts waren ganz geblieben, obwohl sie da hineingefallen waren, wo einst ihr Bauch gewesen wäre, und darüber, vom Mutterleib befreit, lagen die winzigen, vogelartigen Knochen eines ungeborenen Kindes.

»Helena«, flüsterte Charlotte. »Arme Helena.«

Kapitel 8

Reggie Southeron kam von seinem nachmittäglichen Karten-spiel nach Hause und fand Adelina blaß und in Tränen aufge-löst vor – eine unangenehme Sache. Er selbst war äußerst guter Laune, nachdem er gerade eine nette Summe Geld gewonnen hatte, ausgezeichneten Brandy, gute Zigarren und noch bessere Witze genossen hatte. Er hatte sich fest vorgenommen, sich diese wunderbare, gelöste Stimmung den ganzen Abend zu erhalten – Adelina jetzt in diesem Zustand vorzufinden, war entschieden er-nüchternd. Er versuchte sie aufzuheitern; schließlich weinten Frauen so leicht, daß es wahrscheinlich nichts von Bedeutung war.

»Fühlst du dich nicht wohl?« sagte er fröhlich. »Mach dir nichts daraus, das geht vorbei. Trink ein halbes Glas Brandy, dann wird es dir schnell wieder besser gehen. Ich trinke einen mit.«

Zu seiner Überraschung willigte sie ein, und einige Minuten später saßen sie zusammen im Wohnzimmer vor dem Kamin in der angenehmen Wärme, die ein ansehnliches Feuer verbreitete, wäh-rend die Vorhänge den Abend draußen hielten. Adelina begann erneut zu weinen, wobei sie sich immer wieder ihre Augen mit einem Taschentuch abtupfte.

»Um Himmels willen, meine Liebe«, sagte er ein wenig scharf. »Nimm dich zusammen! Heulen hilft gar nichts.«

Sie warf ihm einen düsteren Blick zu und betupfte die Augen noch stärker.

»Ich kann nur vermuten, daß du es nicht weißt«, sagte sie aufge-bracht.

»Nein, ich weiß es nicht«, pflichtete er bei. »Und wenn es dich so unglücklich macht, wie du aussiehst, dann möchte ich es auch nicht wissen. Wenn jemandem irgendein Mißgeschick widerfahren ist, dann tut es mir leid, aber weil ich nicht helfen kann, möchte ich die traurigen Details lieber nicht erfahren.«

»Es ist deine Pflicht, es zu erfahren!« sagte sie vorwurfsvoll.

Er wollte protestieren, aber sie war nicht aufzuhalten.

»Man hat Helena Doran gefunden!«

»Ist das ein Grund, um zu weinen? Sie ist durchgebrannt. Wenn ihr ihre Lebensumstände jetzt mißfallen, dann ist das schade, aber wohl kaum unsere Schuld!«

»Tot!« Adelina sprach das Wort aus wie einen Fluch. »Sie ist seit zwei Jahren tot und saß da auf der Schaukel im Garten des leeren Hauses, ganz allein, genauso, als ob sie noch leben würde. Sie ist bestimmt ermordet worden!«

Er wollte es einfach nicht glauben; es war zu schrecklich – er war in seiner ruhigen, beschaulichen Lebensweise, in allem, was ihm am Herzen lag, auf brutale und widerliche Art und Weise gestört worden.

»Warum ›bestimmt‹?« fragte er. »Vielleicht ist sie an einem Herzinfarkt oder einem Anfall oder so etwas gestorben.«

»Sie war schwanger!«

»Du meinst, man hat eine Autopsie gemacht?« fragte er überrascht und ein wenig angewidert. »So schnell?«

»Sie war kaum mehr als ein Skelett.« Wieder brach sie in Tränen aus. »Man konnte die Knochen sehen. Nellie hat es mir erzählt.«

»Wer ist Nellie?« Der Name sagte ihm nichts.

»Das Spülmädchen. Kannst du dich noch nicht einmal an die Namen deiner eigenen Dienstboten erinnern?«

Er war ehrlich überrascht.

»Warum, um alles in der Welt, sollte ich? Ich glaube nicht, daß ich sie je gesehen habe. Das mit Helena tut mir leid, aber wirklich, meine Liebe, das ist ein höchst schauderhaftes Thema. Laß uns von etwas anderem sprechen. Ich bin sicher, dann wirst du dich besser fühlen.« Er hatte eine plötzliche Eingebung. »Und wir wollen die Kinder nicht beunruhigen. Sie werden es merken, wenn du bekümmert bist. Es ist ja nun wirklich nicht wünschenswert, daß sie etwas darüber erfahren.« Das zu glauben, war kaum mehr als eine lächerliche Hoffnung. Zumindest Chastity würde jedes Detail der Sache herausbekommen, wahrscheinlich wußte sie sogar schon davon. Aber es klang nicht nur mitfühlend, sondern auch klug, so etwas zu sagen.

Adelina sah ihn zweifelnd an, aber sie widersprach nicht.

Reggie machte es sich bequem und freute sich auf einen angenehmen Abend vor dem Kamin, ein gutes Abendessen, ein wenig

Portwein und vielleicht noch einen kleinen Brandy. Helena konnte bei ihren Problemen niemand mehr helfen, und deshalb war es für niemanden von Nutzen, sich noch weiter mit so gänzlich unerfreulichen Themen wie Leichen in nassen Gärten, Morden und so weiter zu beschäftigen.

Sein Friede wurde allerdings gegen neun Uhr unterbrochen, als der Butler eine neue Flasche Portwein brachte und gleichzeitig Dr. Bolsovers Besuch anmeldete.

Reggie richtete sich auf und öffnete die Augen.

»Nun ja, schicken Sie ihn schon herein«, sagte er widerwillig. Er war eigentlich nicht in der rechten Stimmung, sich zu unterhalten, aber Freddie war ein umgänglicher Kerl mit guten Manieren, der eine gepflegte Konversation und einen guten Portwein zu schätzen wußte. »Bringen Sie noch ein Glas, ja?«

»Das habe ich bereits, Sir. Ich werde Dr. Bolsover zu Ihnen hereinbitten. Mrs. Southeron ist immer noch oben.«

»Oh, gut. Ja, vielen Dank. Das ist alles.« Er sank wieder in den Sessel zurück. Es war Gott sei Dank nicht nötig, sich zu erheben und Freddie förmlich zu begrüßen.

Einen Augenblick später trat Freddie ein, elegant gekleidet, mit einem weinfarbenen Smokingjackett, das zu seiner hellen Gesichtshaut paßte.

»'n Abend, Freddie«, sagte Reggie träge. »Bedien dich. Nimm dir ein Glas Portwein. Lausiges Wetter, nicht wahr? Nun, der Kamin tut gut. Setz dich.«

Freddie tat, wie ihm geheißen, und setzte sich mit einem Glas in der Hand in den gegenüberliegenden Sessel. Er nippte langsam und ließ den Portwein auf der Zunge zergehen.

»Elende Geschichte mit der armen Helena Doran, nicht wahr?« sagte er und sah zu Reggie hinüber.

Reggie war verärgert. Er wünschte nicht, über das Thema zu sprechen.

»Schrecklich«, sagte er knapp. »Nun, jetzt ist ja alles vorbei.«

»Wohl kaum«, wandte Freddie mit einem Lächeln ein.

»Sie ist tot.« Reggie sank noch tiefer in den Sessel. »Das ist wohl ziemlich endgültig, oder?«

»Es ist das Ende für Helena, das arme Mädchen«, stimmte Freddie zu. Er hielt sein Glas hoch, um die satte Farbe gegen das Licht zu betrachten. »Aber erst der Anfang für eine Menge anderer Dinge.«

»Welche, zum Beispiel?«

»Nun, zum Beispiel: Wie ist sie gestorben?« Freddies klare, blaue Augen fixierten Reggie. »Und wer hat sie umgebracht? Die Polizei wird das wissen wollen, nicht wahr?«

»Sie kann ja auch eines ganz natürlichen Todes gestorben sein!« Reggie fand das Thema höchst unerquicklich. Er wünschte, Freddie würde es fallenlassen. »Wie dem auch sei, nicht unsere Angelegenheit.«

»Wenn die Polizei überall herumschnüffelt, dann ist das sehr wohl unsere Angelegenheit.« Freddie blickte ihn immer noch an, und ein leichtes Lächeln huschte über sein Gesicht. Charmanter Kerl, dieser Freddie, aber er hatte weniger Feingefühl, als Reggie erwartet hätte. Ein zu widerliches Thema, um es im Hause eines Freundes bei einem guten Portwein zur Sprache zu bringen.

»Aber nicht meine Angelegenheit.« Reggie streckte die Beine aus. Das Feuer war wirklich ausgezeichnet und wärmte ihn richtig auf.

»Oh, die Polizei wird zu uns allen kommen und wieder Fragen stellen. Das steht ja wohl fest.«

»Ich weiß nichts. Kann nicht helfen. Keine Ahnung, wer ihr Liebhaber war. Diese Dinge interessieren mich nicht. Frauenangelegenheiten, Tratsch. Wird die Frauen fragen, wenn er was von seinem Beruf versteht.«

»Pitt?«

»Wenn das sein Name ist.«

»Das wird er ohne Zweifel. Aber er wird auch uns fragen.« Freddie sank ein wenig in das weiche Leder hinein.

»Habe ihm nichts zu sagen.« Reggie trank den Rest Portwein aus und schenkte sich nach. Das Zimmer schien in einen warmen, roten Schimmer getaucht zu sein und förmlich zu glühen. »Überhaupt nichts.«

Für einen Augenblick war es still.

»Nehme an, du warst es nicht, oder?« fragte Freddie unvermittelt.

»Ich?« Reggie hatte die Sache schon vergessen, und seine Gedanken waren zu angenehmeren Dingen gewandert, zu schönen Frauen – zu Jemima, um genau zu sein. Charmantes Wesen, so weiblich. »Wovon redest du eigentlich?«

»Von Helenas Liebhaber natürlich«, sagte Freddie immer noch leicht lächelnd. »Du warst es nicht, oder, alter Junge?«

»Großer Gott!« Reggie sprang wenigstens fünfzehn Zentimeter in seinem Sessel hoch. »Natürlich war ich es nicht!«

»Hatte nur gedacht, es hätte so sein können. Schließlich findest du ja auch sonst Gefallen an solchen Sachen.«

»Gefallen! Was zum Teufel meinst du?« Reggie war beleidigt. So etwas zu sagen, war ein Zeichen schlechter Erziehung.

»Gefallen an jungen Frauen.« Freddie schien das Thema nicht im geringsten peinlich zu sein. »Mary Ann und Dolly und wer weiß, wer sonst noch.«

»Mary Ann ist ein Dienstmädchen!« sagte Reggie verärgert.

»Jeder hat von Zeit zu Zeit schon einmal eine Vorliebe für Dienstmädchen, wenn man ehrlich ist. Und das mit Dolly ist schon lange her. Ich ziehe es vor, das Thema nicht weiter zu erörtern. Ich dachte, ich hätte dir das schon angedeutet.«

»Oh, ich bin sicher, daß du über das Thema nicht mehr reden möchtest«, pflichtete Freddie bei. »Besonders jetzt.«

»Was meinst du mit ›besonders jetzt‹?« Reggie mochte die Richtung nicht, die die Unterhaltung zu nehmen begann. »Warum jetzt?«

»Nun, Helena war offenbar auch schwanger.« Freddie sah ihn immer noch herausfordernd an und lächelte. »Und dann sind da ja noch die Babys im Garten. Wenn man etwas von Mary Ann und von der armen Dolly erfahren würde, dann könnte es schon sein, daß man den scheußlichen Rückschluß zieht, daß es da eine Verbindung geben könnte, meinst du nicht?«

Plötzlich brannte die Hitze des Kamins recht unangenehm auf Reggies Beinen, und innerlich stieg eine eisige Kälte in ihm auf. Der Gedanke war entsetzlich, angsterregend! Sein Mund war trocken. Er starrte Freddie an und versuchte so zu tun, als hätte er ihn nicht verstanden, versuchte, sich selbst etwas vorzumachen.

»Du meinst es auch.« Freddies Lächeln schien sich zu verselbständigen und vor Reggie in der Luft zu hängen, so, als ob es sonst nichts anderes im Zimmer gäbe. »Du verstehst, was ich meine?« Freddie kam zur Sache.

»Ja.« Reggie hörte seine eigene Stimme ganz weit entfernt. Er räusperte sich, und seine Stimme klang lauter, als er beabsichtigt hatte. »Aber man wird es nicht – ich meine, es gibt keinen Grund, warum man irgend etwas davon erfahren sollte. Du bist der einzige Mensch, der davon weiß, von Dolly, meine ich.«

»Genau.« Freddie griff nach dem Portwein, schenkte sich ein, wobei er Reggie unverwandt über den Rand des Glases in die Augen schaute. »Also hängt eigentlich alles von mir ab, oder?«

»Um Himmels willen, du wirst doch nichts sagen! Oder?«

»Oh nein.« Freddie nippte leicht an seinem Portwein. »Nein, ich denke nicht, im Augenblick jedenfalls.« Er nahm wieder einen kleinen Schluck. »Jedenfalls, so lange ich mich daran erinnere, was ich gesagt habe, und mir nicht selbst widerspreche.«

»Das wirst du nicht!«

»Ich hoffe nicht. Das ist ziemlich wichtig, nicht wahr? Könnte eine kleine Gedächtnisstütze brauchen.«

»Was – was meinst du, Freddie?«

»Eine kleine Gedächtnisstütze«, sagte Freddie leichthin, »etwas, das meinem Gedächtnis auf die Sprünge hilft, etwas, das immer da ist, etwas, das groß genug ist, um wichtig zu sein.«

Reggie starrte ihn gebannt an, aber er konnte wieder einen klaren Gedanken fassen. Er begann langsam zu verstehen, was Freddie meinte – und er war angewidert.

»An was hättest du denn da so gedacht, Freddie?« fragte er langsam. Er hätte ihn am liebsten geschlagen, ihn getreten, so, wie er da so gemütlich vor dem Kamin saß. Aber er wußte, daß er sich das nicht leisten konnte. Die Polizei war zu intensiv mit dem Fall beschäftigt und registrierte zu wachsam alle Veränderungen. Es würde sich schon noch eine Gelegenheit ergeben – da war er sicher –, wenn die ganze Angelegenheit erledigt war und das Leben wieder seinen gewohnten Verlauf genommen hatte; dann würde er in der Lage sein, es Freddie heimzuzahlen. Dieser Kerl war ein Lump.

Aber im Augenblick...

»Was willst du, Freddie?« fragte er erneut.

Freddie lächelte immer noch. Und er hatte einmal geglaubt, er sei ein netter Kerl! Dieses Lächeln war so offen, ließ ihn so einnehmend wirken.

»Hab' da noch diese verdammte Rechnung bei meinem Schneider ausstehen.« Freddie schien sich nicht im geringsten zu schämen. »Und das schon seit einiger Zeit. Greif mir doch ein wenig unter die Arme, alter Junge. Als kleine Gefälligkeit. Ich hab' so das Gefühl, daß ich dir, wenn die Kleidung wirklich mir gehört und nicht diesem verdammten Nadelfritzen, dann ungemein dankbar sein könnte.«

»Das wär' auch besser für dich!«

»Nun, das versichere ich dir. Jedesmal, wenn ich mich anziehe, werde ich an dich denken.«

»Wieviel?«

»Oh, hundert Pfund sollten eigentlich reichen.«

»Hundert Pfund?« Reggie war erschüttert. Er gab in einem ganzen Jahr nicht so viel Geld für Kleidung aus, und Adelina hätte er dafür nicht die Hälfte der Summe bewilligt. Verdammt noch mal, Dienstmädchen bezahlte er nur zwanzig Pfund im Jahr. »Wie in Gottes Namen konntest du nur so viel Geld –?«

»Ach, weißt du, ich zieh' mich halt gern gut an.« Freddie stand auf. Er war groß, schlank, elegant. Er kleidete sich wirklich gut, viel besser als Reggie; aber er hatte auch die entsprechende Figur. Und dennoch! »Ich dank' dir, alter Junge«, sagte er fröhlich. »Ich werd's dir nicht vergessen.«

»Bei Gott, das will ich dir auch geraten haben!« Reggie merkte, wie Ärger und Panik in ihm hochstiegen. Wenn Freddie es vergaß, oder wenn er nicht Wort hielt . . .

»Mach dir da keine Gedanken«, sagte Freddie gelassen. »Ich hab' ein ausgezeichnetes Gedächtnis, wenn ich will. Bin schließlich Arzt. Ärzte geben niemals weiter, was ihnen ein Patient im Vertrauen gesagt hat. Die Polizei kann sie nicht dazu zwingen. Absolut sicher.« Er schritt würdevoll zur Tür. »Ich nehm' den Hunderter gleich mit. Du mußt wissen, der blöde Schneider ist ein wenig ungeduldig. Will einfach keine Aufträge mehr entgegennehmen, bis ich das Geld ausspuck', diese erbärmliche Kreatur.«

»Ich hab's jetzt nicht da«, antwortete Reggie steif. »Ich werd' den Diener am Morgen zur Bank schicken. Gleich darauf kriegst du's.«

»In Ordnung. Und vergiß es nicht, Reggie. Ein gutes Gedächtnis kann lebenswichtig sein; ich bin sicher, du weißt, was ich meine.«

Das wußte Reggie nur zu gut. Er würde dafür sorgen, daß der Diener schon vor der Tür zur Bank stand, wenn sie öffnete. Zum Teufel mit Freddie. Und das Schlimmste war, daß er diesen Kerl weiterhin höflich behandeln mußte; daran führte kein Weg vorbei. Mied er ihn, dann würden es die Leute merken, und er mußte sich Freddies Wohlwollen um jeden Preis erhalten, zumindest bis zu dem Zeitpunkt, wo die Polizei aufgab und den Square verließ.

Als Freddie gegangen war, setzte er sich wieder hin. Er war froh, daß Adelina nicht zurück ins Zimmer gekommen war. Er wollte allein sein. Er hatte einen tiefen Schock erlitten, und je mehr er über die Angelegenheit nachdachte, desto häßlicher wurde sie. Wer hätte jemals geglaubt, daß Freddie zu so etwas fähig war? Wenn einem Burschen etwas Kleingeld fehlte, hätte jeder Verständnis dafür gehabt. Aber dann auf... nun... es war schon Erpressung, worauf er zurückgriff.

Die ganze Aufregung würde sich natürlich wieder legen, wenn die Polizei entweder herausfand, wer das arme Mädchen war – wonach es nicht aussah – oder aber wenn sie aufgab, was allem Anschein nach wahrscheinlich der Fall sein würde. Dann kam ihm noch ein weiterer, ausgesprochen unangenehmer Gedanke. Was machte die Polizei, wenn sie einen Fall nicht lösen konnte? Gab sie auf? Oder legte sie ihn etwa nur zur Seite und behielt ihn weiterhin im Gedächtnis – gab es da vielleicht jemanden, dessen Aufgabe es war, solche Fälle im Auge zu behalten? Diese Möglichkeit versetzte ihn in Angst und Schrecken. Was, wenn sie niemals aufgaben, wenn sie dranblieben, wie an einer Wunde, die jedesmal wieder aufgerissen wird, wenn sie zuzuwachsen droht? Es konnte äußerst unangenehm sein, wenn sich ein häßliches Gerücht halten würde, das weder als richtig noch falsch aufgeklärt werden und damit nicht zum Verstummen gebracht werden könnte.

Großer Gott! Was konnte er denn dann noch gegen Freddie unternehmen? Je nachdem, wie unverschämt dieser Kerl war, konnte er ja immer wieder kommen! Hundert Pfund hier, eine kleine gesellschaftliche Gefälligkeit dort – oder aber ein kleiner Finanztip, so unter der Hand –, das eine oder andere Geschenk – gütiger Gott, es war möglich, daß diese Erpressungen niemals enden würden! Gar nicht auszudenken!

Es wäre das beste für Reggie, dieser verdammte Bursche namens Pitt würde herausfinden, um wen es sich handelte, und die ganze verfluchte Angelegenheit abschließen können. Dann konnte Freddie erzählen, was er wollte. Natürlich würde es Reggies Ruf eine Zeitlang schaden, und Adelina wäre ganz schön außer sich. Andererseits standen sie sich sowieso nicht besonders nahe; es gab da nicht viel zu verlieren, wenn man es damit verglich, daß Freddie einen permanent aussaugen konnte! Und allein die Tatsache, daß er als Arzt und als Freund einen so großen Vertrauensbruch begangen hatte, würde Freddie selbst mit Sicherheit weitaus mehr schaden. Wer würde diesem Burschen nach so etwas noch trauen? Nein, der Polizei unter Druck etwas mitzuteilen, das war eine Sache – für so etwas gab es eine gute Entschuldigung –, aber es herumzuerzählen, einfach so zu tratschen, das war unverzeihlich, und das würde Freddie mit Sicherheit auch wissen.

Eines war klar: Wenn Pitt herausfand, um wen es sich handelte, dann war Reggie aus dem Schneider. Er setzte sich noch tiefer in seinen Sessel und streckte die Beine wieder aus. Dies war wirklich ein ausgezeichneter Kamin. Er läutete nach dem Diener, gab ihm Anweisungen bezüglich der Bank und bestellte mehr Portwein. Er hätte niemals gedacht, daß man zu zweit eine ganze Flasche würde leeren können, aber da stand sie nun, leer; sie mußten sie wirklich getrunken haben. Wie dem auch sei – nach einer unliebsamen Erfahrung wie dieser brauchte man eine kleine Stärkung. Das war doch nur zu natürlich.

Es ging jetzt darum, darüber nachzudenken, wie er dem Burschen von der Polizei helfen konnte, den Fall zu lösen, damit jedermann wußte, wer der Schuldige war und wer nicht. Und es ging darum, daß die Polizisten sich wieder um die Art von Verbrechen kümmerten, zu deren Bekämpfung man sie ja schließlich eingestellt hatte.

Er schlief ein, während er darüber nachdachte, wie er Pitt helfen könnte.

Wie gewöhnlich wachte er erst spät am nächsten Morgen auf. Er wurde von seinem Diener angekleidet und genoß ein gutes Frühstück mit Porridge, Speck, Eiern, scharf gewürzten Nieren, Wurst, Pilzen, einigen Scheiben Toast, Butter, Eingemachtem und – natürlich – einer Kanne mit frischem Tee. Eigentlich hätte er sich danach viel besser fühlen müssen, aber er tat es nicht. Je mehr er im grauen, nüchternen Morgenlicht darüber nachdachte, wie wahrscheinlich es war, daß die Polizei das schuldige Mädchen finden konnte, desto unwahrscheinlicher fand er es, daß sie Erfolg haben würde. Dieser Pitt war wahrscheinlich helle genug, jedenfalls stellte er eine Menge Fragen; aber wo konnte er einen Beweis finden? Es lag schließlich schon alles Monate – ja sogar Jahre – zurück! Jeder konnte es gewesen sein! Irgendein unglückliches Mädchen – vielleicht kam sie ja auch aus der Nachbarschaft! Sie mußte ja nicht am Callander Square wohnen! Hatten die Schwachköpfe überhaupt diese Möglichkeit einmal in Erwägung gezogen?

»Sei kein Idiot! Beruhige dich, Reggie. Natürlich haben sie das. Damit haben sie wahrscheinlich ihre Zeit verbracht, wenn sie nicht hier waren. Und sie waren nur relativ kurze Zeit hier, wenn man bedenkt, daß sie wahrscheinlich vom Frühstück bis zum Abendessen arbeiten, und das fünf oder sechs Tage in der Woche. Aber sicher, sie haben bestimmt in der ganzen Nachbarschaft herumgefragt.« Er begann, sich wieder besser zu fühlen, und verbrachte einen recht angenehmen Morgen in der Stadt, schlenderte durch die Handelsbank, in der er Direktor war, machte eine lange Mittagspause in seinem Club und war um halb fünf wieder zu Hause, als es dunkel wurde und zu nieseln begann. Die Gaslampen am Square wurden vom vorbeiziehenden Nebel zum Teil verhüllt, und der aufkommende Wind ließ die Bäume knarren. Es war ein scheußlicher Abend. Er war froh, daß er sich an einen guten Kamin und an einen gedeckten Tisch setzen konnte.

Er begrüßte die Kinder – und natürlich Adelina – recht freundlich und war gerade dabei, sich nach dem Essen zu entspannen, als jemand an die Tür klopfte.

»Herein«, sagte er überrascht.

Chastity trat ein. Sie sah sauber und schon fast zu adrett aus.

»Was gibt's, Kind?« Er war ein wenig verärgert. Ihm war nicht danach, sich zu unterhalten.

»Onkel Reggie, Miss Waggoner sagt, wenn ich Mathematik lernen will, dann muß ich erst mit dir reden. Bitte, darf ich?«

»Nein. Wozu brauchst du denn Mathematik?«

»Ich möchte es gern lernen; einfach nur, um etwas zu lernen«, antwortete sie ruhig. »Du hast mir selbst gesagt, es ist gut, wenn man das macht.«

»Mit Mathematik könntest du nichts anfangen«, sagte er entschieden.

»Malen nützt mir auch nichts, aber trotzdem sagst du, ich sollte es lernen.«

»Malen ist eine Kunst, das ist etwas ganz anderes. Frauen sollten die eine oder andere Kunst beherrschen: Man muß sie mit etwas beschäftigen, wenn sie aufwachsen. Womit wolltest du auch sonst deine Zeit verbringen?« Diese Logik konnte nicht widerlegt werden. Darauf hatte sie keine Antwort. Zufrieden sah er sie an.

»Ich werde einen Polizisten heiraten«, antwortete sie schnell. »Und ich werde arm sein, und deswegen werde ich mein Haus selbst führen müssen. Dann ist es vielleicht ganz nützlich, wenn ich Mathematik kann. Ich könnte mir manche Dinge ausrechnen.«

»Mach dich nicht lächerlich!« fuhr er sie an. Also wirklich, dieses Kind wurde einfach unmöglich. »Warum solltest du jemals einen Polizisten heiraten?«

»Weil ich sie mag. Ich mag Mr. Pitt. Ich würde ihn gerne heiraten, wenn er nicht schon verheiratet wäre. Er ist heute wieder hiergewesen. Er hat mit Mary Ann gesprochen. Ich glaube nicht, daß er jemals herauskriegt, wer die Babys umgebracht hat. Hat er selbst gesagt. Es wird für immer und ewig ein Rätsel bleiben. Wir werden alle darüber nachdenken, wer es denn nun gewesen ist, und wir werden schreckliche Dinge über die anderen denken, und keiner wird jemals wissen, was wirklich passiert ist. Wenn ich mal ganz alt bin, so um die fünfzig, dann werde ich meinen Enkeln davon erzählen, und ich werde sagen, daß weinende Babys am Square spuken, die vor langer Zeit umgebracht worden sind; das heißt jetzt, aber später wird es vor langer Zeit sein, und keiner hat jemals herausgekriegt, wer es getan hat. Und wir werden Spiele spielen, wer es denn wohl gewesen sein mag, und...«

»Schluß jetzt!« sagte Reggie wütend. Er konnte sich nicht daran erinnern, wann er zum letzten Mal die Beherrschung verloren hatte, aber dies hier war einfach unerträglich. Das Kind redete Unsinn, absurden, lächerlichen und beängstigenden Unsinn. Es beschwor Visionen von einer Heimsuchung, die niemals enden würde, von einem Vampir, der sein Blut saugte, bis er keines mehr hatte, von einer Furcht, die ihn für den Rest seines Lebens immer wieder heimsuchen würde! »Schluß jetzt!« schrie er. »Das stimmt nicht! Sie werden herausfinden, wer es war. Die Polizisten sind sehr klug. Sie werden es schon herausbekommen, und wahrscheinlich schon sehr bald.« Er spürte immer noch, wie sehr sein Herz schlug, aber es schlug jetzt nicht mehr so unkontrolliert.

Chastity schaute ihn überrascht an, ohne jedoch ihre Gemütsruhe zu verlieren, die in Reggies Augen fast unnatürlich war.

»Glaubst du das wirklich, Onkel Reggie? Ich nicht. Ich glaube, es wird für immer und ewig ein schreckliches Geheimnis bleiben, und alle werden hergehen und Gerüchte darüber in die Welt setzen. Kann ich bitte Mathematik lernen?«

»Nein!«

»Aber ich möchte es.«

»Nun, ich erlaube es nicht!«

»Warum nicht?« Sie ließ nicht locker.

»Weil ich es sage. Und nun geh ins Bett! Es ist bestimmt schon Zeit für dich!«

»Ist es nicht. Ich habe noch mindestens eine Stunde.«

»Tu, was man dir sagt, Kind. Geh ins Bett!« Er wußte, daß er sich wie ein Tyrann benahm, aber schließlich brauchte man Kindern nichts zu erklären, ja, man brauchte nicht einmal eine Begründung. Man konnte tun, was man wollte. Es war gut für Kinder zu lernen, daß man gehorchen mußte.

Chastity zog sich zurück, wie man ihr befohlen hatte, aber die Enttäuschung stand ihr in den Augen geschrieben, und es lag auch so etwas wie Verachtung in ihnen. Diese Impertinenz ärgerte ihn.

Er saß da und starrte auf den Sessel, der vor ihm stand. Seine Gedanken, die ihm in immer schnellerer Abfolge kamen, wurden immer unangenehmer. Was wäre, wenn Chastity recht hätte und man niemals herausfinden würde, wer es war? Man würde weiter darüber reden – warum sollte man damit auch jemals aufhören? Tratsch war das Lebenselixier in jedem Damenkränzchen. Was nicht der Wahrheit entsprach oder worüber man nichts wußte, mußte erfunden werden! Es war widerlich, aber so war es nun einmal. Natürlich würde es neue Themen geben, andere Skandale, daran bestand kein Zweifel; aber wenn auch nur der geringste Verdacht wieder aufkäme, dann würde dieser Skandal mit all seinen obszönen Vermutungen wieder zu neuem Leben erweckt.

Und Freddie, Freddie würde das wissen, und es wäre Wasser auf seine Mühle. Großer Gott, es war möglich, daß er ihn bis ans Ende seiner Tage bezahlen mußte, ausgesaugt von einem verdammten Blutegel – einem Vampir! Der Gedanke war furchtbar!

Er merkte, daß er stand, ohne daß es ihm bewußt gewesen wäre, sich erhoben zu haben. Er mußte etwas unternehmen, das stand außer Frage. Aber was? Er war wie betäubt, es war ihm unmöglich, irgendeinen Gedanken zu fassen. Er konnte allein nichts erreichen, soviel war sicher. Aber er hatte keine Ahnung, was er tun konnte. Wer konnte ihm helfen? Adelina durfte nichts erfahren, sie würde es überall herumposaunen. Auf jeden Fall war sie eine derjenigen, vor denen er die Sache geheimhalten mußte. Sie würde das mit Mary Ann nicht verstehen und noch weniger das mit Dolly. Sie würde ihm das Leben unerträglich machen. Und er schätzte die Bequemlichkeit und vor allem die entspannte und behagliche Atmosphäre seines Heims. Die häßlichen Dinge des Lebens und der Zwang, seinen Lebensunterhalt dort draußen bestreiten zu müssen, hatten hier keine Bedeutung, und er hatte sich vorgenommen, daß es so bleiben sollte, koste es, was es wolle. Und natürlich galt es auch, seine Position bei der Bank aus rein praktischen Gründen zu schützen, denn es war eine sehr einträgliche und angenehme Stellung, die ihm Einfluß verschaffte.

Aber all dies nutzte ihm jetzt nichts, und er sah förmlich vor sich, wie ihm die Angelegenheit aus den Händen glitt und er ungeschützt mit den harten Tatsachen des Lebens konfrontiert wurde: keine üppigen Mahlzeiten, kein großes Feuer im Kamin, keine bequemen Sessel, keine Nachmittage im Sommer, an denen man Erdbeeren essen konnte, keine Diener, die sich um alles kümmerten, keine Parties, wann immer er Lust dazu hatte – ungeschützt wie ein großes, weißes Tier, das sein Fell oder seine Schale verloren hatte und nur noch darauf wartete, beim ersten kalten Sturm im Winter zu sterben.

Er brauchte Hilfe. Wer war der vernünftigste, intelligenteste Mensch, den er kannte? Er fand schnell die Antwort – es war ohne Frage Garson Campbell.

Er durfte keine Zeit verlieren. Soviel war sicher, er durfte sich keine Ruhe gönnen, so lange er in der Angelegenheit nichts unternommen hatte. Er war vollkommen durcheinander. Er klingelte nach dem Diener, damit dieser ihm seinen Mantel brachte. Es war ein entsetzlicher Abend, und er haßte es, naß zu werden, aber die Unruhe in ihm war unendlich stärker und wuchs mit jedem neuen Gedanken, der ihm in den Sinn kam.

Campbell war zu Hause und willens, ihn zu empfangen, obwohl es ihn auch sehr gewundert hätte, wenn er nicht dazu bereit gewesen wäre, hatte Reggie dem Butler doch sehr deutlich gemacht, daß er Campbell dringend sprechen mußte.

»Nun, Reggie, wo brennt es denn?« fragte Campbell und lächelte ein wenig sarkastisch. »William schien zu glauben, daß du irgendwie in der Tinte sitzt.«

»Mein Gott, Campbell, ich habe etwas Schreckliches entdeckt!« Reggie fiel in einen der anderen Sessel und starrte Campbell mit klopfendem Herzen an. »Es ist einfach fürchterlich!«

Campbell war nicht beeindruckt.

»Oh. Ich denke, du wirst ein Glas Portwein brauchen können, um dich zu erholen.« Das war eine Feststellung, keine Frage.

Reggie richtete sich in seinem Sessel auf.

»Ich mache keine Witze, Campbell, es ist verdammt ernst!«

Campbell, der an der Anrichte stand, wandte sich ihm blitzschnell zu, vielleicht hatte ihn der Klang seiner Stimme irritiert.

Reggie konnte fühlen, wie die Panik in ihm aufstieg. Was war, wenn Campbell ihm nicht helfen würde?

»Ich werde erpreßt!« stieß er hervor. »Um Geld! Zumindest ist es bis jetzt nur Geld. Der Himmel weiß, was noch kommt! Campbell, mein ganzes Leben könnte ruiniert werden! Er könnte mir alles nehmen – wie ein Vampir an meiner Kehle, er könnte meine Lebenssäfte aussaugen! Es ist furchtbar, beängstigend!«

Seine Worte hatten ihre Wirkung bei Campbell nicht verfehlt, sein Gesicht veränderte sich, und eine Härte, eine besondere Aufmerksamkeit zeigte sich in seinen Augen.

»Erpreßt?« wiederholte er, wobei er in seiner Hand immer noch gedankenverloren die Karaffe mit dem Portwein hielt, die er offensichtlich völlig vergessen hatte.

»Ja!« Reggies Stimme wurde immer schriller. »Einhundert Pfund!«

Campbell hatte seine Selbstbeherrschung wiedergefunden. Seine Mundwinkel senkten sich.

»Das ist eine Menge Geld.«

»Da hast du verdammt recht. Campbell, was soll ich nur tun? Wir müssen diese Sache beenden, bevor sie ausufert.«

Campbells Augenbrauen hoben sich leicht.

»Warum ›wir‹, Reggie? Ich gebe dir recht, Erpressung ist eine widerliche Sache, aber warum sollte ich mich da einmischen?«

»Weil es Freddie ist, du Idiot!« Reggie verlor erneut seine Beherrschung. Er hatte wirklich Angst. Ihre ganze Art zu leben wurde bedroht, und da stand Campbell mit dem Portwein in der Hand und einem Grinsen auf dem Gesicht, so, als ob es sich lediglich um ein kleineres Ärgernis handeln würde.

»Freddie?« Campbell hatte nun einen anderen Ton angeschlagen, seine Stimme klang stahlhart. Sein Gesicht – selbst sein Körper – wirkten plötzlich angespannt. »Freddie Bolsover?«

»Ja! Der verdammte Freddie Bolsover. Kam so lässig, wie du dir nur vorstellen kannst, in mein Haus, setzte sich in meinen Sessel in der Bibliothek, trank meinen Portwein und verlangte einhundert Pfund, um über meine Zuneigung zu dem Hausmädchen Stillschweigen zu bewahren!«

»Und du hast ihn bezahlt?« Campbell zog die Augenbrauen hoch, und in seinen Augen wurden zynische Ungläubigkeit und etwas, das aussah wie Belustigung, sichtbar. Obwohl nur der liebe Gott wußte, was an der Sache komisch sein sollte!

»Natürlich habe ich ihn bezahlt!« stieß Reggie wütend hervor. »Was glaubst du wohl, was die Polizei machen würde, wenn sie wüßte, daß ich eine gewisse Vorliebe für Hausmädchen habe – bei diesen verdammten Leichen am Square! Die kämen sogar noch auf den Gedanken, ich hätte etwas mit Helena Doran zu tun, und so wahr mir Gott helfe – ich habe das Mädchen nie angefaßt! Hin und wieder ein harmloser Spaß mit einem Hausmädchen, aber ich habe mir nie wirklich etwas zuschulden kommen lassen! Aber man kann nicht erwarten, daß diese Kerle das verstehen würden! Sie gehören schließlich selbst nur der Arbeiterklasse an!«

Campbell sah ihn von oben herab an.

»Ja, du bist ziemlich in der Klemme, nicht wahr?« Er schenkte den Portwein nun endlich aus und reichte Reggie ein Glas. »Obwohl ich mir nicht vorstellen kann, daß dich jemand mit Helena Doran in Verbindung bringen könnte«, er zögerte, »oder?«

»Nein!«

»Dann weiß ich nicht, warum du dich so aufregst. Was kann Freddie schon sagen? Daß er glaubt, daß du ein wenig mit deinem Hausmädchen geturtelt hast? Das ist ja wohl kaum ein Verbrechen. Und wie, zum Teufel, sollte er das überhaupt herausbekommen haben? Hört er sich den Küchentratsch an? Es war idiotisch von dir, ihn zu bezahlen.«

Reggie wand sich in seinem Sessel. Es war wegen Dolly und ihrem Tod nach der verfluchten Abtreibung, weshalb er Angst hatte – Mary Ann war kein Problem, wie Campbell richtig gesagt hatte. Er blickte Campbell an, der in der Mitte des Raumes stand, breitschultrig, stattlich und mit einem leicht abfälligen Grinsen auf dem Gesicht. Er war intelligent, Reggie wußte das, er hatte es immer gewußt, das war offensichtlich und unbestreitbar. Aber durfte er ihm vertrauen? Er brauchte die Hilfe irgendeines Menschen. Freddie mußte Einhalt geboten werden, sonst würde er ihm alles wegnehmen, was in seinem Leben so wertvoll war! Er würde sich von ihm füttern lassen wie ein widerliches Tier, ihm all seine Bequemlichkeiten rauben, und er selbst würde als veräng-

stigtes Wrack enden, Wasser trinken und Brot und billige Mahlzeiten essen. Lieber wäre er tot!

Er wußte nicht, wie er anfangen sollte.

Campbell wartete; er starrte ihn unverwandt an, wobei um
seine Augen immer noch ein Lächeln lag.

»Es geht um ein wenig mehr als das«, begann Reggie. »Die
Polizei könnte meinen, daß . . .«

Campbell verzog die Mundwinkel.

». . . ich meine«, Reggie versuchte es noch einmal, »andere
Mädchen, sie könnten . . .« Verflucht sollte er sein, dieser Kerl.
Warum wollte er ihn bloß nicht verstehen?

». . . sie könnten auf die Idee kommen, du hättest etwas mit
Dollys Tod zu tun?« beendete Campbell den Satz für ihn.

Reggie fühlte einen eisigen Schauer, der ihn durchlief, so, als
ob sein Diener ihm versehentlich ein kaltes Bad bereitet hätte.

Campbell sah ihn mit einer Mischung aus Zynismus und Belustigung an.

»Ja, das könnte peinlich werden«, sagte er nachdenklich.
»Freddie war der Arzt, den man gerufen hat, nicht wahr? Ja, er
könnte der Polizei wahrscheinlich präzise sagen, was passiert ist.
Und ich vermute, er könnte sich von seiner Schweigepflicht
durchaus befreit fühlen«, er hustete, »unter den Umständen.
Vielleicht hattest du trotz allem recht, ihn zu bezahlen.«

»Verdammt noch mal!« Reggie hievte sich aus dem Sessel auf
die Füße, bis er Campbell von Angesicht zu Angesicht gegenüberstand. »Das hilft mir auch nicht weiter! Was soll ich bloß tun?«

Campbell schob seine Unterlippe vor.

»Zunächst einmal darfst du nicht die Nerven verlieren. Ich bin
ganz deiner Meinung, alter Junge. Die Sache ist schlimm, sehr
schlimm. Hatte keine Ahnung, daß Freddie zu so etwas fähig ist.«

»Er verhält sich wie ein Asozialer«, sagte Reggie bitter. »Wie
ein Schurke.«

»Ohne Zweifel, aber das heißt doch nur, daß er den Mut und
den Verstand hat, das zu tun, was andere auch täten, wenn sie auf
die Idee gekommen wären und wenn sie es wagen würden. Sei
nicht so ein Heuchler, Reggie. Das ist jetzt wirklich nicht der
Zeitpunkt, um selbstgerecht zu werden. Ganz abgesehen davon,
daß es ein wenig lächerlich ist, hat es auch keinen Sinn.«

»Keinen Sinn?« Reggie war sprachlos. Freddie war ein absolu-
tes Schwein, und da sprach Campbell über die Sache, als wäre sie

das Alltäglichste auf der Welt, eher ein logistisches Problem als eine Ungeheuerlichkeit.

»Ja, natürlich, genau das«, sagte Campbell ein wenig scharf. »Du willst doch verhindern, daß das endlos so weitergeht, oder? Ich dachte, du wärst deshalb gekommen.«

»Ja, natürlich bin ich deswegen gekommen. Aber bist du nicht schockiert? Ich meine – Freddie!«

»Es ist schon Jahre her, daß ich zum letzten Mal schockiert war«, antwortete Campbell, hielt sein Glas Portwein gegen das Licht und begutachtete die Farbe. »Gelegentlich bin ich überrascht; meistens angenehm, wenn ich das Schlimmste erwartet habe und das dann nicht eintritt, wenn mein Glück länger anhält, als ich zu hoffen gewagt hätte. Aber die meisten Leute, die ehrlich sind, sind es nur aus Mangel an Mut oder Phantasie. Der Mensch ist grundsätzlich ein selbstsüchtiges Tier. Du mußt einmal Kinder beobachten, dann wirst du das sehr schnell erkennen. Irgendwie sind wir alle gleich, wir strecken eine Hand aus, um an uns zu reißen, was wir nur können, und mit einem Auge schauen wir uns immer selbst über die Schulter, um zu sehen, wer zuschaut, und um sicherzustellen, daß wir nicht dafür zu bezahlen brauchen. Freddie stellt sich nur ein wenig geschickter an, als ich es ihm zugetraut hätte.«

»Zum Teufel mit der Philosophie, was um Himmels willen tun wir jetzt?« fragte Reggie. »Wir können ihn nicht weitermachen lassen!«

»Er wird es nicht können«, sagte Campbell. »Wenn die Polizei entweder herausfindet, wer der Schuldige ist – was, wie ich zugebe, unwahrscheinlich ist – oder aufgibt. Ich wage zu behaupten, daß sie das in ein paar Wochen tun werden, und damit wird die Sache ausgestanden sein. Schließlich kann sie ihre Zeit nicht ewig mit den Fehltritten irgendeines Dienstmädchens verschwenden. Es ist schließlich nicht so, als ob es irgend jemand wirklich kümmern oder als ob es auch nur den geringsten Unterschied machen würde, wenn man jetzt irgend etwas entdeckt, denn man wird nicht verhindern können, daß genau dasselbe in Zukunft wieder und wieder passieren wird. Behalte einen klaren Kopf. Ich werde mal ein paar Worte mit Freddie sprechen, ihn warnen, daß seiner Praxis einige schreckliche Dinge widerfahren könnten, wenn er eine Gewohnheit daraus macht, andere zu erpressen.«

Zum ersten Mal spürte Reggie einen Funken Hoffnung, starke, begründete Hoffnung. Wenn Campbell mit Freddie sprach, würde dieser vielleicht einsehen, daß er nicht weiterhin Geld verlangen konnte, weil er dann seine eigene Position unmöglich machen würde. Reggie würde er wohl nie fürchten, aber es könnte sein, daß er Campbell ernst nähme.

»Vielen Dank«, sagte er ehrlich. »Das wird helfen. Das wird alles verändern. Er wird einsehen, daß er damit nur einmal durchkommt. Ja, ausgezeichnet. Nochmals vielen Dank!«

Campbell verzog sein Gesicht zu einer Mischung aus Skepsis und Belustigung, aber er sagte nichts. Reggie verließ ihn festen Schrittes. Am Horizont konnte er wieder ein Licht sehen – es versprach eine behagliche Zukunft.

Natürlich hatte auch General Balantyne von der schrecklichen Entdeckung in dem verlassenen Garten gehört, und er war darüber zutiefst schockiert. Er hatte Helena nicht gut gekannt, aber sie war ein liebliches Geschöpf gewesen, voller Leben, sanft, eine Frau mit einer vielversprechenden Zukunft. Sie vorzufinden in solch einer ... – der Gedanke daran war zu scheußlich, um ihn weiterzuspinnen. Irgend jemand hatte sie beschmutzt, sie vergewaltigt und sie vermutlich dann auch noch getötet. Noch wußte niemand Genaueres, und die Polizei war bislang auch noch nicht dagewesen. Es war anzunehmen, daß sie heute kommen würde.

In der Zwischenzeit würde er an seinen Papieren arbeiten. Miss Ellison – eigentlich war sie in seinen Gedanken längst Charlotte geworden – hatte alles getan, was sie in der ihr zur Verfügung stehenden Zeit nur tun konnte, und um die Wahrheit zu sagen, fehlte sie ihm. Die Bibliothek schien ohne ihre Anwesenheit leer zu sein, und er fand es schwieriger, sich zu konzentrieren; es war so, als ob er auf etwas wartete.

Er war mit seinen Gedanken noch immer nicht bei der Arbeit, als die Polizei kam. Es war derselbe Bursche, Pitt. Er empfing ihn in der Bibliothek.

»Guten Morgen, Inspector.« Es war unnötig, ihn zu fragen, was ihn herführte.

»Guten Morgen, Sir.« Ernst trat Pitt ein.

»Ich fürchte, ich kann Ihnen nichts erzählen, was für Sie von Wert sein könnte«, sagte Balantyne direkt. »Ich kannte Miss Doran nur dadurch, daß sie gelegentlich meine Frau und meine

Tochter besuchte. Ich kann mir vorstellen, daß Sie sie sehen möchten. Ich wäre Ihnen dankbar, wenn Sie die betrüblichen Details für sich behalten könnten. Meine Tochter wird bald heiraten, übermorgen, um genau zu sein. Ich möchte nichts . . . verderben.« Er hielt inne. Seine Worte hörten sich gefühllos an, entsetzlich banal, und ein anderes Mädchen lag ganz allein da – ein paar mit Lumpen bedeckte Knochen in irgendeinem Leichenschauhaus der Polizei, von kleinen Tieren und Maden zerfressen! Bei dem Gedanken wurde ihm übel.

Pitt schien Balantynes verworrene Gedanken und die Gefühle, die sich auf seinem Gesicht spiegelten, lesen zu können.

»Natürlich«, sagte er ohne Mitgefühl in der Stimme – so schien es Balantyne zumindest. Und warum sollte er auch Mitgefühl empfinden? Christina lebte, und es ging ihr gut; sie stand kurz vor der Hochzeit und einem Leben voller Sicherheit und Behaglichkeit, voller sozialer Privilegien. Und wenn er ehrlich war, dann war es zwar möglich, daß sie bestürzt und angeekelt war über Helenas Tod und die Begleitumstände, aber es würde ihn sehr wundern, wenn sie länger darüber nachgedacht hätte, und noch mehr, wenn sie Tränen des Mitleids vergossen hätte.

»Ich interessiere mich für Helenas Leben«, fuhr Pitt fort. »Da finden wir die Ursache ihres Todes, und nicht in dem, was mit ihrem Körper später passiert ist. Sie war schwanger, wußten Sie das?«

Balantyne spürte einen weiteren schmerzhaften Stich wegen des doppelten Verlustes.

»Ja, das habe ich gehört. Leider wird an einem Square wie diesem alles von Tür zu Tür weitererzählt.«

»Wissen Sie, wer ihr Liebhaber war?« fragte Pitt unverblümt.

Balantyne war entsetzt, er zuckte zurück angesichts dieser ordinären Frage. Helena war eine Frau von Stand gewesen, eine – die Blicke der beiden Männer trafen sich, und Balantyne erkannte, daß er versuchte, sich an einen unrealistischen Traum zu klammern, der nicht länger lebensfähig war. Aber so von einer – von einer Frau zu denken! Pitt mit seiner erbärmlichen Wahrheit sollte zur Hölle fahren.

»Wissen Sie es?« wiederholte Pitt, obwohl es eine überflüssige Frage war. Balantynes empfindliche Reaktion hatte sie ihm schon beantwortet.

»Nein, natürlich weiß ich es nicht!« Balantyne wandte sich ab.

»Es ist normal, daß Sie wegen dieser Sache bedrückt sind«, sagte Pitt sanft. »Hatten Sie eine hohe Meinung von ihr?«

Balantyne wußte nicht, wie er antworten sollte; er zögerte, und eine peinliche Stille folgte. Er hatte ihre blonde Schönheit immer als besonders rein und sanft empfunden; vielleicht hatte er sie ein wenig idealisiert.

Als Pitt weitersprach, stand er direkt neben ihm.

»Ich glaube, sie hat Sie auch sehr bewundert.«

Vor Überraschung zuckte Balantyne zusammen.

Pitt lächelte ein wenig. »Frauen vertrauen einander, wissen Sie. Und ich habe nun schon eine ganze Weile Fragen über Frauen an diesem Square gestellt.«

»Oh.« Balantyne blickte wieder weg.

»Wie gut kannten Sie sie, General Balantyne?« Pitts Stimme war ruhig, aber sie brachte Balantyne plötzlich auf einen neuen und schrecklichen Gedanken. Er wandte sich schnell um und fühlte die Röte in seinem Gesicht. Er starrte Pitt an und versuchte zu erkennen, ob er seinen Verdacht in dessen Augen bestätigt fand. Alles, was er sah, war ein intelligenter, interessierter, abwartender und prüfender Blick.

»Nicht sehr gut«, sagte er unbeholfen. »Ich sagte Ihnen doch . . . ich . . . ich kannte sie flüchtig, wie ein Nachbar jemanden kennt. Nicht näher.«

Pitt sagte nichts.

»Nicht näher als eben so«, wiederholte Balantyne, setzte an, es anders zu formulieren, es klarzustellen, so daß Pitt es verstehen würde, dann stockte seine Stimme, und er schwieg.

»Ich verstehe.« Pitt meinte damit lediglich, daß er seine Aussage zur Kenntnis genommen hatte. Er stellte noch einige Fragen und bat dann um Erlaubnis, die Damen zu sprechen.

Er ging, und Balantyne stand im Zimmer und kam sich wie ein Dummkopf vor. Er war merklich erschüttert. Vor drei, ja selbst vor zwei Monaten noch wäre er sich vieler Dinge felsenfest sicher gewesen. Jetzt schien die ihm vertraute Welt in häßliche, kaum zu identifizierende Scherben gegangen zu sein. Und so viel hatte mit Frauen zu tun. All die Dinge, deren er sich ganz gewiß gewesen war, die ihm so viel Sicherheit in seinem Leben gegeben hatten, nicht materielle, sondern emotionale, basierten auf seinem Vertrauen zu Frauen. Und nun hatte Christina sich mit diesem schrecklichen Diener eingelassen und war im Begriff, Alan Ross zu heiraten. Gott sei Dank war das wenigstens eine akzeptable Lösung, obwohl er sich mit der Rolle, die Augusta dabei gespielt hatte, noch immer nicht ganz abgefunden hatte. Euphemia Carlton erwartete das Kind eines anderen Mannes, was er für unfaßbar hielt. Sie hatte einen guten Mann betrogen, der sie liebte – das war unentschuldbar. Und jetzt die arme Helena Doran, die verführt, mißbraucht und ermordet worden war. Oder hatte sie...? Vielleicht würde man die Wahrheit darüber nie erfahren. Der Gedanke an all das schmerzte ihn.

Aber das, was ihn auf gewisse Weise am meisten beunruhigte, das Gefühl, von dem er am wenigsten wünschte, es näher zu analysieren, war die Wärme, mit der er Charlotte Ellison betrachtete, die Freude, die er in ihrer Gegenwart spürte, die Exaktheit, mit der er sich den genauen Verlauf ihres Halses in Erinnerung rufen konnte, die prächtige Farbe ihres Haars, die Art, wie sie ihn anschaute und wie tief sie all das empfand, was sie tat und sagte, unabhängig davon, ob man es besser aussprach oder nicht.

Es war lächerlich. Er fühlte sich nicht verwirrt, er hegte keine Hoffnungen, er war nicht verlegen, am allerwenigsten empfand er ein Gefühl der Einsamkeit wegen einer jungen Frau, einer Frau, in deren Augen er nichts weiter war als ein Dienstherr. Oder vielleicht doch ein wenig mehr? Er glaubte, daß sie eine gewisse Achtung für ihn empfand. Durfte er es wagen, sich vorzustellen, daß es Zuneigung war? Nein, natürlich nicht. Er mußte sich den Gedanken aus dem Kopf schlagen. Er machte sich selbst zum Narren.

Er nahm einige Papiere zur Hand und begann intensiv zu lesen, obwohl es wohl volle fünf Minuten dauerte, bis die Wörter begannen, sich in Bilder zu verwandeln, sich von dem Wirrwarr in seinem Kopf zu lösen und eigenständig zu werden.

Selbst beim Abendessen ging die Unterhaltung völlig an ihm vorbei. Er würde für die Hochzeit bezahlen – natürlich –, aber die Arrangements, sowohl die gesellschaftlichen als auch die praktischen, überließ er ganz Augusta. Er würde tun, was man von ihm verlangte, und so charmant sein, wie man es von ihm verlangte, aber die Vorbereitungen waren nicht seine Sache.

Er nahm nicht einmal den unangenehmen Wortwechsel zwischen Christina und Brandy über die Gouvernante von nebenan richtig wahr. Soviel er überhaupt davon mitbekam, schien Christina sie in irgendeiner Art und Weise herunterzumachen, während Brandy sie mit derart viel Energie verteidigte, daß er von ihm zu jeder anderen Zeit eine Erklärung gefordert hätte. Allerdings beunruhigte ihn der Gedanke – ohne daß er sich dessen wirklich bewußt wurde –, daß Brandy einen Geschmack an Liebschaften mit dem Dienstpersonal zu entwickeln schien, der allem Anschein nach in der Familie lag. Bei einem Mann war das natürlich etwas ganz anderes, aber es würde von mehr Verstand zeugen, wenn er dem ein wenig weiter weg vom eigenen Haus nachgehen würde.

Nach dem Abendessen schickte er nach Brandy, um ihn in der Bibliothek zu sprechen. Der Butler brachte den Portwein, zog sich zurück und schloß die Tür hinter sich.

»Portwein?« bot Balantyne an.

»Nein danke, ist mir etwas zu stark«, Brandy schüttelte den Kopf.

»Ich verstehe deine Neigungen«, begann Balantyne. »Ganz natürlich ...«

»Ich mag Portwein nur nicht besonders«, sagte Brandy lässig.

»Es geht nicht um den Wein!« Wich er absichtlich aus? »Es geht um Miss, wie heißt sie noch, die Gouvernante nebenan. Charmantes kleines Ding –«

»Sie ist kein ›kleines Ding‹«, sagte Brandy mit plötzlich aufflammendem Ärger. »Sie ist eine Frau, genau wie Christina oder deine Miss Ellison oder irgendeine andere!«

»Wohl kaum wie Christina«, sagte Balantyne kühl.

»Nein, da hast du recht«, fauchte Brandy. »Sie schläft nicht mit den Dienern!«

Balantyne hob seine Hand, um ihn zu schlagen; sein Körper verkrampfte sich vor Wut. Dann sah er Brandys ruhiges Gesicht; er wirkte völlig gefaßt und unbeweglich. Er ließ seine Hand sinken. Es lag Wahrheit in den höhnischen Worten, und er wollte mit seinem Sohn nicht streiten. Er und Brandy waren völlig verschieden, und trotzdem empfand er ein tiefes Gefühl für ihn.

»Das war unnötig herzlos.« Seine Stimme wurde leiser. »Ich vermute, auch du hast dich das ein oder andere Mal gebettet, wo du es besser nicht getan hättest.«

Zu seiner Überraschung errötete Brandy tief.

»Es tut mir leid, Sir«, sagte er ruhig. »Es war unangebracht, so etwas zu sagen. Es ist nur, daß ich von Jemima eine hohe Meinung habe – nicht in der Art, die du meinst, sondern so, wie ich annehme, daß du sie von Miss Ellison hast. Und ich würde keine von ihnen dadurch beleidigen, daß ich ihnen zu nahe träte.« Er lächelte ein wenig verschmitzt.»Ich nehme an, man könnte sich einen Satz heiße Ohren holen, wenn man es versuchen würde. Miss Ellison traue ich das jedenfalls zu!«

Balantyne hörte das äußerst ungern und war durch Brandys Beobachtung überaus peinlich berührt. Sein Inneres war in Aufruhr, aber er zwang sich zu einem Lächeln.

»Nun«, sagte er mit belegter Stimme, »vielleicht sollten wir lieber über etwas anderes sprechen.«

Sie hatten noch nicht lange mit einem anderen, weniger belasteten Thema begonnen, als der Diener Sir Robert Carlton ankündigte und Brandy sich – mit ungewohntem Taktgefühl – zurückzog.

Carlton lehnte den Portwein ebenfalls ab und stand ein wenig unbeholfen in der Mitte des Raumes. Seinen Gesichtszügen konnte man die emotionale Anspannung ansehen.

»Schreckliche Sache mit der armen kleinen Doran«, sagte er stockend. »Armes Geschöpf, arme Frau. Ein schrecklicher Gedanke, daß sie die ganze Zeit über da war und wir keine Ahnung hatten... wir unseren Geschäften nachgegangen sind.«

Balantyne hatte an diesen Aspekt noch gar nicht gedacht, und er war erschüttert: über ihre Gleichgültigkeit, darüber, wie nahe sich Leben und Tod waren.

Sie waren so dicht und so achtlos am Tod eines anderen Menschen vorbeigegangen. Lieber Gott, gingen sie immer so oberflächlich aneinander vorbei? Instinktiv suchte er Carltons Blick. Es lag etwas völlig Neues in ihm, aber er konnte zu diesem Zeitpunkt noch nicht begreifen, was es war.

»Wegen Euphemia...«, sagte Carlton zögernd.

Balantyne versuchte, seinem Gesicht einen Ausdruck zu verleihen, der ein wenig Milde widerspiegelte, die er fühlen wollte, ja, die er fühlte. Er sagte nichts, sondern dachte, daß es besser sei, einfach zu warten.

»Ich...« Carlton suchte nach den rechten Worten. »Ich habe es nicht verstanden. Ich muß ihr sehr... sehr kalt... erschienen sein. Sie wollte ein Kind. Ich... ich wußte das nicht. Ich wünschte... ich wünschte, ich hätte ihr das Gefühl gegeben, daß sie mit mir darüber hätte sprechen können. Es muß meine Schuld sein, daß sie es nicht konnte. Ich war zu... ich habe sie auf ein

Podest gestellt... mir ist nicht klar geworden, was für eine trostlose Sache Hochachtung ist. Sie wollte ein Kind... das ist alles.«

»Ich verstehe.« Balantyne verstand überhaupt nichts, aber er fühlte, daß Carlton das Gefühl brauchte, daß Euphemias Verhalten verständlich war und daß er selbst in der Lage war, es zu verstehen. »Ja, ich verstehe es«, wiederholte er.

»Es ist für mich«, Carlton schluckte, »es ist für mich schwierig, mich damit abzufinden, aber mit der Zeit werde ich es. Ich werde das Kind als meins anerkennen. Balantyne – würdest du das auch?« Sein Gesicht wurde dunkelrot. Er konnte seine Gefühle nicht in Worte fassen.

»Natürlich«, sagte Balantyne sofort. »Etwas anderes zu tun, wäre grausam und ganz falsch!«

»Ich danke dir.« Carlton hielt seine Hand verkrampft an der Seite, und an seiner Schläfe zuckte es nervös. »Ich... ich liebe sie sehr, weißt du.«

»Sie ist eine prächtige Frau«, sagte Balantyne versöhnlich und meinte es auch so. »Und sie wird dich wegen deines Verständnisses noch mehr lieben.«

Carlton blickte schnell auf.

»Glaubst du?« Es tat weh, die Hoffnung, die in seiner Stimme lag, zu hören.

»Ich bin ganz sicher«, sagte Balantyne fest. »Bist du ganz sicher, daß du wirklich keinen Portwein möchtest? Er ist sehr gut, weißt du. Reggie Southeron hat ihn empfohlen, und mag er auch von anderen Dingen verdammt wenig verstehen, so ist sein Gaumen doch unfehlbar.«

Carlton holte tief Atem und stieß ihn langsam wieder aus.

»Vielen Dank, vielleicht nehme ich doch einen.«

Kapitel 9

Reggie Southeron wurde von Pitt erst spät am folgenden Nachmittag aufgesucht. Er machte es sich gerade in seinem tiefen Sessel bequem, um sich von den Unannehmlichkeiten der Fahrt, der harten Federung in der Kutsche, der Zugluft und des Regens, der ihm den Nacken heruntergelaufen war, zu erholen, als Pitt angekündigt wurde. Er erwog ernsthaft die Möglichkeit, es abzulehnen, ihn zu empfangen, aber das wäre vielleicht unklug, es könnte Pitt veranlassen, noch intensiver Angelegenheiten zu untersuchen, die man besser ruhen ließ. Ihn nicht zu empfangen, würde außerdem bedeuten, daß er selbst eine Gelegenheit verpaßte, sich zu verteidigen, bevor er angegriffen wurde. Zum Teufel mit Freddie Bolsover!

»Schicken Sie ihn herein«, sagte er ein wenig gereizt. »Und tun Sie besser den guten Sherry weg, und bieten Sie das andere Zeug an.« Es wäre dumm, Pitt dadurch zu beleidigen, daß man ihm nichts anbot, aber es gab keinen Grund, den guten Sherry zu verschwenden.

Pitt kam herein, unordentlich wie immer, sein Mantel hing ihm naß über den Schultern; sein Gesicht war freundlich, gutgelaunt, aber seine Augen schienen aufmerksamer zu sein, als es Reggie jemals zuvor bemerkt hatte.

»Guten Abend, Sir«, sagte er freundlich. Merkwürdig, daß so ein Kerl eine so schöne Stimme, eine solche Ausdrucksweise hatte. Wäre nicht verwunderlich, wenn er Pläne hätte, die unangemessen waren, wenn er Leute von Rang nachäffte.

»'n Abend«, antwortete Reggie. »Ich nehme an, Sie kommen wegen Helena Doran, dem armen Geschöpf? Kann Ihnen nichts sagen, ich weiß nichts.«

»Nein, natürlich nicht«, pflichtete Pitt höflich bei. »Ich bin sicher, wenn Sie etwas gewußt hätten, hätten Sie uns davon schon lange, bevor wir Sie aufgesucht haben, in Kenntnis gesetzt. Trotzdem«, er strahlte plötzlich etwas aus, was man zu einem anderen Zeitpunkt wohl als Charme bezeichnet hätte – natürlich nur, wenn er gesellschaftlich gleichrangig gewesen wäre!

»Trotzdem sind Sie vielleicht in der Lage, einige Lücken zu schließen.«

»Sherry?« bot Reggie an und hielt die Karaffe hoch.

»Nein, vielen Dank.« Pitt lehnte mit einer kleinen Handbewegung ab.

Reggie schenkte sich selbst ziemlich verärgert etwas ein. Er hatte diesen verdammten Fusel bestellt, und jetzt wollte ihn der Kerl nicht einmal. Jetzt stand er wie ein Idiot da und mußte ihn selbst trinken.

»Ich habe Ihnen bereits mitgeteilt«, sagte er nachdrücklich, »daß ich nichts über Helena Doran weiß.«

»Nicht über ihren Tod, aber vielleicht wissen Sie etwas über ihr Leben«, sagte Pitt leichthin. »Vielleicht mehr, als Sie ahnen. Ich würde gerne Ihre Meinung hören. Sie sind ein Mann von Welt, und als Bankier müssen Sie sich oft ein Urteil über Menschen bilden.«

Das hätte Reggie nicht überraschen dürfen. Natürlich mußte der Kerl herausgefunden haben, was er beruflich machte. Es stimmte, er hatte ein ziemlich gutes Urteilsvermögen, so im allgemeinen jedenfalls. Bei Freddie Bolsover hatte er allerdings einen Fehler gemacht!

»Werde Ihnen selbstverständlich alles erzählen, was ich weiß.« Er taute ein wenig auf. »Schockierende Sache; sie war sehr jung, wissen Sie.«

»Und hübsch, sagt man.« Pitt hob fragend seine Augenbrauen.

»Sehr, auf ihre blasse Art. Ein wenig zu blond für meinen Geschmack, sie sah zu zerbrechlich aus, aber sehr hübsch für diejenigen, die diesen Typ mögen. Ich selbst ziehe etwas Robusteres vor.« Es durfte ihm gar nicht erst in den Sinn kommen, daß Reggie einer von denjenigen sein könnte, die in Frage kämen. Gute Idee, das von vornherein klarzustellen.

»Mag Blonde selbst auch nicht besonders«, stimmte Pitt zu. »Jedenfalls nicht die ganz hellen. Wirken auf mich immer ein wenig kalt.«

Vielleicht war der Bursche gar nicht so übel, menschlich, auf jeden Fall.

»Genau«, befand Reggie. »Nettes Mädchen, immer höflich und benahm sich ordentlich, soweit ich weiß. Schade. Wirklich schade.«

Pitts helle Augen blickten ihn unverwandt an.

»Wer hat sie verehrt, wissen Sie das? Es muß doch jemanden gegeben haben, der das getan hat.«

»Oh, natürlich«, sagte Reggie. »Alan Ross war zu der Zeit sehr in sie verliebt. Aber ich nehme an, das wußten Sie.«

»Alan Ross?«

»Ja. Der Bursche, der gerade Christina Balantyne geheiratet hat, heute morgen, um genau zu sein.«

»Oh, ja natürlich. Ja, ich hatte gehört, daß er Helena Doran gern mochte.«

»Es war verdammt mehr als nur das! Er mochte sie nicht nur, er war verrückt nach ihr. War schrecklich durcheinander, als sie durchbrannte – oder ich sollte wohl eher sagen, als sie ermordet wurde.« Er sah zu Pitt auf. »Ich nehme an – sie ist ermordet worden?«

»Oh ja. Ich fürchte, es gibt keinen Zweifel.«

»Woher wissen Sie das? Der Körper war . . . nun – «

»Das war er. Aber es waren einige Fetzen Kleidung übrig, und natürlich die Knochen. Das Fleisch war weggefressen, aber die Knochen waren alle da. Das Genick war gebrochen. Müssen sehr starke Hände gewesen sein, um es so sauber zu brechen.«

Reggie zuckte vor Ekel zusammen.

»Ja, widerlich, nicht wahr?« stimmte Pitt zu, obwohl Reggie in seiner Stimme einen Unterton entdeckte, den er nicht genau einordnen konnte. Merkwürdiger Bursche. Nun, er tat auf jeden Fall nichts als seine Pflicht; und wenn man es vorsichtig anging, dann konnte er Reggie durchaus nützlich sein.

»Er war sehr verwirrt«, fuhr Reggie fort. »Der arme Kerl war für eine Weile ziemlich daneben. Damit will ich natürlich nicht sagen, daß er – !«

»Aber es besteht die Möglichkeit«, beendete Pitt den Satz für ihn.

Reggie zögerte. »Muß ich zugeben«, sagte er langsam.

»Hat er Ihnen gegenüber jemals einen anderen Mann – einen Liebhaber – erwähnt?«

Reggie verzog angestrengt sein Gesicht, während er versuchte, sich etwas ins Gedächtnis zurückzurufen.

»Kann mich nicht erinnern. Aber mein lieber Freund, Sie können doch wohl nicht von mir erwarten, daß ich irgendeine nebensächliche Bemerkung – selbst wenn ich mich an sie erinnerte – wiederhole, die jemanden an den Galgen bringen könnte!« protestierte er.

»Wir werden niemanden nur wegen einiger Worte hängen lassen«, sagte Pitt sanft und lächelte wieder. »Und außerdem haben Sie eine moralische Verpflichtung.«

»Oh, natürlich«, stimmte ihm Reggie zu. Die Sache entwickelte sich ausgezeichnet. Bedauerlich für Alan Ross, aber es war doch immerhin möglich, daß er Helena in einem Anfall von Eifersucht umgebracht hatte. Es war jedenfalls die wahrscheinlichste Erklärung! Pitt wartete.

»Nun...« Reggie zögerte, nicht, weil er nichts sagen wollte, sondern weil ihm bis jetzt noch keine passenden Worte eingefallen waren. »Kann mich natürlich nicht an den genauen Wortlaut erinnern.« Er hob seine Stimme am Ende ein wenig, so, als ob er Pitt fragen wollte, ob er wirklich weiterreden sollte. Dann fuhr er schnell fort, um Pitt – für den Fall, daß dieser zufällig auf die Idee käme, ihn zu bremsen – daran zu hindern. »Nur den allgemeinen Sinn. Er war sehr in sie verliebt. Wir haben alle gedacht, daß sie heiraten würden, sehr bald sogar. Natürlich hatten wir alle keine Ahnung, daß es da einen anderen Liebhaber gab. Ich vermute, Ross hat es herausbekommen. Keine Ahnung, wie. Hat zu uns nie etwas gesagt, aber das würde er ja wohl auch nicht, oder? Würde ihn ziemlich lächerlich erscheinen lassen, oder? Die Frau, die man liebte, nimmt irgendeinen anderen Kerl mit in ihr Bett.«

»Ja«, stimmte Pitt ernst zu. »Sehr peinlich. Ein Mann könnte in solch einem Fall etwas Unüberlegtes tun.«

»Genau«, sagte Reggie schnell. »So ist es.«

»Nun«, sagte Pitt nach einem Augenblick des Nachdenkens, »auf der anderen Seite könnte es aber auch der Liebhaber gewesen sein.«

»Der Liebhaber?« Reggie war erstaunt. »Warum, um Himmels willen? Denke mir, es lief doch alles so, wie er es wollte, oder?« Er versuchte zu lächeln, aber er fühlte, daß ihm das mißlang. »Hatte keinen Grund, ihr wehzutun, soweit ich das beurteilen kann.«

»Sie war schwanger«, erinnerte Pitt ihn. »Es war das Kind des Liebhabers.«

»So?« Reggie kam ein übler Gedanke; eine äußerst unangenehme Angst begann sich seiner zu bemächtigen.

»Hätte sie doch geheiratet, wenn er noch ungebunden war, meinen Sie nicht?« Pitt starrte ihn mit großen hellen Augen an.

Reggies Gedanken wirbelten durcheinander – ganz unnötigerweise. Er hatte das Mädchen nie angerührt. Es gab überhaupt keinen Grund, nervös zu werden. Aber da war immer noch Freddie und sein verdammtes loses Maul. Wenn die Polizei jemals herausfand, daß Reggie bisweilen amouröse Abenteuer hatte, dann könnte es sein, daß sie den Unterschied nicht verstanden!

»Vielleicht war er nicht geeignet, als Ehemann, meine ich.« Er sah Pitt offen an. »Vielleicht ein kleiner Angestellter oder so etwas? Sie hätte ja schließlich keinen kleinen Angestellten heiraten können, oder?« Das war jetzt nicht der richtige Augenblick, Rücksicht auf Pitts Gefühle zu nehmen. Der Bursche mußte verstehen, daß es soziale Unterschiede gab. Das sollte er sowieso wissen, war jedenfalls anzunehmen.

Aber statt es als Beleidigung aufzufassen, überdachte Pitt die Angelegenheit sehr eingehend.

»Hatte sie denn eine Vorliebe für kleine Angestellte?« erkundigte er sich.

»Großer Gott!« Reggie rang verzweifelt nach Worten – was sollte er bloß sagen? Wenn er ja sagte, dann würden die anderen ihn als Lügner hinstellen. Schließlich würde Pitt ja mit allen am Square sprechen. Helena hatte in ihrem ganzen Leben keinen kleinen Angestellten angesehen! Wenn sie überhaupt etwas war, dann eher damenhaft. Der einzige Mann – außer Ross –, von dem Reggie wußte, daß sie ihn bewundert hatte, war der alte Balantyne nebenan. Ohne Zweifel mochte sie sein etwas pompöses Auftreten und den militärischen Glanz.

»Nein«, sagte er, so ruhig er konnte, »nein, ganz und gar nicht.« Ja, das war die Antwort. »In der Tat habe ich jedenfalls nie beobachtet, daß sie an irgend jemandem, an den ich mich erinnern könnte, Interesse hatte.« Er wog seine Worte vorsichtig ab. »Außer an dem alten Balantyne von nebenan. Gutaussehender Typ, der General. Ganz normal, daß ein junges Mädchen von ihm beeindruckt ist.« Sollte Pitt doch selbst sehen, was er damit anfangen konnte. Es war nicht nötig zu betonen, daß der General verheiratet war. Pitt selbst hatte die Bemerkung gemacht, daß die fragliche Person vielleicht nicht ungebunden war; nun konnte er es ihm ruhig überlassen, seine Schlüsse daraus selbst zu ziehen.

»Ich verstehe.« Pitt schaute auf seine Füße hinunter und dann mit einem fragenden Blick wieder auf. »Keine Bewunderung für Sie, Sir?«

»Für mich?« Reggie wirkte erschrocken. »Du liebe Güte, nein. Ein Bankier in einer Handelsbank, wissen Sie. Nicht einmal annähernd so aufregend wie die Armee. Nichts Glanzvolles daran, oder?« Er zwang sich zu einem kläglichen Lächeln. »Nichts, was ein romantisches junges Mädchen ansprechen würde.«

»Sie glauben, Balantyne könnte der unbekannte Liebhaber gewesen sein?«

»Oh, das habe ich nicht gesagt!«

»Natürlich nicht, das würden Sie auch nicht. Loyalität und so weiter.« Pitt schüttelte den Kopf. »Sehr anständig.«

Warum lächelte der verdammte Bursche in sich hinein?

»Und ich nehme an, sie war nicht der Typ einer Schönheit, der Sie besonders anzog.«

»Wie bitte?«

»Ich meine, Sie wären nicht etwas eifersüchtig gewesen oder irgend etwas in der Richtung?«

»Gott, nein! Ich meine, entschuldigen Sie, ganz bestimmt nicht. Zu blaß, mir sah sie zu blutarm aus. Ziehe etwas... ich bin ein verheirateter...« Nein, das hörte sich zu aufgeblasen an. Er hielt inne.

»Ungewöhnlich hübsches Hausmädchen haben Sie«, sagte Pitt beiläufig. »Ist mir sofort aufgefallen. Das bestaussehende Mädchen, das mir seit langer Zeit begegnet ist.«

Reggie spürte, wie er rot wurde. Eine Frechheit von diesem Burschen. Er wollte doch nicht auf etwas Spezielles hinaus, oder? Er sah sich den Mann genau an, aber in seinen Augen schien nichts anderes zu liegen als unschuldige Hochachtung.

»Ja«, pflichtete er nach einem Augenblick bei. »Suche sie nach ihrem Aussehen aus, wissen Sie. Das ist das A und O bei Hausmädchen.«

»Ist es das?« Pitt heuchelte Interesse. »Jemand sagte, Sie hätten einen Blick für Hausmädchen.«

Reggie erstarrte. Freddie konnte doch nicht...? Er wich Pitts Blick aus.

»Freddie Bolsover, nicht wahr?«

»Dr. Bolsover?« Pitt schien nicht zu verstehen, was er meinte.

»Ja. War es Dr. Bolsover, der die Bemerkung über mich und... ähh... die Hausmädchen machte?« Reggie räusperte sich. »Sie sollten dem, was er sagt, nicht allzu viel Bedeutung beimessen, wissen Sie. Jung. Hat einen ziemlich eigenartigen Sinn für Humor.«

Pitt runzelte die Stirn.

»Glaube nicht, daß ich Sie ganz verstehe, Sir.«

»Macht merkwürdige Witze«, erklärte Reggie. »Sagt Dinge, die er für komisch hält, und merkt nicht, daß Leute, die ihn nicht kennen, das ernst nehmen könnten.«

»Was für Dinge? Ich meine, was meint er wirklich, und was wäre nur ein Witz?«

»Oh«, Reggie dachte schnell nach, er durfte nicht in Panik geraten. Mußte kühl bleiben. »Alles, was mit der Medizin zu tun hat, meint er natürlich absolut ernst. Aber er wäre durchaus in der Lage, einen Witz über mich und Hausmädchen zu machen – um nur ein Beispiel zu nennen.«

»Sie meinen, er könnte vielleicht sagen, daß Sie eine Affäre mit einem Hausmädchen hätten oder etwas in der Art?« fragte Pitt.

Reggie fühlte, wie das Blut in seinem Gesicht brannte, und drehte sich um.

»So etwas in der Richtung.« Er versuchte, seinen Worten einen beiläufigen Klang zu geben, und hätte sich dabei fast verschluckt.

»Sind Sie sicher, daß Sie keinen Sherry möchten? Ich glaube, ich werde noch einen nehmen.« Er ließ den Worten die Tat folgen.

»Gefährlicher Sinn für Humor«, bemerkte Pitt. »Nein, vielen Dank.« Er blickte auf den Sherry. »Wenn ich an Ihrer Stelle wäre, würde ich mit ihm darüber reden. Könnte sehr peinlich für Sie werden, gerade jetzt.«

»Oh, das werde ich«, sagte Reggie sofort. »Ja, das muß ich tun. Guter Rat.«

»Es wundert mich, daß Sie das nicht schon längst getan haben«, fuhr Pitt fort. »Ich nehme jedenfalls an, daß Sie es noch nicht getan haben.«

»Was?« Reggie ließ beinahe die Karaffe fallen.

»Daß Sie noch nicht mit ihm gesprochen haben.« Pitt hob seine Augenbrauen.

»Hat... hat er gesagt, ich hätte es?« Sobald er die Frage gestellt hatte, merkte Reggie auch schon, daß sie dumm war. »Ich meine... ähm...«

»Haben Sie mit ihm gesprochen?«

»Nun...« Was zum Teufel sollte er sagen? Verdammter Bursche, was wußte er? Wenn Reggie doch nur herausfinden könnte, wieviel Pitt schon wußte, dann könnte er seine Antworten entsprechend formulieren! Dieses Taktieren im dunkeln war entsetzlich!

Pitt verzog sein Gesicht – dieser Bursche hatte wirklich ein außergewöhnliches Gesicht – und schaute seine Fingernägel an.

»Eigentlich völlig normal, ein hübsches Hausmädchen ein wenig zu bewundern«, sagte Pitt nachdenklich. »Das tun viele Männer. Nichts, worüber man Bemerkungen machen sollte. Im Augenblick könnte das alles allerdings einen etwas unglücklichen Eindruck machen.« Er blickte auf, und sein klarer, durchdringender Blick ruhte auf Reggie. »Er hat Sie nicht belästigt – Dr. Bolsover meine ich –, oder?«

Reggie starrte ihn an. Sein Gehirn schien nicht zu funktionieren. Was sollte er sagen? Konnte er Freddie vertrauen? Dies war die Gelegenheit, reinen Tisch zu machen. War sie das wirklich? Einen Augenblick! Was wäre, wenn Pitt zu Freddie ginge und ihn in die Mangel nahm? Dann würde Freddie der Polizei alles über Dolly erzählen, und das war dann etwas ganz anderes! Oder wußte sie bereits, daß er bei der Bank gewesen war und die hundert Pfund abgehoben hatte? Hatte er mit dem Diener gesprochen? War es das? Vorsicht, Reggie, denk nach, bevor du antwortest. Wärst fast in eine Falle getappt.

»Um Himmels willen, nein.« Er zwang sich zu einem kläglichen Lächeln. »Anständiger Kerl, Freddie. Hat manchmal nur einen etwas unpassenden Humor, das ist alles. Würde es niemals böse meinen.«

»Ich bin froh, das zu hören, Sir.« Pitts Augen ruhten unverwandt auf Reggies Gesicht. »Ich dachte nur, Sie hätten vielleicht ein wenig Ärger.«

»Äh... Ärger? Wie kommen Sie darauf?« Er mußte herausbekommen, was Pitt tatsächlich wußte.

»Ach, wissen Sie«, sagte Pitt leicht, »ich spreche im Verlauf der Untersuchung mit allen Dienstboten.«

Reggie starrte auf Pitts Gesicht.

518

Er wußte es! Er wußte von dem Diener und der Bank! Wenn er auf die Frage, was er mit den hundert Pfund gemacht hatte, eine Lüge auftischen würde, dann würde der verdammte Bursche losziehen, es nachprüfen und alles herausfinden! Das war leicht zu bewerkstelligen. Er mußte sich etwas anderes einfallen lassen.

»Nun«, begann er umständlich, während sich seine Gedanken überschlugen. Wem sollte er die Schuld geben, wenn nicht Freddie? Wer konnte es nicht abstreiten? Wer kam in Frage? »Nun ... um Ihnen die Wahrheit zu sagen, ich habe ein wenig Ärger gehabt – natürlich nicht mit Freddie, Freddie ist ein Gentleman. Die Gouvernante ...« – ja, das war es – »die Gouvernante hat sich etwas aufgeregt ... alleinstehende Frau, keine Verehrer, hat nichts anderes als ihren Beruf und muß den ganzen Tag auf Kinder aufpassen. Hat ein paar wilde Ideen und fing an, ein wenig penetrant zu werden. Zu jedem anderen Zeitpunkt hätte ich sie hinausgeworfen, aber gerade jetzt, wie Sie sagten, ist es etwas peinlich. Habe sie bezahlt. Ich weiß, daß ich es nicht hätte tun sollen, aber man muß den Frieden bewahren, oder? Sie sind ein verheirateter Mann. Nehme an, Sie verstehen. Eher bezahle ich das Mädchen, als daß sie den Tratsch überall verbreitet. Sie wird es nicht wieder tun. Dazu gibt es, wenn Sie die ganze Sache aufgeklärt haben, ja auch keinen Grund mehr, nicht wahr?«

»Oh, nein«, Pitt verzog wieder ein wenig das Gesicht. »Ich vermute, Sie wollen keine Anklage erheben?«

»Großer Gott, nein! Der ganze Sinn der Zahlung war, Stillschweigen zu bewahren. Sie wird alles abstreiten, wenn Sie zu ihr gehen – und ich auch! Bleibt mir schließlich nichts anderes übrig. Meine Frau und so weiter. Muß auch an die Kinder denken. Habe drei Töchter. Nehme an, das wußten Sie. Genau genommen nur zwei, Chastity ist die Tochter meines Bruders. Der arme Kerl wurde getötet. Habe sie natürlich aufgenommen.«

»Ja, reizendes Kind.«

»Ja, ja. Nun, Sie verstehen, nicht wahr? Ich muß für Ruhe sorgen. Häßliche Sache, wenn es herauskäme. Die Mädchen mögen die Gouvernante sehr. Und sie versteht auch etwas von ihrem Beruf«, sagte er hastig. »Sie ist sehr gut.«

»Ja. Nun, vielen Dank, Sir, Sie haben mir sehr geholfen.«

»Gut. Gut. Sie werden bald alles aufklären, hoffe ich.«

»Das hoffe ich auch. Gute Nacht, Sir, und vielen Dank.«

»Gute Nacht; ja, ja, gute Nacht.«

Als Charlotte am nächsten Tag davon hörte, war sie erbost. Sie wirbelte von der Anrichte, vor der sie gestanden hatte, herum, um Pitt in seinem Sessel anzusehen.

»Willst du damit sagen, daß dieser Schürzenjäger behauptet hat, daß Jemima ihn erpreßt, und du hast dagestanden und es zugelassen?« fragte sie. »Das ist gemein.«

»Ich konnte ihm kaum das Gegenteil beweisen«, bemerkte Pitt durchaus vernünftig. »Es erscheint unwahrscheinlich, ist aber auf keinen Fall unmöglich.«

»Natürlich ist es unmöglich!« erwiderte Charlotte scharf. »Jemima würde nicht im Traum daran denken, irgend jemanden zu erpressen.«

»Da spricht das Herz.« Pitt lächelte sie liebevoll und äußerst belustigt zugleich an.

Charlotte war nicht zu erschüttern. Sie war überzeugt, recht zu haben, sie mußte es nur begründen.

»In Ordnung!« Entschlossen sah sie ihn an. »Wenn man es also mit kühler Vernunft betrachtet: Glaubst du wirklich, daß man für die Verheimlichung der Tatsache, daß man mit Hausmädchen schläft, Geld zum Fenster rauswirft? Das weiß sowieso jeder. Und Mary Ann ist noch nicht so lange da.« Ihre Stimme ließ den intellektuellen Triumph erkennen. »Jedenfalls noch nicht lange genug, um die Mutter des ersten Babys zu sein! Vor ihr hat es für eine kurze Zeit eine andere gegeben, sie hat geheiratet und ist dann gegangen, und davor hat es noch eine andere gegeben, die gestorben ist.« Sie wandte sich Pitt zu und spürte, wie ihre Aufregung immer stärker wurde. »Jeder weiß, wie schlecht er sich benimmt, ich vermute, sogar seine Frau weiß es, obwohl sie natürlich so tun muß, als wisse sie es nicht.«

Er runzelte die Stirn. »Warum? Warum um alles in der Welt sollte sie sich verstellen und so tun, als wisse sie es nicht? Ich hätte doch angenommen, sie wäre wütend und würde der Sache schnellstens ein Ende bereiten.«

Charlotte seufzte geduldig. Also wirklich, Männer waren manchmal ziemlich dumm!

»Ich wage zu behaupten, sie möchte seine Aufmerksamkeit nicht immer für sich selbst beanspruchen«, erklärte sie, »und hat nichts dagegen, daß er sich woanders vergnügt. Aber wenn sie sozusagen gezwungen wäre, es zu wissen, ich meine, wenn offiziell bekannt würde, daß sie es weiß, dann müßte sie sich natürlich beklagen, verletzt sein, entsetzt sein und so weiter. Die Gesellschaft würde es von ihr verlangen. Außerdem würde sie sich lächerlich machen, eine betrogene Ehefrau – eine ziemlich entwürdigende Position.«

»Aber sie ist eine betrogene Ehefrau«, beharrte Pitt. »Es sei denn natürlich, sie glaubt das Gerede nicht, aber an der Sachlage ändert das nichts.«

»Das tut es doch.« Sie sah ihn eine Minute lang von der Seite an. Stellte er sich nur so dumm, oder wußte er es wirklich nicht? Manchmal nahm er sie ganz schön auf den Arm.

Er wartete voller Unschuld.

»Es ist kein Vergehen«, fuhr sie nach einem Augenblick fort, »wenn sie lieber sieht, daß er es so macht; jedenfalls kein Vergehen gegen sie. Es wäre ein Vergehen, wenn er sie in aller Öffentlichkeit lächerlich machen würde. Jeder weiß, was er tut, und jeder weiß, daß es ihr nichts ausmacht. Aber wenn sie gezwungen wäre, zuzugeben, daß sie es wüßte, dann müßte sie entweder eine Szene machen – die sie lächerlich erscheinen ließe – oder die ganze Sache offen gutheißen, und das wäre unmoralisch.«

»Wie abgrundtief zynisch«, bemerkte er. »Wo hast du das alles gelernt?«

Ihr Gesicht wurde ernst.

»Ja, ich weiß. Es ist ziemlich widerlich, aber so sieht die Sache nun einmal aus. Ich habe eine Menge von Emily gelernt. Sie kann sehr gut beobachten, weißt du, und außerdem kennt sie eine Menge von dieser Art von Leuten – der feinen Gesellschaft, meine ich. Ich würde das nie tun. Ich würde wahrscheinlich einen furchtbaren Streit anfangen.«

Er lächelte breit.

»Da habe ich nicht den geringsten Zweifel, meine Liebe.«

Sie sah ihn schnell an.

Er hielt seine Hände abwehrend hoch.

»Mach dir keine Gedanken, wir können uns kein Hausmädchen leisten, und ich schwöre, daß ich Mrs. Wickes nie anrühren werde.«

Wenn man berücksichtigte, daß Mrs. Wickes fast neunzig Kilogramm wog und einen Oberlippenbart hatte, dann hielt Charlotte dies nicht für ein großes Zugeständnis.

»Und was ist mit Jemima?« fragte sie.

»Er will keine Anklage erheben«, antwortete er.

»Natürlich will er das nicht! Sie ist nicht schuldig!«

»Ich neige dazu, dir recht zu geben«, sagte er nachdenklich. »Und das wirft die Frage auf, warum er mir davon erzählt hat. Eine ziemlich überflüssige und gefährliche Erfindung, meinst du nicht?«

»Das interessiert mich nicht! Jemima würde ihn niemals erpressen!«

»Da bleibt nur die recht interessante Frage, wer es dann getan hat.«

Charlotte hielt den Atem an. »Oh!«

»Genau.« Er stand schnell auf.

»Du wirst doch keine Anklage gegen sie erheben?« Sie ergriff seinen Arm.

»Nein. Aber ich muß eine Meldung machen.«

»Mußt du das?«

»Natürlich muß ich es.«

»Aber es würde ihr schaden! Sie wird das Gegenteil wahrscheinlich nicht beweisen können; vielleicht wird ihr das nie gelingen!«

Er legte seine Hand einen Augenblick lang auf ihre und zog sie dann sanft zurück.

»Das weiß ich, meine Liebe. Es wird mir ein großes Vergnügen sein, wenn ich beweisen kann, daß er ein Lügner ist.«

»Oh.« Sie wußte, daß es keinen Zweck hatte, noch etwas dazu zu sagen. Wenn jetzt irgend etwas schnell unternommen werden sollte, dann mußte sie das schon selbst tun.

Folglich verließ sie, nachdem er gegangen war, ihre Hausarbeit, hinterließ einen Zettel für Mrs. Wickes an der Tür und eilte unverzüglich zum Callander Square. Die einzige Entschuldigung, die ihr einfiel, war, General Balantyne zu besuchen, um ihm einen weiteren Dienst zu erweisen oder ihm irgend etwas mitzuteilen, was sie vorher vergessen hatte.

Als sie an der Tür ankam und dem Diener gegenüberstand, hatte sie noch keinen zufriedenstellenden Vorwand gefunden, aber glücklicherweise fragte er sie nicht, was sie wolle, sondern führte sie einfach in die Bibliothek. Der General saß hinter seinem Schreibtisch. Er schien nicht zu arbeiten, denn es war kein Stift zu sehen; er starrte ganz einfach nur auf einen Berg Papier. Er blickte eifrig auf, als sie eintrat.

»Charlotte, meine Liebe, wie schön, Sie zu sehen!«

So viel Wärme traf sie ein wenig unvorbereitet. Wie schwer einzuschätzen dieser Mann doch war! Vielleicht bewegte ihn Christinas Hochzeit noch immer?

»Guten Morgen, General Balantyne«, antwortete sie mit der ihrer Meinung nach besten Mischung aus Förmlichkeit und Gefühl, die sie zustande bringen konnte.

»Kommen Sie doch herein.« Er hatte sich bereits erhoben und kam um den Schreibtisch herum auf sie zu. »Setzen Sie sich an den Kamin. Der Tag ist außergewöhnlich unangenehm, aber ich vermute, im Januar kann man auch nichts anderes erwarten.«

Sie war schon versucht abzulehnen, erinnerte sich jedoch daran, daß sie sich noch immer keinen Grund für ihren Besuch ausgedacht hatte und daß sie auf diese Weise zumindest Zeit gewinnen würde.

»Vielen Dank, ja, es ist sehr kalt. Ich glaube, es liegt am Wind, daß man die Kälte so spürt.«

Er sah sie immer noch unverwandt mit einem Blick an, unter dem sie sich alles andere als behaglich fühlte.

»Man sollte doch meinen, daß alle Gebäude so eine Art Windschutz seien«, fuhr sie fort, um das Schweigen zu brechen. »Aber sie scheinen den Wind wie ein Trichter nur noch zu verstärken.«

»Sie müssen mir erlauben, Sie in meiner Kutsche nach Hause fahren zu lassen«, sagte er ernst. »Und vielleicht hätten Sie jetzt gerne etwas Heißes zu trinken? Eine Tasse Tee?«

»Oh nein, nein, vielen Dank«, sagte sie hastig. »Ich möchte Ihnen keine Umstände bereiten. Ich bin nur gekommen, um–« schnell jetzt, warum um Himmels willen war sie gekommen? »–weil... ich mich plötzlich daran erinnerte, daß ich... einige sehr wichtige Briefe noch nicht in der richtigen Reihenfolge einsortiert habe. Zumindest meine ich, ich hätte sie noch nicht einsortiert.« Klang das überzeugend?

»Das war aber sehr gewissenhaft von Ihnen«, sagte er anerkennend. »Ich habe nicht festgestellt, daß etwas durcheinander war.«

»Vielleicht darf ich nachsehen?« Sie stand auf und musterte den Schreibtisch. Bei seinem Anblick erschien der Gedanke an eine bestimmte Ordnung lächerlich. Hilflos wandte sie sich ihm wieder zu.

»Ich habe eine ziemliche Unordnung gemacht«, verkündete er das Offensichtliche. »Ich würde Ihre Hilfe wirklich wieder zu schätzen wissen.«

Irgend etwas an seinem Gesichtsausdruck störte sie, die Freundlichkeit in seinem Blick, die sehr direkte Art, wie er sie anschaute. Großer Gott! Er hatte ihren Besuch doch wohl nicht mißverstanden? Ihre Ausrede war zwar ziemlich fadenscheinig – das stimmte –, aber ihr Grund, ihn aufzusuchen, war doch ein ganz anderer! Sie wollte Jemima abpassen, und wenn sie ohne einen triftigen Grund zum Haus der Southerons ginge, würde das Verdacht erregen, vielleicht würde Reggie Southeron dann ihre wahren Absichten erkennen oder zumindest erahnen. Leute, die schuldig waren – und sie war sicher, daß er schuldig war –, waren im allgemeinen sehr mißtrauisch. Das schlechte Gewissen setzte sich dann über jegliche Logik hinweg und vermutete Beschuldigungen, wo es keine gab; ganz zu schweigen von real existierenden Absichten, die nur unzureichend getarnt waren.

Balantyne wartete und sah sie immer noch an.

»Oh.« Sie rief sich erneut ins Bewußtsein, wie dringend notwendig es war, deutlich zu machen, daß er ihr Kommen fehlinterpretierte.

»Nun...«, sie blickte auf den Stapel auf dem Schreibtisch, »ich werde gerne etwas Ordnung hier hineinbringen, aber ich fürchte, mehr kann ich nicht für Sie tun.« Sie lächelte, um ihrem Satz die Härte zu nehmen. »Ich habe kein Hausmädchen und muß deshalb dringend einige kleine Dinge im Haushalt erledigen. Es wird wirklich höchste Zeit.«

»Oh«, sein Gesicht wurde länger. »Es tut mir leid, daß ich so rücksichtslos war. Ich... natürlich. Ich will Sie natürlich nicht aufhalten, wenn...« Er stotterte ein wenig, faßte sich aber schnell wieder. »Ja, ich verstehe. Aber wenn Sie heute Zeit fänden, dann wäre ich Ihnen sehr dankbar...« Er zögerte, und sie war fast sicher, daß er sich darüber Gedanken machte, ob er ihr eine Bezahlung anbieten sollte, und wie er das taktvoll tun könnte. Sie wußte, daß es ihm peinlich war, und sie hatte Mitleid. Sie lächelte freundlich.

»Nun, eigentlich hasse ich Hausarbeit, und einen Tag lang kann ich mich vor meinem Gewissen entschuldigen. Ich fürchte, es ist höchst undamenhaft von mir, aber ich finde den Krimkrieg unendlich viel interessanter als die Küche.« Sie ging zum Schreibtisch und zog im Gehen ihre Handschuhe aus, wobei sie ihm den Rücken zuwandte, um ihm keine Gelegenheit mehr zu geben, ihr in die Augen zu sehen; aber sie spürte ganz genau, daß er hinter ihr stand.

Zur Mittagszeit konnte sie keine Ausrede finden, und deshalb ergriff sie die erste Gelegenheit, nach nebenan zu verschwinden, ein wenig später als ursprünglich geplant. Außer dem Spülmädchen und den Hilfsköchinnen hatte sie niemand gesehen, und sie war im Klassenzimmer, bevor der Nachmittagsunterricht begonnen hatte.

Jemima stand am Fenster und sah hinunter auf die Vorderseite des Squares. Als Charlotte eintrat, wandte sie sich um.

»Oh, Charlotte, wie schön, Sie zu sehen.« Ihr Gesicht sah freudig erregt aus, und ihre Augen strahlten. »Arbeiten Sie wieder für General Balantyne?«

»Nur heute«, sagte Charlotte ernst. »Ich bin eigentlich gekommen, um Sie zu sprechen, ohne dabei zuviel Aufmerksamkeit zu erregen.« Es hatte keinen Sinn auszuweichen. Sie mußte ihr die Wahrheit über Reggie sagen – und das, bevor die Kinder zurückkamen.

Jemima schien nicht zu spüren, wie gefährlich und dringlich die Angelegenheit war.

»Ich bin sicher, Mr. Southeron hätte nichts dagegen.« Sie sah nicht Charlotte an, sondern blickte auf etwas hinter ihr. »Schade, daß Sie nicht zum Mittagessen gekommen sind. Sie müssen morgen kommen.«

Hatte sie nicht zugehört? Charlotte hatte gesagt, daß sie nur für heute da sei.

Aber Jemima wandte sich wieder dem Fenster zu.

Charlotte durchschritt das Zimmer und stellte sich neben sie. Sie schaute hinunter. Dort gab es nichts, nur den ruhigen, laublosen, regendurchweichten Square, alles war grau und schwarz, sogar das Gras sah nicht mehr grün aus. Ein schneidender Wind blies über die Torwege und zerzauste die letzten toten Blätter auf den Büschen. Es gab nichts, was die Aufmerksamkeit einer jungen Frau hätte erregen können. Irgend jemand mußte da gerade vorbeigekommen sein. Charlotte hatte keine Kutsche gehört, und die Hufe der Pferde und das Rattern der Räder auf den Steinen wären kaum zu überhören gewesen. Es mußte sich also um jemanden handeln, der zu Fuß gekommen war. Bei diesem Wetter? Sollte es etwa Brandy Balantyne gewesen sein?

»Jemima!«

Jemima drehte sich um, in ihren Augen lag immer noch ein weicher, glücklicher Blick. Plötzlich sah sie zu Boden, und eine zarte Farbe stieg ihr in die Wangen.

»Brandy Balantyne?« fragte Charlotte.

»Mögen Sie ihn nicht, Charlotte? Letztes Mal sagten Sie so etwas, ich war nicht sicher.«

Charlotte war er sehr sympathisch gewesen, aber sie wagte weder, es zu sagen, noch zu lügen, um ihr nicht unnötig wehzutun.

»Ich habe ihn nur ein paarmal getroffen, und dann auch nur flüchtig. Sie werden sich erinnern, daß ich dort kein Gast des Hauses bin, sondern nur jemand, der als Hilfskraft angestellt ist.« Das war grausam, und sie wußte es, aber Jemima mußte daran gehindert werden, daß in ihren Träumen die Bäume in den Himmel wuchsen. Je lebendiger der Traum, desto schmerzvoller würde das Erwachen.

Der Kummer war Jemimas Gesicht sofort anzusehen.

»Ja«, sagte sie leise. »Ja, das weiß ich. Und ich weiß, was Sie versuchen, mir zu sagen. Sie haben natürlich völlig recht.«

Charlotte wollte sie vor Reggie Southeron warnen, aber das hätte bedeutet, daß sie das Thema vom Hausherrn, der mit den weiblichen Bediensteten schlief, hätte anschneiden müssen, und gerade in diesem Augenblick schien es grausam, so etwas zu sagen, und vielleicht war es auch vollkommen ungerechtfertigt. Es gab einfach keine Parallele, und sie wollte nicht, daß Jemima auch nur einen Augenblick lang glaubte, daß sie das annahm. Sie mußte es auf ein anderes Mal verschieben, auf einen Augenblick, in dem die Gefahr, daß sie Jemima verletzen würde und Mißverständnisse aufkommen könnten, geringer war. Alle Erklärungen der Welt würden Jemima nicht von dem Eindruck befreien, daß es eine Ähnlichkeit gäbe, wenn sie Reggie, die Hausmädchen und die Erpressung in einem Atemzug mit Brandy Balantyne erwähnen würde.

»Ich muß zurückkehren«, sagte sie statt dessen. »Ich wollte Sie nur einmal wiedersehen und Sie . . . Sie bitten, gut auf sich aufzupassen. Manchmal beschuldigen Leute, die Angst haben, in solchen Untersuchungen wie dieser andere Personen. Ich habe von der armen Miss Doran gehört! Seien Sie äußerst vorsichtig mit dem, was Sie sagen!«

Jemima sah ein wenig verblüfft aus, aber das Versprechen kam ihr leicht über die Lippen. Fünf Minuten später war Charlotte wieder auf der eisigen Straße und eilte zurück in die Bibliothek zu den Papieren des Generals. Sie war mit sich unzufrieden und hatte wegen Jemima nun doppelte Befürchtungen.

Christina war nach ihrer Hochzeit nicht länger als eine Woche weggefahren, möglicherweise wegen der Tragödien, die am Square passiert waren. Man hatte eine förmliche Hochzeitsreise für unpassend gehalten; hinzu kam, daß niemand sich danach fühlte: am wenigsten Alan Ross. Selbst Christina, die nur einige Tage nach der Entdeckung von Helenas Leiche geheiratet hatte, konnte von ihm wohl kaum eine Flitterwochenstimmung erwarten. Emily, die sie so früh besuchte, wie es die Etikette erlaubte, dachte insgeheim, sie müßte sich schon glücklich schätzen, daß die Hochzeit selbst nicht verschoben worden war. Das hätte tatsächlich zu einer Katastrophe führen können. Sollte sie sich tatsächlich in anderen Umständen befinden, dann konnten schon zwei Wochen sie zur Lügnerin stempeln. Die Fristen für Frühgeburten waren jedenfalls begrenzt.

Sie besuchte Christina ohne einen besonderen Grund, außer, daß sie hoffte, etwas Neues über Helena Doran zu erfahren. Sie waren ungefähr im selben Alter, so daß sie wahrscheinlich etwas gemeinsam gehabt hatten, dieselben Parties besucht und dieselben Leute gekannt hatten. Sie bezweifelte, daß sie jemals Freundinnen gewesen waren, und Christina empfand vielleicht etwas Bitterkeit angesichts des Umstandes, daß sie gerade den Mann geheiratet hatte, von dem alle wußten, daß er Helena Doran geliebt hatte – zumindest in der Vergangenheit. Aber irgend etwas mußte sie einfach wissen, und es kam ebenso oft vor, daß man aus Abneigung die Wahrheit sagte wie aus Freundschaft, und das galt auch bei Toten. Allerdings war es schon merkwürdig, wie der Tod alle wichtigen Wahrheiten mit einem Zuckerguß von Anstand bedeckte. Das würde die Nachforschungen sehr erschweren.

Das Haus von Alan Ross lag in einer eleganten Straße nur knapp achthundert Meter vom Callander Square entfernt. Es war weder prunkvoll noch elegant, und doch war es ein durchaus ansehnliches Gebäude, und als Emily klopfte, wurde sie von einem hübschen Hausmädchen hineingelassen.

Christina schien recht erfreut, sie zu sehen, obwohl Emily meinte, sie sehe etwas blaß aus. Flitterwochen waren oftmals eine Art Schock für Frauen, aber für jemanden, der allem Anschein nach ganz gern mit einem Diener geschlafen hatte, konnte es ja wohl nicht allzu viele Überraschungen gegeben haben!

»Guten Tag, Emily«, sagte Christina ein wenig förmlich. »Wie nett von Ihnen, mich zu besuchen.«

Emily kreuzte in Gedanken ihre Finger, damit ihr die Lüge vergeben würde.

»Ich wollte Sie in Ihrem neuen Heim begrüßen und sehen, wie es Ihnen geht«, sagte sie mit besorgter Stimme. »Schließlich hat Sie das Schicksal sehr unfreundlich behandelt, finde ich. Es war der unglücklichste Zeitpunkt, den man sich nur denken konnte, um dieses arme Mädchen zu finden. Es hätte kaum schlimmer kommen können!«

Christina sah sie mit einem eiskalten Blick an.

»Allerdings war es schade, daß Sie gerade diesen Zeitpunkt wählen mußten, um nach ihr zu suchen!«

»Meine Liebe« – Emily bemühte sich, reuevoll auszusehen – »wie hätte ich mir vorstellen können, was ich vorfinden würde? Ich glaubte, wie jeder andere auch, daß sie mit ihrem Liebhaber durchgebrannt und irgendwo glücklich verheiratet sei – oder zumindest verheiratet. Um die Wahrheit zu sagen, ich glaubte eigentlich nicht so recht daran, daß sie glücklich wäre. Das kommt bei solchen romantischen Affären selten vor.«

»Das sagten Sie bereits. Was um Himmels willen hatten Sie in dem verlassenen Garten denn eigentlich zu suchen?«

»Reine Neugier, nehme ich an«, sagte Emily träge und wandte sich dem Zimmer zu – das wirklich hübsch war –, um es zu bewundern. »Schließlich handelte es sich um einen ›romantischen Ort‹.«

»Ein verwilderter Garten, mitten im Winter!« sagte Christina in sarkastischem, ungläubigen Ton.

»Es ist nicht immer mitten im Winter, so wie jetzt«, sagte Emily mit einiger Logik. »Und der Garten war vor zwei Jahren sicher weniger verkommen.«

»Ich verstehe nicht, was Sie meinen«, sagte Christina äußerst frostig.

»Nun, ich meine natürlich, als Helena dort ihren Liebhaber traf!« Emily wandte sich um. »Wie war sie? Sie müssen Sie gekannt haben. War sie sehr schön, sehr faszinierend?«

»Nicht besonders«, sagte Christina verächtlich. »Sie war ganz hübsch, wenn auch ziemlich blaß; und sie war alles andere als geistreich. Ich dachte immer, daß sie angenehm, aber langweilig sei.«

»Oh je.« Emily verzog das Gesicht, obwohl es sie etwas Mühe kostete. In Wirklichkeit war sie hocherfreut, denn Christinas ehrliche Meinung verriet genauso viel über sie selbst wie über Helena Doran. »Was für ein Jammer«, fuhr sie fort. »Das hört sich nicht nach einer Frau an, die einen romantischen Liebhaber anzieht, es sei denn, er war ziemlich jung, oder aber sie hatte versteckte Qualitäten.«

»Wenn sie die hatte, dann waren sie gut versteckt«, sagte Christina schnippisch. »Niemand, den ich kenne, hat sie jemals entdeckt!«

Emily hatte keine Gewissensbisse, grausam zu sein.

»Noch nicht einmal Mr. Ross?« fragte sie.

Zu ihrer großen Überraschung wurde Christina hochrot.

»Alan ist ziemlich enttäuscht von ihr, er verehrt sie nicht mehr.«

»Enttäuscht?« Emily wollte es genau wissen.

»Nun, sie war wohl kaum so unschuldig, wie sie immer tat«, sagte Christina beißend. »Sie traf irgendeinen Liebhaber in einem verlassenen Garten und hat offenbar mit ihm geschlafen, sonst wäre sie wohl kaum schwanger gewesen! Das ist doch wohl genug, um jeden zu enttäuschen!«

»Dann wäre es für Sie wohl höchst angebracht, außerordentlich diskret zu sein«, bemerkte Emily. Sie mochte moralische Heuchelei nicht, und sie mochte Christina auch nicht besonders.

Christinas Farbe wurde intensiver, und in dem Blick, mit dem sie Emily anblitzte, lag fast schon so etwas wie Haß. War es möglich, daß sie schon zu diesem Zeitpunkt eine gewisse Achtung vor Alan Ross entwickelt hatte? Es schien die offensichtliche Erklärung zu sein. Sie war nun sicher verheiratet und hatte dadurch die notwendige Ehrbarkeit erhalten, die sie brauchte, wenn sie wirklich schwanger war, obwohl das recht unwahrscheinlich zu sein schien. Im Gegensatz zu Charlotte trug sie immer noch taillierte Kleider, und ihre Figur verriet keine Anzeichen einer Schwangerschaft. Ja, vielleicht hatte sie wirklich angefangen, ihren Ehemann zu bewundern. Es war zwar bitter, aber Emily war der Auffassung, daß – sollte Christina ihren Charakter nicht grundlegend ändern – Alan Ross dieses Gefühl wahrscheinlich kaum erwidern konnte, je besser er sie kennenlernte. Nun, das war etwas, wobei ihr Emily nicht helfen konnte, und sie hatte auch gar nicht den Wunsch, es zu versuchen.

Sie blieb noch eine Weile, sprach erneut von Helena, erfuhr aber nichts Neues, außer daß Christina sie von Herzen verabscheut hatte. Sie konnte allerdings nicht herausfinden, ob diese Abneigung schon vor der Zeit entstanden war, in der Christina Mr. Ross zu achten gelernt hatte. Eine halbe Stunde später ging sie, und der Kopf schwirrte ihr von lauter neuen und interessanten Gedanken.

Es war der Morgen, nachdem sie diese Geschichte und – was noch wichtiger war – die Schlüsse, die ihre Schwester daraus zog, gehört hatte, als Charlotte sich entschied, Jemima noch einmal zu besuchen, um sie diesmal, auch wenn es kurze Zeit schmerzte, präziser vor der Gefahr zu warnen, in der sie sich befand. Außerdem wollte sie versuchen, etwas über Reggie Southeron in Erfahrung zu bringen, woraus sie vielleicht schlußfolgern konnte, wer ihn wirklich erpreßte, wenn das überhaupt jemand tat. Ganz gleich, wie die Dinge lagen: damit sie Jemima schützen konnte, mußte sie den Grund der Anschuldigung erfahren.

Um Jemima allein anzutreffen, mußte sie sie besuchen, bevor der Unterricht am Morgen begann, was etwa gegen neun Uhr der Fall war. Es war deshalb erst kurz vor Viertel nach acht, und es begann gerade hell zu werden an diesem bleiernen, schneeverregneten Morgen, als sie aus der Kutsche stieg. Der Kutscher war versehentlich auf die falsche Seite des Squares gefahren und weigerte sich nun, zur anderen Seite zu fahren, weil sein Pferd auf den rutschigen Pflastersteinen, auf die der Nachtwind die verrottenden Blätter geweht hatte, sein Knie verletzen könnte.

Charlotte versuchte nicht, ihn zu überreden. Sie wollte nicht, daß das Tier fiel und sich verletzte – nicht wegen der finanziellen Folgen für den Kutscher, sondern wegen des Tieres.

Also mußte sie laufen, und um nicht selbst ins Rutschen zu geraten, ging sie quer über den Rasen, wo es keine Steine gab, auf denen man ausgleiten konnte, und wo der Nachtfrost den Boden gefroren hatte, so daß sie darauf laufen konnte, ohne in den Schlamm zu sinken. Nachts wäre sie nicht allein gegangen, denn sie erinnerte sich noch an die Cater Street, und sie würde das vermutlich nie in ihrem Leben vergessen – aber es müßte schon ein verzweifelter Verbrecher sein, der an diesem eisigen, grauen

Morgen hier zwischen den dürren, schwarzen Ästen und dem fallenden Laub wartete.

Sie bewegte sich schnell, weil die Kälte mit tausend Nadeln in ihr Fleisch stach und der Schneeregen, vom Wind getrieben, ihre ungeschützte Haut traf. Sie achtete darauf, wohin sie ihre Füße setzte, um nicht über irgendeinen Ast zu stolpern oder in eine Pfütze voll Schlamm zu fallen. Aus diesem Grunde sah sie das schwarze Bündel erst, als sie schon fast darauf stand. Es lag nicht ganz auf dem Pfad, aber dicht daneben, so, als hätte es auf dem Pfad gelegen und wäre vom Wind weggeblasen worden. Aber ein Ast konnte doch nicht so groß sein, oder? Das Gefühl, daß etwas Schreckliches passiert war, eine Vorahnung überkam sie, bevor sie das Bündel erreichte und stehenblieb.

Das Bündel bestand aus nasser Kleidung: Und zwischen den Wurzeln der Gänseblümchen vom letzten Michaelstag lag ein Kopf, dunkles Haar, das trocken normalerweise blond gewesen wäre. Die Haut war weiß, so wie nur die Kälte des Todes Haut aussehen lassen kann.

Sie beugte sich hinunter, ohne ihn jedoch zu berühren. Er lag halb auf der Seite, ein Arm befand sich unter dem Körper, ganz so, als ob seine Hand nach dem Messer griffe, das bis ans Heft in seiner Brust vergraben war. Soweit sie sich erinnern konnte, hatte sie ihn bisher erst einmal gesehen, aber sie war sich sicher, daß es Freddie Bolsover war.

Sie stand langsam auf und begann wieder gegen den Wind anzulaufen, um einen Polizisten zu suchen.

Kapitel 10

Pitt wurde sofort gerufen, da alles, was sich am Callander Square abspielte, als zu seinem Fall gehörig angesehen wurde. Kurz vor halb neun kniete er auf der immer noch gefrorenen Erde neben der Leiche. Ein einzelner Polizist stand neben ihr Wache. Nichts war verändert worden. Nach einigem Protest hatte Charlotte sich schließlich bereit erklärt, nach Hause zu gehen, obwohl Pitt annahm, daß sie sich wohl eher durch die Kälte überzeugen ließ als in irgendeiner Art Gehorsam zu zeigen.

Er wurde von einem Arzt begleitet. Nachdem er sich die Lage der Leiche zur Genüge angesehen und sich das Bild in seinem Gedächtnis eingeprägt hatte, drehten sie Freddie mit vereinten Kräften um, um sich die Wunde anzusehen. Das Messer war bis zum Heft eingedrungen, und der mit Filigranarbeiten verzierte Griff zeigte nicht die Spur eines Handabdruckes.

Pitt verschob ein wenig die Kleidung.

»Mit einem Stich«, bemerkte er. »Saubere Arbeit.«

»Könnte auch Glück gewesen sein«, sagte der Arzt über seine Schulter hinweg. »Muß sich nicht um fachmännische Arbeit handeln.«

»Wie sieht es mit dem Kraftaufwand aus?« fragte Pitt.

»Kraftaufwand?« Der Arzt dachte einen Augenblick nach. Er griff nach unten und bewegte prüfend das Messer. »Es wurden keine Knochen durchtrennt«, stellte er fest. »Ganz sauber durch die Rippen hindurch. Nichts als Knorpel und ein paar Muskeln; direkt ins Herz. Jeder durchschnittliche Erwachsene wäre dazu in der Lage. Für eine kleine Person liegt die Wunde zu hoch. Der Stich scheint von oben gekommen zu sein, der Mörder muß also mindestens ein Meter fünfundsiebzig groß sein, wahrscheinlich größer.«

Pitt hob eine Hand Freddies hoch.

»Keine Handschuhe«, sagte er und runzelte seine Stirn ein wenig. »Er muß eilig das Haus verlassen haben und hat wahrscheinlich nicht erwartet, länger wegzubleiben. Ich nehme an, er wollte jemanden treffen, den er kannte.« Er betrachtete die Fingernägel und die Knöchel. »Nichts zu sehen. Er kann sich nicht groß gewehrt haben.«

»Wurde wahrscheinlich überrascht«, sagte der Arzt. »Hat wohl nur eine Sekunde lang gewußt, was überhaupt passierte, bevor er das Bewußtsein verlor.«

»Überrascht«, sagte Pitt langsam. »Von vorne. Das bedeutet, daß er seinen Mörder kannte, und die Überraschung lag darin, daß er überhaupt zugestochen hat. Dr. Bolsover fühlte sich in Sicherheit, bei einem Freund.«

»Oder bei einem Bekannten«, fügte der Arzt hinzu.

»Verläßt man denn das Haus, um jemanden in der Mitte eines Squares zu treffen, der lediglich ein Bekannter ist – und das mitten in der Nacht?«

»Ich habe nicht gesagt, daß er in der Nacht getötet wurde«, sagte der Arzt und schüttelte seinen Kopf. »Das kann ich nicht mit Bestimmtheit sagen. Bei diesem Wetter friert eine Leiche innerhalb kürzester Zeit. Man kann also nur schwer sagen, wann der Tod eingetreten ist.«

»Es wird ja wohl kaum jemand am hellichten Tage einen Mord mitten auf dem Square riskieren«, sagte Pitt ruhig. »Das wäre zu riskant. Die Bediensteten halten sich oft an den Fenstern auf, und die Gefahr, daß man von jemandem dabei gesehen wird, wie man in die Mitte der Gärten geht, ist einfach zu groß. Nach Einbruch der Dunkelheit, mit einem Schal und hochgeschlagenem Kragen – ein Aufzug, der ja wohl nur vernünftig wäre bei solch einem Wetter – ist man in dem Augenblick unsichtbar, in dem man aus dem Licht der Gaslampe getreten ist. Man könnte dann die Treppe hoch zu einer Eingangstür gegangen oder in irgendeine Gasse eingebogen sein, um eine Kutsche anzuhalten –.«

»Stimmt«, sagte der Arzt ein wenig steif. »Nehmen wir also an, sie trafen sich, als es schon dunkel war. Bißchen merkwürdig, nicht wahr? Trifft man jemanden in völliger Dunkelheit – und dann auch noch in einer gefrorenen Einöde wie dieser hier? Man könnte hinfallen und sich das Genick brechen, mal ganz davon abgesehen, daß man erstochen werden könnte. Man kann kaum einen Schritt weit sehen.«

»Wirft 'ne Menge Fragen auf, nicht wahr?« Pitt starrte erneut auf die Leiche.

»Er wollte wohl etwas sehr Wichtiges besprechen«, brummte der Arzt, »und etwas sehr Privates.«

»Oder aber, er wollte einen Mord begehen«, sagte Pitt leise.

Der Arzt erwiderte nichts.

Pitt richtete sich wieder auf; er war in der bitteren Kälte schon ganz durchgefroren.

»Ich habe so das Gefühl, ich muß Mr. Reggie Southeron eine Menge Fragen stellen. Kümmern Sie sich bitte darum, daß Bolsover ins Leichenschauhaus gebracht wird. Und machen Sie die Obduktion bloß gründlich, auch wenn alles so eindeutig zu sein scheint. Ich glaube nicht, daß sich noch etwas ergeben wird, aber es ist immerhin möglich.«

Der Arzt warf ihm einen verärgerten Blick zu, und während er wieder zurück zu dem Polizisten stampfte, schlug er die Hände zusammen, um den Kreislauf wieder in Schwung zu bringen.

Pitt wollte es dieses Mal verhindern, daß Reggie vorgewarnt war. Er ging direkt zur Eingangstür, und als ein Bediensteter ihm öffnete, teilte er diesem mit, daß er Mr. Southeron so schnell wie möglich zu sprechen wünschte. Er ging davon aus, daß Reggie an einem eiskalten Morgen wie diesem wohl kaum vor neun aufstehen würde, und vor zehn würde er mit Sicherheit nicht gefrühstückt haben und fertig sein, um in die City aufzubrechen.

Er hatte recht. Reggie saß immer noch am Tisch und wollte gerade den Bediensteten wegen der unschicklichen Störung zurechtweisen und ihm mit scharfen Worten mitteilen, daß die Polizei warten könne, als er hinter der tadellosen Gestalt des Mannes den in einen Umhang gehüllten riesigen Körper Pitts sah, der ihm gefolgt war, um eben nicht auf genau diese Art und Weise abgewimmelt zu werden.

»Also wirklich!« sagte Reggie und starrte ihn an. »Ich halte Ihnen durchaus zugute, daß Sie hart arbeiten müssen, aber ein paar Unannehmlichkeiten am Square entlassen Sie nicht aus der Pflicht, die Grundregeln guter Manieren zu beachten. Ich werde Sie empfangen, wenn ich zu Ende gefrühstückt habe! Und Sie werden solange im Vorzimmer warten, wenn Sie es wünschen.«

Pitt warf einen kurzen Blick auf den Bediensteten und stellte zu seiner Zufriedenheit fest, daß der Mann mehr Angst vor der Polizei hatte als vor seinem Dienstherrn. Er zog sich zurück so wie

534

Wasser, das mit einer wirbelnden Bewegung abfließt und dann im Gully verschwindet.

»Die Angelegenheit ist zu wichtig, als daß man sie aufschieben könnte«, sagte Pitt bestimmt. »Dr. Bolsover ist ermordet worden.«

Reggie starrte ihn mit glasigen Augen an.

»Wie bitte?«

»Dr. Bolsover ist ermordet worden«, wiederholte Pitt. »Seine Leiche wurde heute morgen gefunden, wenige Minuten nach acht Uhr.«

»Oh Gott!« Reggie ließ die beladene Gabel fallen, sie fiel klirrend auf das Messer, das dann seinerseits mitsamt dem Speck und den Frühstückswürstchen auf den Boden fiel. »Oh Gott«, wiederholte er. »Was für eine schreckliche Sache!«

»Ja«, sagte Pitt, wobei er ihn genau beobachtete. Besaß er wirklich die Nerven, sich so gut zu verstellen? Er schien vom Schock völlig benommen zu sein. »Mord ist immer schrecklich«, fuhr er fort. »So oder so. Natürlich sind viele Menschen, die ermordet werden, selbst nicht ganz schuldlos an ihrem Tod.«

»Was um Himmels willen wollen Sie damit sagen?« Reggies breites Gesicht verfärbte sich dunkelrot. »Ich nenne das verdammt unverschämt! Verdammt geschmacklos! Der arme alte Freddie liegt da irgendwo tot herum, und Sie sagen, er hat es verdient!«

»Nein«, verbesserte Pitt nachdrücklich. »Sie haben diesen Rückschluß gezogen. Was ich sagte, war, daß manche Leute, die ermordet werden, selbst nicht ganz schuldlos daran sind: Erpresser und so weiter.« Er lehnte sich ein wenig vor und beobachtete Reggies Gesicht ganz genau. Er fand, wonach er gesucht hatte – das Erblassen des Gesichts, das nervöse Zucken der Muskeln.

»Erpresser?« wiederholte Reggie heiser, und seine Augen wurden starr wie die einer Puppe.

»Ja.« Pitt zog einen Stuhl heran und setzte sich. »Erpresser werden relativ häufig ermordet. Das Opfer sieht darin den einzigen Ausweg. Erpresser scheinen nicht zu erkennen, wann sie den kritischen Punkt erreicht haben. Sie gehen zu weit.« Er breitete seine Hände weit aus, um eine Explosion, eine Eruption anzudeuten.

Reggie schluckte krampfhaft, wobei sein Blick auf Pitt ruhte, so, als ob er verhext wäre. Er schien unfähig zu sprechen.

Pitt setzte alles auf eine Karte.

»Das ist es doch, was Dr. Bolsover passiert ist, Sir, oder?«

»Dr. ... Bolsover...?«

»Ja. Er hat Sie erpreßt, oder?«

»Nein... nein! Ich habe es Ihnen doch gesagt! Es... es war Jemima, die Gouvernante. Ich habe Ihnen das doch schon einmal gesagt.«

»Das haben Sie: Sie haben gesagt, die Gouvernante hätte Sie wegen einer vorübergehenden Affäre mit Ihrem Hausmädchen erpreßt. Ich könnte mir nicht vorstellen, daß dieses Wissen Geld wert wäre, Sir. Und da ich davon wußte und die Dienstboten davon wußten, würde es mich überraschen, wenn die Nachbarn es nicht vermutet hätten; und ich kann mir vorstellen, daß es Ihre Frau ebenfalls weiß, auch wenn sie es vorzieht, so zu tun, als ob sie es nicht wüßte.«

»Was zum Teufel meinen Sie?« Reggie versuchte, beleidigt auszusehen.

»Genau das, was ich sage, Sir. Daß ich nur schwer glauben kann, daß Sie einer Erpressung wegen einer Sache nachgeben, die allgemein bekannt ist, auch wenn man nicht darüber spricht, und die zwar ein wenig schäbig, aber keineswegs ein seltenes Delikt ist – und schon gar nicht ein Verbrechen.«

»Ich... ich habe Ihnen gesagt... natürlich ist es kein Verbrechen! Aber gerade jetzt könnte man es falsch verstehen! Die Leute könnten glauben, daß...«

»Sie meinen, die Polizei könnte glauben, daß...?« Pitt zog mit einem zynischen Ausdruck die Augenbrauen in die Höhe.

Reggie errötete, als ihm bewußt wurde, daß seine Lüge lächerlich war. Pitt konnte fast sehen, wie seine Gedanken sich überschlugen. Sollte er ihn jetzt einfangen, wo er in Panik war, oder warten, bis seine Zunge ihn noch mehr verriet?

»Hm...« Reggie versuchte, Zeit zu gewinnen, um irgend etwas zu erfinden, »...nun... ja, es klingt ein wenig –«

»Ein wenig dünn«, beendete Pitt den Satz an seiner Stelle. »Wie wäre es, wenn Sie mir die Wahrheit erzählen würden?«

»Die... Wahrheit!«

»Ja, Sir. Warum hat Dr. Bolsover Sie nun wirklich erpreßt?«

»Ich...« Reggie schien erstarrt zu sein.

»Wenn ich andere Leute fragen muß, um es herauszubekommen, wird es noch viel unangenehmer für Sie werden«, sagte Pitt mit Nachdruck. »Wenn Sie es mir erzählen, dann werde ich so diskret sein wie möglich, vorausgesetzt, es handelt sich nicht um ein Verbrechen. Die Zeit drängt. Wir haben hier irgendwo am

Square einen Mörder, und er hat vielleicht noch nicht sein letztes Verbrechen begangen!«

»Oh Gott!«

»Warum hat Dr. Bolsover Sie erpreßt, Mr. Southeron?«

Reggie schnappte nach Luft und schluckte.

»Es ging um eine andere Affäre, die ich einmal hatte.« Seine brennenden, rastlosen Augen suchten etwas irgendwo über Pitts Schulter. »Die Frau war verheiratet. Der Ehemann ein einflußreicher Bursche. Es könnte mir ziemliche Unannehmlichkeiten bereiten, wenn er es herausfände. Sie verstehen?«

Pitt sah ihn lange an. Er log.

»Wie konnte die Gouvernante das je erfahren?« fragte er.

»Was?« Reggies Kopf zuckte hoch. »Oh. Hm . . .«

»Sie sagten, daß auch sie Sie erpreßt hätte«, erinnerte Pitt ihn. »Möchten Sie das jetzt richtigstellen?«

Plötzlich leuchteten Reggies Augen.

»Nein! Ja, sie hat mich erpreßt. Sehr habgierige junge Frau. Deshalb muß Freddie ermordet worden sein! Ja, das paßt alles zusammen – verstehen Sie denn nicht?« Er richtete sich ein wenig auf. »Sie müssen sich wegen des Geldes gestritten haben! Sie wollte mehr als ihren Anteil, er weigerte sich, und sie hat ihn umgebracht. Ergibt einen Sinn, paßt alles zusammen!«

»Wie konnte die Gouvernante von Ihrer Affäre etwas wissen? Haben Sie die Frau hier empfangen?«

»Großer Gott, natürlich nicht! Wofür halten Sie mich?«

»Woher wußte sie es dann, Sir?«

»Ich weiß es nicht! Freddie muß etwas gesagt haben!«

»Warum um alles in der Welt sollte er das getan haben? Warum sollte er seine Beute unnötig teilen? So etwas zu tun, erscheint doch sehr unlogisch.«

»Woher zum Teufel soll ich das wissen?« fragte Reggie wütend. »Vielleicht hatte er eine Affäre mit ihr – und er hat es ihr erzählt, um damit anzugeben, oder so! Wir werden es jetzt wohl nie erfahren! Das arme Schwein ist tot.«

»Die Gouvernante nicht.«

»Nun, Sie können doch nicht annehmen, daß sie Ihnen die Wahrheit sagt!« In Reggies Stimme lag ein schriller Ton, der sich ganz nach Panik anhörte.

Pitt spielte noch eine Karte aus. »Meiner Meinung nach ist es doch eher wahrscheinlich, Sir, daß diese Frau, mit der Sie eine

Affäre hatten, gar nicht die Frau irgendeines mächtigen Mannes war, sondern ein anderes Hausmädchen.«

Reggies Augen funkelten.

»Wie Sie gerade selbst gesagt haben, Inspector – eine so banale Sache wie diese wäre es ja wohl kaum wert, etwas für das Schweigen zu bezahlen!«

»Nicht, wenn das alles wäre«, stimmte Pitt mit einem sanften Lächeln zu. Er blickte Reggie unverwandt an. »Aber was ist, wenn da noch etwas gewesen wäre, ein Kind zum Beispiel?«

Reggie wurde kalkweiß. Einen Augenblick lang dachte Pitt, er würde zusammenbrechen.

»Eins Ihrer Hausmädchen ist gestorben, nicht wahr?« fragte Pitt langsam, um jedem Wort das entsprechende Gewicht zu verleihen.

Reggie rang keuchend nach Luft.

»Sie haben sie doch nicht ermordet, oder, Mr. Southeron?« fragte Pitt.

»Gott! Oh Gott! Nein, das habe ich nicht. Sie ist gestorben. Freddie war bei ihr. Wir haben nach ihm gerufen. Mußten es. Deshalb wußte er es.«

»Woran ist sie gestorben?«

»Ich . . . ich weiß es nicht!«

»Muß ich das weibliche Personal befragen?« fragte Pitt sanft, aber nachdrücklich.

»Nein!« Einen Moment lang herrschte Stille. »Nein«, sagte Reggie leiser. »Sie hat abgetrieben. Es ging schief. Deshalb ist sie gestorben. Ich wußte nichts von der Sache. Ich hätte sie nicht retten können. Das müssen Sie mir glauben.«

»Aber es war Ihr Kind?«

»Wie soll ich das wissen?«

Pitt erlaubte sich nun, seinen Ekel endlich auch zu zeigen.

»Sie meinen, Sie haben sie mit jemand anderem geteilt? Mit dem Diener vielleicht oder dem Stiefeljungen?« fragte er scharf.

»Wie können Sie es wagen! Ich muß Sie wohl an Ihre Stellung in der Gesellschaft erinnern!«

»Ihre Stellung, Mr. Southeron«, fauchte Pitt zurück, »ist im Augenblick ziemlich unangenehm! Ein Dienstmädchen, das ein Kind von Ihnen erwartet, stirbt in Ihrem Hause nach einer schlecht ausgeführten Abtreibung. Sie werden von Ihrem Arzt wegen der Geschichte erpreßt. Jetzt wird Ihr Arzt vor Ihrem

Haus ermordet. Welche logische Schlußfolgerung würden Sie daraus ziehen?«

»Ich... ich habe Ihnen gesagt«, stotterte Reggie und keuchte dann: »Die Gouvernante! Sie steckte mit ihm unter einer Decke! Er muß mit ihr geschlafen haben, ihr alles erzählt haben! Sie war diejenige, die wegen des Geldes zu mir gekommen ist! Sie muß sich mit ihm gestritten haben – ein Streit unter Dieben! Das ist die offensichtliche Antwort! Wem werden Sie glauben? Mir, der nichts Unrechtes getan hat, oder einem Dienstmädchen, das lügt und erpreßt und schließlich ihren Liebhaber und Komplizen ermordet? Ich frage Sie!«

Pitt seufzte und stand auf.

»Ich werde niemandem glauben, Mr. Southeron, bis ich mehr Beweise habe. Aber ich werde mich an das erinnern, was Sie mir gesagt haben, an jedes Wort davon. Vielen Dank, daß Sie Zeit für mich hatten. Auf Wiedersehen, Sir.«

Sobald er weg war, brach Reggie zusammen. Es war unglaublich! Nur Gott konnte wissen, wie das enden würde! Der Skandal! Der Ruin! Ihm wurde schlecht. Das Zimmer verschwamm um ihn herum, Visionen von der Armut tauchten vor seinem Auge auf – die, weil er sie nie kennengelernt hatte, recht undeutlich, aber deshalb nicht weniger erschreckend waren.

Er saß immer noch über den Tisch gebeugt, als Adelina hereinkam.

»Du siehst krank aus«, bemerkte sie. »Hast du zuviel gegessen?«

Ihre kalte Gleichgültigkeit war der letzte Hieb für den waidwunden Mann.

»Ja, ich bin krank!« sagte er ärgerlich. »Die Polizei war gerade da. Freddie Bolsover ist ermordet worden.« Er beobachtete ihr Gesicht und war zufrieden, sie schockiert zu sehen.

»Ermordet!« Sie mußte sich setzen. »Wie furchtbar! Warum denn nur? Ist er ausgeraubt worden?«

»Ich habe keine Ahnung!« fauchte er. »Er ist einfach ermordet worden!«

»Arme Sophie!« Adelina starrte den Tisch entlang, an Reggie vorbei in die Ferne. »Sie wird völlig verzweifelt sein.«

»Mach dir keine Sorgen wegen Sophie! Was ist mit uns? Er ist ermordet worden, Adelina, verstehst du das nicht? Das bedeutet, daß jemand ihn ermordet hat, sich da draußen in der Dunkelheit versteckt und ihm ein Messer in den Leib gestoßen, den Kopf eingeschlagen oder was auch immer getan hat.«

»Sehr unerfreulich«, pflichtete sie ihm bei. »Menschen können so grausam sein.«

»Ist das alles, was du zu sagen hast?« Er fing an zu schreien, seine Stimme geriet außer Kontrolle. »Verdammt noch mal, Frau, der Kerl von der Polizei hat mich beinahe schon deswegen beschuldigt!«

Sie schien nicht beeindruckt und schon gar nicht verängstigt zu sein.

»Warum sollte die Polizei das tun? Du hättest keinen Grund gehabt, Freddie umzubringen. Er war ein Freund.«

»Er war ein Erpresser!«

»Freddie? Unsinn! Wen um alles in der Welt sollte er erpressen?«

»Er ist ein Arzt, du dumme Gans! Er könnte jeden beliebigen seiner Patienten erpressen!«

Sie schien immer noch nicht beeindruckt zu sein.

»Ärzte dürfen über ihre Patienten nichts Vertrauliches erzählen. Wenn sie es täten, bekämen sie keine Patienten mehr. Freddie würde so etwas nie tun. Es wäre töricht. Und nenn mich nicht dumm, Reggie. Das ist sehr grob, und es gibt keinen Grund, grob zu sein. Es tut mir leid, daß Freddie tot ist, aber hysterisch zu werden, hilft auch nicht.«

»Ich verstehe dich nicht!« Er war wütend, verängstigt und jetzt auch völlig verwirrt. »Du hast dir wegen Helena die Augen aus dem Kopf geweint, und jetzt ist Freddie tot, und dir scheint das gar nichts auszumachen!«

»Das war etwas anderes. Helena war schwanger.« Bei dem Gedanken daran wurde ihre Stimme leiser. »Das Kind starb, noch bevor es geboren wurde. Wenn du eine Frau wärst, dann würdest du das verstehen. Ich sehe meine eigenen Kinder an, und natürlich weine ich. Kinder sind alles, was eine Frau wirklich hat.« Sie sah ihn mit einer plötzlichen Härte in ihrem Blick an. »Wir tragen sie unter dem Herzen und bringen sie zur Welt, führen sie in die Gesellschaft ein, lieben sie, hören ihnen zu, geben ihnen Ratschläge und sorgen dafür, daß sie gut verheiratet werden. Alles, was ihr tut, ist, die Rechnungen zu bezahlen und zu prahlen, wenn die Kinder irgend etwas besonders gut machen. Freddies Tod tut mir leid, aber ich kann wirklich nicht darüber weinen.

Natürlich bin ich bekümmert wegen Sophie, weil sie keine Kinder hat. Und woher weißt du, daß Freddie ein Erpresser war?«

»Was?«

»Du hast gesagt, Freddie war ein Erpesser. Woher weißt du das?«

»Oh.« Er suchte verzweifelt nach einer Antwort. »Das hat mir jemand erzählt. Im Vertrauen, weißt du, ich darf es dir nicht weitererzählen.«

»Sei nicht albern, Reggie. Die Leute erzählen einem solche Dinge nicht. Wahrscheinlich hat er dich erpreßt. War das so?«

»Natürlich nicht! Es gibt nichts, weswegen man mich erpressen könnte!«

»Warum glaubt die Polizei denn dann, daß du ihn umgebracht hast? Das ergibt doch keinen Sinn!«

»Ich weiß es nicht!« schrie er. »Ich habe verdammt noch mal nicht danach gefragt!«

»Ich dachte, es wäre vielleicht wegen Dolly.«

Er erstarrte. Sie sah aus wie eine Fremde, wie sie da so am Kopf des Tisches saß, ein unheimliches Wesen, unbekannt, undurchschaubar. Was sie sagte, war entsetzlich, und dabei sah ihr Gesicht so aus, als sei sie nur ein wenig neugierig.

»D... Dolly?« stotterte er.

»Ich hätte dir vergeben können, daß du mit ihr geschlafen hast, so lange du dich diskret verhalten hättest«, sagte sie und sah ihn offen an. Es schien, als sei es das allererste Mal, daß sie ihn wirklich ansah. »Aber nicht, daß du ihr Kind getötet hast, Reggie, das niemals!«

»Ich habe das Kind nicht getötet!« Er wurde hysterisch. Er konnte es selbst hören, aber er konnte nichts dagegen tun. »Es war eine Abtreibung. Sie ist schiefgegangen! Ich habe es nicht getan!«

»Lüg nicht, Reggie. Natürlich hast du es getan. Du hast zugelassen, daß sie in irgendwelchen dunklen Hinterhöfen eine Abtreibung machen läßt, statt sie aufs Land zu schicken, um das Kind zur Welt zu bringen. Sie hätte da bleiben können, oder du hättest dafür sorgen können, daß das Kind adoptiert wird. Das hast du nicht getan. Das werde ich dir niemals vergeben, Reggie, niemals.« Sie stand auf und wandte sich ab. »Ich nehme an, daß du mit Freddies Tod nichts zu tun hast. Das wäre außerordentlich dumm von dir gewesen.«

»Dumm! Ist das alles, was du dazu zu sagen hast? Dumm! Kannst du dir wirklich vorstellen, daß ich etwas mit dem Mord an Freddie zu tun haben könnte?«

»Nein. Ich glaube, es würde einfach nicht zu dir passen, daß du etwas tust, was so viel Entscheidungskraft verlangt. Aber ich freue mich, es von dir zu hören. Ich hoffe, du sagst die Wahrheit.«

»Traust du mir nicht?«

»Ich glaube, es ist mir eigentlich gleichgültig, ob du es getan hast, sieht man einmal von dem Skandal ab. Alles, worum ich dich bitte, ist, die Polizei da möglichst herauszuhalten.«

Er starrte sie hilflos an.

Plötzlich war ihm kalt, als wäre ihm ein längst abgetragener Pelz vom Körper gerissen worden, und er stünde nun nackt da. Er beobachtete, wie sie den Raum verließ, und fühlte sich wie ein Kind im Dunkeln.

Nachdem er der Polizei erzählt hatte, daß Jemima diejenige gewesen sei, die ihn erpreßt habe, und er von dieser Version nun nicht mehr abweichen konnte, schien es klar zu sein, daß es die ideale Lösung wäre, sie auch für den Mord an Freddie verantwortlich zu machen. Nun mußte er dafür sorgen, daß die Beschuldigung auch an ihr hängen blieb. Er mußte sich so verhalten, als ob er es selbst für die Wahrheit hielte. Es war unvorstellbar, daß ein Mann, der von so einer Sache wußte, eine Frau, die eine Erpresserin und Mörderin war, in seinem Hause als Lehrerin seiner Kinder behalten würde. Der einzig gangbare Weg war, sie sofort zu entlassen.

Das war natürlich bedauerlich. Unter diesen Umständen würde niemand sie aufnehmen, aber was sollte er sonst tun? Schade, daß er die Gelegenheit, Adelina davon zu erzählen, vor ein paar Minuten nicht genutzt hatte – aber der Gedanke an Adelina war im Augenblick sehr unangenehm, und es war besser, wenn er ihn aus seinem Kopf verbannte. Er mußte Jemima finden und ihr mitteilen, daß sie gehen mußte. Er brauchte ihr gar nicht genau zu erklären, warum – was das Unangenehmste bei der ganzen Angelegenheit wäre. Das konnte er sehr gut damit rechtfertigen, daß er sie nicht beschuldigen wollte, bevor die Polizei es täte, um ein gerechtes Verfahren in ihrem Fall nicht zu gefährden. Ja, das hörte sich ausgezeichnet an. Er fühlte sich sogar fast rechtschaffen dabei und stand vom Tisch auf, um sein Vorhaben sofort in die Tat umzusetzen.

Charlotte hörte um die Mittagszeit davon, als Jemima vor ihrer Tür stand. Ihr Gesicht war weiß, und ein Schrankkoffer stand auf dem Bürgersteig neben ihr. Eine Kutsche fuhr ratternd fort und hatte bereits die Ecke der Straße erreicht. Sie mußte schon eine Weile auf der Schwelle gestanden haben und hatte wohl Angst gehabt zu klopfen.

Charlotte ging selbst an die Tür, da sonst niemand im Haus war; und man konnte wohl kaum ernsthaft daran denken, Mrs. Wickes zu schicken, mit ihren nassen Händen, ihrer fleckigen Schürze und ihrem abstehenden Haar, das sie wie eine Trauerweide aussehen ließ.

»Jemima!« Sie sah den Koffer. »Was ist denn nur passiert? Kommen Sie doch herein. Sie sehen durchgefroren und hungrig aus. Können Sie vielleicht am anderen Ende des Koffers anfassen? Wir können ihn nicht hier stehen lassen, er könnte gestohlen werden.«

Jemima bückte sich gehorsam, und ein paar Minuten später waren sie beide in der Wohnung, und Charlotte schaute sie sich etwas näher an.

»Was ist los?« fragte sie sanft. »Hat Mr. Southeron Ihnen unterstellt, Sie würden ihn erpressen?«

Jemima schaute auf. Man sah ihrem Gesicht den Schock an, aber auch die Erleichterung darüber, daß sie diese Mitteilung nicht selbst machen mußte.

»Sie wissen davon?«

Charlotte schämte sich jetzt, daß sie sie nicht gewarnt hatte, obwohl es wahrscheinlich nicht viel genützt hätte. Sie hätte sich besser Gedanken gemacht, wie Pitt Reggies Lügen hätte verhindern können.

»Ja. Ich wollte es Ihnen sagen, als ich neulich bei Ihnen war.« Ihre Hände umfaßten die Jemimas. »Es tut mir so leid. Als ich erkannte, wie Sie zu Brandy Balantyne stehen, da konnte ich nicht im selben Atemzug über Reggie und seine Dienstmädchen sprechen, da ich fürchtete, Sie könnten glauben, ich hielte Sie für nichts Besseres.«

Jemima sah verwirrt, aber nicht vorwurfsvoll aus.

»Woher wußten Sie von der Sache?« wiederholte sie. »Weiß etwa jeder darüber Bescheid – außer mir?« Sie schluckte schwer. »Warum, Charlotte? Warum nur hat er so etwas gesagt? Natürlich hat er mit Mary Ann geschlafen, aber das wußte doch jeder!

Ich habe nie darüber gesprochen, und schon gar nicht mit ihm, um Geld zu verlangen! Wie kann er nur behaupten, ich hätte das getan?«

»Weil er von irgend jemandem erpreßt wurde, und er wollte die Wahrheit nicht zugeben«, antwortete Charlotte. »Es war leicht, Sie zu beschuldigen, weil Sie sich am wenigsten wehren können.«

»Aber warum sollte ihn jemand deswegen erpressen? Es ist sicherlich ekelhaft, das ist wahr, er hat Mary Ann mißbraucht und seine Frau beleidigt; aber es ist kein Verbrechen, es wäre noch nicht einmal ein großer Skandal, und es würde sich nicht lohnen, Geld dafür auszugeben, um ihn zu verhindern.«

»Ich kann es mir auch nicht erklären«, mußte Charlotte zugeben. »Aber bitte, setzen Sie sich doch. Darf ich Ihnen etwas zu trinken machen, um Sie aufzuwärmen? Ich glaube, ich habe noch etwas Kakao. Wir müssen jetzt genau überlegen, was als nächstes zu tun ist.« Sie machte sich rasch an die Arbeit. Sie waren ohnehin schon in der Küche, da dies das wärmste Zimmer im Haus war. Charlotte konnte es sich nur abends leisten, den Kamin im Wohnzimmer anzuzünden. Mrs. Wickes war mit der Diele fertig und war nach oben gegangen, um zu fegen. Sie waren also allein.

»Sie können im Kinderzimmer schlafen«, fuhr Charlotte fort und rührte den Kakao mit einem Holzlöffel um, um die Klumpen aufzulösen. »Das Bett ist ein bißchen klein, aber für eine Weile wird es schon gehen. Ich fürchte, dies ist alles, was wir Ihnen –«

»Ich kann nicht hierbleiben«, sagte Jemima schnell. »Oh, Charlotte, ich bin Ihnen ja so dankbar, aber die Polizei wird bald nach mir suchen. Sie wissen doch, Erpressung ist ein Verbrechen. Ich kann diese Schande nicht über Sie bringen.«

»Oh!« Charlotte fuhr überrascht herum; sie hatte vergessen, daß Jemima so wenig über sie wußte. »Machen Sie sich darüber keine Gedanken. Mein Mann ist Polizist; er ist sogar der Polizist, der mit diesem Fall beauftragt ist. Er weiß, daß Sie niemanden erpreßt haben. Das heißt«, sie verbesserte sich, »er glaubt nicht, daß Sie es getan haben. Haben Sie keine Angst, wir werden die Wahrheit schon herausbekommen. Und Dr. Bolsover ist ermordet worden. Wußten Sie das? Ich habe heute morgen seine Leiche gefunden. Ich war auf dem Weg zu Ihnen, um Sie wegen Mr. Southeron zu warnen, als ich beinahe über sie gefallen wäre. Vielleicht war er der wirkliche Erpresser?«

»Sie... die Polizei...?« Jemima war völlig verwirrt. »Aber, aber Sie sind doch nicht verheiratet. Sind Sie etwa nicht die Schwester von Lady Ashworth? General Balantyne hat das jedenfalls gesagt. Ich habe Ihre Adresse heute morgen von ihm bekommen. Ich mußte lügen. Ich sagte, ich wolle Ihnen einen Brief schreiben.« Sie stöhnte und blickte einen Moment lang auf den Boden. »Bevor Mr. Southeron allen von mir erzählt und ich niemanden mehr habe, der mir die Tür öffnet. Ich wußte nicht, an wen ich mich sonst hätte wenden können...« Sie begann zu weinen und senkte den Kopf, um ihre Verzweiflung zu verbergen.

Charlotte setzte den Kakao ab, ging zu ihr und nahm sie in die Arme. Für einen kurzen Augenblick weinte Jemima leise; dann nahm sie sich zusammen, putzte sich laut die Nase, ging mit einer Entschuldigung nach oben, um sich das Gesicht zu waschen, und kehrte wieder nach unten zurück, um den Kakao zu trinken, der jetzt fertig war, und Biskuits zu essen. Danach sah sie Charlotte an und sagte, nun sei sie bereit zu kämpfen.

Charlotte lächelte sie an. »Thomas wird die Wahrheit herausfinden«, sagte sie mit Bestimmtheit, obwohl sie wußte, daß dies nicht unbedingt der Wahrheit entsprach. Verbrechen blieben bisweilen ungelöst. »Und wir werden ihm – wenn möglich – dabei helfen«, fuhr sie fort, »damit der Fall schneller abgeschlossen ist. Ich glaube, ich muß Emily einen Brief schreiben, um ihr die letzten Neuigkeiten mitzuteilen. Vielleicht kann auch sie uns helfen.«

»Sie sind wunderbar«, sagte Jemima und lächelte schwach. »Haben Sie sich schon so sehr an Morde gewöhnt, daß sie Sie nicht mehr in Angst und Schrecken versetzen?«

»Aber nein!« Die entsetzlichen Ereignisse, die sich auf der Cater Street abgespielt hatten, die soviel Grauen und Kummer mit sich gebracht hatten, tauchten erneut vor ihrem inneren Auge auf. Als sie an Sarah dachte, spürte sie, wie ihr plötzlich die Tränen in die Augen stiegen. »Oh nein«, sagte sie leise. »Sie ängstigen mich sehr, nicht nur allein die Morde, sondern all die anderen dunklen Dinge, die auch bei denjenigen entdeckt werden, die kaum etwas mit dem Verbrechen zu tun haben. Es scheint oft der Fall zu sein, daß ein Verbrechen ein weiteres nach sich zieht. Menschen tun merkwürdige Dinge, um ihre Schuld zu verbergen. Wir können grausam und selbstsüchtig werden, wenn wir Angst haben. Ein Mord und seine Nachforschungen bringen so viel über jeden von uns ans Tageslicht, von dem wir wünschten, wir hätten es niemals erfahren. Glauben Sie mir, das macht mir Angst. Aber ich glaube schon, daß es mir lieber ist, wenn es mir auch in Zukunft Angst macht. Nicht mehr in Angst versetzt zu werden, hieße ja, daß ich meine Betroffenheit verloren hätte, um was es sich letztendlich handelt. Aber ich bin nun einmal eine Kämpfernatur, und wir werden in diesem Fall die Wahrheit herausbekommen, ganz gleich, wen es betrifft.«

Als Pitt an jenem Abend spät nach Hause kam, war er nur leicht überrascht, als er Jemima zusammen mit Charlotte am Kamin sitzen sah. Sie war zunächst verlegen und nervös, aber er gab sich Mühe, sie wieder zu beruhigen, obwohl er schrecklich müde war, und als sie sich zurückzog, sah sie aus, als könne sie etwas Schlaf finden.

Nachdem sie gegangen war, teilte er Charlotte mit, daß Reggie sie auch des Mordes an Freddie beschuldigt habe, und er war erleichtert, daß Charlotte weder aus der Haut fuhr noch in Tränen ausbrach, obwohl er letzteres für wenig wahrscheinlich gehalten hatte.

Am Morgen machte er sich wieder auf den Weg zum Callander Square. Er ging ein Stück zu Fuß, um besser nachdenken zu können.

Er zweifelte nicht einen Augenblick daran, daß Freddie Bolsover ermordet worden war, weil er ein Erpresser war. Irgendwie glaubte er, daß nicht Reggie Southeron der Täter war, und sei es auch nur, weil er nicht die Nerven dazu hatte und völlig schockiert gewesen zu sein schien, als er die Nachricht über den Fund der Leiche hörte. Wenn er irgend etwas darüber gewußt hätte, dann hätte er sicherlich eine etwas plausiblere Geschichte parat gehalten.

Aber wenn Reggie es nicht gewesen war, wer kam dann noch als Verdächtiger in Frage? Es gab am Callander Square mit Sicherheit genügend Geheimnisse, für die es sich lohnte zu bezahlen, damit sie gewahrt blieben!

Er würde mit Balantyne beginnen.

Er traf ihn zu Hause an, und der General war gern bereit, ihn zu empfangen. Er wurde ins Empfangszimmer gebeten, und wenig später trat der General ein. Die Nachricht über den Mord an Freddie am Tage zuvor ließ ihn immer noch ernst dreinblicken.

»Guten Morgen, Inspector. Haben Sie etwas Neues über den armen Freddie herausgefunden?«

»Ja, eine ganze Menge, Sir. Und ich fürchte, nichts Angenehmes.«

»Das glaube ich Ihnen gerne. Teuflische Angelegenheit, der arme Kerl. Sie sagten gestern, daß man ihn erstochen hat. Haben Sie sonst noch etwas herausgefunden?«

»Ich habe mich vielleicht nicht ganz deutlich ausgedrückt. Ich wollte sagen, daß das, was ich herausgefunden habe, Dr. Bolsover selbst betrifft, nicht den Mord; obwohl ich glaube, daß dies auch das Motiv der Tat war.«

»Oh?« Balantyne runzelte leicht die Stirn. »Was wollen Sie damit sagen? Es hat doch wohl nichts mit den Babys am Square zu tun, oder? Ich habe immer geglaubt, daß Freddie ein recht ruhiger Vertreter war, der sich auf irgendwelche Frauengeschichten erst gar nicht einließ.«

»Er hatte wohl nicht unmittelbar etwas mit den Babys zu tun, aber vielleicht indirekt. Er war ein Erpresser.«

Balantyne starrte ihn an.

»Ein Erpresser?« wiederholte er ungläubig. »Wie kommen Sie nur auf... so etwas... Gemeines?«

»Durch eines seiner Opfer.«

»Der muß lügen! Ein Kerl, der etwas tut, für das er erpreßt werden kann, kann durchaus auch ein Lügner sein. Muß er sogar! Sonst würden ja andere von seinen Verbrechen erfahren.«

»Es muß sich nicht um ein Verbrechen handeln, Sir«, sagte Pitt ruhig. »Es könnte auch bloß etwas sein, daß er lieber für sich behält, eine Indiskretion oder ein Mißgeschick. Vielleicht so etwas wie seine Tochter, die ein Verhältnis mit einem Diener hatte und schwanger war, bevor sie heiratete, oder–« Er hielt inne. Es war nicht nötig fortzufahren. Balantynes Gesicht war hochrot geworden. Pitt wartete.

»Ich würde den Kerl zur Hölle schicken, bevor ich ihn bezahlte«, sagte Balantyne sehr leise. »Das können Sie mir glauben!«

»Würden Sie das wirklich?« fragte Pitt mit sanfter Stimme. Er wollte ihn nicht herausfordern, sondern nur ein wenig auf die Probe stellen. »Ihre einzige Tochter, kurz vor ihrer Hochzeit? Sind Sie da sicher? Würden Sie da nicht doch eine kleine Summe für angebracht halten, um sie zu schützen?«

Balantyne starrte ihn an, und seine Augenlider zuckten.

Pitt sagte nichts.

»Ich weiß es nicht«, sagte Balantyne schließlich. »Vielleicht haben Sie recht. Aber es ist nicht so gewesen. Freddie ist mir nie zu nahe getreten.« Er schaute vor sich auf den Teppich. »Die arme Sophie. Ich glaube, sie hatte keine Ahnung. Ich habe mich oft gefragt, wie Freddie nur auf so großem Fuße leben konnte. Ich wußte so in etwa, wie umfangreich seine Praxis war. Ich hätte nicht im Traum daran gedacht ... scheußliche Geschichte. Glauben Sie, er wußte, von wem die Babys waren?«

»Kann schon sein«, antwortete Pitt. »Aber ich zweifle eher daran. Wenn er jemanden deswegen erpreßt hätte, dann wäre er wohl schon viel früher ermordet worden. Er kann natürlich etwas gewußt haben, ohne sich über die wirkliche Bedeutung im klaren zu sein. Ich weiß es nicht, und deshalb muß ich alle Leute befragen, die er hätte erpressen können.«

»Natürlich. Selbstverständlich müssen Sie das. Nun, ich hatte keine Ahnung. Ich würde es zwar bedauern, jemanden an den Galgen zu bringen, aber wenn ich Ihnen irgendwie helfen kann, dann werde ich es tun.«

»Ich danke Ihnen. Könnte ich bitte mit Lady Augusta sprechen und dann mit dem jungen Mr. Balantyne?«

Balantyne wurde vor Unbehagen rot.

»Lady Augusta kann Ihnen nichts sagen, das versichere ich Ihnen. Sie hat in ihrem Leben mit Sicherheit niemals etwas getan, weswegen sie erpreßt werden könnte! Und sie gehört nicht zu der Gattung Frau, die einzuschüchtern wäre.«

Pitt stimmte der letzten Behauptung zu, aber wenn sie etwas getan hätte, dann wäre es mit Sicherheit der General, vor dem sie es zu verbergen wünschte. Er unterließ es aber, seine Gedanken laut zu äußern; das hätte nur zu einer peinlichen Situation geführt und niemandem genutzt.

»Wie dem auch sei, Sir, vielleicht kann sie mir doch helfen. Ich bin sicher, sie ist eine Frau, die nicht tratscht, aber hier geht es um Mord. Ich bin auf jede nur erdenkliche Hilfe angewiesen, die ich bekommen kann.«

»Ja ... ja ... ich glaube, da haben Sie wohl recht. Nun gut!« Vielleicht wußte er auch, daß Pitt nur aus Höflichkeit um Erlaubnis fragte. Man konnte ihn nicht abweisen; er kam als Amtsperson.

Augusta empfing ihn im hinteren Wohnzimmer, das wegen des eben erst angezündeten Kamins noch recht kühl war.

»Guten Morgen, Mylady«, begann Pitt förmlich, als der Diener die Türe hinter sich geschlossen hatte.

»Guten Morgen«, antwortete Augusta. Sie war eine gutaussehende Frau, und sie sah ein wenig entspannter aus als beim letzten Mal, als er sie gesehen hatte. »Was kann ich für Sie tun, Inspector? Ich habe keine Ahnung, wer Freddie Bolsover getötet hat, noch weiß ich, warum.«

»Warum, das ist nicht schwer zu erraten«, antwortete Pitt und sah sie direkt an. »Er war ein Erpresser.«

»So?« sagte sie und hob leicht ihre Augenbrauen. »Wie ausgesprochen unerfreulich. Ich hatte keine Ahnung. Ich nehme doch an, daß Sie da ganz sicher sind.«

»Ganz sicher.« Er wartete und war gespannt, was sie als nächstes sagen würde.

»Dann ist sein Opfer sicherlich derjenige, der ihn ermordet hat? Aber das brauche ich Ihnen ja wohl nicht zu sagen!«

Er lächelte leicht.

»In diesem Fall müßte man annehmen, daß er nur ein Opfer hatte, Mylady. Warum sollte ich das denken?«

Sie schaute ihn an und lächelte schwach.

»Ganz richtig. Daran hätte ich selbst denken sollen. So, wie Sie es sagen, liegt es ja auf der Hand. Was, glauben Sie also, könnte ich Ihnen mitteilen? Ich darf Ihnen versichern, daß Freddie Bolsover mich nicht erpreßt hat.«

»Auch nicht wegen Miss Christinas unglücklicher Affäre mit dem Diener?«

Lediglich ihre Augen zuckten ein wenig.

»Ich hätte nicht gedacht, daß die Polizei das irgend etwas anginge.«

»Tut es auch nicht. Es kam nur zufällig heraus. Aber Sie haben meine Frage nicht beantwortet: Ist Dr. Bolsover in dieser Angelegenheit an Sie herangetreten?«

»Aber nein.« Sie lächelte ein wenig und schaute ihn ohne jedes Ressentiment an.

»Ich hätte ihn nicht bezahlt. Ich wäre anders mit ihm fertig geworden – so wie mit Max, der es ja versucht hat. Ich besitze zuviel Verstand und habe zu viele Ideen, Inspector, als daß ich auf Gewalt zurückgreifen müßte.«

Er grinste offen.

»Das glaube ich Ihnen, Mylady. Wenn Ihnen irgend etwas einfällt, das mir helfen könnte, so unbedeutend es auch zu sein scheint, dann hoffe ich, daß Sie es mich sofort wissen lassen. Nehmen Sie es um Himmels willen nicht selbst in die Hand. Er hat schon einmal gemordet, vielleicht sogar schon mehr als einmal.«

»Ich gebe Ihnen mein Wort«, sagte sie überzeugend.

Kurz darauf sprach er im selben Zimmer mit Brandy.

»Was ist denn nun wieder passiert?« fragte Brandy. »Es ist doch wohl nicht schon wieder einer tot?«

»Nein, und ich will dafür sorgen, daß so etwas nicht wieder geschieht. Ich muß herausfinden, wer Dr. Bolsover getötet hat, bevor sich der Täter erneut bedroht fühlt.«

»Bedroht?« Brandy sah beunruhigt aus.

»Dr. Bolsover war ein Erpesser, Mr. Balantyne. Und aus diesem Grund ist er höchstwahrscheinlich auch getötet worden.«

»Wissen Sie, wen er erpreßt hat?«

»Mit Sicherheit Mr. Southeron, und wer weiß, wen noch.«

»Nein . . . Reggie hat ihn doch wohl nicht umgebracht, oder?«

»Halten Sie das für ausgeschlossen?«

»Nun . . . ja . . . ja, das tu ich. Ich glaub' nicht, daß Reggie . . . nun, um die Wahrheit zu sagen, ich glaube nicht, daß er die Nerven dafür hätte!« Brandy lächelte, so, als ob er sich entschuldigen wollte.

»Ich auch nicht«, stimmte Pitt zu. »Er sagte, Jemima Waggoner hätte Dr. Bolsover getötet –«

»Was?« Brandy wurde leichenblaß. »Jemima? Das ist doch idiotisch! Warum zum Teufel sollte Jemima irgendwen umbringen?«

»Weil sie bei den Erpressungen mit ihm unter einer Decke steckte und dann bei der Beute zu gierig wurde und sie sich stritten –«

»Er ist ein Lügner!« Diesmal bestand kein Zweifel an Brandys Gefühlslage – er war außer sich. »Da haben Sie die Antwort! Reggie hat ihn umgebracht, und er lügt, um sich zu schützen. Hier liegt der Beweis! Wenn er sagte, Jemima hätte ihn erpreßt, dann ist er ein Lügner!« Er sah entschlossen, wütend und kämpferisch zugleich aus.

»Man kann lügen, um viele Dinge zu verbergen, Mr. Balantyne«, sagte Pitt ruhig. »Es muß sich nicht unbedingt um Mord handeln. Mr. Southeron gerät ziemlich schnell in Panik.«

»Er ist ein Lügner!« Brandys Stimme wurde laut. »Sie werden doch wohl nicht glauben, daß sie . . . Jemima . . .« Er verstummte plötzlich und versuchte, wieder die Kontrolle über sich zu gewinnen. Er schluckte und hob erneut an. »Es tut mir leid. Das Ganze nimmt mich doch sehr mit. Ich bin sicher, Jemima ist unschuldig, und ich werde schon einen Weg finden, Ihnen das zu beweisen.«

»Ich werde für jede Hilfe dankbar sein.« Pitt lächelte. »Ist Dr. Bolsover an Sie herangetreten, Sir?«

»Nein. Was sollte er gewollt haben?«

»Geld, Gefälligkeiten, irgend etwas?«

»Natürlich nicht!«

»Ich dachte, Sie wären vielleicht bereit gewesen zu zahlen, vielleicht, um Lady Carlton zu schützen.«

Brandy wurde hochrot.

»Woher wissen Sie davon?«

Pitt wich der Antwort aus.

»Hat er es versucht?«

»Nein. Ich bin ziemlich sicher, daß er keine Ahnung davon hatte. Das war wohl kaum eine Angelegenheit, von der er hätte wissen können. Ich meine, er mag ja gewußt haben, daß sie schwanger ist, schließlich war er Arzt und so weiter; aber er wußte nichts von mir. Aber dies ist alles viel weniger wichtig, als dafür zu sorgen, daß Jemimas Unschuld bewiesen wird. Bitte, Inspector«, er zögerte, »bitte, gehen Sie der Sache auf den Grund.«

Pitt lächelte sehr sanft.

»Sie mögen sie sehr, nicht wahr?«

»Ich . . .« Brandy schien nicht zu wissen, was er sagen sollte. Er schaute auf. »Ja . . . ich . . . ich mag sie sehr.«

Kapitel 11

Pitt besuchte auch Robert Carlton, aber eigentlich nur, um ihn davon in Kenntnis zu setzen, daß Freddie ein Erpresser gewesen war, und weniger in der Hoffnung, daß Carlton zugeben würde, daß er selbst eines seiner Opfer gewesen sei. Er stellte seine Fragen sehr diskret und versuchte den Eindruck zu erwecken, daß es sich lediglich um ein ganz zwangloses Gespräch handelte, weil er eine Zusammenarbeit mit Carlton für wertvoller hielt, als ihn auf eine mögliche Verwicklung in den Fall hin anzusprechen, die er wohl ohnehin nur sehr zögernd zugeben würde.

Er konnte sich keinen Grund vorstellen, warum die Dorans Freddies Aufmerksamkeit auf sich gezogen haben sollten. Die ganze Geschichte um Helena war schon allgemeiner Gesprächsstoff gewesen, bevor Freddie ermordet wurde, also störte er sie nicht in ihrer Abgeschiedenheit, in die sie sich in ihrer Trauer zurückgezogen hatten.

Zuletzt besuchte er die Campbells. Auch hier hatte er keinen Grund zu der Annahme, sie seien möglicherweise erpreßt worden, aber es war immerhin denkbar, daß es da verborgene Peinlichkeiten gab, von denen er vorher noch nichts geahnt hatte. Andererseits war es natürlich sehr unwahrscheinlich, daß sie ihm davon erzählen würden. Aber auch in Unterhaltungen mit den vorsichtigsten Gesprächspartnern konnte man viele kleine Anhaltspunkte finden! Oft war die Vorsicht selbst das Anzeichen dafür, daß es etwas zu verbergen gab.

Er traf zuerst auf Mariah, weil Campbell selbst in seinem Zimmer damit beschäftigt war, Briefe zu schreiben. Sie war sehr ruhig und äußerte lediglich ihr tiefes Beileid für Sophie. Er erfuhr überhaupt nichts von ihr, aber er gewann immer mehr den Eindruck, daß sie eine starke Frau war, die schon viele Härten des Lebens, sogar Rückschläge, gemeistert hatte. Sie war nur zu bereit, Sophie beizustehen, um ihr über den Schock, der sie jetzt überwältigte, hinwegzuhelfen, und über das Gefühl der Scham, das zweifellos noch kommen würde.

Er mußte etwa eine Viertelstunde warten, bevor Garson Campbell ihn in sein Arbeitszimmer bat. Als er eintrat, stand Campbell breitbeinig vor dem Kamin und wippte ein wenig vor und zurück. Er sah ungehalten aus.

»Nun, Pitt, was gibt es?« fragte er gereizt.

Pitt entschied sofort, daß es keinen Sinn hatte, die indirekte Fragemethode anzuwenden. Dies war ein kluger und energischer Mann, der jede Fangfrage erkennen und umgehen würde. »Wußten Sie, daß Dr. Bolsover ein Erpresser war?« fragte er.

Campbell dachte einen Augenblick nach.

»Ja«, sagte er langsam.

Pitt spürte, wie sich sein Herzschlag vor Erregung beschleunigte.

»Woher wußten Sie das, Sir?«

Campbells kalte, graue Augen sahen ihn mit einer bitteren Belustigung an. »Nicht, weil er mich erpreßt hat, Inspector. Eines seiner Opfer ist zu mir gekommen, um mich um Rat zu bitten. Natürlich kann ich Ihnen nicht sagen, wer.«

Pitt wußte, daß es keinen Zweck hatte, ihn zu bedrängen. Manche Leute konnte man zwingen, ihnen Angst machen oder sie durch die Stärke der eigenen Persönlichkeit zu etwas bewegen – aber nicht Garson Campbell.

»Können Sie mir sagen, welchen Rat Sie dem Betroffenen gegeben haben?« fragte er statt dessen.

»Ja.« Campbell lächelte leicht. »Ich habe ihm geraten zu zahlen, im Augenblick jedenfalls. Es handelte sich um einen möglichen Skandal, nicht um ein Verbrechen. Die Gefahr, daß die Angelegenheit veröffentlicht und dann wirklichen Schaden angerichtet hätte, wäre bald vorübergegangen. Ich habe auch versprochen, mit Freddie zu sprechen und ihn zu warnen, daß ein solcher Streich ein zweites Mal nicht funktioniert.«

»Und haben Sie es getan?«

»Ja.«

»Und wie hat Dr. Bolsover reagiert?«

»Ich konnte seinen Worten nicht trauen, würde ich meinen, Inspector. Ein Mann, der fähig ist, jemanden zu erpressen, schreckt nicht davor zurück zu lügen.«

»Erpressung ist ein heimliches, hinterhältiges Verbrechen, Mr. Campbell. Ein Erpresser verläßt sich darauf, daß seine Opfer schweigen, und ist meistens ein Feigling. Von einem stärkeren Charakter würde er sich vielleicht einschüchtern lassen – von Mr. Southeron zum Beispiel nicht, aber von Ihnen.«

Belustigt zog Campbell die Augenbrauen in die Höhe.

»Also wußten Sie von der Sache?«

»Natürlich.« Pitt erlaubte sich einen leicht arroganten Ton.

»Und Sie haben den armen Reggie nicht verhaftet? Er ist ein fürchterlicher Dummkopf. Gerät schnell in Panik.«

»Das habe ich bemerkt«, pflichtete Pitt ihm bei. »Aber ich glaube, er hat auch etwas von einem Feigling. Und er ist ganz sicher nicht der einzige am Callander Square, der die Aufmerksamkeit eines Erpressers auf sich ziehen könnte.«

Campbells Gesicht verdüsterte sich, und sein mächtiger Körper straffte sich. Es schien einen Augenblick, als durchliefe ihn ein krampfartiger Schmerz.

»An Ihrer Stelle wäre ich sehr vorsichtig mit dem, was ich sage, Pitt. Sie könnten intensiven Zorn auf sich ziehen, wenn Sie leichtfertige Anschuldigungen über die Leute an diesem Square machen. Wir haben alle unsere Schwächen, einige davon sind gemessen an Ihren Maßstäben zweifellos unerfreulich, aber wir mögen es nicht, wenn darüber gesprochen wird. Alle Männer tun, was sie wollen, so lange sie den Mut dazu haben. Wir haben das große Glück, mehr wagen zu können als die meisten; wir haben uns diese Position verdient oder sie ererbt. Finden Sie heraus, wer die Babys umgebracht hat, wenn es denn sein muß. Und untersuchen Sie, wer Freddie Bolsover erstochen hat. Aber – um Sophies willen – zetteln Sie keinen Skandal an, nur um festzustellen, was dann noch alles ans Tageslicht kommt. Sie werden Ihre Karriere dadurch nicht fördern, das verspreche ich Ihnen. Es ist viel wahrscheinlicher, daß Sie dann irgendwo in den Docks enden und wieder Streife laufen.«

Pitt blickte ein, zwei Augenblicke in sein Gesicht. Er zweifelte nicht einen Moment daran, daß Campbell genau meinte, was er sagte, und daß seine Worte mehr als nur eine Warnung waren.

»Freddie Bolsover war ein Erpresser, Sir«, antwortete er gelassen, »und Erpressungen leben von Skandalen. Ich werde wohl kaum herausfinden, wer ihn ermordet hat, ohne daß ich herausfinde, warum.«

»Wenn er ein Erpresser war, dann hat er es verdient zu sterben. Für die noch am Square Verbliebenen wäre es vielleicht besser, wenn Sie es dabei beließen. Ich habe keinen Skandal zu verbergen, wie Sie inzwischen sicher herausgefunden haben, aber es gibt eine ganze Reihe mächtiger Männer, bei denen das anders ist. Um ihre Sicherheit und meine Bequemlichkeit zu wahren, rate ich Ihnen, treiben Sie es nicht zu weit mit Ihrem Wühlen im Dreck. Die Polizei war jetzt schon sehr lange bei uns am Callander Square. Das bekommt uns nicht. Es ist nun an der Zeit, daß Sie entweder zu einem Ergebnis kommen, oder Sie geben auf und lassen uns in Ruhe. Ist Ihnen jemals der Gedanke gekommen, daß Ihre ständigen Schnüffeleien diese Tragödien vielleicht hervorgerufen haben könnten, daß Sie, statt etwas Gutes zu tun, all das nur noch schlimmer machen, was vorher schon schlecht war?«

»Es kommt oft vor, daß ein Mörder einen zweiten Mord begeht, um den ersten zu verschleiern. Trotzdem kann man ihn doch nicht in Freiheit lassen.«

»Oh, um Himmels willen, Mann, seien Sie nicht so verdammt moralisch! Was wissen denn Sie? Ein Dienstmädchen wird schwanger und bringt ihre Neugeborenen um – oder begräbt die Totgeburten –, eine Schlampe, deren Liebhaber genug von ihr hatte, und ein Erpresser! Sie haben nicht die geringste Chance, jetzt noch herauszufinden, wer das Dienstmädchen war; außerdem: Wen kümmert das überhaupt? Helenas Liebhaber ist inzwischen wahrscheinlich längst in einem anderen Land, und da ihn anscheinend niemand gesehen hat, ist Ihre Chance, ihn aufzuhängen, etwa so groß wie die Möglichkeit, eine Schlinge um den Mond zu binden. Und was Freddie angeht, der hat es nun wirklich verdient. Erpressung ist ein Verbrechen, sogar nach Ihren Maßstäben. Und wer sagt überhaupt, daß es jemand vom Callander Square war? Er hatte überall Patienten. Sprechen Sie mit denen. Es könnte jeder von ihnen gewesen sein. Aber geben Sie nicht mir die Schuld, wenn die Sie hinauswerfen lassen!«

Als Pitt ging, fühlte er sich bedrückter als jemals zuvor seit Beginn dieses Falles. Eine Menge dessen, was Campbell gesagt hatte, stimmte. Es war möglich, daß seine Anwesenheit Freddies Verbrechen und auch seinen Tod provoziert hatte. Und er schien der Aufklärung der Morde nicht näher zu sein als am allerersten Tag. Es war zwei Tage später, daß er zu seinen Vorgesetzten gerufen und von ihnen kritisch zu dem Fall befragt wurde. Ohne

Charlottes leidenschaftliche Entschlossenheit hätte er ihrem Druck nachgegeben und die Niederlage in allen Punkten – mit Ausnahme von Freddies Tod – eingestanden.

»Wir wissen, daß Sie getan haben, was Sie konnten, Pitt«, sagte Sir George Smithers gereizt. »Aber Sie haben nichts in der Hand, oder? Wir sind von der Aufklärung des Falles so weit entfernt wie am Anfang! Es war sowieso ein ziemlich hoffnungsloses Unterfangen.«

»Und wir brauchen Sie für wichtigere Dinge«, fügte Colonel Anstruther etwas höflicher hinzu. »Wir können einen guten Mann nicht an einem hoffnungslosen Fall arbeiten lassen.«

»Und was ist mit Dr. Bolsover?« fragte Pitt beißend. »Soll man den Fall auch als ›ungelöst‹ zu den Akten legen? Meinen Sie nicht, daß das ein wenig zu früh ist? Die Öffentlichkeit könnte meinen, wir versuchen es noch nicht einmal!« Er war viel zu wütend, um sich Gedanken darüber zu machen, ob er ihnen gegenüber den richtigen Ton anschlug.

»Sie haben keinen Grund, sarkastisch zu werden, Pitt«, sagte Smithers kalt. »Natürlich müssen wir in der Sache Bolsover etwas unternehmen, obwohl es eher danach aussieht, als ob der Schurke nur das bekommen hat, was er verdient. Kenne Reggie Southeron selbst; harmloser Busche. Hängt zu sehr an den Annehmlichkeiten des Lebens, ist aber keine Spur boshaft.«

Pitt schnaubte, als er an seine persönliche Meinung über Reggie dachte.

»Aber irgend jemand hat Bolsover erstochen«, betonte er nachdrücklich.

»Um Himmels willen, Mann, Sie glauben doch wohl nicht, daß es Reggie war, oder?«

»Nein, Sir George, das tue ich nicht. Aber gerade deshalb muß ich ja herausfinden, wen Bolsover sonst noch erpreßt hat.«

»Ich denke, daß die Untersuchung eine gefährliche Richtung eingeschlagen hat.« Smithers schüttelte mißbilligend den Kopf. »Bringt eine Menge . . . äh . . . Peinlichkeiten. Es ist besser, die Sache auf sich beruhen zu lassen und sich auf die Fakten zu konzentrieren, sich vom Gerichtsmediziner Angaben zur Leiche machen zu lassen, die Lage der Dinge zu erkunden, Zeugen zu finden und so weiter. Suchen Sie auf diese Weise die Wahrheit.«

»Ich glaube nicht, daß wir so Erfolg haben werden, Sir«, antwortete Pitt und sah dem Mann in die Augen.

Smithers wurde angesichts dieser Unverfrorenheit rot vor Wut. Es waren nicht die Worte, sondern der Blick, der ihn in Rage versetzte.

»Dann werden Sie die Niederlage eingestehen müssen, nicht wahr! Aber versuchen Sie es, wir müssen wenigstens den Anschein erwecken, unser Bestes zu tun.«

»Auch wenn wir es nicht tun?« Pitts Temperament fing an, mit ihm durchzugehen.

»Seien Sie vorsichtig, Pitt«, warnte Anstruther ruhig. »Sie segeln gefährlich nah am Wind. Es gibt eine Menge wichtiger Leute am Callander Square. Sie werden es nicht zulassen, daß die Polizei sich weiterhin in ihre privaten Angelegenheiten mischt.«

»Ich nehme an, sie haben sich beschwert«, sagte Pitt.

»Ja.«

»Wer?«

»Mehrere. Ich kann Ihnen natürlich nicht genau sagen, wer; Sie könnten – völlig ungerechtfertigt – ein Vorurteil gegen sie entwickeln. Nun seien Sie ein guter Junge, gehen Sie, und sehen Sie sich die Fakten noch einmal an. Man kann ja nie wissen: Wenn Sie alle Dienstboten verhören, können Sie vielleicht einen finden, der etwas gesehen hat oder der zumindest weiß, wer zu Hause war und wer nicht – Alibis, und all diese Dinge.«

Pitt fügte sich. Was blieb ihm auch anderes übrig. Als er ging, war er wütend und beinahe besiegt. Hätte er nicht genau gewußt, daß Charlotte ihn trösten, ihn bestärken und bis zum letzten Atemzug für ihn kämpfen würde, hätte er vielleicht in Erwägung gezogen, nicht nur dem Wort, sondern auch dem Geist des Befehls zu entsprechen.

Balantyne wußte nichts von dem Druck, der auf Pitt ausgeübt wurde, weil er der einzige am Square war, der sich nicht daran beteiligt hatte, ihn auszulösen.

Als Reggie ihn besuchte und vor guter Laune förmlich überschäumte, weil alle Sorgen von ihm genommen worden waren, wußte er nicht, was es denn war, was seinen Nachbarn so aufleben ließ.

»Noch mal Schwein gehabt, was?« Reggie kippte ein Glas Sherry hinunter, das er sich selbst eingegossen hatte. »Jetzt können wir bald wieder unser normales Leben führen; wurde aber auch Zeit. Die verfluchte Affäre ist jetzt ausgestanden.«

»Wohl kaum«, sagte Balantyne ein wenig steif. Er empfand Reggies Ausgelassenheit als geschmacklos. »Wir haben da immer noch vier Mordfälle, von anderen Dingen mal ganz zu schweigen.«

»Vier Mordfälle?« Man sah, wie Reggie erblaßte, aber es waren nicht die Morde, die ihn beunruhigten, sondern das ›von anderen Dingen mal ganz zu schweigen‹ – nämlich der Wandel in Adelina. Die Gemütlichkeit in seinem Haus war verschwunden. Er lebte mit einer Frau, von der er feststellen mußte, daß sie ihm völlig fremd war, während sie ihn unerträglich gut kannte, und dies schon seit geraumer Zeit. Das war schon ein verdammt unangenehmes Gefühl.

»Hattest du das vergessen?« fragte Balantyne kühl.

»Nein, nein. Ich hatte an die Babys nur nicht im Zusammenhang mit den Morden gedacht. Wurden vermutlich tot geboren, oder? Und wer weiß, was mit Helena geschehen ist? Jetzt kann sie es uns nicht mehr erzählen, das arme Geschöpf. Könnte unglücklich auf irgend etwas gefallen sein. Und außerdem, alter Bursche, weißt du, Freddie war kein Verlust. Der Schurke war ein Erpresser. Nein, es ist schon besser, wenn die Polizei ein paar Fragen stellt und herausfindet, ob die Dienstboten etwas gesehen haben. Und wenn die nichts gesehen haben, soll sie sich gefälligst aus dem Staub machen und Taschendiebe fangen oder so etwas, wenn sie sich nur von hier entfernt.«

»Ich glaube kaum, daß sie es tun wird. Mord ist ja wohl eine schwerwiegendere Sache als Taschendiebstahl«, sagte Balantyne schroff.

»Nun, ich werde der Polizei jedenfalls nicht mehr helfen.« Reggie goß sich noch einen Sherry aus der Karaffe ein. »Wenn der Kerl wiederkommt, werde ich mich weigern, ihn zu empfangen. Er kann mit den Dienstboten sprechen, wenn er will. Mag es nicht, unkooperativ zu erscheinen, aber ich selbst werde ihn nicht mehr empfangen. Habe ihm alles erzählt, was ich wußte, jetzt ist Schluß damit.« Er schüttete ein halbes Glas hinunter und atmete mit einem Seufzer aus. »Schluß!«

Balantyne starrte ihn an.

»Du glaubst doch wohl nicht, daß einer der Dienstboten Freddie ermordet hat?« fragte er ungläubig und sarkastisch.

»Mein lieber Freund, das interessiert mich überhaupt nicht mehr. Je eher die Polizei aufgibt und hier verschwindet, desto besser!«

»Sie wird nicht aufgeben, sie wird hierbleiben, bis sie herausgefunden hat, wer es war!«

»Das wird sie nicht! Habe mit einigen Leuten gesprochen – im Club und an einigen anderen Orten. Dieser Pitt wird wieder Streife laufen, wenn er sich nicht ein wenig in acht nimmt. Provoziert nichts als Skandale. Macht sich einen Spaß daraus, seine Vorgesetzten in Verlegenheit zu bringen, das ist alles. Die Kerle aus der Arbeiterklasse sind alle gleich, gib ihnen ein wenig Macht, und sie laufen Amok. Nein, mach dir keine Sorgen, alter Junge, er wird schneller, als man denkt, weg sein. Er schnüffelt nur ein wenig herum, damit es so aussieht, als ob er sich bemüht, und dann – nach einer angemessenen Zeit – wird er verschwinden und wieder nach Dieben suchen.«

Balantyne war wütend, ein unkontrollierter, unbändiger Zorn begann, sich seiner zu bemächtigen. Hier wurden die Prinzipien, an die er sein ganzes Leben lang geglaubt hatte, lächerlich gemacht: Ehre, Würde, Gerechtigkeit für die Lebenden und die Toten, die bürgerliche Ordnung, für die er gekämpft hatte, für die seinesgleichen auf der Krim, in Indien, Afrika und Gott weiß wo noch gestorben waren.

»Verlaß mein Haus, Reggie«, sagte er ruhig. »Und bitte komm nie wieder. Du bist hier nicht mehr willkommen. Und was die Polizei anbetrifft, so werde ich alles in Bewegung setzen, mit jedem Verantwortlichen sprechen, damit sie jede Frage stellen und jedem Hinweis nachgehen kann, bis sie die volle Wahrheit herausgefunden hat, über alles, was am Callander Square passiert ist, und es ist mir verdammt egal, wem das weh tut. Hast du mich verstanden?«

Reggie starrte ihn blinzelnd an, während er das Sherryglas immer noch in der Hand hielt.

»Du ... du bist betrunken!« stotterte er, obwohl er wußte, daß das nicht stimmte. »Du bist verrückt! Kannst du dir vorstellen, was für einen Schaden das anrichten könnte?« Seine Stimme überschlug sich.

»Bitte geh, Reggie. Es würde dich lächerlich erscheinen lassen, wenn man dich hinauswerfen müßte.«

Reggies Gesicht verfärbte sich violett, und er warf das Glas in den Kamin, wo es in gleißende Scherben zersplitterte. Er drehte sich auf dem Absatz um, marschierte hinaus und schlug die Tür so fest hinter sich zu, daß die Bilder auf dem Regal vibrierten und ein kleines Stück Nippes umfiel. Balantyne stand einige Minuten lang ganz allein da und dachte darüber nach, was er getan hatte. Schließlich zog er an der Klingel, und als der Butler erschien, bat er ihn, den Diener mit seinem Mantel zu schicken, weil er Sir Robert Carlton besuchen wolle.

Carlton war zu Hause, und Balantyne trat in das Wohnzimmer, wo er Euphemia gegenüber vor dem Kamin saß. Er hatte sie noch nie so glücklich gesehen, eine besondere Wärme schien von ihr auszugehen, so, als ob sie irgendwie im Sonnenlicht stünde. Balantyne wünschte sich, daß er aus irgendeinem anderen Grund gekommen wäre, aber er war noch immer außer sich vor Empörung.

»Guten Abend, Carlton. Guten Abend, Euphemia. Du siehst außergewöhnlich wohl aus.«

»Guten Abend, Brandon.« In ihrer Stimme lag eine Frage.

»Es tut mir leid, Euphemia, ich muß dringend mit Robert sprechen. Würdest du so freundlich sein und uns allein lassen?«

Euphemia stand ein wenig verwirrt auf und verließ gehorsam das Zimmer.

Carlton runzelte die Stirn, und man konnte seinem Gesicht die Verärgerung deutlich ansehen.

»Was gibt es, Balantyne? Ich hoffe, es ist wichtig, sonst werde ich für dein Benehmen wohl kaum eine Entschuldigung finden können. Du warst alles andere als höflich zu meiner Frau.«

Balantyne stand der Sinn nicht nach Nebensächlichkeiten.

»Hast du deinen Einfluß geltend gemacht, um die Polizei daran zu hindern, die Morde am Square weiter zu untersuchen?« wollte er wissen.

Carlton sah ihn offen, ohne schuldbewußt zu wirken, an.

»Ja, das habe ich. Ich meine, sie hat schon genug Schaden angerichtet, und da kann nichts Gutes dabei herauskommen, wenn sie weiterhin in unserem Privatleben, unseren Tragödien und Fehlern herumschnüffelt. Sie hatte ja nun wirklich mehr Zeit als genug, um herauszufinden, wer diese armen Kinder zur Welt gebracht hat und was mit ihnen geschehen ist. Es ist unwahrscheinlich, daß sie nach all der Zeit noch entdeckt, wer Helena Dorans Liebhaber war, oder – wenn sie es erfahren sollte – ihn findet. Was Freddie Bolsover anbetrifft, so mag er ein Erpresser gewesen sein oder auch nicht, aber er könnte ebensogut von einem zufällig vorbeikommenden Räuber getötet worden sein. Für Sophie ist es besser, wenn wir das annehmen und die Angelegenheit auf sich beruhen lassen.«

»Unsinn!« schrie Balantyne. »Du weißt ganz genau, daß er von jemandem am Square ermordet worden ist, weil er mit seiner Erpressung zu weit ging, und diesmal ist er nicht an einen geilen Idioten geraten, der es mit einem Dienstmädchen trieb, sondern an einen Mörder.«

Carltons Gesicht wurde ernst. »Glaubst du das wirklich?«

»Ja, und wenn du ehrlich bist, dann glaubst du das auch. Ich weiß, daß du wegen Euphemia Angst hast. Ich habe auch Angst. Aber ich habe viel mehr Angst davor, was aus mir wird, wenn ich versuche, diese Sache zu vertuschen –«

»Freddie war ein Erpresser«, sagte Carlton schon etwas unsicher. »Laß den Kerl in Frieden ruhen, und wenn es nur Sophie zu Liebe ist.«

»Hör auf, dir etwas vorzumachen, Robert. Was immer er auch war, der Mord an ihm kann nicht ignoriert und unter den Teppich gekehrt werden, nur weil er häßlich und die Untersuchung des Mordes uns unangenehm ist. Woran zum Teufel glaubst du, Mann? Ist dir nichts als deine Bequemlichkeit wichtig?«

Carltons Kopf schnellte hoch, und seine Augen funkelten, aber er wußte nichts zu seiner Verteidigung vorzubringen. Er öffnete seinen Mund, um zu sprechen, aber er fand keine Worte. Balantyne zuckte nicht mit der Wimper, und schließlich war es Carlton, der zu Boden blickte.

»Ich werde morgen mit dem Innenminister sprechen«, sagte er leise.

»Gut.«

»Ich weiß nicht, welchen Nutzen das haben wird. Campbell und Reggie setzen sich stark dafür ein, daß der Fall abgeschlossen wird. Reggie hat natürlich um sich selbst Angst, aber Campbell, glaube ich, tut es leid wegen Sophie. Ziemlich erschreckend für sie, armes Mädchen. Mariah kümmert sich um sie, sehr fähige Frau, diese Mariah. Sie scheint immer zu wissen, was man in einer Krise tun muß. Aber nichts könnte Sophie vor der Schande bewahren, wenn das hier an die Öffentlichkeit gelangt.«

»Ich bin froh, daß es noch Leute gibt, die einen kühlen Kopf bewahren.« Balantyne konnte sich einen letzten direkten Seitenhieb nicht verkneifen, dafür war sein Ärger noch zu groß. »Sophie tut mir leid, aber die Wahrheit kann man nicht manipulieren. Entschuldige mich bitte bei Euphemia«, sagte er, wandte sich um und ging. Wenn er erst mit Brandy und Augusta gesprochen und ihnen alles erzählt hatte, dann würde seine Wut verflogen sein. Dann konnte er wiederkommen – vielleicht morgen – und mit Carlton Frieden schließen. Und in Zukunft, wenn er gebraucht würde, würde er Sophie helfen.

Als er in die Halle seines Hauses trat, wurde er von einem Diener überrascht, der ihm mitteilte, daß Miss Ellison angekommen sei, um ihn zu besuchen. Er fühlte sich schlecht und verunsichert und wollte sie in diesem Zustand nicht empfangen. Der Diener starrte ihn an, und ihm fiel keine passende Ausrede ein.

Sie wartete in seinem Arbeitszimmer auf ihn. Sie wandte sich um, als er eintrat, und bei dem Anblick ihres Gesichts erinnerte er sich daran, wie sehr sie ihm gefiel, wie klar und zart die Linien in ihrem Gesicht waren – es zeugte von Hingabe ohne Hintergedanken. Es war nichts Kompliziertes, Doppelbödiges an ihr, und das erschien ihm beruhigend, aber auch aufregend.

»Charlotte, meine Liebe«, er ging ihr entgegen, streckte seine Hände aus und wollte die ihren ergreifen, aber sie machte eine abwehrende Geste. »Was gibt es?« Sie hatte sich verändert, und er fühlte sich deswegen beunruhigt. Er wollte nicht, daß sich irgend etwas an ihr veränderte.

»General Balantyne«, sagte sie ein wenig förmlich. Ihre Wangen waren leicht gerötet, und sie wirkte verkrampft, aber sie wich seinem Blick nicht aus. Sie holte tief Luft. »Ich fürchte, ich habe Sie angelogen. Emily Ashworth ist meine Schwester, aber ich bin nicht unverheiratet, wie ich Sie glauben machte. Ellison war mein Mädchenname, ich bin Charlotte Pitt...«

Zuerst sagte ihm der Name gar nichts, er konnte sich keinen Grund für die Täuschung vorstellen. Hatte sie gedacht, daß er sie nicht einstellen würde, wenn sie verheiratet war?

»Inspector Pitt ist mein Mann«, sagte sie einfach. »Ich bin hergekommen, weil ich herausfinden wollte, was mit den Babys geschehen ist und – wenn sie tot geboren wurden – um der Mutter Hilfe anzubieten. Jetzt möchte ich Jemima helfen. Mr. Southeron hat sie beschuldigt, sie habe ihn erpreßt und dann Dr. Bolsover nach einem Streit wegen des Geldes umgebracht. Wenn Thomas diesen Fall zu den Akten legt und niemand jemals herausfindet, wer Dr. Bolsover ermordet hat, dann wird diese Behauptung sie ihr ganzes Leben lang verfolgen.«

»Sie sind mit Pitt verheiratet«, er runzelte die Stirn, »dem Polizisten?«

»Ja. Es tut mir leid, daß ich Sie belogen habe. Damals konnte ich mir nicht vorstellen, daß es einmal eine Rolle spielen würde. Aber bitte, denken Sie von mir, was Sie wollen, doch lassen Sie es nicht zu, daß man Thomas daran hindert, die Wahrheit herauszufinden – wenigstens über Dr. Bolsover. Es ist falsch, jemanden anzuklagen und den Beweis schuldig zu bleiben. Wenn Jemima ihm gesellschaftlich ebenbürtig gewesen wäre, dann hätte er das nicht gewagt. Er hat das nur gesagt, weil er wußte, daß sie sich weder verteidigen noch einen Gegenangriff unternehmen konnte.«

Er spürte, wie eine Illusion dahinschwand und nun ein neuer Wert ihren Platz einnahm. Der Traum war zerbrechlich gewesen und dumm; er hatte seine Wünsche noch nicht einmal sich selbst gegenüber zugegeben. An die Stelle des Traums war jetzt ein warmer, zarter Schmerz getreten, ein Schmerz, der mit der Zeit zu einem treuen Weggefährten werden und der seinen Teil zur Entwicklung seiner Persönlichkeit beitragen würde.

Er seufzte leise. »Ich bin schon bei Sir Robert Carlton gewesen. Dort war ich, als Sie kamen. Er wird morgen mit dem Innenminister sprechen.«

Das Lächeln spielte zuerst um ihre Augen und ihren Mund, und es schien so, als würde es allmählich ihre ganze Person erfüllen, ihre aufrechte, anmutige und selbstbewußte Gestalt.

»Ich bin froh«, sagte sie leise. »Ich möchte mich dafür entschuldigen, daß ich nicht gewußt habe, daß Sie das tun würden.« Sie zog ihr Cape ein wenig enger um sich und ging an ihm vorbei.

Er ließ sie gehen; er war zu bewegt, um zu sprechen. Ihre Anerkennung, ihr Vertrauen, bedeuteten ihm in diesem Augenblick unendlich viel mehr als ihre verlockende Jugend.

Er stand lange allein im Zimmer, bevor er schließlich nach Brandy rief.

Als Brandy hereinkam, war er auf ihn vorbereitet.

»Ich habe heute abend Robert Carlton besucht«, kam er sofort zum Thema. »Ich habe ihn überredet, mit dem Innenminister zu sprechen, damit dieser der Polizei erlaubt, die Untersuchungen der Morde am Square fortzuführen, gleichgültig, wie lange sie dauern oder wie schmerzlich es auch sein mag, bevor man die Wahrheit entdeckt. Da Freddie Bolsover ein Erpresser war, ist es sehr wahrscheinlich, daß dies das Motiv für den Mord an ihm war. Die Polizei wird das natürlich überprüfen müssen – nein, unterbrich mich nicht, Brandon. Ich sage dir das, weil sie mit Sicherheit wieder in dieses Haus kommen wird. Die Polizei weiß schon von Christinas Dummheit mit Max. Wenn es irgend etwas gibt, was du angestellt hast und womit man dich unter Druck setzen könnte, dann rate ich dir, es mir jetzt zu sagen und dann der Polizei. Wenn es nichts mit Freddie zu tun hat, dann, so nehme ich an, wird sie sich diskret verhalten.«

»Sie weiß es schon«, antwortete Brandy trocken. »Es scheint mir, daß sie bei allem ausgesprochen gründlich vorgeht – außer bei den eigentlichen Morden! Aber vielen Dank für die Warnung.« Er wandte den Blick ab. »Ich bin froh, daß du das getan hast. Reggie hat Jemima beschuldigt, ihn erpreßt und dann Freddie wegen des Geldes ermordet zu haben. Ich will, daß er dafür in der Hölle schmort.«

»Woher weißt du das?« wollte Balantyne wissen.

Brandy blickte ihn wieder an.

»Inspector Pitt hat es mir erzählt. Es tut mir leid, Vater.« Dann, als er spürte, daß Balantyne etwas peinlich berührt war, fragte er in unverfänglichem Ton: »Möchtest du Mutter sprechen? Du solltest sie besser auch warnen; sie neigt dazu, die Dinge selbst in die Hand zu nehmen!«

Balantyne zuckte bei der Erinnerung an Max zusammen. Heute abend wollte er Augusta eigentlich nicht sehen. Es gab eine Menge Dinge, die er ihr gern sagen wollte, aber noch nicht jetzt. Später vielleicht, wenn er sich über sich selbst besser im klaren war.

»Nein, vielen Dank«, antwortete er. »Du kannst es ihr sagen, wenn es dir nichts ausmacht. Ich glaube nicht, daß es nötig sein wird, sie zu warnen, aber es wäre eine Geste der Höflichkeit.«

Brandy zögerte einen Augenblick, dann lächelte er.

»In Ordnung.« Er wandte sich um und ging zur Tür. »Vielen Dank, daß du wegen Jemima nicht explodiert bist. Ich möchte sie heiraten, wenn sie mich nimmt. Ich nehme an, Mutter wird nicht erfreut sein, aber sie wird sich schon noch daran gewöhnen, wenn du es tust.«

»Ich habe nicht gesagt, daß . . .« Aber Brandy war bereits weg, und er konnte nichts anderes tun, als hinter ihm her auf die Tür zu starren. Vielleicht war es gar nicht ein so erschreckender Gedanke; schließlich war sie ja kein Dienstmädchen, und außerdem war sie Charlotte gar nicht unähnlich – aber das war ein anderer Traum, über den er heute abend besser nicht weiter nachdachte.

Es war am nächsten Tag nach dem Mittagessen, als er Alan Ross in seinem Club traf. Selbstverständlich ging er zu ihm hinüber, um mit ihm zu reden, denn Alan Ross war schließlich nicht nur sein Freund, sondern auch sein Schwiegersohn.

»Guten Tag, Alan, wie geht es dir? Bei Christina alles in Ordnung?«

»Guten Tag, Sir. Ja, sie erfreut sich bester Gesundheit, vielen Dank. Und wie geht es dir?«

»Ausgezeichnet.« Was für eine gestelzte Unterhaltung! Warum konnte er bloß nicht sagen, was er meinte? Hatte er das nicht zumindest von Charlotte gelernt? »Nein, das kann man nicht gerade behaupten. Hast du von Freddie Bolsover gehört?«

Ross verzog das Gesicht.

»Ja. Jemand hat von Erpressung gesprochen. Ist das wahr?«

»Ja. Ich fürchte, es ist wahr. Am Square gab es eine konzertierte Aktion, um die Polizei daran zu hindern, weitere Untersuchungen anzustellen, aus Angst, nehme ich an, daß einige Skandale ans Tageslicht kommen könnten, obwohl das nicht als Motiv genannt wird. Ich vermute, jeder hat irgend etwas, das er nicht gern an die Öffentlichkeit gebracht haben möchte; irgend etwas Häßliches oder Dummes oder auch nur etwas ganz Privates.«

Ross machte eine kleine zustimmende Geste. Dann blickte er auf, so als ob ihm etwas eingefallen wäre, das er sagen wollte. Balantyne wartete, aber offenbar fand Alan nicht die richtigen Worte. Sie unterhielten sich noch eine Weile über Nebensächlichkeiten, dann lenkte Balantyne die Unterhaltung wieder zurück zum Callander Square, weil er den Eindruck hatte, daß Ross ihm immer noch etwas sagen wollte.

Wieder zögerte Ross.

»Gibt es irgend etwas, das du weißt und ich nicht?« fragte Balantyne ruhig und zwang Ross mit seinem Blick, beim Thema zu bleiben.

»Nein.« Ross schüttelte den Kopf, wobei ein winziges, reuevolles Lächeln seine Mundwinkel umspielte. »Es ist etwas, das wir beide wissen, aber ich vermute, es ist dir nicht bewußt.«

Balantyne war verwirrt, aber ihm kamen immer noch keine Bedenken. »Nun, wenn ich es schon weiß, warum fällt es dir dann so schwer, dafür Worte zu finden?« fragte er. »Und warum müssen wir dann überhaupt darüber sprechen?«

Zum ersten Mal sah Ross ihn direkt an. »Weil du sonst vielleicht versuchen wirst, es noch eine Weile vor mir zu verbergen.«

Balantyne starrte ihn an.

»Christina«, antwortete Ross. »Ich weiß sehr wohl von ihrer Beziehung zu Max und um die Gründe für ihre etwas überhasteten Bemühungen um mich. Nein, es gibt keinen Grund, so zu reagieren. Ich wußte es schon damals. Es macht mir nichts aus. Ich habe Helena geliebt, und ich werde niemals eine andere lieben. Ich habe großen Respekt vor dir und – das mag dich überraschen – auch vor Lady Augusta. Ich war gern bereit, Christina zu helfen. Ich werde sie nie lieben, aber ich werde ihr ein guter Ehemann sein, und ich habe mir vorgenommen, dafür zu sorgen, daß sie mir eine gute Ehefrau wird. So wie unsere Gefühle – oder der Mangel an Gefühlen – es eben zulassen. Es bleibt – Liebe hin, Liebe her – die Möglichkeit eines Zusammenlebens, bei dem man seine Würde wahren kann.« Er schaute einen Augenblick lang zu Boden und blickte dann wieder auf. »Was ich versuche zu sagen, ist, daß es keinen Grund gibt zu befürchten, daß ich von der Liebschaft höre und Christina dann anders behandele.« Er lächelte, und seine Augen bekamen einen warmen Ausdruck. »Außerdem mag ich Brandy sehr gern. Auch wenn er mir seit meiner Verlobung eher aus dem Weg gegangen ist. Ich vermute, sein Gewissen plagt ihn. Er ist nicht für Täuschungen geboren, und sie passen nicht zu ihm.«

Balantyne hätte sich gegen die Andeutung, daß er selbst ihn getäuscht hatte, verteidigt, aber es stimmte, und er hatte keine Entschuldigung. Außerdem lag im Gesicht von Ross keine Kritik. Er hatte plötzlich das Gefühl, daß Ross ein besserer Mann war, als Christina ihn verdiente, ein Mann, den er sowohl mochte als auch respektierte.

»Ich danke dir«, sagte er warm. »Du hättest mich in meiner Angst schmoren lassen können, du hättest zulassen können, daß ich mich sogar selbst betrüge, und du hättest Grund gehabt, so zu handeln. Es ist sehr großmütig, daß du das nicht tust. Ich hoffe, daß du in den Jahren lernen wirst, uns zu vergeben, und das nicht nur aus Nächstenliebe, sondern weil du die Lage, in der wir uns befanden, verstehst, obwohl ich natürlich kein Recht habe, das von dir zu verlangen.«

»Ich hätte vielleicht dasselbe getan.« Ross winkte ab. »Vielleicht tu ich es sogar noch, wenn ich Kinder habe. Trinkst du ein Glas Rotwein mit mir?«

»Vielen Dank.« Balantyne nahm die Einladung mit aufrichtiger Freude und einem Gefühl der Erleichterung an. »Gerne.«

Als Pitt erneut zu Colonel Anstruther gerufen wurde, war er überrascht und erleichtert, als man ihm mitteilte, daß das Innenministerium die Direktive geändert hatte und daß er nun mit seinen Nachforschungen in allen Angelegenheiten, die mit dem Callander Square zu tun hatten, fortfahren sollte. Er war überrascht, weil er diesen Stimmungswechsel nicht erwartet hatte. Wie sollte er auch wissen, daß Charlotte General Balantyne besucht hatte, und selbst wenn er davon gewußt hätte, hätte er nicht erwartet, daß der Besuch irgend etwas bewirken würde. Und er war erleichtert, weil er ohnehin fest entschlossen gewesen war, auch dem letzten Hinweis nachzugehen, gleichgültig, was irgend jemand dazu sagen würde. Das hätte er natürlich nur auf Umwegen erreichen können und vorwiegend in seiner Freizeit, und das wäre schwierig geworden. Er wollte nicht das Risiko eingehen, wegen Ungehorsam degradiert zu werden, und seine Freizeit hätte er viel lieber zu Hause mit Charlotte verbracht, besonders jetzt, da es bis zur Geburt ihres ersten Kindes nur noch vier Monate waren.

Daher lief er fast aufgeregt die Stufen hinunter und rief eine Droschke, die ihn auf direktem Wege wieder zum Callander Square zurückbringen sollte.

Während er in der Droschke saß und über das holprige Pflaster schaukelte, ging er in Gedanken ein weiteres Mal alles durch, was er wußte.

Er zweifelte nicht daran, daß Freddie Bolsover ermordet worden war, weil er ein Erpresser war. Ob er nun die Information, die der Grund für seine Ermordung gewesen war, jemals ausgenutzt hatte oder nicht, allein die Kenntnis hatte sein Schicksal besiegelt, die Gefahr, daß er sein Wissen benutzen könnte, war für irgend jemanden zu groß, als daß er diese Möglichkeit hätte zulassen können. Es war ein riskanter und kurzfristig geplanter Mord gewesen. Der Mörder hatte seine Position als unmittelbar gefährdet angesehen. Was hatte Freddie wissen können? Irgendeine Affäre, irgendein uneheliches Kind? Wohl kaum. Bei all den anderen Skandalen am Callander Square war das kaum eine Angelegenheit, für die man einen Mord riskieren würde. Hatte er gewußt, wer die Mutter der im Park vergrabenen Babys war oder vielleicht sogar, wer der Vater war? Er hatte es bestimmt nicht von Anfang an gewußt, sonst hätte er die Information früher benutzt, oder er wäre früher ermordet worden . . .

Es sei denn, er hätte es erst vor kurzem herausgefunden!

Und es gab noch eine andere Möglichkeit. Der Mörder hatte gerade erst entdeckt, daß Freddie es wußte. Entweder hatte Freddie nie vorgehabt, die Information zu benutzen, weil er wußte, daß es zu gefährlich war, oder er hatte ihre wahre Bedeutung nicht verstanden. Ja, das ergab einen Sinn. Der Mörder hatte ihn so rechtzeitig umgebracht, daß Freddie den Wert dessen, was er wußte, noch nicht erkannt hatte!

Er war am Callander Square angekommen und stand nun da, in seinen Mantel gehüllt, mit hochgeschlagenem Kragen, und blickte der Droschke nach, die im Nebel verschwand, als ihm die letzte Möglichkeit klar wurde: daß sich der Mörder der Gefahr, in der er sich befand, bewußt wurde, als er erfuhr, daß Freddie Reggie Southeron erpreßte! Das war die vielversprechendste These, denn sie bot ihm einen genauen Ausgangspunkt, an dem er ansetzen konnte.

Er überquerte den Square und ging über den matschigen Rasen dort vorbei, wo die Babys gefunden worden waren und wo Freddie Bolsover gelegen hatte. Dann waren seine hallenden Schritte auf der Straße, auf dem Bürgersteig und schließlich auf den Stufen zu Reggie Southerons Haus zu hören.

Da es ein kalter und außerordentlich ungemütlicher Tag war, hatte Reggie sich nicht die Mühe gemacht, sein Büro in der Bank aufzusuchen; trotzdem ließ er ausrichten, daß er die Polizei in Zukunft nicht mehr empfangen und dies den Angehörigen seines Haushalts ebenfalls nicht erlauben würde.

Pitt entgegnete dem Diener, daß er die Erlaubnis des Innenministeriums habe, und daß – sollte Mr. Southeron ihn dazu zwingen – er mit einem Haftbefehl wiederkäme. Sollte das geschehen, könne es angesichts der Tatsache, daß sich am ganzen Square noch niemand so verhalten habe – das stimmte in gewisser Hinsicht auch, denn er hatte heute noch niemand anderen besucht – für Mr. Southeron womöglich peinlicher werden als für ihn selbst!

Nach zehn Minuten erschien Reggie mit rotem Gesicht und außergewöhnlich verärgert.

»Für wen zum Teufel halten Sie sich, daß Sie mir mit Anordnungen vom Innenminister kommen?« wollte er wütend wissen und schlug die Tür hinter sich zu.

»Guten Morgen, Sir«, antwortete Pitt höflich. »Es gibt nur eine Sache, die ich gerne wissen möchte. Wem alles haben Sie anvertraut, daß Dr. Bolsover versucht hat, Sie zu erpressen?«

»Niemandem. Ist wohl kaum eine Angelegenheit, die man seinen Freunden erzählt!« sagte Reggie scharf. »Völlig idiotische Frage!«

»Das ist merkwürdig, Mr. Campbell hat mir erzählt, daß Sie es ihm gegenüber erwähnt und ihn um Rat gebeten haben.« Pitt zog die Augenbrauen hoch.

»Verdammter Dummkopf!« fluchte Reggie. »Nun, das werde ich dann wohl auch getan haben. Muß ich ja wohl, wenn er das sagt.«

»Wem noch? Es ist ziemlich wichtig, Sir.«

»Warum? Warum zum Teufel sollte das jetzt wichtig sein?«

»Sie scheinen vergessen zu haben, Mr. Southeron, daß es hier am Callander Square immer noch einen Mörder gibt. Er hat einmal gemordet, vielleicht öfter. Er könnte noch einmal zuschlagen, wenn er sich bedroht fühlt. Erschreckt Sie das gar nicht? Es könnte der nächste Freund sein, mit dem Sie auf dem Weg zu Ihrem eigenen Haus sprechen, die nächste vermummte Gestalt, die Ihnen ›Gute Nacht‹ wünscht und Ihnen dann ein Messer in den Leib rammt. Dr. Bolsover ist von vorne erstochen worden, von jemandem, den er kannte und dem er vertraute, keine dreißig Meter von seinem eigenen Haus entfernt. Beunruhigt Sie das nicht? Mich würde das beunruhigen!«

»Nun gut!« Reggies Stimme wurde scharf. »Nun gut! Ich habe mit niemandem außer Campbell gesprochen. Carlton ist höllisch spießig, und Balantyne ist auch nicht besser, im Haus der Dorans gibt es keinen Mann, und Housman, der alte Gauner am anderen Ende, spricht mit niemandem. Campbell ist ein ziemlich brauchbarer Bursche und nicht zu selbstgerecht oder so leicht einzuschüchtern, daß er sich nicht traut, etwas zu unternehmen. Ich habe es ihm erzählt. Und er hat der Sache auch ein Ende gemacht!«

»Das hat er in der Tat.« Pitt legte mehr Bedeutung in seine Worte, als Reggie verstand. »Vielen Dank, Sir. Das könnte sehr hilfreich sein.«

»Ich will verdammt sein, wenn ich verstehe, wieso!«

»Wenn es so ist, werden Sie es früh genug erfahren, und wenn nicht, macht es auch nichts«, antwortete Pitt. »Vielen Dank, Sir. Auf Wiedersehen.«

»Wiedersehen«, antwortete Reggie und verzog das Gesicht. »Idiot«, murmelte er in sich hinein. »Der Diener wird Sie hinausbegleiten.«

Pitt wußte immer noch nicht, wonach er eigentlich suchte, aber nun glaubte er endlich zu wissen, wo er suchen mußte.

Er klopfte an die Tür der Campbells und bat um die Erlaubnis, Mr. Campbell sprechen zu dürfen. Er wurde hereingelassen und ins Empfangszimmer geführt, wo Mariah gerade einige Briefe schrieb.

»Guten Morgen, Ma'am«, sagte er und verbarg seine Überraschung.

»Guten Morgen, Mr. Pitt. Mein Mann ist im Augenblick beschäftigt, aber er sollte Sie bald empfangen können, wenn es Ihnen nichts ausmacht, etwas zu warten.«

»Nein, ganz und gar nicht. Vielen Dank.«

»Kann ich Ihnen eine Erfrischung anbieten?«

»Nein, vielen Dank. Lassen Sie sich durch mich bitte nicht stören.«

»Möchten Sie meinen Mann wegen des Mordes an Dr. Bolsover sprechen?«

»Auch deswegen.«

Ihr Gesicht war sehr blaß. Vielleicht fühlte sie sich heute morgen nicht wohl. Oder war es die Belastung, Sophie trösten zu müssen?

»Warum sollte mein Mann etwas darüber wissen?« fragte sie.

Wenn man der Wahrheit auswich, konnte man nichts gewinnen. Sie würde ihm möglicherweise sogar unabsichtlich helfen können. Vielleicht hatte sie etwas von Sophie erfahren, ohne die wahre Bedeutung zu verstehen.

»Er war die einzige Person, der Mr. Southeron anvertraut hat, daß Dr. Bolsover ihn erpreßte«, antwortete er.

»Reggic hat es Garson erzählt?« fragte sie langsam. Sie sah sehr blaß aus. Pitt befürchtete, sie könne in Ohnmacht fallen. War sie wirklich krank, oder wußte sie etwas über ihren Mann, von dem er bisher noch nicht einmal etwas geahnt hatte?

Die Antwort kam sofort.

Helena!

Ein älterer Mann, erfolgreich, selbstsicher, von hoher Stellung, mächtig, nicht frei, um sie heiraten zu können – war er ihr Liebhaber gewesen? Er versuchte, rasch die vielfältigen Möglichkeiten einzuschätzen, die sich daraus ergaben. Aber warum Mord? Beabsichtigte sie, ihn zu verraten, wollte sie ihn öffentlich beschuldigen, der Vater ihres Kindes zu sein? Hatte er in Panik gehandelt und sie in dem verlassenen Garten umgebracht?

Mariah beobachtete ihn. Ihr Gesicht war fast bewegungslos, ihre Augen klar. Sie sah aus wie eine Frau, die der Exekution entgegen sah, aber wie eine Frau, die keine Angst vor dem Tod hat.

»Ja«, antwortete er auf ihre Frage, von der es schien, daß sie sie vor Stunden gestellt hatte.

»Ich verstehe.« Sie stand auf und raffte ihre Röcke zusammen. »Ich danke Ihnen dafür, daß Sie mir das gesagt haben, Mr. Pitt. Ich habe oben etwas zu erledigen. Würden Sie mich bitte entschuldigen? Mein Mann wird in Kürze bei Ihnen sein.« Und ohne auf seine Antwort zu warten, ging sie aufrecht und hocherhobenen Hauptes langsam aus dem Zimmer.

Es dauerte weitere zehn Minuten, bis Garson Campbell eintrat. Pitt hatte angenommen, daß er sich in einem anderen Zimmer des Hauses befunden hatte, aber er stampfte mit den Füßen, während er ging, so, als käme er aus der Kälte herein. Allerdings rieb er sich nicht die Hände.

»Nun, was gibt es, Pitt?« fragte er und musterte ihn voll Mißfallen von oben bis unten. »Ich weiß nicht mehr über Freddie Bolsover als beim letzten Mal.« Er stand mit breit gespreizten Beinen vor dem Kamin und wippte ein wenig vor und zurück.

Irgend etwas regte sich in Pitts Erinnerung: ein Mann, den er vor langer Zeit an einem anderen Ort gesehen hatte, ein Mann, der mit den Füßen stampfte, wenn er ging – sogar im Sommer –, ein kranker Mann. Das Bild der kleinen Leichen im Park nahm wieder Gestalt an, das geschwollene Köpfchen des weiter unten vergrabenen. Er erinnerte sich an Helenas Kind.

Schlagartig wußte er die Antwort, die so klar und so einfach vor seinem inneren Auge erschien wie eine Kinderzeichnung.

»Dr. Bolsover wußte, daß Sie Syphilis hatten, nicht wahr?« fragte er nur. »Als Reggie Southeron Ihnen erzählte, daß Freddie ihn erpreßt hatte, wurde Ihnen klar, daß es nur eine Frage der Zeit sein würde, bis Freddie den Wert dessen, was er wußte, erkennen und versuchen würde, Sie damit zu erpressen. Sie haben ihn umgebracht, bevor er das tun konnte. Genau wie Sie Helena umgebracht haben, bevor ihr Kind mißgebildet auf die Welt kommen konnte – wie die Kinder auf dem Square. Oder hat sie Ihre Krankheit entdeckt, und Sie konnten nicht sicher sein, daß sie schweigen würde? Nicht, daß es jetzt noch etwas ausmachen würde, wie es war.«

Einen Augenblick flackerten Campbells Augen unentschlossen, dann erkannte er, daß Pitt sich sicher war, und sein Gesicht verzerrte sich vor Wut.

»Sie verdammter lächelnder Heuchler«, sagte er mit leiser, bitterer Stimme. »Ich bin gezeichnet, mein Bewußtsein ist verkrüppelt durch diese Krankheit, seit ich dreißig Jahre alt war. Fünfzehn Jahre habe ich die Saat des Todes in mir getragen. Und es gibt kein schnelles Ende, ich werde von innen her verrotten, ganz langsam. Die Schmerzen werden stärker und stärker werden, bis ich schließlich gelähmt bin, ein ekelhaftes vegetabilisches Wesen, das in einem Stuhl herumgerollt wird, damit die Leute darüber flüstern und die Nase rümpfen können! Und Sie stehen da und moralisieren, als ob Sie anders wären als die anderen!

Ja, Sie haben recht! Sind Sie nun zufrieden? Sogar meine eigene Frau sieht mich an, als hätte ich Lepra. Sie hat mich seit über einem Jahr nicht mehr berührt. Helena war eine Hure. Als sie von der Krankheit erfuhr, wurde sie hysterisch, und ich habe sie umgebracht.

Freddie war ein schnüffelnder kleiner Erpresser. Natürlich habe ich ihn umgebracht. Es war nur eine Frage der Zeit, bis er zu mir gekommen wäre.« Seine Hand war hinter seinem Rücken verborgen, und bevor Pitt wußte, was Campbell vorhatte, drehte sich dieser blitzschnell mit dem Brieföffner herum, der auf Mariahs Schreibtisch gelegen hatte, schwang die Klinge in hohem Bogen und verpaßte Pitts Brust nur knapp, weil dieser nach vorne schnellte, dann an der Kante des Teppichs ausrutschte und hart hinfiel, wobei er Campbell mitriß. Beide stürzten gegen den Kamin.

Pitt kam wieder auf die Beine, bereit, noch einmal zuzuschlagen – aber Campbell lag regungslos da. Zuerst vermutete Pitt einen Trick. Dann sah er Campbells Kopf am Kamingitter und die kleine Blutlache.

Er lief zur Tür und schrie nach einem Diener; seine Stimme klang laut und fast hysterisch.

»Laufen Sie raus, und holen Sie einen Polizisten«, sagte er, sobald der Mann erschienen war. »Und einen Arzt, schnell!«

Der Mann starrte ihn an, ohne sich zu bewegen.

»Nun machen Sie schon!« schrie Pitt ihn an.

Der Mann schoß aus der Tür, wobei er sich nicht einmal einen Mantel umlegte.

Pitt ging zurück in das Empfangszimmer und riß den Glockenzug aus seiner Fassung. Er wußte, daß es hinten ganz fürchterlich klingeln würde, aber das war ihm gleichgültig. Mit der Kordel band er Campbells Handgelenke so fest er nur konnte zusammen, dann ließ er ihn auf dem Rücken liegen. Campbell schien immer noch bewußtlos zu sein; er atmete schwer.

Er überlegte, ob er Mariah suchen sollte, aber entschied, daß es besser wäre, erst einmal Campbell wegzubringen, besonders, wenn dieser beabsichtigte, eine Szene zu machen. Es würde noch schlimm genug für sie werden, und sie mußte nicht unbedingt Augenzeugin seiner Verhaftung sein.

Er setzte sich außerhalb der Reichweite von Campbells Beinen, für den Fall, daß dieser wieder zu sich kam und sich entschloß, wieder zu kämpfen, und wartete.

Es dauerte fast zehn Minuten, bis der Polizist eintraf, keuchend, naß vom Nieselregen, rot im Gesicht. Er starrte auf Pitt, dann auf Campbell, der immer noch auf dem Boden lag, aber langsam das Bewußtsein wiedererlangte.

»Der Arzt kommt, Sir«, sagte er ziemlich verwirrt. »Was is' passiert?«

»Mr. Campbell steht unter Arrest«, antwortete Pitt. Er blickte hinüber zu dem Diener, der immer noch hinter dem Polizisten in der geöffneten Tür stand. »Rufen Sie eine Kutsche, und sagen Sie dem Diener, er soll einige Sachen für Mr. Campbell packen. Wenn der Arzt kommt, bringen Sie ihn her.« Er wandte sich wieder dem Polizisten zu. »Mr. Campbell ist des Mordes verdächtig, und er ist gefährlich. Wenn Sie Handschellen haben, dann legen Sie sie ihm an, bevor Sie meine Kordel entfernen! Wenn der Arzt ihn untersucht hat, setzen Sie ihn in eine Droschke, und bringen Sie ihn auf die Wache.« Er steckte seine Hand in die Tasche, zog seinen Ausweis hervor und zeigte ihn vor. »Ich komme nach, sobald ich mit Mrs. Campbell gesprochen habe. Haben Sie mich verstanden?«

Der Polizist nahm blitzschnell Haltung an.

»Ja, Sir! Ist er derjenige, der die schrecklichen Morde an den Babys begangen hat, Sir?«

»Ich weiß es nicht. Ich glaube es nicht, aber er hat Dr. Bolsover ermordet und Miss Doran. Nehmen Sie sich in acht vor ihm.«

»Ja, Sir, das werde ich.« Er blickte hinunter auf Campbell mit einer Mischung aus Furcht und Abscheu.

Pitt ging zur Tür; als er die Halle bereits durchschritten hatte und schon fast die Treppe hinaufgegangen war, traf der Arzt ein. Er wartete noch fünf Minuten auf dem Treppenabsatz, bis er alle wieder aus dem Raum herauskommen sah; Campbell, dem immer noch schwindlig war, stolperte zwischen dem Polizisten und dem Kutscher voran. Dann setzte er seinen Weg nach oben fort, um Mariah zu suchen.

Der erste Stock war still und friedlich. Er konnte noch nicht einmal ein Hausmädchen entdecken. Sie mußten alle in der Küche sein, oder sie waren irgendwo draußen beschäftigt.

»Mrs. Campbell?« sagte er laut.

Er bekam keine Antwort.

Er hob seine Stimme und rief noch einmal.

Immer noch keine Antwort.

Er klopfte an die erste Tür und versuchte, sie zu öffnen. Das Zimmer war leer. Er suchte weiter, bis er zu einem Raum kam, der offensichtlich das Ankleidezimmer einer Frau war. Mariah Campbell saß in einem Sessel; er konnte ihr Gesicht nicht sehen. Zuerst dachte er, sie sei eingeschlafen, bis er um sie herumging und ihr Gesicht sah. Jede Farbe war daraus gewichen, auf den Augenlidern und Lippen lag ein Grauton.

Auf dem Schminktisch standen eine leere kleine Flasche mit der Aufschrift ›Laudanum‹ sowie ein weiteres durchsichtiges Fläschchen, das ebenfalls leer war. Daneben lag ein Stück Papier. Er hob es auf. Es war an ihn adressiert.

Inspector Pitt,
Ich kann mir vorstellen, daß Sie die Wahrheit jetzt kennen. Die Sünden der Väter sind auf die Kinder vererbt worden, aber es waren auch meine Kinder, und ich konnte nicht zulassen, daß sie so lebten, von der Seuche zerstört – so schmutzig und verseucht wie er. Es war besser, sie sterben zu lassen, als sie noch unschuldig waren, noch nichts davon wußten und den Schmerz nicht kannten.
Bitten Sie Adelina Southeron darum, meine Kinder, die noch leben, zu versorgen. Sie ist eine gute Frau, und sie wird Mitleid mit ihnen haben.
Gott mag mir gnädig sein und mir Frieden geben.
Mariah Livingstone Campbell

Pitt blickte auf sie hinunter, und er wurde von Mitleid überwältigt, aber er verspürte auch Dankbarkeit, daß sie ihm erspart hatte, ihr entgegentreten und derjenige sein zu müssen, der die Gerichtsmaschinerie gegen sie in Gang setzte.

Weil er Charlotte so innig liebte, fühlte er allen Frauen gegenüber eine gewisse Zärtlichkeit. Und er war unsagbar froh, daß sein eigenes Leben nicht durch eine solche Tragödie verdorben und ruiniert worden war. Er dachte an Charlottes Gesicht, so voller Hoffnung für ihr noch ungeborenes Kind, und betete, daß es gesund sein möge, daß es vielleicht sogar ein Mädchen werden würde, noch so ein unbeugsames, mitfühlendes Geschöpf mit so einem starken Willen wie Charlotte selbst.

Er lächelte bei dem Gedanken, und dennoch: Vor dieser toten Frau war ihm mehr noch nach Weinen. Aber mehr als alles andere hatte er das verzweifelte Bedürfnis, nach Hause zu gehen.

Nachwort

Callander Square heißt der kleine Platz in Londons feinster Gegend, der von den großen Stadthäusern der Reichen und Vornehmen umstanden ist. Mit ihren Familien wohnen hier die Männer, die das Empire erobert, verwaltet und finanziert haben, nicht in der allerersten, aber doch in vorderer Reihe – und vor allem nicht in der ersten Generation. Die Herkunft aus den richtigen Familien und die selbsterworbenen Führungspositionen machen sie gleichermaßen angesehen, reich und mächtig. Und da graben zwei Gärtner beim Baumpflanzen im kleinen, den Anwohnern vorbehaltenen Park in der Mitte des Platzes etwas aus, das nach Meinung aller Anwohner besser für immer vergraben geblieben wäre: die Leichen zweier neugeborener Kinder, die dort vor etwa einem halben bzw. vor zwei Jahren verscharrt wurden. Ob es Totgeburten waren oder ob sie gleich nach der Geburt getötet wurden, vermag der Polizeiarzt nicht mehr festzustellen. Nur die spezifischen Bodenverhältnisse haben die Körper so konserviert, daß beim älteren, vor etwa zwei Jahren vergrabenen eine Schädeldeformation zu diagnostizieren ist.

Der für diesen Fall zuständige Inspector Pitt ist den Lesern bereits aus *Der Würger von der Cater Street* (DuMont's Kriminal-Bibliothek 1016) bekannt, dessen Fortsetzung *Callander Square* darstellt. Pitts Romanze mit Charlotte Ellison aus dem ersten Buch hat inzwischen zur Ehe geführt; letztlich waren die Eltern Ellison froh, ihre willensstarke und kompromißlose Tocher überhaupt verheiraten zu können, und sei es wenig standesgemäß mit einem Polizisten. Doch nicht nur in diesem zeitlich-äußerlichen Sinn knüpft Anne Perrys zweites Buch an das erste an, sondern auch in seinem Thema. Die Untaten des *Würgers von der Cater Street* und die ihnen geltenden polizeilichen Ermittlungen hatten einen bislang stillschweigend akzeptierten Tatbestand dringlich und unabweisbar zum Gegenstand unerfreulicher Erörterungen gemacht: die dunkle »Triebseite« der Männer, Bordellbesuche, Nächte im Zimmer von Dienstmädchen, ein veritables Doppelleben – das alles allein schon in Charlotte Ellisons engster Umgebung. Die Säuglingsleichen am Callander Square lenken nun den Blick zwangsläufig auf das komplementäre Thema: Wie steht es mit der Sexualität der Frau? Welche Frau war durch welche illegitime Verbindung gezwungen, die Früchte dieser Beziehung zu verheimlichen, wenn nicht gar zu ermorden?

Die bequemste ist die konventionellste Auskunft: Die rätselhafte Spezies »Dienstmädchen« gilt als »verführbar«, sei es durch materielle Verlockungen aufgrund ihrer durch die niedrige soziale Stellung bedingten Nähe zur »käuflichen Liebe«, sei es durch den rätselhaften Umstand, daß solche naturnahen Geschöpfe vielleicht sogar Spaß an Dingen empfinden mögen, die eine Dame von Stand nur als Beschmutzung erfahren kann. Da aber eine solch »unmoralische Person« nicht in einem guten Hause geduldet werden kann, bedeutet eine Schwangerschaft in der Regel den Verlust der Existenz, zumindest das lebenslange Verschwinden in einer untergeordneten Stellung irgendwo auf dem Lande. So empfindet man bei den Herrschaften am Callander Square durchaus Verständnis für ein gefallenes Dienstmädchen, das seinen Ruf wahren wollte, und sei es um den Preis des Galgens. Hier ist eine Frau zur Täterin geworden, die selbst zunächst Opfer gewesen ist. Zu solchen Einsichten ist die Herrenmoral am Square durchaus fähig – eine Herrenmoral im vollen Wortsinn, die sowohl der Oberschicht als auch den Männern stillschweigend unmoralische Privilegien einräumt und dabei für deren zwangsläufige Opfer ein gewisses Verständnis zeigt, solange nur alles unter den Teppich gekehrt wird und die Reputation nach außen gewahrt bleibt.

Doch wie schon im ersten Roman Anne Perrys zeigen die polizeilichen Ermittlungen, daß diese bequeme Schuldzuweisung nach »unten« nicht aufrechterhalten werden kann. Hundert Jahre nach der guten alten viktorianischen Zeit kann endlich ein Thema angesprochen werden, das die Zeit selbst mit den strengsten Tabus belegte. Die Frau, die diesem Zeitalter den Namen gegeben hat und deren Ehe mit Prinz Albert als vorbildlich galt, hat die offizielle, die im Wortsinne herrschende Auffassung gegenüber ihrer Tochter Vicky mehr als drastisch formuliert. Für Königin Victoria war die Frau in ihrem Geschlechtsschicksal ein beklagenswertes Opfer eines unerklärlich gemeinen männlichen Verlangens. Schon die Geschehnisse in der Hochzeitsnacht verletzen alle weiblichen Gefühle der Schicklichkeit, erst recht dann Schwangerschaft und Geburt, die die Frau auf die animalische Stufe einer Kuh oder einer Hündin stellen. »Die Verachtung unseres armen, erniedrigten Geschlechts – denn zu was sonst sind wir arme Kreaturen geschaffen als zur Lust und zum Vergnügen des Mannes und zu endlosen Leiden und Plagen? – steckt in der Natur aller schlauen Männer. Nicht einmal Papa ist davon ausgenommen...«

Die Eheauffassung der Zeit ist nicht Kants »Verbindung zweier Personen verschiedenen Geschlechts zum lebenswierigen wechselseitigen Besitz ihrer Geschlechtseigenschaften«, sondern entspricht Schopenhauers zynischerer Analyse: »Das weibliche Geschlecht verlangt und erwartet vom männlichen alles, nämlich alles, was es wünscht und braucht; das männliche vom weiblichen zunächst und unmittelbar nur eines. Daher mußte die Einrichtung getroffen werden, daß das männliche vom weiblichen jenes eine nur erlangen kann gegen Übernahme der Sorge für alles und zudem für die aus der Verbindung entspringenden Kinder: auf dieser Einrichtung beruht die Wohlfahrt des ganzen weiblichen Geschlechts« – deshalb müssen alle Verstöße gegen diese Solidargemeinschaft mit der scharfen Sanktion der lebenslangen Verfemung belegt werden.

Brach während der Fahndung nach dem *Würger von der Cater Street* das Bild Charlottes von den Männern zusammen, so in *Callander Square* das herrschende von der Frau. Es zeigt sich, daß es auch im viktorianischen Zeitalter durchaus Mädchen und Frauen gab, die »das eine« willig, gern und unentgeltlich taten, die voreheliche Beziehungen aus rein sinnlichen Gründen unterhielten, die die eigene Ehe brachen, die in fremde eindrangen. Es wird auch wieder einmal deutlich, wie wenig jeder von jedem wußte, selbst wenn man jahrzehntelang freundschaftlich verbunden in guter Nachbarschaft lebte. Eine geschlossene Gesellschaft, die die Sexualität tabuisierte und dort, wo sie sich unübersehbar aufdrängte, die Augen schloß, sieht sich von den Gespenstern zweier Neugeborener verfolgt, wie es wörtlich heißt, und es ist durchaus möglich, daß eine der Ihren das Verbrechen begangen hat, um die Früchte einer unerlaubten Liaison zu verheimlichen und damit der unausbleiblichen Sanktion, der radikalen gesellschaftlichen Ächtung auf Lebenszeit, zu entgehen. Die Folge eines Fehltritts bedeutet für ein Mädchen aus gutem Hause oder eine Ehefrau dasselbe wie für ein Dienstmädchen – den Verlust der Existenz. Das Mädchen wird nie heiraten können und damit die einzige für sie vorgesehene Position in der Gesellschaft erreichen; die Ehefrau wird eine Scheidung mittellos zurücklassen, da selbst eventuell vorhandenes eigenes Vermögen dem Ehemann zugesprochen wird. Aus den von Schopenhauer dargelegten Gründen kann die Solidargemeinschaft der auf eheliche Versorgung angewiesenen Frauen da keine Ausnahme dulden.

Das Licht, das die polizeilichen Ermittlungen auf diese kleine, scheinbar so heile Welt werfen, läßt sie zunehmend zwielichtig werden. Als dann noch einer der Angehörigen der Herrschaftsschicht erstochen wird – ohne Gegenwehr und von vorne, also offensichtlich von einem guten Bekannten –, beginnt jeder jedem zu mißtrauen, die Mutter der Tochter, die Ehefrau dem Gatten, der Nachbar den Nachbarn. In dieser Lage muß der letzte Versuch, die Reputation zu wahren und die Untersuchung durch Druck höchster Kreise abzubrechen, aufgegeben werden; die Fassaden des Anstands und der Respektabilität, für deren Aufrechterhaltung man sogar zu morden bereit ist, zerbröckeln vor unsern Augen.

Anne Perry hat in ihren Detektivromanen um Inspector Pitt und seine Ehefrau Charlotte eine eigenständige Variante der Gattung geschaffen, die verschiedene Schulen miteinander verbindet. Sie nutzt dafür die relative Offenheit der britischen Oberschicht, wie sie am Schicksal der drei Ellison-Töchter im ersten Buch bilderbuchmäßig demonstriert werden kann: Eine Schwester heiratet einen Lord, die zweite einen gutverdienenden bürgerlichen Geschäftsmann und die dritte einen Polizeiinspector, also fast einen Domestiken, der aber wenigstens wie ein Gentleman spricht, da er zusammen mit dem Sohn eines Landadligen erzogen wurde. Dem traditionellen Detektivroman sind die Ermittlungen Inspector Pitts verpflichtet, die in diesem nahezu indizienlosen Fall in endlosen Routineverhören bestehen; sie lassen Pitt – wie Maigret – langsam in die spezifische Atmosphäre des Callander Square eindringen. Indem aber auch seine Ehefrau Charlotte und seine Schwägerin Emily detektivische Neigungen entwickeln, treten Elemente des Gesellschaftsromans und der Rinehart-Schule hinzu. Lady Emily kann als Lord Ashworths Ehefrau zwanglos in den Häusern am Square verkehren, Charlotte hat als mittellose

Frau aus guter Familie Zugang zur Zwischenschicht der Erziehe-rinnen und Gouvernanten; und so ergänzen die Schwestern Pitts Verhöre der Dienstboten zu einem lückenlosen Querschnitt durch die britische Klassengesellschaft der viktorianischen Zeit.

Sie ist dem heutigen Leser noch nahe und vertraut genug, um die seltene und meist scheiternde Synthese aus historischem Ro-man und Detektivroman glücken zu lassen, zumal Anne Perrys Interesse einem durchaus aktuellen Problem gilt – der Stellung der Frau und ihrer meist vergessenen oder unterdrückten Rolle in der Geschichte. Und auch hier gilt allgemein, was speziell bei den Kindsleichen deutlich wurde: Frauen sind Opfer, die zu Tätern werden müssen, um überleben zu können. Indem sie ihr Leben zuerst auf den zukünftigen und später auf den realen Ehemann ausrichten müssen, entwickeln sie die Strategien, dieses Ausgelie-fertsein erträglich zu gestalten: Zunächst gilt es, vom richtigen Mann geheiratet zu werden und diesen zugleich in dem festen Glauben zu lassen, er sei es, der seine freie Wahl getroffen habe. Sodann muß das eheliche Verhältnis so geregelt werden, daß man gut damit leben kann und vor allem die Herrschaft in Haus und Familie übernimmt. Und wenn die letzte Fassade am Callander Square gefallen ist, gehört zum bislang sorgfältig Verborgenen auch die Tatsache, daß in jedem Haus eine Frau waltete, die ihr Geschick und das ihrer Familie durchaus zu beherrschen wußte, und sei es, indem sie sich gern von ihren Dienstmädchen die eheli-chen Pflichten abnehmen ließ und deshalb die Affären ihres Man-nes übersah. Während Männer draußen ihren Lebenskampf füh-ren oder zu führen glauben oder wie General Balantyne die Schlachten der Vergangenheit noch einmal schlagen, haben die Frauen das Regiment inne. Und je mehr dem Leser dies deutlich wird, desto mehr ist er der Meinung Augusta Balantynes, daß Frauen ihre »ausgeprägte Intelligenz« dem wirklich Wichtigen zu-wenden, während Männer das Sinnlose bevorzugen – bis hin zum »Krieg – der idiotischsten Beschäftigung, die es gibt«.

Volker Neuhaus

Nachts am

Paragon Walk

Für meine Mutter

Kapitel 1

Inspector Pitt starrte hinunter auf das Mädchen, und ihn durchströmte ein überwältigendes Gefühl des Verlustes. Er hatte sie nie zuvor gesehen, aber er kannte und schätzte all das, was sie nun verloren hatte.

Sie war sehr schlank, hatte hellbraunes Haar – mit ihren 17 Jahren war sie fast noch ein Kind. Jetzt, da sie dort auf dem weißen Obduktionstisch lag, wirkte sie so zart, als würde sie zerbrechen, wenn man sie berührte. Sie hatte Blutergüsse an den Armen, Spuren eines Kampfes.

Sie war in kostbare lavendelfarbene Seide gekleidet, und um ihren Hals trug sie eine Goldkette mit Perlen – Dinge, die er sich niemals hätte leisten können. Sie waren hübsch, wenn auch im Angesicht des Todes völlig ohne Bedeutung, und dennoch wäre er gern in der Lage gewesen, Charlotte so etwas zu schenken.

Beim Gedanken an Charlotte, die im warmen, sicheren Heim war, zog sich sein Magen krampfartig zusammen. Hatte irgendein Mann dieses Mädchen so geliebt, wie er Charlotte liebte? Gab es jemanden, für den in diesem Augenblick alles Reine, Helle und Zarte ausgelöscht war? Für den es durch den Tod dieses zerbrechlichen Körpers keine Fröhlichkeit mehr gab?

Er zwang sich, sie noch einmal anzusehen, aber sein Blick mied die Wunde in ihrer Brust und den großen Blutfleck, der nun zu einer dicken Masse geronnen war. Das weiße Gesicht war ausdruckslos, jede Überraschung, jeder Schrecken waren gewichen. Es wirkte lediglich ein wenig verhärmt.

Sie hatte am Paragon Walk gewohnt, war sehr reich und sehr elegant gewesen, und zweifellos hatte sie ein müßiges Leben geführt. Er hatte nichts mit ihr gemeinsam. Er arbeitete schon seit der Zeit, als er das Gut verließ, auf dem sein Vater angestellt gewesen war. Alles, was er besessen hatte, war ein Pappkarton mit einem Kamm, einem Hemd zum Wechseln und die Ausbildung, die man ihm an der Seite des Sohnes vom großen Herrenhaus hatte zukommen lassen. Er hatte die Armut und die Verzweiflung gesehen, die es direkt hinter den vornehmen Straßen und Plätzen von London im Überfluß gab, Dinge, an die dieses Mädchen selbst im Traum nicht gedacht hätte.

Er verzog sein Gesicht, als er sich mit einem Anflug von Humor daran erinnerte, wie entsetzt Charlotte gewesen war, als er ihr davon erzählt hatte, damals, als er nur der Polizist war, der die Morde in der Cater Street untersuchte, und sie eine Tochter der Ellisons. Daß er sich in ihrem Hause aufhielt, war für ihre Eltern schon schlimm genug gewesen – ganz zu schweigen vom gesellschaftlichen Umgang mit ihm. Es hatte viel Mut von Charlotte erfordert, ihn zu heiraten; bei diesem Gedanken kehrte ein Gefühl der wohligen Wärme zurück, und seine Finger umklammerten die Tischkante.

Er sah noch einmal auf das Gesicht des Mädchens hinunter und war wütend über die Verschwendung – die mannigfaltigen Erfahrungen, die sie nie machen würde, die Möglichkeiten, die sie nun nicht mehr hatte.

Er wandte sich ab.

»Gestern abend nach Einbruch der Dunkelheit«, sagte der Polizist neben ihm finster. »Häßliche Geschichte. Kennen Sie den Paragon Walk, Sir? Ganz feine Leute sind das. Ist überhaupt eine noble Gegend.«

»Ja«, sagte Pitt abwesend. Natürlich kannte er die Gegend; sie gehörte zu seinem Bezirk. Er fügte nicht hinzu, daß er den Paragon Walk besonders gut kannte, weil Charlottes Schwester dort ihr Stadthaus hatte und sich ihm der Name eingeprägt hatte. So, wie Charlotte unter ihrem Stand geheiratet hatte, so hatte Emily in eine höhere Schicht eingeheiratet und war nun Lady Ashworth.

»Mit einer solchen Sache rechnet man ja nicht gerade«, fuhr der Polizist fort, »nicht in solch einer Gegend.« Er schnalzte leise und mißbilligend mit der Zunge. »Ich weiß nicht, was daraus noch werden soll. Erst wird General Gordon im Januar von diesem Derwisch oder wem auch immer umgebracht, und jetzt treiben sich Vergewaltiger in einer Gegend wie dem Paragon Walk rum. Schockierend nenne ich das, so ein armes, junges Mädchen! Sieht unschuldig wie ein Lamm aus, nicht wahr?« Er starrte bekümmert auf sie hinunter.

Pitt drehte sich um. »Haben Sie vergewaltigt gesagt?«

»Ja, Sir. Haben die Ihnen das auf dem Revier nicht mitgeteilt?«

»Nein, Forbes, das haben sie nicht.« Um seine neuerliche Betroffenheit zu verbergen, hatte Pitt schärfer geantwortet, als er eigentlich wollte. »Sie sagten nur etwas von einem Mord.«

»Nun ja, sie ist auch ermordet worden«, räumte Forbes ein. »Armes Geschöpf.« Er zog die Nase hoch. »Ich nehme an, Sie wollen zum Paragon Walk gehen, jetzt, wo es Morgen ist, und mit all diesen Leuten sprechen, oder?«

»Ja«, stimmte Pitt zu und wandte sich um. Es gab nichts mehr, was er hier noch hätte tun können. Als Mordwaffe kam offensichtlich ein langes Messer mit einer scharfen Klinge, die mindestens ein Zoll breit war, in Frage. Es gab nur eine Wunde, und die war tödlich gewesen.

»In Ordnung.« Forbes folgte ihm die Treppe hinauf, seine schweren Schritte hallten auf dem Steinboden.

Draußen sog Pitt die sommerliche Luft ein. Die Bäume trugen ihr volles Blätterkleid, und obwohl es erst acht Uhr war, war es bereits warm. Eine zweirädrige Droschke klapperte am Ende der Straße über das Pflaster, und ein Laufbursche ging pfeifend seiner Wege.

»Wir werden zu Fuß gehen«, sagte Pitt und setzte sich mit langen Schritten in Bewegung. Sein Gehrock flatterte um ihn herum, sein Hut war tief ins Gesicht gezogen. Forbes mußte fast traben, um mit ihm Schritt halten zu können, und lange bevor sie am Paragon Walk ankamen, war der Polizist schon völlig außer Atem und wünschte sich sehnlichst, sein Dienstplan hätte ihn irgendeinem Inspector zugeteilt, nur nicht gerade Pitt.

Der Paragon Walk, eine sehr elegante Straße im Regency-Stil, lag am Rand eines Parkes mit Blumenbeeten und Zierbäumen. Die leicht gewundene Straße war etwa einen Kilometer lang. An jenem Morgen wirkte sie im Sonnenlicht hell und still, und es war nicht einmal ein Diener oder ein Gärtnerjunge zu sehen. Die Nachricht von der Tragödie hatte sich natürlich schon verbreitet; in den Küchen und Anrichteräumen wurden die Köpfe zusammengesteckt, und ein Stockwerk höher tauschte man verlegen an den Frühstückstischen Floskeln aus.

»Fanny Nash«, sagte Forbes, und als Pitt anhielt, kam er zum ersten Mal wieder zu Atem.

»Bitte?«

»Fanny Nash, Sir«, wiederholte Forbes. »Das war ihr Name.«

»Oh, ja.« Das Gefühl des Verlustes kam einen Augenblick lang zurück. Gestern um diese Zeit hatte sie noch gelebt, hinter einem dieser würdevollen Fenster, hatte sich wahrscheinlich überlegt, was sie anziehen wollte, hatte ihrer Zofe gesagt, was sie bereitlegen sollte, hatte ihren Tag geplant, überlegt, wen sie besuchen, welchen Klatsch sie•erzählen und welche Geheimnisse sie für sich behalten konnte. Es war der Beginn der Londoner Saison. Welche Träume waren ihr wohl vor so kurzer Zeit noch durch den Kopf gegangen?

»Nummer Vier«, soufflierte Forbes an seiner Seite.

Innerlich verfluchte ihn Pitt wegen seiner Sachlichkeit, obwohl er wußte, daß das ungerecht war. Für Forbes war dies eine fremde Welt, fremder, als ihm die Hinterhöfe von Paris oder Bordeaux gewesen wären. Er war an Frauen in einfachen Wollkleidern gewöhnt, die von morgens bis abends arbeiteten, an große Familien, die in ein paar mit Möbeln vollgestopften Zimmern wohnten, in denen es überall nach Küchendünsten roch und in denen man allen Schwächen und Vergnügungen nachging. Er konnte sich nicht vorstellen, daß sich diese in Seide gekleideten Menschen hier mit ihrem formvollendeten Benehmen genauso verhielten wie die anderen auch. Da sie die Disziplin der Arbeit nicht kannten, hatten sie die Disziplin der Etikette entwickelt, die zu einem ebenso strengen Meister geworden war. Aber man konnte von Forbes nicht erwarten, daß er das verstehen würde.

Pitt wußte, daß es für einen Polizisten üblich war, am Dienstboteneingang vorzusprechen, aber er sah nicht ein, jetzt mit etwas zu beginnen, was er sein ganzes Leben lang abgelehnt hatte.

Der Dienstbote, der ihnen am Haupteingang öffnete, wirkte grimmig und unnahbar. Er starrte Pitt mit unverhohlener Abneigung an, obwohl der Hochmut seines Blickes durch die Tatsache, daß Pitt einige Zentimeter größer war als er, etwas beeinträchtigt wurde.

»Inspector Pitt, Polizei«, sagte Pitt nüchtern. »Könnte ich Mr. und Mrs. Nash sprechen?« Er ging davon aus, daß seinem Wunsch entsprochen würde, und war im Begriff einzutreten, aber der Diener blieb stehen wie ein Fels.

»Mr. Nash ist nicht im Hause. Ich werde sehen, ob Mrs. Nash bereit ist, Sie zu empfangen«, sagte er mit offensichtlichem Widerwillen und trat dann einen halben Schritt zurück. »Sie können in der Halle warten.«

Pitt schaute sich um. Das Haus war größer, als es von außen den Anschein hatte. Er sah eine breite Treppe mit Treppenabsätzen zu beiden Seiten, und in der Halle gab es ein halbes Dutzend Türen. Als er an einem Fall gearbeitet hatte, in dem es um die Wiederbeschaffung gestohlener Gegenstände ging, hatte er sich ein wenig über Kunst informiert. Die Bilder, die hier an der Wand hingen, waren sicherlich wertvoll, auch wenn sie seinem Geschmack nach zu überladen wirkten. Er bevorzugte die modernere, impressionistische Schule mit ihren verwischten Linien, bei der sich Himmel und Wasser in einem Dunst von Licht vermischten. Ein Porträt im Stile von Burne-Jones jedoch erregte seine Aufmerksamkeit – nicht wegen des Künstlers, sondern wegen des Motivs, einer Frau von außergewöhnlicher Schönheit. Sie wirkte stolz, sinnlich – einfach überwältigend.

»Mensch!« Vor Erstaunen atmete Forbes hörbar aus, und Pitt erkannte, daß er vorher noch nie in einem solchen Haus gewesen war, es sei denn vielleicht im Dienstbotentrakt. Er befürchtete, daß Forbes' Unbeholfenheit sie beide in peinliche Situationen bringen und sogar seine Nachforschungen behindern könnte.

»Forbes, gehen Sie doch und schauen, was Sie von den Dienstboten in Erfahrung bringen können«, schlug er vor. »Vielleicht war ja ein Diener oder eine Zofe außer Haus. Die Leute wissen oft gar nicht, was sie alles mitbekommen!«

Forbes war hin- und hergerissen. Ein Teil von ihm wollte bleiben und diese neue Welt erkunden, um nichts zu versäumen, aber der größere Teil wollte in bekanntere Gefilde entfliehen und etwas tun, mit dem er vertraut war. Er zögerte kurz und entschied sich dann für das Bekannte.

»In Ordnung, Sir! Ja, das mache ich. Vielleicht versuche ich es auch bei ein paar von den anderen Häusern. Ganz wie Sie sagen: Die wissen nie, was sie gesehen haben, bis man sie danach fragt, oder?«

Der Diener kehrte zurück, führte Pitt in das Empfangszimmer und ließ ihn dann allein. Es dauerte fünf Minuten, bis Jessamyn Nash erschien. Pitt erkannte sie sofort; sie war die Frau auf dem Porträt in der Halle – mit diesen großen, offenen Augen, diesem schön geschwungenen Mund, dem glänzenden Haar, das reich

587

und voll wie Felder im Sommer war. Sie trug jetzt Schwarz, aber das minderte ihre Ausstrahlung nicht im geringsten. Sie stand da, aufrecht und mit erhobenem Kinn.

»Guten Morgen, Mr. Pitt. Was wollen Sie von mir wissen?«

»Guten Morgen, Ma'am. Es tut mir leid, daß ich Sie unter solch tragischen Umständen behelligen muß . . .«

»Das läßt sich nicht ändern. Sie müssen sich nicht rechtfertigen.« Äußerst anmutig durchquerte sie den Raum. Sie setzte sich nicht und forderte ihn auch nicht dazu auf. »Selbstverständlich müssen Sie ermitteln, was Fanny, dem armen Kind, zugestoßen ist.« Ihr Gesichtsausdruck gefror für einen Augenblick. »Sie war noch ein Kind, wissen Sie, sehr unschuldig, sehr – jung.«

Genau denselben Eindruck hatte er gehabt.

»Mein Beileid«, sagte er leise.

»Ich danke Ihnen.« Er konnte ihrer Stimme nicht entnehmen, ob sie wußte, daß er es auch wirklich so meinte, oder ob sie es für pure Höflichkeit hielt, etwas, das man so dahersagt. Er hätte ihr gerne seine Ernsthaftigkeit versichert, aber sie gab wohl ohnehin nichts um die Gefühle eines Polizisten.

»Erzählen Sie mir, was passiert ist.« Er begutachtete ihren Rücken, während sie am Fenster stand. Sie war schlank, ihre Schultern wirkten unter der Seide zart und weich. Als sie sprach, war ihre Stimme ausdruckslos, so, als ob sie etwas wiederholte, das sie schon geprobt hatte.

»Ich war gestern abend zu Hause. Fanny wohnte hier bei meinem Mann und mir. Sie war die Halbschwester meines Mannes, aber ich vermute, das wissen Sie schon. Sie war erst 17. Sie war mit Algernon Burnon verlobt. Die beiden wollten heiraten, allerdings erst in etwa drei Jahren, wenn sie 20 geworden wäre.«

Pitt unterbrach sie nicht. Er unterbrach Zeugen ohnehin nur selten; die kleinsten Bemerkungen, die zunächst unbedeutend erschienen, konnten sich später als bedeutsam erweisen, ein Gefühl verraten, wenn nicht sogar etwas anderes. Und er wollte soviel wie möglich über Fanny Nash erfahren. Er wollte wissen, wie andere Menschen sie gesehen hatten und was sie ihnen bedeutete.

». . . das scheint vielleicht eine lange Verlobungszeit zu sein«, sagte Jessamyn gerade, »aber Fanny war sehr jung. Sehen Sie, sie ist allein aufgewachsen. Mein Schwiegervater hat ein zweites Mal geheiratet. Fanny ist – war – 20 Jahre jünger als mein Mann. Sie schien immer ein Kind zu bleiben. Nicht, daß sie einfältig gewesen wäre.« Sie zögerte, und er bemerkte, wie ihre langen Finger mit einer kleinen Porzellanfigur auf dem Tisch hantierten und sie immer im Kreis drehten. »Nur . . .« – sie suchte nach dem Wort – ». . . vertrauensvoll – unschuldig.«

»Und sie wohnte hier bei Ihnen und Ihrem Mann, ich meine – bis zu ihrer Heirat?«

»Ja.«

»Warum?«

Sie wandte ihren Kopf um und blickte ihn erstaunt an. Ihre blauen Augen wirkten kühl, und es standen keine Tränen darin.

»Ihre Mutter ist tot. Natürlich haben wir ihr ein Zuhause angeboten.« Sie schenkte ihm ein leichtes, eiskaltes Lächeln. »Junge Mädchen aus gutem Hause leben nicht allein, Mr. . . . Es tut mir leid, ich habe Ihren Namen vergessen.«

»Pitt, Ma'am«, sagte er genauso kalt. Er war verwirrt und überrascht, daß es ihm nach all den Jahren noch etwas ausmachte, gekränkt zu werden. Aber er wollte sich nichts anmerken lassen. Innerlich mußte er lächeln. Charlotte wäre wütend geworden. Ihre Zunge hätte genauso schnell gesprochen, wie ihr die Worte in den Sinn gekommen wären. »Ich dachte, sie hätte vielleicht bei ihrem Vater bleiben können.«

Der Gedanke an Charlotte mußte seine Gesichtszüge etwas freundlicher gemacht haben.

Sie mißdeutete seinen Gesichtsausdruck als Grinsen. Röte stieg in ihre feinen Wangen.

»Sie zog es vor, bei uns zu wohnen«, sagte sie spitz. »Das ist ja wohl normal. Ein Mädchen möchte in der Saison nicht ohne entsprechende weibliche Begleitung – möglichst aus dem Familienkreis – erscheinen, die sie berät und ihr Gesellschaft leistet. Das habe ich gern getan. Sind Sie sicher, daß dies von Bedeutung ist, Mr. . . . Pitt? Befriedigen Sie nicht bloß Ihre Neugier? Ich gehe davon aus, daß Ihnen unser Lebensstil wahrscheinlich wenig geläufig ist.«

Er wollte ihr schon eine giftige Antwort geben, aber wenn er seinem Unmut freien Lauf ließ, war das nicht wiedergutzumachen, und zu diesem Zeitpunkt konnte er sich ihre Feindschaft noch nicht leisten.

Er verzog das Gesicht. »Vielleicht ist es nicht von Bedeutung. Bitte fahren Sie mit Ihrem Bericht über den gestrigen Abend fort.«

Sie schöpfte Atem, um weiterzuerzählen, änderte dann anscheinend jedoch ihre Meinung. Sie schritt hinüber zum Kaminsims, auf dem unzählige Fotografien standen, und fuhr mit derselben ausdruckslosen Stimme fort.

»Sie hat einen ganz normalen Tag verbracht. Sie brauchte sich natürlich nicht um die Haushaltsführung zu kümmern – das tue ich alles. Morgens schrieb sie Briefe, beschäftigte sich mit ihrem Tagebuch und ging zu einem Termin bei ihrer Schneiderin. Zu Mittag aß sie hier im Hause, und nachmittags nahm sie die Kutsche und machte Besuche. Sie hat mir gesagt, wen sie besuchen wollte, aber ich habe es vergessen. Es sind immer dieselben Leute, und solange man selbst keine Verabredung vergißt, interessiert das einen nicht weiter. Ich denke, Sie werden es vom Kutscher erfahren können, wenn Sie möchten. Das Abendessen nahmen wir zu Hause ein. Lady Pomeroy hat uns einen Besuch abgestattet, eine sehr ermüdende Person, aber es handelt sich um eine familiäre Verpflichtung – Sie würden das nicht verstehen.«

Pitt ließ sich nichts anmerken und hörte ihr weiterhin mit höflichem Interesse zu.

»Fanny ging früh«, fuhr sie fort. »Sie hat wenig Begabung im gesellschaftlichen Umgang, bis jetzt wenigstens. Manchmal denke ich, daß sie zu jung für eine Saison ist! Ich habe versucht, es ihr beizubringen, aber sie ist sehr ungeschickt. Anscheinend fehlt ihr jedes natürliche Talent, etwas zu erfinden. Selbst die einfachsten Ausflüchte sind ihr ein Greuel. Sie machte irgendeine kleine Besorgung – ein Buch für Lady Cumming-Gould. Das hat sie jedenfalls gesagt.«

»Und Sie glauben nicht, daß es so war?« fragte er.

Pitt sah ein leichtes Zucken in ihrem Gesicht, konnte sich jedoch keinen Reim darauf machen. Charlotte hätte es ihm vielleicht deuten können, aber sie war nicht hier, so daß er sie nicht fragen konnte.

»Ich gehe davon aus, daß es genauso war«, antwortete Jessamyn. »Wie ich Ihnen schon zu erklären versuchte, Mr. ähem ...« Sie machte eine fragende Handbewegung. »Die arme Fanny hatte kein Talent, etwas vorzuspielen. Sie war so arglos und offen wie ein Kind.«

Pitt hatte Kinder selten als arglos und offen empfunden, sondern eher als taktlos – aber die meisten, an die er sich erinnern konnte, waren mit der angeborenen Verschlagenheit eines Fuchses ausgestattet, mit der Hartnäckigkeit eines Geldverleihers vertraten sie ihre Interessen, wenn einige von ihnen dabei auch sicherlich mit dem sanftesten Gesichtsausdruck gesegnet waren. Es war das dritte Mal, daß Jessamyn auf Fannys Unreife hingewiesen hatte.

»Nun, ich könnte Lady Cumming-Gould fragen«, antwortete er mit einem Lächeln, von dem er hoffte, daß sie es als so arglos und offen auffassen würde wie Fannys.

Sie wandte sich abrupt von ihm ab, so, als ob sein Gesicht sie irgendwie daran erinnert hätte, wer er war, und daß ihm sein Stand wieder deutlich gemacht werden müßte.

»Lady Pomeroy war schon weg, und ich war allein, als . . .« Ihre Stimme schwankte, und zum ersten Mal schien sie ihre Fassung zu verlieren. ». . . als Fanny zurückkam.« Sie bemühte sich, nicht zu schlucken, was ihr jedoch nicht gelang. Sie war gezwungen, nach einem Taschentuch zu suchen, und während sie dies mit einiger Unbeholfenheit tat, gewann sie ihre Fassung zurück. »Fanny kam herein und brach in meinen Armen zusammen. Ich weiß wirklich nicht, woher das arme Kind noch die Kraft genommen hat, so weit zu kommen. Es war wirklich erstaunlich. Nur einen Augenblick später starb sie.«

»Wie furchtbar.«

Sie sah ihn mit völlig ausdruckslosem Gesicht an, fast so, als würde sie schlafen. Dann bewegte sie eine Hand, um über ihren schweren Taftrock zu streichen. Vielleicht erinnerte sie sich an die blutigen Flecken vom Abend zuvor.

»Hat sie noch etwas gesagt?« fragte er leise. »Irgend etwas?«

»Nein, Mr. Pitt. Sie war fast schon tot, als sie hier ankam.«

Er drehte sich ein wenig, um sich die großen Glastüren anzusehen. »Sie ist von dort hereingekommen?« Es war der einzig mögliche Weg, ohne dem Diener zu begegnen, und trotzdem schien es ganz natürlich, diese Frage zu stellen.

Sie erschauderte.

»Ja.«

Er ging zu den Türen hinüber und blickte hinaus. Das Rasenstück war klein, eigentlich nur ein kleiner Flecken, der von Lorbeerbüschen und einem Weg, auf dessen anderer Seite sich ein Kräutergarten befand, eingerahmt war. Eine Mauer trennte diesen Garten von dem nächsten. Zweifellos würde er, wenn er diesen Fall abgeschlossen hatte, jede Ansicht und jeden Winkel all dieser Häuser kennen – es sei denn, es gab eine ganz einfache Lösung, wonach es jedoch ganz und gar nicht aussah. Er wandte sich wieder ihr zu.

»Sind die Gärten entlang dieses Pfades irgendwie miteinander verbunden – durch ein Tor oder eine Türe in der Mauer?«

Ihr Gesicht wirkte ratlos. »Ja, aber das ist wohl kaum der Weg, auf dem sie gekommen wäre. Sie war bei Lady Cumming-Gould.«

Er würde Forbes in alle Gärten schicken müssen, um nachzusehen, ob er irgendwie Spuren entdecken konnte. So, wie die Wunde beschaffen war, mußte sie Blutflecken hinterlassen haben. Und vielleicht gab es sogar abgebrochene Zweige oder Fußspuren auf dem Kies oder im Gras.

»Wo wohnt Lady Cumming-Gould?« fragte er.

»Bei Lord und Lady Ashworth«, antwortete sie. »Ich glaube, sie ist ihre Tante und während der Saison zu Besuch.«

Bei Lord und Lady Ashworth – Fanny Nash war also am Abend, an dem sie ermordet wurde, in Emilys Haus gewesen. Erinnerungen an Charlotte und Emily kamen zurück. Er hatte sie kennengelernt, als er die Morde des Würgers in der Cater Street untersuchte. Jeder hatte Angst gehabt und seine Freunde, ja selbst seine Verwandten, mit ganz anderen Augen gesehen; Verdächtigungen wurden ausgesprochen, über die man unter anderen Umständen ein Leben lang geschwiegen hätte. Langjährige Bekanntschaften waren belastet worden und am Ende zerbrochen. Nun waren Gewalt und obszöne und häßliche Geheimnisse wieder ganz nahe gerückt, vielleicht verbargen sie sich sogar in eben diesem Haus. All die Alpträume würden wiederkehren, die Fragen, an die man nicht einmal zu denken wagte und vor denen man sich doch nicht verschließen konnte.

»Gibt es einen Verbindungsweg zwischen den Gärten?« fragte er vorsichtig und verscheuchte den Nebel und den Schrecken der Cater Street aus seinen Gedanken. »Ist es vielleicht möglich, daß sie auf diesem Wege zurückgekommen ist? Es war ein schöner Sommerabend.«

Sie sah ihn ein wenig überrascht an.

»Das glaube ich kaum, Mr. Pitt. Sie trug ein Abendkleid, keine Hosen! Sie ging über die Straße und kehrte auch auf diesem Weg zurück. Sie muß dort von irgendeinem Wahnsinnigen angegriffen worden sein.«

Ganz plötzlich kam ihm der absurde Gedanke, sie danach zu fragen, wie viele Wahnsinnige denn am Paragon Walk wohnten, aber vielleicht wußte sie nicht, daß sich Kutscher an einem Ende der Straße aufgehalten hatten, um auf ihre Herrschaften zu warten, bis diese eine Gesellschaft verließen, und ein Streifenpolizist am anderen Ende gestanden hatte.

Er verlagerte sein Gewicht von einem Fuß auf den anderen; seine Gestalt straffte sich ein wenig. »Dann ist es wohl am besten, ich suche Lady Cumming-Gould auf. Ich danke Ihnen, Mrs. Nash. Ich hoffe, daß wir den Fall schnell aufklären können und daß wir Sie nicht lange belästigen müssen.«

»Das hoffe ich auch«, stimmte sie ihm kühl zu. »Guten Tag.«

Im Haus der Ashworths wurde er von einem Butler in den Salon geführt, dessen Gesicht ein gesellschaftliches Dilemma widerspiegelte. Hier war ein Mensch, der zugab, zur Polizei zu gehören. Er war somit unerwünscht, und man durfte ihn nicht vergessen lassen, daß er hier lediglich geduldet wurde, was eine höchst unangenehme Notwendigkeit war, die sich aus der jüngsten Tragödie ergeben hatte. Andererseits wiederum war er Lady Ashworths Schwager. Wie ungewöhnlich. Das kam davon, wenn man unter seinem Stand heiratete! Der Butler zwang sich schließlich zu gequälter Höflichkeit und zog sich zurück, um Lord Ashworth zu holen. Pitt amüsierte sich zu sehr über den Konflikt, in dem sich der Mann befand, um verärgert zu sein. Als sich aber die Tür öffnete, war es nicht George, sondern Emily, die eintrat. Er hatte vergessen, wie charmant sie sein konnte, wenngleich sie so völlig anders als Charlotte war. Sie war blond, schlank und äußerst modisch und sehr teuer gekleidet. Wo Charlotte katastrophal direkt war, da war Emily viel zu praktisch veranlagt, um zu reden, ohne nachzudenken, und sie konnte, wenn es einen guten Grund gab, geschickt ausweichen. Und für gewöhnlich hielt sie die Gesellschaft für einen außergewöhnlich guten Grund. Sie war in der Lage zu lügen, ohne mit der Wimper zu zucken. Sie kam herein, schloß die Tür hinter sich und schaute ihn offen an.

»Hallo, Thomas«, sagte sie matt. »Du bist bestimmt wegen der armen Fanny hier. Ich habe nicht im Traum daran gedacht, daß wir das Glück haben würden, daß du den Fall untersuchst. Ich habe versucht, darüber nachzudenken, ob mir etwas einfällt, was uns weiterhelfen könnte, so, wie wir es am Callander Square getan haben.« Ihre Stimme hob sich für einen Augenblick. »Charlotte und ich haben uns dort recht geschickt verhalten.« Dann wurde ihre Stimme wieder schwächer, und ihr Gesicht zeigte einen traurigen, unglücklichen Ausdruck. »Aber damals war es anders. Vor allem kannten wir die Leute nicht. Und die, die tot waren, waren schon nicht mehr am Leben, noch bevor wir von ihnen auch nur gehört hatten. Wenn man Menschen nicht gekannt hat, als sie noch lebten, dann schmerzt es nicht so sehr.« Sie seufzte. »Bitte, setz dich doch, Thomas. Du stehst da wie ein schwankender Turm. Kannst du deinen Rock nicht in Ordnung bringen? Wenn du so riesig dastehst, sitzt er besonders schlecht an dir. Ich muß mal mit Charlotte sprechen. Sie läßt dich aus dem Haus gehen, ohne . . .« Sie schaute ihn von oben bis unten an und gab ihr Vorhaben dann auf.

Pitt fuhr sich mit seiner Hand durch die Haare und machte alles noch schlimmer.

»Hast du Fanny Nash gut gekannt?« fragte er. Er saß auf dem Sofa und schien es mit seinen Rockschößen und Armen völlig auszufüllen.

»Nein. Und ich schäme mich dafür, daß ich das jetzt sage, aber ich hab' sie auch nicht sonderlich gemocht.« Sie verzog ihr Gesicht, als wolle sie um Entschuldigung bitten. »Sie war ausgesprochen fad. Mit Jessamyn hat man sehr viel Spaß. Ich kann sie im Grunde gar nicht ausstehen, und ich denke ständig darüber nach, was ich als nächstes unternehmen könnte, um sie zu ärgern.«

Er lächelte. Sie hatte so vieles an sich, was ihn an Charlotte erinnerte, daß er sie einfach mögen mußte.

»Aber Fanny war zu jung«, beendete er den Satz für sie. »Zu naiv.«

»Stimmt. Sie war ziemlich langweilig.« Dann änderte sich ihr Gesichtsausdruck. Sie zeigte Mitleid und Verlegenheit, weil sie für einen Augenblick nicht an Fannys Tod und an die Art und Weise, wie es geschehen war, gedacht hatte. »Thomas, sie war das letzte Geschöpf auf der Erde, das so etwas Abscheuliches hätte provozieren können! Wer auch immer es getan haben mag, er muß verrückt sein. Du mußt ihn fangen, Fanny zuliebe – und für alle anderen auch!«

Es kamen ihm alle möglichen Antworten in den Sinn, beschwichtigende Bemerkungen über Fremde oder Landstreicher, die sich schon lange aus dem Staub gemacht hätten, aber sie erstarben alle in seinem Mund. Es war durchaus möglich, daß der Mörder jemand war, der hier am Paragon Walk wohnte oder arbeitete. Weder der Polizist, der an einem Ende Streife gegangen war, noch die Diener am anderen Ende der Anlage hatten jemanden vorbeigehen sehen. Und dies war keine Gegend, in der man unbemerkt spazierengehen konnte. Es war durchaus nicht unwahrscheinlich, daß der Täter irgendein Kutscher oder Bediensteter von der Gesellschaft gewesen war, der – vom Alkohol entfesselt – gerade nichts zu tun hatte, und so wurde aus einer dummen Laune des Augenblicks – vielleicht, als sie zu schreien drohte – plötzlich ein häßliches und abscheuliches Verbrechen.

Aber es war nicht das Verbrechen an sich; es war die anstehende Untersuchung, die Angst einflößte, und die Furcht, daß nicht ein Bediensteter der Täter sein könnte, sondern ein Mann vom Walk, einer von ihnen, unter dessen wohlerzogener Oberfläche, die sie kannten, eine gewalttätige, widerliche Natur schlummerte. Und die Nachforschungen der Polizei brachten nicht nur die eigentlichen Verbrechen ans Licht, sondern oft auch die kleineren Sünden, die schäbigen Tricks und Täuschungen, die so sehr schmerzten.

Aber es war besser, ihr das nicht zu sagen. Trotz ihres Titels und ihrer Selbstsicherheit war sie immer noch dasselbe Mädchen, das in der Cater Street so leicht zu verletzen gewesen war, als ihr verängstigter Vater die Maske der Wohlanständigkeit verlor.

»Du wirst ihn doch fangen, nicht wahr?« Ihre Stimme durchbrach sein Schweigen und forderte eine Antwort. Sie stand in der Mitte des Raumes und starrte ihn an.

»Im allgemeinen gelingt uns das.« Das war das beste, was er aufrichtigerweise sagen konnte.

Und selbst, wenn er gewollt hätte, hatte es kaum Zweck, Emily anzulügen. Wie viele praktisch veranlagte und ehrgeizige Menschen, so hatte auch sie ein außergewöhnlich gutes Wahrnehmungsvermögen. Sie kannte sich in der Kunst der höflichen Lügen sehr gut aus und konnte sie bei anderen Menschen wie aus einem Buch herauslesen.

Er rief sich den Grund seines Besuches wieder in Erinnerung.

»Sie hat euch an jenem Abend besucht, nicht wahr?«

»Fanny?« Ihre Augen weiteten sich ein wenig. »Ja. Sie hat Tante Vespasia ein Buch oder etwas Ähnliches zurückgebracht. Möchtest du mit ihr sprechen?«

Diese günstige Gelegenheit ließ er sich nicht entgehen.

»Ja, bitte. Es wäre vielleicht besser, wenn du bleibst. Sollte sie die Fassung verlieren, dann könntest du ihr beistehen.« Er dachte an eine ältere weibliche Verwandte von außergewöhnlich vornehmer Herkunft und entsprechender Neigung zu Schwächeanfällen.

Zum ersten Mal lachte Emily.

»Ach, du meine Güte!« Sie schlug sich die Hand vor den Mund. »Da kennst du Tante Vespasia aber schlecht!« Sie raffte ihre Röcke hoch und schwebte zur Tür. »Aber ich werde ganz bestimmt bleiben. Das ist genau das, was ich jetzt brauche!«

George Ashworth sah schon recht gut aus mit seinen kühnen dunklen Augen und seinem schönen Haar, aber seiner Tante hätte er niemals das Wasser reichen können. Sie war bereits über 70, aber ihrem Gesicht war immer noch eine ehemals außergewöhnliche Schönheit anzusehen – die ausdrucksstarken Gesichtszüge, die hohen Wangen und die lange, gerade Nase. Ihr bläulichweiß schimmerndes Haar hatte sie hochgesteckt, ihr Kleid war aus dunkler, lilafarbener Seide. Sie stand in der Tür und schaute Pitt einige Zeit lang an, dann betrat sie das Zimmer, ergriff ihre Stielbrille und betrachtete ihn näher.

»Ohne dieses verdammte Ding kann ich wirklich nichts sehen«, sagte sie ungehalten. Sie schnaubte leise, so wie ein Pferd von äußerst edlem Geblüt. »Bemerkenswert«, stellte sie fest. »Sie sind also Polizist?«

»Ja, Ma'am.« Selbst Pitt wußte für einen kurzen Augenblick nicht, was er sagen sollte. Über ihre Schulter hinweg sah er, wie Emilys Gesicht vor Vergnügen strahlte.

»Was starren Sie mich so an?« sagte Vespasia scharf. »Ich trage niemals Schwarz. Es steht mir nicht. Man soll konsequent immer das tragen, was einem steht. Das hab' ich auch Emily gesagt, aber sie hört ja nicht. Am Walk erwartet man von ihr, daß sie Schwarz trägt, also trägt sie Schwarz. Wie dumm. Man darf nicht zulassen, daß andere einen zu etwas zwingen, was man nicht will.« Sie ließ sich auf dem gegenüberstehenden Sofa nieder und starrte ihn an, wobei sie ihre feinen grauen Augenbrauen ein wenig in die Höhe gezogen hatte. »Fanny hat mich am Abend, an dem sie ermordet wurde, besucht. Ich nehme an, Sie wußten das, und das ist auch der Grund, warum Sie gekommen sind.«

Pitt schluckte und versuchte, sein Gesicht wieder unter Kontrolle zu bekommen.

»Ja, Ma'am. Zu welcher Uhrzeit war das bitte?«

»Das weiß ich nicht.«

»Aber wenigstens ungefähr mußt du das doch wissen, Tante Vespasia«, unterbrach sie Emily. »Es war nach dem Abendessen.«

»Wenn ich sage, ich weiß es nicht, Emily, dann weiß ich es nicht. Ich achte nicht auf die Uhrzeit. Sie ist mir völlig gleichgültig. Wenn man erst einmal so alt ist wie ich, dann tut man das nicht mehr. Es war dunkel, wenn Ihnen das weiterhilft.«

»Das hilft mir sehr viel weiter, danke schön.« Pitt überlegte rasch. Um diese Jahreszeit mußte es nach zehn gewesen sein. Und Jessamyn Nash hatte den Diener kurz vor Viertel vor elf zur Polizei geschickt. »Weswegen ist sie gekommen, Ma'am?« fragte er.

»Um einem schrecklich langweiligen Gast beim Abendessen zu entkommen«, antwortete Vespasia sofort. »Eliza Pomeroy. Ich hab' sie bereits als Kind gekannt, und selbst damals war sie äußerst langweilig. Spricht dauernd über die Gebrechen anderer Leute. Wen interessiert das schon? Die eigenen Leiden sind ermüdend genug!«

Pitt konnte nur mühsam ein Lächeln verbergen. Er wagte nicht, Emily anzuschauen.

»Hat sie Ihnen das gesagt?« wollte er wissen.

Vespasia erwog, Nachsicht mit ihm zu üben – vielleicht war er ein Einfaltspinsel –, und entschied sich dagegen. Man konnte diese Gedanken deutlich aus ihrem Gesicht ablesen.

»Seien Sie nicht albern!« sagte sie überlegen. »Sie war ein eher durchschnittliches Kind, weder gut noch schlecht genug, um ehrlich zu sein. Sie sagte, sie würde ein Buch oder so etwas zurückbringen.«

»Haben Sie das Buch?« Er wußte nicht, warum er fragte, vielleicht aus der Gewohnheit heraus, jedes Detail zu überprüfen. Höchstwahrscheinlich hatte es gar nichts zu bedeuten.

»Ich denke schon«, antwortete sie ein wenig überrascht. »Aber ich verleihe niemals Bücher, wenn ich Wert darauf lege, sie zurückzubekommen. Ich kann es Ihnen also nicht mit Sicherheit sagen. Sie war ein ehrliches Kind. Sie hatte nicht die Phantasie, um mit Erfolg lügen zu können, und sie gehörte zu den angenehmen Menschen, die sich ihrer eigenen Grenzen bewußt sind. Sie wäre wohl ganz gut zurechtgekommen, hätte sie weitergelebt. War weder anmaßend noch nachtragend, das arme, kleine Geschöpf.«

Die Heiterkeit und die angenehme Atmosphäre verschwanden so schnell wie die Sonne im Winter; im Zimmer schien es kühler zu werden.

Pitt glaubte, etwas sagen zu müssen, aber seine Stimme klang abwesend.

»Hat sie erwähnt, ob sie sonst noch jemanden besuchen wollte?«

Vespasia schien von derselben Kälte berührt worden zu sein.

»Nein«, sagte sie ernst. »Sie war für ihre Zwecke lange genug hiergeblieben. Wäre Eliza Pomeroy zufällig doch noch bei den Nashs gewesen, dann hätte Fanny sich leicht entschuldigen und zu Bett gehen können, ohne unhöflich zu sein. Aus dem, was sie sagte, bevor sie uns verließ, schloß ich, daß sie sofort nach Hause gehen wollte.«

»Sie ist also kurz nach zehn aufgebrochen?« hielt Pitt fest. »Wie lange war sie schätzungsweise hier?«

»Etwas mehr als eine halbe Stunde. Sie kam in der frühen Abenddämmerung und ging, als es völlig dunkel war.«

Das wäre also etwa von Viertel vor zehn bis ungefähr Viertel nach gewesen, dachte er. Sie mußte irgendwo auf dem kurzen Weg den Paragon Walk entlang überfallen worden sein. Es gab dort große Häuser mit breiten Fronten, Zufahrtswegen und Gebüschen, die dicht genug waren, um jemanden zu verstecken, und doch lagen nur drei Häuser zwischen dem von Emily und dem der Nashs. Sie konnte nicht länger als ein paar Minuten auf der Straße gewesen sein, es sei denn, sie hätte doch noch jemanden besucht.

»Sie war mit Algernon Burnon verlobt?« Er suchte nach Möglichkeiten.

»Sie paßten sehr gut zueinander«, bejahte Vespasia. »Ein recht angenehmer junger Mann mit angemessenem Vermögen, anständiger Lebensführung und guten Manieren, auch wenn er – soviel ich weiß – ein wenig langweilig ist. Alles in allem eine passende Wahl.«

Pitt fragte sich, wie anziehend wohl das Vernünftige an dieser Verbindung für die 17jährige Fanny gewesen sein mochte.

»Wissen Sie, Ma'am«, sagte er laut, »ob es sonst noch jemanden gab, der sie ganz besonders verehrte?« Er hoffte, daß trotz der zarten Umschreibung deutlich wurde, was er meinte.

Sie schaute ihn mit leicht hochgezogenen Augenbrauen an, und über ihre Schulter hinweg konnte er sehen, wie Emily zusammenzuckte.

»Ich kenne niemanden, Mr. Pitt, bei dem ich mir vorstellen könnte, daß er Gefühle für sie hegte, die die Tragödie der letzten Nacht hätten hervorrufen können, wenn es das ist, worauf Sie hinauswollen.«

Emily schloß die Augen und biß sich auf die Lippen, um nicht lachen zu müssen.

Pitt war bewußt, daß er sich unglücklich ausgedrückt hatte. Er mußte nun vermeiden, ins andere Extrem zu verfallen.

»Ich danke Ihnen, Lady Cumming-Gould.« Er stand auf. »Ich bin mir sicher, daß Sie es uns wissen lassen, wenn Ihnen irgend etwas einfällt, von dem Sie meinen, es könne uns weiterhelfen. Danke, Lady Ashworth.«

Vespasia nickte leicht und schenkte ihm ein schwaches Lächeln, Emily jedoch kam hinter dem Sofa um den Tisch herum und streckte ihm beide Hände entgegen.

»Bitte grüße Charlotte ganz herzlich von mir. Ich werde sie sofort besuchen, sobald das Schlimmste hier vorbei ist. Vielleicht dauert es ja auch nicht so lange?«

»Ich hoffe, nein.« Er berührte sanft ihre Hand, ohne wirklich daran zu glauben, daß es so kurz oder so leicht werden würde. Nachforschungen verliefen nie angenehm, und danach lagen die Dinge selten so wie vorher. Immer wurden Gefühle verletzt.

Er suchte mehrere der anderen Häuser am Walk auf und traf Algernon Burnon, Lord und Lady Dilbridge, die die Gesellschaft gegeben hatten, Mrs. Selena Montague, eine gutaussehende Witwe, und die beiden Miss Horburys zu Hause an. Um halb sechs verließ er die ruhige Würde des Walks und machte sich auf den Rückweg zu der schäbigen, abgenutzten Nüchternheit der Polizeistation. Um sieben stand er vor seiner Haustür. Die Fassade des Hauses war schmal, gepflegt, aber es gab keinen Zufahrtsweg, keine Bäume – nur eine saubere, weißgestrichene Stufe und das hölzerne Tor, welches zum Hinterhof führte.

Er öffnete mit seinem Schlüssel die Tür, und die Freude, die in diesem Moment immer in ihm aufstieg, durchflutete ihn mit wohliger Wärme; er merkte, wie er lächelte. Alles Gewalttätige und Häßliche schien weit weg zu sein.

»Charlotte?«

Aus der Küche erklang ein Scheppern, und sein Lächeln wurde breiter. Er ging den Flur hinunter und hielt im Türrahmen inne. Sie kniete auf dem frischgescheuerten Fußboden, und zwei Topfdeckel rollten – unerreichbar für sie – gerade unter den Tisch. Sie trug ein einfaches Kleid, darüber eine weiße Schürze, und ihr glänzendes rotbraunes Haar hatte sich in langen, welligen Strähnen aus ihrem Knoten gelöst. Sie schaute auf und zog eine Grimasse, während sie nach den Deckeln griff und sie verfehlte. Er bückte sich, hob sie für sie auf und streckte ihr die andere Hand entgegen. Charlotte ergriff sie, und er zog sie zu sich herauf. Als sie sich in seine Arme schmiegte, ließ er die Deckel auf den Tisch fallen. Es tat gut, Charlotte zu spüren, die Wärme ihres Körpers, ihres Mundes, der sich an den seinen preßte und ihm antwortete.

»Wen hast du heute gejagt?« fragte sie nach einer Weile.

Er strich das Haar aus ihrem Gesicht.

»Mord«, sagte er leise. »Und Vergewaltigung.«

»Oh.« Ihr Gesicht wurde ein wenig ernster, vielleicht, weil in ihr eine Erinnerung aufstieg. »Wie schrecklich.«

Es wäre leicht gewesen, es dabei zu belassen, ihr nicht zu sagen, daß es sich um jemanden handelte, den Emily kannte, der in Emilys Straße wohnte, aber irgendwann mußte sie es ja doch erfahren. Emily würde es ihr mit Sicherheit erzählen. Vielleicht würden sie den Fall ja auch rasch aufklären – ein betrunkener Diener.

Doch sie hatte sein Zögern bereits bemerkt.

»Wer war es?« fragte sie. Was sie zunächst als Grund seiner Nachdenklichkeit vermutete, war es nicht. »Hatte sie Kinder?«

Er dachte an die kleine Jemima, die jetzt oben schlief.

Sie sah, wie sich sein Gesicht entspannte, den Anflug von Erleichterung.

»Wer, Thomas?« wiederholte sie.

»Eine junge Frau, ein Mädchen –«

Sie wußte, daß das noch nicht alles war. »Du meinst, ein Kind?«

»Nein – nein, sie war 17. Es tut mir leid, mein Liebling, aber sie wohnte am Paragon Walk – nur ein paar Häuser von Emily entfernt. Ich war heute nachmittag bei Emily. Sie läßt dich herzlich grüßen.«

Erinnerungen an die Cater Street kamen zurück, an die Angst, die am Ende alles durchdrungen hatte, die jeden befallen und beschmutzt hatte. Sie sprach die erste Befürchtung aus, die ihr in den Sinn kam.

»Du glaubst doch wohl nicht, daß George – daß er irgend etwas damit zu tun hatte?«

Sein Gesicht verzog sich.

»Um Himmels willen, nein! Natürlich nicht!«

Charlotte ging zurück an den Herd. Sie stocherte wild in den Kartoffeln herum, um zu sehen, ob sie gar waren, woraufhin zwei auseinanderfielen. Sie hätte am liebsten deswegen geflucht, aber weil er da war, ließ sie es bleiben. Wenn er sie immer noch als eine Lady verehrte, dann sollte er seine Illusionen behalten. Ihre Kochkunst allein war schon eine große Hürde, die er erst einmal hatte überwinden müssen. Sie war so sehr in ihn verliebt, daß sie sich nach seiner Bewunderung sehnte. Ihre Mutter hatte ihr beigebracht, wie man ein Haus gut führte und dafür sorgte, daß alle Aufgaben zufriedenstellend ausgeführt wurden, aber sie hatte es sich niemals träumen lassen, daß Charlotte so weit unter ihrem Stand heiraten würde, daß sie einmal selber kochen müßte.

Dies war ein Umstand gewesen, der einige Schwierigkeiten mit sich gebracht hatte. Man mußte es Pitt hoch anrechnen, daß er sie so selten ausgelacht und nur einmal die Geduld verloren hatte.

»Dein Abendessen ist bald fertig«, sagte sie und trug den Topf zum Spülbecken. »Ging es Emily gut?«

»Es schien so.« Er setzte sich auf den Rand des Tisches. »Ich habe ihre Tante Vespasia getroffen. Kennst du sie?«

»Nein. Wir haben keine Tante Vespasia. Sie muß eine Tante von George sein.«

»Sie müßte eigentlich eine von dir sein«, sagte er und mußte plötzlich grinsen. »Sie ist genauso, wie du vielleicht sein wirst, wenn du 70 oder 80 bist.«

Überrascht ließ sie den Topf sinken, drehte sich um und starrte ihn an. Sein Körper sah aus wie der eines großen flugunfähigen Vogels, seine Rockschöße hingen an ihm herunter.

»Und dieser Gedanke schreckte dich nicht ab?« fragte sie. »Ich bin richtig überrascht, daß du trotzdem noch nach Hause gekommen bist!«

»Sie war hinreißend«, lachte er. »Ich kam mir wie ein dummer Junge vor. Sie sagte genau, was sie dachte, und es war ihr völlig egal, wieviel Porzellan sie dabei zerschlug.«

»Also, mir ist das nicht egal!« verteidigte sie sich. »Ich bin nun einmal so impulsiv, aber danach fühle ich mich ganz furchtbar.«

»Das legt sich, wenn du erst einmal 70 bist.«

»Geh vom Tisch runter. Ich möchte das Gemüse draufstellen.«

Gehorsam stand er auf.

»Wen hast du sonst noch gesehen?« fuhr sie fort, als sie im Eßzimmer waren und mit dem Essen angefangen hatten. »Emily hat mir einiges von den Leuten am Walk erzählt, obwohl ich nie dagewesen bin.«

»Willst du das wirklich wissen?«

»Selbstverständlich will ich das!« Wie konnte er so etwas nur fragen? »Wenn jemand direkt neben Emilys Haus vergewaltigt und ermordet worden ist, dann muß ich alles darüber wissen. Es handelt sich doch wohl nicht um Jessamyn Sowieso, oder?«

»Nein. Warum?«

»Emily kann sie nicht ausstehen, aber sie würde sie vermissen, wenn sie nicht mehr da wäre. Ich glaube, Jessamyn nicht zu mögen ist eine ihrer schönsten Beschäftigungen. Obwohl ich nicht so über jemanden sprechen sollte, der hätte getötet werden können.«

In Gedanken mußte er über sie lachen, und sie wußte es.

»Wieso?« fragte er.

Sie wußte nicht, wieso, vielleicht nur deshalb, weil sie sich sicher war, daß ihre Mutter das gesagt hätte. Sie beschloß, nicht zu antworten. Angriff war die beste Verteidigung.

»Wer war es denn nun? Warum willst du es mir nicht sagen?«

»Es war Jessamyn Nashs Schwägerin, ein Mädchen namens Fanny.«

Mit einem Mal schien die vornehme Herkunft keine Rolle mehr zu spielen.

»Das arme Kind«, sagte sie leise. »Ich hoffe, es ging schnell, und sie hat wenig gespürt.«

»Nun, ich fürchte, sie wurde vergewaltigt und dann erstochen. Sie hat sich dann noch bis zum Haus schleppen können und starb in Jessamyns Armen.«

Ihre Gabel mit Fleisch hatte schon fast ihren Mund erreicht, als sie innehielt und ihr plötzlich übel wurde.

Er bemerkte es.

»Warum zum Teufel hast du mich auch mitten beim Essen danach gefragt?« sagte er zornig. »Jeden Tag sterben Menschen. Daran läßt sich nichts ändern. Iß weiter!«

Sie wollte schon sagen, daß es das auch nicht besser machte. Dann wurde ihr klar, daß das Verbrechen auch ihn betroffen gemacht hatte. Er mußte die Leiche gesehen haben – das war ein Teil seiner Arbeit –, und er mußte mit denjenigen gesprochen haben, die sie geliebt hatten. Charlotte konnte sich das Opfer nur vorstellen, und Vorstellungen konnte man unterdrücken, Erinnerungen jedoch nicht.

Gehorsam schob sie das Essen in den Mund und beobachtete ihn. Sein Gesicht war ruhig, sein Ärger völlig verflogen, aber seine Schultern waren angespannt, und er hatte vergessen, sich etwas von der Soße zu nehmen, die sie liebevoll zubereitet hatte. War es der Tod des Mädchens, der ihn so sehr bewegte – oder aber war es etwas viel Schlimmeres, die Befürchtung, daß die Ermittlungen Dinge ans Tageslicht brächten, die noch häßlicher waren, die ihm näherringen, etwas, das George betraf?

Kapitel 2

Am nächsten Morgen ging Pitt zunächst zur Polizeiwache, wo ihn Forbes mit traurigem Gesicht erwartete.

»Morgen, Forbes«, sagte Pitt heiter. »Was ist los?«

»Der Polizeipathologe hat Sie gesucht«, antwortete Forbes und zog leicht die Nase hoch. »Wollte Ihnen was wegen der Leiche von gestern sagen.«

Pitt hielt inne.

»Fanny Nash? Was ist mit ihr?«

»Weiß ich nicht. Wollt' er nicht sagen.«

»Nun, wo ist er?« fragte Pitt. Was um alles in der Welt hätte der Mann ihm noch mitteilen können, was nicht sowieso schon klar war? War sie schwanger? Das war die einzige Möglichkeit, die ihm einfiel.

»Er ist eine Tasse Tee trinken gegangen«, sagte Forbes. »Gehen wir wieder zum Paragon Walk?«

»Selbstverständlich gehen wir!« Pitt lächelte ihn an, und Forbes schaute finster zurück. »Sie können dann noch ein wenig mehr davon sehen, wie die feineren Leute so leben. Hören Sie sich bei den Bediensteten von der Abendeinladung um.«

»Lord und Lady Dilbridge?«

»Genau. Und ich geh' jetzt und such' diesen Arzt.« Eilig verließ er das Büro und ging zu dem kleinen Eßlokal an der Ecke, wo der Polizeiarzt in einem eleganten Anzug bei einer Kanne Tee saß. Er schaute auf, als Pitt hereinkam.

»Tee?« fragte er.

Pitt nahm Platz.

»Das Frühstück ist jetzt nicht so wichtig. Was ist mit Fanny Nash?«

»Ach«, sagte der Arzt und nahm einen großen Schluck aus seiner Tasse. »Ganz merkwürdige Sache. Hat vielleicht gar nichts zu bedeuten, aber ich dachte, ich sollte es schon erwähnen. Sie hat eine Narbe auf ihrem Gesäß, linke Hälfte, ziemlich weit unten. Sicht noch ganz frisch aus.«

Pitt runzelte die Stirn.

»Eine Narbe? Und was ist damit?«

»Wahrscheinlich gar nichts«, sagte der Arzt und zuckte mit der Schulter. »Aber sie hat irgendwie die Form eines Kreuzes, einen langen Balken mit einem kürzeren Balken, der am unteren Ende kreuzt. Sehr regelmäßig, aber das Merkwürdige an der Sache ist, daß es sich nicht um eine Schnittwunde handelt.« Er schaute auf, und seine Augen glänzten. »Es ist eine Brandwunde.«

Pitt saß regungslos da.

»Eine Brandwunde?« sagte er ungläubig. »Wie um alles in der Welt kann sie sich die zugezogen haben?«

»Das weiß ich nicht«, antwortete der Arzt. »Finden Sie es heraus; mich interessiert es nicht weiter.«

Verwirrt verließ Pitt das Lokal. Er war sich nicht sicher, ob die Sache überhaupt etwas zu bedeuten hatte. Vielleicht handelte es sich ja auch nur um einen dummen und lächerlichen Unfall. Er stand jetzt vor der schweren Aufgabe, festzustellen, wo sich jeder einzelne zum Zeitpunkt des Mordes aufgehalten hatte. Algernon Burnon, den jungen Mann, der mit Fanny verlobt gewesen war, hatte er bereits aufgesucht und hatte ihn zwar blaß, aber unter den gegebenen Umständen doch recht gefaßt vorgefunden. Er behauptete, er habe den ganzen Abend in Gesellschaft einer anderen Person verbracht, aber er weigerte sich, zu sagen, mit wem. Er deutete an, es handele sich um eine Ehrensache, die Pitt nicht verstehen würde, war aber taktvoll genug, es nicht derart offen zu sagen. Pitt konnte nicht mehr aus ihm herausbekommen, und für den Augenblick gab er sich damit zufrieden, es dabei zu belassen. Sollte der arme Kerl ausgerechnet zu der Zeit eine andere Affäre gehabt haben, in der seine Verlobte vergewaltigt wurde, dann würde er es jetzt wohl kaum zugeben.

Lord und Lady Dilbridge waren von sieben Uhr an in Gesellschaft gewesen und konnten aus dem Kreis der Verdächtigen ausgeschlossen werden. Im Haus der Damen Horbury lebten überhaupt keine Männer. Selena Montagues einziger männlicher Diener hatte sich entweder im Aufenthaltsraum der Bediensteten oder aber in seiner Anrichtekammer aufgehalten, welche man zu der fraglichen Zeit von der Küche aus hatte einsehen können. Es blieben Pitt noch drei weitere Häuser, die er aufsuchen mußte, bevor er dann die traurige Pflicht hatte, zu den Nashs zu gehen, um Jessamyns Mann zu befragen – den Halbbruder des toten Mädchens. Und schließlich mußte er noch Lord Ashworth bitten, über seinen Aufenthalt zur Tatzeit Auskunft zu geben, eine Sache, die ihm sehr unangenehm war. Mehr als alles andere, was diesen Fall betraf, hoffte Pitt, daß George dazu in der Lage wäre.

Er wünschte, er hätte diese Vernehmung als erste hinter sich bringen können, aber er wußte, daß George so früh am Morgen nicht zu sprechen sein würde. Zudem war er töricht genug zu hoffen, er fände eine wichtige Spur, bevor er das Notwendige tun mußte, etwas, das so dringend und bedeutend war, daß er es vermeiden konnte, George zu vernehmen.

Er fing mit dem zweiten Haus am Walk an, das gleich hinter dem der Dilbridges lag. Wenigstens diese unangenehme Aufgabe konnte er hinter sich bringen. Die Nashs waren drei Brüder, und dies war das Haus des ältesten, Mr. Afton Nashs, und seiner Frau, und des jüngsten, Mr. Fulbert Nashs, der noch unverheiratet war.

Der Butler ließ ihn mit erschöpfter Resignation herein und machte ihn darauf aufmerksam, daß die Familie noch beim Frühstück sitze und daß er ihn bitten müsse zu warten. Pitt dankte ihm, und als sich die Türe hinter dem Butler geschlossen hatte, begann er, langsam im Raum umherzugehen. Das Zimmer war traditionell eingerichtet, teuer, und dennoch fühlte er sich hier nicht wohl. In den Regalen standen zahlreiche in Leder gebundene Bücher so perfekt geordnet, daß sie unbenutzt wirkten. Er strich mit dem Finger über sie, um zu sehen, ob Staub auf ihnen lag, aber sie waren tadellos sauber, was, wie er annahm, wohl eher der Haushälterin zu verdanken war als irgendeinem Leser. Auf dem Schreibtisch stand die übliche Sammlung von Familienfotos. Niemand auf ihnen lächelte, aber das war normal; man mußte die Pose derart lange einnehmen, daß es unmöglich war zu lächeln. Ein freundlicher Gesichtsausdruck war noch das beste, was man sich erhoffen konnte – und hier war er niemandem gelungen.

Über dem Kaminsims hing ein Tuch, das mit einem unheilvollen, unbarmherzigen Auge bestickt war, unter dem in Kreuzstichen stand: Gott sieht alles. Er schauderte und setzte sich, wobei er der Inschrift den Rücken zuwandte.

Afton Nash betrat das Zimmer und schloß die Türe hinter sich. Er war ein großer Mann und auf dem besten Wege, dick zu werden.

Seine Gesichtszüge waren stark ausgeprägt und ebenmäßig. Sah man von einer gewissen Massigkeit und dem strengen Zug um seine Mundwinkel ab, hätte man sogar von einem gutaussehenden Mann sprechen können. Merkwürdigerweise wirkte er aber noch nicht einmal angenehm.

»Ich weiß nicht, was wir für Sie tun können, Mr. Pitt«, sagte er kühl. »Das arme Kind wohnte bei meinem Bruder Diggory und seiner Frau. Sein sittliches Wohlergehen oblag ihnen. Im nachhinein betrachtet, wäre es vielleicht besser gewesen, wir hätten sie zu uns genommen, aber damals schien es die beste Lösung zu sein. Jessamyn legte mehr Wert auf die Gesellschaft, als wir es tun, und deshalb war sie besser geeignet, Fanny in sie einzuführen.«

Pitt hätte bereits daran gewöhnt sein müssen; daran, wie man zur Verteidigung zusammenrückte, wie man seine Unschuld beteuerte, ja sogar vorgab, völlig unbeteiligt zu sein. Auf die ein oder andere Weise verlief es immer so. Und dennoch ekelte es ihn in diesem Fall ganz besonders an. Er erinnerte sich an das Gesicht des Mädchens, auf dem das Leben noch keine Spuren hinterlassen hatte; es hatte für sie gerade erst begonnen, und es war so früh zerstört worden. Hier, in diesem ungemütlichen Raum, sprach ihr Bruder über ›sittliches Wohl‹ und versuchte sich von jedem auch nur erdenklichen Vorwurf freizusprechen.

»Gegen Mord kann man sich nicht wappnen«, sagte Pitt und konnte die Schärfe in seiner eigenen Stimme hören.

»Aber gegen Vergewaltigung mit Sicherheit«, antwortete Afton spitz. »Junge Frauen mit untadeligem Benehmen finden nicht ein solches Ende.«

»Haben Sie irgendeinen Grund anzunehmen, Ihre Schwester hätte sich nicht untadelig benommen?« Pitt mußte diese Frage stellen, obwohl er die Antwort nur allzugut kannte.

Afton fuhr herum und sah ihn mit unverhohlener Abscheu an.

»Sie wurde vergewaltigt, bevor sie ermordet wurde, Inspector. Das wissen Sie genauso gut wie ich. Also reden Sie bitte nicht so um den heißen Brei herum. Das ist ekelhaft. Mein Bruder Diggory scheint mir für Ihre Fragen die geeignetere Adresse zu sein. Der hat ein paar merkwürdige Vorlieben. Obwohl ich eigentlich erwartet hätte, daß selbst er seine Schwester nicht damit anstecken würde, aber ich könnte mich getäuscht haben. Vielleicht war an jenem Abend einer von seinen weniger erfreulichen Freunden am Walk? Ich nehme an, Sie versuchen alles, um genau festzustellen, wer sich hier aufgehalten hat?«

»Selbstverständlich«, bestätigte Pitt mit der gleichen Kälte. »Soweit wie möglich werden wir bei jedem genau feststellen, wo er sich zur Tatzeit aufgehalten hat.«

Afton zog seine Augenbrauen ein wenig in die Höhe.

»Die Anwohner des Walks können für Sie wohl kaum von Interesse sein – die Diener vielleicht, obwohl ich auch dies bezweifle. Ich zum Beispiel bin bei der Einstellung der männlichen Bediensteten äußerst kritisch, und ich erlaube es meinem weiblichen Personal nicht, Verehrer zu haben.«

Pitt fühlte einen Anflug von Mitleid für die Dienstboten und das öde, unglückliche Leben, das sie führen mußten.

»Es ist möglich, daß jemand mit der Sache selber überhaupt nichts zu tun hat«, erklärte er, »und daß er dennoch etwas Wichtiges gesehen hat. Schon die kleinste Beobachtung kann helfen.«

Afton schnaubte ungehalten, weil er nicht selber daran gedacht hatte. Er wischte einen nicht vorhandenen Krümel von seinem Ärmel.

»Nun, an jenem Abend war ich zu Hause. Ich blieb fast den ganzen Abend mit meinem Bruder Fulbert im Billardraum. Ich habe weder etwas gesehen noch gehört.«

Pitt konnte es sich nicht leisten, so leicht aufzugeben. Er durfte sich seine Abneigung gegen diesen Mann nicht anmerken lassen. Er mußte kämpfen.

»Vielleicht haben Sie vorher etwas bemerkt, in den letzten Wochen –«, versuchte er es noch einmal.

»Wenn ich vorher etwas bemerkt hätte, Inspector, glauben Sie dann nicht, daß ich etwas dagegen unternommen hätte?« Aftons große Nase zitterte leicht. »Abgesehen von den Unannehmlichkeiten, die für uns alle entstehen, wenn so etwas hier passiert, war Fanny doch schließlich meine Schwester!«

»Selbstverständlich, Sir – aber im nachhinein gesehen?« beendete Pitt seine Frage.

Afton dachte nach.

»Nicht, daß ich mich erinnern könnte«, sagte er vorsichtig. »Aber sollte mir etwas einfallen, so werde ich es Sie wissen lassen. Gibt es sonst noch etwas?«

»Ja, bitte. Ich würde gerne mit den übrigen Angehörigen Ihrer Familie sprechen.«

»Ich glaube, wenn sie irgend etwas beobachtet hätten, dann hätten sie mit mir darüber geredet«, sagte Afton ungeduldig.

»Wie dem auch sei, ich hätte sie gerne gesprochen.« Pitt bestand auf seiner Forderung.

Afton starrte ihn an. Er war ein hochgewachsener Mann, und sie schauten sich direkt in die Augen. Pitt wich seinem Blick nicht aus.

»Wenn es denn sein muß«, lenkte Afton schließlich mit saurer Miene ein. »Ich möchte kein schlechtes Beispiel abgeben. Jeder muß seine Pflicht erfüllen. Ich möchte Sie bitten, meine Frau so behutsam zu behandeln, wie es Ihnen möglich ist.«

»Ich danke Ihnen, Sir. Ich werde mir alle Mühe geben, sie nicht zu beunruhigen.«

Phoebe Nash unterschied sich völlig von Jessamyn. Sollte sie jemals Feuer in sich gehabt haben, so war es schon vor langem erloschen. Sie war in reizloses Schwarz gekleidet und hatte ihr blasses Gesicht nicht geschminkt. Unter anderen Umständen hätte sie vielleicht ganz gut ausgesehen, aber nun sah man ihr den Verlust, den sie vor kurzem erlitten hatte, deutlich an. Ihre Augen waren leicht gerötet, ihre Nase war geschwollen, ihr Haar zurechtgemacht, aber alles andere als elegant.

Sie lehnte es ab, sich zu setzen, sondern stand da, starrte ihn an und preßte ihre Hände zusammen.

»Ich glaube nicht, daß ich Ihnen helfen kann, Inspector. Ich war an jenem Abend nicht einmal zu Hause. Ich war bei einer älteren Verwandten zu Besuch, die sich nicht wohl fühlte. Wenn Sie es wünschen, kann ich Ihnen ihren Namen geben!«

»Ich zweifle keinen Augenblick an dem, was Sie sagen, Ma'am«, sagte er und lächelte so herzlich, wie es im Angesicht des Todes möglich war, ohne unziemliche Heiterkeit zu zeigen. Sie tat ihm leid. Er wollte sie trösten und wußte nicht, wie. Sie gehörte zu den Frauen, die er nicht verstand. All ihre Gefühle richteten sich nach innen und wurden strengstens unter Kontrolle gehalten; ein vornehmes Auftreten bedeutete ihnen alles. »Ich frage mich, ob Miss Nash sich Ihnen vielleicht nicht anvertraut hat«, begann er. »Sie sind schließlich ihre Schwägerin, und vielleicht ist sie von jemandem belästigt worden, oder jemand hat zweideutige Bemerkungen gemacht? Vielleicht hat sie ja sogar einen Fremden hier in der Nachbarschaft gesehen?« Er versuchte es mit einer anderen Frage. »Oder vielleicht ist Ihnen selbst jemand aufgefallen?«

Ihre Hände verkrampften sich, und sie starrte ihn entsetzt an.

»Gütiger Himmel! Sie glauben doch wohl nicht, daß er immer noch hier ist, oder?«

Er zögerte, weil er ihr die Furcht nehmen wollte, ein Gefühl, das auch er nur zu gut kannte, und gleichzeitig wußte er, daß es sinnlos war zu lügen.

»Wenn es sich um einen Landstreicher handelt, dann zweifle ich nicht daran, daß er jetzt fort ist.« Er hatte sich zu einer Aussage durchgerungen, die vage blieb. »Nur ein Dummkopf würde bleiben, wenn die Polizei hier ist und nach ihm sucht.«

Man sah, wie ihre Anspannung nachließ; sie setzte sich sogar auf die Kante eines der wuchtigen Sessel.

»Gott sei Dank. Jetzt fühle ich mich schon viel besser. Daran hätte ich natürlich auch selber denken können.« Dann runzelte sie die Stirn und zog ihre dünnen Augenbrauen zusammen. »Aber ich kann mich nicht daran erinnern, irgendwelche Fremden am Walk gesehen zu haben, jedenfalls keine von diesen Gestalten. Sonst hätte ich nämlich den Diener hinausgeschickt, um sie zu verjagen.«

Er hätte sie nur in Angst und Schrecken versetzt, hätte er versucht, ihr zu erklären, daß Sexualverbrecher sich nicht unbedingt von anderen Menschen unterschieden. Wie oft waren Menschen fassungslos angesichts eines Verbrechens, so, als ob es sich nicht um die konkrete Manifestation von etwas handelte, was aus innerer Selbstsucht entsprang, aus Gier, aus Haß, der zu groß geworden war, also aus menschlichen Schwächen resultierte, die plötzlich nicht mehr gebremst wurden. Sie war der Meinung, daß ein Verbrecher unmittelbar erkennbar wäre, daß er sich vom Normalen unterschied, daß er nichts mit den Menschen zu tun hatte, die sie kannte. Der Versuch, ihre Einstellung zu ändern, wäre zwecklos gewesen und hätte sie verletzt. Er fragte sich, warum ihm dies nach so vielen Jahren immer noch auffiel, ja mehr noch, warum er sich immer noch darüber ärgerte.

»Hat sich Miss Nash Ihnen vielleicht anvertraut?« wollte er wissen. »Hat sie jemand beunruhigt, oder hat jemand unziemliche Bemerkungen gemacht?«

Sie lehnte es ab, auch nur einen einzigen Gedanken daran zu verschwenden.

»Mit Sicherheit nicht! Wenn so etwas passiert wäre, dann hätte ich mit meinem Mann gesprochen, und er hätte die notwendigen

Schritte eingeleitet!« Ihre Finger umklammerten ein Taschentuch in ihrem Schoß, die Spitze hatte sie bereits eingerissen.

Pitt konnte sich vorstellen, welche ›Schritte‹ Afton Nash eingeleitet hätte. Und dennoch durfte er noch nicht aufgeben.

»Sie hat also nicht über irgendwelche Ängste gesprochen, keine neuen Bekanntschaften erwähnt?«

»Nein«, sagte sie und schüttelte energisch den Kopf.

Er seufzte und erhob sich. Von ihr würde er nichts Neues mehr erfahren. Er hatte das Gefühl, daß sie, konfrontierte er sie mit der Wahrheit, diese einfach aus ihren Gedanken verbannen würde und sich alle Vernunft und Erinnerung in blinde Furcht auflösen würden.

»Ich danke Ihnen, Ma'am. Es tut mir leid, daß ich Sie mit der Angelegenheit belästigen mußte.«

Sie lächelte gequält.

»Ich bin sicher, daß es wirklich nötig ist, sonst hätten Sie es nicht getan, Inspector. Ich nehme an, Sie möchten meinen Schwager sprechen, Mr. Fulbert Nash? Ich fürchte jedoch, er war gestern nacht nicht zu Hause. Ich denke, wenn Sie heute nachmittag vorbeischauen, dann müßte er wieder zurück sein.«

»Ich danke Ihnen, das werde ich tun. Oh«, er erinnerte sich an die eigenartige Brandwunde, von der der Polizeiarzt gesprochen hatte. »Erinnern Sie sich vielleicht, ob Miss Nash vor kurzem einen Unfall hatte – eine Brandwunde vielleicht?« Wenn es sich vermeiden ließ, dann wollte er die Stelle der Verletzung nicht beschreiben. Er wußte, daß sie dies in höchste Verlegenheit bringen würde.

»Eine Brandwunde?« sagte sie und runzelte die Stirn.

»Eine recht kleine Brandwunde.« Er beschrieb ihre Form so, wie der Polizeiarzt sie ihm beschrieben hatte. »Aber recht tief – und noch frisch.«

Zu seiner Überraschung wich auch die letzte Spur von Farbe aus ihrem Gesicht.

»Eine Brandwunde?« fragte sie mit schwacher Stimme. »Nein, nicht daß ich wüßte. Ich bin sicher, nichts davon gehört zu haben. Vielleicht – vielleicht hat sie –«, sie hustete, »hat sie sich für die Küche interessiert? Sie müssen meine Schwägerin fragen. Ich . . . ich weiß es wirklich nicht.«

Er war verwirrt. Sie hatte offensichtlich große Angst. Bedeutete das lediglich, daß sie wußte, wo sich die Verletzung befand, und so verlegen war, weil er ein Mann war und auf der sozialen Leiter unendlich weit unter ihr stand? Er kannte sie nicht gut genug, um dies zu entscheiden.

»Ich danke Ihnen, Ma'am«, sagte er leise. »Vielleicht hat es ja auch gar nichts zu bedeuten.« Während er noch weitere Höflichkeitsfloskeln murmelte, führte ihn der Diener wieder hinaus ins Licht und in die Sonne.

Er blieb für ein paar Minuten stehen, bevor er sich entschloß, wen er als Nächsten aufsuchen würde. Forbes hielt sich irgendwo am Walk auf und sprach mit den Dienstboten. Er genoß seine neue, wichtige Rolle, die er bei der Untersuchung eines Mordfalles spielte, und gab sich seiner lange gehegten Neugier hin, wie Haushalte, die im Vergleich zu seinen bisherigen Erfahrungen zur besseren Gesellschaft zählten, wohl im einzelnen geführt wurden. Am Abend würde er eine Fundgrube für Informationen sein; auch wenn die meisten nutzlos waren, konnte in all der Vielfalt dann vielleicht dennoch das ein oder andere verborgen sein, das zu einem weiteren Schluß führen könnte – und zu noch einem weiteren. Beim Gedanken daran mußte er lächeln, und ein Gärtnerjunge, der an ihm vorbeiging, starrte ihn verwundert und auch ein wenig mit der Ehrfurcht an, die er vor jemandem hatte, der offensichtlich kein Gentleman war und dennoch müßig auf der Straße stehen und sich amüsieren konnte.

Er versuchte es schließlich in dem Haus, das in der Mitte lag und einem Paul Alaric gehörte. Man teilte ihm sehr höflich mit, daß Monsieur Alaric vor dem Abend nicht wieder zurückerwartet würde, aber wenn der Inspector ihn dann aufsuchen wolle, werde Monsieur ihn zweifellos empfangen.

Er war sich noch nicht darüber im klaren, was er George sagen würde; also schob er das Gespräch einstweilen auf und versuchte es mit dem nächstgelegenen Haus, das Mr. Hallam Cayley gehörte. Obwohl es schon recht spät war, saß Cayley immer noch beim Frühstück, aber er ließ ihn hereinbitten und bot ihm eine Tasse starken Kaffee an, die Pitt dankend ablehnte. Er bevorzugte sowieso Tee, und der Kaffee sah so dick aus wie das ölige Wasser der Londoner Docks.

Cayley lächelte säuerlich und goß sich eine weitere Tasse ein. Er war ein gutaussehender Mann Anfang 30, obwohl die makellosen Gesichtszüge, die etwas von einem Adler an sich hatten, von einer pockennarbigen Haut verunstaltet wurden und sich bereits eine Spur von Reizbarkeit und eine gewisse Schlaffheit um seine Mundwinkel andeutete. Seine Augen waren an diesem Morgen geschwollen und ein wenig gerötet. Pitt tippte auf eine schwere Auseinandersetzung mit einer Flasche am vorigen Abend – vielleicht auch mit mehreren Flaschen.

»Was kann ich für Sie tun, Inspector?« begann Cayley, bevor Pitt etwas fragte. »Ich weiß nichts. Ich war fast den ganzen Abend auf der Gesellschaft bei den Dilbridges. Wird Ihnen sicher jeder bestätigen.«

Pitts Mut sank. Würde etwa jeder in der Lage sein, nachzuweisen, wo er sich aufgehalten hatte? Ach, Unsinn. Es war ohnehin gleichgültig; schließlich war es mit großer Wahrscheinlichkeit ein Diener gewesen, der zuviel getrunken hatte und die Kontrolle über sich verlor. Dann, als das Mädchen schrie, hatte er sie aus Furcht erstochen, um sie zum Schweigen zu bringen – vielleicht nicht einmal mit der Absicht, sie zu töten. Forbes würde wahrscheinlich die Antwort finden. Er selber befragte die Hausherren lediglich, weil jemand es der Form halber tun mußte, damit man sah, daß die Polizei ihrer Arbeit nachging – und es war besser, daß er es tat und nicht Forbes mit seiner ungehobelten Ausdrucksweise und seiner offensichtlichen Neugier.

Er konzentrierte sich wieder auf seine Fragen: »Können Sie sich vielleicht noch daran erinnern, mit wem Sie so gegen zehn Uhr zusammen waren, Sir?«

»Nun, ich hatte Streit mit Barham Stephens«, sagte Cayley, wollte sich noch einen Kaffee einschütten und schüttelte wütend die Kanne, als sich seine Tasse lediglich zur Hälfte füllte. Er stellte sie so geräuschvoll auf dem Tisch ab, daß der Deckel klapperte. »Der Narr sagte, er würde beim Kartenspiel nicht verlieren. Ich kann einen schlechten Verlierer einfach nicht ausstehen. Keiner kann das.« Er starrte auf seinen Teller, der voller Krümel war.

»Sie hatten diesen Streit um zehn Uhr?« fragte Pitt.

Cayley fixierte immer noch den Teller.

»Nein, kurz vorher, und es war mehr als ein Streit. Es war ein Mordskrach.« Er blickte ihn scharf an. »Nein, Sie würden es wahrscheinlich nicht als Krach bezeichnen, denke ich. Wir sind nicht laut geworden. Er benimmt sich vielleicht nicht gerade wie ein Gentleman, aber wir sind doch so gut erzogen, daß wir in Gegenwart von Frauen nicht brüllen. Ich bin nach draußen gegangen, um mich bei einem Spaziergang zu beruhigen.«

»In den Garten?«

Cayley schaute wieder auf seinen Teller.

»Ja. Wenn Sie wissen wollen, ob ich irgend etwas gesehen habe – nein, hab' ich nicht. Da liefen jede Menge Leute herum. Die Dilbridges haben einen merkwürdigen Geschmack, was Gesellschaften anbelangt. Ich nehme doch an, Sie haben eine Gästeliste? Sie werden wahrscheinlich herausfinden, daß es irgendein Diener war, den jemand für den Abend eingestellt hat. Sie müssen wissen, manche Leute mieten Kutschen, vor allem, wenn sie nur zur Saison hier sind.« Sein Gesicht war plötzlich sehr ernst, und er schaute Pitt regungslos an. »Ich habe wirklich keine Ahnung, wer die arme Fanny ermordet haben könnte.« Ein seltsamer Schmerz zeigte sich in seinem Gesicht, der stärker war als nur Mitleid. »Ich kenne die meisten Männer am Walk. Ich kann nicht behaupten, daß ich alle mag, aber genausowenig kann ich ernsthaft glauben, daß irgendeiner von ihnen fähig wäre, ein Messer in eine Frau zu stoßen, in ein Kind wie Fanny.« Angewidert schob er seinen Teller fort. »Ich vermute, der Franzose könnte es gewesen sein, ein merkwürdiger Bursche, und ein Messer hört sich doch ganz nach einem Franzosen an. Aber auch das scheint mir nicht sehr wahrscheinlich.«

»Mord erscheint oftmals unwahrscheinlich«, sagte Pitt sanft. Dann dachte er an die schmutzigen, überfüllten Elendsviertel, die direkt hinter den Prachtstraßen lagen, wo das Verbrechen der Weg zum Überleben war, wo Kinder zu stehlen lernten, sobald sie laufen konnten, und wo nur die Gerissenen oder die Starken es schafften, erwachsen zu werden. Aber all dies zählte nicht am Paragon Walk. Hier war es schockierend, völlig fremd, und natürlich wollten sie damit nichts zu tun haben.

Cayley saß regungslos da, seine Gefühle hielten ihn völlig in ihrem Bann.

Pitt wartete. Draußen knirschten die Räder einer Kutsche durch den Kies und entfernten sich.

Schließlich blickte Cayley zu ihm auf.

»Wer um alles in der Welt könnte einem armen, kleinen Geschöpf wie Fanny so etwas antun wollen?« sagte er leise. »Es ist so verdammt sinnlos!«

Pitt konnte ihm keine Antwort geben. Er stand auf.

»Ich weiß es nicht, Mr. Cayley. Sie hat den Sittenstrolch wahrscheinlich erkannt, und das wußte er. Aber warum er sie überhaupt vergewaltigt hat, das weiß nur Gott.«

Cayley schlug mit seiner harten, festen Faust auf den Tisch, nicht laut, aber mit unglaublicher Kraft.

»Oder der Teufel!« Er senkte sein Haupt und schaute selbst nicht auf, als Pitt durch die Türe ging und sie hinter sich schloß.

Draußen schien die Sonne warm und klar, Vögel zwitscherten in den Gärten, die am Walk lagen, und irgendwo hinter der Kurve, außerhalb seiner Sichtweite, klapperten die Hufe eines Pferdes vorbei.

Zum ersten Mal hatte er offene Trauer um Fanny gesehen, und, obwohl es ihn schmerzte, war ihm erneut klargeworden, daß die Suche nach dem Mörder angesichts des Todes von Fanny letztlich von untergeordneter Bedeutung war. Denn lange, nachdem jedermann wissen würde, wer sie ermordet hatte und wie und warum, würde sie immer noch tot sein – und dennoch fühlte er sich besser.

Er suchte Diggory Nash auf. Der Nachmittag war schon fortgeschritten, als er es nicht mehr länger hinauszögern konnte, noch einmal zu Emily und George zu gehen. Er hatte nichts in Erfahrung gebracht, was ihm ermöglicht hätte, die Befragung zu vermeiden. Auch Diggory Nash hatte ihm nichts sagen können, was ihn weitergebracht hätte. Er war außer Hauses gewesen und hatte gespielt – ›bei einer privaten Gesellschaft‹, wie er es genannt hatte –, und er weigerte sich, die anderen Spieler zu nennen. Pitt wollte beim jetzigen Stand der Dinge nicht darauf bestehen.

Nun mußte er George aufsuchen. Täte er dies nicht, dann wäre der Grund so durchsichtig, daß es wenigstens ebenso beleidigend wäre wie jede Frage, die er stellen könnte.

Vespasia Cumming-Gould nahm gerade ihren Tee mit Emily und George ein, als Pitt angemeldet wurde. Emily holte tief Luft und bat das Hausmädchen, ihn hereinzuführen. Vespasia sah sie kritisch an. Also wirklich, das Mädchen trug ihr Korsett in ihrem Stadium der Schwangerschaft viel zu eng geschnürt. Eitelkeit zum gegebenen Zeitpunkt war durchaus angebracht, aber nicht, wenn man in anderen Umständen war, und das sollte jede Frau wissen! Wenn sich die Gelegenheit ergab, dann mußte sie mit ihr darüber sprechen, was ihre eigene Mutter offenbar versäumt hatte. Oder war das arme Mädchen so verrückt nach George und sich seiner Zuneigung so wenig sicher, daß es immer noch versuchte, sein Interesse zu fesseln? Käme sie aus einem etwas besseren Hause, dann wäre sie so erzogen worden, daß sie die Schwächen der

Männer erwarten und spielend mit ihnen fertig werden würde. Dann könnte sie der ganzen Angelegenheit gleichgültig gegenüberstehen und sich wesentlich zufriedener fühlen.

Und jetzt kam auch noch dieses merkwürdige Geschöpf von Polizeiinspector in den Salon, der aus nichts anderem als aus Armen, Beinen und Rockschößen zu bestehen schien und dessen Haare nach allen Seiten fielen und an den Mop der Küchenhilfe erinnerten.

»Guten Tag, Ma'am«, sagte Pitt höflich.

»Guten Tag, Inspector«, antwortete sie und streckte ihm die Hand entgegen, ohne sich zu erheben.

Er beugte sich nach vorne und berührte sie mit seinen Lippen. Dies war eine alberne Geste für einen Polizisten, der schließlich mehr oder weniger auf der Stufe eines Lieferanten stand, aber er tat es ohne die geringste Spur von Befangenheit, ja sogar mit einer gewissen Würde. Er war nicht so unbeholfen, wie es den Anschein hatte. Also wirklich, er war schon ein eigenartiges Geschöpf!

»Bitte setz dich doch, Thomas«, begrüßte ihn Emily. »Ich lasse noch etwas Tee kommen.« Sie läutete die Glocke, während sie sprach.

»Was wollen Sie denn dieses Mal wissen?« fragte Vespasia. Der Bursche war ja wohl kaum zu Besuch hier!

Er wandte sich ihr zu. Er war außergewöhnlich direkt, und dennoch empfand sie ihn nicht als unangenehm. Sein Gesicht zeugte von großer Intelligenz und von mehr Humor, als sie ihn sonst bei irgend jemandem am Paragon Walk hatte beobachten können – abgesehen vielleicht von diesem hinreißend eleganten Franzosen, wegen dem sich alle Frauen so zum Narren machten. Er war doch wohl nicht der Grund, warum sich Emily so einschnürte? Oder etwa doch?

Pitts Antwort unterbrach ihre Gedanken.

»Ich konnte nicht mit Lord Ashworth sprechen, als ich Sie vorhin aufsuchte, Ma'am«, antwortete er.

Natürlich. Es hatte wohl seine Richtigkeit, wenn der komische Kauz mit George sprach. Es hätte merkwürdig ausgesehen, hätte er es nicht getan.

»Sicher«, pflichtete sie ihm bei. »Ich nehme an, Sie wollen wissen, wo er war?«

»Ja, bitte.«

Sie wandte sich George zu, der ein wenig abseits auf der Lehne eines der Sessel saß. Sie hätte sich gewünscht, er würde so sitzen, wie es sich gehörte, aber das hatte er schon als Kind nie getan. Immer zappelte er herum – selbst auf einem Pferd. Beim Reiten sprach nur seine gute Zügelhand für ihn, nie zerrte er an einem Pferd herum. Das hatte er von seiner Mutter. Sein Vater war ein Tolpatsch.

»Nun«, sagte sie scharf und wandte sich zu ihm, »wo warst du, George? Hier warst du nicht!«

»Ich war aus, Tante Vespasia.«

»Offensichtlich!« sagte sie scharf. »Wo warst du?«

»In meinem Club.«

Irgend etwas an der Art, wie er dort saß, ließ in ihr ein ungutes Gefühl aufkommen, und sie mißtraute seiner Antwort. Er hatte nicht gelogen, und dennoch hatte er nicht alles gesagt. Sie erkannte es an der Art und Weise, wie er unruhig hin- und herrutschte.

Sein Vater hatte sich genauso verhalten, als er als Kind im Anrichteraum des Butlers vom Portwein gekostet hatte. Die Tatsache, daß der Butler sich den Großteil davon selbst genehmigt hatte, hatte dabei keine Rolle gespielt.

»Du bist in mehreren Clubs«, stellte sie schroff fest. »In welchem bist du also gewesen? Möchtest du, daß Mr. Pitt alle Herrenclubs in London abklappert und Nachforschungen über dich anstellt?«

George wurde rot.

»Nein, natürlich nicht«, sagte er wütend. »Ich bin den größten Teil des Abends bei Whytes gewesen, glaub’ ich. Wie dem auch sei, Teddy Aspinall war dabei. Obwohl ich nicht annehme, daß er immer auf die Uhr gesehen hat; hab’ ich ja auch nicht. Aber Sie können ihn ja mal fragen, wenn es denn sein muß«, sagte er, wandte sich Pitt zu und schaute ihn an. »Obwohl es mir lieber wäre, Sie würden ihn nicht vernehmen. Er war ziemlich betrunken, und ich glaube nicht, daß er sich noch an viel erinnern kann. Ganz schön peinlich für ihn. Seine Frau ist eine Tochter des Herzogs von Carlisle und ein bißchen sittenstreng. Das macht die Angelegenheit recht unangenehm.«

Der alte Herzog von Carlisle war tot und überhaupt: Daisy Aspinall war an den Alkoholkonsum ihres Mannes genauso gewöhnt, wie sie es an dem ihres Vaters gewesen war. Dennoch verkniff sich Vespasia, etwas zu sagen. Aber warum wollte George, daß Pitt seiner Aussage nicht nachging? Befürchtete er, Pitt könne erwähnen, daß er Georges Schwager sei? Das hätte George zweifellos geschadet, aber schließlich war man für den merkwürdigen Geschmack seiner Verwandten nicht verantwortlich, solange diese sich diskret verhielten. Und Emily war bisher außerordentlich diskret gewesen, soweit es die Loyalität ihrer Schwester gegenüber zuließ. Vespasias Neugier bezüglich dieser Schwester, die sie nie kennengelernt hatte, wuchs. Warum hatte Emily sie nicht eingeladen? Da sie Schwestern waren, war das Mädchen doch wohl sicherlich einigermaßen gut erzogen. Emily jedenfalls verstand es, sich wie eine Lady zu benehmen. Nur jemand mit Vespasias umfangreichem und subtilem Erfahrungsschatz konnte erkennen, daß sie es nicht war – jedenfalls nicht so ganz.

Ein Teil der Unterhaltung war ihr entgangen. Sie hoffte inständig, daß sie nicht taub würde. Sie könnte es nicht ertragen, taub zu sein. Nicht mehr zu hören, was die Leute sagten, wäre schlimmer, als lebendig begraben zu werden!

». . . Zeit sind Sie zurückgekommen?« beendete Pitt seinen Satz.

George blickte finster drein. Sie konnte sich daran erinnern, daß er denselben Gesichtsausdruck als Kind bei der Erledigung seiner Rechenaufgaben gehabt hatte. Er hatte immer am Ende seiner Bleistifte gekaut. Schreckliche Angewohnheit. Sie hatte seiner Mutter gesagt, sie solle sie in bitteren Aloesaft eintauchen, aber die weichherzige Frau hatte sich geweigert.

»Ich fürchte, ich hab' nicht auf die Uhr geschaut«, antwortete George nach einer Weile. »Ich glaube, es war schon sehr spät. Ich habe Emily nicht geweckt.«

»Und was ist mit Ihrem Kammerdiener?« wollte Pitt wissen.

»Oh – ja.« George schien unsicher zu sein. »Ich bezweifle, daß er sich daran erinnert. Er war in meinem Ankleidezimmer eingeschlafen. Ich mußte ihn aufwecken.« Sein Gesicht erhellte sich. »Es muß also schon ziemlich spät gewesen sein. Tut mir leid, daß ich Ihnen nicht helfen kann. Sieht ganz danach aus, als ob ich zur fraglichen Zeit meilenweit weg war. Ich hab' nichts gesehen.«

»Sind Sie nicht zu der Gesellschaft bei den Dilbridges eingeladen worden?« fragte Pitt überrascht. »Oder zogen Sie es vor, nicht hinzugehen?«

Vespasia starrte ihn an. Man konnte sich wirklich in ihm irren. Er saß nun auf der Couch und füllte sie in seiner unordentlichen Art mehr als zur Hälfte aus. Keines seiner Kleidungsstücke schien ihm wirklich zu passen – zweifellos ein Ausdruck von Armut. Hätten ein guter Schneider und Friseur einmal Hand an ihn gelegt, dann hätte er vielleicht sogar ganz gut ausgesehen. Aber er strahlte eine verborgene Energie aus, die fast aufdringlich war. Er sah ganz danach aus, als könne er bei jedem Anlaß lachen – so unangebracht dieser auch sein mochte. Nun, wo sie darüber nachdachte, empfand sie ihn als recht unterhaltsam. Es war schade, daß ein Mord geschehen mußte, um ihn hierher zu führen. Bei jedem anderen Anlaß hätte er sie über die langweiligen Gebrechen von Eliza Pomeroy, Lord Dilbridges Ausschweifungen, die von Grace Dilbridge verbreitet wurden, Jessamyn Nashs neuestes Kleid, Selena Montagues augenblickliche Affäre oder aber über den allgemeinen Verfall der Zivilisation, so wie er von den beiden Miss Horbury und Lady Tamworth beobachtet wurde, hinweggetröstet. Die einzige weitere Zerstreuung bestand nämlich in der Rivalität zwischen Jessamyn und Selena über die Frage, wer den schönen Franzosen an sich binden würde, und bislang hatte keine der beiden – soweit sie gehört hatte – irgendeinen Fortschritt erzielt. Und sie hätte davon gehört! Was hatte es für einen Sinn, eine Eroberung zu machen, wenn man nicht jedermann davon berichtete – am besten einem nach dem anderen und unter dem Siegel der Verschwiegenheit? Ein Erfolg ohne Neid war wie Schnecken ohne Sauce – und das wußte jede kultivierte Frau: Die Sauce macht den Unterschied!

»Ich zog es vor, nicht hinzugehen«, sagte George mit hochgezogenen Augenbrauen. Er sah die Bedeutung dieser Frage nicht ein. »Das war nicht die Art von gesellschaftlichem Ereignis, zu dem ich Emily hätte mitnehmen wollen. Die Dilbridges haben ein paar – ein paar Freunde mit äußerst vulgären Vorlieben.«

»Ach, wirklich?« Emily sah überrascht aus. »Grace Dilbridge wirkt immer so lammfromm.«

»Das ist sie auch«, sagte Vespasia ungeduldig. »Sie stellt die Gästeliste nicht zusammen. Nicht, daß ich glaubte, sie würde diese ablehnen. Sie ist eine von den Frauen, die gerne leiden; sie hat es sich regelrecht zur Lebensaufgabe gemacht. Würde Frederick sich anständig benehmen, dann hätte sie nichts mehr zu erzählen. Nur eines verleiht ihr eine gewisse Bedeutung: Sie wird schlecht behandelt.«

»Das ist ja furchtbar!« protestierte Emily.

»Das ist nicht furchtbar«, widersprach Vespasia. »Sie ist völlig glücklich damit, aber es ist schrecklich langweilig.« Sie wandte sich an Pitt. »Sie werden Ihren Mörder zweifellos dort finden – entweder unter Frederick Dilbridges Gästen oder unter deren Dienstpersonal. Einige der abscheulichsten Männer können einen Zweispänner hervorragend fahren.« Sie seufzte. »Ich erinnere mich daran, daß mein Vater einen Kutscher hatte, der wie ein Loch soff und zu jedem Mädchen im Dorf ins Bett stieg, aber er fuhr besser als Jehu aus dem Alten Testament – er war der beste Kutscher in ganz Südengland. Der Jagdaufseher hat ihn dann schließlich erschossen. Ob es ein Unfall war oder nicht, hat man niemals herausgefunden.«

Emily sah Pitt hilflos an, die Angst vertrieb das Lachen aus ihren Augen.

»Dort wirst du ihn finden, Thomas«, sagte sie mit Nachdruck. »Niemand am Paragon Walk hätte so etwas getan!«

Pitt hatte noch genügend Zeit, Fulbert Nash aufzusuchen, den letzten der Brüder, und er hatte das Glück, ihn kurz vor fünf Uhr zu Hause anzutreffen. Fulberts Gesicht ließ darauf schließen, daß man ihn ganz offensichtlich erwartet hatte.

»Sie vertreten also die Polizei«, sagte Fulbert und schaute ihn mit unverhohlener Neugier von oben bis unten an, wie jemand, der eine neue Erfindung betrachtet, ohne den Wunsch zu hegen, sie zu erwerben.

»Guten Tag, Sir«, sagte Pitt ein wenig steifer, als er es beabsichtigt hatte.

»Oh, guten Tag, Inspector«, sagte Fulbert. »Sie sind wohl wegen Fanny hier, dem armen kleinen Geschöpf. Möchten Sie ihre Lebensgeschichte hören? Sie ist herzzerreißend kurz. Sie hat niemals etwas getan, das man hätte erwähnen müssen, und ich glaube auch nicht, daß ihr das jemals gelungen wäre. Nichts in ihrem Leben war so bemerkenswert wie ihr Tod.«

Pitt war über seinen lockeren Ton verärgert, obwohl er wußte, daß Menschen oft ihre Trauer, die sie nicht ertragen konnten, dadurch verbargen, daß sie sich gleichgültig stellten oder gar lachten.

»Ich habe bisher noch keinen Grund, Sir, anzunehmen, daß sie nicht lediglich ein zufälliges Opfer war, und deshalb ist ihre Lebensgeschichte auch noch nicht von Belang. Wären Sie bitte so freundlich, mir zu sagen, wo Sie an jenem Abend waren und ob Sie etwas gesehen oder gehört haben, was uns weiterhelfen könnte?«

»Ich war hier«, antwortete Fulbert mit leicht hochgezogenen Augenbrauen. Er glich Afton mehr als Diggory, da er etwas von dessen leicht hochmütigem Gesichtsausdruck hatte. Seine Gesichtszüge hätten angenehm wirken müssen, aber sie taten es nicht. Diggory war zwar nicht so hübsch, aber in seinen unregelmäßigen Zügen lag etwas Angenehmes, seine stärkeren, dunkleren Augenbrauen hatten Charakter, alles in allem wirkte er sympathischer.

»Den ganzen Abend«, fügte Fulbert hinzu.

»In Gesellschaft oder alleine?« fragte Pitt.

Fulbert lächelte.

»Hat Afton Ihnen nicht erzählt, daß ich mit ihm Billard gespielt habe?«

»Waren Sie ständig bei ihm, Sir?«

»Nein, das war ich nicht. Afton ist ein paar Zentimeter größer als ich, wie Sie wohl bemerkt haben dürften. Es treibt ihn zur Weißglut, daß er mich nicht schlagen kann, und Afton in schlechter Laune ist mehr, als ich mir antun möchte.«

»Warum lassen Sie ihn nicht gewinnen?« Die Antwort schien naheliegend.

Fulberts hellblaue Augen weiteten sich, und er lächelte. Seine Zähne waren klein und gleichmäßig, zu klein für den Mund eines Mannes.

»Weil ich mogele, und er ist noch nie dahintergekommen, wie. Dies ist eins der wenigen Dinge, die ich besser kann als er«, antwortete er.

Pitt war leicht verwirrt. Er konnte sich nicht vorstellen, daß ein Wettkampf Spaß macht, bei dem es darum ging zu sehen, wer am besten mogeln konnte. Andererseits war er ohnehin kein Freund von Spielen. In seiner Jugend, als er die Tricks hätte lernen können, hatte er dafür nie Zeit gehabt. Jetzt war es zu spät.

»Waren Sie den ganzen Abend im Billardzimmer, Sir?«

»Nein, das habe ich Ihnen doch gerade gesagt! Ich bin ein bißchen durchs Haus gegangen, in die Bibliothek, nach oben, in den

Anrichteraum, und dabei habe ich ein oder zwei Glas Portwein getrunken.« Er lächelte wieder. »Zeit genug für Afton, kurz nach draußen zu gehen und die arme Fanny zu vergewaltigen. Und da sie seine Schwester war, können Sie ja noch Inzest unter die Anklagepunkte aufnehmen ...« Er sah Pitts Gesicht. »Oh, ich habe Ihre Gefühle verletzt. Ich vergaß, wie puritanisch die unteren Gesellschaftsschichten sind. Nur die Aristokratie und die Straßenjungen sind bei allem so direkt. Und wenn ich darüber nachdenke, vielleicht sind wir ja auch die einzigen, die sich das leisten können. Wir sind so arrogant, daß wir meinen, niemand könne uns aus dem Sattel heben, und die Straßenjungen haben nichts zu verlieren. Können Sie sich wirklich vorstellen, daß mein überaus selbstgerechter Bruder sich zwischen den Billardbällen aus dem Haus schleicht und seine Schwester im Garten vergewaltigt? Sie wurde doch nicht mit einem Billardstock erstochen, oder?«

»Nein, Mr. Nash«, sagte Pitt kalt und mit Nachdruck. »Sie wurde mit einem langen, wahrscheinlich einschneidigen Messer erstochen, das eine scharfe Spitze hatte.«

Fulbert schloß seine Augen, und Pitt war froh darüber, daß er ihn doch noch hatte treffen können.

»Wie schrecklich«, sagte er leise. »Ich habe das Haus nicht verlassen, das wollen Sie ja wohl wissen, und ich habe auch nichts Ungewöhnliches gesehen oder gehört. Aber Sie können verdammt sicher sein, daß mit mir nicht zu spaßen sein wird, sollte ich etwas sehen oder hören! Ich nehme an, Sie haben die Hypothese aufgestellt, daß wir es mit einem Wahnsinnigen zu tun haben? Wissen Sie, was eine Hypothese ist?«

»Ja, Sir, aber bislang trage ich lediglich Fakten zusammen. Für Hypothesen ist es noch zu früh.« Er benutzte den Begriff absichtlich, um Fulbert zu zeigen, daß er ihn kannte.

Fulbert bemerkte es und lächelte.

»Ich wette mit Ihnen zwei zu eins, daß dem nicht so ist! Ich wette, er ist einer von uns, ein häßlicher, niederträchtiger kleiner Verstellungskünstler, der die wohlerzogene äußere Maske fallen ließ – und sich an ihr verging! Sie erkannte ihn, und er mußte sie töten. Untersuchen Sie den Walk, Inspector, schauen Sie sich uns alle sehr, sehr genau an. Streichen Sie uns durch ein enges Sieb, kämmen Sie uns mit einem ganz feinen Kamm durch – und sehen Sie dann, was für Parasiten und Läuse Sie zum Vorschein bringen!« Er kicherte vor Belustigung und blickte Pitt offen und mit leuchtenden Augen an. »Glauben Sie mir, Sie werden sich wundern, was sich hier so abspielt!«

Charlotte wartete den ganzen Nachmittag sehnsüchtig auf Pitt. Von dem Augenblick an, als sie Jemima nach oben zu ihrem Nachmittagsschlaf gebracht hatte, ertappte sie sich dabei, wie sie immer wieder auf die alte braune Uhr auf dem Regal im Eßzimmer schaute, wie sie zu ihr hinging, um nach dem schwachen Tikken zu hören und sicherzustellen, daß sie noch lief. Sie wußte ganz genau, daß das albern war, weil er frühestens um fünf Uhr zurückkehren konnte, wahrscheinlich eher um sechs. Natürlich war Emily der Grund, warum sie sich so sorgte. Emily erwartete seit kurzer Zeit ein Kind, ihr erstes, und die ersten Monate, daran konnte sich Charlotte nur zu gut erinnern, konnten sehr beschwerlich sein. Man fühlte sich in seinem neuen Zustand nicht nur verunsichert, was ganz natürlich war, sondern man mußte auch mit Übelkeit und völlig unerklärlichen Depressionen zurechtkommen.

Sie war nie am Paragon Walk gewesen. Emily hatte sie natürlich eingeladen, aber Charlotte war nicht sicher, ob sie es auch wirklich ernst gemeint hatte. Schon zu der Zeit, als sie noch Mädchen waren, als Sarah noch lebte und als sie noch in der Cater Street bei Mama und Papa wohnten, war Charlottes mangelhaftes Taktgefühl ein gesellschaftliches Hindernis gewesen. Mama hatte Dutzende geeigneter junger Männer für sie gefunden, aber im Gegensatz zu den anderen hatte Charlotte nicht die Absicht, ihre Zunge im Zaum zu halten und zu versuchen, einen guten Eindruck zu erwecken. Natürlich liebte Emily sie, aber sie wußte auch, daß Charlotte sich am Walk nicht wohl fühlen würde. Weder konnte sie sich die Kleider kaufen, noch konnte sie es sich leisten, ihre Arbeit im Haushalt liegenzulassen. Sie kannte keine der Klatschgeschichten, und schon bald würde sich herausstellen, daß sie ein ganz anderes Leben führte.

Nun wünschte sie sich, dorthin gehen zu können, um sich zu vergewissern, daß es Emily gutging und daß sie sich wegen des schrecklichen Verbrechens nicht ängstigte. Ihre Schwester konnte selbstverständlich einfach zu Hause bleiben oder nur mit einem Diener und bei Tageslicht ausgehen, aber das war es nicht, was ihr wirklich Angst machte. Charlotte zwang sich, nicht weiter darüber nachzudenken.

Es war schon nach sechs, als sie Pitt endlich an der Türe hörte. Sie ließ die Kartoffeln, die sie gerade im Spülbecken abschüttete, fallen und warf das Salz und den Pfeffer auf der Tischkante um, als sie nach draußen rannte, um ihn zu begrüßen. Sie schlang ihre Arme um ihn.

»Wie geht es Emily?« wollte sie wissen. »Hast du sie gesehen? Hast du herausgefunden, wer das Mädchen getötet hat?«

Er schloß sie fest in seine Arme. »Nein, das habe ich natürlich nicht. Ich hab' ja gerade erst angefangen. Und ja, ich habe Emily gesehen, und es schien ihr ganz gut zu gehen.«

»Oh«, sagte sie und trat einen Schritt zurück. »Du hast nichts herausgefunden! Aber du weißt doch wenigstens, daß George nichts damit zu tun hat, oder?«

Er öffnete seinen Mund, um ihr zu antworten, aber sie bemerkte die Unentschlossenheit in seinen Augen, noch bevor er Worte fand.

»Du weißt es nicht!« So, wie sie es sagte, war es eine Anklage. Noch während sie es aussprach, war sie sich darüber im klaren, und es tat ihr leid, aber jetzt war nicht die Zeit, sich dafür zu entschuldigen. »Du weißt es nicht! Warum hast du nicht herausgefunden, wo er sich aufhielt?«

Er schob sie sanft zur Seite und setzte sich an den Tisch.

»Ich habe ihn danach gefragt«, sagte er. »Ich hab' noch keine Zeit gehabt, es zu überprüfen.«

»Überprüfen?« Sie faßte ihn am Ellenbogen. »Warum? Glaubst du ihm nicht?«

Dann erkannte sie, daß sie unfair war. Er konnte es sich nicht aussuchen, wem er glauben wollte, und das bloße Glauben war sowieso nicht das, was sie brauchte, nicht, was Emily brauchte. »Entschuldige bitte.« Sie berührte seine Schulter mit der Hand und fühlte, wie verspannt sie unter seinem Rock war. Dann ging sie zur Spüle zurück und wandte sich wieder den Kartoffeln zu. Sie bemühte sich, ihre Stimme ganz gelassen klingen zu lassen, aber sie hörte sich schrecklich schrill an. »Wo, sagte er, ist er gewesen?«

»In seinem Club«, antwortete er. »Fast die ganze Zeit. Er kann sich nicht daran erinnern, wie lange er dort war oder zu welchen anderen Clubs er sonst noch gegangen ist.«

Mechanisch ging sie weiter ihrer Arbeit nach. Sie trug die Kartoffeln, den kleingehackten Kohl und den Fisch auf, den sie extra in Käsesauce ausgebacken hatte. Sie hatte erst vor kurzem gelernt, wie einem dieses Gericht gelang. Jetzt jedoch begutachtete sie das Resultat ohne Interesse. Vielleicht war es dumm, sich zu sorgen. Es war ja möglich, daß George genau nachweisen konnte, wo er die ganze Zeit über gewesen war, aber sie hatte von den Herrenclubs gehört, den Spielen, den Gesprächen, von Leuten, die herumsaßen und tranken oder sogar schliefen. Wie sollte sich da schon jemand daran erinnern, wer an einem bestimmten Abend anwesend war, geschweige denn zu einer bestimmten Zeit? Was unterschied schon einen Abend vom anderen, um sich mit Sicherheit an ihn zu erinnern?

Es war nicht so, daß sie glaubte, George hätte das Mädchen getötet, so etwas Schreckliches nahm sie nicht an, aber die Vergangenheit hatte sie gelehrt, welches Unheil allein ein Verdacht anrichten kann. Wenn George die Wahrheit sagte und Emily ihm nicht uneingeschränkt und augenblicklich glaubte, würde er das übelnehmen. Und wenn er nicht ganz die Wahrheit gesagt und etwas ausgelassen hatte, einen Flirt etwa, eine verrückte Einladung, irgendeinen alkoholbedingten Ausrutscher, dann würde er sich schuldig fühlen. Eine Lüge würde die nächste ergeben, Emily wäre verwirrt und würde ihn letztendlich vielleicht sogar des Verbrechens selbst verdächtigen. Die Wahrheit konnte so häßlich sein. Man ahnte vorher nie, wie schmerzvoll es sein würde, die kleinen Täuschungen offenzulegen, die das Leben angenehm machten und die es einem erlaubten, das, was man lieber nicht wußte, einfach zu übersehen.

»Charlotte.« Pitts Stimme erklang hinter ihr. Sie vertrieb die Angst aus ihren Gedanken, trug das Essen auf und stellte es vor ihn auf den Tisch.

»Ja?« sagte sie unschuldig.

»Hör auf damit!«

Jeder Versuch, ihn zu täuschen – selbst wenn es sich nur um einen Gedanken handelte –, war zwecklos. Er konnte in ihr wie in einem Buch lesen. Sie setzte sich mit ihrem Teller hin.

»Du wirst doch sicher so schnell wie möglich beweisen, daß George es nicht gewesen ist, nicht wahr?« fragte sie.

Er streckte seine Hand über den Tisch aus, um die ihre zu berühren.

»Selbstverständlich werde ich das. Sobald wie möglich und ohne daß es so aussieht, als würde ich ihn verdächtigen.«

Daran hatte sie noch nicht einmal gedacht! Natürlich – wenn er als erstes George überprüfte, dann würde dies alles nur verschlimmern. Emily würde annehmen – nur der liebe Himmel wußte, was Emily annehmen würde.

»Ich werde Emily besuchen.« Sie spießte eine Kartoffel mit ihrer Gabel auf und zerteilte sie energisch. Ohne daß es ihr bewußt war, machte sie die Stücke kleiner, als sie es gewöhnlich tat, ganz so, als ob sie bereits am Paragon Walk zu Tisch säße. »Sie hat mich schon oft eingeladen.« Sofort begann sie darüber nachzudenken, welches ihrer Kleider sie möglicherweise zu diesem Anlaß zurechtmachen konnte. Wenn sie den Besuch am Morgen machte, dann wäre ihr dunkelgraues gut genug. Es war aus gutem Musselin, und man sah ihm nicht allzu deutlich an, daß es den Schnitt des vergangenen Jahres hatte. »Einer von uns sollte sie schließlich schon besuchen, und Mama ist voll und ganz mit Großmamas Krankheiten beschäftigt. Ich halte das für eine ausgezeichnete Idee.«

Pitt gab ihr keine Antwort. Er wußte, daß sie mit sich selber sprach.

Kapitel 3

Charlotte hatte sich in Gedanken bereits genau zurechtgelegt, was sie zu tun beabsichtigte, und sobald Pitt gegangen war, räumte sie die Küche auf und zog dann Jemima ihre zweitbesten Kleider an. Sie waren aus Baumwolle und mit Spitzen abgesetzt, die Charlotte vorsichtig von einem ihrer alten Petticoats abgetrennt hatte. Als sie angezogen war, nahm Charlotte sie auf den Arm, trug sie hinaus über die warme, staubige Straße zum gegenüberliegenden Haus. Die Gardinen hinter einem Dutzend Fenstern bewegten sich, aber sie wollte sich nicht nach ihnen umdrehen und preisgeben, daß sie es wußte. Sie hielt Jemima auf einem Arm und klopfte an die Tür.

Sie wurde fast im selben Augenblick geöffnet, und eine ausgemergelte kleine Frau mit einer einfachen Stoffschürze stand auf der Matte im Flur.

»Guten Morgen, Mrs. Smith«, sagte Charlotte und lächelte. »Ich habe gestern abend gehört, daß meine Schwester sich ganz plötzlich nicht wohl fühlt, und ich glaube, ich sollte sie besuchen. Vielleicht kann ich ihr ja helfen.« Sie wollte nicht so direkt lügen und hinzufügen, daß Emily sonst niemanden hätte, der sich um sie kümmern konnte, wie es bei ihr selbst der Fall gewesen wäre, aber sie wollte doch eine gewisse Dringlichkeit andeuten. Sie fühlte einen inneren Zwiespalt; sie schämte sich ein wenig, so wie sie hier auf der Türschwelle dieser Frau stand, sich den schäbigen Flur anschaute und wußte, daß Emily, sollte sie krank sein, läuten und sich ein Dienstmädchen kommen lassen oder einen Bediensteten schicken konnte, um den Arzt zu holen. Und dennoch mußte sie ihr Anliegen wichtig erscheinen lassen.

»Wären Sie vielleicht so freundlich, heute für mich auf Jemima aufzupassen?«

Das Gesicht der Frau gab ihr mit einem Lächeln Antwort, und sie streckte ihre Arme aus. Jemima zögerte einen Augenblick und wich ein wenig zurück, aber Charlotte hatte heute keine Zeit für Tränen oder gutes Zureden. Sie gab ihr einen flüchtigen Kuß und reichte sie hinüber.

»Vielen Dank. Ich glaube nicht, daß ich lange fort sein werde. Sollten die Dinge jedoch schlimmer stehen, als ich befürchte, dann bin ich vielleicht erst am Nachmittag wieder zu Hause.«

»Da machen Sie sich mal keine Sorgen, meine Liebe.« Die Frau nahm Jemima geschickt in ihre Arme und stützte sie auf ihrer knochigen Hüfte ab, so, wie sie es mit unzähligen Wäschebündeln und mit ihren eigenen acht Kindern getan hatte, außer mit den zweien, die gestorben waren, noch bevor sie das Alter erreicht hatten, in dem sie sitzen konnten. »Ich werd' mich um sie kümmern, sie kriegt schon ihr Mittagessen. Geh'n Sie man ruhig, und besuchen Sie Ihre Schwester, das arme Ding. Ich hoff', es ist nichts Schlimmes. Ich glaub', die Hitze ist an allem schuld. Ist doch nicht normal.«

»Nein«, pflichtete ihr Charlotte hastig bei. »Ich selber mag ja den Herbst am liebsten.«

»Irgendwie kommt mir das Wetter spanisch vor«, fuhr Mrs. Smith fort. »Nach allem, was man so hört. Ich hatte einen Bruder, der Seemann war. Der ist an scheußlichen Orten gewesen. Nun geh'n Sie, und kümmern sich um Ihre Schwester, meine Gute. Ich pass' schon auf Jemima auf, bis Sie wieder da sind.«

Charlotte schenkte ihr ein strahlendes Lächeln. Sie hatte sehr viel Zeit dazu gebraucht, den rechten Umgang mit diesen Menschen zu lernen, die so ganz anders waren als diejenigen, die sie vor ihrer Ehe gekannt hatte. Natürlich hatte sie auch schon vorher Kontakt zu arbeitenden Menschen gehabt, aber die einzigen, die sie persönlich gekannt hatte, waren Diener gewesen, die so sehr zum Haus gehörten wie das Mobiliar oder die Bilder und die mit den Eigenarten der Familie so vertraut waren, daß man sie entweder beachten oder aber auch einfach übersehen konnte. Sie hatten nichts aus ihrem eigenen Leben mit in den Salon oder in die oberen Gemächer gebracht. Selbstverständlich kannte man ihre Familien aus ihren Empfehlungsschreiben, aber sie waren nicht mehr als Namen und Leumund; sie hatten keine Gesichter, und noch weniger hatten sie Bedürfnisse, persönliche Schicksale oder irgendwelche Gefühle.

Nun mußte sie sich ihnen anpassen. Sie mußte lernen, wie man kocht, putzt, günstig einkauft – vor allem jedoch, daß man jemanden braucht und gebraucht wird. An den langen Tagen, wenn Pitt fort war, bedeuteten die Nachbarn einfach alles; sie bedeuteten Lachen, den Klang von Stimmen und Hilfe, als sie nicht wußte, wie sie zurechtkommen sollte, als Jemima ihre Zähne bekam und sie keine Ahnung hatte, was sie tun sollte. Sie hatte keine Dienstmädchen für das Kind, die sie hätte rufen können, keine Kinderfrau, nur die alte Mrs. Smith mit ihren Rezepten und ihrer langjährigen Erfahrung. Ihre Schlichtheit, die Art, wie sie ihr hartes Los resigniert akzeptierte, ohne sich dagegen aufzulehnen, machten Charlotte manchmal wütend, und doch war ihr ihre Geduld ein Trost – sie und die Sicherheit, mit der Mrs. Smith wußte, was bei den kleinen alltäglichen Krisen zu tun war, die zu meistern Charlotte nie gelernt hatte.

Die ganze Straße hatte zunächst geglaubt, Charlotte sei arrogant, so distanziert, daß sie kalt wirkte. Niemandem war bewußt gewesen, daß sie ihnen mit derselben Scheu entgegentrat, mit der sie ihr begegneten. Sie hatten fast zwei Jahre dazu gebraucht, sie zu akzeptieren. Das Ärgerliche war, daß sie sich auf ihre Weise genauso steif und formell verhielten wie Mama und ihre Freundinnen. Sie benutzten genauso oft freundliche Umschreibungen, um die Dinge nicht beim Namen zu nennen, wenn sie verletzend waren, und sie hatten ein ebenso ausgeprägtes Gespür für gesellschaftliche Unterschiede bis hin zu den feinsten Nuancen. Charlotte hatte sie mit ihren Ansichten, die sie ohne böse Hintergedanken in ihrer Unwissenheit geäußert hatte, irritiert.

Mamas Salon schien lange Zeit zurückzuliegen – die Teerunden an den Nachmittagen, die höflichen Besuche, der Austausch von Klatschgeschichten, bei denen man versuchte, etwas über unverheiratete, junge Männer oder die gesellschaftlichen und finanziellen Angelegenheiten Dritter in Erfahrung zu bringen.

Nun mußte sie versuchen, wenigstens den Anschein von Würde wiederzugewinnen, der ausreichte, Emily nicht in Verlegenheit zu bringen.

Sie eilte nach Hause und zog ihr graues Musselinkleid mit den weißen Punkten an, das sie sich im vorigen Jahr vom Haushaltsgeld abgespart hatte und dessen Schnitt so einfach war, daß er nicht schnell aus der Mode kommen würde. Dies war natürlich der Grund gewesen, warum sie es sich ausgesucht hatte. Zudem hatte sie gegenüber den anderen Anwohnern in ihrer Straße nicht hochmütig erscheinen wollen.

Es war schon sehr heiß, als sie um zehn Uhr aus der Kutsche am Paragon Walk ausstieg. Sie bedankte sich beim Kutscher, bezahlte ihn und ging langsam den knirschenden Kiesweg zu Emilys Haustür hoch. Sie war fest entschlossen, sich nicht neugierig umzublicken. Irgend jemand würde sie mit Sicherheit beobachten; es gab immer jemanden, zum Beispiel ein Hausmädchen, das sich beim Staubwischen langweilte und durch ein Fenster seinen Tagträumen nachging, ein Bediensteter oder ein Kutscher auf einem Botengang, ein Gärtnerjunge.

Das Haus war groß, und im Vergleich zu den Häusern der Straße, in der sie wohnte, wirkte es wie ein Palast. Es war natürlich auch für das komplette Hauspersonal, den Hausherrn, die Dame des Hauses, ihre Kinder und für alle Verwandten gebaut worden, die sie über die Saison besuchen wollten.

Sie klopfte an die Tür und hatte plötzlich furchtbare Angst, daß sie Emily enttäuschen könnte, daß sie sich seit der Cater Street so weit auseinandergelebt hätten, daß sie einander fremd geworden waren. Selbst die Geschichte am Callander Square lag nun schon über ein Jahr zurück. Damals hatten sie einander sehr nahe gestanden, hatten gemeinsam gefährliche Situationen und Schrecken überstanden, Aufregungen geteilt. Aber das war nicht in Emilys Haus gewesen, nicht mitten unter ihren Bekannten.

Sie hatte sich geirrt, als sie glaubte, das graue Musselinkleid sei der Situation angemessen; es war unscheinbar und hatte einen Riß am Saum, dem man ansah, daß sie ihn geflickt hatte. Sie glaubte nicht, daß ihre Hände rot seien, aber es war wohl besser, wenn sie für alle Fälle ihre Handschuhe anbehielt. Emily würde dies bestimmt bemerken; Charlottes Hände waren immer sehr schön gewesen, etwas von den Dingen, auf die sie stolz gewesen war.

Das Dienstmädchen öffnete die Tür. Ihr Gesicht zeigte ihre Überraschung darüber, eine Fremde vorzufinden.

»Guten Morgen, Ma'am?«

»Guten Morgen.« Charlotte stand kerzengerade und zwang sich zu lächeln. Sie mußte langsam sprechen; es war albern, nervös zu sein, wenn man seine eigene Schwester besuchte, vor allem, wenn es sich um die jüngere Schwester handelte. »Guten Morgen«, wiederholte sie. »Wären Sie bitte so freundlich, Lady

Ashworth mitzuteilen, daß ihre Schwester, Mrs. Pitt, im Hause ist?«

»Oh.« Die Augen des Mädchens wurden immer größer. »Oh, ja, Ma'am. Kommen Sie doch bitte herein, Ma'am, ich bin sicher, Lady Ashworth wird über Ihren Besuch hocherfreut sein.«

Charlotte folgte ihr und wartete nur wenige Minuten im Empfangszimmer, als Emily hereingestürmt kam.

»Oh, Charlotte! Wie schön, dich zu sehen!« Sie schlang ihre Arme um Charlottes Hals und drückte sie an sich, dann wich sie zurück. Ihre Blicke wanderten über das graue Musselinkleid, dann sah sie Charlotte ins Gesicht. »Du siehst gut aus. Eigentlich hatte ich ja vor, dich zu besuchen, aber du hast ja wohl bestimmt schon gehört, was sich hier Schreckliches ereignet hat. Thomas hat dir doch sicherlich alles erzählt. Dem Himmel sei Dank, daß es diesmal nichts mit uns zu tun hat.« Sie schauderte und senkte den Kopf. »Hört sich wohl sehr gefühllos an?« Mit einem offenen Blick, der auch ein wenig Schuldbewußtsein zeigte, wandte sie sich wieder Charlotte zu.

Charlotte war so aufrichtig wie immer.

»Ich fürchte, das tut es, aber es ist die Wahrheit, auch wenn wir es nicht zugeben wollen. Jedes schreckliche Verbrechen birgt auch so etwas wie Faszination in sich, solange es uns nicht allzu sehr betrifft. Alle werden sagen, wie schrecklich es ist und daß ihnen vor Abscheu die Worte fehlen, wenn es auch nur erwähnt wird, und doch werden sie bei jeder sich bietenden Gelegenheit darüber sprechen.«

Emilys Gesicht entspannte sich, und sie lächelte.

»Ich bin so froh, daß du da bist. Es ist ja eigentlich recht dumm von mir, aber ich hätte furchtbar gerne deine Meinung über die Leute am Walk gehört, obwohl ich sie danach wohl nicht mehr mit denselben Augen sehen werde. Sie sagen nie, was sie wirklich denken, manchmal langweilen sie mich zu Tode. Ich habe das schreckliche Gefühl, ich weiß schon selber nicht mehr, was ich wirklich glaube.«

Charlotte hakte sich bei Emily unter, und sie gingen durch die große Glastüre auf den Rasen, der auf der Rückseite des Hauses lag. Die Sonne brannte heiß auf ihren Gesichtern und blendete sie aus einem unvergleichlich schönen Himmel heraus.

»Das bezweifle ich«, antwortete Charlotte. »Du konntest dir schon immer deine eigenen Gedanken machen und doch etwas ganz anderes sagen. Ich bin eine gesellschaftliche Katastrophe, weil ich das nicht kann.«

Emily kicherte, als sie sich an einige Anlässe erinnerte, und sie unterhielten sich eine Weile über Mißgeschicke, die weit zurücklagen und die sie damals erröten ließen, über die sie heute jedoch nur lachen konnten und die sie innig verbanden.

Charlotte hatte bereits den eigentlichen Grund ihres Kommens vergessen, als plötzlich die Rede auf Sarah kam, ihre ältere Schwester, die ein Opfer des Würgers von der Cater Street geworden war und die sie wieder an den Mord und die Furcht erinnerte, die ihnen die Luft abgeschnürt hatte, und an den schrecklichen Verdacht, den er mit sich gebracht hatte. Sie war noch nie imstande gewesen, um etwas herumzureden, am wenigsten bei Emily, die sie so gut kannte.

»Was für ein Mensch war Fanny Nash?« Sie wollte die Meinung einer Frau hören. Thomas war intelligent, aber Männer verstanden oft nicht, was in einer Frau wirklich vor sich ging und was für eine andere Frau ganz offensichtlich war. Sie hatte schon so oft erlebt, daß Männer sich von einem hübschen Mädchen betören ließen, das so tat, als sei es leicht verletzbar, und Charlotte wußte, daß es in Wirklichkeit so stark und so hart war wie Stahl!

Das Lachen wich aus Emilys Gesicht.

»Willst du etwa wieder Detektiv spielen?« fragte sie argwöhnisch.

Charlotte dachte zurück an den Callander Square. Emily hatte den Fall damals lösen wollen. Sie hatte sogar darauf bestanden, und es hatte Augenblicke gegeben, in denen das Ganze eine Art Abenteuer gewesen war – jedenfalls vor dem entsetzlichen, grausamen Ende.

»Nein!« sagte sie spontan. »Nun, ja, ich denke selbstverständlich darüber nach, ich bin nun einmal so, nicht wahr? Aber ich werde natürlich nicht herumlaufen und Fragen stellen. Nun sei nicht albern! Ich meine, das wäre wirklich ungebührlich von mir. Du müßtest wirklich wissen, daß ich dir das nie antun würde. Zugegeben, ich kann taktlos sein, aber ich bin doch nicht verrückt.«

Emily gab nach, wahrscheinlich, weil auch sie neugierig war und ihr die ganze Angelegenheit noch nicht so naheging, um sie durch ihre Häßlichkeit abzuschrecken.

»Aber natürlich, das weiß ich doch. Entschuldige, ich bin im Augenblick ein wenig angespannt.« Bei der Anspielung auf ihre

Schwangerschaft errötete sie leicht; sie hatte sich noch nicht daran gewöhnt, und es war zudem kein Thema, über das man sprach. »Fanny war wirklich recht unscheinbar. Du willst doch die Wahrheit hören, oder? Sie war aber auch die Letzte, von der ich angenommen hätte, sie könnte in irgend jemandem solch eine Leidenschaft auslösen. Ich kann nur annehmen, daß der arme Kerl völlig verrückt war. Oh«, sagte sie und biß sich auf die Lippen, als sie erkannte, daß sie einen Fauxpas begangen hatte. Sie war stolz darauf, daß ihr seit ihrer Ehe solche Fehler nicht mehr unterlaufen waren. Charlottes Einfluß mußte anstecken wirken. »Man sollte wohl besser kein Mitleid mit ihm haben«, verbesserte sie sich. »Das wäre nun wirklich falsch. Es sei denn, er ist verrückt, und er kann nicht anders. Wird Thomas ihn fangen?«

Charlotte wußte nicht, wie sie antworten sollte. Sie konnte lediglich sagen, daß sie es nicht wußte, aber das war ja keine Antwort. Was Emily wirklich wissen wollte, war, ob Thomas überhaupt einen Anhaltspunkt hatte, ob er den Täter am Walk vermutete oder aber außerhalb. Konnten sie die Angelegenheit lediglich als eine Tragödie ansehen, die nichts mit ihnen zu tun hatte, eine kurze Störung, die jetzt schon der Vergangenheit angehörte und die sich zwar am Walk abgespielt hatte, aber die sich genauso gut irgendwo anders auf dem Wege dieser wahnsinnigen Kreatur hätte ereignen können?

»Es ist noch zu früh, etwas darüber zu sagen.« Sie wollte Zeit gewinnen. »Wenn er verrückt ist, dann könnte er jetzt schon über alle Berge sein, und da es keinen besonderen Grund dafür gab, daß er gerade Fanny ausgesucht hat, außer dem, daß sie zufällig gerade da war, wird es sehr schwierig sein, ihn zu entlarven, selbst dann, wenn wir ihn finden.«

Emily blickte ihr fest in die Augen.

»Meinst du etwa, daß es vielleicht gar kein Verrückter war?«

Charlotte wich ihrem Blick aus.

»Emily, wie kann ich das wissen? Du sagst, daß Fanny sehr – unscheinbar war, nicht im geringsten aufreizend ...«

»Nein, überhaupt nicht aufreizend. Sie war allerdings auch nicht gerade eine graue Maus. Aber weißt du, Charlotte, je älter ich werde, um so mehr glaube ich, daß Schönheit weniger eine Frage der Gesichtszüge oder des Teints ist, als vielmehr, wie man sich verhält und welche Einstellung man zu sich selbst hat. Fanny benahm sich wie eine graue Maus. Dagegen ist Jessamyn, wenn man sie objektiv betrachtet, nicht wirklich schön, und doch gibt sie sich wie eine Schönheit. Und deshalb wird sie auch überall als eine solche angesehen. Sie selbst glaubt es, und deshalb tun wir es auch.«

Es war sehr scharfsinnig von Emily, dies zu erkennen. Charlotte wünschte sich, sie wäre selbst darauf gekommen, als sie noch jünger war und es ihr noch so viel bedeutet hatte. Sie konnte sich mit schmerzhafter Genauigkeit darin erinnern, wie elend sie sich mit 15 gefühlt hatte, als Sarah und Emily so hübsch zu sein schienen, während sie sich selbst so unattraktiv fand. Sie hatte geglaubt, sie bestünde nur aus Ellenbogen und Füßen. Schon damals war sie die größte und wuchs immer weiter. Sie fürchtete, sie würde eine Riesin werden und kein Mann würde sich jemals für sie interessieren. Sie würde über ihre Köpfe hinwegsehen! Wie anziehend hatte sie doch den jungen James Fortescue gefunden, aber das Wissen, mindestens fünf Zentimeter größer als er zu sein, hatte sie zu gehemmt, um irgend etwas sagen zu können. Statt dessen wurde er am Ende ein Verehrer von Sarah.

»Du hörst mir nicht zu!« sagte Emily vorwurfsvoll.

»Entschuldige, was hast du gesagt?«

»Daß Thomas den Walk rauf- und runtergegangen ist und sich bei den Männern der ganzen Straße erkundigt hat. Er hat sogar George gefragt, wo er war.«

»Natürlich«, erläuterte ihr Charlotte. Dies war der Teil der Unterhaltung, den sie von Anfang an gefürchtet hatte. »Das muß er ja auch. Schließlich hat George vielleicht etwas gesehen, das damals völlig normal zu sein schien, aber nachdem wir nun wissen, was passiert ist, könnte es sein, daß er es im nachhinein für wichtig hält.« Sie war zufrieden mit der Art und Weise, wie sie das formuliert hatte. Sie hatte es spontan gesagt, ohne lange nachzudenken, und dennoch klang es völlig logisch. Es hörte sich nicht danach an, als hätte sie es sich zurechtgelegt, nur um Emily zu beruhigen.

»Ich glaube, du hast recht«, gab Emily zu. »Weißt du, George war an jenem Abend gar nicht hier. Er war in der Stadt in seinem Club, deshalb konnte er auch nicht weiterhelfen.«

Das Eintreffen der eindrucksvollsten alten Dame, die sie jemals gesehen hatte, bewahrte Charlotte davor, etwas entgegnen zu müssen. Ihr Haar war tadellos nach oben gekämmt, und ihren Rücken hielt sie kerzengerade. Ihre Nase war eine Spur zu lang, und ihre Augenlider waren ein wenig zu schwer, und trotzdem war die ihr noch verbliebene Schönheit unverkennbar, ebenso wie die Tatsache, daß die Dame nur zu genau um ihre Ausstrahlung wußte.

Emily stand eher hastig als würdevoll auf. Es war schon lange her, daß Charlotte erlebt hatte, wie Emily ein wenig die Fassung verlor, und das sagte schon viel. Sie hoffte, daß es nicht die Furcht war, sie könne sich nicht benehmen und Emily blamieren.

»Tante Vespasia«, sagte Emily schnell. »Darf ich dir meine Schwester, Charlotte Pitt, vorstellen?« Sie sah Charlotte eindringlich an. »Meine angeheiratete Großtante, Lady Cumming-Gould.«

Die Warnung war überflüssig.

»Guten Tag, Ma'am.« Sie neigte den Kopf gerade so leicht, um der Höflichkeit Genüge zu tun, aber ohne unterwürfig zu wirken.

Vespasia reichte ihr die Hand, und ihre Augen betrachteten Charlotte eingehend von Kopf bis Fuß, um sie schließlich mit einem geraden, starren Blick aus ihren alten, glitzernden Augen anzusehen.

»Guten Tag, Mrs. Pitt«, antwortete sie im gleichen Tonfall. »Emily hat oft von Ihnen gesprochen. Ich bin froh, daß Sie die Zeit gefunden haben, uns zu besuchen.« Sie sprach es nicht aus, aber das ›endlich‹ schwang in ihrer Stimme mit.

Charlotte zweifelte daran, daß Emily überhaupt von ihr gesprochen hatte, und noch viel mehr bezweifelte sie, daß sie es oft getan hatte. Das wäre sehr unklug gewesen, und Emily hatte in ihrem ganzen Leben noch nie unklug gehandelt – aber das konnte sie natürlich jetzt nicht sagen. Eine passende Antwort fiel ihr allerdings auch nicht ein. ›Vielen Dank‹ zu sagen schien ihr zu einfältig.

»Es ist sehr freundlich von Ihnen, mich willkommen zu heißen«, hörte sie sich sagen.

»Ich hoffe, Sie bleiben zum Mittagessen?« Es war eine Frage.

»Oh ja.« Emily schaltete sich schnell ein, noch bevor Charlotte Zeit hatte, auszuweichen. »Natürlich wird sie bleiben. Und heute nachmittag werden wir einige Besuche machen.«

Charlotte holte Luft, um eine Ausrede vorzubringen. Sie konnte unmöglich in grauen Musselin gekleidet mit Emily am Paragon Walk herumspazieren. In diesem Augenblick war sie Emily böse, daß sie sie in diese Situation gebracht hatte. Sie wandte sich ihr zu, um ihr einen wütenden Blick zuzuwerfen.

Tante Vespasia räusperte sich geräuschvoll.

»Und wen genau wolltet ihr heute besuchen?«

Emily sah Charlotte an, erkannte ihren Fehler und rettete selbstsicher die Situation.

»Ich dachte an Selena Montague. Sie gefällt sich sehr in Pflaumenfarbe, und Charlotte sieht darin viel besser aus. Es wird mir also eine Freude sein, ihr mein neues Seidenkleid anzuziehen und Selena zu zwingen, sie sich anzuschauen. Ich mag Selena nicht«, fügte sie als völlig überflüssige Erläuterung für Charlotte hinzu. »Und das Kleid wird dir ausgezeichnet passen. Die dumme Schneiderin hat sich vertan und es viel zu lang für mich gemacht.«

Tante Vespasia schenkte ihr ein kleines Lächeln der Bewunderung.

»Ich dachte, es sei Jessamyn Nash, die du nicht magst«, erwiderte sie beiläufig.

»Ich ärgere Jessamyn ganz gerne.« Emily machte eine wegwerfende Handbewegung. »Das ist eigentlich nicht das gleiche. Ich habe nie darüber nachgedacht, ob ich sie nun mag oder nicht.«

»Wen magst du denn?« fragte Charlotte, die mehr über die Bewohner am Walk erfahren wollte. Nun, da das anstehende Problem der Kleidung gelöst war, waren ihre Gedanken wieder bei Fanny Nash und bei der Angst, die die anderen anscheinend längst verdrängt hatten.

»Oh!« Emily überlegte einen Augenblick lang. »Eigentlich mag ich Phoebe Nash ganz gern, Jessamyns Schwägerin, wenn sie nur ein wenig selbstsicherer wäre. Und ich mag Albertine Dilbridge, obwohl ich ihre Mutter nicht ertragen kann. Und ich mag Diggory Nash, obwohl ich nicht weiß, warum. Ich wüßte über ihn nichts eigentlich Gutes zu sagen.«

Das Mittagessen wurde angekündigt, und die drei gingen ins Eßzimmer. Charlotte hatte schon seit langem keine Mahlzeit mehr gesehen, die so exquisit war, vielleicht sogar noch nie. Es waren alles kalte Gerichte, aber sie waren trotzdem so delikat, daß es Stunden gedauert haben mußte, um sie zuzubereiten. In der drückenden Hitze war schon allein der Anblick der kalten Suppen, des frischen Lachses mit zerkleinertem, kaltem Gemüse, des Eises, der Sorbets und der Früchte köstlich. Sie hatte ihren Teller schon fast zur Hälfte leergegessen – sehr elegant, so als ob sie solche Dinge jeden Tag essen würde –, als sie sich daran erinnerte, daß Pitt sich wahrscheinlich gerade durch dicke Butterbrote mit – wenn er Glück hatte – etwas kaltem Fleisch kauen würde. Wenn nicht, müßte er Käse essen, der dann trocken und zäh in seinem Mund läge. Sie setzte ihre Gabel ab, und die Erbsen rollten davon. Weder Emily noch Vespasia bemerkten es.

Es erforderte eine halbe Stunde, während der Emily Charlotte kritisch betrachtete, und unzählige Nadeln, bis Charlotte davon überzeugt war, daß sie in dem pflaumenfarbenen Seidenkleid akzeptabel aussah und nun Besuche bei den Nachbarn machen konnte. Eigentlich war sie ja mehr als zufrieden. Es war eine Seide von exzellenter Qualität, und die Farbe schmeichelte ihr sehr. Der warme Farbton, der ihre honigfarbene Haut und das füllige Haar noch betonte, ließ sie in einem Anflug von Eitelkeit in Verzückung geraten. Es würde ihr weh tun, dieses Kleid am späten Nachmittag auszuziehen und es Emily zurückgeben zu müssen. Der graue Musselin hatte jede Anziehungskraft verloren. Er sah nicht mehr adrett, sondern höchstens fad und sehr nach der Mode des vergangenen Jahres aus.

Als sie die Treppe hinunterkam, machte ihr Tante Vespasia mit trockenem Humor Komplimente, aber sie begegnete dem Blick der alten Dame, ohne mit der Wimper zu zucken. Sie hoffte nur, daß Vespasia keine Ahnung davon hatte, wie viele Nadeln im Kleid steckten und wie sie ihre Korsettstangen hatte zusammenziehen müssen, um Emilys frühere schmale Taille zu erreichen.

Sie dankte Vespasia und spazierte mit Emily hinaus in die Sonne, die auf den Zufahrtsweg schien – hoch erhobenen Hauptes und mit sehr geradem Rücken. Jede andere Haltung wäre auch mehr als unbequem gewesen, und sie würde darauf achten müssen, sich sehr vorsichtig hinzusetzen.

Es waren nur ungefähr 100 Meter bis zu Selena Montagues Haus, und Emily sagte unterwegs kaum etwas. Sie klopften an die Tür, und sofort wurden sie von einem adretten Hausmädchen eingelassen, das offensichtlich in Erwartung von Besuchern bereitgestanden hatte. Mrs. Montague war im Garten, der auf der Rückseite des Hauses lag, und sie wurden eingeladen, ihr Gesellschaft zu leisten. Das Haus war elegant und teuer; trotzdem hatte Charlottes erfahrener Blick die kleinen Einsparungen bereits erkannt – eine Ausbesserung an der Bordüre des Lampenschirms, das Sitzkissen eines Sessels, dessen Bezug offenbar gewendet worden war, denn es wirkte nun dunkler als die verblichenen Armlehnen. Sie hatte Ähnliches auch schon selbst getan und kannte sich daher aus.

Selena saß in einem Korbsessel, ihre Arme hingen zu den Seiten herab, ihren Kopf hatte sie zurückgelehnt; vor der starken Sonne wurde sie durch einen weichen, mit Blumen verzierten Hut geschützt. Sie besaß wunderschöne Gesichtszüge, obwohl ihre Nase ein wenig zu spitz war. Sie hatte lange Wimpern und große braune Augen, die sich jetzt öffneten, als sie Charlotte mit besonderem Interesse anblickte.

»Meine liebe Selena«, begann Emily in ihrer freundlichsten Stimme. »Wie gut Sie aussehen, und die Hitze scheint Ihnen gar nichts auszumachen! Ich möchte Ihnen meine Schwester vorstellen, Charlotte Pitt. Sie ist bei mir zu Besuch.«

Selena rührte sich nicht, sondern blickte Charlotte prüfend und mit unverhohlener Neugier an. Charlotte hatte das unangenehme Gefühl, daß ihr nichts entgangen war, angefangen bei ihren besten, bereits etwas abgetragenen Stiefeln bis hin zu jeder einzelnen Nadel in ihrem Kleid.

»Wie schön«, sagte Selena schließlich. »Es ist«, sie blickte noch einmal auf Charlottes Stiefel, »sehr aufmerksam, daß Sie gekommen sind. Ich bin sicher, wir werden Ihre Gesellschaft genießen.«

Charlotte spürte, wie die Wut in ihr hochstieg. Vor allem haßte sie es, herablassend behandelt zu werden.

»Ich hoffe, ich werde Ihre Gesellschaft ebenso genießen«, sagte sie mit einem kühlen Lächeln.

Selena hatte die Andeutung begriffen, und Charlotte entnahm dem Druck von Emilys Fingern auf ihrem Arm, daß auch sie es verstanden hatte.

»Sie müssen einmal mit uns zu Abend essen«, fuhr Selena fort. »Diese Sommerabende sind so warm, daß wir oft hier draußen essen. Die Erdbeeren sind in diesem Jahr doch recht köstlich, meinen Sie nicht auch?«

Erdbeeren waren bei Charlottes Haushaltsgeld unerschwinglich.

»Sehr süß«, pflichtete sie bei. »Vielleicht liegt es an der Sonne.«

»Ohne Zweifel.« Selena interessierte es nicht, woran es lag. Sie blickte zu Emily auf. »Bitte setzen Sie sich. Ich bin sicher, Sie hätten gerne eine Erfrischung, es muß Ihnen schrecklich heiß sein.« Charlotte sah, wie Emilys Gesicht sich bei dieser Andeutung straffte, und ihre Wangen sahen tatsächlich leicht erhitzt aus. »Vielleicht ein Sorbet?« Selena lächelte. »Und Sie, Mrs. Pitt? Etwas Kühlendes?«

»Was auch immer Sie für sich bestellen, Mrs. Montague«, warf Charlotte ein, noch bevor Emily sprechen konnte. »Ich möchte Ihnen keine Umstände machen.«

»Ich versichere Ihnen, es macht keine Umstände!« sagte Selena, und ihre Stimme klang ein wenig schroff. Sie streckte ihre Hand aus und schwenkte die kleine Glocke auf dem Tisch. Ihr heller Klang rief ein Hausmädchen herbei, das in einem gestärkten weißen Kleid erschien. Selena gab ihr ausführliche Anweisungen. Dann wandte sie sich wieder Emily zu. »Haben Sie die arme Jessamyn gesehen?«

Emily saß auf einem weißen gußeisernen Stuhl. Charlotte thronte neben ihr auf einem zweiten, vorsichtig darauf bedacht, daß sich keine Nadel verschob.

»Nein«, antwortete Emily. »Ich habe natürlich meine Karte hinterlassen und einen kleinen Brief, um zu kondolieren.«

Selena bemühte sich sehr, ihre Enttäuschung zu verbergen, was ihr jedoch mißlang.

»Die arme Seele«, murmelte sie. »Sie muß sich furchtbar fühlen. Das Ganze ist aber auch unvorstellbar! Ich hatte gehofft, Sie hätten sie vielleicht gesehen und könnten mir etwas erzählen.«

Emily wußte sofort, daß Selena sie auch noch nicht gesehen hatte und vor Neugier fast platzte.

»Allein der Gedanke daran, sich das vorzustellen!« Sie schauderte. »Ich bin überzeugt, sie hat wirklich unser aller Mitgefühl, und ich zweifele nicht daran, daß jeder von uns sie in den nächsten Wochen besuchen wird. Es wäre unmenschlich, es nicht zu tun. Sogar die Herren werden sie aufsuchen, da bin ich ganz sicher. Das ist das mindeste, was sie tun können, um sie zu trösten.«

Die Flügel von Selenas spitzer, kleiner Nase weiteten sich.

»Ich kann mir kaum vorstellen, daß es für einen Menschen noch Trost gibt, wenn die eigene Schwägerin praktisch vor der eigenen Haustür vergewaltigt wird, sich dann ins Haus schleppt und im wahrsten Sinne des Wortes in den eigenen Armen stirbt.« In ihrer Stimme lag eine unterschwellige Kritik an Emily. »Ich glaube, ich würde mich völlig zurückziehen, wenn mir so etwas

passiert wäre. Ich würde vielleicht sogar den Verstand verlieren.«
Sie sprach sehr bestimmt, so, als ob sie keinen Zweifel daran
hätte, daß genau dies Jessamyn bereits widerfahren sei.

»Du meine Güte!« sagte Emily mit gespieltem Entsetzen. »Sie
meinen doch wohl nicht, daß es noch einmal passieren wird,
oder? Ich wußte ja gar nicht, daß Sie eine Schwägerin haben!«

»Habe ich auch nicht!« schoß Selena zurück. »Ich wollte lediglich sagen, wie sehr mir die arme Jessamyn leid tut und daß wir
nicht allzu viel von ihr erwarten dürfen. Wir müssen viel Verständnis haben, wenn sie uns ein wenig merkwürdig erscheint. Ich
weiß zumindest, daß ich das haben werde.«

»Davon bin ich überzeugt, meine Liebe.« Emily beugte sich vor
und sagte mit säuselnder Stimme: »Ich bin sicher, Sie würden niemals mit Absicht einen Menschen verletzen.«

Charlotte fragte sich, ob Emily ihr nicht für eine recht große
Anzahl von ›Ausfällen‹ Vorschub leistete.

»Es muß sehr schwierig sein, genau zu wissen, was man sagen
soll«, meinte Charlotte. »Ich wüßte nicht, ob die Vermeidung des
Themas nicht so empfunden würde, als ob man ihrem Verlust
gleichgültig gegenüberstünde; wenn man aber andererseits das
Thema erwähnt, dann könnte das nach Neugier aussehen, und die
wäre nun wirklich geschmacklos.«

Selenas Gesicht versteinerte sich, weil sie den Wink nur zu gut
verstand.

»Wie offenherzig von Ihnen«, sagte sie mit Augen, die vor
Überraschung weit aufgerissen waren, als ob sie etwas Lebendi-
ges im Salat entdeckt hätte. »Sind Sie immer so . . . freimütig, was
Ihre Gedanken betrifft, Mrs. Pitt?«

»Ich fürchte, ja. Es ist meine größte gesellschaftliche
Schwäche.« Darauf sollte sie erst einmal eine höfliche Antwort
finden!

»Oh! Nun, ich nehme an, so schlimm wird es nicht sein«, antwortete Selena kühl. »Ihre Schwester scheint es noch nicht einmal
zu bemerken.«

»Ich bin daran gewöhnt.« Emily schenkte ihr ein strahlendes
Lächeln.

»Ich habe mit ihr einen Fauxpas nach dem anderen erlebt.
Heutzutage nehme ich sie nur noch zu Freunden mit, von denen
ich weiß, daß ich ihnen vertrauen kann.« Sie schaute Selena unerschrocken in die braunen Augen.

Charlotte verschluckte sich fast, während sie sich bemühte, einen neutralen Gesichtsausdruck zu wahren. Selena war ausgetrickst worden, und sie wußte es.

»Wie nett von Ihnen«, murmelte sie nichtssagend. Sie nahm dem Hausmädchen das Tablett ab. »Nehmen Sie doch ein Sorbet.«

Sie schwiegen eine kurze Weile, während sie ihre Löffel in die kühle Köstlichkeit tauchten. Charlotte wollte die Gelegenheit nutzen, etwas mehr über die Leute herauszufinden, vielleicht etwas, das Pitt als Polizist nicht beobachten konnte, aber alle Fragen, die ihr in den Sinn kamen, waren zu plump. Außerdem war sie sich auch noch nicht ganz sicher, was genau sie eigentlich wissen wollte. Sie saß da, hielt ihr Sorbetschälchen in der Hand und starrte auf die Rosen an der gegenüberliegenden Mauer. Sie erinnerten sie ein wenig an die Cater Street und an das Haus ihrer Eltern, nur daß dieses hier vornehmer und luxuriöser war. Es schien eine unpassende Kulisse für ein so schreckliches Verbrechen wie eine Vergewaltigung zu sein. Unterschlagung oder Betrug, das hätte sie verstehen können – oder natürlich einen Einbruch. Aber könnten Männer, die in Häusern wie diesen lebten, jemals irgend jemanden vergewaltigen? Wie exzentrisch oder pervers ihr Geschmack auch immer sein mochte – sie hatte von diesen Dingen gehört –, die Männer vom Paragon Walk konnten es sich leisten, dafür zu bezahlen. Und es gab immer Leute, die solche Dienstleistungen anboten, überall von den Elendsvierteln bis zu den teuren Bordellen – sogar Jungen und Kinder.

Die Dinge lägen natürlich ganz anders, wenn eine bestimmte Frau sie quälen und herausfordern würde und sich selbst quasi anböte. Aber so, wie alle Fanny Nash beschrieben hatten, war sie keinesfalls aufreizend; ganz im Gegenteil, sie war eher etwas linkisch. Thomas hatte gesagt, Jessamyn habe das so sehr betont, daß es schon fast unhöflich war, und Emily hatte es bestätigt.

Sie hing diesen Überlegungen noch nach und versuchte sich einzureden, es sei irgendein betrunkener Kutscher gewesen, der von der Gesellschaft der Dilbridges kam, und daß sich Emily keine Gedanken zu machen brauchte, als sie von Stimmen abgelenkt wurde, die von jenseits des Rasens kamen. Sie wandte sich um und sah zwei ältere Damen, die beide in türkisfarbenem Musselin und Spitze gekleidet waren, wobei der Schnitt der Kleider variiert worden war, damit er zu ihren völlig unterschiedlichen

Figuren paßte. Die eine war lang, dünn und hatte einen flachen Busen, die andere klein und rundlich, mit einem hohen, schweren Busen und kleinen, plumpen Händen und Füßen.

»Miss Lucinda Horbury.« Selena stellte die kleinere vor. »Und Miss Laetitia Horbury.« Sie wandte sich der größeren zu. »Ich bin sicher, Sie haben die Schwester von Lady Ashworth, Mrs. Pitt, noch nicht kennengelernt.«

Man begrüßte sich mit kaum versteckter Neugier, und es wurden weitere Portionen Sorbet gebracht. Als das Hausmädchen gegangen war, wandte sich Miss Lucinda Charlotte zu.

»Meine liebe Mrs. Pitt, wie nett von Ihnen, vorbeizuschauen. Natürlich sind Sie gekommen, um die arme Emily nach den schrecklichen Ereignissen zu trösten! Ist das alles nicht entsetzlich?«

Charlotte gab höflich zustimmende Laute von sich und war bemüht, sich eine vernünftige Frage auszudenken, aber Miss Lucinda erwartete eigentlich gar keine Antwort.

»Ich weiß wirklich nicht, wohin das alles noch führen soll«, fuhr sie fort und erwärmte sich für das Thema. »Ich bin sicher, als ich jung war, kamen solche Dinge in einer anständigen Gesellschaft nicht vor. Obwohl . . .«, sie warf einen Seitenblick auf ihre Schwester, »wir natürlich auch in unserer Mitte solche hatten, deren Moral nicht ohne Fehler war.«

»Wirklich?« Miss Laetitias schmale Augenbrauen hoben sich. »Ich kann mich an niemanden erinnern, aber du hattest vielleicht einen größeren Bekanntenkreis als ich.«

Miss Lucindas plumpes Gesicht wurde hart, aber sie ignorierte die Bemerkung, zog nur die Schultern leicht hoch und schaute Charlotte wieder an.

»Ich nehme an, Sie haben schon alles darüber gehört, Mrs. Pitt. Der armen, lieben Fanny Nash ist Gewalt angetan worden, und dann wurde sie erstochen. Wir sind alle ganz erschüttert! Die Nashs leben nun schon seit Jahren am Walk, ja schon seit Generationen, eine sehr gute Familie, wirklich. Gestern erst sprach ich mit Mr. Afton, das ist der älteste der Brüder. Er ist so ein würdevoller Mensch, nicht wahr?« Sie errötete, sah Selena, dann Emily, und dann wieder Charlotte an. »Er ist so ein besonnener Mann«, fuhr sie fort. »Man kann sich wirklich kaum vorstellen, daß er eine Schwester hat, die ein solches Ende finden würde. Mr. Diggory ist da natürlich erheblich – aufgeschlossener . . .«, sie betonte das Wort sorgfältig, ». . . was seine Vorlieben anbelangt. Aber ich sage immer, es gibt Dinge, die man bei einem Mann akzeptieren kann, selbst wenn sie nicht immer ganz erfreulich sind, und die bei einer Frau undenkbar wären – selbst bei einer Frau mit einer zerrütteten Moral.«

Wieder zog sie die Schultern ein wenig hoch und warf ihrer Schwester einen kurzen Blick zu.

»Wollen Sie andeuten, Fanny habe das Verbrechen irgendwie provoziert?« fragte Charlotte geradeheraus. Sie spürte das Erstaunen bei den anderen, beachtete es aber nicht, sondern heftete ihre Augen auf Miss Lucindas rosiges Gesicht.

Miss Lucinda rümpfte die Nase.

»Nun, also wirklich, Mrs. Pitt, man würde ja wohl kaum erwarten, daß so etwas einer Frau passiert, die – keusch ist! Sie würde es nicht zulassen, daß sie in eine solche Situation geriete. Ich bin sicher, Sie sind niemals belästigt worden! Genausowenig wie wir alle!«

»Vielleicht haben wir nur Glück gehabt«, meinte Charlotte, und um Emily nicht zu sehr in Verlegenheit zu bringen, fügte sie dann hinzu: »Wenn es sich um einen Wahnsinnigen handelt, könnte es doch sein, daß er sich alles mögliche vorstellt – und das ohne jede Berechtigung, oder nicht?«

»Wahnsinnige gehören nicht zu meinem Bekanntenkreis«, sagte Miss Lucinda aufgebracht.

Charlotte lächelte. »Und Sexualverbrecher gehören nicht zu meinem, Miss Horbury. Alles, was ich sage, ist eine reine Vermutung.«

Miss Laetitia warf ihr ein schnelles Lächeln zu, das fast augenblicklich wieder verschwunden war.

Miss Lucinda rümpfte ihre Nase noch stärker. »Selbstverständlich, Mrs. Pitt. Ich hoffe, Sie haben nicht einen Augenblick lang geglaubt, daß das, was ich gesagt habe, auf persönlicher Erfahrung beruht! Ich versichere Ihnen, ich hatte nur Mitleid mit dem armen Mr. Nash, der solch eine Schande in seiner Familie miterleben muß.«

»Schande!« Charlotte war zu wütend, um auch nur zu versuchen, ihre Zunge im Zaum zu halten. »Ich betrachte es als eine Tragödie, Miss Horbury, als einen Alptraum, wenn Sie so wollen, aber wohl kaum als eine Schande.«

»Also!« Miss Lucinda war entrüstet. »Also wirklich . . .«

»Ist es das, was Mr. Nash gesagt hat?« Charlotte wollte es wissen und ignorierte den harten Stoß von Emilys Stiefel. »Hat er gesagt, es sei eine Schande?«

»Also, ich kann mich nicht an seine Worte erinnern, aber er war sich ganz sicher der Obszönität des Ganzen bewußt!« Sie schauderte und schnaubte wütend. »Allein beim Gedanken daran bin ich zutiefst erschüttert. Ich glaube, Mrs. Pitt, wenn Sie hier in dieser Straße wohnen würden, dann dächten Sie so wie wir darüber. Sehen Sie, unser Hausmädchen, das arme Kind, ist heute morgen in Ohnmacht gefallen, als der Stiefeljunge von nebenan sie ansprach. Wieder drei unserer besten Tassen weniger!«

»Vielleicht könnten Sie sie dadurch beruhigen, indem Sie ihr sagen, daß der Mann wahrscheinlich schon meilenweit weg ist?« riet ihr Charlotte. »Schließlich ist das hier ja wohl der letzte Ort, an dem er sich aufhalten würde, während die Polizei ihre Untersuchungen durchführt und alle nach ihm suchen.«

»Oh, man sollte niemanden anlügen, Mrs. Pitt, noch nicht einmal, wenn es sich um Dienstboten handelt!« sagte Miss Lucinda scharf.

»Wieso nicht?« beschwichtigte Miss Laetitia. »Wenn es doch zu ihrem Besten ist!«

»Ich habe schon immer gesagt, daß du kein Gefühl für Moral hast!« Miss Lucinda funkelte ihre Schwester an. »Wer weiß schon, wo diese Kreatur jetzt ist? Ich bin sicher, Mrs. Pitt weiß es nicht! Er ist offenbar von unkontrollierbaren Leidenschaften besessen, von anormalen Gelüsten, die zu schrecklich sind, als daß eine anständige Frau sich eine Vorstellung davon machen könnte.«

Charlotte war geneigt, Miss Lucinda darauf hinzuweisen, daß sie kaum etwas anderes getan hatte, als sich das vorzustellen, seit sie den Garten betreten hatte, und nur aus Rücksicht auf Emily unterließ sie es.

Selena zitterte.

»Vielleicht handelt es sich um ein verdorbenes Geschöpf aus der Unterwelt, das durch schöne Frauen, Satin, Spitzen und Sauberkeit erregt wird?« warf sie ein.

»Oder vielleicht lebt er hier am Walk und wählt somit sein Opfer unter seinesgleichen aus – wo auch sonst?« Es war eine sanfte, helle Stimme, die das sagte, und doch war sie unverkennbar männlich.

Alle wirbelten gleichzeitig herum und sahen Fulbert Nash nur zwei Meter entfernt von ihnen mit einem Schälchen Sorbet in der Hand auf dem Rasen stehen.

»Guten Tag, Selena, Lady Ashworth, Miss Lucinda, Miss Laetitia.« Er blickte auf Charlotte und zog die Augenbrauen in die Höhe.

»Meine Schwester, Mrs. Pitt«, sagte Emily spitz. »Und das ist eine skandalöse Behauptung, Mr. Nash!«

»Es ist ein skandalöses Verbrechen, Ma'am. Und das Leben kann skandalös sein, haben Sie das noch nicht bemerkt?«

»Meines nicht, Mr. Nash!«

»Wie charmant von Ihnen.« Er nahm ihnen gegenüber Platz.

Emily blinzelte verwirrt. »Charmant?«

»Das ist eine der friedvollsten Eigenschaften von Frauen«, antwortete er. »Die Fähigkeit, nur das zu sehen, was erfreulich ist. Das macht ihre Gesellschaft so angenehm. Meinen Sie nicht auch, Mrs. Pitt?«

»Ich meine, es macht alles eher äußerst unsicher«, antwortete Charlotte in aller Offenheit. »So weiß man nie, ob es sich nun um die Wahrheit handelt oder nicht. Ich persönlich würde mich immer fragen, was es denn nun ist, was ich nicht weiß.«

»Und deshalb würden Sie wie Pandora die Büchse öffnen und alles Unglück auf die Welt loslassen.« Er blickte sie über das Sorbet hinweg an.

Charlotte fielen seine feingliedrigen Hände auf.

»Wie unklug von Ihnen. Es gibt so viele Dinge, von denen man besser nichts weiß. Wir alle haben so unsere Geheimnisse.« Seine Augen wanderten über die kleine Gruppe. »Selbst am Paragon Walk. ›Wenn ein Mensch behauptet, er sei ohne Sünde, dann betrügt er sich selbst.‹ Sie hätten nicht erwartet, daß ich aus der Heiligen Schrift zitiere, oder, Lady Ashworth? Wenn Sie am Walk flanieren, Mrs. Pitt, wird Ihr bloßes Auge makellose Häuser sehen, Stein für Stein, aber vor Ihrem geistigen Auge, wenn Sie eins haben, wird eine Reihe von übertünchten Gräbern erscheinen. Ist es nicht so, Selena?«

Bevor Selena noch antworten konnte, hörten sie ein leises Geklapper, da ein Dienstmädchen noch mehr Schälchen mit Sorbet brachte, und als sich alle umdrehten, sahen sie eine außergewöhnlich schöne Frau, die über den Rasen auf sie zukam. Sie schien fast zu schweben, und die zarte, warme Luft bewegte die weiße und blaßgrüne Seide ihres Kleides. Selenas Gesichtsausdruck verhärtete sich.

»Jessamyn, wie schön, Sie zu sehen. Ich hätte nicht erwartet, daß Sie die Kraft finden würden auszugehen. Wie ich Sie bewundere, meine Liebe. Leisten Sie uns doch bitte Gesellschaft. Darf ich Ihnen Mrs. Pitt vorstellen, Emilys Schwester aus ...?« Sie zog fragend ihre Augenbrauen in die Höhe, aber niemand antwortete ihr. Man nickte sich zur Begrüßung kurz zu. »Was für ein hübsches Kleid«, fuhr Selena fort und sah Jessamyn wieder an. »Nur Sie können es sich leisten, solch eine ... blasse Farbe zu tragen. Ich bin sicher, an mir würde sie verheerend aussehen, so ... ausgewaschen!«

Charlotte wandte sich Jessamyn zu und entnahm ihrem Gesichtsausdruck, daß sie Selenas Anspielung sehr gut verstanden hatte. Ihre Reaktion jedoch war hervorragend.

»Verzweifeln Sie nicht, meine liebe Selena. Wir können nicht alle die gleichen Kleider tragen, aber ich bin sicher, es gibt auch Farben, die Ihnen besonders gut stehen.« Sie betrachtete Selenas wundervolles Kleid – es war lavendelfarben mit einem Spitzenbesatz in Pflaumenfarbe. »Vielleicht nicht gerade diese«, sagte sie langsam. »Haben Sie schon einmal an eine etwas kühlere Farbe gedacht, an Blau vielleicht? Sie schmeichelt dem dunkleren Teint bei diesem schwülen Wetter.«

Selena war wütend. Aus ihren Augen blitzte etwas, das ganz nach Haß aussah. Charlotte war überrascht und ein wenig verwirrt, als sie es bemerkte.

»Wir sind zu oft am selben Ort«, sagte Selena mit zusammengebissenen Zähnen. »Und ich möchte um jeden Preis den Eindruck vermeiden, daß ich Ihren Geschmack nachahme – in jeder Hinsicht. Man sollte unbedingt eine eigene Note haben, finden Sie nicht auch, Mrs. Pitt?« Sie wandte sich an Charlotte.

Charlotte, der nur zu bewußt war, daß sie Emilys Kleid trug, welches nur für sie zurechtgemacht worden war und dazu voller Nadeln steckte, fand keine Antwort. Sie war noch immer über den tiefen Haß, den sie gesehen hatte, und über Fulbert Nashs häßliche Bemerkung über die übertünchten Gräber erschüttert.

Seltsamerweise war es gerade Fulbert, der ihr zu Hilfe kam.

»Nur bis zu einem gewissen Punkt«, sagte er unerwartet. »Eine eigene Note kann schnell exotisch wirken, und ehe man sich versieht, endet man als Exzentriker, wie er im Buche steht. Meinen Sie das nicht auch, Miss Lucinda?«

Miss Lucinda schnaubte und konnte sich nicht zu einer Entgegnung herablassen.

Emily und Charlotte verabschiedeten sich kurz darauf, und weil Emily offenbar keine Lust hatte, noch weitere Besuche zu machen, gingen sie nach Hause.

»Was für ein außergewöhnlicher Mann dieser Fulbert Nash doch ist!« bemerkte Charlotte, als sie die Treppe hinaufgingen. »Was hat er nur mit den ›übertünchten Gräbern‹ gemeint?«

»Woher soll ich das wissen?« entgegnete Emily scharf. »Vielleicht hat er ein schlechtes Gewissen.«

»Weswegen? Wegen Fanny?«

»Ich habe keine Ahnung. Er ist ein durch und durch scheußlicher Mensch. Wie alle Nashs, außer Diggory. Afton ist einfach abscheulich. Und Menschen, die selber scheußlich sind, neigen dazu, das auch von anderen zu glauben.«

Charlotte wollte es genauer wissen.

»Glaubst du, daß er wirklich über alle Leute am Walk etwas weiß? Hat Miss Lucinda nicht gesagt, daß die Nashs schon seit Generationen hier wohnen?«

»Sie ist eine dumme, alte Klatschtante!« Emily durchquerte den Flur und ging in ihr Ankleidezimmer. Sie nahm Charlottes altes Musselinkleid vom Bügel. »Du solltest besser nichts darauf geben, was sie sagt!«

Charlotte begann nach den Nadeln in der pflaumenfarbenen Seide zu suchen und nahm sie vorsichtig heraus.

»Aber wenn die Nashs schon seit Jahren hier wohnen, dann weiß Mr. Nash vielleicht wirklich sehr viel über jeden hier. Das wäre doch normal, wenn man so nah beieinander wohnt, und man erinnert sich an viele Dinge.«

»Nun, über mich weiß er auf jeden Fall nichts! Weil es gar nichts zu wissen gibt!«

Charlotte schwieg. Emily hatte endlich ausgesprochen, wovor sie wirklich Angst hatte. Natürlich wußte Mr. Nash nichts über Emily, aber schließlich würde ja auch niemand Emily einer Vergewaltigung oder eines Mordes verdächtigen. Aber was wußte er über George? George hatte jeden Sommer seines Lebens hier verbracht.

»Ich hatte gar nicht an dich gedacht.« Sie ließ das pflaumenfarbene Kleid zu Boden gleiten.

»Natürlich nicht.« Emily hob es auf und reichte ihr das graue Musselinkleid. »Du hast an George gedacht! Nur, weil ich schwanger bin und George ein Gentleman ist und nicht wie Thomas arbeiten muß, glaubst du, daß er seine Zeit in seinem Club mit Glücksspielen oder Trinken verbringt, Affären hat und daß er ein Auge auf Fanny Nash geworfen haben könnte und es nicht ertragen konnte, abgewiesen zu werden!«

»Daran denke ich ganz und gar nicht!« Charlotte nahm das Musselinkleid und zog es langsam an. Es war viel bequemer als das pflaumenfarbene, und sie hatte ihr Korsett etwas lockern können, aber es sah unbeschreiblich schäbig aus. »Es scheint mir ganz so, als hättest du Angst davor.«

Emily wirbelte herum, ihr Gesicht war rot.

»Unsinn! Ich kenne George, und ich vertraue ihm!«

Charlotte entgegnete darauf nichts mehr, denn in Emilys Stimme lagen Angst und Besorgnis. In einigen Wochen, vielleicht schon ein paar Tagen, würde sich diese Besorgnis in eine Frage, in einen Zweifel oder sogar in einen wirklichen Verdacht verwandeln. Und George mußte mit Sicherheit irgendwo einmal einen Fehler gemacht haben, etwas Dummes gesagt oder getan haben, etwas, das man lieber vergessen würde.

»Natürlich«, sagte sie weich. »Thomas wird den Täter hoffentlich bald finden, und wir können anfangen, die ganze Geschichte zu vergessen. Vielen Dank, daß du mir das Kleid geliehen hast.«

Kapitel 4

Emily verbrachte einen traurigen Abend. George war zu Hause, aber es fiel ihr nichts ein, über das sie mit ihm hätte sprechen können. Sie wollte ihn vieles fragen, aber die Fragen hätten ihre Zweifel so offensichtlich gezeigt, daß sie sich nicht traute, sie zu stellen. Und sie hatte Angst vor seinen Antworten, selbst wenn er seine Geduld ihr gegenüber behielte und weder verletzt noch wütend reagieren würde. Wenn er ihr die Wahrheit sagte, wäre es dann vielleicht nicht etwas, von dem sie sich dann aus ganzem Herzen wünschte, sie hätte es nie erfahren?

Sie hatte nicht die Illusion, George sei perfekt. Als sie sich entschloß, ihn zu heiraten, hatte sie akzeptiert, daß er an Glücksspielen teilnahm und manchmal mehr trank, als für ihn gut war. Sie hatte sogar akzeptiert, daß er von Zeit zu Zeit mit anderen Frauen flirtete, und normalerweise betrachtete sie das als recht harmlos, als dieselbe Art von Spiel, dem auch sie sich hingab, als eine Art Geschicklichkeitsübung, um nicht als allzu häuslich und allzu selbstverständlich hingenommen zu werden. Es hatte sie bisweilen belastet, sogar verwirrt, aber sie hatte sich mit großer Geschicklichkeit an seinen Lebenswandel gewöhnt.

Seit kurzem jedoch verhielt sie sich ganz anders als sonst. Sie hatte sich über Nebensächlichkeiten aufgeregt und war sogar schon drauf und dran gewesen zu weinen, was sie schrecklich fand. Sie hatte weinerliche Frauen oder solche, die leicht in Ohnmacht fielen, nie ausstehen können – und in diesem Monat war ihr beides passiert.

Sie entschuldigte sich und ging früh zu Bett. Aber obwohl sie sofort einschlief, wachte sie mehrmals in der Nacht auf, und am Morgen fühlte sie sich noch über eine Stunde lang elend und zerschlagen.

Sie war höchst unfair zu Charlotte gewesen, und das wußte sie auch. Charlotte wollte so viel wie möglich über den Walk erfahren, weil sie Emily vor genau den Dingen schützen wollte, die jetzt an ihren Nerven zerrten. Einerseits liebte sie Charlotte dafür – und noch aus 100 anderen Gründen –, aber jetzt im Moment war da auch noch etwas in ihr, das ihre Schwester haßte, weil diese sich selbst in ihrem unmodernen, langweilig grauen Musselinkleid noch sicher und geborgen fühlen konnte, ohne von häßlichen Ängsten gepeinigt zu werden. Sie wußte ganz genau, daß Thomas nicht unterwegs war und mit irgendeiner Frau flirtete. Wie auch immer Charlotte sich in Gesellschaft benehmen mochte, niemals würden ihm Zweifel kommen, ob es klug gewesen war, unter seinem Stand geheiratet zu haben, oder ob Charlotte seiner gesellschaftlichen Stellung gerecht würde und ihm Ehre machte. Sie stand nicht unter dem Druck, einen Sohn gebären zu müssen, um einen Stammhalter für den Adelstitel zu haben.

Zugegeben, Thomas war Polizist – und das sagte schließlich alles –, und er war eine höchst merkwürdige Gestalt, so unscheinbar wie nur irgend etwas und furchtbar ungepflegt. Aber er war eine Frohnatur, und auch wenn sie es sich nicht offen eingestand, so spürte Emily doch, daß er intelligenter war als George. Vielleicht war er intelligent genug, um herauszufinden, wer Fanny Nash ermordet hatte, noch bevor Verdächtigungen alle möglichen alten Vergehen und Wunden am Walk wieder ans Tageslicht brachten, damit sie die kleinen, selbstgewählten Masken aufbehalten konnten, hinter die im Grunde genommen niemand wirklich schauen wollte.

Sie hatte zum Frühstück nichts gegessen, und so sah sie Tante Vespasia erst beim Mittagessen.

»Du siehst richtig krank aus, Emily«, sagte Vespasia und runzelte die Stirn. »Ich hoffe, du ißt genug. Das ist sehr wichtig in deinem Zustand.«

»Ja, danke, Tante Vespasia.« Sie hatte jetzt tatsächlich Hunger und bediente sich äußerst großzügig.

»Hmm!« Vespasia nahm das Vorlegebesteck und begnügte sich mit der halben Portion. »Dann belastet dich etwas. Du darfst Selena Montague keine Beachtung schenken.«

Emily sah sie scharf an.

»Selena? Wie kommst du drauf, daß ich mir wegen Selena Sorgen mache?«

»Weil sie eine Frau ist, die nichts zu tun hat, die weder einen Mann noch ein Kind hat, um das sie sich kümmern müßte«, sagte Vespasia schroff. »Sie hat ihre Fühler nach dem Franzosen ausgestreckt, bisher ohne Erfolg. Mißerfolge schrecken Selena nicht. Wie du weißt, war sie der Liebling ihres Vaters, und das hat sie nie abgelegt.«

»Von mir aus kann sie gerne bei Monsieur Alaric landen«, erwiderte Emily, »ich habe kein Interesse an ihm.«

Vespasia warf ihr einen scharfen Blick zu.

»Das ist Unfug, mein Kind. Jede gesunde Frau hat Interesse an einem Mann wie diesem. Wenn ich ihn mir so anschaue, dann kann sogar ich mich daran erinnern, wie es ist, wenn man jung ist. Und glaube mir, als ich jung war, da war ich bildschön. Ich hätte ihn auf mich aufmerksam gemacht.«

Emily fühlte, wie sie innerlich lachen mußte.

»Das glaube ich dir gern, Tante Vespasia. Es würde mich gar nicht überraschen, wenn er selbst heute noch deine Gesellschaft vorzöge!«

»Hör auf, mir zu schmeicheln, Kind. Ich bin eine alte Frau, aber ich habe nicht den Verstand verloren.«

Emily lächelte immer noch.

»Warum hast du mir nie von deiner Schwester erzählt?« wollte Vespasia wissen.

»Hab' ich doch. Ich hab' dir einen Tag, nachdem du gekommen bist, von ihr erzählt, und später hab' ich dir noch gesagt, daß sie einen Polizisten geheiratet hat.«

»Du sagtest, daß sie nicht den Konventionen entspricht, das stimmt. Sie hat eine unmögliche Art zu reden, und sie schreitet einher, als hielte sie sich für eine Fürstin. Aber du hast nicht gesagt, daß sie so hübsch ist.«

Emily unterdrückte ihr Verlangen zu kichern.

Es wäre in diesem Zusammenhang höchst unfair gewesen, die Nadeln oder die Korsettstangen zu erwähnen.

»Oh ja«, stimmte sie zu. »Charlotte ist schon immer etwas ganz Besonderes gewesen, sowohl im Guten als auch im Schlechten. Aber viele Leute finden sie zu außergewöhnlich, um sich in ihrer Gesellschaft wohl zu fühlen. Die meisten von uns wissen nur die traditionelle Schönheit zu schätzen, nicht wahr? Und sie kann noch nicht einmal flirten!«

»Schade«, pflichtete ihr Vespasia bei. »Das ist eine der Künste, die man einfach nicht erlernen kann. Entweder man hat's, oder aber man hat's nicht.«

»Charlotte hat's nicht.«

»Ich hoffe, sie besucht uns noch einmal. Das wäre mit Sicherheit höchst unterhaltsam. Jeder hier langweilt mich. Wenn sich Jessamyn und Selena nichts für ihren Kampf um den Franzosen einfallen lassen, dann werden wir uns selbst um etwas Zerstreuung kümmern müssen, sonst wird der Sommer noch unerträglich. Fühlst du dich wohl genug, um an der Beerdigung von dem armen Kind teilzunehmen? Du denkst doch daran, daß sie übermorgen stattfindet?«

Emily hatte nicht daran gedacht.

»Ich glaube, das wird schon gehen, aber ich denke, ich werde Charlotte fragen, ob sie mich begleitet. Es wird bestimmt ans Herz gehen, und ich hätte sie gerne bei mir.« Dies wäre dann auch eine Gelegenheit, sich für ihr Benehmen von gestern zu entschuldigen. »Ich werde ihr sofort schreiben und sie darum bitten.«

»Du wirst ihr etwas Schwarzes leihen müssen«, gab Vespasia zu bedenken. »Oder vielleicht schaust du besser einmal bei meinen Kleidern nach, ich glaube, wir haben wohl eher dieselbe Größe. Laß Agnes das Lavendelfarbene für sie umändern. Wenn sie direkt damit anfängt, dann müßte sie es bis dahin ganz gut hinkriegen.«

»Danke, das ist sehr lieb von dir.«

»Unsinn. Wenn ich es will, kann ich mir jederzeit ein neues Kleid machen lassen. Du solltest dich auch noch um einen schwarzen Hut und Schal für sie kümmern. Ich besitze so was nicht, Schwarz steht mir nicht.«

»Wirst du denn auf der Beerdigung kein Schwarz tragen?«

»So was hab' ich nicht. Ich werde Lavendelblau tragen. Dann ist deine Schwester nicht die einzige. Niemand wird es wagen, sie zu kritisieren, wenn ich dieselbe Farbe trage.«

Als Charlotte den Brief von Emily erhielt, war sie überrascht, und als sie ihn öffnete, durchlief sie eine Welle der Erleichterung. Die Entschuldigung war deutlich, und sie bestand nicht aus Höflichkeitsfloskeln, sondern zeugte von ehrlichem Bedauern. Charlotte war so glücklich, daß sie die Passage mit der Beerdigung beinahe übersehen hätte. Sie solle sich über ein Kleid keine Gedanken machen, sondern bitte kommen, weil Emily ihre Gesellschaft gerade bei solch einem Anlaß sehr zu schätzen wisse. Sie würde sie morgens mit einer Kutsche abholen lassen, und sie möge sich doch um jemanden kümmern, der auf Jemima aufpasse.

Selbstverständlich würde sie gehen, nicht nur, weil Emily sie darum gebeten hatte, sondern auch, weil mit Sicherheit alle Anwohner des Walks anwesend sein würden, und sie konnte der günstigen Gelegenheit, sie kennenzulernen, nicht widerstehen. Am Abend berichtete sie Pitt davon, kaum daß er durch die Tür war.

»Emily hat mich gefragt, ob ich mit ihr an der Beerdigung teilnehme«, sagte sie, während sie ihn zur Begrüßung immer noch in ihren Armen hielt. »Sie ist übermorgen, und ich lasse Jemima bei Mrs. Smith – sie hat bestimmt nichts dagegen –, und Emily wird eine Kutsche schicken, und sie hat auch schon ein Kleid für mich besorgt!«

Pitt fragte nicht danach, wie man ein Kleid ›besorgte‹, und als sie sich wand, um sich aus seinen Armen zu befreien, damit sie es ihm besser erklären konnte, ließ er sie mit einem ironischen Lächeln los.

»Bist du auch sicher, daß du das willst?« fragte er. »Es wird ein trauriges Ereignis werden.«

»Emily möchte, daß ich da bin«, sagte sie, so, als ob dies alles beantworten würde.

Als er sah, wie ihre Augen bei diesem Argument leuchteten, wußte er sofort, daß sie seiner Frage auswich. Sie wollte hingehen, weil sie neugierig war.

Sie sah sein breites Lächeln und wußte, daß sie ihn nicht hatte täuschen können. Sie zuckte mit den Schultern und lächelte ebenfalls.

»Nun gut, ich möchte sie alle kennenlernen. Aber ich verspreche, ich werde sie mir nur ansehen. Ich werde mich in nichts einmischen. Was hast du herausbekommen? Ich habe ein Recht darauf, dich danach zu fragen, weil es Emily betrifft.«

Sein Gesicht wurde verschlossen. Er setzte sich an den Tisch und stützte die Ellenbogen auf. Er sah müde und aufgewühlt aus. Sie merkte plötzlich, wie selbstsüchtig sie war, weil sie seinen Gefühlen keine Beachtung geschenkt und nur an Emily gedacht hatte. Charlotte hatte vor kurzem gelernt, wie man eine gute Limonade machte, ohne soviel von dem teuren Obst zu verwenden, wie sie es vor ihrer Heirat getan hätte. Sie hatte sie in einen Eimer mit kaltem Wasser auf die Steine an der Hintertür gestellt. Rasch schüttete sie ihm ein Glas ein und plazierte es vor ihm. Sie verzichtete darauf, die Frage zu wiederholen.

Er leerte das Glas in einem Zug, und dann antwortete er ihr.

»Ich habe versucht festzustellen, wo sich jeder einzelne aufgehalten hat. Ich fürchte, keiner erinnert sich daran, ob George an jenem Abend in seinem Club war oder nicht. Ich habe so entschieden nachgefragt, wie es mir möglich war, aber sie können einen Abend nicht vom anderen unterscheiden. Um ehrlich zu sein, ich bin gar nicht so sicher, ob sie einen Menschen vom anderen unterscheiden können. Viele von ihnen sehen für mich gleich aus und hören sich auch gleich an.« Er lächelte bedächtig. »Dumm, nicht wahr – ich glaube fast, die meisten von uns kommen ihnen auch gleich vor.«

Sie saß da und schwieg. Genau das war es gewesen, worum sie gebetet hatte – daß George schnell und vollständig von jedem Verdacht befreit würde.

»Es tut mir leid.« Er streckte seine Hand aus und berührte die ihre. Sie streichelte mit ihren Fingern über seine Hand und hielt sie fest.

»Ich bin sicher, du hast alles versucht. Hast du noch was über andere herausbekommen?«

»Nicht wirklich. Jeder kann sagen, wo er war, aber man kann es nicht beweisen.«

»Aber irgend jemand muß es doch können!«

»Nein.« Er schaute auf, seine Augen blickten finster. »Afton und Fulbert Nash waren fast die ganze Zeit zusammen zu Hause, aber nur fast . . .«

»Aber sie waren ihre Brüder«, sagte sie und schauderte. »Du nimmst doch wohl nicht an, daß sie derart verdorben sein könnten, oder?«

»Nein, aber ich halte es auch nicht für unmöglich. Diggory Nash ist beim Glücksspiel gewesen, aber seine Freunde sind auffallend zurückhaltend, wenn es um die Frage geht, wo genau sich wer wann aufhielt. Algernon Burnon deutet an, er sei in einer Ehrensache unterwegs gewesen und könne den Ort nicht preisgeben. Ich glaube, das heißt, daß er eine Affäre hatte, und unter den gegebenen Umständen wagt er nicht, es zuzugeben. Hallam Cayley war auf der Abendgesellschaft der Dilbridges und hatte einen Streit. Er ist spazierengegangen, um sich abzukühlen. Nun, auch hier ist es recht unwahrscheinlich, daß er den Garten verlassen hat und irgendwie auf Fanny gestoßen ist – aber es ist möglich. Der Franzose, Paul Alaric, sagt, er sei allein zu Hause gewesen, und das stimmt wahrscheinlich, aber auch das können wir nicht beweisen.«

»Wie sieht es bei den Bediensteten aus? Sie kommen ja schließlich wohl eher in Frage.« Sie mußte auch diese Möglichkeit in Betracht ziehen und durfte ihre Gedanken durch Fulberts Worte nicht zu sehr beeinflussen lassen. »Oder die Lohndiener und Kutscher, die bei der Gesellschaft waren?« fügte sie hinzu.

Er lächelte leicht, denn er verstand sehr gut, was sie dachte.

»Wir sind noch dabei, sie zu befragen. Aber fast alle von ihnen sind in Gruppen zusammen gewesen. Sie haben Klatschgeschichten ausgetauscht oder sich aufgespielt, oder aber sie sind im Haus gewesen, um sich etwas zu essen zu holen. Und für Diener gibt es zuviel zu tun, um noch Zeit zu finden, für die sie kein Alibi haben.«

Sie wußte, daß es so war. Sie konnte sich noch aus der Zeit, in der sie an der Cater Street wohnte, daran erinnern, daß Diener und Butler abends keine Zeit hatten, um draußen spazierenzugehen. Jeden Augenblick konnte eine Glocke läuten, und sie mußten die Tür öffnen oder ein Tablett mit Portwein bringen oder irgendeinen anderen Auftrag erledigen, von denen es sehr viele gab.

»Aber einen Anhaltspunkt muß es doch geben!« protestierte sie laut. »Es ist alles so – verworren. Niemand ist schuldig, und niemand ist wirklich unschuldig. Irgend etwas muß doch beweisbar sein!«

»Noch nicht, außer, was die meisten der Angestellten anbelangt. Die können nachweisen, wo sie waren.«

Sie gab es auf, erhob sich und begann, sein Essen aufzutragen. Sie arrangierte alles sorgfältig und bemühte sich darum, es appetitlich und frisch anzurichten. Es war nichts im Vergleich zu dem, was Emily zu bieten hatte, aber sie hatte es für ein Zwanzigstel des Preises zubereitet – mit Ausnahme des Obstes; sie war ein wenig leichtsinnig gewesen, als sie es kaufte.

Die Beerdigung war das prachtvollste traurige Ereignis, an dem Charlotte jemals teilgenommen hatte. Der Himmel war bedeckt, und es war schwülwarm. Emilys Kutsche holte sie vor neun Uhr morgens ab und brachte sie direkt zum Paragon Walk. Sie wurde sofort empfangen, und Emilys warme Augen zeigten ihre Erleichterung darüber, sie zu sehen und zu wissen, daß der Wutanfall von neulich vergessen war.

Sie hatten keine Zeit für Erfrischungen oder Klatschgeschichten. Emily schob sie die Treppe hinauf und führte ihr ein wunderschönes Kleid in dunklem Lila vor, das viel aufwendiger und festlicher war als alles, was sie Emily jemals hatte tragen sehen. Es gab der Frau, die es trug, die Ausstrahlung einer Grande Dame, und so, wie sie Emily kannte, paßte es eigentlich nicht zu ihr. Sie hielt es hoch und bewunderte seinen königlichen Kragen.

»Oh«, seufzte Emily mit einem leichten Lächeln. »Es gehört Tante Vespasia. Aber ich glaube, du wirst wundervoll und sehr vornehm darin aussehen.« Ihr Lächeln vertiefte sich; dann errötete sie – schuldbewußt, weil sie sich des Anlasses erinnerte. »Ich glaube, irgendwie ähnelst du Tante Vespasia sehr – oder du wirst ihr in 50 Jahren einmal ähneln.«

Charlotte erinnerte sich daran, daß Pitt fast das gleiche gesagt hatte, und sie fühlte sich sehr geschmeichelt.

»Danke schön.« Sie legte das Kleid ab und drehte sich um, damit Emily ihr Kleid öffnen und sie sich umziehen konnte. Sie hatte fest damit gerechnet, daß sie wieder auf die Nadeln zurückgreifen müßte, und war um so erstaunter, als sie sah, daß dies nicht nötig war. Es paßte ihr fast so gut wie eins ihrer eigenen; an der Schulter hätte es vielleicht noch drei Zentimeter bedurft, aber sah man davon einmal ab, dann saß es tadellos. Sie betrachtete sich prüfend im Drehspiegel. Es war wirklich hinreißend, stellte sie zufrieden fest.

»Also wirklich!« sagte Emily scharf. »Wir haben keine Zeit dafür, daß du da rumstehst und dich bewunderst. Du mußt etwas Schwarzes dazu tragen, sonst sieht es unschicklich aus. Ich weiß, man kann auch Lavendelfarbenes zur Trauer tragen, aber du siehst darin aus wie eine Fürstin, die einen Empfang gibt. Hier ist noch ein schwarzer Schal. Keine Widerrede! Er ist ganz und gar nicht warm und macht das Ganze etwas dunkler. Es fehlen natürlich noch schwarze Handschuhe. Dazu habe ich noch einen schwarzen Hut für dich gefunden.«

Charlotte wagte nicht zu fragen, wo sie ihn ›gefunden‹ hatte. Wahrscheinlich war es auch besser für sie, daß sie es nicht wußte. Wie dem auch sei, sie gingen in die Kirche, und ganz abgesehen von den Vorschriften der Mode mußten sie schon allein deshalb einen Hut tragen.

Der Hut wurde gebracht. Er war extravagant, mit einer breiten Krempe, Federn und einem Schleier. Sie setzte ihn etwas schief und kokett auf, worauf Emily zu kichern begann.

»Oh, das sieht furchtbar aus! Bitte, Charlotte, achte auf das, was du sagst. Ich habe Angst davor, daß ich über dich lachen muß, auch wenn ich es gar nicht will. Ich gebe mir alle Mühe, nicht an das arme Mädchen zu denken. Ich beschäftige mich mit allen möglichen Dingen, selbst mit dummen Dingen, nur um mich von dem Gedanken an sie abzulenken.«

Charlotte nahm sie in den Arm.

»Das weiß ich doch. Ich weiß, daß du nicht herzlos bist. Wir alle lachen bisweilen, auch wenn uns nach Weinen zumute ist. Sag, sehe ich mit diesem Hut albern aus?«

Emily streckte ihre Hände aus und veränderte den Sitz ein wenig. Sie selbst trug bereits Schwarz.

»Nein, nein, es sieht sehr gut aus. Jessamyn wird außer sich sein vor Wut, weil dich jeder nachher anschauen und sich fragen wird, wer du bist. Zieh den Schleier noch etwas tiefer herunter, dann werden sie näher an dich herantreten müssen, um dich sehen zu können. Genau, so sitzt er ausgezeichnet. Und zupf nicht an ihm herum!«

Der Trauerzug flößte tiefste Ehrfurcht ein – schwarze Pferde zogen den schwarzen Leichenwagen, die Kutscher trugen schwarze Kreppbänder, das Zaumzeug war mit schwarzen Federbüschen besetzt. Die engsten Angehörigen folgten ihm mit geringem Abstand in einer weiteren schwarzen Kutsche, gefolgt von den übrigen Trauergästen.

Charlotte saß bei Emily, George und Tante Vespasia in deren Kutsche und fragte sich, wie ein Volk, das sich dazu bekennt, es glaube fest an die Wiederauferstehung, solch ein Melodrama aus dem Tod machen konnte. Es war wie in einem schlechten Theaterstück. Schon öfter hatte sie über dieses Phänomen nachgedacht, aber sie hatte noch niemanden gefunden, mit dem sie darüber hätte sprechen können. Sie hatte gehofft, sie würde eines Tages einen Bischof kennenlernen, aber das schien jetzt sehr unwahrscheinlich geworden zu sein. Papa gegenüber hatte sie das Thema einmal angeschnitten, und er hatte sehr schroff reagiert, womit er sie zwar zum Schweigen gebracht, ihr jedoch absolut keine Antwort geboten hatte – außer, daß Papa offensichtlich selbst keine wußte und das Thema für äußerst geschmacklos hielt.

Als sie schließlich aus der Kutsche ausstieg, ergriff sie Georges Hand, um ihrem Auftritt Würde zu verleihen, und unterließ es, den schwarzen Hut noch kecker zurechtzurücken. Dann folgte sie an der Seite von Tante Vespasia George und Emily durch das Friedhofstor den Weg hinauf zur Kirchentüre. Drinnen spielte die Orgel den Totenmarsch mit etwas mehr Beschwingtheit, als es angemessen gewesen wäre, und mit so vielen falschen Tönen, daß selbst Charlotte zusammenzuckte, als sie es hörte. Sie fragte sich, ob es sich um den regulären Organisten handelte oder um einen mit Begeisterung spielenden Amateur, der nicht wußte, zu welchem Anlaß man ihn engagiert hatte.

Der Gottesdienst war zwar sehr langweilig, aber gnädigerweise auch kurz. Der Pfarrer wollte die Todesumstände, weltlich wie sie nun einmal waren, an diesem heiligen Ort wahrscheinlich nicht erwähnen. Sie paßten einfach nicht zu den bunten Glasfenstern, der Orgelmusik und dem diskreten Schluchzen in Spitzentaschentücher. Tod bedeutete Schmerz, Krankheit und Angst vor dem langen, ungewissen letzten Schritt. Und Fanny hatte ihn völlig unvorbereitet und ohne jede Würde getan. Es war nicht so, daß Charlotte etwa nicht an Gott oder an die Wiederauferstehung glaubte; was sie haßte, war der Versuch, sich mit Ritualen über die häßlichen Wahrheiten hinwegzutäuschen. Der ganze Trauerritus, wohlgeplant und teuer, wie er war, diente dem Gewissen der Lebenden, damit sie sich sagen konnten, sie hätten Fanny ordnungsgemäß die letzte Ehre erwiesen, so daß sie sie nun mit Anstand vergessen und wieder mit der Saison fortfahren konnten. Das Ganze hatte wenig mit dem Mädchen selbst zu tun und mit der Frage, ob sie sie mochten oder nicht.

Danach gingen sie alle zur Bestattung hinaus auf den Friedhof. Die Luft war heiß und schwer und schmeckte ein wenig schal, so, als ob sie bereits verbraucht wäre.

Die Erde war nach langen Wochen ohne Regen trocken, und die Friedhofsarbeiter hatten die Hacke nehmen müssen, um sie aufzubrechen. Lediglich unter den Eiben, die sich tiefer und tiefer zur Erde neigten, war es feucht, und es roch abgestanden und sauer, so, als ob sich die Wurzeln von zu vielen Leichen ernährt hätten.

»Alberne Angelegenheiten, diese Beerdigungen«, zischelte ihr Tante Vespasia von der Seite zu. »Schwerster Anfall von Selbstdarstellung in der Gesellschaft; schlimmer als Ascot. Jeder beobachtet, wer am eindrucksvollsten trauern kann. Manche Frauen sehen in Schwarz sehr gut aus, und das wissen sie auch; man trifft sie auf allen wichtigen Beerdigungen an, ganz gleich, ob sie den Verstorbenen kannten oder nicht. Maria Clerkenwell war so eine. Sie hat ihren ersten Mann auf der Beerdigung seines Cousins kennengelernt. Er war der Haupttrauernde, weil er den Titel erbte. Maria hatte von dem Toten vorher nie etwas gehört, bis sie in den Gesellschaftsspalten über seinen Tod las und sich entschloß, zur Beerdigung zu gehen.«

Insgeheim bewunderte Charlotte diesen Unternehmungsgeist; Emily wäre dazu auch imstande gewesen. Sie starrte über das offene Grab vorbei an den Leichenträgern, deren rote Gesichter vor Schweiß glänzten, hinüber zu Jessamyn Nash, die aufrecht und blaß auf der anderen Seite stand. Der Mann unmittelbar neben ihr sah eigentlich nicht gut aus, aber sein Gesicht hatte etwas Angenehmes, so, als ob er gerne lache.

»Ist das ihr Mann?« fragte Charlotte leise.

Vespasia folgte ihrem Blick. »Diggory«, bestätigte sie. »Hat etwas von einem Lebemann, aber er ist noch immer der beste von den Nashs. Was nicht viel heißen will.«

Nach dem, was Charlotte von Afton gehört und mit Fulbert erlebt hatte, konnte sie nicht widersprechen. Sie fixierte weiter die Trauergäste, wobei sie sich darauf verließ, daß ihr Schleier verbarg, was sie tat. Schleier waren aber auch wirklich eine praktische Einrichtung. Sie hatte noch niemals zuvor einen getragen, aber sie mußte sich das für die Zukunft merken. Diggory und Jessamyn standen ein wenig voneinander getrennt, und er unternahm nichts, um sie zu berühren oder ihr Trost zu spenden. Er schien vielmehr Aftons Frau Phoebe seine Aufmerksamkeit zu schenken, die elend aussah. Es schien, als ob ihr Haar auf die eine Seite gefallen und ihr Hut auf die andere Seite gerutscht sei, und obwohl sie ein, zwei kraftlose Versuche unternahm, das wieder in Ordnung zu bringen, machte sie es mit jedem Mal noch schlimmer. Wie alle anderen war auch sie in Schwarz gekleidet, aber an ihr wirkte die schwarze Schleppe eher staubig, so wie das Schwarz eines Schornsteinfegers und ganz anders als das schimmernde Rabenschwarz von Jessamyns

Kleid. Afton stand aufmerksam und mit ausdruckslosem Gesicht neben ihr. Was auch immer er empfinden mochte, es war unter seiner Würde, es hier zu zeigen.

Der Pfarrer hob seine Hände, um ihre Aufmerksamkeit auf sich zu ziehen. Das leise Gewisper verstummte. Er rezitierte die bekannten Worte in einem psalmodierenden Tonfall. Charlotte fragte sich, warum man sie so intonierte. Sie hörten sich immer viel unaufrichtiger an, als hätte man sie mit normaler Stimme vorgetragen. Noch nie hatte sie Leute, die wirklich bewegt waren, so sprechen hören. Sie waren viel zu sehr damit beschäftigt, ihren Gefühlen Ausdruck zu verleihen, um dann noch so viel Aufhebens um die Art und Weise zu machen, wie sie es sagten. Gott war ganz sicher der allerletzte, den man beeinflussen konnte, indem man etwas vortäuschte und Emotionen heuchelte.

Sie blickte durch ihren Schleier auf und fragte sich, ob irgend jemand der Anwesenden über die gleichen Dinge nachdachte – oder waren sie wirklich tief bewegt? Jessamyn hielt ihren Kopf gesenkt; sie wirkte blaß und schön wie eine Lilie, ein wenig verkrampft zwar, aber ganz der Situation angemessen. Phoebe weinte. Selena Montague war blaß, was ihr sehr gut stand, auch wenn man an ihren Lippen erkennen konnte, daß sie der Natur etwas nachgeholfen hatte, und ihre Augen glänzten fiebrig. Sie stand neben dem elegantesten Mann, den Charlotte jemals gesehen hatte. Er war groß, schlank und von einer Geschmeidigkeit, als ob sein Körper durchtrainiert sei, und überhaupt nicht vergleichbar mit der geckenhaften, eher weiblichen Grazie, die an so vielen eleganten Männern zu beobachten war. Wie die anderen Männer trug auch er keinen Hut, und sein schwarzes Haar war dicht und weich. Als er sich umwandte, konnte sie sehen, wie makellos es bis in seinen Nacken wuchs. Sie mußte Vespasia nicht fragen, wer er war. Mit einem kleinen Schauer des Entzückens wußte sie, daß dies der schöne Franzose war, um den Selena und Jessamyn kämpften!

Sie konnte nicht einschätzen, wer von beiden im Augenblick in Führung lag; er stand jedenfalls neben Selena. Oder stand sie vielleicht neben ihm? Den Mittelpunkt der Aufmerksamkeit bildete jedoch Jessamyn. Mindestens die Hälfte der Versammelten beobachtete sie. Der Franzose war einer der wenigen, die den Sarg anblickten, als er umständlich in das offene Grab gesenkt wurde. Zwei Männer mit Spaten waren respektvoll zurückgetreten. Sie waren so an die Rituale gewohnt, daß sie die richtige Haltung einnahmen, ohne lange darüber nachdenken zu müssen.

Einer der Anwesenden, die wirklich tief bewegt zu sein schienen, war ein Mann, der auf derselben Seite des Grabes stand wie Charlotte und Vespasia. Sie hatte ihn zuerst nur wegen der Haltung seiner Schultern bemerkt, die so gespannt zu sein schienen, als wären alle seine Muskeln verkrampft. Ohne lange nachzudenken, neigte sie sich ein wenig vor. Sie wollte sein Gesicht sehen, falls er sich umdrehte, um die Erde auf den Sarg zu werfen.

Im Singsang des Pfarrers erklangen die alten Worte: »Erde zu Erde, Staub zu Staub.«

Der Mann drehte sich, um zuzusehen, wie der harte Lehm auf den Sargdeckel polterte. Charlotte erblickte zunächst sein Profil, dann sein ganzes Gesicht. Es war ein ausdrucksstarkes Gesicht mit pockennarbiger Haut, und in diesem Augenblick spiegelte es einen tiefen, bohrenden Schmerz wider. War es wegen Fanny? War er angesichts des Todes im allgemeinen erschüttert? Oder trauerte er um die Lebenden, weil er etwas wußte oder etwas ahnte von dem, was Fulbert die ›übertünchten Gräber‹ genannt hatte? Oder war es Angst?

Charlotte trat einen Schritt zurück und berührte Vespasias Arm.

»Wer ist das?«

»Hallam Cayley«, antwortete Vespasia. »Witwer. Seine Frau war eine Cardew. Sie starb vor ungefähr zwei Jahren. Hübsche Frau mit viel Geld, aber wenig Verstand.«

»Aha.« Das erklärte den verspannten Körper und den Schmerz, der in seinem Gesicht stand. Vielleicht starrte auch sie selbst die anderen nur an und dachte über offene Fragen nach, um nicht an andere Beerdigungen denken zu müssen, an Beerdigungen von Angehörigen, die ihr so nahegegangen waren, daß sie es nicht ertragen konnte, an sie erinnert zu werden?

Die Zeremonie war vorüber. Langsam und unter Beachtung der Etikette wandten sich alle gleichzeitig wie auf Kommando um und machten sich auf den Rückweg zur Straße und zu den Kutschen. Am Paragon Walk würden sie sich bei Afton Nash wieder treffen, um die obligatorischen Platten mit kaltem Braten zu verspeisen. Danach konnte man das Ritual als beendet betrachten.

»Ich habe bemerkt, daß Ihnen der Franzose aufgefallen ist«, flüsterte Vespasia.

Charlotte überlegte, ob sie die Unschuldige spielen sollte, und kam zu dem Schluß, daß dies wohl nicht funktionieren würde.

»Neben Selena?«

»Natürlich.«

Sie gingen wie in einer Prozession den schmalen Pfad hinunter, durch das Tor und auf dem Fußweg zu den Kutschen. Afton stieg als ältester der Brüder als erster in seine Kutsche, dann kam Jessamyn, während ihnen Diggory erst ein paar Minuten später folgte. Er hatte mit George gesprochen, so daß Jessamyn auf ihn warten mußte. Charlotte sah einen Anflug von Mißbilligung auf ihrem Gesicht. Fulbert war in seiner eigenen Kutsche zur Beerdigung gekommen und hatte den Horbury-Damen, die in reichverziertem, altmodischem Schwarz gekleidet waren, angeboten, sie mitzunehmen. Es dauerte einige Zeit, bis sie bequem Platz genommen hatten.

George und Emily waren die nächsten, und Charlotte merkte, daß sie sich selbst schon in Bewegung setzte, noch bevor sie eigentlich an der Reihe war. Sie blickte hinüber zu Emily. Emily fing ihren Blick auf und lächelte gequält zurück. Charlotte war froh zu sehen, daß sie ihre Hand in die von George gelegt hatte und daß er sie beschützend festhielt.

Das Beerdigungsfrühstück war sehr aufwendig, genau, wie sie es erwartet hatte. Es wirkte jedoch nicht protzig – schließlich wollte man keine Aufmerksamkeit auf einen Tod lenken, der auf diese schreckliche Art und Weise eingetreten war –, aber auf dem Tisch stand genug, um die Hälfte der besseren Gesellschaft zu verköstigen, und Charlotte schätzte, daß jeder Mann, jede Frau und jedes Kind in ihrer Straße mit ein wenig Umsicht einen ganzen Monat lang davon hätten leben können.

Die Gäste teilten sich in kleine Grüppchen und flüsterten miteinander. Niemand traute sich, der erste zu sein.

»Warum nehmen wir nach einer Beerdigung immer eine Mahlzeit zu uns?« fragte Charlotte und runzelte unwillkürlich die Stirn. »Ich habe nie weniger Appetit gehabt als jetzt.«

»Konvention«, antwortete George und sah sie an. Er hatte die schönsten Augen, die sie je gesehen hatte. »Das ist die einzige Art der Gastfreundschaft, die jeder versteht. Und außerdem, was könnte man sonst tun? Wir können doch nicht einfach hier herumstehen, und tanzen sollten wir wohl auch kaum!«

Charlotte mußte das Bedürfnis zu kichern unterdrücken.

Sie ließ ihren Blick durch das Zimmer schweifen. Er hatte recht; jedem schien die Situation unangenehm zu sein, und das Essen half, die Spannung abzubauen. Es wäre unschicklich gewesen, Gefühle zu zeigen, zumindest für die Männer. Von Frauen erwartete man, daß sie zart besaitet waren, obwohl man Tränen mißbilligte, weil sie peinlich waren und niemand wußte, wie man auf sie reagieren sollte. Aber man konnte ja immer noch in Ohnmacht fallen; das war akzeptabel, und es lieferte einem dann eine ausgezeichnete Entschuldigung, um sich zurückzuziehen. Das Essen war eine Beschäftigung, mit der man die Kluft zwischen gespielter Trauer und der Zeit überbrückte, in der man dann mit Würde alles, was mit dem Tod zusammenhing, hinter sich lassen konnte.

Emily streckte ihre Hand aus, um Charlottes Aufmerksamkeit auf sich zu lenken.

Sie wandte sich um und fand sich einer Frau gegenüber, die ein sehr teures schwarzes Kleid trug und neben einem eher untersetzten Mann stand.

»Darf ich Ihnen meine Schwester, Mrs. Pitt, vorstellen? Lord und Lady Dilbridge.«

Charlotte antwortete mit den üblichen Höflichkeitsfloskeln.

»Eine fürchterliche Geschichte«, seufzte Grace Dilbridge. »Und welch ein Schock! Das hätte man von den Nashs nun wirklich nicht erwartet!«

»So etwas kann man ja wohl von niemandem erwarten«, erwiderte Charlotte, »außer von den Ärmsten und Verzweifeltsten.« Sie dachte an die Mietskasernen und Elendsviertel, von denen Pitt gesprochen hatte, aber selbst er hatte ihr von den wahren Schrecken nur wenig berichtet. Sie konnte sie nur erahnen, denn immer, wenn er davon erzählte, wirkte sein Gesicht eingefallen, und er hüllte sich danach für lange Zeit in Schweigen.

»Ich hatte immer gedacht, Fanny sei ein so unschuldiges Kind«, fuhr Frederick Dilbridge fort, als ob er ihr antworten würde. »Arme Jessamyn. Das wird alles sehr schwer für sie werden.«

»Und für Algernon auch«, fügte Grace hinzu und blickte aus ihren Augenwinkeln zu Algernon Burnon, der gerade eine Pastete ablehnte und sich vom Diener ein weiteres Glas Portwein bringen ließ. »Armer Junge. Gott sei Dank war er noch nicht mit ihr verheiratet!«

Charlotte verstand nicht ganz, was sie damit meinte.

»Er muß sehr traurig sein«, sagte sie langsam. »Unter schlimmeren Umständen kann man seine Verlobte ja wohl nicht verlieren.«

»Immer noch besser, als wenn sie seine Frau gewesen wäre«, betonte Grace. »Zumindest hat er jetzt Gelegenheit – nach einer angemessenen Zeit jedenfalls –, sich nach jemandem umzusehen, der besser zu ihm paßt.«

»Und die Nashs haben keine weitere Tochter.« Als der Diener vorbeischwebte, nahm sich Frederick ebenfalls ein Glas. »Dafür muß man dankbar sein.«

»Dankbar?« Charlotte konnte es kaum fassen.

»Natürlich.« Grace betrachtete sie mit hochgezogenen Augenbrauen. »Sie müssen sich darüber im klaren sein, Mrs. Pitt, daß es so schon schwierig genug ist, seine Töchter gut zu verheiraten. Wenn man solch einen Skandal in der Familie hat, ist es schier unmöglich! Ich jedenfalls würde nicht wollen, daß mein Sohn die Schwester eines Mädchens heiratet, das ... nun ...« Sie hüstelte leicht und funkelte Charlotte mit ihren Augen an, weil sie sie dazu gezwungen hatte, etwas so Drastisches in Worte zu fassen. »Ich kann nur sagen, ich bin froh, daß mein Sohn schon verheiratet ist. Mit einer Tochter der Gräfin von Weybridge, ein herzerfrischendes Mädchen. Kennen Sie die Weybridges?«

»Nein.« Charlotte schüttelte den Kopf. Der Diener, der ihre Geste falsch verstanden hatte, zog das Tablett rasch fort, und sie stand mit ausgestreckter leerer Hand da. Niemand nahm Notiz davon, und sie zog die Hand zurück. »Nein, kenne ich nicht.«

Darauf gab es nichts Höfliches zu erwidern, also kehrte Grace zum ursprünglichen Thema zurück.

»Töchter sind solch eine Belastung, bis man sie endlich verheiratet hat. Meine Liebe«, sie wandte sich Emily zu und reichte ihr die Hand, »ich hoffe so sehr, daß Sie nur Söhne haben werden, sie sind viel weniger verletzlich. Die Welt akzeptiert die Schwächen der Männer, und wir haben gelernt, mit ihnen zu leben. Aber wenn eine Frau schwach ist, dann wird sie von der ganzen Gesellschaft verachtet. Arme Fanny, möge sie in Frieden ruhen. Nun, meine Liebe, muß ich Phoebe suchen. Sie sieht sehr krank aus! Ich muß sehen, was ich tun kann, um sie ein wenig zu trösten.«

»Das ist ekelhaft«, sagte Charlotte, als sie gegangen waren. »So wie sie über Fanny spricht, könnte jeder meinen, sie hätte herumgehurt!«

»Charlotte!« sagte Emily scharf. »Um Himmels willen, benutze hier nicht solche Wörter! Und außerdem können nur Männer herumhuren.«

»Du weißt schon, was ich meine! Es ist unverzeihlich. Das Mädchen ist tot, sie wurde auf ihrer eigenen Straße vergewaltigt und ermordet, und die reden über Heiratsaussichten und was die Gesellschaft wohl denken mag. Es ist widerlich!«

»Pst!« Emilys Hand ergriff die ihre, und ihre Finger gruben sich so tief ins Fleisch ein, daß es schmerzte. »Die Leute könnten dich hören, und sie würden es nicht verstehen.« Sie lächelte eher gezwungen als charmant, als Selena auf sie zukam. George an ihrer Seite holte tief Luft und seufzte, als er ausatmete.

»Hallo, Emily«, sagte Selena fröhlich. »Ich muß Ihnen ein Kompliment machen. Alles hier muß für Sie eine sehr große Belastung sein, aber wenn man Sie so ansieht, dann hat man ganz und gar nicht diesen Eindruck. Ich bewundere Ihre Kraft.« Sie war nicht so groß, wie Charlotte gedacht hatte, bestimmt 20 bis 25 Zentimeter kleiner als George. Sie blickte durch ihre Augenwimpern zu ihm auf.

George machte irgendeine unbedeutende Bemerkung. Seine Wangen waren ein wenig gerötet.

Charlotte warf einen kurzen Blick auf Emily und sah, wie sich ihr Gesicht versteinerte. Zum ersten Mal schien Emily nicht zu wissen, was sie sagen sollte.

»Auch wir müssen Sie bewundern.« Charlotte blickte Selena direkt in die Augen. »Sie tragen alles mit einer solch großen Fassung! Nein wirklich, wüßte ich nicht, wie bedrückt Sie sein müssen, dann würde ich schwören, daß Sie ausgesprochen heiter sind!«

Emily atmete scharf ein, aber Charlotte ignorierte sie bewußt. George trat von einem Bein auf das andere.

Selena stieg die Röte ins Gesicht, aber sie wählte sorgfältig ihre Worte.

»Oh, Mrs. Pitt, würden Sie mich besser kennen, dann würden Sie mich nicht für gefühllos halten. Ich bin ein sehr warmherziger Mensch. Nicht wahr, George?« Sie sah ihn wieder mit ihren großen Augen an. »Bitte lassen Sie nicht zu, daß Mrs. Pitt denkt, ich sei herzlos. Sie wissen, daß das nicht stimmt!«

»Ich . . . ich bin sicher, daß sie das nicht glaubt.« Man sah, daß George sich sichtlich unwohl fühlte. »Sie meinte nur, daß . . . ähem . . . daß Sie eine bewundernswerte Haltung bewahren.«

Selena lächelte Emily an, die wie versteinert dastand.

»Ich möchte nicht, daß mich irgend jemand für herzlos hält«, schoß sie ihren letzten Pfeil ab.

Charlotte rückte näher an Emily heran. Sie wollte sie beschützen, weil sie sich lebhaft vorstellen konnte, mit was Selenas blitzende Augen drohten.

»Ich fühle mich geschmeichelt, daß es Ihnen so viel ausmacht, was ich von Ihnen halte«, sagte Charlotte kühl. Sie hätte sich gerne ein Lächeln abgerungen, aber sie war noch nie eine gute Schauspielerin gewesen. »Ich verspreche Ihnen, ich werde kein voreiliges Urteil fällen. Ich bin sicher, Sie können außerordentlich . . .« – sie sah Selena direkt in die Augen, damit diese erkannte, daß sie das Wort absichtlich und mit allen Nuancen seiner Bedeutung wählte – »warmherzig sein!«

»Wie ich sehe, ist Ihr Ehemann nicht bei Ihnen!« Selenas Antwort war hinterhältig und kam ohne Zögern.

Diesmal konnte Charlotte lächeln. Sie war stolz auf das, was Thomas tat, obwohl sie wußte, daß alle hier dafür nur Verachtung übrig hätten.

»Nein, er ist anderweitig beschäftigt. Er hat sehr viel zu tun.«

»Was für ein Pech«, murmelte Selena, aber es klang nicht überzeugend. Die Genugtuung war verschwunden.

Nicht viel später hatte Charlotte Gelegenheit, Algernon Burnon kennenzulernen. Sie wurde von Phoebe Nash vorgestellt, deren Hut nun wieder gerade saß, obwohl ihr Haar immer noch unordentlich aussah. Charlotte kannte das Gefühl nur zu gut – ein, zwei Nadeln an der falschen Stelle, und es fühlte sich an, als sei das ganze Gewicht der Haare mit Nägeln am Kopf befestigt worden.

Algernon verbeugte sich leicht. Es war eine höfliche Geste, aber Charlotte fand sie ein wenig unangebracht. Er schien mehr um ihr Wohlergehen besorgt zu sein als um sein eigenes. Sie war darauf vorbereitet gewesen, auf einen trauernden Menschen zu treffen, und er erkundigte sich nach ihrer Gesundheit und fragte, ob ihr die Hitze zu schaffen mache.

Sie schluckte die Beileidsbekundung, die ihr auf der Zunge gelegen hatte, herunter und bemühte sich, eine vernünftige Antwort zu geben. Vielleicht empfand er es ja auch als zu schmerzhaft, darüber zu reden, und freute sich über die Gelegenheit, mit jemandem zu sprechen, der Fanny nicht gekannt hatte. Wie wenig man doch Gesichtern entnehmen konnte!

Sie war verunsichert, da ihr nur zu bewußt war, daß er Fanny sehr nahegestanden hatte, und sie beschäftigte die verwirrende Frage, ob er sie wirklich geliebt oder ob es sich um eine arrangierte Verbindung gehandelt hatte oder ob er sogar froh war, sie los zu sein.

Sie achtete kaum auf das, was er sagte, obwohl ein Teil ihres Gehirns signalisierte, daß es sowohl klug als auch sympathisch war.

»Wie bitte?« entschuldigte sie sich. Sie hatte keine Ahnung, was er gerade gesagt hatte.

»Vielleicht erscheinen Mrs. Pitt die kalten Braten ein wenig reichhaltig – so wie mir?«

Charlotte wandte sich rasch um und sah, daß der Franzose dicht hinter ihr stand. Seine schönen, intelligenten Augen versuchten ein Lächeln zu verbergen.

Sie war nicht ganz sicher, worauf sich das bezog. Er konnte unmöglich von ihren Gedankengängen wissen – oder dachte er über die gleichen Dinge nach? Wußte er vielleicht sogar etwas? Offenheit war der einzig sichere Rückzug.

»Ich kenne mich damit nicht so gut aus«, antwortete sie. »Ich weiß gar nicht, wie sie sonst sind.«

Falls Algernon die Doppeldeutigkeit ihrer Worte verstanden hatte, dann ließ er sich jedenfalls nichts anmerken.

»Mrs. Pitt, darf ich Ihnen Monsieur Paul Alaric vorstellen?« sagte er gelassen. »Ich glaube nicht, daß Sie sich bereits kennengelernt haben. Mrs. Pitt ist Lady Ashworths Schwester«, fügte er erklärend hinzu.

Alaric deutete eine Verbeugung an.

»Ich weiß genau, wer Mrs. Pitt ist.« Seine Worte waren unverblümt, aber sein Lächeln nahm ihnen jegliche Schärfe. »Haben Sie etwa geglaubt, solch eine Person könne am Walk Besuche machen, ohne daß man von ihr spricht? Es tut mir leid, daß es ein tragischer Anlaß ist, der uns die Gelegenheit gibt, Sie kennenzulernen.«

Es war albern, aber sie merkte, wie sie unter seinem Blick leicht errötete. Trotz seiner exzellenten Manieren war er ungewöhnlich direkt, so, als könne sein Verstand die höfliche, eher nichtssagende Maske ihres Gesichts durchdringen und all die verwirrten Gefühle dahinter erkennen. In seinem offenen Blick lag nichts Beleidigendes, nur Neugier und ein wenig Erheiterung.

Streng rief sie sich wieder zur Ordnung. Die Hitze und die Trauer mußten ihr schon arg zugesetzt haben, daß sie derart töricht reagierte.

»Ich freue mich, Sie kennenzulernen, Monsieur Alaric«, sagte sie steif. Dann, weil das nicht genug zu sein schien, fügte sie hinzu: »Ja, es ist schade, daß es oft erst einer Tragödie bedarf, um unserem Leben eine Wendung zu geben.«

Sein Mund verzog sich zu einem leichten, hintergründigen Lächeln.

»Werden Sie meinem Leben eine Wendung geben, Mrs. Pitt?«

Die Hitze stieg ihr ins Gesicht. Gütiger Himmel, hoffentlich würde sie vom Schleier verborgen.

»Sie . . . Sie mißverstehen mich, Monsieur, ich meinte die Tragödie. Unser Treffen kann wohl kaum von Bedeutung sein.«

»Wie bescheiden Sie doch sind, Mrs. Pitt.« Selena schlenderte herbei. Schwarzer Chiffon wehte hinter ihr her, und ihr Gesicht strahlte. »In Anbetracht Ihres wundervollen Kleides nahm ich an, Sie erhofften sich etwas anderes. Trägt man dort, wo Sie herkommen, immer Lavendel, wenn man in Trauer ist? Dieser Farbton ist natürlich einfacher zu tragen als Schwarz.«

»Oh, vielen Dank.« Charlotte zwang sich zu einem Lächeln und fürchtete, es könne nach gefletschten Zähnen aussehen. Sie musterte Selena von Kopf bis Fuß. »Nun, das ist richtig. Ich bin sicher, es würde auch Ihnen schmeicheln.«

»Ich wandere nicht von Beerdigung zu Beerdigung, Mrs. Pitt, ich gehe nur zu denen von Leuten, die ich kenne«, fauchte Selena in aller Schärfe zurück. »Ich glaube nicht, daß ich es noch einmal brauchen werde, bevor dieser Schnitt aus der Mode ist.«

»Nach dem Motto ›eine Beerdigung pro Saison‹«, murmelte Charlotte. Warum verabscheute sie diese Frau so? Was war der Grund? Hatte sie sich nur von Emilys Ängsten anstecken lassen, oder war es ihr eigener Instinkt?

Jessamyn kam auf sie zu, blaß, aber völlig gefaßt. Alaric wandte sich ihr zu, und ein giftiger Blick verhärtete Selenas Gesicht für einen Augenblick, bevor sie sich wieder in der Gewalt hatte und ihr Gesicht sich entspannte. Sie begann rasch zu sprechen, um Alaric zuvorzukommen.

668

»Liebe Jessamyn, was für eine schreckliche Tortur für Sie. Sie müssen sich völlig zerschlagen fühlen, und Sie haben sich so tapfer gehalten. Die ganze Feier hatte so viel Würde!«

»Vielen Dank.« Jessamyn nahm das Glas, das Alaric ihr vom Tablett eines wartenden Dieners reichte, und nippte vorsichtig daran. »Die arme Fanny ruht nun in Frieden. Aber es fällt mir nicht leicht, mich damit abzufinden, obwohl man das wohl sollte. Es scheint so schrecklich ungerecht. Sie war noch ein Kind und so unschuldig. Sie wußte noch nicht einmal, wie man flirtet! Warum ausgerechnet sie?« Ihre Augenlider senkten sich über ihre großen, kühlen Augen. Sie blickte Selena nicht direkt an, aber mit einer winzigen Bewegung ihrer Schulter, einer leichten Drehung ihres Körpers schien sie sich an sie zu wenden. »Es gibt andere Leute, bei denen wäre das viel ... viel wahrscheinlicher.«

Charlotte starrte sie an. Der Haß zwischen den beiden Frauen war ganz offensichtlich, und sie konnte sich nicht vorstellen, daß Paul Alaric sich dessen nicht bewußt war. Er jedoch stand mit einem leichten Lächeln gelassen da, sagte etwas Unverfängliches, und dennoch mußte ihm das Ganze so peinlich sein wie ihr! Oder machte es ihm etwa Spaß? Fühlte er sich gar geschmeichelt, erregte es ihn, daß man um ihn kämpfte? Diese Vorstellung schmerzte sie; sie wünschte sich, er stünde über einer derart würdelosen Eitelkeit. Während Jessamyns Worte noch in ihr nachwirkten – ›bei anderen Leuten wäre das viel wahrscheinlicher‹ –, kam ihr ein Gedanke. Das war natürlich ein Seitenhieb auf Selena, aber konnte es nicht gerade Fannys Unschuld gewesen sein, die den Täter herausgefordert hatte? Vielleicht langweilten ihn erfahrene Frauen, die nur zu leicht zu haben waren, und er war sie leid. Er wollte eine Jungfrau, die verängstigt war und Widerstand leistete, so daß er ihr seinen Willen aufzwingen konnte. Vielleicht war es das gewesen, was ihn erregt und sein Blut in Wallung gebracht hatte, das Gefühl und der Geruch der Todesangst.

Dies war ein widerlicher Gedanke, aber die Gewalt in der Dunkelheit, die Erniedrigung, das symbolisch zustechende Messer, das Blut, der Schmerz, das Aushauchen von Leben – all das war widerlich. Sie schloß die Augen. Bitte, lieber Gott, laß Emily nichts damit zu tun haben! Laß George nur ein wenig leichtsinnig, ein wenig dumm, ein wenig eitel gewesen sein – und nichts Schlimmeres!

Sie hatten sich weiter unterhalten, ohne daß sie zugehört hatte. Ihr Bewußtsein registrierte nur die spürbare Feindschaft und Alarics vornehmen schwarzen Kopf, der halb der einen, dann wieder der anderen zuhörte. Irgendwie kam es Charlotte so vor, als ruhten seine Augen auf ihr, als ob er sie durchschaute, was sie sowohl unangenehm, im selben Augenblick aber auch aufregend fand.

Emily riß sie aus ihren Gedanken. Sie sah sehr müde aus, und Charlotte glaubte, sie habe vielleicht zu lange gestanden. Sie wollte gerade den Vorschlag machen, nach Hause zu fahren, als sie hinter Emily Hallam Cayley sah, den einzigen Mann, bei dem sie festgestellt hatte, daß Fannys Tod ihn über die üblichen Anstandsregeln hinaus bewegt hatte. Er stand Jessamyn gegenüber, aber sein Gesichtsausdruck war so leer, als ob er sie gar nicht sähe. Es schien vielmehr so, als würde das ganze Zimmer mit den Sonnenstrahlen, die unter den halb heruntergezogenen Sonnenblenden durchschienen, der luxuriöse Tisch, auf dem die Reste der Mahlzeit standen, und die Gruppen murmelnder Figuren in Schwarz von seinen Sinnen überhaupt nicht wahrgenommen.

Jessamyn hatte ihn nun auch bemerkt. Ihr Gesichtsausdruck veränderte sich, ihre volle Unterlippe schob sich nach vorne, und die Haut über ihren Wangenknochen spannte sich. Einen Augenblick lang war sie wie versteinert. Dann sagte Selena lächelnd etwas zu Alaric, und Jessamyn wandte sich wieder um.

Charlotte sah Emily an.

»Haben wir unsere Pflicht jetzt ausreichend erfüllt? Ich meine, wir könnten doch jetzt durchaus nach Hause gehen, oder? Diese drückende Hitze hier drinnen – du mußt müde sein.«

»Sehe ich so müde aus?« fragte Emily.

Charlotte log sofort und ohne lange darüber nachzudenken.

»Nein, ganz und gar nicht, aber es ist sicher besser, wir gehen jetzt, bevor wir wirklich so aussehen. Ich weiß jedenfalls, daß ich mich müde fühle.«

»Ich hatte erwartet, du hättest Spaß daran zu versuchen, des Rätsels Lösung zu finden.« Es lag ein leicht scharfer Unterton in ihrer Stimme. Sie war wirklich müde. Die Haut unter ihren Augen wirkte transparent.

Charlotte tat so, als habe sie nichts bemerkt.

»Ich glaube, ich habe wirklich nichts herausgefunden, außer dem, was du mir ohnehin schon erzählt hast – daß Jessamyn und Selena sich wegen Monsieur Alaric hassen, daß Lord Dilbridge sehr freizügige Vorlieben hat und daß Lady Dilbridge es genießt, unter ihnen zu leiden. Und daß keiner der Nashs einen sympathischen Eindruck macht. Oh, und daß Algernon alles mit sehr viel Würde trägt.«

»Habe ich dir das alles erzählt?« Emily lächelte ein wenig. »Ich dachte, es sei Tante Vespasia gewesen. Aber ich glaube, wir können jetzt wirklich nach Hause gehen. Ich gebe zu, ich habe auch genug. Das Ganze hat mich doch mehr mitgenommen, als ich dachte. Ich mochte Fanny nicht besonders, als sie noch lebte, aber jetzt muß ich immer an sie denken. Das hier ist ihre Beerdigung, und stell dir vor, fast keiner hat sie erwähnt!«

Es war eine traurige, erschütternde Erkenntnis, und dennoch entsprach sie der Wahrheit. Sie hatten über die Folgen ihres Todes geredet, über die Todesumstände und ihre eigenen Gefühle, aber niemand hatte über Fanny selbst gesprochen. Verwirrt und ein wenig müde folgte Charlotte Emily dorthin, wo George schon auf sie wartete. Auch er hatte offensichtlich das dringende Bedürfnis zu gehen. Tante Vespasia war in eine Unterhaltung mit einem Mann ihres Alters vertieft, und da es nur ein paar 100 Meter bis nach Hause waren, ließ man sie zurück. Sie sollte bleiben, solange sie es wünschte.

Afton und Phoebe drückten gerade mit bedeutungslosen Floskeln Algernon ihr Mitgefühl aus. Als George kam, verstummten die drei.

»Sie gehen?« fragte Afton. Seine Augen wanderten schnell über Emily und dann über Charlotte.

Charlotte fühlte, wie sich ihr Magen zusammenzog, und sie wünschte sich, sie wäre schon draußen. Sie mußte sich zusammenreißen und sich höflich verabschieden. Schließlich stand der Mann unter einer großen Belastung.

George murmelte irgendeinen Gemeinplatz über die Gastfreundschaft zu Phoebe.

»Wie freundlich von Ihnen«, antwortete sie automatisch. Ihre Stimme war hoch und schrill. Charlotte sah, wie sich ihre Hände in die Falten ihres Kleides klammerten.

»Mach dich nicht lächerlich«, höhnte Afton. »Einige sind aus Höflichkeit hier, aber die meisten der anderen sind einfach nur neugierig. Eine Vergewaltigung ist schließlich immer noch ein besserer Skandal als ein einfacher Ehebruch. Außerdem ist Ehebruch so alltäglich geworden, daß es sich schon nicht mehr lohnt, darüber überhaupt zu sprechen, es sei denn, er hat sich unter besonders pikanten Umständen abgespielt.«

Phoebe errötete vor Verlegenheit und fand offensichtlich keine Antwort.

»Ich bin gekommen, weil ich Fanny mochte.« Emily blickte ihn kalt an. »Und weil ich Phoebe mag.«

Afton neigte leicht den Kopf.

»Ich bin sicher, sie weiß es zu schätzen. Wenn es Ihnen möglich ist, sie einen Nachmittag zu besuchen, dann wird sie Sie zweifellos mit ihren Gefühlen in dieser Angelegenheit beglücken. Sie ist völlig davon überzeugt, daß immer noch irgendein Verrückter hier herumschleicht, der nur auf die Gelegenheit wartet, sich auf sie zu stürzen und sie als Nächste zu vergewaltigen.«

»Bitte!« Phoebe zupfte ihn am Ärmel, ihr Gesicht war fürchterlich rot. »Das glaube ich nun wirklich nicht.«

»Sollte ich dich falsch verstanden haben?« fragte er, ohne seine Stimme zu senken, und starrte George an. »So, wie du dich verhalten hast, hatte ich den Eindruck, du wärst sicher, daß du ihn gestern abend auf dem Treppenabsatz gesehen hast. Du hattest dein Nachthemd so eng um dich geschlungen, daß ich befürchtete, du könntest dich durch eine unvorsichtige Bewegung strangulieren. Warum hast du denn dann den Diener gerufen, meine Liebe? Oder sollte ich dich so etwas nicht in Gegenwart anderer fragen?«

»Ich habe den Diener nicht gerufen. Ich ... ich habe nur ... nur – der Vorhang wehte im Wind. Ich habe mich erschreckt, und ich glaube ...« Ihr Gesicht war jetzt hochrot, und Charlotte konnte ihr nachempfinden, wie töricht sie sich fühlte – fast so, als könnte die ganze Gesellschaft sie verängstigt und aufgelöst in ihrem Nachthemd sehen. Sie brannte darauf, sich eine scharfe Erwiderung für Afton zu überlegen, um Phoebe mit ebenso verletzenden Worten zu rächen, aber es fiel ihr nichts ein.

Es war Fulbert, der langsam und mit einem überheblichen Lächeln auf dem Gesicht sprach. Er legte seinen Arm um Phoebe, aber seine Augen ruhten auf Afton.

»Du brauchst keine Angst zu haben, meine Liebe. Was du getan hast, geht nur dich etwas an.« Sein Gesicht wurde weicher und offenbarte sein Vergnügen, so, als würde er insgeheim lachen. »Ich glaube wirklich nicht, daß es einer von deinen Dienern ist, aber sollte das doch der Fall sein, dann wäre er wohl kaum so leichtsinnig, dich in deinem eigenen Hause anzugreifen. Und dabei ergeht es dir noch viel besser als den meisten anderen Frauen am Walk – wenigstens weißt du ganz genau, daß es Afton nicht gewesen ist. Wir alle wissen es!« Er lächelte zu George hinüber. »Was gäbe ich nicht alles dafür, wenn wir übrigen doch auch über jeden Verdacht erhaben wären!«

George blinzelte. Er war sich nicht sicher, was Fulbert damit gemeint hatte, aber er wußte, daß es irgendwie hinterhältig war.

Charlotte drehte sich instinktiv zu Afton um. Sie hatte keine Ahnung, was ihn hervorgerufen hatte, aber in seinen Augen spiegelte sich kalter, unauslöschlicher Haß; der Schreck darüber ließ sie frösteln, und sie fühlte sich elend. Sie wollte sich an Emilys Arm festhalten, etwas Warmes, Menschliches berühren und dann aus dem glitzernden, mit schwarzem Crêpe behangenen Zimmer hinaus in die frische Luft rennen, in den grünen Sommer hinein und so lange laufen, bis sie zu Hause war, in ihrer eigenen, staubigen, kleinen Straße mit den getünchten Stufen, den Häusern, die sich aneinander schmiegten, und den Frauen, die den ganzen Tag arbeiteten.

Kapitel 5

Charlotte konnte es kaum erwarten, daß Pitt nach Hause kam. In Gedanken übte sie ein dutzendmal, was sie ihm sagen wollte, und jedesmal kam etwas anderes dabei heraus. Sie hatte völlig vergessen, die Bücherregale abzustauben, und das Gemüse hatte sie auch nicht gesalzen. Sie gab Jemima zu deren großen Freude zwei Portionen Pudding und hatte das Kind wenigstens schon umgezogen und zu Bett gebracht, als Pitt endlich kam.

Er sah müde aus, und das erste, was er tat, war, sich die Stiefel auszuziehen und aus seinen Taschen all die vielen Dinge herauszunehmen, die er im Laufe des Tages dort hineingestopft hatte. Sie brachte ihm ein kühles Getränk und war fest entschlossen, nicht wieder den gleichen Fehler zu begehen wie das letzte Mal.

»Wie ging es Emily?« fragte er nach ein paar Minuten.

»Recht gut«, antwortete sie und hielt fast die Luft an, um nicht sofort mit der ganzen Geschichte herauszuplatzen. »Die Beerdigung war ziemlich abstoßend. Ich nehme an, die anderen haben sich insgeheim genauso gefühlt, wie wir es tun würden, aber sie zeigten es nicht. Alles war so . . . hohl.«

»Haben sie über sie gesprochen – über Fanny?«

»Nein!« Sie schüttelte den Kopf. »Das haben sie nicht. Man hätte kaum heraushören können, wessen Beerdigung es eigentlich war. Ich hoffe, daß, wenn ich einmal sterbe, alle Anwesenden die ganze Zeit über mich sprechen!«

Er lächelte plötzlich spitzbübisch.

»Auch wenn sie das die ganze Zeit über tun würden, mein Liebling«, erwiderte er, »so wäre es trotzdem furchtbar still ohne dich.«

Sie blickte sich um und suchte nach etwas Harmlosem, das sie ihm an den Kopf werfen konnte, aber das einzige, was in Reichweite stand, war der Limonadenkrug, und der hätte ihm weh getan, ganz abgesehen davon, daß dann der Krug zerbrochen wäre und sie sich einen neuen nicht leisten konnten. Sie mußte sich damit begnügen, ihm eine Grimasse zu schneiden.

»Hast du irgend etwas herausgefunden?« wollte er wissen.

»Ich glaube nicht. Nur das, was Emily mir bereits erzählt hat. Ich habe viele widersprüchliche Eindrücke gewonnen, aber ich bin mir nicht so genau darüber im klaren, was sie bedeuten oder ob sie überhaupt etwas bedeuten. Bevor du kamst, hatte ich dir eine Menge zu erzählen, aber jetzt weiß ich irgendwie nicht mehr so recht, was ich sagen soll. Die Nashs sind allesamt sehr unangenehme Leute, außer Diggory vielleicht. Ich hatte keine Gelegenheit, ihn kennenzulernen, aber er hat einen schlechten Ruf. Selena und Jessamyn hassen einander, doch das hat nichts zu bedeuten, denn es geht dabei um diesen ausgesprochen gutaussehenden Franzosen. Die einzigen, die wirklich betroffen zu sein schienen, waren Phoebe – sie war furchtbar blaß und zittrig – und ein Mann namens Hallam Cayley. Und bei ihm weiß ich nicht, ob ihn die Sache mit Fanny so aufgewühlt hat oder die Tatsache, daß seine Frau vor einiger Zeit gestorben ist.« Ihre Beobachtungen waren ihr so wichtig erschienen, als alle Eindrücke noch frisch gewesen waren, aber als sie sie nun in Worte fassen wollte, empfand sie ihre Aussage als bedeutungslos. Es hörte sich so banal an, so oberflächlich, daß sie sich ein wenig schämte. Sie war die Frau eines Polizisten, und sie hätte ihm schon etwas Konkretes sagen müssen. Wie konnte er jemals einen Fall lösen, wenn alle Zeugen so vage waren wie sie?

Er seufzte, stand auf und ging auf Socken zum Spülstein hinüber. Er drehte das kalte Wasser auf, hielt seine Hände darunter und spritzte sich das Wasser ins Gesicht. Dann streckte er seine Hände nach einem Handtuch aus, und sie reichte es ihm.

»Mach dir nichts daraus«, sagte er und nahm das Handtuch. »Auch ich hatte nicht erwartet, dort etwas Neues zu erfahren.«

»Auch du hast es nicht erwartet?« Sie war verwirrt. »Willst du damit sagen, daß du dagewesen bist?«

Er trocknete sein Gesicht und blickte sie über das Handtuch hinweg an.

»Nicht, um etwas herauszufinden ... nur, weil ich dabeisein wollte.«

Sie spürte, wie ihr heiße Tränen in die Augen stiegen, und sie mußte schlucken. Sie hatte ihn noch nicht einmal bemerkt. Statt

dessen war sie damit beschäftigt gewesen, die anderen zu beobachten und sich Gedanken darüber zu machen, wie sie wohl in
Tante Vespasias Kleid aussehen mochte.

Fanny hatte also doch wenigstens einen Menschen gehabt, der
wirklich um sie trauerte, jemanden, dem es einfach leid tat, daß
sie tot war.

Emily kannte niemanden, mit dem sie über ihre Gefühle reden
konnte. Tante Vespasia hielt es nicht für richtig, wenn sie sich mit
solchen Dingen beschäftigte. Das führe letztendlich nur zu einem
melancholischen Baby, sagte sie. Und George wollte überhaupt
nicht darüber sprechen. Er gab sich vielmehr alle Mühe, dem auszuweichen.

Die übrigen Anwohner am Walk schienen entschlossen, die
ganze Angelegenheit zu vergessen, so, als sei Fanny lediglich in
die Ferien gefahren und könne jeden Augenblick zurückkommen.
Soweit es die Anstandsregeln erlaubten, wandte man sich wieder
dem Alltag zu, wenn man auch immer noch gedeckte Farben trug,
weil alles andere geschmacklos gewesen wäre. Andererseits
schien man eine stillschweigende Übereinkunft getroffen zu haben, daß die üblichen Trauergespräche immer wieder an die anrü-
chigen Todesumstände erinnerten, demzufolge ein wenig vulgär
waren und andere vielleicht sogar peinlich berührten.

Die einzige Ausnahme bildete Fulbert Nash, dem es noch nie
etwas ausgemacht hatte, Anstoß zu erregen. Ganz im Gegenteil,
bisweilen schien er es sogar regelrecht zu genießen. Über fast jeden machte er hinterhältige, spitze Bemerkungen. Er sprach dabei niemanden offen an, nicht so, daß man ihn deswegen hätte
zur Rede stellen können, aber das plötzliche Erröten seiner Ge-
sprächspartner zeigte, wenn er einen Treffer gelandet hatte. Es
handelte sich dann vielleicht um alte Geheimnisse, auf die er anspielte; jeder hatte etwas, dessen er sich schämte oder das er lieber vor seinen Nachbarn verborgen hielt. Vielleicht ging es bei
den Geheimnissen auch nicht so sehr um eine Schuld als vielmehr lediglich um eine Dummheit? Wie dem auch sei: Niemand
wollte, daß man über ihn lachte, und einige wären sogar sehr
weit gegangen, um dies zu verhindern. War man der Lächerlich-
keit einmal preisgegeben, dann konnte das genauso tödlich für
die persönlichen Ziele sein wie ein Bericht über eine der alltäglichen Sünden.

Es war eine Woche nach der Beerdigung und immer noch heiß, als Emily sich entschloß, zu Charlotte zu gehen und sie offen zu fragen, was die Polizei unternahm. Man hatte noch viele Fragen gestellt – meist den Bediensteten –, aber ob sich nun irgend jemand besonders verdächtig gemacht hatte oder außer Verdacht war, hatte sie nicht erfahren.

Am Tage zuvor hatte sie Charlotte einen Brief geschrieben, in dem sie ihre Schwester darauf vorbereitet hatte, daß sie sie besuchen würde. Sie zog sich ein Musselinkleid vom vergangenen Jahr an und ließ die Kutsche rufen. Nachdem sie angekommen war, wies sie den Kutscher an, um die Ecke zu fahren und genau zwei Stunden zu warten und dann wieder vorzufahren, um sie abzuholen.

Charlotte wartete schon auf sie und war dabei, den Tee vorzubereiten. Das Haus war kleiner und die Teppiche älter, als sie es in Erinnerung hatte, aber man spürte, daß Menschen in ihm lebten, und dies wie auch der Geruch von Wachspolitur und Rosen machten es gemütlich. Es kam ihr nicht in den Sinn, darüber nachzudenken, ob die Rosen nicht etwa nur für sie gekauft sein könnten.

Jemima saß auf dem Boden und brabbelte vor sich hin, während sie einen wackeligen Turm aus farbigen Klötzen baute. Dem Himmel sei Dank! Es schien so, als würde sie später einmal wie Charlotte aussehen und nicht wie Pitt.

Nach den üblichen Begrüßungsfloskeln, die sie ganz ehrlich meinte – es war tatsächlich so, daß sie schon seit einiger Zeit Charlottes Freundschaft mehr und mehr zu schätzen wußte –, kam sie ohne Umschweife auf die Neuigkeiten am Walk.

»Niemand spricht auch nur darüber!« sagte sie hitzig. »Mit mir jedenfalls nicht. Ganz so, als sei es nie passiert. Sie tun so, als sei jemandem bei Tisch etwas Menschliches passiert – ein Augenblick verlegener Stille, und dann fängt jeder wieder an zu reden, ein bißchen lauter natürlich, um zu zeigen, daß man nichts davon bemerkt hat.«

»Sprechen die Bediensteten nicht darüber?« Charlotte war mit dem Kessel beschäftigt. »Normalerweise tun sie das, wenn sie unter sich sind. Der Butler bekommt davon nie was mit. Maddock jedenfalls nicht.« Für einen Augenblick erinnerte sie sich lebhaft an die Cater Street. »Aber frag eins der Dienstmädchen, und sie wird dir alles erzählen.«

»Mir ist nie in den Sinn gekommen, die Dienstmädchen zu befragen«, gestand Emily. Wie dumm von ihr, daß sie nicht selbst darauf gekommen war. In der Cater Street hätte sie es getan, ohne daß Charlotte ihr dazu hätte raten müssen. »Ich glaube, ich werde langsam alt. Mama wußte immer nur die Hälfte von dem, was wir wußten. Alle hatten sie Angst vor ihr. Manchmal glaub' ich, meine Mädchen fürchten mich. Und Tante Vespasia versetzt sie in Angst und Schrecken!«

Das glaubte Charlotte nur zu gern. Ganz abgesehen von Tante Vespasias Ausstrahlung gab es niemanden, der von einem Titel so beeindruckt wurde wie das durchschnittliche Dienstmädchen. Natürlich existierten auch Ausnahmen, diejenigen, welche die Bedeutungslosigkeit und die Schwächen hinter der polierten Fassade sahen. Aber diese Bediensteten besaßen in der Regel nicht nur eine gute Beobachtungsgabe, sondern auch soviel Umsicht, daß sie niemanden wissen ließen, was sie mitbekommen hatten. Und dann war da ja auch noch die Loyalität. Ein guter Dienstbote betrachtete seinen Herren oder seine Herrin schon fast als sein zweites Ich, als seinen Besitz, als ein Zeichen seines eigenen Standes innerhalb der gesellschaftlichen Rangordnung.

»Ja«, stimmte sie laut zu. »Versuch es mal bei deiner Kammerzofe. Sie hat dich schon ohne dein Korsett und ohne aufgedrehte Haare gesehen. Sie wird von allen die wenigste Ehrfurcht vor dir haben.«

»Charlotte!« Emily setzte den Milchkrug hart auf die Bank. »Was du da sagst, ist einfach abscheulich!« Ihre Schwester hatte da etwas sehr Unpassendes, Unangenehmes angesprochen, sie aber vor allem daran erinnert, daß sie immer mehr zunahm. »Auf deine Art bist du genauso unmöglich wie Fulbert!« Sie holte schnell Luft. Dann, als Jemima wegen des scharfen Geräusches zu weinen begann, drehte sie sich um, nahm sie auf den Arm und schaukelte sie sanft, bis sie wieder anfing zu glucksen.

»Charlotte, er hat sich ganz unmöglich benommen und gegen alle gestichelt. Es war nichts, wo man wirklich hätte sagen können, er habe irgend jemanden beschuldigt, aber man kann den Gesichtern entnehmen, daß die Leute, über die er redet, wissen, was er meint. Und innerlich lacht er über sie. Ich weiß, daß er das tut.«

Charlotte goß den Tee auf und schloß den Deckel. Das Essen stand bereits auf dem Tisch.

»Du kannst sie jetzt hinsetzen.« Sie zeigte auf Jemima. »Sie ist schon wieder ruhig. Du darfst sie nicht verwöhnen, sonst will sie immer auf den Arm. Über wen spricht er denn?«

»Über jeden!« Emily gehorchte und setzte Jemima bei ihren Klötzchen ab. Charlotte gab ihrer Tochter ein Stück Brot mit Butter, das sie glücklich entgegennahm.

»Und er sagt immer dieselben Sachen?« fragte Charlotte überrascht. »Das ergibt doch keinen Sinn.«

Sie setzten sich beide und warteten mit dem Essen, bis der Tee durchgezogen war.

»Nein, er redet über ganz verschiedene Dinge«, antwortete Emily. »Selbst über Phoebe! Kannst du dir das vorstellen? Er deutete an, daß Phoebe etwas hätte, dessen sie sich schämte, und der ganze Walk würde es eines Tages erfahren. Wer könnte unschuldiger sein als Phoebe? Nun gut, manchmal ist sie wirklich dumm. Ich hab' mich schon des öfteren gefragt, warum sie es Afton nicht heimzahlt. Es muß doch irgend etwas geben, was sie tun könnte! Er benimmt sich manchmal wie ein richtiges Ekel. Ich will damit nicht sagen, daß er sie schlägt oder so.« Sie wurde blaß. »Großer Gott, das will ich jedenfalls nicht hoffen!«

Charlotte fröstelte, als sie sich an ihn erinnerte, an seine kalten, prüfenden Augen, an den Zynismus und die Verachtung, die er ausstrahlte.

»Wenn es jemand vom Walk getan hat«, sagte sie inbrünstig, »dann hoffe ich aufrichtig, daß er es war – und daß man ihn festnimmt!«

»Das hoffe ich auch«, stimmte Emily zu. »Aber irgendwie glaube ich nicht, daß er es gewesen ist. Fulbert ist sich da jedenfalls ganz sicher. Er wiederholt das immer wieder – und es bereitet ihm großes Vergnügen, so, als ob er etwas Fürchterliches wüßte, das ihn auch noch amüsiert.«

»Kann schon sein, daß er was weiß«, sagte Charlotte. Sie runzelte die Stirn und versuchte, ihre Gedanken zu verbergen, was ihr mißlang. Die Worte kamen einfach über ihre Lippen. »Er weiß vielleicht, wer es ist – und es ist nicht Afton.«

»Das ist so scheußlich, daß man gar nicht darüber nachdenken mag«, sagte Emily und schüttelte den Kopf. »Es ist bestimmt irgendein Bediensteter, wahrscheinlich jemand, der für die Gesellschaft bei den Dilbridges eingestellt wurde. Denk doch nur mal an all die merkwürdigen Kutscher, die herumlungern und nichts zu tun haben, außer zu warten. Bestimmt hat einer von ihnen zu tief ins Glas geschaut und dann, als er betrunken war, die Kontrolle über sich verloren. Vielleicht hat er im Dunkeln geglaubt, Fanny sei ein Dienstmädchen oder was auch immer. Und dann, als er sah, daß er sich getäuscht hatte, mußte er sie erstechen, damit sie ihn nicht verraten konnte. Weißt du, Kutscher haben oft Messer dabei, um das Zaumzeug zu zerschneiden, wenn es sich verfängt, oder um Steine aus den Hufen der Pferde zu entfernen, wenn sie sich welche eingetreten haben, und für alles mögliche sonst noch.« Sie erwärmte sich für ihre hervorragende Theorie. »Und letztendlich ist es doch so, daß keiner der Männer, die am Walk wohnen, ich meine, keiner von uns, überhaupt je ein Messer bei sich hat, oder?«

Charlotte starrte sie an, während sie eins der sorgfältig geschnittenen Sandwiches in der Hand hielt.

»Es sei denn, es wollte doch jemand Fanny töten.«

Emily verspürte ein Gefühl der Übelkeit, die nichts mit ihrem Zustand zu tun hatte.

»Warum um alles in der Welt sollte jemand das tun wollen? Hätte es sich um Jessamyn gehandelt, dann könnte ich das verstehen. Jeder ist auf sie eifersüchtig, weil sie so schön ist. Niemand kann sie in Verlegenheit bringen, nichts kann sie in Aufregung versetzen. Selbst bei Selena wäre es vorstellbar – aber niemand hätte Fanny hassen können ... ich meine ... sie war so nichtssagend, daß man sie nicht hassen konnte!«

Charlotte starrte auf ihren Teller.

»Ich weiß es nicht.«

Emily beugte sich vor.

»Weit weit ist Thomas gekommen? Was weiß er? Er hat dir doch bestimmt etwas gesagt, schließlich geht es ja um uns.«

»Ich glaube nicht, daß er etwas weiß«, sagte Charlotte unglücklich. »Er hat nur gesagt, daß es nicht danach aussieht, als ob es jemand von den festangestellten Bediensteten gewesen sei. Sie können alle recht gut nachweisen, wo sie sich aufgehalten haben. Und er konnte bei keinem herausfinden, daß er früher schon einmal etwas verbrochen hat. Das liegt ja wohl auch auf der Hand, oder? Sie wären sonst wohl kaum am Paragon Walk engagiert worden!«

Als Emily nach Hause kam, wollte sie mit George sprechen, aber sie wußte nicht, womit sie beginnen sollte. Tante Vespasia war

unterwegs. George saß in der Bibliothek und hatte die Füße hoch-
gelegt, die Türen zum Garten hin waren geöffnet, und auf seinem
Bauch lag ein Buch mit dem Rücken nach oben.

Als sie eintrat, schaute er auf und legte das Buch zur Seite.

»Wie geht es Charlotte?« fragte er sofort.

»Gut«, sagte sie und war ein wenig überrascht. Er hatte Charlotte schon immer gemocht, aber doch eher in einer zurückhalten-
den Art und Weise. Schließlich sah er sie auch nur äußerst selten.
Warum interessierte er sich heute so sehr für sie?

»Hat sie irgend etwas über Pitt gesagt?« fuhr er fort. Er setzte
sich aufrecht hin und blickte in ihr Gesicht.

Es ging also gar nicht um Charlotte. Über den Mord und um
den Walk machte er sich Gedanken. Sie ahnte, daß die Stunde
der Wahrheit kam, so, wie man einen Schlag schon wahrnimmt,
noch bevor er einen trifft. Man spürt den Schmerz noch nicht, und
doch ahnt man ihn schon. Der Verstand hat sich bereits darauf
eingestellt. Er hatte Angst.

Zwar glaubte sie nicht, er habe Fanny getötet; selbst in ihren
schlimmsten Träumen hatte sie dies nie angenommen. Sie hatte
ihn niemals solch einer Brutalität für fähig gehalten oder das auch
nur vermutet. Um ehrlich zu sein, sie glaubte nicht einmal, daß er
zu Gefühlen fähig war, die heftig genug waren, um eine Reaktion
dieser Art auszulösen. Wenn sie aufrichtig sein sollte, dann war er
alles andere als ein leidenschaftlicher Mensch. Seine größten Laster waren Trägheit und die Selbstsucht eines Kindes, das es nicht
böse meinte. Er hatte das sanfte Gemüt von jemandem, der es
jedem recht machen will. Kummer verunsicherte ihn; er bemühte
sich stets darum, eigenen Kummer zu vermeiden, und sofern es
seine Energie noch zuließ, ihn auch anderen zu ersparen. Irdische
Güter hatte er stets besessen, ohne daß er sich für sie hätte abpla-
gen müssen, und seine Großzügigkeit grenzte bisweilen an Verschwendung. Er hatte Emily alles gegeben, was sie wollte, und er
hatte Freude daran gehabt.

Nein, sie glaubte einfach nicht, daß er Fanny hätte töten können – es sei denn in Panik, aber dann wäre er verängstigt wie ein
Kind gewesen und hätte sich sofort verraten.

Der Schlag, den sie vorausahnte, war eher, daß er etwas anderes getan hatte und daß Pitt das auf der Suche nach dem Mörder
herausfinden würde, irgendeine unbedachte Affäre, mit der er
Emily nicht hatte verletzen wollen, nicht mehr als ein Vergnügen,

das er sich gegönnt hatte, weil es sich ihm bot und es ihm gefiel. Selena – oder eine andere? Aber das spielte auch eigentlich keine Rolle, wer es nun war.

Es war schon merkwürdig, als sie ihn heiratete, hatte sie all dies deutlich vorausgesehen und es akzeptiert. Warum nur machte es ihr jetzt etwas aus? Lag es an ihrem Zustand? Man hatte sie gewarnt, die Schwangerschaft könne sie übersensibel und weinerlich machen. Oder lag es daran, daß sie George mit der Zeit mehr liebte, als sie es erwartet hatte?

Er starrte sie an und wartete darauf, daß sie ihm seine Frage beantwortete.

»Nein«, sagte sie und wich seinem Blick aus. »Es sieht so aus, als hätten die meisten Bediensteten ein Alibi, aber das ist auch schon alles.«

»Ja, was zum Teufel macht er denn?« explodierte George. Seine Stimme war scharf und überschlug sich. »Das geht nun schon seit fast zwei Wochen so! Warum hat er ihn noch nicht gefangen? Selbst wenn er den Mann nicht festnehmen und nicht überführen kann, dann sollte er doch wenigstens schon wissen, wer er ist!«

Er tat ihr leid, weil er Angst hatte, und sie tat sich selber leid. Darüber hinaus war sie verärgert, daß er sich durch seine dummen Eskapaden nun vor Pitt fürchten mußte. Er hatte sich Ausschweifungen hingegeben, für die nicht die geringste Notwendigkeit bestand.

»Ich habe nur mit Charlotte geredet«, sagte sie ein wenig steif, »nicht mit Thomas. Und selbst wenn ich mit ihm gesprochen hätte, dann hätte ich ihn wohl kaum fragen können, was er bislang unternommen hat. Ich glaube nicht, daß es einfach ist, einen Mörder zu fassen, wenn man keine Ahnung hat, wo man ansetzen soll, und wenn niemand beweisen kann, wo er gewesen ist.«

»Verdammt!« sagte er hilflos. »Ich war meilenweit weg! Ich bin erst nach Hause gekommen, als alles schon vorbei war. Ich hätte gar nichts tun und auch nichts sehen können.«

»Über was regst du dich dann auf?« fragte sie und mied immer noch seinen Blick.

Es war für einen Augenblick still. Als er wieder sprach, war seine Stimme ruhiger und klang müde.

»Ich mag es nicht, wenn man Nachforschungen über mich anstellt. Ich mag es nicht, wenn man in halb London Fragen über mich stellt und wenn jeder weiß, daß ein Sexualverbrecher und Mörder mit mir in einer Straße wohnt. Ich mag den Gedanken daran nicht, daß er immer noch frei ist, ganz gleich, um wen es sich handelt. Und vor allem mag ich die Vorstellung nicht, daß es einer meiner Nachbarn sein könnte, jemand, den ich schon seit Jahren kenne, den ich vielleicht sogar besonders schätze.«

Das konnte man gut verstehen. Natürlich ging ihm die Angelegenheit nahe. Er wäre gefühllos, sogar dumm, wenn es anders wäre. Sie drehte sich um und lächelte ihn schließlich an.

»Wir alle hassen diese Gedanken«, sagte sie sanft. »Und wir alle haben Angst. Aber es kann noch eine lange Zeit so weitergehen. Wenn es einer der Kutscher oder der Diener ist, dann wird es nicht leicht sein, ihn zu überführen, und wenn es einer von uns ist – er wird viele Wege finden, sich zu verbergen. Wenn er die ganze Zeit unter uns gelebt hat, und selbst wir haben keine Ahnung, wie soll Thomas ihn dann in ein paar Tagen finden?«

Er gab ihr keine Antwort. So, wie die Sache stand, konnte man nichts darauf erwidern.

Trotz der Tragödie gab es jedoch immer noch gewisse gesellschaftliche Verpflichtungen, die man einhalten mußte. Man gab nicht einfach alle Disziplin auf, nur weil man jemanden verloren hatte, und schon gar nicht, wenn sich der Verlust unter skandalösen Begleitumständen abgespielt hatte. Es schickte sich nicht, schon so früh auf Gesellschaften gesehen zu werden; Besuche am Nachmittag jedoch waren etwas ganz anderes, wenn sie diskret abgestattet wurden. Vespasia – von Neugier getrieben und durch die Etikette gerechtfertigt – besuchte Phoebe Nash.

Sie wollte ihr Mitgefühl zeigen. Fannys Tod tat ihr aufrichtig leid, obwohl sie der Gedanke an den Tod nicht sehr schreckte, wie er es in ihrer Jugend getan hatte. Sie hatte sich mit ihm abgefunden – wie jemand, der nach einer langen und wundervollen Gesellschaft nach Hause gehen muß. Irgendwann mußte es sein, und wenn es dann soweit war, würde man vielleicht auch dazu bereit sein. Obwohl dies bei der armen Fanny ganz ohne Zweifel kaum der Fall gewesen war.

Ihr eigentliches Mitgefühl galt jedoch Phoebes Pech, eine äußerst unglückliche Ehe eingegangen zu sein. Jede Frau, ganz gleich, um welche es sich handelte, die mit Afton Nash unter einem Dach wohnen mußte, hatte das Recht, wenigstens bemitleidet zu werden.

Der Besuch strapazierte ihre Geduld aufs äußerste. Phoebe war mehr als nur aufgelöst, die ganze Zeit über schien es, als stünde sie kurz vor einer Art Geständnis, das sie dann aber doch nicht machte. Vespasia versuchte es mit Anteilnahme und mitfühlendem Schweigen, aber Phoebe schnitt im letzten Augenblick immer wieder ein ganz anderes Thema an und bearbeitete das Taschentuch in ihrem Schoß derart, bis man mit dem Ding nicht einmal mehr ein Nadelkissen hätte ausstopfen können.

Vespasia verließ das Haus, sobald der Pflicht Genüge getan war, aber draußen in der brennenden Sonne ging sie dann sehr langsam und begann darüber nachzudenken, was wohl die Ursache für Phoebes Geistesverwirrung sein könnte. Die arme Frau schien nicht in der Lage, ihre Gedanken auch nur für einen kurzen Augenblick auf etwas zu konzentrieren.

Hatte sie die Trauer um Fanny so sehr mitgenommen? Es hatte nie danach ausgesehen, als stünden sie sich besonders nahe. Vespasia vermochte sich nicht an mehr als etwa ein dutzendmal zu erinnern, daß sie zusammen Besuche abgestattet hatten. Außerdem hatte Phoebe Fanny nie auf Bälle oder Soireen begleitet oder Gesellschaften für sie gegeben, und das, obwohl dies ihre erste Saison war.

Dann kam ihr ein weiterer und sehr unerfreulicher Gedanke, der so häßlich war, daß sie mitten auf dem Weg anhielt und völlig übersah, daß sie der Gärtnerjunge anstarrte.

Wußte Phoebe etwas, aus dem sie schließen konnte, wer Fanny vergewaltigt und ermordet hatte? Hatte sie etwas gesehen oder gehört? Oder aber, was wohl wahrscheinlicher war, handelte es sich um irgendein Ereignis aus der Vergangenheit, an das sie sich erinnerte und wodurch sie jetzt verstand, was geschehen war und wer der Täter war?

Diese närrische Frau würde doch wohl nicht etwa mit der Polizei darüber sprechen? Diskretion bedeutete schließlich alles. Ohne sie würde die Gesellschaft zerfallen, und selbstverständlich sah sich jedermann nur sehr ungern mit etwas so Unschicklichem wie der Polizei konfrontiert. Und dennoch mußte man sich dem Unausweichlichen stellen. Kämpfte man dagegen an, so machte dies die Unterwerfung am Ende nur noch peinlicher – und offensichtlicher.

Und warum sollte Phoebe willens sein, einen Mann zu schützen, der sich solch eines abscheulichen Verbrechens schuldig gemacht hat? Aus Furcht? Das ergab keinen Sinn. Man war nur sicher, wenn man solch ein Geheimnis mit jemandem teilte, damit es nicht mit einem starb!

Aus Liebe? Das war unwahrscheinlich. Aus Liebe zu Afton sicherlich nicht.

Aus Pflichtgefühl? Aus Pflichtgefühl ihm oder der Familie Nash gegenüber, vielleicht sogar aus Pflichtgefühl gegenüber ihrer eigenen Stellung in der Gesellschaft und paralysiert angesichts des Skandals? War man das Opfer eines solchen, das war eine Sache – darüber konnte man zu gegebener Zeit hinwegsehen –, löste man ihn aus, dann hatte man verspielt!

Vespasia ging mit gesenktem Kopf und gerunzelter Stirn weiter. Dies alles war nur Spekulation; alles mögliche konnte der wahre Grund sein – selbst so etwas Banales wie die Furcht vor der Untersuchung. Hatte sie vielleicht einen Geliebten?

Es stand für sie jetzt jedoch außer Zweifel, daß Phoebe große Angst hatte.

Ein Besuch bei Grace Dilbridge ließ sich nicht vermeiden, aber er war eine lästige Aufgabe und bestand aus dem üblichen, fast schon rituellen Ausdruck des Bedauerns über Fredericks bizarre Freunde, ihre ständigen Gesellschaften und die Unannehmlichkeiten, denen sich Grace ausgeliefert fühlte, da sie vom Glücksspiel und von dem, was immer sich sonst noch an Unaussprechlichem im Gartenpavillon abspielen mochte, ausgeschlossen war. Vespasia übertrieb ein wenig die Inbrunst, mit der sie ihr Mitgefühl bekundete, und entschuldigte sich genau in dem Augenblick, als Selena Montague mit strahlenden Augen und vor Lebensfreude überschäumend eintraf. Noch bevor sie durch die Tür war, hörte sie, wie Paul Alarics Name erwähnt wurde, und mußte insgeheim über die mangelnde Zurückhaltung der Jugend lächeln.

Es war natürlich auch angebracht, Jessamyn zu besuchen. Vespasia traf sie sehr gefaßt an; sie war auch schon nicht mehr völlig in Schwarz gekleidet. Ihr Haar glänzte in der Sonne, die durch die großen Glastüren schien, und ihre Haut hatte die zarte Frische einer Apfelblüte.

»Wie liebenswürdig von Ihnen, Lady Cumming-Gould«, sagte sie höflich. »Ich darf Ihnen doch sicher eine Erfrischung anbieten – Tee oder Limonade?«

»Tee bitte«, nahm Vespasia das Angebot an und setzte sich. »Ich liebe Tee, selbst bei dieser Hitze.«

Jessamyn läutete und gab dem Dienstmädchen Anweisungen. Nachdem es gegangen war, schritt Jessamyn würdevoll zu den Glastüren.

»Ich wünschte, es würde etwas kühler.« Sie starrte hinaus auf das trockene Gras und die staubigen Blätter. »Dieser Sommer scheint kein Ende zu nehmen.«

Vespasia war in der Kunst des Plauderns so geübt, daß sie in jeder Situation eine passende Bemerkung parat hatte, hier jedoch, in Gegenwart von Jessamyn, die so zart und zerbrechlich und gleichzeitig so gefaßt wirkte, spürte sie förmlich die Präsenz einer starken Gefühlsregung, und dennoch konnte sie nicht ausmachen, was es genau war. Die Dinge schienen wesentlich vielschichtiger zu liegen, als daß es sich um bloße Trauer hätte handeln können. Oder war es vielleicht Jessamyn selber, die Seiten hatte, die man bei ihr nicht vermuten würde?

Jessamyn drehte sich um und lächelte. »Wagen Sie eine Prophezeiung?« fragte sie.

Vespasia wußte sofort, worauf sie anspielte. Sie meinte die Nachforschungen der Polizei, nicht das Sommerwetter. Und Jessamyn gehörte nicht zu den Menschen, denen man ausweichen konnte, dazu war sie viel zu klug und zu stark.

»Sie haben vielleicht gar nicht daran gedacht, als Sie es aussprachen«, sagte Vespasia und sah sie offen an, »aber ich wage zu behaupten, daß es so sein wird. Natürlich ist es auch möglich, daß der Sommer, ohne daß wir es merken, in den Herbst übergeht und daß wir den Unterschied kaum feststellen, bis wir dann eines Morgens Frost haben und die ersten Blätter fallen.«

»Und alles ist vergessen.« Jessamyn kehrte von der Glastür zurück und setzte sich hin. »Übrig bleibt dann nur eine Tragödie aus der Vergangenheit, die nie vollständig aufgeklärt wurde. Wir werden eine Zeitlang vorsichtiger mit den männlichen Bediensteten sein, die wir einstellen, und selbst damit wird es irgendwann einmal vorbei sein.«

»Andere Ereignisse werden an die Stelle treten«, berichtigte sie Vespasia. »Es muß immer etwas geben, über das man reden kann. Irgend jemand wird ein Vermögen machen oder verlieren; es wird eine hochherrschaftliche Heirat stattfinden; jemand nimmt sich einen Geliebten – oder verliert einen.«

Jessamyns Hand, die auf der verzierten Lehne des Sofas lag, verkrampfte sich.

»Wahrscheinlich, aber ich ziehe es vor, nicht über die romantischen Affären anderer Leute zu reden. Das sind für mich Privatangelegenheiten, die mich nichts angehen.«

Vespasia war einen Augenblick lang überrascht; dann erinnerte sie sich daran, daß sie Jessamyn niemals über Ehen oder Liebesgeschichten hatte tratschen hören. Sie konnte sich nur Gespräche ins Gedächtnis rufen, bei denen es um Mode und um Gesellschaften ging, ja sogar – wenn auch selten – um so wichtige Dinge wie Geschäfte und Politik. Jessamyns Vater war ein Mann mit einem beachtlichen Vermögen gewesen, aber es war natürlich an ihren jüngeren Bruder gefallen, da er der männliche Erbe war. Als der alte Mann vor Jahren starb, machte der Satz die Runde, der Junge hätte das Geld geerbt und Jessamyn die Intelligenz. Nach dem, was sie gehört hatte, war er ein junger Tölpel. Seine Schwester war das genaue Gegenteil.

Der Tee kam; sie tauschten höfliche Reminiszenzen über die letzte Saison aus und spekulierten, was der nächste Modetrend wohl bringen würde.

Nach einer Weile machte sie sich auf den Weg und traf Fulbert am Tor zur Auffahrt. Er verbeugte sich formvollendet, aber mit einem amüsierten Gesichtsausdruck. Sie grüßte zurück, wobei ihr Gruß betont kühl ausfiel. Sie hatte von den Besuchen nun genug und wollte sich schon auf den Weg nach Hause machen, als er sie ansprach.

»Sie haben also Jessamyn besucht.«

»Scharf beobachtet!« antwortete sie ungehalten. Also wirklich, langsam machte er sich lächerlich.

»Höchst unterhaltsam, nicht wahr?« sagte er, und sein Lächeln wurde breiter. »Alle denken sie über ihre ganz privaten Sünden nach und vergewissern sich, daß sie noch nicht ans Tageslicht gelangt sind. Hätte Ihr Polizist, dieser Pitt, auch nur das Geringste von einem Voyeur, dann fände er das hier besser als ein Schlüsselloch. Es ist schon fast so, als ob man eine von diesen chinesischen Schachteln öffnet; jede läßt sich anders öffnen, und nichts ist so, wie es vorher zu sein schien.«

»Ich weiß nicht, wovon Sie sprechen«, sagte sie kalt.

Es war seinem Gesicht deutlich anzusehen – er wußte, daß sie log. Sie verstand sehr genau, was er meinte, obwohl sie nur wohlbegründete Vermutungen hatte, worin die fraglichen Sünden bestehen mochten. Er schien nicht beleidigt zu sein, lächelte immer noch, und sein ganzer Gesichtsausdruck, ja sogar seine Körperhaltung zeigten, daß er sich über sie amüsierte.

»Hier am Walk spielen sich eine Menge Dinge ab, auf die Sie selbst im Traum nicht kämen«, sagte er sanft. »Wenn man den Kadaver aufbricht, dann ist er voller Würmer. Das gilt selbst für die arme Phoebe, obwohl sie viel zuviel Angst hat, etwas zu sagen. Eines Tages wird sie noch aus lauter Angst sterben, es sei denn, jemand bringt sie vorher um!«

»Um Himmels willen, wovon reden Sie überhaupt?« Vespasia schwankte jetzt zwischen der Wut über sein kindisches Vergnügen, sie zu schockieren, und der nackten Angst davor, er könne tatsächlich etwas wissen, das sie sich selbst in ihren schlimmsten Träumen nicht vorstellen konnte.

Er lächelte jedoch nur, drehte sich um und ging die Auffahrt zum Eingang hoch, so daß sie ihren Weg ohne eine Antwort fortsetzen mußte.

Es war 19 Tage nach dem Mord, als Vespasia mit gerunzelter Stirn am Frühstückstisch erschien. Eine breite Haarsträhne war ihr unordentlich ins Gesicht gefallen.

Emily starrte sie an.

»Meine Zofe hat mir eine äußerst merkwürdige Geschichte erzählt.« Vespasia schien nicht zu wissen, womit sie beginnen sollte. Sie frühstückte nie sehr ausgiebig, aber heute schwebte ihre Hand über dem Toastkorb, dann über der Obstschale, und sie konnte sich für nichts entscheiden.

Emily hatte sie nie zuvor so fassungslos gesehen. Es war beunruhigend. »Was für eine Geschichte?« fragte sie. »Hat sie etwas mit Fanny zu tun?«

»Ich habe keine Ahnung.« Vespasia zog die Augenbrauen in die Höhe. »Nicht auf den ersten Blick.«

»Nun, worum geht es dann?« Emily wurde ungeduldig und wußte nicht, ob sie nun Anlaß zu Befürchtungen hatte oder nicht. George ließ seine Gabel sinken und starrte Vespasia mit gespanntem Gesicht an.

»Es sieht so aus, als sei Fulbert Nash verschwunden.« Vespasia sagte das so, als könne sie selbst kaum glauben, was sie erzählte.

George atmete erleichtert auf, und die Gabel fiel ihm aus der Hand.

»Um Himmels willen, was soll das heißen, ›verschwunden‹?« fragte er langsam. »Wo ist er hingegangen?«

»Wenn ich das wüßte, George, dann würde ich wohl kaum sagen, er ist verschwunden!« sagte Vespasia mit ungewohnter Schärfe. »Niemand weiß, wo er ist! Darum geht es ja gerade. Er ist gestern nicht nach Hause gekommen, obwohl niemand etwas von einer Verabredung zum Abendessen wußte, und er ist die ganze Nacht nicht zu Hause gewesen. Sein Kammerdiener sagt, daß er keine Kleidung mitgenommen habe, er trug nur seinen leichten Anzug, den er zum Mittagessen angezogen hatte.«

»Sind denn alle Kutscher und Dienstboten zu Hause?« fragte George. »Hat irgend jemand eine Nachricht von ihm bekommen oder ihm eine Droschke bestellt?«

»Anscheinend nicht.«

»Nun, er kann sich ja schließlich nicht in Luft aufgelöst haben! Irgendwo muß er ja sein.«

»Selbstverständlich.« Vespasia runzelte die Stirn noch stärker, nahm sich schließlich eine Scheibe Toast und bestrich sie sorgfältig mit Butter und Aprikosenmarmelade. »Aber niemand weiß, wo. Oder sollte es jemand wissen, dann will er es jedenfalls nicht sagen.«

»Oh Gott!« George starrte sie mit offenem Mund an. »Du glaubst doch wohl nicht, daß er ermordet wurde, oder?«

Emily verschluckte sich an ihrem Tee.

»Ich glaube überhaupt nichts.« Vespasia deutete mit einer Handbewegung auf Emily, damit George sich um sie kümmerte. »Mein Gott, nun klopf ihr doch auf den Rücken!« Sie wartete, bis George ihrer Aufforderung nachgekommen war und Emily wieder Luft bekam. »Ich weiß es einfach nicht«, fuhr Vespasia fort. »Aber es wird zweifellos allerlei Vermutungen geben, die allesamt unangenehm sein werden, und diese wird eine davon sein.«

Und so war es auch, obwohl Emily erst am nächsten Tag davon hörte. Sie besuchte Jessamyn und traf Selena an, die vor ihr gekommen war. Da Fannys Tod noch nicht so lange zurücklag, wurden Besuche nur im engsten Bekanntenkreis gemacht. Möglicherweise war das eine Frage des guten Stils, diente aber in diesem Fall wohl eher dazu, daß man sich, wenn man es wünschte, ungestörter über das Thema unterhalten konnte.

»Ich nehme an, Sie haben noch nichts Neues gehört?« fragte Selena besorgt.

»Nichts«, bestätigte Jessamyn. »Es ist, als habe sich die Erde geöffnet und ihn verschluckt. Phoebe kam heute morgen vorbei, und natürlich hat sich Afton überall so gut wie möglich umgehört – diskret, versteht sich –, aber er ist weder in einem seiner Clubs in der Stadt, noch scheint es jemanden zu geben, der mit ihm gesprochen hat.«

»Gibt es niemanden auf dem Land, zu dem er vielleicht gefahren sein könnte?« fragte Emily.

Jessamyns Augenbrauen schossen in die Höhe.

»Zu dieser Jahreszeit?«

»Die Saison ist auf ihrem Höhepunkt!« fügte Selena ein wenig herablassend hinzu. »Wer würde aus London ausgerechnet jetzt abreisen?«

»Fulbert vielleicht.« Emily mußte einfach etwas entgegnen. »Er scheint den Paragon Walk ohne ein Wort oder eine Nachricht an jemanden verlassen zu haben. Wäre er in London, warum sollte er sich dann an einem anderen Ort aufhalten als hier?«

»Das stimmt«, gab Jessamyn zu, »schließlich ist er in keinem seiner Clubs, und er scheint auch niemanden besucht zu haben, der für die Saison nach London gekommen ist.«

»Die Alternativen sind zu schrecklich, um über sie nachzudenken.« Selena schüttelte sich und widersprach sich dann sofort selbst. »Aber trotzdem müssen wir das.«

Jessamyn sah sie an.

Selena konnte jetzt nicht mehr zurück.

»Wir müssen den Tatsachen ins Auge sehen, meine Liebe. Es ist möglich, daß man ihn beseitigt hat!«

Jessamyns Gesicht wirkte blaß und überaus zart.

»Sie meinen ermordet?« sagte sie leise.

»Ja, ich fürchte, das ist möglich.«

Es war einen Augenblick lang still. Emilys Gedanken überschlugen sich. Wer hätte Fulbert ermorden wollen, und warum? Die andere Möglichkeit war noch viel schlimmer, wäre aber gleichzeitig auch eine unendliche Erleichterung gewesen – selbst wenn sie es nicht wagte, sie auszusprechen: Selbstmord. Wenn er es nämlich gewesen war, der Fanny umgebracht hatte, dann hatte er vielleicht diesen verzweifelten Ausweg gewählt.

Jessamyn starrte immer noch vor sich hin. Ihre langen, schlanken Hände lagen bewegungslos in ihrem Schoß, so, als ob sie nicht mehr in der Lage sei, etwas mit ihnen zu fühlen oder aber sie zu bewegen. »Warum?« flüsterte sie. »Warum sollte irgendwer Fulbert ermorden, Selena?«

»Vielleicht hat derjenige, der Fanny umgebracht hat, auch ihn ermordet?« antwortete Selena.

Emily konnte einfach nicht sagen, was sie bewegte. Sie mußte die anderen ganz vorsichtig dazu bringen, daß eine von ihnen es selbst aussprach.

»Aber Fanny ist ... Gewalt angetan worden«, überlegte sie laut. »Erst danach wurde sie ermordet, vielleicht, weil sie ihn erkannt hat und er sie nicht laufen lassen konnte. Warum sollte irgend jemand Fulbert töten – wenn er denn wirklich tot sein sollte? Schließlich wird er im Augenblick nur vermißt.«

Jessamyn lächelte leicht, und so etwas wie Dankbarkeit schien ihre Blässe zu mildern.

»Sie haben völlig recht. Es gibt kaum einen Grund zu der Annahme, daß es ein und dieselbe Person war. Ja, es gibt eigentlich keinen Beweis dafür, daß überhaupt eine Verbindung existiert.«

»Es muß eine geben!« Selena schrie es förmlich heraus. »Es kann doch nicht sein, daß am Walk innerhalb eines Monats zwei Verbrechen geschehen, die nichts miteinander zu tun haben! Wir müssen den Tatsachen ins Auge sehen – entweder Fulbert ist tot, oder er ist geflohen!«

Jessamyns Blick ging ins Leere; sie sprach langsam, und ihre Stimme schien aus weiter Ferne zu kommen.

»Wollen Sie damit sagen, daß Fulbert Fanny getötet hat und jetzt geflohen ist, damit die Polizei ihn nicht findet?«

»Irgend jemand hat es jedenfalls getan.« Selena ließ sich nicht von dem Gedanken abbringen. »Vielleicht ist er wahnsinnig?«

Emily kam eine neue Idee.

»Oder er war es vielleicht gar nicht, aber er weiß, wer es war, und er hat Angst?« sagte sie, noch bevor sie darüber nachdachte, was das letztlich bedeuten konnte.

Jessamyn saß völlig reglos da. Ihre Stimme war weich, sie klang fast sibyllinisch. »Ich glaube nicht, daß das sehr wahrscheinlich ist«, sagte sie langsam. »Fulbert hat noch nie ein Geheimnis für sich behalten können. Er war auch noch nie besonders mutig. Ich denke nicht, daß das die Antwort ist.«

»Lächerlich!« sagte Selena und wandte sich abrupt Emily zu. »Wenn er wüßte, wer es war, dann hätte er es auch gesagt! Und er hätte es genossen! Und warum sollte er ihn schützen? Fanny war schließlich seine Schwester!«

»Vielleicht hatte er keine Gelegenheit, es jemandem zu erzählen.« Emily wurde ärgerlich, weil man mit ihr sprach, als sei sie dumm. »Vielleicht hat man ihn umgebracht, bevor er fliehen konnte.«

Jessamyn holte tief Luft und atmete mit einem langen, ruhigen Seufzer wieder aus.

»Ich glaube, vielleicht haben Sie doch recht, Emily. Ich mag es gar nicht sagen ...«, ihre Stimme versagte für einen Augenblick, und sie mußte sich erst räuspern, »aber ich glaube, wir kommen nicht daran vorbei. Entweder hat Fulbert Fanny umgebracht und ist weggelaufen, oder ...«, sie zitterte und schien in sich zusammenzusinken, »oder demjenigen, der Fanny so grausam ermordet hat, war bekannt, daß der arme Fulbert zu viel wußte, und er hat auch ihn ermordet, bevor er noch etwas sagen konnte!«

»Wenn das wahr ist, dann wohnt hier am Walk ein sehr gefährlicher Mörder«, sagte Emily leise. »Und ich bin wirklich froh, daß ich keine Ahnung habe, wer es ist. Ich glaube, wir sollten sehr genau darauf achten, mit wem wir sprechen, was wir sagen und mit wem wir allein sind!«

Selena seufzte, ihr Gesicht glühte und war von kleinen Schweißperlen bedeckt. Ihre Augen glänzten fiebrig.

Der Tag schien dunkler geworden zu sein, und die Hitze drückte ihnen fast die Kehle zu. Emily erhob sich, um nach Hause zu gehen; der Besuch war wirklich kein Vergnügen mehr.

Einen Tag später war es nicht mehr möglich, die Angelegenheit vor der Polizei zu verbergen. Pitt wurde informiert. Er kam noch einmal zum Walk und fühlte sich müde und unglücklich. Wenn etwas Unvorhergesehenes passierte und er keine Erklärung dafür fand, dann sah es so aus, als hätte er versagt. Natürlich gab es zahllose Theorien. Er hatte schon so viel erlebt, daß er selbstverständlich zuerst an die naheliegendste und scheußlichste Möglichkeit dachte. Ihm waren schon zu viele Verbrechen begegnet, als daß ihn noch etwas hätte überraschen können – selbst eine blutschänderische Vergewaltigung konnte das nicht. In den Elendsvierteln und den Mietskasernen war Inzest an der Tagesordnung.

Frauen bekamen zu viele Kinder, starben jung und hinterließen oft Väter mit älteren Töchtern, die dann ihre Geschwister aufziehen mußten. Einsamkeit und Vertrauen führten leicht zu etwas Intimerem, Triebhafterem.

Aber er hatte nicht erwartet, daß so etwas am Paragon Walk passieren könnte. Andererseits bestand jedoch die Möglichkeit, daß es sich gar nicht um eine Flucht oder einen Selbstmord handelte, sondern um einen weiteren Mord. War es möglich, daß Fulbert zu viel gewußt hatte und dumm genug gewesen war, es zu erzählen? Vielleicht hatte er sogar einen Erpressungsversuch gewagt und den höchsten Preis dafür bezahlt.

Charlotte hatte ihm von Fulberts Bemerkungen erzählt, von den hinterhältigen, verletzenden Grausamkeiten, die sie enthielten, und von den ›übertünchten Gräbern‹. Vielleicht war er zufällig auf ein Geheimnis gestoßen, das gefährlicher war, als er dachte, und war deswegen umgebracht worden – wegen etwas, das mit Fanny gar nichts zu tun hatte? Es wäre nicht das erste Mal, daß ein Verbrechen die Saat ausgestreut hätte für die Idee des nächsten, wobei die Motive nichts miteinander zu tun hatten. Nichts fordert Nachahmung so heraus wie der scheinbare Erfolg.

Die Stelle, an der er beginnen mußte, war bei Afton Nash, dem Mann, der Fulbert als vermißt gemeldet und der mit ihm im selben Haus gewohnt hatte. Pitt hatte bereits einige Männer losgeschickt, um die Clubs und die Häuser mit zweifelhaftem Ruf zu überprüfen, wo sich ein Mann vielleicht aufhielt, der vorhatte, sich zu vergnügen, mehr getrunken hatte, als er vertrug, oder einfach für eine Weile unerkannt bleiben wollte.

Er wurde mit kühler Höflichkeit ins Haus der Familie Nash eingelassen und in das Empfangszimmer geleitet, wo Afton einige Augenblicke später erschien. Er sah müde aus, und um seinen Mund zogen sich tiefe Falten der Verärgerung. Eine sommerliche Erkältung hatte ihn heimgesucht, so daß er sich immer wieder die Nase putzen mußte. Er sah Pitt mißbilligend an.

»Ich nehme an, diesmal sind Sie wegen des mysteriösen Verschwindens meines Bruders gekommen, oder?« sagte er und schniefte. »Ich habe keine Ahnung, wo er ist. Er hat keinen Ton davon gesagt, daß er verreisen wolle.« Er verzog die Mundwinkel. »Oder daß er etwa Angst habe.«

»Angst habe?« Pitt wollte ihm Gelegenheit geben, alles auszusprechen.

Afton sah ihn voller Verachtung an.

»Ich werde dem Offensichtlichen nicht aus dem Wege gehen, Mr. Pitt. Angesichts dessen, was Fanny hier vor kurzem passiert ist, ist es durchaus möglich, daß auch Fulbert tot ist.«

Pitt setzte sich seitwärts auf die Armlehne eines Sessels.

»Wieso, Mr. Nash? Wer auch immer Ihre Schwester ermordet hat, kann unmöglich das gleiche Motiv gehabt haben.«

»Wer immer es war, der Fanny ermordet hat, tat es, um sie zum Schweigen zu bringen. Derjenige, der Fulbert ermordet hat, wenn er denn wirklich tot ist, wird es aus demselben Grund getan haben.«

»Glauben Sie, Fulbert ahnte, wer es war?«

»Behandeln Sie mich nicht wie einen Narren, Mr. Pitt!« Afton betupfte erneut seine Nase. »Wenn ich wüßte, wie es war, dann hätte ich es Ihnen gesagt. Aber es ist nur logisch, auch die Möglichkeit zu erwägen, daß Fulbert davon Kenntnis hatte und deswegen getötet wurde.«

»Wir müssen erst einmal eine Leiche finden oder eine Spur von ihr, bevor wir annehmen können, daß es sich um Mord handelt, Mr. Nash«, betonte Pitt. »Bis jetzt gibt es kein Anzeichen dafür, daß er es nicht einfach nur vorgezogen hat, die Stadt zu verlassen.«

»Ohne Kleidung, ohne Geld und allein?« Aftons helle Augen wurden größer. »Unwahrscheinlich, Mr. Pitt.« Seine Stimme klang nachsichtig und gelangweilt angesichts dieser Naivität.

»Er hat vielleicht einige Dinge getan, die wir für unwahrscheinlich halten«, erwiderte Pitt. Aber er wußte, daß Menschen, selbst wenn sie ihrem Lebensweg eine andere Richtung geben, die kleinen Dinge des Lebens nur selten verändern: Ein Mensch behielt seine Gewohnheiten bei, zum Beispiel seine Vorlieben beim Essen, und es waren immer noch die gleichen Beschäftigungen, die ihn erfreuten oder langweilten. Er bezweifelte, ob Fulbert vorsichtig oder verzweifelt genug war, um wegzugehen, ohne an sein eigenes Wohlergehen zu denken. Sein ganzes Leben lang war er an saubere Kleidung gewöhnt und an einen Kammerdiener, der sie ihm zurechtlegte. Und hätte er London verlassen wollen, dann hätte er auf jeden Fall Geld gebraucht.

»Wie dem auch sei«, sagte Pitt, »Sie haben vermutlich recht. Wissen Sie, wer ihn zuletzt gesehen hat?«

»Sein Kammerdiener, Price. Wenn Sie wollen, können Sie mit dem Mann sprechen, aber ich selbst habe ihn auch schon befragt – er wird Ihnen nichts Wichtiges mitteilen können. Fulberts Kleidung und seine persönlichen Wertgegenstände sind alle noch hier, und Price war nicht darüber informiert, daß er sich abends noch verabredet hätte.«

»Und ich nehme an, es hätte ihm mitgeteilt werden müssen, weil er Mr. Fulbert immer die Kleidung zurechtlegt, wenn er ausgehen will, nicht wahr?« fügte Pitt hinzu.

Afton schien ein wenig überrascht, daß Pitt so etwas wußte, und es irritierte ihn. Er betupfte seine Nase und zuckte zusammen. Sie war vom vielen Putzen schon ganz wund geworden.

Pitt lächelte, nicht vergnügt, aber erkennbar genug, daß Afton wußte, daß er seinen Gedanken erraten hatte.

»So ist es«, stimmte Afton zu. »Er verließ das Haus gegen 18 Uhr und sagte, er sei zum Abendessen zurück.«

»Und er hat nicht gesagt, wohin er ging?«

»Wenn er das getan hätte, Inspector, dann hätte ich es Ihnen mitgeteilt!«

»Und er ist nicht zurückgekommen, und niemand hat ihn seitdem gesehen?«

Afton funkelte ihn an.

»Ich nehme an, irgend jemand hat ihn gesehen!«

»Vielleicht ist er bis ans Ende der Straße gegangen und hat eine Kutsche genommen«, meinte Pitt. »Selbst hier draußen gibt es öfter Mietdroschken.«

»Mein Gott, wohin soll er denn damit gefahren sein?«

»Nun ja, sollte er immer noch am Walk sein, Mr. Nash, wo ist er dann?«

Afton blickte ihn an und schien langsam zu begreifen. Offenbar hatte er selbst noch gar nicht daran gedacht, aber es gab am Walk keine Bäche oder Brunnen, und es gab keinen Wald, keinen Garten, der groß genug war, um dort etwas ungestört vergraben zu können; es gab auch keine unbenutzten Keller oder Schuppen. Überall waren Gärtner, Diener, Butler, Küchenmädchen oder Stiefeljungen, die etwas finden konnten, was man versteckt hatte. Eine Leiche konnte man nirgendwo verbergen.

»Stellen Sie fest, wessen Kutsche den Walk an jenem Abend oder am folgenden Morgen verlassen hat«, befahl er gereizt.

»Fulbert war kein sehr großer Mann. Jeder – außer vielleicht Algernon – hätte ihn, wenn nötig, tragen können, vor allem dann, wenn er bereits bewußtlos oder tot war.«

»Das werde ich tun, Mr. Nash«, antwortete Pitt. »Ich werde die Kutscher und Laufburschen befragen und eine entsprechende Mitteilung an die Polizeistationen schicken. Außerdem werde ich seine Personenbeschreibung an alle Bahnhöfe und besonders an die Kanalfähre weitergeben. Aber ich wäre überrascht, wenn wir dabei auf irgendeinen Anhaltspunkt stießen. Ich habe bereits damit begonnen, in den Kranken- und Leichenschauhäusern nachfragen zu lassen.«

»Also, lieber Gott, irgendwo muß er doch sein, guter Mann!« Afton explodierte. »Er kann ja schließlich nicht mitten in London von wilden Tieren verschlungen worden sein! Tun Sie meinetwegen alles, was Sie erwähnt haben – ich nehme schon an, das müssen Sie –, aber ich glaube, Sie kommen eher weiter, wenn Sie hier ein paar verdammt unbequeme Fragen stellen! Was ihm auch immer passiert sein mag, es hat etwas mit Fanny zu tun. Und obwohl auch ich gern glauben möchte, daß es ein betrunkener Kutscher von der Gesellschaft der Dilbridges war, halte ich diese Idee doch für recht weit hergeholt. Wenn es so wäre, dann wüßte Fulbert nichts davon, und folglich bedeutete er für den Mann keine Gefahr.«

»Es sei denn, er hätte etwas gesehen«, stellte Pitt fest.

Afton sah ihn mit eisiger Belustigung an.

»Wohl kaum, Mr. Pitt. Fulbert war an jenem Abend die ganze Zeit mit mir zusammen. Wir haben Billard gespielt. Ich meine mich zu erinnern, daß ich Ihnen das bei Ihrem ersten Besuch erzählt habe.«

Pitt begegnete seinem Blick völlig gelassen.

»Wenn ich mich recht entsinne, dann sagten Sie beide mir, daß Mr. Fulbert das Billardzimmer wenigstens einmal verlassen hat. Ist es nicht denkbar, daß er im Vorbeigehen durch ein Fenster hindurch etwas Ungewöhnliches beobachtet hat und später dann merkte, daß es von Bedeutung war?«

Afton sah mehr als ärgerlich aus. Er haßte es, nicht im Recht zu sein.

»Kutscher sind ja wohl nicht von Bedeutung, Inspector. Sie sind ständig auf der Straße. Hätten Sie einen, dann wüßten Sie das. Ich schlage vor, daß Sie zunächst einmal diesen Franzosen ein wenig unter Druck setzen. Er sagte, er sei den ganzen Abend zu Hause gewesen. Vielleicht stimmt das nicht, und er war es, den Fulbert gesehen hat? Eine Lüge folgt der anderen! Finden Sie heraus, was er wirklich gemacht hat. So leichtfertig, wie der mit Frauen umgeht! Er hat es geschafft, fast jeder Frau am Walk den Kopf zu verdrehen. Ich denke, er ist viel älter, als er zugibt. Verbringt die ganze Zeit im Haus oder geht abends aus, aber sehen Sie sich sein Gesicht mal am Tage an!

Man erwartet von Frauen, daß sie oberflächlich sind, daß sie bei einem Mann lediglich auf sein Äußeres oder auf seine Umgangsformen achten. Vielleicht findet Monsieur Alaric an so jungen und unschuldigen Mädchen wie Fanny Gefallen. Aber sie ist seinem Charme nicht erlegen. Vielleicht langweilen ihn die leichtsinnigen und raffinierten Damen wie Selena Montague. Wenn Fulbert das geahnt hat und forsch genug war, Alaric auch wissen zu lassen, daß er ihn durchschaut hatte . . .« Er schnupfte geräuschvoll und hustete. »Wenn er ihn durchschaut hat«, fügte er hinzu.

Pitt hörte zu. In seinem bösartigen Wortschwall war vielleicht ein Körnchen Wahrheit verborgen.

Afton fuhr fort.

»Selena war schon immer eine . . . Dirne. Auch als ihr Mann noch lebte, wußte sie sich nicht zu benehmen. In der letzten Zeit war sie hinter George Ashworth her, und der ist dumm genug gewesen, mit ihr anzubändeln! Ich finde das abscheulich. Vielleicht macht Ihnen das ja nichts aus?« Er funkelte Pitt mit heruntergezogenen Mundwinkeln an. »Egal, jedenfalls ist es wahr.«

Genau dies hatte Pitt befürchtet. Er hatte es schon aus Charlottes Worten herausgehört, obwohl er ihr das natürlich nicht gesagt hatte. Vielleicht konnte er es Emily immer noch verheimlichen. Afton entgegnete er nichts, sondern sah ihn nur mit aufmerksamem Gesicht an und war bemüht, keinerlei Reaktion zu zeigen.

»Und Sie sollten sich mit Freddie Dilbridges Gesellschaft genauer beschäftigen«, fuhr Afton fort. »Nicht nur Kutscher trinken mehr, als sie vertragen. Er hat einige äußerst merkwürdige Gäste. Ich weiß wirklich nicht, wie Grace das erträgt! Natürlich muß sie ihm gehorchen, und als eine gute Frau, die sie nun einmal ist, findet sie sich damit ab. Aber, mein Gott, wissen Sie, daß seine Tochter mit einem Juden befreundet ist? Und Freddie erlaubt das, nur weil der Mann Geld hat! Ich bitte Sie, irgend so ein geldgieriger kleiner Jude und Albertine Dilbridge!« Er wandte sich blitzschnell um, und seine Pupillen verengten sich. »Aber vielleicht verstehen Sie das ja auch gar nicht. Obwohl ja selbst die unteren Gesellschaftsschichten ihr Blut normalerweise nicht mit dem von Ausländern vermischen. Mit ihnen Geschäfte zu machen, das ist eine Sache, man empfängt sie auch als Gäste, wenn es sein muß, aber es ist wohl etwas ganz anderes, wenn man zuläßt, daß einer von denen der eigenen Tochter den Hof macht.« Er schnaubte vor Wut und mußte sich die Nase putzen. Als er mit dem leinenen Taschentuch die gerötete Haut rieb, zuckte er vor Schmerz zusammen.

»Sie sollten bei Ihrer Arbeit langsam mal ein wenig erfolgreicher sein, Mr. Pitt! Jeder hier leidet ganz fürchterlich. Als ob die Hitze und die Saison noch nicht genug wären! Ich hasse die Saison mit hunderten von albernen, jungen Frauen, die von ihren Müttern herausgeputzt werden und denen beigebracht wird, wie Kühe auf einer Viehauktion herumzustolzieren, die jungen Männer, die ihr ganzes Geld verspielen, herumhuren und so lange trinken, bis sie sich nicht mehr erinnern können, bei welchem Schwachsinn sie am Abend zuvor mitgemacht haben. Wissen Sie, daß ich Hallam Cayley um halb elf besucht habe, an dem Morgen, als Fulbert verschwand? Ich wollte mich erkundigen, ob er ihn gesehen hat, aber er war wegen des vorausgegangenen Abends immer noch nicht ansprechbar. Der Mann ist erst 35, und er ist jetzt schon völlig verlebt! Das ist widerlich.«

Er sah Pitt ohne Wohlwollen an. »Eines muß man Leuten wie Ihnen ja doch zugute halten, wenigstens sind Sie zu beschäftigt, um sich zu betrinken, und Sie könnten es sich auch nicht leisten.«

Pitt richtete sich auf und schob die Hände in seine Taschen, um zu verbergen, daß er sie zu Fäusten ballte. Er hatte schon Wracks jeder Art gesehen, moralische und geistige, die als Treibgut aus Londons Unterwelt zum Vorschein kamen, aber sie hatten ihn nie so angewidert wie Afton Nash, sondern hatten bei ihm immer ein wenig Mitleid erregt. Dieser Mann mußte an einer tiefen, schrecklichen Verletzung leiden, von der Pitt noch nicht einmal erahnen konnte, was es eigentlich war.

»Trinkt Mr. Cayley viel, Sir?« fragte er mit weicher Stimme.

»Woher, zum Teufel, soll ich das wissen?« fauchte Afton. »An solchen Orten halte ich mich für gewöhnlich nicht auf. Ich weiß nur, daß er an jenem Morgen, als ich ihn besuchte, betrunken war und daß er sich wie ein Mann benimmt, der in seinem Leben schon zu viel getrunken und seiner Gesundheit großen Schaden zugefügt hat.« Er hob abrupt den Kopf, um Pitt wieder anzusehen. »Aber beschäftigen Sie sich bloß einmal genauer mit diesem Franzosen. Er hat etwas Verschlagenes und viel zu Sinnliches an sich. Gott weiß, was der für ausländische Perversitäten kennt! Außer seinen Dienstboten gibt es niemanden in seinem Haus. Der könnte da ja alles mögliche veranstalten. Frauen sind unglaublich dumm! Um Himmels willen, bewahren Sie uns vor diesen . . . diesen Widerlichkeiten!«

Kapitel 6

Emily hatte Charlotte gegenüber nicht erwähnt, daß Fulbert verschwunden war, und so erfuhr sie es erst von Pitt. Da es aber schon spät am Abend war, konnte sie nichts mehr in dieser Sache unternehmen. Auch am nächsten Tag war es ihr unmöglich, denn Jemima war unruhig, weil sie Zähnchen bekam, und Charlotte fand es nicht fair, Mrs. Smith wieder zu bitten, sich um sie zu kümmern. Am späten Nachmittag jedoch war sie wegen Jemimas Weinen so beunruhigt, daß sie schnell über die Straße zu Mrs. Smith ging, um sie zu fragen, ob sie ein Mittel dagegen wüßte oder zumindest etwas hätte, das die Schmerzen so weit linderte, daß das Kind ein wenig zur Ruhe kam.

Mrs. Smith schnalzte mißbilligend mit der Zunge und verschwand in ihrer Küche. Einen Augenblick später kam sie mit einem Fläschchen mit einer klaren Flüssigkeit zurück.

»Nehmen Sie etwas Watte, und streichen Sie ihr das auf das Zahnfleisch. Sie werden sehen, es wird sie im Nu beruhigen.«

Charlotte bedankte sich überschwenglich bei ihr. Sie fragte nicht, woraus die Mixtur bestand, und wollte es eigentlich auch gar nicht so genau wissen. Sie hoffte nur, daß es kein Gin war, denn sie hatte gehört, daß manche Frauen ihn ihren Babies gaben, wenn sie das Weinen nicht mehr ertragen konnten.

»Und wie geht es Ihrer armen Schwester?« fragte Mrs. Smith, die sich über ein wenig Gesellschaft freute und sie gerne noch länger genießen wollte.

Charlotte nutzte die Gelegenheit, um die Voraussetzung für einen weiteren Besuch bei Emily zu schaffen.

»Nicht gerade gut«, sagte sie schnell. »Ich fürchte, der Bruder eines ihrer Bekannten ist spurlos verschwunden, und das nimmt sie doch sehr mit.«

»Ooooh!« Mrs. Smith war ganz fasziniert. »Wie schrecklich! Das ist aber eigenartig! Wo kann er denn nur geblieben sein?«

»Das weiß niemand.« Charlotte spürte, daß sie schon halb gewonnen hatte. »Aber wenn Sie morgen vielleicht so freundlich wären, sich um Jemima zu kümmern? Ich bitte Sie wirklich sehr ungern darum, aber...«

»Machen Sie sich da mal keine Gedanken!« sagte Mrs. Smith sofort. »Ich werde schon auf sie aufpassen, kein Problem! In ein oder zwei Wochen wird sie ihre Zähnchen haben, und dann wird sich das arme kleine Ding viel besser fühlen. Und Sie gehen schön und besuchen Ihre Schwester, Liebchen. Finden Sie heraus, was passiert ist!«

»Ist es Ihnen bestimmt recht?«

»Aber sicher!«

Charlotte schenkte ihr ein strahlendes Lächeln und nahm das Angebot an.

Eigentlich wollte sie zu Emily, weil sie ihr helfen wollte, aber natürlich war sie auch neugierig. Vielleicht konnte sie Pitt ja unterstützen, und vielleicht war es das, was sie letztendlich bewegte. Außerdem konnte Fulberts Verschwinden Georges Lage kaum noch verschlimmern. Darüber hinaus hatte sie den dringenden Wunsch, noch einmal mit Tante Vespasia zu sprechen. Wie Vespasia schon mehrfach und nicht immer zu den passendsten Gelegenheiten betont hatte, kannte sie die meisten Leute am Walk seit ihrer Kindheit und hatte ein hervorragendes Gedächtnis. Oft waren es die kleinen Anhaltspunkte, Ereignisse in der Vergangenheit, die auf etwas in der Gegenwart hindeuteten, dem man ohne diese Hinweise keine Beachtung schenken würde.

Als sie bei Emily eintraf, war es Zeit für den traditionellen Nachmittagstee. Sie wurde von dem Dienstmädchen eingelassen, das sie diesmal auch wiedererkannte.

Emily saß bereits mit Phoebe Nash und Grace Dilbridge zusammen, und Tante Vespasia kam fast zur selben Zeit aus dem Garten, als Charlotte das Zimmer durch die andere Tür betrat. Sie tauschten die üblichen Höflichkeitsfloskeln aus. Emily wies das Dienstmädchen an, den Tee zu bringen, der dann einige Minuten später zusammen mit Silberbesteck, Tassen und Untertassen aus Porzellan, winzigen Gurkensandwiches, kleinen Fruchttörtchen und Sandkuchen, die mit Puderzucker und Sahne verziert waren, serviert wurde. Emily schenkte den Tee ein, und das Dienstmädchen wartete, um die Tassen anzureichen.

»Ich wüßte nur zu gern, was die Polizei eigentlich macht«, sagte Grace Dilbridge mißbilligend. »Sie scheint nicht die geringste Spur von Fulbert gefunden zu haben.«

Charlotte mußte sich in Erinnerung rufen, daß Grace natürlich keine Ahnung davon hatte, daß zu besagter Polizei auch Charlottes Ehemann gehörte. Die Vorstellung, gesellschaftliche Verbindungen zur Polizei zu haben, war einfach undenkbar. Sie bemerkte, wie Emilys Wangen leicht erröteten, und zu ihrer Überraschung war es ihre Schwester, die die Polizei verteidigte.

»Wenn er nicht gefunden werden will, dann dürfte es äußerst schwierig sein, überhaupt zu wissen, wo man mit der Suche anfangen soll«, stellte sie fest. »Ich hätte keine Ahnung, wo ich beginnen sollte. Sie etwa?«

»Natürlich nicht.« Diese Frage hatte Grace aus dem Konzept gebracht. »Aber ich bin ja auch kein Polizist.«

Vespasias bemerkenswertes Gesicht war völlig entspannt. Sie sah lediglich ein wenig überrascht aus, und ihr Blick traf für einen Augenblick auf Charlotte, bevor sie sich wieder Grace zuwandte.

»Wollen Sie damit sagen, meine Liebe, die Polizei sei intelligenter als wir?« fragte sie.

Grace wußte für einen Augenblick nicht, wie sie reagieren sollte. Das hatte sie natürlich ganz und gar nicht gemeint, und doch schien sie genau das gesagt zu haben. Sie wich aus, indem sie an ihrem Tee nippte und an einem Gurkensandwich knabberte. Ihr Gesicht zeigte zunächst Verwirrung, dann aber schien sie zu einem Entschluß gekommen zu sein.

»Aber alle sind so schrecklich verunsichert«, murmelte Phoebe Nash, um die peinliche Pause zu überbrücken. »Ich weiß, daß ich die arme Fanny noch immer vermisse, und der ganze Haushalt scheint kopfzustehen. Jedesmal, wenn ich ein ungewohntes Geräusch höre, fahre ich zusammen. Ich kann einfach nicht anders!«

Charlotte hatte Tante Vespasia eigentlich allein sprechen wollen, um ihr ohne Umschweife ein paar Fragen stellen zu können; es hätte bei ihr sowieso keinen Zweck gehabt, um den heißen Brei herumzureden. Nun aber mußte sie wohl warten, bis die Mahlzeit beendet war und die Besucher sich verabschiedeten. Sie nahm ein Gurkensandwich und biß hinein. Es schmeckte unangenehm süß, so, als ob die Gurke schon schlecht sei, aber sie wirkte völlig frisch. Sie blickte zu Emily hinüber.

Emily nahm auch eins. Sie starrte Charlotte konsterniert an.

»Oh je!«

»Ich glaube, du solltest ein paar Worte mit deiner Köchin reden«, schlug Vespasia vor und legte ihr Törtchen zurück. Dann
griff sie selbst nach der Glocke. Sie warteten, bis das Dienstmädchen kam, das man fortschickte, um die Köchin zu holen.

Die Köchin erschien. Sie war eine stattliche Frau mit gesunder
Gesichtsfarbe, die man unter anderen Umständen wohl als recht
hübsch bezeichnet hätte, die aber heute erhitzt und unordentlich
aussah, obwohl es noch lange nicht an der Zeit war, das Abendessen vorzubereiten.

»Fühlen Sie sich nicht wohl, Mrs. Lowndes?« begann Emily
vorsichtig. »Sie haben die belegten Brote gezuckert.«

»Und, wie ich fürchte, die Törtchen gesalzen.« Vespasia berührte eines der Törtchen leicht.

»Wenn Sie sich nicht wohl fühlen«, fuhr Emily fort, »dann wäre
es vielleicht besser, Sie gingen eine Weile zu Bett. Eines der Mädchen kann etwas Gemüse zubereiten, und ich bin sicher, es gibt
noch Schinken oder kaltes Hühnchen. Ich möchte nicht, daß das
Abendessen genauso wird.«

Mrs. Lowndes starrte verzweifelt auf die Kuchenplatte, dann
entfuhr ihr ein langer Schrei, der immer schriller wurde. Phoebe
wirkte beunruhigt.

»Es ist schrecklich!« klagte Mrs. Lowndes. »Sie wissen ja nicht,
Mylady, wie schrecklich es für uns ist, wenn man weiß, daß ein
Verrückter am Paragon Walk frei herumläuft! Und brave, gottes-
fürchtige Leute werden einer nach dem anderen umgebracht. Nur
der liebe Gott weiß, wer der Nächste sein wird! Die Spülhilfe ist
heute schon zweimal in Ohnmacht gefallen, und mein Küchenmädchen droht mit Kündigung, wenn man den Unhold nicht bald
festnimmt. Wir waren immer bei anständigen Leuten angestellt,
wir alle! So etwas ist uns noch nie untergekommen! Wir werden
nie mehr dieselben sein, niemand von uns. Oooh ... aaah!«
weinte sie nun noch heftiger und riß ein Taschentuch aus ihrer
Schürze. Ihre Stimme wurde immer höher und lauter, und die
Tränen strömten über ihr Gesicht.

Alle waren wie gelähmt. Emily fehlten die Worte. Sie hatte
keine Ahnung, was sie mit dieser Frau anfangen sollte, die sich
mit großer Geschwindigkeit einem hysterischen Anfall zu nähern
schien. Und zum ersten Mal in ihrem Leben wußte auch Tante
Vespasia nicht, was zu tun war.

»Jesses ... Mariaah!« heulte Mrs. Lowndes. »Mariaaah!« Sie fing heftig an zu zittern und drohte jeden Augenblick auf den Teppich zu sinken.

Charlotte stand auf und ergriff eine Blumenvase von der Anrichte. Sie nahm die Blumen mit ihrer linken Hand heraus und prüfte zufrieden das restliche Gewicht. Mit all ihrer Kraft schüttete sie der Köchin das Wasser ins Gesicht.

»Seien Sie still!« sagte sie entschlossen.

Sofort erstarb das Heulen. Es herrschte völliges Schweigen.

»Jetzt reißen Sie sich aber zusammen!« fuhr Charlotte fort. »Natürlich ist das alles unerfreulich. Glauben Sie etwa, daß wir das nicht auch so empfinden? Unsere Aufgabe ist es, die Situation mit Würde zu ertragen. Sie müssen ein Vorbild für die jüngeren Frauen sein. Wenn Sie sich nicht zusammennehmen, was kann man dann noch von den Dienstmädchen erwarten? Eine Köchin bereitet nicht nur Saucen zu, Mrs. Lowndes. Sie leitet die Küche; sie muß für Ordnung sorgen und darauf achten, daß jeder sich so verhält, wie man es von ihm erwartet. Sie enttäuschen mich!«

Die Köchin starrte sie an. Sie errötete, richtete sich langsam zu ihrer vollen Größe auf und straffte die Schultern.

»Ja, Ma'am.«

»Gut«, sagte Charlotte kühl. »Lady Ashworth verläßt sich darauf, daß Sie dem dummen Geschwätz der Mädchen ein Ende bereiten. Wenn Sie einen klaren Kopf bewahren und sich mit der einer Vorgesetzten des weiblichen Personals entsprechenden Würde benehmen, dann werden auch die Mädchen Mut fassen und Ihrem Beispiel folgen.«

Mrs. Lowndes reckte ihr Kinn ein wenig in die Höhe, und ihr Busen schien förmlich anzuschwellen, nun, da sie sich ihrer Bedeutung wieder bewußt wurde.

»Ja, Mylady. Ich werde es beherzigen, Mylady«, sagte sie und sah dann Emily an. »Bitte verzeihen Sie meine augenblickliche Schwäche, und erzählen Sie den anderen Bediensteten nichts davon, Ma'am.«

»Natürlich nicht, Mrs. Lowndes«, sagte Emily schnell und reagierte auf Charlottes Stichwort. »Ihr Verhalten kann ich gut verstehen. Sie tragen eine große Verantwortung für die vielen Mädchen. Vergessen wir die Sache! Seien Sie so gut, und bitten Sie das Mädchen, uns noch einige frische Törtchen und Sandwiches zu bringen.«

»Selbstverständlich, Mylady.« Sichtlich erleichtert nahm sie die beiden Platten und segelte von Wasser triefend hinaus. Charlotte, die immer noch mit den Blumen in der einen und der leeren Vase in der anderen Hand dastand, würdigte sie keines Blickes.

Nachdem Phoebe und Grace gegangen waren, suchte Emily entgegen Vespasias Rat sofort die Küche auf, um sicherzustellen, daß Charlottes Empfehlung Folge geleistet wurde und daß nicht auch noch das Abendessen zu einer Katastrophe geriet. Charlotte wandte sich an Vespasia. Sie hatte jetzt keine Zeit für Subtilitäten, selbst wenn das ihrem Naturell entsprochen hätte.

»Es scheint, als seien auch die Dienstboten über Mr. Nashs Verschwinden zutiefst beunruhigt«, sagte sie ohne Umschweife. »Glauben Sie, er ist geflohen?«

Vespasias Augenbrauen zogen sich leicht überrascht in die Höhe.

»Nein, meine Liebe, das kann ich mir ganz und gar nicht vorstellen. Ich vermute, sein loses Mundwerk hat ihn endlich dem Schicksal zugeführt, das er auch verdient hat.«

»Sie meinen, jemand hat ihn ermordet?« Das hatte sie natürlich erwartet, aber jetzt, da es von jemand anderem ausgesprochen wurde als von Pitt, überraschte es sie doch.

»Das nehme ich an!« Vespasia zögerte. »Aber ich habe keine Ahnung, was man mit seiner Leiche getan hat.« Ihre Nasenflügel bebten. »Ein sehr unangenehmer Gedanke, aber es hilft auch nicht, wenn man ihn außer acht läßt. Ich vermute, man hat sie in einer Droschke weggebracht und sie dann irgendwohin geschafft – vielleicht hat man sie in den Fluß geworfen.«

»In diesem Fall werden wir ihn wohl nie finden!« Dies war das Eingeständnis einer Niederlage. Ohne Leiche gab es keinen Beweis für einen Mord. »Aber darauf kommt es auch gar nicht so sehr an. Was zählt, ist die Frage: Wer hat es getan?«

»Ah!« sagte Vespasia leise und blickte Charlotte an. »Genau – wer hat es getan? Natürlich habe ich mich mit dieser Frage sehr intensiv beschäftigt. Ich habe eigentlich an nichts anderes denken können, obwohl ich mich bemüht habe, in Emilys Gegenwart nicht darüber zu sprechen.«

Charlotte beugte sich vor. Sie wußte nicht genau, wie sie sich ausdrücken sollte, ohne allzu direkt oder gar gefühllos zu wirken, und doch mußte es gesagt werden. »Sie kennen diese Leute fast schon ihr ganzes Leben lang. Sie müssen einige Dinge über sie

705

wissen, die die Polizei nie herausfinden, geschweige denn verstehen wird.« Dies war nicht als Schmeichelei gedacht, sondern war lediglich eine Tatsache. Sie brauchten Vespasias Hilfe – Pitt brauchte sie. »Sie haben doch sicher Ihre eigene Meinung! Fulbert hat oft schreckliche Dinge über die Leute hier gesagt. Zu mir sprach er einmal von ›übertünchten Gräbern‹. Ich habe keinen Zweifel, daß er die meisten Dinge nur sagte, um sich wichtig zu machen, aber an den Reaktionen der anderen konnte man erkennen, daß doch ein Körnchen Wahrheit daran sein mußte!«

Vespasia lächelte. Ihr Gesicht zeugte von einem trockenen, überlegenen Humor, aber auch von Trauer und von einer Unmenge an Erinnerungen.

»Mein liebes Mädchen, jeder hat so seine Geheimnisse, es sei denn, er hat nicht wirklich gelebt. Und selbst solche armen Seelen bilden es sich wenigstens ein. Wenn man kein Geheimnis hat, ist das fast wie ein Makel.«

»Und Phoebe?«

»Sie hat kaum eins, für das sich ein Mord lohnt.« Vespasia schüttelte langsam ihren Kopf. »Die arme Person hat Haarausfall. Sie trägt eine Perücke.«

Charlotte erinnerte sich an Phoebe auf der Beerdigung, als ihr Haar auf die eine Seite und ihr Hut auf die andere gerutscht war. Wie konnte sie nur Mitleid für sie empfinden und gleichzeitig loslachen wollen? Die Sache war so unwichtig, und trotzdem war Phoebe deswegen verletzbar. Ohne darüber nachzudenken, berührte sie ihr eigenes dichtes, glänzendes Haar. Es war ihr ganzer Stolz. Würde ihr Haar ausfallen, dann ginge für sie eine Welt unter. Auch sie würde ihre Selbstsicherheit verlieren und würde sich gedemütigt und irgendwie nackt fühlen. Sie verspürte keine Lust mehr zu lachen.

»Oh!« Mitleid lag in diesem Wort, und Vespasia sah sie wohlwollend an. »Aber wie Sie schon sagten«, Charlotte sammelte ihre Gedanken und fuhr fort, »das ist wohl kaum ein Geheimnis, für das sich ein Mord lohnen würde, selbst wenn sie dazu fähig wäre.«

»Und das wäre sie nicht«, pflichtete Vespasia ihr bei. »Sie ist viel zu dumm, um so etwas erfolgreich zu meistern.«

»Ich dachte nur an die physischen Voraussetzungen«, antwortete Charlotte. »Sie hätte es gar nicht bewerkstelligen können, selbst wenn sie es gewollt hätte.«

»Oh, Phoebe hat mehr Kraft, als man meint.« Vespasia lehnte sich in ihrem Sessel zurück und starrte nachdenklich an die Decke. »Es wäre ihr schon möglich gewesen, ihn umzubringen, vielleicht mit einem Messer, wenn sie ihn irgendwohin gelockt hätte, wo man ihn einfach liegenlassen konnte. Aber sie hätte wohl nicht den Mut, die Leiche später fortzuschaffen. Ich erinnere mich, als sie ein junges Mädchen war, vielleicht 14 oder 15, da hat sie die Spitzenunterröcke und die Beinkleider ihrer älteren Schwester genommen und sie sich so zurechtgeschnitten, daß sie ihr paßten. Sie tat das mit der größten Gelassenheit, aber dann, als sie sie angezogen hatte, bekam sie solche Angst, daß sie ihre eigenen darüberzog, nur für den Fall, daß sich ihr Rock irgendwo verfing und dadurch die Zurechtgeschneiderten zum Vorschein bringen würde. So sah sie zehn Pfund schwerer aus und wirkte ganz und gar nicht attraktiv. Nein, Phoebe hätte es zwar tun können, aber sie hätte nicht das Zeug dazu, die Sache auch zu Ende zu bringen.«

Charlotte war fasziniert. Wie wenig man doch von den Menschen wußte, wenn man sie nur für einige Tage oder Wochen sah. Ihre ganze Vergangenheit war so wichtig – und sie fehlte. Man sah lediglich die Oberfläche, wie bei einem Bild, das keinen Hintergrund hat. »Was gibt es noch an Geheimnissen?« fragte sie. »Was wußte Fulbert noch?«

Vespasia richtete sich mit großen Augen auf.

»Mein liebes Kind, ich an Ihrer Stelle würde gar nicht erst versuchen, es herauszufinden. Er war unerträglich neugierig. Seine Hauptbeschäftigung im Leben bestand darin, unerfreuliche Informationen über andere zu sammeln. Wenn er nun auf etwas gestoßen ist, das eine Nummer zu groß für ihn war, dann muß ich einfach sagen, er hat es sich wahrlich selbst zuzuschreiben.«

»Aber was wußte er noch?« Charlotte wollte nicht so schnell aufgeben. »Und über wen? Glauben Sie, er ahnte, wer Fanny ermordet hat, und daß das der Grund war?«

»Ah!« Vespasia holte tief Atem. »Das ist natürlich die eigentliche Frage. Und ich fürchte, ich habe keine Ahnung. Selbstverständlich habe ich immer wieder über das nachgedacht, was ich weiß. Um die Wahrheit zu sagen: Ich hatte erwartet, daß Sie mich danach fragen würden!« Sie sah Charlotte scharf an. Ihre alten Augen leuchteten hell und wirkten sehr klug. »Und ich warne Sie, mein Mädchen, halten Sie Ihre Zunge besser im Zaum, als Sie es bisher getan haben. Wenn Fulbert tatsächlich wußte, wer Fanny getötet hat, dann hat er teuer dafür bezahlt. Bei wenigstens einem der Geheimnisse am Paragon Walk handelt es sich um eine äußerst gefährliche Angelegenheit. Ich weiß nicht, welches Geheimnis die Ursache von Fulberts Tod war, also rühren Sie an keins von ihnen!«

Charlotte spürte, wie ein kalter Schauer ihr den Rücken herunterlief, so, als habe man an einem Wintertag die Eingangstür geöffnet. Sie war noch gar nicht auf die Idee gekommen, sie könne selbst gefährdet sein. All ihre Sorgen hatten Emily gegolten, die vielleicht etwas von den Schwächen Georges und seiner Selbstsucht erfahren könnte. Sie hatte nie das Gefühl gehabt, daß Emily in Gefahr sei – von sich selbst ganz zu schweigen. Aber wenn es am Paragon Walk ein schreckliches Geheimnis gab, dessentwegen Fulbert sein Leben verloren hatte, nur weil er es kannte, dann war es gefährlich, wenn man Neugier zeigte, und wenn man gar etwas wußte, konnte es tödlich enden. Das einzige Geheimnis, das so wichtig sein konnte, mußte die Identität des Sexualverbrechers sein. Er hatte Fanny umgebracht, um es zu schützen. Es konnte ja wohl kaum zwei Mörder am Walk geben – oder etwa doch?

Oder war Fulbert über ein anderes Geheimnis gestolpert, und sein Opfer hatte dann – ermutigt durch den einen bisher erfolgreichen Mord – nur die Lösung des Problems kopiert? Thomas hatte gesagt, daß ein Verbrechen zum nächsten führe und daß Menschen das Verhalten anderer imitieren, besonders wenn es sich dabei um Schwache, Dumme und Opportunisten handele.

»Hören Sie mir überhaupt zu, Charlotte?« sagte Vespasia recht schroff.

»Ja. Oh ja, ich höre zu.« Charlotte kehrte in die Gegenwart zurück, in den sonnendurchfluteten Salon und zu der alten Dame in cremefarbener Spitze, die ihr gegenübersaß. »Ich spreche mit niemandem darüber, außer mit Thomas. Aber was gibt es noch? Ich meine, kennen Sie noch andere Geheimnisse?«

Vespasia war äußerst ungehalten. »Sie lassen sich aber auch nichts sagen, oder?«

»Wollen Sie etwa keine Klarheit?« Charlotte blickte ihr unerschrocken in die Augen.

»Natürlich will ich das!« erwiderte Vespasia schroff. »Selbst wenn ich dafür sterben müßte. In meinem Alter macht einem das nichts mehr aus! Ich werde sowieso bald sterben. Wenn ich irgend etwas wüßte, das uns weiterbrächte, glauben Sie nicht auch, daß ich es dann gesagt hätte? Nicht Ihnen, sondern Ihrem bemerkenswerten Polizisten.« Sie hustete. »George hat mit Selena angebändelt. Ich habe zwar keinen Beweis dafür, doch ich kenne George. Als Kind hat er häufig mit den Spielsachen der anderen Kinder gespielt, wenn er dazu Lust hatte, und er hat den anderen ihre Süßigkeiten weggegessen. Er hat aber die Spielsachen dann immer zurückgegeben, und mit seinen eigenen war er stets großzügig. Er war daran gewöhnt, daß sowieso alles ihm gehörte. Das ist das Problem bei einem Einzelkind. Sie haben ein Kind, nicht wahr? Nun, Sie sollten noch eins bekommen!«

Charlotte fiel darauf keine passende Antwort ein. Sie wünschte sich sehr, noch ein Kind zu bekommen, wenn es dem lieben Gott denn so gefiele. Aber im Augenblick sorgte sie sich um Emily.

Vespasia erriet das.

»Er weiß, daß ich es weiß«, sagte sie sanft. »Im Augenblick hat er zuviel Angst, um etwas Törichtes zu tun. Er wird jedesmal rot bis über beide Ohren, wenn er in Selenas Nähe kommt, was ja nicht sehr oft der Fall ist, außer wenn sie dem Franzosen beweisen will, daß sie begehrt wird. Dummes Geschöpf! Als ob ihn das beeindrucken würde!«

»Welche anderen Geheimnisse gibt es noch?« hakte Charlotte nach.

»Nichts von Bedeutung. Ich kann mir nicht vorstellen, daß Miss Laetitia jemandem Schaden zufügen könnte, nur weil er weiß, daß sie vor 30 Jahren eine skandalöse Liebesbeziehung hatte.«

Charlotte war perplex.

»Miss Laetitia? Laetitia Horbury?«

»Ja. Ganz im geheimen natürlich, aber damals war es eine feurige Affäre. Ist Ihnen denn nicht aufgefallen, daß Miss Lucinda immer kleine bissige Bemerkungen über ihre Moralvorstellungen macht? Das arme Geschöpf ist schrecklich eifersüchtig auf sie, es zerfrißt ihr fast die Seele. Also, wenn Laetitia ermordet worden wäre, dann könnte ich das verstehen. Ich habe schon oft gedacht, daß Lucinda sie, ohne mit der Wimper zu zucken, vergiften würde, wenn sie nur den Mut dazu hätte. Wenngleich sie ohne ihre Schwester verloren wäre. Es bereitet ihr allergrößtes Vergnügen, stets neue Wege zu finden, ihre eigene moralische Überlegenheit zur Schau zu stellen.«

»Aber wieso kann ihre Schwester das treffen? Laetitia weiß doch, daß das nur Neid ist, oder?« Charlotte war fasziniert.

»Um Himmels willen, nein! Sie sprechen nie darüber! Jede denkt, daß die andere nichts davon weiß. Wo bliebe denn dann das Vergnügen oder die Würze, wenn alles offen ausgetragen würde?«

Abermals wußte Charlotte nicht, ob sie Mitleid haben oder lachen sollte. Aber wie Vespasia schon gesagt hatte: Dies war wohl kaum eine Geschichte, wegen der Fulbert sein Leben hätte verlieren können. Selbst wenn es die ganze Gesellschaft wüßte, so würde es Miss Laetitia keinesfalls schaden. Im Gegenteil, es könnte sie vielleicht sogar noch etwas interessanter erscheinen lassen. Miss Lucinda wäre dann wohl diejenige, die leiden müßte. In diesem Fall würden ihre Neidgefühle einfach unerträglich werden.

Bevor sie die Unterhaltung fortsetzen konnte, kam Emily aus der Küche zurück. Sie war nervös und verstimmt. Sie hatte anscheinend Streit mit der völlig verängstigten Küchenhilfe gehabt, der angeblich der Stiefeljunge nachstellte, und Emily hatte ihr gesagt, sie solle sich nicht so aufregen. Das Mädchen war so hübsch wie ein Kohleneimer, und der Stiefeljunge hatte höhere Ambitionen.

Vespasia erinnerte sie daran, daß sie ihr geraten hatte, nicht in die Küche zu gehen, und das ließ Emilys Stimmungsbarometer noch weiter fallen.

Charlotte verabschiedete sich, sobald sie konnte, und Emily bestellte ihr äußerst ungehalten eine Kutsche, die sie nach Hause bringen sollte.

Als Pitt zur Tür hereinkam, beglückte Charlotte ihn sofort mit allem, was sie gehört hatte, und mit ihrer eigenen Beurteilung darüber. Obwohl er wußte, daß die meisten Informationen wohl unwichtig und für den Fall nebensächlich waren, auch wenn sie für den Betroffenen von Bedeutung waren, behielt er sie in Erinnerung, als er am nächsten Tag das Haus verließ, um die Untersuchung fortzusetzen.

Von Fulbert hatte man nirgends eine Spur entdeckt. Sieben Leichen waren im Fluß gefunden worden: zwei Frauen, wahrscheinlich Prostituierte, ein Kind, das vermutlich in den Fluß gefallen und zu schwach war, um nach Hilfe zu rufen oder durch Planschen auf sich aufmerksam zu machen; wahrscheinlich nur ein zusätzlicher Esser, den man durchfuttern mußte und den man zum Betteln schickte, sobald er alt genug war, um sich verständlich zu machen. Die anderen vier waren Männer, aber wie bei dem Kind handelte es sich auch bei ihnen um Bettler und Ausgestoßene. Keiner von ihnen hätte Fulbert sein können, ganz gleich, wie verletzt oder zerschunden dieser auch sein mochte. Und es dauerte länger als nur ein paar Tage, um die Leichen so stark verwesen zu lassen.

Alle Hospitäler und Leichenschauhäuser waren überprüft worden, sogar die Armenhäuser. Die Abteilung der Polizei, die sich in den Opiumhöhlen und den Bordellen am besten auskannte, war angewiesen worden, Augen und Ohren offenzuhalten – Fragen zu stellen wäre sinnlos gewesen –, aber man hatte nicht die geringste Spur von ihm gefunden. Die Mietskasernen zu durchsuchen war natürlich unmöglich. Fulbert Nash war nach menschlichem Ermessen einfach von der Bildfläche Londons verschwunden.

Pitt konnte also nichts anderes tun, als wieder zum Paragon Walk zurückzukehren und den Fall von dort aus erneut aufzurollen. Folglich stand er um neun Uhr morgens im Empfangszimmer von Lord Dilbridge und wartete darauf, daß dieser sich die Ehre gab. Es dauerte etwa eine Viertelstunde, bis er kam. Seine Kleidung war tadellos – dafür sorgte schließlich sein Kammerdiener –, aber sein Gesicht wirkte aufgedunsen und übermüdet. Entweder fühlte er sich nicht wohl, oder die vergangene Nacht war besonders ausschweifend gewesen. Er starrte Pitt an, als habe er Schwierigkeiten, sich daran zu erinnern, wen der Diener eigentlich angekündigt hatte.

»Inspector Pitt, von der Polizei«, kam Pitt ihm zu Hilfe.

Zunächst blinzelte Freddie irritiert, dann sah man Verärgerung in seinen Augen.

»Oh je, immer noch wegen Fanny? Das arme Kind ist tot, und die verdammte Kreatur, die es getan hat, ist inzwischen meilenweit weg. Großer Gott, was glauben Sie eigentlich, was einer von uns in der Angelegenheit noch tun könnte? Die Hinterhöfe von London sind voller Diebe und Schurken. Würdet ihr eure Aufgabe ordentlich erfüllen und ein paar von ihnen von der Straße fegen, anstatt hier dumme Frage zu stellen, dann könnte so eine Geschichte erst gar nicht passieren!« Er blinzelte erneut und rieb sich etwas aus dem Auge. »Um fair zu sein, muß ich allerdings sagen, daß wir etwas vorsichtiger bei der Auswahl unseres Hauspersonals sein sollten. Aber es gibt wirklich nichts, was ich jetzt noch tun könnte, und schon gar nicht so früh am Morgen!«

»Nein, Sir.« Pitt bekam nun endlich die Gelegenheit zu sprechen, ohne ihn zu unterbrechen. »Es geht nicht um Miss Nash. Ich bin wegen Mr. Fulbert Nash gekommen. Wir haben noch immer keine Spur von ihm . . .«

»Versuchen Sie es mal in den Hospitälern oder den Leichenschauhäusern«, schlug Freddie vor.

»Das haben wir schon getan, Sir«, sagte Pitt geduldig. »Und in den Absteigen, den Opiumhöhlen, den Bordellen und am Fluß. Und auch an den Bahnstationen, am Hafen, auf den Flußschiffen hinunter bis nach Greenwich und hinauf bis nach Richmond und bei fast allen Droschkenkutschern. Niemand konnte uns irgend etwas sagen.«

»Das ist doch lächerlich!« sagte Freddie verärgert. Seine Augen waren gerötet, und er mußte ständig blinzeln. Pitt kannte das schmerzhafte Brennen und Jucken in den Augen, wenn man zu wenig geschlafen hatte. Freddie verzog beim Bemühen, einen klaren Gedanken zu fassen, angestrengt sein Gesicht. »Er muß doch irgendwo sein. Er kann sich ja schließlich nicht einfach in Luft aufgelöst haben!«

»Richtig!« stimmte Pitt zu. »Da ich nun also überall gesucht habe, wo ich ihn hätte finden können, bin ich gezwungen, hierhin zurückzukommen, um herauszufinden, wohin er sonst noch hätte gehen können. Und wenn ich schon nicht sein Ziel ermitteln kann, dann doch vielleicht wenigstens den Grund für sein Verschwinden.«

»Wieso?« Freddie machte ein erstauntes Gesicht. »Nun, ich vermute, er war . . . nun . . . ich weiß nicht, was ich vermute. Habe nie richtig darüber nachgedacht. Er hatte keine Schulden, oder doch? Soweit ich weiß, hatten die Nashs immer Geld, aber er ist der jüngste Bruder, also hatte er vielleicht nicht so viel.«

»Daran haben wir auch gedacht, Sir, und wir haben es überprüft. Seine Bank hat uns ihre Unterlagen zugänglich gemacht – ihm stehen ausreichende Mittel zur Verfügung. Und sein Bruder, Mr. Afton Nash, versichert uns, daß er keinerlei finanzielle

Schwierigkeiten hatte. Wir haben auch in den üblichen Spielclubs keine Hinweise auf Schulden gefunden.«

Freddie wirkte besorgt.

»Ich wußte gar nicht, daß ihr an all diese Informationen herankommt! Wenn ein Mann spielen will, dann ist das seine Privatangelegenheit.«

»Gewiß, Sir, aber wenn es sich um eine Vermißtenanzeige handelt, vielleicht um einen Mord...«

»Mord! Glauben Sie etwa, Fulbert ist ermordet worden? Nun«, er verzog sein Gesicht und ließ sich in einen Sessel fallen. »Nun, wenn ich ehrlich bin, haben wir uns das ja eigentlich schon gedacht. Fulbert wußte zuviel, er war immer einen Hauch zu clever. Der Ärger ist, daß er nicht gerissen genug war, so zu tun, als sei er nicht ganz so clever.«

»Sehr gut formuliert, Sir.« Pitt lächelte. »Was wir wissen müssen, ist: Welche seiner cleveren Bemerkungen ist diejenige, bei der der Schuß nach hinten losging? Wußte er, wer Fanny vergewaltigt hat? Oder handelte es sich um etwas anderes, vielleicht sogar um etwas, was er eigentlich gar nicht wußte, aber so tat, als wisse er es?«

Freddie runzelte die Stirn und wurde auf einmal bleich, so daß die geplatzten Äderchen deutlich zu sehen waren. Er sah Pitt nicht an.

»Was meinen Sie damit? Wenn er nichts Genaues wußte, warum sollte man ihn dann umbringen? Ziemlich riskant, nicht wahr?«

Pitt erklärte es ihm geduldig. »Wenn er zu jemandem gesagt hätte, ich kenne dein Geheimnis oder etwas Ähnliches, hätte er es gar nicht klipp und klar aussprechen müssen. Wenn es wirklich etwas Gefährliches gab, dann hätte die Person nicht abgewartet, ob Fulbert es nun weitererzählen würde oder nicht.«

»Ah, ich verstehe. Sie meinen, man hätte ihn trotzdem umgebracht, um sicherzugehen.«

»Ja, Sir.«

»Unsinn! Hier hat's vielleicht ein paar Seitensprünge gegeben, aber die sind ja nun wirklich nichts Gefährliches. Großer Gott! Ich wohne jetzt schon seit Jahren hier, in jeder Saison – im Winter natürlich nicht. Sie verstehen?« Kleine Schweißperlen standen ihm auf der Stirn und über der Lippe. Er schüttelte den Kopf, so als könnte er danach klarer denken und Pitts abscheuliche Idee vertreiben. Einen Augenblick später erhellte sich sein Gesicht. »Unter diesem Aspekt habe ich noch nie über die anderen nachgedacht. Sie sollten sich mal diesen Franzosen ansehen, er ist der einzige, den ich nicht kenne.« Er machte eine Handbewegung, so, als könne er damit Pitt wie einen ärgerlichen Zwischenfall aus der Welt schaffen. »Scheint über ausreichende Mittel und einigermaßen anständige Manieren zu verfügen, wenn man die Art mag. Ein Hauch zu korrekt für meinen Geschmack. Habe keine Ahnung, von wo der Mann stammt, er könnte von überall herkommen. Etwas leichtsinnig, was Frauen anbelangt. Und wenn ich recht überlege, dann hat er uns nie von seiner Familie erzählt. Man muß immer mißtrauisch gegen jemanden sein, von dessen Familie man nichts weiß. Gehen Sie zu ihm, das ist mein Rat an Sie. Versuchen Sie es mal bei der französischen Polizei, vielleicht hilft die Ihnen!«

Daran hatte Pitt nicht gedacht, und insgeheim versetzte er sich selbst einen Fußtritt dafür, daß er das übersehen hatte und daß ausgerechnet ein Dummkopf wie dieser Freddie Dilbridge ihn darauf hinweisen mußte.

»Ja, Sir, das werden wir tun.«

»Wer weiß, vielleicht ist er in Frankreich schon als Sittlichkeitsverbrecher aufgefallen!« Freddies Stimme wurde höher, er schien sich für das Thema nun zu erwärmen und Gefallen an seiner eigenen Weisheit zu finden. »Vielleicht hat Fulbert das entdeckt. Das wäre ja wirklich ein Motiv, ihn umzubringen, nicht wahr? Ja, Sie sollten etwas über die Vergangenheit von Monsieur Alaric herausfinden. Ich garantiere Ihnen, da werden Sie das Motiv für diesen Mord finden! Ich garantiere es! Und lassen Sie mich jetzt um Himmels willen frühstücken. Ich fühle mich ganz elend.«

Grace Dilbridge hatte eine ganz andere Meinung zu diesem Thema.

»Oh nein!« sagte sie sofort. »Freddie geht es heute morgen gar nicht gut, sonst hätte er eine solche Vermutung nie geäußert. Er ist sehr loyal, wissen Sie. Von seinen Freunden würde er höchstens annehmen, daß sie vielleicht . . . nun, sagen wir, daß sie dazu neigen, etwas . . . etwas taktlos zu sein. Aber ich versichere Ihnen, Monsieur Alaric ist ein äußerst charmanter und höflicher Mann. Und Fanny, das arme Kind, fand ihn einfach umwerfend – wie meine eigene Tochter übrigens auch, bis sie vor einiger Zeit ihre Zuneigung für Mr. Isaacs entdeckte. Ich weiß wirklich nicht, was ich in dieser Sache unternehmen soll!« Dann errötete sie, weil sie etwas so Persönliches vor jemandem erwähnt hatte, der ja immerhin kaum mehr war als ein Lieferant. »Aber das wird sich mit der Zeit zweifellos legen«, fügte sie schnell hinzu. »Es ist schließlich ihre erste Saison, und da wird sie selbstverständlich von vielen Männern bewundert.«

Pitt merkte, daß ihm das Gespräch zu entgleiten drohte. Er versuchte, sie wieder auf das Thema zu lenken.

»Monsieur Alaric . . .«

»Unsinn!« wiederholte sie entschieden. »Mein Mann kennt die Familie Nash seit Jahren, und natürlich ist es für ihn furchtbar, es zugeben zu müssen – auch sich selbst gegenüber –, aber es ist doch offensichtlich, daß Fulbert weggelaufen ist, weil er sich schuldig gemacht und die arme Fanny belästigt hat. Ich wage sogar zu behaupten, daß er sie in der Dunkelheit mit einem Dienstmädchen oder jemand anderem verwechselt hat, und als er dann entdeckte, wer sie war und sie ihn natürlich auch erkannte, da blieb ihm nichts anderes übrig. Er mußte sie töten, damit sie schwieg. Es ist wirklich scheußlich! Seine eigene Schwester! Aber Männer sind bisweilen einfach scheußlich, es liegt in ihrer Natur. Das ist schon seit Adam so. Wir werden in Sünde gezeugt, und einige von uns machen sich niemals von ihr frei.«

Pitt dachte nach, fand aber keine Antwort darauf. Im übrigen drehten sich seine Gedanken immer noch um das, was sie davor gesagt hatte, und um die Möglichkeit, die ihm noch gar nicht in den Sinn gekommen war: Fulbert hätte Fanny vielleicht mit jemandem verwechselt haben können, einem Dienstmädchen, einer Küchenhilfe oder mit einer Frau, die es nie wagen würde, einen Gentleman anzuzeigen, wenn er ihr Gewalt antat. Einer Frau, der es vielleicht auch nichts ausgemacht hätte, die ihn möglicherweise ermutigt hatte. Und als er dann erkannte, daß es sich um seine eigene Schwester handelte, da wäre es durchaus möglich, daß der Schrecken und die Schande, nicht nur eine Vergewaltigung, sondern sogar Inzest begangen zu haben, einen Mann dazu trieb, einen Mord zu begehen. Und das konnte auf alle drei Brüder der Familie Nash zutreffen! Die Ungeheuerlichkeit dieser Idee eröffnete ganz neue Dimensionen und wirbelte seine Gedanken regelrecht durcheinander. Ein Bild nach dem anderen kam ihm in den Sinn, um wieder langsam zu verschwimmen. Er mußte den ganzen Fall noch einmal von vorne aufrollen.

Grace redete immer noch, aber er hörte ihr nicht mehr zu. Er brauchte Zeit, um nachzudenken, und wollte nach draußen in die Sonne, wo er alles, was er wußte, unter diesen neuen Gesichtspunkten erneut zusammenfügen konnte. Er stand auf. Er wußte, daß er ihr ins Wort fiel, aber es gab keinen anderen Ausweg.

»Sie haben mir unendlich geholfen, Lady Dilbridge. Ich bin Ihnen sehr dankbar.« Er lächelte charmant, und während sie etwas verwirrt zurückblieb, stürmte er hinaus in die Halle und mit flatternden Rockschößen durch die Eingangstür, wobei er das Dienstmädchen am Eingang, das seinen Besen wie ein Wachsoldat an die Schulter riß, aus dem Gleichgewicht brachte.

Eine lange, heiße und arbeitsreiche Woche später kündigte Charlotte ihm an, daß Emily eine Soiree geben würde. Er konnte sich ungefähr vorstellen, um was es sich dabei handelte. Genau wußte er nur, daß so etwas nachmittags stattfand und daß Charlotte eingeladen war. Er wartete ungeduldig auf Nachrichten aus Paris über Paul Alaric und dachte intensiv über die Vielzahl von Informationen nach, die er seit Beginn seiner Untersuchung über das Privatleben der Leute am Paragon Walk gesammelt hatte. Forbes hatte ihn mit großen Augen und nach Kräften unterstützt, aber nach Grace Dilbridges Aussage erschienen die Dinge nun in einem ganz anderen Licht, und er mußte den Fall noch einmal völlig überdenken. Wenn man überhaupt jemandem glauben konnte, so schien es, als ob viele Personen, die sich ihrem Charakter nach deutlich voneinander unterschieden, doch stärker miteinander verbunden waren, als er anfangs vermutet hatte. Freddie Dilbridge hatte einen recht zweifelhaften Ruf. Auf einigen seiner eher ausschweifenden Gesellschaften spielten sich dem Vernehmen nach Dinge ab, die im geheimen blieben und die von denjenigen, die daran teilnahmen, anscheinend als Nervenkitzel empfunden wurden. Und Diggory Nash war diesen Verlockungen öfter als nur ein paar Mal erlegen. Über Hallam Cayley gab es vor allem seit dem Tod seiner Frau viele Spekulationen, aber Pitt war es noch nicht gelungen, die Lügen über Cayley von den phantasievollen Vermutungen zu trennen, und noch viel weniger wußte er, ob überhaupt etwas davon der Wahrheit entsprach. George hatte offenbar genug Verstand besessen, seinen Vergnügungen fern vom Dienstbotentrakt nachzugehen; er hatte jedoch ohne Zweifel gewisse Gefühle für Selena entwickelt, die intensiv erwidert wurden. Es würde Emily sehr verletzen, wenn sie das jemals erfahren sollte. Und wenn tatsächlich etwas anderes als bloße Vermutungen über Paul Alaric existierten, so war jedenfalls niemand bereit, darüber zu sprechen.

Er hätte liebend gern etwas entdeckt, das Afton Nash diskreditiert hätte, da ihm dieser Mann äußerst unsympathisch war. Auch keines der Dienstmädchen schien ihn nett zu finden. Andererseits gab es aber nicht einmal andeutungsweise ein Anzeichen dafür, daß er mit einem von ihnen ein Verhältnis gehabt hatte.

Was Fulbert betraf, so gab es viel Geflüster, viele Andeutungen, aber seit seinem Verschwinden schienen alle in Hysterie auszubrechen, wenn man nur seinen Namen erwähnte, so daß Pitt nicht mehr wußte, was er eigentlich glauben sollte. Der ganze Paragon Walk brodelte förmlich vor überschäumender Phantasie. Die abstumpfende Monotonie der täglichen Pflichten, die sich von der Kindheit bis zum Grabe erstreckten, wurde nur durch billige Romanzen und die kleinen Geschichten erträglich gemacht, die kichernd in den winzigen Schlafzimmern im Dachgeschoß nach einem langen Arbeitstag ausgetauscht wurden. Nun lauerten Mörder und lüsterne Verführer in jedem Schatten, und Angst, Wunschdenken und Realität vermischten sich hoffnungslos miteinander. Er erwartete nicht, daß Charlotte auf Emilys Soiree irgend etwas erfahren würde. Er war davon überzeugt, daß die Lösung der Morde beim Hauspersonal lag, weit außerhalb der Kreise, in denen Emily und Charlotte sich bewegen würden. Deshalb bat er sie auch, sich nur zu amüsieren, und ermahnte sie, sich um ihre eigenen Angelegenheiten zu kümmern und keine Fragen zu stellen oder Kommentare abzugeben, die über eine belanglose, höfliche Unterhaltung hinausgingen.

Unterwürfig sagte sie: »Ja, Thomas«, und dies wäre ihm, wenn er weniger mit seinen eigenen Gedanken beschäftigt gewesen wäre, sofort verdächtig vorgekommen.

Die Soiree war eine sehr steife Veranstaltung, aber Charlotte war vor Freude ganz hingerissen von dem Kleid, daß Emily ihr als Geschenk hatte schneidern lassen. Es war aus gelber Seide, saß wie angegossen und war einfach wunderschön. Als sie mit hocherhobenem Kopf und strahlendem Gesicht über die Türschwelle glitt, fühlte sie sich wie die Sonne höchstpersönlich. Sie war überrascht, als sie feststellte, daß sich nur etwa ein halbes Dutzend Leute nach ihr umsahen; eigentlich hatte sie erwartet, daß alle

Anwesenden verstummen und sie anstarren würden. Sie hatte sehr wohl bemerkt, daß Paul Alaric zu den wenigen gehörte, die herüberschauten. Sie sah, wie sein elegantes schwarzes Haupt sich von Selena abwandte und sich dorthin wandte, wo sie in der Tür stand. Sie fühlte, daß ihr die Röte in die Wangen schoß und hob ihr Kinn ein wenig höher.

Emily kam sofort herüber, um sie zu begrüßen; sie wurde in die Menge hineingezogen und in eine Unterhaltung verwickelt. Es mußten 50 Besucher oder mehr sein. Für ein privates Gespräch ergab sich keine Gelegenheit. Emily warf ihr einen langen, prüfenden Blick zu, der ihr ganz offen zu verstehen gab, daß sie sich anständig benehmen und erst nachdenken sollte, bevor sie etwas sagte. Einen Augenblick später wurde sie fortgerufen, um einen weiteren Gast zu begrüßen.

»Emily hat einen jungen Dichter eingeladen, der uns aus seinem Werk vortragen soll«, sagte Phoebe mit gespielter Fröhlichkeit. »Wie ich gehört habe, ist er höchst provokativ. Wollen wir nur hoffen, daß wir es auch verstehen werden. Es wird uns reichlich Stoff für viele Diskussionen bieten.«

»Ich hoffe, es ist nicht vulgär«, sagte Miss Lucinda schnell. »Oder erotisch. Haben Sie diese ganz schrecklichen Zeichnungen von Mr. Beardsley gesehen?«

Charlotte hätte zu Mr. Beardsley gerne einen Kommentar abgegeben, aber da sie seine Zeichnungen nie gesehen und auch noch nichts über ihn gehört hatte, konnte sie das nicht.

»Ich kann mir nicht vorstellen, daß Emily jemanden aussuchen würde, ohne dafür Sorge zu tragen, daß er weder das eine noch das andere ist«, antwortete sie mit einer gewissen Schärfe in ihrer Stimme. »Man hat natürlich keinen Einfluß darauf, was die eigenen Gäste sagen oder tun, wenn sie einmal da sind«, fuhr sie fort. »Man kann vorher nur eine wohlüberlegte Auswahl der Gäste treffen.«

»Selbstverständlich.« Miss Lucinda errötete leicht. »Ich wollte auch nur andeuten, daß es unglückliche Umstände gibt.«

Charlotte blieb kühl.

»Ich glaube, er hat eher politische als romantische Ambitionen.«

»Das ist interessant«, sagte Miss Laetitia hoffnungsvoll. »Ich frage mich, ob er irgend etwas über die Armen oder die Sozialreform geschrieben hat.«

»Ich glaube schon.« Charlotte war ganz froh, Miss Laetitias Interesse geweckt zu haben. Sie mochte sie eigentlich recht gern, vor allem, seit Vespasia ihr von dem längst vergangenen Skandal erzählt hatte. »Das ist die beste Art, wie man das Gewissen der Menschen wachrütteln kann«, fügte sie hinzu.

»Ich bin sicher, wir brauchen uns nicht zu schämen!« Es war eine stämmige ältere Dame, die nun sprach. Ihr Körper war in ein pfauenblaues Kleid geschnürt, und ihr Gesicht war so eckig, daß es Charlotte an einen Pekinesen erinnerte, obwohl es viel größer war.

Sie nahm an, daß es sich um Lady Tamworth, den ständigen Gast der Damen Horbury, handelte, aber niemand stellte sie vor. »Die arme Fanny war ein Opfer ihrer Zeit«, fuhr sie laut fort. »Die Sitten verfallen überall, selbst hier!«

»Glauben Sie nicht, daß es die Aufgabe der Kirche ist, den Menschen ins Gewissen zu reden?« fragte Miss Lucinda mit leicht bebenden Nasenflügeln. Es war allerdings nicht ganz eindeutig, ob ihre Mißbilligung sich auf Charlottes politische Ansichten oder auf die Tatsache bezog, daß Lady Tamworth das Thema Fanny wieder einmal erwähnt hatte.

Charlotte ignorierte die Bemerkung über Fanny, zumindest für den Augenblick. Pitt hatte schließlich nicht gesagt, sie solle politische Diskussionen meiden, obwohl ihr Vater ihr das strengstens verboten hatte. Aber inzwischen war sie ja nicht mehr Papas Problem.

»Vielleicht ist es gerade die Kirche gewesen, die den Entschluß in ihm hervorgerufen hat, so zu sprechen, wie es ihm gegeben ist?« sagte sie unschuldig.

»Meinen Sie nicht, daß er damit das Vorrecht der Kirche unberechtigterweise für sich in Anspruch nimmt?« fragte Miss Lucinda mit strengem Gesicht. »Und daß diejenigen, die von Gott berufen sind, dafür weitaus geeigneter sind als er?«

»Möglicherweise.« Charlotte hatte sich vorgenommen, besonnen zu bleiben. »Aber das bedeutet ja nicht, daß die anderen nicht trotzdem ihr Bestes geben sollten. Je mehr Stimmen, desto besser, oder nicht? Es gibt viele Orte, an denen die Kirche ungehört bleibt. Vielleicht erreicht ja seine Stimme diese Orte.«

»Aber was tut er dann hier?« fragte Miss Lucinda. »Der Paragon Walk ist wohl kaum ein solcher Ort! Er sollte seine Lesungen besser in einem Hinterhof oder in einem Armenhaus halten.«

Afton Nash hatte sich zu ihnen gesellt. Vor Überraschung hatte er die Augenbrauen ein wenig in die Höhe gezogen, als er Miss Lucindas doch recht hitzige Bemerkung hörte.

»Und wen wollen Sie ins Armenhaus befördern, Miss Horbury?« fragte er, sah einen Augenblick Charlotte an und blickte dann wieder weg.

»Ich bin sicher, daß man in den Hinterhöfen und Armenhäusern bereits von der Notwendigkeit einer Sozialreform überzeugt ist«, sagte Charlotte mit leicht herabgezogenen Mundwinkeln. »Und auch von der Notwendigkeit, den Armen ihr Leben zu erleichtern. Es sind die Reichen, die geben müssen; die Armen werden es bereitwillig annehmen. Es sind die Mächtigen, die die Gesetze ändern können.«

Lady Tamworth runzelte überrascht die Stirn und war verärgert.

»Wollen Sie damit sagen, es ist die Schuld der Aristokratie, der Führer und der Stützen der Gesellschaft?«

Charlotte dachte gar nicht daran, aus Höflichkeit oder weil es einer Frau nicht anstand, sich zu streiten, zurückzuweichen.

»Ich will sagen, daß es wenig Sinn hat, den Armen zu predigen, daß sie Hilfe brauchen«, antwortete sie. »Oder den Arbeitslosen und Ungebildeten zu verkünden, daß die Gesetze geändert werden müssen. Die einzigen Leute, die die Dinge verändern können, sind die Leute mit Macht und mit Geld. Wenn die Kirche all diese Leute schon erreicht hätte, dann hätten wir unsere Reformen schon lange durchgeführt, und es gäbe genug Arbeit für die Armen, mit der sie ihre Grundbedürfnisse befriedigen könnten.«

Lady Tamworth funkelte sie an und wandte sich dann ab, um so zu tun, als fände sie die Unterhaltung zu unangenehm, um sie fortzusetzen. Charlotte aber wußte ganz genau, daß sie sich so verhielt, weil sie keine Antwort fand. Miss Laetitias Gesicht zeigte eine Spur von Zufriedenheit; für einen kurzen Augenblick suchte sie Charlottes Blick, bevor sie sich Lady Tamworth anschloß.

»Meine liebe Mrs. Pitt«, sagte Afton sehr bedächtig, so, als ob er mit jemandem spräche, der seine Sprache nicht beherrschte oder ein wenig taub war. »Sie verstehen weder etwas von Politik noch von Wirtschaft. Man kann die Dinge nicht über Nacht verändern.«

Phoebe gesellte sich zu ihnen, aber er schenkte ihr keinerlei Beachtung.

»Die Armen sind arm«, fuhr er fort, »weil sie nicht die Veranlagung oder den Willen haben, anders zu sein. Man kann die Reichen nicht berauben, um die Armen zu ernähren. Das wäre verrückt und ganz so, als gösse man Wasser in die Wüste. Es gibt Millionen von ihnen! Was Sie da vorschlagen, ist völlig undurchführbar!« Es gelang ihm, auf sie und ihre Unkenntnis gnädig herabzulächeln.

Charlotte kochte. Sie brauchte ihre ganze Selbstbeherrschung, um ihr Gesicht unter Kontrolle zu bekommen und so zu tun, als stelle sie eine harmlose Frage.

»Aber wenn die Reichen und Mächtigen nicht in der Lage sind, die Dinge zu ändern«, fragte sie, »wem predigt die Kirche dann eigentlich noch – und mit welchem Ziel?«

»Wie bitte?« Er konnte nicht glauben, was er da gerade gehört hatte.

Charlotte wiederholte ihre Frage und wagte nicht, Phoebe oder Miss Lucinda anzusehen. Noch bevor Afton eine Antwort auf eine so unglaubliche Frage formulieren konnte, ergriff eine andere Stimme das Wort für ihn, eine sanfte Stimme mit einem leichten Akzent.

»Mit dem Ziel, uns zu sagen, daß es für unsere Seele gut ist, wenn wir ein wenig von unserem Besitz abgeben, damit wir genießen können, was wir haben, und nachts besser schlafen, weil wir uns selbst sagen dürfen, daß wir es versucht und unseren Teil beigetragen haben! Aber nie in der Hoffnung, meine Liebe, daß die Dinge sich dann tatsächlich ändern!«

Charlotte spürte, wie ihr das Blut ins Gesicht schoß. Sie hatte nicht gewußt, daß Paul Alaric so nah bei ihr gestanden und ihre hitzige Debatte mit Afton und Miss Lucinda gehört hatte. Sie blickte ihn nicht an.

»Wie zynisch, Monsieur Alaric!« Sie schluckte. »Halten Sie uns alle für so scheinheilig?«

»Uns alle?« Er hob seine Stimme etwas. »Gehen Sie in die Kirche, und fühlen Sie sich danach besser, Mrs. Pitt?«

Sie wußte nicht, wie sie darauf reagieren sollte. Das war bei ihr sicherlich nicht der Fall. Die Predigten in der Kirche, die sie bei ihren seltenen Besuchen gehört hatte, machten sie wütend und forderten ihren Widerspruchsgeist heraus. Aber das konnte sie

Afton Nash nicht sagen und dabei hoffen, auch nur andeutungsweise verstanden zu werden. Und Phoebes Gefühle hätte sie damit nur verletzt. Sie verfluchte diesen Alaric, weil er aus ihr eine Scheinheilige machte.

»Natürlich tue ich das«, log sie und beobachtete Phoebe. Die Besorgnis in ihrem Gesicht war verflogen, und Charlotte fühlte sich sofort belohnt. Es gab nichts, das sie mit Phoebe verbunden hätte, und dennoch verspürte sie jedesmal Mitleid, wenn sie an Phoebes schlichtes, blasses Aussehen dachte. Vielleicht lag es nur daran, daß sie sich vorstellte, welche Schmerzen ihr Afton mit seiner scharfen Zunge bereiten konnte.

Sie wandte sich Alaric zu und war betroffen, als sie den Spott in seinen Augen erkannte und wußte, daß er sie und ihre Worte durchschaut hatte. Wußte er etwa auch, daß sie nicht zu den Reichen gehörte, daß sie mit einem Polizisten verheiratet war und kaum genug besaß, um mit dem Geld über die Runden zu kommen, daß das schöne Kleid ein Geschenk von Emily war – und daß die ganze Diskussion darüber, daß man den Armen etwas abgeben mußte, für sie selbst kaum von Bedeutung war?

Sein Gesicht zeigte nur ein charmantes Lächeln.

»Wenn Sie mich bitte entschuldigen wollen«, sagte Afton steif. Er riß Phoebe förmlich mit, die neben ihm herging, als seien ihre Beine zerschunden und schwach.

»Eine hochherzige Lüge«, sagte Alaric sanft.

Charlotte hörte ihm nicht zu. Ihre Gedanken drehten sich um Phoebe und wie sie sich gequält, ja fast schon verzweifelt darum bemühte, so zu gehen, daß sie außerhalb von Aftons Reichweite blieb. War dieser instinktive Rückzug das Ergebnis von Jahren voller Demütigungen, so wie die verbrannte Hand das Feuer scheut? Wußte sie etwas Neues, oder ahnte sie es auch nur? Erinnerte sie sich an eine Veränderung in Aftons Verhalten, an eine Lüge, die ihr erst jetzt wieder zu Bewußtsein kam, vielleicht an irgend etwas zwischen Fanny und ihm – nein, das war zu widerlich, um darüber nachzudenken! Und doch konnte es so gewesen sein. Vielleicht hatte er im Dunkeln gar nicht erkannt, um wen es sich handelte, und sie war für ihn nur eine Frau gewesen, der man weh tun konnte. Und er genoß es, anderen Schmerzen zu bereiten, dessen war sie sich so sicher wie ein Tier, das seinen natürlichen Feind am Aussehen und am Geruch erkennt. Wußte auch Phoebe das? War dies der Grund, warum sie verängstigt im Flur ihres eigenen Hauses umherging und nachts nach einem Diener rief?

Alaric wartete immer noch geduldig, wenn auch mit einer Falte auf seiner Stirn, die auf eine Frage hindeutete. Sie hatte vergessen, was er gesagt hatte, und mußte ihn danach fragen.

»Wie bitte?«

»Eine äußerst hochherzige Lüge«, wiederholte er.

»Lüge?«

»Zu sagen, daß Sie sich besser fühlen, wenn Sie zur Kirche gehen. Ich kann nicht glauben, daß das stimmt. Sie haben nicht die Gabe, aus sich ein Geheimnis zu machen, Mrs. Pitt. Sie sind wie ein aufgeschlagenes Buch. Was Sie so faszinierend macht, ist, daß man sich fragt, welche vernichtende Wahrheit Sie denn wohl als nächstes präsentieren. Ich zweifele daran, daß Sie erfolgreich lügen können; Sie könnten nicht einmal sich selbst belügen!«

Was meinte er damit? Sie zog es vor, nicht darüber nachzudenken. Ehrlichkeit war die einzige Tugend, die sie wirklich besaß, und ihm gegenüber ihre einzige Rettung.

»Der Erfolg einer Lüge hängt zum großen Teil davon ab, wie sehr der Zuhörer sie glauben möchte«, antwortete sie.

Er lächelte sie freundlich an.

»Und das ist das ganze Fundament unserer Gesellschaft«, pflichtete er ihr bei. »Es ist schon beängstigend, wie gut Sie beobachten können. Sie sollten es aber besser niemandem sagen. Sonst verderben Sie noch das ganze Spiel, und was sollten die anderen dann tun?«

Sie schluckte schwer und wich seinem Blick aus. Äußerst vorsichtig lenkte sie das Gespräch auf das vorherige Thema zurück.

»Manchmal lüge ich sehr gut!«

»Was mich wieder auf die Predigten in der Kirche bringt, stimmt's? Auf die bequemen Lügen, die wir immer wieder wiederholen, weil wir es gern sähen, daß sie Wirklichkeit würden. Ich frage mich, worüber der Dichter von Lady Ashworth wohl sprechen wird. Ob wir ihm nun zustimmen werden oder nicht, ich glaube, allein die Gesichter des Publikums werden schon höchst unterhaltsam sein, meinen Sie nicht auch?«

»Wahrscheinlich«, antwortete sie. »Und ich wage zu behaupten, seine Worte werden noch für Wochen Stürme der Entrüstung auslösen.«

»Bestimmt. Wir werden sehr viel Lärm veranstalten müssen, um uns selbst glauben zu machen, daß wir im Recht sind und daß eigentlich weder etwas verändert werden kann noch sollte.«

Charlotte erstarrte. »Sie versuchen, mich als Zynikerin hinzustellen, Monsieur Alaric, und Zynismus mag ich ganz und gar nicht. Ich denke, das ist eine sehr billige Entschuldigung, wenn man vorgibt, man könne nichts tun; und deshalb braucht man dann nichts zu tun und fühlt sich dabei auch noch völlig im Recht. Ich glaube, das ist nur eine andere Art von Unaufrichtigkeit, und dazu noch eine, die ich besonders wenig schätze.«

Er überraschte sie damit, daß er plötzlich breit grinste und aus seiner Belustigung keinen Hehl machte.

»Ich hätte nie gedacht, daß irgendeine Frau mich verunsichern könnte, und Ihnen ist es soeben gelungen. Sie sind fast unverschämt ehrlich. Man kann Sie wirklich nicht in Verlegenheit bringen.«

»Hatten Sie das etwa vor?« Warum, zum Teufel, war ihr jetzt so wohl bei dem Gedanken? Das war nun wirklich albern!

Bevor er antworten konnte, gesellte sich Jessamyn Nash zu ihnen. Ihr Gesicht war so makellos wie eine Kamelienblüte, und ihre kühlen Augen wanderten über Alaric, bevor sie sich Charlotte zuwandten. Sie waren groß, tiefblau und intelligent.

»Wie schön, Sie wiederzusehen, Mrs. Pitt. Ich wußte gar nicht, daß Sie uns so oft besuchen würden! Vermißt man Sie in Ihren eigenen Kreisen nicht sehr?«

Ohne mit der Wimper zu zucken, blickte Charlotte ihr lächelnd in die wunderschönen Augen.

»Das hoffe ich doch«, sagte sie gelassen. »Aber ich werde Emily unterstützen, wann immer ich kann, bis diese tragische Geschichte aufgeklärt ist.«

Jessamyn besaß mehr Haltung als Selena. Ihr Gesicht entspannte sich, und der volle Mund öffnete sich zu einem herzlichen Lächeln.

»Wie hilfsbereit von Ihnen. Nun, ich vermute doch, daß Sie die Abwechslung genießen.«

Charlotte hatte sie nur zu gut verstanden, behielt jedoch ihren unschuldigen Gesichtsausdruck bei. Sie würde jedes Lächeln mit einem Lächeln beantworten, und wenn sie daran ersticken würde. Ihr fehlte das Talent zur Hinterhältigkeit, aber sie hatte schon sehr früh gelernt, daß man mit Honig mehr Fliegen fing als mit Essig.

»Oh ja«, stimmte sie zu. »Dort, wo ich wohne, spielt sich nie etwas so Dramatisches ab wie hier. Ich glaube, wir haben schon seit Jahren keine Vergewaltigung und keinen Mord mehr erlebt. Mein Gott, so etwas hat es eigentlich noch nie bei uns gegeben!«

Paul Alaric riß sein Taschentuch hervor und schneuzte sich. Charlotte konnte sehen, wie seine Schultern vor Lachen bebten, und ihr Gesicht rötete sich vor Heiterkeit.

Jessamyn war bleich geworden. Als sie dann sprach, klang ihre Stimme schneidend.

»Und wahrscheinlich gibt es dort auch keine Soireen wie diese hier, nicht wahr? Sie müssen mir erlauben, Ihnen einen Rat zu geben, als Freundin! Man sollte sich unter den Gästen bewegen und mit jedem sprechen. Dies gilt als Ausdruck guter Manieren, besonders, wenn man gewissermaßen die Gastgeberin oder mit ihr eng verbunden ist. Sie sollten darauf achten, daß es nicht allzu offensichtlich wird, wenn Sie einen Gast dem anderen vorziehen – besonders, wenn das wirklich der Fall ist!«

Dieser Hieb hatte gesessen! Charlotte hatte keine andere Wahl, sie mußte sich zurückziehen. Ihr Hals und ihr Dekolleté glühten vor Hitze bei dem Gedanken, daß Alaric sich vielleicht bereits einbildete, sie habe sich intensiv um seine Gesellschaft bemüht. Und was weit schlimmer war: Man konnte ihr ansehen, wie peinlich ihr der Vorfall war, und das würde diesen Eindruck auch noch bestätigen. Sie war wütend und schwor sich, daß sie ihn gründlich von der Vorstellung kurieren würde, auch sie sei eine von den dummen Frauen, die ihre Zeit damit verbrachten, ihm nachzulaufen. Mit einem gezwungenen Lächeln verabschiedete sie sich und entfernte sich mit einem so hoch erhobenen Haupt, daß sie beinahe über die Stufe zwischen den beiden Empfangsräumen gefallen wäre, und während sie noch versuchte, ihr Gleichgewicht wieder zu erlangen, stieß sie mit Lady Tamworth und Miss Lucinda zusammen.

»Es tut mir leid«, stammelte sie als Entschuldigung. »Ich bitte um Verzeihung.«

Lady Tamworth starrte sie an und registrierte offenbar sofort ihre geröteten Wangen und ihr tolpatschiges Auftreten. Auf ihrem Gesicht konnte man deutlich ablesen, was sie über Frauen dachte, die nachmittags zuviel trinken.

Miss Lucinda war mit ganz anderen Dingen beschäftigt. Heftig griff sie mit ihrer dicken, kleinen Hand nach Charlotte.

»Darf ich Sie mal etwas fragen, ganz im Vertrauen, meine Liebe? Wie gut kennt Lady Ashworth diesen Juden?«

Charlottes Blick folgte dem von Miss Lucinda, die zu einem schlanken jungen Mann mit dunklem Teint und ausgeprägten Gesichtszügen hinübersah.

»Ich weiß es nicht«, sagte sie sofort und warf einen Seitenblick auf Lady Tamworth. »Wenn Sie möchten, dann frage ich sie.«

Es war den beiden keineswegs peinlich.

»Ich bitte darum, meine Liebe. Schließlich kann es ja sein, daß sie nicht weiß, wer er ist!«

»Nun, das kann sein«, pflichtete Charlotte bei. »Wer ist er?«

Lady Tamworth zeigte sich für einen Augenblick äußerst erstaunt.

»Wieso – er ist Jude!«

»Ja, das haben Sie bereits erwähnt.«

Lady Tamworth schnaubte. Miss Lucindas Gesicht wurde lang, und ihre Augenbrauen zuckten.

»Mögen Sie etwa Juden, Mrs. Pitt?«

»War Jesus nicht einer?«

»Also wirklich, Mrs. Pitt!« Lady Tamworth bebte vor Wut. »Ich akzeptiere ja, daß die jüngere Generation andere Maßstäbe hat als wir.« Sie starrte wieder auf Charlottes immer noch errötetes Dekolleté. »Aber Blasphemie kann ich nicht tolerieren. Ganz und gar nicht!«

»Das ist keine Blasphemie, Lady Tamworth«, sagte Charlotte mit Nachdruck. »Jesus Christus war ein Jude.«

»Jesus Christus war Gott, Mrs. Pitt«, sagte Lady Tamworth eisig. »Und Gott ist ganz bestimmt kein Jude!«

Charlotte wußte nun nicht, ob ihr der Geduldsfaden reißen würde oder aber ob sie lachen sollte. Sie war froh, daß Paul Alaric außer Hörweite war.

»Ist Er nicht?« sagte sie mit leichtem Lächeln. »Ich habe nie richtig darüber nachgedacht. Was ist Er denn sonst?«

»Ein verrückter Wissenschaftler«, sagte Hallam Cayley, der hinter ihr stand, über ihre Schulter hinweg. In seiner Hand hielt er ein Glas. »Ein Frankenstein, der nicht wußte, wann er aufhören mußte. Sein Experiment ist ein wenig außer Kontrolle geraten, meinen Sie nicht auch?« Er starrte im Zimmer umher, und sein Gesicht spiegelte eine Abscheu, die so tief war, daß sie ihn regelrecht zu schmerzen schien.

Lady Tamworth biß hilflos ihre Zähne zusammen. Vor lauter Wut fehlten ihr die Worte.

Hallam sah sie voller Verachtung an.

»Glauben Sie etwa wirklich, daß Er etwas wie hier beabsichtigt hat?« Er leerte sein Glas und machte damit eine ausladende Handbewegung. »Ist dieser verdammte Haufen hier nach dem Bildnis irgendeines Gottes geschaffen, den Sie anbeten wollen? Wenn wir von Gott abstammen, dann sind wir höllisch tief hinabgestiegen. Ich glaube, ich schließe mich lieber Mr. Darwin an. Seiner Meinung nach sind wir doch wenigstens dabei, uns zu verbessern. Nach einer weiteren Million von Jahren taugen wir dann vielleicht zu etwas.«

Miss Lucinda fand schließlich die Sprache wieder.

»Für Sie mag das gelten, Mr. Cayley«, sagte sie mit großen Schwierigkeiten, so, als wäre auch sie ein wenig betrunken. »Was mich anbelangt, so bin ich Christin, und ich habe nicht die geringsten Zweifel!«

»Zweifel?« Hallam starrte auf den Grund seines leeren Glases und drehte es um. Ein einziger Tropfen fiel zu Boden. »Ich wünschte, ich hätte Zweifel. Wo Zweifel ist, da ist wenigstens auch noch Raum für Hoffnung, nicht wahr?«

Kapitel 7

Die Soiree war ein Erfolg. Der Vortrag des Dichters war brillant gewesen. Er wußte ganz genau, welchen Grad der Erregung er zeigen und in welchem Maße er zu Veränderungen auffordern durfte, um bei den Anwesenden eine vehemente Kritik an ihren Mitmenschen hervorzurufen. Gleichzeitig achtete er jedoch darauf, nicht so weit zu gehen, daß das Gewissen der Anwesenden wirklich nachhaltig beunruhigt worden wäre. Er bot ihnen das Prickeln einer intellektuellen Gefahr, ohne ihnen weh zu tun.

Seine Worte wurden begeistert aufgenommen, und es war sofort klar, daß man wochenlang über ihn sprechen würde. Auch im nächsten Sommer würde diese Geschichte noch als eines der interessantesten Ereignisse der Saison hervorgehoben werden.

Aber nachdem nun alles vorüber war und die letzten Gäste Abschied genommen hatten, war Emily zu erschöpft, um ihren Triumph auszukosten. Es war viel anstrengender gewesen, als sie erwartet hatte. Ihre Beine waren vom vielen Stehen müde, und ihr Rücken schmerzte. Als sie sich schließlich setzte, merkte sie, daß sie ein wenig zitterte, und es spielte plötzlich keine Rolle mehr, daß sie eine Gesellschaft gegeben hatte, die ein voller Erfolg gewesen war. An den Realitäten hatte sich nichts geändert. Fanny Nash war immer noch tot – vergewaltigt und ermordet. Fulbert wurde immer noch vermißt, und eine der Erklärungen dafür war so unerfreulich und bedrohlich wie die andere. Sie fühlte sich zu schwach, um sich auch jetzt noch der Illusion hinzugeben, der Täter sei ein Fremder gewesen, der sie nichts anging. Es handelte sich um jemanden aus dieser Straße. Sie alle hatten ihre harmlosen oder auch dunklen Geheimnisse, die die häßliche Seite ihres Seins betrafen, die die meisten Menschen ihr ganzes

Leben lang verheimlichen konnten. Natürlich vermutete man, daß sie existierte – nur ein Narr konnte glauben, daß sich bei einem Menschen hinter dem oberflächlichen Lächeln nichts verbarg. Wenn kein Verbrechen geschah, es keine Untersuchung gab, dann durften die Geheimnisse weiterhin still an den dunklen Orten schlummern, wo sie versteckt waren, und niemand würde sie absichtlich wieder zum Vorschein bringen. Es gab da eine Art Verschwörung, ein gegenseitiges Einverständnis, daß man über solche Dinge hinwegsah.

Aber wenn die Polizei sich einschaltete, besonders jemand wie Pitt, dann würde sie früher oder später – unabhängig davon, ob das wahre Verbrechen entdeckt wurde oder nicht – alle anderen häßlichen kleinen Sünden ans Tageslicht bringen. Zwar beabsichtigte Pitt dies nicht, aber sie wußte aus der Vergangenheit, von den Vorfällen in der Cater Street und am Callander Square, daß Menschen sich leicht selbst verraten, und oft gerade dann, wenn sie sich ganz besonders darum bemühen, etwas zu verheimlichen. So etwas passierte schnell, es bedurfte nur eines Wortes oder einer Panikreaktion. Thomas war klug; er warf den Samen aus und wartete, bis er aufging. Seine wachen, humorvollen Augen sahen viel – viel zuviel.

Sie lag in ihrem Sessel, streckte den Rücken und spürte, wie steif er war. Konnte das Kind, das sie trug, der Grund sein? Sie fühlte ein unangenehmes Ziehen. Vielleicht hatte Tante Vespasia recht, und sie würde die Korsettstangen doch etwas lockern müssen, aber dann würde sie korpulent wirken. Sie war nicht groß genug, um das zusätzliche Gewicht mit Würde tragen zu können. Merkwürdig, Charlotte hatte recht gut ausgesehen, als sie Jemima erwartete. Aber Charlotte hatte ja auch keine modischen Kleider.

In der gegenüberliegenden Ecke des Zimmers saß George und hantierte mit der Zeitung. Er hatte sie zu der Soiree beglückwünscht, aber jetzt vermied er es, sie anzusehen. An der Haltung seines Kopfes und an seinem merkwürdig starren Blick konnte sie erkennen, daß er gar nicht las. Wenn er wirklich las, dann bewegte er sich, sein Gesichtsausdruck veränderte sich, und immer wieder schüttelte er die Zeitungsseiten, so, als ob er sich mit ihnen unterhielte. Diesmal benutzte er die Zeitung als Schutzschild, um ein Gespräch zu vermeiden. So konnte er gleichzeitig anwesend und abwesend sein.

Warum? Sie wünschte sich so sehr eine Unterhaltung, selbst wenn es um unwichtige Dinge ginge, einfach nur, um zu spüren, daß er gern mit ihr zusammen war. Natürlich konnte er nicht wissen, ob sich die Verbrechen aufklären ließen, ohne daß jemandem Schmerzen zugefügt wurden, und dennoch wünschte sie, er würde ihr trotz allem diese tröstenden Worte sagen. Sie könnte sich diese dann immer wieder in Erinnerung rufen, so lange, bis sie schließlich die Stimme der Vernunft und des Zweifels zum Schweigen brächten.

Er war ihr Ehemann. Es war sein Kind, das ihr dieses ermüdende, schwere und seltsam aufregende Gefühl gab. Wie konnte er da nur wenige Meter entfernt sitzen und nichts von ihrem Wunsch merken, daß er mit ihr sprechen, daß er etwas Optimistisches sagen sollte, um sie zu beruhigen.

»George.«

Er tat, als habe er sie nicht gehört.

»George!« Sie erhob ihre Stimme und klang ein wenig hysterisch.

Er blickte auf. Seine braunen Augen wirkten unschuldig, so, als seien seine Gedanken noch bei der Zeitung. Dann verdunkelten sie sich langsam, und er konnte nicht mehr leugnen, daß er sie verstanden hatte. Er wußte, daß sie etwas wollte.

»Ja?«

Jetzt wußte sie nicht, was sie sagen sollte. Ein Trost, um den man erst bitten muß, ist kein wahrer Trost mehr. Es wäre besser gewesen, den Mund zu halten. Ihr Verstand sagte es ihr, aber sie konnte ihre Zunge nicht im Zaum halten.

»Man hat Fulbert noch nicht gefunden.« Daran hatte sie zwar nicht gedacht, aber es war etwas, das sie sagen durfte. Sie konnte ihn schließlich kaum fragen, warum er Angst hatte und was es war, was Pitt herausfinden könnte. Würde es ihre Ehe zerstören? Eine Scheidung kam nicht in Frage, niemand ließ sich scheiden, wenigstens die anständigen Leute nicht. Aber sie hatte schon so viele Ehen gesehen, in denen die Liebe verschwunden war, die nur noch aus dem höflichen Übereinkommen bestanden, ein Haus oder einen Namen zu teilen. Als sie zum ersten Mal daran gedacht hatte, George zu heiraten, war sie der Meinung gewesen, daß Freundschaft und gegenseitiger Respekt ausreichten, aber das stimmte nicht. Sie hatte sich an die Zärtlichkeit gewöhnt, an das Lachen zu zweit, an kleine Geheimnisse, die man miteinander teilte, an lange, angenehme Perioden gemeinsamen Schweigens, selbst an gewisse Gewohnheiten, die Teil ihres gesicherten Lebensrhythmus geworden waren.

Jetzt entglitt ihr alles, so, wie sich das Meer zurückzog und breite Streifen von Kies und Sand zurückließ.

»Ich weiß«, antwortete er mit einem leicht verwunderten Gesicht. Sie sah, daß er nicht verstand, warum sie eine so überflüssige und törichte Bemerkung gemacht hatte. Sie mußte noch etwas hinzufügen, um sich zu rechtfertigen.

»Glaubst du, daß er richtig geflohen ist?« fragte sie. »Nach Frankreich oder in ein anderes Land?«

»Warum sollte er?«

»Wenn er Fanny umgebracht hat!«

»Er hätte Fanny nie umgebracht«, sagte er fest. »Ich vermute, daß er auch tot ist. Vielleicht ist er in die Stadt gefahren, um zu spielen oder so, und hatte einen Unfall. Das kommt gelegentlich vor.«

»Oh, sei nicht dumm!« Nun verlor sie ihre Fassung doch noch. Es überraschte und beunruhigte sie, daß sie plötzlich aus der Rolle fiel. Sie hatte noch niemals gewagt, in diesem Ton mit ihm zu sprechen.

Er war verwirrt, und die Zeitung glitt auf den Boden.

Jetzt bekam sie ein wenig Angst. Was hatte sie bloß getan? Er starrte sie mit seinen großen Augen an. Sie wollte sich bei ihm entschuldigen, aber ihr Mund war trocken, und ihre Stimme versagte. Sie holte tief Luft.

»Vielleicht gehst du besser hinauf und legst dich etwas hin«, sagte er kurz darauf. Er sprach sehr ruhig. »Du hast einen schweren Tag hinter dir. Soireen wie diese sind sehr anstrengend. Vielleicht war es bei dieser Hitze einfach zu viel für dich.«

»Ich bin nicht krank!« sagte sie wütend. Und dann liefen ihr zu ihrem eigenen Schrecken die Tränen die Wangen hinunter, und sie weinte wie ein dummes Kind.

Eine Sekunde lang sah sie den Schmerz auf Georges Gesicht, aber dann schien die Lösung wie eine Welle der Erleichterung über sein Gesicht zu gleiten. Natürlich, es war ihre Schwangerschaft! Sie konnte es aus seiner Miene so deutlich ablesen, als hätte er es ausgesprochen. Es stimmte zwar nicht, aber sie hätte es ihm nicht erklären können. Sie gestattete ihm, ihr hochzuhelfen und sie vorsichtig in die Halle und die Treppe hinauf zu begleiten. Sie war noch immer erregt. Worte, die sie aussprechen wollte, überschlugen sich und erstarben, bevor sie sie in Sätze fassen konnte. Sie konnte die Tränen nicht zurückhalten, doch der Arm, den er um sie gelegt hatte, tröstete sie, und es war viel besser, daß sie die anstrengenden Treppen nicht allein hochgehen mußte.

Aber als Charlotte am nächsten Morgen vorbeikam, hauptsächlich, um sich zu erkundigen, wie sie sich nach der Soiree fühlte, war Emily außergewöhnlich schlechter Laune. Sie hatte nicht gut geschlafen, und während sie wach in ihrem Bett gelegen hatte, hatte sie geglaubt, George zu hören, wie er im Nebenzimmer auf und ab ging.

Mehrmals hatte sie überlegt, ob sie aufstehen und zu ihm gehen sollte, um ihn zu fragen, warum er so rastlos war und was ihn so beunruhigte.

Aber sie hatte das Gefühl, ihn noch nicht gut genug zu kennen, um diesen eher aufdringlichen Schritt zu wagen und morgens um zwei Uhr in seinem Zimmer zu erscheinen. Sie wußte, daß er es für ungebührlich, ja unschicklich halten würde. Und sie war gar nicht so sicher, ob sie es denn wirklich wissen wollte. Vielleicht war es vor allem die Angst, daß er sie anlügen, sie seine Lügen durchschauen und dann ständig von Wahrheiten verfolgt würde, die sie nur vermuten konnte.

Emily war folglich nicht in der Stimmung, Charlotte freundlich zu empfangen. Dies um so mehr, da Charlotte, obwohl sie nur in Baumwolle gekleidet war, schlank, kühl und mit glänzendem Haar schon fast unerträglich frisch wirkte.

»Ich nehme an, Thomas weiß immer noch nichts, oder?« sagte sie sarkastisch.

Charlotte wirkte überrascht, und obwohl Emily genau wußte, was sie da tat, konnte sie ihre Zunge nicht im Zaum halten.

»Er hat Fulbert nicht gefunden«, antwortete Charlotte, »wenn es das ist, was du meinst.«

»Es interessiert mich wirklich nicht, ob er Fulbert findet oder nicht«, gab Emily spitz zurück. »Wenn er tot ist, dann spielt es ja wohl keine Rolle mehr, wo er ist.«

Charlotte blieb ruhig, und das reizte Emily nur noch mehr. Daß Charlotte einmal ihre Zunge zügelte, das hatte jetzt gerade noch gefehlt!

»Wir wissen nicht, ob er tot ist«, betonte Charlotte. »Und auch nicht, ob er sich nicht selbst umgebracht hat, wenn er wirklich tot ist.«

»Und auch nicht, ob er anschließend seine eigene Leiche versteckt hat!« sagte Emily ironisch.

»Thomas sagt, daß viele Leichen im Fluß nie gefunden werden.« Charlotte blieb immer noch sachlich. »Und wenn sie gefunden werden, dann sind sie oft nicht mehr zu identifizieren.«

In Emilys Phantasie erschienen schreckliche Bilder, aufgedunsene Leichen mit halbzerfressenen Gesichtern, die durch das schlammige Wasser hinaufstarrten. Ihr wurde übel.

»Du bist abscheulich!« Sie blickte Charlotte mit funkelnden Augen an. »Du und Thomas, ihr findet diese Art der Unterhaltung beim Tee vielleicht passend, ich nicht!«

»Du hast mir noch keinen Tee angeboten«, sagte Charlotte mit einem sanften Lächeln.

»Wenn du dir einbildest, daß ich das jetzt noch tue, dann irrst du dich!« gab Emily heftig zurück.

»Du solltest selbst eine Tasse trinken und etwas Süßes zu dir nehmen . . .«

»Wenn noch irgend jemand eine höfliche Anspielung auf meinen Zustand macht, dann werde ich anfangen zu schreien!« sagte Emily erbost. »Ich möchte mich nicht setzen, und ich möchte weder ein erfrischendes Getränk noch sonst etwas!«

Charlotte wurde nun auch ein wenig giftig.

»Was du möchtest und was du brauchst, ist nicht immer dasselbe«, sagte sie spitz. »Und deine schlechte Laune wird auch nichts ändern. Du wirst höchstens einige Dinge sagen, die du dann später bereust. Und wenn irgend jemand das beurteilen kann, dann bin ich das! Du warst immer diejenige, die nachdachte, bevor sie sprach. Um Himmels willen, vergiß das nicht gerade jetzt, wo du diese Fähigkeit mehr denn je brauchst.«

Emily starrte sie an und spürte ein Gefühl der Kälte in ihrem Magen.

»Was meinst du damit?« fragte sie. »Erklär mir bitte, was du damit meinst!«

Charlotte blieb regungslos stehen.

»Ich glaube, wenn du zuläßt, daß deine Befürchtungen nun zu einem Verdacht werden, und George merkt, daß du ihm nicht mehr traust, dann wirst du nie wiedergutmachen können, was du zerstört hast, egal, wie leid es dir später tut und wie töricht dir dann alles erscheint, wenn du die Wahrheit kennst. Und du wirst dich darauf einstellen müssen, daß wir vielleicht nie entdecken werden, wer Fanny umgebracht hat. Nicht alle Verbrechen werden aufgeklärt.«

Emily mußte sich setzen. Es war ein schrecklicher Gedanke, daß man die Lösung nie fände, und daß sie vielleicht den Rest ihres Lebens damit verbringen würden, einander anzuschauen und sich unausgesprochene Fragen zu stellen. Jede Zärtlichkeit, jeder ruhige Abend, jede einfache Unterhaltung, jedes Angebot, ihr Gesellschaft zu leisten oder ihr zu helfen, würde durch den dunklen Schatten der Ungewißheit verfinstert, durch den plötzlichen Gedanken: Könnte er es gewesen sein, der Fanny ermordet hat? Oder hatte sie etwa davon gewußt?

»Die Polizei muß es herausfinden!« insistierte sie und wollte nichts anderes akzeptieren. »Irgend jemand muß es wissen, wenn es wirklich einer aus unseren Reihen war. Irgendeine Ehefrau, ein Bruder oder ein Freund wird einen Hinweis finden!«

»Nicht unbedingt.« Charlotte schüttelte leicht den Kopf und sah sie an. »Es ist so lange ein Geheimnis geblieben, warum nicht für immer? Vielleicht weiß es ja wirklich jemand. Aber der Betreffende muß es ja nicht verraten, will es sich vielleicht noch nicht einmal selbst eingestehen. Wir durchschauen die Dinge nicht immer, vor allem dann nicht, wenn wir es nicht wollen.«

»Bei einer Vergewaltigung?« Emily preßte das Wort fast ungläubig hervor. »Warum in Gottes Namen sollte irgendeine Frau einen Mann schützen wollen, der . . .?«

Charlottes Gesicht wurde hart.

»Es gibt eine Menge Gründe dafür«, antwortete sie. »Wer möchte schon, daß die Polizei herausfindet, daß der eigene Ehemann oder Bruder ein Sittlichkeitsverbrecher oder gar ein Mörder ist? Und wenn man es wirklich will, kann man selbst diese Erkenntnis verdrängen. Oder man kann sich selbst einreden, daß es nie wieder vorkommen wird und daß es eigentlich gar nicht seine Schuld war. Du hast es doch selbst gehört! Die Hälfte der Leute in dieser Straße sind inzwischen der Meinung, daß Fanny ein loses Frauenzimmer gewesen ist und ihr Schicksal selbst herausgefordert hat, ja, daß sie es sogar irgendwie verdient hat.«

»Hör auf!« Emily hievte sich hoch und stand Charlotte wütend gegenüber. »Du bist nicht die einzige, die die Wahrheit gepachtet hat, weißt du! Du bist so selbstgefällig, daß es mich manchmal krank macht! Wir hier am Paragon Walk sind nicht heuchlerischer als ihr in eurer schmuddeligen kleinen Straße, nur weil wir die Zeit und das Geld haben, uns gut zu kleiden, und ihr den ganzen Tag arbeiten müßt! Ihr akzeptiert wie wir bestimmte Lügen und trefft stillschweigend Übereinkünfte.«

Charlotte war kreidebleich, und Emily bereute ihre Worte sofort. Sie wollte die Hände ausstrecken und Charlotte in die Arme nehmen, aber sie wagte es nicht. Erschrocken starrte sie sie an. Charlotte war der einzige Mensch, mit dem sie sprechen konnte, dessen Zuneigung sie nie in Zweifel zog, mit dem sie die geheimen Ängste und Wünsche teilen konnte, die jede Frau hatte.

»Charlotte?«

Charlotte stand regungslos da.

»Charlotte?« Sie versuchte es noch einmal. »Charlotte, es tut mir leid!«

»Ich weiß«, sagte Charlotte ganz leise. »Du willst die Wahrheit über George erfahren, und du hast Angst davor.«

Die Zeit schien stillzustehen. Einige reglose Sekunden zögerte Emily. Dann stellte sie die Frage, die sie einfach stellen mußte.

»Weißt du etwas? Hat Thomas es dir erzählt?«

Charlotte war nie eine gute Lügnerin gewesen. Obwohl sie die Ältere war, hatte sie nie vermocht, Emily zu täuschen, deren scharfer, geübter Blick ihr Zögern, ihre Unentschlossenheit schon vor der eigentlichen Lüge entlarvt hatte.

»Du weißt etwas.« Emily beantwortete ihre eigene Frage. »Sag es mir.«

Charlotte runzelte die Stirn.

»Es ist längst vorbei.«

»Sag es mir«, wiederholte Emily.

»Wäre es nicht besser, wenn . . .«

Emily wartete einfach. Sie wußten beide, daß es immer besser war, die Wahrheit zu erfahren, egal wie schmerzhaft sie war, als zwischen Hoffnung und Angst zu schwanken. Die Wahrheit war immer besser als der mühsame Versuch, sich selbst zu betrügen, und schützte davor, die schrecklichsten Phantasien zu entwickeln.

»War es Selena?« fragte sie.

»Ja.«

Jetzt, da sie es wußte, war es gar nicht mehr so schlimm. Vielleicht hatte sie es schon vorher gewußt, wollte es sich selbst gegenüber aber nie zugeben. War das alles, wovor George sich fürchtete? Wie dumm! Wie furchtbar dumm! Sie würde der Sache natürlich ein Ende bereiten. Sie würde diesen selbstgefälligen Blick aus Selenas Gesicht vertreiben und ihn in einen anderen, sehr viel weniger zufriedenen Blick verwandeln. Sie hatte noch keine Ahnung, wie sie das tun würde. Sollte sie George wissen lassen, daß sie informiert war? Sie spielte mit dem Gedanken, ihn weiter leiden zu lassen, damit die Furcht sich so tief eingraben würde, daß er sie so schnell nicht mehr vergessen würde. Vielleicht würde sie ihm aber auch niemals erzählen, daß sie es wußte.

Charlotte sah sie mit besorgtem Blick an und beobachtete ihre Reaktion. Emily kam in die Gegenwart zurück und lächelte.

»Ich danke dir«, sagte sie gefaßt, beinahe fröhlich. »Jetzt weiß ich, was ich zu tun habe.«

»Emily . . .«

»Mach dir keine Sorgen.« Sie streckte ihre Hand aus und berührte Charlotte ganz sanft. »Ich werde keinen Streit anfangen. Ich glaube, ich werde gar nichts unternehmen, im Augenblick jedenfalls nicht.«

Pitt setzte seine Verhöre am Paragon Walk fort. Forbes hatte einige erstaunliche Informationen über Diggory Nash ausgegraben. Pitt hätte eigentlich nicht überrascht sein dürfen, und er war ärgerlich über sich selbst, weil er es zugelassen hatte, daß Vorurteile seine Meinung beeinflußt hatten. Er hatte die vornehmen Manieren, den Komfort und das Geld am Walk registriert und angenommen, daß alle Anwohner in der gleichen Art und Weise lebten, daß sie während der Saison nach London kamen, dieselben Clubs und Gesellschaften besuchten – daß sie alle gleich waren mit ihren modischen Kleidern und ihrem gepflegten Auftreten.

Diggory Nash war ein Spieler mit einem Vermögen, für das er nicht gearbeitet hatte, und jemand, der fast aus Gewohnheit mit jeder hübschen Frau, die ihm über den Weg lief, anbändelte. Aber er war auch großzügig. Pitt war verwundert und schämte sich seiner eigenen voreiligen Verurteilung, als Forbes ihm erzählte, daß Diggory ein Haus unterstützte, das obdachlosen Frauen Schutz gewährte. Nur der liebe Gott wußte, wie viele schwangere Dienstmädchen jedes Jahr aus einer soliden und anständigen Stellung entlassen wurden, sich auf der Straße wiederfanden und schließlich in Arbeitshäusern und Bordellen ausgebeutet wurden. Wie ungewöhnlich, daß ausgerechnet Diggory Nash einigen von ihnen einen kärglichen Schutz gewährte. Zeigten sich hier vielleicht alte Gewissensbisse? Oder war es einfach nur Mitleid?

Was auch immer der Grund sein mochte, an jenem Morgen wartete Pitt mit einem Gefühl der Verlegenheit auf Jessamyn. Sie konnte nicht ahnen, welche Vorurteile er gehegt hatte, aber er wußte es, und das genügte, um seine sonst so gewandte Zunge zu lähmen. Er fühlte sich so unwohl wie selten zuvor. Es erleichterte ihm die Sache auch nicht, daß Jessamyn möglicherweise gar nichts von Diggorys Taten wußte.

Als sie hereinkam, war ihm erneut bewußt, wie sehr ihn ihre Schönheit beeindruckte. Es war weit mehr als nur die Farbe oder die Symmetrie der Augenbrauen und der Wangen. Es lag wohl eher an dem Schwung ihres Mundes, dem herausfordernden Blau ihrer Augen, ihrem zarten Hals. Kein Wunder, daß sie nach allem griff, was sie begehrte, denn sie wußte, man würde es ihr geben. Und es war auch kein Wunder, daß Selena sich dieser außergewöhnlichen Frau nicht unterordnen konnte. Im Augenblick, bevor sie zu sprechen begann, schoß ihm der Gedanke durch den Kopf, wie Charlotte wohl auf sie reagiert hätte, wenn es jemals zu einer wahren Rivalität zwischen den beiden gekommen wäre, wenn Charlotte den Franzosen vielleicht auch begehrt hätte? War wirklich eine von ihnen in den Franzosen verliebt, oder war er nur der Preis, das auserkorene Symbol des Sieges?

»Guten Morgen, Inspector«, sagte Jessamyn kühl. Sie war in ein sommerliches Lindgrün gekleidet und sah so frisch wie eine Narzisse aus. »Ich kann mir nicht vorstellen, was ich für Sie tun könnte, aber wenn es noch Fragen gibt, werde ich natürlich versuchen, sie zu beantworten.«

»Vielen Dank, Ma'am.« Er wartete, bis sie sich gesetzt hatte, dann nahm auch er Platz. Wie üblich lagen seine Rockschöße auch dieses Mal völlig ungeordnet. »Ich fürchte, wir haben immer noch keine Spur von Mr. Fulbert gefunden.«

Ihre Gesichtszüge verhärteten sich ein wenig, ganz leicht, und sie blickte auf ihre Hände hinunter.

»Ich hatte schon vermutet, daß es so ist, sonst hätten Sie uns sicherlich verständigt. Sie sind aber doch nicht nur gekommen, um mir das zu sagen, oder?«

»Nein.« Er wollte nicht dabei ertappt werden, daß er sie anstarrte, und dennoch hielten die Pflicht, sie zu befragen, und ihre Schönheit seinen Blick auf ihrem Gesicht fest. Er fühlte sich von ihr angezogen, so, wie man von der einzigen Lichtquelle in einem Zimmer angezogen wurde. Ob man nun wollte oder nicht, sie wurde zum Mittelpunkt.

Sie blickte auf. Ihr Gesicht war entspannt, ihre Augen waren hell und ihr Blick außerordentlich offen.

»Was kann ich Ihnen noch sagen? Sie haben mit uns allen gesprochen. Sie müssen inzwischen über seine letzten Tage hier genausoviel wissen wie wir. Wenn Sie in der Stadt keine Spur von ihm gefunden haben, dann ist er Ihnen entweder auf den Kontinent entwischt, oder er ist tot. Es ist ein schmerzlicher Gedanke, aber ich kann mich ihm nicht entziehen.«

Bevor er aufgebrochen war, hatte er sich in Gedanken die Fragen, die er stellen wollte, genau zurechtgelegt. Nun erschienen sie ihm nicht mehr so gut formuliert und auch weniger angebracht als zuvor.

Er durfte nicht aggressiv erscheinen. Sie könnte sich schnell beleidigt fühlen und sämtliche Antworten verweigern, und wenn sie schwieg, dann würde er nichts erfahren. Er durfte ihr aber auch nicht übermäßig schmeicheln. Sie war Komplimente gewöhnt, und er hielt sie für viel zu intelligent, als daß sie sich hinters Licht führen ließe. Er begann sehr behutsam.

»Wenn er tot ist, Ma'am, dann liegt es nahe, daß er ermordet wurde, weil er etwas wußte, und sein Mörder konnte es sich nicht leisten, zuzulassen, daß er dieses Wissen weitergab.«

»Das ist die logische Folgerung«, stimmte sie zu.

»Das einzige, von dem wir wissen, daß es jemandem so gefährlich werden konnte, ist das Wissen um die Identität dessen, der Fanny vergewaltigt und ermordet hat.« Er durfte sie nicht herablassend behandeln oder auch nur spüren lassen, daß er sie zu einer bestimmten Erkenntnis führen wollte.

Ihr Mund verzog sich zu einem bitteren Lächeln.

»Jeder möchte seine Privatsphäre schützen, Mr. Pitt, aber nur wenige von uns halten sie für so schützenswert, daß sie einen Nachbarn umbringen. Ich meine, es wäre lächerlich zu glauben, es gäbe zwei solch skandalöse Geheimnisse am Paragon Walk, ohne irgendwelche Beweise dafür zu haben.«

»Genau«, pflichtete er ihr bei.

Sie seufzte fast unhörbar.

»Und das führt uns wieder zu der Person, die die arme Fanny vergewaltigt hat«, sagte sie langsam. »Wir haben uns natürlich alle Gedanken darüber gemacht. Das läßt sich kaum vermeiden.«

»Natürlich nicht, besonders für Sie, die ihr so nahestanden.«

Ihre Augen wurden größer.

»Wenn Sie irgend etwas wüßten«, fuhr er vielleicht ein wenig zu hastig fort, »dann hätten Sie uns das natürlich gesagt. Aber vielleicht sind Ihnen einige Gedanken gekommen, nicht wirklich ein Verdacht, aber, wie Sie schon sagten . . .« Er beobachtete sie ganz genau, um beurteilen zu können, wieviel Druck er ausüben konnte, was er in Worte fassen und was nur angedeutet werden durfte. »Wie Sie schon sagten, Sie können die Angelegenheit nicht aus Ihren Gedanken verbannen!«

»Sie glauben, ich verdächtige einen meiner Nachbarn?« Ihre blauen Augen schienen ihn förmlich zu hypnotisieren. Er spürte, daß er nicht wegsehen konnte.

»Tun Sie das?«

Lange Zeit sagte sie nichts. Ihre Hände bewegten sich langsam in ihrem Schoß und lösten einen unsichtbaren Knoten.

Er wartete.

Schließlich blickte sie auf.

»Ja. Aber Sie müssen wissen, daß es nur ein Gefühl ist, eine Sammlung von Eindrücken.«

»Natürlich.« Er wollte sie nicht unterbrechen. Auch wenn er dadurch nichts über jemand anderen herausfinden würde, so würde er doch etwas über sie erfahren.

»Ich kann nicht glauben, daß ein vernünftiger, normaler Mensch etwas Derartiges tun würde.« Sie sprach, als würde sie jedes Wort abwägen, als würde sie zögern, überhaupt zu sprechen, und als fühle sie sich doch einer Verpflichtung unterworfen. »Ich kenne alle hier schon seit vielen Jahren. Ich bin in meiner Erinnerung immer wieder durchgegangen, was ich weiß, und ich kann mir nicht vorstellen, daß ein solcher Charakter uns allen hätte verborgen bleiben können.«

Er war plötzlich enttäuscht. Sie würde jetzt mit der Vermutung aufwarten, daß es sich um einen Fremden gehandelt haben mußte, was einfach unmöglich war.

Ihre Hände lagen ruhig in ihrem Schoß und wirkten sehr weiß gegen das Grün ihres Kleides.

Sie hob ihren Kopf, und auf ihren Wangen lag ein flammend-roter Schimmer. Dann holte sie tief Luft, atmete aus und sammelte sich wieder.

»Ich meine, Mr. Pitt, daß es nur jemand gewesen sein kann, der unter dem Einfluß eines ganz abnormen Gefühls stand oder der vielleicht betrunken war. Wenn Menschen zu viel trinken, dann tun sie manchmal Dinge, von denen sie nüchtern noch nicht einmal träumen würden, und ich habe gehört, daß sie sich hinterher oft nicht einmal mehr an das erinnern, was passiert ist. Das wäre eine Erklärung dafür, daß der Täter jetzt scheinbar unschuldig wirkt, oder? Wenn derjenige, der Fanny ermordet hat, sich nicht genau daran erinnern kann . . .«

Er dachte an Georges Gedächtnislücke hinsichtlich jenes Abends, an Algernon Burnons Zögern, den Namen seines Begleiters zu nennen, an Diggorys anonyme Spielrunden. Aber es war Hallam Cayley, der wiederholt spätabends so betrunken war, daß er am nächsten Tag verschlief. Afton hatte gesagt, daß er an dem Morgen, als Fulberts Verschwinden entdeckt wurde, noch um zehn Uhr morgens seinen Rausch ausschlief. Jessamyns Vermutung war gar nicht so abwegig. Das wäre auch die Erklärung dafür, daß es keine Lügen gab, keinen Versuch, ihn auf eine falsche Spur zu führen oder etwas zu verheimlichen. Der Mörder konnte sich an die Schuld, die er auf sich geladen hatte, nicht einmal mehr erinnern! Es mußte eine schwarze, tiefe Lücke in seinem Gedächtnis geben; er mußte sich selbst fragen, was wohl geschehen war; während der Nacht mußten grausige Ängste, die bruchstückhafte Erinnerung an Gewalt, Schreie und Entsetzen in ihm aufsteigen.

»Ich danke Ihnen«, sagte er höflich.

Sie holte noch einmal tief Luft.

»Kann man einen Mann dafür bestrafen, wenn er etwas in betrunkenem Zustand tut?« fragte sie langsam. Zwischen ihren Augenbrauen bildete sich eine kleine Falte.

»Ob Gott ihn straft, weiß ich nicht«, antwortete Pitt ehrlich. »Aber das Gesetz wird es tun. Ein Mann muß sich schließlich nicht betrinken.«

Ihr Gesicht zeigte keine Gemütsregung. Sie verfolgte einen Gedanken weiter, der ihr schon vorher gekommen war.

»Manchmal trinkt man zuviel, um einen Schmerz zu betäuben.« Ihre Worte kamen sehr vorsichtig, sehr überlegt. »Vielleicht den Schmerz, der von einer Krankheit oder einem Verlust herrührt.«

Er dachte sofort an Hallam Cayleys Frau. War es das, worauf sie ihn bringen wollte? Er sah sie an, aber ihr Gesicht war jetzt so glatt wie weißer Satin. Er entschloß sich, sie direkt zu fragen.

»Sprechen Sie von einer bestimmten Person, Mrs. Nash?«

Ihre Augen wichen seinen für einen Moment aus, und das strahlende Blau verdunkelte sich.

»Ich würde es vorziehen, keinen Namen zu nennen, Mr. Pitt. Ich weiß es einfach nicht. Drängen Sie mich nicht, jemanden zu beschuldigen.« Sie blickte ihm wieder gerade und offen in die Augen. »Ich verspreche Ihnen, wenn ich irgend etwas erfahren sollte, dann werde ich es Ihnen sagen.«

Er stand auf. Er wußte, daß er jetzt keine Informationen mehr zu erwarten hatte.

»Nochmals vielen Dank, Mrs. Nash. Sie haben mir sehr geholfen. Sie haben mir sogar ausgesprochen viel zum Nachdenken gegeben.« Er verzichtete auf eine banale Bemerkung darüber, daß er die Lösung bald finden würde. Das wäre ihr gegenüber eine Beleidigung gewesen.

Auf ihrem Gesicht erschien die Andeutung eines Lächelns.

»Vielen Dank, Mr. Pitt. Auf Wiedersehen.«

»Auf Wiedersehen, Ma'am.« Er erlaubte dem Diener, ihn zur Haustür zu begleiten.

Draußen überquerte er die Straße und lief über den Rasen auf der anderen Seite. Er wußte, daß er ihn nicht betreten durfte – es gab ein kleines Hinweisschild –, aber er liebte das Gefühl, etwas Leben unter den Sohlen seiner Stiefel zu spüren. Pflastersteine waren gefühllose, unschöne Dinge. Sie waren notwendig, wenn Tausende von Leuten darüber laufen sollten, aber sie verbargen die Erde.

Was war in jener Nacht in dieser respektablen, ordentlichen Straße geschehen? Welches Chaos war plötzlich ausgebrochen und hatte so viele häßliche Folgen gehabt?

Die Gefühle entzogen sich seinem Zugriff. Alles, wonach er faßte, zerbrach und verschwand.

Er mußte sich wieder den Fakten zuwenden, dem Ablauf des Mordes. Gentlemen wie die am Paragon Walk trugen normalerweise keine Messer bei sich. Warum hatte der Täter bei dieser Gelegenheit eines bei sich gehabt? War es denkbar, daß es sich gar nicht um eine plötzliche Leidenschaft gehandelt hatte, sondern um eine geplante Tat? Konnte es sogar sein, daß der Mord von vornherein beabsichtigt und es zur Vergewaltigung nur zufällig gekommen war, aus einem Impuls heraus, oder es sich um eine absichtlich gelegte falsche Spur handelte?

Aber warum sollte irgend jemand Fanny Nash ermorden wollen? Noch nie war ihm jemand begegnet, der unbescholtener war. Sie war keine reiche Erbin und auch nicht die Geliebte irgendeines Mannes. Soweit er wußte, hatte niemand das geringste romantische Interesse an ihr gezeigt, abgesehen von Algernon Burnon, und das schien eine äußerst seriöse Angelegenheit gewesen zu sein.

War es möglich, daß Fanny zufällig auf irgendein anderes Geheimnis am Walk gestoßen war und deswegen sterben mußte? Vielleicht sogar, ohne zu wissen, worum es eigentlich ging?

Und was war mit dem Messer geschehen? Hatte der Mörder es behalten? War es irgendwo versteckt, lag es inzwischen vielleicht schon meilenweit weg auf dem Grund des Flusses?

Und dann gab es da ein praktisches Problem: Sie war erstochen worden. Vor seinem inneren Auge konnte er noch das geronnene Blut an ihrem Körper sehen. Warum hatte es auf der Straße kein Blut gegeben, keine Blutspur, die vom Salon zurückführte bis an die Stelle, wo sie angegriffen worden war? Es hatte seitdem nicht geregnet. Der Mörder hatte seine Kleidung sicher vernichtet, das ließ sich leicht erklären, obwohl Forbes nicht in der Lage gewesen war – auch nicht nach sehr eingehenden Verhören –, einen Kammerdiener zu finden, der bemerkt hätte, daß in der Garderobe seines Herrn etwas fehlte, oder auch nur verkohlte Reste in irgendeinem Kessel oder Kamin zu entdecken.

Warum war kein Blut auf der Straße?

War es vielleicht hier auf dem Rasen passiert oder in einem Blumenbeet, wo man Blut im Boden hätte vergraben können? Aber weder er noch Forbes hatten Anzeichen eines Kampfes aufgespürt, keine zertretenen Blumenbeete, keine abgebrochenen Äste, außer den üblichen, die durch die Anwesenheit eines Hundes erklärt werden konnten oder dadurch, daß jemand im Dunkeln gestolpert war, oder durch die Ungeschicklichkeit eines Gärtnerjungen oder durch ein Dienerpärchen, das dort geschäkert hatte.

Wenn es jemals Spuren gegeben hatte, dann hatte die Polizei sie entweder nicht gefunden, nicht erkannt, oder sie waren schon lange vom Mörder oder von anderen verwischt worden.

Er war wieder bei den Motiven und den möglichen Tätern. Warum? Warum Fanny?

Seine Gedanken wurden durch ein diskretes Hüsteln unterbrochen. Jemand mußte sich in geringer Entfernung hinter den Rosen befinden. Er blickte auf. Ein älterer Butler stand einsam und etwas unbeholfen auf dem Weg und starrte ihn an.

»Meinten Sie mich?« fragte Pitt und tat so, als merke er nicht, daß er sich auf dem gepflegten Rasen aufhielt.

»Ja, Sir. Wenn es Ihnen recht ist, so wäre Mrs. Nash Ihnen sehr dankbar, wenn Sie sie aufsuchen würden, Sir.«

»Mrs. Nash?« Seine Gedanken flogen zurück zu Jessamyn.

»Ja, Sir.« Der Butler räusperte sich. »Mrs. Afton Nash, genauer gesagt, Sir.«

Phoebe!

»Ja, natürlich«, antwortete Pitt sofort. »Ist Mrs. Nash zu Hause?«

»Ja, Sir. Wenn Sie mir bitte folgen möchten?«

Pitt folgte ihm über den Bürgersteig und dann den Pfad entlang, der zum Haus von Afton Nash führte. Die Haustür öffnete sich, bevor sie sie erreichten, und sie wurden hereingebeten. Phoebe war in einem kleinen Empfangszimmer im hinteren Teil des Hauses. Ein hohes Fenster gab den Blick auf den Rasen frei.

»Mr. Pitt!« Sie schien fast verwirrt und ein wenig atemlos. »Wie nett von Ihnen, daß Sie gekommen sind. Hobson, schicken Sie Nellie mit dem Tablett herein! Sie trinken doch einen Tee, nicht wahr? Ich lasse Ihnen gerne einen kommen. Bitte, nehmen Sie Platz!«

Der Butler verschwand. Pitt setzte sich folgsam und dankte ihr.

»Es ist immer noch schrecklich heiß!« Sie fächerte sich heftig mit den Händen Luft zu. »Ich mag den Winter nicht, aber im Augenblick habe ich fast das Gefühl, ich würde mich schon auf ihn freuen!«

»Ich denke, daß es bald regnen wird, und dann wird es angenehmer.« Er wußte nicht, wie er es erreichen konnte, daß sie sich etwas entspannte. Sie hörte ihm gar nicht richtig zu und hatte ihn nicht einmal angesehen.

»Oh, das hoffe ich.« Sie setzte sich und stand wieder auf. »Das Wetter ist sehr ermüdend, finden Sie nicht?«

»Sie wollten mit mir über etwas sprechen, Mrs. Nash?« Es schien so, als würde sie nicht von selber zur Sache kommen.

»Ich? Nun«, sie hustete und ließ wieder eine winzige Pause entstehen, »haben Sie schon eine Spur des armen Fulbert gefunden?«

»Nein, Ma'am.«

»Oh je!«

»Wissen Sie irgend etwas, Ma'am?« Es schien, als würde sie nicht sprechen, wenn man sie nicht dazu drängte.

»Oh nein! Nein, natürlich nicht! Wenn ich etwas wüßte, dann hätte ich es Ihnen gesagt.«

»Aber Sie haben mich rufen lassen, um mir etwas mitzuteilen.« Er blieb beharrlich.

Sie wirkte nervös.

»Ja, ja, das gebe ich zu, aber nicht, um Ihnen zu sagen, wo der arme Fulbert ist, das schwöre ich!«

»Um was handelt es sich also, Mrs. Nash?« Er bemühte sich, auf sie einzugehen, aber die Sache drängte. Wenn sie etwas wußte, dann mußte er es jetzt erfahren. Er tappte immer noch im dunkeln wie zu dem Zeitpunkt, als er Fannys Körper zum ersten Mal im Leichenschauhaus gesehen hatte. »Sie müssen es mir sagen!«

Sie erstarrte. Ihre Hände wanderten zu ihrem Hals und dem etwas zu großen Kruzifix, das dort hing. Ihre Finger umfaßten es, und die Fingernägel gruben sich in ihre Haut.

»Es gibt hier etwas Furchtbares und Böses, Mr. Pitt, etwas wirklich Entsetzliches!«

Bildete sie sich das nur ein, steigerte sie sich in eine Hysterie hinein? Wußte sie überhaupt etwas, oder handelte es sich nur um die unbestimmten Ängste einer verschreckten und törichten Frau? Er sah sie an, ihr Gesicht, ihre Hände.

»Wie zeigt sich das Böse, Mrs. Nash?« fragte er ruhig. Ob die Ursache nun der Wirklichkeit entsprach oder nur in ihrer Phantasie existierte, er hätte schwören können, daß ihre Angst jedenfalls wirklich echt war. »Haben Sie etwas gesehen?«

Sie schlug ein Kreuzzeichen. »Oh, großer Gott!«

»Was haben Sie gesehen?« hakte er nach. War Afton Nash der Täter? Und wußte sie es, konnte sich aber, weil er ihr Mann war, nicht dazu durchringen, ihn auszuliefern? Oder war es Fulbert gewesen – Inzest, Vergewaltigung, Selbstmord, und sie wußte es?

Er stand auf und streckte ihr seine Hand entgegen, nicht, um sie zu berühren, sondern um unterstützend zu wirken.

»Was haben Sie gesehen?« wiederholte er.

Sie begann zu zittern. Erst bewegte sich ihr Kopf in kleinen Zuckungen von einer Seite auf die andere, dann zuckten ihre Schultern und schließlich ihr ganzer Körper. Sie gab wimmernde Laute von sich wie ein Kind.

»Es war so töricht!« stieß sie wütend zwischen ihren zusammengepreßten Zähnen heraus. »So furchtbar töricht! Und jetzt ist es alles wahr geworden, Gott helfe uns!«

»Was ist wahr geworden, Mrs. Nash?« fragte er sie eindringlich. »Was wissen Sie?«

»Oh!« Sie hob ihren Kopf und starrte ihn an. »Nichts! Ich glaube, ich bin verrückt geworden! Wir werden es nie besiegen. Wir sind alle verloren, und durch unsere eigene Schuld. Gehen Sie fort, und lassen Sie uns in Ruhe! In Ihren Kreisen sind Sie ein anständiger Mann. Gehen Sie einfach weg! Beten Sie, wenn Sie wollen, aber gehen Sie jetzt, bevor es sich ausbreitet und Sie berührt! Sagen Sie nicht, ich hätte Sie nicht gewarnt.«

»Sie haben mich nicht gewarnt. Sie haben mir nicht gesagt, wovor ich mich in acht nehmen soll!« sagte er hilflos. »Wovor? Was ist es?«

»Das Böse!« Ihr Gesicht wirkte jetzt verschlossen, und ihre Augen wurden hart und dunkel. »Es gibt eine schreckliche Gottlosigkeit am Paragon Walk. Gehen Sie von hier weg, solange Sie es noch können!«

Er wußte nicht, was er jetzt tun sollte. Er suchte immer noch nach Worten, als das Dienstmädchen mit dem Teetablett eintrat.

Phoebe beachtete es gar nicht.

»Ich kann nicht einfach weggehen, Ma'am«, antwortete er. »Ich muß bleiben, bis ich ihn gefunden habe. Aber ich werde aufpassen. Vielen Dank für Ihre Besorgnis. Auf Wiedersehen.«

Sie antwortete nicht, sondern stand da und starrte auf das Tablett.

Arme Frau, dachte er, als er wieder draußen in der Hitze stand. Erst ihre Schwägerin und jetzt ihr Schwager, das war wohl alles zuviel für sie gewesen. Sie war hysterisch geworden. Und zweifellos brachte Afton ihr nur wenig Mitgefühl entgegen. Es war schade, daß sie keine Aufgabe hatte und keine Kinder, die ihre Gedanken in Anspruch nahmen und sie vor Phantasien bewahrten. Es gab Momente, in denen er zu seiner Überraschung verwirrt feststellte, daß ihm die Reichen genauso leid taten wie die Armen. Einige von ihnen verdienten das gleiche Mitleid, sie waren ebenfalls in einer Hierarchie gefangen, egal, ob sie dort eine Funktion zu erfüllen hatten oder bedeutungslos waren.

Es war am späten Nachmittag, als die beiden Damen Horbury Emily besuchten. Eigentlich war es für einen solchen Besuch schon zu spät am Tage. Als das Dienstmädchen sie ankündigte, war Emily mehr als verärgert. Sie spielte sogar mit dem Gedanken, ausrichten zu lassen, sie sei nicht zu sprechen, aber da sie Nachbarinnen waren und einander gezwungenermaßen häufig trafen, war es trotz dieses eigenartigen Verhaltens besser, keinen Anlaß zur Verärgerung zu geben.

Sie kamen wie eine gelbe Wolke herein. Es war eine Farbe, die beiden ausgesprochen schlecht stand, wenn auch aus unterschiedlichen Gründen. An Miss Laetitia wirkte sie zu blaß und verlieh ihrer Haut einen gelblichen Schimmer; an Miss Lucinda paßte sie nicht zu ihrem hellblonden Haar und hinterließ den Eindruck, man habe einen ziemlich wilden kleinen Vogel vor sich, der sich tief in der Mauser befand. Als sie in das Zimmer stürmte und ihre Augen auf Emily heftete, flatterten helle Haarsträhnen hinter ihr her.

»Guten Tag, Emily, meine Liebe.« Sie wirkte ungewöhnlich zwanglos, fast schon vertraulich.

»Guten Tag, Miss Horbury«, sagte Emily kühl. »Was für eine angenehme Überraschung«, sie betonte das Wort ›Überraschung‹, »Sie zu sehen.« Sie schenkte Miss Laetitia, die beim Eintreten etwas gezögert hatte und weiter hinten stand, ein zurückhaltendes Lächeln.

Miss Lucinda setzte sich, ohne dazu aufgefordert worden zu sein. Emily hatte nicht die Absicht, den Damen so spät am Nachmittag Erfrischungen anzubieten. Wußten sie denn gar nicht, was sich gehörte?

»Es sieht nicht so aus, als ob die Polizei jemals irgend etwas herausfinden wird«, bemerkte Miss Lucinda und versank noch tiefer im Sessel. »Ich glaube nicht, daß sie bisher überhaupt eine Spur hat.«

»Die Polizei würde uns das auch kaum sagen, selbst wenn sie eine hätte«, sagte Laetitia, ohne sich gezielt an eine der Anwesenden zu wenden. »Warum sollte sie auch?«

Emily setzte sich. Sie hatte beschlossen, höflich zu sein, wenigstens für eine Weile.

»Ich habe keine Ahnung«, sagte sie müde.

Miss Lucinda beugte sich vor.

»Ich glaube, da liegt was in der Luft!«

»So, glauben Sie das?« Emily wußte nicht, ob sie lachen oder ärgerlich sein sollte.

»Ja, das tue ich. Und ich beabsichtige, herauszufinden, was das ist! Ich bin während der Saison immer am Walk gewesen, schon als ich noch ein junges Mädchen war.«

Emily wußte nicht, welche Antwort erwartet wurde.

»So?« sagte sie unverbindlich.

»Und darüber hinaus«, fuhr Miss Lucinda fort, »bin ich der Meinung, daß es etwas absolut Skandalöses sein muß und daß es unsere Pflicht ist, diesem Treiben Einhalt zu gebieten.«

»Ja.« Emily tappte im dunkeln. »Das ist wohl wahr.«

»Ich glaube, es hat etwas mit dem Franzosen zu tun«, sagte Miss Lucinda voller Überzeugung.

Miss Laetitia schüttelte den Kopf.

»Lady Tamworth sagt, daß es mit dem Juden zu tun hat.«

Emily blinzelte. »Mit welchem Juden?«

»Na, diesem Mr. Isaacs natürlich!« Miss Lucinda verlor die Geduld. »Aber das ist Unsinn. Niemand würde ihn einladen, es sei denn, es besteht eine geschäftliche Notwendigkeit. Ich glaube, es hat etwas mit diesen Gesellschaften bei Lord Dilbridge zu tun. Ich weiß wirklich nicht, wie die arme Grace das alles auf die Dauer erträgt.«

»Was alles?« fragte Emily. Sie war sich nicht sicher, ob es in diesem Gespräch überhaupt irgend etwas gab, weswegen es sich zuzuhören lohnte.

»Alles, was da so geschieht! Also wirklich, Emily, meine Liebe, Sie müssen sich doch ein wenig mit den Dingen beschäftigen, die in Ihrer unmittelbaren Nachbarschaft geschehen. Wie können wir sonst alles im Griff behalten? Wir sind diejenigen, die dafür sorgen müssen, daß Sitte und Anstand herrschen!«

»Sie war immer schon sehr besorgt um Sitte und Anstand«, fügte Miss Laetitia hinzu.

»Jawohl!« gab Miss Lucinda spitz zurück. »Irgendeiner muß sich ja darum kümmern, und es gibt mehr als genug Leute, die es nicht tun!«

»Ich habe keine Ahnung, was da vor sich geht.« Emily waren die offenen Anspielungen im Wortwechsel der beiden Damen ein wenig peinlich. »Ich besuche die Gesellschaften der Dilbridges nicht, und, um ehrlich zu sein, ich wußte gar nicht, daß sie im Sommer mehr Einladungen geben, als andere Leute es gewöhnlich tun.«

»Meine Liebe, auch ich gehe natürlich nicht hin. Und ich wage zu behaupten, daß sie nicht mehr Einladungen als andere Leute geben. Aber es kommt nicht auf die Anzahl, sondern auf die Art der Gesellschaften an. Ich sage Ihnen, Emily, irgend etwas Merkwürdiges geht da vor, und ich habe vor, es aufzudecken!«

»An Ihrer Stelle wäre ich da sehr vorsichtig.« Emily hatte das Gefühl, sie warnen zu müssen. »Denken Sie daran, daß es äußerst tragische Ereignisse gegeben hat. Begeben Sie sich nicht in Gefahr!« Sie dachte dabei eher an diejenigen, die Miss Lucinda mit ihrer Neugier vielleicht in Verlegenheit brachte, als an eine wirkliche Gefahr für Lucinda selbst.

Miss Lucinda erhob sich und streckte ihren Busen nach vorne.

»Ich bin unerschrockenen Mutes, wenn ich klar vor Augen habe, was meine Pflicht ist. Und ich erwarte Ihre Hilfe, wenn Sie etwas Wichtiges entdecken!«

»Oh, natürlich«, versicherte Emily und wußte ganz genau, daß sie selbst nichts für besonders wichtig halten würde, das in den Aufgabenbereich von Miss Lucinda fiel.

»Gut! Jetzt muß ich die arme Grace besuchen!«

Und bevor Emily noch einige passende Worte im Hinblick auf die fortgeschrittene Zeit finden konnte, nahm Miss Lucinda ihre Schwester ins Schlepptau und rauschte hinaus.

Emily stand in der Dämmerung im Garten. Sie hielt ihr Gesicht in den Abendwind, der mit dem zarten, süßen Duft der Rosen und Reseden über den trockenen Rasen herüberwehte. Ein einziger, strahlender Stern war schon aufgestiegen, obwohl der Himmel noch blaugrau und im Westen rötlich war.

Sie dachte an Charlotte. Ihre Schwester hatte keinen Garten, keinen Platz für Blumen, und Emily fühlte sich ein wenig schuldig, weil das Schicksal ihr so vieles beschert hatte, ohne daß sie sich hätte anstrengen müssen. Sie entschloß sich, nach einem taktvollen Weg zu suchen, ihr öfter einmal etwas zukommen zu lassen, ohne daß Charlotte oder Pitt es merkten. Ganz abgesehen von der Tatsache, daß er Charlottes Ehemann war, mochte Emily Pitt um seiner selbst willen.

Sie stand ganz ruhig da, als es passierte. Ein schriller, herzzerreißender Schrei, der nicht enden wollte, zerschnitt die Nacht. Er verhallte in der Stille, dann ertönte ein weiterer schrecklicher Schrei.

Emily erstarrte, und ein Schauer überlief sie. Wieder war alles ruhig.

Dann erklang von irgendwo ein Ruf. Emily setzte sich in Bewegung, raffte ihre Röcke hoch und lief zurück ins Haus, durch den Salon, die Halle und zur Eingangstür hinaus. Dabei rief sie nach dem Butler und dem Diener.

Auf der Zufahrt vor dem Haus blieb sie stehen. Lichter erschienen am Walk, eins nach dem anderen, und ein Mann, der ungefähr 200 Meter entfernt war, rief etwas.

In diesem Augenblick sah sie Selena. Sie rannte mitten auf der Straße, das Haar hing ihr zerzaust auf den Rücken hinunter; ihr Kleid war am Ausschnitt zerrissen und entblößte ihre weiße Haut.

Emily stürzte auf sie zu. Im Grunde ihres Herzens wußte sie schon, was passiert war. Sie brauchte nicht mehr auf Selenas keuchende, schluchzende Worte zu warten.

Sie fiel in Emilys Arme.

»Ich bin ... vergewaltigt worden!«

»Ruhig!« Emily hielt sie fest. »Ruhig!« Was sie sagte, war belanglos. Es kam jetzt nur auf den Klang der Stimme an. »Sie sind in Sicherheit. Kommen Sie, kommen Sie herein.« Behutsam führte sie die Weinende über die Auffahrt und die Treppe hinauf.

Drinnen schloß sie die Salontür und brachte Selena zu einem Sessel. Die Diener waren alle draußen und suchten nach dem Mann, irgendeinem Fremden, jemandem, der seine Anwesenheit nicht hinreichend erklären konnte, obwohl Emily der flüchtige Gedanke kam, daß der Mann sich ja nur dem Suchtrupp anzuschließen brauchte, um unerkannt zu bleiben.

Wenn man Selena erst Zeit gab, nachzudenken, sich wieder zu sammeln, würde sie vielleicht aus Scham weniger sagen oder sich nur unklar ausdrücken.

Emily kniete vor ihr nieder und nahm ihre Hände.

»Was ist passiert?« sagte sie fest. »Wer war es?«

Selena hob ihr gerötetes Gesicht, ihre Augen waren weit geöffnet und glitzerten.

»Es war schrecklich!« flüsterte sie. »Wie ein Tier, so etwas habe ich noch nie erlebt! Ich werde es spüren... und riechen... so lange ich lebe!«

»Wer war es?« wiederholte Emily.

»Er war groß«, sagte Selena langsam. »Und schlank. Und Gott, wie stark er war!«

»Wer?«

»Ich... oh Emily, Sie müssen vor Gott schwören, daß Sie nichts sagen werden – schwören Sie!«

»Warum?«

»Weil«, sie schluckte schwer, ihr Körper zitterte, ihre Augen waren riesengroß, »ich... ich glaube, es war Monsieur Alaric, aber... aber ich bin nicht sicher. Sie müssen es schwören, Emily! Wenn Sie ihn anzeigen und sich irren, dann werden wir beide in schrecklicher Gefahr sein! Denken Sie an Fanny! Ich werde einen Eid leisten, daß ich nichts weiß!«

Kapitel 8

Pitt wurde natürlich benachrichtigt. Er verließ sofort sein Haus und fuhr mit derselben Kutsche zurück, die die Nachricht gebracht hatte. Als er aber am Paragon Walk ankam, trug Selena bereits ein unauffälliges Kleid von Emily und saß auf dem großen Sofa im Salon. Sie war jetzt viel gefaßter. Ihr Gesicht war verquollen, ihre Hände lagen weiß und ineinanderverschlungen in ihrem Schoß, aber sie erzählte ihm doch recht ruhig, was passiert war.

Sie war von einem kurzen Besuch bei Grace Dilbridge zurückgekommen und hatte sich ein wenig beeilt, um vor der Dunkelheit zu Hause zu sein, als sie hinterrücks von einem Mann angegriffen wurde, der überdurchschnittlich groß war und ganz außergewöhnliche Kräfte besaß. Sie war auf den Rasen am Rosenbeet geworfen worden, dort jedenfalls glaubte sie, mußte es gewesen sein. Das, was dann passiert war, war einfach zu furchtbar, und Pitt als rücksichtsvoller Mann würde wohl nicht von ihr erwarten, daß sie es ihm beschrieb, oder? Es mußte reichen, wenn sie ihm sagte, daß sie vergewaltigt worden sei! Von wem, das wußte sie nicht. Sie hatte sein Gesicht nicht gesehen, und sie konnte auch sonst nichts über ihn aussagen, außer, daß er ungewöhnlich stark war und sich wie ein wildes Tier verhalten hatte.

Er befragte sie nach allem, was ihr vielleicht noch aufgefallen sein könnte, ohne daß sie sich dessen bewußt war. War seine Kleidung aus einem feinen oder groben Stoff? Trug er ein Hemd unter seiner Jacke? War es hell oder dunkel? Waren seine Hände rauh?

Sie dachte nur kurz nach.

»Oh!« sagte sie mit einem Anflug von Überraschung. »Ja, natürlich! Seine Kleidung war gut. Es muß ein Gentleman gewesen sein. Ich erinnere mich an die weißen Manschetten seines Hemdes. Und seine Hände waren weich, aber...«, sie schlug die Augen zu Boden, »sehr kräftig!«

Er hakte nach, aber sie konnte ihm nichts mehr mitteilen. Bevor er eine weitere Frage stellen konnte, verlor sie ihre Fassung und war nicht mehr in der Lage, etwas zu sagen.

Er mußte nun damit beginnen, die üblichen Ermittlungen anzustellen, das hieß vor allem, Einzelinformationen einzuholen. In einer langen und ermüdenden Nacht befragten Forbes und er alle Männer am Walk und zwangen sie, aufgebracht und verstört aus ihren Betten herauszukommen. Wie zuvor konnte jeder von ihnen plausibel machen, wo er gewesen war, aber keiner lieferte den eindeutigen Beweis dafür, daß er nicht doch für den kurzen, entscheidenden Augenblick draußen gewesen war.

Afton Nash hatte sich in seinem Arbeitszimmer aufgehalten, das direkt zum Garten führte, und er hätte durchaus hinausschlüpfen können, ohne gesehen zu werden. Jessamyn Nash hatte Klavier gespielt und konnte nicht sagen, ob Diggory sich den ganzen Abend im Zimmer aufgehalten hatte oder nicht. Freddie Dilbridge war allein in seinem Pavillon gewesen; er sagte aus, er habe sich dort Gedanken über eine Veränderung der Inneneinrichtung gemacht. Grace war nicht bei ihm gewesen. Hallam Cayley und Paul Alaric lebten allein. Der einzige Lichtblick bestand darin, daß George in der Stadt gewesen war, und es schien höchst unwahrscheinlich zu sein, daß er an den Walk hätte zurückkehren können, ohne gesehen zu werden.

Alle Dienstboten wurden verhört und ihre Antworten miteinander verglichen. Einige waren mit Dingen beschäftigt gewesen, die sie lieber geheimgehalten hätten; es gab allein drei Liebesaffären und ein Kartenspiel, bei dem eine ziemlich hohe Summe den Besitzer gewechselt hatte. Es war durchaus möglich, daß es am folgenden Morgen Entlassungen geben würde! Aber die meisten hatten ein Alibi oder waren genau dort gewesen, wo man es von ihnen auch erwartet hätte.

Als die Verhöre in der ruhigen, warmen Morgendämmerung beendet waren, hatte Pitt, der inzwischen die Augen kaum noch offen halten konnte und dessen Kehle ausgedörrt war, nichts ermittelt, was ihm hätte weiterhelfen können.

Zwei Tage später erhielt Pitt endlich die Antwort aus Paris, die ihm Auskunft über Paul Alaric gab. Er stand mitten in der Polizeiwache, hielt den Brief in seiner Hand und war noch verwirrter als zuvor. Die Pariser Polizei konnte keinerlei Angaben über Alaric machen, entschuldigte sich für die verspätete Antwort und erklärte, daß sie zwar Anfragen an alle größeren Städte in Frankreich gesandt hatte, aber immer noch keine endgültigen Nachrichten eingetroffen seien. Es existierten natürlich ein oder zwei Familien mit diesem Namen, aber auf keines der Familienmitglieder paßten die Beschreibung, das Alter, das Aussehen oder andere Merkmale. Außerdem war ihr jeweiliger Aufenthaltsort bereits geklärt worden. Und es gab darunter mit an Sicherheit grenzender Wahrscheinlichkeit keine Person, die wegen unzüchtiger Annäherung an Frauen angeklagt, geschweige denn verurteilt worden war.

Pitt fragte sich, warum Alaric über sein Heimatland Lügen verbreitete?

Dann erinnerte er sich, daß Alaric selbst nie irgend etwas über seine Herkunft gesagt hatte. Alle anderen hatten behauptet, er sei Franzose, aber Alaric selbst hatte nie darüber gesprochen, und Pitt hatte keinen Anlaß gehabt, danach zu fragen. Freddie Dilbridges Anschuldigung war vermutlich genau das, wofür Grace sie gehalten hatte – ein Ablenkungsmanöver, um seine Freunde aus der Untersuchung herauszuhalten. Auf wen hätte man den Verdacht besser lenken können als auf den einzigen Ausländer?

Pitt legte das Pariser Antwortschreiben beiseite und nahm seine Ermittlungen vor Ort wieder auf.

Die Untersuchung wurde während der langen, heißen Tage fortgesetzt, Frage folgte auf Frage, und Pitt mußte seine Aufmerksamkeit nach einer Weile wieder anderen Verbrechen zuwenden. In den übrigen Stadtteilen Londons hörten die Raubüberfälle, die Betrugsdelikte und die Gewalttaten ja nicht einfach auf, und er konnte nicht den ganzen Tag auf einen einzigen ungelösten Fall verwenden, so tragisch oder gefährlich er auch sein mochte.

Am Paragon Walk nahm das Leben langsam wieder seinen gewohnten Verlauf. Natürlich wurde Selenas Martyrium nicht vergessen. Die Reaktionen darauf waren unterschiedlich. Seltsamerweise zeigte Jessamyn das meiste Mitgefühl. Es schien, als sei die alte Feindschaft zwischen ihnen völlig ausgelöscht worden. Emily war fasziniert, weil die beiden nicht nur ihre neue Freundschaft zur Schau trugen, sondern weil beide ein Hauch tiefster Befriedigung umgab, so, als ob jede von ihnen für sich in Anspruch nähme, den entscheidenden Sieg errungen zu haben.

Jessamyn benahm sich nach Selenas schrecklicher Erfahrung übertrieben besorgt und umarmte sie bei jeder denkbaren Gelegenheit, ja sie forderte selbst andere Leute auf, sie ebenso zu umhegen. Das hatte natürlich zur Folge, daß niemand den Vorfall vergessen konnte, was Emily amüsiert bemerkte und gleich Charlotte erzählte, als sie zu Besuch kam.

Eigenartigerweise schien Selena das nichts auszumachen. Sie wurde hochrot, und ihre Augen leuchteten, wenn man sie – immer sehr diskret, versteht sich– darauf ansprach. Niemand wollte vulgär sein und unangenehme Worte benutzen. Aber es schien sie nicht zu verletzen, wenn der Vorfall erwähnt wurde.

Selbstverständlich gab es auch Nachbarn, die das anders sahen. So bemühte sich George darum, das Thema ganz zu vermeiden, was ihm Emily auch für eine Weile gestattete. Ursprünglich hatte sie ja beschlossen, ihr Wissen um die Affäre mit Selena zu verdrängen, vorausgesetzt, eine solche Sache würde nie wieder vorkommen. Eines Morgens ergab sich dann jedoch eine Gelegenheit, die sie sich nicht entgehen lassen konnte, und bevor es ihr richtig bewußt war, nutzte sie ihre Position aus.

George blickte vom Frühstückstisch auf. Tante Vespasia war heute morgen sehr früh aufgestanden und hatte sich für Aprikosenmarmelade mit Walnüssen und einen hauchdünnen Toast entschieden.

»Was wirst du heute tun, Tante Vespasia?« fragte George höflich.

»Ich werde mich bemühen, Grace Dilbridge aus dem Weg zu gehen«, antwortete sie. »Das wird allerdings nicht leicht sein, da ich eine Reihe von Höflichkeitsbesuchen machen muß, und sie wird zweifellos die gleichen Besuche machen. Es bedarf schon einer genauen Planung, damit wir uns nicht auf Schritt und Tritt begegnen.«

Ohne lange darüber nachzudenken und ohne richtig zugehört zu haben, fragte George:

»Warum willst du ihr aus dem Weg gehen? Sie ist doch ganz harmlos.«

»Sie ist ausgesprochen langweilig«, entgegnete Tante Vespasia lapidar und aß den letzten Bissen Toast. »Ich habe früher immer geglaubt, ihre Leidensbereitschaft und diese Augen, die ständig zum Himmel emporschauen, stellten schon das Höchstmaß an Langeweile dar. Aber das war noch gar nichts, verglichen mit ihren Ansichten über Frauen, die belästigt werden, oder über die Bestialität der Männer oder darüber, daß manche Frauen zum Unglück aller Beteiligten selbst beitragen, indem sie die Männer noch ermutigen. Ich kann es einfach nicht mehr ertragen!«

Diesmal sprach Emily, ohne vorher nachzudenken, weil ihre wahren Gefühle für Selena stärker waren als die Vorsicht, mit der sie sich gewöhnlich äußerte.

»Dabei hätte ich gedacht, du seist mit ihr einer Meinung, jedenfalls teilweise, oder nicht?« sagte sie mit einer gewissen Schärfe in der Stimme und wandte sich an Vespasia.

Vespasias graue Augen wurden größer.

»Mit Grace Dilbridge nicht einer Meinung zu sein und ihr doch höflich zuzuhören, das ist eine der härtesten Prüfungen des gesellschaftlichen Lebens, meine Liebe«, antwortete sie. »Aber aus Ehrlichkeit gezwungen zu sein, ihr zuzustimmen und dies dann auch noch zum Ausdruck bringen zu müssen, ist mehr, als man von irgend jemandem verlangen könnte! Dies ist das erste und einzige Mal, daß wir uns in einer Sache einig waren, und es ist unerträglich. Natürlich ist Selena keinen Deut besser, als man sagt. Selbst ein Narr weiß das.« Sie stand auf und wischte einen nicht vorhandenen Krümel von ihrem Rock.

Emily hielt ihren Blick für eine ganze Weile gesenkt; dann sah sie George an. Dieser hatte Tante Vespasia, die gerade zur Tür hinausging, nachgeschaut und wandte sich wieder Emily zu.

»Arme Tante Vespasia«, begann Emily vorsichtig. »Es ist wirklich sehr anstrengend. Grace ist so selbstgerecht. Aber man muß zugeben, daß sie diesmal recht hat. Ich spreche wirklich nicht gern so über meine Geschlechtsgenossinnen, besonders nicht, wenn es sich um eine Freundin handelt, aber Selena hat sich in der Vergangenheit auf eine Art und Weise verhalten, daß man meinen könnte... nicht, daß sie es gerade darauf anlegt, aber...« Sie zögerte. »Sie scheint nicht zu erkennen, daß...« Sie hielt inne, blickte zu ihm hinüber und suchte seinen Blick. Sein Gesicht war bleich in Erwartung dessen, was sie sagen würde.

»Was?« fragte er in die Stille hinein.

»Nun...« Sie lächelte ganz leicht; es war ein überlegenes, weises Lächeln. »Nun, sie war ein wenig zu... zu großzügig, was ihre Person anbelangt, nicht wahr, mein Lieber? Und so jemand wirkt sehr anziehend auf...« Sie hielt inne. An seiner Miene konnte sie erkennen, daß er sie ganz genau verstanden hatte. Es gab keine Geheimnisse mehr.

»Emily«, begann er und stieß mit seinem Ärmel an die Teetasse.

Sie wollte nicht darüber reden. Entschuldigungen taten weh. Und sie wollte nicht hören, daß er sich entschuldigte. Sie tat so, als nähme sie an, er würde sie nun kritisieren.

»Oh, ich weiß, du wirst sagen, ich solle nicht so von ihr sprechen, nachdem sie diese furchtbare Erfahrung gemacht hat.« Sie langte nach der Teekanne, um etwas zu tun zu haben, aber ihre Hand war nicht so ruhig, wie sie es sich gewünscht hätte. »Ich versichere dir, das, was Tante Vespasia gesagt hat, stimmt, und ich selbst weiß es auch. Nun, nach allem, was passiert ist, bin ich sicher, daß es in Zukunft nicht mehr vorkommen wird. Von jetzt an wird alles ganz anders für sie sein. Armes Geschöpf!« Sie beherrschte sich gut genug, um George über den Tisch anzulächeln und die Teekanne ohne Zittern halten zu können. »Möchtest du noch etwas Tee, George?«

Er starrte sie an. In seinen Augen lag eine Mischung aus Ungläubigkeit und Ehrfurcht.

Sie sah es voller Zufriedenheit und verspürte ein warmes, wundervolles Gefühl.

Einen Augenblick lang blieben beide regungslos sitzen, und langsam begann er zu verstehen.

»Tee?« wiederholte sie schließlich.

Er hielt ihr seine Tasse hin.

»Ich denke, du hast recht«, sagte er langsam. »Ich bin sogar ziemlich sicher, daß du recht hast. Von jetzt an wird alles völlig anders sein.«

Ihr ganzer Körper entspannte sich. Sie schenkte ihm ein strahlendes Lächeln und goß ihm den Tee fast bis an den Rand seiner Tasse, viel zu voll, um noch den guten Umgangsformen zu genügen.

Er sah leicht überrascht auf seine Tasse. Dann lächelte auch er. Es war das breite, intensive Lächeln eines Menschen, der auf wunderbare Weise angenehm überrascht worden ist.

Während Miss Laetitia die Geschichte mit Selena nicht ansprach, walzte Miss Lucinda das Thema genüßlich aus. Sie verbreitete ihre Ansichten wie Pakete, die aus einem kaputten Einkaufskorb in jeder Farbe und jeder Form herauspoltern. Das alles verlieh ihrer Überzeugung, daß am Walk irgend etwas unglaublich Schlimmes vorging, nur noch mehr Gewicht. Und sie beabsichtigte, ihren ganzen Mut zusammenzunehmen, um herauszufinden, um was es sich genau handelte. Lady Tamworth bestärkte sie zwar in ihrer Ansicht, unternahm aber nichts.

Afton Nash war der Meinung, daß die einzigen Frauen, die belästigt werden, diejenigen sind, die es provozieren und deshalb auch kein Mitleid verdienen. Phoebe rang unterdessen ihre Hände und wurde immer hysterischer.

Hallam Cayley trank weiter.

Unmittelbar nach dem nächsten Vorfall rief Emily morgens nach ihrer Kutsche und eilte unangemeldet zu Charlotte, um sie mit einer Neuigkeit zu beglücken. Sie stolperte durch den Schlag hinaus auf den Bürgersteig, nahm die Hilfe des Dieners in ihrer Aufregung überhaupt nicht wahr und vergaß dann auch noch, ihm weitere Anweisungen zu geben. Sie hämmerte an Charlottes Tür.

Charlotte, bis zum Kinn in einen Kittel gehüllt und mit einem Kehrblech in der Hand, öffnete überrascht die Tür.

Emily rauschte an ihr vorbei und ließ die Tür offen.

»Geht es dir gut?« Charlotte schloß die Tür und folgte ihrer Schwester in die Küche, wo Emily sich auf einem der Küchenstühle niederließ.

»Mir geht es ausgezeichnet!« antwortete Emily. »Du wirst nie darauf kommen, was passiert ist! Miss Lucinda hat eine Erscheinung gehabt!«

»Eine was?« Charlotte starrte sie ungläubig an.

»Setz dich!« befahl Emily. »Mach mir einen Tee. Ich komme vor Durst fast um. Miss Lucinda hat eine Erscheinung gehabt. Letzte Nacht. Sie scheint völlig zusammengebrochen zu sein, liegt auf der Chaiselongue im Salon, und alle eilen hin, um sie zu besuchen, weil sie unbedingt wissen wollen, was passiert ist. Jetzt wird sie wohl Hof halten. Ich wünschte, ich könnte dabei sein, aber ich mußte ganz einfach zu dir kommen und dir alles erzählen. Ist das Ganze nicht lächerlich?«

Charlotte setzte den Teekessel auf; das Geschirr stand schon bereit, weil sie in ein oder zwei Stunden selbst eine Tasse hatte trinken wollen. Sie nahm gegenüber von Emily Platz und blickte in ihr erhitztes Gesicht.

»Eine Erscheinung? Was meinst du damit? Den Geist von Fanny oder so etwas? Sie ist verrückt! Glaubst du, sie trinkt?«

»Miss Lucinda? Du liebe Güte, nein! Du solltest hören, was sie über Leute sagt, die trinken.«

»Das bedeutet nicht, daß sie es selbst nicht tut.«

»Nun, sie trinkt nicht. Übrigens hat sie nicht den Geist von jemandem gesehen, sondern etwas Furchtbares und Böses, das das Gesicht gegen das Fenster gepreßt und sie durch das Fenster hindurch angestarrt hat. Sie sagt, es war hellgrün, hatte rote Augen und Hörner auf dem Kopf.«

»Oh Emily!« Charlotte fing laut an zu lachen. »Das kann nicht wahr sein! Das gibt es doch nicht!«

Emily beugte sich vor.

»Aber das ist ja noch nicht alles«, sagte sie ungeduldig. »Eins der Dienstmädchen hat beobachtet, wie etwas in einer Art Galopp wegrannte und quer über die Hecke sprang. Und Hallam Cayleys Hund hat die halbe Nacht geheult!«

»Vielleicht war es ja Hallam Cayleys Hund?« gab Charlotte zu bedenken. »Und der hat dann geheult, als er wieder eingesperrt und vielleicht auch verprügelt wurde, weil er weggelaufen war.«

»Unsinn! Es ist ein ziemlich kleiner Hund, und grün ist er auch nicht!«

»Sie könnte die Ohren für Hörner gehalten haben.« Charlotte ließ sich nicht beirren. Dann brach sie in schallendes Gelächter aus. »Aber ich hätte Miss Lucindas Gesicht zu gerne gesehen. Ich wette, es war so grün wie das Ding im Fenster!«

Emily fing nun auch an zu kichern. Der Teekessel hüllte die ganze Küche in Dampf, aber keine der beiden kümmerte sich darum.

»Darüber sollte man ja eigentlich nicht lachen«, sagte Emily schließlich und wischte die Tränen fort.

Charlotte sah den Kessel, stand auf, um den Tee zu machen, putzte sich die Nase und betupfte ihre Wangen mit einem Zipfel ihres Kittels.

»Ich weiß«, pflichtete sie ihr bei. »Tut mir leid, aber das Ganze scheint so dumm, daß ich nicht ernst bleiben kann, wenn ich es höre. Ich nehme an, die arme Phoebe wird jetzt noch mehr Angst haben als zuvor.«

»Davon habe ich nichts gehört, aber ich wäre nicht überrascht, wenn auch sie jetzt krank im Bett läge. Sie trägt ständig ein Kruzifix, das so groß ist wie ein Teelöffel. Ich kann mir nicht vorstellen, daß ein Mann, der sie im Dunkeln angreifen und belästigen würde, sich dadurch abschrecken ließe.«

»Armes Geschöpf.« Charlotte stellte die Teekanne auf den Tisch und setzte sich wieder. »Was meinst du, ob man wohl Thomas rufen wird?«

»Wegen einer Erscheinung? Da werden sie wohl eher den Pfarrer holen.«

»Ein Exorzismus?« fragte Charlotte begeistert. »Das würde ich gerne einmal sehen! Glaubst du, das werden sie wirklich tun?«

Emily runzelte die Stirn und begann wieder zu kichern. »Wie soll man sonst grüne Ungeheuer mit Hörnern loswerden?«

»Mit etwas mehr Wasser und weniger Phantasie«, sagte Charlotte spitz. Dann wurde ihr Gesicht sanfter. »Armes Ding. Ich nehme an, sie ist nicht ausgelastet genug. Das einzige, was in ihrem Leben an Bedeutendem passiert, geschieht in ihrer Phantasie. Sie wird von niemandem wirklich gebraucht. Nach dieser Geschichte wird sie wenigstens für ein paar Tage berühmt sein.«

Emily griff nach der Kanne und goß den Tee in die Tassen, aber sie erwiderte nichts. Es war ein trauriger und ernüchternder Gedanke.

Ende August gab es ein Abendessen bei den Dilbridges, zu dem George und Emily zusammen mit den anderen Bewohnern des Paragon Walks eingeladen worden waren. Überraschenderweise schloß diese Einladung auch Charlotte ein – sofern sie Lust hätte zu kommen.

Es waren erst zehn Tage vergangen, seitdem Miss Lucinda die Erscheinung gehabt hatte, und Charlottes Interesse an diesem Vorfall war immer noch äußerst lebhaft. Sie verschwendete keinen Gedanken darauf, wie sie sich angemessen kleiden konnte. Wenn Emily die Einladung an sie weitergab, hatte sie bestimmt auch eine Idee, was Charlotte anziehen könnte. Wie üblich siegte die Neugier über den Stolz, und ohne Zögern nahm sie abermals eines von Tante Vespasias Kleidern an, das von Emilys Zofe mit viel Aufwand für sie geändert worden war. Es war ein austernfarbener, schwerer Satinstoff, mit Spitze besetzt, von der viel entfernt und durch Chiffon ersetzt worden war, damit es jugendlicher wirkte. Alles in allem war Charlotte, während sie sich langsam vor dem Spiegel drehte, sehr zufrieden damit. Und es war wunderbar, jemanden zu haben, der einem das Haar frisierte, da es außerordentlich schwierig war, die Haare am eigenen Hinterkopf elegant in Locken zu legen. Ihre Hände schienen sich immer im falschen Winkel zu bewegen.

»Das reicht!« sagte Emily spöttisch. »Hör auf, dich selbst zu bewundern! Du wirst noch eitel, und das paßt nicht zu dir!«

Charlotte lachte.

»Damit magst du recht haben, aber man fühlt sich dabei großartig!« Sie hob ihre Röcke an, ließ sie ein wenig rascheln und folgte Emily nach unten, wo George in der Halle schon auf sie wartete. Tante Vespasia wollte an dem Ereignis lieber nicht teilnehmen, obwohl die Einladung natürlich auch an sie gerichtet gewesen war.

Es war schon lange her, daß Charlotte das letzte Mal zu einem Abendessen eingeladen worden war, und sie hatte solche Gesellschaften früher nie sehr gemocht. Aber diesmal war es etwas ganz anderes. Diesmal ging es nicht darum, Mama zu begleiten, um möglichen zukünftigen Ehemännern vorgeführt zu werden. Diesmal fühlte sie sich durch Pitts Liebe geborgen und war nicht besorgt, was die Gesellschaft wohl über sie dachte, und außerdem mußte sie auch niemanden besonders beeindrucken. Sie konnte hingehen und ganz sie selbst sein, was schon deshalb keine Anstrengungen erforderte, weil sie eigentlich nur eine Zuschauerin war. Die Tragödien am Paragon Walk berührten sie nicht, weil Emily in die Haupttragödie nicht involviert war, und wenn ihre Schwester sich unbedingt in die Nebenhandlungen verstricken lassen wollte, dann war das ihre Angelegenheit.

Anders als sonst bei den Dilbridges war es ein Essen in kleinem Kreis. Es gab nur zwei oder drei Gesichter, die Charlotte noch nicht kannte. Simeon Isaacs war – sehr zum Mißfallen von Lady Tamworth – zusammen mit Albertine Dilbridge da. Die Damen Horbury waren in Rosa erschienen, eine Farbe, die Miss Laetitia überraschend gut stand.

Jessamyn Nash rauschte in einem silbergrauen Kleid herein und sah ausgesprochen attraktiv aus. Nur sie vermochte es, diese Farbe mit Leben zu erfüllen und gleichzeitig ihre geheimnisvolle Wirkung zu erhalten. Eine Sekunde lang beneidete Charlotte sie.

Dann sah sie Paul Alaric, der neben Selena stand und seinen Kopf ein wenig geneigt hielt, um ihr zuzuhören. Er wirkte elegant und leicht belustigt.

Charlotte hob ihr Kinn ein wenig höher und ging mit einem strahlenden Lächeln auf die beiden zu.

»Mrs. Montague«, sagte sie fröhlich, »ich bin so froh zu sehen, wie gut es Ihnen geht.« Sie wollte nicht zu deutlich werden, vor allem nicht vor Alaric. Spitze Bemerkungen mochten ihn vielleicht amüsieren, aber er würde sie nicht schätzen.

Selena schien ein wenig überrascht zu sein. Offenbar hatte sie etwas anderes erwartet.

»Ich erfreue mich bester Gesundheit, vielen Dank«, sagte sie mit gerunzelter Stirn.

Sie tauschten nichtssagende Höflichkeiten aus, aber als Charlotte Selena ein wenig eingehender beobachtete, erkannte sie, daß ihre Begrüßungsworte den Nagel auf den Kopf getroffen hatten. Selena schien sich wirklich bester Gesundheit zu erfreuen. Sie sah ganz und gar nicht aus wie eine Frau, die erst vor kurzer Zeit auf brutale und widerliche Art vergewaltigt worden war. Ihre Augen strahlten, auf ihren Wangen lag ein leichter Schimmer von Rosa, und Charlotte war überzeugt, daß er nicht der Schminkkunst zu verdanken war. Die Art, wie sie die Hände bewegte und wie ihre Blicke über das Zimmer glitten, war etwas zu unruhig. Wenn sie hier ihren Mut beweisen wollte, wenn es der Trotz gegen die scheinbar vorherrschende Meinung war, daß eine Frau, der Gewalt angetan worden war, es sich doch irgendwie selbst zuzuschreiben hatte und dies ihr Leben lang nicht vergessen sollte, dann konnte Charlotte nicht umhin, sie trotz ihrer Abneigung zu bewundern.

Sie erwähnte den Vorfall kein zweites Mal, und die Unterhaltung wechselte auf andere Themen; man sprach über kleine Meldungen in den Nachrichten und Nebensächlichkeiten der aktuellen Mode. Schließlich schlenderte sie weiter und verließ Selena, die immer noch mit Alaric zusammenstand.

»Sie sieht ausgesprochen gut aus, meinen Sie nicht auch?« bemerkte Grace Dilbridge und schüttelte leicht ihren Kopf. »Ich weiß nicht, wie das arme Geschöpf so etwas ertragen kann!«

»Es muß eine Menge Mut erfordern«, antwortete Charlotte. Es fiel ihr nicht leicht, Selena zu loben, aber die Ehrlichkeit erforderte es. »Man muß sie wirklich bewundern.«

»Bewundern?« Miss Lucinda wandte sich blitzschnell um, ihr Gesicht war rot vor Entrüstung. »Sie können bewundern, wen auch immer Sie wünschen, Mrs. Pitt, aber ich nenne es schamlos!

Sie bringt das ganze weibliche Geschlecht in Verruf! Ich glaube wirklich, daß ich die nächste Saison irgendwo anders verbringen muß. Es wird mir sehr schwerfallen, doch der Paragon Walk ist nun wirklich über das erträgliche Maß hinaus besudelt worden, finde ich.«

Charlotte war viel zu überrascht, um sofort antworten zu können, und auch Grace Dilbridge wußte offenbar nicht, was sie sagen sollte.

»Schamlos«, wiederholte Miss Lucinda und starrte Selena an, die jetzt an Alarics Arm durch das Zimmer auf die geöffnete Gartentür zuging. Alaric lächelte, aber an der Art, wie er seinen Kopf hielt, konnte man erkennen, daß er es eher aus Höflichkeit als aus Zuneigung tat. Er machte sogar einen leicht belustigten Eindruck.

Miss Lucinda schnaubte vor Wut.

Es dauerte eine Weile, bis Charlotte die Sprache wiederfand.

»Ich glaube, es ist sehr unfreundlich, so etwas zu sagen, Miss Horbury, und sehr ungerecht! Mrs. Montague war das Opfer des Verbrechens und nicht der Täter!«

»Was für ein Unsinn!« Es war Afton Nash, der dies sagte; sein Gesicht war bleich, die Augen blitzten. »Ich kann mir kaum vorstellen, daß Sie wirklich so naiv sind, Mrs. Pitt. Die weiblichen Reize mögen ja unwiderstehlich sein – für manchen jedenfalls.« Er sah sie von oben bis unten mit einem Blick an, in dem so viel Verachtung lag, daß sie das Gefühl hatte, das wundervolle Satinkleid würde ihr ausgezogen, und sie sei der Neugier und dem Hohn aller Anwesenden nackt preisgegeben. »Aber wenn Sie denken, daß diese Reize so stark sind, daß sie Männer dazu bringen, sich keuschen Frauen aufzudrängen, dann überschätzen Sie Ihr eigenes Geschlecht.« Er lächelte unterkühlt. »Es gibt genug willige Frauen, die ein Prickeln dabei verspüren, die sogar eine Art perverses Vergnügen an der Gewalt und der Unterwerfung empfinden. Kein Mann muß seinen guten Ruf riskieren, indem er sich an sittsamen Frauen vergeht, ganz gleich, was eine Frau dann hinterher behaupten mag.«

»Es ist widerlich, so etwas zu sagen!« Algernon Burnon hatte nah genug gestanden, um alles mitanhören zu können. Jetzt trat er vor, sein Gesicht war aschfahl, und sein schlanker Körper zitterte. »Ich verlange, daß Sie das zurücknehmen und sich entschuldigen!«

»Sonst werden Sie – was?« Afton lächelte unverändert weiter. »Mich auffordern, zwischen Pistole und Degen zu wählen? Machen Sie sich nicht lächerlich! Hegen und pflegen Sie Ihre Empörung ruhig, wenn Sie möchten. Denken Sie über Frauen, was Sie wollen, aber versuchen Sie nicht, mich dazu zu bringen, es auch zu glauben!«

»Ein anständiger Mann«, sagte Algernon steif, »würde nie schlecht über Tote sprechen und auch nicht die Trauer eines anderen verhöhnen. Und ganz gleich, was für persönliche Schwächen oder Unzulänglichkeiten ein Mensch auch haben mag, sollte er sich nicht in aller Öffentlichkeit darüber lustig machen!«

Charlotte wunderte sich, daß Afton nicht antwortete. Das Blut war ihm aus dem Gesicht gewichen, und er starrte Algernon an, als gäbe es außer ihm niemanden mehr im Zimmer. Die Sekunden verstrichen, und selbst Algernon schien vor dem Ausmaß des Hasses, der sich auf Aftons reglosem Gesicht spiegelte, Angst zu bekommen. Dann drehte sich Afton auf dem Absatz um und ging mit langen Schritten fort.

Charlotte atmete langsam aus. Sie wußte gar nicht so genau, warum sie Angst hatte. Sie begriff nicht, was gerade vor sich gegangen war. Offenbar verstand es auch Algernon nicht. Er blinzelte und wandte sich Charlotte zu.

»Es tut mir leid, Mrs. Pitt. Ich bin sicher, daß wir Sie in eine peinliche Situation gebracht haben. Dies ist nicht gerade ein Thema, das in Anwesenheit von Damen behandelt werden sollte. Aber«, er holte tief Luft und atmete wieder aus, »ich bin Ihnen sehr dankbar, daß Sie Selena verteidigt haben – um Fannys willen. Sie . . .«

Charlotte lächelte.

»Ich kann Sie gut verstehen. Und niemand, der es wert ist, als Freund zu gelten, würde anders darüber denken.«

Sein Gesicht entspannte sich ein wenig.

»Ich danke Ihnen«, sagte er leise.

Einen Augenblick später bemerkte sie Emily an ihrer Seite.

»Was ist passiert?« fragte Emily beunruhigt.

»Etwas höchst Unerfreuliches«, sagte Charlotte. »Aber was es eigentlich zu bedeuten hatte, weiß ich nicht genau.«

»Also, was hast du jetzt wieder angestellt?« fuhr Emily sie an.

»Ich habe Selena wegen ihres Mutes gelobt«, antwortete Charlotte und sah Emily herausfordernd an. Sie hatte nicht die Absicht, etwas zurückzunehmen, und das wollte sie Emily auch klar zu verstehen geben.

Emily runzelte die Stirn, und ihr Ärger verwandelte sich augenblicklich in Verwunderung.

»Ja, ihre Haltung ist wirklich erstaunlich. Sie scheint fast... beschwingt zu sein! Es sieht so aus, als habe sie irgendeinen geheimen Sieg errungen, von dem wir anderen nichts wissen. Sie ist sogar Jessamyn gegenüber freundlich. Und Jessamyn wiederum ist nett zu ihr. Es ist einfach lächerlich!«

»Nun, ich mag Selena auch nicht«, gab Charlotte zu. »Aber ich kann nicht umhin, ihre Courage zu bewundern. Sie wehrt sich gegen all die bigotten Menschen, die behaupten, sie selbst sei schuld an dem, was ihr widerfahren ist. Wenn jemand soviel Rückgrat besitzt, dann hat er meine Hochachtung!«

Emily starrte quer durch das große Zimmer hinüber zu der Stelle, an der Selena sich mit Albertine Dilbridge und Mr. Isaacs unterhielt. Ganz in ihrer Nähe stand Jessamyn mit einem Glas Champagner in der Hand und beobachtete Hallam Cayley, der seit seiner Ankunft inzwischen wohl schon den dritten oder vierten Rumpunsch trank. Ihr Gesichtsausdruck war nicht zu entschlüsseln. Es konnte sich um Mitleid oder Verachtung handeln; vielleicht hatte es mit Hallam auch gar nichts zu tun. Aber als Jessamyns Blick auf Selena fiel, da spiegelte ihr Gesicht nichts anderes als Belustigung wider.

Emily schüttelte ihren Kopf.

»Ich wünschte, ich würde sie verstehen«, sagte sie langsam. »Wahrscheinlich bin ich böswillig, aber ich glaube einfach nicht, daß es nur Courage ist. So habe ich Selena noch nie erlebt. Vielleicht tue ich ihr unrecht, ich weiß es nicht. Das ist nicht der Mut der Verzweiflung; sie ist so selbstzufrieden. Darauf könnte ich wetten! Weißt du, daß sie es auf Monsieur Alaric abgesehen hat?«

Charlotte warf ihr einen vernichtenden Blick zu.

»Natürlich weiß ich das! Glaubst du, ich bin blind und taub dazu?«

Emily ging nicht auf die Stichelei ein.

»Versprich mir, daß du Thomas nichts davon sagst, sonst erzähle ich es dir nicht.«

Charlotte versprach es sofort. Sie konnte unmöglich auf dieses Geheimnis verzichten, egal, in welche Gewissenskonflikte es sie auch bringen würde.

Emily verzog ihr Gesicht.

»Am Abend, als es passierte, war ich, wie du weißt, die erste, die da war . . .«

Charlotte nickte.

»Nun, ich habe sie sofort gefragt, wer es getan hat. Weißt du, was sie mir gesagt hat?«

»Natürlich nicht!«

»Ich mußte schwören, daß ich seinen Namen nicht verrate, aber sie sagte, es sei Paul Alaric gewesen!«

Sie trat einen Schritt zurück und wartete auf Charlottes verblüfften Gesichtsausdruck.

Deren erste Reaktion war ein Gefühl des Abscheus, nicht Selena, sondern Alaric gegenüber. Dann verwarf sie diese Vorstellung, wischte sie einfach weg.

»Das ist doch lächerlich! Wieso sollte er ihr Gewalt antun? Sie ist so offensichtlich hinter ihm her, daß er nur stehenbleiben muß, anstatt weiterhin vor ihr wegzulaufen, und dann kann er sie haben, wann er will!« Sie wußte, daß es grausam war, so etwas zu sagen, und das war auch ihre Absicht.

»Genau«, pflichtete Emily ihr bei. »Und das macht dieses Rätsel noch größer! Und warum macht es Jessamyn nichts aus? Wenn Monsieur Alaric Selena wirklich so leidenschaftlich begehrt, daß er sie am Walk überfallen hat, dann müßte Jessamyn vor Wut doch kochen, oder nicht? Aber das tut sie nicht; sie freut sich. Ich kann es in ihren Augen erkennen, jedesmal, wenn sie Selena ansieht.«

»Also weiß sie es nicht«, folgerte Charlotte. Dann dachte sie noch einmal nach. »Aber Vergewaltigung hat nichts mit Liebe zu tun, Emily. Es geht um Gewalt, um Besitz. Ein starker Mann, der fähig ist, jemanden zu umsorgen, der tut keiner Frau Gewalt an. Er nimmt Liebe dann entgegen, wenn sie ihm angeboten wird, und weiß, daß alles, was man fordern muß, keinen wahren Wert hat. Stärke bedeutet nicht, andere zu überwältigen, sondern sich selbst zu beherrschen. Liebe ist Geben, aber auch Nehmen, und wenn man Liebe schon einmal erfahren hat, dann erkennt man, daß eine gewalttätige Eroberung die Tat eines schwachen und selbstsüchtigen Menschen ist, die kurzzeitige Befriedigung eines Triebes. Und das ist dann nicht mehr schön, sondern nur noch traurig.«

Emily runzelte die Stirn, und ihre Augen verdunkelten sich.

»Du sprichst von Liebe, Charlotte. Ich dachte nur an die körperlichen Dinge. Da sieht es ganz anders aus, und Liebe ist
überhaupt nicht nötig. Vielleicht spielt auch Haß dabei eine
Rolle. Möglicherweise hat Selena es insgeheim genossen. Freiwillig mit Monsieur Alaric zu schlafen, das wäre eine Sünde.
Und selbst wenn es der Gesellschaft relativ gleichgültig wäre,
ihre Freunde und ihre Familie wären empört. Ist sie aber das
Opfer, dann ist sie schuldlos – zumindest in ihren eigenen Augen. Und wenn es gar nicht so schrecklich gewesen ist und sie
sogar noch Lust verspürte, obwohl sie wußte, daß sie eigentlich
Ekel empfinden sollte, dann hat sie beides bekommen. Sie trägt
keine Schuld und hatte dennoch ihr Vergnügen!«

Charlotte dachte einen Augenblick darüber nach und verwarf
den Gedanken – weniger aus Vernunftgründen, sondern weil
sie die Erklärung einfach nicht akzeptieren wollte.

»Ich glaube nicht, daß das ein Vergnügen sein kann. Und
warum ist Jessamyn so belustigt?«

»Ich weiß es nicht.« Emily gab auf. »Aber alles ist komplizierter, als es scheint.« Sie ging zu George, der sich vergeblich
bemühte, Phoebe aufzuheitern, indem er irgend etwas Beruhi-
gendes murmelte. George empfand das Gespräch offenbar als
äußerst peinlich. Phoebe redete in letzter Zeit nur noch über
Religion, und man sah sie nie ohne ihr Kruzifix. Er wußte
nicht, worüber er mit ihr sprechen sollte, und war endlos erleichtert, als Emily die Unterhaltung übernahm. Sie war fest
entschlossen, das Gespräch von der Errettung aller Seelen auf
ein harmloseres Thema zu lenken – zum Beispiel, wie man ein
Stubenmädchen gut ausbildete. Charlotte beobachtete voller
Bewunderung, mit welchem Geschick ihr dies gelang. Emily
hatte eine Menge gelernt, seitdem sie die Cater Street verlassen
hatte.

»Das Schauspiel amüsiert Sie?« sagte eine weiche, sehr
schöne Stimme direkt hinter ihr.

Charlotte drehte sich etwas zu schnell um, als daß es noch
würdevoll hätte wirken können. Paul Alaric zog seine Augenbrauen ein wenig in die Höhe.

»Das Ganze schwankt zwischen Tragödie und Farce, nicht
wahr?« sagte er mit dem Anflug eines Lächelns. »Ich fürchte,
Mr. Cayley ist für die Tragödie auserkoren. Seine fortschrei-
tende Umnachtung wird ihn binnen kurzer Zeit vollends umfan-

gen haben. Und die arme Phoebe – sie ist so verängstigt, und sie hat wirklich keinen Grund dazu.«

Charlotte war verwirrt. Sie war nicht darauf vorbereitet, mit ihm über die Situation zu sprechen. Tatsächlich war sie sich im Augenblick auch gar nicht mehr so sicher, ob er ernst meinte, was er sagte, oder ob er einfach nur mit Worten spielte. Sie suchte nach einer Antwort, mit der sie sich nicht festlegen würde.

Er wartete. Seine Augen waren sanft, südländisch dunkel, aber ohne die unverhohlene Sinnlichkeit, die sie in Gedanken immer mit Italien assoziierte. Es schien, als könne er sie mühelos durchschauen und ihre Gedanken lesen.

»Woher wissen Sie, daß sie dazu keinen Grund hat?« fragte sie.

Sein Lächeln vertiefte sich.

»Meine liebe Charlotte, ich weiß, wovor sie Angst hat – und es existiert nicht – zumindest hier am Paragon Walk nicht.«

»Nun, warum sagen Sie ihr das dann nicht?« Sie war wütend, weil sie Phoebes Panik nachempfinden konnte.

Er sah sie geduldig an.

»Weil sie mir nicht glauben würde. Es ist dasselbe wie bei Miss Lucinda Horbury auch – sie hat es sich selbst eingeredet.«

»Oh, Sie meinen Miss Lucindas Erscheinung?« Vor Erleichterung wurden ihr die Knie weich.

Er lachte laut.

»Oh, ich zweifele nicht daran, daß sie etwas gesehen hat. Wenn sie ihre tugendhafte Nase immer in anderer Leute Angelegenheiten steckt, ist es schließlich wirklich eine zu große Verlockung, ihr etwas zu bieten, womit sie sich dann beschäftigen kann. Ich kann mir vorstellen, daß es wirklich da war, ihr grünes Ungeheuer, zumindest an jenem Abend.«

Sie wollte ihm widersprechen, aber noch viel lieber wollte sie ihm glauben.

»Das wäre unverantwortlich«, sagte sie mit einer Stimme, die sich streng anhören sollte. »Die arme Frau hätte vor Angst einen Schlaganfall bekommen können.«

Er ließ sich keine Sekunde lang täuschen.

»Das bezweifele ich. Ich glaube, sie ist eine ausgesprochen langlebige alte Dame. Ihre Empörung wird sie am Leben erhalten, und sei es nur, um herauszufinden, was sich hier eigentlich abspielt.«

»Wissen Sie, wer es war?« fragte sie.

Seine Augen wurden größer.

»Ich weiß noch nicht einmal, ob es wirklich so gewesen ist. Ich habe nur Schlußfolgerungen gezogen.«

Sie wußte nicht, was sie noch sagen sollte. Sie spürte, wie nah er bei ihr stand. Er brauchte sie nicht zu berühren oder mit ihr zu sprechen, damit sie sich – trotz der Anwesenheit der anderen Gäste in diesem Raum – seiner Nähe bewußt war. Hatte er Fanny und dann Selena Gewalt angetan? Oder war es jemand anders gewesen, und Selena hatte sich nur sehnlichst gewünscht, daß er es gewesen sei? Sie könnte das verstehen. Das würde den Überfall weniger schmutzig und erniedrigend erscheinen lassen. Er wäre so etwas wie ein gefährliches Abenteuer gewesen, das einen gewissen Reiz besessen hätte.

Sich vormachen zu wollen, daß nicht auch sie in seiner Nähe eine tiefe und beunruhigende Erregung, das Gefühl seiner Dominanz verspürte, wäre unaufrichtig gewesen. War es die unbewußte Wahrnehmung einer gewaltsamen Kraft, die er ausstrahlte, die sie so faszinierte?

Stimmte es, daß Frauen sich in den primitivsten Tiefen ihrer Gefühle, die sie immer verleugnen mußten, in Wirklichkeit nach einer Vergewaltigung sehnten? Empfanden sie alle, sogar sie selbst, insgeheim ein Verlangen nach ihm?

›Nach einem Dämon lechzt die Frau‹ – diese Verszeile, widerwärtig, aber passend, kam ihr in den Sinn. Sie vertrieb den Gedanken aus ihrem Kopf und zwang sich zu lächeln, obwohl es ihr heuchlerisch und grotesk vorkam.

»Ich kann mir nicht vorstellen, wer sich auf diese absurde Art und Weise verkleiden würde«, sagte sie und bemühte sich, gelassen zu erscheinen. »Ich glaube eher, es war ein streunendes Tier, oder aber es waren die Zweige irgendeines Strauches, die vom Gaslicht angeleuchtet wurden.«

»Schon möglich«, sagte er sanft. »Ich möchte nicht mit Ihnen streiten.«

Die Ankunft der Damen Horbury mit Lady Tamworth hinderte sie daran, sich mit dem Thema weiter zu beschäftigen.

»Guten Abend, Miss Horbury«, sagte Charlotte höflich. »Lady Tamworth.«

»Wie tapfer von Ihnen, daß Sie gekommen sind«, fügte Alaric hinzu, und Charlotte hätte ihm am liebsten einen Tritt vors Schienbein versetzt.

Miss Lucindas Gesicht errötete kurz. Er erregte ihr Mißfallen, und deshalb mochte sie ihn nicht, aber ein Lob konnte sie schlecht zurückweisen.

»Ich wußte, daß es meine Pflicht ist«, antwortete sie feierlich. »Außerdem werde ich nicht allein nach Hause gehen.« Sie sah ihn betont lange mit ihren großen blaßblauen Augen an. »Ich bin nicht so leichtsinnig, daß ich ohne Begleitung über den Paragon Walk gehe!«

Charlotte sah, wie Alarics schöne Augenbrauen sich ganz leicht hoben, und wußte genau, was er dachte. Sie hatte das unwiderstehliche Bedürfnis zu kichern. Die Vorstellung, daß irgendein Mann, geschweige Paul Alaric, Miss Lucinda belästigen würde, war einfach zu komisch.

»Das ist sehr klug von Ihnen«, meinte Alaric und begegnete unerschrocken ihrem herausfordernden Blick. »Ich bezweifle, daß irgend jemand so tollkühn wäre, Sie alle drei anzugreifen.«

Über ihr Gesicht glitt der unbestimmte Verdacht, er könne sich über sie lustig machen, aber da sie selbst nichts Komisches daran entdecken konnte, hielt sie es für einen ausländischen Witz, der es nicht wert war, daß man ihm Beachtung schenkte.

»Bestimmt nicht«, fügte Lady Tamworth begeistert hinzu. »Wenn wir zusammenhalten, können wir einfach alles erreichen. Und es gibt so viel zu tun, wenn wir unsere Gesellschaft erhalten wollen.« Sie funkelte unheilvoll in Richtung Simeon Isaacs', der seinen Kopf zu Albertine Dilbridge geneigt hatte und dessen Gesicht vor Glück strahlte. »Und wir müssen schnell handeln, wenn wir erfolgreich sein wollen! Wenigstens ist dieser abscheuliche Mr. Darwin tot und kann keinen Schaden mehr anrichten!«

»Wenn eine Theorie erst einmal veröffentlicht ist, Lady Tamworth, dann braucht ihr Schöpfer nicht mehr zu leben«, gab Alaric zu bedenken. »Genausowenig, wie der Samen für sein Wachstum den Sämann braucht, der ihn ausgesät hat.«

Sie sah ihn voller Abscheu an.

»Sie sind natürlich kein Engländer, Monsieur Alaric. Man kann von Ihnen nicht erwarten, daß Sie die Engländer verstehen. Wir werden derlei blasphemische Äußerungen nicht ernst nehmen.«

Alaric mimte den Unwissenden.

»War Mr. Darwin denn kein Engländer?«

Lady Tamworth zuckte energisch mit der Schulter.

»Ich weiß nichts über ihn, und ich will auch nichts über ihn wissen. Solche Männer verdienen wohl kaum das Interesse anständiger Leute.«

Alaric folgte ihrem Blick.

»Ich bin sicher, Mr. Isaacs würde Ihnen zustimmen«, sagte er und lächelte leicht. Charlotte mußte ihr Kichern hinter einem vorgetäuschten Niesen verbergen. »Da er Jude ist«, fuhr Alaric fort und mied ihren Blick, »wird er Mr. Darwins revolutionäre Theorien wahrscheinlich nicht gutheißen.«

Hallam Cayley kam zu ihnen herüber. Sein Gesicht wirkte aufgedunsen, und in seiner Hand hielt er ein weiteres Glas.

»Nein.« Er sah Alaric voller Ablehnung an. »Der arme Kerl glaubt, der Mensch sei nach dem Bild Gottes geschaffen. Ich persönlich halte es für viel wahrscheinlicher, daß der Affe als Vorbild diente.«

»Sie wollen damit doch wohl nicht sagen, daß Mr. Isaacs ein Christ ist, oder?« Lady Tamworth war entrüstet.

»Ein Jude«, antwortete Hallam mit Bedacht und nachdrücklich. Er nahm ein neues Glas. »Die Schöpfungsgeschichte stammt aus dem Alten Testament. Oder haben Sie es nicht gelesen?«

»Ich gehöre der Kirche von England an«, sagte sie steif. »Ich lese keine fremden Lehren. Das ist das Grundproblem der heutigen Gesellschaft: die Unmenge an neuem, ausländischem Blut. Es gibt heutzutage Namen, die ich als Mädchen nie gehört habe. Keine Tradition! Der Himmel weiß, wo sie herstammen!«

»Wohl kaum neu, Ma'am.« Alaric stand so dicht neben Charlotte, daß sie meinte, sie könne seine Wärme durch den schweren Satinstoff ihres Kleides spüren. »Mr. Isaacs kann seine Vorfahren bis auf Abraham zurückverfolgen, und der wiederum geht bis auf Noah zurück, und das geht so weiter bis hin zu Adam.«

»Und bis auf Gott!« Hallam leerte sein Glas und ließ es zu Boden fallen. »Makelloser Stammbaum!« Triumphierend stierte er Lady Tamworth an. »Daneben sehen wir wohl eher wie Bastarde aus, oder?« Er grinste breit und wandte sich ab.

Lady Tamworth zitterte vor Wut. Ihre Zähne schlugen hörbar aufeinander. Charlotte hatte Mitleid mit ihr, weil sich die Welt so rasch veränderte und Lady Tamworth diesen Wechsel nicht nachvollziehen konnte. Es gab hier keinen Platz mehr für sie. Sie war wie einer von Mr. Darwins Dinosauriern – gefährlich und lächerlich zugleich, ein Überbleibsel aus einer anderen Zeit.

»Ich glaube, er hat zuviel getrunken«, sagte sie zu ihr. »Sie müssen ihn entschuldigen. Ich glaube nicht, daß er Sie kränken wollte.«

Aber Lady Tamworth ließ sich nicht besänftigen. Das war unverzeihlich gewesen!

»Er ist widerlich! Es muß wohl daran liegen, daß Mr. Darwin Umgang mit Männern wie ihm hatte, daß er auf solche Theorien kam! Wenn er nicht geht, dann tue ich es!«

»Darf ich Sie nach Hause begleiten?« fragte Alaric sofort. »Ich glaube kaum, daß Mr. Cayley sich verabschieden wird.«

Sie sah ihn haßerfüllt an, zwang sich dann aber, höflich abzulehnen.

Charlotte mußte laut loskichern.

»Sie waren ziemlich gemein!« sagte sie zu ihm und war über sich selbst wütend, weil sie gelacht hatte. Sie wußte, daß sie es aus Angst, Aufregung, aber auch vor Vergnügen getan hatte, und sie schämte sich dafür.

»Sie haben nicht als einzige das Vorrecht, unmöglich zu sein, Charlotte«, sagte er leise. »Sie müssen auch mir ein wenig Spaß zugestehen.«

Ein paar Tage später erhielt Charlotte einen Brief von Emily, den ihre Schwester offenbar ziemlich aufgeregt und in Eile geschrieben hatte. Wegen irgendeiner Äußerung von Phoebe war Emily der festen Überzeugung, daß Miss Lucinda – wie selbstgerecht und neugierig sie auch sein mochte – richtig vermutet hatte: Am Walk ging tatsächlich etwas Merkwürdiges vor sich. Emily hatte schon konkrete Vorstellungen, wie man das Geheimnis lüften konnte, vor allem, wenn es etwas mit Fanny und Fulberts Verschwinden zu tun haben sollte. Und es war kaum anzunehmen, daß es nichts damit zu tun hatte.

Natürlich traf Charlotte sofort einige Vorkehrungen für Jemima, und gegen elf Uhr morgens stand sie vor Emilys Tür. Emily war genauso schnell dort wie das Hausmädchen. Hastig schob sie Charlotte in das Empfangszimmer.

»Lucinda hat recht«, sagte sie eilig. »Sie ist natürlich eine schreckliche Person, und das einzige, was sie will, ist, irgendeinen Skandal aufzudecken, damit sie jedem davon erzählen und sich dann allen anderen gegenüber überlegen fühlen kann. Sie wird die ganze Saison über an einem Abendessen nach dem anderen teilnehmen. Aber sie wird nichts herausfinden, weil sie es ganz falsch anfängt!«

»Emily!« Charlotte faßte sie am Arm. Sie konnte nur noch an Fulbert denken. »Um Himmels willen, hör auf! Du weißt, was mit Fulbert passiert ist!«

»Wir wissen doch gar nicht, was mit Fulbert passiert ist«, gab Emily zu bedenken. Sie schüttelte Charlottes Hand ungeduldig ab. »Aber ich will es herausfinden – du etwa nicht?«

Charlotte schwankte.

»Aber wie?«

Emily witterte einen Sieg. Sie bedrängte Charlotte nicht. Statt dessen versuchte sie es mit einem Lob, das sie ernst meinte.

»Dein Vorschlag – mir ist plötzlich klar geworden: Das ist der richtige Weg! Thomas wird nichts erreichen. Es müßte ganz beiläufig geschehen . . .«

»Bei wem willst du anfangen?« wollte Charlotte wissen. »Sag es mir, Emily, bevor ich platze!«

»Bei den Dienstmädchen!« Emily beugte sich vor, und ihr Gesicht strahlte. »Dienstmädchen bemerken alles! Mag sein, sie verstehen nicht, was die einzelnen Hinweise bedeuten, doch wir könnten das!«

»Thomas . . .« begann Charlotte, obwohl sie wußte, daß Emily recht hatte.

»Unsinn!« Emily schob den Einwand beiseite. »Kein Dienstmädchen würde der Polizei etwas sagen.«

»Aber wir können doch nicht einfach anfangen, die Dienstmädchen anderer Leute auszuhorchen!«

Emily verzweifelte langsam.

»Du liebe Güte, so offensichtlich werde ich die Sache nicht anfangen! Ich werde aus irgendeinem anderen Grund hingehen, wegen eines Kochrezepts, das ich gerne hätte, oder ich könnte einige alte Kleider für Jessamyns Zofe mitnehmen.«

»Das kannst du doch nicht tun!« sagte Charlotte voller Schrekken. »Jessamyn wird ihr die eigenen alten Sachen geben. Sie muß Dutzende haben! Du hättest keine plausible Erklärung für dein Verhalten.«

»Die hätte ich sehr wohl! Jessamyn gibt ihre alten Kleider nie weg. Sie gibt überhaupt nichts weg. Wenn ihr erst einmal etwas gehört hat, dann verwahrt oder verbrennt sie es. Sie erlaubt niemandem, ihre Sachen zu besitzen. Ganz abgesehen davon hat ihre Zofe etwa meine Größe. Ich habe schon ein Musselinkleid vom letzten Jahr ausgesucht, das genau richtig wäre. Sie kann es an ihrem freien Nachmittag tragen. Wir werden hingehen, wenn ich sicher bin, daß Jessamyn nicht zu Hause ist.«

Charlotte hatte große Bedenken hinsichtlich dieses Plans und befürchtete, daß sie in eine peinliche Situation geraten könnten, aber da Emily trotz allem darauf bestand, zwang die eigene Neugier sie, mitzugehen.

Sie hatte Emily unterschätzt. In Jessamyns Haus erfuhren sie nichts von Bedeutung, doch die Zofe war über das Kleid sehr erfreut, und das ganze Gespräch wirkte so natürlich wie eine zufällige Unterhaltung, die ohne besonderen Anlaß nur zum Vergnügen geführt wurde.

Sie gingen dann weiter zu Phoebes Haus und erschienen dort zur einzigen Tageszeit, zu der diese gewöhnlich nicht zu Hause war. Sie lernten eine ausgezeichnete Mixtur für eine Möbelpolitur mit einem höchst angenehmen Geruch kennen. Phoebe hatte sich offenbar angewöhnt, von Zeit zu Zeit die Pfarrkirche zu besuchen, in letzter Zeit sogar täglich.

»Armes Geschöpf«, sagte Emily, als sie gingen. »Ich glaube, all diese Tragödien haben ihren Geist verwirrt. Ich weiß nicht, ob sie nun für Fannys Seele betet oder was sie sonst dort macht.«

Charlotte konnte die Vorstellung, für die Toten zu beten, nicht nachvollziehen, aber es war nicht schwierig zu verstehen, daß jemand an einem stillen Ort Trost suchte, an dem Vertrauen und Einfalt schon seit Generationen Zuflucht gefunden hatten. Sie war froh, daß Phoebe diesen Platz gefunden hatte, und wenn er ihr innere Ruhe schenkte und dazu beitrug, daß sich die Schrecken, die sie heimsuchten, in Grenzen hielten, dann war das um so besser.

»Ich werde Hallam Cayleys Köchin besuchen«, verkündete Emily. »Weißt du, heute ist das Wetter ganz anders. Mir ist richtig kalt, obwohl ich ein wärmeres Kleid angezogen habe. Ich hoffe, wir werden kein schlechtes Wetter bekommen, denn die Saison ist noch lange nicht vorbei!«

Das stimmte. Es wehte ein Ostwind, der wirklich kühl war, aber Charlotte war nicht am Wetter interessiert. Sie zog ihren Schal ein wenig enger und bemühte sich, mit Emily Schritt zu halten.

»Du kannst doch nicht einfach hineinspazieren und sagen, daß du mit seiner Köchin sprechen willst! Was für eine Ausrede hast du denn um Himmels willen diesmal? Du wirst ihn mißtrauisch machen, oder er wird glauben, daß du nicht weißt, wie man sich zu benehmen hat!«

»Er wird nicht zu Hause sein«, sagte Emily ungeduldig. »Ich habe dir doch gesagt, daß ich die Zeiten mit besonderer Sorgfalt ausgewählt habe. Selbst wenn es um ihr Leben ginge, könnte seine Köchin nicht anständig backen. Man könnte Pferde mit ihrem Zeug beschlagen. Deshalb ißt Hallam auch immer Kuchen, wenn er eingeladen ist. Aber bei den Saucen, da ist sie ein Genie! Ich werde sie um ein Rezept bitten, mit dem ich Tante Vespasia beeindrucken kann. Das wird ihr schmeicheln, und anschließend kann ich zur allgemeinen Unterhaltung übergehen. Ich bin davon überzeugt, daß Hallam weiß, was hier vor sich geht. Er benimmt sich schon seit über einem Monat wie ein Mann, der von irgend etwas verfolgt wird. Ich glaube, auf seine Weise hat er genauso viel Angst wie Phoebe!«

Sie befanden sich fast vor der Tür. Emily blieb stehen, um ihren Schal ein wenig zurechtzuzupfen, richtete ihren Hut und zog dann an der Klingel.

Der Diener öffnete die Tür sofort, und sein Kinn fiel vor Überraschung herunter, als er zwei Damen ohne Begleitung sah.

»Lady... Lady Ashworth! Es tut mir leid, Ma'am, aber Mr. Cayley ist nicht zu Hause.« Charlotte ignorierte er. Er war nicht sicher, wer sie war. Außerdem war er mit der ungewöhnlichen Situation schon genug beschäftigt, um auch das noch herauszufinden.

Emily schenkte ihm ein entwaffnendes Lächeln.

»Was für ein Pech! Ich wollte eigentlich fragen, ob er mir wohl freundlicherweise erlauben würde, mit der Köchin zu sprechen. Mrs. Heath heißt sie, nicht wahr?«

»Mrs. Heath? Ja, Mylady.«

Emily strahlte ihn an.

»Ihre Saucen sind berühmt, und da die Tante meines Mannes, Lady Cumming-Gould, während der Saison bei uns zu Gast ist, würde ich sie gerne ab und zu mit etwas Besonderem beeindrukken. Meine Köchin ist ausgezeichnet, aber – ich weiß, es ist eine Zumutung – ich wollte fragen, ob Mrs. Heath so großzügig wäre und mir ein Rezept überließe? Es ist natürlich nicht das gleiche, als wenn die Sauce von ihr zubereitet würde, aber es wäre immer noch etwas Außergewöhnliches!« Sie lächelte hoffnungsvoll.

Er taute auf. Das Anliegen fiel in sein Aufgabengebiet, und es leuchtete ihm durchaus ein.

»Wenn Sie im Salon warten möchten, Mylady, dann werde ich Mrs. Heath zu Ihnen hinaufbitten.«

»Ich bin Ihnen sehr zu Dank verpflichtet.« Emily rauschte ins Haus, und Charlotte folgte ihr.

»Siehst du!« sagte Emily triumphierend, als sie sich gesetzt hatten und der Diener verschwunden war. »Man muß sich vorher nur alles ein wenig zurechtlegen!«

Als Mrs. Heath kam, wurde sofort deutlich, wie entschlossen sie war, sich in ihrem Triumph zu sonnen. Die Verhandlungen würden sich wohl in die Länge ziehen, und man mußte ihr jedes nur erdenkliche Kompliment machen, bevor sie sich vom Geheimnis einer ihrer Kreationen trennen würde. Es war aber auf jeden Fall damit zu rechnen, daß sie ihr Geheimnis verraten würde, denn der Vorgeschmack von Ruhm glitzerte schon in ihren Augen.

Sie hatten schon fast ihr Ziel erreicht, als ein kleines, vom vielen Ruß ganz schwarzes Dienstmädchen polternd die Treppe herunterkam und in den Salon stürzte. Sein Spitzenhäubchen saß schief, und seine Hände waren schwarz.

Mrs. Heath war empört. Sie holte tief Luft, um einen Schwall von Ermahnungen über es auszuschütten, aber das Mädchen kam ihr zuvor.

»Mrs. Heath, bitte, Ma'am! Der Kamin im grünen Zimmer brennt, Ma'am. Ich habe ein Feuer gemacht, um den Geruch loszuwerden, wie Sie es mir befohlen haben, und jetzt ist das Zimmer voll Rauch, und ich kann das Feuer nicht löschen!«

Mrs. Heath und Emily sahen einander verwundert an.

»Dann steckt wahrscheinlich ein Vogelnest im Kamin«, sagte die praktisch denkende Charlotte. Seit ihrer Heirat hatte sie solche Dinge gelernt, und den Schornsteinfeger hatte sie schon mehr als einmal in ihr Haus rufen müssen. »Öffnen Sie nicht die Fenster, sonst wird der Luftzug alles noch schlimmer machen, und dann wird es wirklich brennen. Holen Sie einen Besen mit einem langen Stiel, und dann werden wir versuchen, es zu entfernen.«

Das Dienstmädchen blieb stehen und wußte nicht, ob es der fremden Frau gehorchen sollte oder nicht.

»Nun geh schon, Mädchen!« Mrs. Heath hatte beschlossen, daß sie ihr denselben Rat gegeben hätte, hätten die guten Manieren sie nicht daran gehindert, als erste zu sprechen. »Ich weiß wirklich nicht, warum du mich das erst fragen mußtest!«

Emily nutzte die günstige Gelegenheit, um ihren Vorteil auszubauen. Sie wollte nicht riskieren, durch irgendeinen unglücklichen Vorfall in diesem Haushalt gebremst zu werden, bevor sie ihr Ziel erreicht hatte.

»Es kann sein, daß es ziemlich weit oben steckt. Vielleicht sollten wir mithelfen. Wenn es nicht wirklich beseitigt wird, könnte ein richtiges Feuer ausbrechen.«

Und ohne noch auf Zustimmung zu warten, marschierte sie zur Tür hinaus und folgte dem vor ihr hereilenden Dienstmädchen die Treppe hinauf. Auch Charlotte ging mit, denn sie wollte gerne mehr vom Haus sehen und sich nichts von dem entgehen lassen, was gesagt wurde, obwohl sie Emilys Hoffnung nicht teilte, daß sie wichtige Informationen über Fulbert oder Fanny erhalten würden.

Das grüne Schlafzimmer war voller Rauch, und er kratzte ihnen im Hals, sobald sie die Tür geöffnet hatten.

»Oh!« Emily hustete und trat einige Schritte zurück. »Oh, das ist ja furchtbar! Das muß ein sehr großes Nest sein.«

»Nun holen Sie schon einen Eimer Wasser, und löschen Sie das Feuer«, fuhr Charlotte das Dienstmädchen an. »Nehmen Sie einen Krug aus dem Badezimmer, und beeilen Sie sich! Erst wenn es gelöscht ist, können wir die Fenster öffnen.«

»Ja, Ma'am.« Das Mädchen eilte fort. Es hatte nun wirklich Angst, man könne es für die ganze Geschichte verantwortlich machen.

Emily und Mrs. Heath standen hustend da und waren froh, daß Charlotte das Kommando übernommen hatte.

Das Mädchen kam zurück und hielt Charlotte den Wasserkrug mit weit aufgerissenen Augen und voller Furcht entgegen. Mrs. Heath öffnete die Tür. Dann, als sie keine Flammen sah, entschloß sie sich, ihrer Rolle wieder Geltung zu verschaffen. Sie nahm den Krug, ging hinein und schüttete den Inhalt auf die lodernde Feuerstelle. Es gab eine mächtige Dampfwolke, Ruß flog heraus und bedeckte ihre weiße Schürze. Wütend machte sie einen Satz nach hinten. Das Mädchen unterdrückte ein Kichern und verschluckte sich.

Das Feuer war gelöscht, und nur eine schwarze Masse blieb zurück; rußiges Wasser sammelte sich in der Feuerstelle.

»Na bitte!« sagte Mrs. Heath mit fester Stimme. Sie hatte einen persönlichen Kampf mit dem Ding geführt und würde sich nicht von ihm geschlagen geben, vor allem nicht in Anwesenheit von Besuchern und vor ihrem Dienstmädchen. Also nahm sie den Besen, den das Mädchen dazu benutzt hatte, den Boden zu fegen, und bewegte sich auf den Kamin zu. Sie stieß ihn heftig in den Schacht hinein und traf auf etwas, das nicht nachgab. Ihr Gesicht zeigte Verwunderung.

»Das ist ein furchtbar großes Nest. Ich würde mich nicht wundern, wenn der Vogel immer noch da wäre, so wie sich das anfühlt. Sie hatten recht, Miss.« Sie stieß noch einmal kräftig dagegen und wurde dadurch belohnt, daß eine ganze Ladung Ruß hinunterfiel. In diesem Augenblick vergaß sie sich und fluchte laut los.

»Versuchen Sie doch, auf einer Seite zu stoßen, um es aus dem Gleichgewicht zu bringen«, schlug Charlotte vor.

Emily rümpfte die Nase und beobachtete alles ganz genau.

»Es riecht nicht gerade angenehm«, sagte sie indigniert. »Ich hatte keine Ahnung, daß gelöschte Feuer so . . . so ekelerregend sind!«

Mrs. Heath stocherte mit dem Besen ein wenig schräg nach oben und stieß noch einmal kräftig zu. Noch mehr Ruß rieselte herab, es gab ein knirschendes Geräusch, und dann glitt der Körper von Fulbert Nash ganz langsam den Kamin herunter und fiel mit ausgebreiteten Armen auf die nasse Feuerstelle. Er war schwarz vor Ruß und Rauch, und überall waren Maden. Der Gestank war unbeschreiblich.

Kapitel 9

Pitt war keineswegs erfreut darüber, daß Fulberts Leiche entdeckt worden war. Ein Rätsel war gelöst, doch nicht einmal
das verbesserte seine Stimmung. Er hatte mit Fulberts Tod gerechnet, aber die tiefe Stichwunde in seinem Rücken schloß einen
Selbstmord aus, selbst wenn sich jemand anderes nachher seiner
Leiche dadurch entledigt hätte, sie in den Schacht des Kamins zu
zwängen. Er konnte sich auch nicht vorstellen, aus welchem
Grund irgendeine unschuldige Person das hätte tun sollen – mit
Ausnahme vielleicht von Afton Nash, der die Tat seines Bruders
verschleiern wollte. Für alle anderen war schließlich ein Selbstmord die perfekte Antwort auf die Vergewaltigung und den Mord
an Fanny.

Außerdem war Fulbert schon seit langem tot, vermutlich schon
seit jener Nacht, in der er verschwand. Die Leiche war in der
Sommerhitze bereits verwest und von Maden befallen. Es war
also unmöglich, daß er Selena angegriffen hatte.

Es handelte sich demnach offensichtlich um einen weiteren
Mord.

Man brachte einen geschlossenen Sarg und trug Fulbert fort.
Dann wandte sich Pitt dem Unvermeidbaren zu. Hallam Cayley
wartete auf ihn. Er sah schrecklich aus; sein Gesicht war fahl, und
der Schweiß lief ihm an seinen Wangen herunter. Seine Hände
zitterten so stark, daß das Glas, aus dem er trinken wollte, gegen
seine Zähne schlug.

Pitt hatte die Auswirkungen eines Schocks schon des öfteren
gesehen. Er war es gewöhnt, Menschen zu beobachten, wenn sie
mit etwas Schrecklichem oder einer Schuld oder tiefer Trauer
konfrontiert wurden. Es war ihm jedoch noch nie gelungen, die
unterschiedlichen Arten des Schocks voneinander zu unterscheiden. Als er sich Cayley anschaute, wußte er nicht genau, was den

Mann bewegte; er erkannte nur, daß Cayley von seinen Gefühlen völlig überwältigt worden war. In Gedanken formulierte Pitt die notwendigen Fragen, aber ein Gefühl des Mitleids durchströmte ihn und drängte die kühle Vernunft in den Hintergrund, so daß er schwieg.

Hallam setzte das Glas ab.

»Ich weiß nichts«, sagte er hilflos. »So wahr mir Gott helfe, ich habe ihn nicht umgebracht.«

»Warum ist er hierhergekommen?« fragte Pitt.

»Das ist er nicht!« Hallams Stimme wurde schriller. Man sah ihm förmlich an, wie er die Kontrolle über sich verlor. »Ich habe ihn gar nicht gesehen! Ich habe keine Ahnung, was zum Teufel passiert ist!«

Ein Geständnis hatte Pitt nicht erwartet, zumindest nicht zum jetzigen Zeitpunkt. Vielleicht gehörte Cayley zu denjenigen, die alles bestritten, obwohl Beweise vorlagen. Es war aber auch denkbar, daß er wirklich nichts wußte. Pitt mußte mit allen Dienstboten sprechen. Es würde lange dauern und mühsam sein. Wenn man einen Schuldigen suchte, dann deckte man zugleich immer eine Tragödie auf. Anfangs, als er gerade zur Polizei gekommen war, da hatte er noch gedacht, daß die Aufklärung von Verbrechen eine ganz unpersönliche Angelegenheit sei. Jetzt wußte er es besser.

»Wann haben Sie Mr. Nash zum letzten Mal gesehen?« fragte er.

Hallam blickte überrascht und mit blutunterlaufenen Augen auf.

»Großer Gott, das weiß ich nicht! Das war vor Wochen! Ich kann mich nicht daran erinnern, wann ich ihn gesehen habe, aber bestimmt nicht an dem Tag, an dem er ermordet wurde. Das weiß ich genau.«

Pitt runzelte ein wenig die Stirn.

»Sie nehmen also an, daß er an dem Tag ermordet wurde, an dem er verschwand?« fragte er.

Hallam starrte ihn an. Die Farbe schoß ihm ins Gesicht, dann wurde er wieder blaß. Auf seiner Oberlippe standen Schweißperlen.

»War es etwa nicht so?«

»Vermutlich schon«, sagte Pitt müde. »Man kann es jetzt nicht mehr mit Bestimmtheit sagen. Ich nehme an, er hätte bis in alle

Ewigkeit da oben bleiben können, jedenfalls so lange, wie das Zimmer nicht benutzt wurde. Der Gestank hätte sich natürlich verschlimmert. Haben Sie die Dienstmädchen angewiesen, dort sauberzumachen?«

»Um Himmels willen, Mann, ich kümmere mich nicht um den Haushalt. Die machen sauber, wann sie wollen. Dafür habe ich ja schließlich Personal, damit ich mich nicht mit diesen Dingen herumschlagen muß.«

Es hatte keinen Sinn, ihn zu fragen, ob seine Angestellten in irgendeiner engeren Beziehung zu Fulbert gestanden hatten. Das hatte man alles schon überprüft, und jeder hatte die Frage erwartungsgemäß verneint.

Es war Forbes, der einen überraschenden neuen Aspekt durch eine Aussage zutage förderte. Der Diener hatte inzwischen zugegeben, daß er Fulbert am Nachmittag seines Verschwindens die Tür geöffnet hatte, während Hallam außer Haus war. Fulbert war nach oben gegangen, nachdem er den Wunsch geäußert hatte, mit dem Kammerdiener zu sprechen.

Der Diener hatte angenommen, er habe dann später alleine hinausgefunden, aber jetzt war klar, daß er das nicht getan hatte. Er entschuldigte sich dafür, daß er zunächst gelogen hatte, und behauptete, er habe es damals nicht für wichtig gehalten, und außerdem hätte er seinen Herrn nicht wegen eines so dummen Zufalls in die Sache hineinziehen wollen, denn schließlich habe er natürlich Angst um seine Stellung gehabt.

Alles endete in einer unbefriedigenden Sackgasse. Der Kammerdiener stritt ab, Fulbert gesehen zu haben, und nichts ließ sich beweisen. Forbes teilte Pitt mit, daß es unter dem Personal schon seit langem alle möglichen Rivalitäten und alte Fehden gebe und daß er deshalb keine Ahnung habe, wem er wirklich glauben könne. Nach den zuvor gemachten Zeugenaussagen hätte jeder der männlichen Dienstboten Fanny töten können, wenn einer oder mehrere logen, aber niemand von ihnen kam als derjenige in Frage, der Selena Gewalt angetan hatte.

Nachdem er einen Polizisten als Wachposten zurückgelassen hatte, damit keiner von Cayleys Dienstboten den Paragon Walk verlassen konnte, ging Pitt schließlich zur Wache zurück. Die ganze Geschichte hinterließ einen schalen und unangenehmen Nachgeschmack in seinem Mund, aber im Augenblick hätte er mit weiteren Fragen nichts mehr erreichen können.

Fulbert wurde sofort beerdigt. Das Begräbnis im kleinen Kreis war eine traurige Angelegenheit, und fast schien es, als läge der scheußliche Leichnam nicht diskret in einer zugenagelten, polierten dunklen Holzkiste, sondern leibhaftig vor ihnen.

Pitt nahm am Begräbnis teil, diesmal jedoch nicht aus Mitleid mit dem Toten, sondern weil er die Trauergäste beobachten mußte. Charlotte und Emily waren nicht gekommen. Sie standen beide noch unter dem Schock, die Leiche entdeckt zu haben, und eigentlich hatte Charlotte Fulbert kaum gekannt, so daß ihre Anwesenheit weniger als eine Geste des Respekts vor dem Verstorbenen, sondern eher als ein Akt bloßer Neugier angesehen worden wäre. Emilys Zustand reichte als Entschuldigung völlig aus, um zu Hause bleiben zu können. George war als einziger Vertreter der Familie erschienen – mit starrem Blick und bleichem Gesicht trotzte er dem steifen Wind.

Pitt lieh sich einen schwarzen Mantel, um seine eher farbenfrohe Kleidung zu verbergen. Er stellte sich diskret im Hintergrund unter den Eiben auf und hoffte, daß niemand mehr als einen flüchtigen Blick auf ihn werfen würde. Vielleicht glaubten sie ja auch, er sei einer der Totengräber.

Er wartete. Der Leichenzug kam, schwarzer Krepp flatterte im Wind. Niemand außer dem Pfarrer sprach, und der Wind trug den Singsang seiner Stimme über den harten Lehm und das verwelkte Gras zwischen den Grabsteinen herüber.

Es waren keine Frauen anwesend, nur Phoebe und Jessamyn Nash, die zum engsten Kreis der Familie gehörten. Phoebe sah schrecklich aus; ihre Haut war grau, und unter ihren Augen lagen dunkle Schatten. Sie stand da mit gebeugten Schultern; von hinten hätte man sie für eine alte Frau gehalten. Pitt hatte mißhandelte Kinder gesehen, die den gleichen resignierten Blick hatten und völlig verängstigt waren. Sie wußten nur zu genau, daß der nächste Hieb kommen würde, und sie versuchten erst gar nicht zu fliehen.

Jessamyn verhielt sich völlig anders. Ihr Rücken war so gerade wie der eines Soldaten und ihr Haupt hoch erhoben. Selbst der wehende schwarze Schleier vor ihrem Gesicht konnte die Frische ihrer Haut und ihre leuchtenden Augen nicht verbergen, deren Blick auf die Zweige der Eiben auf der anderen Seite gerichtet war, dort, wo der Weg zum Friedhofstor führte. Lediglich ihren eng ineinander verschlungenen Händen sah man ihre Gefühlsre-

gungen an. Sie waren so stark zusammengepreßt, daß ihre Fingernägel die Haut verletzt hätten, wenn Jessamyn keine Handschuhe
getragen hätte.

Die Männer waren alle anwesend. Pitt betrachtete sie eingehend, einen nach dem anderen; in seinen Gedanken trug er das
zusammen, was er über sie wußte. Er suchte nach Motiven und
Unstimmigkeiten, nach irgend etwas, aus dem er die Antwort
hätte ableiten können.

Fulbert war ermordet worden, weil er wußte, wer Fanny und
später Selena vergewaltigt hatte. Es gab schließlich keinen anderen Grund und kein anderes Geheimnis am Walk, für das es sich
gelohnt hätte, einen Mord zu begehen. Oder etwa doch?

Könnte es Algernon Burnon gewesen sein? Man brauchte für
die Tat nicht viel Kraft, ein einziger Stich mit dem Messer reichte
aus. Algernon stand mit ernstem Gesicht, das keine Gefühle
zeigte, in der Nähe des offenen Grabes. Es war unwahrscheinlich,
daß er Fulbert gemocht hatte. Wahrscheinlich dachte er gerade an
Fanny. Hatte er sie geliebt? Wie groß die Trauer auch sein
mochte, die er empfand, seit Generationen waren Menschen wie
er zur Selbstbeherrschung erzogen worden, um Gefühle nicht
nach außen zu tragen. Ein Gentleman stellte sein Innenleben
nicht zur Schau. Es gehörte sich einfach nicht, und es war ein
Zeichen von Schwäche, wenn man seinen Schmerz offen zeigte.
Ein Gentleman vermochte sogar in Würde zu sterben.

Wer hatte die lange Verlobungszeit beschlossen? Wenn er sie
wirklich so begehrt hatte, hätte er dann nicht darauf bestehen
können, daß die Hochzeit früher stattfand? Viele Frauen heirateten in Fannys Alter oder sogar noch früher; in einer solchen Heirat lag nichts Übereiltes oder Anstößiges. Als er sich Algernons
ruhigen Gesichtsausdruck jetzt anschaute, fiel es Pitt äußerst
schwer zu glauben, daß sich dahinter irgendeine unkontrollier-
bare Leidenschaft verbarg.

Diggory Nash stand neben Algernon sehr nah bei Jessamyn,
ohne sie allerdings zu berühren. Sie sah auch wirklich nicht aus
wie eine Frau, die einen stützenden Arm brauchte, und es wäre
fast aufdringlich, ja impertinent gewesen, ihr diese Hilfe überhaupt anzubieten. Was immer sie auch fühlen mochte, es hielt
sie so völlig gefangen, daß sie sich der Anwesenheit der anderen – nicht einmal der ihres Ehemannes – gar nicht bewußt
war.

Wußte sie etwas über Diggory, von dem die anderen nichts ahnten? Pitt warf ihm aus seinem diskreten Versteck im Schutze der Eiben einen prüfenden Blick zu. Sein Gesicht war weniger wohlgeformt als Aftons, aber es wirkte, wenn auch nicht heiter, so doch viel warmherziger. Er hatte Lachfalten und einen sensiblen Mund. Besaß er vielleicht weniger Willensstärke als Afton? Hatten irgendeine Schwäche, eine besondere Vorliebe oder der Umstand, daß seinen Wünschen meist kein Widerstand entgegengesetzt wurde, dazu geführt, daß er aufgrund einer Verwechselung in der Dunkelheit seine eigene Schwester vergewaltigt und dann einen Mord begangen hatte, um die Untat zu verheimlichen?

Aber hätte sich so ein Mensch nicht längst verraten? Hätten Schuldgefühle und Angst nicht ein Wrack aus ihm gemacht, ihn in seiner Einsamkeit verfolgt, ihn wachgehalten, ihn zu irgendeiner verzweifelten Dummheit getrieben und schließlich zu seinem Untergang geführt? Die Befragung der Dienstmädchen durch Forbes hatte keinerlei Beschwerden über Diggorys Verhalten erbracht. Zugegeben, er hatte einige Avancen gemacht, aber nicht solche, die unwillkommen gewesen wären. Stieß er auf Ablehnung, was selten der Fall war, akzeptierte er es mit Humor und zog sich zurück. Nein, Pitt konnte nicht glauben, daß in Diggory mehr steckte, als man nach seinem Äußeren vermutete.

Und George? Er wußte jetzt, warum George anfangs so ausweichend reagiert hatte. Er war einfach zu betrunken gewesen, um sich daran zu erinnern, wo er sich aufgehalten hatte – und es war ihm peinlich gewesen, das zuzugeben. Der Schrecken hatte ihm vielleicht ganz gutgetan, zumindest hoffte er dies um Emilys willen.

Freddie Dilbridge wandte Pitt jetzt den Rücken zu, aber Pitt hatte ihn beobachtet, als er hinter dem Sarg den Weg entlangschritt. Sein Gesicht hatte Besorgnis und eher Verwirrung als Trauer gezeigt. Wenn er Angst hatte, dann war es die Angst vor etwas Unbekanntem, etwas Unerklärlichem; es war nicht die Angst eines Menschen, der genau weiß, was passieren und wie die Vergeltung aussehen wird.

Und trotzdem hatte Freddie etwas an sich, das Pitt Sorgen machte. Er hatte noch nicht herausgefunden, was es genau war. Ausschweifende Gesellschaften waren nichts Besonderes. Es gab immer Menschen, die sich langweilten, die sich nicht darum kümmern mußten, wie sie ihr Brot verdienten oder aber ihren Besitz verwalteten, Menschen, die keinerlei Ambitionen hatten und für die die Befriedigung ihrer Bedürfnisse oder die anderer erst unterhaltsam wurde, wenn diese deutlich von der Norm abwichen. Voyeurismus, gefolgt von einer kleinen moralischen Erpressung, die einem das Gefühl der Überlegenheit gab, war nichts Neues.

Aber eigentlich paßte diese Vorstellung eher zu Afton Nash. Er hatte etwas Grausames. Er ergötzte sich an den Schwächen der anderen, besonders dann, wenn es sich um sexuelle Fehltritte handelte. Er war ein Mann, der durchaus besondere Neigungen begünstigen könnte, die seinem Geschmack eigentlich nicht entsprachen, nur um dann im Bewußtsein der eigenen Sittsamkeit schwelgen zu können. Pitt konnte sich nicht daran erinnern, jemals einen Menschen so wenig gemocht zu haben wie ihn. Für Menschen, die das Opfer ihrer eigenen Unzulänglichkeiten wurden – auf welch groteske Art und Weise auch immer –, konnte er Mitleid empfinden. Aber er hatte nicht das geringste Verständnis für Menschen, die sich an den Schwächen anderer erfreuten und sich an fremden Lastern erbauten.

Afton stand am Kopfende des Grabes. Seine harten Augen blickten ernst auf den Pfarrer. Er hatte während dieses einen kurzen Sommers ja auch einen Bruder und eine Schwester beerdigen müssen, die beide ermordet worden waren. War es denkbar, daß es sich bei ihm um einen absolut gefühlskalten Heuchler handelte, der seine eigene Schwester vergewaltigt und ermordet und dann seinen Bruder erstochen hatte, um sein Geheimnis zu wahren? War dies der Grund, warum Phoebe vor Angst vollkommen außer sich war und – exzentrisch war sie ohnehin – nun wahnsinnig zu werden drohte? Lieber Gott, wenn es so war, mußte Pitt ihn festnehmen, ihm die Verbrechen nachweisen und ihn fortschaffen lassen. Pitt hatte für den Tod durch den Strang nichts übrig. Er wurde oft vollstreckt und gehörte zu den Mitteln der Gesellschaft, mit der sie sich selbst von einer Krankheit zu heilen suchte, aber Pitt fand dieses Mittel dennoch abstoßend. Er wußte zuviel über Mord – und über die Angst oder den Wahnsinn, die zum Mord führen. Er hatte die zermürbende Armut gesehen, die zahllosen Todes- und Krankheitsfälle, verursacht durch den Hunger in den Elendsvierteln, und er wußte, daß es Formen des Mordes gab, bei denen sich niemand die Hände schmutzig machte, bei denen Menschenleben aus großer Entfernung ausgelöscht wurden. Die blinde Gesellschaft mit ihrer Profitgier würde daran nie einen Gedanken verlieren. Nur 100 Meter entfernt von Orten, wo Menschen verhungerten, starben andere an Fettleibigkeit.

Und dennoch, sollte Afton wirklich schuldig sein, dann würde er ihn ohne jegliches persönliches Mitgefühl an den Galgen schicken.

Auch der Franzose, Paul Alaric, war da, wenn er denn wirklich Franzose war. Vielleicht kam er aus einer der afrikanischen Kolonien? Er war viel zu kultiviert, zu geistvoll und gebildet, um aus den großen, wind- und schneeumwehten Ebenen Kanadas zu stammen. Irgend etwas an ihm wirkte unglaublich alt; Pitt konnte sich nicht vorstellen, daß er zur Neuen Welt gehörte. Er schien der Sproß einer ehrwürdigen Zivilisation zu sein, Wurzeln zu haben, die tief genug reichten, um sich an das Herz alter Kulturen und an eine faszinierende, dunkle Vergangenheit klammern zu können.

Da stand er nun, seinen dunkelhaarigen Kopf gesenkt, weil der Wind auffrischte. Selbst hier auf dem Friedhof wirkte er noch elegant und gutaussehend. Er verkörperte beispielhaft den Respekt vor den Toten und die formvollendete Beachtung der guten Sitten. War das der einzige Grund für sein Erscheinen? Pitt hatte keine engere Beziehung zwischen ihm und Fulbert entdecken können, außer daß sie Nachbarn gewesen waren.

War es möglich, daß Alaric ein ausgezeichneter Schauspieler war? Verbarg sich hinter diesem intelligenten Gesicht ein ungestillter Hunger, eine Begierde, die so groß war, daß sie ihn dazu verleitet hatte, erst Fanny und dann die allzu bereitwillige Selena anzugreifen? Oder war Selena in Wirklichkeit gar nicht so bereitwillig gewesen, als es dann schließlich ernst wurde?

Er wagte nicht, diesen Gedanken zu verdrängen. Es war seine Pflicht, jede Möglichkeit in Betracht zu ziehen, ganz gleich, wie unwahrscheinlich sie ihm auch erscheinen mochte. Und trotzdem konnte er sich einfach nicht vorstellen, daß Alaric ganz anders sein sollte, als es nach außen hin den Anschein hatte. Nach all den Jahren, in denen Pitt die Menschen studiert hatte, war er zu einem guten Menschenkenner geworden und hatte festgestellt, daß die meisten Menschen einem gewissenhaften Beobachter, der bei jedem Satz zuhört, der auf die Augen und Hände schaut und die kleinen eitlen Lügen registriert, der die winzigen Anzeichen bemerkt, die Gier, Ehrgeiz oder grenzenlose Selbstsucht verraten, der umherwandernde Augen und anzügliche Anspielungen zur Kenntnis nimmt, nur wenig von sich verbergen können.

Alaric war vielleicht ein Verführer. Aber ein Gewalttäter? Das konnte Pitt nicht glauben.

Dann blieb nur noch Hallam Cayley übrig. Er stand gegenüber von Jessamyn am Grab und starrte sie an, als man endlich begann, den Sarg mit Erde zu bedecken. Der harte Lehm polterte auf den Deckel, und es hörte sich merkwürdig hohl an, fast so, als läge kein Leichnam darin. Einer nach dem anderen wandten sie sich ab und gingen weg; sie hatten ihre Pflicht getan. Nun war es die Aufgabe der Totengräber, die Arbeit zu beenden, die Erde hineinzuschaufeln und festzutreten. Es wurde diesig, der auffrischende Wind brachte einen Nieselregen mit, der die Wege rutschig und gefährlich machte.

Hallam ging hinter Freddie Dilbridge. Als Pitt eilig unter den Eiben hervortrat, um mit den anderen Schritt zu halten, sah er Hallams Gesicht. Er wirkte wie ein Mann, der sich mitten in einem Alptraum befand. Die Pockennarben auf seiner Haut schienen tiefer geworden zu sein, er war blaß und schwitzte. Seine Augenlider waren geschwollen, und Pitt konnte selbst aus dieser Entfernung noch sehen, daß eins von ihnen nervös zuckte. War es das übermäßige Trinken, das ihn so zurichtete, und wenn es das war, was hatte ihn dann zum Trinken gebracht? Der Verlust seiner Frau konnte ihm nicht so zugesetzt haben – oder doch? Nach allem, was er und Forbes durch die Befragung der Nachbarn und Dienstboten erfahren hatten, war es eine Durchschnittsehe gewesen; sie basierte auf gegenseitiger Zuneigung, jedoch nicht auf einer Leidenschaft, die so intensiv war, daß sie diese Selbstzerstörung hätte auslösen können.

Je länger Pitt darüber nachdachte, desto weniger wahrscheinlich erschien es ihm. Hallam hatte erst vor einem Jahr damit angefangen, mehr zu trinken als die meisten Männer, aber das war nicht unmittelbar nach dem Tod seiner Frau. Was war vor einem Jahr passiert? Bis jetzt hatte Pitt nichts herausfinden können.

Er hatte sie nun erreicht. Hallam wandte sich für einen Augenblick um und sah ihn. Als er Pitt erkannte, verzog sich sein Gesicht vor Angst, so, als ob der Grabstein, an dem er gerade vorüberging, sein eigener gewesen wäre und er dort seinen Namen gelesen hätte. Er zögerte und starrte Pitt an, dann hatte Jessamyn ihn eingeholt. Ihr Gesicht war verschlossen und zeigte keine Regung.

»Kommen Sie, Hallam«, sagte sie leise. »Beachten Sie ihn gar nicht. Er ist hier, weil das zu seinen Pflichten gehört. Es hat nichts zu bedeuten.« Ihre Stimme klang ausdruckslos. Sie hatte sich soweit gefaßt, daß jede Spur eines Gefühls unterdrückt und so unter Kontrolle war, wie sie es wünschte. Sie berührte ihn nicht, sondern wahrte einen Abstand von mindestens einem Meter. »Kommen Sie«, sagte sie wieder. »Bleiben Sie nicht stehen. Sie halten die anderen auf.«

Hallam setzte sich widerwillig in Bewegung, nicht, um ihrer Aufforderung zu folgen und weiterzugehen, sondern weil es keinen Sinn hatte zu warten.

Pitt stand da und beobachtete ihre schwarzgekleideten Rücken, als sie über den feuchten Weg zum Friedhofstor und dann auf die Straße hinaus gingen.

Hatte Hallam Cayley Fanny vergewaltigt? Möglich war es. Emily hatte gesagt, daß Fanny langweilig war, nichts Besonderes, nicht gerade ein Mädchen, das auf einen Mann anziehend wirkte. Aber Pitt erinnerte sich an den zierlichen weißen Körper, der auf dem Leichentisch gelegen hatte. Er war sehr zart gewesen, jungfräulich, fast kindlich, mit zerbrechlich wirkendem Körperbau und reiner Haut. Vielleicht war es gerade diese Unschuld gewesen, die eine Anziehungskraft ausgeübt hatte. Sie hätte nichts verlangt; ihre eigenen Wünsche wären erst später erwacht; sie hatte keine Erwartungen gehabt, die erfüllt sein wollten, hatte keine Vergleiche mit anderen Liebhabern anstellen können, nicht einmal mit Träumen.

Jessamyn hatte gesagt, sie sei zu unscheinbar gewesen, um Interesse zu erwecken, zu jung, um eine Frau zu sein. Aber vielleicht war es Fanny ja auch leid gewesen, als Kind angesehen zu werden, und hatte insgeheim begonnen, wie eine Frau zu denken, während sie nach außen hin das Bild von sich aufrecht erhielt, das sich jedermann von ihr gemacht hatte. Vielleicht hatte sie sich angesichts von Jessamyns bezaubernder Schönheit entschlossen, nun auch ihre Rolle als Frau auszukosten. Hatte sie ihre aufblühenden Verführungskünste an Hallam Cayley ausprobiert und geglaubt, von ihm drohe ihr keine Gefahr, und hatte sie an einem dunklen Abend feststellen müssen, daß sie sich getäuscht hatte, daß sie zu weit gegangen war, daß ihre Bemühungen unerwartet großen Erfolg gehabt hatten?

Möglich war es. Es war jedenfalls wahrscheinlicher, als daß sie irgendeinen Diener in Versuchung geführt hätte.

Die andere Möglichkeit war natürlich, daß sie mit jemand anderem verwechselt worden war, mit einem Dienstmädchen. Es gab mehrere Küchen- und Stubenmädchen, die ihr von der äußeren Erscheinung her ähnelten, ja selbst vom Gesicht her. Nur die Kleidung war ganz anders. Würden die Finger eines aufs äußerste erregten Mannes im Dunkeln den Unterschied zwischen Fannys Seide und der groben Baumwolle eines Dienstmädchens spüren?

Aber Fulberts Leiche war in Hallams Haus gefunden worden. Die Diener hatten ihn hereingelassen; niemand hatte das abgestritten – doch warum war er dorthin gegangen, wenn er nicht Hallam besuchen wollte? Hatte er gewartet, bis Hallam nach Hause kam, wie er es dem Diener angekündigt hatte, und war dann wegen seines Wissens ermordet worden? Oder war es vielleicht einer der Bediensteten gewesen, der Diener oder der Kammerdiener, der ihn ermordet hatte, weil er etwas wußte? Sie hätten Fanny ebenfalls umbringen können, eine weitere Möglichkeit.

Er hatte auch schon daran gedacht, daß noch jemand ins Haus gekommen sein könnte. Es war unwahrscheinlich, daß diese Person von den Dienstboten eingelassen worden war. Jeder Diener hätte es erwähnt, weil er nur allzu froh gewesen wäre, den Kreis der Verdächtigen zu erweitern und von sich selbst abzulenken. Die Gartenmauern waren nicht hoch, ein Mann von durchschnittlicher Beweglichkeit vermochte ohne Schwierigkeiten hinüberzuklettern. Mauerstaub und Moosflecken hätten dann zwar auf seiner Kleidung Spuren hinterlassen. Man hätte sie sofort entfernen können, aber Pitt hielt es dennoch für besser, die Kammerdiener danach zu fragen. Er mußte Forbes bitten, das noch einmal zu überprüfen.

Es gab natürlich Gartentore, doch er hatte bereits festgestellt, daß Hallams Tor immer verschlossen war.

Er folgte dem letzten Trauergast durch das Tor und ging die Straße hinauf, weg vom Friedhof und zurück zur Wache. Er glaubte, daß Hallam der Täter war. Die Umstände wiesen darauf hin, und die Angst stand ihm ins Gesicht geschrieben. Aber Pitt hatte nicht genug in der Hand, um es zu beweisen. Wenn Hallam die Tat einfach abstritt und behauptete, jemand sei Fulbert gefolgt und habe dann die Gelegenheit ergriffen, ihn umzubringen, und den Leichnam in Hallams Haus gelassen, dann gab es nichts, womit man hätte belegen können, daß er ein Lügner war. Einen Mann von Hallam Cayleys gesellschaftlicher Stellung konnte er nicht ohne hieb- und stichfeste Argumente verhaften.

Wenn er schon nicht beweisen konnte, daß Hallam schuldig war, dann wäre der nächste Schritt, aufzuzeigen, daß keine andere Möglichkeit in Frage kam. Das belastende Material war jedoch dürftig und unbefriedigend.

Auf der Wache wurde ein kleines Rätsel gelöst. Warum hatte Algernon Burnon sich so beharrlich geweigert, den Namen der Person zu nennen, in deren Gesellschaft er sich an jenem Abend befunden hatte, als Fanny ermordet wurde? Forbes hatte sie endlich gefunden, ein hübsches, fröhliches Mädchen, das sich in einer höheren Gesellschaftsschicht als Kurtisane bezeichnet hätte, in ihren eigenen Kreisen aber nicht mehr als eine Hure war. Kein Wunder, daß Algernon die merkwürdigen Blicke, in denen ein unbestimmter Verdacht lag, besser ertragen hatte, als zuzugeben, daß er für derlei Vergnügen bezahlt hatte, während seine Verlobte um ihr Leben kämpfte.

Am nächsten Tag gingen Pitt und Forbes zum Walk zurück; sie benutzten unauffällig die Hintereingänge und verlangten, die Kammerdiener zu sprechen. Niemand hatte Kleidung bemerkt, die feucht war, Moosflecken aufwies oder Spuren von Mauerstaub trug – sah man einmal von gewöhnlichem Staub ab, wie er im Sommer üblich ist. Bei ein oder zwei Rissen ließ sich ganz leicht behaupten, das wäre beim Ein- oder Aussteigen aus der Kutsche oder im eigenen Garten passiert. Rosendornen konnten die Kleidung zerreißen, oder man kniete sich auf den Rasen, um eine heruntergefallene Münze oder ein Taschentuch aufzuheben.

Pitt ging sogar in Hallam Cayleys Garten und bat um Erlaubnis, sich die Mauer von beiden Seiten ansehen zu dürfen. Ein äußerst nervöser Diener begleitete ihn auf Schritt und Tritt und schaute mit wachsender Spannung und unglücklichem Gesichtsausdruck zu, aber Pitt konnte nichts entdecken. Sollte jemand vor kurzem über diese Mauer geklettert sein, dann hatte er es mit einer gepolsterten Leiter und so vorsichtig getan, daß er weder das Moos zerdrückt noch einen Mauerstein zerkratzt und außerdem die Löcher glattgestrichen hatte, die die Leiter auf dem Boden hinterlassen haben mußte. So sorgfältig konnte man gar nicht sein! Wie hätte der Täter die Leiter später über die Mauer wieder auf die andere Seite ziehen können, ohne größere Furchen im Moos oben auf der Mauer zu hinterlassen? Und wie hätte er dann auf der anderen Seite den Abdruck der Leiter beseitigen sollen? Der Sommer war zwar trocken gewesen, aber die Gartenerde war immer noch weich und feucht, so daß man schnell Spuren hinterließ. Pitt probierte es mit dem Gewicht seines eigenen Fußes, und der Umriß seines Schuhs war deutlich zu sehen.

Am hinteren Ende der Mauer gab es eine Tür, die von einem Weg hinter den Zitterpappeln zu erreichen war, doch sie war verschlossen. Der Gärtnerjunge hatte den Schlüssel und sagte aus, er habe ihn immer bei sich.

Hallam war ausgegangen. Pitt würde ihn am nächsten Tag aufsuchen und fragen, ob es noch einen weiteren Schlüssel gab, den er weggegeben oder verliehen hatte, aber das war nichts als eine Formalität. Er glaubte nicht eine Sekunde daran, daß irgend jemand den hinteren Weg benutzt und sich mit dem Schlüssel Einlaß verschafft hatte, um eine Verabredung mit Fulbert in Hallams Haus einzuhalten – und noch weniger glaubte er an eine zufällige Begegnung.

Er ging nach Hause und erzählte Charlotte nichts von alledem. Er wollte nicht mehr an die ganze Geschichte denken und sein Familienleben genießen, den Frieden und die Gewißheit, daß dieser Frieden dauerhaft war. Obwohl Jemima bereits schlief, bat er Charlotte, sie aufzuwecken. Dann saß er mit seiner Tochter im Wohnzimmer und hielt sie in seinen Armen, während sie ihn schläfrig anblinzelte und nicht genau wußte, warum sie geweckt worden war. Er sprach mit ihr und erzählte ihr von seiner eigenen Kindheit auf dem großen Gut auf dem Land, so, als könne sie ihn ganz genau verstehen. Charlotte saß ihnen gegenüber und lächelte. Sie hielt ein weißes Kleidungsstück in ihrer Hand, um es auszubessern; er glaubte, es sei eins seiner Hemden. Er hatte keine Ahnung, ob sie wußte, warum er so redete – daß er den Paragon Walk und das, was ihm am nächsten Morgen bevorstand, vergessen wollte. Wenn sie es ahnte, dann war sie klug genug, es ihn nicht wissen zu lassen.

Auf der Wache gab es nichts Neues. Er bat darum, seine Vorgesetzten sprechen zu dürfen, und berichtete ihnen, was er zu tun gedachte. Wenn es keine anderen Erklärungen gab, keinen weiteren Schlüssel zum Gartentor, und wenn niemand eine andere Person gesehen hatte, dann wäre die logische Folgerung, daß der Täter jemand aus Cayleys Haushalt war. In diesem Fall mußte er sie dann alle vernehmen, nicht nur den Diener und den Kammerdiener, sondern auch Hallam Cayley selbst.

Sie waren nicht sehr erfreut über diesen Plan, besonders nicht darüber, daß Hallam verdächtigt wurde, aber sie gaben ihre Zustimmung, weil sie es einleuchtend fanden, daß der Täter aus diesem Haus stammte – mit großer Wahrscheinlichkeit der Kammerdiener oder der Diener.

Pitt ließ sich nicht auf Diskussionen mit seinen Vorgesetzten ein und nannte auch nicht seine Gründe dafür, warum er selbst Hallam für den Täter hielt. Schließlich basierte fast alles auf Vermutungen und der Verzweiflung, die sich auf dem Gesicht dieses Mannes widerspiegelte, dem Entsetzen in seinem Inneren, das noch größer sein mußte als alles, was nach außen sichtbar wurde. Sie hätten leicht behaupten können, es seien nur die Wahnvorstellungen eines Mannes, der zuviel tränke und damit nicht aufhören könne. Und dem hätte er dann nichts mehr entgegnen können.

Am späten Vormittag erreichte er den Paragon Walk und ging sofort zu Cayleys Haus. Er klingelte an der vorderen Eingangstür und wartete. Es war kaum zu glauben, aber niemand öffnete. Er läutete noch einmal, und abermals reagierte niemand. Hatte irgendein Problem im Haushalt den Diener so sehr beansprucht, daß er seine üblichen Pflichten vernachlässigte?

Er entschloß sich, um das Haus herum zur Küchentür zu marschieren. Dort waren bestimmt einige Dienstboten, und Dienstmädchen waren zu jeder Tageszeit in der Küche zu finden.

Er war noch einige Meter von der Tür entfernt, als er das Küchenmädchen sah. Sie blickte auf, stieß einen Schrei aus, umklammerte ihre Schürze und starrte ihn an.

»Guten Morgen«, sagte er und versuchte zu lächeln.

Sie stand wie angewurzelt da und brachte keinen Ton heraus.

»Guten Morgen«, wiederholte er. »An der Eingangstür scheint mich niemand zu hören. Darf ich durch die Küche hereinkommen?«

»Die Diener haben heute frei«, sagte sie stockend. »Hier sind nur ich und die Köchin und Polly. Und Mr. Cayley ist noch nicht aufgestanden!«

Pitt fluchte leise vor sich hin. Hatte dieser Dummkopf von einem Polizisten ihnen etwa allen erlaubt, den Paragon Walk zu verlassen – und damit also auch dem Mörder?

»Wo sind sie hingegangen?« fragte er.

»Nun, Hoskins, das ist der Kammerdiener, der ist in seinem Zimmer, nehme ich an. Ich habe ihn heute noch nicht gesehen, aber Polly hat ihm ein Tablett mit Toast und einer Kanne Tee gebracht. Und Albert, das ist der Diener, ist wahrscheinlich zu Lord Dilbridges Haus gegangen. Er hat ein Auge auf eine der Zofen geworfen. Stimmt etwas nicht, Sir?«

Pitt spürte eine Welle der Erleichterung. Diesmal war das Lächeln echt.

»Nein, alles ist in Ordnung. Ich würde gern hereinkommen. Dürfte ich darum bitten, daß jemand Mr. Cayley weckt? Ich muß ihn sprechen, um ihm ein oder zwei Fragen zu stellen.«

»Oh, ich würde das nicht tun, Sir! Mr. Cayley, nun . . . er . . . es wird ihm nicht gefallen. Morgens fühlt er sich nie sehr wohl.« Sie sah besorgt aus, so, als hätte sie Angst, man könne sie wegen Pitts Eindringen zur Rechenschaft ziehen.

»Das kann ich mir vorstellen«, stimmte er zu. »Aber es handelt sich um polizeiliche Ermittlungen, und die dulden keinen Aufschub. Lassen Sie mich einfach herein, und ich werde ihn dann selbst wecken, wenn Ihnen das lieber ist.«

Sie sah ihn sehr zweifelnd an, doch sie wußte, wann sie der Aufforderung einer Amtsperson Folge leisten mußte, und führte ihn gehorsam durch die Küche. An der grünen, mit Stoff bezogenen Tür, die zum restlichen Teil des Hauses führte, blieb sie stehen. Pitt verstand.

»Schon gut«, sagte er leise. »Ich werde ihm sagen, daß Sie keine andere Wahl hatten.« Er öffnete die Tür und ging in die Halle. Er hatte gerade den Fuß der Treppe erreicht, als eine winzige Bewegung seine Aufmerksamkeit erregte – als habe sich einer der gedrechselten Geländerstäbe gelockert, schwang irgend etwas nun wenige Zentimeter hin und her.

Er blickte hinauf.

Es war Hallam Cayley, dessen Körper ganz leicht hin und her pendelte. Sein Hals war mit der Kordel seines Morgenmantels am

Geländer des ersten Treppenabsatzes festgebunden. Pitt war nur im ersten Augenblick überrascht. Danach erschien ihm alles auf schreckliche und tragische Weise folgerichtig zu sein.

Er begann langsam hinaufzusteigen, bis er den Treppenabsatz erreichte. Aus der Nähe konnte man deutlich erkennen, daß Hallam tot war. Sein Gesicht war fleckig, wies jedoch nicht den violetten Schimmer wie nach einem Erstickungstod auf. Er mußte sich das Genick gebrochen haben, als er gesprungen war; er hatte Glück gehabt. Ein Mann seines Gewichts hätte die Kordel leicht zerreißen können und wäre dann mit gebrochenem Rückgrat, aber noch lebend, zwei Stockwerke tiefer gelandet.

Pitt konnte ihn nicht alleine nach oben ziehen. Er würde einen der Diener zu Forbes und zum Polizeiarzt schicken müssen. Er drehte sich um und ging langsam die Treppe hinunter. Was für ein trauriges Ende einer scheußlichen Geschichte! Es hatte nichts Befriedigendes und gab einem nicht das Gefühl, endlich die Lösung gefunden zu haben. Er ging durch die grüne, stoffbespannte Tür und unterrichtete die Köchin und das Mädchen davon, daß Mr. Cayley tot sei, und wies sie an, zu den Nachbarn zu gehen und einen Diener zu bitten, die Polizei, einen Arzt und einen Leichenwagen holen zu lassen.

Es gab weniger hysterische Anfälle, als er befürchtet hatte. Vielleicht hatten sie nach der Entdeckung von Fulberts Leiche so etwas schon fast erwartet. Vielleicht waren sie aber auch einfach nicht mehr zu irgendwelchen Gefühlsregungen fähig.

Dann ging er wieder nach oben, um sich Hallam noch einmal anzusehen und nachzuschauen, ob es einen Brief gab, irgendeine Erklärung oder ein Geständnis. Er brauchte nicht lange zu suchen. Er fand ihn auf einem kleinen Schreibtisch im Schlafzimmer. Der Federhalter und die Tinte standen noch daneben. Er war offen und an niemanden adressiert:

»Ich habe Fanny Gewalt angetan. Ich verließ Freddies Gesellschaft und ging in den Garten hinaus und anschließend auf die Straße. Ich habe Fanny dort zufällig getroffen.

Es hatte alles einige Wochen zuvor als Flirt angefangen. Sie hat mich ermutigt. Ich weiß jetzt, daß ihr nicht klar war, was sie da tat, aber damals konnte ich nicht mehr richtig denken.

Aber ich schwöre, daß ich sie nicht umgebracht habe.

Zumindest hätte ich das am Tag danach geschworen. An diesem Tag war ich so vor den Kopf gestoßen wie alle anderen auch.

Auch habe ich Selena Montague nicht angefaßt. Das hätte ich geschworen. Ich kann mich noch nicht einmal daran erinnern, was ich an jenem Abend gemacht habe. Ich hatte getrunken. Aber ich habe mir nie etwas aus Selena gemacht; sogar betrunken wäre ich ihr nicht zu nahe getreten.

Ich habe so lange darüber nachgedacht, bis mir ganz schwindelig war. Nachts bin ich zitternd vor Schrecken aufgewacht. Verliere ich etwa den Verstand? Habe ich Fanny erstochen, ohne zu wissen, was ich tat?

An dem Tag, an dem Fulbert ermordet wurde, habe ich ihn nicht lebend gesehen. Ich war nicht zu Hause, als er vorbeikam, und als ich wiederkehrte, teilte mir mein Diener mit, er hätte ihn nach oben geführt. Ich fand ihn im grünen Schlafzimmer, aber er war schon tot. Er lag auf dem Bauch und hatte eine Wunde im Rücken. So wahr mir Gott helfe, ich erinnere mich nicht daran, es getan zu haben.

Ich habe ihn versteckt, denn ich hatte furchtbare Angst. Ich habe ihn nicht ermordet, aber ich wußte, daß man mich beschuldigen würde. So habe ich ihn in den Kamin geschoben. Der Schacht ist breit, und ich bin viel größer als Fulbert. Es war überraschend leicht, ihn hochzuheben, und das, obwohl es sich um einen leblosen Körper handelte. Zwar war es umständlich, ihn in den Kaminschacht zu schieben, aber es gibt da einige Nischen für die Schornsteinfegerjungen, und schließlich schaffte ich es. Ich habe ihn dort eingeklemmt. Ich dachte, er könnte dort für immer und ewig bleiben, wenn ich das Zimmer abschlösse. An den Frühjahrsputz und daran, daß Mrs. Heath einen Generalschlüssel hat, habe ich gar nicht gedacht.

Vielleicht bin ich verrückt. Vielleicht habe ich sie beide umgebracht, und mein Hirn ist so von Dunkelheit umnachtet oder von Krankheit befallen, daß ich es nicht weiß. Mein Ich, das sind zwei Menschen.

Der eine – gequält, einsam, voller Reue – kennt die andere Hälfte nicht und wird vom Schrecken verfolgt. Das Böse in mir kennt nur Gott – oder aber der Teufel. Dieser andere Mensch ist ein Wilder, ein Verrückter, der tötet und immer wieder tötet.

Der Tod ist das Beste für mich. Das Leben bietet mir nur das Vergessen beim Trinken und die Angst vor meinem anderen Ich.

Es tut mir leid wegen Fanny, es tut mir aufrichtig leid. Ich weiß, das habe ich getan.

Sollte ich sie auch umgebracht haben, dann war das mein anderes Ich, ein Geschöpf, das ich nicht kenne, aber das nun endlich mit mir sterben wird.«

Pitt legte den Brief hin. In solchen Situationen hatte er schon oft Mitleid empfunden, die Qual eines Schmerzes gespürt, den man nicht heilen konnte und für den es keine Linderung gab.

Er ging wieder auf den Treppenabsatz zurück. Polizisten traten zur Eingangstür herein. Nun würde das lange Ritual der ärztlichen Untersuchung kommen, die Durchsuchung von Cayleys Habseligkeiten und die Protokollierung seines Geständnisses, so, wie es vorlag. Pitt hatte nicht das Gefühl, wirklich etwas erreicht zu haben.

Als er abends nach Hause kam, berichtete er Charlotte davon, nicht, weil er sich dadurch erleichtert fühlte, sondern weil es Emily betraf.

Eine ganze Zeit lang sagte sie nichts, dann setzte sie sich langsam hin.

»Der arme Mann!« Sie holte tief Luft. »Der arme, gequälte Mann!«

Er setzte sich ihr gegenüber, sah ihr ins Gesicht und versuchte, Hallam und alles, was mit dem Paragon Walk zu tun hatte, aus seinen Gedanken zu verbannen. Für eine lange Zeit war es still, und ihm wurde leichter ums Herz. Er begann darüber nachzudenken, was sie jetzt wohl gemeinsam unternehmen könnten, nun, da der Fall abgeschlossen war und er etwas Urlaub haben würde. Jemima war groß genug, um sich nicht mehr so leicht zu erkälten; sie könnten eine Fahrt auf dem Fluß in einem der Ausflugsboote machen, vielleicht sogar etwas zum Picknicken mitnehmen und sich ans Ufer setzen, wenn das Wetter weiterhin so gut blieb. Charlotte würde es gefallen. Er stellte sich vor, wie sie auf dem Gras sitzen würde, die Röcke um sich herum ausgebreitet, und ihr Haar glänzte wie eine polierte Kastanie in der Sonne.

Wenn sie jeden Penny umdrehen würden, dann könnten sie nächstes Jahr vielleicht ein paar Tage aufs Land fahren. Jemima wäre dann alt genug und könnte schon laufen. Sie würde wundervolle Dinge entdecken können, Wasserpfützen in den Felsen,

Blumen unter den Hecken, vielleicht ein Vogelnest, all die Dinge, die er als Kind gekannt hatte.

»Glaubst du, daß es der Verlust seiner Frau war, der seinen Wahnsinn ausgelöst hat?« Charlottes Stimme störte seinen Traum und brachte ihn abrupt in die Gegenwart zurück.

»Was?«

»Der Tod seiner Frau«, wiederholte sie. »Glaubst du, daß ihm die Trauer und Einsamkeit auf das Gemüt geschlagen sind, bis er zu viel trank und wahnsinnig wurde?«

»Ich weiß es nicht.« Er wollte nicht darüber nachdenken. »Vielleicht. Wir haben einige alte Liebesbriefe unter seinen Sachen gefunden. Sie sahen so aus, als seien sie mehrere Male gelesen worden, die Ecken waren umgeknickt, und ein paar waren eingerissen. Sie waren sehr intim und sehr fordernd.«

»Ich frage mich, was für ein Mensch sie wohl war. Sie starb, bevor Emily dort hinzog, so daß Emily sie nie kennengelernt hat. Wie war ihr Name?«

»Ich weiß es nicht. Sie hat die Briefe nie unterschrieben. Ich vermute, sie hat sie einfach irgendwo im Haus für ihn hingelegt.«

Charlotte lächelte traurig.

»Es muß furchtbar sein, wenn zwei Leute sich so sehr lieben, und dann stirbt einer von beiden. Sein ganzes Leben muß danach zu einem Fiasko geworden sein. Natürlich hoffe ich auch, daß du an mich denkst, wenn ich einmal sterbe, aber nicht so...«

Der Gedanke war schrecklich. Er brachte die Dunkelheit der Nacht in das Zimmer hinein, leer und so groß, als wollte sie nie enden, und als sei sie kalt wie der Raum zwischen den Sternen. Das Mitleid für Hallam überwältigte ihn. Er fand keine Worte, fühlte nur Schmerz. Sie kniete vor ihm auf dem Boden nieder und ergriff seine Hände. Ihr Gesicht war weich, und er konnte die Wärme ihres Körpers spüren. Sie versuchte nicht, etwas zu sagen oder tröstende Worte zu finden, aber sie strahlte eine Geborgenheit aus, die größer war als alles, was er bislang kennengelernt hatte.

Es vergingen mehrere Tage, bis Emily zu Besuch kam, und als sie in einer Wolke aus getupftem Musselin eintrat, strahlte sie so, wie Charlotte sie noch nie zuvor gesehen hatte. Man erkannte deutlich, daß sie inzwischen zugenommen hatte, aber ihre Haut war makellos, und in ihren Augen lag ein neuer Glanz.

»Du siehst wundervoll aus!« sagte Charlotte spontan. »Du solltest immer schwanger sein!«

Emily zog zum Spaß ein mißmutiges Gesicht, setzte sich auf den Küchenstuhl und bat um eine Tasse Tee.

»Nun ist alles vorbei«, sagte sie forsch. »Zumindest dieser Teil der Geschichte!«

Charlotte wandte sich langsam um, und noch während sie sich vom Spülstein zum Tisch drehte, wurden ihre Gedanken klarer und nahmen immer deutlicher Gestalt an.

»Du meinst, du bist mit dieser Lösung auch nicht zufrieden?« fragte sie vorsichtig.

»Zufrieden?« Emily sah entsetzt aus. »Wie könnte ich . . . Charlotte! Glaubst du nicht, daß es Hallam war?« Ihre Stimme klang ungläubig, ihre Augen waren weit aufgerissen.

»Ich vermute, er muß es gewesen sein«, sagte Charlotte langsam und schüttete das Wasser bis über den Rand in den Kessel, so daß es in die Spüle lief, ohne daß sie es bemerkte. »Er hat zugegeben, Fanny Gewalt angetan zu haben, und es gab keinen anderen Grund, Fulbert umzubringen . . .«

»Aber?« meinte Emily herausfordernd.

»Ich weiß es nicht.« Charlotte drehte den Wasserhahn ab und goß das überschüssige Wasser aus dem Kessel. »Ich weiß nicht so recht.«

Emily beugte sich vor.

»Ich werde es dir sagen! Wir haben doch nie herausgefunden, was Miss Lucinda gesehen hat und was sich genau am Paragon Walk abspielt – und es spielt sich etwas ab! Versuche nicht, mir einzureden, das alles habe nur mit Hallam zu tun gehabt, denn das stimmt nicht. Phoebe ist immer noch völlig verängstigt! Es geht ihr heute eher noch schlechter, so, als sei Hallams Tod nur ein weiterer Ausschnitt aus dem entsetzlichen Bild, das sie vor Augen hat. Gestern hat sie mir etwas äußerst Merkwürdiges gesagt, und das ist auch ein Grund dafür, warum ich heute gekommen bin – um es dir zu erzählen.«

»Was?« Charlotte blinzelte. All das erschien ihr irgendwie unwirklich und gleichzeitig folgerichtig. Ihre bisherigen Zweifel, die sie sich nicht hatte erklären können, meldeten sich wieder. »Was hat sie gesagt?«

»Sie sagte, die Dinge, die inzwischen passiert sind, hätten alles Böse dieser Welt auf den Paragon Walk gezogen und daß es nun keinen Weg mehr gäbe, den Teufel auszutreiben. Sie wage sich kaum vorzustellen, was für eine grauenvolle Sache als nächstes passieren würde.«

»Glaubst du, daß sie vielleicht auch verrückt ist?«

»Nein, das glaube ich nicht!« sagte Emily entschieden. »Jedenfalls nicht auf die Art und Weise, wie du meinst. Sie ist natürlich ein bißchen einfältig, aber sie weiß, worüber sie spricht, auch wenn sie niemandem Genaueres darüber mitteilt.«

»Nun, wie werden wir es herausbekommen?« fragte Charlotte sofort. Der Gedanke, nicht zu versuchen, die Lösung zu finden, kam ihr gar nicht erst.

Und damit hatte Emily auch fest gerechnet.

»Das habe ich mir nach allem, was man so gesagt hat, schon genau überlegt.« Sie hatte die Entscheidung bereits getroffen; jetzt ging es nur noch darum, wie man sie in die Tat umsetzte. »Und ich bin fast sicher, es hat irgend etwas mit den Dilbridges zu tun, zumindest mit Freddie Dilbridge. Ich weiß nicht, wer darin verwickelt ist und wer nicht, nur Phoebe weiß es, und es macht ihr Angst. Aber die Dilbridges geben in zehn Tagen eine Gartengesellschaft. George ist es zwar nicht recht, aber ich habe vor hinzugehen, und du kommst auch mit. Wir werden die Gäste nach einiger Zeit verlassen, ohne daß es jemandem auffällt, und dann werden wir das Haus erkunden. Wenn wir uns klug genug anstellen, dann werden wir etwas entdecken. Wenn es wirklich etwas Böses an diesem Ort gibt, dann muß es Spuren hinterlassen haben. Vielleicht finden wir ja heraus, was Miss Lucinda gesehen hat. Es muß da irgendwo sein.«

Erinnerungen an Fulberts verrußten Leichnam, wie er den Kaminschacht herunterrutschte, schossen Charlotte durch den Kopf. Es würde noch lange dauern, bis sie wieder den Wunsch verspürte, in den Zimmern anderer Leute herumzustöbern und nach Antworten zu suchen, aber auf der anderen Seite konnte sie alle Fragen auch unmöglich unbeantwortet lassen.

»Gut«, sagte sie entschlossen. »Was werde ich anziehen?«

Kapitel 10

Charlotte fühlte sich großartig, als sie zur Gartengesellschaft ging. Emily hatte ihr im Gefühl des eigenen Wohlbefindens ein neues Kleid aus weißem Musselin geschenkt, das mit Spitzen und winzigen Biesen an der Passe besetzt war. Ihr schien, als sei sie wie ein Gänseblümchen im Wind auf einer Sommerwiese oder wie der weiße Schaum eines Bergflusses – einfach unbeschreiblich strahlend rein.

Alle Bewohner des Paragon Walk waren gekommen, selbst die Damen Horbury. Es wirkte, als seien sie fest entschlossen, das Tragische und Schreckliche hinter sich und Vergangenheit sein zu lassen und alles einen heißen, windstillen Nachmittag lang völlig zu vergessen.

Emily trug ein hellgrünes Kleid. Diese Farbe stand ihr am besten, und sie strahlte vor Vergnügen.

»Wir werden herausfinden, was hier vor sich geht«, sagte sie leise zu Charlotte und ergriff ihren Arm, als sie über den Rasen zu Grace Dilbridge gingen. »Ich bin noch nicht ganz sicher, ob sie etwas weiß oder nicht. In letzter Zeit habe ich allen sehr genau zugehört, und ich glaube, daß Grace es nicht wissen möchte und deshalb dafür gesorgt hat, daß sie es auch nicht zufällig herausfindet.«

Charlotte erinnerte sich an das, was Tante Vespasia über Grace und ihr Vergnügen daran gesagt hatte, sich selbst als eine Frau darzustellen, die schlecht behandelt wird. Wenn sie das Geheimnis nun lüftete, dann wäre es vielleicht zu schrecklich für sie, als daß sie ihre Leiden in Zukunft noch hätte genießen können. Wenn der eigene Mann nur im normalen Rahmen – wenn auch ein wenig offener als die meisten anderen – sündigte, dann konnte man von ihr erwarten, daß sie es mit Würde trug, und sie wiederum konnte erwarten, daß man sie mitfühlend behandelte. Ihre gesellschaftliche Stellung wurde dadurch jedenfalls nicht berührt. Aber wenn dieses Laster außergewöhnlich und völlig unakzeptabel war, dann wäre sie gezwungen, etwas zu unternehmen, vielleicht sogar fortzugehen – und dann lagen die Dinge ganz anders! Eine Frau, die ihren Mann verließ, aus welchem Grund auch immer, war nicht nur finanziell, sondern auch gesellschaftlich ruiniert. Sie wurde einfach nicht mehr eingeladen.

Sie näherten sich Grace Dilbridge in ihrem purpurfarbenen Kleid, dessen Farbe ihr nicht stand. Sie war viel zu dunkel für einen so heißen Tag. Kleine Gewitterfliegen schwirrten in der Luft, und es fiel ihnen schwer, gute Manieren zu wahren und sie nicht mit heftigen Gesten zu vertreiben, denn sie juckten auf der Haut und verfingen sich im Haar, was sehr unangenehm war.

»Wie schön, Sie zu sehen, Mrs. Pitt«, sagte Grace mechanisch. »Ich bin so froh, daß Sie kommen konnten. Emily, meine Liebe, Sie sehen gut aus!«

»Vielen Dank!« antworteten beide. Dann fuhr Emily fort: »Ich hatte ja keine Ahnung, daß Ihr Garten so groß ist. Er ist wunderschön. Reicht er bis zu dieser Hecke oder noch weiter?«

»Oh ja, es gibt dahinter noch einen Kräutergarten und einen kleinen Rosengarten.« Grace machte eine vage Handbewegung. »Ich habe schon einmal überlegt, ob wir nicht versuchen sollten, an der Südwand dort Pfirsiche anzupflanzen, aber Freddie will nichts davon hören.«

Emily stieß Charlotte mit dem Ellenbogen an, und Charlotte wußte, daß sie an den Pavillon dachte. Er mußte da irgendwo hinter der Hecke liegen.

»Oh wirklich«, sagte Emily mit höflichem Interesse. »Ich liebe Pfirsiche. Ich würde darauf bestehen, wenn ich solch ein Plätzchen hätte. Zu dieser Jahreszeit gibt es einfach nichts Besseres als einen frischen Pfirsich.«

»Oh, ich kann nicht darauf drängen.« Grace war die Situation sichtlich unangenehm. »Freddie wäre sehr böse. Er schenkt mir so viele Dinge, und er würde mich für sehr undankbar halten, wenn ich Aufhebens um eine solche Kleinigkeit machte.«

Diesmal war es Charlotte, die Emily unter den Wolken ihres Kleides mit dem Fuß heimlich anstieß. Sie wollte nicht, daß Emily zu eindringlich fragte und ihr Interesse verriet. Sie hatten schon genug erfahren. Der Pavillon lag hinter dieser Hecke, und Freddie wollte nicht, daß man dort Pfirsichbäume anpflanzte.

Nachdem sie noch einmal betont hatten, wie froh sie darüber waren, Grace' Gäste sein zu dürfen, verabschiedeten sie sich zunächst von ihr.

»Der Pavillon!« sagte Emily, sobald sie außer Hörweite waren. »Freddie will nicht, daß sie dort in einem unpassenden Augenblick hinkommt, um Pfirsiche zu pflücken. Dort gibt er seine privaten Einladungen, da halte ich jede Wette mit dir!«

Charlotte ging nicht auf dieses Angebot ein.

»Aber Einladungen sind doch harmlos«, sagte sie langsam, »es sei denn, dabei passiert irgend etwas Schlimmes. Wir müssen herausfinden, wer die Gäste sind. Glaubst du, Miss Lucinda kann sich überhaupt noch daran erinnern, was sie gesehen hat? Vielleicht hat sie in ihrer Phantasie alles schon so ausgeschmückt, daß die Beschreibung gar nicht mehr von Nutzen ist. Sie muß die Geschichte bereits unzählige Male erzählt haben.«

Emily biß sich verärgert auf die Lippe.

»Ich hätte sie wirklich fragen sollen, als es gerade passiert war, aber sie ist mir auf die Nerven gegangen, und ich war so froh, daß ihr jemand einen gehörigen Schrecken eingejagt hat, daß ich ihr absichtlich aus dem Weg gegangen bin. Und außerdem wollte ich ihre Eitelkeit nicht noch fördern. Weißt du, sie saß – laut Tante Vespasia – mit Riechsalz auf ihrer Chaiselongue, hatte ein mit chinesischen Drachen besticktes Kissen im Rücken, einen ganzen Krug voll Limonade neben sich und empfing ihre Besucher wie eine Herzogin. Sie bestand darauf, jedem einzelnen die Geschichte immer wieder von vorne zu erzählen. Ich hätte ihr gegenüber wirklich nicht höflich bleiben können. Ich wäre in Gelächter ausgebrochen. Jetzt wünschte ich mir, ich hätte mich damals besser beherrschen können.«

Charlotte war die letzte, die Emily dafür hätte kritisieren dürfen, und das wußte sie auch. Ohne zu antworten, blickte sie in den rosengeschmückten Garten, um zu sehen, ob sie Miss Lucinda entdecken konnte. Sie mußte bei Miss Laetitia sein, und die beiden trugen immer Kleider in der gleichen Farbe.

»Da!« Emily berührte ihren Arm, und sie wandte sich um. Diesmal trugen sie Vergißmeinnichtblau, eine Farbe, die viel zu jugendlich für die beiden wirkte, und die rosa Tupfen machten alles noch schlimmer. Die Damen wirkten wie Konfekt, das zu warm geworden war.

»Oh je!« Charlotte unterdrückte ein Lachen.

»Es muß sein«, antwortete Emily streng. »Nun komm schon!«

Seite an Seite bemühten sie sich, den Eindruck zu erwecken, als schlenderten sie rein zufällig zu den Horburys hinüber. Auf halbem Weg blieben sie stehen, um Albertine Dilbridge ein Kompliment zu ihrem Kleid zu machen und um Selena zu begrüßen.

»Wie hat sie es verkraftet?« fragte Charlotte, sobald sie sich von ihr entfernt hatten.

»Was soll sie denn verkraftet haben?« Emily war ausnahmsweise einmal verwirrt.

»Hallam!« sagte Charlotte ungeduldig. »Es muß wohl eine große Enttäuschung für sie gewesen sein, oder nicht? Ich meine, von Paul Alaric in überwältigender Leidenschaft vergewaltigt zu werden, das hat doch etwas Romantisches, wenn auch auf eine fragwürdige Weise, aber von Hallam Cayley belästigt zu werden, als der so betrunken war, daß er nicht mehr wußte, was er tat, und der sich hinterher nicht einmal mehr daran erinnern konnte, das ist einfach schrecklich . . .«, sie hielt inne, und aller Spott war aus ihrer Stimme verschwunden, »und sehr tragisch.«

»Oh!« Emily hatte darüber offenbar noch gar nicht nachgedacht. »Ich weiß es nicht.« Dann begann sie sich für den Gedanken zu interessieren. Charlotte erkannte es an ihrem Gesichtsausdruck. »Also, wenn ich mir das jetzt so überlege, dann hat sie sich seit damals wirklich bemüht, mir aus dem Weg zu gehen. Ein- oder zweimal dachte ich schon, sie würde mich ansprechen, aber im letzten Augenblick schien dann etwas anderes viel dringender zu sein.«

»Meinst du, sie hat die ganze Zeit gewußt, daß es Hallam war?« fragte Charlotte.

Emily verzog ihr Gesicht.

»Ich muß versuchen, fair zu sein.« Es fiel ihr sehr schwer, was man ihr auch ansah. »Ich weiß nicht, was ich denken soll. Ich glaube kaum, daß das jetzt noch eine Rolle spielt.«

Charlotte war damit nicht zufrieden.

Irgendein kleiner Zweifel, eine unbeantwortete Frage, bohrte in ihren Gedanken. Aber daran konnte sie im Augenblick nichts ändern. Sie näherten sich gerade den Horbury-Damen, und sie mußte sich konzentrieren, um die beiden diskret und höflich auszuhorchen. Sie zauberte ein interessiertes Lächeln auf ihr Gesicht und ergriff das Wort, noch bevor Emily Gelegenheit dazu hatte.

»Wie schön, Sie wiederzusehen, Miss Horbury.« Sie sah Miss Lucinda ehrfürchtig an. »Ich bewundere Ihren Mut aufrichtig – nach so einer schrecklichen Erfahrung. Erst jetzt fange ich langsam an zu begreifen, was Sie durchgemacht haben müssen! Viele von uns führen ein beschütztes Leben, und wir haben ja keine Vorstellung von den scheußlichen Dingen, die uns doch so nah sind. Es ist schon unglaublich!« In Gedanken versetzte sie sich selbst einen Fußtritt, weil sie solch eine Heuchlerin war, und nicht nur das – weil sie das Ganze auch noch genoß.

Miss Lucinda war sich ihrer Bedeutung zu sicher, um diesen völligen Sinneswandel zu erkennen. Sie blähte sich voller Genugtuung auf und erinnerte Charlotte an eine pastellfarbene Kropftaube.

»Das haben Sie sehr gut beobachtet, Mrs. Pitt«, sagte sie ernst. »So viele von uns erkennen einfach nicht, was für dunkle Kräfte hier am Werk sind!«

»So ist es.« Fast hätte Charlotte ihre Fassung verloren, denn sie hatte Miss Laetitia mit ihren großen, blassen Augen angeschaut, und war nicht sicher, ob sie in ihnen ein Lachen sah oder ob es nur ein Lichtreflex war. Sie holte tief Luft. »Natürlich«, fuhr sie fort, »wissen Sie das besser als wir alle. Ich habe bisher Glück gehabt. Ich bin dem Bösen noch nie von Angesicht zu Angesicht begegnet.«

»Das ist ja bislang auch nur sehr wenigen von uns widerfahren, meine Liebe.« Miss Lucinda freute sich über dieses erneute Interesse an ihrer Geschichte. »Und ich hoffe aufrichtig, daß Ihnen niemals das Unglück geschehen wird, eine von uns zu sein!«

»Oh, das hoffe ich auch!« Charlotte legte sehr viel Leidenschaft in ihre Worte. Sie verzog angestrengt ihre Augenbrauen, um Besorgnis zu zeigen. »Aber da gibt es ja auch noch die Pflicht«, sagte sie langsam. »Das Böse wird nicht verschwinden, nur weil wir nicht hinsehen wollen.« Sie holte tief Luft und blickte Miss Lucinda tief in ihre runden Augen. »Sie wissen gar nicht, wie sehr ich Sie für Ihr Verhalten bewundere, für Ihre Entschlossenheit, der Sache auf den Grund zu gehen, was auch immer Sie dort vorfinden mögen.«

Miss Lucinda errötete voller Genugtuung.

»Wie nett von Ihnen und wie einfühlsam. Ich kenne nur wenige Damen, die so verständig sind wie Sie, besonders unter den jungen Frauen.«

»Nun ja«, fuhr Charlotte fort und ignorierte den leichten Stoß von Emily. »Ich bewundere Sie, weil Sie heute überhaupt hergekommen sind.« Sie senkte ihre Stimme geheimnisvoll. »Denn Sie wissen ja, was man sich über die Gesellschaften hier erzählt!«

Miss Lucinda wurde feuerrot, als sie sich an ihre früheren Bemerkungen über Freddie Dilbridge und seine ausschweifenden Treffen erinnerte. Sie bemühte sich krampfhaft, eine gute Entschuldigung für ihre Anwesenheit zu finden.

Charlotte, die immer mehr Gefallen an dieser Unterhaltung fand, lieferte sie ihr prompt.

»Es muß Ihnen sehr viel Aufopferung abverlangen«, sagte sie feierlich. »Aber ich bewundere es, daß Sie so fest entschlossen sind und daß Sie um jeden Preis – ob Sie sich nun in Verlegenheit bringen oder sogar in akute Gefahr – herausfinden wollen, was für ein schreckliches Ding Sie an jenem Abend gesehen haben.«

»Ja, ja, ganz richtig.« Miss Lucinda schnappte hastig nach diesem Köder. »Das ist die Pflicht eines jeden Christen.«

»Haben noch andere die Erscheinung gesehen?« Emily hatte es schließlich doch noch geschafft, auch etwas zu sagen.

»Sollte das der Fall sein«, sagte Miss Lucinda mit tiefer Stimme, »dann haben die Betroffenen nichts davon erzählt.«

»Vielleicht hatten sie zuviel Angst?« Charlotte wollte nun endlich auf den eigentlichen Punkt zu sprechen kommen. »Wie hat es ausgesehen?«

Miss Lucinda war überrascht. Sie hatte es vergessen. Jetzt versuchte sie, es sich wieder ins Gedächtnis zu rufen.

»Böse«, begann sie und legte ihr Gesicht in Falten. »Furchtbar böse. Es hatte ein grünliches Gesicht, war halb Mensch, halb Tier. Und es hatte Hörner auf seinem Kopf.«

»Wie scheußlich!« Charlotte holte sichtlich beeindruckt tief Luft. »Was für eine Art Hörner? Wie die einer Kuh oder einer Ziege oder . . .«

»Oh, wie die einer Ziege«, sagte Miss Lucinda sofort. »Nach hinten gebogen.«

»Und was für eine Art Körper hatte es?« fuhr Charlotte fort. »Hatte es zwei Beine wie ein Mensch oder vier wie ein Tier?«

»Zwei wie ein Mensch, und es rannte weg und sprang über die Hecke.«

»Sprang über die Hecke?« Charlotte bemühte sich, nicht zu ungläubig zu klingen.

»Oh, es ist nur eine niedrige Hecke, sie dient nur zur Dekoration.« Miss Lucinda war nicht so weltfremd, wie sie schien. »Ich hätte selbst darüberspringen können, als ich noch ein junges Mädchen war. Natürlich hätte ich das nie getan!« fügte sie hastig hinzu.

»Selbstverständlich nicht!« pflichtete Charlotte ihr bei und versuchte verzweifelt, ein ausdrucksloses Gesicht zu wahren. Die Vorstellung, Miss Lucinda könne über die Gartenhecke springen, war einfach zu köstlich, um sie nicht zu genießen. »In welche Richtung ist es weggerannt?«

Miss Lucinda wußte genau, worauf sie hinauswollte.

»In diese Richtung«, sagte sie mit Bestimmtheit. »Den Walk hinunter bis zu dieser Stelle hier.«

Emily sah Charlottes Miene und eilte ihr durch Mitleidsbekundungen zu Hilfe. Sie mußten noch eine kleine Weile bleiben, denn es wäre unhöflich gewesen, nun einfach zu gehen. Als sie es schließlich mit der Ausrede taten, sie müßten mit Selena sprechen, wandte sich Emily an Charlotte und zog sie am Ärmel etwas beiseite, damit sie Gelegenheit hatten, unter vier Augen miteinander zu sprechen.

»Um Himmels willen, was mag das wohl gewesen sein?« flüsterte sie. »Ich dachte zuerst, sie hat das meiste davon nur erfunden, aber jetzt glaube ich wirklich, daß sie tatsächlich etwas gesehen hat. Sie lügt nicht. Das könnte ich schwören!«

Charlotte hatte bereits ihre Schlüsse gezogen.

»Irgend jemand hat sich verkleidet, um ihr Angst einzujagen«, antwortete sie mit leiser Stimme, weil sie nicht wollte, daß einer der Vorbeigehenden sie hörte. Phoebe stand nur ein paar Meter entfernt. Auf ihrem Gesicht lag ein mattes Lächeln, während sie Grace zuhörte, die von ihren Schicksalsschlägen berichtete.

»Aber wovor wollte man ihr Angst einjagen?« Emily warf Jessamyn ein strahlendes Lächeln zu, als sie an ihnen vorbeischwebte. »Vor irgend etwas, das sich hier befindet?«

»Genau danach müssen wir suchen.« Auch Charlotte grüßte kurz hinüber. »Ich frage mich, ob Selena etwas darüber weiß«, fuhr sie fort.

»Das werden wir herausfinden.« Emily segelte voran, und Charlotte folgte ihr. Sie mochte Selena noch immer nicht, obwohl sie ihren Mut bewunderte. Selena hatte behauptet, es sei Paul Alaric gewesen, der sie vergewaltigt habe, und Charlotte mußte sich selbst gegenüber eingestehen, daß ihre ablehnende Haltung

Selena gegenüber wahrscheinlich in erster Linie daher rührte. Sie hatte sich von ganzem Herzen gewünscht, daß diese Beschuldigung nicht der Wahrheit entsprach. Alaric war heute nachmittag hier. Sie hatte noch nicht mit ihm gesprochen, aber sie wußte genau, wo er war und daß gerade in diesem Augenblick Jessamyn in einem Meer von wasserblauer Spitze wie zufällig zu ihm hinüberglitt.

»Wie schön, Sie wiederzusehen, Mrs. Pitt«, sagte Selena kühl. Sollte sie wirklich erfreut sein, dann war das ihrer Stimme nicht anzuhören, und ihre Augen wirkten so unpersönlich und kalt wie ein Fluß im Winter.

»Und das unter Umständen, die so viel erfreulicher sind!« Charlotte lächelte zurück. Also wirklich, sie war auf dem Wege, eine vollendete Heuchlerin zu werden! Was passierte bloß mit ihr?

Selenas Gesichtsausdruck wurde noch abweisender.

»Ich freue mich ja so für Sie, daß diese ganze Geschichte jetzt vorbei ist«, fuhr Charlotte angestachelt von der tiefen inneren Abneigung gegen Selena fort. »Natürlich war es eine Tragödie, aber die Angst hat nun wenigstens ein Ende, und es gibt kein ungelöstes Rätsel mehr.« Sie ließ ihre Stimme so fröhlich klingen, wie es der Anstand gerade noch zuließ. »Niemand muß sich jetzt vor irgend jemand fürchten. Alles ist aufgeklärt, und das ist... solch eine Erleichterung.«

»Mir war gar nicht bewußt, daß Sie Angst hatten, Mrs. Pitt!« Selena sah sie mit einem widerwilligen Blick an, der zu sagen schien, daß ihre Furcht unbegründet gewesen war, da Charlotte ja schließlich niemals in ernste Gefahr hätte kommen können.

Charlotte meisterte die Situation äußerst geschickt.

»Natürlich hatte ich Angst, auch wegen Emily. Wenn selbst eine Frau Ihres Ansehens und Ihrer Position belästigt wird, ja wer, um Himmels willen, könnte sich dann noch sicher fühlen?«

Selena bemühte sich krampfhaft, eine Antwort zu finden, die nicht ausgesprochen rüde klang, aber es wollte ihr nicht gelingen.

»Und es ist eine solche Erleichterung für die Herren«, fuhr Charlotte unbarmherzig fort. »Keiner von ihnen steht jetzt weiter unter Verdacht. Jetzt wissen wir, daß niemand von ihnen sich auch nur das Geringste hat zuschulden kommen lassen. Es ist schon äußerst betrüblich und beunruhigend, wenn man die eigenen Freunde verdächtigen muß.«

Emilys Finger gruben sich in Charlottes Arm, und sie bebte am ganzen Körper. Das Lachen, das sie zu unterdrücken versuchte, entlud sich in einem vorgetäuschten Niesanfall.

»Die Hitze«, sagte Charlotte mitfühlend. »Es ist wirklich sehr schwül. Ich würde mich nicht wundern, wenn das Wetter bald umschlägt und es ein Gewitter gäbe. Ich liebe Gewitter, Sie nicht auch?«

»Nein«, sagte Selena spitz. »Ich finde sie vulgär. Ausgesprochen vulgär.«

Emily nieste noch einmal heftig, und Selena trat einen Schritt zurück. Als Algernon Burnon mit einem Sorbet in der Hand vorbeispazierte, ergriff sie die Gelegenheit zu flüchten.

»Du bist einfach unmöglich!« sagte Emily fröhlich. »Ich habe noch niemals zuvor erlebt, daß sie so aus der Fassung geraten ist.«

Charlotte wußte nun, was sie so an Selena gestört hatte.

»Du warst doch die erste, die sie nach dem Überfall gesehen hat, nicht wahr?« fragte sie nüchtern.

»Ja. Warum?«

»Was genau ist passiert?«

Emily war leicht überrascht.

»Ich hörte, wie sie schrie. Ich lief durch den vorderen Teil des Hauses nach draußen und sah sie. Ich bin natürlich zu ihr gerannt und habe sie hereingeholt. Worauf willst du hinaus? Was denkst du, Charlotte?«

»Wie hat sie ausgesehen?«

»Ausgesehen? Natürlich wie eine Frau, die man vergewaltigt hat! Ihr Kleid war zerrissen, und ihr Haar war völlig aufgelöst . . .«

»Wie war ihr Kleid zerrissen?« fragte Charlotte beharrlich.

Emily versuchte sich das Bild wieder in Erinnerung zu rufen. Ihre Hand bewegte sich nach oben zur linken Seite ihres Kleides, als würde sie es zerreißen.

»So?« sagte Charlotte schnell. »Und war es verschmutzt?«

»Nein, das war es nicht. Es war vermutlich staubig, aber ich habe nicht darauf geachtet. Das war wohl kaum der richtige Augenblick.«

»Aber du hast mir doch erzählt, sie habe gesagt, es sei auf dem Rasen passiert«, erläuterte Charlotte, »in der Nähe der Rosenbeete.«

»Dieser Sommer ist heiß und trocken!« sagte Emily wegwerfend. »Na und?«

»Aber die Blumenbeete werden bewässert«, sagte Charlotte. »Ich habe gesehen, wie die Gärtner es taten. Wenn sie zu Boden geworfen wurde . . .«

»Nun, vielleicht war es nicht dort! Vielleicht war es auf dem Pfad. Was willst du eigentlich sagen?« Emily fing an zu verstehen.

»Emily, wenn ich mir das Kleid zerreißen würde und meine Haare löste, dann schreiend die Straße hinunterliefe, wodurch würde ich mich dann von Selena unterscheiden, so wie sie an jenem Abend aussah?«

Emilys blaue Augen leuchteten.

»Durch nichts«, sagte sie, während es ihr zu dämmern begann.

»Ich glaube nicht, daß jemand Selena überfallen hat«, sagte Charlotte und betonte jedes einzelne Wort. »Sie hat das Ganze erfunden, um die Aufmerksamkeit auf sich zu lenken und um mit Jessamyn gleichzuziehen. Nur Jessamyn ahnte, was wirklich geschehen war. Deswegen gab sie auch vor, Mitleid mit ihr zu haben, obwohl es ihr in Wirklichkeit gar nichts ausmachte. Sie wußte, daß Paul Alaric Selena nie berührt hatte!«

»Und Hallam hat das auch nicht getan?« Emily beantwortete die eigene Frage durch die Art, wie sie sie stellte.

»Der arme Mann.« Die Tragik verdrängte wieder die Komik, und Charlotte verspürte den eisigen Schauer des wahren Schreckens und des wirklichen Todes. »Kein Wunder, daß er verwirrt war. Er schwor, er habe Selena nicht überfallen, und das entsprach der Wahrheit.« In ihr wuchs die Wut über das Unheil, das Selena verursacht hatte, obgleich man ihr zugestehen mußte, daß sie einige der Folgen gar nicht hatte absehen können. Und dennoch, es war selbstsüchtig und hartherzig von ihr gewesen. Sie war eine verwöhnte Frau, und Charlotte wollte sie irgendwie bestrafen, damit sie wenigstens begriff, daß es jemanden gab, der wußte, was tatsächlich geschehen war.

Emily verstand sofort. Sie tauschten einen Blick aus, und Erklärungen waren überflüssig. Irgendwann würde Emily Selena sowohl ihre Wut als auch ihre Verachtung deutlich spüren lassen.

»Aber wir müssen immer noch herausfinden, was hier vor sich geht«, fuhr Emily nach einigen Augenblicken fort. »Bis jetzt haben wir nur ein kleines Geheimnis gelüftet. Aber es verrät uns nicht, was Miss Lucinda gesehen hat.«

»Wir brauchen nur Phoebe zu fragen«, antwortete Charlotte.

»Meinst du etwa, ich hätte das nicht schon versucht?« Emily war verärgert. »Wenn das so einfach wäre, dann wüßte ich die Antwort schon seit Wochen.«

»Oh, ich weiß, daß sie uns freiwillig gar nichts erzählen wird.« Charlotte war nicht aus der Ruhe zu bringen. »Aber vielleicht verrät sie etwas, ohne es zu wollen?«

Folgsam, aber ohne große Erwartungen, führte Emily sie zu Phoebe, die an einer Limonade nippte und mit jemandem sprach, den sie beide nicht kannten. Es erforderte einen zehnminütigen Austausch harmloser Höflichkeiten, bevor sie mit Phoebe allein sprechen konnten.

»Oh je«, sagte Emily mit einem Seufzer. »Was für eine langweilige Frau. Sollte ich noch ein einziges Wort über ihre Gesundheit hören, dann werde ich ausfallend.«

Charlotte nutzte die günstige Gelegenheit.

»Sie weiß gar nicht, wieviel Glück sie doch hat«, sagte sie und blickte dabei Phoebe an. »Hätte sie all das durchmachen müssen, was Ihnen widerfuhr, dann würde sie jetzt nicht so ein Theater um ein paar schlaflose Nächte machen.« Sie zögerte, weil sie nicht ganz sicher war, wie sie die Frage, die sie stellen wollte, so formulieren konnte, daß sie sich nicht verriet. »Wenn man weiß, daß etwas Schreckliches passiert ist, und wenn der Verdacht auf die eigene Familie fällt, dann muß das ein Alptraum sein, nicht wahr?«

Phoebes Gesicht war für einen Augenblick lang völlig ausdruckslos und unschuldig.

»Oh, ich habe mir keine allzu großen Sorgen gemacht. Ich habe nicht geglaubt, Diggory könne etwas derart Grausames tun. Er ist wirklich nicht herzlos, müssen Sie wissen. Und ich wußte, daß es auch Afton nicht gewesen sein konnte.«

Charlotte war verblüfft. Wenn es jemals einen Mann gegeben hatte, der von Natur aus grausam war, dann war es Afton Nash. Sie selbst würde ihn immer noch verdächtigen, wenn es ein weiteres ungeklärtes Verbrechen gäbe, und von allen Verbrechen schien eine Vergewaltigung am besten zu ihm zu passen.

»Woher wollen Sie das wissen?« sagte sie, ohne nachzudenken. »Einen Teil des Abends war er allein.«

»Ich . . .« Phoebe wurde zu Charlottes Überraschung feuerrot. Die Farbe brannte schmerzhaft auf ihrem Gesicht bis hinauf in ihre Haarwurzeln. »Ich . . .« Ihre Lider zuckten, und ihre Augen füllten sich mit Tränen. Dann blickte sie weg. »Ich hatte darauf vertraut, daß er es nicht war... das... das ist es, was ich sagen wollte.«

»Aber Sie wissen, daß etwas am Walk nicht stimmt!« Emily nutzte die Gelegenheit, zumal Charlotte plötzlich schwieg.

Phoebe starrte sie an. Ihre Augen wurden größer, als sie sich mit dieser Frage so unmittelbar konfrontiert sah.

»Sie wissen, um was es geht?« sagte sie gepreßt.

Emily zögerte. Sie war unsicher, ob es besser war, zu lügen oder zuzugeben, daß sie nichts wußte. Sie entschied sich für einen Kompromiß.

»Ich weiß eine Sache. Und ich bin entschlossen, etwas dagegen zu unternehmen! Werden Sie uns helfen?«

Das war ein Meisterstück! Charlotte sah sie voller Bewunderung an.

Phoebe nahm ihren Arm und drückte ihn so sehr, daß Emily vor Schmerzen zusammenzuckte.

»Oh, tun Sie das nicht, Emily! Sie ahnen ja nicht, was dann auf Sie zukommt. Die Gefahr ist noch nicht vorbei, denken Sie daran. Sie wird immer größer und schlimmer. Glauben Sie mir.«

»Dann müssen wir sie bekämpfen.«

»Das können wir nicht! Sie ist zu groß und zu schrecklich. Tragen Sie bitte ein Kreuz am Hals, beten Sie jeden Abend und jeden Morgen, und gehen Sie nachts nicht aus. Sehen Sie noch nicht einmal zum Fenster hinaus. Bleiben Sie einfach zu Hause, und forschen Sie bloß nicht weiter! Tun Sie, was ich Ihnen sage, Emily, vielleicht werden Sie dann verschont.«

Charlotte wollte noch etwas sagen, aber als sie sah, wie verängstigt Phoebe war, bekam sie Mitleid. Sie faßte Emily am Arm.

»Das ist vielleicht ein guter Rat.« Sie bemühte sich, gelassen zu wirken. »Wenn Sie uns jetzt bitte entschuldigen würden, wir müssen mit Lady Tamworth sprechen. Wir haben sie bisher noch nicht einmal begrüßt.«

»Selbstverständlich«, murmelte Phoebe. »Aber seien Sie vorsichtig, Emily! Denken Sie an das, was ich gesagt habe!«

Emily lächelte sie mitfühlend an und ging dann zögernd zu Lady Tamworth.

Es dauerte eine weitere halbe Stunde, bis sie die Möglichkeit hatten, hinter die Rosenbeete und dann in den privaten Teil des Gartens zu verschwinden, ohne daß sie jemand beobachtete. Sie befanden sich in einem Kräutergarten, der am anderen Ende von einer noch höheren, undurchdringlichen Buchenhecke begrenzt wurde.

»Wohin jetzt?« fragte Charlotte.

»Weiter«, antwortete Emily. »Es muß ein Weg um die Hecke herum führen. Vielleicht gibt es auch ein Tor.«

»Ich hoffe, es ist nicht verschlossen.« Charlotte ärgerte sich allein schon bei dem Gedanken daran. Das hätte das Ende ihres Unternehmens bedeutet. Seltsamerweise war ihr das vorher gar nicht in den Sinn gekommen, weil sie selbst die Angewohnheit hatte, Türen nie zu verschließen.

Sie gingen nebeneinander und suchten im dichten Laub, bis sie ein Tor fanden, das fast zugewachsen war.

»Es sieht aus, als würde es nie benutzt!« sagte Emily erstaunt. »Das kann es also nicht sein!«

»Warte einen Augenblick.« Charlotte sah es sich genauer an und studierte die Scharniere. »Es schwingt nach innen. Auf der anderen Seite muß jedes Hindernis weggeräumt sein, damit man es öffnen kann. Versuch es!«

Emily drückte. Das Tor bewegte sich nicht.

Charlotte ließ die Hoffnung sinken. Es war abgeschlossen.

Emily zog eine Nadel aus ihrem Haar und schob sie in das Schloß.

»Damit schaffst du es nicht!« Charlotte legte ihre ganze Enttäuschung in diese Worte.

Emily beachtete sie nicht und stocherte weiter. Sie nahm die Nadel heraus, bog sie gerade, machte dann an einem Ende eine Schlinge und versuchte es noch einmal.

»Na also«, sagte sie zufrieden und drückte sanft gegen die glatte Oberfläche des Tors. Es öffnete sich geräuschlos.

Charlotte war verblüfft.

»Wo hast du denn das gelernt?« wollte sie wissen.

Emily lächelte. »Meine Haushälterin nimmt die Schlüssel immer mit, sogar ins Bett, und ich hasse es, sie darum bitten zu müssen, mir meinen eigenen Wäscheschrank aufzuschließen. Ich meine, das ist ein ziemlich guter Trick. Komm jetzt, laß uns mal nachsehen, was es da hinten gibt.«

Auf Zehenspitzen schlichen sie durch das Tor und schlossen es hinter sich wieder. Zuerst waren sie enttäuscht, denn sie sahen nur einen großen Pavillon, von dem Wege abzweigten, die mit Steinen gepflastert waren und zwischen denen kleine Kräuterbeete lagen. Sie gingen überall herum, ohne einen Anhaltspunkt zu finden.

Emily blieb verärgert stehen.

»Warum hat man sich überhaupt die Mühe gemacht, das Tor abzuschließen?« sagte sie wütend. »Hier gibt es doch überhaupt nichts!«

Charlotte beugte sich nach unten, um eines der Kräuterblätter zu berühren und es zwischen den Fingern zu zerdrücken. Es roch bitter und aromatisch.

»Ich frage mich, ob das hier so eine Art Droge ist«, sagte sie nachdenklich.

»Unsinn!« Emily wischte es ihr aus der Hand. »Opium wird aus Mohn gewonnen, und der wächst in der Türkei oder in China oder sonstwo.«

»Es gibt noch andere Drogen.« Charlotte wollte nicht aufgeben. »Was für einen merkwürdigen Grundriß dieser Garten doch hat, ich meine, wie die Steine plaziert sind. Das muß eine Menge Arbeit gemacht haben.«

»Er ist nur sternförmig«, antwortete Emily. »Ich glaube nicht, daß er besonders schön ist. Er ist ungleichmäßig.«

»Ein Stern!«

»Ja, die anderen Spitzen sind da drüben und hinter der Laube. Warum?«

»Wie viele Spitzen sind es?« Irgend etwas tauchte aus Charlottes Erinnerungen auf, Einzelheiten aus einem Fall, an dem Pitt vor mehr als einem Jahr gearbeitet hatte, und eine Narbe, von der er gesprochen hatte.

Emily zählte nach.

»Fünf. Wieso?«

»Fünf! Das bedeutet, es ist ein Pentagramm!«

»Nenn es, wie du willst.« Emily war nicht sonderlich beeindruckt. »Was macht das schon?«

»Emily!« Charlotte drehte sich zu ihr um. Der Gedanke lastete schwer und beängstigend auf ihr. »Pentagramme sind Zeichen, die man benutzt, wenn man Schwarze Magie praktiziert! Vielleicht ist es das, worum es hier bei ihren Gesellschaften gegangen ist!«

Jetzt erinnerte sie sich daran, in welchem Zusammenhang Pitt die Narbe erwähnt hatte – sie war an Fannys Körper ... auf dem Gesäß; an der Stelle, wo die Lästerung am größten war.

»Deshalb ist Phoebe so verängstigt«, fuhr sie fort. »Sie glaubt, daß sie nur so aus Spaß angefangen und dann wahre Teufel heraufbeschworen haben.«

Emily verzog ihr Gesicht.

»Schwarze Magie?« fragte sie ungläubig. »Ist das nicht ein wenig weit hergeholt? Ich glaube noch nicht einmal an so etwas!«

Aber es ergab einen Sinn, und je mehr Charlotte darüber nachdachte, desto mehr Sinn ergab es.

»Du hast keine Beweise«, fuhr Emily fort. »Nur, weil der Garten sternförmig angelegt ist! Vielleicht mögen viele Leute sternförmige Gärten.«

»Kennst du welche?« fragte Charlotte.

»Nein . . . aber . . .«

»Wir müssen in den Pavillon hineinkommen.« Charlotte starrte ihn an. »Das ist es, was Miss Lucinda gesehen hat. Jemanden, der in Gewänder der Schwarzen Magie gekleidet war – mit grünen Hörnern.«

»Das ist lächerlich!«

»Leute, die sich langweilen, tun manchmal lächerliche Dinge. Schau dir bei Gelegenheit mal ein paar deiner Freunde aus der besseren Gesellschaft an!«

Emily blinzelte sie argwöhnisch an.

»Du glaubst doch wohl nicht an Schwarze Magie, Charlotte, oder?«

»Ich weiß es nicht . . . und ich will es auch nicht wissen. Aber das bedeutet nicht, daß andere es nicht tun.«

Emily gab nach.

»Dann sollten wir wohl besser versuchen, in den Pavillon hineinzukommen, wenn du meinst, Miss Lucindas Ungeheuer könnte da drin sein.« Sie ging zwischen den bitteren Kräutern hindurch und nahm wieder ihre Haarnadel heraus, was aber diesmal gar nicht nötig war. Die Tür war nicht verschlossen und ließ sich leicht öffnen. Sie standen im Eingang und blickten in einen großen, rechteckigen Raum mit einem schwarzen Teppich und schwarzen Vorhängen und mit grünen Zeichen an den Wänden. Durch das Glasdach schien hell die Sonne.

»Hier ist nichts!« Emily hörte sich verärgert an, jetzt, wo sie bis hierhin vorgedrungen war und sie sich fast hatte überzeugen lassen. Charlotte schob sich an ihr vorbei und ging hinein. Sie legte ihre Hand auf die Samtportieren und strich langsam darüber. Sie war schon fast durch den ganzen Pavillon gegangen, als sie in einer Ecke eine Nische entdeckte und die schwarzen Gewänder und Kapuzen sah. Sie waren mit scharlachfarbenen Kreuzen bestickt, die auf dem Kopf standen – Symbole der Lästerung wie bei Fanny. Sie wußte sofort, was sie bedeuteten, und es kam ihr so vor, als sei noch Leben in ihnen. Das Böse blieb in den Gewändern, nachdem ihre Träger diesen Ort verlassen hatten, um dann wieder ihr normales Gesicht aufzusetzen und ihr normales Leben inmitten anderer Menschen aufzunehmen. Wie viele mochten wohl diese Narbe auf ihrem Gesäß tragen?

»Was ist los?« fragte Emily, die direkt hinter ihr stand. »Was hast du gefunden?«

»Gewänder«, sagte Charlotte leise. »Verkleidungen.«

»Auch die von Miss Lucindas Ungeheuer?«

»Nein, die ist nicht hier. Vielleicht haben sie sie nicht aufbewahrt.«

Emilys Gesicht war blaß, und unter ihren Augen lagen dunkle Schatten.

»Glaubst du, daß es sich hier wirklich um Schwarze Magie handelt, um Teufelsanbetung und solche Dinge?« Selbst jetzt, wo es in all seiner Widerlichkeit und Abnormität zu sehen war, versuchte sie immer noch, es nicht zu glauben.

»Ja«, sagte Charlotte leise. Sie streckte ihre Hände aus und berührte eine der Kapuzen. »Oder hast du etwa eine andere Erklärung für das hier? Und für das Pentagramm und die bitteren Kräuter? Das muß der Grund sein, warum Phoebe ein Kreuz trägt und immer wieder zur Kirche rennt und warum sie glaubt, daß wir das Böse nie wieder abschütteln können, jetzt, wo es einmal hier ist.«

Emily wollte etwas sagen, aber die Worte erstarben auf ihren Lippen. Sie starrten einander an.

»Was können wir tun?« fragte Emily schließlich.

Bevor Charlotte noch nach einer Antwort hätte suchen können, war ein Geräusch an der Tür zu vernehmen, und beide erstarrten vor Schreck. Sie hatten nicht daran gedacht, daß noch jemand kommen könnte. Und sie hatten keine einleuchtende Erklärung für ihre Anwesenheit. Sie hatten das Tor in der Hecke gewaltsam geöffnet und konnten nicht behaupten, sie hätten sich verirrt. Keiner würde ihnen abnehmen, sie wüßten oder verstünden nicht, was sie entdeckt hatten!

Ganz langsam drehten sie sich um und blickten zur Tür.

Dort stand Paul Alaric, sein Schatten hob sich dunkel gegen das Sonnenlicht ab.

»Aha!« sagte er ruhig, trat ein und lächelte.

Charlotte und Emily standen so dicht beieinander, daß ihre Körper sich berührten. Emilys Finger umklammerten die Hand ihrer Schwester.

»Sie haben es also entdeckt!« bemerkte Alaric. »Ein wenig tollkühn, nicht wahr... nach so etwas zu suchen, und dann noch allein!« Er schien belustigt zu sein.

In ihrem tiefsten Herzen hatte Charlotte immer gewußt, daß ihre Unternehmung töricht war, aber die Neugier hatte ihr Gespür für die Gefahr verdrängt und die Warnungen ihrer Vernunft zum Schweigen gebracht. Sie starrte Alaric an. War er der Anführer, der Hexenmeister? Hatte Selena es deshalb für möglich gehalten, daß er sie überfallen haben könnte – oder hatte Jessamyn deshalb gewußt, daß er es nicht getan hatte? War es gar möglich, daß ihr Anführer eine Frau war – Jessamyn? Ihre Gedanken vermischten sich zu einem Wirbel schrecklichster Vorstellungen.

Alaric kam auf sie zu. Er lächelte immer noch, aber zwischen seinen Augenbrauen stand eine Falte.

»Ich glaube, wir sollten diesen Raum besser verlassen«, sagte er freundlich. »Dies ist ein außergewöhnlich unangenehmer Ort, und ich möchte auf keinen Fall angetroffen werden, wenn einer der Stammgäste zufällig auftaucht.«

»Stamm... Stammgäste?« stotterte sie.

Sein Lächeln wurde zu einem breiten Lachen.

»Du lieber Himmel, Sie glauben wohl, ich gehöre dazu! Sie enttäuschen mich, Charlotte!«

Sehr zu ihrer Verärgerung wurde sie rot. »Wer ist denn sonst Mitglied?« fragte sie. »Afton Nash?«

Er nahm sie am Arm und führte sie hinaus in die Sonne. Emily folgte dicht hinter ihnen. Er drückte die Tür zu und ging den Weg zwischen den bitteren Kräutern entlang.

»Nein, Afton ist viel zu langweilig für so etwas, und seine Art der Scheinheiligkeit ist wesentlich subtiler.«

»Wer dann?« Charlotte war ganz sicher, daß George nicht zur Gruppe zählte, und deshalb hatte sie auch keine Angst vor der Antwort.

»Oh, Freddie Dilbridge«, sagte er vertraulich. »Und die arme Grace ist eifrig bemüht, nichts zu merken, und sie tut so, als sei dies alles nur eine normale Ausschweifung des Fleisches.«

»Wer noch?« Charlotte hielt mit ihm Schritt, und Emily blieb auf dem schmalen Weg zurück.

»Selena mit Sicherheit«, antwortete er. »Und ich glaube, Algernon. Die arme kleine Fanny, bevor sie starb – das vermute ich jedenfalls. Phoebe weiß natürlich davon – sie ist nicht so naiv, wie es den Anschein hat – und zweifellos Hallam. Auch Fulbert ahnte natürlich etwas, jedenfalls aus dem zu schließen, was er so sagte, obwohl er nie eingeladen wurde.«

Es paßte alles zusammen.

»Und was machen sie hier?« fragte sie.

Gelangweilt und ein wenig verächtlich zog er seine Mundwinkel herab.

»Nichts Besonderes. Sie spielen ein wenig Gotteslästerung und bilden sich ein, sie beschwören Dämonen.«

»Sie glauben nicht, daß es das... wirklich gibt?« Sie zögerte, eine solche Frage draußen in einem Sommergarten zu stellen, wo die grüne Buchenhecke über ihnen im Wind rauschte. Es wurde schwüler und windstill, und der Himmel war bedeckt. Die Gewitterfliegen wurden immer unerträglicher.

»Nein, meine Liebe«, sagte er und sah ihr fest in die Augen. »Das denke ich nicht.«

»Phoebe tut es.«

»Ja, ich weiß. Sie glaubt, das Ganze sei ein törichtes und recht widerliches Spiel gewesen, durch das die wahren Geister plötzlich zum Leben erweckt und auf den Walk losgelassen wurden, um dann Mord und Wahnsinn aus dem Schattenreich der Verdammten zu bringen.« Sein Gesicht wirkte ironisch, mit kühler Vernunft schob er diese Ängste als der Hysterie entsprungen beiseite.

Sie verzog das Gesicht.

»Gibt es denn keine Schwarze Magie?«

»Oh doch.« Er öffnete das Tor in der Hecke und blieb davor stehen, damit sie durchgehen konnten. »Ganz bestimmt gibt es sie. Aber das hier, das ist etwas anderes.«

Sie tauchten wieder in den Trubel und die Normalität der Gartengesellschaft ein. Niemand hatte sie aus der Buchenhecke kommen und den Kräutergarten entlanggehen sehen. Miss Laetitia hörte pflichtbewußt Lady Tamworth zu, die die Nachteile einer nicht standesgemäßen Ehe erläuterte, und Selena befand sich offensichtlich in einem hitzigen Wortgefecht mit Grace Dilbridge. Alles war so wie immer, als wären sie nur ein paar Minuten weg gewesen. Charlotte mußte sich konzentrieren, um sich das ins Gedächtnis zu rufen, was sie kurz zuvor gesehen hatte. Sie stellte sich vor, wie Freddie Dilbridge, der in diesem Augenblick lässig mit einem Glas in der Hand neben den hellroten Rosen stand, ein Gewand mit einer Kapuze über dem Kopf trug und innerhalb des Pentagramms nächtliche Feste feierte. Wie er vorgab, er würde Teufel beschwören, vielleicht sogar eine schwarze Messe halten; wie er die jungfräuliche Fanny entkleidete und in ihren Körper eine Narbe mit dem Symbol des Bösen einbrannte. Wie wenig wußte man doch von den Gedanken, die hinter der gefälligen Maske der alltäglichen Normalität lauerten. Sie mußte sich sehr zusammennehmen, um ihm jetzt noch höflich gegenüberzutreten.

»Sag nichts!« wurde sie von Emily gewarnt.

»Das habe ich auch nicht vor!« herrschte Charlotte sie an. »Dazu kann man nichts mehr sagen.«

»Ich hatte Angst, du würdest vielleicht versuchen, ihm klarzumachen, wie abgrundtief böse das alles ist.«

»Deshalb gefällt es ihnen doch gerade!« Charlotte raffte ihre Röcke und wirbelte zu Phoebe und Diggory Nash hinüber. Afton stand in der Nähe und hatte ihnen den Rücken zugewandt. Noch bevor sie die Gruppe erreicht hatte, bemerkte Charlotte, daß sie sich wohl gerade mitten in einer unerfreulichen Unterhaltung befanden.

». . . eine verdammt dumme Frau mit einer überspannten Phantasie«, sagte Afton gereizt. »Sie sollte lieber zu Hause bleiben und sich eine sinnvolle Beschäftigung suchen!«

»Das läßt sich leicht sagen, wenn du nicht betroffen bist!« Diggory zog verächtlich die Mundwinkel herab.

»Wie sollte ich auch?« Aftons Augenbrauen hoben sich zu einem sarkastischen Bogen. »Das müßte schon ein toller Sittenstrolch sein, der mich anfällt!«

Diggory blickte ihn voller Abscheu von oben bis unten an.

»Der müßte völlig verzweifelt sein! Ich persönlich würde es eher bei einem Hund versuchen!«

»Sollte jemals ein Hund vergewaltigt werden, dann wissen wir ja, wo wir nach dem Täter suchen müssen«, sagte Afton kühl und schien keineswegs aus dem Gleichgewicht gebracht worden zu sein. »Du hast schon einen merkwürdigen Umgang, Diggory. Langsam, aber sicher wird dein Geschmack pervers.«

»Wenigstens habe ich noch Geschmack«, fuhr Diggory ihn an.

»Manchmal glaube ich, du bist so vertrocknet, daß du für nichts mehr Leidenschaft empfinden kannst. Es würde mich gar nicht wundern, wenn all die Dinge, die das Leben ausmachen, dich anekeln und wenn alles, was dich daran erinnert, daß du einen Körper hast, deinem Geist schmutzig erscheint.«

Afton wich ein wenig von ihm zurück.

»Es gibt nichts Schmutziges in meinen Gedanken und nichts, vor dem ich die Augen verschließen müßte.«

»Dann hast du einen robusteren Magen als ich. Was in deinem Gehirn vorgeht, das erschreckt mich! Wenn ich dich so ansehe, dann könnte ich den Phantasien über die ›lebenden Toten‹, die heutzutage so beliebt sind, fast Glauben schenken. Ich meine die Leichen, die nicht in der Erde bleiben wollen.«

Afton streckte seine Hände mit den Innenflächen nach oben aus, so, als wolle er das Sonnenlicht wiegen.

»Du bist wie immer nicht sehr logisch, Diggory. Wäre ich einer deiner ›lebenden Toten‹, dann würde die Sonne mich schrumpfen lassen.« Er begann höhnisch zu lächeln. »Oder hast du das nicht gelesen?«

»Nun komm mir doch nicht so!« Diggorys Stimme klang müde und verärgert. »Ich habe über deine Seele geredet, nicht über dein Fleisch. Ich weiß nicht, ob es die Sonne war, die dich ausgetrocknet hat, oder einfach nur das Leben. Aber so sicher, wie die Hölle auf uns wartet, so sicher weiß ich, irgend etwas hat es getan!« Er entfernte sich und ging auf ein Tablett mit Pfirsichen und Sorbet zu. Phoebe zauderte einen Augenblick lang und folgte ihm dann, so daß Afton allein zurückblieb und schließlich Charlotte bemerkte. Seine kalten Augen blickten durch sie hindurch.

»Hat Ihre allzu forsche Ausdrucksweise wieder dazu geführt, daß Sie ganz allein sind, Mrs. Pitt?« fragte er.

»Das kann schon sein«, antwortete sie ebenso kühl. »Aber wenn es so ist, dann war bisher noch niemand so dreist, es mir zu sagen. Und außerdem ist es nicht immer unangenehm, allein zu sein.«

»Sie scheinen uns hier am Walk immer öfter zu besuchen. Bevor es hier den Sexualverbrecher gab, da waren wir Ihnen völlig gleichgültig. Ist es vielleicht möglich, daß er es ist, der Sie so fasziniert? Bedeutet er für Sie Nervenkitzel, Abenteuer, Schwelgen in Gefühlen, in heißen Träumen von Gewalt und von einer Hingabe ohne Schuld?« Seine Augen wanderten von ihrem Busen bis hinunter zu ihren Schenkeln.

Charlotte zitterte, als hätten seine Hände sie berührt. Sie sah ihn haßerfüllt an.

»Sie scheinen zu glauben, Frauen genießen es, wenn sie vergewaltigt werden, Mr. Nash. Das zeugt von einer ungeheuerlichen Arroganz, von einem Selbstbetrug, mit dem Sie Ihre Eitelkeit befriedigen und Ihr Verhalten entschuldigen wollen, aber es stimmt ganz und gar nicht. Sexualverbrecher sind keine Helden. Sie sind bedauernswerte Menschen, deren Möglichkeiten so beschränkt sind, daß sie sich mit Gewalt das nehmen müssen, was andere sich schenken lassen. Würden sie nicht so viel Schmerz verursachen, dann könnte man Mitleid mit diesen Geschöpfen haben. Es handelt sich bei ihnen um eine Art Impotenz!«

Sein Gesicht erstarrte, aber in seinem Blick lag brennender Haß, von einer Urgewalt wie Geburt und Tod. Hätten sie sich nicht hier in diesem gepflegten Garten befunden, mit all der förmlichen Konversation, dem Klirren der Gläser und dem höflichen Lachen, dann hätte er sie wahrscheinlich aufgeschlitzt, sie mit der scharfen Klinge eines Messers zerstückelt, es bis zum Heft immer wieder in sie hineingestoßen und ihren Körper damit zerfetzt.

Sie wandte sich ab, weil ihr vor Angst fast übel wurde, aber sie tat es erst, als sie wußte, daß er in ihren Augen gesehen hatte, daß sie ihn durchschaut hatte. Kein Wunder, daß die arme Phoebe ihn niemals für den Sexualverbrecher gehalten hatte. Charlotte wußte es jetzt auch, und das würde er ihr niemals verzeihen, so lange er lebte.

So völlig war sie von ihrer neuen Erkenntnis gefangen, daß sie nichts mehr von dem, was um sie herum geschah, wahrnahm. Seidenkleider hingen schlaff in der windstillen Luft. Makellose Haut wurde von winzigen Gewitterfliegen wie von kleinen schwarzen Punkten übersät, und es wurde immer heißer. Die Leute um sie herum unterhielten sich; sie hörte den Klang ihrer Stimmen, aber sie verstand die Worte nicht.

»Sie lassen sich dadurch zu sehr aus dem Gleichgewicht bringen. Die Angelegenheit ist verrückt und widerlich, aber sie muß Ihnen oder Ihrer Schwester nicht so nahegehen.«

Es war Paul Alaric, der ihr ein Glas Limonade reichte. Seine Augen zeigten Besorgnis, aber gleichzeitig auch die übliche Spur von Heiterkeit.

Sie dachte an den Pavillon im Garten.

»Es hat gar nichts damit zu tun.« Sie schüttelte den Kopf. »Ich dachte an etwas ganz anderes, an etwas, das es wirklich gibt.«

Er bot ihr die Limonade an und wischte mit der anderen Hand eine Gewitterfliege von ihrer Wange. Erfreut nahm sie das Glas entgegen, und als sie sich ein wenig umdrehte, traf ihr Blick auf Jessamyn Nash, die sie feindselig anschaute. Diesmal wußte sie sofort, warum. Der einzige Grund war der blanke Neid, weil Paul Alaric sie berührt hatte, weil seine Aufmerksamkeit ihr galt und Jessamyn erkannte hatte, daß er es ernst meinte.

Charlotte wurde von ihren Gefühlen plötzlich so überwältigt, daß sie vor alledem fliehen wollte, vor der Höflichkeit, die den Neid verschleierte, dem windstillen Garten, den oberflächlichen Unterhaltungen und dem unterschwelligen Haß.

»Wo ist Hallam Cayley beerdigt worden?« fragte sie.

Alarics Augen weiteten sich vor Erstaunen.

»Auf demselben Friedhof wie Fulbert und Fanny, gut einen Kilometer von hier. Oder, um genau zu sein, direkt neben dem Friedhof – in der ungeweihten Erde für die Selbstmörder.«

»Ich glaube, ich werde hingehen und ihn besuchen. Meinen Sie, jemand wird etwas merken, wenn ich beim Hinausgehen im Vorgarten ein paar Blumen pflücke?«

»Das glaube ich nicht. Aber würde das Ihnen etwas ausmachen?«

»Überhaupt nicht.« Sie lächelte ihn an und war ihm dankbar, daß er nicht das gesagt hatte, was man üblicherweise hätte erwarten können, und daß er ihr Verhalten nicht kritisierte.

Charlotte pflückte einige Gänseblümchen, einige Bartnelken und ein paar lange Lupinenblüten, die unten zwar schon Samen angesetzt hatten, aber immer noch bunt leuchteten, und machte sich auf den Weg. Sie ging den Paragon Walk hinunter bis zur Straße am anderen Ende, wo die Kirche stand. Es war nicht so weit, wie sie gedacht hatte, aber die Hitze wurde immer drückender. Die Wolken am Himmel über ihr zogen sich zusammen, und überall schwirrten Fliegen.

Es war niemand auf dem Friedhof, und sie ging unbeobachtet durch das Tor und dann den Pfad entlang an den Grabsteinen mit ihren gemeißelten Engeln und ihren Inschriften vorbei zu dem kleinen Areal hinter den Eiben, das denen vorbehalten wurde, die ohne den Segen der Kirche geblieben waren. Hallams Grab war noch sehr frisch, und der Boden zeigte die Spuren der Totengräber.

Sie stand einige Minuten davor und betrachtete es, bevor sie die Blumen niederlegte. Sie hatte nicht daran gedacht, eine Vase mitzubringen, und es stand auch keine da. Vielleicht ging man davon aus, daß niemand einem solchen Menschen Blumen bringen würde.

Sie starrte auf den Lehm hinunter, der trocken und hart war, und dachte über den Walk nach, über all die Dummheit, den Schmerz und die Einsamkeit.

Sie war tief in Gedanken versunken, als sie Schritte hörte und aufblickte. Jessamyn Nash trat aus dem Schatten der Eiben hervor. Sie trug Lilien. Als sie Charlotte erkannte, blieb sie stehen. Ihr Gesicht war hart und verkniffen, und ihre Augen schienen fast schwarz zu sein.

»Warum sind Sie hergekommen?« fragte sie sehr leise und ging dann auf Charlotte zu. Sie hielt die Lilien mit ihrem Grün senkrecht, und in ihrer Hand blinkte silbern eine Schere.

Ohne zu wissen, warum, hatte Charlotte Angst, so, als ob das aufziehende Gewitter und die Elektrizität in der Luft sie durchzuckten. Jessamyn stand ihr gegenüber, das Grab lag zwischen ihnen.

Charlotte blickte zu den Blumen hinunter.

»Nur . . . nur, um sie herzubringen.«

Jessamyn starrte die Blumen an, hob dann langsam ihren Fuß und setzte ihn auf sie, zertrat sie mit dem Gewicht ihres ganzen Körpers, bis die Blüten zerdrückt und zerquetscht auf dem steinharten Lehm lagen. Sie hob den Kopf, sah Charlotte an und legte dann ruhig ihre Lilien auf die gleiche Stelle.

Über ihnen donnerte es leise, die ersten Regentropfen fielen groß und schwer und drangen durch ihre Kleider bis auf die Haut.

Charlotte wollte sie fragen, warum sie das getan hatte. Sie hatte sich die Worte bereits zurechtgelegt, aber ihr Mund blieb stumm.

»Sie haben ihn noch nicht einmal gekannt!« zischte Jessamyn zwischen den Zähnen hervor. »Wie können Sie es wagen, mit Blumen herzukommen? Sie sind ein Eindringling! Machen Sie, daß Sie wegkommen!«

Gedanken wirbelten wie Lichtreflexe in Charlottes Kopf herum. Sie betrachtete die Lilien am Boden und erinnerte sich daran, wie Emily gesagt hatte, daß Jessamyn nie etwas verschenkte, auch wenn sie es selbst nicht mehr haben wollte. Wenn sie genug von ihrem Eigentum hatte, dann zerstörte sie es, aber sie ließ niemals zu, daß sonst jemand es bekam. Damals hatte Emily von Kleidern gesprochen.

»Welche Bedeutung kann es für Sie haben, wenn ich Blumen auf sein Grab lege?« fragte sie so ruhig wie möglich. »Er ist doch tot.«

»Das gibt Ihnen immer noch kein Recht dazu.« Jessamyns Gesicht wurde blasser, und sie schien die schweren Regentropfen, die herabfielen, gar nicht zu bemerken. »Sie gehören nicht zum Walk. Gehen Sie wieder zu Ihresgleichen, wo auch immer das sein mag. Versuchen Sie nicht, sich uns aufzudrängen.«

Charlottes Gedanken nahmen Gestalt an und ordneten sich in ihrem Kopf. Alle möglichen Fragen fanden nun endlich Antworten. Das Messer, warum Pitt kein Blut auf der Straße gefunden hatte, Hallams Verwirrung, Fulbert – alles fügte sich zu einem Bild zusammen, in das sogar die Liebesbriefe paßten, die Hallam verwahrt hatte.

»Sie waren nicht von seiner Frau, oder?« sagte sie laut. »Sie hat sie nicht unterzeichnet, weil sie von ihr nicht stammen. Sie haben sie geschrieben!«

Jessamyns Augenbrauen erhoben sich zu symmetrischen Bögen.

»Wovon, in Gottes Namen, reden Sie?«

»Von den Liebesbriefen, den Liebesbriefen an Hallam, die die Polizei gefunden hat. Es waren Ihre! Sie und Hallam hatten eine Affäre. Sie müssen einen Schlüssel für das Gartentor gehabt haben. Durch dieses Tor sind Sie zu ihm gegangen, und durch dieses Tor sind Sie auch an jenem Tag hineingekommen, als Fulbert ermordet wurde. Es hat Sie natürlich niemand gesehen!«

Jessamyn verzog ihren Mund.

»Das ist doch Unsinn! Warum sollte ich Fulbert ermorden wollen? Er war ein elender kleiner Schuft, aber das war kein Grund, ihn umzubringen.«

»Hallam hat zugegeben, daß er Fanny vergewaltigt hat . . .«

Jessamyn zuckte zusammen, als hätte man sie geohrfeigt.

Charlotte bemerkte es.

»Das konnten Sie nicht ertragen, nicht wahr, daß Hallam eine andere Frau so begehrte, daß er sie mit Gewalt nahm, und am wenigsten konnten Sie ertragen, daß es die unschuldige, langweilige, kleine Fanny war!« Es war nur eine Vermutung, aber sie glaubte, recht zu haben. »Sie haben ihn mit Ihrem besitzergreifenden Wesen ausgesaugt, und als er wollte, daß Sie ihn freigeben, da haben Sie sich wie eine Klette an ihn gehängt, so daß er nur noch in den Alkohol fliehen konnte!« Sie holte tief Luft. »Er konnte sich natürlich nicht daran erinnern, Fanny umgebracht zu haben, und man fand kein Messer und kein Blut auf der Straße. Er hat sie nicht umgebracht. Sie haben es getan! Als sie in Ihren Salon taumelte und Ihnen erzählte, was passiert war, da verloren Sie vor Wut und Neid die Nerven. Sie waren verdrängt worden, von Ihrer eigenen, unscheinbaren, kleinen Schwägerin verdrängt worden. Sie nahmen das Messer – vielleicht sogar das Messer aus der Obstschale auf der Anrichte – und haben sie umgebracht, in Ihrem eigenen Haus. Das Blut spritzte auf Ihr Kleid, aber das konnten Sie erklären. Und Sie haben das Messer einfach abgewaschen und es in die Obstschale zurückgelegt. Dort hat niemand danach gesucht. So einfach war das.

Und als der überall herumschnüffelnde Fulbert Sie durchschaut hatte, da mußten Sie auch ihn loswerden. Vielleicht hat er Ihnen gedroht, und Sie haben ihm gesagt, er solle zu Hallam gehen, wenn er genug Mut dazu habe; Sie wußten ja, daß Sie ihm dorthin über den hinteren Pfad folgen und ihn überraschen konnten. Wußten Sie etwa auch, daß Hallam an jenem Tag gar nicht zu Hause war? Sie müssen es gewußt haben.

Was für eine Überraschung muß es doch für Sie gewesen sein, als niemand die Leiche fand. Sie wußten, daß Hallam sie versteckt haben mußte, und Sie sahen gelassen zu, wie es mit ihm bergab ging, gequält von der Angst vor dem eigenen Wahnsinn.«

Jessamyns Gesicht war so weiß wie die Lilien auf dem Grab, und beide waren sie vom Regen durchnäßt. Ihre weiten Musselinkleider klebten an ihnen wie Totenhemden.

»Sie sind sehr scharfsinnig«, sagte Jessamyn langsam. »Aber Sie können nichts beweisen. Wenn Sie das der Polizei erzählen, dann werde ich einfach sagen, daß Sie wegen Paul Alaric eifersüchtig sind. Sie gehören nicht zum Walk.« Ihr Gesicht wurde hart. »Und ich weiß, daß Sie nicht dazugehören. Ihre Umgangsformen sind tadellos, aber die Kleider, die Sie tragen, gehören

Emily und sind nur für Sie zurechtgemacht worden. Sie versuchen sich in unsere Kreise einzuschleichen. Sie behaupten das nur aus Rache, weil ich Sie durchschaut habe!«

»Oh, die Polizei wird mir glauben.« Charlotte spürte, wie eine innere Kraft sie durchströmte, und gleichzeitig empfand sie eine unerträgliche Wut, weil Jessamyn der Schmerz, den sie verursacht hatte, so kaltließ. »Sehen Sie, Inspector Pitt ist mein Mann. Das wußten Sie nicht? Und es gibt die Liebesbriefe in Ihrer Handschrift. Und es ist sehr schwierig, Blut von einem Messer zu entfernen. Es setzt sich in der Spalte zwischen Klinge und Heft fest. All das wird man finden, wenn man erst einmal weiß, wonach man suchen muß.«

Nun änderte sich Jessamyns Gesichtsausdruck. Er verlor seine alabasterhafte Glätte, und der Haß trat offen hervor. Sie hob die Schere, stach damit auf Charlotte ein und verfehlte sie nur um einige Zentimeter, weil ihr Fuß auf dem nassen Lehm ausrutschte.

Als wäre sie damit aus ihrer Erstarrung erweckt worden, drehte Charlotte sich um und rannte zurück über den unebenen Rasen und die großen Wurzeln der Eiben unter den Bäumen hindurch auf den Friedhof. Ihre nassen Kleider klatschten und klebten an ihren Beinen. Sie wußte, daß Jessamyn hinter ihr herlief. Der Regen fiel jetzt in Strömen und sammelte sich in gelben Rinnsalen auf dem ausgetrockneten Boden. Sie sprang über Gräber, verfing sich mit den Füßen in Blumen und stieß an den nassen Marmor der Grabsteine. Ein Stuckengel ragte vor ihr in die Höhe, sie schrie entsetzt auf, rannte dann aber weiter.

Sie drehte sich nur ein einziges Mal um und sah Jessamyn einige Meter hinter sich. Auf der Schere spiegelte sich das Licht, und ihr maisfarbenes, seidiges Haar hing in Strähnen herunter.

Charlottes Beine waren übersät mit blauen Flecken und Schlammspritzern, ihre Arme hatte sie sich an den hervorstehenden Kanten der Steine aufgeschlagen. Einmal fiel sie hin, und Jessamyn hatte sie nahezu eingeholt, als sie wieder auf die Beine kam. Charlotte rang weinend nach Luft. Wenn sie doch nur bis zur Straße käme, dort wäre vielleicht jemand, der ihr helfen würde.

Sie hatte schon fast die Straße erreicht und wandte sich noch einmal um, um zu sehen, wie nah Jessamyn ihr auf den Fersen war, als sie gegen etwas Hartes lief und spürte, daß ein paar Arme sie umschlossen.

Sie schrie. In ihrer Phantasie fühlte sie schon, wie sich die Schere in ihr Fleisch bohrte – so wie bei Fanny und bei Fulbert. Sie schlug um sich, trat und boxte.

»Hören Sie auf damit!«

Es war Alaric. Eine lange, atemlose Sekunde lang wußte sie nicht, ob sie Angst vor ihm haben sollte oder nicht.

»Charlotte«, sagte er leise. »Es ist vorbei. Wie dumm von Ihnen, allein hierher zu kommen, aber jetzt ist es aus – es ist vorüber.«

Ganz langsam drehte sie sich um und sah Jessamyn an, die schlammbespritzt und naß war.

Jessamyn ließ die Schere fallen. Sie konnte nicht gegen sie beide kämpfen, und sie konnte sich auch nicht mehr verstecken.

»Kommen Sie!« Alaric legte seinen Arm um Charlotte. »Sie sehen fürchterlich aus! Ich glaube, wir sollten besser die Polizei rufen.«

Charlotte merkte, daß sie lächelte. Ja, die Polizei rufen – man sollte Pitt holen! Das war wichtiger als alles andere – man sollte Pitt holen!

Nachwort

Mit dem 1981 erschienenen Roman *Paragon Walk* setzt Anne Perry ihre Erkundung der Londoner Sitten in der viktorianischen Zeit fort. Lag die von einem geheimnisvollen Würger plötzlich verunsicherte Cater Street (*Der Würger von der Cater Street*, DuMont's Kriminal-Bibliothek Band 1016) in einer Wohngegend des gehobenen Mittelstandes, so war der *Callander Square* im Folgeband dieses Namens (DuMont's Kriminal-Bibliothek Band 1025) schon ein ausgesprochenes Domizil der Reichen und Erfolgreichen, der Männer, die das Empire aufgebaut haben und es jetzt verwalten, ein in sich geschlossener Platz mit eigenem kleinen Park in der Mitte. Paragon Walk nun ist eine allererste Adresse: Nur auf einer Seite mit gepflegten Häusern aus der Regency-Zeit bebaut, zieht sich die Straße elegant geschwungen etwa einen Kilometer an einem Park hin. Keiner der hier Wohnenden hat je in seinem Leben gearbeitet – sieht man einmal davon ab, daß es für die Dame des jeweiligen Hauses durchaus Arbeit bedeuten kann, das scheinbar so mühelose Funktionieren eines großen Hauses mit zahlreichen Bediensteten zu organisieren. Alle gehören zur »leisured class«, die ihr Statusbewußtsein gerade auf ihr »arbeitsloses Einkommen« gründet. Ihre Einkünfte beziehen sie wohl aus ererbten Landgütern und sonstigem Vermögen; jedenfalls verbringen sie in ihren riesigen Stadthäusern am Paragon Walk nur die Sommersaison mit ihren Bällen, Einladungen, Rennen und sonstigen gesellschaftlichen Ereignissen. Die neben diesen Veranstaltungen immer noch verbleibende und sich endlos dehnende freie Zeit pflegen die Frauen mit wechselseitigen Besuchen totzuschlagen, bei denen man ständig auf dieselben Leute trifft, und die Männer vergnügen sich in ihren Clubs – was auch immer sie da tun mögen.

Der Straßenname verbirgt zugleich einen geheimen Sinn: »Paragon« ist im Englischen das, was wir im Deutschen einen »Ausbund« zu nennen pflegen, ein besonders vorteilhaftes Muster, wie es Kaufleute stellvertretend für den gesamten Wareninhalt außen an einen Sack oder einen Packen mit Gütern banden, »a paragon of virtue«, »ein Ausbund an Tugend«, ist eine feste, gern gebrauchte Wortverbindung. Genau dies aber trifft das Selbstverständnis der hier Wohnenden. Man empfindet sich als die Verkörperung der besten britischen Traditionen und mißtraut allem Fremden, dem seit langem dort wohnenden reichen und gebildeten Franzosen ebenso wie den eben jetzt in höchste Kreise eindringenden Juden. Und doch wird am Paragon Walk im Sommer 1885 ein junges Mädchen vergewaltigt und so schwer durch einen Messerstich verletzt, daß es gerade noch in das Haus seines Bruders, bei dem es lebt, zurückwanken kann, um in den Armen seiner Schwägerin tot zusammenzubrechen.

Der amerikanische Literaturwissenschaftler Thomas Boyle, selbst Verfasser harter Polizeiromane aus dem heutigen Brooklyn, hat 1989 eine Untersuchung zum historischen Hintergrund der viktorianischen Sensationsliteratur aufgrund der zeitgenössischen Zeitungsberichte über Verbrechen aller Art veröffentlicht. Er zitiert darin einen Kommentar aus dem *Daily Telegraph* vom 10. Oktober 1859, der geradezu als Anregung für Anne Perrys Serie über das viktorianische London und seine Verbrechen gedient haben könnte: »Dieses London ist ein Amalgam aus ineinanderliegenden Welten, und die Ereignisse eines jeden Tages überzeugen uns, daß jede dieser Welten ihre eigenen Geheimnisse und ihre ihr eigentümlichen Verbrechen hat.«

Wie schon die Welten der Cater Street und des Callander Square weisen natürlich die Eingeborenen des Paragon Walk zunächst die Möglichkeit weit von sich, einer von ihnen könne die scheußliche Tat begangen haben. Irgendein Wahnsinniger ist der Täter – das scheint die plausibelste Erklärung zu sein. Doch Inspector Pitt, in dessen Aufgabenbereich die Untersuchung fällt, weiß, daß dieser Verbrecher, sollte er denn wirklich ein Geistesgestörter sein, dennoch am Paragon Walk wohnen muß, denn am Tatabend waren zur Tatzeit beide Enden des Walks unter ständiger Beobachtung. An dem einen Ende warteten die Kutschen mit dem Personal auf die Gäste einer Gesellschaft bei Lord und Lady Dilbridge, und am andern Ende ging ein Polizist Streife. Die Welt am Paragon Walk war so geschlossen, wie es im klassischen Detektivroman das einsame Landhaus oder der eingeschneite Eisenbahnzug, der Ozeandampfer oder das Flugzeug in der Luft nur je sein können.

So ist es ein kleiner Kosmos von Menschen, die zum größten Teil seit Generationen hier leben, der in das grelle Licht einer Untersuchung wegen Vergewaltigung und Mord gerät. Sie schließen davor die Augen, und als sie sie schließlich wieder öffnen müssen, finden sie sich im Zwielicht. Es wird immer deutlicher: Einer der Ihren muß es sein, und so steht man vor einem äußerst unerfreulichen Dilemma – entweder wird der eigene Freund oder gute Nachbar als Sexualmörder entlarvt, oder man wird sich lebenslang bei jedem Treffen oder auf jeder Gesellschaft fragen: Warst du es? Oder war es der dort? Ist sie es, die ihren Ehemann auch nach dieser scheußlichen Tat noch deckt und ihm geholfen hat, die Spuren zu verwischen?

Und zugleich weiß jeder, daß diese Welt auch nach der Entlarvung und Verhaftung des Täters nicht mehr dieselbe sein wird. Denn sie lebt und funktioniert nur nach höchst kunstvollen, unverbrüchlichen Spielregeln, und deren unverbrüchlichste ist, nie hinter die Masken, die man einander zeigt, blicken zu wollen, nie durch den gepflegten Schein zum wahren, vielleicht häßlichen Sein vorstoßen zu wollen. Jeder weiß von jedem, daß er Geheimnisse verbirgt oder zu verbergen meint, denn zum Teil sind sie bekannt, ohne daß man aufgrund der erwähnten unumstößlichen Konvention davon Gebrauch macht. Vergewaltigung ist ein männliches Verbrechen, und vor allem die Frauen wissen, daß Männer in ihrer Triebhaftigkeit schlechthin Tiere sind. Das stillschweigend zu akzeptieren ist geradezu das Merkmal einer guten weiblichen Erziehung. Vielleicht war der Täter sogar einer der drei Brüder der Ermordeten. Fast jeder am Paragon Walk hält es für denkbar, daß er das Opfer in der Dunkelheit für ein Dienstmädchen hielt, dem man als »Herr« unter dem Diktat der Triebe ruhig Gewalt antun durfte, was mit Geld aus der Welt zu schaffen gewesen wäre. Als er dann die eigene Schwester erkannte und sie ihn, mußte er im Entsetzen über den begangenen Inzest einfach zum Messer greifen . . .

Aber in dieser Oberschicht ist man schon weiter, als die Schulweisheit der unteren und mittleren Schichten sich träumen läßt. Das, was am Callander Square noch ein generelles Tabu war, ist am Paragon Walk ein offenes, wenn auch nie besprochenes Geheimnis: daß auch Frauen sexuelle Wesen sind, daß auch sie, ob verheiratet, unverheiratet oder verwitwet, Phantasien haben, Bedürfnisse und Wünsche, die sie durchaus in Affären ausleben können, solange dies – wie bei den Männern – diskret geschieht.

In diese zunächst hermetisch verschlossene Welt führt uns Anne Perry mit Hilfe ihres nun schon bewährten Detektivpaars Charlotte und Thomas Pitt ein. Im ersten Fall, dem des *Würgers von der Cater Street,* lernten sie sich kennen, das schöne Mädchen aus der oberen Mittelschicht, das den unverzeihlichen Fehler hat, zu sagen, was es denkt, und der Polizeibeamte aus der Unterschicht, groß und ungepflegt, aber intelligent und humorvoll und mit der Eigenschaft ausgestattet, die schon Eliza Doolittle die Türen der Gesellschaft öffnete: Dank seiner Erziehung zusammen mit dem Erben seines dörflichen Grundherrn beherrscht er die Sprache der Oberschicht, spricht »wie ein Gentleman«. Im ersten Fall war Charlottes Familie selbst doppelt betroffen, im zweiten Fall am Callander Square half die frischgebackene Ehefrau ihrem Mann diskret aus detektivischer Neugier – diesmal droht zumindest erneut eine Verwicklung in das Geschehen: Charlottes jüngerer Schwester Emily ist es gelungen, Lord Ashworth zu heiraten. Sie hat sich ebensoweit nach »oben« von der Cater Street entfernt wie Charlotte nach unten und wohnt jetzt an eben jenem Paragon Walk, und ihr Mann gehört zu den gar nicht so zahlreichen Männern, die dort leben und deshalb als Täter in Frage kommen.

So kommt es wieder zu einem zangenartigen Zugriff auf die sich verschließende Welt am Paragon Walk. Während Inspector Pitt, von den Bewohnern kaum geduldet, geschweige denn wirklich unterstützt, die äußeren Fakten ermittelt und vor allem die Dienstboten verhören läßt, dringt Charlotte, teils ohne sein Wissen, teils mit seiner stillschweigenden Billigung, mit Emilys Hilfe wie eine Spionin ins Innere der belagerten Festung ein. Dafür muß sie sich sogar verkleiden – in von der Schwester oder deren angeheirateter Tante geliehenen oder geschenkten Kleidern. Natürlich ist sie von Herkunft und Erziehung her eine Dame, spricht und bewegt sich und benimmt sich wie eine solche, aber in ihrer eigenen Garderobe würde sie am Paragon Walk nie akzeptiert.

Dem Inspector fällt dabei die unbefriedigendere Rolle zu – im Grunde hat er nur negative Ergebnisse zu verzeichnen, indem seine Routineuntersuchungen es mehr und mehr unwahrscheinlich erscheinen lassen, daß einer der Diener es war, wie die Herren es gern hätten. Seine Frau bewegt sich indessen unerkannt in den Kreisen, in denen der Täter wirklich zu suchen ist. Dort lernt sie Haß, Eifersucht, Mißtrauen, Rivalität und vor allem eine tödliche Leere und Langeweile kennen, die das Leben hier beherrschen und vergiften, wie alle in wohlartikulierten und höflichen Sätzen zu verstehen geben, die voller Bosheiten, Doppel- und bisweilen auch Zweideutigkeiten stecken und gelegentlich selbst tödlich treffen. Keiner von ihnen kann meinen, ohne Sünde zu sein, wie einer von ihnen aus der Heiligen Schrift zitiert, alle sind sie übertünchte Gräber, die inwendig voller Unrat stecken. Aber vielleicht sollte man eher Charles Darwin als der Bibel glauben, wie ein anderer vorschlägt. Dann hätte man wenigstens nicht die Gewißheit, sich von der ursprünglichen Ebenbildlichkeit Gottes zum jetzigen Zustand depraviert zu haben, sondern könnte sich trösten, sich vom rein tierischen Ursprung immerhin schon leicht entfernt zu haben und eine Million Jahre später wirklich zu etwas gut zu sein.

Und Inspector Pitt weiß aus seiner beruflichen Erfahrung, daß genau diese latenten Gefühle des Hasses, des Mißtrauens, der Rivalität und der Eifersucht es sind, die eines Tages bei jedem Menschen ausbrechen und ihn zum Mörder machen können. Hinter jeder der Masken, die man trägt und die man an den andern so schätzt, steckt ein Fremder, hinter einer oder mehreren sogar ein Scheusal, und der Selbstgerechteste ist der abstoßendste von allen. Wenn der Täter – oder die Täter – entlarvt sind, haben sie nicht die Funktion eines Sündenbocks, den man zur Entsühnung der Gemeinschaft in die Wüste schicken kann. Sie werden statt dessen zum »paragon«, zum Ausbund dessen, wie es innen und unter der Hülle verborgen wirklich um den Paragon Walk bestellt ist. Die Gesellschaft dort wird nie mehr dieselbe sein – zu intensiv hat man die schäbige Kehrseite der viktorianischen Gesellschaft auf dem Höhepunkt ihrer Zivilisation kennengelernt. Und diese Kehrseite zeigte sich nicht in den Elendsquartieren von Dickens und von Jack the Ripper, sondern mitten unter der Führungsschicht, in den Stadthäusern der Vornehmen am Paragon Walk.

Volker Neuhaus

Inhalt

Anne Perry, 1938 in London geboren, lebt heute in Suffolk. Sie ist Autorin von zahlreichen Detektivromanen, in denen Inspector Pitt selbstbewußt und umsichtig ermittelt. Unterstützt wird er dabei von seiner – für die viktorianische Zeit – ungewöhnlich emanzipierten Frau Charlotte.

Von Anne Perry sind in der DuMont's Kriminal-Bibliothek erschienen: »Der Würger von der Cater Street« (Band 1016), »Callander Square« (Band 1025), »Nachts am Paragon Walk« (Band 1033), »Rutland Place« (Band 1044) und »Tod in Devil's Acre« (Band 1050).